명청 시기 중국의 출판과 책 문화

명청 시기 중국의 출판과 책 문화

신시아 브로카우·카이윙 초우 지음
조관희·김효민·박계화·김광일·김수현·김진수 옮김

學古房

차례

일러두기

1. 옮긴이가 추가한 내용은 [] 로 구분하였다.
2. 이 책에 나오는 중국인들의 인명과 지명은 고대나 현대를 불문하고 모두 원음으로 표기하였다. 중국어의 한글 표기는 문화체육부 고시 제1995-8호 '외래어 표기법'에 의거하되, 여기에 부가되어 있는 일부 표기 세칙은 적용하지 않았다.
3. 이 번역서의 원서 서지사항은 다음과 같다. Cynthia J. Brokaw and Kai-wing Chow edited. Printing and Book Culture in Late Imperial China, University of California Press, 2005.

옮긴이의 말

이 책은 중국의 도서 출판 문화에 대한 논문들을 모아 놓은 것이다. 학문에도 어떤 유행이나 트렌드가 있는 것일까? 어떤 때는 문헌학적인 연구가 학계를 휩쓸다가 어떤 때는 리얼리즘이니 포스트모던이니 하는 논쟁이 뜨겁게 일기도 한다. 이 책에 실린 연구 논문들을 보면 알 수 있듯이, 21세기 들어 서구 그 중에서도 미국의 학계에서는 중국의 출판문화에 대한 연구가 활발하게 이루어졌다. 이에 관한 포럼이나 학술대회가 지속적으로 열리고 연구자들 역시 각자가 갖고 있는 정보를 공유하면서 많은 연구 성과물들이 쏟아져 나왔다. 우리나라 학계에서도 그 정도는 아니지만, 몇몇 연구자들이 비슷한 연구 성과물들을 내놓은 적이 있다. 그 주요한 논저들을 일별하면 다음과 같다.

김미정, 「상하이上海에서의 근대적 독서시장의 형성과 변천에 관하여」, 『중국문학』, 제40집, 서울 ; 한국중국어문학회, 2003년 11월

문성재, 「명말 희곡의 출판과 유통—강남 지역의 독서 시장을 중심으로」, 『중국문학』, 제41집, 서울, 한국중국어문학회, 2004년 5월

홍상훈, 「전통시기 강남지역에서 독서시장의 형성과 변천—소설 작품의 생산과 유통을 중심으로」, 『중국문학』, 제41집, 서울, 한국중국어문학회, 2004년 5월

박소현, 「텍스트의 생산과 인쇄, 그리고 독서 관습의 관계에 대하여 — 바오궁包公 이야기를 중심으로」, 『중국소설논총』, 제21집, 서울, 한국중국소설학회, 2005년 6월

박계화, 「중국 강남지역 명、청대 문예출판의 문화후원양상」, 『중국어문논역총간』, 제18집, 서울, 중국어문논역학회, 2006년 7월

박계화, 「명청대 휘상徽商의 문예출판 후원에 관하여」, 『중국어문논역총간』, 제21집, 서울, 중국어문논역학회, 2007년 8월

이은상, 「명말청초 강남 문인사회의 『서상기西廂記』 출판과 후원」, 『중국학논총』, 제24집, 대전, 한국중국문화학회, 2007년 12월

장미경, 「명청대 강남지역의 출판문화-출판의 주체를 중심으로」, 『중국문학연구』, 제35집, 서울, 한국중문학회, 2007년 12월

백광준, 「명대 과거시험 참고서 출판과 출판시장의 발전」, 『중국문학』, 제54집, 서울, 한국중국어문학회, 2008년 2월

최형섭, 「출판문화의 보급과 지식의 성격, 그리고 17세기 시사 소설時事小說」, 『중국문학』, 제59집,

서울, 한국중국어문학회, 2009년 5월
최형섭, 「출판문화의 보급과 텍스트, 저자, 독자, 그리고 독서 관습」, 『중국소설논총』, 제29집, 서울, 한국중국소설학회, 2009년 3월
최수경, 「청대 여성 저작의 출판에 관한 연구-19세기 전기 시문집을 중심으로」, 『중국어문논총』, 제50집, 서울, 중국어문연구회, 2011년 9월
최수경, 「19세기 전기 중국 통속소설 출판의 양상과 소설 독자에 관한 연구」, 『중국소설논총』, 제37집, 서울, 한국중국소설학회, 2012년 8월
박계화, 장미경, 『명청대 출판문화』, 이담북스, 2009년.
부길만, 황지영 공저, 『동아시아 출판문화사 연구 1: 17세기 한중일 출판문화 비교』, 오름, 2009년.
황지영, 『명청출판과 조선전파』, 시간의물레, 2012년.

이것으로 우리나라 학계의 연구가 아직까지는 양적으로나 질적으로나 미미한 수준에 불과하다는 것을 알 수 있다. 특히 대부분이 연구 논문에 그치고 있을 뿐이어서 더욱 아쉬움을 금할 수 없다.

이 책은 미국의 학자들이 그 동안 이루어낸 이 분야의 대표적인 학문적 성과들을 모아 놓은 것이다. 이것을 통해 다양한 분야에 대한 개괄적인 흐름을 이해할 수 있을 뿐 아니라 비교적 세밀한 분야에 대한 전문적인 논의까지 엿볼 수 있다. 이 책은 크게 3부로 구성되어 있는데, 도론 격인 제1부에서는 중국의 서적사 전반을 소개하는 신시아 J. 브로카우의 글과 이 분야를 대표하는 연구자 가운데 한 사람인 조셉 P. 맥더모트의 글이 실려 있다. 그리고 2, 3, 4부는 각각의 세부 분야에 대한 글들이 나뉘어 수록되었다. 마지막 부록으로 실린 앨런 위드머의 글은 원래 이 책에 실린 논문은 아니지만 스터디 모임에서 같이 읽어나가며 번역을 해둔 것을 추가한 것이다.

여기서 이 책의 번역에 대한 그 간의 경과를 간단히 언급하고자 한다.

이 역서는 오랜 기간에 걸친 공동작업의 결과물이다. 처음엔 단순히 중국의 출판문화에 대한 논문과 관련 서적들을 읽어나가는 공부 모임으로 시작했다. 당시 모임에 참여했던 이들은 조관희, 김효민, 이무진, 유희준, 정유선, 이현서, 정경자(정윤서), 박계화 등이었다. 그러던 중 이미 홍상훈과 이지원이 이 책에 실린 논문 4편을 번역해 놓았다는 사실을 알게 되었다. 그로 인해 공부 모임은 일시 활기를 띠었으나, 당시 각자 처한 상황에서 급한 불을 꺼나가다 보니 모임은 이내 동력을 잃고 해체되었다. 2006년 11월 18일 한 통의 메일로 시작된 모임이 2008년 초 쯤 자연스럽게 유야무야되었던 것이다. 거기에 옮긴이들을 대표하여 이 글을 쓰고 있는 내가 2010년에 교토대학으로 안식년을 떠나면서 한동안 번역 작업은 우리의 뇌리에서 잊혀졌다.

그러다 2013년 3월 15일에 심기일전하고 작업을 끝내기 위한 모임을 가졌다. 기왕에 번역에 참여

했던 조관희, 김효민, 박계화에 더해 새롭게 홍영림, 김광일, 김수현, 김진수가 합류하여 새롭게 팀을 꾸렸던 것이다. 그러나 그 동안 묵혀 두었던 원고를 꺼내들고 깨달은 사실은 이 상태로는 도저히 책으로 만들 수 없다는 것이었다. 그리하여 그때부터 전체 원고를 다시 번역한다 생각하고 처음부터 면밀히 원고를 검토했다. 당시에는 이 책에 실려 있는 11편의 논문 가운데 7편의 논문만 번역이 되었는데, 첫 번째 논문의 경우는 번역이 너무 엉망이어서 나와 김광일이 다시 새롭게 번역을 했다.

기왕의 7편의 논문을 번역하는 일은 2014년 1월 14일에 끝냈다. 그 즈음 번역에 참여한 구성원들에게는 새로운 욕심이 일었다. 처음에는 언제까지 이 일을 끝낼지 알 수 없는 상황에서 소박하게 기왕에 해놓은 것만 손보고 끝내겠다는 목표를 세우고 거기에만 매진했었다. 그러나 막상 1차적으로 세워놓은 목표를 11개월 만에 끝내게 되니 누군가 내친 김에 이 책에 실린 논문들을 다 번역하자고 제안했다. 의외로 구성원 모두 이 제안에 찬성을 하여 남은 네 편의 논문들을 서로 분담해 번역을 새롭게 진행했다. 약간의 우여곡절은 있었으나 결국 2014년 8월 7일 모든 번역을 끝낼 수 있었다. 번역 모임이 처음 시작된 지 근 8년 만에, 새롭게 팀을 정비하고 번역에 몰두한 지 17개월 만에 대장정이 마무리된 것이다.

하지만 이게 끝이 아니었다. 책을 내주기로 약속한(2013년 8월 9일 계약) 출판사에서 저작권까지 계약을 마친 상태에서 출간을 미루더니 급기야 약속 불이행 상태에 빠지게 되었다. 그 사이 번역자들은 각자의 일에 몰두하느라 이 책의 출간에 신경을 쓰지 못했고, 그 사이 속절없이 시간이 흘렀다. 그러다 문득 이왕 시작한 일이니 마무리를 지어야한다는 생각이 들어 또 다시 묵은 원고를 꺼내들었다. 결과적으로 2006년에 시작한 일이 15년이 지나서야 마무리 짓게 된 것이다. 새삼 흘러가는 강물을 보고, "세월의 흐름이 저와 같구나逝者如斯夫!"라고 탄식한 공자의 뇌리를 스친다.

번역을 할 때 처음부터 끝까지 한 사람이 책임지고 하는 것과 여럿이 나누어 하는 것은 상황에 따라 일장일단이 있다. 얼핏 보기에는 일을 나누어 하는 것이 덜 힘들고 진행이 빠를 것 같지만, 실제로는 그렇지 않은 경우가 더 많다. 그것은 각자 할 일이 있기에 서로 진도를 맞추기 어렵고, 번역문이나 편집 등등이 제각각인 경우 이를 통일하고 바로잡는 일이 생각보다 손이 많이 가기 때문이다. 그래서 어떤 때는 차라리 혼자 다 해버리는 게 더 효율적인 경우도 많다.

이 책의 번역 작업 역시 결과적으로는 시간과 품이 혼자 할 때보다 더 많이 들었다. 그러나 어차피 이 책의 번역은 그저 순수한 공부 모임의 결과물이기 때문에 그 과정의 번잡함 등은 부차적인 문제가 될 수밖에 없다. 1주일에 한 번씩 만나 번역문을 검토하는 가운데 서로 몰랐던 것도 새롭게 알아가고 스터디가 끝나고 뒷풀이 자리에서 오가는 대화들은 서로의 지적 자극을 위해 도움이 되었기 때문이다.

이제 오랜 시간 끌어왔던 작업을 마무리하고 모든 것은 독자의 몫이 되었다. 세심하게 검토하고 수정했다고 하지만 아직도 남아 있을 오역과 오탈자 등의 문제는 옮긴이들의 역량을 벗어난 것이다. 부디 강호 제현의 따끔한 질책과 지적을 겸허한 마음으로 기다리겠다. 이제껏 번역하느라 고생한 옮긴이들에게 다시 한 번 고맙다는 말 전하고 싶다. 마지막으로 여러 명의 번역자가 이 책의 번역에 참여했으나, 최종적인 교열과 역자 주는 조관희가 맡아보았음을 밝혀둔다. 하나의 끝은 또 다른 시작을 의미한다는 사실을 되새기며 간단하게 그 시말을 기록한다.

옮긴이를 대표하여

조관희

제1부

도론

중국의 서적사*

신시아 J. 브로카우(Cynthia J. Brokaw)

중국에서 책과 글이 갖는 특별한 중요성에 대해서 이론(異論)을 제기할 사람은 아무도 없을 것이다. 문헌을 생산하고 그 학술적 수준을 유지하는 데에 중국만큼 오랜 전통을 향유했던 문화는 거의 없었다. 또한 글을 배워 자유롭게 사용할 수 있는 능력이 얼마나 가치가 있는지에 대한 인식을 중국인들만큼 끊임없이 표현해왔던 민족도 거의 없었다. 늦어도 송대(宋代, 960-1279년)에 이르러서는 과거제도를 통해 평가되는 글쓰기 능력과 교육수준이 사회적 지위와 부, 그리고 정치적 권력으로 가는 관문이 되었다. 요컨대 책을 소유한다는 것, 아니면 적어도 책에 접근한다는 것은 중국 사회에서는 입신출세를 위한 필수적인 요소였다.

또 책은 미학적 대상이자 문화의 상징으로 높이 평가되었다. 서적 수집은 지식인들뿐만 아니라 더 높은 사회적 지위를 갈망하는 부유한 상인들과 지주들에게도 보편적인 취미였다. '책의 향기[書香]'는 한 가정에 일정한 정도의 체통을 세워주었다. 실제로 많은 사람들이 필사되거나 인쇄된 문자에 어떤 신성한 가치나 힘이 깃들어 있다고 믿었다. 대중적인 종교 서적에는 일반적으로 공덕을 쌓는 방법으로 문서 쪼가리를 불사르는 의식이 수록되어 있었다. 조금 더 후대의 왕조에 와서는 그 같은 문서 쪼가리들을 조직적으로 수집하고 의례를 통해 처리하는 것을 목적으로 하는 특별한 모임인 '석자회(惜字會)'가 발달하였다.[1]

중국 역사에서 책이 중요한 역할을 했다는 사실을 고려한다면, 중국에 유구한 서적 연구의 전통이

---

* 이 글은 이 책(『명청 시기 중국의 출판과 책 문화*Printing and Book Culture in Late Imperial China*』, University of California Press, 2005)의 도론에 해당하는 글이다. 【옮긴이 주】 나는 이 글의 초고에 대해 귀중한 제언을 해준 공편자 카이윙 초우(Kai-wing Chou, 周開榮), 그리고 앤 버커스-채슨(Anne Burkus-Chasson), 루씰 자(Lucille Chia), 조셉 프라키아(Joseph Fracchia), 대니얼 가드너(Daniel Gardner), 브라이너 굿맨(Bryna Goodman), 로버트 헤겔(Robert E. Hegel), 줄리아 머레이(Julia K. Murray), 그리고 패트리샤 시버(Patricia Sieber)에게 고마운 뜻을 전한다.

1 량치쯔(梁其姿), 「청대의 석자회(清代的惜字會)」(『신사학新史學』(타이완臺灣) 5.2. 1994, 6), 83-113쪽.

있다는 것은 놀라운 일이 아니다.[2] 현대의 학자인 차오즈(曹之)는 중국의 판본학에 관한 그의 개설서에서 이러한 전통의 기원을 한대(漢代, 기원전 206-220년) 류샹(劉向, 기원전 79?[3]-6년)의 목록 작업에서 찾고 있다.[4] 책(과 책에 관한 기록)에 대한 이러한 초창기의 열정은 중국 역사의 전 과정에 걸쳐 거듭 확인된다. 그것은 정사(正史)의 「예문지(藝文志)」나 건륭(乾隆, 재위 기간은 1736-1796년)의 칙령에 의해 작성된 유명한 『흠정사고전서총목제요(欽定四庫全書總目提要)』처럼 조정의 지시로 만들어진 것 뿐 아니라, 개인 서적 수집가들과 목록학자들이 만든 방대한 양의 목록과 서지를 통해 알 수 있다.[5] 이렇듯 방대한 규모의 목록과 서지들 이외에도, 학자들은 종종 "서화(書話)"라고 부르는 독서기를 썼는데, 이러한 서화는 다양한 장서각에서 검토할 수 있었던 선본(善本)들에 대한 논평이었다.[6]

소장가들과 애서가들은 또 초기의 희귀 판본들의 보존과 전파를 위해 상당한 시간과 비용을 들였고, 여건이 허락될 경우 그것들의 복각본[影刻本][7]을 찍어냈다. 아마도 이 방면에서 가장 주목할 만한 것은 마오진(毛晉, 1599-1659년)의 업적일 것이다. 창수(常熟, 江蘇)에 있었던 그의 서재 겸 서사(書肆)인 지구거(汲古閣)에서는 중요한 송대와 원대(元代, 1279-1368년)의 판본들(뿐만 아니라 기타 당대의 많은 서적들)을 다시 펴냈다.[8] 이러한 복각본 출판의 전통과 매우 밀접하게 연결되어 있는 것은 장서가들과 학자들이 함

---

2 중국서적 연구에 대한 아래의 서술은 19세기 이전에 대해서나 20세기 이후에 대해서나 모두 극히 간략하고 개략적인 특징 묘사이므로, 굉장히 풍부하고 광범위한 체계를 갖춘 이 학문에 대한 서술로는 온당치 못한 것이다. 나는 좀 더 충실한 검토를 위해서 주석에 마땅히 포함되어야 할 많은 이름들과 저작들 중 일부만을 수록하면서, 단지 이 학문이 취했던 큰 방향만을 지적하고자 하였다. 주요 저작들의 목록에 관심이 있는 독자들은 첸춘쉰(錢存訓)의 『종이와 인쇄술(Paper and Printing)』 (Joseph Needham ed., *Science and Civilization in China, Vol. 5, pt. 1,* Cambridge: Cambridge University Press, 1985), 389-430쪽의 참고서목 A와 B, 그리고 첸춘쉰이 이 목록을 증보한 「중국인쇄사간목(中國印刷史簡目)」 [『國立中央圖書館館刊』, n.s.(new series) 23.1(1990, 6)], 179-199쪽을 참고할 필요가 있다. 【옮긴이 주】 첸춘쉰의 『종이와 인쇄술(Paper and Printing)』의 우리말 번역본은 전존훈(錢存訓)(김의정, 김현용 공역), 『중국의 종이와 인쇄의 문화사』 (연세대학교 대학출판문화원, 2013.)를 볼 것.

3 【옮긴이 주】 류샹(劉向)이 태어난 해는 확실하게 알려져 있지 않으나, 중국 측 자료는 "약(c.a.)"이라는 전제를 한 상태에서 기원전 77년으로 보는 게 대부분이다.

4 차오즈(曹之), 『중국고적판본학(中國古籍版本學)』 (武漢: 武漢大學出版社, 1993년), 52쪽.

5 후자의 범주에서 가장 주목할 만한 것은 청대의 개인 소장도서를 상세하게 저록하고 있는 일련의 인상적인 목록들인데, 이러한 목록들은 부분적으로 고증학 운동과 『사고전서』 편찬사업 편집자들의 수집 활동에 자극을 받아 작성되었다. 그 가운데 두 가지만 제시하자면 황피례(黃丕烈, 1763-1825년)의 『황피례 서목제발(黃丕烈書目題跋)』과 청말의 장서가 경원광(耿文光, 1833-1908년)의 『만권정화루장서기(萬卷精華樓藏書記)』를 들 수 있다. 이들 두 목록과 다른 8개의 목록이 최근에 中華書局에서 『청인서목제발총간(淸人書目題跋叢刊)』 (北京: 1990-1995년)으로 다시 출판되었다.

6 서화의 현대 판으로는 정전둬(鄭振鐸)의 『서체서화(西諦書話)』 (北京: 三聯書店, 1998년)가 있다.

7 【옮긴이 주】 원문은 "영각본(影刻本)"으로 고본(古本)이나 선본(善本)을 그대로 복각하되, 먼저 잘 비치는 종이를 원서에 대고 그대로 베껴 쓴 뒤 이것을 목판에 붙여 각공(刻工)이 새긴 뒤 원본과 똑같이 찍어내는 것을 말한다.

8 비록 그 형태에 있어서 약간의 차이는 있지만 복제판의 출판은 현재까지도 지속되고 있는데, 이를 통해 그 텍스트의 물리적 형태에 우선적으로 관심을 갖는 학자들의 수요에 부응할 수 있다. 희귀 판본의 서체와 형태에 대한 정밀한 연구를 돕기 위해서, 20세기 초 서책 전문가들은 그러한 판본들의 견본을 모아 복제 출판하였다. 양서우징(楊守敬)의 『유진보(留眞譜)』 (1901-1917년), 판청비(潘承弼)와 구팅룽(顧廷龍)의 『명대판본도록초편(明代版本圖錄初編)』 (1941년)과 중국 국가도서관(전 베이징 도서관)에서 편찬된 『중국판각도록(中國版刻圖錄)』 (1961년) 등을 예로 들 수 있겠다. 양저우(揚州)의 장쑤광링고적각인사(江蘇廣陵古籍刻印社)와 난징(南京)의 진링각

께 공유했던 관심사인 고증작업, 즉 선본(또는 선본을 가장한 모조품)의 연대를 비정(比定)하고 그 유래와 출처를 따져 묻는 작업이었다. 수백 년 넘게 일련의 기술, 즉 판각 스타일, 판식과 편집, 장정, 그리고 종이의 질에 대한 분석과 같은 기술이 발전하면서, 또 각각 판본들의 문헌적 계보와 역사에 대해 주의 깊은 연구가 진행되면서, 텍스트 감정의 기초적 여건을 마련할 수 있었다. 이러한 고증작업과 그 작업을 뒷받침하기 위해 개발된 기술에 대한 관심은, 풍부한 서지학적 전통과 선본 복각본 출판의 경험과 더불어, 20세기 중반 현대 판본학 분야의 기본원칙들을 세우는 데 기반이 되었다.[9]

20세기에는 판본학 분야의 발전과 더불어 중국 인쇄술과 서적사 연구에 대한 최초의 체계적인 노력들이 모습을 드러냈다. 그 선구적인 업적인 시마다 간(島田翰)의 『고문구서고(古文舊書考)』(1905년), 예더후이(葉德輝)의 『서림청화(書林清話)』(1911년)와 『서림여화(書林餘話)』(1923년), 그리고 쑨위슈(孫毓修)의 『중국조판원류고(中國雕版源流考)』(1916년) 등은 비록 해제 또는 원시자료의 인용이라는 형식으로 서술되어 있기는 했지만, 인쇄술과 종이, 장정, 출판, 서적 거래 등에 관한 이후의 연구에 토대가 되었다. 이후 수십 년간 학자들은 중국 인쇄술의 기원과 송대부터 청대(清代, 1644-1911년)까지의 발전,[10] 목판 삽화,[11] 종이 생산,[12] 그리고 중국 책의 물리적 진화 등에 관해 다수의 연구[13]를 진행했는데, 이 모든 것은 이 분야가 점진적으로 성숙했음을 보여주는 지표가 되었다.[14]

경처(金陵刻經處)는 모두 목판 각공을 고용하여 전통적인 방식으로 책을 출판하는데, 이들은 아마도 복제판을 가장 많이 출판하는 현대의 출판사들일 것이다.

9 두 권으로 출판된 창비더(昌彼得)의 『판본목록학논총(版本目錄學論叢)』(臺北: 學海出版社, 1977년)은 판본학에 관한 선구적인 저작이다. 또 천궈칭(陳國慶)의 『고적판본천설(古籍版本淺說)』(沈陽: 遼寧人民出版社, 1957년)과 마오춘샹(毛春翔)의 『고서판본상담(古書版本常談)』(北京: 中華書局, 1962년)을 볼 것.

10 예를 들어 다음의 저작들을 볼 것. 왕궈웨이(王國維)의 「오대양송감본고(五代兩宋監本考)」와 「양절고간본고(兩浙古刊本考)」 [두 논문은 각각 『하이닝 왕징안 선생유서(海寧王靜安先生遺書)』(1936년) 33책과 34-35책에 수록되어 있음]; 나가사와 기쿠야(長澤規矩也)의 『일본 한적의 인쇄와 그 역사(和漢書の印刷とその歷史)』 [1952년 재판, 『나가사와 기쿠야 저작집(長澤規矩也著作集)』(東京: 汲古書院, 1982년) 제2권. 3-136쪽]과 『명대삽화본도록(明代插圖本圖錄)』(東京: 日本書誌學會, 1962년), 그리고 장슈민(張秀民)의 『중국인쇄술의 발명과 그 영향(中國印刷術的發明及其影響)』(北京: 中國人民出版社, 1958년). 이들 학자들의 전체 논저에 관한 목록은 첸춘쉰의 『종이와 인쇄술』, 406-430쪽에 있는 참고서목 B를 볼 것.

11 예를 들어, 정전둬가 펴낸 『중국판화사도록(中國版畫史圖錄)』 24권(上海: 1940-1947년)과 저우우(周蕪)의 『중국고대판화백도(中國古代版畫百圖)』(上海: 上海人民美術出版社, 1988년), 그리고 『휘파판화사론집(徽派版畫史論集)』(合肥: 安徽人民出版社, 1983년)을 볼 것.

12 이 주제에 관한 가장 포괄적인 저작은 판지싱(潘吉星)의 『중국조지기술사고(中國造紙技術史稿)』(北京: 文物出版社, 1979년)이다.

13 예를 들어, 마헝(馬衡)의 『중국 서적제도 변천 연구(中國書籍制度變遷之研究)』 [『圖書館學季刊』, 北平, 1. 2(1926년): 199-213쪽], 리야오난(李耀南)의 「중국서장고(中國書裝考)」 [『圖書館學季刊』 4. 2(1930년), 207-216쪽]가 있으며, 최근에 와서는 중국 서적출판사(中國書籍出版社)가 중국 인쇄술의 역사에 관한 시리즈인 『중국인쇄사료선집(中國印刷史料選輯)』의 제4권으로 장정의 역사에 관한 책인 『장정의 원류 및 보유(裝訂源流和補遺)』(北京: 1993년)를 출판하였다,

14 다행히도 인쇄술의 역사와 역사적 서지학에 관한 중국과 일본의 많은 연구가 서구 독자들을 위해 종합되었다. 토마스 카터(Thomas Carter)의 『중국 인쇄술의 발명과 서점(西漸)(Invention of Printing in China and Its Spread Westward)』 [1925년, 캐링턴 굿리치(L. Carrington Goodrich)가 펴낸 두 번째 개정판(New York: Ronald, 1955년)으로 더 잘 알려져 있다]은 중국에서의 기원에 관한 정보를 소개했고, (비록 성과는 거의 없었지만) 중국의 인쇄술이 다른 문화들에 영향을 주었다는 사실을 서구 학자들이 알도록 해주었

다행스러운 것은 중국 서적 연구에 대한 관심이 줄어들 기미가 거의 보이지 않는다는 사실이다. 물론 문화대혁명 기간은 책에 관한 연구가 발표되지 않아 하나의 공백으로 남아있지만, 1980년대 중반에서 후반까지 학자들은 다시 한 번 판본학과 인쇄술의 역사에 주목하게 된다. 1989년에 출판된 장슈민(張秀民)의 권위 있는 저작 『중국인쇄사(中國印刷史)』는 이러한 변화의 상징이다. 이 책은 이 시기에 나온 많은 이차 연구 가운데 가장 뛰어나고 가장 포괄적인 것으로, 중국의 선행 연구와 중국의 출판사에 대한 저자 자신의 백과사전식 지식을 훌륭히 결합시켰다. 이후 수십 년 간 중국인쇄술에 관한 통사[15]와 참고서적,[16] 서적 연구 저널,[17] 연합 목록과 장서기구별 그리고 주제별 서목,[18] 지역 출판 산업에 초

다. 우광칭(K. T. Wu, 吳光淸)은 중국의 인쇄술에 관한 좀 더 전문적인 논문들을 발표하였다. 특히 그의 「명대 인쇄술과 인쇄업자들(Ming Printing and Printers)」 [*Harvard Journal of Asiatic Studies* 7.3(1943. 2), 203-260쪽]을 볼 것. 후에 데니스 트위쳇(Dennis C. Twitchett)의 『중세 중국의 인쇄술과 출판(Printing and Publishing in Medieval China)』 (New York: Frederic C. Beil, 1983년)은 당송시대의 인쇄술의 성장을 간략히 요약하였다. 『미국 소장 중국 선본(Chinese Rare Books in American Collections)』 (New York: China Institute in America, 1984년)에 실려 있는 쇠렌 에드그렌(Sören Edgren), 첸춘쉰, 왕팡위, 그리고 완고 웡(Wango H. C. Weng)의 개론적인 글들은 서구 독자들에게 판본학의 기본적인 용어와 내용들을 소개하는 데 도움을 주었다. 그러나 여기서 가장 주목할 만한 것은 첸춘쉰의 『종이와 인쇄술(Paper and Printing)』이다. 이 글은 인쇄술의 기원과 인쇄 및 종이의 기술을 논하는 것에 더하여 당말부터 청대까지 중국 인쇄술의 간략한 역사를 제시해 주었다.

15 몇 가지만 거명하자면 옌원위(嚴文郁)의 『중국서적간사(中國書籍簡史)』 (臺北: 臺灣商務印書館, 1992년), 뤄수바오(羅樹寶)의 『중국고대인쇄사(中國古代印刷史)』 (北京: 印刷工業出版社, 1993년), 정루쓰(鄭如斯)와 샤오둥파(肖東發)의 『중국서사(中國書史)』 (北京: 北京圖書館出版社, 1998년)를 들 수 있다.

16 왕칭위안(王淸原), 한시둬(韓錫鐸), 그리고 머우런룽(牟仁隆) 등이 펴낸 『소설서방록(小說書坊錄)』 (北京: 北京圖書館出版社, 2002년)은 명말 소설을 출판한 서사들에 대한 새롭게 개정된 목록으로(이 책은 1987년에 같은 제목에 한시둬를 제1저자로 하여 처음 나왔다), 순카이디(孫楷第)의 『중국통속소설서목(中國通俗小說書目)』 (1932년, 北京: 中國人民出版社, 1991년 재판)과 오츠카 히데타카(大塚秀高)의 『중국통속소설서목개정고(中國通俗小說書目改正稿)』 (東京: 汲古書院, 1987년)와 같은 목록과 함께 소설 출판의 경향을 살피는 데 특히 유용하다.

한편 색다른 유형의 참고자료로서 목판 각공들의 이름을 수록한 일련의 책들이 있는데, 그 중 일부는 아주 최근에 발간되었다. 예를 들어, 장전둬(張振鐸)가 펴낸 『고적각공명록(古籍刻工名錄)』 (上海: 上海書店出版社, 1996년), 왕자오원(王肇文)의 『고적송원간공성명색인(古籍宋元刊工姓名索引)』 (上海: 上海古籍出版社, 1990년), 그리고 리궈칭(李國慶)의 『명대간공성명색인(明代刊工姓名索引)』 (上海: 上海古籍出版社, 1998년) 등을 볼 것. 이러한 작업은 그전에 나온 나가사와 기쿠야의 업적, 즉 「송간본각공명표초고(宋刊本刻工名表初稿)」와 「원간본각공명표초고(元刊本刻工名表初稿)」 [각각 『서지학書誌學』 2.2(1934년), 1-25쪽과 2.4(1934년), 35-46쪽에 실려 있다]의 기초 위에서 이루어졌다. 이 글들은 『나가사와 기쿠야 저작집』 (東京: 汲古書院, 1983년) 3권 157-196쪽과 202-214쪽에 재수록되었다. 이러한 저작들은 앞 단락에서 언급한 저작들과 함께 출판 네트워크의 전체적인 구조와 서책의 고증에 대한 연구에 상당히 큰 도움이 되었다.

17 중국 국가도서관에서 출판하는 권위 있는 학술지 『문헌(文獻)』 (1979-현재)은 아마도 이러한 학술지들 가운데 가장 잘 알려진 것일 터이다. 근래에 예짜이성(葉再生) 주편의 『출판사연구(出版史硏究)』 (1993-현재)나 『베이징출판사지(北京出版史志)』 (1994-현재)와 같은 정기간행물이 나온 것은 최근 중국이 서지학에 대해 지속적으로 관심을 가지고 있음을 보여준다.

18 책에 대해 새롭게 대두한 호기심은 대부분 중요하고 새로운 서목과 선본 목록들의 출간으로 나타나고 있다. 상해고적출판사(上海古籍出版社)는 1986년에서 1994년 사이에 현존하는 중국 선본의 총목록인 『중국고적선본서목(中國古籍善本書目)』 5종을 출판하였다. 그 중 4종은 각각 중국의 전통적인 문헌학 분류인 사부(四部)에 해당하는 것이고, 다른 1종은 총서 목록이다. 이 목록을 여러 가지 지역별 서목을 통해 보충하거나 어떤 경우는 수정하면서 사용한다면, 중국 선본 연구에 필수적인 기초로 삼을 수 있다. 기쁘게도, 중국에 있는 대부분의 주요 장서기구들은 현재 컴퓨터를 이용한 목록 편찬을 준비하고 있다. 이 사업은 중국의 필사본과 19세기 이전에 출판된 인쇄물들에 대한 우리의 지식을 정교화 하는 데 지속적으로 기여할 것으로 보인다. 그리고 저자, 제목, 출판자, 연대별 검색을 더욱 손쉽게

점을 맞춘 연구들,[19] 그리고 다양한 인쇄 기술에 대한 역사[20] 등이 쏟아져 나왔다. 이러한 저작들은 질적인 면에서 편차가 크지만, 구술사나 기타 현지 자료를 포함하여, 특정한 출판 활동을 상세하게 연구하는 데에 흥미롭고 새로운 가능성을 열어주었다.[21] 이것들은 궁극적으로 명청 시기 중국의 출판과 책 문화에 대한 좀 더 포괄적이고 정확한 상(相)을 재구성하는 데에 기여할 것이다.

해 줄 것이다.

지역별 목록 이외에, 매우 유용한 시대별 목록과 주제별 목록이 출판되었다. 첫 번째 유형에서는 두신푸(杜信孚)의 『명대판각종록(明代版刻綜錄)』(揚州: 江蘇廣陵刻印社, 1983년)이 두드러진 예이다. 주제별 목록의 예로서는 의서에 관한 『전국중의도서연합목록(全國中醫圖書聯合目錄)』(北京: 中醫古籍出版社, 1991년)과 족보학에 관한 『중국가보종합목록(中國家譜綜合目錄)』(北京: 中華書局, 1997년)을 들 수 있다. 마지막으로, 중국이 기반이 된 것은 아니지만 또 다른 목록학적 연구 작업이 하나 있는데, 이를 통해 중국의 출판과 책 문화에 관한 연구를 근본적으로 변화시킬 수도 있기 때문에 여기서 언급할 필요가 있다. 바로 쇠렌 에드그렌이 진행하는 중국 선본 연구 사업이다. 이 사업은 현재 프린스턴대학에서 진행되고 있으며, 중국과 북미, 그리고 영국에 소장되어 있는 현존 선본에 관한 상세한 서지 정보를 제공하는 온라인 연합목록의 편찬에 전념하고 있다. 이 목록에는 다른 자료에서는 얻을 수 없는 정보도 상당히 많이 있다.

19 중앙정부 신문출판국(新聞出版局)의 지시에 따라, 중국의 각 성(省)의 신문출판국들은 해당 지역 도서출판의 역사를 편찬해 오고 있다. 그 가운데는 연속간행물(예를 들어, 『장시출판사지(江西出版史志)』)이나 지방지의 한 부분(예를 들어 최근 발행된 『광둥성지(廣東省志)』(廣州: 廣東人民出版社, 1997년) 중의 「출판지(出版志)」)로 출판된 경우도 있고, 독립된 책들[예를 들어 니보(倪波)와 무웨이밍(穆緯銘)이 펴낸 『장쑤도서인쇄사(江蘇圖書印刷史)』(南京: 江蘇人民出版社, 1995년)와 장청보(江澄波), 두신푸(杜信孚), 두융캉(杜永康) 등이 펴낸 『장쑤각서(江蘇刻書)』(南京: 江蘇人民出版社, 1993년) 등을 포함하여 장쑤 성의 출판 역사에 관한 일련의 책들]도 있다. 일부 성(省)은 지역 출판물들의 목록을 간행하기도 하였다. 창수즈(常書智)와 리룽루(李龍如)가 펴낸 『후난성고적선본서목(湖南省古籍善本書目)』(長沙: 岳麓書社, 1998년)이나, 자오궈장(趙國璋)이 주편한 『장쑤예문지(江蘇藝文志)』(南京: 江蘇人民出版社, 1994-1996년)를 그 예로 들 수 있다. 『장쑤예문지(江蘇藝文志)』는 15책으로 된 장쑤 성의 서적에 대한 방대한 목록이다. 지금까지 나온 이러한 작업들은 질적 수준이 고르지는 않지만, 그러한 시도를 통해 학자들은 인쇄술의 발달과 출판 성향이 지역에 따라서 어떤 차이를 보이는지를 더욱 정교하게 이해할 수 있을 것이다. 개별적으로 작업을 하는 지방의 학자들도 일정한 범위에서 유용한 자료들을 제공하고 있다. 즉, 지역의 『문사자료(文史資料)』를 통해 20세기 초반 출판 산업과 출판사에 대한 회고록을 발표하거나, 지역 출판가문의 계보에 대한 자세한 연구, 혹은 지방 출판 산업에 대한 통사(通史)적 연구도 진행하고 있다. 이들 각각의 유형에 관한 예로서 다음과 같은 작업을 들 수 있다. 첫째, 쩌우르성(鄒日升)의 「중국 4대 조판인쇄 기지의 하나-쓰바오: 쓰바오 조판인쇄업의 성쇠 개설(中國四大彫版印刷基地之一--四堡: 淺談四堡雕版印刷業的盛衰)」[『連城文史資料』 5(1985년): 102-115쪽]과 둘째, 젠양(建陽)의 인쇄업자에 관한 팡옌서우(方彦壽)의 일련의 글이 있는데, 그 가운데 두 가지만 예로 들자면 「민베이 잔, 위, 슝, 차이, 황 등 5성 13인 각서가 생평고략(閩北詹余熊蔡黃五姓十三位刻書家生平考略)」[『文獻』 41(1989년): 228-243쪽]과 「민베이 14인 각서가 생평고략(閩北十四位刻書家生平考略)」[『文獻』 55(1993, 1, 210-219쪽]이 있고, 셋째, 셰수이순(謝水順)과 리팅(李珽)의 『푸젠고대각서(福建古代刻書)』(福州: 福建人民出版社, 1997년)가 있다.

20 『활자인쇄원류(活字印刷源流)』(北京: 印刷工業出版社, 1990년)와 장슈민과 한치(韓琦)의 『중국활자인쇄사(中國活字印刷史)』(北京: 中國書籍出版社, 1998년)를 볼 것.

21 헨리 루스 재단(The Henry Luce Foundation)은 최근에 '서적 교역의 지형도 그리기: 명청 시기 인쇄 문화의 팽창(Mapping the Book Trade: The Expansion of Print Culture in Late Imperial China)'이라는 프로젝트의 향후 현지 조사와 문서 조사를 위해 기금을 지원했다. 이 프로젝트는 확인할 수 있는 출판지를 밝히는 것뿐 아니라 이 새로운 출판물들의 서지 목록을 만들어내기 위해 기획된 것이다. 신시아 브로카우와 샤먼(厦門)대학의 허우전핑(侯眞平), 그리고 루실 쟈가 베이징에 있는 중국인쇄박물관(中國印刷博物館)의 웨이즈강(魏志剛)과 함께 이 프로젝트를 위해 공동연구를 하고 있다.

중국의 책 문화와 인쇄의 사회사

중국의 책과 인쇄에 관한 다량의 연구 저작이 있는 상황에서, 또 다시 중국의 책에 대해 연구해야 할 필요가 있을까? 앞서 간략하게 요약한 학문적 성과는 일반적인 수준에서의 중국의 인쇄 역사에 대한 기본적인 정보를 제공하며, '선본'[善本, 선본이란 적어도 건륭(乾隆) 연간(1736년-1796년)이나 혹은 그 이전에 나온 책으로 정의됨][22]에 대한 중요한 서지적 길잡이가 된다. 하지만 중국에서의 도서 문화와 인쇄의 사회사가 분석된 경우는 거의 없다. [즉, 다음과 같은 질문을 제기할 수 있다.] 인쇄술과 출판사업의 구조가 책의 문화를 만들어내었던 방식은 어떠했는가? 또한 책은 상품이자, 정보의 보고이자, 장사 비결의 가이드이자, 오락물이자, 공예품이었는데, 이러한 성격을 가진 책이 지적 생활, 사회적 교유, 글을 통한 의사소통에 어떠한 영향을 주었는가? 그리고 문화적, 정치적, 과학적 정보나 종교적 신념의 보급에는 어떤 효과를 만들어내었는가? [바로 이에 대한 연구가 거의 없는 실정인 것이다.]

그러므로 여전히 *사회적, 경제적, 지적, 문화적인* 측면에서 서적사를 충분히 검토해야 할 필요가 있다. 중국에서 인쇄술은 우선 송대에 보급되었고 명말(1368-1644년)과 청대에 더욱 빠르게 확산되었는데, 이러한 확산이 가져온 사회적, 지적 충격은 무엇인가? 명청 시기에는 책을 어떻게 출판하고 홍보하고 팔았는가? 조정, 개인, 기관, 출판상 등 서로 다른 형태의 출판 사업체가 어떤 식으로 구성되었으며, 또 이들은 영리를 목적으로 하는 사업으로서 어떻게 기능했는가? 유통의 주요한 방식은 무엇이었으며, 이것이 중국에서 지식이 유포되는 경로에 대해 무엇을 알려줄 수 있을까? 인쇄 산업의 확장이 지역적 정체성을 표출하기 위한 통로를 제공했는가, 아니면 조금 더 광범위한 지역이나 국가의 문화적 통합을 촉진했는가? 명청 시기에는 인쇄물이 폭발적으로 증가했는데, 이것이 지식을 정의하고 분류하는 데에 어떠한 영향을 주었는가? 책의 생산과 유통이 어떤 방식으로 정치에, 또 제국 시스템의 작동에 영향을 주었는가?

이러한 질문들을 통해 문어에 대한 비교적 새로운 연구 방법이 무엇인지를 명확하게 할 수 있는데, 그 새로운 접근방법이란 서구의 창시자들이 "서적사(*histoire du livre*)"라 명명했던 것이다. 서적사(또는 좀 더 정확하게는 서구에서의 서적사)는 프랑스의 아날 학파[23] 연구자들 사이에서 1950년대 말에 하나의

---

22 '선본'의 개념을 정의 내릴 때 고려될 수도 있는 서로 다른 기준에 대한 논의로는 마오춘샹(毛春翔)의 『고서판본상담(古書版本常談)』(香港; 中華書局, 1985년), 3-7쪽을 볼 것.

23 【옮긴이 주】 랑케의 사실주의에 토대를 둔 근대 역사학은 역사철학이나 낭만주의적 역사서술의 굴레로부터 벗어나기는 하였으나, 사료의 정확성에 지나치게 집착함으로써 역사학의 폭과 깊이를 축소시키는 부정적 측면을 노출하여, 결국 인문사회과학의 세계에서 자료제공자의 위치로 전락하고 말았다. 이러한 역사학의 위기 상황에서, 프랑스에서는 뒤르켐의 사회학, 비달 드 라 블라슈(Vidal de Blache)의 인문지리, 철학자인 H. 베르의 역사적 종합 등이 인문사회과학을 주도하는 가운데, F. 시미앙이 제기한 '역사가들의 3가지 우상(정치·개인·연대)'에 대한 논박, 그리고 이러한 도전에 대한 역사가로서의 수용은 새로운 역사학의 형태를 결정지었다. 정치보다는 사회, 개인보다는 집단, 연대보다는 구조를 역사인식의 기본 골격으로 삼아야 한다는 것이 이 학파의 정신이 된 것이다. 이렇게 출범한 이 학파가 역사학 안팎에서 지배적인 위치를 확보한 것은 제2세대인 F. 브로델에 의해서이다. 그가 1949년에 발표한 『지중해』는, 지중

두드러진 연구 분야로 시작되었다. 뤼시앵 페브르(Lucien Febvre)와 앙리-장 마르탱(Henry-Jean Martin)의 『책의 탄생(L'Apparition du livre, The coming of the book, 1958)』은 "인쇄를 통한 사회적, 문화적 소통의 역사"를 진지하게 학술적으로 다룬 첫 번째 시도였다.[24] 서구의 도서 연구의 주요 학자인 로버트 단턴(Robert Darnton)은 "소통 회로(communication circuit)"에 대해 조사함으로써 새로운 분야에 대한 청사진을 수립하였다. 그 관계망에는 저자와 편집자, 출판업자, 인쇄업자(또 인쇄부품 공급업자), 운송업자, 서적상과 독자들이 함께 묶인다. 이러한 관계망을 연구할 때는 그 각각의 영역에서 지적인 파급력, 사회경제적 조건, 그리고 정치적, 법적 규제가 복잡하게 얽혀 있었다는 측면을 항상 염두에 두어야 한다.[25]

지난 수십 년 동안, 이 문제에 대해 서구의 학자들은 다양한 방식으로 답안을 제시했다. 다시 말해, 개별적인 인쇄소와 출판 기획에 대한 철저한 연구도 있고,[26] 인쇄가 과학혁명과 종교개혁의 수단이었

해세계라는 자연환경 속에서 '시간이 잘 마모시키지 못하는' '장기지속(la longue duree)'적인 지리적인 삶, 그리고 그 위에서 완만하게 주기적으로 변하는 사회 경제적인 삶, 그리고 표면의 거품과 같은 정치적인 삶을 구조적이며 총체적으로 그린 아날학파의 교과서였다. 이후 G. 뒤비, E. 르 루아 라뒤리, J. 르 고프 등의 제3세대는, 이러한 브로델의 역사학을 기본으로 하면서도 집단심성(集團心性)에 대한 연구를 아날학파의 영토에 편입시켰다. 그리고 최근에 이르러, R. 샤르티에에는 문화현상에 대한 사회사적 접근을 시도하면서 제4세대를 이끌고 있다. 이 학파는 역사에서의 개인의 역할, 변동에 대한 설명 등에서 한계를 드러내기도 하였으나, 일상적인 사람들의 삶을 역사의 무대에 소생시켜 주었다는 점에서 사학사적인 공헌을 하였다. 이 학파는 1970년대에 특히 세계적인 주목을 받기 시작하였으며, 1970년대 말에는 한국에도 소개되었다. 최근에는 국내의 관심도 더욱 높아져, 브로델의 대작인 『물질문명과 자본주의』(까치, 1995년)를 위시한 이 학파의 주요 연구업적들이 활발히 번역 소개되었다(『두산동아대백과사전』에서 재인용).

24 로버트 단턴(Robert Darnton), 「서적사란 무엇인가(What Is the History of Books)」(*Daedalus*, summer 1982년: 65쪽)

25 로버트 단턴(Robert Darnton), 「서적사란 무엇인가(What Is the History of Books」, 67-69쪽, 75-80쪽. 단턴의 "소통 회로(communication circuit)"에 대한 반론과 대안에 대해서는 토마스 R. 아담스(Thomas R. Adams)와 니콜라스 바커(Nicholas Barker)의 「서적 연구에 대한 새로운 모델(A New Model for the Study of the Book)」(Nicholas Barker, ed., A Potencie of Life: Books in Society, London: The British Library;New Castle, Del.:Oak Knoll Press, 2001년)5-43쪽을 볼 것. 나는 이 글을 소개해준 조셉 맥더모트(Joseph McDermott)에게 고마운 뜻을 표한다.

26 이를테면 다음의 책들을 참고할 것. 앙리-장 마르탱(Henry-Jean Martin), 『17세기 파리의 책, 권력, 사회(Livres, Pouvoirs et Société à Paris au 17e Siècle)』(Genève: Droz, 1969년); 맥켄지(D.F.McKenzie), 『캠브리지대학 출판물, 1696-1712년(The Cambridge University Press, 1696-1712)』 2 vols.(Cambridge: Cambridge University Press, 1966년); 로버트 단턴(Robert Darnton), 『계몽의 비즈니스: 백과사전 출판의 역사, 1775-1800년(The Business of Enlightenment: A Publishing History of the Encyclopédie, 1775-1800)』(Cambridge, Mass.:Belknap Press of Harvard University Press, 1979년); 미리엄 크리스만(Miriam Chrisman), 『저속한 문화, 고상한 문화: 스트라스부르(Strasbourg)에서의 책과 사회적 변화, 1480-1599년(Lay Culture, Learned Culture: Books and Social Change in Strasbourg, 1480-1599)』(New Haven: Yale University Press 1982년). 이 글에서는 이런 참고자료들의 내용을 가져오면서 인용문들을 완전히 제공하지는 않을 것이다. 이 글의 각주 25-41에 나오는 참고자료들도 마찬가지이다. 서구의 서적사에 대한 문헌 조사로는 다음의 책들을 볼 것. 로저 샤르티에(Roger Chartier)와 대니얼 로체(Daniel Roche)의 「서적사 연구를 위한 새로운 접근방법(New Approaches to the History of the Book)」(Jacques Le Goff, Pierre Nora eds., Construction the Past: Essays in Historical Methodology, Cambridge: Cambridge University Press, 1985년), 198-214쪽), 로저 샤르티에(Roger Chartier)와 대니얼 로체(Daniel Roche)의 「계량도서사(L'Histoire quantitative du livre)」(*Revue française d'histoire du livre* 16, 1977년. 3-27쪽). 레이몬드 번(Raymond Birn), 「10년 후의 『책과 사회』: 『어느 학문 분과의 형성, 볼테르와 18세기에 대한 연구(Livre et Société after Ten Years: Formation of a Discipline, Studies on Voltaire and the Eighteenth Century)』 151(1976년), 287-312쪽. 단턴(Darnton) 「서적사란 무엇인가(What Is the History of Books?」 여러 곳. 조나단 로즈(Jonathan Rose), 「서적의 역사: 개정과 증보(The History of Books: Revised and Enlarged)」(Haydn T. Mason eds., *The Darnton Debate: Books and Revolution in the Eighteenth Century*, Oxford:

다는 주장도 있고,[27] 식자율(識字率)의 변화나 말과 글의 전통 사이에 이루어지는 상호작용에 대한 연구도 있고,[28] 특정한 독서 대중의 사회적 구성을 밝히려는 노력도 있고,[29] 다양한 독서습관에 대한 고찰도 있고,[30] 또 기타 등등 여러 가지 연구가 있다. 조금 더 최근에는 서구의 연구자들이 인쇄본 도서를 물

Voltaire Foundation, 1998년, 83-104), 굴리엘모 카발로(Guglielmo Cavallo)와 로저 샤르티에(Roger Chartier) 편찬의 『서구에서의 독서의 역사(A History of Reading in the West)』 (Lydia G. Cochrane trans., Amherst: University of Massachusetts Press, 1999년;【옮긴이 주】 우리말 번역본은 이종삼 역, 『읽는다는 것의 역사』, 한국출판마케팅연구소, 2006년.), 443-471쪽.

27 이를테면, 다음의 책들을 참고할 것. 엘리자베스 에이젠슈타인(Elizabeth L. Eisenstein), 『변화의 계기로서의 인쇄 기계: 근대 초기 유럽의 의사소통과 문화 변형(*The Printing Press as an Agent of Change: Communications and Cultural Transformations in Early-Modern Europe*)』 (Cambridge: Cambridge University Press, 1979년), 스크리브너(R. W. Scribner), 『평민을 위하여: 독일 개혁운동의 대중 선전(*For the Sake of the Simple Folk: Popular Propaganda for the German Reformation*)』 (Oxford: Calrendon Press, 1994년), 로저 샤르티에(Roger Chartier), 『프랑스 혁명의 문화적 기원들(*The Cultural Origins of the French Revolution*)』 (Lydia Cochrane trans., Durham: Duke University Press, 1991).

28 잭 구디(Jack Goody), 『전통 사회에서의 식자율(*Literacy in Traditional Societies*)』 (Cambridge University Press, 1968년), 데이비드 크레시(David Cressy), 『식자율과 사회 체제(Literacy and the Social Order)』 (Cambridge: Cambridge University Press, 1980년). 데이비드 빈센트(David Vincent), 『식자율과 대중문화: 영국, 1750-1914년(*Literacy and Popular Culture: England, 1750-1914*)』 (Cambridge: Cambridge University Press, 1989년). 브라이언 스톡(Brian Stock), 『식자율의 함의: 11세기와 12세기의 서면어와 해석의 모델(*The Implications of Literacy: Written Language and Models of Interpretation in the Eleventh and Twelfth Centuries*)』 (Princeton: Princeton University Press, 1983년). 월터 옹(Walter J. Ong), 『구술문화와 문자문화: 언어를 다루는 기술(*Orality and Literacy: The Technologizing of the Word*)』 (London: Methuen, 1982년. 【옮긴이 주】 이 책의 우리말 번역본은 이기우 번역, 『구술문화와 문자문화』, 문예출판사, 2000년). 잭 구디(Jack Goody), 『글과 말 사이의 경계면(*The Interface between the Written and the Oral*)』, Cambridge: Cambridge University Press, 1987년.

29 이를테면, 18세기 프랑스에서의 '파란 책들(*Bibliothèques Bleues*)'의 독서 행위에 대한 로베르 만드루(Robert Mandrou)와 쥬느비에브 볼렘(Geneviève Bollème), 로저 샤르티에(Roger Chartier)의 서로 다른 견해를 볼 것. 만드루(Mandrou), 『17, 18세기 프랑스 대중문화 : 트루아의 파란 책들(컬렉션)(*De la Culture Populaire aux XVIIe et XVIII e Siècles: La Bibliothèque Bleue de Troyes*)』 (Paris:Stock, 1964). 볼렘(Bollème), 『파란 책 총서 : 17세기에서 18세기까지 프랑스의 대중 문학(*La Bibliothèque bleue: La littrature populaire en France du IXVII e au XVIII*)』 (Paris: Julliard, 1971년), 샤르티에(Chartier), 『싸구려 책들(*Figures de la Gueuserie*)』 (Paris: Montalba, 1982년). 영국에서의 책 문화에 대한 비슷한 주제를 다룬 저작으로는 다음을 볼 것. 마가렛 스푸포드(Margaret Spufford), 『작은 책들과 즐거운 역사: 17세기 영국의 대중소설과 독자층(*Small Books and Pleasant Histories: Popular Fiction and Its Readership in Seventeenth-Century England*)』 (Cambridge: Cambridge University Press, 1981년). 테사 와트(Tessa Watt), 『싸구려 인쇄물과 대중 신앙, 1550-1640년(*Cheap Print and Popular Piety, 1550-1640*)』 (Cambridge: Cambridge University Press, 1991년).
【옮긴이 주】 이상의 내용에 대해 다음과 같이 첨언한다. '*Bibliothèques Bleues*'는 그대로 옮기자면, '파란 책들'인데, 이것은 17세기 초반 프랑스 도시 '트루아'(Troyes)에서 찍어낸 책들을 가리킨다. 조잡한 인쇄에 표지가 허름한 파란 종이라 이렇게 불렀으며, 대중문화, 대중소설을 가리키는 범칭으로도 쓰인다. 당시 염가로 팔려 책에 대해 근엄한 태도를 취했던 식자층은 이 책을 혐오했으나, 이에 대한 역반응으로 문맹인 대중들이 많이 사서 봤는데, 실제로는 여럿이 모인 자리에서 글을 읽을 줄 아는 이가 읽어줌으로 해서 대중들이 평소에 책에 대해 품었던 선망과 갈증을 풀었을 것이다. 내용은 중세의 기사 이야기가 주종을 이루고 있기에, "기사 이야기"로 번역하기도 한다. 책의 유포는 봇짐장수들이 도맡아 했으며, 생산과 유통, 소비 등 여러 면에서 프랑스 대중문화의 효시라 할 수 있다. 이와 연관해 'conte bleue'라 하여 "파란 이야기"라는 표현도 있는데 불어에선 어린이 동화, 허무맹랑한 이야기를 가리킨다.

30 앙리-장 마르탱(Henri-jean Martin), 「설교의 역사를 위하여(Pour une histoire de la lecture)」 [*Revue française d'histoire du livre* 16 n.s.(1977)], 583-608쪽; 로버트 단턴(Robert Darnton), 「독서의 역사로 향하는 첫 걸음(First Steps toward a History of Reading)」 (*The Kiss of Lamourette: Reflections in Cultural History*, New York: W.W. Norton, 1990), 154-187쪽; 카를로 긴즈버그(Carlo Ginzberg), 『치즈와 벌레들 : 16세기 제과업자의 우주(*The Chieese and the Worms: The Cosmos of a Sixteenth-Century Miller*)』 (John Tedeschi and Anne Tedeschi trans., Baltimore: Johns Hopkins University Press, 1980);. 제임스 레이븐(James Raven), 헬렌 스몰(Helen

리적인 객체나 상품이라는 관점에서 더욱 면밀하게 연구하기 시작했고, 이러한 관심사들을 실제 독서 행위에 대한 연구로 연결시켰다. 이를테면, 코덱스[31]와 같은 책의 형식이 어떤 식으로 지적인 논쟁과 토론을 촉진시켰는가 하는 것을 들 수 있다. 코텍스가 등장함에 따라 독자가 텍스트 안에서 이러 저리 왔다 갔다 하면서 내용을 검토하고 서로 다른 페이지를 상호 교차적으로 참조할 수 있게 되었는데, 사실 이것은 텍스트가 두루마리 형태로 되어 있을 때는 훨씬 더 어려운 작업이었을 것이다.[32] 책이 어떻게 만들어졌는가가 아니라 책이 어떤 식으로 읽혔는가 하는 것에 대한 관심도 점점 증가하여, 독자-반응 비평이라는 작업, 곧 독자가 텍스트의 의미를 구축하는 데 어떤 역할을 하는지에 대해 면밀하게 검토하려는 기획을 탄생시키는 데 일조하기도 했다.[33]

경제, 사회, 학술, 종교, 문학, 문화, 그리고 심지어 정치의 역사를 다루고 있는 서구의 서적사 못지않게 중국의 서적사도 학제간이나 다면적인 측면에서 다루어질 수 있다. 이를테면 출판 사업의 구조와 운영 원리, 서적의 제작 비용, 서적의 가격에 대한 연구를 들 수 있다. 이와 같은 연구는 중국의 독특한 출판 형태가 출판물의 선정, 텍스트의 배포, 독서물에 대한 대중의 접근성에 어떻게 영향을 주는지를 설명함으로써, 경제사나 상업사 연구자들의 관심사와 문학사나 사회사 연구자들의 관심사를 연결할 수 있다. 종교 연구의 영역에서는 승원과 사묘(寺廟)가 필사본이나 인쇄본의 출판자로서 매우 중요한 역할을 담당했다는 사실에 대한 연구를 통해, 당대(唐代) 이래로 인쇄의 확산 뿐 아니라 종교 기관의 조직과 기능들에 대해 많은 것을 알 수 있다. 또한, 이전보다 광범위한 범위의 경전과 소책자를 찍어

Small)과 나오미 테드모어(Naomi Tadmore) 편찬, 『영국에서의 독서 행위와 표상(*The Practice and Representation of Reading in England*)』(Cambridge: Cambridge University Press, 1996년), 카발로(Cavallo)와 샤르티에(Chartier), 『서구에서의 독서의 역사(*A History of Reading in the West*)』.

31 【옮긴이 주】 코덱스(codex)는 서적의 원형으로 이전에 쓰이던 두루마리나 납판 이후에 발달한 것으로 현재와 같은 책자 모양으로 철한 것을 말한다.

32 콜린 H. 로버츠(Colin H. Roberts)와 T. C. 스킷(T. C. Skeat), 『코덱스의 탄생(*The Birth of the Codex*)』(London: British Academy, 1983년), 45-66쪽. 지면의 물리적인 배치와 지면 위의 글이 독서에 어떤 효과를 가져오는지를 다룬 다른 저작들로는 다음과 같은 것들이 있다. 마이클 카미유(Michael Camille), 「지면이 주는 감동: 도판 기술과 중세의 삽화 필사본(Sensations of the Page: Imaging Technologies and Medieval Illuminated Manuscripts)」(George Bornstein and Theresa Tinkle, eds., *The Iconic Page in Manuscript, Print, and Digital Culture,* Ann Arbor: University of Michigan Press, 1998), 33-53쪽; 폴 생어(Paul Saenger), 『글자 사이의 공간: 묵독의 기원(*Space between Words: The Origins of Silent Reading*)』(Stanford: Stanford University Press, 1997).

33 볼프강 이저(Wolfgang Iser), 『내포 독자: 버년에서 베케트까지 산문 소설에서의 소통의 유형들(*The Implied Reader: Patterns of Communication in Prose Fiction from Bunyan to Beckett*)』(Baltimore: Johns Hopkins University Press, 1974); 수전 R. 슐레이만(Susan R. Suleiman)과 잉게 크로스만(Inge Crosman), 『텍스트에서의 독자: 청중과 해석에 대한 논고(*The Reader in the Text: Essays on Audience and Interpretation*)』(Princeton: Princeton University Press, 1980); 제인 톰킨스(Jane Tompkins) 편, 『독자-반응 비평: 형식주의에서 포스트 구조주의로(*Reader-Response Criticism: From Formalism to Post-Structualism*)』((Baltimore: Johns Hopkins University Press, 1980); 앤드루 베넷(Andrew Bennett) 편, 『독자과 독서(*Readers and Reading*)』(London: Longman, 1995); 미셸 드 세르토(Michel de Certeau)는 정치적으로 지배적 집단에 의해 의도된 의미를 변화시키는 데에 독서가 강력한 수단이 될 수 있는 여러 가지 방식을 강조했다. 『일상생활의 실천(*The Practice of Everyday Life*)』(Berkeley: University of California Press, 1984), 165-189쪽을 볼 것.

내고 그 텍스트를 더 널리 배포하였다는 점을 고려하면, 인쇄의 발전이 종교적인 신념과 교육에 대해서도 일정한 영향을 주었던 것은 확실하다. 정치와 법을 연구하는 역사가라면, 출판에 대한 연구에서 당연하게도 검열과 지적 재산권 문제를 다루게 된다. 다시 말해, 반복된 시도에도 불구하고 명청 시기 대부분의 시간 동안 정부가 상업적인 출판을 효과적이고 포괄적으로 규제하는 데 실패했던 것은, 중국 정부의 제도적인 한계에 대한 의문을 불러일으킨다. 그리고 저작권 개념이 매우 엉성하게 발전했다는 사실 그 자체가, 현재 중국에서 아직까지도 중요한 의미가 있는 소유권과 법의 기능에 대한 이해를 반영하고 있다.

교육, 사회, 문화, 학술사와 연결된 것은 너무 많기 때문에 여기에서 포괄적으로 설명하기는 어렵다. 그 대신 몇 가지 중요한 문제점을 언급하도록 하겠다. 집필과 편집 과정에서 출판업자가 빈번하게 관여했던 정황은 청말과 근대 초기 중국에서의 저작권(특히 통속 소설) 문제, 심지어 도서 그 자체의 속성에 대한 우리의 이해를 바꿔놓았다. 출판된 책의 범주, 내용, 언어에 대한 정보는 사회사 연구자들이 당시 독자들에 대해 더 뚜렷한 상을 얻는 데에 도움을 줄 수 있고, 더 나아가 식자 수준에 따른 혹은 성별에 따른 독자의 범위와 다양성을 더욱 명확하게 이해하는 데에도 유용하다. 이러한 정보들을 서적 유통의 방식에 관한 연구와 겹쳐놓고 보면, 지식이 유포되는 과정이나 문화가 전국적으로 혹은 지역적으로 통합되는 과정도 더욱 정확하게 이해할 수 있을 것이다. 이를테면 다음과 같은 예가 그러하다. 즉, 예절이나 가정살림에 대한 안내서, 통속 소설, 가정 의학서, 윤리도덕에 대한 소책자 등과 같은 특정한 대중서들이 유통되었는데, 이러한 현상은 공유된 문화적인 정체성을 형성하는 데 기여를 했을까? 아니면, 더욱 세분화된 지방 텍스트의 출판이 증가하여 특정 지방의 어휘를 사용한다거나 지방에 국한된 관습들을 규정하고 있는데, 이러한 현상은 통합 과정의 토대를 약하게 했을까?

이런 몇 가지 문제에 관해서 과거 20년 동안 주로 일본어나 서양 언어로 씌어진 저작들이 많이 출간되었는데, 이를 통해 중국인들의 삶에서 차지하고 있는 도서의 출판과 역할에 대한 궁금증들이 밝혀지기 시작했다.[34] 그 대부분은 출판과 도서가 지식인들의 지적이고 문학적인 삶에 대해 끼쳤던 영향을 다루고 있으며,[35] 또한 필사본 문화에 대한 연구,[36] 도서 문화에 대한 대중의 참여,[37] 도서의 삽화와

34 여기에 대해서는 무엇보다 가장 먼저 이노우에 스스무(井上進)의 최근작 『중국 출판문화사(中國出版文化史)』(名古屋: 名古屋大學出版會, 2002년)(【옮긴이 주】 이 책의 우리말 번역본은 이동철 등 역, 민음사, 2013년)를 언급해야 한다. 이 책은 서적과 인쇄가 중국 역사와 지적인 삶을 형성했던 방식을 매우 상세하게 다룬 역사서이다. 나는 35에서 40까지의 주석에서 중국의 서적사에 대한 최근의 몇 가지 중요한 업적을 제시하겠다. 지면의 한계로 그러한 저작들과 거기에서 제기한 여러 가지 논점을 모두 다루는 것은 불가능하다. 그리고 이렇게 제시된 참고서적은 이 분야 전체를 총망라하는 것이 아니라, 단지 그 다양한 쟁점의 간단한 견본만을 제공한다. 서양 언어로 된 최근의 더욱 완전한 학문 개요는 미첼라 부소티(Michela Bussotti)의 「중국의 출판문화에 대한 서양언어로 된 최근 연구의 일반적인 조사(General Survey of the Latest Studies in Western Languages on the History of Publishing in China)」〔『(*Revue Bibliographique de Sinologie*)』 n.s.(new series) 16(1998년), 53-68쪽〕에서 볼 수 있다. 첸춘쉰(錢存訓) 『종이와 인쇄술(*Paper and Printing*)』에 있는 참고서목 C(431-450쪽)와 「중국 인쇄사 간목(中國印刷史簡目)」(195-198쪽)에서는 중국인쇄에 대해 서양언어로 된 저작들을 쉽게 찾아볼 수 있다.

서체,[38] 검열과 정부의 통제,[39] 그리고 특정 출판업의 조직과 출판물[40]에 대한 연구 분야도 있다.

---

35 많은 학자들은 인쇄와 출판 산업이 식자층의 지적이고 문학적인 삶을 형성했던 방식에 대해 논의하면서, 특히 인쇄본의 보급이 어떻게 중국에서 독서와 비판적 사고를 형성했는지를 다루고 있다. 몇 가지만 언급해보자면, 수전 체르니악(Susan Cherniack)은 송대의 도서 문화를 연구하며, 인쇄본을 쉽게 구할 수 있게 됨으로써 경전과 기타 고대 서적에 대한 비판적 검토가 가능해졌으며 일종의 문헌 편집"학"이 탄생할 수 있었다고 설명하고 있다(「중국 송대의 도서문화와 문헌 전승(Book Culture and Textual Transmission in Sung China)」, *Harvard Journal of Asiatic Studies* 54.1[1994.6], 5-125쪽). 카이윙 초우(Kai-wing Chow)에 따르자면, 몇 세기 후인 명대 말에는 출판이 폭발적으로 증가하면서 정통적인 경전 해석에 도전하는 새로운 주석도 널리 유포될 수 있었고, 이는 지식인들의 반골 기질을 고취하였다(「성공을 위한 글쓰기: 명말의 인쇄, 과거, 지적인 변화(Writing for Success: Printing, Examinations and Intellectual Change in Late Ming China)」, *Late Imperial China* 17.1[1996.6], 120-157쪽). 또한 그의 『근대 중국의 출판, 문화 그리고 권력(*Publishing, Culture, and Power in Early Modern China*)』(Stanford : Stanford University Press, 2004)도 볼 것. 청대에 관해서는 피에르-앙리 뒤랑(Pierre-Henri Durand)의 『문자와 권력: 왕조시기 중국의 문자옥(*Lettres et pouvoirs : Un procès littéraire dans la Chine impèriale*)』(Paris: Études en Sciences Sociales, 1992)을 참고할 만하다. 이 글에서는 한림원 편수(編修)였던 다이밍스(戴名世, 1653-1713년)의 문자옥을 연구하면서, 상류계층의 정치적 생애에서의 팔고문의 생산과 글쓰기의 힘에 대해 중요한 분석을 하고 있다. 서적 문화의 제도적인 역할에 초점을 맞춘 것으로는 벤자민 엘먼(Benjamin A. Elman)의 『성리학에서 고증학으로: 명청 시기의 학술적, 사회적 변화의 양상(*From Philosophy to Philology : Intellectual and Social Aspects of Change in Late Imperial China*)』(2d rev. ed., *Asian Pacific Monograph Series*, Los Angeles : University of California, Los Angeles, 2001)을 들 수 있다.

이 책은 강남의 장서각과 출판망을 고증학 운동의 두 기둥으로 상정하고 있는데, 이 두 가지를 통해 강남의 고증학자들은 문헌 연구 과정에서 필수적인 정보와 텍스트를 쉽게 교환할 수 있게 되었다. 문학의 영역에서는 오오키 야스시(大木康)가 펑멍룽(馮夢龍, 1574-1646년)과 천지루(陳繼儒, 1558-1639년)에 관한 새로운 연구를 개척했다. 그는 「명말 강남의 출판문화 연구(明末江南における出版文化の研究)」(『廣島大學文學部紀要』[1991.1], 1-173쪽)에서 명말 강남의 "출판문화"에는 문인과 서적 생산 사이에 밀접한 상호작용이 존재했음을 밝히고 있다. 이노우에 스스무(井上進)는 「서점, 서적 판매상, 문인(書肆, 書賈, 文人)」에서 서적판매상과 문인들 간의 관계를 조사했다(荒井健編, 『中華文人の生活』, 東京: 平凡社, 1994년, 304-338쪽). 또한 김문경(金文京)의 글 「탕빈인와 명말의 상업 출판(湯賓尹と明末の商業出版)」(같은 책, 339-383쪽)도 참조할 만하다. 최근의 논문집으로는 쥬디쓰 짜이틀린(Judith T. Zeitlin)과 리디아 류(Lidia H. Liu)가 편집한 『중국의 글쓰기와 물질성: 패트릭 해넌 헌정 논문집(*Writing and Materiality in China: Essays in Honor of Patrick Hanan*)』(Cambridge, Mass.: Harvard University Asia Center, 2003)이 있는데, 문학과 인쇄문화간의 연관성에 관한 연구 논문이 몇 편 들어있다. 예를 들면 다음과 같다. 상웨이의 「『금병매』와 명말 인쇄문화(*Jin Ping Mei* and Late Ming Print Culture)」, 187-238쪽; 캐서린 로우리(Kathryn Lowry)의 「감정의 힘을 복사하다: 명말 연애편지의 유통(Duplicating the Strength of Feeling: The Circulation of *Qingshu* in Late Ming)」, 239-272쪽; 그리고 엘런 위드머(Ellen Widmer)의 「우연의 일치에 대한 고려: 1828년 무렵의 '여성독자층'(Considering a Coincidence: The 'Female Reading Public' circa 1828)」, 273-314쪽.

하지만 이 분야의 논문 대부분은, 명청 시기에 출판된 백화소설이나 문언소설의 여러 판본들을 분석하고 거기에 각각 대응하는 독자들이 누구였는지를 식별하는 방식으로, 독자층이라는 난해한 주제를 다루고 있다. 윌트 이데마(Wilt Idema)의 『중국 백화소설: 형성기(*Chinese Vernacular Fiction : The Formative Period*)』(Leiden : E.J. Brill, 1974)에서는 이 문제를 대략적으로 언어문제로 정의하고 있다. 단지 간단한 문언만을 이해하는 사람들을, 조금 더 정교한 백화문을 터득한 사람들이나 가장 어렵고 우아한 문언에까지 정통한 최고로 세련된 수준의 사람들과 구별해서 논의하자는 것이다. 패트릭 해넌(Hanan)은 『중국 백화소설(*The Chinese Vernacular Story*)』(Cambridge, Mass.: Harvard University Press, 1981)에서 문맹인들의 독서를 도와주는 백화문의 역할을 강조하면서 이데마의 관점을 약간 수정했다. 로버트 헤겔(Robert E. Hegel)은 그의 『명청 시기 삽화본 소설 읽기(*Reading Illustration Fiction in Late Imperial China*)』(Stanford: Stanford University Press, 1998)에서 다소 다른 방침을 취했다. 그는 문인 독자층을 대상으로 한 삽화본 소설의 출판과 판매에서 맡은 출판업자들의 역할, 특히 강남(江南) 지역 출판업자들의 역할을 탐색하였다. 앤 매클라렌(Anne E. McLaren)은 좀 더 초점을 좁힌 연구에서, 특정의 편집자와 출판업자가 갖고 있는 마케팅적인 관심사가 생산된 텍스트의 형식뿐만 아니라 내용을 어떻게 틀 지웠는지를 보여주었다.

그리하여 군사에 흥미를 가진 독자들을 겨냥한 『삼국연의』의 어떤 판본은 소설 속 등장 인물들의 전략적 선택을 평점에서 도드라지게 강조했던 것이다(「명대의 독자와 백화의 해석학: 『삼국연의』의 여러 가지 사용법(Ming Audiences and Vernacular Hermeneutics: The Uses of *The Romance of the Three Kingdoms*)」, *T'oung Pao* 81.103[1995], 51-80; 「『삼국연의』의 통속

이 책에 실린 글들은 이런 작업들을 확장하고 심화시키려는 노력의 표현이자, 학술적 관심의 초점을 책

화: 두 개의 초기 판본 연구(Popularizing *The Romance of the Three Kingdoms*: A Study of Two Early Editions)」, *Journal of Oriental Studies* 33.2[1995], 165-185). 특정한 텍스트의 편집과 출판의 역사에 대한 상세한 연구로는 다음과 같은 것들이 있다. 리차드 그레그 어윈(Richard Gregg Irwin)의 『중국 소설의 진화: 수호전(*The Evolution of a Chinese Novel*: Shui-hu-chuan)』, *Harvard-Yenching Institute Studies* 10(Cambridge, Mass.: Harvard University Press, 1966년); 김문경(金文京)의 『삼국지연의의 세계(三國志演義の世界)』(東京: 東方書店, 1993년); 이소베 아키라(磯部彰)의 『서유기 형성사 연구(西遊記形成史の硏究)』(東京: 創文社, 1993년). 이러한 연구들은 중국 백화소설 중 가장 위대한 두 작품이 독자에게 수용될 때 편집자와 출판업자가 어떠한 역할을 했는지를 이해할 수 있게 도와준다. 이소베 아키라는 『서유기』에 관한 또 다른 글에서, 그 소설의 독자층을 추정하기 위하여 광범위한 사회경제적인 자료를 끌어들인다. 「명말 『서유기』의 주체적 수용계층에 관한 연구 - 명대 "고전 백화소설"의 독자층을 둘러싼 문제에 관해서(明末における西遊記の主體的受容層に關する硏究–明代'古典的白話小說'の讀者層をめぐる問題について)」, 『集刊東洋學』 44(1980.8), 50-63쪽을 참조할 것. 또 오오키 야스시(大木康)의 비평문 「명말 백화소설의 저자와 독자에 대해서 - 이소베 아키라의 관점에 의거하여(明末における白話小說の作者と讀者について–磯部彰氏の所說に寄せて)」, 『明代史硏究』 12(1984.3), 1-6쪽을 참조할 것. 이에 관련한 대니얼 가드너(Daniel K. Gardner)와 데이비드 롤스턴(David Rolston)의 연구는 독자층보다는 독서와 관련된 문제에 초점을 맞추고 있다. 경전에 보이는 행간비주(行間批注)의 형식과 백화소설에 나타난 다양하고 상이한 주석 형태로 된 평점은 어떻게 상류계층의 독서 경험을 형성했는가? 이에 대한 연구로 가드너의 「유가의 평점과 중국학술사(Confucian Commentary and Chinese Intellctual History)」(Journal of Asian Studies, 57.2(1998.5): 397-422쪽; 그리고 롤스톤의 『중국 소설 독법(How to Read the Chinese Novel)』(Princeton: Princeton University Press, 1990년. 【옮긴이 주】 우리말 번역본은 조관희 역, 『중국 고대소설 독법』, 서울; 보고사. 2012년), 『중국고전소설과 소설평점: 행간의 읽기와 쓰기(Traditional Chinese Fiction and Fiction Commentary: Reading and Writing between the Lines)』(Stanford : Stanford University Press, 1997년. 【옮긴이 주】 우리말 번역본은 조관희 역, 『중국 고대소설과 소설 평점』, 서울; 소명출판, 2009년)가 있다. 캐서린 벨(Catherine Bell)의 연구가 있긴 하지만, 인쇄가 종교적 독서행위와 신념에 미친 충격에 대한 연구는 놀라울 정도로 거의 없다. 캐서린 벨은 이 잠재성이 풍부한 영역에 관심을 두기 시작하면서 시론적인 논문을 몇 편 발표했다. 즉 인쇄로 인해 개종의 가능성이 확대되기도 하지만, 동시에 종교적인 교리의 유연성을 고착시키고 더 나아가 제한하는 기제로 작동했다는 것이다(「중국의 인쇄와 종교: 『태상감응편』을 통해 본 몇 가지 증거(Printing and Religion in China: Some Evidence From the *Taishang ganying pian*)」 *Journal of Chinese Religions* 20[1992], 173-186쪽; 「'세계를 구한 귀중한 뗏목': 중국 윤리 서적에서의 필사 전통과 인쇄의 상호작용('A Precious Raft to Save the World': The Interaction of Scriptural Traditions and Printing in a Chinese Morality Book)」, *Late Imperial China* 17.1[1996.6] : 158-200쪽).

36 장-피에르 드레게(Jean-Pierre Drège)의 『필사본 시대 중국의 도서 연구(*Les Bibliothèques en Chine au temps des Manuscrits(jusqu'au Xe siècle)*)』(Paris: École Française d'Extrême-Orient, 1991년)는 매우 중요한 저작이다. 이 책은 주로 둔황 출토 자료들에 대한 자신의 연구에 기초하여, "필사본 시대" 중국 책의 문화와 송대의 인쇄본의 보급을 다루면서 필사본 문화와 인쇄본 문화의 차이점과 관련성에 대한 몇 가지 중요한 문제를 제기하고 있다. 또한 그의 「중국 송대 인쇄술이 가져온 변화들(Des Effects de l'Imprimerie en Chine sous la Dynastie des Song)」(*Journal asiatique* 282.2(1994년): 409-442쪽)도 참조할 만하다. 이노우에 스스무(井上進)는 인쇄의 시대에도 필사본은 여전히 중요했다는 점을 몇몇 논문에서 밝히고 있다. 「출판문화와 학술(出版文化と學術)」(모리 마사오(森正夫) 등 편編, 『명청시대사의 기본문제(明淸時代史の基本問題)』, 東京: 汲古書院, 1997년, 531-555쪽)와 「장서와 독서(藏書と讀書)」[『東方學報』 62(1990년)], 409-445쪽을 참조할 것(이런 문제에 대해서는, 이 책에 실린 맥더모트(McDermott)의 글과 오오키 야스시(大木康)의 학회 발표 자료 「명청 시기 중국의 필사본(Manuscripts in Ming-Qing China)」을 볼 것).

37 인쇄술이 끼친 영향에 대한 대부분의 연구가 사회 엘리트들의 텍스트와 독서행위에 대해 초점을 맞추고 있는 반면에, 어떤 학자들은 책에 대한 대중들의 접근성을 연구하고 더 나아가 식자율을 추정하려고까지 했다. 이 방면에서 가장 주목할 만한 저작은 이블린 러스키(Evelyn S. Rawski)의 선구적인 연구인 『중국 청대의 교육과 대중의 식자율(Education and Popular Literacy in Ch'ing China)』(Ann Arbor : University of Michigan Press, 1979)이다. 이 연구는 청대에 남성과 여성 인구 양쪽에게 공히 다양한 난이도를 제공한 초급 독본과 기초 교육에 관한 것이다. 제임스 헤이즈(James Hayes)는 홍콩의 여러 마을에서 현지조사를 진행하여, 농민들이 필사본과 인쇄본에 얼마나 접근할 수 있었는지, 또 대부분이 문맹인 시골 공동체에서 읽기 "전문가"가 담당한 역할이 무엇이었는지 대해서 유용한 정보를 제공해주고 있다(「청말의 대중문화 : 홍콩 지역에서 수집된 인쇄본과 필사본(Popular Culture in Late Ch'ing China: Printed Books and Manuscripts from the Hong Kong Region)」, *Journal of the Hong Kong Library Association* 7 [1983], 57-72쪽; 「청말의 대중문

과 도서문화의 역사에 두어 더욱 날카롭고 집중적으로 다루어 보려는 시도이다. 요컨대, 중국의 사회적,

화와 20세기 초의 중국: 홍콩의 서고에 비치된 도서목록들(Popular Culture of Late Ch'ing Early Twentieth Century China: Book Lists Prepared from Collection in Hong Kong)」, *Journal of the Hong Kong Branch of the Royal Asiatic Society* 20[1980], 168-81; 「향촌 세계 내의 전문가와 문헌자료(Specialists and Written Materials in the Village World)」 (David Johnson, Andrew J. Nathan, Evelyn S. Rawski eds., *Popular Culture in Late Imperial China*, Berkeley : University of California Press, 1985), 75-111쪽. 그보다 더 이른 시기에 관한 연구로는 앤 매클라렌(Anne E. McLaren)의 『중국의 대중문화와 명대의 샹떼파블(Chinese Popular Culture and Ming Chantefables)』 (Leiden: E.J.Brill, 1998년)이 있는데, 종종 여성도 포함한 당시 "대중" 독자들 사이에서 공유된 텍스트와 독서 행위에 대한 매우 귀중한 통찰을 제공해주고 있다.

【옮긴이 주】 위의 내용 가운데 '대중(popular)'은 중국문학사에서 말하는 '통속(通俗)'이나 '속(俗)'이라는 용어를 가리킨다. 이를테면 '대중문화'는 '통속 문화', '대중문학'은 '속문학'을 말한다. 아울러 매클라렌의 글 제목에서의 샹떼파블chantefables은 프랑스어를 그대로 가져다 쓴 것으로, chanter(노래하다라는 동사)와 fable(이야기)의 합성 명사이며, chantefables는 복수 형태이고, 기본형에는 s가 없다. 이 말이 처음 보이는 문헌은 13세기 초기 유럽의 오카상과 니꼴레뜨Aucassin et Nicolette라는 작자 미상의 작품이다. 한 유럽 백작의 아들인 오카상Aucassin과 사라센 여자 노예인 니꼴레뜨Nicolette 두 주인공들의 사랑 이야기인데, 중세 때 여러 갈래로 내려온 전승담이다. 심상찮은 것은 서정적인 이 작품이 종래의 장르들을 많이 차용, 패러디하고 기존의 남성성, 여성성을 전복시키기도 하고 기독교와 이교, 기사도 정신과 부르주아 정신 등을 뒤섞어 놓고 있다는 점이다. 저자는 스스로 이 작품을 샹떼파블chantefable이라고 불렀다는데 그것은 노래와 산문적 내레이션이 혼합되어 있기 때문이었다. 그 뒤로 이런 양식의 작품을 그렇게 불렀는데, 14세기 후반 유럽에서 아주 인기가 있었다고 한다. 서구의 소설 연구자들은 이러한 샹떼파블chantefables을 중국 소설에 적용시켜 논의를 전개하는 경우가 많은데, 당연하게도 여기에 해당하는 우리말 역어는 없다. 이 글의 작자인 앤 매클라렌은 명대의 탄사彈詞를 연구하면서 여기에 해당하는 역어로 바로 이 샹떼파블을 선택하였다. 아울러 참고로 이 용어에 대한 빅터 메어의 주장도 여기에 옮겨 본다. "나는 프랑스어 샹떼파블chantefable보다는 영어 prosimetric(al)을 쓰고 있는 프라그 중국학 학파Prague school of Sinology의 견해를 따르기로 했다. 비교문학 연구자들이 운문과 산문이 교차하는 서사작품을 언급하기 위해 앞쪽의 단어를 써 왔지만, 본래 이것은 중세 프랑스 서사물 중 특수한 유형을 의미하는 것이었다. 사실, 이 용어는 13세기 말 중세 프랑스 문학에서 Aucassin et Nicolett:No chantefable prent fin(우리의 Chantefable은 종말을 고한다)로 단지 한 번 등장하고 있을 뿐이다. 이 용어가 노래이야기[로 나뉜 부분]를 의미하며, 중세 프랑스 동사인 canter(노래하다)와 fabler(이야기하다)의 명사형으로부터 온 것임은 분명하다. 이와 달리, prosimetric은 우리가 그 용어를 사용하려는 의도에 들어맞는 라틴어 어원(prosimetricus)을 가지고 있다. 그리고 지난 300년 동안은 쓰이지 않았다 하더라도, 이 용어는 이미 오래 전에 영어 내로 들어와 있었다. 토마스 블런트Thomas Blount의 용어해설Glossolgraphia, 1656)에 따르면, prosimetric은 부분적으로는 산문으로, 부분적으로는 운율 또는 운문으로 구성된 것을 의미한다."(Victor Mair Tang Transformation Texts, Council on East Asian Studies Harvard Uni, 1989, p89. 우리말 번역은 전홍철, 정광훈 옮김, 「당대 변문Tang Transformation Texts」, 중국소설연구회보, 49호, 2002.3, 38면 참조). 이상의 내용은 데이비드 롤스톤(조관희 옮김), 『중국 고대소설과 소설평점』, (소명, 2005), 104쪽. 주 7)의 내용을 재인용한 것임을 밝혀둔다.

38 도서 생산의 예술적인 측면에 대해서는 프레드릭 모트(Fredrick Mote)와 헝람 추(Hung-lam Chu)가 쓴 『서예와 동아시아의 책(*Calligraphy and the East Asian Book*)』 (*Gest Library Journal* 2.2, Special Issue, Princeton University, spring 1988년)을 참조할 것. 이 책은 여러 가지 서체와 판각 형식의 관계에 대해 탐구하고 있다. 하지만 이 분야의 성과는 대부분 목판 인쇄에 대한 연구와 텍스트 삽화에서 목판이 담당한 역할에 대한 연구에 집중되어 있다. 줄리아 머레이(Julia K. Murray)는 『시경』에서 공자 이야기까지 다량의 텍스트를 대상으로 하여, 거기에 실린 이야기 삽화를 분석하거나 텍스트와 삽화의 관계를 분석하고 있다. 『마허즈(馬和之)와 「모시도(毛詩圖)」 (*Ma Hezhi and the Illustration of the Book of Odes*)』 (Cambridge : Cambridge University Presss, 1993년); 「공묘(孔廟)와 그림으로 본 성인의 일대기(The Temple of Confucius and Pictorial Biographies of the Sage)」, *Journal of Asiaa Studies* 55.2[1996.5], 269-300쪽; 「공자의 생애를 그린 삽화: 명말 시기 공자 삽화의 변화, 기능, 의의(Illustrations of the Life of Confucius: Their Evolution, Functions, and Significance in Late Ming China)」, *Artibus Asiae* 57.1-2[1997년]: 73-134쪽). 앤 페레(Anne Farrer)는 『수호전(*Water Margin*)』이라는 단일한 텍스트의 여러 삽화 본에 초점을 맞추었다. 그는 이러한 접근법을 통해, 본문과 그림 사이의 상호관계라는 관점에서 각 판본의 예술적, 편집적 선택을 비교할 수 있었다(「수호전, 명말의 목판 삽화 발전에 대한 연구(The *Shui-hu chuan*, a Study in the Development of Late Ming Woodblock Illustration)」 [Ph.D. Dissertation, London, SOAS, 1984년]). 또한 얼마 전에는 명말 후이저우(徽州) 각공에 대한 연구도 나왔는데, 바로 미첼라 부소티(Michela Bussotti)의 『후이저우의 각공(*Gravures de Hui: Étude du*

지적, 정치적, 역사적 전체 맥락 속에서 중국 서적의 연구를 개시하려는 것이다. 위에서 제기한 논점들이

---

livre illustré de la fin du XVIe siècle à la premiere moitiè du XVIIe siècle)』(Paris: École française d'Extrême Orient, 2001년)이다. 여기에서는 목판인쇄에서 가장 기술이 뛰어나고 숙련되었던 장인들과 그들의 작업이 어떻게 발전했는가를 재구성하고 있다. 가장 최근에 나온 연구로는 엠마 텅(Emma J. Teng)의 「오른쪽의 본문과 왼쪽의 그림: 변경 지역인 타이완에 대한 청나라의 기록 읽기(Texts on the Right and Pictures on the Left: Reading the Qing Record of Frontier Taiwan)」라는 논문을 들 수 있는데, 짜이틀린(Zeitlin)과 류(Liu)가 편집한 『글쓰기와 물질성(*Writing and Materiality*)』(451-487쪽)에 수록되어 있다. 이 논문은 "원시적인" 타이완 원주민들을 묘사하고 있는 청대 텍스트를 대상으로 하여 삽화와 본문이 어떠한 상호작용을 일으키는지를 분석하고 있다. 더 이론적인 층위의 연구로는 『중국의 그림과 시각성(*Pictures and Visuality in China*)』(Princeton : Princeton University Press, 1997년)으로 대표되는 크레이그 클루나스(Craig Clunas)의 다양한 글을 들 수 있겠다. 그는 명나라 말기 "복사 가능한" 사물로서 목판 인쇄가 가지는 위상에 대해서 성찰하고 있다. 위에서 언급했던 헤겔(Hegel)의 저작 『명청 시기 삽화본 소설 읽기(*Reading Illustration Fiction in Late Imperial China*)』에서는 독서의 생리학과 심리학 연구를 기초로 목판 삽화가 명말에 어떻게 "읽혔는지"를 고찰하면서, 그림(圖)의 기능에 대한 논의를 할애하고 있다.

39 최근에 발표된 몇 편의 연구를 통해, 출판과 도서 시장에 대한 정부의 검열과 통제를 더욱 깊이 이해할 수 있게 되었다. 정부의 감독을 전체적으로 파악하려면, 찬 혹람(Chan Hok-lam)의 『중국의 출판 통제, 과거와 현재(Control of Publishing in China, Past and Present)』(Canberra: Australian National University, 1983년)을 참조하는 것이 유용하다. 당연한 일이겠지만, 이 분야의 연구 대부분은 중국 역사에서 검열 활동이 가장 악명을 떨쳤던 시기, 즉 청대의 초기와 전성기에 집중되어 있다. 켄트 가이(Kent Guy)의 『황제의 사고(四庫): 건륭 말기의 학자와 정부(The Emperor's Four Treasuries: Scholars and the State in Late Ch'ien-lung Era)』(Cambridge, Mass.: Council on East Asian Studies, Harvard University, 1987년; 【옮긴이 주】 이 책의 우리말 번역본은 양휘웅 역, 『사고전서』, 생각의나무, 2009)에서는 건륭제가 실시한 도서의 조사작업에 대해 서술하고 있으며, 학자-관료와 신사(紳士)들이 교묘하게 행한 검열 방법에 대해서도 자세하게 설명하고 있다. 오카모토 사에(岡本さえ)의 『청대 금서 연구(清代禁書の研究)』(東京: 東京大學東洋文化研究所, 1996년)는 기념비적인 저작으로, 지역 단위에서 진행된 조사 작업의 영향과 검열에 대한 폭넓은 반향을 상세하게 분석함으로써 중국의 학술사와 정치사 연구에 큰 도움을 주었다. 티모시 브룩(Timothy Brook)은 간략하지만 도발적인 글을 써서, 그러한 조사 작업이 서적 거래의 그 자체에 어떻게 영향을 주었는지, 특히 금서를 유포하다 검거된 서적상들에 어떤 영향을 미쳤는지를 설명하고 있다(「18세기 중국의 검열: 도서 매매의 관점에서(Censorship in Eighteenth-Century China: A View from the Book Trade)」, *Canadian Journal of History* 23.2 [1988] : 177-196쪽). 브룩은 「지식의 순화: 명대 학교 장서실의 설치(Edifying Knowledge: The Building of School Libraries in Ming China)」(*Late Imperial China*(1996.6):93-119쪽)라는 글에서, 학교 장서실에 보급된 텍스트의 감시라는 또 다른 형태의 정부 통제에 대해 논의했다. 저작권이나 정부의 해적판 통제조치라는 주제를 논하는 연구로는 윌리암 알포드(William P. Alford)의 『책 도둑질은 우아한 범죄이다: 중국 문명에서의 지적소유권법(*To Steal a Book Is an Elegant Offense: Intellectual Property Law in Chinese Civilization*)』(Stanford: Stanford University Press, 1995년)을 들 수 있지만, 이 책은 주로 당대의 저작권 문제에 관심을 두고 있다.

40 일부 학자들은 자료 부족으로 출판 사업에 대한 연구가 불가능하다는 오래된 변명이 거짓이었음을 보여주면서 다양한 형태의 출판 사업에 대해 놀랄 정도로 상세한 정보를 제공할 수 있었다. 쇠렌 에드그렌(Soren Edgren)은 남송시대 항저우의 출판에 관한 논문을 썼다(「남송시대 항저우의 인쇄(Southern Song Printing at Hangzhou)」, *Bulletin of the Museum of Far Eastern Antiquities* [1989], 1-121쪽). 이 중요한 산업과 관련된 정보는 여기저기 흩어진 상태로 현존했는데, 그 책에서는 그러한 정보들을 한데 모아 분석하고, 각공 조합이나 출판에서 종교조직이 담당한 역할에 대한 흥미로운 세부정보도 제공하고 있다. 엘런 위드머(Ellen Widmer)는 17세기 항저우와 쑤저우에서 운영되었던 환두자이의 출판에 대해서 훌륭한 논문을 발표하였는데, 이 글을 통해 문인-사업가가 운영했던 출판업체의 생산품과 경영방식에 대한 전체적인 상을 쉽게 얻을 수 있다(「항저우와 쑤저우의 환두자이: 17세기 출판 연구(The Huanduzhai of Hangzhou and Suzhou: A Study in Seventeenth-Century Publishing)」, *Harvard Journal of Asiatic Studies* 56.1 [1996]77-122쪽; 【옮긴이 주】 이 논문은 이 책의 맨 마지막에 실려 있다.). 아마도 명청 시기 가장 큰 상업출판 지구였던 젠양에 대해서는 루실 쟈(Lucille Chia)의 연구 『영리를 목적으로 한 출판: 11-17세기 푸젠 성 젠양의 상업적 출판업자들(*Printing for Profit: The Commercial Publishers of Jianyang, Fujian(11th-17th Centuries)*)』(Cambridge, Mass. : Harvard University Asia Center, 2002)을 언급할 수 있겠다. 이 책은 젠양의 주요한 출판업체들에 대한 충실한 통사일 뿐만 아니라, 송대에서 명말까지 그들이 만들어낸 생산품에 대해서도 종합적인 설명을 제공하고 있다. 그리고 서부 푸젠 쓰바오(四堡)의 출판업체에 대한 신시아 브로카우(Cynthia J, Brokaw)의 연구를 통해서,

보여주는 것처럼, 이 책에서는 매우 높은 수준의 학제적 연구가 필수적이기 때문에, 중국문학 연구자나 학술사, 사회사, 정치사 연구자, 또 예술과 판본학(版本學) 전문가들의 글들을 함께 모았다.

중국의 책 역사에서의 여러 문제들: 중국과 서유럽

우리는 중국의 서적사를 어떻게 규정할 것인가? 지금 규정하고 있는 것처럼 이 주제가 유럽과 미국에서 서적사를 연구하는 이들이 쌓아올린 커다란 학문적 성과로부터 영감을 받았다는 사실은 의심의 여지가 없다. 실제로 도서 문화에 대해 그들이 제기했던 일반적인 수준에서의 질문을 놓고 볼 때, 이 책에 글을 기고한 거의 모든 이들이 서적사 중에서도 서구 쪽 연구 성과의 도움을 받았다고 말해도 좋을 것이다. 하지만 이렇게 도움 받았다는 사실이 무시할 수 없을 정도로 크긴 하지만, 그렇다고 해서 서구의 서적사와 중국의 서적사를 구분 짓는 매우 실제적인 차이들이 가려지지는 않을 것이다. 중국의 책에 관한 연구에서 나타나는 주제들은 어쩔 수 없이 중국 특유의 정치, 경제, 사회, 교육, 기술적인 조건들에 의해 구체적인 모습을 드러내게 된다. 이러한 주제들은 강조될 필요가 있는데, 그것은(종종 서구의 역사에서 빌려온 역사 기술의 개념을 통해 수행된) 중국에 관한 연구의 독립성을 주장하기 위해서이기도 하지만, 중국의 책 역사에서 두드러지는 중요한 주제들과 유럽이 겪었던 경험의 특수성 모두를 반영하는 방식을 제공하기 위해서이기도 하다.

인쇄 기술

제일 먼저 다루어야 하며 또 아마도 가장 눈에 띄는 주제는 인쇄 기술일 것이다. 이 점에 있어 서구와의 차이점은 꽤나 분명하다. 20세기 이전의 중국 인쇄는 주로 목판 기술이 우세했는데, 나무판에 글자를 새겨 그것을 종이에 찍어내는 방식으로 인쇄했다. 확실한 것은 목판 인쇄가 중국의 인쇄업자들이 사용할 수 있었던 유일한 기술은 아니었다는 사실이다. 「'친족의 유대를 유지하기' : 청(淸)과 민국 시기 장쑤(江蘇)와 저장(浙江) 지역의 족보 전문가와 족보 생산('Preserving the Bonds of Kin': Genealogy Masters and Genealogy Production in the Jiangsu-Zhejiang Area in the Qing and Republican Periods)」이라는 글에서 쉬샤오만(徐小蠻)의 설명에 따르자면 중국에서는 11 세기 이전에 이미 활자 인쇄가 발달했다고 한다.[41] 하지만 목판 인쇄는 여전히 사람들이 선호하는 방법으로 남아 있었다. 수 천 개의 글자 모양을 찍어낼 수 있는 능력을 요구하는 중국어의 속성 상 대부분의 인쇄업자에게 활자의 사용은 재정적으로 실용적

18세기와 19세기 변방 지역은 도서 보급이 원활치 못했다는 사실을 알 수 있을 것이다(「명청 시기 중국의 상업 출판」).

41 『활자인쇄원류(活字印刷原流)』(北京:印刷工業出版社, 1990년)와 장슈민(張秀民), 한치(韓琦)의 『중국활자인쇄사(中國活字印刷史)』를 볼 것.

인 것이 아니었다. 중국에서 금속 활자로 찍어낸 텍스트의 양이 매우 방대했으며, 조정에서 이것을 지원했다는 사실은 전혀 놀랄 일이 아닌데, 개별적인 인쇄업자와는 달리 조정에서는(최소한 20만 개의 글자체를 요구하는 것으로 평가되는) 반드시 필요한 막대한 양의 글자체를 생산하기 위해 자본을 댈 수 있었다.[42] 목활자 인쇄는 그보다는 조금 더 매력적인 것이어서, 실제로 명말 이래로 인기가 치솟았다. 그러나 그것은 족보와 같이 다른 글자를 비교적 거의 사용하지 않고 자주 되풀이해서 찍어냈던 매우 정형화된 텍스트를 인쇄할 때 널리 사용되었다.[43] 판각 비용이 낮은 상태를 유지하는 한, 목판 인쇄는 경제성을 염두에 두는 출판업자들에게는 좀 더 매력적인 방식이었다.

이러한 기술의 차이가 일련의 또 다른 차이들을 만들어내었다. 15세기 말부터 19세기에 이르는 동안 서구에서 지배적인 기술이었던 활자 인쇄는 단일한 텍스트에 대한 복수의 복사본을 신속하게 인쇄하는 것을 가능하게 했다(높은 가격에도 불구하고, 활자 인쇄가 중국의 조정을 사로잡을 수 있었던 것은 아마도 신속한 인쇄 속도 때문이었을 것이다). 판을 짜는 업무(組版)를 고려한다면, 활자 인쇄는 단일한 텍스트에 대한 꾸준한 수요가 존재할 때 적합한 방식이라 할 수 있다. 왜냐하면 새로운 책을 찍어내기 위해서는 전체 텍스트를 한 장 한 장 다시 짜야하는, 힘도 들고 돈도 드는 작업이 필요하기 때문이다.[44] 그리하여 활자 인쇄 방식을 사용하는 인쇄업자는 자신의 사업체를 세우고 활자를 구입해야 했기 때문에 우선 초기 투자비용이 많이 들었다. 그 다음으로 새로운 책을 인쇄할 때마다 당장 필요한 수량보다 더 많이 찍어야 했기 때문에 비용이 늘어났고, 또 보관비용이나 판매부진의 위험도 감수해야 했다. 어떤 책의 대중성과 "시장성"을 예측하고, 그러한 예측에 맞춰 자금의 균형을 유지해야 했기 때문에, 수지타산도 엄청나게 잘 해야만 했다.

목판 인쇄의 경우는 문제가 약간 달랐다. 초기의 판각 비용이 확실히 인쇄 과정에서 가장 큰 지출이었다. 하지만 이 비용이 너무 부담스러운 것은 아니었는데, 판각 작업에는 오랜 숙련 기간도 필요 없었고 심지어 글을 몰라도 되었기 때문이다. 그리고 일단 판각을 마치면 책의 인쇄량이 많건 적건 자유롭게 조절할 수 있어서, 자신이 원하는 수량이나 시장에서 소화할 수 있을 정도의 수량을 딱 그만큼만 찍어내면 되었다. 어떤 책에 대한 새로운 수요가 생겨도 노동력을 구입하는 데 큰돈이 들지 않았

---

42 명말에서 청대에 이르는 동안 화쑤이(華燧; 1439-1513년), 안궈(安國; 1481년 이후 출생-1534년), 린춘치(林春祺; 1808년 출생)와 같은 매우 유복한 일부 개인 출판사는 동활자를 사용하기도 했지만, 이러한 동활자의 사용은 상업적 출판에서 일반적이라 할 수는 없었다. 첸춘쉰(錢存訓)의 『종이와 인쇄술(Paper and Printing)』, 212-217쪽을 참조할 것.

43 첸춘쉰(錢存訓)의 『종이와 인쇄술(*Paper and Printing*)』, 220-221쪽, 이블린 러스키(Evelyn S. Rawski) 「명청 시기 문화의 경제적 사회적 토대(Economic and Social Foundations of Late Imperial Culture)」 [존슨(Johmson), 네이선(Nathan), 러스키(Rawski)의 『명청 시기의 대중문화(*Popular Culture in Late Imperial China*)』, 17-19쪽].

44 첸춘쉰(錢存訓)의 『종이와 인쇄술(Paper and Printing)』, 220-221쪽. 그럼에도 불구하고 조정에서는 활자인쇄 방식을 조금은 확대, 변형하여 운영했던 것 같다. 청 조정은 『무영전취진판총서(武英殿聚珍板叢書)』의 경우 목활자를 이용하여 각 책마다 300부 이상 찍었지만, 편폭이 큰 『고금도서집성(古今圖書集成)』의 경우는 동활자를 이용해 불과 66부만 인쇄했을 뿐이다(209, 215-216쪽).

다. 원래의 판목에 단순히 종이를 대고 찍어내면 끝이었다. 마테오 리치(Matteo Ricci, 1552-1610년)는 다음과 같은 기록을 남겼다. "그들의 인쇄 방법에는 확실한 장점이 있다. 즉 일단 서판이 만들어지면 오랫동안 보관할 수 있었고, 텍스트에 수정할 곳이 생기면 그때마다 고쳐서 쓸 수 있었다.…… 이런 방법으로 인쇄업자와 저자는 과도하게 많은 양을 지금 당장 억지로 찍어내지 않고, 많건 적건 그때 필요한 수요를 충당할 만큼의 수량만 찍을 수 있었다."[45] 물론 서구의 경우와 마찬가지로 보관이라는 문제는 피할 수 없었는데, 판목은 완성된 책보다 훨씬 부피가 컸기 때문이다. 목판 인쇄 사업에서는 판목 보관이라는 문제가 더 심각하게 고려해야 할 대상이자 잠정적으로 중요한 요소로 등장한다.[46]

따라서 중국의 목판 인쇄 기술의 경우 서구의 인쇄업자들이 직면했던 것과는 사뭇 다른 일련의 경제적인 고려를 해야만 했다. 이것은 또 여러 방면에서 서적 산업의 구조와 조직에 영향을 미쳤다. 첫째, 목판 인쇄는 인쇄 산업의 조직 안에서 더 큰 이동성과 분산을 허용하게 되었다. 판목은 운반이 쉽지 않았을 테지만,[47] 각공들은 단지 손쉽게 휴대할 수 있는 공구 셋트만 필요했기 때문에 쉽게 돌아다닐 수 있었고, 또 실제로 여기저기 돌아다니면서 하나의 텍스트 혹은 한 벌의 텍스트를 출판하는 데 관심이 있었던 개별적인 문인들이나 경전과 종교적인 소책자의 출판을 후원할 뜻이 있는 종교 기관에 자신의 용역을 제공하였다.[48] 출판 주체(문인이나 종교 기관)가 적절한 단단한 나무(배나무, 대추나무, 개오동나무, 녹나무 등)와 종이 그리고 인쇄용 먹(소나무 숲이 있는 곳에서 쉽게 만들 수 있는 먹)을 손에 넣을 수 있을 때, 많

45 루이스 갈라거(Louis J. Gallagher), 『16세기 중국: 마테오 리치의 일지, 1595-1610년(*China in the Sixteenth Century: The Journal of Matthew Ricci, 1595-1610*)』(New York: Random House, 1953), 21쪽; 러스키(Rawski)의 「경제적 사회적 토대(Economic and Social Foundations)」, 17쪽에서 재인용했다. 첸춘쉰(錢存訓)이 지적했던 것처럼, 목판 인쇄술은 중국에서의 "도서의 공급과 수요의 형태"에 딱 들어맞았다. "고대 중국의 인쇄업자는 한 번에 수십 부만 찍어내고 목판을 잘 보관했다가, 나중에 추가적인 수요가 생기면 꺼내서 다시 사용했다. 따라서 그들은 책을 창고에 쌓아두거나 자본금에 얽매일 필요가 없었다. 그리하여 중국의 전통적인 출판에서는 목판인쇄가 우세를 점했다."(『종이와 인쇄술(Paper and Printing)』, 221쪽)(【옮긴이 주】 "목판 인쇄는 중국사회의 전통적인 서적의 수요 공급 양식에 부합되므로……과거 중국의 서적 인쇄는 매번 수십 부만 인쇄하고 서판을 보존하여, 수요가 있으면 수시로 서판을 꺼내어 다시 인쇄할 수가 있어 극히 편리하였다. 이러한 방법은 대량으로 서적을 인쇄하여 쌓아 놓아 자금이 동결되는 상황을 피할 수 있었다. 따라서 중국의 전통 인쇄업에서 목판 인쇄가 줄곧 우위를 차지하였다." 우리말 번역본, 346쪽.).

46 중국 목판 인쇄의 경제성에 대한 논의에 대해서는, 1998년 6월 1일부터 5일까지 오리건(Oregon) 주 팀버린 롯지(Timberline Lodge)에서 열린 "명청 시기 중국의 인쇄와 도서문화 학술대회"에서 발표된 쇠렌 에드그렌(Soren Edgren)의 「중국 서적사 자료로서의 중국의 서적(The Chinese Book as a Source for the History of the Book in China)」, 2-3쪽을 볼 것.

47 하지만 판목을 운반하는 경우가 적었을 것이라고 지레 짐작해서는 안 된다. 판목은 각공한테서 출판업자로, 혹은 한 출판업자한테서 다른 출판업자로(목판을 빌렸거나 또는 팔았을 경우) 비교적 상당히 먼 거리까지 빈번하게 이동했다. 쓰촨(四川)의 웨츠(岳池)에서 채록한 구술 사료에 따르면, 청두의 인쇄업자들은 웨츠 지역에서 목판을 판각하는 경우가 많았고, 그래서 청두까지 육로로 대략 350Km에 이르는 거리를 운반해야했다. 또한 쑤저우의 출판업자들은 광둥 마강(瑪鋼)의 여성 각공들에게 판각을 주문했는데, 출판을 할 때는 마강에서 판각한 목판을 다시 쑤저우로 운반해야 했다. 각각의 사례에서는, 판각에 들어가는 임금이 굉장히 싸서 목판을 수송하는 데 드는 비용과 불편을 상쇄하고도 남았던 것 같다.

48 쇠렌 에드그렌(Soren Edgren)의 「남송시대 항저우의 인쇄(Southern Song Printing at Hangzhou)」『*Bulletin of the Museum of Far Eastern Antiquities*』 Bulletin No,61(Stockholm,1989), 50-52쪽; 그리고 러스키(Rawskid)의 「경제적 사회적 토대(Economic and Social Foundations)」, 21-22쪽.

든 적든 그가 만들 수 있는 수량에 맞추어 책을 찍어낼 수 있었다. 그리하여 명청 시기에는 유럽에서와 마찬가지로 확실하고 분명하게 실체를 확인할 수 있는 출판사도 존재했지만, 중국에서는 인쇄 작업, 특히 소규모의 인쇄 작업이 확산될 수 있는 기회가 훨씬 더 많았다.

둘째, 유럽의 15, 16세기에는 인쇄 모형을 만들어냈던 일련의 노동자들(활자 제조공, 조판공, 인쇄 총감독)에게 전문적인 기술이나 교육 수준 같은 것이 요구되었지만, 목판을 새기는 일에는 그런 것이 필요 없었다. 활자 제조공은 숙련된 주물공이어야 했던 반면에, 목판을 새기는 데에 전제 조건으로 무슨 대단한 손 재능이 필요하지는 않았던 듯하다. 물론 고급 텍스트를 만들어내기 위해서는 매우 숙련된 각공이 요구되기는 했지만, 중국의 각공은 아마도 2-3년 정도의 짧은 수습기간을 거친 후에 바로 작업에 뛰어들 수도 있었다.[49] 종교 기관에서는 싼 값에 판목을 새기기 위해 심지어 미숙련공(신자나 여성, 농한기의 농민)을 고용하기도 했다.[50] 각공은 충분히 글을 읽고 쓸 줄 알 필요가 없었다. 그들은 단지 몇 가지 글자만 알고 있어도 상관없었다. 하지만 엄밀히 말하자면, 판목을 새기는 데에는 이런 정도로 글자를 알고 있다는 사실조차도 불필요했다. 물론 각공이 자신감을 갖고 일을 하고 나아가 각공 스스로 잘못을 잡아낼 수 있게 해준다는 의미에서 글을 읽고 쓰는 능력이 바람직한 것이긴 했지만, 기술 자체만 놓고 본다면 글을 아는 것이 본질적인 문제는 아니었다. 목판 위에 글자가 입혀지면, 각공은 그 글자 모양대로 나무를 새기기만 하면 되었기 때문이다.

인구통계학적인 변화

독특한 방식으로 중국의 인쇄업을 틀 지운 두 번째 요인은 인구 통계학이었다. 명말에 중국은 엄청난 인구 증가의 시기로 접어들게 되는데, 그로 인한 인구 통계학적인 변화는 1500년과 1650년 사이에 인구가 두 배로 늘어남으로써 최고치에 이르게 된다.[51] 인구 증가만이 책의 수요를 증가시켰다고 말할 수는 없지만, 중국의 사회 정치적인 맥락에서는 그렇다고 가정하는 것도 가능하다. 일련의 과거 시험에 합격하는 것이 부와 사회적 지위를 얻는 확실한 경로라고 여겨지는 사회에서 교육은 출세의 길로 나아가는 수단으로서 높이 그리고 폭넓게 평가되었다. 과거 시험에 응시하는 것에 대한 엄격한 사회

---

49 브로카우(Brokaw)의 1997년 7월 쓰촨성 웨츠(岳池)에서 이전에 판목 각공이었던 이와의 인터뷰.

50 쇠렌 에드그렌(Soren Edgren)의 「남송시대 항저우의 인쇄(Southern Song Printing at Hangzhou)」, 50쪽.

51 마틴 헤지드라(Martin Heijdra)는 세 가지 추정치의 조합을 제시하고 있다. 인구에 대한 최대 추정치는 1500년에 1억 7천 5백만 명, 1600년에 2억 8천 9백만 명, 1650년에 3억 5천 3백만 명이다. 중간 추정치는 1500년에 1억 5천 5백만 명, 1600년에 2억 3천 1백만 명, 1650년에 2억 6천 8백만 명이다. 최소 추정치는 1500년에 1억 3천 7백만 명, 1600년에 1억 8천 5백만 명, 그리고 1650년에 2억 4백만 명이다. 마틴 헤지드라, 「명대 향촌의 사회 경제적인 발전(The Socio-Economic Development of Rural China During the Ming)」 [Denis Twitchett and Frederick W. Mote eds., *The Cambridge History of China,* vol.8, pt.2 *The Ming Dynasty, 1368-1644*(Cambridge: Cambridge University Press, 1998). 438쪽에서 볼 수 있다.

적 장벽이 없었기 때문에(15세기까지 이론적으로나 법적으로 대부분의 사람들이 시험에 응시할 수 있었다),[52] 거의 모든 사회 계층이 관심을 가질 정도로 교육열이 고조되었다. 명말에는 엘리트들이 대중교육에 관심을 갖게 되고 사서와 같은 "더 쉬운" 경전을 확대 보급하기 위한 텍스트들도 저술했는데, 이 역시 교육열을 자극하는데 어느 정도 일조했다.[53] 더 중요한 점은 이 시기에도 사설 학교(書院), 지역의 학교(社學), 무상 혹은 자선 학교(義學)[54]와 같은 교육기관이 성장하고 더 널리 보급되었으며, 그에 따라 책의 수요도 증가하고 있다는 것이다.

이와 동시에 인구 증가는 인건비를 억누르는 데 도움이 되었기 때문에, 수요가 많아진다고 해서 책 생산에 들어가는 비용이 더 늘어나지는 않았다. 이들 두 가지 요인(안정적이거나 더 낮은 인건비와 결합된 수요의 증가)은 명말에서 청대에 이르는 동안, 출판업이 눈에 띄게 팽창하게 된 것을 설명해 줄 수 있다. 반면에 그 당시 유럽의 인구는 상당히 적었고, 사회 구조는 더 견고했다. 중국의 과거 시험과 같은 제도가 없었기 때문에 글을 읽고 쓰는 능력은 대중들이 그렇게 갈망하는 바가 아니었다. 유럽에서는 또 시골과 도시간의 문화적인 분할이 비교적 확연하게 이루어져서, "교육과 도서 구입은 주로 도시 거주민에게 한정되는"[55] 결과를 낳게 되었다. 따라서 최소한 여기에서 다루고 있는 기간 동안에는, 중국의 도서 시장이 유럽의 경우보다 상당히 더 크고 더 넓게 퍼져 있었던 듯이 보인다.

언어

셋째, 시간이 갈수록 언어의 성격과 기능의 차이가 출판 산업의 조직을 유지하고 인쇄의 보급과 이용을 확산하는 데에 중요한 역할을 했다. 유럽에서는 라틴어와 각 나라의 자국어(vernacular)[56]가 "경쟁"

---

52 명대 이전에는 꽤 엄격한 직업적 참여 제한이 사회체제에 상존했다. "천민", 불교의 승려와 도교의 도사, 그리고 상인의 자식은 과거시험을 치를 자격이 없었던 것이다. 14세기 말에는 상인의 자식에 대한 응시 금지가 풀리게 되었고, 비록 1771년 조정에서 천민들의 경우 신분 해방 후 네 세대가 지나야만 과거시험장에 입장할 수 있다는 규정을 만들기는 했지만, 1720년대 옹정제가 천민 해방을 단행함으로써 천민들도 과거에 응시할 자격이 생겼다. 벤자민 엘먼(Benjamin A. Elman), 『명청 시기 과거시험의 문화사(*A Cultural History of Civil Examinations in Late Imperial China*)』(Berkely: University of California Press, 2000), 132, 250-251쪽.

53 다다오 사카이(Tadao Sakai), 「유교와 대중 교육서(Confucianism and Popular Educational Works)」[Wm. Theodore de Bary ed., *Self and Society in Ming Thought*(New York: Columbia University Press, 1970), 331-366쪽.]

54 안젤라 키 처 렁(Angela Ki Che Leung), 「17, 18세기의 강남 지역의 초등교육(Elementary Education in the Lower Yangtze Region in the Seventeenth and Eighteenth Centuries)」[Benjamin A. Elman and Alexander Woodside eds., *Education and Society in Late Imperial China*』(Berkeley, University of California Press, 1994), 381-391쪽; 러스키(Rawski)의 「경제적 사회적 토대(Economic and Social Foundations)」, 11-16쪽을 볼 것. 렁(Leung)은 사학(社學)과 의학(義學)의 구분이 모호하다는 것을 강조하고 있다(384-388쪽을 볼 것).

55 러스키(Rawski), 「경제적 사회적 토대(Economic and Social Foundations)」 20쪽.

56 【옮긴이 주】 주지하는 대로 'vernacular'라는 단어는 우리말로 옮기는 것이 쉽지 않다. 사전적인 의미만 하더라도, 1 [the vernacular] 제 나라말, 자국어(自國語);지방어, 방언, 사투리, the English vernacular of Ireland 아일랜드 방언, 2 직업[전문] 용어, (동업자간의) 은어,

을 벌임으로써 출판과 문해력의 구조가 형성되었다. 15세기 중반에(대략적으로 이 기간은 "명말"에 해당된다) 라틴어는 여전히 유럽에서 지배적인 글말(文語)이었지만, 종교개혁 이후[그리고 구텐베르크(Gutenberg)가 인쇄를 발전시킨 이후]에는 차츰 자국어 글말에 주도권을 내주게 된다. 이러한 변화는 유럽의 출판계를 분화시키는 효과를 가져왔다. 출판업자들은 언어적으로 통일된 유럽을 지향하기보다는, 자신들이 속한 자국어 공동체를 위해 책을 찍어내는 데 초점을 맞추기 시작했다.[57] 이와는 대조적으로 중국에는 글을 읽을 줄 아는 중국인이라면 대부분 보편적으로 이해할 수 있는 공통의 글말이 있었다. 확실히 수백 가지의 방언(方言)이 있기는 했지만(그리고 방언으로 출판된 텍스트가 몇몇 있기는 했지만), 글말이 되었든 입말이 되었든 이들 방언들의 존재는 많은 사람들이 공유했던 글말의 주도권을 심각하게 위협하지는 못했다. 그리하여 유럽에서는 도서 시장의 지리적 단일성이 15세기와 16세기에 라틴어의 침체로 점차 와해된 반면, 중국의 출판업자들은 나라 전체에 책을 공급하겠다는 꿈을 꿀 수 있었다.

이러한 중국의 언어적 상황으로 인해 단일한 통합적 도서문화가 형성되었다거나, 문맹 소멸을 향한 단선적이고 명확하게 규정된 경로를 따르게 되었다고 말하는 것은 아니다. 중국어 글말에는 종종 중복되기는 하지만 서로 다른 수많은 언어 "영역"과 유형이 담겨 있다. 그러한 영역은 각각 특정한 한 가지 혹은 여러 글쓰기 장르와 연계되어 있으며, 또한 특정한 문학 가치나 어느 정도는 특정한 식자 수준과 학식에 연관되어 있다. 중국의 "현대화"라는 목표를 달성하기 위해 언어개혁에 헌신했던 5·4 시기의 학자들은 근대 이전 과거의 모든 중국어를 인위적으로 두 가지로 구분했다. 이 분명한 구분법에 따르면, 하나는 "악"하고 엘리트적인 문언으로 된 글말이고, 다른 하나는 "선"하고 대중적인 백화로 된 글말이다. 하지만 이러한 도덕주의적 구분을 적용하면 고문과 백화문 양자 모두에 존재하는 풍부함과 다양성조차도 파악할 수 없게 된다. 하물며 고문과 백화문 사이에, 또 글말과 입말 사이에 존재하는 복합적이고 유동적인 상호 연관성은 더 말할 것도 없다고 현재 여러 학자들이 지적하고 있다.[58]

---

3 생득어(生得語), 4(동·식물의) 속칭, 속명 등과 같이 여러 갈래로 번역이 된다. 나아가 중국 문학을 이야기할 때 'Chinese vernacular'는 흔히 근대 이전의 백화를 가리키는 말로 널리 쓰인다.

57 러스키(Rawski), 「경제적 사회적 토대(Economic and Social Foundations)」, 20쪽. 또한 매클라렌(Mclaren)의 『중국의 대중문화(*Chinese Popular Culture*)』, 3쪽을 볼 것. 유럽의 상황에 대해 더 미묘한 차이를 보기 위해서는 스타인베르그(S. H. Steinberg)의 『인쇄의 5백년(*Five Hundred Years of Printing*)』 [John Trevitt(New Castle, Del.: Oak Knoll Press; London: The British Library, 1996), 54-58쪽]을 볼 것. 이곳과 이 글 전체에서 나는 매클라렌(Mclaren)의 『중국의 대중문화(*Chinese Popular Culture*)』 3-8쪽의 논의, 그리고 로버트 헤겔(Robert Hegel)과 패트리샤 시버(Patricia Sieber)의 논평과 비판에 많이 의존했다.

58 스티븐 오웬(Stephen Owen)의 「과거의 끝: 민국 초기의 중국 문학사 다시 쓰기(The End of the Past : Rewriting Chinese Literary History in the Early Republic)」 [Milena Dolezelová-Velingerová and Oldrich Král eds., *The Appropriation of Cultural: China's May Fourth Project*(Cambridge, Mass: Harvard University Asia Center, 2001), 171-173쪽]를 볼 것. 중국 문언의 여러 영역을 둘러싼 논쟁이 존재한다. 오웬은 문언을 "고문"과 "백화문"라는 범주로 나누는 것이 5·4개혁가들의 발명품이라고 말한다. 반면에, 빅터 메어(Victor Mair)는 「불교와 동아시아에서의 백화문의 등장: 동아시아의 국어 만들기(Buddhism and the Rise of the Written Vernacular in East Asia: The Making of National Languages)」 (*Journal of Asian Studies* 53.3(August 1994): 707-709쪽)에서 고문과 백화 사이에는 확연한 구분이 있다고 주장했다. 명청 시기의 문어와 구어의 유형 차이에 대한 명확하지만 미묘한 논쟁에 관해서는 해넌의 논의를 참조할 것. 『중국 백화소설(*The Chinese Vernacular Story*)』, 1-16쪽.

백화문에는 다양한 형식들이 포함될 수도 있다. 방언으로 씌어진 비교적 작은 규모의 문학 형태도 있었다. 특히 우(吳, 蘇州), 민난(閩南, 푸젠 남부), 그리고 웨(粵, 廣東) 방언으로 씌어진 희곡 문학 작품들은 비교적 잘 알려져 있다.[59] 그러나 훨씬 더 보편적으로 사용된 백화문은 북쪽 방언인 관화(官話)의 "어느 정도 표준화된 변형태"나, 또는 수도의 교육받은 이들의 말을 기초로 한 관리들의 언어였다. 관화(官話)는 관리나 "상인과 여타의 여행자들을 위한 공용어" 역할을 했는데, 서로 다른 방언 집단 사이의 의사소통을 가능케 하였다.[60] 이러한 관화가 글로 씌어지면서, 글렌 더드브릿지(Glen Dudbridge)가 광범위하면서도 비교적 동질성을 갖는 "대도시의 언어문화"라고 지칭했던 것의 기초가 마련되었다.[61] 관화는 공식적인 문서와 법정 진술서에서 말을 문서화할 때 사용되었다.[62] 또 관화는 종교와 철학에서 종사(宗師)의 가르침을 대화의 형식(語錄)으로 기록하거나,[63] 단지 중간 정도의 교육을 받은 독자들이 고전을 읽을 때 필요한 주석을 첨부할 때에도 사용되었다. 그리고 관화는 스티븐 오웬(Stephen Owen)이 "소설적 백화"[64]라고 딱지를 붙였던 것의 기초가 되기도 했는데, 명말의 단편소설과 장편소설에 보이는 "소설적 백화"는 구어적 요소를 풍부하게 담고 있으면서도 상당히 세련되어 있다. 백화문은 명백히 말과 연관되어 있었기 때문에, 언설을 기록한 작품이나 구두 공연을 기록하는 데 사용되었고, 혹은 그러한 작품 속에서 말하는 것과 같은 효과를 내기 위하여 차용되는 경향도 있었다.[65] 바로 이와 같은 이유로, 관화는 문학적 가치 체계에서 속(俗)으로, 즉 "통속성"이나 "대중성"으로 규정되었으며, 그리하여 통속소설이나 대중소설과 연관을 갖게 된다.[66]

---

59 예를 들면, 민난 방언으로 씌어진 희곡을 논의하고 있는 피에트 판 데어 룬(Piet Van der Loon)의 『푸젠 성 남부의 고전 극장과 예술 가요: 명나라 선집 3종 연구(*The Classical Theatre and Art Song of South Fukien: A study of Three Ming Anthologies*)』 (Taipei: SMC, 1992)를 볼 것. 앤 매클라렌(Anne McLaren)의 『중국의 대중문화(*Chinese Popular Culture*)』, 44-45쪽에서는 몇몇 설창 텍스트에서 보이는 우(吳) 방언 특유의 압운 형식에 대해서 논의하고 있다. 19세기 말에 소설 전체가 방언으로 씌어지기 시작했다. 예를 들어 『해상화열전(海上花列傳)』은 우 방언으로 되어 있다. 하지만 글로 씌어진 텍스트는 지역을 막론하고 대부분 문해력이 높은 독자들만이 접근할 수 있었을 것이다.

60 해넌(Hanan)의 『중국 백화소설(*The Chinese Vernacular Story*)』, 1쪽. 나는 2000년 12월 31일 개인적인 대화를 통해 관화(官話)의 논의와 관련된 문제를 명확하게 해준 로버트 헤겔(Robert Hegel)에게 감사한다. 관화(官話)에 대해서는 헤겔(Hegel)의 「질문으로 답변하기: 청대 법률 문서에서의 수사적 기법의 위상(Answering with a Question: Rhetorical Positions in Qing Legal Documents)」 (unpublished ms.), 6-8, 19쪽을 볼 것.

61 글렌 더드브릿지(Glen Dudbridge), 『중국의 백화문화(China's Vernacular Culture)』 (Oxford : Clarendon Press, 1996), 6쪽.

62 매튜 섬머(Mattew H. Sommer), 『명청 시기의 성, 법률, 그리고 사회(Sex, Law, and Society in Late Imperial China)』 (Stanford : Stanford University Press, 2000), 26-27쪽.

63 해넌(Hanan)의 『중국 백화소설(*The Chinese Vernacular Story*)』, 5쪽.

64 오웬(Owen)의 「과거의 끝(The End of the Past)」, 170쪽.

65 해넌(Hanan)의 『중국 백화소설(*The Chinese Vernacular Story*)』, 5-6쪽.

66 오웬(Owen)의 「과거의 끝(The End of the Past)」, 171-172쪽. 소설(小說)은 명백하게 구술, 구어, 일반적인 것과 관련되는데, 이는 『고금소설(古今小說)』의 평명룡 서문에서 "우아하다"고 특징지은 초당 시기의 문장과는 상반된다. "대개 당대 사람들이 언어를 정련했던 것은 문인들의 마음에 들어맞게 한 것이요, 송대 사람들이 통속적인 글을 쓴 것은 일반 백성들의 귀에 들어맞게 한 것이다. 천하에 문인

하지만 "대중성"이라 명명했다고 해서 "대중들"이 백화로 된 모든 텍스트에 쉽게 접근했다는 것을 의미하지는 않는다. 그리고 고전 또는 문학 작품에서 중국어의 여러 영역들이 일반적으로 교양과 교육 수준의 증대와 연관이 있기는 했지만, 교육 수준이 낮거나 어느 정도 교육 수준이 갖춰진 사람들이 고문으로 된 텍스트를 이해하는 것만큼 어렵지는 않았다. 초급 교육은 단순한 고문(이를테면, 『삼자경』과 같은 책 안에 있는 평이한 각운으로 된 대구들)으로 이루어졌기 때문에, 윌트 이데마(Wilt Idema)가 강조한 바와 같이, 그것은 가장 폭넓게 접근할 수 있는 문언이었을 것이다. 그리하여 당시에는 널리 대중의 사랑을 받았지만 지금은 대부분 잊혀진 청대의 수많은 영웅 전기소설들은 고문의 문체를 기본으로 하여, 완벽하게 글을 깨친 이들뿐 아니라 어느 정도 교육을 받은 사람들을 포함해서 폭넓은 독자층에게 매력적인 것으로 다가서게 했던 언어인 백화로 묘사된 수사가 간간이 섞여 있다.[67] 이와 동시에 명말과 청대의 "문인소설"이었던 중국 소설의 위대한 걸작들 대부분은 "대중적인" 백화로 되어 있기는 했지만, 이 백화문은 고도로 세련되고 구어적 성분이 풍부한 것으로 교육 수준이 낮거나 반문맹인 사람들은 접근 자체가 불가능하거나 최소한 지극히 어려운 것이었다.[68] 또 당연하게도 고문으로 씌어져 상위 영역(大雅之堂)에 자리 잡았던 장르들(이를테면, 고풍스러운 문체, 화려한 수사의 변문(駢文), 혹은 순수한 고문(古文)으로 씌어진 텍스트들)의 경우는 어느 정도 글을 깨쳤다고 해도 이해하기가 결코 쉽지 않았다.[69] 그리하여, 저자나 편자, 그리고 출판업자들은 유럽의 경우와 달리 일반적으로 자신들의 출판물이 지리적으로 닿을 수 있는 범위에 대해서는 고려하지 않아도 되었다. 하지만 앤 매클라렌(Anne E. Mclaren)이 「명말 새로운 독자층의 형성Constructing New Reading Publics in Late Ming China」에서 지적한 대로, 그들의 독자들을 헤아릴 때 서로 다른 장르의 작품들이 사회언어학적으로 도달할 범위에 대해서는 고려해야만 했다.

들의 마음에 맞는 것은 소수요, 일반 백성들은 다수이니, 소설의 경우에도 언어를 정련한 것은 적고, 통속적인 것이 많게 되었다(大抵唐人選言 入於文心; 宋人通俗, 諧於里耳. 天下之文心少而里耳多, 則小說之資於選言者少, 而資於通俗者多.)." 펑멍룽 『고금소설(古今小說)』 (北京:人民文學出版社, 1958년), 1쪽. 양수후이(Shuhui Yang), 양윈친(YunQin Yang) 번역, 『고금소설(*Stories Old and New*)』, (Seattle : University of Washington Press, 2000), 6쪽.

67 이데마(Idema)의 『중국 백화소설(Chinese Vernacular Fiction)』, 53-54쪽. 여기에서 문제의 초점은 주류적 초급 교육의 본질이다. 그것은 초급 교육이 고문으로 된 텍스트로 시작하기 때문이다. 그리하여 초급 독본이나 사서(四書) 중의 한 가지로 몇 년간 교육을 받은 독자들은 간결한 고문 텍스트가 더 쉽게 읽혀진다는 사실을 발견할 수 있다. 하지만 해넌(Hanan)은 그의 『중국 백화소설(*The Chinese Vernacular Story*)』, 7-8쪽에서 백화 역시 교육에서 일정한 역할을 했다는 점을 지적하고 있다. 특히 정통적인 교육 방식에서 벗어나 있던 사람에게는, 백화문 읽기를 배우기 시작하는 것이 아마 더 쉬웠을 것이다. 예를 들면, 리위(李漁)는 여학생들의 경우 백화문 읽기를 배우는 것이 더 쉬웠다고 말했다. 백화문은 확실히 입말과 유사하기 때문이다. 또한 헤겔(Hegel)의 『명청 시기 삽화본 소설 읽기(*Reading Illustrated Fiction in Late Imperial China*)』, 300쪽을 볼 것.

68 물론, 앞에서 언급한 청대의 군담소설과 마찬가지로, 가장 지속적인 인기를 얻었던 중국소설인 『삼국연의(三國演義)』는 간결한 고문을 위주로 하여 구어가 추가되어 있다. 하지만 『삼국연의(三國演義)』는 예술적 세련미의 수준에서 나중에 나온 여러 군담소설들을 월등히 능가한다는 점을 고려해야 한다.

69 오웬(Owen)의 「과거의 끝(The End of the Past)」, 172쪽.

위에서 살짝 언급한 대로, 글말의 여러 언어적 영역 간의 경계가 꼭 견고하거나 고정된 것은 아니었다. 빌려오거나 겹치는 부분도 많았는데,[70] 영웅 전기소설의 단순한 고문은 약간의 백화 표현으로 더욱 풍부해질 수 있었고, 백화로 된 텍스트는 고문에서 간결한 구절과 표현들을 빈번하게 빌려왔다. 이를테면, 주시(朱熹, 1130-1200년)와 같은 인물의 철학적 대화 역시 고문과 백화가 반반씩 섞여 있는 언어로 구성되었다.

글말이 겹친다는 사실은 대중과 엘리트문화를(최소한 어느 정도까지는) 결합시켜주는 문화적인 판단기준의 공통 분모가 존재한다는 점을 반영하고 있으며, 더 나아가 독서층과 비 독서층 사이를 이어주는 연결고리 작용을 했다. 19세기 말의 선교사 아더 스미스(Arthur Smith)는 고문으로 된 격언이 지식인이건 문맹인이건 모든 중국인의 자산이었다는 사실에 놀라움을 감추지 못했다. "고대인들의 고전적인 지혜는 황제로부터 나이든 여성들까지 한(漢)의 모든 아들과 딸들의 공통적인 유산이며, 사회의 모든 계층이 그러한 고전적인 지혜를 인용할 수 있었다"[71] 사실상, 라틴어가 우세했던 시기의 유럽과 비교해보면, 중국의 이러한 언어적인 상황으로 말미암아 여러 사회적 계층이나 문해력 층위 사이에 다소 유동적이고 비교적 개방된 관계가 형성되었다고 볼 수도 있다. 우리는 중국의 문인들이 "대중"소설을 탐독했다는 사실을 잘 알고 있다. 또한 반 문맹 심지어 글을 전혀 모르는 이들의 경우도, 비록 읽지는 못 했겠지만, 대량의 고전 산문이나 비유를 듣거나 말하는 데는 익숙했다고 가정할 만한 증거가 충분하다.

하지만 우리는 여기서 중국의 상황이 비교적 안정되었다는 사실을, 유럽에서 민족 국가가 부상함에 따라 언어적인 지형도가 상당히 극적으로 변모했다는 것과 대비해서 보아야 한다. 중국에서의 보편적인 글말의 사용은(확실히 그들 자신의 용례 규칙에 따라 여러 영역으로 나누어지긴 했지만) 20세기 초까지도 지속되었다. 유럽에서는 그 시기 이전에 이미 여러 가지 특정한 지역어가 승리하여, 사람들은 그것을 이용해 말하고 쓰고 있었다. 유럽에서 라틴어가 여전히 엘리트의 언어로 통용되고 자국어 글말(written vernacular)은 이제 막 발전하고 있을 어느 시기에, 중국에서는 특히 교육의 가치를 과도하게 강조했던 분위기로 인해 더 많은 사람들이 더 쉽게 계층이동(social mobility)할 수 있는 언어 환경이 전개되고 있었다. 아니면 적어도 수준 높은 교육을 받은 엘리트와 어느 정도 문자 교육을 받았거나 완전히 문맹인 비엘리트 사이에 문화적 소통을 원활하게 해 주는 언어 환경이 존재했다.

하지만 유럽에서 자국어 글말에 의해 라틴어가 빛을 잃은 이후에는 상황이 차츰 역전되었다는 것

70 해넌(Hanan)의 『중국 백화소설(*The Chinese Vernacular Story*)』, 14쪽. "[중국어의 경우] 본질적으로 문법이 일정하기 때문에, 또 일반적으로 어형의 변화가 없기 때문에, 고문과 백화는 종이 위에 씌어질 때 상호 영향을 쉽게 받았다. 고문과 백화는 문법적으로 경쟁하는 체계인데, 많은 경우 그 구성 요소들을 서로 교환할 수 있다. 그리하여 고문과 백화의 요소를 모두 가지고 있는 새로운 언어를 고안할 수 있었던 것이다."

71 아더 스미스(Arthur Smith), 『중국에서 온 지혜의 진주(Pearls of Wisdom from China)』 (Singapore : Graham Brash, 1988; lst ed. 1888), 7; 매클라렌의 『중국의 대중 문화』, 5쪽에서 재인용.)

을 상상할 수 있다. 자국어로 텍스트를 인쇄하고 교육 시스템이 변화함에 따라 유럽의 인구 가운데 읽고 쓰는 능력을 갖춘 이들의 비율이 점점 더 커져갔다.[72] 또한 중요한 라틴어 텍스트를 자국어로 번역하는 작업 역시 기왕의 엘리트 문화에서 확정된 텍스트가 더 광범위하게 퍼져나가게 만들었고, 엘리트와 비엘리트 간의 격차를 줄여주었으며, 도서 문화가 여러 민족국가와 언어공동체 단위로 쪼개질 때 생기는 곤란함을 덜어주었다.[73] 중국에서는 20세기 초까지 유지되었던 과거제도의 엄격한 언어적 요구로 인해, 과거시험에 급제할 수 있는 정도의 수준에 있는 상위 영역의 중국어를 읽을 수 있는 이들과 단지 단순한 고문 정도만을 읽을 수 있는 이들(인구의 대부분을 차지하고 있는 전혀 읽을 수 없는 이들은 말할 것도 없고) 사이의 구분이 계속 유지되었다.

게다가 과거시험과 출사를 중시한 결과 중국에서는 유럽에 비해서 글쓰기에 더 큰 가치를 부여하게 되었는데, 이 때문에 제대로 교육받은 사람들과 어느 정도 교육받거나 아무런 교육도 못 받은 사람들 간의 격차가 더욱 벌어졌다.[74] 일상적 의사소통과 문화적 응집이라는 측면에서 보자면, 말을 하고 글을 쓸 때 고문과 백화문의 용법이 겹친다는 사실은 확실히 그러한 격차를 줄이는 가교 역할을 했다. 하지만 그것이 사회적 신분, 정치적 권력, 부에 대한 접근성의 차이를 보완할 수 있을 정도는 아니었다. 과거에서 합격을 기대할 수 있을 만큼 충분히 교육받은 사람들과 나머지 그렇지 못한 사람들 사이의 격차는 여전히 컸던 것이다.

교육과 독서의 전통

네 번째, 중국에서는 다양한 교육과 주해(註解)의 전통이 인쇄본의 이용과 실제 독서 행위를 규정했다. 성인의 가르침을 담은 성스러운 보고(寶庫)로서, 또 과거시험의 기본 교재로서 오랜 기간 십삼경을 으뜸으로 여겨왔던 탓에 이런 유가 경전들은 확실한 베스트셀러였다. 원대 이래로 십삼경 가운데서도 핵심적인 텍스트로 여겨져 왔던 사서(四書)는 젊은 남학생들이 첫 번째로 진지하게 공부해야 할 대상이었다. 공부에 입문하는 학생들이 일반적으로 가장 먼저 해야 할 일은 이 책들을 외우는 것이었다.

---

72 하지만, 17세기와 18세기에 자국어가 신속하게 또는 전면적으로 라틴어의 자리를 차지했다고 설명하는 것은 옳지 않을 것이다. 단턴(Darnton)에 의하면, 근대 초기 프랑스에서 사용된 초급독본에서는 여전히 라틴어를 가르쳤는데, 특히 교회의 전례에 쓰이는 라틴어였다. "프랑스 아이들은 읽기는 프랑스어로 시작해서는 안 된다는 전제 위에서 전체적인 체계가 건립되었다."(단턴(Danton), 「독서의 역사로 향하는 첫걸음(First Steps toward a History of Reading)」, 175쪽).

73 매클라렌(McLaren), 『중국의 대중문화(*Chinese Popular Culture*)』, 7쪽, 280쪽. 매클라렌은 여기서 유럽과 중국의 차이를 너무 과도하게 강조한 것 같다. 특정한 고전 텍스트는 명말에도 적어도 백화로 "설명된" 것이 있었다. 단지 백화만 익숙했던 사람들을 대상으로 한 사서(四書) 판본이 생산되었다는 사실을 염두에 둘 것(26쪽을 볼 것). 더욱이 고문과 백화문이 서로 겹쳐지면서 중국인들은 유럽인들보다 더 쉽게 엘리트의 전통에 접근할 수 있었을 것이다. 유럽에서는 적어도 중세 후기까지는 엘리트문화와 평민문화 사이에 확연한 구분이 있었다.

74 엘만(Elman), 『과거제도의 문화사(*A Culture History of the Civil Examinations*)』, 276-277쪽.

본문 암송에 성공해야만, 그 안에 담긴 의미에 대해 배울 수 있었는데, 보통은 관에서 인정한 대량의 협주(夾注)의 도움을 받았다. 명청 시기에는 사서에 대한 주시(朱熹)의 주해인 『사서집주(四書集註)』가 과거시험의 기본서가 되었다. 그래서 매우 어린 나이부터 학생들은 주석이 달린 텍스트 읽는 법을 배웠는데, 주석은 본문 사이에 "끼어들어" 해석을 제시하는 역할을 맡았다. 여러 학자들은 이런 식의 독서법이 독자와 텍스트 사이의 관계에 영향을 준다고 지적하고 있다. 주석은 독자가 텍스트에 참여하고 대화하는 것을 도와주기도 하지만, 동시에 독자의 해석을 특정한 방향으로 몰아가는 폐쇄적 성격도 있었다는 것이다.[75] 이런 형식의 주석은 경서와 가장 밀접한 연관을 맺었는데, 비록 [그 틀에 맞게] 다듬어진 형태이긴 하지만 결국 아(雅)문학에도 적용되었다. 그리고 그보다 훨씬 뒤인 명말에는 소설과 희곡에도 적용되었는데, 명말의 예저우(葉晝, 활동 기간은 1595-1624년), 진성탄(金聖嘆, 1608-1661년), 마오쭝강(毛宗崗, 활동 기간은 17세기) 등이 대표적이었다.[76] 독서 행위를 규정하는 이런 방식을 통해 중국에서의 엘리트 교육에 대한 관심이 도서 문화에 어느 정도 영향을 미쳤는지 알 수 있다. 그것은 독자가 자신이 읽는 책에 대한 사유방식을 정할 때, 아마도 그러한 독서법이 상당한 영향을 행사했을 것이기 때문이다.

책 속의 삽화의 역할 또한 독서 행위라는 문제와 연관이 있다. 실용적인 입문서의 경우 분명 삽화는 매우 직접적인 방식으로 내용 설명에 도움을 주었다. 이를테면 명말과 청대 상업 출판에서 구급방(자가진단 치료안내서)은 주요한 부분이었는데, 질병의 증상을 그린 그림들은 이런 책을 읽는 독자들에게 도움이 되었다. 소설이나 문학 작품을 설명하기 위해 만들어진 삽화들은 훨씬 복잡했다. 삽화가 어떤 종류인가에 따라 이야기를 읽고 이해할 때 독자가 받는 영향이 달랐다. 아래에는 본문 내용을 인쇄하고 위에는 삽화를 그려 넣은 상도하문(上圖下文)의 형식도 있었고, 한 쪽 전체나 반쪽에 "삽화를 끼워 넣는" 방식도 다양했으며, 삽화를 텍스트의 시작 부분에 모두 모아 놓는 관도(冠圖)와 같은 형태도 있었기 때문이다.[77] 앤 버커스-채슨(Anne Burkus-Chasson)은 자신의 「시각적 해석학과 페이지 넘기기 행위: 류위안(劉源)의 능연각(凌煙閣)의 계보(Visual Hermeneutics and the Act of Turning the Leaf: A Genealogy of Liu Yuan's *Lingyan ge*)」에서 이런 점을 지적했는데, 여기에서 그는 고상한 문인 독자들을 위해 고안된 것이 분명한 특정 텍스트를 이용해, 삽화와 본문이 독자를 안내하면서 어떻게 상호 작용하는지를 설명하고 있다. 「인쇄본 서책의 교훈적인 삽화들(Didactic Illustrations in Printed Books)」에서 줄리아 머레이(Julia Murray)는 약간 다른 접근을 시도했는데, 그것은 다른 형식의 시각적 재현의 맥락에서 삽화의 자리를 정하는 것이었다. 황제가 모델이 되어 그림으로 재현될 때, 인쇄본에 나오는 모습과 다른 매체가, 이를테면 석각 부조나 회화에 나오는 모습이 어떤 차이가 있는지를 고찰하고 있다. 이를 통해 그는 명청 시기 시각 문화에서 목판 삽화가 차지하고 있는 위치를 따져 물었으며, 그림이 어떤 방식으로 보편 문

75 가드너(Gardner), 「유가의 평점과 중국학술사」, 413-516쪽.

76 롤스톤(Rolston) 편, 『중국 소설 독법(*How to read the Chinese Novel*)』, 4-10, 17-29쪽.

77 헤겔(Hegel), 『명청 시기 삽화본 소설 읽기(*Reading Illustrated Fiction in Late Imperial China*)』, 164-241, 311-326쪽.

화의 전파에 기여했는가를 설명하고 있다.

중국의 서적사를 연구할 때는 손으로 베껴 옮긴 텍스트나 필사본[抄本]에도 주의를 기울여야 한다. 명말과 청초에 인쇄본이 중국의 독자들을 "정복한" 다음에도 필사본의 생산과 이용이 계속되었기 때문이다.[78] 물론 이것은 서구의 책 역사를 연구하는 이들의 경우에도 문제가 된다. 즉, 비교적 늦은 시기인 15세기 유럽에서 활자가 발명된 뒤에도 필사본은 전혀 사라지지 않았던 것이다.[79] 그렇지만 서예에 높은 가치를 부여했다는 점을 고려하면, 손으로 옮겨 쓰거나 필사한 텍스트의 중요성이 중국에서 훨씬 더 오래 지속되었다고 말할 수 있다. 도서 수집가들은 훌륭한 필치로 교감(校勘)까지 거친 필사본을 소장하기 위해 돈을 썼는데, 이 경우 필사본은 여타의 열등한 인쇄본에 비해 훨씬 높은 가치를 지녔다. 서구의 도서와는 달리, 중국의 목판 인쇄본은 사실상 필사본의 규범에서 벗어나지 못했던 것이다. 중국에서는 우아하면서도 매력적인 붓글씨로 작성되어 필사본의 모습으로 재탄생한 책을 최고로 치는 경우가 많았다.[80]

필사본 전통의 지속과 필사 행위 자체에는 또 다른 의미도 있었는데, 이는 서구의 도서 문화에서도 발견할 수 있다. 돈이 없어서 손으로 베껴야 하는 경우가 많았던 것이다. 너무 가난해서 책을 구입할 수 없었던 독자들은(드문 경우지만, 자신의 책을 빌려줄 정도로 충분히 관대한 수집가를 찾을 수 있다면) 책을 빌려서 필사해야만 했다. 책을 베껴 쓰는 것은 존경을 표하거나 공덕을 쌓는 방법이기도 했다. 불경을 베껴 쓰거나(때때로 자신의 피를 이용했다) 돈을 줘서 불경을 베끼게 하는 행위는 확실히 흔한 일이었는데, 이는 부처에게 귀의했다는 것을 천명하거나 종교적인 공덕을 쌓는 대중적인 방법이었다. 공부의 일환으로 경전과 같은 텍스트들도 필사했는데, 이것은 개인적으로 텍스트를 재생산함으로써 거기에 몰입하거나 "소유하는" 방법이었다.

엘리트 계층에게 특정한 유형의 필사본은 인쇄본보다 더 큰 가치가 있었다. 이를테면 개인적 성향이 강하고, [흔히 회도(誨盜)라 일컫는] 불온한 성격이 잠재해 있거나, 또는 [회음(誨淫)이라는 말로 대신하는] 성(性)적인 묘사가 명시적으로 드러나 있는 허구 작품들을 들 수 있겠다. 인쇄본으로 만들어지면 유통이 통제되지 못하고 사회적으로 제한되지 않을 가능성이 생기게 되는데, 과연 엘리트들의 눈에는 인쇄본이 잠정적으로 위험하고 막돼먹은 것으로 보였다. 그래서 로버트 헤겔(Robert E. Hegel)은 「명청 시기 소설의 틈새시장(Niche Marketing for Late Imperial Chinese Fiction)」에서 손으로 베껴 쓴 "사적인" 필사본이 명말과 특히 청대 문인소설의 유통에서 선호되었던 수단이었다고 주장했다. 송대(宋代) 이래로 많은 문

---

78 맥더모트(Mcdermott), 「중국에서의 인쇄본의 우세(The Ascendance of the Imprint in China)」의 두 번째 절을 볼 것.

79 이른바 서구에서 등장한 "인쇄의 승리" 이후에도 필사본의 중요성은 오래 지속되었는데, 이에 대한 연구로는 헤럴드 러브(Harold Love), 『17세기 영국의 필사본 출판(*Scribal Publication in Seventeenth-Century England*)』(Oxford : Clarendon Press, 1993), 284-310쪽을 볼 것.

80 모트(Mote)와 추(Chu), 『서체와 동아시아의 책(*Calligraphy and the East Asian Book*)』, 12쪽 곳곳.

인들이 인쇄본을 "일반적인" 것으로 받아들였기 때문에, 자신의 가장 내밀한 글쓰기가 갖는 특별한 지위를 지켜내고 싶었던 작가들은 인쇄본에 경멸의 눈빛을 보냈다. 분명한 이유가 있어 필사를 선호하는 때도 많았다. 기술상의 비밀이나 집안의 의술, 또는 이단적인 요소를 내포하고 있는 종교적 교의를 전수하는 경우를 들 수 있겠다. 이 경우 필사를 이용하여 후손이나 동료 신도들 위해 비기(秘技)를 보존하고 신앙을 기록하면서, 그러한 비법과 믿음이 널리 퍼지는 것을 제한했던 것이다.[81] 필사문화가 지속되었던 이유를 마지막으로 한 가지 더 들자면, 조셉 맥더모트(Joseph McDermott)가 「중국에서의 인쇄본의 우세(The Ascendance of the Imprint in China)」에서 지적한 대로, 심지어 출판 붐이 가장 고조되었던 시기인 명말에도 인쇄본을 구하기가 그다지 쉽지 않았다는 점이다. 그래서 부유한 독자나 수집가들조차도 구하기 어려운 텍스트를 재생산하는 수단으로 필사를 포기할 수 없어, 책을 자신의 손으로 직접 베끼거나 사람을 고용해 베껴야 했다. 최소한 명청 시기 전체를 통틀어 중국의 도서 문화는 사실상 인쇄와 필사가 공존했던 것이다.

출판에서의 조정의 역할

다섯 번째, 유럽은 정치적인 분열로 말미암아 정부와 출판 산업 사이의 관계가 중국과는 사뭇 달랐다. 중국의 경우 15세기 중엽부터 19세기에 이르는 동안 비록 명과 청 두 왕조로 나뉘기는 하지만 상대적으로 안정된 제국의 조정을 유지했기 때문이다. 송조(宋朝) 이래로, 중국의 조정은 출판과 관련하여 다양한 방면에서 비교적 능동적인 역할을 수행했다. 가장 분명하게 드러나는 것은 법전과 법령, 과거시험 문제와 합격자 명단, 그리고 공식적인 달력과 같은 필수적인 정부 문서들을 만들었고, 6부 아문에서 필요한 서식이나 방문(榜文), 등기부 등을 인쇄했으며, 종종 지방의 관청과 학교에 공급할 중요한 텍스트의 공식 판본을 확정했다는 사실이다. 각 성과 현의 정부에서는 책임지고 지방의 관학에서 필요한 책이나 지방지 등을 펴내기도 했다. 그리하여 조정은 출판 산업의 중요한 부문의 역할을 수행했던 것이다. 과연 대부분의 중국 출판 연구자들은 출판업을 관각(官刻)과 사각(私刻) 또는 가각(家刻), 그리고 방각(坊刻)이라는 세 가지 분야로 나눈다.

그러나 명청 시기에는 조정이 이렇게 깔끔한(사실 지나칠 정도로 깔끔한) 삼각구도를 통해 설명하는 것보다 훨씬 더 능동적인 역할을 수행했다. 어떤 종류의 책을 출판할 수 있고 출판해서는 안 되는지에 대해 중앙 정부가 일관된 기준을 가지고 명백하게 규정하지 않았기 때문에, 모든 행정 단위의 관청에서는 명백하게 상업적인 결정을 내리는 경우가 많았다. 일반에 판매하여 돈을 벌기 위해 특정한 대중 서적

81 이와 유사하게 서구에서 필사본을 개인저작의 유통을 제한하거나 기술상의 비밀을 전수하는 기능을 사용한 예에 대해서는, 러브(Love)의 『필사본 출판(*Scribal Publication*)』, 284-288쪽을 볼 것. 오오키 야스시(大木康)는 학회 발표문인 「명청 시기 중국의 필사본(Manuscript Edition in Ming-Qing China)」에서 필사본이 사용되는 몇 가지 경우에 대해 언급하고 있다.

을 출판했던 것이다. 이렇듯 정부는(또한, 캐서린 칼리츠(Katherine Carlitz)가 이 책에 실린 논문에서 분명하게 밝힌 대로, 문인 출판업자들도) 도서 시장에 참여했다. 이를테면 난징의 국자감(國子監)과 베이징의 사례감(司禮監), 도찰원(都察院)에서는 명의 소설 『삼국연의(三國演義)』의 여러 판본들을 찍어냈다. 비록 이 책에서 드러나는 충성과 정통성이라는 명분을 강조함으로써 상업적인 목적 뿐 아니라 이데올로기적인 목적을 위해 조정에서 이 작품의 유포에 관심을 가진 것이라는 사실은 의심의 여지가 없긴 하지만 말이다.[82]

16세기에서 19세기를 관통하는 동안 유럽의 정부가, 또는 피터 코르니키(Peter Kornicki)가 일본의 책에 대한 백과전서식 연구에서 강조했던 바와 같이 일본의 정부가 수행했던 역할보다,[83] 중국의 조정은 훨씬 더 능동적으로 활약했던 것 같다. 전성기의 청 왕조가 대대적으로 도서를 수집하고 간행했던 프로젝트는(이를테면, 『사고전서(四庫全書)』, 『고금도서집성(古今圖書集成)』, 그리고 『무영전취진판총서(武英殿聚珍板叢書)』 등과 같은) 조정이 인쇄의 힘을 얼마나 깊이 이해했으며, 이러한 이해의 바탕 위에 얼마나 능동적이고 적극적으로 행동했는가를 여실히 보여주고 있다. 무엇보다 정부의 출판 사업 참여는 모든 행정 단위의 관청에서 이루어졌다. 가장 정점에는 중앙정부의 출판 담당 부서가 있었다. 바로 청대의 무영전(武英殿)에 있던 수서처(修書處)가 그 유명한 예이다. 여기에는 수백 명의 일꾼들이 고용되어 당대 최고의 판본들을 찍어내었는데, 활자로 인쇄한 『고금도서집성(古今圖書集成)』과 『무영전취진판총서(武英殿聚珍板叢書)』도 포함되어 있다.[84] 명대에는 왕부(王府)도 중요한 출판업자 가운데 하나였다. 명대 왕부에서 펴낸 책의 숫자는 250에서 350권에 그칠 정도로 그리 많지 않지만, 선본을 구할 수 있는 그들의 재력과 출판에 대한 개인적인 관심으로 말미암아 그들이 펴낸 많은 책들은 16세기와 17세기에 나온 것 가운데 최고의 판본으로 우뚝 설 수 있었다[이를테면 이 책의 논문 가운데 한 편[85]에 실려 있는 삽화를 볼 것. 왕부본(王府本) 『성적도(聖蹟圖)』(1545년경)에 실린 것이다].[86]

성과 현 수준의 인쇄소에서도 경전이나 지방지, 『강희자전(康熙字典)』과 같은 사전, 그리고 황실에서 지원한 『의종금감(醫宗金鑒)』과 같은 의료 지침서, 또는 앞에서도 언급한 대로, 심지어 아(雅)문학이나

82 장슈민(張秀民), 『중국인쇄사(中國印刷史)』, 466쪽, 헤겔(Hegel), 『명청 시기 삽화본 소설 읽기(*Reading Illustrated Fiction in Late Imperial China*)』, 133쪽. 상업적 출판업자들은 역시 때때로 정부의 각 급 행정 단위에서 발주한 작업을 수행했으며, 문인 출판업자들에게 각공과 인쇄공을 공급했던 경우도 많았다. 이 문제에 대한 논의로는 이 책에 실린 맥더모트(McDermott)의 논문을 볼 것.

83 피터 코르니키(Peter Kornicki), 『일본의 책: 그 시발점에서 19세기까지의 문화사(*The Book in Japan: A Cultural History from the Beginnings to the Nineteenth Century*)』 (Leiden : E. J. Brill, 1998), 11-17, 320-362쪽.

84 장슈민(張秀民), 『중국인쇄사(中國印刷史)』, 548-550쪽. 또한 로타 래더로즈(Lothar Ledderose)의 『수 만 가지 사물: 중국 예술의 도량 단위와 대량생산(*Ten Thousand Things : Module and Mass Production in Chinese Art*)』 (Princeton : Princeton University Press, 2000), 140-142쪽의 도량단위에 관한 그의 고무적인 논의에는 『고금도서집성(古今圖書集成)』의 출판에 대한 간단한 논문을 포함하고 있다.

85 【옮긴이 주】 이 논문은 줄리아 K. 머레이(Jullia K. Murray)의 「인쇄본 서책의 교훈적인 삽화들(Didactic Illustrations in Printed Books)」이다.

86 첸춘쉰(錢存訓), 『종이와 인쇄(*Paper and Printing*)』, 178쪽; 장슈민(張秀民), 『중국인쇄사(中國印刷史)』, 402-445쪽.

소설 작품 등에 대한 표준판을 펴냈을 것이다. 이 가운데 많은 텍스트가 지방의 향교나 사설 학당에 배포되어 정부에서 공인한 주요 텍스트를 확실하게 학습하는 수단으로 쓰였다.[87] 그리하여 조정의 출판은 부분적으로 교육의 정통성과 통합을 유지하려는 노력의 일환으로 기능하였다. 19세기 말의 태평천국의 난을 진압한 뒤, 동치제(同治帝; 재위 기간은 1861-1875년)는 난리 통에 훼손된 저작들을 관리와 학자들에게 공급하기 위해 각 성의 출판 담당 부서를 세울 것을 명령했다. 요컨대 서적의 생산과 보급이 적절한 교육과 훌륭한 조정을 다시 일으켜 세우고 유지하는 데 필수적인 요소라고 본 것이다.[88]

물론 중국에서 조정이 출판에 대해 열성적인 관심을 보인 데에는 어두운 측면도 있었다. 가혹한 문자옥이 바로 그것인데, 강희제(康熙帝; 재위 기간은 1661-1722년)와 옹정제(雍正帝; 재위 기간은 1723-1735년) 때도 진행되었고, 건륭제(乾隆) 때 가장 악명이 높았다. 그러나 여기서 다시 한 번 유럽과 심지어 일본과 대비해보면 규제와 검열에 이르는 방식의 측면에서 두드러진 차이를 보이고 있다. 명대나 청대에는 텍스트에 대한 체계적인 사전 검열을 진행할 효과적인 정부 기구도 없었고 통상적인 절차도 없었던 데 반해, 이를테면 18세기 프랑스에서는 검열을 위해 필사본을 검열 위원회에 제출해야 했다.[89] 1778년 황제의 칙령에 의해서, 새로운 책이 출판되기 전에 지방의 교육 담당 관리가 필사본을 심사해 승인을 하도록 했지만,[90] 이러한 규정이 지속적이고 그리고 조직적으로 강제되었다는 증거는 거의 찾아볼 수 없다. 공인되지 않은 달력, 예언서, 반정부 불온문건, 정부의 비밀문서, "음란한" 문학 작품 등[91] 특정한 유형의 텍스트에 대한 일반적인 금지 조치는 확실히 있었지만, 출판 전에 이런 범주에 포함될 수도 있는 책들을 통상적으로 걸러내기 위한 시스템이 효과적이고도 지속적으로 적용된 적은 없었다. 대부분의 경우 청의 조정은 사후에, 곧 이런 책들이 출판되고 유통된 이후에야 불법화했다.

---

87 장슈민(張秀民), 『중국인쇄사(中國印刷史)』, 559쪽. 명대 관방에서는 지역 학교의 장서 수집을 장려하는 데에 힘을 들였는데, 티모시 브룩(Tomothy Brook)은 이것이 교육과 지식의 보급을 감시 통제하려는 정부의 관심으로 파악하고 있다. 「지식의 순화(Edifying Knowledge)」, 93-119쪽.

88 이들 텍스트는 국각본(局刻本), 즉 "정부관청의 텍스트"로 분류된다. 장슈민(張秀民), 『중국인쇄사(中國印刷史)』, 559-564쪽.

89 레이몬드 번(Raymond Birn), 「계몽주의 시대 프랑스, 국가의 책 검열(*La Censure royale des livres dans la France des lumières*)」을 볼 것(2001년 4월 14일, 21일, 28일 콜레쥬 드 프랑스(Collège de France)에서 진행된 일련의 강의임).

90 찬혹람(Chan Hok-lam), 『중국의 출판 통제(*Control of Publishing in China*)』, 23-24쪽. 찬(Chan)은 송(宋) 정부가 사전검열제의 기준을 수립하려고 했다는 점을 지적하였다(15-17쪽). 명대에도 지방 교육 관리들에게 출판 규제의 의무가 있었다는 점에서, 송대와 어느 정도 유사한 규제 시도가 있었다. 하지만 "이들 관리들은 부정과 부패로 인해 무디어졌고, 자신의 의무 수행에 너무나 게을렀기 때문에, 저질 문학 작품이 만연하고 돈벌이가 된다면 해적판을 마구 출판하는 상황을 거의 통제할 수 없었다."(23쪽).

91 찬(Chan), 『중국의 출판 통제(*Control of Publishing in China*)』, 24쪽. 켄트 가이(Kent Guy)가 지적했듯이, 건륭제 때 "불온서적"을 잡아내는 주요한 기구는 바로 『사고전서』 찬수에 필요한 도서를 모으고 평가하기 위해 설치되었던 사고관(四庫館)이었고, 1776년 이후에는 예비 학정(學政)들이 그 임무를 맡았다. 이 둘의 조사 결과는 모두 지방 총독에게 통보되었다. 가이는 또 문자옥 활동 그 자체와 마찬가지로 지방의 총독들의 임무수행도 다소 임시변통 식이었다는 점을 강조했다. "불온서적에 관한 법령은 전혀 없었다. 지방의 총독과 관리들은 그들이 다른 임무수행 중에 어려움을 맞닥뜨릴 때와 마찬가지로, 다소 임시변통으로 대응책을 찾아내었으며, 그러한 대응책을 그때그때 조정에 보고하고 다시 황제의 비준을 받았다."([『사고전서(*The Emperor's Four Treasuries*)』, 167-171쪽.)

프랑스 정부의 출판 통제가 더 조직적이었다고 해서, 그렇다고 반드시 더 잔혹했다는 것은 아니다. 청조의 문자옥이 야만적이었다는 데 대해 의문을 표할 사람은 없을 것이다. 더욱이 유럽에는 복수의 정부가 있었기 때문에, 어떤 정부가 어떤 개체에게 통제를 가하려 할 때 그 개체는 해당 정부의 통제가 미치지 않는 곳으로 빠져나갈 수 있었다. 유럽에서 뇌샤텔의 인쇄공 협회(Société typographique de Neuchâtel)[92]의 사업이 번창했다는 사실이 그 증거가 된다. 이들은 프랑스에서는 금지되었지만 국경 너머 스위스에서는 합법적으로 출판될 수 있는 책들을 다시 프랑스에 공급했던 것이다.[93] 거대한 땅덩어리를 단일한 정부가 통괄했기 때문에 중국에서는 이와 같은 단속 회피 수단을 사용하기가 더 어려웠다. 중국정부의 입장에서는 검열과 처벌 활동에 초점을 맞추는 것이 더욱 효과적이었을 것으로 보이는데, 그러한 활동에서 주요한 표적은 청의 통치를 뒤엎으려 하거나 만주인들에게 적대적인(하지만 그렇게 보기에는 의문의 여지가 있는) 것으로 추정되는 작품들이었다. 대표적인 사례가 바로 강희제, 옹정제, 건륭제의 문자옥이었다. 그 밖의 다른 방식으로는 검열이 효과를 발휘하기 힘들었다. 중국은 땅이 넓기도 하거니와 목판인쇄는 확산과 이동이 비교적 용이해서 내부적인 통제가 매우 어려웠기 때문이다.[94] 확실히 정부가 아무리 철저한 방식을 사용한다 해도 달력이나 예언서, 또는 "비도덕적이고 음란한 대중소설"의 출판을 제한할 수 없었다.[95]

유럽의 경우 정부는 단속에 힘을 들였고, 국외 출판업자들은 "스캔들이 될 만한" 텍스트 출판에 강렬한 욕망이 있었으며, 작가들은 지금 우리가 지적 재산권이라 부르는 것에 대한 요구를 키워나가면서, 그 사이에 긴장관계가 형성되었다. 매우 흥미로운 사실은 그 특수한 긴장 상황으로 인해 중국에는 저작권과 판권과 연결된 개념이 도입되었다는 점이다.[96] 중국에서는 그럴 정도로 [출판이나 저작권에 대한] 법이 발달하지 않았다. 작자들은 물론 해적판이 나오는 것을 우려했다. 이를테면, 주시(朱熹)는 자신의 『사서혹문(四書或問)』을 조악하게 펴낸 해적판의 목판을 없애줄 것을 현승(縣丞)에게 탄원해 효과를 거

---

92 【옮긴이 주】 뇌샤텔(Neuchâtel)은 프랑스와 스위스 접경지대에 있는 호반 도시이다.

93 로버트 단턴(Robert Darnton)은 뇌샤텔 인쇄공 협회의 활동에 대해서 꽤 많은 글을 써오고 있다. 예를 들어, 『혁명 이전 프랑스에서 금지된 베스트셀러(*The Forbidden Best-Sellers of Pre-revolutionary France*)』(New York : W.W. Norton, 1995)를 볼 것.

94 티모시 브룩(Tomothy Brook), 「18세기 중국의 검열: 도서 매매의 관점에서(Censorship in Eighteen-Century China: A View from the Book Trade)」*Canadian Journal of History* 23.2(August 1988): 191-193쪽.

95 찬(Chan), 『중국의 출판 통제(*Control of Publishing in China*)』, 24쪽. 찬(Chan)은 『대청율리(大淸律理)』에 나타난 규정을 설명하고 있지만 그 실제적 효과에 대해서는 논급하지 않았다. 서적 거래를 규제하기 위한 청 정부의 노력이 어느 정도 효과가 있었는지에 대한 합리적인 평가에 대해서는, 브룩(Brook)의 「18세기 중국의 검열(Censorship in Eighteen-Century China)」을 참조할 것.

96 레이몬드 번(Raymond Birn)이 쓴 몇 편의 논문을 참고할 것: 「생각의 이윤: 18세기 프랑스의 저작권(The Profits of Ideas: *Privilèges en libraries* in Eighteenth-Century France」(*Eighteenth-Century Studies* 4.2(winter 1971), 131-168쪽); 「프랑스에서의 서적 생산과 검열, 1700-1715년(Book Production and Censorship in France, 1700-1715)」(Kenneth E. Carpenter ed., *Books and Society in History: Papers of the Association of College and Research Libraries Rare Books and Manuscripts Preconference*, New York: R.R.Bowker, 1983, 145-171); 「루소와 문학 저작권-불평등기원론에서부터 에밀까지(Rousseau and Literary Property: From the Discours sur l'inégalité to Emile)」(*Leipziger Jahrbuch zur Buchgeschichte* 3(1993), 13-37쪽)를 볼 것.

둘 수 있었다. 또한 많은 저자들이 자신의 저작을 조잡하게 펴낸 해적판에 대해 분노를 표했다.[97] 출판업자들 역시 자신들이 펴낸 책을 허락받지 않고 다시 찍어내는 것에 대해 우려를 나타내어, 명청 시기에 출판된 책에는 "번각을 금한다(翻刻必究)"는 경고문이 포함된 채로 인쇄되었다.[98] 그러나 이러한 우려가 어떤 법령으로 연결되지는 않았으며, 중국의 작자와 출판업자들은 궁극적으로 유럽의 작자나 출판업자들에게 제공되었던 것과 같은 공식적이고 합법적인 보호를 받은 적이 없었다.[99]

결과적으로 저작권이나 판권이 무엇인지에 대해서 정확한 법적 규정이 발달하지 못했다. 사실 그것에 대한 일반 개념 자체가 없었던 것이다. 중국 책 가운데는 확실히 개인 저자가 "지은" 것들도 있었다. 하지만 유서(類書)나 대련(對聯) 선집, 경전 주해본과 같은 그렇지 않은 책들도 많았다. 이 경우 그 역할을 정확히 규정하기가 상당히 어려운 일군의 사람들의 이름을 달고 출판되었다. 중국 책의 제목이 있는 페이지를 보면, 출판에 도움을 준 사람들을 쭉 적어내려 간 명단을 쉽게 찾아볼 수 있다. 저자 혹은 편집자의 친척이나 친구인 경우가 적지 않은데, 이들이 다양한 기능을 수행한 것으로 나온다. 몇 가지만 들자면 평선(評選), 교정(校訂), 증석(增釋), 참열(參閱) 등이다. 그런데 해당 텍스트의 출판에서 그들의 역할이 어떤 관계를 맺고 있는지, 또 그러한 역할의 성격이 정확하게 무엇인지를 파악하기가 어려운 경우가 많다. 텍스트를 만들어내는 데 어느 정도까지 공동의 노력을 기울였던 것일까? "작자", 또 그 밖의 모든 참여자들의 역할을 어떻게 이해할 것인가?[100]

"책" 자체에 대한 개념만 해도 이와 유사한 혼란이 존재한다. 맥더모트(McDermott)가 이 책에 실린

---

97 밍쑨 푼(潘銘燊), 「중국 송대의 서적과 인쇄(960-1279년)(Books and Printing in Sung China(960-1279))」(Ph.D. Dissertation, University of Chicago Library School, 1979), 64. 이 주제에 대한 좀 더 최근의 논의는 알포드(Alford)의 『책 도둑질은 우아한 범죄이다(*To Steal a Book Is an Elegant Offense*)』, 9-29쪽을 볼 것.

98 중국의 "의사 판권(pseudo-copyright)"에 대해서는, 에드그렌(Edgren)의 「중국 서적사 자료로서의 중국의 서적(The Chinese Book as a Source for the History of the Book in China)」을 볼 것. 출판업자들을 규제하거나 보호하기 위한 초기의 노력에 대한 논의로는 다음과 같은 연구가 있다. 『중국법제사연구(中國法制史硏究)』의 제4권인 니이다 노보루(仁井田陞)의 『법과 습관, 법과 도덕(法と習慣, 法と道德)』(東京: 東京大學出版會, 1980년), 445-491쪽에 보이는 송대 출판법에 관한 부분; 판밍선(潘銘燊), 「중국 인쇄판권의 기원(中國印刷版權的起源)」(『中國圖書文史論集』, 北京: 現代出版社, 1992년), 27-32쪽; 찬(Chan), 『중국의 출판 통제(Control of Publishing in China)』, 3-22쪽, 이노우에 스스무(井上進), 『중국출판문화사(中國出版文化史)』, 255-261쪽.

99 하지만 이노우에 스스무(井上進)는 명말 간기(刊記)에 번각 금지 경고문이 증가하는 것은, 출판업자들 사이에서 현대적인 의미의 판권과 매우 유사한 개념이 발전하고 있었다는 사실을 반영한다고 주장했다(『중국출판문화사(中國出版文化史)』 255-261쪽). 일본에서는 출판업자들을 보호하기 위해서 더욱 엄격한 체계가 발달했다. 17세기 교토(京都)의 서적출판매매업자들은 해적판의 "판권" 침해로 경영사정이 악화되자, 자신의 사업을 보호하기 위하여 최초로 간단한 협약을 맺었다. 18세기에는 막부의 허가를 받아 혼야나카마(本屋仲間)라는 동업조합을 결성하였는데, 이를 통해 출판업자들은 검열 규정과 해적출판금지를 철저하게 준수하게 되었다. 코르니키(Kornicki), 『일본의 책(*The Book In Japan*)』, 179-183쪽을 참고할 것. 적어도 19세기 말 이전 중국에서는 그런 자율적인 동업조합이 발달하였다는 증거가 없다. 19세기 말에서 20세기 초에 정부검열과 자율단속의 노력에 대해서는, 찬(Chan)의 『중국의 출판 통제(Control of Publishing in China)』 24쪽이나 크리스토퍼 리드(Christopher A. Reed)의 『상하이의 구텐베르그 : 중국의 인쇄 자본주의(1871-1937년)(*Gutenberg in Shanghai: Chinese Print Capitalism*, 1876-1937)』(Vancouver : University of British Columbia Press, 2004), 172-173, 336쪽, 각주 30)을 볼 것.

100 이 문제를 고려하기 위해서는 매클라렌(McLaren)의 이 책 네 번째 논문인 「명말 새로운 독자층의 형성」, 164-167쪽을 볼 것.

그의 논문에서 지적한 대로, 20세기 이전 중국 책들은 대부분 본질적으로 잡록(雜錄)이었다. 다시 말해 다양한 범주의 다른 책들에서 발췌한 인용문을 대개 출처를 밝히지 않은 상태로 짜깁기한 것이었다. 그러한 인용문들 역시 같은 제목의 새로운 판에서는 삭제되거나 다른 인용문으로 대체되는 경우가 많았다.[101] 이런 짜깁기 방식은 확실히 저작권이나 저작 과정에 연관된 여타의 기능들을 어떻게 이해하고 있었는가 하는 문제와 연관이 있다. 또한 한 권의 책이라는 게 무엇인가를 근본부터 다시 생각하게 만들기도 한다. 같은 제목과 같은 저자나 편자로 되어 있는 외견상 동일한 책이라 할지라도 사실상 그다지 같지 않을 수 있었다. 상당히 다른 인용문과 문장의 결합, 그리고 변화의 폭이 상당히 넓은 다양한 권수로 이루어져 있는 경우가 많았기 때문이다. 반면에 출판업자들은 동일한 책을 일련의 다른 서명으로 펴내는 경우도 드물지 않았다. 연달아 나온 각각의 서명은 새롭게 개정하고 확장하거나 참신하게 삽화본으로 펴낸 것이라 광고했는데, 사실상 같은 책에 지나지 않았다.[102] 요컨대 한 권의 텍스트는, 혹은 동일한 서명으로 된 텍스트의 연합체는 정확하거나 고정된 것과는 거리가 멀었기 때문에, 해적판 편집자뿐만 아니라 원래의 저자나 편자들까지도 상당히 자유롭게 텍스트의 구성 요소들을 조합하고 재조합할 수 있었다. 저작권의 본질은 무엇인가? 한 권의 텍스트에 열거되어 있는 다양한 참여자들이 수행한 기능을 어떻게 표준화할 것인가? 한 권의 텍스트나 책이라고 하는 것이 의미하는 바는 무엇인가? 중국의 서적 발전에 대해 연구할 때는 이 모든 문제들을 더욱 세심하게 살펴보아야 한다.

자료와 방법론

나는 위에서 중국의 서적사가 서구의 그것과 대비하여 인쇄기술과 인쇄경제학의 측면에서, 또 사회적, 정치적, 교육적 맥락에서 어떤 차이점이 있는지에 대해서 몇 가지 사례들(과 연구자라면 마땅히 던져야 할 질문들)을 제시했다. 다른 점이 한 가지 더 있는데, 바로 자료들의 유형과 접근성의 차이다. 이 문제는 중국의 책 역사를 연구하는 사람들의 작업에 상당히 실제적으로 영향을 미치고 있다. 중국 서적의 역사를 연구하는 이들은 서구의 서적사 연구자들이 굉장히 부러울 것이다. 생각나는 대로 서구의 서적사 연구자 몇 명을 꼽아보자면, 로버트 단턴, D. F. 매킨지, 로베르 에스티발, 프랑소아 푸레, 레온 뵈에트, 미리엄 크리스만 등을 들 수 있겠는데,[103] 이들에게는 특정한 서적 산업에 대해 가멸차고 상세한 연

---

101 이 책의 두 번째 논문인 맥더모트(McDermott)의 「중국에서 인쇄본의 우세」, 90-91쪽.

102 이에 관한 한 가지 예는 이 책의 다섯 번째 글인 브로카우(Brokaw)의 「19세기의 베스트셀러 읽기 : 쓰바오(四堡)의 상업 출판」, 193쪽의 내용에 관한 229쪽의 주 25)를 참고할 것..

103 주석 23)에 인용된 저작들 외에, 로베르 에스티발(Robert Estivals)의 『프랑스 18세기 왕정 하의 서지학적 통계(La statisque bibliographique de la France sous la monarchie au XVIII siècle)』(Paris : Mouton, 1965), 프랑수와 퓌레(François Furet)와 쟈크 오주프(Jacques Ozouf), 『읽기와 쓰기: 칼뱅에서 쥘 페리까지 읽고 쓰는 능력(Readindg and Writing: Literacy in France from Calvin to Jules Ferry)』(Cambridge: Cambridge University Press, 1982), 레옹 보에(Leon Voet), 『황금 나침반: 벨기에 엔트워프의 오피치나 플

구를 진행할 때 끌어다 쓸 수 있는 자료가 굉장히 풍부했기 때문이다. 이들은 도서 목록이나 가격 목록, 서적상과 출판업자들 사이의 통신문들, 도서 산업과 연관한 회계장부들, 도서 전시회의 서목과 도서관 납품 목록, 그리고 서적 출판물 자체를 모아놓은 여러 장서기구 등 다양한 자료를 이용할 수 있었다. 불행히도 명청 시기 중국에 대해서 연구할 때는, 최근 시기의 경우 예외가 있긴 하지만, 그런 자료들 대부분을 폭넓게 손에 넣을 수 없다. 목판 출판업계에서 나온 온전한 형태의 사업 기록들은 많은 경우 남아있지 않다. 내가 알기로는 사실상 전무하다. 이는 지난 몇 세기 동안의 폭력적인 대혼란 때문이기도 하고, 어쩌면 상업에 대한 이중적인 태도가 광범위하게 퍼져 있었기 때문일 수도 있다. 그리하여 우리가 중국 도서의 사회사에 대해 분명하게 말할 수 없는 것들이 상당히 많다. 더 많은 사업적 정보를 발견하지 못한다면, 생산비용이나 인쇄수량, 가격, 판매 전략과 이윤 등 요컨대 도서 생산과 판매의 경제학에 대한 상세하고도 포괄적인 그림을 제시하는 것은 확실히 불가능하다.[104]

출판과 서적사에 대한 전통적인 자료의 절대 부족은 중국의 학자들에게 큰 도전거리를 안겨준다. 중국의 서적사를 밝혀낼 때 간접적으로 이용할 수 있는 새로운 자료를 찾아내거나 혹은 옛날 자료를 창조적으로 새롭게 읽어내라는 임무가 부여되기 때문이다. 이 책에 실린 논문에서 맥더모트(McDermott)는 도서문화에 대한 중요한 정보를 모으려고 할 때, 서목이나 필기, 공문, 전기 등과 같이 매우 쉽게 손에 넣을 수 있는 자료들을 철저하고 비판적으로 읽어내는 작업이 얼마나 가치 있는지를 자세히 보여주고 있다. 도서 시장에 대해 임의로 기록한 일화, 텍스트의 희소성에 대한 문인들의 불평, 글공부와 조기 교육에 대한 자술(自述), 정사 기록에서 나온 여러 증거들을 엮어내면서, 맥더모토는 도서관의 장서나 도서의 소유에 대한 정확한 통계가 없음에도 어떤 식으로 명청 시기 전체를 통틀어 인쇄된 책을 손에 넣고 이용했는가 하는 데 대해 의미 있는 결론을 이끌어내는 것이 가능한지를 보여주었다. 이와는 대조적으로 매클라렌(McLaren)의 논문은 밀도 있는 읽기의 장점을 보여준다. 이 논문은 특히 읽기(와 쓰기)를 기술하기 위해 사용된 어휘들이나 독자와 독서 행위에 대한 당시의 묘사(글과 그림)를 상상력을 발휘해 해석하고 있다. 어떤 특정한 집단의 독자들에게 텍스트를 "팔기" 위해 고안된 텍스트 자체나 특히 서문에서 사용된 수사적 표현에 대한 분석을 끌어내면서, 매클라렌은 명말에 새로운 독서 계층과 새로운 독서 행위가 발전했다는 사실을 추론할 수 있었다.

란티니아나 출판사의 인쇄출판 역사와 평가(The Golden Compasses: A History and Evaluation of the Printing Publishing Actives of the Officina Plantiniana at Antwerp)』, 2 vols.(Amsterdram: Van Gend, 1969, 1972).

104 선진(沈津)의 「명대 만력 연간에서 숭정 연간 사이의 도서 가격에 관하여(關于明代萬曆至崇禎其間的書價)」라는 논문이 "명청 시기 인쇄와 도서 문화"라는 학술대회(1998. 6. 1-5.)에서 발표되었는데, 거의 같은 논문이 「명대 방간도서의 유통과 가격(明代坊刊圖書之流通與價格)」이라는 제목으로 『국립고궁박물관관간(國立故宮博物館館刊)』 1권(1996. 6.): 101-118쪽)에도 실려 있다. 선진은 여기서 언뜻 보기에는 가치 있지만 상대적으로 별 볼일 없는 정보를 근근이 모아놓았는데, 이는 동시대 유럽의 서적 거래에 대한 연구에서 제공된 풍부한 가격 정보와 현저히 대비된다. 중국에서 어떤 인쇄본이 몇 쇄를 거듭하여 출판되었는지를 확정하기가 얼마나 어려운지에 대해서는, 이 책에 실린 맥더모트(McDermott)의 논문 「중국에서의 인쇄본의 우세(The Ascendance of the Imprint in China)」, 59쪽을 볼 것.

하지만 한 가지 점에서 중국의 학자들은 서구의 학자들이 책을 연구할 때 그랬던 것과 동일한 보상을 받았는데, 그것은 책 자체였다. 서구의 책과 마찬가지로 중국의 책들은 그것이 제시하는 텍스트인 내용뿐 아니라 학자들이 도서의 출판과 기원, 목적, 그리고 그 책들이 지향한 독자층과 같은 환경에 대해 배우기 위해 출판 정보와 물리적인 특징들을 "읽어낼" 수 있기 때문에 풍부한 자료가 된다. 서구의 서적사를 연구할 때와 마찬가지로,[105] 최소한 '판본학'의 방법론과 용어에 어느 정도 숙달하는 것은 중국의 서적사 연구자들에게도 필수적이다.

이 책에 실 실린 몇몇 논문들은 인쇄본을 연구함으로써 이끌어낼 수 있는 정보의 범위를 설명하고 있다. 「싼산졔(三山街): 명대 난징의 상업적 출판인(Of Three Mountains Street: The Commercial Publishers of Ming Nanjing)」에서, 루실 쟈(Lucille Chia)는 서목과 현존하는 출판물에 기록되어 있는 출판 자료들을 수집하고 세심하게 분석함으로써 중요한 도시 출판 산업의 윤곽을 재구성하는 것이 가능하다는 것을 보여주었다. 이와 유사하게 「청대의 비 한어(非漢語) 출판Qing Publishing in Non-Han Languages」에서 이블린 러스키(Evelyn S. Rawski)와 쉬샤오만(徐小蠻)은 출판 정보를 꼼꼼하게 읽어내어 특별한 유형의 텍스트의 특징을 기술했다. 러스키는 중요하지만 이제까지 무시되었던 장르의 텍스트들을 개관하였고, 쉬샤오만은 족보의 출판이 어떻게 직업적인 편집자와 출판업자들을 계발하고 활자 기술의 사용을 증대시켰는지를 보여주고 있다. 다른 저자들은(물론 그 내용뿐 아니라) 텍스트의 물리적인 특징들을 면밀하게 조사함으로써 독자층과 독서 행위에 대한 의문을 풀어나갔다. 헤겔은 다양한 소설과 희곡 작품의 품질과 비용을 분석함으로써 명말의 출판업자들이 서로 다른 계층의 소비자들을 표적으로 삼았다고 주장했는데, 이들 가운데 몇몇은 볼품없는 싸구려 출판물들을 대량으로 만들어냈고, 또 어떤 이들은 기꺼이 비용을 지불할 용의가 있고 또 지불할 수 있는 이들을 위해 고급스러운 판본을 만들어내려고 했다. 다른 두 명의 연구자들은 사뭇 다른 틈새 분야에 초점을 맞췄다. 캐서린 칼리츠(Katherine Carlitz)는 「공연으로서의 인쇄: 명대 후기의 문인 극작가 겸 출판인(Printing as Performance: Literati Playwright-publishers of the Late Ming)」에서 명말과 청대의 희곡 작가와 희곡 애호가들이 펴낸 아름답게 만들어진 곡사(曲詞) 선집을 검토하면서, 판각 스타일의 선택, 그리고 삽화의 내용과 수준, 출판물의 품질이 '정(情)'(감정, 순수한 느낌)을 아는 세련된 이들이 자신들끼리 공유한 일체감을 강화하는 데 어떤 식으로 우호적으로 이바지했는가 하는 점을 드러내 보여주었다. 신시아 브로카우(Cynthia J. Brokaw)의 「19세기의 베스트셀러 읽기: 쓰바오(四堡)의 상업 출판(Reading the Best-Sellers of the Nineteenth Century: Commercial Publishers from Sibao)」은 출판 규모의 또 다른 극단을 보여준다. 이 글은 빈궁한 청대의 출판 지역을 직

105 제 2회 헤인즈(Hanes) 강연(Chapel Hill: Hanes Foundation, University of North Carolina at Chapel Hill, 1981)에서 토마스 탠셀(Thomas Tanselle)이 강연한 「연구의 한 분야로서의 서적사(The History of Book as a Field of Study)」를 볼 것. 도서 연구에서 분석서지학이나 기술서지학의 중심성에 대한 최근에 나온 더욱 적극적인 주장에 대해서는, 애덤스(Adams)와 바커(Barker)의 「서적 연구를 위한 새로운 모델(A New Model for the Study of the Book)」을 볼 것.

접 현장조사하면서 수집한 상당히 조악한 출판물들을 대상으로 하여, 여러 가지 평점 스타일을 비교하고 레이아웃, 광고, 텍스트 조합에서 나타나는 이본들을 검토하고 있다. 이를 통해 시장의 최하층에 있던 출판업자들이 상당히 이질적인 수요와 독서 행태 및 자원을 갖고 있는 독서 계층에 맞추기 위해 텍스트를 만들어냈던 방식을 보여주고 있다.

이 책에 글을 실은 두 명의 예술사학자는 서로 밀접하게 연관된 주제를 사뭇 다른 방식으로 다루고 있다. 즉 텍스트를 디자인할 때의 물리적인 선택이 어떻게 텍스트의 의미와 의의에 영향을 주는가? 버커스-채슨(Burkus-Chasson)은 특정한 텍스트에 주목하면서 저자와 편자가 내린 물리적인 선택, 즉 삽화 배치, 본문과 삽화 사이의 관계, 그리고 심지어 선택한 장정의 유형 등이 독서 경험을 결정지을 수도 있고, 또 미적으로 미묘하게 텍스트의 "메시지"를 드러내 보여줄 수도 있다는 사실을 보여주고 있다. 그리고 머레이(Murray)는 명청 시기 유명인을 그린 삽화를 분석하면서, 인쇄 매체를 연구할 때 비교를 이용한 접근법이 얼마나 유익한지를 보여주고 있다. 즉 목판에 삽화를 그리는 것과 돌에 새겨 그리는 것을 비교함으로써 명청 시기 시각 문화에서 목판 인쇄가 차지하고 있는 의의를 조명하고, 나아가 지향하는 독자와 교훈적인 메시지의 측면에서 다른 매체 대신에 목판을 선택하는 것이 무엇을 의미하는지를 제시했다. 요컨대 이 책에 실린 글들은 단순히 중국의 출판과 도서 문화의 역사에 대한 새로운 정보 뿐 아니라, 자료의 성격과 한계를 감안한 상태에서 중국의 서적 연구에 풍부하게 적용될 수 있는 방법론에 대한 힌트를 제공해주고 있다.

명청시기 출판의 새로운 역사를 향하여

이 책이 다루고 있는 역사적 시기(16세기 중반에서 19세기까지, 명말부터 청대)는 중국의 출판 도서 문화에서 독특하고 중요한 위치를 차지하고 있다. 출판된 텍스트의 양과 형식면에서, 그리고 지리적·사회적 보급의 영역 모두에서 인쇄문화가 확장된 중요한 시기였던 것이다. 이 책과 같이 중국 서적 연구의 시작 단계에서는 명말과 청대를 수미일관하게 통합된 단위로 파악할 수 있다. 하지만 나중에는 이 4세기 동안의 시간을 더 작은 단위로 나누어 더욱 상세하게 연구할 필요가 있을 것이다. 우리는 이 분야에 대한 이후의 연구가 중국 서적사의 초창기, 즉 8세기에서 14세기까지 이르는 훨씬 더 긴 기간에 대해서도 더욱 풍부한 정보를 제공해 줄 것으로 기대한다. 또한 송·원(宋元) 시기와 명·청(明淸) 시기의 인쇄문화 사이에 존재하는 다소 이론의 여지가 있는 관계에 대해서도 더 많이 알려줄 수 있기 바란다.

확실히 중국의 출판업은 인쇄술이 발명된(혹은 인쇄가 존재했다는 증거가 확실한) 8세기 이후로부터 사백 년이 지난 송대에 최초로 시작되었다는 점에는 이견이 없다. 당나라 말기의 인쇄업(사실 우리가 이에 대해 아는 것은 거의 없다)은 대부분 종교적이거나 상업적이었던 것 같다. 아무튼 그 당시의 참고자료와 남아있는 텍스트를 통해 당시 인쇄업은 대부분 종교적 경전이나 기도문, 혹은 달력과 책력과 같은 대중적으로 유용한 텍스트가 주도했다는 사실을 알 수 있다. 결국, 가장 뚜렷하게는 오대(五代) 시기에, 그리고 다시 한 번 송대에 이르러서야 조정은 인쇄가 가져다주는 절호의 기회를 인식하게 되었다. 인쇄를 이용해 경전이나 또는 기타 정치적, 이념적으로 중요한 텍스트의 공인된 표준판을 쉽게 재생산할 수 있었기 때문이다. 물론, 송대에는 과거시험의 중요성이 더 커졌기 때문에 공부를 위해 "정통"적인 경전 텍스트의 필요성이 증가하였다.[106]

현존하는 송원대의 판본이 비교적 적어서 당시 출판 붐의 영향을 제대로 측정하기가 어렵기는 하지만, 늦어도 12세기에는 상업적 출판업자들이 서적 거래를 장악하기 시작했던 것으로 보인다. 젠양과 항저우의 출판업자들은 경전(관방의 판본을 개작하는 경우가 많았음), 초급 독본, 유서, 의학서적, 문학 선집과 필기(筆記) 등 모든 영역의 텍스트를 생산하기 시작했다. 많은 지식인들은 인쇄술로 인해 가능해진 책에 대한 새로운 접근성에 놀랐다. 예를 들면 주시(朱熹)는 인쇄본 도서를 더 폭넓게 얻을 수 있게 되면서 교육적인 면, 특히 읽고 암송하는 연습이 감소하는 현상을 감지하고는 매우 한탄스럽게 여겼다.[107] 동시에, 수전 체르니악(Susan Cherniack)이 말한 것처럼, 새로운 인쇄문화는 문인들이 텍스트를 읽고 이에 반응하는 방식을 바꾸어 놓았다. 다양한 편집 전략을 통해 더욱 적극적으로 텍스트를 통제하고 조작할 수 있게 된 것이다.[108] 하지만 사회적, 교육적 지위가 낮은 사람들에게 미친 출판 붐의 영향을 추정하는 것은 이보다 훨씬 더 어렵다.

상업적인 출판은 몽골족의 정복에도 살아남아, 원대(元代)에도 꾸준히 성장하였다. 사실, 젠양의 사업은 확실히 그 당시 가장 왕성하게 책을 찍어냈던 상업출판으로서 그 생산품을 꾸준히 늘려나갔다. 새로운 통치자들로부터 어떠한 눈에 띄는 간섭은 없었다.[109] 흥미롭게도 상업적 출판에 대한 실질적 검열은 명대 초기에 이루어졌다. 원대의 몰락과 함께 사회적 무질서가 뒤따랐고, 또 명 태조(재위 기간은 1368-1398년)는 권력 통합을 위해 대규모의 사민정책(徙民政策)을 시행했는데, 그 때문에 출판과 도서시장이 붕괴되었다. 아마도 그 당시 가장 큰 서적시장이었을 강남(江南)은 명초의 정책으로 가장 큰 타격을 입었다. 강남에서 도서수요가 감소하자, 그전에 출판 붐이 일었던 출판 중심지 젠양에서도 서적생산이 침체되었다. 종이의 부족으로 상황은 더욱 악화되었다. 마지막으로, 명초의 지적인 환경도 도서생산을 장려하는 데 별 도움이 되지 않았다. 명초에는 독서를 통한 폭넓은 지식의 습득보다는 도덕적

106 밍쑨 푼[판밍선(潘銘燊)], 「중국 송대의 서적과 인쇄, 960-1279년(Books and Printing in Sung China(960-1279))」, 100-112쪽.

107 대니얼 가드너(Daniel Gardner), 『성인이 되기 위한 배움: 주제별로 정리된 주자어류 선집(*Learning to Be a Sage: Selections from the Conversations of Master Chu, arranged topically*)』(Berkeley: University of California Press, 1990), 21-22쪽, 139-140쪽.

108 체르니악(Cherniack), 「중국 송대의 도서 문화와 문헌 전승(Book Culture and Textual Transmission in Sung China)」, 5-125쪽.

109 루실 쟈(Lucill Chia), 「송원대 젠양의 서적 거래의 발달(The Development of the Jianyang Book Trade, Song-Yuan)」(*Late Imperial China* 17.1[June 1996]), 42-43쪽.

인 자기 수양을 강조했기 때문이다. 이러한 여러 요인들의 결과로, 14세기 말부터 16세기 초에 이르는 명대 전반기 동안 출판업은 상당히 쇠락하게 된다.[110]

가정(1522-1567년) 연간에 이르러서야 새로운 출판 붐의 표지라고 할 만한 것이 나타났는데, 이 출판 붐을 어떻게 해석해야 하는지에 대해서는 상당한 논쟁이 있다. 송원(宋元) 시대를 연구하는 사람들은 이를 송원 시기의 재현이라고 생각하는 경향이 있다. 즉 송원 시기에 흥성했던 도서거래가 명초의 짧은 침체 이후 다시 살아났다고 보는 것이다.[111] 하지만 맥더모트(McDermott)는 이 책에서 이와는 다른 주장을 펼치고 있다. 즉, 명말의 출판 붐은 인쇄가 진정으로 중국을 "정복"한 최초의 경우라는 것이다. 이노우에 스스무의 저작에 의거해서, 맥더모트는 사실 16세기에 이르러서야 인쇄본이 그 때까지 도서문화를 지배했던 필사본, 즉 손으로 베껴 쓴 텍스트를 대체할 만큼 폭넓게 손에 넣을 수 있게 되었다고 말했다.

확실한 통계 증거의 부족으로 인해 이 문제에 대해서는 아마도 토론의 여지가 많이 남아있을 것이다. 하지만 중국의 출판문화가 16세기 초에 시작되었다고 확신하는 것이 합리적이다. 이전 두 세기에 비해 출판된 서적의 수량과 유형이라는 측면 모두에서 의미 있는 증가량을 보이기 때문이다. 위에서 이미 지적했듯이, 이전 세기(15세기) 말부터 시작된 경제의 상업화 경향이 확산되면서 하층 계급들에게는 상류층으로 향할 수 있는 이동의 기회가 제공되었고, 문인 관료뿐 아니라 상인·부유한 장인·소작농을 위한 정보와 아이디어 그리고 텍스트의 유포가 장려되었다.[112]

규모의 성장과 독서층의 다양화는 관방의 인쇄, 문인 또는 개인적인 출판, 학당이나 사원 같은 기관의 출판, 그리고 상업적인 출판 등 출판에 관련된 모든 부문들을 자극했다. 하지만 출판된 텍스트의 수량과 유형의 다양성이라는 관점에서 볼 때 가장 중요한 역할을 한 것은 상업적인 출판 업체였다. 상업적 출판업자들은 『삼자경(三字經)』, 『백가성(百家姓)』, 『천자문(千字文)』[113]의 총칭인 『삼백천(三百千)』과 같은 주요 교본뿐 아니라, 이제는 또한 의학과 본초에 관련된 소책자, 일용유서, 여행서, 예절 교양서, 대중적인 오락서(특히 명말의 위대한 백화소설과 단편들), 점복서, 달력 등 광범위한 텍스트를 대량으로 찍어

---

110 루실 쟈(Lucill Chia), 「마사본(麻沙本): 송대에서 명대까지 젠양의 상업적 출판(Mashaben: Commercial Publishing in Jianyang from the Song to the Ming)」, 폴 스미스(Paul Smith)와 리처드 폰 글란(Richard Von Glahn) 편, 『중국 사에서의 송-원-명 교체기(*The Song-Yuan-Ming Transition in Chinese History*)』 (Cambridge, Mass.: Harvard University Asia Center, 2003), 302-305쪽; 이노우에, 『중국출판문화사(中國出版文化史)』, 178-190쪽.

111 루실 쟈(Lucill Chia), 「마사본(麻沙本)」, 327-328쪽.

112 러스키(Rawski), 「경제적 사회적 토대(Economic and Social Foundations)」, 29-33쪽. 도로시 코(Dorothy Ko), 『규방의 선생님들: 중국의 여성과 문화(*Teachers of the Inner Chamber: Woman and Culture in China*)』 (Stanford: stanford University Press, 1994), 29-67쪽.

113 장즈궁(張志公), 『전통어문교육교재론-입문서의 목록과 그림(傳統語文教育教材論-暨蒙學書目和書影)』 (上海: 上海教育出版社, 1992년), 16-35쪽. 이러한 흔한 입문서들의 영향을 평가한 것으로는, 러스키(Rawski), 『중국 청대의 교육과 대중의 식자율(*Education and Popular Literacy in Ch'ing China*)』, 47-49쪽.

냈다.[114] 이 시기에 난징(南京), 쑤저우(蘇州), 항저우(杭州), 젠양(建陽) 등 네 곳의 주요한 상업적 인쇄출판의 거점에서 생산한 텍스트들을 살펴보면, 그 수량이 사부(四部) 분류체계의 전 영역에 걸쳐 비약적으로 증가하였음을 알 수 있다. 또한 출판물의 특징에서도 변화가 나타났다. 경전, 유학적 저작, 의서 등이 상대적으로 우위를 점하기는 했지만, 이야기 선집·역사소설·희곡·점복서·점술책·그림책 등 비 학술적 저작들도 새로운 중요성을 얻게 되었다.[115] 이러한 책에 흥미를 느끼고 저렴한 판본을 구입하는 것에 관심이 있는 고객층의 요구가 증가하자, 이에 대응하여 출판업자들은 자신들의 생산물을 사회적으로 더욱 폭넓고 다양한 독자층에게 맞추게 되었다.

매클라렌(Mclaren)은 편집자, 저자, 출판업자들이 이렇게 확장된 시장에 재빠르게 적응해나갔다는 점을 잘 보여주고 있다. "어떠한 텍스트를 상업적으로 출판하겠다고 결정한 이상……편집자와 출판업자는 문인 계층을 넘어선 다소 폭넓은 독자 대중들을 겨냥하여 판매 전략을 고안해야 했다."[116] 이제 어떤 책의 서문에서는 그 책이 "사민(四民)" 즉 사농공상(士農工商) 모두에게 얼마나 유용한지를 강조하는 상황이 되었다. 그런데 어떠한 텍스트가 특정한 독자층을 위해 특정한 방식으로 편집되었다는 것도 확실하다. 이러한 사실은 출판업자들이 특정한 텍스트를 위한 틈새시장 개발의 중요성을 인식하고 있다는 증거가 된다. 다시 말해, "무지한 남자[愚夫]" 뿐만 아니라 "무지한 여자[愚婦]"도 포함하는 모든 독자층에 알맞은 책이라 선전할 수 있는 텍스트만 출판하는 데에 그친 것이 아니다[117]

---

114 첸춘쉰(錢存訓)은 다음과 같이 언급하였다. "이전의 기간과는 반대로, 명대의 인쇄는 경전, 역사, 종교, 문학선집과 같은 전통적인 작품뿐 아니라 대중소설, 음악, 공예, 항해기, 조선학, 서양의 과학 논문 등 중국의 인쇄에서 전에는 결코 볼 수 없었던 새로운 주제 영역까지도 포함하고 있다. 중요한 저작들의 증가로는 희곡 텍스트들, 의서, 외국(특히 남아시아와 동남아시아)에 대한 기록, 지방지 그리고 문선과 유서와 같은 대형 편찬물의 상당한 증가도 눈에 띄었다."(『종이와 인쇄술』, 173-174쪽.)

【옮긴이 주】"제재가 이전 시대와 뚜렷하게 달라져 전통적인 경사자집과 불교 및 도교 등의 내용을 포괄할 뿐만 아니라 통속소설, 음악, 공예기술, 항해기록, 조선술 및 서양의 과학 저서에까지 확대되었으며, 이러한 제재들은 모두 이전에는 간행되지 않았다. 이밖에 잡극, 의서, 외국지(外國志, 특히 남아시아와 동남아시아 국가), 지방지, 문선(文選), 유서(類書) 등의 대형 서적 등의 방면에도 중대한 발전이 있었다(우리말 번역본, 275쪽).

115 루실 쟈(Lucill Chia), 「마사본(麻沙本)」, 307-309쪽.

116 매클라렌(McLaren), 이 책의 4번째 논문인 「명말 새로운 독자층의 형성」, 152쪽.

117 또한 앤 매클라렌(Anne E McLaren)의 「명대의 독자와 백화의 해석학: 『삼국연의』의 여러 가지 사용법(Ming Audiences and Vernacular Hermeneutics: The Uses of *The Romance of the Three Kingdoms*)」, 51-80쪽, 그리고 「『삼국연의』의 통속화(Popularizing *The Romance of the Three Kingdom*)」, 165-185쪽, 여기서 매클라렌은 편집자들이 다른 독자들을 위하여 삼국지 축약본을 어떻게 만들었는지 보여주고 있다. 하나는 텍스트를 군사 전력에 대한 매뉴얼로 개조한 그림 판본이고, 다른 하나는 "중국 문명의 본질적인 지혜를 대중화한 판본을 [대중들에게] 주입하기" 위해 아주 많은 삽화가 들어 있는 판본이다(181쪽).

하지만 어떤 학자들은 매클라렌이 위에서 언급한 글과 그녀의 『중국의 대중문화와 명대의 샹떼파블(*Chinese Popular Culture and Ming Chantefables*)』에서 내린 이분법적인 사고에 대해 이의를 제기했다. 곧 매클라렌은 독서에 도움을 주는 그림들을 필요로 하는 "통속적인" 독자들을 위해 고안된 "그림 있는" 텍스트와 삽화를 작품 이해를 위한 도구로서가 아니라 텍스트를 예술적으로 꾸며주는 것으로 치부했던 좀 더 많은 숫자의 교양 있는 독자들을 위해 만들어진 "그림 없는" 텍스트로 양분했던 것이다. [이에 대한 이의 제기 가운데] 첫 번째로 꼽을 것은 텍스트에 들어 있는 그림들이 문맹이거나 반 문맹 상태에 놓인 사람들의 독서에 도움을 줄 수 있다는 가정에 대해 의문을 제기했던 서구적 전통의 예술사가들에 의한 연구들이다. 그들의 주장에 따르면 그림과 [문자] 텍스트는 각각 서로 다

이렇게 책에 대한 요구가 더욱 폭넓어지면서 서적의 형태와 인쇄 방식도 그 영향을 받았다. 세밀한 목판 삽화와 칼라 인쇄[套版]는 명말에 발전한 것으로 유명한데, 이 두 가지 기술은 강남(江南) 지역의 부유한 문인과 상인들에게 사랑 받은 소설 선집과 도록을 꾸며주었다.[118] 출판시장의 가장 아래쪽에서는, 상도하문(上圖下文) 형식의 다소 조악한 삽화가 들어간 소설, 싸구려 의서, 가정실용서 등이 그리 부유하지 않은 사람들에게 큰 인기를 끌었다. 구두점 사용이 증가하고 삽화[圖]가 다양해진다는 점을 통해서 출판업자들이 자신들의 책을 보급하기 위하여 얼마나 공을 들였는지 알 수 있다. 즉 서적에 더욱 쉽게 접근하게 함으로써 결국 독해 능력이 떨어지는 사람들의 마음을 움직일 수 있었던 것이다. 명대의 서적은 "기술자의 서체"라는 뜻을 갖는 장체자[匠體字, 송체자(宋體字)로 부르기도 함]를 주로 사용하여 송대의 뛰어난 판본보다 아름답지 않긴 하지만, 그와 같은 표준화된 인쇄 서체의 발전으로 인해 텍스트를 더 쉽게 판각할 수 있었으며, 균일화된 서체를 일관되게 사용함으로써 텍스트를 더 쉽게 읽을 수 있게 해주었다.[119]

명말 도서 산업의 확장은 최상위 교양 계층의 흥미를 겨냥한 특화된 시장의 개발을 촉진하기도 했다. 칼리츠(Carlitz)는 문인과 상인이 혼합된 강남지역의 엘리트집단에서 작가와 애호가의 공동체들이 어떻게 형성되었는지를 보여주고 있다. 부유한 상인이자 개인적인 출판인이었던 왕팅나(王廷訥, 1567-1612년)와 같은 인물도 거기에 속해 있는데, 그러한 공동체에서는 희곡이나 희곡선집의 창작, 편집, 출판에 매우 열성적이었다. 헤겔(Hegel)은 강남의 출판업자들이 생산한 세밀한 삽도본이 당시 가장 독창적인 문인취향의 생산품임을 논증한다. 아름다운 그림과 함께 정교하게 제작된 몇몇 삽도본을 살펴보면 그것들이 활동적이고 까다로우며 부유한 문인독자층을 겨냥한 것이라는 점을 알 수 있다.

역사가들은 또한 출판 붐이 명말의 주요한 지적 운동을 촉진하는 데에 도움을 주었다고 주장한다.

른 기호로써 의미를 전달하기 때문에 그림은 텍스트를 재생산하지 못한다는 것이다. 두 번째는 예술사가들 역시 좀 더 세련된 "예술적인" 텍스트에 들어 있는 그림들이 단지 장식일 뿐이라는 관점을 반박했다. 곧 그림들은 종종 매우 복잡한 방식으로, 그리고 때로 텍스트에 대해 서로 갈마드는 독법을 만들어낼 수 있는 방식으로 텍스트와 관계를 맺는다. 이런 주제에 대한 논의들로는 셀리아 체즐(Celia M. Chazelle)의 「그림들, 책들 그리고 문맹: 교황 그레고리 1세가 마르세이유의 세레누에게 보낸 편지(Pictures, Books, and the Illiterate: Pope Gregory I's Letters to Serenus of Marseilles,)」(*Word and Image* 6.2(April-June des of 1990) : 138-153쪽), 마가렛 아이버슨(Margaret Iversen)의 「시각적 기호의 부침(浮沈)(Vicissitudes of the Visual Sign)」(*Word and Image* 6.3(July-September 1990): 212-216쪽), 캐롤 암스트롱(Carol Armstrong)의 『도서관 안의 장면들: 책에 들어 있는 사진 읽기, 1843-1876년(*Scenes in a Library: Reading the Photograph in the Book, 1843-1875*)』(Cambridge, Mass. : MIT Press, 1998), 특히 361-421쪽, 미첼(W. J. T. Mitchell)의 『도상해석학: 이미지, 텍스트, 이데올로기(*Iconology: Image, Text, Ideology*)』(Chicago : University of Chicago Press, 1986), 그리고 힐리스 밀러(J. Hillis Miller)의 『삽화(*Illustration*)』(Cambridge, Mass.: Havard University Press, 1992)가 있다. 마지막으로(그림을 설명하기 위해 씌어진 텍스트도 포함해서) 그림과 텍스트의 관계에 대한 흥미로운 논의로는 빅터 메어(Victor Mair)의 『그림과 공연: 중국의 그림 구연과 그 인도 기원(*Painting and Performance: Chinese Picture Recitation and Its Indian Genesis*)』(Honolulu : University of Hawai'i Press, 1988); 【옮긴이 주】 이 책의 우리말 번역본은 김진곤·정광훈 공역, 『그림과 공연: 중국의 그림 구연과 그 인도 기원』, 소명출판, 2012)을 볼 것. 나는 이런 통찰과 인용문에 대해 앤 버커스-채슨(Anne Burkus-Chasson)에게 많은 도움을 받았다.

118 우광칭(K. T. Wu, 吳光淸), 「명대 인쇄술과 인쇄업자들(Ming Printing and Printers)」, 203-210쪽.

119 헤겔(Hegel), 『삽화본 소설 읽기(*Reading Illustrated Fiction*)』, 110-113쪽.

가장 기본적인 차원에서 보자면, 텍스트에 대한 접근성이 좀 더 확대됨에 따라 새로운 사상의 유통이 용이하게 되었다. 이러한 새로운 사상으로는 특히 양명학(陽明學)을 들 수 있는데, 왕양밍(王陽明, 1429-1472년)과 그의 추종자들은 유교의 "정통"으로 여겨지던 정주이학(程朱理學)에 가장 강경하게 도전했던 이들이었다. 인쇄의 확대는 좌절한 과거 응시생들을 돕기 위해 고안된 덩치가 큰 문학 작품의 급증을 촉진하면서 과거시험의 문화를 변화시켰다. 카이윙 초우(Kai-wing Chow) 역시 이러한 문학이 명말과 청대에 지식인들의 삶을 변화시켰다고 주장한다. 즉 경전의 새로운 해석을 더 넓게 이용할 수 있는 상황이 만들어짐에 따라, 오랫동안 확립된 기존 독서에 도전하는 학자들을 고무하게 되었고, 그리하여 정통으로 떠받들어진 정주(程朱) 이학의 합법성에 대한 논의를 더욱 자극하게 되었다.[120] 또 다른 차원에서 보자면, 출판적 관심이 다양해진 것은 대부분 인쇄출판을 유교적 가치와 사상을 대중에게 소개하는 유용한 수단으로 인식하였던 성리학자들에 의해 옹호되었던 사서(四書)의 백화 해석, 일용 유서, 윤리서 등등과 같은 대중적인 교육서의 출판을 감안한 것이기도 했다.

송대에 나타났던 첫 번째 출판 붐의 경우와 마찬가지로, 명말 인쇄 문화의 확산에 의해 만들어진 학술적 토론의 기회가 늘어나고 잠재적 독자층이 확대된 것을 모든 사람들이 반긴 것은 아니다. 남녀를 불문하고 모든 사회적 계층에서 서적에 대한 접근성이 눈에 띄게 증가하면서 엘리트 계층에 속한 어떤 사람들은 우려나 심지어 반대를 표명하기도 했는데, 이들은 자신들의 엘리트 지위를 유지하는 원천 가운데 하나였던 서적 접근성에 대한 자신들의 지배를 지켜내려고 애를 썼다. 저우량궁(周亮工, 1612-1672년)의 다음과 같은 한탄은 문인들 사이에 퍼져 있던 이런 관점을 보여준다. "도대체 글을 깨친 자녀들이 없는 집안이 어디 있는가? 그리고 돌아보자면, 이 어찌 두렵지 아니한가?(人家兒女, 豈無識者, 略一回想, 豈不可懼; 원문은 옮긴이)"[121] 맥더모트가 주장하듯이, 싸구려 글쟁이들과 상업적 출판업자들은 더 많은 독자를 끌어들이려고 노력했었는지는 몰라도, 사실 많은 문인들은 명말과 청대에 인쇄본에 더 많은 사람들이 접근할 수 있게 된 것을 전혀 반기지 않았다. 이들 문인들이 보였던 반응은 종종 그들이 자신들의 선집에 접근하는 것을 제한하고, 그들의 힘이 미치는 한 그런 텍스트가 유통되는 것을 금

---

120 카이윙 초우(Kai-wing Chow)는 그의 학회 발표문인 「명청 시기 중국의 출판, 부 텍스트, 그리고 학문의 실천(Publishing, Paratexts, and the Practice of Scholarship in Late Ming China)」에서 명말 과거 시험 참고서의 형식이 당대의 과거 시험공부를 반영하고 청대 고증학 운동의 이해와 관심을 미리 보여주는 방식들을 지적한 바 있다. 초우는 상업적인 출판업자들의 이윤 추구에 의해 만들어진 이런 텍스트들이 사서(四書)의 문구 위에 다양한 주석들을 제시함으로써 어떤 단일한 해석의 "진실"에 대한 회의를 조장하는 데(대체로 의도하지 않게) 기여했으며, 그리하여 조정의 지지를 받고 있던 주시(朱熹)의 해석에 대한 신뢰를 저하시키고, 18세기의 고거학 학자들의 의문들에 대한 무대를 마련해주었다고 주장한다. 초우(Chow)의 「성공을 위한 글쓰기(Writing for Success)」도 볼 것.
【옮긴이 주】 위의 내용에서 '부 텍스트(Paratext)'는 하나의 책을 이루는 여러 요소 가운데 본문 이외의 부차적인 텍스트들, 곧 제목이나 서발문, 헌사, 간기, 저자 소개, 제사, 목차, 삽화 등을 가리킨다.

121 저우량궁(周亮工), 『서영(書影)』(上海 : 上海古籍出版社), 1981, 1 ; 매클라렌(McLaren), 『중국의 대중 문화와 명대의 샹떼파블(Chinese Popular Culture and Ming Chantefables)』, 1쪽에서 재인용.

지하는 것이었다.[122]

하지만 17세기에 이르면 이러한 방어적인 조치들은 적어도 명청 시기의 문화적인 핵심부였던 강남(江南) 지역에서는 실패한 시도로 판명되었다. 푸젠 북부의 젠양과 함께 강남 지역은 상업 출판에서는 전국을 주도했고, 또한 대부분 젠양의 출판물이 강남으로 공급되었기 때문에 강남 지방의 서적 시장이 그 풍부함과 규모 면에서 선두에 있었다는 것은 의심의 여지가 없다. 단순히 장슈민이 계산한 서방(書坊, 서점, 더 정확히는 인쇄를 겸한 서점)의 숫자만을 살펴본다면, 93곳의 서방이 있었던 난징이 서적 생산 면에서 선두를 차지한다(이 책에서 루실 자는 명말 난징의 주요한 출판 거리에 대해 연구하고 있다.[123]). 난징의 뒤를 근접하게 따르고 있는 곳은 84곳의 서방이 있었던 젠양이며, 쑤저우는 37곳[만약 쑤저우(蘇州) 현 창수(常熟)에 있던 마오진(毛晉)의 지구거(汲古閣)를 포함시키면 38곳], 항저우는 24곳, 후이저우(徽州)는 10곳으로 그 뒤를 이었다. 17세기 초에 중국의 거의 모든 지역에 상업적인 인쇄소가 설립되었지만,[124] 젠양이나 강남과 경쟁을 벌일 수 있는 규모는 아니었다. 베이징은 바로 제국의 수도였지만 명대에는 단지 13곳의 상업적 서방을 내세울 수 있을 뿐이었다.

서적의 생산 수량에 대한 장슈민의 대략적인 추정은 이러한 서방 수의 일반적인 순위와 대체로 들어맞는다. 많은 책을 찍어내었던 젠양의 인쇄업자의 고향인 푸젠 성에서는 1000종이 넘는 서적을 대량생산하였으며, 468종을 생산한 난즈리(南直隸, 난징, 쑤저우, 후이저우)가 그 뒤를 잇고 있으며, 저장(浙江, 칼라 인쇄로 유명한 항저우와 후저우)과 장시(江西)에서 각각 400종 이상을 인쇄했다. 그 다음으로는 생산량이 현격하게 감소한다. 베이즈리(北直隸), 후광(湖廣), 허난(河南), 산시(陝西)와 산시(山西)는 각각 "100종"을 간신히 넘을 정도에 불과하고, 쓰촨(四川)과 산둥(山東)은 단지 70종 정도, 광둥(廣東)과 윈난(雲南)은 50종 정도, 그리고 광시(廣西)와 구이저우(貴州)가 겨우 "10종 남짓"의 책을 출판했다. 간단히 말해서 명말의 출판 붐은 크게 보면 출판사들이 집중된 두 지역, 즉 푸젠 북부의 젠양과 난징, 쑤저우, 항저우, 후저우, 후이저우 등 강남의 출판중심지에 의해 충당되었던 것이다.[125]

---

122 조셉 맥더모트(Joseph McDermott)가 미 출간된 원고에서 지적했듯이, 여기에는 송의 장서가 자오부위(趙不迂), 원런스(文人士), 러우웨(樓鑰)와 같은 예외도 있다. 명대의 장서가 리루이(李如一, 1557-1630년)는 일반 독자들이 자신의 장서를 빌려 가는 것을 허락하였다. 「중국에서의 도서에 대한 접근, 960-1650년(Access to Book in China, 960-1650)」, 24쪽을 볼 것.

123 【옮긴이 주】 이 책의 세 번째 글인 루실 자, 「싼산제(三山街): 명대 난징의 상업적 출판인」을 가리킨다.

124 러스키(Rawski), 「경제적 사회적 토대(Economic and Social Foundations)」, 17-28쪽.

125 장슈민(張秀民), 『중국인쇄사(中國印刷史)』, 343-348, 359-360, 365-366, 369-372, 378-384쪽. 물론 서방의 숫자 만으로는 출판의 중요성을 나타나는 아주 대체적인 표지로서만 기능하는데, 그것은 이 숫자가 생산량의 규모나 시장에서의 중요성을 드러내 보여주지 않기 때문이다. 확실히 후이저우(徽州)의 텍스트들은 높은 품질과 호화로운 생산품으로 말미암아 명말에 이런 책들을 만들어내는 서방들의 상대적으로 적은 숫자에 반영되지 않은 그 나름의 위상을 갖고 있었다. 더구나 상업적인 서방과 문인이 운영하는 서방을 구분한다는 것은 항상 쉬운 것만은 아니었다. 이를테면, 후이저우(徽州)의 출판업자들이 상업적인 인쇄소라기보다는 문인들의 예술 취향을 만족시키는 가게literati art house를 운영했었다는 주장이 있어왔다. 쥐미(居蜜)와 예센언(葉顯恩)의 「명청 시기 후이저우의 각서와 판화(明清時期徽州的刻書和版畫)」〔『江淮論壇』 2. 1-8쪽[1995]: 발행지명 없음)를 볼 것. 마지막으로, 여기에 제시된 수치는 결정적인 것으로 받아들여져서는 안 된다. 향후의 연구는 확실히 장슈민의 수치를 수정하게 될 것이다. 향후의 연구가 이루어질 때까지만, 이 숫자들은 그 생

명말의 출판 붐을 일시적으로 중단시켰던 1644년 만주의 중국 정복 이후에는 상업 출판의 지리적 분포와 지향에 변화가 있었다. 만주의 정복으로 생겼던 혼란으로 인해 출판업에도 불황이 닥쳤는데, 이 때문에 명대 출판 중심지 가운데 몇몇의 경우 다시는 이전의 상태로 돌아가지 못했다. 젠양은 청나라 초기에 세상에서 잊혀졌다.[126] 인쇄 규모로 따지면 최고급 수준이었던 후이저우(徽州)는 명말에 값비싼 "예술" 삽도본으로 유명했는데, 젠양과 마찬가지로 더 이상 특별한 중요성을 띠고 있던 인쇄 중심지로서의 지위를 잃게 되었다.[127] 난징과 항저우는 적어도 일시적인 침체를 겪었다. 그 두 곳이 지역적 중심지로 충분히 회복된 다음에도, 명대에 젠양과 함께 누렸던 전국적인 명성은 되찾지 못 했다. 이를테면, 장슈민의 추산에 따르면, 난징의 중요한 서방(書坊)의 수는 93곳에서 청초에 8곳으로 줄어들었으며, 항저우는 25곳에서 5곳으로 줄어들었다. 단지 쑤저우(蘇州)만이 기존의 지위를 유지하면서 심지어 그 수가 늘기까지 했는데, 적어도 총 55곳으로 명대의 37곳보다 상당한 증가세를 보였다.[128] 이와 같은 숫자를 곧이곧대로 받아들여서는 안 되겠지만, 그래도 왕조가 바뀐 이후 예전의 강남의 출판 중심지에서의 상업 출판을 특징짓던 하향세를 거칠게 보여주는 지표가 된다.

하지만 이전의 출판중심지의 쇠퇴를 상업적 출판 산업의 쇠퇴 또는 전반적인 인쇄의 쇠퇴로 받아들여서는 안 된다. 사실 17세기 말에 이르면 두 가지 측면에서 목판 인쇄의 철저한 보급이 시작되었다. 곧 첫째, *지리적인 측면에서* 중국의 모든 지역에 인쇄출판이 보급되었고 둘째, 지리적으로 범위가 더 확장된 것만큼 *사회적인 측면에서*도 그 때까지만 해도 생산의 중심지에 멀리 떨어져 있었기 때문에 도서 시장에서 대체로 배제되었던 사람들에게까지도 서적이 보급되었다.

청대 출판 산업의 지리적인 패턴에서 눈에 띄는 점은 중국 전체적으로 상업적 출판 사업이 더욱 균등하게 보급되었다는 것이다. 다시 말해 상업적 출판은 옛날의 중심지에서 외부로 그 외연을 확대하였다. 명말의 출판 중심지 몇몇이 중국 전체를 이끌어가는 출판업의 선도자로서의 지위를 잃게 되면서, 다른 곳들이 두드러지게 부상하였다. 가장 인상적인 것은 아마도 베이징이 새로운 출판의 중심지로 부각되었다는 점일 것이다. 장슈민은 청대의 베이징에 112곳에 이르는 서방을 나열하고 있는데, 명대의 13곳에 비하면 거의 아홉 배에 이른다. 물론 류리창(琉璃廠)이 중국 서적시장의 활력을 상징하는 가장 유명한 곳으로 자리 잡은 것도 이 기간 동안이었다.

그러나 베이징의 현저한 부상이 상업적인 서적 거래의 집중화를 낳았을 것이라는 예단은 금물이다. 원래부터 관방 인쇄의 주요한 거점이었던 각 성의 성도(省都)는 물론 이제는 여러 지방 도시들 역시 상

산품에 대한 똑같이 문제가 있는 추정치와 함께 서로 다른 지역들이 갖는 상대적인 중요성을 아주 거칠게 보여주는 하나의 지표로 사용될 수 있다.

126 루실 자, 『영리를 목적으로 한 출판(*Printing for Profit*)』, 247-250쪽.

127 쥐미(居蜜)와 예셴언(葉顯恩)의 「명청 시기 후이저우의 각서와 판화(明清時期徽州的刻書和版畵)」, 6-7쪽.

128 이들 수치들은 장슈민(張秀民)의 『중국인쇄사(中國印刷史)』, 343-348, 365-366, 558쪽에서 찾을 수 있다.

업적 출판의 거점으로 등장하였기 때문이다. 예를 들면 쓰촨의 청두는 명말 장셴중(張獻忠)의 난과 만주침략의 파괴에서 회복된 이후 강희제 말기와 건륭제 초기에 이르면 커다란 상업적 서방이 적어도 10여 곳이나 생겼다.[129] 충칭의 경우 서방의 숫자는 결코 청두와 경쟁할 만한 수준이 아니었지만, 어느 정도 알려진 역시 상업 출판의 거점이었다. 광저우는 또 다른 예가 될 것인데, 청대 중기부터 눈에 띄는 상업 출판의 거점지가 되었고, 청대 말기가 되면 광둥 경세파 저작의 출판으로 번영하였다.[130] 1850년대부터 20세기 첫 번째 10년 간 광저우가 상업적 출판의 성황을 누리는 동안 이 도시에는 최소한 23곳의 서방이 있었다.[131]

주요 지방도시에 상업적 출판이 보급됨에 따라 더 작은 중간 수준의 출판단지가 새롭게 생겨났다. 여기서 가장 좋은 두 가지 예로 "청대 사대집진(四大集鎭)"에 들어가는 광둥(廣東)의 포산(佛山)과 장시(江西)의 쉬완(滸彎)을 들 수 있다. 19세기 말에 포산(佛山)에는 12곳의 상업적인 인쇄소가 있었으며(그 중 두 곳은 광둥 본점의 지점이었을 수 있다), 청대의 끝 무렵에는 백화소설과 대중 의학서적을 전문적으로 다루는 곳이 20곳을 넘었다.[132] 쉬완(滸彎)은 푸저우(撫州)로부터 40리(里) 정도 떨어진 푸 강(撫江)의 상류에 위치한 마을로 쌀과 종이, 죽공예품, 약초로 유명한 지역 시장이었다. 이 마을은 쳰수푸졔(前書鋪街)와 허우수푸졔(後書鋪街)가 나란하게 양옆으로 이어져 있었는데, 여기에 47곳의 인쇄소가 일렬로 늘어서 있었으며. 다른 13곳의 가게는 마을 여기저기에 흩어져 있었다. 19세기의 어떤 학자의 추산에 따르면, 이 인쇄소들은 당시 어떤 다른 출판단지보다 많은 목판 인쇄물을 출판했다[광둥(廣東)의 마강(馬崗)은 예외일 수도 있다].[133] 쉬완(滸彎)의 출판업자들은 출판 부수가 방대했을 뿐만 아니라, 경전과 문학선집의 정교한 판본부터 달력이나 값싼 의학서적과 소설에 이르기까지 다양한 유형과 품질의 인쇄물을 출판했으며 난창(南昌), 쥬장(九江), 우후(蕪湖), 안칭(安慶), 난징(南京)과 창사(長沙)와 같은 양자강 하류지역까지 출판물을 유통시켰다.[134] 이렇듯 중국의 남쪽 지방에서는 아마도 종이를 구하기 쉬웠기 때문인지 출판

---

129 왕강(王綱), 「청대 쓰촨의 인쇄업(清代四川的印書業)」, 『中國社會經濟史研究』 4 [1991], 62-70쪽, 그리고 왕샤오위안(王孝源), 「청대 쓰촨의 목각 서방 약술(清代四川木刻書坊述略)」 (『四川新聞出版史料』 1輯[1992년]), 44-45쪽.

130 러스키(Rawski), 「경제적 사회적 토대(Economic and Social Foundations)」, 24-25쪽. 광저우(廣州)의 서적 매매에 관해서는 쉬신푸(徐信符), 「광둥 판편기략(廣東版片記略)」 (『廣東出版史料』 2 [1991]), 13-19쪽을 볼 것.

131 장슈민(張秀民), 『중국인쇄사(中國印刷史)』, 556쪽.

132 장슈민(張秀民), 『중국인쇄사(中國印刷史)』, 557쪽.

133 진우샹(金武祥), 『속향삼필(粟香三筆)』, 4권. 10b, 나가사와 기쿠야(長澤規矩也), 『일본 한적의 인쇄와 그 역사(和漢書の印刷とその歷史)』 [1952년 재판, 『나가사와 기쿠야 저작집(長澤規矩也著作集)』 (東京: 汲古書院, 1982년) 제2권. 84쪽에서 재인용.

134 『진시 현지(金溪縣志)』 (北京: 新華出版社, 1992년), 387-389쪽, 자오수이취안(趙水泉), 「쉬완과 목각 인쇄서(滸灣與木刻印書)」, 『江西地方志通訊』 2.9(1986년), 51-55쪽, 자오수이취안(趙水泉), 「진시의 작은 상하이-쉬완 진(金溪的小上海-滸灣鎭)」 4권(1988), 44쪽, 쉬정푸(徐正付), 「진시 서(金溪書)」, 『진시 출판사지(金溪出版史志)』 3(1993년), 36-39쪽. 또 이소베 아키라(磯部彰)가 편집한 『동아시아 출판문화 연구(*Research on Publishing Culture in East Asia*)』 (東京: 二玄社, 2004), 176쪽에 실려 있는 신시아 브로카우(Cynthia J. Brokaw)의 「중국 청대의 목판인쇄와 인쇄 보급(Woodblock Publishing and the Diffusion of Print in Qing China)」도 볼 것.

산업의 외연 확대가 눈에 띄었는데, 중국의 북부에서도 마찬가지로 그런 예를 발견할 수 있다. 산둥 지방의 지난(濟南)과 랴오청(聊城)은 광둥의 쉬완과 마찬가지로 중요한 수로 옆에 자리 잡고 있어 그 덕을 톡톡히 보았다. 이 도시들은 대운하에 연결되어 있다는 이유 때문에 청대(淸代)에 걸쳐 인쇄와 출판의 단지로서 중요성이 계속 증가하였다.[135]

영향력 있는 인쇄업체들의 소재지가 청나라 지방행정 체계의 중간 단위보다 더 아래 지역, 때로는 주요 수송 경로에서 상당히 멀리 떨어진 곳에 있기도 했다. 쓰바오(四堡) 지역은 행정 단위가 비교적 낮은 서부 푸젠의 산 속에 고립되어 있었지만, 그 전성기였던 18세기 말엽과 19세기 초 동안에는 적어도 50여 곳의 인쇄소가 있었다.[136](이 책에 실려 있는 이곳의 몇몇 서방에서 생산된 출판물에 대한 브로카우(Brokaw)의 논문을 볼 것)

이렇게 출판 산업의 분포가 이동하고 중간급이나 그 이하의 지역단위로 확산되는 현상이 왜 관심을 끄는 것일까? 물론 여기에서 우리가 청대의 현상으로 파악하는 여러 특성이 어느 정도는 명말의 출판 붐의 자연스러운 전개를 나타내고 있을 가능성이 크다. 즉 만주족의 정복과 권력의 통합 기간 동안 난징과 쑤저우 같은 거대한 출판 거점이 잠시 쇠락한 상황에서 인구가 증가하면서 이와 같은 발전이 가속되었던 것이다. 위에서 언급한 대부분의 비교적 작은 규모의 출판 산업들이 막 땅뗌을 했던 18세기에 중국의 인구가 폭발적으로 증가하는데, 이 점은 확실히 출판의 확대를 자극했다. 더 정확하게 말하자면 청나라 전성기 때의 대규모 이주로 말미암아 출판 산업이 궁벽한 지역에까지 진출했던 것이다. 이주는 단지 서적에 대한 수요뿐 아니라, 그러한 수요를 충족시키는 데 필요한 각공의 공급도 창출했다. 청대에 출판사의 숫자가 놀랄 만큼 증가할 수 있었던 것은 그런 이주민이라는 든든한 기반이 있었기 때문인 듯하다. 이를테면 장시의 이주민들은 대체로 청두의 상업 출판의 부흥을 책임지고 있었고,[137] 웨츠(岳池)의 각공들은 광시와 윈난의 경계지역에 자신들의 공방을 설립했다.[138] 우리는 아직 이주의 패턴이나, 이주를 통해 형성된 연결고리가 어느 정도까지 상업적 출판업체들을 지역적 더 나아가 전국적 네트워크로 통합시켰는지에 대해서는 알고 있지 못하다. 하지만 중국 출판의 확산을 더욱 온전히 이해하려면 향후의 연구를 통해 이 문제를 꼭 해결해야 한다.

지리적 범위의 확장, 양적인 성장, 출판 거점 사이의 내부적·외부적 연계의 복잡성이 더 커진 것 등은 청대 서적 거래의 특징이라 할 수 있으며, 이는 18세기의 번영이나 인구증가와 짝을 이루고 있다. 아무튼 그 때문에 지리적 측면뿐만 아니라 사회적 측면에서도 텍스트가 더 넓고 깊게 확산될 수 있었

---

135 「서적 거래의 지도(Mapping the Book Trade)」, 1998-1999, 6쪽과 1999-2000, 1-4쪽에 있는 루실 자(Lucill Chia)가 수행한 현지조사 보고.

136 브로카우(Brokaw), 「명청 시기 중국의 상업 출판(Commercial Publishing in Late Imperial China)」, 49-59쪽.

137 왕강(王綱), 「청대 쓰촨의 인쇄업(淸代四川的印書業)」, 62쪽, 브로카우(Brokaw), 「중국 청대의 목판인쇄와 인쇄 보급(Woodblock Publishing and the Diffusion of Print in Qing China)」, 175쪽.

138 브로카우(Brokaw), 「중국 청대의 목판인쇄와 인쇄 보급(Woodblock Publishing and the Diffusion of Print in Qing China)」, 140쪽.

다. 중간급 지방행정 단위에 둥지를 튼 새로운 출판거점에서는 자신들의 생산물을 비교적 싼 가격으로 더 큰 서적시장과 더 궁벽한 서적시장에 모두 공급했다. 이제 서적 판매망이 확장되면서 심지어 아주 외딴 곳에 위치한 시골 마을이나, 혹은 사회라는 사다리의 가장 아래쪽에 위치하여 여태껏 인쇄출판 문화에서 배제되어 있던 사람들에게까지 인쇄본이 보급될 수 있게 되었다.

이러한 인쇄 출판 문화가 이제는 중국 전역으로 확장되어 언뜻 보기에 어느 정도 동질적인 것으로 보일 수도 있다. 확실한 것은 지역적인 다양성이 크게 늘었다는 사실이다. 러스키(Rawski)가 자신의 글에서 명백히 밝힌 바와 같이 비 한어(非漢語) 서적들이 베이징에서 조정과 상업적인 서방(書坊) 양쪽에서 출판되었으며, 방언으로 쓴 책이나 또는 지방의 학술적·문화적 관심을 표현한 저작들도(예를 들어 19세기에 청두 인쇄업자들의 전문분야가 된 쓰촨 경세파의 저술) 계속해서 출판되었다.[139] 하지만 널리 유통되었던 필수 서적 군(群)이 대체적으로 이런 특수 분야의 서적들을 압도하였다. 즉 브로카우(Brokaw)의 글에서 암시하고 있듯이, 베스트셀러가 되기에 확실히 안전한 책들이 여전히 어느 곳에서나 출판업자들의 도서목록에서 중심을 차지하고 있었다.

공유된 책문화의 확대가 문해력 또는 수용의 측면에서 어떤 의미를 지니고 있는지를 이해하는 것은 매우 어렵다. 학자들은 식자층의 비율을 추정하기 위해서 시골동네의 희귀한 기록, 초등교육의 성격을 묘사한 글, 교재의 이용 여부, 비엘리트 계층의 읽기능력에 대한 일화적 증거 등 광범위한 자료를 이용해야만 했다. 이러한 추정치는 대체로 식자층을 어떻게 정의하느냐에 따라 상당히 큰 차이가 있다. 러스키(Rawski)는 "단지 몇 백 글자 정도만" 아는 사람까지 포함시킬 만큼 식자층을 폭넓게 정의하여, 19세기 중·후반에 이르면 남성인구의 30%~45%, 여성인구의 2%~10%가 글을 깨쳤다는 의견을 제시한 바 있다.[140] 하지만 이데마(Idema)는 이 추정치가 너무 높다고 반박하면서, 대략 남성인구의 20%~25% 정도, 설사 식자층에 대한 러스키의 폭넓은 정의를 적용하더라도 최대 30% 정도만이 기능적으로 글을 깨쳤다고 주장했다.[141] 19세기의 여러 모순된 기록들이 혼란을 가중시키고 있고[142] 또 확고한 통계 증거가 부재하다는 점에서, 이 문제는 여전히 뜨거운 논쟁거리로 남아있다.

출판의 확대와 핵심 도서의 형성이 어떤 결과를 낳았는가를 판단하기는 더욱 어렵다. 브로카우

139 다른 방언으로 출판된 출판물들에 대한 예는 판 데어 룬(Van der Loon)의 『푸젠 성 남부의 고전극과 산곡(*The Classical Theatre and Art Song of South Fukien*)』, 1-14쪽, 매클라렌(McLaren), 『중국의 대중문화와 명대의 샹떼파블(*Chinese Popular Culture and Ming Chantefables*)』, 44-46쪽을 볼 것.

140 러스키(Rawski), 『중국 청대의 교육과 대중의 식자율(*Education and popular Literacy in Ch'ing China*)』, 140쪽.

141 이블린 사카키다 러스키(Evelyn Sakakida Rawski)의 『중국 청대의 교육과 대중의 식자율(*Education and popular Literacy in Ch'ing China*)』에 대한 윌트 이데마(Wilt Idema)의 서평(*T'oung Pao* 66.4-5(1980): 314-324쪽).

142 대체로 서구 관찰자들로부터 나온 이런 류의 모순적인 보고서들 가운데 간략한 표본들에 대해서는 라울 핀다이젠(Raoul D. Findeisen)과 로버트 가스만(Robert H. Gassmann)이 공편한 『추수(秋水): 마린 글릭에 대한 헌정 논문집(*Autumn Floods: Essays in Honour of Marin Glik*)』(Berne: Peter Lang, 1998), 52-55쪽에 실린 얼링 폰 멘데(Erling von Mende)의 「중국 고대의 식자율: 이블린 러스키에 대한 뒤늦은 반응(Literacy in Traditional China : A Late Reflex on Evelyn Rawski)」을 볼 것.

(Brakaw)는 쓰바오(四堡)에 관한 논문에서 매크라렌(McLaren)과 헤겔(Hegel)의 요점을 되풀이하면서, 완제품으로서의 책의 품질 상의 차이와 구두점, 여러 가지 유형의 주석(주석이 부재한 경우도 있음), 독음(讀音) 정보, 삽도 등의 사용에서 나타나는 형태상의 차이가 틀림없이 독서방식에 영향을 주었다고 말한다. 즉 그의 주장에 따르면, 동일한 제목을 달고 있는 책이라도 상이한 독자가 상이한 판본을 읽는다면 그 방식은 달라질 수밖에 없으며, 또한 이것이 베스트셀러 가운데서도 핵심을 이루는 것들이 갖는 통합적인 기능을 약화시켰을 가능성도 있다는 것이다. 어느 정도까지는 텍스트 내부의 이런 차이점들과 서문, 범례, 그리고 여타의 텍스트에 덧붙여진 글들에서 명시적으로 규정된 독자층을 자세히 분석해보면 그 책이 어떤 독자를 상정하고 있는지를 어느 정도까지 알아낼 수 있다. 하지만 거기서 더 나아가 독자들이 실제 반응에서 어떠한 차이를 보였는지를 밝히기 위해서는 새로운 자료의 발굴이나 더 많은 조사와 연구를 기다려야 한다.

독자 대중의 확장 추세를 정확하게 수량화하거나 분석하는 것이 아무리 어렵다고 할지라도, 그것이 명말에 시작하여 청대에 힘을 얻었다는 점에는 의심의 여지가 없다. 이를테면, 여성들이 점차적으로 글쓰기와 출판, 그리고 추측건대 독서의 세계로 끌려들어 왔다. 도로시 코(Dorothy Ko)는 『규방의 선생님들(*Teachers of the Inner Chambers*)』에서 17세기에 여성들이 쓴 글, 대체로 시(詩)를 출판하는 풍조가 갑작스럽게 유행했다고 주장했다.[143] 이 책에서 매클라렌(McLaren)은 명말에 이미 몇몇 편집자들과 출판업자들이 여성 독서층의 존재를 알고 있었다고 주장했다. 수전 만(Susan Mann)과 엘런 위드머(Ellen Widmer)는 출판된 여성의 시(詩)의 수량이 증가한 것과 더불어 청대 전반에 걸쳐서 여성 독자층이 지속적으로 늘었다는 사실을 밝혀내었다.[144] 완옌 윈주(完顔惲珠, 1771-1833년)가 1831년에 출판한 『국조규수정시집(國朝閨秀正始集)』은 어쩌면 이러한 경향의 정점을 보여주는 것일 수 있다. 이 총집은 여성들이 쓴 시(詩)를 전체적으로 보여주기 위해서 중국 내 모든 계층과 민족 출신의 규수들의 시를 골고루 선록하고 있다. 이를테면, 좋은 집안에서 높은 수준의 교육을 받은 윈주 자신의 시와 더불어 하미(哈密)의 낚시하는 여인들이 작가로 되어 있는 운문도 싣고 있다.[145]

이런 점에서 보면, 윈주(惲珠)의 총집은 표면적으로는 사적인 동기에서 출발한 것으로 나타나긴 하지만 출판에 대한 국가적 차원의 전략을 관통하는 어떤 목적을 공유한 것으로 보인다. 주지하다시피

---

143 도로시 코, 『규방의 선생님들(*Teachers of the Inner Chamber*)』, 59-67쪽.

144 수전 만(Susan Mann), 『소중한 기록들 : 기나긴 18세기(【옮긴이 주】 기계적인 의미에서 18세기가 아니라 역사의 인과관계를 고려한 넓은 의미에서의 18세기를 가리키는 역사학계의 용어) 중국의 여성(*Precious Records: Woman in China's Long Eighteenth Century*)』(Stanford : Stanford University Press, 1997), 98-99쪽. 엘런 위드머(Ellen Widmer)는 학회 발표문인 「왕돤수로부터 윈주에 이르기까지: 중국 청대의 여성들의 책 문화의 변화된 면모(From Wang Duanshu to Yun Zhu: The Changing Face of Women's Book Culture in Qing China)」에서 만(Mann)의 주장을 약간 수정했다. 그녀는 18세기에 시사(詩社) 활동과 여성의 시 문집 출판이 [잠시] 소강 상태에 빠진 뒤, 18세기 말과 19세기 초에 여성들의 공동 집필의 르네상스가 있었다고 주장하고 있다(2-31쪽을 볼 것).

145 수전 만(Susan Mann), 『소중한 기록들 : 기나긴 18세기의 여성(Precious Records: Woman in China's Long Eighteenth Century)』, 94-95쪽.

이러한 전략에는 가장 악명 높은 것으로서 난폭한 검열이나 심지어 국가의 위험요소로 낙인찍힌 작가나 출판업자에 대한 처형까지 들어있다. 이러한 사례에서 정부가 글쓰기와 출판을 통제하거나 혹은 통제하기 위해 노력하는 것은 비 한족 통치자들에 대한 비판으로 여겨질 수 있는 목소리를 삭제함으로써 통합을 강제하려는 시도에 해당한다. 이러한 방식이 미친 효과를 과소평가하는 것은 확실히 잘못일 것이다. 학자들을 겁박하고 특정한 저작의 생산을 막고 파괴하는 방법을 통해 학자와 문인들이 취할 수 있는 정보와 지적 선택권의 범위를 제한하게 되었는데, 오카모토 사에가 주장하였듯이 이 때문에 19세기 개혁을 위한 여러 움직임도 심각하게 방해를 받았다.[146]

하지만 이러한 청조(清朝)의 전략은 이를테면 시가 총집과 철학 선집의 편찬이나 문헌정리 작업을 지원하는 등 더욱 긍정적인 방식으로 나타나기도 했다. 비록 이러한 지원정책의 주된 목적이란 청조의 정치적·문화적 주도권을 공고화하는 것이었지만, 문헌연구의 새로운 방법론에 자극을 주었으며 학계를 주도하는 학자들에게 든든한 지지기반을 제공하기도 했다. 실제로 청 정부는 "교화정책", 즉 민족 구성이 복잡한 제국의 정치적·문화적 결속을 다지기 위한 정책의 한 방편으로서 출판을 공격적으로 이용했다.[147] 이렇게 보면, 낚시하는 하미의 여성에 "의해" 씌어진 시가 만주 귀족과 결혼한 한족 여성(인 동시에 이 선집이 나올 수 있도록 도움을 준 만주 고관의 어머니)가 편집한 선집에 수록되었다는 것은 소수민족의 존재를 인지하고 동시에 그들을 한족의 "교화" 문화에 끌어들이기 위한 전략으로 파악할 수 있다. 물론 만주족이 세운 청조의 절대적 지위를 방패로 삼기는 했지만 말이다.[148]

인구 구성에서 한족이 압도적으로 다수를 차지했다는 사실을 고려하면, 정부로서는 여러 민족 사이의 결속력을 확보하려고 애쓰면서 다른 문화적 전통의 중요성을 강조하는 것이 무척이나 중대한 일이었다. "비한어 세계"의 텍스트를 출판하는 것에 대한 러스키의 논문에 따르면, 청 정부가 만주어·몽골어·티벳어·그 밖의 비한어로 된 텍스트의 출판을 독려하는 데에 힘쓴 것은 한족이 대부분인 사회에서 한족 이외의 민족에게 공간을 만들어주는 수단이었다. 이러한 활동은 어느 정도는 건륭 황제가 사고전서의 편찬과 같은 한족 학술의 방대한 선집을 지원한 것에 대한 단순한 반대급부였다. 곧 어느 쪽이 되었든 청조의 지배 하에 있는 다양한 민족들이 그들의 차이를 인식하고, 존중하고, 재현하는 방식으

---

146 오카모토 사에(Okamoto Sae)는 학회 발표문인 「청대에 금지된 사상: 건륭 시기 금서의 성격(Forbidden Thoughts in the Qing Period: Characteristcs of the Forbidden Books of the Qianlong Era)」에서 이러한 국가 개입의 특수한 형식을 다루었는데, 특히 18세기의 어떤 치국의 저작들에 대해서 나타난 것과 같은 금지와 파괴로 말미암아 19세기에 직면하게 된 문제들에 대해 국가(와 한학자들이) 유연한 대응책을 강구할 수 있는 능력이 약화되었다고 주장했다.

147 스티번 해럴(Stevan Harrell), 『중국의 인종적 경계에 대한 문화적 조우(Cultural Encounters on China's Ethnic Frontiers(Seattle: University of Washington Press, 1994), 4-10쪽.

148 수전 만(Susan Mann), 『소중한 기록들 : 기나긴 18세기 중국의 여성(Precious Records: Woman in China's Long Eighteenth Century)』, 44, 225쪽. 위드머(Widmer), 「왕돤수로부터 윈주에 이르기까지(From Wang Duanshu to Yun Zhu)」, 37-40쪽도 볼 것.

로 그들 사이의 통합을 구현하기 위해 고안된 것이었다.[149]

19세기는 중국의 서적사에서 매우 색다른 국면이 전개된 시기였다. 목판 인쇄가 19세기 전체를 관통하여 문인 출판과 상업 출판을 지배하고 있긴 했지만, 두 가지 새로운 발전이 도서 문화의 조류 변화의 서막을 알리고 있었다. 첫 번째는 기술적인 것으로, 19세기 말 서구에서 석판인쇄술과 활판인쇄술이 도입된 것이다. 결과적으로 이러한 기술의 도입을 통해 텍스트를 더욱 쉽고 싼 방법으로 신속하게 생산하고 배포할 수 있게 되었다(그리고 상하이가 중국 도서거래의 새로운 중심으로 부상하였다). 두 번째는, 어쩌면 좀 더 심각한 의미가 있는 것이라 할 수도 있는데, 외국의 제국주의와 접촉하면서 문화적·학술적 변화가 촉발되었다는 것이다. 이와 같은 변화로 인해 교육의 성격, 지식에 대한 이해, 문자 언어 자체가 지닌 사회적 중요성 등이 변모하였다.[150] 이러한 거대한 변화와 이것이 "옛날" 목판인쇄 문화 사이에서 일으킨 상호작용에 대한 연구는 향후 또 다른 책이 나오길 기대한다.

이 책에 실린 논문들은 명청 시기 중국 서적 연구에 초점을 맞춘 주제들을 강조하기 위한 것들이다. 이 글에서는 이 분야에서 중요하고 또 앞으로 중요성을 띠게 될 몇 가지 주제를 비교 연구를 통해서, 또는 중국적 특수성이라는 관점에서 살펴보았다. 맥더모트(McDermott)의 「중국에서의 인쇄본의 우세(The Ascendance of the Imprint in China)」라는 글 역시 어떤 의미에서는 도론적 성격을 띠고 있다. 그것은 이 책에서 초점을 맞추고 있는 명청시기 출판과 도서 문화에 대한 연구를 좀 더 넓은 역사적 맥락, 즉 송대 이래의 중국서적사라는 맥락에서 살피고 있기 때문이다.

---

149 자신의 제국 내의 차이점들을 드러내 보이기 위한 건륭 황제의 주장에 대한 논의에 대해서는, 파멜라 크로슬리(Pamela Crossley)의 『반투명한 거울: 청 제국의 이데올로기 내의 역사와 정체성(*A Translucent Mirror : History and Identity in Qing Imperial Ideology*)』 (Berkeley : University of California Press, 1999), 3부를 볼 것.

150 몇몇 저작이 이미 이런 각각의 주제들을 다룬 바 있다. 19세기 말에서 20세기 초 상하이의 새로운 인쇄기술의 발달에 대해서는, 리드(Reed)의 『상하이의 구텐베르그(*Gutenberg in shanghai*)』를 볼 것. 19세기 말에서 20세기 초 중국 인쇄문화의 변화에 대해서는 조안 져지(Joan Judge), 『인쇄와 정치: '쓰바오'와 청말 중국의 개혁의 문화(*Print and Politics: 'Shibao' and the Culture of Reform in Late Qing China*)』 (Stanford : Stanford University Press, 1996)를 볼 것. 또한 짜이틀린(Zeitlin)과 류(Liu)의 『글쓰기와 물질성(Writing and Materiality)』, 317-447쪽에 있는 제3부(「청말의 정기 간행물: 새로운 이미지, 새로운 소설(The Late Qing Periodical Press : New Images, New Fiction)」)의 논문들도 볼 것. 루돌프 바그너(Rudolf Wagner)가 주도하는 하이델베르그(Heidelberg) 대학 중국학연구소의 학자들 역시 청말과 민국 시기 신문들에 대한 몇 가지 연구에 참여하고 있다. 이를테면, 루돌프 바그너(Rudolf G. Wagner)의 「중국의 공공영역에서의 외국인 커뮤니티의 역할(The Role of the Foreign Community in the Chinese Public Sphere)」 (*China Quarterly* 142(June 1995)), 423-443쪽과 바바라 미틀러(Barbara Mittler)의 『중국을 위한 신문? 상하이의 뉴스 미디어에서의 권력과 아이덴티티, 그리고 변화, 1872-1912년(*A Newspaper for China? Power, Identity, and Change in Shannghai's News Media, 1872-1912*)』 (Cambrdge, Mass.: Harvard University Asia Center, 2003), 나타샤 비팅호프(Natascha Vittinghof)의 『중국 저널리즘의 시발, 1860-1911년(*Die Anfange des Journalismus in China(1860-1911)*)』 (Weisbaden : Harrassowitz, 2002), 안드레아 얀쿠(Andrea Janku), 「혁명적 담론을 위한 토대의 준비: 19세기 중국의 치국책의 선집으로부터 정기 간행물까지(Preparing the Ground for Revolutionary Discourse : From Statecraft Anthologies to the Periodical Press in Nineteenth-Century China)」 (*T'oung Pao* 90.1(2004)(근간)) 등을 볼 것.

명말에 인쇄본이 흥기함에 따라 도서시장이 크게 확대되고 청대에 걸쳐 출판업체가 급증하는 현상이 나타났다. 이 책의 제2부인 "상업적 출판과 서적시장의 확장"에서는 도서 문화와 상업 출판 모두에서 일어난 이러한 성장을 다루고 있다. 곧 제3장인 루실 쟈의 논문은 명말에 가장 흥성했던 남경 시내의 출판 중심지들을 묘사했고, 제4장인 매클라렌의 논문에서는 같은 시기의 출판업자들이 기존의 엘리트 계층 위주의 시장에서 무시당했던 독자들에게 주의를 기울이면서 확대된 독자층의 마음을 움직이기 위해 노력을 경주했던 사실을 밝히고 있다. 그리고 제5장인 브로카우의 글에서는 청대에 이르러 주요 출판업체가 궁벽한 지역까지 확산되는 현상을 다루고 있다.

제3부 "특화된 독자들을 위한 출판"에서는 명청 시기 출판에서 가장 눈길을 끄는 발전상에 대해 탐구하고 있는데, 그것은 매클라렌과 브로카우가 모두 지적하듯이, 출판의 확대로부터 배태되고, 독자층의 확대로 인해 자연스럽게 파생된 것으로, 곧 서로 다른 성격의 시장이 흥성하고 틈새 독자층이 생겨난 것이다. 제3부의 논문들은 대략 시간순서에 따라 서로 다른 "틈새" 영역에 특화된 출판에 대해 설명하고 있는데, 바로 명말 엘리트 계층을 위한 소설(제6장 헤겔의 논문)과 희곡(제7장 칼리츠의 글), 만주 제국에 포함된 새로운 비 한족 집단을 위한 텍스트(제8장 러스키의 논문), 청대와 민국 시기 집안 구성원의 기록을 족보의 형태로 남기는 데 관심이 있었던 가문들(제9장 쉬샤오만의 논문) 등이다.

마지막으로 제4부에서는 물리적이고 시각적인 대상으로서의 책에 초점을 맞추었다. 제10장 버커스-채슨의 논문은 텍스트와 삽화의 배치, 서체의 선택, 나아가 페이지를 묶는 방식 등 책의 형태가 텍스트의 의미에 어떻게 영향을 미쳤는지를 살펴보았다. 제11장 머레이의 글에서는 다른 매체와의 대비를 통해 목판본에 들어있는 삽화가 어떤 식으로 미묘한 의미의 차이를 전달하고, 어쩌면 다소 다른 독자들의 마음에 호소하는지를 다루고 있다.

당연하게도 이 책에서는 여러 가지 중요한 주제와 논점을 모두 다룰 수 없었다. 하지만 이 책의 목적은 중국 서적 연구의 경계를 포괄적으로 정하려는 것이 아니다. 오히려 이 주제에 관해서 기존의 연구결과를 소개하고 향후 연구에서 유용하게 이용할 수 있는 몇 가지 방법을 제시하는 것이다.

중국에서의 인쇄본의 우세

조셉 P. 맥더모트(Joseph P. McDermott)

1005년, 국자감(國子監) 좨주(祭酒)는 최근 국자감의 창고에 보관된 목판 수량이 급격히 증가했다는 사실을 다음과 같이 천명했다.

> 우리 왕조(송) 초기에는 서판(書板)이 4천 개도 안 되었다. 그러나 지금은 경전과 사서 및 그에 대한 주석서들이 10만 권도 넘게 있다. 내가 어려서 유학을 공부할 때는 학동들 가운데 1, 2퍼센트만이 경전과 주석서를 가질 수 있었다. [하지만] 지금은 목판본들이 풍부해 선비들뿐 아니라 평민들의 집에도 다 갖춰져 있을 정도이다.[1]

60년 쯤 뒤에 송대(960-1279년)의 가장 영향력 있는 시인이었던 쑤스(蘇軾; 1037-1101년) 역시 당시 인쇄본의 보급에 대해 이와 유사하게 상승을 낙관할 평가를 내린 바 있다. "최근 몇 년간 시장에서 다양한 저자의 저작들이 잇달아 모각(摹刻)되어 나오는 것을 보게 된다. 그런 용도로 하루에 만 여 쪽씩 보급이 되다보니, 책이 많아져 공부하려는 사람들이 쉽게 구할 수 있다."[2] 11세기는 박학다식한 관리였던 선과(沈括; 1031-1095년)가 인쇄본의 증대에 대해 가장 명확하게 단언했던 다음과 같은 언명과 함께 막을 내렸다. "(953년에) 펑다오(馮道)가 최초로 오경을 간행한 이래 전적(典籍)들이 모두 판본으로 만들어졌다."[3]

이와 같은 11세기의 몇몇 관점들로 인해 북송(960-1126년) 시기에 인쇄본이 중국의 학문과 독서의 세계를 지배하게 되었다는 오래되고 영향력 있는 동서고금의 학술계의 경향이 만들어졌다. 이 문제에 대한 연구에서 수전 체르니악(Susan Cherniac)이 상기시켜 주었던 것처럼, 인쇄본의 보급은 결코 우연적인 것이 아니었다.

---

1 리타오(李燾), 『속자치통감장편(續自治統監長編)』(北京: 中華書局, 1980), 60권, 1333쪽.

2 쑤스(蘇軾), 『소동파문집사략(蘇東坡文集事略)』(臺北: 세계서국(世界書局), 1966], 53권, 860쪽.

3 선과(沈括), 『몽계필담교증(夢溪筆談校證)』(上海: 上海古籍出版社, 1987], 18권, 597쪽.

인쇄본의 위신은 (송) 왕조 초기에 확립되었다. 당시 조정은 유가 경전과 주석의 개정판, 고전적인 사전들, 문학, 법률, 의학 및 전장 제도 등에 관한 선집, [『사기(史記)』, 『한서(漢書)』, 『후한서(後漢書)』 등] 삼사(三史)로 시작되는 정사의 새로운 판본들 및 불경 전체에 대한 최초의 인쇄본인 대장경(大藏經) 등을 간행하는 방대한 사업에 공을 들였다. 많은 작업들이 편찬과 제작에 몇 년의 시간을 필요로 하는 복잡한 일이었다. 황제들의 재위 기간 동안에 허가된 사업의 수는 태조(太祖, 재위기간은 960-976년) 때 5개, 태종(太宗, 재위기간은 977-997년) 때 6개에서 진종(眞宗, 재위기간은 998-1022년) 때는 35개, 그리고 인종(仁宗, 재위기간은 1023-1063년) 때는 추가적인 39개의 사업으로 늘어났다. 사업의 범위도 도가 경전의 선집과 농업, 천문학, 풍수에 대한 참고서, 그리고 일반 지식에 관한 서적들에 이르기까지 점차 확대되었다. 국자감은 (송) 조정의 지배적인 출판 기관으로 대부분의 인쇄본을 간행하고 배포하는 책임을 맡았다.[4]

송대 초기 조정의 이와 같은 인쇄 사업과 이후의 관방의 출판물들, 과거시험의 대중화, 그리고 일반 독자들의 인쇄본에 대한 점증하는 수요 덕분에 인쇄본은 광범위하게 확산되게 되었다. 왕조 말기에 서적은 전체 17개 로(路)[5] 가운데 15로에 산재한 적어도 91개 현에서 인쇄되었다.[6] 유명한 서적 수집가인 예멍더(葉夢得, 1077-1148년)에 따르면, 고품질의 인쇄본은 카이펑(開封)이나 항저우(杭州), 난징(南京), 그리고 쓰촨(四川) 중부 등지에서 성행했고, 이에 반해 푸젠(福建) 북부 지역은 팽창 일로에 있는 시장을 위해 대량의 복제본을 인쇄할 수 있는 상업 서적의 중심지로 번성했다.[7] 그 결과로 생겨난 서적의 확산으로 인해 텍스트를 암기하는 행위는 서적 수집과 판본 대조(즉 권위 있는 판본을 결정하기 위해 동일한 텍스트의 여러 판본을 세심하게 수집하고 비교하는 것), 그리고(몇몇 사람에게는 유감스럽게도) 대충 훑어보기와 속독에 자리를 내주었다. 12세기의 유명한 성리학자 뤼쭈첸(呂祖謙, 1137-1181년)과 주시(朱熹, 1130-1200년)의 눈에는 인쇄본에 대한 의존적 경향이 광범위하게 확산됨에 따라 이와 같은 엉성한 독서 행위가 확산되

---

4 수전 체르니악, 「중국 송대의 도서문화와 텍스트의 보급(Book Culture and Textual Transmission in Sung China)」 (Harvard Journal of Asiatic Studies 54.1, 1994), 35-36쪽. 송대 문화에서 인쇄본의 역할을 강조한 더 잘 알려진 선행 연구들은 다음과 같다. 토마스 카터(Thomas Carter)의 『중국에서 인쇄의 발명과 서점西漸(The Invention of Printing in China and Its Spread Westward)』 [캐링턴 굿리치(L. Carrington Goodrich)가 펴낸 두 번째 개정판](New York: Ronald, 1955), 장슈민(張秀民)의 『중국인쇄사(中國印刷史)』 (上海: 상하이인민출판사上海人民出版社, 1989], 57-58쪽, 첸춘쉰(錢存訓)의 『종이와 인쇄술(Paper and Printing)』 [vol. 5, (화학과 화학기술Chemistry and Chemical Technology) pt. 1][조셉 니덤(Joseph Needham) 편, 『중국의 과학과 문명(Science and Civilization in China)』 (Cambridge: Cambridge University Press, 1985)] 159쪽. 첸춘쉰은 송대를 '중국 인쇄술의 황금기'라고 하였고, 니덤은 또 22쪽에서 "구텐베르크보다 5세기 앞서 서적들이 대량으로 유통되었다"고 언급했다.

5 【옮긴이 주】 송대와 원대의 행정구역 명으로, 송대의 로(路)는 명청 시기의 성(省)과 같고, 원대의 로는 명청 시기의 부(府)와 같다.

6 밍쑨 푼(Ming-sun Poon), 「중국 송대의 서적과 인쇄(Books and Printing in Sung China)」 (시카고대학 박사학위 논문, 1979), 1, 14쪽.

7 예멍더(葉夢得), 『석림연어변(石林燕語辨)』 [『총서집성(叢書集成)』 본], 75쪽.

고 필사 전통이 소홀히 여겨지게 된 것으로 보였다.[8] 이러한 견해에 따르면, 12세기는 인쇄본이 등장했을 뿐 아니라 텍스트의 세계를 석권한 시대였다.

이 글에서 나는 송대 인쇄본에 대한 이 같은 일반적인 견해에 의문을 제기하고자 한다. 왜냐하면 중국에서 현대의 학자들이 인쇄본의 기원 시기를 중국의 과거로 훨씬 더 이르게 끌어올린 것과 마찬가지로[9] 현재 중국의 인쇄본을 연구하는 몇몇 역사학자들은 앞서 인용한 주장에서 보이는 것처럼 인쇄가 그렇게 빠르고 포괄적으로 보편화된 것은 아니라는 사실을 속속 밝혀내고 있기 때문이다. 인쇄본의 등장 시기에 대해, 중국에서 인쇄가 기원한 시기를 과거로 끌어올리면서 목판 인쇄술이 늦어도 7세기나 아마도 6세기 초 정도에는 사용되었을 거라 주장하고 있다. 인쇄본이 석권한 시점에 대해서, 몇몇 학자들은 현재 필사본에 대한 인쇄본의 결정적인 '승리'의 시기(즉 인쇄본이 궁극적으로 책 문화를 지배하여 필사본 텍스트를 수적으로 현저하게 압도하게 된 시기)는 송대에서 일러야 명대 중엽 정도로 끌어내려야 한다고 주장하고 있다. 밍쑨 푼은 중국의 인쇄본 역사에서 송대의 역할을 깎아 내린 최초의 현대 학자일 것인데, 그는 송대에 나온 인쇄본들은 단지 송대에 나온 모든 서적과 개인 장서 가운데 극히 일부에 지나지 않는다고 단정했다.[10] 몇 년 전에 송대 도서 문화에 관한 인상적인 연구에서 체르니악 역시 마찬가지로 인쇄본의 흥성에 관해 비슷하게 유보적인 관점을 드러내었다. 그는 "대부분의 (송대) 독자들의 경우, 책에 대한 그들의 관심은 대체로 실용적인 것이었고, 인쇄본이 주요한 성분 가운데 하나가 되고 있었다"고 생각했지만, 그럼에도 "비록 송대의 인쇄업자들이 많긴 했지만, 당시 황실과 개인의 장서들은 대부분 여전히 필사본들이었다"는 결론을 내렸다.[11]

만약 필사본에서 인쇄본으로의 전환이 송대에 일어나지 않았다면, 그러한 전환은 언제 일어났을까? 송을 뒤이은 원 왕조는 학문적으로는 아무런 지원을 하지 않았다. 장-피에르 드레게(Jean-Pierre Drège)는 그 전환 시점을 몇 세기 뒤인 명대(1368-1644년)로 늦춰 잡았다.[12] 최근 일본의 두 젊은 학자 이노우에 스스무(井上進)와 오오키 야스시(大木康)가 이 같은 관점을 크게 강화시켰다. 충분한 조사를 통한 일련의 연구논문들에서, 그들은 지식층을 위한 책과 '실용' 도서 모두에 있어서 인쇄본이 우세

---

8 수전 체르니악, 「중국 송대의 도서문화와 텍스트의 보급」, 45-55쪽.

9 티모시 바렛(Timothy Barret), 「7세기 중국에서 봉도과(奉道科)와 종이 인쇄(The *Feng-tao k'o* and Printing on Paper in Seventh-Century China)」(*Bulletin of the School of Oriental and African Studies* 60(1997):538-540쪽)

10 판밍선(潘銘燊, 밍쑨 푼), 「송대사가장서고(宋代私家藏書考)」, 『화국학보(華國學報)』 6(1971), 215-218쪽.

11 수전 체르니악, 「중국 송대의 도서문화와 텍스트의 보급」, 33쪽. 비록 완전히 일치하지는 않으나 리루이량(李瑞良)의 『중국고대도서유통사(中國古代圖書流通史)』(上海: 상하이인민출판사(上海人民出版社), 2000], 268쪽에도 이와 유사한 견해가 보인다.

12 장-피에르 드레게(Jean-Pierre Drège), 『필사본 시대 중국의 도서관들-10세기까지(Les Bibliothèques en Chine au Temps des Mauscrits(Jusq'au Xe Siècle)』 (Paris: Ècole Francaise d'Extrême-Orient, 1991), 266-268쪽. 그의 「중국 송대 인쇄술이 가져온 변화들(Des Effets de L'imprimerie en Chine Sous la Dynastie des Song)」 (*Journal Asiatique* 282.2, 1994)] 409-442쪽에서는 송대 인쇄본의 상대적인 중요성에 관해 좀 더 긍정적인 평가를 하고 있다. 이 글은 기민한 관찰이 풍부해 중국의 도서 문화 연구자들이 꼼꼼히 읽어 볼 만하다.

를 보인 시기를 16세기로 설정하였다.[13] 특히 이노우에의 연구는 이 글의 기본방향의 틀을 제시해 주었다.

송대 인쇄본의 영향력에 대한 다소 회의적인 관점을 숙성시키는 과정에서, 내가 애당초 목표로 했던 것은 결국 인쇄본이 언제 중국 서적의 주도적인 매체로서 필사본을 대체했는지를 확정하는 것이다. 언뜻 보기에 이 질문은 양적인 차원에서 쉽게 제기될 수 있어 보인다. 곧 인쇄본 도서가 언제 필사본보다 더 많아졌는가? 또는 좀 더 구체적으로 최초로 [사람들이] 책을 찾을 때 필사본보다 인쇄본을 좀 더 쉽게 접근할 정도로 일반화된 것은 언제인가? 불행하게도 이러한 질문들은 던지기는 쉽지만 해답을 찾는 일은 매우 어렵다. 만족할 만한 대답을 위해서는 최소한 당말(唐末)부터 19세기까지 중국의 자료들에서 언급된 더 이상 남아 있지 않은 모든 책의 판본에 대한 인쇄본의 정보뿐 아니라, [쇠렌 에드그렌(Sören Edgren)이 주도하는 중국의 선본 연구 프로젝트에서 기획한 것과 같은] 현존하는 중국 희귀본 전체에 대한 완벽한 목록이 요구된다.

현재 우리는 그런 수치를 갖고 있지 못하다. 그 대신 이노우에의 주목할 만한 연구 가운데 남송에서 명대 중기까지, 더 정확히는 1131년부터 1521년까지의 4세기 동안 간행된 중국 인쇄본의 통계치가 가장 유용하다(〈표 2.1〉 참고).[14] 전체적으로 이노우에가 제시한 수치는 남송에서 원대(1279-1368년)까지 인쇄본의 숫자가 뚜렷하게 증가했으며, 명대 초기 50년 동안은 처음으로 하락했다가 다시 더 침체했으나 그 뒤에는 서서히 상승하다가 15세기 후기부터 가파른 상승세를 보인다. 그러나 장기적인 출판기록은 경사자집(經史子集) 사부(四部) 별로 상당히 달랐다. 경서 인쇄본은(주로 거업서(擧業書)에 대한 대중적인 관심의 결과로) 원대에 처음으로 최고점에 달했다. 그러나 명대 초기의 하락 이후 16세기 초가 되어서야 다시 이전의 최고 수치를 회복한다. 사서(史書) 인쇄본은 점진적으로 증가하여 명대 초기에 정점을 이루었다가 15세기 초에 다시 하락하지만, 그 뒤 15세기 후기에 이전의 최고 수치를 능가하게 된다. 제자서(諸子書) 인쇄본은 송대에서 원대까지 증가했다가 명조 통치 초기의 반세기 동안 극심한 침체를 겪었다가 1430년 전후에 다시 급증하지만 15세기 후기에는 그 수치를 능가하게 된다. 이 시기에는 이 4세기 동안 꾸준한 증가세를 보였던 순수한 문학류 인쇄본, 특히 문인과 관원들의 문집(文集)들조차도 15세기 초반의 쇠락을 겪었다. 요컨대 이들 전통적인 경사자집의 사부 가운데 뒤의 세 분야의 인쇄본은 1450년 이후에야 눈에 띄게 증가하고, 첫 번째 부류는 1500년 이후가 되어서야 현저히 증가

---

13 이노우에 스스무(井上進), 「장서와 독서(藏書と讀書)」 [『동방학보(東方學報)』 62(1990년)], 409-445쪽, 「서점, 서적 판매상, 문인(書肆, 書賈, 文人)」 [아라이 겐(荒井 健) 편, 『중화 문인의 생활(中華文人の生活)』(東京: 平凡社, 1994년)], 304-338, 「출판문화와 학술(出版文化と學術)」 [모리 마사오(森正夫) 편, 『명청시대사의 기본문제(明清時代史の基本問題)』(東京: 汲古書院, 1997년)], 531-555쪽, 오오키 야스시, 「명말 강남 출판문화 연구(明末江南における出版文化の研究)」 [『廣島大學文學部紀要』 50(1992년)], 특집, 1-176쪽.

14 이노우에, 「장서와 독서(藏書と讀書)」, 428쪽. 나는 이 점에 관해 유보적이긴 하지만, 이노우에의 수치는 우리가 관심을 두고 있는 바에 대해 도움이 될 만한 중요한 정보를 제공해 준다. 이들 수치는 현재 또 다른 중국의 장서 가운데 여타의 초기 인쇄본들에 요구되는 목록의 기본 틀을 제공하고 있다.

하였다. 이렇듯 강남 지역에서 인쇄본은 16세기 이후에야 서면 문화를 전파하는 주요 수단으로서 필사본을 영속적으로 대체하게 되었다.

<표 2.1> (베이징 중국국가도서관 및 타이베이 국립중앙도서관 소장) 1131-1521년 사이의 현존 인쇄본의 시기별 수량 및 10년 단위 평균 수량

	남송	원	명 (1521년까지)								
	1131-1279	1271-1367	1368-1402	1403-1425	1426-1435	1436-1449	1450-1456	1457-1464	1465-1487	1488-1505	1506-1521
경 (10년 기준평균)	50(3.5)	75(6)	2(0.6)	5(2.2)	4(4)	7(5)	2(2.9)	0(0)	7(3)	9(5)	19(11.3)
사 (10년 기준평균)	48(3.3)	59(4.8)	18(5.1)	6(2.6)	5(5)	3(2.1)	5(7.1)	3(3.8)	20(8.7)	25(13.9)	34(21.3)
자 (10년 기준 평균)	39(2.7)	51(4.1)	10(2.9)	8(3.5)	6(6)	5(3.6)	4(5.7)	6(7.5)	27(11.7)	38(21.1)	36(22.5)
집 (10년 기준 평균)	67(4.7)	60(4.8)	21(6.0)	8(3.5)	12(12)	25(17.9)	12(17.1)	21(26.3)	82(35.7)	87(48.3)	125(78.1)
계 (10년 기준 평균)	204(14.2)	245(19.8)	51(14.6)	27(11.7)	27(27)	40(28.6)	23(23.9)	30(37.5)	136(59.1)	159(88.3)	213(133.0)

출처: 이노우에 스스무, 「장서와 독서 (藏書と讀書)」 [『동방학보 (東方學報)』 62 (1990년)], 428쪽.

하지만 송대와 원대, 그리고 명대 도서의 인쇄본에 대해 우리가 알 수 있는 것은 이러한 통계가 시사하는 것보다 훨씬 적다. 중국의 희귀본 고서 장서 가운데 가장 의미 있는 두 곳인 베이징 중국국가도서관과 타이베이 국립중앙도서관에 소장되어 있는 것에 근거하면, 이것들은 현존하는 송대 인쇄본 총수의 5분의 1 이하이기에,[15] 빠져 있는 5분의 4를 대표하는 것으로 볼 수 없다. 마찬가지로 이들 현존하는 인쇄본 가운데 어느 것에 관해서도 실제 인쇄본의 규모에 대한 정보가 나와 있지 않다. 20세기의 어떤 학자는 10세기에는 8만 4천 권(!) 정도, 12세기에는 600과 1,000 정도였다가 19세기에는 3만 정도가 인쇄되었을 거라는 추정치를 내놓았고, 또 다른 학자는 최대치를 1만 5천 권으로 상정했는데, 하지만 에도시기(1600-1868년) 일본의 인쇄본을 연구한 또 다른 학자는 8천 권 정도라고 했다.[16] 이런 수

15 밍쑨 푼(Ming-sun Poon), 「중국 송대의 서적과 인쇄본(Books and Printing in Sung China)」, 부록 A 목록 1, 478쪽 송대 인쇄본.

16 장-피에르 드레게(Jean-Pierre Drège), 「중국 송대 인쇄술이 가져온 변화들」, 427-428쪽. 첸춘쉰(錢存訓), 『종이와 인쇄술(Paper and Printing)』, 201쪽. 피터 코르니키(Peter Kornicki), 『일본의 책: 그 시발점에서 19세기까지의 문화사(The Book of Japan: A Cultural History from the Beginning to the Nineteenth Century)』 (Leiden: Brill, 1998), 137쪽. 여기에서는 하마다 게이스케가 조사한 것에 의지하고 있다. 첸춘쉰(錢存訓)의 『종이와 인쇄술(Paper and Printing)』, 201쪽에서는 [하나의 목판마다 처음에 1만 6천 장을 인쇄해도 글자가 선명하고, 그 후에 약간의] 수정을 가하면 다시 1만 장을 더 인쇄할 수 있다고 하였고, 마찬가지로 하나의 판본은 각각의 장들을 다시 조각하고 다시 인쇄할 수 있도록 별도의 목판에 부착하여 더 확장할 수 있었다는 사실을 천명했다. 【옮긴이 주】 []로 묶어 추가한 부분은 독자의 이해를 돕기 위해 우리말 번역본(김현용, 김의정 역), 311쪽을 참고하여 덧붙인 것임을 밝혀둔다.

치들의 엄청난 차이와 함께, 이노우에의 통계치에 포함된 도서들 가운데 한 셋트의 목판으로 만들어진 인쇄본들의 총수에 대한 거의 모든 계산들이 극단적인 추정치로만 남아 있을 뿐이다. 그러나 훨씬 더 험난한 장애가 남아 있다. 실제로 텍스트를 생산하는 세계에서는 판목이 몇 년에 이르는 일정한 시기 동안 무수한 복본들을 찍어내는 데 사용되다가 한 구석에 처박힐 수도 있고, 아마도 이러한 목판들이 원본에 대한 최대치의 복본들을 찍어내기 전에 다른 텍스트로 다시 새겨지기도 했다. 한 마디로 어떤 정확한 인쇄업자의 기록이 없는 상태에서 현존하는 목판 인쇄물의 출판 규모를 아는 것은 불가능한 일이 될 것이다.

조금 더 중요한 것은 이러한 숫자가 더 이상 남아 있지 않는 훨씬 더 많은 인쇄본에 대해 아무 것도 알려주지 않는다는 사실이다. 남아 있는 책의 서문들은 천여 개에 이르지만(남아 있는 송대 장서 목록과 같은) 도서들에 대한 가장 통상적인 정보원이라 할지라도,[17] 서적의 생산에 대해서는(실제로 그 책이 인쇄됐는지 여부를 포함해) 아무 것도 드러내 보여주지 않는다. 요컨대 송대부터 명대에 이르는 시기 동안 현재 남아 있거나 남아 있지 않는 중국의 서적들에 대한 전체적인 목록이 필요하긴 하지만, 궁극에는 그런 목록이라 할지라도 송대에 인쇄된 서적의 숫자나 어떤 책이 유통된 숫자에 대해서는 여전히 아주 뚜렷한 모습을 제시해주지 않을 것이다.

마지막으로 이러한 숫자들은 어떤 책의 필사본이 만들어지고 유통되었는지에 대해서 아무 것도 드러내 보여주지 않는다. 필사본이 오랫동안 서적을 전파하는 주요한 방식이었던 만큼, 마찬가지로 인쇄본이 어떤 특정한 시점에 그러한 위치를 대신했을 거라는 가정으로 필사본의 운명을 논해야 할 것이다. 필사본이 아예 사라져버렸다거나 더 이상 필사본으로 추가본을 만들지 않았을 거라 가정하는 것은 사려 깊지 못한 일이 될 것이다. 필사본이 20세기에 이르기까지 도서를 전파하는 데 있어 여전히 중요한 역할을 했음에도 불구하고, 불행히도 송대와 그 이후 어떤 왕조의 필사본의 역사에 대해서도 조직적인 조사 연구를 한 적이 거의 없었다.

따라서 이노우에의 통계들에서 드러나는 경향들은 그것이 결국 거칠게나마 정확한 것으로 판명된다 할지라도 결정적이지는 않다. 장기간에 걸친 중국의 필사본과 인쇄본 생산에 대한 좀 더 설득력 있는 증거들을 위해서는 정량적이지 않은 내용으로 방향을 돌릴 필요가 있다. 이노우에는 이 점에 대해서도 명대 초기 도서 부족에 대해 상당히 설득력 있는 주장을 펴면서 약간의 자료를 제공한 바 있다. 비록 이런 자료들이 짜증날 정도로 적고 불완전하긴 하지만, 언제 중국에서 인쇄본이 필사본을 대체했는가 라고 하는 크고 단일한 질문을 좀 더 다루기도 쉽고 답하기 쉬운 일련의 질문들로 조각조각 나누어주는 미덕을 갖고 있기도 하다. 그래서 나는 남아있는 일부 정보를 바탕으로 여러 질문에 대한 그럴듯한 답변을 설정함으로써, 일반적인 서고의 장서 규모나(중국의 자료에서는 권(卷)을 계량 단위로 쓰는 것을

17 곧 차오궁우(,晁公武), 『군재독서지교증(郡齋讀書志校證)』 [쑨멍(孫猛) 편, 상하이(上海): 上海古籍出版社, 1990년)]; 그리고 천전쑨(陳振孫)의 『직재서록해제(直齋書錄解題)』 [『총서집성(叢書集成)』 본]

선호하는데, 권이란 장(chapter)과 유사한 텍스트 분할방식이다) 그런 서고의 숫자, 그리고 독자들이 손에 넣는 데 어려움을 겪었던 서적, 특히 인쇄본의 유형들과 같은 구체적인 주제들이 명확해지기를 기대한다. 더 중요한 것은 이러한 질문들에 답변하는 과정에서 다음과 같은 주장의 외골격을 구축할 수 있다는 점이다. 즉 인쇄본은 13세기 중국의 극히 일부 지역에서만 필사본 형태의 서적에 대해 우세를 보였고, 이러한 우세는 16세기 강남 지역에서만 확고했다. 관청이나 관리들이 펴낸 의서와 경서와 같은 다른 유형의 인쇄본의 운명은 이런 상궤로부터 벗어난다. 하지만 인쇄술 발명 후 8세기가 지나서야 겨우 중국의 문화 중심지의 출판계에서만 인쇄본이 필사본에 대해 영속적인 우세를 점했다는 총체적인 결론을 약화시킬 만큼 그러한 예외가 의미 있는 것은 아니다.

비정량적인 증거들에 대해 이렇게 분석함으로써 공간적인 그리고 사회적인 한계들을 받아들이게 된다. 나는 여기서 중국의 전역에 걸쳐 17세기의 서적사를 설명하는 대신, 강남이라고 하는 지역과 우리가 신사(紳士)라고 알고 있는 특정의 독자 유형에 초점을 맞출 것이다. 지역에 대한 초점은 가격이나 유통과 같은 분석에 필수적인 지역 요소들을 활성화시키기 때문에, 필사본에서 인쇄본으로 넘어가는 시기를 확정하는 데 결정적이다. 이를테면, 12세기 중반 중국에서 인쇄본 한 권의 가격은 그 책이 어디에서 인쇄되느냐에 따라 600퍼센트나 차이가 났다.[18] 곧 이러한 차이는 인쇄본 가격에 대한 전국적인 비교를 통해 인쇄본의 가격이 서적의 생산과 교역에 어떤 식으로 영향을 주었나를 분석하는 것의 효용성을 실질적으로 무력화하고 있다. [그래서] 강남 지역에 초점을 맞추는 것은 우리의 분석을 엄격하게 하기 위해서이기도 하다. 그것은 이 지역이 송대에서 명말에 이르는 시기 동안 서적의 생산과 유통, 전파에서 의심할 바 없이 중심지 역할을 해왔기 때문이다. 송대에는 서적의 거래에서 출판 중심지였던 항저우(杭州) 이외에 푸젠(福建) 북부의 젠양(建陽)과 쓰촨(四川)의 청두(成都)라는 두 개의 만만찮은 라이벌 도시가 있었다. 그러나 송대 이후에는 청두가 상당한 경쟁력을 잃었는데, 18세기가 되어서야 이 도시의 출판업은 13세기 중반 몽골의 침략[19]과 17세기 장셴중(張獻忠)의 반란 기간 동안에 당했던 파괴로부터 회복되었다. [이에 반해] 젠양은 원대에서 명대에 걸쳐 최소한 서적 생산이라는 측면에서는 강력한 라이벌로 남아 있었다. 그러나 명대만 놓고 보자면, 젠양에는 도서 문화, 특히 서적의 소비에 대한 정보가 쑤저우(蘇州)나 난징(南京), 항저우(杭州), 그리고 강남의 다른 도서 중심지를 총괄한 것보다 조금 덜 남아 있다. 그래서 강남 지역의 도서 생산, 특히 필사본에서 인쇄본으로 넘어가는 것에 관한 설명은 중국의 나머지 대부분의 지역에서 인쇄본이 우세를 보이고 있는 현상에 대한 시발점(terminus

---

18 이노우에, 「장서와 독서(藏書と讀書)」, 425-426쪽

19 폴 J. 스미스(Paul J. Smith), 「유민들의 이동성 전략에 있어서 가족, 동료 그리고 계급집단간의 친밀성: 몽골 침략과 쓰촨 엘리트들의 디아스포라, 1230-1330년(Family, Landsmänn, and Status-Group Affinity in Refugee Mobility Strategies: The Mongol Invasions and the Diaspora of Sichuanese Elites, 1230-1330)」, 1230-1330」(*Harvard Journal of Asiatic Studies*, 52.2, 1992), 665-708쪽, 특히 668-672쪽.

ante quem)을 시사해줄 뿐만 아니라 11세기부터 17세기에 이르는 장기간의 중국의 출판계에 대한 가장 완벽한 그림을 제공해 주게 될 것이다.

내가 진행하고자 하는 분석의 두 번째 제한 요소는 여기서 다루고 있는 작자와 독자의 주요한 유형, 곧 신사(紳士) 계층에 관한 것이다. 이렇게 글을 쓰고 읽고 책을 수집하는 일을 그들 자신이나 가문의 정체성에 대한 가장 중요한 요소로 만들었던 특정 계층에 초점을 맞춘 것은 실제적인 고려 때문이다. 이 몇 세기 이래 현재 남아 있는 책들과 그에 대해 우리가 알고 있는 것은 전적으로 신사 계층과 관청의 장서와 저작들로부터 나온 것이다. 체르니악의 용어로 "실용적인 독자"들을 위해 내놓은 이를테면 소보(小報)와 세금 서식들뿐 아니라 책력이나 달력, 보통 크기의 민요집과 주문(呪文), 그리고 여타의 종교 텍스트와 같은 대량의 대중 인쇄본의 경우 대부분 남아 있지 않다. 더 오래 살아남은 자료에 집중한다고 해서 결과적으로 그러한 대중 출판물에 대한 고려를 완전히 배제하는 것은 아닐 테지만, 여기서 제시하는 증거와 결론은 당시 대다수 인구가 문맹이었던 상황에서 수 백 년 동안 중국에서 가장 부유하고 상업화되고 문화적으로 발달했던 지역에 살던 가장 학식 있는 일부 계층에만 주로 적용된다.

이런 제한 요소들은 그 나름대로 장점이 있다. 송대와 명대의 출판계에 대한 우리의 이해를 위해 비교적 확실한 정보에 의존하기보다는 조금 덜 확실한 어림짐작을 하는 것이 중국에서는 대부분의 책을 지나칠 정도로 많이 인쇄에 부쳤다는 광범위하고 근거 없는 일반화된 논리를 반복하는 것보다 좀 더 효과적일 수 있다. 지역과 신사 계층에 대해 주목한다면, 대부분의 중요한 관청과 민간 서고에서 필사본에 대해 인쇄본이 차지하고 있는 비율, 주요한 장서가조차 유명한 저작의 판본들을 손에 넣을 때 맞닥뜨리게 되는 어려움, 그리고 이들 장서가들의 사회적 지위나 수집 취향, 16세기 중국의 신사 계층의 사회 구성에서의 변화 등에 대해 결과적으로 명확하게 드러낼 수 있을 것이다. 또 이러한 접근을 통해 나는 송대와 명대의 출판과 인쇄의 양상이 어떻게 다른지에 대한 이유와 명대 중엽에 인쇄본이 궁극적으로 필사본에 우세를 보이게 된 이유들을 분석할 수 있게 될 것이다. 그렇게 해서 얻어진 결론을 통해 필사본이 명대 후기에 실제로 사용되었던 방식에서의 변화들뿐 아니라 송과 명대에 필사본이 지속적으로 수행했던 역할들에 대해서도 간략하게 고려할 수 있을 것이다.

얼핏 보기에 이 글에서의 나의 관심사는 주로 기술적인 것처럼 보일 지도 모른다. 하지만 사실상 중국의 서적을 연구하는 현대의 모든 역사학자들이 알아낸 바와 같이, 여기에서 제기된 질문들은 단지 협소하게 서지학이나 경제적, 또는 학술적인 것에 머물지 않고, 중국의 엘리트 문화를 이해하는 관건이 되기도 한다. 최소한 최근 1천년 동안 책으로 공부하는 것은, 엘리트들이 그들 자신과 그들의 문화를 규정하는 것뿐 아니라 국가에서 치르는 과거 시험에 의해 결정되듯이, 문화와 정치상의 엘리트들의 정체성을 규정하는 데 핵심적인 요소였다. 그렇기에 책은 중국의 사회, 정치와 학술사에 대한 의미심장한 영향력을 갖고 있었다. 우리가 서적의 생산과 유포 그리고 사용에 대해 알아낼 수 있다면 인쇄본이 점진적으로 우세를 보이게 된 것뿐 아니라 어떤 한 권의 책이나 저자가 지적으로나 문학적으로 지니고 있는 영향력을 설명하는 데 도움이 될 것이다. 또 우리가 얻은 결론은 식자 계층인 엘리트의 학문세계가 어떤 식으로 진화 발전했고, 11세기부터 17세기까지 중국의 문화를 만들어내는 데 어떤 역할을 했는지에 대해 어떤 시사점을 던져줄 것이다.

필사본에서 인쇄본까지, 송대에서 명대까지

이 글은 11세기에 인쇄본의 광범위한 보급과 사용에 대해 [국자감 좨주와 쑤스(蘇軾), 선과(沈括)가] 주장한 내용으로 시작하였다. 하지만 이노우에는 이러한 언급을 꼼꼼하게 고찰하여 그런 주장의 타당성은 아무래도 의심스럽다는 사실을 밝혀내었다. 황제의 모든 신하들 집에서 유가 경전과 주석서를 찾아볼 수 있다는 국자감 좨주의 1005년의 주장은(이렇듯 호들갑스러운 감정의 표출을 유발케 한 질문을 던졌던) 진종에게 [어떤 사실을] 알려주기 위한 것이라기보다는 아첨을 하기 위해 만들어진 정치적 수사의 일단으로 해석된다. 쑤스(蘇軾)가 인쇄본의 광범위한 생산에 대해 언급한 것은 그가 칭찬하고 있던 바로 그 장서가 단지 필사본으로만 구성되어 있었다는 사실로 인해 빛을 잃었다. 그리고 선과(沈括)의 진술은 다른 것에 대한 내용도 있긴 하지만, 기본적으로 펑다오(馮道)가 953년에 쓰촨에서 출판하고 북송 조정이 나중에 몇 차례에 걸쳐 다시 출판했던 유가 경전을 언급한 것이라고 보는 편이 맞다.[20]

송대 서적 생산의 수준을 잘 보여주는 표지 가운데 아마도 개인이 소장한 책, 특히 대규모 장서의 규모에 대한 증거물의 상세한 세목이 현재까지 남아 있는 가장 좋은 실마리가 될 것이다. 송대의 가장 큰 서고는 거의 틀림없이 황실의 서고였을 것이다.[21] 그러나 '권(卷)'이라는 말의 의미가 송대 이전부터 송대까지 바뀌지 않았다고 가정한다면, 송 왕조의 황실 서고의 장서는 결코 수당(隋唐)대의 황실 서고의 장서를 넘어선 적이 없었다.[22] 송대의 장서가 이런 식으로 쇠락한 것은 인재와 자연 재해 때문이었

---

20 이노우에, 「장서와 독서(藏書と讀書)」, 410-412쪽. 수전 체르니악의 「중국 송대의 도서문화와 텍스트의 보급」, 51쪽에서는 주시(朱熹) 역시 쑤스가 그런 말을 했을 때 인쇄본이 거의 유통되고 있지 않았다는 것을 알고 있었다는 사실을 지적하고 있다.

21 존 H. 윈켈만(John H. Winkelman), 「중국 남송 시대(1127-1279년)의 황실 서고: 조정의 학술 기관의 조직과 작동에 대한 연구(The Imperial Library in Southern Sung China, 1127-1279: A Study of the Organization and Operation of the Scholarly Agencies of the Central Government)」 [*Transactions of the American Philosophical Society*, n.s. 64.8(1974): 10,37.] 황실 서고의 용어가 시간에 따라 어떻게 바뀌었는지 주목할 것. 이러한 변화들은 일반적으로 다음과 같이 이해 할 수 있다. 977년부터 978년까지는 삼관(三館)이 관리들을 위해 조정에 있는 서고에 붙여진 이름이었다. 978년, 황실의 개인 서고가 설치되었을 때, (삼관이라는 용어가 여전히 쓰이긴 했지만) 황실 개인 서고를 포함한 모든 조정의 서고들을 지칭하기 위한 명칭으로 숭문원(崇文院)이라는 이름의 기관이 만들어졌다. 그 뒤 1080년 서고의 조직이 그 당시 진행된 개선 작업과 함께 바뀌었을 때에는, 비서성(秘書省)으로 개칭되었다. 바로 이때 삼관은 더 이상 쓰이지 않았다. 1080년부터는 두 개의 다른 명칭이 나오기도 했지만, 일반적으로 비서성이 숭문원보다 좀 더 보편적으로 쓰였다.

22 존 H. 윈켈만, 앞의 글, 8-9쪽[특히 각주 21)]에서는 안루산(安綠山)의 난 이전에 당 왕조의 서고에 82,384권이 있었다고 하였다. 저우미(周密)에 의하면, 양(梁) 원제(元帝; 재위 기간은 552~554년)의 치세에는 조정에 140,000권이 있었고, 수대(隋代: 589-617년)에는 가칙전(嘉則殿)에 370,000권이, 그리고 당 왕조(618-907년)의 두 수도에는 각각 7,000권에 달하는 장서가 있었다 한다[저우미(周密), 『제동

다. 8세기 중엽 창안(長安)의 파괴와 9세기 중국 북부 지역에서 다섯 왕조(곧 오대)가 잇달아 정치적 혼란에 빠짐에 따라 거듭된 파괴로 인해 당 왕조 황실의 장서 대부분이 사라졌다.[23] 송 왕조 초기에는 새로운 황실 서고에 단지 13,000권만이 소장되어 있었다. 송이 [그때까지 남아 있던] 오대의 국가들을 멸하면서, 966년에는 [오대 가운데 하나인 후촉(後蜀)이 있던] 쓰촨(四川)에서 13,000권의 도서가, 976년에는 [남당(南唐)이 있던] 난징(南京)에서 20,000권의 도서가 왕실 도서관으로 옮겨졌다.[24] 그러나 이렇게 더해진 도서들은 1015년에 궁에서 일어난 엄청난 화재로 손실을 입었다. 1041년이 되어서야 황실 서고의 장서 규모가 30,669권으로 회복되었고, 북송 말년까지는 좀 더 확대된 것이 거의 확실해 보인다. 그러한 규모를 살필 수 있는 실마리는 북송 시기 1061년 이후 황실 서고보다 작긴 하지만 궁궐의 주요한 서고 가운데 하나였던 태청(太淸) 서고에 부여된 45,018권이라는 숫자이다. 1127년 이 두 개의 장서들은 중국 북부 지역에 있던 금나라 침략자들의 손에 들어가는 비극을 맞게 되었다. 자체의 서고가 없이 항저우(杭州)에서 피난 생활을 시작한 남송의 조정은 거의 처음부터 그것들을 재건해야만 했다. 1142년에는 남부 중국의 민간 장서가들이 희귀본을 내놓게 하거나 그 대리인들로 하여금 그것을 다시 펴내게 하기 위해 세금을 감면해 주거나 비단을 하사하고, 작위를 내렸다.[25] (책을 장서가 혹은 책방에서 직접 구입하는 것이 아닌) 이런 방법을 통해 황실 서고의 장서는 1178년에는 44,486권이 되었고, 마침내 1220년에는 우리가 알고 있는 송대의 왕궁 장서 가운데 최후의 총 숫자인 59,429권에 이르렀다.[26]

송대에 이전 왕조의 규모를 넘어서는 큰 규모의 민간 장서가 의미심장하게 증가했다는 증거는 들쭉날쭉하다. 남북조에는 한 가문이 수백 권의 서적을 소장하고 있는 것으로도 학술적인 명성을 지속적으로 유지할 수 있었던 반면,[27] 1166년에 이르면 "조정의 관료가 약간 유명해지려면, 예외없이 집안

야어(齊東野語)』, 北京: 中華書局, 1983, 12권 216-217쪽]. 수당 대에 대해서는 좀 더 상세한 자료가 남아 있다. 수 왕조 조정의 장서는 최소한 89,666권에 달했는데, 이것은 양저우(揚州)에서 당 왕조의 수도까지 배로 옮긴 수나라 조정의 장서 숫자이다. 하지만 온전하게 옮겨진 것은 10에서 20퍼센트에 지나지 않는다[『수서(隋書)』, 北京: 中華書局, 1973. 32권, 908쪽]. 당 왕조의 경우에는 황실 서고와 집현원(集賢院), 이렇게 두 곳의 조정 서고에 대한 중요한 세목이 남아 있다. 720년 경의 당 왕조 황실 서고에 대한 거의 완벽한 목록에는 48,169권(곧 705-706년 사이의 목록보다 6,000권이 더 많은) 2,655종의 저작들이 수록되어 있다. 755년의 안루산의 난 이후에는 [난리로 인한 손실에서의] 회복이 조금 더디긴 했지만, 836년까지 그 장서가 54,476권에 이르렀다[데이비드 맥멀런(David McMullen), 『중국 당대의 국가와 학자들(State and Scholars in T'ang China)』 (Cambridge: Cambridge University Press, 1988), 221-223쪽, 235-237쪽]. 집현원 서고의 장서는 훨씬 더 많았는데, 아마도 그때까지 중국 역사상 최대의 서고였을 것이다. 731년에는 대부분 새로 찍어낸 89,000권이 소장되어있었지만, 그러한 증가세는 안루산의 난 때 수도가 파괴되면서 둔화되었다[데니스 C. 트위쳇(Denis C. Twitchett), 『당 왕조 하의 공식적인 역사 저작(The Writing of Official History under the T'ang)』 (Cambridge: Cambridge University Press, 1992.) 26쪽 각주 85].

23 오대에는 황실 서고에 겨우 10,000권 정도가 소장되어 있었다(맥멀런, 앞의 책, 237쪽).

24 장사오위(江少虞), 『송조사실류원(宋朝事實類苑)』 (上海: 上海古籍出版社, 1981] 1권 393쪽.

25 이노우에, 「서점, 서적 판매상, 문인(書肆, 書賈, 文人)」, 310쪽, 원켈만, 앞의 글, 10, 28, 36-37쪽.

26 1177년의 황실 서고에 대한 72,567권이라는 숫자를 거부한 것에 대해서는 원켈만의 앞의 글 10, 28쪽, 특히 36-37쪽의 표 7과 n. a[적용 불가]를 볼 것.

27 옌즈투이(顔之推), 『안씨가훈(顔氏家訓)』 (총서집성(叢書集成)』 본) 8, 51쪽.

에 수천 권의 책을 소장해야 했다"[28]는 말이 전해진다. 하지만 송대의 대규모의 민간 장서가 그 이전 시대의 장서들과 비슷한 증가율을 보이고 있다는 증거는 어디에도 없다. 당대(唐代)의 장서가는 20,000이나 30,000 권 정도를 소장해야 명성을 얻을 수 있었다.[29] 그러나 17세기 강남 지역에서 책을 가장 많이 소장한 장서가로 알려진 주창원(朱長文: 1041-1100년 경)은 그 장서량이 단지 2만 권뿐이었던 데 반해, 북송 시대 대부분의 장서가들은 대부분 만 권 이상을 소유하지 않았다.[30] 16세기의 고도의 식견을 갖춘 서지학자였던 후잉린(胡應麟; 1551-1602년)의 견해로는 그 숫자가 극히 소수이긴 하나 송대의 가장 큰 규모의 개인 장서는 3만에서 4만 권 사이였다고 한다.[31] 심지어 쓰마광(司馬光; 1019-1086년)같이 뛰어난 학자조차도 유명한 『자치통감(資治通鑑)』을 썼던 자신의 독락원(獨樂園)에 마련된 서고에 단지 "5천 권이 조금 넘는"(이것은 쓰마광 자신의 추산이고 다른 작가들은 "만권이 넘었을" 거라 추산하고 있다) 장서를 보유하고 있을 따름이었다.[32]

남송의 경우에는 두 개의 장서 규모가 도드라지는데, 하나는 잘못된 것이고, 다른 하나는 올바른 것이다. 쑤저우(蘇州)의 문인 예멍더(葉夢得)의 장서는 송대와 현대의 비평가들에 의하면 10만 권이거나 그 이상이라고 추산되었지만,[33] 소유자인 예멍더 자신은 대략적으로 2만 권 정도로 보았는데, 대충 그 가운데 절반이 1147년에 화재로 소실되었다.[34] 또 하나의 대규모 장서가인 13세기 중엽 후저우(湖州)의 천전쑨(陳振孫; 1183-1261년)의 경우에는 49,700권(또는 약 51,180권) 정도를 소유했다고 하는데, 이것은 송대 그 어떤 개인 장서보다도 많은 양을 보유한 것이었다.[35] 그러나 송대 말기로 내려올수록 이러한

---

28 왕밍칭(王明清), 『휘주록(揮麈錄)』 [베이징(北京); 中華書局, 1961], 전록(前錄) 1권, 10쪽] 그는 이들 장서의 책들에는 수많은 문헌상의 오류들이 포함되어 있다는 사실을 덧붙였다.

29 장-피에르 드레게(Jean-Pierre Drège), 『필사본 시대 중국의 도서관들-10세기까지』, 172-173쪽. 이 숫자들은 [지나치게] 높은 것일 수 있다. 쟝이(蔣義: 747-811년)는 강남의 이싱(宜興)에서 단지 15,000권 정도를 소장한 장서가로서 명성을 얻었다.[우한(吳晗), 『강절장서가사략(江浙藏書家事略)』, 北京: 中華書局, 1981], 214쪽. 트위쳇(Denis C. Twitchett)의 『당 왕조 하의 공식적인 역사 저작』, 109쪽에서는 8세기 말 황실 서고와 집현원(集賢院)의 서고를 제외한 모든 장서들보다 규모가 컸다고 하는 쑤볜(蘇弁)의 20,000권 장서에 대해 이야기하고 있다.

30 쟝징환(蔣鏡寰), 『오중선철장서고략(吳中先哲藏書考略)』 [쉬옌(徐雁)과 왕옌쥔(王燕均)의 『중국역사장서논저독본(中國歷史藏書論著讀本)』, 청두(成都): 쓰촨대학(四川大學), 1990], 643쪽. 좀 더 평범한 북송 장서가들에 대해서는 팡졘신(方建新)의 「송대사가장서보록(宋代私家藏書補錄)」 [『문헌(文獻)』 35집(1988, 1)], 220-239쪽과 『문헌』 36집(1988,2), 229-243쪽을 참고할 것.

31 후잉린(胡應麟), 「경적회통(經籍會通)」 4권[『소실산방필총(少室山房筆叢)』 (上海: 中華書局, 1958 1권], 53쪽. 리루이량(李瑞良)의 『중국고대도서유통사(中國古代圖書流通史)』, 317쪽에는 그런 장서들이 몇 개 수록되어 있다.

32 이노우에, 「장서와 독서(藏書と讀書), 414쪽.

33 저우미(周密), 『제동야어(齊東野語)』, 12권 217쪽.

34 이노우에, 「장서와 독서(藏書と讀書)」, 414쪽. 그리고 우한(吳晗)의 『강절장서가사략(江浙藏書家事略)』, 134와 208쪽. 왕밍칭(王明清)의 『휘주록(揮麈錄)』 7권, 174쪽에서는 불이 난 해를 1147년이라 했다.

35 윈켈만, 앞의 글, 36쪽, 특히 황실 서고에 대해 1177년의 72,567권이라는 숫자를 일축한 것. 저우미(周密), 『제동야어』 12권, 217-218쪽에서는 이 범위에 들어오는 크기의 대규모 장서에 대해 언급하고 있다. 주요한 예외는 천전쑨(陳振孫)의 51,180 권 가량 되는 서고인데, 저우미는 푸젠(福建)의 푸톈(蒲田)에 있는 정(鄭)과 팡(方), 린(林) 그리고 우(吳) 씨 가문의 서재에 있는 수많은 고서들을 옮겨 적었던

상황은 과거의 추세보다는 미래의 모습을 보여준다. 더구나 이러한 장서에서 겹치거나 중복된 책들이 존재했을 거라는 개연성은 이러한 수치를 다소나마 감소시킬 것이다.

아마도 이것보다 더 중요한 것은 이러한 장서의 대략적인 내용을 고려할 때, 이들 수치가 훨씬 덜 인상적인 것이 될 것이라는 사실이다. [곧 여기에는] 십삼경과 이에 대한 주석서, 『사기(史記)』, 1,100년 이전에 씌어진 『십팔사략』이 2,750권 정도가 되고, 남송 시기에 십여 개의 백과사전이 인쇄되었던 것처럼, 북송 초기 백과사전들이 3,000권 정도 추가된다. 이러한 텍스트들, 아마도 대부분의 주요 장서들에서 핵심을 이루는 콘텐츠와 송대 말엽부터 명대에 이르기까지의 대부분의 민간의 장서 가운데 주요한 콘텐츠는 모두 대략 9,000권 정도가 된다.[36]

이들 장서 가운데 인쇄본이 차지하는 비율에 대한 정보는 파악하기 어렵지만, 인쇄본의 비율은 현대의 학자들이 예상하는 것보다 훨씬 더 낮은 것으로 알려져 있다. 이를테면, 1177년에 황실 서고는 주요한 장서와 황실의 문서 기록을 포함해서 59.5퍼센트의 필사본과 32퍼센트의 가공되지 않은 저작들, 그리고 8.5퍼센트의 인쇄본으로 구성되었다(조금 덜 상세한 명세에 의하면 필사본은 '권(卷)'의 91퍼센트와 '책(冊)'의 92퍼센트를 차지한다).[37] 개인 장서의 경우에는 이와 유사한 명세를 손에 넣을 수 없다. 그러나 두 명의 여행 경험이 풍부한 16세기의 장서가가 그들의 책에 대한 필생의 연구를 통해 유익한 개괄을 제공했다. 후잉린은 "송대의 융성한 시기에서조차도" "인쇄본(刻本)은 드물었다"고 단정했다.[38] 난징(南京)에서 수십 년 동안 살았던 푸젠(福建) 지방의 주요 장서가 쉬보(徐渤, 1570-1642년)도 "송대에는 아직 목판본(版本)이 번성하지 않았다는"[39] 데 의견을 같이 했다.

이러한 명대인들의 견해는 송대 학자들이 유명한 책들의 판본을 보고 손에 넣으려 할 때 봉착했던 어려움에 대한 입증되지 않은 증거를 확증해준다. 아마도 우리는 『천금방(千金方)』이라는 잘 알려진 의서가 인쇄본으로는 손에 넣을 수 없었던 까닭에, 10세기 후반 두딩성(杜鼎昇)이라는 의원이 자기가 직접 손으로 써서 판매하는 것으로 생계 수단을 삼았다는 사실을 알게 되었다고 해서 놀라지는 않을 것이다.[40] 그런데 좀 더 유명한 인물 역시 그와 비슷한 [서적의] 부족으로 고통을 받았다. 한치(韓琦; 1008-1075년)의 어린 시절, 지금의 허난 성에서는 "인쇄된 책(印板本)은 매우 적었고, 글(文字)은 모두 손으로 쓴(手寫) 것뿐이었다. 한치는 항상 다른 사람들에게 오래되고 필요없는 책을 빌려 읽었고, 언제나 그 책

탓에 이와 같이 거대한 규모를 이룰 수 있었던 것이라 하였다.

36 후잉린(胡應麟), 「경적회통(經籍會通)」 4권, 53-54쪽.

37 윈켈만, 앞의 글, 32쪽. 오오우치 하쿠게츠(大內白月), 『중국전적사담(支那典籍史談)』, 도쿄(東京): 쇼신샤(昭森社), 1944.

38 후잉린(胡應麟), 「경적회통(經籍會通)」 4권, 60쪽.

39 쉬보(徐渤), 『쉬씨필정(徐氏筆精)』, 영인본, 臺北: 학생서국(學生書局), 1970년. 7.5b.

40 이노우에, 「서점, 서적 판매상, 문인(書肆, 書賈, 文人)」, 305쪽.

들을 매우 자세히 베껴썼다(節錄).”[41] 12세기에 [이들보다] 훨씬 더 부자였던 장서가 유마오(尤袤; 1127-1194년)는 필사본을 구해서 우시(無錫)에 자신의 장서를 구축했다고 전해진다. 그는 종종 자신의 아들·딸들과 함께 책을 베껴 쓰는 일을 즐기곤 했다. 그의 개인 장서 가운데 삼천 권 이상은 자신의 필사본이었다.[42] 당시 라이벌 관계를 이루었던 장서가인 푸젠 사람 정챠오(鄭樵; 1104-1162년)도(이와) 비슷한 수치를 보였다. 그는 책을 손에 넣는 방법을 여덟 가지로 세분했는데, 그 모두가 옮겨 적는 것을 상정한 것이었고, 서사(書肆)에 대해 언급한 것은 없었다.[43] 금나라의 강남지역 침공으로 많은 장서들이 파괴되었는데, 이는 남송 초기 최소한 난징 인근에서 『사기(史記)』나 『한서(漢書)』, 『후한서(後漢書)』와 같은 책들을 구해보기 어렵게 만든 원인이 되었다.[44] 12세기 후반의 학자이자 닝보(寧波)의 명문가 후예인 러우팡(樓昉, 1193년에 진사)은 다음과 같이 말했다. “내가 진사에 급제하기 전까지 내가 볼 수 있는 책은 갖고 있지 않았다. 심지어 두 권의 사서(곧 『한서』와 『후한서』)마저도 다른 사람에게서 빌려 봐야 했다.”[45] 이와 같이 [책이] 부족한 상황에서, 12세기 중반과 후반의 강남지역 독자들은 책을 구하러 멀리 서쪽으로 쓰촨까지 가야 했다. 시인이자 관리였던 루유(陸游; 1125-1210년)가 1178년에 [임지였던] 쓰촨에서 항저우(杭州)와 사오싱(紹興)으로 돌아올 때 그의 배에는 강남지역에서는 구할 수 없었던 쓰촨의 인쇄본으로 가득했다. 그 다음해 효종(孝宗; 재위 기간은 1163-1189년)은 관리들에게 쓰촨에서 책을 찾아오라고 명했는데, 효종은 그곳의 관청과 학교들의 장서가 1120년대와 1130년대의 파괴적인 혼란 상태에서 벗어나 있었기에 송 왕조의 조정에서 펴낸 장서가 가장 많이 남아 있을 것이라 믿었다.[46]

그래도 12세기 막바지에 이르러서는 책을 입수하는 것이 좀 더 쉬워졌다. 북송대에서는 겨우 서른 곳 남짓 되는 곳에서만 책을 출판했던 것에 비해, 영토가 훨씬 작은 남송 때는 거의 200여 곳에서 출판했다. 이렇게 [책을 찍는 곳이] 여섯 배에 가깝게 증가한 것은 더 많은 책이 나왔을 뿐만 아니라 더욱 많

41 쟈오훙(焦竑), 『초씨필승(焦氏筆乘)』(上海: 上海古籍出版社, 1986, 속집(續集) 4권, 300쪽. 리루이량의 『중국고대도서유통사(中國古代圖書流通史)』, 286쪽에도 비슷한 이야기가 있다.

42 판메이위(潘美月)의 『송대장서가고(宋代藏書家考)』(臺北: 學海, 1980), 181쪽. 정웨이장(鄭偉章)과 리완젠(李萬健)의 『중국저명장서가전략(中國著名藏書家傳略)』(北京: 書目文獻, 1986), 16-19쪽.

43 이노우에, 「서점, 서적 판매상, 문인(書肆, 書賈, 文人)」, 310쪽.

44 예멍더(葉夢得), 『석림연어(石林燕語)』(명대 후기 판본, 중국국가도서관 본), 4.1a-4.2b.

45 천전쑨(陳振孫), 『직재서록해제(直齋書錄解題)』 5권, 127쪽.

46 밍쑨 푼(Ming-sun Poon), 「중국 송대의 서적과 인쇄본(Books and Printing in Sung China)」, 24쪽. 판메이위(潘美月)의 『송대장서가고(宋代藏書家考)』, 184쪽. 판메이위는 또 남송 때 쓰촨에서 보존된 송대 인쇄본에 대한 좀 더 많은 정보를 알려주고 있다(162, 165, 177, 185쪽). 오대[의 혼란한 시절]에는 서적이 광범위하게 훼손되었기에, 송초에는 책이 많이 남아 있던 지역은 쓰촨과 강남뿐이었다. 송대 초기에 조정에서 쓰촨의 여러 서고의 도서를 강탈한 것도 단지 그 지역 장서량의 성장 속도만 다소 늦추었을 뿐, 최종적으로 쓰촨의 장서량은 꽤 풍부해졌다. 쟝사오위(江少虞)의 『송조사실류원(宋朝事實類苑)』 1권(上海: 上海古籍出版社, 1981], 393쪽을 볼 것. 하지만 우리는 이들 장서에 대해 거의 알지 못하고 있다. 그것은 이 장서들이 13세기의 후반부 동안 거듭된 침략과 혼란으로 인해 크게 손상을 입었기 때문이다. [그로 인해] 14세기가 되면 그러한 흐름이 역전되어 [이번에는] 쓰촨 사람들이 강남 지역을 여행하면서 4, 5년 내의 시간에 엄청난 양의 책을 구해 갔다[후잉린(胡應麟), 「경적회통(經籍會通)」 1권, 17쪽].

은 지역에서 자체적으로 각공(刻工)을 보유했고, 이들 각공의 지역 간 교류가 더욱 잦아졌으며, 판매도서 목록 속 서적에 대해 서지정보를 더욱 자세히 부기했다는 사실을 의미한다. 12세기 중반에는 도서목록에서 경전과 왕조사를 인쇄본과 필사본으로 구분했다면, 13세기 중반의 목록들에서는 문집과 제자서들도 구분하였으며, 나아가 출판사의 위치까지도 명시하였다.[47] 저우비다(周必大; 1126-1204년)는 송대 초기인 1202년에 출판된 5세기에서 10세기까지의 문장 선집인 『문원영화(文苑英華)』에 대해 평하면서 중요한 문집의 출판에서 일어난 변화를 다음과 같이 언급했다.

> [송대 초기에는] 인쇄된 판본이 매우 귀해서, 당대(唐代)의 유명 작가인 한위(韓愈, 768-824년), 류쭝위안(柳宗元; 773-819년), 위안전(元稹; 779-831년), 그리고 바이쥐이(白居易; 772-841년) 등의 글도 손쉽게 구할 수 없었다. 하물며 천쯔앙(陳子昂; 659-700년), 장웨(張說; 667-730년), 장쥬링(張九齡; 673-740년), 그리고 리아오(李翱; 772-841년) 같은 작가들의 작품들은 실제로 찾아볼 수도 없었다.…… 그러나 최근에는 당대의 많은 저작들이 개별적으로 인쇄되어 매우 손쉽게 손에 넣을 수 있게 되면서, [이들의 책을 모아 놓은 선집인] 『문원영화(文苑英華)』는 학자들 사이에 더 이상 인기 있는 책이 아니었다.[48]

약간 뒤에, 푸젠(福建) 북부 지역에 있는 젠양(建陽)과 쓰촨(四川) 성 청두(成都)의 사방(私坊)에서 찍어내는 출판이 매우 번창했다고 한다.[49] 그리하여 이 두 지역과 항저우(杭州)에서는 13세기에 걸쳐 유가 경전과 불경 그리고 대중적인 종교물(religious fare), 학동들의 입문서 및 유명한 저서의 인쇄본이 널리 보급되면서 아마도 해당 저작들의 필사본을 넘어서게 되었을 것이다.

그러나 지명 사전이나 의학 처방과 같은 몇몇 장르의 책들은 이전보다 적은 양이 출판되었는데, 관청의 지원 하에 그 명맥을 유지했다.[50] 그리고 항저우(杭州)와 닝보(寧波)와 같은 중심적이면서 부유한

---

47 장슈민(張秀民)의 『중국인쇄사(中國印刷史)』, 59쪽. 쑤바이(宿白), 『당송 시기의 조판 인쇄(唐宋時期的雕版印刷)』 (北京: 文物出版社, 1999), 84-110쪽.

48 『사고전서총목제요 및 사고미수서목, 금훼서목(四庫全書總目提要及四庫未收書目, 禁毁書目)』, 융룽(永瑢) 등 편(영인본 臺北: 商務印書館, 1971], 4135-4136쪽, 밍쑨 푼(Ming-sun Poon)의 「중국 송대의 서적과 인쇄본(Books and Printing in Sung China)」, 68쪽에서 참조했음. 송대의 이 텍스트에 대해서는 수전 체르니악의 「중국 송대의 도서문화와 텍스트의 보급」, 70-71쪽도 참고할 것.

49 슝허(熊禾), 『웅물헌선생문집(熊勿軒先生文集)』 1권[『총서집성(叢書集成)』 본], 6쪽. 위안줴(袁桷), 『청용거사집(淸容居士集)』 22권[『총서집성(叢書集成)』 본], 397쪽.

50 천전쑨(陳振孫), 『직재서록해제(直齋書錄解題)』 8권, 237쪽. 폴 U. 운슐트(Paul U. Unschuld)의 『중국의 약학: 제약의 역사(Medicine in China; A History of Pharmaceutics』 (Berkeley: University of California Press, 1986)에 의하면 남송 시기에 관청에서 새로운 텍스트를 1249년에 단지 하나만 인쇄했고, 1108년 본은 세 번에 걸쳐(1185년, 1195년, 1211년) 복간하였다. 결과적으로 관방에서 약학 서적을 얼마나 오랫동안 인쇄하지 않았는지 주목할 것. "7세기부터 송대 말까지는, 중국에서 관청의 주도 하에 또는 지원으로 약학 서적을 주문하고 교정하고 출판하였는데, 20세기 이전에 이런 일이 일어난 것은 이때뿐이었다. 그 이후에는 황제의 명에 의해 명대에 한번 청대에 한번 씌어졌다고 알려져 있다. 하지만 후대에 이러한 명령에 의해 나온 책들은 일반적인 대중을 위해 기획된 것이 아니었기 때문에 앞서 언급된 논제에 대해서는 예외적인 것으로 볼 수 없다."(45-46쪽)

곳에서는 책과 인쇄물의 부족이 지속되었다. 그러한 어려움은 닝보 출신으로 항저우 부윤[당시 명칭으로는 린안 부윤(臨安府尹)]과 소부(少傅)를 지냈던 위안사오(袁韶; 1187년에 진사)도 피해갈 수 없었다. 위안사오의 증손자는 다음과 같이 기록하였다.

> 증조부께서 진사에 급제하셨을 때에는 가난해서 책을 구할 수 없었다. 증조부께서는 종종 직접 손으로 베낀 책(手抄本)을 만들어 달달 외웠다. 뒤에 증조부께서는 경사의 관리가 되셨는데, 모두 합쳐 25년 동안 오랫동안 품고 있던 염원을 이루기 위해 열심히 책을 수집하셨다. 세상에 아직 책이 없었을 때, 황실의 서고(中秘書)와 오래된 가문의 장서를 필사한 뒤 귀향하셨다. 그리하여 증조부의 장서가 처음으로 완비되기 시작했다.[51]

그리고 또 얼마 뒤에 닝보에서 주시(朱熹) 철학의 문도인 황전(黃震, 1213-1280년)은 추측건대 유가 경전을 보편적으로 손에 넣을 수 있었던 상황에서 아무런 혜택을 보지 못했다. 황전이 1256년에 진사 시험에 급제하기까지 그가 갖고 있던 주시의 『사서집주(四書集註)』는 거칠게 초서로 쓴 필사본이었다. 너무 가난한 탓에 더 좋은 판본을 살 수 없었을 뿐만 아니라, 자신의 고향에 소장된 관청의 판목으로 인쇄한 책을 손에 넣는 데 꼭 필요했던 연줄도 확실히 없었다.[52] [그러니] 강남동(江南東; 지금의 장시 성)에 있는 첸산 현(鉛山縣)과 같이 좀 더 고립된 지역에서 도서 부족이 보고되었다는 사실은 놀랄 일이 아니었다.[53]

이제까지 제시된 증거는 송 왕조 내내 대형의 민간 장서가 드물었다는 사실을 보여주는데, 이것들은 대부분 1만에서 2만 권 사이를 소장했고, 드물게는 3만 권 이상 되는 경우도 있었으며, 보통의 문인 관료 출신의 장서는 이보다 훨씬 작았고, 13세기까지는 경사(京師)에 사는 독자들조차도 인쇄본을 포함해 잘 알려진 문인의 책을 얻는 데 어려움을 겪었다. 그리고 13세기 초부터 이러한 상황이 항저우에서 변화했는데, 그렇지만 닝보와 같은 인근의 대도시는 그렇지 못했던 듯하다. 이와 같이 부수적인 세부 사항들은, 비록 개별적으로 놓고 보았을 때 결정적이지 않은 듯하나, 궁극적으로 강남 지역 모두는 아니지만 상당수의 지역에서 송대 신사 계층의 서적 인쇄가 이루어졌다는 데 대한 수정주의자의 회의적인 평가를 일반적인 수준에서 확증해주고 있다.

하지만 혹자는 위안사오와 황전과 같은 학자들이 텍스트를 구해 보기 어려웠던 데 대해 불평을 토로했다는 사실이 결정적인 것은 아니라고 주장할 수도 있다. 그것은 송대의 독자가 어떤 텍스트를 손에 넣을 수 없었다고 불평했을 때 종종 현재의 관점에서 그가 말한 것이 의미하는 바가 무엇인지 정확

51 위안줴(袁桷), 『청용거사집(淸容居士集)』 22권, 397쪽.

52 황전(黃震), 『황씨일초(黃氏日抄)』 [『사고전서진본(四庫全書珍本)』 본], 93.1a-93.2a.

53 리위안(李玉安)·천촨이(陳傳藝) 공편(共編), 『중국장서가사전(中國藏書家詞典)』 (武漢: 湖北教育出版社, 1989), 92쪽.

하게 파악할 수 없기 때문이다. 곧 책을 구해 볼 기회가 없었다는 것인가, 아니면 단순히 다른 사람이 그 책들을 공유하는 것을 무척 싫어해서 장서의 책에 접근할 수 없었다는 것인가? 그러나 우리는 이미 송대에 대규모의 장서가 드물었고 그런 대규모의 장서라 할지라도 사실상 많은 책을 소장하고 있지 않았다는 사실을 보여준 바 있다. 그렇기에 개인 독자들이 책을 손에 넣기 어렵다고 불평한 것은 그런 책에 제한적으로 접근할 수밖에 없었기 때문이 아니라 전반적으로 책이 부족했기 때문에 그랬던 것인 듯하다.

이와 같은 결론은 원대의 출판 상황에 대한 후잉린의 견해와도 일치한다. 그는 다음과 같이 기술했다. "원대에는 목판 인쇄(板本)가 여전히 드물었다." 그는 3십 만 여 권 정도 되는 가장 크다고 알려진 원대 장서가 단지 확실하게 3만 권 정도의 실제 규모를 호도해 중복된 책들을 포함시킴으로써 극도로 부풀려졌다고 비판했다.[54] 항저우에 있는 관방이나 사방 인쇄소는 최소한 비 불교적인 텍스트의 생산이라는 측면에서 곤란한 처지에 놓였던 듯하다. 그것은 우선 몽골족이 수도와 송 왕조의 황실 서고, 그리고 궁정의 일상적 삶을 베이징으로 옮겼고, 더 중요한 것은 정부 기관이 엄격한 규정을 통해 출판물에 대한 사전검열을 시행했다는 점이다.[55] 다른 자료에 대해 산재해 있는 증거뿐 아니라 원대 황실 서고에 대한 이노우에의 수치는 이 시기 강남 지역의 서적 생산이 약간 증가했다는 것을 시사해준다. 베이징의 관리들은 여전히 동남 지역을 천하의 희귀본을 가장 잘 보관하고 있는 곳으로 여겨, 1340년대 초에는 관리들을 파견해 그런 책들을 찾아다니게 했다.[56] 강남 지역 최대의 장서가인 좡쑤(莊肅, 14세기 경에 활동)는 송대의 어떤 장서가보다도 많은 8만 권의 장서를 소장하고 있었다.[57]

그러나 우샤오밍(吳曉明)이 주장하는 대로, 원대에는 이러한 장서 규모가, 특히 좡쑤의 고향인 상하이 지역에서는 상당히 예외적인 것이었는데, 그곳에는 실제로 아주 적은 사람들만이 책을 소유하고 있었다. 그 다음으로 큰 규모의 장서는 대부분 14세기 초 양저우(揚州)에 살고 있던 천지모(陳季模)의 50,000권의 장서를 물려받은 것이었는데, 이것 역시 드문 경우였다. 다른 주요한 장서의 경우, 각각 "수만 여 권"에 이르는 양웨이전(楊維禎, 1296-1370년)과 항저우의 "청비외사(靑扉外士)"라고만 알려진 이가 있을 뿐이었다. 원대의 강남에서 조금 더 전형적인 경우는 1만 권 정도의 장서였는데, 심지어 창저우(常州)의 부유한 문인 화가였던 니짠(倪瓚, 1301-1374년)조차도 주로 전사한 책으로 이루어진 수천 권

---

54 후잉린(胡應麟), 「경적회통(經籍會通)」 1권, 17-18쪽.

55 마오춘샹(毛春翔), 『고서판본상담(古書版本常談)』 (北京: 中華書局, 1985], 41쪽. 루룽(陸容; 1436-1497년)은 원대에 나온 모든 인쇄본에 대해 조정이 이런 식으로 관리 감독을 했다고 추정했던 듯하다[『숙원잡기(菽園雜記)』, 北京: 中華書局, 1985] 10권, 128-129쪽]. 그러나 오오우치는 원대에 그와 같이 높은 수준으로 편집상의 감독을 진행한 것은 관청이나 학교에서 출판한 인쇄본에서나 가능했을 것이라고 말했다.[오오우치 하쿠게츠(大內白月), 『중국전적사담』, 56-57쪽].

56 후잉린(胡應麟), 「경적회통(經籍會通)」 1권, 17쪽. 웨이쑤(危素), 『위태복집(危太僕集)』 (臺北: 新文豊, 1985 영인본). 10.16a-10.16b.

57 우샤오밍(吳曉明), 「명대의 상하이 장서가(明代的上海藏書家)」, 『상하이사범학원학보(上海師範學院學報)』, 19.1, 1984, 102쪽.

정도만 소유하고 있을 따름이었다.[58] 사실상 원대 장서의 두드러진 특징은 장서의 내용이나 규모보다는 장서가 조금 더 낮은 사회계층에까지 확산되었다는 것을 보여주는 지표들이다. 곧 원대 장서 가운데 최소한 두 곳의 소유자는 상당히 낮은 사회적 배경을 갖고 있었는데, 한 사람은 백정 집안 출신이고, 다른 한 사람은 포목상이었다.[59] 이것말고는 원대에 남송의 사회적 조건과 관행과 크게 달라졌다는 사실을 보여주는 증거는 거의 없다.

원 왕조 통치기간 동안 전반적으로 강남 지역의 경제적 조건이 특별한 단절을 겪었다는 증거도 없다. 몇몇 학자들은 대체로 송대의 경제는 12세기 말 경부터 성장을 멈추었다고 주장하지만, 강남 지역의 경제는 그로부터 수십 년 뒤인 13세기의 2/4 분기에서만 침체의 분명한 신호가 나타나기 시작했다. 강남 지역의 경제적인 문제는 1276년 몽골의 침략에 굴복할 때까지 지속되었다. 하지만 이런 침략에도 불구하고 지역 경제의 성장과 출판업의 팽창은(몽골의 침략로 쓰촨에서 그랬던 것처럼) 종말을 고하지는 않았다. 원 왕조에 의해 질서가 회복되고 나서는 강남 지역의 경제가 대대적으로 다시 살아났다. 시바 요시노부(斯波義信)와 데이비드 포레(David Faure), 그리고 리차드 폰 글란(Richard von Glahn)에 따르면, 송대 말부터 강남 지역의 경제 발전 수준이 실제로 의미심장하게 후퇴했던 것은 14세기 중엽 원대 통치의 마지막 혼란기 10년 또는 20년까지도 본격적으로 시작되지 않았고, [오히려] 명 왕조 초기의 경제 정책에 의해 심화되었다.[60] 루실 쟈(Lucille Chia)는 특히 강남 지역의 서적의 생산이 침체된 것은 원대가 아니라 명 초기였다고 주장했다. 달리 말하자면 강남과 푸젠 지역에서 도서 문화가 "붕괴"한 것은 이제는 주로 명 왕조 치하에서 대충 (두 세기가 아니라) 한 세기동안 (붕괴가 아니라) 침체한 것으로 의미를 좁힐 수 있다는 것이다.[61] 다행스러운 것은 중국의 도서를 연구하는 학자들이 13세기말과 14세기 말 사

58 후잉린(胡應麟), 「경적회통(經籍會通)」 1권, 18-19쪽, 우샤오밍(吳曉明), 「명대의 상하이 장서가(明代的上海藏書家)」, 102쪽. 리위안(李玉安)·천촨이(陳傳藝) 공편(共編), 『중국장서가사전(中國藏書家詞典)』, 106쪽, 딩선(丁申), 『무림장서록(武林藏書錄)』 [쉬옌(徐雁)·왕옌쥔(王燕均) 공편(共編), 『중국역사장서논저독본(中國歷史藏書論著讀本)』(成都: 四川大學, 1990년) 안에 포함되어 있음], 593쪽. 정위안유(鄭元祐), 『교오집(僑吳集)』(臺北: 國立中央圖書館), 1970년 영인본], 10.1b. 『피링지(毘陵志)』(1484년 본), 22. 10a. 이노우에, 「장서와 독서(藏書と讀書), 414쪽.

59 쑤저우(蘇州)의 루유(陸游)에 관해서는 황진(黃溍)의 『진화황선생문집(金華黃先生文集)』 17.3b를 참고할 것, 쑹쟝(松江)의 쑨다오밍(孫道明)에 대해서는 랑잉(郎瑛)의 『칠수유고(七修類稿)』(北京: 中華書局, 1961), 40권, 584쪽을 참고할 것.

60 시바 요시노부((斯波義信), 「강남 지역의 경제, 1300-1800년(The Economy of the Lower Yangzi Delta, 1300-1800)」 [근간인 조셉 맥더모트(Joseph McDermott) 편, 『강남의 상업 부문의 성장과 도시 생활, 1000-1850년(Commercial Growth and Urban Life in Jiangnan, 1000-1850)』], 데이비드 포레(David Faure), 『베버가 알지 못했던 것: 중국 명청 시기의 도시와 경제 개발(What Weber Did Not Know: Towns and Economic Development in Ming and Qing China)』 [데이비드 포레·타오타오 류(Tao Tao Liu) 공편, 『중국의 향촌과 현: 정체성과 인식(Town and Country in China: Identity and Perception)』 (Basingstoke: Palgrave Press, 2002)], 65쪽, 리차드 본 글렌(Richard von Glahn), 「향촌과 사원: 1100-1400년 강남 지역의 도시 성장과 쇠퇴(Towns and Temples: Urban Growth and Decline in the Yangzi Delta, 1100-1400)」 [폴 스미스(Paul Smith)·리차드 본 글렌(Richard von Glahn) 공편, 『중국 역사에서 송, 원, 명 전환기(The Song-Yuan-Ming Transition in Chinese History)』 (Cambridge, Mass: Harvard University Asia Center, 2003)], 176-211쪽.

61 루실 쟈(Lucille Chia), 「마사본: 송대에서 명대까지 젠양의 상업적인 출판(Mashaben: Commercial Publishing in Jianyang from the

이에 중국에서 다른 어떤 문화도 경험한 적이 없다고 알려져 있는, 두 세기 정도의 시간 동안 인쇄에 대한 점증하는 필요성으로부터 필사본 문화로 되돌아가는 도서 문화 발전에서의 역전 현상이 진행되었다고 상정할 필요가 없다는 사실이다.

물론 우리는 여전히 14세기에 제한된 범위이긴 하지만 인쇄본의 생산이 침체했던 사실을 해명해야만 한다. 특히 서적의 생산에 대한 명 조정의 비교적 느슨한 정책이라는 관점에 볼 때 헷갈리는 측면이 있기도 하다. 심지어 송대와 원대와 같은 방식의 검열을 폐지하고 인쇄에 부과되는 세금을 취소하는 등의 조처도[62] 최소한 초기에는 서적의 생산을 자극하는 데 아무런 역할을 하지 못했다. 명대 초기에는 서적(모든 책?)을 위한 목판이 국자감과 푸졘(福建) 북부의 졘양(建陽)에만 있었다고 한다. 그리고 15세기 중반까지도 국자가의 목판들이 대부분 사용되지 않았고, 그 결과 목판으로 찍어낸 인쇄본도 보편적이지 않았다.[63]

확실히 서적 생산의 침체 원인은 다양한 것처럼 보인다. 전쟁으로 인한 손실, 명 태조의 강남 문인들에 대한 심각한 의심, 명 초기의 목재의(그리하여 종이의) 부족 등 이 모든 것들이 그와 같은 이유의 일부를 차지하고 있다는 것은 의심의 여지가 없다.[64] 나는 조심스럽게, 우리가 그런 침체를 이해하는 데 도움이 될 만한 또 다른 요인을 제시하고자 하는데, 그것은 14세기 전반에 걸친 서적의 세계에서 항저우가 차지하고 있던 역할 변화이다. 루실 쟈는 이미 14세기 출판의 침체가 졘양보다는 강남 지역에서 "좀 더 심각했다"는 사실을 보여준 바 있다. 나는 단지 그러한 침체가 강남의 여타 지역에서보다 항저우에서 좀 더 심각했던 것이라는 사실을 덧붙이고자 한다. 13세기 동안 남송의 수도로서 항저우는 (정부나 민간 출판업자에 의한) 서적 생산뿐 아니라 서적 소비에서도 주요한 중심지였다. 중국 남부 지역을 통틀어서 그곳에 대다수의 학생과 학자, 관리들이 집중적으로 모여 있었기에, 인쇄본은 13세기 초까지 도서 문화의 어떤 일부로 두각을 나타내기 시작했다. 하지만 [여기에서] 중요한 것은 필사본에 대한 인쇄본의 이러한 "진보"가 송대와 원대의 서적 문화 전반에 확산된 것은 아니었다는 사실에 주목해야 한다는 것이다. 심지어 송대 강남 지역에서도 이러한 우세는 이들 예외적인 도시들에 제한되어 있었던 듯하다.

1276년 항저우와 남송이 몽골족의 무력에 무릎을 꿇자, 한 세기보다 조금 더 긴 기간 동안 항저우의 인쇄 문화가 완만하게 침체의 조짐을 보이기 시작했다. 수도와 관료 집단이 베이징으로 옮겨가고, 과거시험이 사실상 중단되고, 강남의 다른 지역이 문인 문화의 중심지로 부상함에 따라, 항저우의 서

Song to the Ming)」 [스미스(Smith)와 본 글랜(von Glen) 공편, 『중국 역사에서 송, 원, 명 전환기(The Song-Yuan-Ming Transition in Chinese History)』], 296-307쪽.

62 『명사(明史)』(北京: 中華書局, 1974) 1책 2권, 21쪽.

63 루룽(陸容), 『숙원잡기(菽園雜記)』 10권(北京: 中華書局, 1985), 128-129쪽.

64 루실 쟈(Lucille Chia), 「마사본: 송대에서 명대까지 졘양의 상업적인 출판」, 305-306쪽.

적 생산과 소비는 항저우 시후(西湖) 학당에 있던 2만 여 장이 넘는 송대의 목판이 그대로 남아 있었음에도 불구하고, 14세기 내내 점진적인 하강세를 보였던 듯하다. 이 도시가 국가 전체의 인쇄본 문화에서 독보적인 중요성을 지니고 있었다는 한 가지 이유만으로도, 이러한 침체는 중국 서적계에 과도하게 큰 충격을 주었을 것이다. 그래서 명대 초기의 인쇄본 생산이 전반적으로 침체했던 것은 부분적으로 송원대에 인쇄본 문화의 보급이 중국 내 다른 대부분의 지역과 달리 강남 지방에만 몰려있었기 때문으로 보인다.

14세기의 인쇄본에서 나타나는 이러한 침체를 포괄적으로 설명하기 위해서는 의심할 바 없이 좀 더 상세한 조사 검토가 필요하다. 그러나 그 원인이 어디에 있든 침체했다고 하는 사실만큼은 논란의 여지가 없다. 명대 초기 인쇄본보다 수초본(手抄本)이 우세했던 것은 조정과 조정의 대리인들이 서적의 사본을 구하기 위해 학자들에게 당부한 여러 가지 요구사항의 성격에서도 드러난다. 1483년 권세 있는 환관이었던 왕징(王敬)은 쑤저우에서 전래된 점술서를 구하고자 했는데, 인쇄된 것이나 [시중에서] 구입한 책이 아니라(항저우와 쑤저우의 부학에서 공부하고 있는 과거 급제자 가운데 가장 낮은 등급의 생원이) 손으로 필사한 것을 구해오라고 명하였다.[65] 구옌우(顧炎武; 1613-1682년)에 따르면, 정덕(正德; 1506-1522년) 연간 말기에 왕실 기관이나 관청, 그리고 젠양의 인쇄소에서만 목판을 소유했다고 한다. "사람들 사이에서 보급되었던 책은 『사서(四書)』, 『오경(五經)』, 『자치통감(資治通鑑)』, 『성리학(性理學)』 관련서 등에 그쳤다. 다른 종류의 책이 인쇄된 경우에는 호고(好古)적인 취향을 가진 가문에서만 소장했다."[66] 대중적인 책들은 비슷한 부족 현상을 겪었다. 법령과 관청에 의해 책력이 모든 가정에 반포되어야 했다. 그러나 15세기 말에 경사(京師)의 많은 가문들조차도 이런 인쇄물들을 받아보지 못해 어떤 문인은 다음과 같은 불평을 토로했다. "경사에 있는 가문들만 책력을 받지 못한 것은 확실히 아닐 것이다."[67] 그래서 베이징의 황실 서고(文淵閣)에 필사본이 인쇄본에 대해(각각 70퍼센트와 30퍼센트에 이를 정도로) 압도적으로 많았던 것은 그리 놀랄 만한 일이 아니다.[68]

명초의 서적 시장은 강남이나 그 밖의 지역이나 상관없이 상당히 뒤떨어져 있었다. 1429년에 쿵쯔(孔子)의 후손인 쿵옌진(孔彦縉; 15세기 중엽에 활동)이 누군가에게 주고자 푸젠에 가서 책 한 권을 사야 했

---

65 양쉰지(楊循吉), 『오중고어(吳中故語)』 [광백천학해(廣百川學海) 본], 11a-14a. 학생들은 용케도 이러한 압력들을 견뎌냈다. 인쇄본의 부족은 초창기 조정이 쑤저우의 문학가에게 가했던 요구들의 배후로 작용했다. 1465년, 쑤저우의 문학가 리잉전(李應禎; 1431-1493년)은 왕실에서 사용할 불교 경전의 필사본을 만들라는 명을 거역한 죄로 질책을 받게 되었다. 이보다 좀 더 앞선 시기에 1412년의 어떤 한림학사를 포함한 다른 이들은 황실의 명령에 따라 그런 경전들을 필사했다. [자오훙(焦竑), 『국조헌징록(國朝獻徵錄)』 (臺北: 학생서국(學生書局), 1965 영인본], 72.75b, 선더푸(沈德符), 『만력야획편(萬曆野獲編)』 3권[北京: 中華書局(1619년). 1955] 1책 10권, 256쪽.

66 구옌우(顧炎武), 「초서자서(抄書自序)」, 『정림문집(亭林文集)』 2권, 31-32쪽[『고정림시문집(顧亭林詩文集)』, 北京: 中華書局, 1983].

67 루롱, 『숙원잡기(菽園雜記)』 4권, 39-40쪽.

68 이노우에, 「장서와 독서(藏書と讀書)」, 416쪽.

는데, 이것은 필사본이었다.[69] 장시(江西) 남부 지역에서 가장 유명한 학자 겸 관리였던 양스치(楊士奇; 1365-1444년)는 두 권으로 된 당대(唐代) 저작인 『사략(史略)』을 그의 어머니가 닭 한 마리를 팔고서야 구할 수 있었다. 양스치에게 책이 부족했던 상황은 몇 년이나 계속되었다.

> 일찍이 나는 공부하려는 강한 욕구를 갖고 있었으나, 고아였고 가난했던 탓에 책을 구할 수 없었다. 내가 좀 더 나이를 먹고 나서 책을 필사해 만드는(抄錄) 일을 했지만, 종이와 붓을 살 돈이 부족하였다. 그래서, 종종 나는 다른 사람들에게서 책을 빌려 읽고자 하였지만, 그것마저도 여의치 않은 적이 많았다. 내가 14살이나 15살이 되었을 때, 어린 아이들을 가르치러 다녔다. 내 수입으로 생계를 해결하고 나면 책을 살 여분의 돈이 하나도 남지 않았다. 내가(대략 스무살 가량)의 나이가 되었을 때, 나는 멀리 떨어진 곳에 가서 내가 가르치는 학생들로부터 상당한 금액을 받았다. [그때] 처음으로 책을 구입했지만, 많은 책을 사는 것은 불가능했다.[70]

심지어 훈장 노릇을 했던 스무 살 이후에도 양스치는 겨우 "『오경』이나 『사서』, 당대(唐代)의 몇몇 작가의 시문집 몇 권을 구할 수 있었다."[71] 그의 장서는 그가 조정의 관리가 되어서야 상황이 나아졌다.

> 내가 조정에서 봉직했을 때, 일정한 녹봉을 받고 이따금씩 선물도 받았다. 나는 모든 지출을 줄이고 매일 다달이 저축을 했다. 저축한 돈은 모두 책을 모으는데 사용했다. 10년 이상, 나는 상당한 양의 고서와 역사책, 제자서, 문집 등을 모을 수 있었지만, 나의 장서는 여전히 완비된 것이 아니었다.[72]

양스치와 같이 관직을 얻어 수입이 있던 학자들은 극소수였고, 그 결과 이보다 조금 뒤인 15세기 후반에는 루룽(陸容; 1436-1497년)이 말했던 것처럼 "수많은 가난한 학자들이 부와 현에서 자리를 얻을 수 없었기에, 책을 읽고자 해도 심지어 한 권도 구경조차 할 수 없었다."[73]

강남 지역에서는 명나라 초기와 심지어 중기까지도 독자들이 유명한 문집이나 사서들을 손에 넣기 위해 찾아다니는 데 어려움을 겪었다. 쑤스(蘇軾)의 저작들은 명 성화(成化; 1465-1487년) 연간까지 구해보기 어려웠고, 15세기 말이 되어서도 원톈샹(文天祥; 1236-1283년)의 선집은 인쇄본의 형태로는 거의 보이지 않았고, 남아 있는 것 가운데 한 권은 황궁에 그리고 다른 한 권은 원톈샹의 고향인 장시(江西)에

---

69 오오우치 하쿠게츠(大內白月), 『중국전적사담(支那典籍史談)』, 61쪽.

70 양스치(楊士奇), 『동리문집속편(東里文集續編)』, 14.20a-b.

71 양스치(楊士奇), 『동리문집속편(東里文集續編)』, 17.17b.

72 양스치(楊士奇), 『동리문집속편(東里文集續編)』, 14.20b.

73 루룽(陸容), 『숙원잡기(菽園雜記)』, 10권, 129쪽.

어쩌면 그나마도 일부만 있을 뿐이었다.[74] 6세기에 나온 초기 중국의 유명한 시문집인 『문선(文選)』 역시 널리 구해볼 수 없었다. 시인인 위안츄(袁袠; 1502-1547년)는 가난했던 시절 심지어 한 권도 빌려볼 수 없었다고 불평했다.[75] 하지만 쑤저우의 열성적인 장서가인 양쉰지(楊循吉; 1458-1546년)가 맞닥뜨렸던 어려움은 가난이라는 요소로 설명되지 않는다.[76] 학술에 대한 흥미라고는 전혀 찾아볼 수 없는 상인의 집안에서 태어난("우리 집안에는 책이 한 권도 없었다"[77]) 양쉰지는 돈이 없어서가 아니라 『문선』과 같이 유명한 책의 적당한 판본이 없어서 오랫동안 좌절했다. 양쉰지가 베이징 국자감에서 베껴온 『문선』도 자세히 살펴보니 그나마 몇 쪽이 빠져 있었다. 그가 시장에서 돈을 주고 구한 판본은 단지 후반부만 있는 것이었다. 그래서 그의 친우인 왕아오(王鏊; 1450-1524년)가 소장하고 있던 이 책의 전반부를 손으로 베낀 뒤에야 비로소 완정본을 구비할 수 있었다. 9세기 당대(唐代)의 시인인 바이쥐이(白居易)와 위안전(元稹)의 저작들을 손에 넣기 위해서 그는 친구에게서 책을 빌려 그 자신이 붓을 놀려 책을 만들어야 했다.[78] 예부상서(禮部尚書)였던 경위(耿裕; 1430-1496년)는 『집고록(集古錄)』과 『당감(唐鑑)』, 『후산기(後山記)』와 같이 유명한 책들을 본 적이 없었기에, 이것들이 자신이 살고 있는 시대에 실제로 남아 있었다는 사실을 알고 나서 놀라워했다.[79] 그리고 강남 지역 최대의 장서가인 예성(葉盛; 1420-1474년)은 20년의 시간을 들여 역사 저작을 제외한 쓰마광(司馬光)의 저술을 완벽하게 엮어냈다. 그는 세 명의 친구들이 소유하고 있던 개별적인 판본들로 책을 만들었는데, 반대로 그들 가운데 그 자신의 책을 완성하는 데 예성의 책에 의지했던 이는 아무도 없었던 듯하다[80]

쓰마광의 책과 같이 잘 알려진 이의 역사 저작들이라고 해도 이야기는 다를 게 없었다. 12세기 말에 쓰마광의 『자치통감』의 완전한 인쇄본은 희귀한 것이었고, 기록에 의하면 독자들은 주제에 따라 요약되거나 재구성된 것을 더 좋아했다고 한다.[81] 그렇다고는 해도 쑹장(松江) 출신의 차오안(曹安)이 1445년 거인(擧人)이 되고 나서 3년 만에 그와 같은 판본을 손에 넣었던 것을 보면 요약본조차 일반적

---

74 예성(葉盛), 『수동일기(水東日記)』, (北京: 中華書局, 1980] 20권, 204쪽, 양스치(楊士奇), 『동리문집속편(東里文集續編)』, 18.16b.

75 예창츠(葉昌熾), 『장서기사시(藏書記事詩)』 [왕신푸(王欣夫) 편, 上海: 上海古籍出版社, 1989] 2권, 174쪽.

76 이노우에, 「장서와 독서(藏書と讀書)」, 417-418쪽.

77 와이캄 호(Wai-kam Ho), 「명말의 문인(Late Ming Literati): 그들의 사회적 문화적 기풍(Their Social and Cultural Ambience)」 [추징리(Chu-tsing Li)와 제임스 C. Y. 와트(James C. Y. Watt) 공편, 『중국 학자의 서재-상하이미술관 전시에 나타난 명말 시기의 예술적 삶(The Chinese Scholars' Studio: Artistic Life in the Late Ming Period, an Exhibition from the Shanghai Museum)』 (London: Thames and Hudson, 1987), 26쪽.

78 이노우에, 「장서와 독서(藏書と讀書)」, 417쪽, 예창츠(葉昌熾), 『장서기사시(藏書記事詩)』 2권, 136쪽. 다른 예로는 예창츠, 같은 책, 2권, 157쪽을 볼 것.

79 이노우에, 「장서와 독서(藏書と讀書)」, 417-418쪽.

80 예창츠(葉昌熾), 『장서기사시(藏書記事詩)』 2권, 117-118쪽.

81 러우웨(樓鑰), 『공괴집(攻媿集)』 [『총서집성(叢書集成)』 본], heyi, 3.

이지 않았던 것 같다.[82] 『사기(史記)』의 인쇄본과 난징(南京)의 국자감(國子監)에 있는 그 목판은 열악한 상황에 있었고, 명대에는 이렇게 유명한 역사 저작이 홍치(弘治; 1488-1506년) 이전의 판본 하나만 인쇄되었다.[83] 1525년이 되어서도 "『사기』의 선본(善本)은 여전히 부족했고", 그 해에 이루어진 이 책의 출판은 송대 인쇄본에 근거해야 했다.[84] 몇 년 후인 1534년, 쑤저우의 열광적인 장서가이자 화가였던 첸구(錢谷; 1508-1578년)는 선저우(沈周; 1427-1509년)에게서 『송사(宋史)』를 선물로 받았을 때, 34권이 유실되었다는 사실을 발견하고 완정본을 만들기 위해 손수 이것들을 베껴 써야 했다.[85] 그래서 21사가 학자 관리들의 서고에 들어가기 시작한 것은 이것이 가정(嘉靖; 1522-1567년) 연간에 난징에서, 그리고 만력(萬曆; 1573-1620년) 연간에는 베이징에서 인쇄된 후라는 구옌우(顧炎武)의 견해는 사실이라 할 수 있다. 그렇다 하더라도, 구옌우가 유감을 표한 대로, 과거 시험 참고서에 밀려 이들 관방 학술의 기념비적인 저작들은 항상 읽혀지지 않은 채로 방치되었다.[86]

마찬가지로 명대 초기의 장서 규모는 인쇄 문화가 팽창했다는 그 어떤 징후도 보여주지 않았다. 최대의 개인 장서 두 곳은 양저우(揚州) 부의 장두(江都) 현에 있는 거(葛) 씨 집안의 것과 산둥의 지난(濟南) 부의 장츄(章丘)의 리(李) 씨 가문의 그것이다. 둘 다 모두 42,750권 가량 되는 장서를 보유했다고 한다.[87] 15세기 후반부, 강남 지역에서 가장 큰 개인 장서였던 예성의 것은 22,700권 정도였고, [이것은] 1250년 경의 천전쑨(陳振孫)의 장서가 가장 많았을 때의 절반보다 적은 것이었다.[88]

자기 수양을 향한 당대의 유가적인 삶의 태도는, 실제로 그렇게 하라고 장려하지는 않았지만, 진지한 유학자들이 서적의 수집을 제한한 것을 정당화했다. 이런 생각을 갖고 있던 명대 초기의 몇몇 사상가들은 성스러움에 대한 추구는 오히려 명확하게 정의된 텍스트 몇 권에 의지해야 한다고 생각했는데, 그것은 곧 유가 경전과 그에 대한 주시(朱熹)의 주석이었다. 주시의 다른 저작들이나 여타 뛰어난 성리학자들의 저작들은 자기 수양의 교육 과정에 필수적인 요소로 간주되지 않았다. 그리고 심지어 주시의 선집과 그가 자신의 문도들과 나눈 대화들 그리고 그의 스승인 청이(程頤; 1033-1107년)의 선

---

82 이노우에, 「장서와 독서(藏書と讀書)」, 417쪽.

83 이노우에, 「장서와 독서(藏書と讀書)」, 418쪽.

84 K. T. 우(K. T. Wu), 「명대의 출판과 출판업자(Ming Printing and Printers)」 (*Harvard Journal of Asiatic Studies* 7.3(February 1943)], 224쪽, 예창츠(葉昌熾), 『장서기사시(藏書記事詩)』 2권, 129쪽.

85 지수잉(冀淑英), 「고생고생 책을 필사한 첸구 부자(辛勤抄書的藏書家錢谷父子)」 [『역사문헌연구(歷史文獻研究)] 2, 1991, 76쪽.

86 구옌우(顧炎武), 『일지록집석(日知錄集釋)』 (長沙: 岳鹿書社, 1994) 18권, 642-643쪽, 『구당서(舊唐書)』는 남송 초에 최초로 인쇄된 뒤 1538년까지 다시 인쇄된 일이 없었고 18세기까지 희귀본으로 남아있었다(리루이량(李瑞良)의 『중국고대도서유통사(中國古代圖書流通史)』, 272쪽).

87 리위안(李玉安)·천촨이(陳傳藝) 공편(共編), 『중국장서가사전(中國藏書家詞典)』, 134쪽.

88 정웨이장(鄭偉章)과 리완젠(李萬健)의 『중국저명장서가전략(中國著名藏書家傳略)』, 30쪽.

집마저도 명 왕조 초기 1세기 동안 출판되지 않았다.[89] 광범위한 독서는 위험하고 수천 권에 이르는 "대량의" 장서는 수상쩍은 일로 느꼈던 듯한 이런 풍조는 사실상 중국에서는 최초도 최후도 아니다. 한 사람이 추구하는 진정한 목표가 성인이 되는 것이라면, 무엇 때문에 그렇게 많은 책이 필요하단 말인가?

강남의 지적인 삶의 암울한 환경은 서서히 변해갔다. 15세기 초 두 번째 25년 동안, 타이창(太倉) 출신 루룽(陸容)에 의하면, 서적과 인쇄 목판(印版)은 여전히 광범위하게 구할 수 있는 것이 아니었고, (비록 그렇게 해서 찍어낸 텍스트들이 항상 유학자들을 즐겁게 한 것은 아니었지만) 15세기 말이 되어서야 그런 상황이 호전되었다.[90] 이노우에에 의하면, 책을 인쇄하는 것은 성화(成化) 연간에 증가하기 시작했고, 홍치(弘治)와 정덕(正德) 연간에 속도를 올려 가정(嘉靖) 연간에 성행했다고 한다.[91] 이노우에의 통계에서 분명하게 드러나는 이러한 경향은 명대의 책들에 대한 한 통계에 의해 확증되었는데, (33개의 도서관 목록과 서지에 바탕한) 현대의 서지에 열거된 명대 민간의 인쇄본에 대한 루실의 최근 연구에서는 1505년 이전 출판한 인쇄본이 명대의 전체 인쇄본 가운데 10분의 1도 되지 않는다는 결론을 내렸다.[92] 최근의 여러 연구에서는 명대 후반기에 출판된 텍스트가 수량뿐만 아니라 유형 측면에서 크게 확대되었다는 사실을 밝혀내면서, 그러한 통계적 증거를 뒷받침하고 정교화한다. 문인인 원자(文嘉; 1501-1583년)에 의하면, 16세기 중엽 쑤저우에서 "진귀한" 책이 나타났다고 해서 그가 어렸을 때 종종 그랬던 것처럼 독자들 사이에 동요가 일어나는 일은 더 이상 벌어지지 않았다고 한다.[93] 이때 학자들은 책이 부족해서가 아니라 인쇄본이 사회적으로 위험할 정도로 넘쳐났다고 여겼기에 불평을 늘어놓기 시작했다. 창저우(常州)의 문인 탕순즈(唐順之; 1507-1560년)는 다음과 같이 한탄했다. "백정 한 사람이 죽었을 때, 그 만한 돈이 있다면, 그 가족이 그를 위한 부고장을 인쇄할 것이다." 쑤저우의 작가인 주윈밍(祝允明; 1461-1537년)과 같은 이는 그러한 경멸과 조롱조차도 달가워하지 않았다. 그들은 조정이 산더미 같이 쌓여있는 못마땅한 서적들을 불태우기를 원했다.[94]

이러한 출판 붐은 국내 시장, 특히 창장(長江) 일대 내에서의 강남 지역의 서적 생산의 역할을 변형

---

89 이노우에, 「출판문화와 학술(出版文化と學術)」, 539-540쪽.

90 루룽(陸容), 『숙원잡기(菽園雜記)』, 129쪽.

91 이노우에, 「장서와 독서(藏書と讀書)」, 418-419쪽.

92 루실 자(Lucille Chia), 「마사본: 송대에서 명대까지 젠양의 상업적인 출판」, 303쪽.

93 예창츠(葉昌熾), 『장서기사시(藏書記事詩)』 2권, 142쪽.

94 황쭝시(黃宗羲) 집(輯), 『명문해(明文海)』 (北京: 中華書局, 1987년), 1권 860-861쪽. 이런 견해는 이전에 진정한 학자들이 읽을 만한 가치가 없는 것으로 내쳤던 상업적이면서 비유가적인 출판물에 대해 문인들이 내비쳤던 혐오감의 극단적인 표현이라 할 수 있다. 14세기의 이와 같은 예로는 우하이(吳海)의 『문과재집(聞過齋集)』 (臺北: 新文豊, 1985 영인본), 4.1.a-4.2.a를 볼 것. 또 앤 매클라렌(Anne E. McLaren)의 『중국의 대중문화와 명대의 샹떼파블(Chinese Popular Culture and Ming Chantefable)』 (Leiden: E. J. Brill, 1998), 1쪽, 279쪽.

시켰다. 송대에는 수도인 항저우가 강남 지역 내 고품질 도서의 생산과 유통의 유일한 중심지였던 데 반해,[95] 16세기에 이르면 그런 우월한 지위를 쑤저우와 난징에 넘기게 되었다. 주로 북쪽에서는 베이징과 그리고 남쪽에서는 푸젠과의 경쟁 관계 속에서 이 두 도시의 출판업자들과 서적상들은 강남 지역 내와 그곳을 벗어난 다른 많은 지역에서의 서적 생산과 유통에서 우위를 점하고 있었다.[96] 쑤저우와 난징은 각각 시안(西安)과 강남의 다른 세 도시, 쟈싱(嘉興), 후저우(湖州), 양저우(揚州)에서 찍어낸 것보다 5배에서 10배나 많은 책을 찍어냈다. 어떤 예비적인 추정치에 따르면, 16세기 동안 쑤저우 한 곳에서만 적어도 650명의 각공(刻工)과 거의 40여 개 소에 이르는 민간 인쇄업소가 있었다고 알려져 있다.[97]

그와 같은 생산의 성공은 유통에서도 판박이처럼 나타났다. 난징과 쑤저우의 인쇄소와 서점들이 책 판매대나 가게를 장악하고 있어서, 이 도시들에서 판매되는 책들 가운데 타지에서 출판된 것은 채 2퍼센트도 안될 정도였다. 또 그들은 배로 책을 창장 하류 지역으로 보냈는데, 그곳에서는 푸젠 북부 지역의 좀 더 값이 싼 인쇄본과의 경쟁으로 인해 항저우 서적 거래의 일정한 몫만을 확보할 수 있었다(항저우 지역은 선박 수송이 값싸고 편리했기 때문에 푸젠 북부의 인쇄업자들이 나머지 점율율을 챙겼다. 이와 같은 사실을 고려하면 쑤저우와 난징의 출판업자들이 자신의 지역에서 압도적인 점유율을 보인 것은 부분적으로 푸젠에서 실어온 값싼 책을 배척하기 위한 조치를 취했기 때문이라고 추측할 수 있다). 창장 하류 지역을 벗어나서 쑤저우와 난징에서 찍어낸 책들은 훨씬 더 남쪽, 곧 저장(浙江)이나 푸젠(福建), 광둥(廣東)에서는 그다지 성공을 거두지 못했던 듯하다. 그러나 그들은 특히 창장 유역의 나머지 지방[청두(成都)는 더 이상 경쟁이 되지 못했다]과 북부 지역, 특히 베이징에서는 환영을 받았다. 사실 강남 지역의 서적 거래에 대한 후잉린의 조사에서 타의 추종을 불허할 만큼 자세하게 기술하고 있는 것처럼, 그들은 16세기 말엽에는 그들의 주요한 경쟁자들, 유통에서의 베이징과 생산과 유통에서의 푸젠을 앞서 중국 대부분의 지역에서 명성을 얻었다.

---

95 예멍더(葉夢得), 『석림연어변(石林燕語辨)』, 75쪽.

96 후잉린(胡應麟), 「경적회통(經籍會通)」 4권, 55-56쪽. 여기서부터 90쪽까지 명대의 출판에 대한 모든 정보는 달리 기술하지 않는 한 4권 53-60쪽에 있는 후잉린의 각별히 상세한 내용에서 온 것이다. 후잉린이 16세기 말의 쑤저우 지역과 항저우 지역의 차이를 구분한 것은 16세기 초반 상하이 출신의 루선(陸深; 1477-1544년)에게 확인을 받은 내용이다. 흥미로운 것은 루선이 장시에서는(과거시험과 그로 인한 관리 임용상의 대대적인 성공에도 불구하고) 희귀본과 훌륭한 장서가 얼마나 드물게 발견되는지에 대해 주목한 것이다. "요즘 강남에서 장시가 '글로 씌어진 문서를 보존하고 있는 오래된 지역'이라는 소문이 돌아 나는 그곳을 방문하러 갔다. 그곳의 서고들은 매우 드물어 단지 한 두 곳에 지나지 않았다. 최근에 상당량의 책들이 북방에서 도착했지만, 그리 대단한 희귀본은 없었다. 저장이 그곳보다 낫다. 우리 쑤저우(吳)로 말할 것 같으면, 대량의 장서가 있는데, 그 가운데 몇몇은 훌륭하고 아름답다."(1책 1권 17쪽) 후잉린은 중국 북부 지역, 특히 당시보다 이른 시기에 베이징에서 많은 책들을 찍어냈다고 하였다.

97 지수잉(冀叔英), 「명 각본과 각공을 논함-부록 명대 중기 쑤저우 지구 각공표(談談明刻本及刻工-附明代中期蘇州地區刻工表)」, 『문헌(文獻)』 7집, 1981, 1), 211-231쪽, 예수성(葉樹聲), 「명대 즈리 남쪽의 강남 지구 민간 각서 개술(明代南直隶江南地區私人刻書概述)」, 『문헌(文獻)』 32집(1987, 2), 219쪽. 쑤저우의 새로운 경쟁지인 쑹장(松江)에는 16세기 초에야 첫 번째 서방(書坊)이 나타난 듯하다. 그때까지는 장서가들이 난징이나 베이징에서 책을 찾아다녀야 했다.[이노우에, 「서점, 서적 판매상, 문인(書肆, 書賈, 文人)」, 316쪽, 예창츠(葉昌熾), 『장서기사시(藏書記事詩)』 2권, 147쪽.].

대체로 요즘 나라 안에 [대량 판매를 위해] 책이 모이는 곳은 베이징과 난징, 쑤저우의 창먼(閶門) 일대, 그리고 항저우 이렇게 네 곳이 있다. 나는 산시(陝西)와 산시(山西), 쓰촨(四川), 그리고 허난(河南)에서 널리 탐문하고 그렇게 해서 얻어 볼 수 있게 된 책들을 숙독했는데, 그 가운데에서 가끔씩은 푸젠과 후난, 윈난과 구이저우에서 나온 인쇄본을 볼 수도 있었다. 그러나 이 중 어떤 도시들도 대개는 이들 네 곳과 비교가 되지 않는다.

베이징에서는 거의 책을 출판하지 않는다. 하지만 나라 안의 배와 수레들이 모두 그곳에 모인다. 오래 된 가문의 장서가 섞여 있는 [책을 담은] 대나무 상자가 거상들에 의해 그곳 시장으로 쏟아져 들어온다. 그리하여 베이징(의 책 시장)은 다른 곳에 비해 특히 번성하고 있다. 그곳의 책값은 가장 비싼데, 각각의 들여오는 책 가격은 쑤저우보다 두 배나 비싸다. 그것은 베이징까지의 거리가 멀기 때문이다. 그리고 경사에서 출판된 책들은 저장(浙江)에서보다 세 배의 비용이 드는데, 베이징의 종이가 비싸기 때문이다.

저장에서도 거의 책을 출판하지 않는다. 하지만 이곳은 남동부의 중추이자 저술의 중심지이다. 쑤저우와 푸젠에서 온 책들은 모두 그곳에 모인다. …… 후난과 쓰촨, 쟈오즈(交趾, 南越, 또는 越南)와 광난(廣南, 곧 광둥)으로 말할 것 같으면, 상인들이 때때로 그곳에 여행 갔다가 새로운 책이나 희귀한 책을 구해오곤 한다. 관(關, 山西)과 뤄(洛, 河南), 옌(燕, 北京), 진(秦, 陝西)에서 봉직하는 관리들은 그곳에서 가지고 돌아온 책들을 시장에 내다 팔기도 한다. 향시가 치러지는 해에는 이런 책들은 아주 많이 나온다.

쑤저우와 난징은 저작들로 높은 명성을 누리고 있는데, 인쇄본이 아주 많다. 커다란 판본과 유서들은 모두 그곳에서 발견되며, 나라 전체의 상인들은 그들이 구하는 책의 70퍼센트를 쑤저우와 난징에 의지하고 있으며, 나머지 30퍼센트는 푸젠에 의지하고 있다. 베이징과 저장은 그들의 경쟁자가 못 된다. 이곳에서 인쇄된 책들을 제외하면, 다른 지역에서 구할 수 있는 책은 극히 적어, …… [구해볼 수 있는 모든 책의] 2, 3퍼센트도 안 된다. 대체로 (쑤저우와 난징은 판매를 위하여) 책을 찍어내는 곳이지, (다른 곳으로부터 팔기 위한) 책이 모여드는 곳이 아니다.

요컨대, 목판을 판각하는 중심지는 세 곳이 있는데, 쑤저우, 저장, 푸젠이 그곳이다. 쓰촨에서 오는 인쇄본은 송대에는 높은 평가를 받았지만, 최근 몇십 년 간은 몹시 보기 드물어졌다. 베이징과 광둥(粵), 산시(陝西, 秦), 후난(湖南)은 요즘에 모두 책을 출판하고 있는데, 상당히 다양한 판본들을 만들어내고 있다. 그러나 이곳들은 앞서의 세 곳만큼 번성하지 못하고 있다. 이 세 곳 가운데 품질로 따지면 쑤저우가 가장 뛰어나고, 양으로는 푸젠이 가장 앞서며, 저장이 두 번째 자리에 놓인다. 가격 면에서는 쑤저우가 가장 비싸고, 푸젠이 가장 싸며, 저장은 그 중간이다.

권수로 놓고 보자면, 대체로 인쇄본 열 권 값이 수초본 한 권 값도 되지 않고, 필사본 열 권 값도 송대 인쇄본 한 권 값이 되지 않는다. …… 푸젠 본 열 권 값은 저장 본 일곱 권 값에 미치지 못하고, 저장 본 일곱 권 값은 쑤저우 본 다섯 권 값에 미치지 못하며, 쑤저우 본 다섯 권 값은 또 [쑤저우, 저장, 푸젠에서 들어와] 베이징에서 팔리는 인쇄본 세 권 값에 미치지 못한다. 베이징에서 팔리는 인쇄본은 세 권을 모아도 황실본 한 권의 값어치도 되지 않는다.

요컨대, 16세기 말까지 책은 나라 전체에 걸쳐 다시 인쇄되고 있었지만, 현재 강남의 주요한 두 도시, 쑤저우와 난징이 나라 전체의 중심지 역할을 했다는 것이다. 이 두 도시는 각각 유통과 특히 인쇄본의 생산에서 또 다른 중심지인 베이징을 능가했다. 비록 양적으로는 푸젠보다 적었지만, 거래 규모는 훨씬 컸다. 쑤저우와 난징에서 거래되는 책의 양은 푸젠에서 만들어내는 텍스트의 양보다 두 배나 많았다. 두 도시에서 내놓은 책들의 유일한 문제점은 비교적 높은 가격이었다. 비록 높은 가격으로 인해 항저우 남동쪽에 있는 시장에서는 판매 잠재력이 제한적이었지만, 쑤저우와 난징의 인쇄본들은 명대에 여전히 정치와 문화 중심지에서의 서적 거래를 지배했다. 난징에서의 일상적 삶을 관찰한 것으로 유명했던 저우량궁(周亮工; 1612-1672년)의 견해로는 16세기 마지막 4분기부터 왕조 말기까지 이 두 곳은 계속 번성했다.[98]

서적 거래에서의 경쟁이 치열했다고 해서 강남 지역 인쇄소들이 다른 지역의 공인(工人)들과 협력하지 않았던 것은 아니다. 송원대에 이러한 협력 관계를 보여주는 가장 극명한 예로는 각공(刻工)들과 뜨내기 장인들이 저장이나 푸젠, 그리고 광둥, 또는 저장과 화이난(淮南), 장시(江西), 후베이(湖北), 그리고 아마도 쓰촨에서까지도 일을 찾아 돌아다니다 고용되었던 것을 들 수 있다.[99] 14세기 초에는 항저우의 불교 사원에서 불경을 인쇄하는 데 저장과 강남의 다른 부현, 푸젠의 젠양, 그리고 안후이의 광더(廣德)에서 온 각공의 힘을 빌렸다.[100] 루실 쟈에 의하면, 16세기 중엽까지 그런 연결이 푸젠과 강남(특히 난징)의 책 시장에 집중되었다. 이 두 지역의 상업적 인쇄소에서는 동일한 저자와 편자(編者), 인쇄공, 각공,

---

98 저우량궁(周亮工), 『인수옥서영(因樹屋書影)』(上海: 上海古籍出版社, 1981) 1권, 8쪽.

99 왕자오원(王肇文), 『고적송원간공성명색인(古籍宋元刊工姓名索引)』(上海: 上海古籍出版社, 1990), 63, 103쪽. 쇠렌 에드그렌, 「남송시대 항저우의 출판(Southern Sung Printing at Hangzhou)」 [*Museum of Far Eastern Antiquities*, Bulletin no. 61(1989년)], 49쪽.

100 기타무라 코(北村高), 「원대 항저우의 불경 각공에 관하여(元代杭州藏の刻工について)」, 『류코쿠대학논집(龍谷大學論集)』 438(1991.7), 120-136쪽.

그리고 목판이 사용되었다.[101] 쑤저우의 각공들은 한 종의 책을 판각하는 데 있어서 난징(1592년), 푸젠 북부(가정 연간), 장시(1603년)의 각공들과 목판의 판각을 분담했다.[102] 아마도 이들 안후이와 푸젠, 그리고 장시의 각공들은 뜨내기 노동자로 쑤저우와 난징, 항저우로 유입되었을 것이다.[103] 그렇지 않으면 노임이나 목판 가격이 좀 더 낮고, 배를 이용한 운송이 싸고 편리했을 자신들의 고향지역에서 판각을 했을지도 모른다. 하지만 이런 유형의 통합된 형태의 노동 시장이 꼭 노임과 책 가격의 조화를 초래하지는 않았다는 사실에 주목해야 한다. 푸젠과 항저우, 쑤저우-난징에서 새로 출판한 서적은 품질에 따라 시장 영역이 나뉘었기 때문에 이들 지역에서 서적 가격은 천차만별이었다. 또한 똑같은 제목의 책이라도 가격 경쟁으로 인해 구판(舊版)을 구할 수 있으면 싸게 살 수 있었다.[104]

하지만 이렇게 경제적으로 통합된 서적 시장은 중국의 북부 지역까지 확장되지 못했다. 도서 부족으로 북부 지역의 중국인들은 14세기 초에는 학교에서 공부할 책을 사기 위해 쑤저우에, 그리고 16세기에는 개인적으로 인쇄된 과거시험 문제집을 사기 위해 남쪽 지방으로 내려왔다.[105] 기록에 의하면 심지어 17세기 말에도 북부 지역에서는 책을 사기가 어려워 그 지역의 장서가들은 매우 적은 수의 책만을 보유했다고 한다.[106] 당시 중국 북부 지역에 살고 있던 구옌우(顧炎武)는 강남 지역에 있는 친구에게 책을 보내달라고 했다.[107] 아마도 여전히 수요(나 재원)보다 공급이 적었던 데 주요한 문제가 남아 있었던 듯하다. 북부 지역의 주요한 장서가 가운데 한 사람이었던 리카이셴(李開先; 1502-1568년)의 장서는 그가 죽었을 때, 배로 남쪽으로 내려보내져 강남 지역의 유명한 장서가이자 출판업자인 마오진(毛晉; 1599-1659년)의 서고에 추가되었다[108](명백하게도 마오진에 필적할 만한 북부 지역의 장서가는 없었다).

명대 후반기에 강남 지역에서 서적 생산이 대대적으로 확대됨에 따라 그곳의 개인 장서의 숫자와 규모가 상당한 정도로 증가했다. 이제 1만이나 2만 권 정도 되었던 송대의 민간 장서는 장서가들에게는 일상적인 것이 되어버렸는데, 주요 장서가의 경우 종종 서너 배 정도 많은 장서를 보유했다. 17세기 초 사오싱(紹興)의 장서가인 치청한(祁承漢; 1565-1628년)은 9천 종 10만 권이 넘는 책을 구했다.[109] 16세기가 16세기 끝나갈 때 이들 민간 장서의 규모는 이미 황실 서고의 규모를 훨씬 넘어서는 것으로

101 루실 쟈(Lucille Chia), 「마사본: 송대에서 명대까지 젠양의 상업적인 출판」, 319-325쪽.

102 지수잉(冀叔英), 「명 각본과 각공을 논함-부록 명대 중기 쑤저우 지구 각공표」, 216쪽.

103 이러한 가능성은 에드그렌의 「남송시대 항저우의 출판」 49쪽에서 분명하게 논의된 바 있다.

104 이노우에, 「서점, 서적 판매상, 문인(書肆, 書賈, 文人)」, 313-314쪽.

105 웨이쑤(危素), 『웨이태복집(危太僕集)』, 10.16a-10.16b., 이노우에, 「서점, 서적 판매상, 문인(書肆, 書賈, 文人)」, 317쪽.

106 구옌우(顧炎武), 『장산용잔고(蔣山傭殘稿)』 [『고정림시문집(顧亭林詩文集)』, 3권 206쪽. 1959. 영인본. 北京: 中華書局, 1983.]

107 구옌우(顧炎武), 『정림일문집보(亭林佚文輯補)』 [『고정림시문집(顧亭林詩文集)』, 221쪽.

108 왕메이잉(王美英), 「명대 민간 장서를 거칠게 논함(試論明代的私人藏書)」 [『우한대학학보-철학사회과학판(武漢大學學報-哲學社會科學版)』, 1994.4], 116쪽.

109 정웨이장(鄭偉章)과 리완젠(李萬健)의 『중국저명장서가전략(中國著名藏書家傳略)』, 54쪽.

여겨졌으며,[110] 어떤 장서가는 이 장서들 각각만 하더라도 황실 서고의 두 배는 될 것으로 보았다.[111]

하지만 이러한 출판 붐에도 불구하고 비교적 부유한 계층이라 해도 그들이 손에 넣고 읽고자 하는 책을 구하는 데 있어 발생하는 여러 가지 어려움이 없을 수는 없었다. 12세기의 잘 알려진 문집인 『청파별지(淸波別志)』만 하더라도 고도로 숙련된 편자인 야오쯔(姚咨; 1595년 출생)가 그것을 처음 보고 난 뒤 다시 두 번째로 볼 때까지는 30년이 걸렸다.[112] 쑤저우의 어느 부유한 장서가는 10세기에 나온 저작인 『재조집(才調集)』을 모으는 데 30년이 걸려 1584년에야 완정본으로 엮었고, 1579년에는 송대의 저작인 『서원정화(書苑菁華)』을 손에 넣는 데 비슷한 어려움을 겪었다고 토로했다.[113] 쑤저우의 주요한 장서가인 자오치메이(趙琦美; 1563-1624년)는 20년이 넘는 시간을 들여서 송대의 건축에 대한 책인 『영조법식(營造法式)』을 만력 연간에 완정본으로 만들었다. 그는 불완전한 인쇄본을 사들인 뒤 남은 것은 황실 서고에서 빌린 것으로 완성시켰던 것이다.[114] 심지어 17세기 중반에 쟈싱(嘉興)의 독실한 주시(朱熹) 추종자 한 사람이 주시와 뤼쭈쳰(呂祖謙)이 같이 펴낸 송대 성리학 저작 가운데 종종 언급되는 선집인 『근사록(近思錄)』 완본을 구하려 할 때도 비슷한 좌절을 겪었다. 그는 우연히 서상에게서 한 질을 손에 넣었는데, 한 번 빌린 책은 절대로 돌려주지 않는 한 친구에게 그 책을 빌려주었다가 20년이 지나서야 다른 판본을 구해 끝까지 다 읽을 수 있었다.[115] 그리하여 16세기의 눈에 띄는 출판 붐은 비록 이로 인해 유통되는 서적 숫자가 상당한 정도로 증가하고 처음으로 수많은 대형 민간 장서가 나타나긴 했지만, 도서 부족 현상을 전적으로 완화하지는 못했다.

이때가 되어서야 필사본보다는 인쇄본이 도서 문화를 압도하게 되었다는 사실 역시 놀랍다. 현대의 중국 학자들이 지적한 대로, 수많은 명대 이전 서적들의 가장 빠른(그리고 가장 좋은) 인쇄본은 일반적으로 명대가 되어서야 나오게 된다.[116] 마찬가지로 우리가 필사본에 대한 인쇄본의 비율의 기록을 알고 있는 명대의 주요한 장서 두 곳에서 인쇄본은 주요한 송대 장서보다 훨씬 더 많은 비율을 차지했다.

---

110 데라다 다카노부(寺田隆信), 「사오싱 치 씨의 단성당에 관하여(紹興祁氏の澹生堂について)」 [동방학회창립사십주년기념동방학집편(東方學會創立四十週年紀念東方學集編)], 東京: 東方學會, 1987.

111 위선싱(于愼行), 『곡산필주(穀山筆塵)』 7권, 82쪽[왕치(王錡)와 위선싱(于愼行) 공편, 『우포잡기곡산필주(寓圃雜記穀山筆塵)』, 北京: 中華書局, 1984.]

112 예창츠(葉昌熾), 『장서기사시(藏書記事詩)』 2권, 161-162쪽.

113 예창츠(葉昌熾), 『장서기사시(藏書記事詩)』 2권, 131쪽.

114 정웨이장(鄭偉章)과 리완젠(李萬健)의 『중국저명장서가전략(中國著名藏書家傳略)』, 42쪽.

115 장리샹(張履祥), 『양원선생전집(楊園先生全集)』 (영인본, 臺北: 中國文獻出版社, 1968], 20.15b-16a. 리루이량, 『중국고대도서유통사(中國古代圖書流通史)』, 333쪽에서는 최소한 18세기까지는(베이징과 난징 두 곳에만 있는) 『영락대전(永樂大典)』 내의 7천에서 8천 종에 이르는 책들 가운데 80-90 퍼센트의 텍스트가 이 방대한 총서 안에만 남아 있었다고 주장하고 있다.

116 지수잉(冀叔英), 「명 각본과 각공을 논함-부록 명대 중기 쑤저우 지구 각공표」, 212쪽. 지수잉은 또 단순히 오래된 텍스트들의 경우 생존율이 낮을 수밖에 없다는 사실로부터 나온 결과이기는 하지만, 적어도 청대 이후로는 현존하는 명대 인쇄본이 송원대의 인쇄본 숫자를 훨씬 넘어선다는 사실을 지적하기도 했다(211쪽).

곧 후잉린의 장서에서 인쇄본은 70퍼센트에 이르렀고, 1560년 경에 판친(范欽; 1532년에 진사)이 세운 유명한 천일각(天一閣)에서는 모두 44,000권 가운데 절반을 차지했다(판친 자신은 80퍼센트가 인쇄본이라 주장했지만, 이것은 과장된 것으로 보인다).[117]

후잉린이 말한 대로, 16세기 후반 서적 구매자와 장서가들은 똑같은 저작의 인쇄본과 필사본 가운데 선택해야 할 때마다 인쇄본을 선호했다. 그러한 선호로 인해 대부분의 수초본의 가격이 극단적으로 하락했는데, 이제는 그 내용의 희귀성보다는 그런 책이 갖고 있는 미학적인 우수성, 특히 서법이 더 높게 평가되고 있었다.[118] 송대 인쇄본의 아름다움을 높이 평가하는 것과 맞물려, 예성(葉盛)이나 우콴(吳寬; 1435-1504년), 원정밍(文徵明; 1470-1559년), 왕컨탕(王肯堂; 1589년 진사), 양이(楊儀; 1488-1558년 이후), 마오진(毛晉), 셰자오저(謝肇淛; 1567-1624년), 쳰쳰이(錢謙益; 1582-1664년), 선벤즈(沈辨之), 야오순타이(姚舜臺), 친시옌(秦西巖), 지청한(祁承漢), 그리고 펑반(馮班; 1602-1671년)과 같은 유명한 문인 장서가들이 쓴 명대 수초본이나 서예 작품 역시 존중되었다.[119] 17세기 상하이와 창수(常熟), 쑤저우의 소수의 전문가들이 앞서 언급한 이들의 필사본 수집에 열을 올려, 그들의 작품 가격이 조금 올랐다.[120] 1681년에는 우콴의 수초본 한 권의 가격이 30금이나 나갔다.[121] 이렇듯 전문화된 수집에 대한 관심의 출현은 강남 지역의 서적 거래에서 인쇄본이 필사본에 대하여 얼마만큼이나 우위에 있었는지를 분명히 보여주고 있다.

16세기의 인쇄본의 우세

7세기 말엽부터 16세기 초엽까지 강남 지역의 서사(書肆)와 수집가들 사이에서 필사본과 인쇄본이 공존했다는 사실은 우리에게는 이례적으로 길게 느껴질 수도 있다. 하지만 이 대목에서 서구의 서적사에 대한 지식이 [이러한 사정을 이해하는 데] 유익할 것이다. 최근의 추정치에 의하면, 서구 유럽의 출판업자들은 그들이 책을 찍어냈던 첫 번째 세기 말까지 모두 해서 백만 권 가량을 찍어냈다.[122] 하지만 필사본은 최소한 2세기나 3세기 이상 되는 기간 동안 전 유럽에 걸쳐 여전히 통용되고 있었다. 심지어

117 이노우에, 「장서와 독서(藏書と讀書)」, 419쪽. 예창츠(葉昌熾), 『장서기사시(藏書記事詩)』 2권, 159쪽.

118 후잉린(胡應麟), 「경적회통(經籍會通)」 4권, 59쪽. 이노우에, 「장서와 독서(藏書と讀書)」, 419-420쪽.

119 오오우치 하쿠게츠(大內白月), 『중국전적사담(支那典籍史談)』, 74-75쪽. 우샤오밍(吳曉明), 「명대의 상하이 장서가(明代的上海藏書家)」, 103쪽. 우한(吳晗)의 『장저장서가사략(江浙藏書家事略)』, 183쪽.

120 우샤오밍(吳曉明), 「명대의 상하이 장서가(明代的上海藏書家)」, 103쪽. 우한(吳晗)의 『장저장서가사략(江浙藏書家事略)』, 183쪽.

121 예창츠(葉昌熾), 『장서기사시(藏書記事詩)』 2권, 127쪽.

122 마이클 H. 해리스(Michael H. Harris), 『서구 도서관의 역사(The History of Libraries in the Western World)』 4판(London: Scarecrow Press, 1995), 131쪽. "16세기에는 유럽에서만 10만여 종 이상의 각기 다른 책들이 출판되었으며, 한 서적 당 평균 잡아 1천 권씩 나온 것으로 추정되는데, 이는 16세기 한 세기 동안 1억 권 정도가 유럽인들의 손에 들어갔다는 것을 의미한다."

인쇄본이 가장 빨리 득세했던 잉글랜드에서조차 필사본의 소멸속도는 상당히 느렸다. 인쇄는 1486년에 대륙에서 그곳으로 전해졌으며, 16세기 첫 번째 10년까지 400여 종 이상의 서적이 나왔다. 이 숫자는 1630년대에 대략 6천까지 치솟았으며, 1710년대에는 거의 2만 1천 종이, 그리고 1790년대에는 5만 6천 종, 1870년대에는 32만 5천 종 가량의 개별적인 책들이 쏟아져 나왔다. 최근에 나온 잉글랜드 독서사(讀書史)의 편집자의 견해에 의하면, "16세기와 17세기에 걸쳐 상업적인 필사본 유통은 서적 산업과 나란히 지속되었다. 필사나 인쇄로 제작된 텍스트의 종류가 다양했던 만큼 구할 수 있는 필사본과 인쇄물의 비율 역시 일정하지 않지만, 심지어 18세기나 19세기에 인쇄의 지배력은 때때로 수기를 통한 소통방식의 도전을 받기도 했다."[123] 그리하여 인쇄가 갖고 있던 의심할 바 없는 헤게모니는 인쇄가 잉글랜드에 소개된 이후 4세기 동안이나 완벽하게 공고한 지위를 갖고 있지 못했다.

중국의 경우에 두드러지는 것은 중국에서 상업과 문화가 고도로 발달했던 지역의 장서와 서적 시장에서 인쇄가 필사본에 대해 분명하게 우위를 점하기 이전에 경과했던 (7세기 말에서 16세기 초에 이르는 8세기나 되는) 이례적으로 긴 시간이다. 두 가지 유형의 텍스트 사이의 기나긴 경쟁 관계나 명대에 이르러서야 인쇄가 승리를 거두게 된 사실에 대한 그 어떤 설명도 설득력 있는 것으로 드러난 것은 없다. 명대에 인쇄가 급속도로 확산하였던 상황을 설명하기 위해 종종 정부 차원의 인쇄 기획이나 과거 시험의 확산, 그리고 초기 검열 제도의 폐지와 같은 일반적인 정치적 요인을 거론하기도 한다.[124] 그러나 나는 16세기 초에 인쇄가 갖는 이점이 우세를 점하게 된 것에 대해서 최소한 다음과 같은 두 가지 요소에 같은 정도로 주의를 기울여야 한다고 생각하는데, 그것은 해당 시기에 인쇄물 가격이 하락하고 출판을 주도적으로 담당했던 기관이 정부 조직에서 민간 업자로 넘어갔다는 사실이다.

데니스 트위쳇과 이노우에의 관점에 의하면, 송원(宋元)과 명대 초기의 인쇄물은 비쌌다. 수요가 크지 않았기 때문에 그로 인해 인쇄업자들은 인쇄 부수를 대규모로 만들어낼 수 없었다. 결과적으로 송대와 원대 판본이 희소하게 된 것은 16세기 이래로 서적 수요가 급격하게 팽창하게 되었을 때 이렇게 나온 책들의 가격 역시 상당한 수준으로 올랐다는 것을 의미한다.[125] 그러나 후잉린(胡應麟)이 지적한 대로, 종이의 질이나 목판 각인(刻印)의 세련도, 사용된 목판의 유형, 텍스트의 정확도, 혹은 얼마나 공을 들여 포장했는지, 얼막나 주의를 기울여 먹을 종이에 찍었는지에 따라 서적의 가격이 달랐다.[126] 16

123 제임스 레븐(James Reven), 헬렌 스몰(Helen Small), 나오미 테드모(Naomi Tadmor) 공편, 『잉글랜드의 독서 관습과 표현The Practice and Representation of Reading in England』 (Cambridge: Cambridge University Press, 1996), 5, 7쪽.

124 호 핑티(Ho Ping-ti), 『명청 시대 성공으로 가는 사다리: 사회적 이동의 양상, 1368-1911년(The Ladder of Success in Imperial China: Aspects of Social Mobility, 1368-1911)』 (New York: Columbia University Press, 1962), 212-213쪽(우리말 번역본은 조영록 외 역, 『중국과거제도의 사회사적 연구』, 동국대학교출판부, 1988년); 오오우치 하쿠게츠(大內白月), 『중국전적사담(支那典籍史談)』, 68쪽.

125 데니스 트위쳇(Denis Twitchett), 『중세 중국의 인쇄와 출판(Printing and Publishing in Medieval China)』 (London: Frederic C. Beil, 1983), 이노우에, 「장서와 독서(藏書と讀書)」, 422-427쪽과 「서사, 서고, 문인(書肆、書賈、文人)」, 313-314쪽.

126 후잉린(胡應麟), 「경적회통(經籍會通)」 4권, 57쪽.

세기 신간 인쇄본의 경우, 종이 값과 판각 비용의 하락이라는 요소가 책값을 낮추는 데에 가장 중요한 역할을 한 듯하다.

전통적으로 유럽에 비해 중국에서는 종이가 서적 생산에 드는 비용 가운데 상대적으로 덜 중요한 요소였던 듯하다.[127] 그럼에도 종이의 가격이 송대와 명말 사이에 떨어진 것은 확실하다. 송대에는 어떤 품질의 종이든 사람들이 통상적으로 양면에 글씨를 쓸 정도로 비쌌다.[128] 송대의 인쇄업자들은 이미 사용한 종이의 이면(裏面)에 인쇄하는 방식으로 종이를 재활용하는 경우가 많았다. [16세기의 관리였던 장쉬안(張萱, 1459-1527년)은 개인적으로 명의 황실 도서관 장서에서 송대의 종이를 확인할 때까지 이러한 이야기를 믿지 않았다].[129] 북송 대에 정부 관청에서는 가외의 수입을 얻기 위해 또는 심지어 연회 비용을 충당하기 위해 이미 사용한 종이를 내다 팔았다.[130]

하지만 14세기 말과 15세기에는 그러한 검약 정신이 조정에서나 지방의 관청에서나 흥청망청 낭비하는 것으로 대체되었는데, 이것은 종이의 가격이 하락했다는 것을 확실하게 보여주는 표지가 된다. 다음의 일화는 종이 사용에서 일어난 변화를 시사해준다.

> 저장성 취저우(衢州)에서는 사람들이 생계를 위해 종이를 만들고 있다. 공적으로 또는 사적으로 소비하기 위해 그들이 해마다 관청에 공급하는 종이의 양은 헤아릴 수가 없다. 그러나 조정의 호부의 (환관 출신) 고관이 [얼마나 많이 사용되고 있는지를] 보았을 때, 그들은 처음에는 아무런 주의를 기울이지 않았다. 나는 천순(天順) 연간(1457-1465년)에 어느 나이 먹은 환관이 장시(江西)에서 조정으로 돌아와서는 호부에서 관용지를 벽에 처바른 것을 보고 소리 없이 눈물을 흘렸다고 들었다. 나는 그 환관이 그 종이가 얼마나 힘들게 만들어지는지 알고 있었기에 그렇게 함부로 낭비되고 있는 데 슬픔을 느꼈던 것이라 생각한다.[131]

16세기 초까지 종이를 손쉽게 소비하는 것은 관계(官界)를 벗어나 일반 평민이나 향촌 지역 사람들에게까지 확산되었다. 가정(嘉靖) 연간의 어떤 평자는 이런 식으로 농촌 마을에서조차 종이의 사용(그의 견해로는 낭비)이 널리 확산된 것에 대해 다음과 같이 개탄했다.

---

127 이블린 러스키(Evelyn Rawski), 「명청 시기 문화의 경제적 사회적 토대(Economin and Social Foundation of Late Imperial Culture)」(David Johnson, Andrew J. Nathan, and Evelyn Rawski, eds., *Popular Culture in Late Imperial China*, Berkeley: University of California Press, 1985), 특히 18-19쪽을 볼 것.

128 이노우에, 「장서와 독서(藏書と讀書)」, 423-424쪽.

129 이노우에, 「장서와 독서(藏書と讀書)」, 424-425쪽. 17세기 중엽의 한 작가는 송대의 양면인쇄 관행에 대해 비슷한 놀라움을 표한 적이 있다. 오오우치 하쿠게츠(大內白月), 『중국전적사담(支那典籍史談)』, 32와 41쪽을 볼 것.

130 이노우에, 「장서와 독서(藏書と讀書)」, 424쪽.

131 루룽(陸容), 『숙원잡기(菽園雜記)』 12권, 153쪽.

요즘 장쑤와 저장(江浙)의 상인들은 종이를 배와 수레에 싣고 온다. 육지에서 종이를 운반하는 수레가 장사진(長蛇陣)을 이룬 것과 마찬가지로, 강에서는 종이 거래선이 꼬리에 꼬리를 물 정도로 그 수량이 엄청나다. 그리고 실제로 그런 종이의 절반 정도는 장례식 때 "지전(冥紙)"으로 태운다. 열 채의 집이나 몇몇 가족밖에 없는 마을에도 늘상 종이로 만든 말을 파는 노점이 있다. 사람들은 항상 절이나 사당의 제단 위에 공물이나 희생을 위해 종이를 태우고 있다.

이 평문의 작자인 리롄(李濂, 1514년 진사)은 확실히 종이를 대량으로 손에 넣을 수 있게 된 것을 달갑지 않은 인쇄 문화의 폭발과 연결시켰다. 곧 "경서가 아닌 서적과 무용한 책"들을 출판하고, 과거시험 공부를 위한 수험서에 빠져드는 풍조가 만연했으며, 쓸데없이 장황하고 방만한 글쓰기를 지향하는 시류가 유행하고, 조정에서도 서류 작업이 폭증했다는 것이다. 그는 "도처의 벽마다 조정의 방문과 공지문으로 채워져 있다"고 불평을 늘어놓았다.[132] 그렇게 종이의 소비가 팽창한 것은 훨씬 싸고 좀 더 쉽게 손에 넣을 수 있는 종이의 생산이 증가한 것에 기인한다. 안후이(安徽) 남부, 강남, 쓰촨 등지에서 여전히 수공업으로 종이를 생산했지만, 저장(浙江)과 장시(江西), 그리고 푸젠(福建)에 걸친 지역의 경우 특히 인쇄에 적당한 고품질이면서도 상대적으로 값싼 대나무 종이의 산지로 부상하게 되었다.[133]

그러나 종이의 가격 하락이 출판 붐을 가능하게 만들긴 했지만, 이것이 인쇄로 옮아간 결정적인 가격 요인이 될 수는 없었는데, 왜냐하면 이렇게 값싼 종이가 필사본에도 사용될 수 있었으며 그런 까닭에 필사본의 가격 역시 떨어질 수 있었기 때문이다. 목판 가격에 대한 정보는 없지만, 판각 비용에서는 핵심적인 가격변동이 발생한 듯하다. 쑤저우(蘇州)에서의 판각 가격에 관한 두 가지 사례는 글자 백 개당 판각 비용이 1250년 경 200문에서 1600년 경 26-35문으로 급격히 떨어졌다는 사실을 보여준다. 비록 그 사이 몇 세기 동안에 있었던 통화의 변화 때문에 실제적인 하락폭이 수치가 제시하는 것에 비해 적기는 하지만, 판각 비용의 하락폭은 여전히 상당한 것이었다.[134] 불행히도 우리는 이렇게 절

---

132 황쭝시(黃宗羲) 집(輯), 『명문해(明文海)』 1권, 1034쪽.

133 오오키 야스시, 「명말 강남의 출판문화의 연구(明末江南における出版文化の研究)」, 56쪽과 후잉린, 「경적회통」 4권, 57쪽. 저장(浙江) 취저우(衢州) 창산(常山) 현에서 종이를 생산하는 데 요구되었던 두 가지 다른 단계에 대한 탁월한 기술에 대해서는 황쭝시(黃宗羲) 집, 『명문해』 1권, 1074쪽을 볼 것. 이 기술에는 그곳에서 관청에서 사용하기 위해 만들어낸 종이를 복제하는 것도 포함되었던 듯하다. 놀라운 것은 명말의 종이 생산인데, 1597년에 장시(江西)의 한 마을에서만 총 5만 명의 개별 노동자가 일하는 서른 개의 종이 공장이 있었다는 사실이다[로버트 헤겔(Robert Hegel), 『명청 시기 삽화본 소설 읽기(Reading Illustrated Fiction in Late Imperial China)』 (Stanford: Stanford University Press, 1998.), 78쪽. 이하에서는 『삽화본 소설』로 줄여 부름].

134 장슈민(張秀民), 『중국인쇄사(中國印刷史)』, 747쪽과 이노우에, 「장서와 독서(藏書と讀書)」, 314-315쪽. 명대 판각 작업의 낮은 비용에 대한 이러한 견해는 청말에서 민국 시기의 저자인 차이어(柴萼)의 『범천로총록(梵天盧叢錄)』 [영인본 臺北: 정문서국(鼎文書局), 1976], 18.28b-29a쪽에서도 똑같이 발견된다. 차이어는 오래된 주석이 달린 십삼경 판목을 새기는 비용을 단지 은자 100 온스 남짓으로 밝혀놓았다. 리루이량(李瑞良)의 『중국고대도서유통사(中國古代圖書流通史)』, 366쪽에서 판각 비용을 비교해놓은 것도 볼 것. 판각 비용의 하락은 우리가 명대 중엽의 목재 가격에 대해 거의 아는 것이 없다는 측면에서 의미가 있다. 1575년 경 베이징 목재 시장에서의 당시 가격 상승에 대한 보고에 의하면 목판은 단지 판각 비용이 감소세로 돌아섰을 때에만 좀 더 비싸졌을 지도 모른다[천쯔룽(陳子

감된 비용의 혜택이 독자들에게 돌아갔는지, 또는 이에 상응하여 필사본 제작 비용에는 어떠한 변화가 발생했는지에 대해서는 아무것도 알지 못한다.

다행스러운 것은 문인이었던 리쉬(李詡, 1505-1593년)가 쓴 평어의 도움으로 필사본과 인쇄본 사이의 상대적인 가격 차이를 명확하게 알 수 있다는 사실이다. 그가 창장 삼각주의 북쪽 언저리에 있는 쟝인(江陰)의 임지에서 어린 시절을 보내는 동안 과거 시험을 위해 공부하는 데 필요한 인쇄본은 아무것도 구입을 할 수 없었다. 그는 단지 필사본만 사용했는데, 이것은(친구의 집이나 서적상에서) 필경사에게 20에서 30장에 약 2문이나 3문 가량을 주고 만든 것으로, 곧 필사한 종이 한 장 당 0.1문이 들었던 셈이다.[135] 확실히 목판에 100 글자를 새기는 데에만 약 30문이 들었던 인쇄본으로서는 필경사가 훨씬 더 낮은 가격에 책 한 권을 다시 만들어냈던 것과 경쟁을 할 수 없었다. 그러나 출판업자가 같은 책을 대량으로 찍어낼 수 있는 가능성을 생각했다면 그런 경제학은 변했을 것이다. 우리가 손으로 베껴 쓴 리쉬의 책 한 장 위에 들어가는 글자 숫자인 400에서 500 글자 정도가 각각의 목판에 새겨진다고 가정한다면, 각각의 목판은 새기는 데 대략 140문 정도가 들 것이다. 마찬가지로 16세기에도 목판을 새기는 데 드는 비용이 목판 인쇄를 위한 생산비의 주요한 몫을 차지한다고(그리고 다른 인쇄 비용들은 무시해도 좋다고) 가정한다면, 상업적으로 책을 만드는 이는 한 권의 책을 수백 권이 아니라 수천 권을 팔 수 있다고 기대할 수만 있다면 베껴 쓰는 것보다는 인쇄를 하는 것이 더 이익이라는 것을 알게 될 것이다. 다시 말해서 상업적인 서적 출판의 경제 논리는 명말에는 가격이 더 낮아졌음에도 새로운 책에 대한 모험적인 선택은 단념케 하고 판매가 입증된 책들을 인쇄하는 경우 합리적으로 예상 가능한 시장을 보상해 주는 경향이 있었다. 그러다 보니 대개 그렇게 안전한 인쇄물은 몇몇 유명한 시나 산문의 저자들의 작품이나 과거시험 수험서, 의서와 소설이 되었다.

목판의 판각 비용의 하락은 직접적으로는 적어도 16세기 중반보다 늦지 않은 시기 정도에 널리 채용된 판각 기술의 단순화에서 그 자취를 찾아 볼 수 있다. 송 판본의 글자에 사용된 서체는 유명한 서예가의 필치를 의식적으로 모방한 것이었는 데 반해, 16세기 중반 이후로 점증하는 인쇄본의 글꼴은 장체(匠體), 즉 송체(宋體)였다. 단순하고 각진 이 글꼴 덕분에 판각을 완수하는 데 드는 시간과 각공의 기술에 대한 요구가 상당히 줄어들게 되었다. 그리하여 출판업자들은 판각 비용과 나아가 인쇄본의 소매가격을 더 낮추었을 감소 효과를 볼 수 있었을 터이다.[136] 물론 이러한 방식은 수많은 명대 문인들을 분개하게 만들 정도로 각공이 재현하는 필치의 영역을 축소시켜 버렸는데, 결과적으로 인쇄본에서 필사본스러운 모습을 지우게 되었다.[137]

龍), 『명경세문편(明經世文編)』, 北京: 中華書局, 1983. 63.21a-22b].

135 리쉬(李詡), 『계암노인만필(戒庵老人漫筆)』, 北京: 中華書局, 1982 8권, 334쪽.

136 첸춘쉰(錢存訓, Tsien Tsuen-hsuin), 『종이와 인쇄술(Paper and Printing)』, 375쪽; 헤겔, 『삽화본 소설』, 133쪽.

137 애서가들은 종종 목판의 판각 수준이 저하되고 있다는 사실에 대해 비통해 했지만, 올바른 판각 과정이나 잘못된 판각 절차 등에 대해

그러나 미학적 가치의 희생을 대가로 하는 생산성에 대한 이러한 압박은 난징과 쑤저우의 일부 출판업자들로 하여금 상당히 다른 방향으로 움직이도록 자극하였다. 즉 매우 세련된 인쇄본, 가장 요구가 까다로운 문인 애호가의 만족을 겨냥한 아름답게 판각된 인쇄본으로의 특성화가 그것이다. 매우 숙련된 각공들을 고용함으로써 그들은 삽화와 본문이 송대의 많은 인쇄본보다 좀 더 훌륭한 그림이나 우아한 서예 작품과 흡사한 인쇄본들을 간행하였다. 그리하여 장체(匠體)의 발전이 책에 대한 '대중의' 요구에 부합하는 출판업자들의 능력을 증대시켰다 하더라도, 도서 시장은 하향이라고 하는 단 하나의 방향으로만 확대되지는 않았다. 캐서린 칼리츠와 로버트 헤겔이 이 책에서 논하고 있는 것처럼, 판각이 점차 정교화되면서 출판업자들은 상층의 엘리트 고객들이라는 한정된 그룹을 위한 세련된 판본을 출판할 수 있게 되었다.[138]

장체의 채택에 금전적 투자나 특별한 기능(실제로 저숙련공도 판각 작업을 진행할 수 있었다), 그리고 새로운 장비나 기술력이 필요하지 않았다는 사실은 분명해 보인다. 따라서 출판업자들이 인쇄비용을 줄이는 이러한 방법을 발전시키는 데 왜 그토록 오랜 시간(어림잡아 8세기 정도)이 걸렸는지 의아스러울 수밖에 없다. 그 대답은 아마도 15세기말까지의 필사작업의 낮은 노동 비용에 있었을 것이다. 송대 초기에 과거제도는 지식수준을 높이고 학자와 지식층 독자들의 수를 늘리는 데 도움이 되었다. 동시에 그 높은 실패율은 수많은 잠재적 필사자들(하나의 거대한 잉여 필사 노동력)을 양산하여 자연적으로 필사 비용을 낮추게 됨으로써 필사본이 인쇄본보다 쌌던 것이다. 중국에서 기술적 진보의 광범위한 적용이 오래도록 지체된 고전적인 예시라 할 수 있다. 8세기의 위대한 발명인 목판인쇄술은 책 문화에 즉각적이고 강력한 영향을 발휘하는 데 실패하였는데, 그 이유는 전통적인 필사본이 지속적으로 낮은 노동 비용을 유지했기 때문이다.

이러한 상황은 특정 부류의 인쇄물에 대한 수요가 크게 증대되면서 변화하게 되었다. 이는 부분적으로는 과거시험 지침서에 대한 관심의 폭증, 그리고 또 부분적으로는 특정 부류의 작품, 특히 허구적인 작품에 대한 새로운 인기 때문이었다. 15세기말부터 과거시험 참가 지망자의 수가 크게 증가하였고, 그에 따라 과거시험 지침서와 참고서에 대한 수요가 폭증했다. 예를 들어, 1465년 이전에는 과거시험 합격 답안이 책으로 인쇄되지 않았다. 그러나 1480년 무렵에 항저우 부의 부지사(同知)가 그것을

서는 상세하게 기술하지 않았다. 사실상 드레게가 「중국 송대 인쇄술이 가져온 변화들」, 415쪽에서 "(목판을 판각하는) 이런 과정을 (중국어로) 상세하게 기술한 것은 단지 1947년으로 거슬러 올라갈 뿐이다"(영어 원문 번역은 필자)라고 말한 대로이다. 뽈 뻴리오(Paul Pellio)와 마찬가지로, 그는 이러한 간극을 판각 방식이 단순하고 독창적이지 않은 탓으로 돌렸다. 그래서 봉인이나 장식물을 만들기 위해 이미 개발되었던 어떤 한 가지 기술을 책을 만드는 데 사용하는 것은 어떤 설명이나 특정한 "발명가"도 필요하지 않았다.

138 왕칭정(汪慶正), 「명대 목판화와 장식 문서첩의 예술(The Arts of Ming Woodblock-Printed Images and Decorated Paper Albums)」, 추징 리(李鑄晉, Chu-tsing Li), 와트(Watt) 편, 『중국 문인의 서재(The Chinese Scholar's Studio)』 56-60쪽, 나루세 후지오(成瀬不二雄), 「쑤저우 목판에 관하여(蘇州版畫について)」, 『중국 고대 목판전(中國古代版畫展)』 [마치다(町田): 마치다 시립 국제판화미술관, 1988, 10-11월], 55-57쪽 및 105-215쪽의 번각물들. 드레게, 같은 글, 418-419쪽. 드레게는 여기서 이 시기의 인쇄본들이 (텍스트보다는) 삽화만을 따로 판각하는 전문화된 특화된 기술에 대한 최초의 예를 제공한다고 지적하였다.

인쇄하여 큰 이익을 얻자, 푸젠과 기타 지역의 출판업자들이 손쉬운 이익을 얻기 위해 그의 선례를 따라 이 길로 몰려들었다.[139] 그 후 일부 저자들(그들 중 상당수가 과거시험 실패자들이었다)이 확대된 독자들을 위한 그 자신의 저술과 편집 작업을 생계수단으로 삼게 되면서 과거시험 참고서의 인쇄는 남송 때보다도 더 번영하였다. 리롄(李濂)은 다음과 같이 한탄하였다. "요즘은 과거시험에 도움이 되는 책이 아니면 서방(書坊)들이 인쇄하려고 하지 않는다. 과거시험을 위한 책이 아니면, 시장의 상점들은 팔려고 하지 않는다. 학자들은 과거시험을 위한 것이 아니면 꺼들떠보지도 않는다."[140]

16세기 초반 당시 새로운 종류의 작품에 대한 대중적 요구도 성장하였다. 이러한 새로운 작품은 16-17세기의 많은 선집들처럼 단지 개인의 생일이나 관직 임명, 그리고 부임 등을 축하하는 의례적인 글들만 포함하지는 않았다. 더 중요한 것은, 명말의 문학적 상상을 자극한 소설과 가극, 그리고 희곡들을 포함하고 있었다는 점이다. 최근 연구에 따르면 남송부터 20세기 초까지의 현존하는 중국 허구작품을 출판한 1,056개의 출판사들 가운데 단 5개만 제외하고는 모두 1520년 이후에야 활약하였다.[141]

명대의 낮은 도서 가격과 경쟁적인 관료선발 시험, 문학 또는 학문 서적의 새로운 형태들, 그리고 더욱 상업화한 경제에 필요한 높은 수준의 문해력 등은 인쇄본에 대한 수요 증가를 유발하였고, 이는 다시 상업적 출판사들의 흥성을 이끌었다. 이것은 앞에서 분석한 것처럼 인쇄본의 가격 하락과 더불어 16세기 초 인쇄본의 주도권을 뒷받침해준 또 하나의 중요한 요소였다. '상업적 출판사'(坊刻)라는 용어는(유명한 젠양의 출판업자들처럼) 장기적인 가족 기반의 출판업자나 출판업으로 확장한 서점 지배인 또는 서상, 이익을 위해 자신들의 작품의 일부를 인쇄하기 시작한 장서가들, 또는 자신들의 수입을 증대시키는 점잖은 방법으로서 출판업으로 전향한 문인 가족들까지도 포함하는 서로 다른 기원과 형태의 다양성을 모두 포괄한다. 그러나 그것이 어떤 형태를 띠었든 상업적 출판이 명말에 중국의 출판문화를 주도하게 되었던 것은 확실하다.

동시에 이에 상응하는 정부나 관방 주도 출판은 영향력이 감퇴했는데, 이러한 쇠락의 변곡점은 그 이전부터 뚜렷하게 나타난다. 송대부터 정부나 관 주도의 출판사는 비대중적인 시장을 위한 출판 영역을 형성하였다. 1166년에 장서가 왕밍칭(王明清)은 다음과 같이 지적한 바 있다. "최근 몇 연간 내가 방문했던 현청(縣廳)들은 개인 저자들의 문집을 자주 출판하였고(刊文集), 그 사본을 얻어 베끼거나 기록하는 것은 쉬운 일이었다."[142] 장슈민은 송대의 지방 기관과 관료들이 정부의 자금으로 출판한 1백

139 랑잉(郎瑛), 『칠수유고(七修類稿)』 24권, 370쪽, 『항저우부지(杭州府志)』(1898-1916년), 100. 29a.

140 황쭝시(黃宗羲), 『명문해(明文海)』 1권, 1034쪽, 이노우에, 「서점, 서적 판매상, 문인(書肆, 書賈, 文人)」, 323-326쪽, 김문경(金文京), 「탕빈인과 명말의 상업출판(湯賓尹と明末の商業出版)」, 아라이 편, 『중국 문인의 생활(中華文人の生活)』, 339-385쪽.

141 한시둬(韓錫鐸), 왕칭위안(王清原), 『소설서방록(小說書坊錄)』(沈陽: 春風文藝出版社, 1987).

142 왕밍칭, 『휘주록(揮麈錄)』 전록(前錄), 1권, 10쪽, 리루이량의 『중국고대도서유통사(中國古代圖書流通史)』, 248쪽, 데니스 트위쳇(Denis Twitchett), 『중세 중국의 인쇄와 출판(Printing and Publishing in Medieval China)』, 30-34쪽.

부 이상의 서적들을 목록으로 만든 바 있다. 이 책들에는 이들 관료나 그들 조상의 글들, 또는 다른 개인 장서가에게서 입수한 책들에 의지할 경우에는 그들 관할구역 출신 명사의 글들이 수록되었다.[143]

신시아 브로카우가 [이 책의] 첫 번째 글에서 지적한 것처럼, 확실히 정부나 관방의 출판과 상업적 출판 사이에 엄격한 선을 긋는 것은 문제가 있다. 한편으로 관각본은 지역의 서원이나 학교에 기증되거나, 아니면 상업적 이익보다는 사회적 이익을 위해, 즉 친구들이나 다른 관료들에게 증정하기 위해 출판자금을 후원한 관료들이 이용했을 듯하다. 그러나 이윤을 위해 관각본을 판매하기도 했을 것이다.[144] 이는 체르니아악이 다음과 같이 말한 것과 같은 맥락이다. "비록 정부나 민간의 출판과 상업적인 출판이 때때로 별도의 체계로서 다뤄지기는 하지만, 정부나 준(準)기관, 민간 인쇄소 및 상업적 인쇄소들은 모두 지역 차원에서 판매를 위해 경쟁하였다."[145] 공적으로 출판된 책들의 상업적인 판매는 명대 내내 유지되었고, 당시 환관들과 황실의 황자들은 관료들과 결합하여 정부의 자금과 정부 기관들을 이용해서 그들 자신의 이익을 위해 그들이 선택한 책들을 출판하였다.[146]

<표 2.2> 1131년부터 1367년까지의 전체 인쇄본에서 관방의 인쇄본이 차지하는 비율 (베이징 중국국가도서관과 타이베이 국립중앙도서관 소장)

	1131-1274			1271-1367		
	(a)	(b)	b/q	(a)	(b)	b/a
	전체	관각본		전체	관각본	
경	50	27	54%	75	13	17%
사	48	27	56%	59	30	51%
자	39	19	49%	51	6	12%
집	67	23	34%	60	10	17%
계	204	96	47%	245	59	24%

출처: 이노우에 스스무, 「장서와 독서 (藏書と讀書)」 [『동방학보 (東方學報)』 62 (1990년)] , 427-428쪽.

그러나 명대에 각급 정부 기관들이 비록 인쇄본들을 출판(하고 판매)했다 하더라도, 그것이 전체 도서

143 장슈민(張秀民)의 『중국인쇄사(中國印刷史)』, 56쪽. 천스다오(陳士道), 『후산거사문집(後山居士文集)』 (영인본, 上海: 上海古籍出版社, 1984.), 11.9b-10a.

144 조정은 판매를 위해 일부 유명한 서적들을 출판하였다. 그러나 6세기의 농서인 『제민요술(齊民要術)』의 경우처럼 때때로 조정의 관리들만이 그것을 소유할 수 있게 제한하기도 했다[쑤바이(宿白), 『당송 시기의 조판 인쇄(唐宋時期的雕版印刷)』, 29쪽, 64쪽]. 1044년에 어떤 관리는 심지어 책을 출판하고는 자신의 이익을 위해 주와 현의 관리들에게 그것들을 팔도록 명하기도 하였다[쉬쑹(徐松) 편, 『송회요집본(宋會要輯本)』, 臺北: 세계서국(世界書局), 1964, 64권 46b].

145 수전 체르니아악, 「중국 송대의 도서문화와 텍스트의 보급」, 79쪽.

146 K. T. 우(K. T. Wu), 「명대의 출판과 출판업자」, 249쪽. 오오우치 하쿠게츠(大內白月), 『중국전적사담(支那典籍史談)』, 62-63쪽.

시장에서 차지하는 비율은 왕조 수립 후 2세기 동안 크게 하락하였다. 다소 개략적이기는 하지만, 이노우에는 16세기 말까지의 공식적인 출판의 운명에 관한 또 하나의 시사적인 자료를 제공하였다(〈표 2.2〉와 2.3 참고).[147] 한편으로 정부의 또는 공적으로 후원된 서적 인쇄본의 수량은 1131년에서 1521년 사이, 그리고 1368년에서 1566년 사이에도 증가하였다. 이러한 정부와 관청의 인쇄본들은 비록 그 상대적으로 높은 가격이 그것들의 전파와 소비를 제한하였을 것이 분명하다 해도(최소한 타이베이 국립중앙도서관에 소장된 현존하는 인쇄본 전체만 놓고 본다면), 사실상 송원대와 명대 초기 1백 년 동안의 모든 인쇄본의 절반에 해당된다. 그러나 베이징의 중국국가도서관과 타이베이의 국립중앙도서관에 소장된 연대가 확인되는 모든 현존하는 인쇄본들을 통해 볼 때, 명대 초기의 2세기 동안 정부 인쇄본의 비율은 상당히, 그리고 회복할 수 없을 만큼 하락하였다. 1368년부터 1464년까지의 모든 현존 인쇄본들 가운데 51%에 달하던 정부 인쇄본의 비율은 다음 세기동안 점차 줄어들어 26%까지 떨어지게 되었고, 그 하락은 사부(四部) 전체에서 나타났다. 단지 명대 초기 작가와 독자들에게 상대적으로 덜 관심을 받았던 학문적인 분야인 사서(史書)들만은 꽤 높은 비율인 39%를 유지하였다. 그러나 정부에서 후원한 경서와 제자서 범주의 인쇄본들은 명대 통치의 첫 2세기 동안 가파른 하락세를 보였는데, 이는 의심할 바 없이 상업적 출판사들에 의해 출판된 경전 주해서들과 의서들의 인기 때문이었다.

<표 2.3> 1368년에서 1566년까지 정부와 관청에 의해 출판된 명대의 연대 추정 가능한 현존 인쇄본의 출판 연대 분포

1368년부터 1464까지의 인쇄본				
	계	관각	관료각	관각 및 관료각의 비율
경	16	9	2	69%
사	28	17	1	64
자	23	10	1	48
집	54	5	16	39
계	121	41	20	50
1465년부터 1487까지의 인쇄본				
	계	관각	관료각	관각 및 관료각의 비율
경	5	2	3	100%
사	10	3	3	60
자	15	0	7	47
집	46	7	9	35
계	76	12	22	45

147 이노우에, 「장서와 독서(藏書と讀書)」, 427-428쪽.

1488년부터 1521까지의 인쇄본				
	계	관각	관료각	관각 및 관료각의 비율
경	7	1	3	57%
사	33	5	8	39
자	34	6	8	41
집	106	5	29	32
계	180	17	48	36

출처: 이노우에 스스무, 「장서와 독서 (藏書と讀書)」 [『동방학보 (東方學報)』 62 (1990년)], 427-428쪽.

실제로 리쉬는 값싼 인쇄본과의 경쟁에 직면하여 필사본이 사멸해가는 상황을 설명하면서, 이러한 변화에 있어서 상업적 출판업자들(坊刻)의 핵심적인 역할을 다음과 같이 분명하게 지적한 바 있다. "요즘 사람의 눈을 채우는 것은 모두 상업적 출판업자들의 인쇄본들인데, 그것은 바로 이 시대의 찬란한 풍속을 보여주는 어떤 징표이다."[148] 대략 16세기 중반에 상업적 출판업자들은 가격 경쟁력, 참신한 주제, 구매의 접근성 등을 통해 출판계에서 우위를 획득하게 되었다. 그리하여 16세기와 17세기 초반 상업적 출판사와 인쇄본의 급증은 명대 후기의 마지막 1세기 반 동안 중국 출판 산업 전체의 눈부신 성장을 낳게 되었다.

명대 중 후기의 도서 문화

강남 지역 도서 문화에 대한 이 같은 변화의 영향이 확대되면서 중국의 다른 지역들에도 심원한 영향을 낳게 되었다. 내가 논하고 있는 문인 엘리트들에게 있어서, 필사본이 인쇄본과 함께 8세기 동안이나 공존하였던 것은 기본적으로 필사본이 정부 기관 인쇄본과 공존했다는 사실을 보여준다. 이노우에의 통계에서는 관각본과 방각본의 수치 차이가 너무나 극명하게 드러나는데, 이 한 가지 이유만으로도 이노우에는 그 8세기 동안 엘리트 문화에서 사적인 인쇄가 갖는 중요성을 대체로 그리 높이 평가하지 않는다. 그렇긴 하지만, 이 통계는 관각본이 대략 16세기 중반까지 비교적 잘사는 독자들에게 인쇄본을 공급하는 데 중심적인 역할을 했다는 점을 적절하게 짚고 있다. 따라서 그러한 수치를 통해 정부 출판의 우위가 고급 시장을 위한 인쇄의 비용과 위험을 감당할 수 없었을 순전히 사적인 출판사들의 경쟁의욕을 꺾었다는 추측이 가능하다. 그러므로 지식인들까지도 참여했던 인쇄본으로의 전환

148 리쉬(李詡), 『계암노인만필(戒庵老人漫筆)』 8권, 334쪽.

이 도서 가격의 하락 및 새롭고 더 능률적인 판각 방식과 맞물릴 뿐 아니라, 문인 독자를 위한 서적의 생산에서 상업적 출사가 정부의 출판기관을 극복하고 확고한 우위와 주도권을 확보했던 상황과 일치한다는 점도 주목할 만하다.

그러나 그렇게 넓은 의미로 문인 엘리트를 규정하게 되면, 또 다른 중대한 변화가 가려지게 된다. 바로 인쇄본이 우세를 점하자 중국의 엘리트 문화를 재생산하는 데에 학자 겸 관료 계층의 역할에 변화가 발생했다는 사실이다. 진사(進士) 학위를 획득한 이런 교양 있는 남성 집단은 정기적으로 정부 관청을 드나들며 활동하면서 송대부터 20세기까지 중국 문화 내에서 핵심적인 역할을 수행하였다. 그러나 명대 중기부터 그들은 벼슬길에서 훨씬 덜 성공적이었던 수많은 개인들이 형성했던 문인 문화의 창조와 소비, 보존에 참여했다. 바꾸어 말하자면, 학자 겸 관료, 또는 진사들의 도서 문화는 내가 생원의 도서 문화라고 명명하고 싶어 하는 것에 의해 보충되고 보완되었던 것이다. 송대에는 실제로 모든 개인 문집들(과 현존하는 자료들의 압도적인 부분)이 진사인 학자 겸 관료 계층의 성원들에 의해 씌어졌다. 그러나 명대 후반에 그들은 작자와 수집가로서 전혀 관직을 지내보지 못했던 많은 사람들과 결합하게 되었다. 과거시험에서 가장 낮은 등급인 생원이나 공생(貢生) 이상은 획득하지 못했던 허량쥔(何良俊; 1509-1562년), 왕즈덩(王穉登; 1535-1612년), 천지루(陳繼儒; 1558-1639년), 쉬보(徐𤊹; 1570-1642년), 마오진(毛晉), 펑수(馮舒; 1593-대략 1645년), 루이뎬(陸貽典; 1617-1683년), 첸퉁아이(錢同愛; 1475-1549년) 등과 같은 작자와 편집자, 그리고 수집가들을 떠올려 보면, 중국 역사상 처음으로 지식인과 주요 민간 도서 수집가들의 상당 부분이 고관이나 고급 학위 소지자도 아니고 그들 가문의 성원들도 아니게 되었음을 알 수 있다. 물론 작자들과 서적 수집가들 가운데 여전히 많은 거인(擧人) 또는 진사 학위 소지자들이 있었다. 후잉린(胡應麟)이나 황쥐중(黃居中), 장쉬안(張萱), 그리고 원정밍(文徵明)과 같은 거인 학위 소지자의 글이 없었다면, 명대 도서 수집에 대한 우리의 지식은 매우 불완전했을 것이다. 마찬가지로 예성(葉盛), 루선(陸深; 1477-1544년), 리카이셴(李開先), 양쉰지(楊循吉; 1458-1546년), 왕스전(王世貞; 1526-1590년), 그리고 판친(范欽; 1532년 진사)과 같은 진사 지위 소지자들의 실제 장서가 없었다면 우리의 도서관은 훨씬 빈곤했을 것이다.

게다가 생원들도 명대 후반부에 출판된 저작물의 범위 확대에 문학적으로 상당한 정도로 기여했다. 생원은 낮은 계급으로서, 단지 부담스러운 부역을 일시적으로 면제받고 기껏해야 쥐꼬리만한 수입을 제공받았기 때문에, 그들은 경제적인 안정을 얻기 위해 글쓰기에 의지해 살아가도록 내몰렸다.[149] 물론 상업적인 출판의 붐으로 그들 자신의 저작을 출판할 수 있는 기회가 많이 늘어나기도 했다. 어떤 단계의 과거 급제도 하지 못한 평민들 가운데 글을 읽을 줄 아는 일부 사람들과 함께, 그들은 겉으로 보

149 【옮긴이 주】 이들을 과거시험 급제를 통해 고급관료가 될 수 있었던 일부 문인들과 대비시켜 일종의 '주변부 문인'이라 부를 수 있는데, 이에 대한 연구로는 다음과 같은 논문이 참고가 될 만하다. 신주리, 『16-17세기 주변부 문인 연구-천지루陳繼儒와 리위李漁의 상업적 글쓰기를 중심으로』, 2012년 서울대학교 박사논문.

기에는 무한한 수의 독자를 대상으로 읽을거리를 쓰고, 편집하고, 편찬하며, 수정하고, 베꼈다. 그리하여 그들이 흥미를 가졌던 것은 과거시험이나 의학, 시와 산문 짓기, 사전과 수많은 유희호기를 다루는 "입문서"였다. 총서와 유명한 사람들의 글의 선집을 모아들였고, 대중 소설을 지었으며, 붓과 관련 있는 것이라면 어디든 손을 뻗쳤다.[150] 문인으로서(여성 작가나 장서가는 아직 그 숫자가 극히 적었으며, 시장을 위한 글쓰기도 개방되어 있지 않았다), 그들은 훨씬 지위가 높은 장서가와 문인들과 교류했다. [하지만] 몇몇 오만한 골동품 애호가들은 이들 생원과 평민 출신 장서가들을 비웃고 그들 장서의 내용들을 불신했던 것도 사실이다.[151] 그러나 이십 대 초에 글을 배워 잘 편집된 2만 여 권의 장서를 보유했던[152] 야오스린(姚士粦; 1561-1651년)과 같은 평민 출신 장서가 몇몇의 경우 이전에는 아주 다른 사교계에서 놀았을 지위가 높은 장서가들에 의해 환대 받기도 했다.

그러나 이들 장서가들과 이전의 장서가들을 가장 두드러지게 구분한 것은 그들이 추구했던(종종 정통적인 학문 분야의 정의를 넘어서는) 관심사의 넓이와 그들이 자신의 책에 부여했던 용처의 범위였다. 괴짜였던 싱량(邢量; 15세기 말에 활동)과 같은 몇몇 사람은 역사와 경서에서 불교, 도교, 의학에 이르는 수많은 주제를 다룬 책들을 찾았다. 의원이자 점쟁이이자 마을의 훈장이었던 이 사람은 쑤저우에서도 유행에 뒤떨어진 지역 펑먼(葑門)에서 "시골 중처럼" 혼자 살았는데, 그가 임대한 퇴락한 집의 세 칸 또는 네 칸의 방은 책으로 가득 차 있었고, 벽은 이끼로 덮여 있었다. 그럼에도 불구하고(자신의 부고장을 작성하고 자신만의 길을 가다 사회와의 접촉의 길을 막아 버린) 이 빈한한 장서가는 결국 수많은 학동들의 마음을 사로잡았을 뿐 아니라 당시 주요한 장서가 몇몇의 칭송을 얻었다.[153]

16세기의 다른 장서가들은 좀 더 현실적인 것으로 드러났다. 자싱(嘉興)의 의원인 인중춘(殷仲春)과 같이, 그들은 조금은 저급한 학술 영역의 책들을 전문적으로 모았고 그들의 장서를 다양한 방식으로 이용해 생계를 이어갔다. 의원들은 야망을 품은 관리들이 경서와 과거시험 지침서를 이용했던 방식과 마찬가지로 실제로 오랫동안 자신들의 치료에 의서를 실용적으로 이용했다. 하지만 시골 의원 인중춘은 자신이 갖고 있는 장서벽(藏書癖)을 거대한 출판 사업으로 전환했다. 어린 시절부터 그는 어쩌다 그 자신이나 나중에는 그의 아들이 불과 몇 푼의 동전으로 살 수 있는 불완전하고 짝이 맞지 않는 의서를 맞닥뜨리는 경우에 대비해 항상 주머니에 여윳돈을 넣고 다니다 [그런 책들을] 그러모았다. 결국 그는 장시(江西)로 갔는데, 그곳에서 몇 명의 의원이 가세해 그때까지 남아 있던 가장 오래된 전문적인 의서

---

150 조셉 P. 맥더모트(Joseph P. McDermott), 「16세기 중국에서 먹고사는 기술(The Art of Making a living in Sixteenth Century China)」(*Kaikodo*(懷古堂) *Journal 5*, autumn 1997), 63~81쪽.

151 후잉린(胡應麟), 「경적회통(經籍會通)」 4권, 64쪽.

152 예창츠(葉昌熾), 『장서기사시(藏書記事詩)』 3권, 274쪽.

153 장취안(張泉), 『오중인물지(吳中人物志)』 (1567-1572년 본의 영인본, 揚州: 揚州古籍書店, 시기 불명), 9.24b-25a, 예창츠(葉昌熾), 『장서기사시(藏書記事詩)』 2권, 121-122쪽. 쉬보(徐渤), 『오봉집(鼇峰集)』 (1625년 본). 10.9b.

목록으로 590권 이상으로 구성된 『의장목록(醫藏目錄)』을 편찬하여 간행했다. 나중에는 그 역시도 당시에 문인으로서 존경을 받게 되었고, 유명한 저술가인 천지루(陳繼儒)가 그의 전(傳)을 쓰기도 했다.[154]

서적상인 퉁페이(童珮; 16세기 말 경 활동)와 같은 다른 장서가는 심지어 좀 더 드러내놓고 자신의 장서를 책을 쓰고 파는 경력을 쌓는 데 활용했다. 창장 하류 저장 지방의 책 거간꾼 가문에서 태어난 퉁페이는 서적계에서(2만 5천 권에 이르는) 유명한 장서가와 존경받는 저술가가 되기 위해 열의를 보였다. 그는 쑤저우의 저명한 문인인 구이유광(歸有光; 1507-1571년)의 문도로 받아들여졌고, 결국 자신의 시문을 다른 문인들과 주고받기에 이르렀다. 그는 문인으로서의 성가를 높이고, 그림에 대한 재능과 예술에 대한 감식안으로 명성을 얻는 한편으로, 실제로는 책을 판매하는 가업을 계속 유지하면서 생계를 이어갔다. 후잉린과 같은 장서가를 포함한 그의 고객들은 그의 판매 목록을 받기를 간절히 원했다.[155]

과거 합격의 여러 등급과 사회적인 배경, 그리고 서적 출판과 장서가들 사이에서의 관심 등의 범위가 확대되면서, 자연스럽게 오늘날 우리가 도서관에서 접할 수 있는 16세기와 17세기 이래 남아 있는 인쇄본의 유형에 강력한 자극이 가해졌다. 여기서 다시 우리는 이노우에의 연구로 돌아갈 필요가 있다. 불완전하고 결정적이지 못하지만－향후의 연구는 거의 확실히 그의 발견을 수정하게 될 것이다－, 그의 연구는 인쇄본의 세계가 어떤 식으로 12세기에서 17세기로 넘어갔는지에 대한 매우 일반적인 인식을 얻는 데 유익하면서도 기초적인 시점을 제공하고 있다.[156]

일찍이 12세기에 인쇄본 텍스트의 유형이 확장되었다는 증거가 있다. 남송대 이래로 경전이나 역사, 시가, 공적인 추도사, 점술, 의서와 같은 좀 더 전통적인 장르의 책들이 증가하는 추세에 발맞추어 희곡이나 민가, 소설 등과 같이 인쇄에 부쳐진 새로운 장르의 책들 [역시] 출판되었다. 송대 인쇄본 가운데, 현존하는 철학 서적들은 주로 주시(朱熹)와 그의 문도들이 상세히 설명해 놓은 성리학의 가르침인 도학(道學)에 관한 저작이고, 다음으로는 의서가 그 뒤를 잇는다. 그러나 원대에 들어서게 되면, 의서가 압도적이 되고 유서(類書)가 그 뒤를 이었는데, 이 두 개의 장르는 이 범주에 들어가는 모든 책들의 거의 60퍼센트에 이른다. 그 뒤로 도학관련 서적들이 뒤를 잇는데, 이는 몽골제국 치하에서 유가 경전에 대한 공식적이고도 학술적인 연구가 붕괴했다는 사실을 반영한다. 순수 문학 범주에 들어가는 송대 인쇄본 가운데 가장 보편적인 것은 육조와 당대 작가들의 선집이었다. 그러나 원대에는 두푸(杜甫; 712-770년)와 리바이(李白; 705?-762년)를 제외하면 육조와 당대의 작품을 인쇄본으로 출판한 경우가

---

154 천지루(陳繼儒), 『진미공선생전집(陳眉公先生全集)』 (중국국가도서관에 있는 명 판본), 33.22a-23b. 리위안(李玉安)·천촨이(陳傳藝) 공편(共編), 『중국장서가사전(中國藏書家詞典)』, 142쪽.

155 왕스전((王世貞), 『연주산인속고(弇州山人續稿)』 (臺北: 文海, 1970), 71.15. 리위안(李玉安)·천촨이(陳傳藝) 공편(共編), 『중국장서가사전(中國藏書家詞典)』, 143쪽.

156 12세기에서 17세기까지 출판계에서 벌어진 변화에 대한 이어지는 논의는 이노우에의 「장서와 독서(藏書と讀書)」, 429-440쪽에서 가져왔다.

없었다. 이렇듯 유명하고 검증된, 아마도 안정적으로 이익이 보장될 거라 예상되는 작가들에 대해 집중하는 현상은 명대에 더 뚜렷하게 나타났다.

명대 초기에는 인쇄된 텍스트의 범위가 더 크게 감소한 듯하다. 원대 내내 조정의 관청에서는 이따금씩 문학 작품과 유가 경전을 찍어냈다. 그러나 명대에 들어서 초기 백년 동안 경전류 인쇄물은 유가 경전과 주석서 및 이들을 쉽게 풀이한 것과 사전류, 그리고 운서(韻書)가 전부였다. 역사서의 경우는 『통감강목(通鑑綱目)』과 『속통감강목(續通鑑綱目)』을 펴낸 반면, [이 두 책의 원본이라 할] 『자치통감(資治通鑑)』이나 이 책을 요약해서 『통감기사본말(通鑑紀事本末)』이라는 이름으로 다시 손을 본 책은 펴내지 않았다. 사실상, 명대를 여는 이 시기에 (이를테면, 홍무(洪武; 1368-1399년) 연간에 나온 『원사(元史)』나 천순(天順) 연간에 나온 『사기』, 성화(成化) 연간에 나온 『송사(宋史)』와 같이) 중요한 역사 인쇄본은 아주 드물었고, 거의 대부분 관에서 펴냈다. 명대 초기 민간 출판업자가 펴낸 역사서의 인쇄본들은 언급할 만한 것이 거의 없다.

명대 초기에 나온 집부(集部)에 속하는 인쇄본들 역시 그 수치가 비슷한 정도로 적다. 성화 연간에 장시 부(江西府)에서 펴낸 『주자어류(朱子語類)』와 베이징 국자감에서 펴낸 『산해경(山海經)』은 주목할 만하다. 당시 사람들이 선호했던 작가들 목록을 보면 원대 이래로 변화가 없다는 것을 알 수 있는데, 명대 초기 백년 동안 당 이전 작가의 선집은 아무것도 펴내지 않았고, 당대 작가도 리바이나 두푸, 한위(韓愈), 류쭝위안(柳宗元), 루즈(陸贄; 754-805년), 그리고 루구이멍(陸龜蒙; 9세기 경 활동) 정도만이 출판되었다. 하지만 판본의 숫자는 점진적으로 증가했다. 송원대에 비해 명대에 선집들을 좀 더 많이 펴낸 듯이 보인다. 송대에는 10년마다 평균 4.7종이었고, 원대에는 4.8종이었던 데 비해, 홍무 연간에는 6종, 선덕(宣德; 1426-1436년) 연간에는 12종이, 그리고 성화 연간에는 35.7종이 나왔다.

홍치(弘治)와 정덕(正德) 연간에는 16세기에 곧 뒤따르게 될 출판 붐의 몇 가지 산발적인 암시가 있었다. 『회남자(淮南子)』와 『염철론(鹽鐵論)』, 『독단(獨斷)』과 같은 오래된 자부(子部) 류의 책들을 펴내기 시작한 것이다. 마찬가지로 명대 초엽에는 『상산문집(象山文集)』과 『이정전서(二程全書)』, 『북계자의(北溪字義)』와 같은 성리학의 주요 텍스트들이 출판되었다. 그러나 자부 류의 범위는 정통적인 성리학에 국한하더라도 여전히 상당히 협소한 상태에 머물러 있었다. 사실상 대부분의 식견 있는 역사학자들이 정통 주자학파의 전성기로 여기고 있는 시기인 1565년 이전에는 실질적으로 도학과 관련해 출판에 부쳐진 것은 단지 경전에 대한 주시의 주석과 "본성과 운명(性命)"의 원리에 대한 논의뿐이었다. 이러한 정통적인 학설에 대하여 어떠한 도전적인 논의도 장려되지 않았던 것은 당연한 일이었다. 인쇄본에 기대되었던 것과 마찬가지로 학자들 역시도 이러한 "주어진 관점"을 학습하고 그것을 있는 그대로 재생산해 내도록 되어 있었기 때문이다.

16세기 중반이 되어서야 좀 더 다양한 지적 양식(糧食)에 대한 욕구가 출판에 반영된 철학적인 관심사의 팽창을 촉진했다. 더욱 다양한 철학적 주제를 다룬 인쇄본의 급증이, 명대 지성인의 삶을 억압했던 (정주학파로 체현된) 도학 헤게모니의 종말이나 왕양밍(王陽明; 1472-1529년) 사상에 대한 관심 폭발과 동시에 일어났다는 사실은 놀랄 일이 아니다. 강남 지역의 서적계에서 인쇄본이 점차 애호되었다는 사실은 의심할 바 없이 신유학적 사고의 새로운 경향에 대한 인식의 확산에 도움이 되었다. 이런 책들은 종종 이론에 대한 실천을 주창하고 정주학파의 책상물림 행태를 주저없이 비난했다.

비슷한 변화가 명대 중엽에 철학 이외의 분야의 출판에서도 나타났다. 출판업자들은 그때까지는 인쇄본으로 구해볼 수 없었던 광범위한 초기 역사 저작에 대한 새로운 판본을 쏟아내기 시작했다. 그것은 『한기(漢記)』, 『대당육전(大唐六典)』, 『문헌통고(文獻通考)』와 『오월춘추(吳越春秋)』이다. 그리고 그들 역시 이제는 『김문정공북정록(金文靖公北征錄)』이나 『황명개국공신록(皇明開國功臣錄)』과 같은 비교적 최근의 역사서들을 찍어냈는데, 이런 책들은 명대 역사에 대한 거의 당대의 자료로 쓰일 수 있는 것들이었다. 선집 류는 육조 시대로 거슬러 올라가는 『문선(文選)』뿐 아니라 좀 더 최근의 저작에 이르기까지 광범위한 시대적 배경을 가진 텍스트들이 출판되었다. 경전의 경우에는 그러한 변화가 조금 덜 나타났다. 그러나 정덕 연간의 『의례(儀禮)』와 『춘추번로(春秋繁露)』의 출판은 [다른 경전에 비해] 상대적으로 재출간이 조금 덜 이루어졌던 경전에 대한 관심이 점차 증가했다는 사실을 시사해준다.

우리가 이미 보았던 대로, 구옌우(顧炎武)는 가정 연간 이전에는 사람들 사이에서 유통되었던 책들이 "기껏해야 사서오경과 『통감』이나 성리학 책 몇몇에 지나지 않았다"고 단언했다.[157] 하지만 가정 연간 말에 이르자 상황은 극적으로 변했다. 1500년 이전의 서적계에서는 오랫동안 유통될 가망성이 거의 없었던 희귀본들이 약 1520년 이래로 대량으로 다시 출판되어, 인쇄본의 형태로 영속적으로 살아남을 가능성이 증가했다. 그리하여 양질의 인쇄본만을 사용할 것을 고집했던 것으로 알려져 있는 『사부총간(四部叢刊)』의 편자들은 명대 후반기에 만들어진 인쇄본에 과도하게 의지했다(청대 초기에는 명대 인쇄본을 질이 떨어지는 것으로 무시하는 것이 일반적이었음에도). 장서 가운데 44퍼센트가 명말의 판본에서 온 것들이었다.[158] 16세기가 되어서 인쇄본은 전체적으로 서적계뿐 아니라 학술 서적의 좀 더 세세한 분야까지도 "정복"했다.

인쇄본 세계에서의 필사본 : 지속되는 영향력과 수요

16세기에 인쇄본이 결국 우세를 점하긴 하였지만 청말까지 필사본의 영향력이나 그 나름의 용도가 완전히 없어지지는 않았다. 우선 필사의 전통은 지속적으로 목판 인쇄의 형태와 외양에 영향을 주었다. 확실히 16세기 중엽에 이르러 장체(匠體)가 주요한 서체로 자리잡게 되자, 인쇄본 텍스트가 더 이

157 구옌우(顧炎武), 「초서자서(抄書自序)」, 『정림문집(亭林文集)』 2권, 29쪽.

158 이노우에, 「장서와 독서(藏書と讀書)」, 434쪽.

상 필사된 텍스트의 서체를 흉내낼 필요가 없어지게 되었다. 그러나 서문, 특히 고품질의 인쇄본은 종종 눈에 띄는 서체로 판각되었으며 최소한 처음 몇 페이지는 여전히 필사본을 본떴다. 인쇄본에 대한 필사본의 영향은 더 심화되어, 인쇄본의 외양을 넘어 그 내용을 형성하는 데까지 나아갔다. 전통적인 중국의 인쇄본은 어느 것을 검토하더라도 그 서지학적인 분류와 무관하게 언제나 선집으로 읽히고 또 그렇게 만들어졌음을 볼 수 있다. 종종 이것은 저자가 바라는 바대로 덧붙여지거나 삭제된 항목들을 필사본으로 정리된 것처럼, 한 사람이나 그 이상의 저자가 하나나 그 이상의 주제에 대해 한 가지 이상의 이야기를 말하기 위해 쓴 문집이 되곤 하는 것이다. 이런 책은 필사본이 아니라 인쇄본인데도 그곳에서 개별적인 수록 내용 가운데 하나나 심지어 몇 가지를 빼버리더라도, 오직 학식 높은 독자만이 그러한 누락을 알아챌 것이다. 필사본 문화에서는 쉽게 이해될 수 있는 그러한 텍스트의 유동성은 중국에서는 광범위하고 다양한 인쇄본 출판업자들 사이에서 통상적인 관행으로 지속되었으며, 이것은 13세기의 대중적인 상업 출판사에서 지난 세기[곧 20세기]에 각각의 성(省)에서 운영하는 출판사[159]에 이르기까지 두루 해당되는 것이었다.

둘째, 16세기 이래로 인쇄본을 대량으로 손에 넣을 수 있었음에도, 필사본은 현재까지도 강남 지방에서 계속 만들어지고 사용되어 오고 있다. 하나의 텍스트가 인쇄본으로 출현했다는 사실이 그것을 필사하고 또 유통하기까지 하는 독자들이 없어졌다는 것을 의미하지는 않았다는 것이다. 유마오(尤袤; 1127-1194년)와 같은 대다수 중국의 학자와 장서가들은 하나의 텍스트를 자기 것으로 만들고 읽는 가장 좋은 방법은 그것을 붓으로 베껴 쓰는 것이라는 입장을 고수했다.[160] 심지어 어떤 사람은 자신이 베껴 쓴 것을 완전히 이해하지 못했다 하더라도, 그것을 다시 읽고 외우다가 결국에는 그것을 자기 것으로 만들 수 있었다. 12세기의 훙마이(洪邁, 1123-1202년)와 같은 작자들은 학문적인 이유 때문에 그렇게 했다. 전하는 바에 의하면 그는 『자치통감』을 세 번이나 베껴 썼는데, 한 번은 그 책의 오류와 성취를 검토하기 위해, 또 한 번은 그 문체를 공부하기 위해, 그리고 마지막 한 번은 유가의 가르침을 온전히 자기 것으로 만들기 위해서였다.[161] 명말의 어떤 유명한 관리는 생계를 위해 텍스트를 필사했다. 황다오저우(黃道周; 1585-1646년)는 정치적인 비평문 때문에 베이징의 옥에 갇혀 있을 때 『효경』을 필사하는 것으로 생계를 유지했는데, 그는 하나 당 2금을 받고 팔았다.[162] 그러니 17세기 초 쑤저우에서 필사를 지지하는 어떤 이가 "책 한 권을 짓는 것(著書)이 한 권의 책을 베끼는 것(抄書)만 못하다"고 주장한 것도

159 【옮긴이 주】 각 성마다 운영하는 인민출판사 등을 가리킨다.

160 리위안(李玉安)•천촨이(陳傳藝) 공편(共編), 『중국장서가사전(中國藏書家詞典)』, 90쪽.

161 허멍춘(何孟春), 『연천허선생여동서록(燕泉何先生餘冬序錄)』 (1584년 판), 35.10a-b. 이 텍스트에서도 쑹치(宋祁, 998-1061년)의 "『문선』을 세 차례 필사해야만 그것의 아름다움을 알 수 있다(手抄《文選》三過, 方見佳處)"는 말을 인용했다. 【옮긴이 주】 쑹치의 말은 왕더천(王得臣)의 『주사(麈史)』 2권에 나온다.

162 구이좡(歸莊), 『구이좡집(歸莊集)』 (上海: 上海古籍出版社, 1984) 10권, 516쪽.

놀랄 일은 못 된다.[163]

그러나 많은 독자들은 스스로 사본을 만들지 않았다. 그들은 필경사에게 돈을 지불하고 사본을 한 번에 30개 정도 만들게 했다.[164] 종종 이런 필경사들은 하급 관리거나 시골 학당의 학생, "서동(書童)", 또는 자신들의 붓으로 먹고 살 일을 도모하느라 여념이 없었던 낙재생들이었다.[165] 하지만 필사본을 만드는 일은 쑤저우의 문인인 장쥔밍(張俊明; 17세기 후반에 활동)의 다양한 경력에서 볼 수 있듯이, 출판업에도 유용했다. 그는 명말에 관료 집안에서 태어났지만, 향시에서 낙방했다. 그리하여 그는 문인 관료들을 위해 다양한 서체로 시나 문장을 써주거나 베껴주는 일로 생계를 꾸려나갔는데, 목판 각공이나 석공을 위해 텍스트를 베껴준다거나 쑤저우의 사원이나 술도가의 간판에 쓰이는 상호를 써주기도 했다.[166]

그리하여 인쇄가 흥기하고 심지어 정복에 나섰다 해도 어떤 식으로든 필사본이 사라지게 하지는 못했다. 위에서 언급한 사례가 보여주듯이, 새로운 필사본이 서로 다른 맥락에서 다양한 이유로 계속 만들어졌다. 16세기 말에 강남 지역에서 인쇄가 우세를 보인 이후 몇 십 년 동안, 후잉린(胡應麟)은 "최근 도시에 사는 사람들은 하루에 만여 장의 종이를 사용해가며 모든 종류의 학술 저작들의 사본을 만들었다"고 말했다.[167] 심지어 1769년까지도 유명한 베이징 류리창(琉璃廠)의 서점에서는 인쇄본뿐만 아니라 필사본도 많이 팔고 있었다. 이런 상황을 보고한 사람은 당시 그가 수도에 머무는 동안 책을 빌리고 베끼는 데 대부분의 시간을 보냈다는 사실을 인정했다.[168] 사실상 더 많은 책들이 인쇄되고 더 광범위하게 유통될수록, 어떤 텍스트의 필사본들이 최소한 그것이 유통되는 하나의 단계에서 인쇄본에 뿌리를 두고 있을 개연성이 더 커졌다. 그래서 명청 시기의 문화에서는 이러한 상호 작용이 널리 퍼져 필사본과 인쇄본 사이의 뚜렷하고 절대적인 차이를 이끌어낼 수 없었다. 그리하여 명대 중엽에 인쇄본이 필사본에 대해 먼저 우위를 점했다는 주장에 대해서는 필사본이 지속적으로 나왔다는 사실을 어떤 발전의 막다른 골목이 아니라 오늘날 우리가 읽고 알게 된 텍스트의 형성에 생명력을 불어넣은 것으로 해석해야 할 여지를 남겨놓아야 한다. 심지어 1960년대까지도 중국 동남쪽의 비교적 발전된 지역에서조차 족보나 대련, 그리고 가족의 관습이나 사회적 관례에 대한 지침서 등과 같은 것이 인쇄본보다는 필사본으로 남아 있었다. 풍수나 의례에 대한 책과 같은 다른 장르의 서적들에 대해 말하자면,

---

163 구옌우(顧炎武), 「초서자서(抄書自序)」, 『정림문집(亭林文集)』 2권, 32쪽.

164 천덩위안(陳登原), 『천일각장서고(天一閣藏書考)』 (南京: 中國文化研究所), 1932], 24쪽.

165 예창츠(葉昌熾), 『장서기사시,부보정(藏書紀事詩,附補正)』 2권, 135쪽, 2권 253쪽, 4권 307쪽. 리위안(李玉安)·천촨이(陳傳藝) 공편(共編), 『중국장서가사전(中國藏書家詞典)』, 125-126쪽.

166 왕완(汪琬), 『요봉문초(堯峰文鈔)』, 15.5b-6a.

167 후잉린(胡應麟), 「경적회통」 4권, 68쪽.

168 쑨뎬치(孫殿起) 편, 『류리창소지(琉璃廠小志)』 (北京: 北京古籍出版社, 1982), 100-102쪽.

필사본 형식이 우세를 점하고 있다고까지 말할 수는 없지만, 여전히 보편적이었다.[169] 여기에서 문인 문화에 대한 조사 결과는 마찬가지로 일반 독자의 도서 문화에 대해서도 타당한 것으로 판명될 수도 있을 것이다.

셋째 인쇄본의 우세(와 아마도 16세기에 일어난 출판 붐의 결과물인 듯한 더 많은 텍스트를 손에 넣을 수 있었다는 사실)이 서적 부족 현상을 종식시키지는 않았다. 책을 소유한 이들이 책을 빌려주고 공유하는 데 대해 이전의 사고 방식과 행동 방식을 유지하고 있었다는 것을 보여주는 분명한 표지가 남아 있다. 책은 여전히 소중한 것으로 여겨졌기에 소장자들은 종종 자신의 소장품에 대한 접근을 제한했다. 최소한 당 이래로 책을 소장한 이들은 그들 자신과 후손들에게 다음과 같은 격언을 상기시켰다. "책을 빌려주는 것은 불효"이고, "책을 빌려주는 것은 어리석은 일이고, 마찬가지로 책을 돌려주는 것 역시 어리석은 일이다."[170] 정부에서 운영하는 학교의 도서관이나 순회도서관, 심지어 친척이나 친구들 사이의 도서관에서는 송대와 원대 특히 명대에 이르게 되면 책에 대한 접근성이 꽤 향상되었다.[171] 그러나 유명한 17세기의 학자 황쭝시(黃宗羲, 1610-1695년)는 몇십 년 동안 강남에 있는 주요한 사설 도서관을 방문하려고 애쓰다가, "사람들은 자신의 책들을 다른 사람에게 쉽사리 내보이려 하지 않았다"는 결론을 내렸다.[172] 확실히 책이 희소하고 비쌀수록, 더 많은 보호를 받았던 듯이 보인다. 그러나 너무도 많은 독자들의 불평을 야기했던 그런 배타성이 선본이나 값비싼 책에서만 보였던 것은 아니었다고 한다.[173] 엘리트 위주의 과거시험이 어떤 종류의 지식이 문자 그대로 권력으로 이끌어주는 것을 보장해주는 세계에서는, 그렇게 열성적으로 책을 간수하고(아마도 그런 책들을 경쟁자들로부터 지켜내려는) 노력만이 예상될 따름이었다.

그리하여 필사본이 지속적으로 사용되고 만들어진 것을 배제하지 않았던 것과 마찬가지 맥락에서, 인쇄본이 우세를 점했다는 사실이 도서 부족에 대한 불평불만이 사라졌다는 것을 의미하지는 않는다. 그러나 명말의 도서 부족 현상은 그 원인이 순전히 경제적인 데 있지 않고 근본적으로 인위적이었다는 점에서 이전과 사뭇 다르다. 어쨌든 간에 16세기나 17세기 명대의 출판 붐이 고조에 이르렀을 때

---

169 제임스 헤이즈(James Hayes), 「향촌 세계의 장인과 필사 재료Specialists and Written Materials in the Village World」 (David Johnson, Andrew J. Nathan, and Evelyn Rawski, eds., Popular Culture in Late Imperial China, Berkeley: University of California Press, 1985), 78-95쪽.

170 나가사와 기쿠야(長澤規矩也), 「중국에서 도서관의 탄생(支那における圖書館の誕生)」 [『나가사와 기쿠야 저작집(長澤規矩也著作集)』 6권, 도쿄(東京): 규코쇼인(汲古書院), 1984], 288-292쪽.

171 티모시 브룩, 「지식의 순화: 명대 학교 장서실의 설치(Edifying Knowledge: The Building of School Libraries in the Ming)」 (*Late Imperial China* 17.1. June 1996), 『쾌락의 혼돈: 명말 중국의 상업과 문화(The Confusions of Pleasure: Commerce and Culture in Ming China)』 (Berkely: University of California Press, 1998. 우리말 역본은 이정·강인황 옮김, 『쾌락의 혼돈』, 이산, 2005년), 132쪽.

172 황쭝시(黃宗羲), 『황쭝시전집(黃宗羲全集)』 (杭州: 浙江古籍出版社, 1985) 1권, 389쪽.

173 이를테면, 구이좡(歸莊), 『구이좡집((歸莊集)』 10권, 494쪽. 조셉 맥더모트, 「중국에서의 도서에 대한 접근, 960-1650년(Access to Books in China, 960-1650)」 (미간행 원고)를 참고할 것.

조차도 독자들이 중국의 텍스트를 충분히 손에 넣을 수 있었다(거나 오늘날 서구의 주요한 연구 기관의 도서관의 사용자들이 이용할 수 있는 정도의 도서 종류를 손에 넣을 수 있었다)고 가정하는 것은 잘못일 것이다. 민간의 장서들은 비문학적인 학문이나 심지어 사회 교제를 위한 기초가 아니라 사회적이고 경제적인 자산으로 더 자주 이용되었다. 그 결과 송대와 원대 그리고 명대의 지적인 삶은 훨씬 더 단편화되었고, 학자나 문인들은(단일하지 않은 이 집단에 대해 일반화하는 것이 가능한 범위 내에서) 오늘날 우리가 생각하는 것보다 훨씬 편협한 독서를 했(고 그리하여 당대의 지적인 경향에 대해 잘 알지 못했고 훨씬 무지했)다.

확실히 명말의 장서가들은 책을 빌려주는 데 좀 더 관대한 입장을 취했다. 그들은 특히 출판 붐이 일었을 때, 독자들이 책을 구하는 데 애로가 많아 결국 좌절하는 상황을 안타까워했다. 그리고 청초에는 1640년대의 혼란스러운 기간 동안 광범위한 도서 파괴가 이루어진 것에 대해 걱정을 했던 장서가들이 그들의 책을 교환하기 위해 정식으로 서면 계약(約)을 맺기도 했다.[174] 이러한 협정은 여전히 상당한 정도로 제한적이었다. 어떤 경우든 그들은 두 개나 세 개 이상의 동아리 사이에 이루어지는 도서 대여의 조건을 제시하지 않았다. 그리고 이러한 타협의 효과는 바로 나타나지 않았다. 곧 청초에 구옌우(顧炎武)나 황쭝시(黃宗羲)와 같은 사람들이 시도했던 학술에 이르러서야 17세기 중후반 장서 공유에 대한 관심이 정치적 파문을 불러왔다. 사실상 민간의 장서를 광범위하게 공유하는 데 바탕한 공동의 학술 연구는 훨씬 더 나중인 18세기까지 기다려야 했다.[175] 그때까지도 필사본은 대량으로 남아 있으면서 여전히 중국의 여타의 지역을 통틀어 독자들 사이에서 인쇄본에 대한 전통적인 우세를 양보하지 않았다. 명청 시기에 인쇄본의 "정복"은 우세한 지위를 얻기까지와 마찬가지로 오랜 시간이 걸렸다.

---

174 그런 계약들이 좀 더 이른 시기에 만들어졌다는 사실은 의심할 바 없으며, 가장 유명한 것으로는 17세기 카이펑(開封)의 장서가들인 쑹민츄(宋敏求, 1019-1079년)와 왕친천(王欽臣, 약 1034-1101년) 사이에 이루어진 것을 들 수 있다. 그러나 사회적인 삶의 수많은 다른 측면들과 마찬가지로, 이러한 교환에 대한 조건은 명말에 처음으로 계약서의 형태로 씌어지고 보존되었던 듯하다. 가장 유명한 사례는 차오룽(曹溶, 1613-1685년)과 딩슝페이(丁雄飛, 1605년 생; 17세기 중엽에 활동)가 17세기 중엽에 쓴 것들이다.

175 벤저민 A. 엘먼(Benjamin A. Elman), 『철학에서 문헌학으로: 명청 시기 중국의 지적 사회적 변화 양상들From Philosophy to Philology: Intellectual and Social Aspects of Change in Late Imperial China』 제2개정판(Asian Pacific Monograph Series, Los Angeles: University of California, Los Angeles, 2001) 5장과 6장을 볼 것. 【옮긴이 주】 이 책의 우리말 번역본은 양휘웅 역, 『성리학에서 고증학으로』 (예문서원, 2004년)이다.

제2부

상업 출판과 서적 시장의 확대

싼산졔(三山街):
명대 난징의 상업적 출판인

루실 자(Lucille Chia)

> 천하에서 서적의 풍부함은 우리 진링을 당할 곳이 없으며, 여기 진링에서도 서점이 많은 곳으론 우리 싼산졔를 당할 곳이 없습니다. 그런 곳에 내가 가장 큰 서점을 가지고 있습니다. 보십시오, 십삼경, 이십일사, 구류삼교, 제자백가, 그밖에 팔고문 선집, 신기한 요즘 소설에 이르기까지 다 있습니다. 나는 이 책들을 모으기 위해 사방을 돌아다녔고, 옛날 판본을 샅샅이 조사하여 학술적인 평점을 달았으며, 정교하게 새기고 정성스럽게 찍어냈습니다. 뿐만 아니라 이런 작업을 통해 많은 이익을 거두었지요. 나는 인류의 가장 고상한 사상들을 보존하고 전파하는 데 기여했습니다. 진사, 거인일지라도 저에게 공손히 인사를 합니다. 나는 나의 명성에 만족할 만한 이유가 있습니다(『도화선(桃花扇)』 제29착 「체사(逮社)」).[1]

명대(1368년-1644년) 난징의 상업적 출판인에 대한 연구는 몇 가지 이유로 인해 지금은 이전보다 훨씬 수월해졌다. 이제까지 난징의 출판에 대한 전문적인 연구는 거의 없었지만,[2] 최근에는 중국의 역사와 문학, 미술, 종교 그리고 과학과 기술을 연구하는 학자들이 명청 시기 책과 출판에 관한 좀 더 광범위한 주제를 연구하는 데 진지한 노력을 기울였다. 무엇보다 점점 더 다양한 서지 자료를 손에 넣을

---

1 쿵상런(孔尚任), 『도화선(桃花扇)』 (Chen Shih-Hsiang and Harold Acton, Cyril Birch, *The Peach Blossom Fan*, Berkeley: University of California Press, 1976.) 212-213쪽. 번역문에서 내가 약간의 수정을 가하였다. 책 판매업자는 계속해서 그가 어떻게 "(과거 시험 답안을 위한) 작문의 모범으로 선집을 펴내기 위해 역량 있는 선문가들을" 초빙했는지 이야기하고 있다.
【옮긴이 주】 원문은 다음과 같다. "天下書籍之富, 無過俺金陵;這金陵書鋪之多, 無過俺三山街;這三山街書客之大, 無過俺蔡益所。(指介)你看十三經、廿一史、九流三教、諸子百家、腐爛時文、新奇小說, 上下充箱盈架, 高低列肆連樓。不但興南販北, 積古堆今, 而且嚴批妙選, 精刻善印。俺蔡益所既射了貿易詩書之利, 又收了流傳文字之功;凭他進士舉人, 見俺作揖拱手, 好不体面。"

2 이제까지 나온 주요한 2차 자료로는 장슈민(張秀民)의 『중국인쇄사(中國印刷史)』 (上海: 上海人民出版社, 1989년)가 있는데, 명대 난징에 대해서는 특히 340-363쪽과 『장슈민 중국인쇄사 논문집(張秀民中國印刷史論文集)』 (北京: 印刷工業, 1988년)에 있는 여러 편의 논문을 참조할 것. 케이 티 우(K. T. Wu)의 「명대의 출판과 출판인(Ming Printing and Printers)」 (Harvard Journal of Asiatic Studies, 7.3. February 1942) 가운데 203-260쪽은 일반적인 수준에서의 유용한 개괄이고, 조셉 니덤(Joseph Needham)이 엮은 『중국의 과학과 문명(Science and Civilization in China)』 (Cambridge: Cambridge University Press, 1985) 5권 1부에 있는 첸춘쉰(錢存訓, Tsien Tsuen-hsuin)의 『종이와 인쇄술(Paper and Printing)』 특히 172-183쪽과 262-287쪽에도 관련이 있는 부분이 있다.

수 있게 되면서, 이제까지 알려진 출판 중심지나 작품 범주에 대한 적절한 출판물[3] 목록을 수집하는 만만치 않은 일이 가능해졌거나 그에 따른 어려움을 덜게 되었다.[4]

나는 이전에 푸젠 성 북쪽 젠양(建陽)의 상업적 출판인들을 연구한 적이 있었는데, 그때부터 난징의 출판업에 대해서도 관심을 갖게 되었다.[5] 그것을 연구하는 과정에서, 나는 중국 명대에 가장 컸던 도서 중심지 두 곳 사이의 연관 관계에 매료되었다. 젠양과 난징의 출판인들은 각자 찍어낸 저작의 번각본을 똑같이 찍어냈을 뿐 아니라, 출판업의 다양한 측면에 관여한 사람들(출판인이나 작자와 편집자, 그리고 각공)은 두 곳에서 모두 일했다. 이들이 사업적으로나 문학적으로 맺고 있는 연계가 쑤저우(蘇州)나 항저우(杭州), 우시(無錫) 등 다른 강남의 주요 도시를 포함해 중국의 중부와 남부의 많은 지역에 걸쳐있는 긴밀하고도 복잡한 네트워크의 일부를 이루었다는 것은 거의 확실해 보인다. 그러므로 난징에서 시작해 이들 지역의 출판업에 대해 좀 더 면밀하게 살펴보는 것은 유용한 일이 될 것이다. 명의 첫 번째 수도였으며 1421년 이후에는 둘째 수도(陪都)였던 난징은 국가의 정치적, 문화적 중심지 가운데 하나였다. 그러므로 학자들은 명청 시기 난징(그리고 일반적으로는 강남 지역)에 대한 1차 자료와 2차 자료들을 풍부하게 갖고 있다. 이 가운데 특히 출판에 관한 연구에 유익한 것은 명대 문인 문화에 대한 많은 정보로, 여기에는 이 논문에서 언급할 문인 자신의 풍부하고 다양한 저작이 포함된다.

이 장에서는 명대 난징의 상업적 출판에 관해 몇 가지 발견된 사실과 그에 대한 고찰을 제시하고자 한다. 여기서 상업적 출판과 관련지을 수 있는 부분을 언급하는 것 외에, 도시의 다양한 관청이나 종교 기관, 서원(書院)의 출판 활동에 대해서는 기술하지 않을 것이다. 하지만 나는 인쇄본의 유형과 질적인 측면에서 '상업적'인지 그렇지 않으면 '사적'인 서사(書肆)였는지 결정하기 어려운 출판인 몇 명에 대해서는 논의를 진행할 것이다. 단지 눈에 띄는 사례 몇 가지를 들기 위해 생략한 것 – 다양하고 훌륭한 삽화 작품(여행기나 난징에 대한 기록, 그리고 소설)은 물론 화첩까지도 – 도 많다. 이런 것들은 결코 중요하지 않아서가 아니라 단지 내가 아직 충분히 자세하게 검토하지 못했다는 이유 때문에 제외되었다. 출판물에 대한 나의 논의는 전부는 아니지만 대부분 내가 개인적으로 검토한 것이나 적절한 영인본이나 서지학적 설명을 통해 알게 된 것에 근거하고 있다. 어느 쪽이든 가능한 한 나는 도서관의 장서 목록에 수록된 것을 제외하고 내가 제대로 된 정보를 갖고 있지 못한 출판물에 대해서는 포괄적인 결론을

3 【옮긴이 주】 앞서 조셉 맥더모트의 글에서는 '출판물'에 해당하는 용어인 'imprint'를 '인쇄본'으로 번역했다. 그때는 '필사본'과의 대비를 위해 그리한 것이었는데, 이 글에서 다루고 있는 싼산제에서 나온 책은 모두 '인쇄본'을 가리키기에 굳이 '인쇄본'이란 말 대신 '출판물'로 대신하였다.

4 중국의 책에 관한 최근의 연구와 최근에 출판된 문헌에 대한 서지 사항은 이 책의 첫 번째 글(신시아 J. 브로카우, 「중국의 서적사」)을 참고할 것.

5 루실 쟈(Lucille Chia), 『영리를 목적으로 한 출판: 푸젠 성 젠양(建陽)의 상업적 출판인들(11세기-17세기)(Printing for Profit: The Commercial Publishers of Jianyang, Fujian(11th-17th Century)』(Harvard-Yenching Institute Monograph Series 56, Cambridge, Mass.: Harvard University Asia Center, 2002)

끌어오는 것을 피했다. 나는 여기서 내려진 결론이 다른 사람들이 이 흥미로운 주제에 대해 연구를 착수하게 만드는 계기가 되기를 바란다.

여기서 나는 우선 도시의 출판업에 대한 쌴산졔의 중요성을 강조하면서 명대의 난징에 대해 간략하게 설명하고자 한다. 두 번째로 나는 상업적 출판인들에 대해(그들이 누구였는지, 그들이 출판한 것, 그리고 상호 간의 관계와 다른 지역의 출판인과의 연계에 대해) 논의할 것이다. 세 번째로 나는 출판물 그 자체에 대해 살펴볼 터인데, 이 과정에서 언제 무엇을 출판했는지에 대한 전반적인 패턴에 집중하면서 이러한 패턴을 구체적으로 설명해주는 특정한 작품에 대해 언급할 것이다. 네 번째로는 이렇게 하여 발견한 것과 젠양에 대한 내 작업에서 도출한 내용을 바탕으로 오랜 기간 동안의 변화와 명대 상업 출판에서 보이는 지역적 차이점과 유사점에 대해 고찰할 것이다.

명대의 난징

1395년의 『홍무경성도지(洪武京城圖志)』에 수록된 지도에 따르면,[6] 14세기말에 이르러 명말과 청대의 작가들이 묘사한 난징의 많은 특징들이 이미 자리를 잡고 있었었다(〈그림 1〉을 볼 것). 이렇게 된 가장 중요하고도 분명한 원인은 원대의 둘째 수도(陪都)였던 난징을 제국의 수도로 탈바꿈하려 했던 명 태조의 일관된 노력 때문이었다.[7] 명 태조의 재위기간(1368-1398년) 동안 주요 성벽과 궁성, 궁궐 안과 밖의 수많은 관청, 그리고 새로운 국자학(國子學)이 세워졌다. 관리와 그들의 가솔, 황제의 칙령으로 강남의

---

6 『홍무경성도지(洪武京城圖志)』(1395년)는 최소한 두 개의 현대 영인본이 있다. 하나는 1928년에 나온 것으로 류이정(劉詒徵)의 발문이 붙어있고 다른 하나는 『 남경문헌(南京文獻)』 3권(1947년)에 수록된 것인데, 이 책에서 수록한 지도는 하나를 제외하고 모두 판독하기 어렵다(上海: 上海書店, 1991).

【옮긴이 주】『홍무경성도지』 1권은 명대 홍무 28년(1395년) 첨사부(詹事府) 우춘방(右春坊) 우찬선(右贊善) 왕쥔화(王俊華)가 칙명을 받고 찬수했다. 명초의 수도였던 난징의 상황을 "황성(皇城)"과 "경성산천(京城山川)", "대사단(大祀壇)", "산천단(山川壇)", "사관(寺觀)", "관서(官署)", "국학(國學)", "가시교량(街市橋梁)", "루관(樓館)" 등 9도(圖)와 본문으로 이루어져 있는데, 본문은 다시 궁궐(宮闕), 성문(城門), 산천(山川), 단묘(壇廟), 관서(官署), 학교(學校), 사관(寺觀), 교량(橋梁), 가시(街市), 루관(樓館), 창고(倉庫), 구목(廐牧), 원포(園圃) 등 13개 류로 나뉘어 도해가 곁들여졌다. 책의 앞부분에는 두쩌(杜澤, 承直郎, 詹事府丞)의 서가 있고, 왕쥔화의 기(記)와 "황도산천봉성도고(皇都山川封城圖考)"가 있다. 판본은 명 홍무 간본(原書六十葉, 半葉十行, 字仿趙孟頫, 大而悅目, 清藏書家朱緒曾贊曰:"古香觸手, 與宋元佳刻無異")와 명 홍치(弘治) 5년(1492년) 쟝닝(江寧) 지현 주쭝(朱宗)의 중간본(附南京戶部主事王鴻儒題記), 청대 필사본(藏中國國家圖書館, 두쩌의 서는 없고 원래 60엽 가운데 21, 29, 39, 41, 54 엽이 결락됨)), 민국 무진(1928년) 난징에서 홍치본을 영인한 것이 있고, 1947년 3월 난징시 통지관(通志館) 발행 『난징문헌(南京文獻)』 제3호, 1991년 상하이서점(上海書店)의 『난징문헌』 영인본, 1988년 서목문헌출판사(書目文獻出版社)에서 『베이징도서관 고적진본 총간(北京圖書館古籍珍本叢刊)』, 제24책 영인본 등이 있다.

7 명초의 난징에 대해서는 윌리엄 스키너William G. Skinner가 엮은 『명청 시기의 도시(The City in Late Imperial China)』 (Stanford: Stanford University Press, 1977), 101-153쪽에 있는 모트F. W. Mote의 「난징의 변천, 1350년-1400년(The Transformation of Nanking, 1350-1400」을 볼 것.

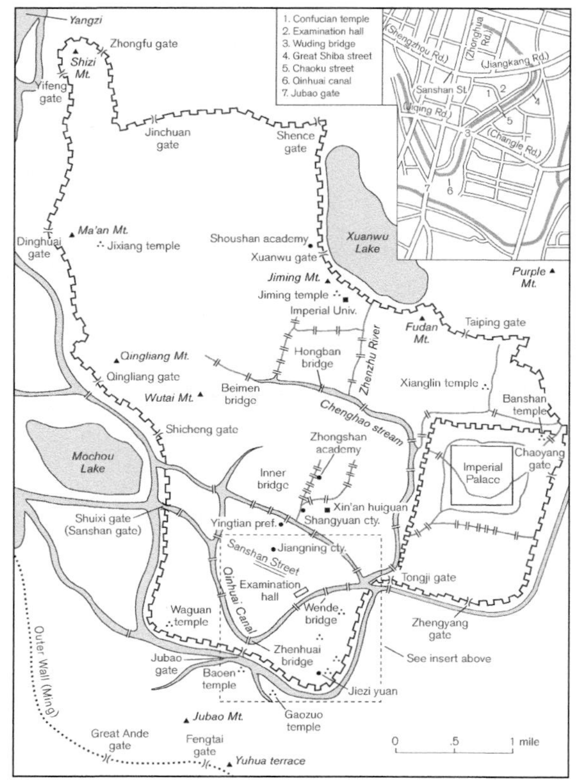

<그림 1> 16세기 말과 17세기의 난징

다른 곳에서 옮겨온 부유한 가문, 장인, 상인, 예인을 포함해 그곳에 정착한 모든 부류의 사람들의 새로운 거주지로서, 난징의 남쪽 지역에 있는 '구 시가지' 역시 재건되었다.[8] 심지어 오늘날의 난징 지도에서도 명청 시기 그곳에 거주했던 사람들의 전문 분야를 분명하게 나타내주는 구역이나 거리, 건물과 골목길의 이름을 많이 찾아볼 수 있다.[9]

명말의 자료에 따르면, 1421년에 수도를 베이징으로 옮기면서 난징의 성장 동력이 많이 약화되었으며 인구가 급격히 감소했는데, 이러한 상황은 한 세기가 지나도록 여전히 완전하게 회복되지 않았다.[10] 그러나 16세기 중반에 이르러 많은 명청시대 작가들이 애정을 담아 세밀하게 묘사한 바 있는 활기찬 정치, 문화의 중심지로 성장하였고, 16세기를 거치면서 다른 강남지역과 함께 경제적으로 충분히 회복되고 팽창하게 되었다. 하지만 난징은 둘째 수도로 정치적으로나 행정적으로도 중요한 지위를 유지하고 있었다. 비록 어떤 사람들은 난징이 정치적으로는 그 기능의 중요성이 제한되었다고 여겼던 게 분명하지만, 그곳은 여전히 상당한 문화적 즐거움을 주는 매력적인 도시였다. 베이징에 배치되는 관리들에게 부과되었던 행정적인 책임의 실제적인 부담을 원하지 않았던 이들은 난징의 관직을 선호하였다. 재미, 명성 또는 같은 부류의 다른 사람들과의 교제만을 추구했던 많은 문인이 그랬던 것처럼, 은퇴한 관리들은 종종 도시의 즐거움을 누리기 위해 그곳에 남았다.

따라서 만력 시기(1573-1620년)가 시작될 때에 이르러 난징 역시 중국에서 가장 큰 출판 중심지들 가운데 하나였다는 사실은 놀라운 일이 아니다. 많은 상업적 출판인들은 그들의 간기에 '진링/모링 서적가 싼산졔의 [출판인 아무개](……金陵/秣陵書坊三山街)'라고 적곤 하였다. 예를 들면 '진링 싼산졔 두이펑 저우웨쟈오(金陵三山街書肆對峰周日校)'라든지, 아마도 친화이허(秦淮河)의 내교(內橋) 부근의 위치를 가리키는 것으로 보이는 '진링 싼산졔 슈구의 두이시 서방 탕푸춘(金陵三山街繡谷對溪書坊唐富春)'처럼 매우 분명

8 모트의 앞의 글, 142-146쪽.

9 이를테면 구치위안(顧起元), 『객좌췌어(客座贅語)』(1618년판의 재판; 北京: 中華書局, 1987년), 2권, 58-59쪽에 있는 "방(坊), 상(廂), 향(鄉)" 항목을 볼 것. 구치위안 대해서는 『명대 인명사전』 1권, 734-736쪽을 볼 것.

10 구치위안, 「방상시말(坊廂始末)」, 『객좌췌어』, 2권, 64-66쪽. 모트, 같은 글, 146-147쪽에 재인용되어 있다.

하게 그들 인쇄본 간기에 명기하고 있듯이, 유명한 저우 씨 집안(周家)과 탕 씨 집안(唐家)의 출판인들 가운데 적어도 몇몇 서사(書肆)는 그곳에 위치해 있었다.

싼산제는 어디에 있었는가? 싼산제는 난징 남쪽의 구 시가지를 대략 동서로 가로지르고 있었는데(〈그림 1〉을 볼 것), 대체로 오늘날의 성저우루(升州路)가 동쪽으로 젠캉루(建康路)와 만나는 직선과 중산난루(中山南路), 중화루(中華路), 타이핑난루(太平南路) 등 남북으로 난 직선도로와 교차하는 지점들을 따라 있었던 것으로 보인다. 이 역사적 구역에 있던 중요한 거리들 가운데 하나로서 싼산제에는 온갖 종류의 상점, 찻집, 그리고 몇 개의 노점상들이 죽 늘어서 있었다.[11] 싼산제 바로 옆에는 부자묘(夫子廟)가 있었고, 1381년 쉬안우후(玄武湖) 근처의 새로운 위치로 옮겨갈 때까지 국자감(國子監)이 있던 곳이었다. 부자묘(夫子廟) 바로 동쪽에는 향시(鄕試)를 치르는 과거시험장인 공원(貢院)이 있었다. 거기서 약간 남쪽으로 현재의 제일의원(第一醫院)이 위치하고 있는 곳은 장쑤 성(江蘇省)의 생원들이 과시(科試)를 보던 장소였다.[12] 공원에서 비스듬히 친화이허를 건너 우딩챠오(武定橋) 너머에 지금의 다스바제(大石坝街)가 차오쿠제(鈔庫街)와 만나는 곳 부근은 명말청초의 많은 작가들이 극찬했던 난징의 유명한 유락 지역이었다. 좀 더 북쪽으로 올라가면 난징의 출판업에 많이 참여했던 후이저우(徽州) 출신 사람들을 위한 신안회관(新安會館)이었다.

싼산제 주변에는 그 외에도 몇몇 유명한 유락 지역과 풍광이 좋은 곳이 있었다. 예를 들면 모처우후(莫愁湖)가 수이시먼(水西門)(싼산먼三山門이라고도 불렸다)의 약간 북동쪽으로 도시의 주요 성벽 바깥에 있었다. 여기서 희곡 극단들은 공연을 하고 경연대회를 열곤 했다. 싼산제의 남쪽으로 쥐바오먼(聚寶門, 오늘날의 중산먼中山門)을 지나면 풍광이 좋기로 유명한 위화타이(雨花臺)였다. 그리고 서쪽으로 가면 바오언쓰(報恩寺)가 있었는데 이곳에는 방문객을 위한 숙소와 찻집뿐만 아니라 많은 승원과 절, 그리고 자탑(瓷塔)이 있었다.[13]

이처럼 싼산제는 주요 교육 기관과 가장 떠들썩한 유락 구역에 접근하기가 용이했기에 출판과 서점에 매우 적합한 장소였다. 책 판매상들과 출판인들이 왜 싼산제에 집중되었는가에 대한 다른 이유들도 있다. 우선 차오쿠제는 1374년 명 태조가 그곳에 지폐를 인쇄하는 두 관청을 설립하면서 그렇게

---

11 예를 들면 구치위안은 『객좌췌어』, 「시정(市井)」, 1권, 23쪽에서 싼산제에서 서쪽으로 더우먼챠오(斗門橋)에 이르는 구역은 '과자행(菓子行Fruit Lane)'이라고 불렸고, 북을 파는 가게(鼓鋪)들이 싼산제의 입구에 위치해있다고 기록하고 있다. 이 거리에 있던 수많은 상품들에 대해서는 『객좌췌어』, 「풍속(風俗)」, 1권, 26쪽에서 다시 한 번 언급하고 있다.

12 수도를 베이징으로 옮기기 전까지는 회시(會試) 역시 난징의 궁위안(貢院)에서 열렸다. 장쑤 성과 안후이성 두 지역의 생원들은 과시를 난징에서 치렀다. 명대와 청대 초기에 안후이 사람들은 난징의 서쪽에 있는 차오톈궁(朝天宮) 부근의 장소에서 시험을 보았다.

13 모처우후의 정자에서 배우들이 경연을 벌이는 장면을 묘사한 우징쯔(吳敬梓. 1701-1754년)의 소설 『유림외사(儒林外史)』(上海: 上海古籍出版社, 1991년) 제30회에는 한 인물(바오팅시鮑廷璽를 가리킴: 역자)이 수이시먼 근처에 강을 따라 130개가 넘는 극단이 있을 것이라고 추정하는 장면이 있다. 우징쯔는 작품의 시간적 배경을 만력 시기 이전으로 설정했지만, 자신의 경험과 이전 시기의 기록들을 토대로 한 그의 난징에 대한 묘사는 명말청초의 도시 모습에 더 가까운 것으로 보인다. 친화이 구역에 대한 묘사는 제41회를 볼 것.

이름 지어졌다. 두 번째로, 명 태조가 지원하여 1372년에 완성된 남장(南藏)이 난징에서 최초로 인쇄되었다. 그 목판은 15세기 초에 베이징으로 옮겨지기 전까지 한동안 바오언쓰에 보관되었고, 수요에 따라 부분적으로 사본을 인쇄하는 데 이용되었다. 게다가 우리는 불교(그리고 도교) 서적 출판에 관여했던 이 지역의 최소한 두 명의 초기 출판인에 대한 근거를 가지고 있다. 곧 1434년에 『대장존경(大藏尊經)』을 출판한 쥐바오먼 부근 장 씨(姜氏) 집안의 라이빈러우(來賓樓)와, 쟈딩(嘉定) 출신의 후원자를 위해 『삼관묘경(三官妙經)』을 출판한 "쥐바오먼 내 서쪽 낭하의 스 씨 서사(聚寶門裏西廊下施家)"가 그것이다.[14] 요컨대 많은 손님을 끌어들일 수 있는 지역에 자신들의 서사를 위치시키려고 하는 책 판매업자와 출판인들에게 싼산제는 확실한 선택이었다.[15]

명대 난징의 상업적 출판사들

우리가 난징의 상업적 출판인들에 대해 알고 있거나 추측할 수 있는 것은[16] 모두 그들의 출판물에서 나온 것들이다. 그들이 활동했던 시기, 그들의 사업 규모, 그들이 출간한 책의 종류, 그리고 그들 서로 간의 관계와 중국 중부와 남부 다른 지역의 출판업과의 연계가 그것이다. 이러한 정보의 다수는 〈표 3.1〉에 들어있는데, 이 표에는 명대(그리고 때로는 청대까지) 난징에서 활동했던, 이름이 알려진[17] 상업적 출

14 장슈민, 같은 책, 351-352쪽을 볼 것.

15 한 서점은 1497년의 한 간기에서 "국자감 앞 서점가 자오 씨 서점(國子監前書林趙鋪)"이라고 광고하여 국자감 근처와 같이 도시의 다른 지역에 위치한 책 판매상들도 있었을 것이라는 사실을 암시해주고 있다. 그러나 싼산제가 중심 서적가였던 것으로 보인다. 후잉린(胡應麟)은 『소실산방필총(少室山房筆叢)』「갑부(甲部)」의 「경적회통(經籍會通)」 4권, 56쪽(北京: 中華書局, 1958년)에서 책을 구매하는 장소로서 두 곳을 모두 언급하였다.

16 나는 '책 표지 광고' 또는 고지(告白), 패기(牌記), 정교한 자기-선전적인 제목, 전체적인 물리적 외양 등에 의해 일반 시장에서의 판매가 전제되어 있었음이 간기에 분명하게 드러난 경우에 한하여 상업적 출판인이라는 용어를 사용하였다. 물론 이렇게 깔끔하게 기술한다고 해도 내가 자의적으로 결정을 내릴 수밖에 없었던 모호한 경우는 여전히 남아 있다. 나는 <표 3.1>에 민간 출판인 혹은 문인 출판인으로 간주할 만한 여지가 있으나 그들이 출간한 작품의 부류로 볼 때 상업적 출판인들과 거의 차별화되지 않는 출판인 몇몇을 포함시켰다. 출판인이 인쇄한 작품의 수 또한 우리가 이것들을 구분하는 데 도움이 되지 않는데, <표 3.1>에 있는 '싼산제' 출판인들 대부분은 아주 적은 수의 작품만을 출간한 것이 분명하기 때문이다. 결국 우리는 이런 출판인들 모두가 [그들이 상대하는] 독자의 범위만큼 많은 작품을 출간하였으며, 명말 난징의 상업적 출판과 개인 출판 사이의 구분은 종종 필수적이지도 않고 유용하지도 않다는 결론을 내릴 수 있을 것이다. 이 책의 첫 번째 글인 브로카우(Brokaw)의 글과 두 번째 글인 맥더모트(McDermott)의 글을 참고할 것.

17 <표 3.1>에 있는 출판인들 외에도 시내와 교외에는 간기에 자신들을 드러내지 않은 많은 수의 다른 출판인들이 있었을 것이다. 충분한 정황 증거(예를 들면 물리적 외양, 난징에 기반한 작가, 편집자, 그리고/또는 목판 각공의 이름 등등)가 있는 경우, 이러한 작품들은 <표 3.3>에서 "난징일 수도 있는 간기"에 포함시켰다. 어떤 종류의 작품에서는 출판인들이 자신들을 드러내기를 원치 않았던 것 같다. 『도화선』의 책 판매상인 차이이쒀(蔡益所)는 과거 답안을 선문(選文)하는 일을 자랑스러워하였지만, 이러한 일을 비난하고 그런 책들을 없앨 것을 주장한 작가들도 있었다. 이를테면, 허량쥔(何良俊)은 가장 나쁜 범죄자는(난징이 자리하고 있는) 잉톈 부(應天府) 안의 상위안(上元)과 쟝닝(江寧) 두 곳에 있는 인쇄업자들이라고 하였다. 장슈민(張秀民), 『중국인쇄사』, 353쪽에 인용되어 있는 『사우재총설(四友齋叢說)』(北京: 中華書局, 1959년), 1권, 4쪽을 볼 것. 과거 답안에 대한 주석을 의뢰한 서점 주인에 대한 묘사로는 『유림외사』 제13

판사들을 열거하였으며 가능한 한 그들이 출간한 판본을 임시로 추정한 수치를 수록하였다.[18]

<표 3.1> 명대 난징의 출판인들

출판인	활동 시기	판본 추정치	비고
안야탕(安雅堂)	숭정(1628-45)	1	
보스탕(博士堂)/다싱 보 씨(大興博氏)	만력 45(1617)	1	
서림 부웨러우(書林步月樓)	명말-청초	5+	
진링서림 차이쥔시(金陵書林蔡浚溪)	만력 3(1575)	1	
진링 창춘탕(金陵長春堂)	만력(1573-1620)	1	
천방타이(陳邦泰)/다이라이 지지자이(大來繼志齊)	명말(1590-?)	31	
천한추 춘런탕(陳含初存仁堂)	명말(1573-1620)	3+	젠양에도 있었음
진링 천룽산(金陵陳龍山), 천준산 징팡(陳尊山經房)	만력(1573-1620)	1	
진링서방 다이상빈(金陵書坊戴尙賓)	가정-융경 (1522-73)	2	
진링 다성탕(金陵大盛堂)	만력 1(1573)	1	탕푸춘(唐富春)과 공동으로 출판했음(해당 항목 참조)
다예탕(大業堂)	명말-청초	2+	저우 씨(周氏)의 다예탕(大業堂)과 같 은 것인지 분명하지 않음
서림 더쥐탕(書林德聚堂)	명말	4	아마도 우더쥐/우관(吳德聚/吳琯)과 관 련이 있었을 것임(해당 항목 참조)
더취엔탕(德劵堂)	만력(1573-1620)	1	
진링서방 푸춘밍(金陵書坊傅春溟)	만력 45(1617)	1	
바이시아서림 푸멍룽(白下書林傅夢龍)[19]	명말	2	
진링서방 룽강 공방루(金陵書坊龍岡龔邦錄)	융경-만력 (1567-1620)	2	
진링 공비촨(金陵龔碧川)	융경 2년(1568)	1	

회와 제18회를 볼 것.

18 내가 의미하는 "판본(edition)"은 서로 다른 목판에서 나온 인쇄본을 말한다. <표 3.1>에 열거된 출판인에게서 나온 인쇄본 가운데 활판으로 된 것은 거의 없다. <표 3.1>의 세 번째 행에 나오는 '추산된' 판본의 총합은 <표 3.3>의 네 번째 행에 있는 난징 방각본의 총합보다 훨씬 적은데, 이는 후자가 익명이거나 또는 난징 출신으로 보이기는 하지만 그렇다는 사실을 증명할 수 없는 출판인들의 100여 개의 판본을 포함하고 있기 때문이다.
이 표를 만들 때 나타난 몇 가지 불확실한 다른 요소에도 주목해야 한다. 먼저 어떤 출판인들은 난징뿐만 아니라 다른 곳에서도 활동하였다. 그러므로 적어도 그들 가운데 예구이산(葉貴山)과 샤오텅훙(蕭騰鴻)은 젠양에서도 출판업을 했던 것으로 알려져 있다. 인쇄본을 많이 남긴 우몐쉐(吳勉學)는 후이저우(徽州) 신안(新安) 출신인데, 그의 인쇄본 모두가 난징에서 출판되었는지 여부를 판단하는 것은 불가능하다[적어도 그것들 가운데 몇몇은 난징에서 출판된 것으로 보는데, 그 이유는 거기에 난징의 유명한 목판 각공의 이름이 판각의 감독자로서("쉬즈가 판각을 감독했다徐智督刊") 기록되어 있기 때문이다]. 후이저우 출신의 또 다른 유명인사 왕팅나(汪廷訥, 아래 내용을 볼 것)는 자신의 인쇄 사업을 난징과 슈닝(休寧) 현에 있는 자신의 집으로 명확하게 나누어서 했다.

19 【옮긴이 주】 원문에는 'Boxia'('baixia'가 아니라)로 되어 있음.

출판인	활동 시기	판본 추정치	비고
진링 공사오강(金陵龔少岡)	명	1	
공야오후이(龔堯惠)	만력(1573-1620)	1+	적어도 하나의 출판물을 저우주탄(周竹潭)과 공동으로 출판했음
진링 광위탕(金陵光裕堂)	만력-천계 (1573-1628)	6	우지우 광위탕(吳繼武光裕堂)을 함께 볼 것
진링 후청룽(金陵胡承龍)	만력 18(1590)	1	
진링서방 후동탕(金陵書坊胡東塘) (진링 동탕 후 씨(金陵東堂胡氏))[20]	만력(1573-1620)	2	
진링서방 후셴(金陵書坊胡賢)	명	1	후이저우(徽州) 출신
후정옌 스주자이(胡正言十竹齊)	만력-청초(명)	25+	
(a) 후이더탕(懷德堂)	(a) 선덕 6(1431)	(a) 1	이 넷이 서로 관련이 있는지는 분명하지 않음. 젠양에 있는 화이더탕 또한 관련성이 분명하지 않음.
(b) 후이더 서당(懷德書堂)	(b) 가정 23(1544)	(b) 1	
(c) 난징 저우 씨 화이더탕(南京周氏懷德堂)	(c) 만력 (1573-1620)	(c) 1	
(d) 진링서림 화이더탕(金陵書林懷德堂)	(d) 천계 (1621-28)	(d) 1	
진링 화이인탕(金陵槐蔭堂)	명	1	
환원탕(煥文堂), 스롱탕(世榮堂)	만력 1(1573)	1	
진링서림 후이진탕(金陵書林彙錦堂)	숭정(1628-45)	1	
진링 쥐바오먼 장 씨 집안 라이빈러우 (金陵聚寶門姜家來賓樓)	명	2	
진링서방 장 씨 스취거(金陵書坊蔣氏石渠閣)	명말	2	
진링 젠산탕(金陵兼善堂)	명말	2	
진링 지더탕(金陵積德堂)	선덕 10(1435)	1	
진링 징산 서방(金陵荊山書坊)	만력(1573-1620)		아마도 징산서림 저우씨(荊山書林周氏)와 같았을 것임(해당 항목 참조)
난징 쥬루탕(南京九如堂)	천계(1621-28)	1	
진링서림 지이탕(金陵書林集義堂)	만력(1573-1620)	2	
진링서림 쥐진탕(金陵書林聚錦堂)	가정-숭정 (1522-1645)	6	
진링서림 레이밍(金陵書林雷鳴)	명	2	
진링 리차오 쥐쿠이러우(金陵李潮聚奎樓)(서림 리차오/사오취안(書林李潮/少泉)으로도 알려짐)	명	16	
진링서림 리청위안(金陵書林李澄源)	숭정 6(1633)	1	
진링서방 리훙위(金陵書坊李洪宇)	만력-천계 (1573-1628)	3+	

20 【옮긴이 주】‘金陵東堂胡氏’는 ‘金陵東塘胡氏’의 오기로 보임.

출판인	활동 시기	판본 추정치	비고
진링 리량천 동비쉬안(金陵李良臣東壁軒)	명말(1583-1645)	1	
리원샤오(李文孝)	숭정(1628-45)	1	
진링서방 량헝탕(金陵書坊兩衡堂)	천계(1621-28)	1	
서림 리진탕(書林麗錦堂)	만력(1573-1620)	1	
젠예 류씨 샤오유탕(建業劉氏孝友堂)	명	1	
진링 리정탕(金陵麗正堂)	만력(1573-1620)	2	
서림 위쉬 루스이(書林豫所陸時益)	만력(1573-1620)	1	
진링서사 마오사오츠(金陵書肆毛少池)	명	1	
진링 친런탕(金陵親仁堂)	만력 8(1580)	1	
라오런칭(饒仁卿)	만력(1573-1620)	2	
진링 런루이탕(金陵人瑞堂)	숭정 4(1631)	1	
진링 룽서우탕(金陵榮壽堂)	명말		탕씨 스더탕(唐氏世德堂)을 보라
진링 산둬자이(金陵三多齊)	천계(1621-28)	3	청대에 쑤저우 산둬자이(蘇州三多齊) 라고도 불림
진링 산메이탕(金陵三美堂)	명	1	
싼산 다오런(三山道人)	명말	1	
진링 싼산서림(金陵三山書林)	융경(1567-73)	2	
징두 쥐바오먼리 시랑샤 스 씨 집안쟈(京都聚寶門里西廊下施家)	경태 3(1452)	1	
징두서림 서우위안탕(京都書林壽元堂)	정덕 1(1506)	1	
진링 이취안 수스천(金陵一泉舒世臣)	만력(1573-1620)	2	
서림 수자이양(書林舒載陽)	만력-천계 (1573-1628)	2	수스천(舒世臣)과 같은 것이었을 것임
진링 탕총위(金陵唐翀宇)	만력(1573-1620)	2	
진링탕 두이시 푸춘탕(金陵唐對溪富春堂)(진링 싼산 슈구 두이시 서방 탕푸춘(金陵三山繡谷對溪書坊唐富春), 탕푸춘 스더탕(唐富春世德堂)으로도 알려짐))	만력(1573-1620)	60	(만약 이 가게들이 정말로 별개의 것이었다면) 많은 출판물들이 탕씨 집안에 속한 여러 가게들의 공동 발행이었던 것으로 보임
진링서림 탕궈다/탕전우 광칭탕(金陵書林唐國達/唐振吾廣慶堂)	명말	24	
탕후이처우 원린거(唐惠疇文林閣)	만력(1573-1620)	3	원린거에 대해서는 탕진츠(唐錦池), 탕리야오(唐鯉躍), 탕씨(唐氏)를 함께 볼 것
진링 탕젠위안(金陵唐建元)	명말	1	
탕진츠 서림 지셴탕(唐錦池書林集賢堂)(진링서포 탕진츠 원린거(唐錦書鋪唐錦池文林閣)로도 알려짐)	만력-천계 (1573-1628)	6	원린거에 대해서는 탕후이처우(唐惠疇), 탕리야오(唐鯉躍), 탕씨(唐氏)를 함께 볼 것
서림 탕진쿠이(書林唐金魁)	만력(1573-1620)	1	

출판인	활동 시기	판본 추정치	비고
진링서림 탕지윈 지슈탕(金陵書林唐際雲積秀堂)	만력(1573-1620)	2	
진링 탕리페이/지룽(金陵唐鯉飛/季龍)	만력(1573-1620)	4	
진링서림 탕리야오 지셴탕(金陵書林唐鯉躍集賢堂)(탕리야오 원린탕/거(唐鯉躍文林堂/閣)로도 알려짐)	만력(1573-1620)	9	원린거에 대해서는 탕후이처우(唐惠疇), 탕진츠(唐錦池), 탕씨(唐氏)를 함께 볼 것
진링서사 탕룽취안/팅런(金陵書肆唐龍泉/廷仁)	만력(1573-1620)	9	
진링서방 탕밍저우(金陵書坊唐溟洲)	명말	1	
진링 싼산서사 탕첸/이쉬안(金陵三山書肆唐謙/益軒)(진링서림 탕첸위화자이(金陵書林唐謙雨花齋)로도 알려짐)	만력(1573-1620)	3	
탕사오춘 싱셴탕 서포(唐少村興賢堂書鋪)(진링서방 탕사오챠오(金陵書坊唐少橋)로도 알려짐)	만력(1573-1620)	5	
진링 탕성 스더탕(金陵唐晟世德堂)	만력(1573-1620)	3	(슈구) 스더탕((繡谷)世德堂)에 대해서는 탕푸춘(唐富春)과 탕슈구(唐繡谷)를 함께 볼 것
진링서림 탕팅루이(金陵書林唐廷瑞)	가정(1522-67)	1	
진링서방 탕원젠(金陵書坊唐文鑒)	명	1	
진링 탕위위(金陵唐玉予)	명말(1618-44)	1	
(슈구) 탕씨 스더탕((繡谷) 唐氏世德堂)	가정-만력 (1522-1620)	49	슈구 스더탕(繡谷世德堂)에 대해서는 탕푸춘(唐富春)과 탕성(唐晟)을 함께 볼 것
진링 탕씨 원린거(金陵唐氏文林閣)	명말	18	원린거에 대해서는 탕후이처우(唐惠疇), 탕진츠(唐錦池), 탕리야오(唐鯉躍)을 함께 볼 것
진링 탕씨 저우 씨 합각(金陵唐氏周氏合刻)	만력 14(1586)	1	
진링서림 퉁즈산(金陵書林童子山)	만력(1573-1620)	1	
진링서방 왕펑샹/징천(金陵書坊王鳳翔/荊[21]岑), 왕웨이딩 광치탕(王維鼎光啓堂)(이전에는 바이먼 서림 왕징천(白門書林王荊岑)이라고도 했음)	만력-숭정 (1573-1645)	11	왕스마오(王世茂), 왕 씨(王氏), 처수러우(車書樓)를 함께 볼 것
진링서방 왕징위(金陵書坊王敬宇)	만력(1573-1620)	1	
진링서방 왕진산(金陵書坊王近山)	만력 3(1575)	1	
진링서방 왕루어촨(金陵書坊王洛川)	만력(1573-1620)	2	
서림 왕상구어 이관자이(書林王尙果一貫齊)	천계(1621-28)	2	
진링서방 왕상러(金陵書坊王尙樂)	명	1	
왕사오탕(王少唐)	명	1	
진링서방 왕선우(金陵書坊王愼吾)	명	1	
서림 왕스훙(書林王世烘)	만력(1573-1620)	1	

21 【옮긴이 주】 원문에는 'jin'('jing'이 아니라)으로 되어 있음.

출판인	활동 시기	판본 추정치	비고
진링서림 왕스마오(金陵書林王世茂)	만력(1573-1620)	2	동명의 학자 왕스마오가 아닌, 왕펑샹(王鳳翔), 왕 씨 처수러우(王氏車書樓)와 관련되어 있었을 것임
왕팅나 환추이탕(汪廷訥環翠堂)	만력(1573-1620)	22	후이저우(徽州) 슈닝(休寧) 출신
왕위안전 화이난서원(王元貞淮南書院)	가정-만력 (1522-1620)	8	
왕윈펑 완후쉬안(汪雲鵬玩虎軒)	만력(1573-1620)	7	후이저우(徽州) 슈닝(休寧) 출신– 후이저우와 난징에서 얼마나 많은 인쇄물이 생산되었는지는 분명하지 않음
진링 왕 씨(金陵王氏)(왕스마오/얼페이(王世茂/爾培), 왕펑샹(王鳳翔)), 처수러우(車書樓)	명	1	
진링 왕 씨 친유탕(金陵王氏勤有堂)[22]	홍무(1368-99)	3	
진링 웨이칭/두이팅(金陵魏卿/對廷)	만력 19(1591) 서문	1	
진링 원수탕(金陵文樞堂)	명		더쥐/우관(德聚/吳琯)을 보라
진링 원슈탕(金陵文秀堂)	명말-청초	2	
진링 원즈탕(金陵文治堂)	명말-청초	2	
진링 워쑹거(金陵臥松閣)	만력 34(1606)	1	
(a) 우관/더쥐(吳琯/德聚)(더쥐탕, 우관 시솽탕(德聚堂/吳琯西爽堂))	만력-숭정 (1573-1645)	(a) 21	
(b) 우관/진링 우구이위 원수탕(吳琯/金陵吳桂宇文樞堂)		(b) 6	
진링 싼산제 쭈어촨 우졘 통더탕(金陵三山街左川吳諫同德堂)	만력(1573-1620)	2	
진링 싼산서사 쑹팅우쟝(金陵三山書舍松亭吳江)	만력 5(1577)	1	
우지우 광위탕(吳繼武光裕堂)	만력 24(1596)	1	광위탕(光裕堂)을 함께 볼 것
진링 싼산제 우지쭝(金陵三山街吳繼宗)	만력(1573-1620)	1	
우몐쉐/중헝스구자이(吳勉學/中珩師古齊)	만력(1573-1620)	46	휘주 서 현(歙縣) 출신. 인쇄물들이 모두 남경에서 생산된 것이 아닐 수도 있음
진링 우사오시(金陵吳少溪)	명	1	
진링서방 우샤오산(金陵書坊吳小山)	명	1	
진링서방 우씨(金陵書坊吳氏)	명말	2	
진링 사오텅훙/사오취스졘탕(金陵蕭騰鴻/少渠師儉堂)	명말	8	졘양에도 있었음
쉬청저우(徐程鯛), 쉬즈챵(徐自強) 외, 난징 인징푸(南京印經鋪)	명	1	
진링서림 쉬룽산(金陵書林徐龍山), 쉬둥산(徐東山)	만력 2(1574)	1	
진링서림 쉬멍런(金陵書林許孟仁)	홍치(1488-1506)	1	

22 【옮긴이 주】 원문 독음은 'shutang'으로 되어 있음.

출판인	활동 시기	판본 추정치	비고
진링 쉬스지(金陵徐世濟), 난창 슝밍후이(南昌熊鳴惠)	숭정 1(1628)	1	
진링 쉬쓰산(金陵徐思山), 위난야이(余南崖)	만력(1573-1620)	1	
진링서림 쉬쑹예(金陵書林徐松野)	명	1	
진링서림 쉬팅치 동산탕(金陵書林徐廷器東山堂)	융경-만력 (1567-1620)	2	
진링 쉬샤오산 서방(金陵徐小山書坊)	명	1	
진링서방 쉬융허(金陵書坊徐用和)	성화 20(1484)	1	
진링 쉬 씨 집안 서방(金陵徐家書坊)	명	1	
진링 옌사오시/량치 진슈탕(金陵晏少溪/良棨錦繡堂)	만력 34(1606)	1	
양허(楊鶴)	만력(1573-1620)	4	
진링서림 양밍펑(金陵書林楊明峰)	만력 19(1591)	1	
진링서방 젠양 예구이진산 서사 (金陵書坊建陽葉貴近山書舍)	가정-만력 (1522-1620)	11	젠양에도 있었음
진링서림 예쥔위(金陵書林葉均宇)	만력(1573-1620)	2	
진링서림 예루춘(金陵書林葉如春)	만력(1573-1620)	1	
진링서림 예잉쭈(金陵書林葉應祖)	만력(1573-1620)	1	
이성탕(翼聖堂)	명말	2	
진링서림 유화쥐(金陵書林友化居)	만력 40(1612)	1	
진링서림 유스쥐(金陵書林友石居)	만력-숭정 (1573-1645)	4	
진링 위다마오/위쓰취안 위칭탕(金陵余大茂/余思泉餘慶堂), 장치펑/빈위(張起鵬/賓宇)	명말	1	위쓰취안은 주로 건양에서 출판업을 했음
진링서림 위상쉰(金陵書林余尙勛)	만력(1573-1620)	1	
진링서림 위위스(金陵書林余遇時)	숭정(1628-45)	1	
위위탕(郁郁堂)	명말	3	
위진링 싼산제 즈촨자처(寓金陵三山街芝川查策)	융경 1(1567) 서문	1	
서림 자 씨(書林查氏)	만력(1573-1620)	1	
장사오우(張少吾)	명	1	
젠예 장씨(建葉張氏)	명	1	
진링서방 자오쥔야오(金陵書坊趙君耀)	가정(1522-67)	1	
궈즈젠첸 서림 자오푸(國子監前書林趙鋪)	홍치 10(1497)	1	
진링서림 정다징/쓰밍 쿠이비탕(金陵書林鄭大經/思明奎璧堂)(진링서림 정다징 쓰더탕(金陵書林鄭大經四德堂)이라고도 했음)	명말-청초	14+	휘주 서 현(歙縣) 출신
진링 푸양 정위안메이 쿠이비자이 (金陵莆陽鄭元美奎璧齋)	명말-청초	2	
장링 정 씨(江陵鄭氏)	만력(1573-1620)	1	

출판인	활동 시기	판본 추정치	비고
모링 중원탕(秣陵種文堂), 리이궁(李一公)	명말	1	
진링 저우청마오(金陵周成卯)	만력 30(1602)	1	
서림 저우징쑹(書林周敬松)	만력 4(1576)	1	
서림 저우징우(書林周敬吾)	만력(1573-1620)	3	
진링 저우진취안 다유탕(金陵周近泉大有堂)(모링 저우씨 다유탕(秣陵周氏大有堂)이라고도 했음)	만력(1573-1620)	8	
진링서방 저우쿤강(金陵書坊周昆岡)	만력(1573-1620)	2	
진링서사 저우첸산(金陵書肆周前山)	만력 5(1577)	1	
난두 완쥔러우 저우루□□(南都萬卷樓周如□□)	만력 43(1615)	1	
저우루밍(周如溟), 옌사오시스메이탕(晏少溪世美堂)	만력 32(1604)	1	
진링서림 저우루취안 다예탕(金陵書林周如泉大業堂)	명말	2	
진링 저우루산 다예탕(金陵周如山大業堂)	만력(1573-1620)	6	저우시단(周希旦)과 저우 씨(周氏)를 함께 볼 것
서림 저우사오쿠이(書林周少葵)	명	1	
저우스타이 보구탕(周時泰博古堂)	만력(1573-1620)	5	
진링서림 저우쓰다(金陵書林周四達)	천계 7(1627)	1	
진링서사 저우팅화이(金陵書肆周廷槐)	만력(1573-1620)	2	
진링서림 저우팅양(金陵書林周廷揚)	숭정(1628-45)	2	
저우원환(周文煥)	만력(1573-1620)	1	
저우원칭 광지탕(周文卿光霽堂)	명말	1	
슈구 저우원야오 루잉푸(繡谷周文耀汝映父)	명말(1627-45)	1	
진링서림 저우셴(金陵書林周顯)	만력 23(1595)	1	
진링서림 저우시단 다예탕(金陵書林周希旦大業堂)(슈구 저우 씨 다예탕(繡谷周氏大業堂)이라고도 했음)	명	1	다예탕에 관해서는 저우루산(周如山)과 저우씨(周氏)를 함께 볼 것
난징 저우용 서포(南京周用書鋪)	명	1	
진링서림 저우웨자오/잉셴/두이펑(金陵書林周日校/應賢/對峰)(저우웨자오 완쥔러우(周日校萬卷樓)라고도 했음)	만력(1573-1620)	37+	
진링 저우위우/쓰다 더웨자이(金陵周譽吾/四達得月齋)	천계 7(1627)	1	
진링서방 저우주탄/쭝쿵(金陵書坊周竹潭/宗孔)(자빈탕(嘉賓堂)이라고도 했음)	만력(1573-1620)	9	
서림 저우쭝옌(書林周宗顏)	만력(1592-1620)	1	
저우 씨 아이르자이(周氏愛日齋)	숭정 15(1642)	1	
저우 씨 다예탕(周氏大業堂)	만력(1573-1620)	4	저우루산(周如山)과 저우시단(周希旦)을 함께 볼 것
난징 저우 씨 화이더탕(南京周氏懷德堂)	명말	1	
저우씨 런서우탕(周氏仁壽堂)	만력(1573-1620)	4	
서림 저우 씨 쓰런탕(書林周氏四仁堂)	융경(1567-73)	2	

출판인	활동 시기	판본 추정치	비고
징산서림 저우 씨(荊山書林周氏)	만력(1573-1620)	5	
주즈판(朱之蕃)(위화관(玉華館))	만력-천계 (1573-1628)	4	
진링 쭝원 서사(金陵宗文書舍)	만력 29(1601)	1	

〈표 3.1〉은 몇몇 뚜렷한 특징을 보여준다. 첫째, 목록에 열거된 출판인들의 대부분은 16세기 중반 이후에 활동하였는데, 이러한 특징은 명말 출판의 극적인 성장과 일치한다. 둘째, 약 180명의 출판인 가운데 대다수의 경우 출판물이 거의 없는 것으로 드러났다. 대략 12명 정도의 출판인이 이 업종에서 우위를 차지하여 인쇄본들의 40% 이상을 출간하였다.[23] 실제로 같은 성(특히 탕 씨와 저우 씨)을 가진 출판인들 중 몇몇의 경우는 같은 서사(書肆)로 봐야 할 정도로 긴밀하게 합작을 하고 있었다고 추정하는 것이 합리적이라면, 그들과 더 작은 출판인 사이의 현저한 차이는 더욱 두드러질 것이다. 우리가 지금 알고 있는 사실에 기초했을 때 소수 출판인들의 이러한 지배력을 설명하기 어렵다. 내가 단정할 수 있는 범위 안에서, 큰 규모의 출판인과 작은 규모의 출판인이 출판한 책의 종류나 품질에 중요한 차이점은 없다 (아마도 자주 출판해도 이윤이 남을 만큼 충분한 수요가 있었을 텐데). 크고 작은 출판인들이 같은 작품을 많이 인쇄하는 것이 좋은 사업이라고 믿었다는 사실은 명말 난징의 서적 거래의가 역동적으로 이루어졌다는 데 대한 증거가 될 수 있다.

우리는 출판인들에 대해 무엇을 알고 있는가? 난징과 같은 거대한 도시의 경우에는 인구의 이동이 많았기 때문에, 삼백 년에서 사백 년 전 엘리트 문인 문화 언저리에 있던 사업가 집단과 관련해 현재 남아 있는 자료들은 몇 군데의 고립된 출판 중심지의 자료보다 훨씬 덜 믿을 만하다. 요행히도, 원래는 젠양이나 후이저우(徽州)처럼 멀리 떨어져 있는 지역 출신의 난징 출판인들 몇몇에 대해 그들의 출신 지역에서 나온 자료를 통해 우리는 얼마간의 정보를 가지고 있다. 그러나 대부분의 경우 난징의 출판인들은 이름만 남아 있을 뿐이다. 그러므로 젠양에 있는 그들의 경쟁자들과 비교해볼 때 아무런 계보나 초상화가 남아 있지 않으며,[24] 그들이 어떻게 자신들의 사업을 경영했는지, 또는 그들이 출간한 작품의 작가와 편집자나 그들이 고용한 목판 각공들과 어떻게 관계를 맺어나갔는지에 대해 거의 알려진 바가 없다. 그리고 상업적으로 가장 훌륭하게 출판된 책들 가운데 몇몇은 문인이 출판한 책들과 다를 바 없지만, 문인이 낸 책의 경우에만 자신이 편집하고 출간하는 데 들였던 노력에 대한 기록을 남겼을

23 즉 난징 인쇄본 총 수(830)의 40% 이상은 <표 3.3>에 수록되어 있다(네 번째 행 맨 아래의 숫자들).

24 젠양의 두 출판인은 그들의 몇몇 간기에 자신들의 초상을 남겼다. 루실 쟈(Lucille Chia), 『영리를 목적으로 한 출판: 푸젠 성 젠양(建陽)의 상업적 출판인들(11세기-17세기)(Printing for Profit: The Commercial Publishers of Jianyang, Fujian(11th-17th Century)』(Harvard-Yenching Institute Monograph Series 56, Cambridge, Mass.: Harvard University Asia Center, 2002), 217쪽과 220쪽, 그리고 그림 49a, b를 볼 것. 이것은 광고로서는 흔하지 않은 형태였지만, 이런 초상화는 그럼에도 불구하고 우리가 난징이나 또 다른 곳에서 발견한 것보다 두 개나 더 많다.

따름이다. 이를테면 탕 씨(唐氏) 집안은 난징에서 나온 희곡의 방각본 가운데 가장 많은 부분을 출판했지만, 여기에는 짱마오쉰(臧懋循, 1550-1620년)이 탕셴쭈(湯顯祖, 1550-1616년)의 '사몽(四夢)'[25]에 대한 자신의 판본에 풍부하게 남긴 편집에 대한 언급과 비평적 평어들이 수록되어 있지 않다.[26]

이들 출판인들의 교육 수준은 어느 정도였을까? 〈표 3.1〉에 올라있는 출판인 가운데 극소수만이 명대 문단에서 언급되었으며, 왕팅나(汪廷訥, 약 1569-1628년)를 제외하고는 아무도 난징의 문인 세계의 일원으로 인정되지 않았다. 그럼에도 불구하고 첫 번째로 추측할 수 있는 것은 이들 출판인들이 어떤 작품이 수요가 있는지 알고, 당시의 문학적, 학문적 유행을 긴밀하게 관찰하며, 과거 모범 답안을 편찬하고 이에 주석을 달기 위해서 누구를 고용해야 하는지, 작품을 파는데 도움이 될 수도 있는 서문을 쓰기 위해 어떤 유명한 문인에게 부탁해야 하는지, 공연 지침이 포함된 희곡 판본을 준비하는 것에 대해서 누구에게 자문을 구해야 하는지 등등을 알기에 충분한 정도로 고전에 대한 소양을 갖추고 있었을 것이라는 사실이다.

저우 씨(周氏) 집안 출판인 가운데 적어도 한 명은 자신이 찍어낸 책의 간기 가운데 한 곳에서 자신을 "태학 저우스타이(太學周時泰)"라고 불렀는데, 이 사실은 다른 게 아니라면, 그가 국자감의 학생 자격을 돈 주고 살 만한 일로 여겼다는 것을 암시한다.[27] 그러나 자신의 지위에 대한 출판인의 자신감은 아마도 그들이 보통은 아무런 관직명도 없이 유명한(가탁되었을 수도 있는) 작가와 편집자 이름과 나란히 자신의 이름을 올린 데서 훨씬 명료하게 드러나는 듯하다. 이를테면 주시(朱熹, 1130-1200년)가 쓴 『자치통감강목(資治通鑑綱目)』의 만력 판본에서 쓰마광(司馬光, 1019-1086년)과 주시, 그리고 명대의 유명한 학자

---

25 【옮긴이 주】 탕셴쭈는 장시 성[江西省] 린촨[臨川] 출신으로, 1583년 진사 시험에 급제하여 난징[南京]의 태상박사(太常博士)에서 예부주사로 승진하였으나, 시정(時政)을 비난하다 좌천되어 광둥[廣東] 지방의 지현(知縣) 등 미관으로 전전하였다. 1598년 관직을 떠난 뒤 고향에서 극작에 힘쓰며 유유자적한 생활을 하였는데, 주로 인생무상이나 초월을 표현하였다.
'사몽'은 『자차기(紫釵記)』 『환혼기(還魂記)』 『남가기(南柯記)』 『한단기(邯鄲記)』등 네 편의 전기(傳奇)를 가리킨다. 탕셴쭈가 문사파(文辭派), 즉 린촨 파(臨川派)의 중심인물이기 때문에 '린촨 사몽(臨川四夢)'이라고도 한다. 『자채기』는 당(唐)의 『곽소옥전』을, 『남가기』는 당의 『남가태수전(南柯太守傳)』을, 『한단기』는 당의 『침중기(枕中記)』를 각각 개작한 것이며, 『자차기』와 『환혼기』는 애정고사이고, 『남가기』 『한단기』는 인생무상을 펼쳐 보인 사유전기(思惟傳奇)이다. 모두 몽환(夢幻)의 세계에서 봉건적 압제 아래 굴곡(屈曲)된 인간의 정(情)의 고뇌와 번민을 어떻게 해방·구제할 것인가 하는 시대적 문제를 추구한 작품이다. 이 작품들 중 『환혼기』는 중국 애정극의 낭만성을 충분히 발휘한 작품으로, 집집마다 애송될 정도로 많은 사랑을 받았으며 한국의 『춘향전』에도 영향을 준 것으로 보인다. 송(宋)나라 때 처녀 두리냥(杜麗娘)과 총각 류멍메이(柳夢梅)가 봉건사회의 관습을 극복하면서 사랑을 이루는 이야기이다.

26 짱마오쉰(臧懋循)의 평점은 선집 『옥명당사종전기(玉茗堂四種傳奇)』 (1601년)와 그의 문집 『부포당집(負苞堂集)』에서 찾아볼 수 있다. 짱마오쉰의 개정판, 특히 「한단기(邯鄲記)」에 대한 논의로는 싸이싱 융(Sai-shing Yung)의 「한단기에 대한 비판적 고찰(A Critical Study of Han-tan ji)」 (Princeton University 박사논문, 1992) 제2부, 2장을 볼 것. 또한 2001년 12월 8일-10일에 개최된 동아시아 출판문화에 대한 제1회 국제 학술대회에서 발표된 논문인 윌트 L. 이데마(Wilt L. Idema)의 「출판인 짱마오쉰(Zang Maoxun as Publisher)」을 볼 것.

27 저우스 보구탕(周時博古堂)이 출판한 『형석왕상국단주백가평림반마영봉선(荊石王相國段註百家評林班馬英鋒選)』 (Harvard-Yenching T2511/1182)을 볼 것.

이자 정치가인 예샹가오(葉向高, 1562-1627년)[28]의 이름 옆에 푸젠(福建) 사람인(아마도 평점의 실제 저자로 보이는) 리징이라는 사람의 이름과 출판인 탕성(唐晟)의 이름이 있다. 이것은 난징의 방각본에서 한 작품(또는 각각의 권(卷))의 서두에 있는 "참여자를 열거함으로써 신뢰도를 높이는 명단(credits)"이 전형적인 예이다.

난징 출판인 사이의 관계에 대해서는 그들의 간행물들이 좀 더 많은 정보를 제공한다. 이를테면 출판인으로서 탕 씨와 저우 씨의 서사를 병기하고 있는 간행물들이 상당히 많은데, 여기에는 거대한 문학 총서와 언제나 인기가 있었던 의학의 고전인 『부인양방대전(婦人良方大全)』이 포함된다. 다른 문학 선집에는 저우쭝쿵(周宗孔)과 공야오후이(龔堯惠)가 공동 출판인으로 나와 있다.[29] 심지어 같은 성을 가진 출판인들이 거의 똑같은 판본을 같은 시기에 찍어냈다는 점에서 그들 사이에 극심한 경쟁이 있었다는 사실이 명백하게 드러나듯, 이런 식의 합작은 무엇보다 사업적인 고려에서 기인했을 것이다.

더구나 난징의 출판업에 관여했던 많은 사람들이 다른 출판 중심지 출신이었던 까닭에, 지역 간의 연관이 간기에 드러난다는 사실은 놀랄 것이 못된다. 그 가운데서도 난징과 젠양의 연관은 아주 분명하다. 이를테면 탕성(唐晟)이 출판한 『자치통감강목』에는 교정자로 젠양의 류차오전(劉朝箴)이 올려져 있는데, 그는 젠양에서 류 씨 집안의 유명한 안정탕(安正堂)에서도 활동하였다. 같은 책에 또 다른 서방(書坊)인 슝 씨(熊氏) 중더탕(種德堂)이 교정자로 올려져 있다. 다른 작품인 『통감찬요초호백(通鑑纂要抄狐白)』은 탕 씨(唐氏) 스더탕(世德堂)이 출판자로 확인되었음에도 불구하고 마치 젠양에서 출간된 것으로 보이는데, 이는 텍스트의 외양과 특유의 연잎 모양의 패기(牌記) 때문이다. 이 작품이 난징의 학생들 사이에서 인기를 끌었기 때문에 탕 씨 서방은 푸젠의 목판을 빌려와 자기들 것인 양 이용했을 가능성이 큰데, 푸젠의 목판은 자신들의 다른 목판 몇 개와 맞교환했을 것이다.[30]

『신각출상관판대자서유기(新刻出像官板大字西遊記)』의 잘 알려진 한 가지 판본은 슝 씨 중더탕과 탕 씨 스더탕 사이의 관계에 대해 더 많은 증거를 제공한다. 이 젠양 판본에는 난징의 판본과 똑같은 서문이

---

28 17세기 초 예부 우시랑(禮部右侍郎)과 내각수보(內閣首輔)를 지냈던 예샹가오(葉向高, 『명대인명사전』 2권, 1567-1570쪽)는 푸젠 출신이었으며, 젠양 출판인 사이에서 매우 인기가 있었는데, 이들은 학술서적에 있는 모든 종류의 평점을 예샹가오가 쓴 것처럼 하였다. 하지만 예샹가오가 이런 특별한 평점을 썼다는 증거는 없다.

29 『신편잠영필용한원신서(新編簪纓必用翰院新書)』(Gest TC348/379) 2a쪽 총목차(general table of contents)에 출판인으로 탕팅런(唐廷仁)과 저우웨자오(周日校)가 적시되어 있다. 『태의원교주부인양방대전(太醫院校註婦人良方大全)』(Harvard-Yenching T7955/7926)은 앞표지에서 저우위우(周譽吾)를 출판인으로, 1.1a쪽에서는 푸춘탕(富春堂)을 출판사로 기록하고 있다. 『신각고금현설(新刻古今玄屑)』(Harvard-Yenching T9299/1132)에는 1.1a쪽에 "모링 주탄 저우쭝쿵, 사오강 궁야오후이 동재(秣陵竹潭周宗孔, 少岡龔堯惠仝梓)"라고 적혀 있다.

30 같은 제목으로 된 것 가운데 젠양의 판본으로 알려진 것이 최소한 하나 있다. 위사오야 쯔신자이(余紹崖自新齋)가 출판한 것으로 아마도 1573년에 나온 것으로 여겨지는데, 이때는 스더탕(世德堂) 판본으로 여겨지는 것이 나오기 약 40년 전이다. 게다가 "호백(狐白)"이라는, 대부분 젠양의 간기에서만 나타나는 이 말은 스더탕의 작품 가운데 하나에서처럼 본문 위쪽의 좁은 여백에 나타나는 평점과 주석을 가리킨다. 연잎 모양의 패기는 바로 젠양 간기라는 것을 식별할 수 있는 표지이기는 하지만 이것이 유일한 것은 아니다. 그러나 이 경우 이 판본은 아마도 원래는 젠양에서 출간되었고 그 목판이 나중에 스더탕에 의해 사용된 것으로 보인다.

들어갔고, 텍스트 사이사이에 배치된 전면 삽화 역시 동일한 것이었다. 사실 몇몇 권(卷) 앞에 있는, 슝윈빈(熊雲濱)이 이 판본을 재판(再版)했다는 언급("書林熊雲濱重鍥")과 제목에 있는 "관판(官板)"이라는 말[31] 말고는 이것이 젠양의 것을 재판한 것이라 여길 만한 단서는 거의 없다. 게다가 젠양의 출판인들은 재판한 판본의 몇몇 권의 시작 부분에 "진링의 스더/룽서우탕 발행(金陵世德/榮壽堂梓行)"이라는 원래 출판인의 이름을 넣을(혹은 남겨둘) 정도로 부주의하였다(비록 우리는 이에 대한 증거를 가지고 있지 않지만, 난징의 출판인이 슝윈빈에게 목판을 빌려주었을 가능성이 있다).[32]

몇몇 젠양 사람들은 적어도 그들 서사의 일부를 난징에 설립하였고, 난징의 다른 출판인들처럼 같은 종류의 도서를 많이 출간하였다. 샤오 씨(蕭氏) 집안의 스젠탕(師儉堂)은 『수유기(繡襦記)』와 같은 많은 희곡을 출판하였는데, 아마도 『수유기』는 17세기 초에 나왔을 것이다. 한 면을 다 채운 대부분의 삽화들 상단의 오른쪽 모서리에는 '류쑤밍 새김(劉素明鐫)'이라고 적혀있고, 그 뒤에 '쑤밍 도서(素明圖書)'라고 새겨진 류쑤밍의 도장이 찍혀있다. 류쑤밍과 그의 친척인 류쑤원(劉素文)[33]은 모두 난징과 젠양의 많은 간기에 각공으로 기록되어 있으며, 때로는 서예가로도 기록되어 있다.[34] 또 지적할 만한 것은, 평점자인 명대의 유명한 작가 천지루(陳繼儒, 1558-1639년)[35] 외에 제1권 첫 페이지에 적혀있는 세 사람이 모두 젠양 사람이라는 점이다. 출판자인 샤오텅훙(蕭騰鴻, 1586-?)은 『수유기』의 이 판본뿐 아니라 그가 출판한 다른 책들의 외양으로 판단컨대, 적어도 젠양에서 만큼 난징에서도 책을 펴냈다. 교정자로 기록되어 있는 위원시(余文熙)는 젠양의 가장 유명한 출판인인 위샹더우(余象斗, 약 1560-1637년)의 사촌이었지만, 그를 교정자 또는 편집자로 적은 간기들에 따르면, 그는 난징에서도 광범위하게 작업을 진행했다. 마지막으로, 교정자인 샤오밍성(蕭鳴盛, 1575-1644년)은 샤오텅훙의 사촌 혹은 삼촌이었으며, 젠양과 난징에서 편집자이자 인쇄업자로 일하였다.[36] 이처럼 출판업에 관여했던 젠양의 가장 유명한 가문들 가운데 대표적인 세 집안의 연관성이 난징에서 출판된 한 인쇄본을 통해 드러난다.

출판인 가운데 예 씨(葉氏) 집안은 적어도 세 군데에서 활동했던 것으로 보이며, 네 번째 사업지에도

---

31 "관판(官板)"은 "경본(京本)"과 마찬가지로 난징 인쇄본의 더 높은 명성을 부당하게 이용하기 위해 젠양 출판인들의 일반적인 광고 전략으로 이용되었다.

32 그러나 이 책을 소장하고 있는 각 도서관의 장서 목록에는 스더탕이 출판사로 기록되어 있다. 그러나 내가 이 작품의 남아있는 네 가지 판본을 검토한 결과 모든 판본은 같은 목판 한 벌-즉 슝윈빈(熊雲濱)이 사용했던 목판으로 인쇄한 것으로 보인다. 그러므로 현존하는 것은 슝윈빈이 스더탕에서 입수한 것이거나 젠양에서 나온 복각본이다.

33 류쑤밍은 그와 친척관계에 있는 수많은 류 씨 출판인들과 같은 족보 안에서 볼 수 있으나, 류쑤원은 같은 족보에 실려 있지 않다. 류 씨 집안의 가계를 간략히 재구성한 것으로는 루실 쟈의 『영리를 목적으로 한 출판』, 82-83쪽 <표 2b>를 볼 것.

34 이러한 작품 열 개의 목록이 팡옌서우(方彦壽)의 「건양류씨각서고(建陽劉氏刻書考)」, 『문헌(文獻)』 37. 3(1988년), 220-221쪽에 제시되어 있다. 이 목록에는 최소한 다섯 개의 다른 작품이 있다.

35 이 평점은 자신이 쓰지 않은 글에 이름이 종종 덧붙여졌던 천지루(陳繼如)가 쓴 것으로 가탁되었을 가능성이 있다.

36 샤오텅훙과 샤오밍성은 둘 다 1875년의 『샤오 씨 족보(蕭氏族譜)』에 이름이 실려 있다. 샤오밍성은 1603년에 거인(擧人)이 되었고, 1832년의 『젠양 현지(建陽縣志)』 12권에 그에 관한 짧은 전(傳)이 남아 있다.

연계처가 있었다. 자신의 서점을 진링 싼산제의 젠양 예구이 진산탕(金陵三山街建陽葉貴近山堂)이라고 명기했던 만력 연간의 한 출판인과 관련된 인쇄본이 약 15권 정도 남아있는데, 몇몇은 난징 판본(혹은 난징의 문인 고객들의 취향에 맞추었던 것)으로 보이고 나머지는 낮은 품질의 젠양 판본으로 보인다. 그 뿐 아니라 "산취 예진산(三衢葉近山)"이라 적혀 있는 인쇄본이 최소한 하나가 있고, 저장(浙江)의 예 씨(葉氏) 집안의 바오산탕(寶山堂)에서 이 판본을 다시 찍어낸 것도 있으며, 패기에 피링(毘陵, 지금의 장쑤 성江蘇省 창저우常州) 산취(三衢)의 후 씨(胡氏) 집안의 한 사람을 출판인으로 명기한 다른 한 작품이 있으며, 또한 이 책을 재판할 때 광고 문구(告白)를 쓴 바 있는 싼산제의 예진취안(葉錦泉)이 있다.[37] 우리는 다음과 같이 가정함으로써 이러한 관계들의 실마리를 풀어볼 수 있다. 곧, 예 씨 집안은 원래 젠양 출신이며 그곳에서 출판 활동을 계속해오다가 피링에서도 약간의 사업을 갖고 있던 싼취(三衢, 푸젠 성 북쪽과 경계가 닿아있는 오늘날의 취저우衢州 창산常山)의 후 씨 집안 출판인들과 합작하는 동안 저장 서쪽에 있는 산취와 난징에도 지점을 설립했던 것이다. 중국의 남부와 중부에 있는 더 작은 인쇄 중심지 출신의 떠돌이 출판인들이 여기저기에 지점의 네트워크를 형성했을 것이라고 가정하는 것은 매우 그럴싸해 보이지만, 우리는 청대 이전의 이러한 활동에 대한 명확한 증거를 거의 가지고 있지 못하다. 따라서 예 씨와 후 씨 출판인에 대한 이러한 단편적인 정보들을 서로 연관 짓는 일은 의미가 있을 것으로 생각된다.

후이저우(徽州)와 같은 다른 지역에서 온 단기 체류자들도 난징의 상업적 출판에서 중요한 역할을 했다. 가장 많은 인쇄본을 냈던 사람은 서 현(歙縣) 출신의 우멘쉐(吳勉學)로, 그는 경서, 사서, 자서, 의서, 문학 총서, 문집, 그리고 최소한 두 종의 서간문 지침서를 포함한 매우 다양한 저작들을 간행하였다. 그러나 그의 간기가 40여 개나 현존함에도 불구하고 우리는 그에 대해 아는 것이 거의 없으며, 그의 인쇄본 모두가 난징에서 출판되었는지 혹은 부분적으로 후이저우에서도 출판되었는지조차 확인할 수가 없다. 전체적으로 볼 때 그의 인쇄본은 정성 들여 만들어지기는 했지만, 수많은 방각본들에 특징적인 서문이나 '범례(凡例)'와 같은 서두에 나오는 글들이 빠져있다. 실제로 거의 모든 저작들이 우멘쉐를 교정자로만 명기하고 있다.

난징에서 활동한 후이저우 출신의 다른 세 출판인은 대부분 희곡이나 희곡선집 또는 산곡선집을 출간하였는데, 이들 중 상당수는 역시 서 현 출신인 황(黃) 씨 성의 한 명 또는 그 이상의 각공이 삽화를 그리고 판각하였다.[38] 출판인들 가운데 우리는 환추이탕(環翠堂)의 왕팅나(汪廷訥)에 대해 꽤 많은 것

---

37 이 인쇄본들은 나이카쿠분코(內閣文庫. 316/no.150)와 하버드-옌칭 도서관(Harvard-Yenching. T5416/4329)에 소장되어 있는 『중각교정탕징촨선생문집(重刻校正唐荊川先生文集)』, 그리고 프린스턴대학의 게스트문고(Gest, TC318/1152)에 소장되어 있는 『당회원정선비점당송명현책론문수(唐會元精選批點唐宋名賢策論文粹)』이다.

38 안후이 출신의 황 씨 각공에 대해서는 장슈민의 『중국인쇄사』, 747-749쪽과 그보다 이른 그의 논문 「명대 후이파 판화 황 성 각공 고략(明代徽派版畫黃姓刻工考略)」, 『장슈민중국인쇄사논문집(張秀民中國印刷史論文集)』, 171-179쪽, 그리고 저우우(周蕪)의 『후이파 판화사논집(徽派版畫史論集)』(合肥: 安徽人民出版社, 1983년)을 볼 것. 이 주제에 대한 간략한 개설로는 샤웨이(Xia Wei), 「목각 삽화의 후이저우(徽州) 양식(The Huizhou Style of Woodcut Illustration)」(Orientations 25.1,1994), 61-66쪽을 볼 것.

을 알고 있는데, 캐서린 칼리츠가 이 책의 7번째 글에서 설명하고 있듯이,[39] 그는 〈표 3.1〉에 수록되어 있는 이들 가운데 유일하게 난징의 문인들 사이에서 어느 정도 알려진 출판인이었던 것으로 보인다. 이러한 이들 가운데 두 번째는 왕윈펑(汪雲鵬)으로,[40] 그의 완후쉬안(玩虎軒)은 속곡(俗曲) 선집뿐 아니라 그 당시 가장 인기 있었던 전기(傳奇)들 가운데 일부를 출간하였다. 마지막 인물은 정쓰밍(鄭思鳴)으로, 그는 쿠이비자이(奎璧齋), 다징쓰더탕(大經四德堂) 등을 포함한 다양한 당명(堂名)으로 만력 연간 이래의 작품들을 출간하였다. 그의 사업은 정위안메이(鄭元美)라는 이름으로 간기가 발행된 청대 초기에도 여전히 지속되었다.

〈표 3.1〉에서 보이는 유명한 후이저우 출신 가운데 마지막 인물은 스주자이(十竹齋)의 주인인 후정옌(胡正言, 약 1582-1672년)이다. 스주자이는 서화 지침서인 『스주자이서화보(十竹齋書畵譜)』와 장식적인 편지지 모음집인 『스주자이전보(十竹齋箋譜)』를 포함한 뛰어난 채색 화첩을 많이 발행하였다.[41]

그러므로 우리는 명대에 난징에서 활동한 출판인, 작가, 편집자, 각공들 가운데 많은 이들이 다른 출판 중심지에서 왔으며, 그들은 아마도 난징의 문화적 활기에 매료되었을 뿐 아니라 그들 자신이 또 그것에 기여했다는 사실을 알 수 있다. 더욱이 그들의 간기를 통해서 그들이 출신 지역의 전통을 유지하는 책들뿐 아니라 '난징'만의 독특한 책들을 출간해냈다는 사실을 알 수 있다. 난징의 서적 유통에 있어서 이들의 활동을 고려해 볼 때, 우리는 난징(과 쑤저우)의 인쇄본이 전국으로 전파되었던 데 반해, 다른 지역에서 출판된 책들은 그 지역에 거주하는 사람들만 읽었다는 후잉린(胡應麟, 1551-1602년)의 언급에 의문을 가져야 한다.[42] 우리는 서적 유통이 쌍방향으로 작용했을 것이라는 사실을 보게 될 것이다.

명대 난징의 방각본

명대의 거의 모든 인쇄본들은 16세기 말 이후에 출간되었다(〈표 3.2〉). 실제로 명대를(편의상 홍치(弘治) 연간의 마지막해인 1505년을 분기점으로) 정확하게 반으로 나누면, 명백하게 전반기에 포함되는 방각본은 단

39 낸시 베를리너(Nancy Berliner), 「왕팅나와 후이저우(徽州)의 삽화본 출판(Wang Tingna and Illustrated Book Publishing in Huizhou)」(Orientations 25.1,1994), 67-75쪽도 볼 것.

40 내가 후이저우 지역의 지방지에서 확인한 바에 의하면, 왕윈펑은 왕팅나와 아무 관련이 없다. 왕윈펑에 대해서는 이 책의 11번째 글인 머레이의 글도 참고할 것.

41 이 작품들의 흑백 영인본과 스주자이에 대한 간략한 논의로는 첸춘쉰의 같은 책, 284-286쪽을 볼 것. 화보와 전보(箋譜)은 근대에 모두 재판되었다.

42 후잉린(胡應麟), 「경적회통(經籍會通)」, 55-56쪽. 몇 줄 뒤에서 후잉린은 그가 아직 난징이나 쑤저우에 오랫동안 머무른 적이 없어서 이 두 도시에서 그가 책을 산 경험은 베이징에서만큼 폭넓지는 못하다고 인정하고 있다.

지 10여 개에 지나지 않는데 반해 후반기에는 800개가 넘게 나왔다는 사실이 드러난다.[43]

사실, 이것은 강남의 출판 중심지들과 젠양에서 똑같이 나타나는 지역적인 경향인 것으로 보인다. 이보다 앞선 연구에서 나는 명대의 전반기에 난징, 쑤저우, 그리고 항저우에서 나온 비 정부 인쇄본이 총 합계의 10% 미만이라는 사실을 발견했다.[44] 매우 유사하면서도 좀 더 분명한 수치가 젠양 한 곳에서 나온 명대 인쇄본들을 검토하는 과정에서 나왔다. 이는 곧 명대의 전반부에는 모든 저작의 약 10 퍼센트만이 인쇄되었다는 것을 말해준다.[45] 명대 전반기와 후반기의 수치 차이가 서로 연결되어 있던 강남의 세 도시나 그곳과는 동떨어진 젠양에서 유사하게 나타나는데, 이는 그러한 분포가 대개 일반적으로 중국의 중부와 남부 일대에서 초기에 나온 인쇄본의 생존율이 좀 더 낮은 데 기인하며, 단일한 출판 중심지에만 국한되지 않았다는 주장을 강하게 뒷받침해준다.

〈표 3.2〉는 명대 전반기에 난징에서 방각본이 드물게 나왔고, 젠양에서보다도 그 상황이 훨씬 더 심했다는 사실을 보여준다.[46] 그러나 두 지역은 16세기 중반 중국의 중부와 남부에서 시작된 출판 붐에 동참하였다. 명대 후기를 다시 세 시기로 나누면, 1522-1572년(가정과 융경 연간)과 1573-1620년(만력과 태창 연간), 1621-1644(천계와 숭정 연간)으로 구분할 수 있는데, 우리는 난징과 젠양 두 곳 모두 가장 드라마틱한 소용돌이가 출판계에 몰아닥친 시기가 만력 연간이었다는 사실을 알 수 있다.

43 여기서 쓰인 "판본"의 의미에 대해서는 각주 18)을 볼 것. <표 3.2>는 간기를 위해 목판을 새긴 날짜를 이용하였다. 우리가 정확한 연도를 모르는 경우에는, 경험에서 나온 추측으로 그 시기가 "명말(明末)"인지 아닌지를 판단할 수도 있다. 두신푸(杜信孚)의『명대판각종록(明代版刻綜錄)』(揚州: 江蘇廣陵刻印社, 1983년)과 같이 내가 이용한 참고문헌 가운데 몇몇은 지나치게 많은 인쇄본을 만력 연간의 것으로 간주하고 있는 듯한데, 이렇게 시기를 콕 집어 추측하기보다는 조금 더 범위를 넓혀 "명말"이라고 표기하는 것이 적절하다.

44 폴 스미스와 리차드 폰 글란 편(Paul J. Smith and Richard von Glahn, eds).『중국사에서의 송-원-명 교체기(The Song-Yuan-Ming Transition in Chinese History)』(Cambridge, Mass.: Harvard University Asia Center, 2003)에 있는) 루실 쟈(Lucille Chia)의「마사본: 송대에서 명대까지 젠양의 상업적인 출판(Mashaben: Commercial Publishing in Jianyang from the Song to the Ming」, 284-328쪽을 볼 것.

45 루실 쟈,『영리를 목적으로 한 출판』, 152-153쪽과 312-313쪽(부록Appendix C.2)을 볼 것. 알려져 있는 명대 젠양 인쇄본의 총 수는 1,600권 가량이며 이 가운데 160여 권만이 명대 전반부에 나왔다. 명초에 나온 것으로 되어있는 많은 수의 인쇄본이 원대 어느 시기의 목판의 부분을 이용하여 나중에 다시 인쇄한 것이라는 사실이 밝혀지면서, 이 다양한 수치가 실제로는 명대 후기 쪽으로 훨씬 더 많이 기울어질 수 있다. 나는 모든 가능한 장서 목록과 서지 자료를 이용하여 젠양의 간기에 대해 철저한 연구를 했기 때문에, 이들 숫자는 강남의 인쇄 중심지 출판물에 대한 숫자보다 훨씬 신빙성이 있다.

46 이는 착오라는 생각이 들 만큼 난징의 수치가 낮기 때문이다. 우리는 난징에서 나온 확인 가능한 인쇄본만을 계산할 수 있을 뿐이며, 확인되지 않은 많은 책들은 그것이 젠양본들과 질적으로 유사하다는 이유로 인해 놓치고 있다.

<표 3.2> 명대 난징과 젠양의 상업적 인쇄본

재위 기간	재위 말기까지 누적 인쇄본의 수		각각의 기간 동안 인쇄본의 수		
	난징	젠양		난징	젠양
홍무(洪武; 1368-99)	4	13			
건문(建文; 1399-1402)	4	14			
영락(永樂; 1403-25)	4	21			
선덕(宣德; 1426-36)	6	32			
정통(正統; 1436-50)	6	55			
경태(景泰; 1450-57)	7	66			
천순(天順; 1457-65)	7	74			
성화(成化; 1465-88)	9	113			
홍치(弘治; 1488-1506)	10	158			
정덕(正德; 1506-22)	22	221			
가정(嘉靖; 1522-67)	38	434	50년	43	225
융경(隆慶; 1567-73)	55	446			
만력(萬曆; 1573-1620)	639	1,047	47년	586	602
태창(泰昌; 1621)	641	1,048			
천계(天啓; 1621-28)	680	1,107	23년	111	112
숭정(崇禎; 1628-45)(a)	752	1,160			
(만력 이후)(b)	54	258			
연대 미상(c)	24	121			
(a),(b),(c) 합계	830	1,539			

명대 초기 출판의 소강 상태와 명대 후기 상업적 출판의 거의 폭발적인 성장을 설명하는 일은 이 글의 논의를 벗어나는 것이다.[47] 그러나 출판업에 관한 한 푸젠과 강남은 하나의 통합된 지역으로 간주되어야 하는 것이 분명해 보인다. 만약 우리가 좀 더 일반적인 수준에서 이 지역의 경제적 통합을 가정한다면, 왜 난징이 수도였을 때 난징의 성장이 같은 규모의 출판업 성장에 반영되지 않았는지, 또 무슨 까닭에 젠양의 출판업이 송대와 원대의 안정된 성장 이후 쇠퇴를 겪게 되었는지 하는 등의 문제에 대해 부분적으로는 명대 전기의 불황이라는 관점에서 설명할 수 있을 것이다.

이제 다시 우리의 관심을 실제 인쇄본으로 돌려보자. 〈표 3.3〉에서 우리는 명대에 출간된 난징 "상업적" 인쇄본들의 목록을 통해 난징에서 나온 것이 거의 확실한 700여 개의 판본과, 그것들의 물리적인 외양과 내용, 그리고(관직에 있었거나 난징에 살았던) 편집자나 교정자, 주석가, 때로는 작가의 신분 등으

47 이 문제에 대한 논의로는 루실 쟈(Lucille Chia)의 「마사본: 송대에서 명대까지 젠양의 상업적인 출판」, 302-306쪽을 볼 것. 또 이 책의 두 번째 글 맥더모트의 글도 볼 것.

로 미루어 볼 때 난징에서 나왔을 가능성이 있는 나머지 백여 개를 구분할 수 있다.[48] 〈표 3.3〉에 있는 숫자들은 몇 가지 이유로 인해 실제보다 적게 헤아려진 것이 거의 확실하므로[49] 절대적인 숫자보다는 우리가 인식할 수 있는 전체적인 패턴이 훨씬 더 유용하다. 이를테면 설사 이 표가 더 많은 인쇄본을 포함하기 위해 수정된 것이라 하더라도 희곡집과 창사(唱詞)나 노래 선집, 그리고 의서와 일반적인 문학총서가 압도적으로 많았다는 사실이 흔들리지 않을 것이라는 데 대해 우리는 상당한 확신을 가질 수 있다. 이와 유사하게, 불교 인쇄본들은 대개 지역의 다양한 불교 사원들의 후원에 의해, 때때로는 관청과의 합작에 의해 출간되기 때문에 상업적 출판인들의 손에 의해 나온 불교 관련 저작들의 숫자가 전체적인 공급량 가운데 작은 부분을 차지한 것은 상당히 개연성이 있다.

<표 3.3> 난징과 젠양 출판물의 주제별 분류

	난징 출판물		난징 출판물로 추정되는 것		난징 합계		젠양	
	#	(%)	#	(%)	#	(%)	#	(%)
1-1 주역(周易)	7	(1.0)	1	(1.1)	8	(1.0)	24	(1.5)
1-2 서경(書經)	1	(0.1)	0	(0.0)	1	(0.1)	22	(1.4)
1-3 시경(詩經)	14	(1.9)	3	(3.2)	17	(2.0)	21	(1.3)
1-4 예기(禮記)	8	(1.1)	1	(1.1)	9	(1.1)	28	(1.8)
1-5 춘추(春秋)	8	(1.1)	1	(1.1)	9	(1.1)	34	(2.1)
1-6 효경(孝經)	0	(0.0)	0	(0.0)	0	(0.0)	0	(0.0)
1-7 오경총의(五經總意)	1	(0.1)	2	(2.1)	3	(0.4)	8	(0.5)
1-8 사서(四書)	8	(1.1)	0	(0.0)	8	(1.0)	39	(2.4)
1-9 악기(樂記)	1	(0.1)	0	(0.0)	1	(0.1)	0	(0.0)
1-10 소학(小學)	12	(1.6)	3	(3.2)	15	(1.8)	44	(2.8)

48 이 표는 내가 약 120개에 이르는 이들 간기를 검토한 것뿐 아니라 수많은 서지 자료와 도서관 장서목록에 근거해 만들었다. 후자의 경우, 두신푸(杜信孚)가 엮은 『명대판각종록(明代版刻綜錄)』과 RLIN(Research Libraries Information Network) 온라인 기록(대부분은 중국 선본 프로젝트Chinese Rare Books Project에서 왔다), 중국국가도서관(中國國家圖書館), 타이베이 국립중앙도서관(臺北國立中央圖書館), 나이카쿠분코(內閣文庫) 등등의 희귀 도서목록이 포함된다. 나는 미국의 게스트(Gest, Princeton), 하바드-옌칭(Harvard-Yenching), 스타(C. V. Starr, Columbia University), 그리고 버클리(UC Berkely)의 동아시아도서관(East Asian Library), 영국의 영국도서관(British Library), 캠브리지대학 도서관(Cambridge University Library), 옥스퍼드 보들리언(Oxford Bodleian) 뿐만 아니라 중국, 대만, 일본의 수많은 주요 도서관에 있는 명대 간기들을 검토하였다.

49 첫째, 나는 이용 가능한 모든 장서목록과 서지 자료들을 철저하게 뒤지지 못하였다. 둘째, 난징 지역에서 나온 간기들 가운데에는 작품 그 자체가 충분한 증거를 제공해주지 못하거나, 아마도 원래 출판인에 대한 정보가 지워버려진 채로 다른 지역의 출판인에게 목판이 넘어갔기 때문에 난징에서 나왔다고 확인할 수 없는 것들이 있다. 셋째, 많은 경우 나는 상업적 출판인으로서 단지 소수의 작품만을 출간한 사람들을 포함할 것인지에 대해 자의적으로 결정해야만 했다. <표 3.1>이 보여주듯이 많은 출판인들은(우리가 알고 있는) 5종 이하의 인쇄본을 간행하면서 매우 작은 규모로 활동했다. 나는 출판인들이 스스로를 "서방(書坊)" 혹은 "서림(書林)"이라고 묘사한 경우를 포함시켰지만, 그 외에 "당명(堂名)"같은 경우는 개인 서재의 이름으로 추정되기 때문에 출판인이 "상업적"인지 아닌지를 판단하는 것이 더욱 어렵다.

	난징 출판물		난징 출판물로 추정되는 것		난징 합계		젠양	
1 경부(經部)	60	(8.2)	11	(11.7)	71	(8.6)	220	(13.8)
2-1 정사(正史)	9	(1.2)	2	(2.1)	11	(1.3)	10	(0.6)
2-2 편년(編年)	5	(0.7)	3	(3.2)	8	(1.0)	87	(5.5)
2-3 기사본말(紀事本末)	1	(8.2)	1	(1.1)	2	(0.2)	0	(0.0)
2-4 별사(別史)	0	(0.0)	0	(0.0)	0	(0.0)	0	(0.0)
2-5 잡사(雜史)	8	(1.1)	1	(1.1)	9	(1.1)	12	(0.8)
2-6 조령(詔令)과 주의(奏議)	8	(1.1)	2	(2.1)	10	(1.2)	2	(0.1)
2-7 전기(傳記)	11	(1.5)	5	(5.3)	16	(1.9)	21	(1.3)
2-8 사초(史鈔)	1	(0.1)	0	(0.0)	1	(0.1)	35	(2.2)
2-9 재기(載記)	0	(0.0)	0	(0.0)	0	(0.0)	0	(0.0)
2-10 시령(時令)	1	(0.1)	1	(1.1)	2	(0.2)	0	(0.0)
2-11 지리(地理)	12	(1.6)	3	(3.2)	15	(1.8)	14	(0.9)
2-12 관직(官職)	1	(0.1)	0	(0.0)	1	(0.1)	4	(0.3)
2-13 정서(政書)	2	(0.3)	0	(0.0)	2	(0.2)	14	(0.9)
2-14 목록(目錄)	0	(0.0)	0	(0.0)	0	(0.0)	1	(0.1)
2-15 사평(史評)	4	(0.5)	2	(2.1)	6	(0.7)	23	(1.4)
2 사부(史部)	63	(8.6)	20	(21.3)	83	(10.0)	223	(14.0)
3-1 유가(儒家)	18	(2.4)	3	(3.2)	21	(2.5)	67	(4.2)
3-2 병가(兵家)	5	(0.7)	0	(0.0)	5	(0.6)	15	(0.9)
3-3 법가(法家)	4	(0.5)	2	(2.1)	6	(0.7)	4	(0.3)
3-4 농가(農家)	0	(0.0)	0	(0.0)	0	(0.0)	0	(0.0)
3-5 의가(醫家)	78	(10.6)	5	(5.3)	83	(10.0)	244	(15.3)
3-6 천문(天文)과 산법(算法)	0	(0.0)	0	(0.0)	0	(0.0)	10	(0.6)
3-7 술수(術數)	22	(3.0)	1	(1.1)	23	(2.8)	80	(5.0)
3-8 예술(藝術)	20	(2.7)	0	(0.0)	20	(2.4)	10	(0.6)
3-9 보록(譜錄)	8	(1.1)	0	(0.0)	8	(1.0)	2	(0.1)
3-10 잡가(雜家)	20	(2.7)	2	(2.1)	22	(2.7)	35	(2.2)
3-11 유서(類書)	47	(6.4)	5	(5.3)	52	(6.3)	231	(14.5)
3-12 소설(小說)	18	(2.4)	1	(1.1)	19	(2.3)	17	(1.1)
3-13 석가(釋家)	4	(0.5)	1	(1.1)	5	(0.6)	2	(0.1)
3-14 도가(道家)	12	(1.6)	4	(4.3)	16	(1.9)	27	(1.7)
3-15 총서(叢書)	3	(0.4)	0	(0.0)	3	(0.4)	6	(0.4)
3 자부(子部)	259	(35.2)	24	(25.5)	283	(34.1)	750[50]	(46.7)

50 합계가 맞지 않다. 원문에는 744로 되어 있다.

	난징 출판물		난징 출판물로 추정되는 것		난징 합계		젠양	
4-1 초사(楚辭)	4	(0.5)	1	(1.1)	5	(0.6)	1	(0.1)
4-2 별집(別集)	58	(7.9)	15	(16.0)	73	(8.8)	115	(7.2)
4-3 총집(總集)	71	(9.6)	17	(18.1)	88	(10.6)	115	(7.2)
4-4 시문평(詩文評)	5	(0.7)	0	(0.0)	5	(0.6)	12	(0.8)
4-5 사곡(詞曲)	181	(24.6)	5	(5.3)	186	(22.4)	53	(3.3)
4-6 소설(小說)	35	(4.8)	1	(1.1)	36	(4.3)	110	(6.9)
4 집부(集部)	354	(48.1)	39	(41.5)	393	(47.3)	406	(25.5)
총계	736		94		830		1,599[51]	

아래의 논의에서 나는 상대적으로 인기가 없는 것(곧 자주 인쇄되지 않았던 것)에서부터 좀 더 인기가 있었던 종류로 논의를 전개해 나갈 것인데, 이 순서는 우연하게도 작품을 경, 사, 자, 집으로 분류하는 사고전서의 광범위한 체계를 따르게 되었다.[52] 지면의 한계로 말미암아 나는 가장 중요한 작품의 유형만을 논의하고 출판인의 마케팅 전략을 가장 분명하게 드러내 보여주는 특징들만을 강조할 것이다. 또한 명대 출판 중심지 사이의 지역적 차이를 보여주기 위해 나는 〈표 3.3〉에 근거해서 서로 연관성이 있는 난징과 젠양을 간략하게 비교할 것이다.

유가 경전

난징에 있던 각종 관청에서 유가 경전을 출간하고 있었기 때문에 상업적인 출판사들은 그 영역에 진입할 엄두조차 내지 못했을 수도 있으며, 따라서 관방이 유가 경전 시장을 독점했을 수도 있다. 상업적인 출판사에게는 어떤 사업이 남아 있었을까? 그들은 기본적으로 경전에 대한 주석이나 평론(원문과 함께 또는 원문은 빼고)을 출판했는데, 저자는 과거나 현재의 유명한 학자이거나 이런 출판사에 고용되었을 수도 있는 조금 덜 알려진 이들이었다. 경서와 사서(과거 시험 과목의 핵심을 이루고 있던 경전의 텍스트들)에 대한 저작들 중 많은 수(40퍼센트 이상)가 그것들의 제목과 내용에서 분명하게 드러나듯이 과거 시험의 참고서로 기획되었다는 것을 놀라운 사실이 아니다.

어떤 작가와 평점가가 가장 인기 있었는지를 살피는 것은 흥미롭다. 먼저 주시(朱熹)의 주석이 인기

---

51 합계가 맞지 않다. 원문에는 1,593으로 되어 있다.

52 나는 <표 3.3>에서 『사고전서』의 분류 체계를 계속 사용하였는데, 대부분의 목록에서 중국의 전통 저작을 그러한 방식으로 정리하고 있으며, 따라서 완전히 새로운 순서 체계를 시도해서 얻을 것이 거의 없기 때문이다. 하위 항목은 항상 개별적으로 또는 부분적인 재분류에 따라서 논의될 여지가 남아 있다.

가 있었는데, 그것은 주시의 주석이 대부분 공인되고 강조되었던 해석을 제공했기 때문이었다. 그러나 다른 많은 저작들에서는 당시 유명한 저자들이 쓴 평점과 주석도 제공되었다. 이를테면 시인인 중싱(鍾惺, 1574-1624년)은 다른 사람과 공동편집한 시가선집으로 큰 유명세를 떨쳤는데, 이후 명대의 마지막 십 년 동안에 나온 시경의 난징 방각본 가운데 적어도 네 판본에 자신의 이름을 걸고 있다.[53] 자오훙(焦竑, 1541-1620년)이나 왕스전(王世貞, 1634-1711년)과 같이 난징에 개인적 혹은 직업적인 연고가 있는 다른 유명한 문인들 또한 상업적 출판인 사이에서 평점 혹은 서문의(가탁된) 작가로 인기가 있었다.[54]

과거 시험과 관련된 작품들에 대한 개론적 설명과 주석을 출간할 때 훨씬 덜 유명한 직업 작가를 고용하는 것이 당시 상업적 출판인의 일반적인 관습이었는데, 이와 같은 특징은 쉬펀펑(徐奮鵬)이라는 하나의 이름으로 편집되고 편찬된 경서에 관한 많은 서적들의 숫자에서 명백하게 드러난다. 그의 이름으로 출간된 과거시험 참고서는 『역경』 1종, 『시경』 4종, 『주례』 1종, 『춘추』 주석 선집 1종이 있으며, 그리고 사서에 대한 것 역시 적어도 1종이 있었다. 이러한 판본들은 품질 면에서 다양하다. 몇몇은 난징과 젠양 양쪽에서 활동한 출판인들에 의해 시장에 나온 평범한 인쇄본이다. 그러나 다른 것들은 상당히 높은 품질을 보이고 있다. 예를 들어 자신의 쿠이비탕(奎璧堂)에서 쉬펀펑이 주석을 붙인 서적을 적어도 두 종은 출판하였던 정위안메이(鄭元美)는 겉 표지에 "쿠이비춘추(奎璧春秋)"라고 제목을 단 자신의 『춘추』 주석본을 매우 자랑스러워하였다. 사실 그것은 매우 정교한 인쇄본이었으며 희곡작가인 탕셴쭈가 쓴 서문을 자랑거리로 삼았는데, 그는 아마도 쉬펀펑의 고향인 장시 린촨(臨川) 출신으로 그 시기 가장 유명한 인사였을 것이다.

회화 화보집으로 가장 잘 알려진 스주자이(十竹齋)의 후정옌(胡正言)이 그랬던 것처럼, 천방타이(陳邦泰)의 지즈자이(繼志齋), 탕 씨(唐氏) 집안의 광칭탕(廣慶堂), 원린거(文林閣), 푸춘탕(富春堂), 저우루산(周如山)의 완쥐러우(萬卷樓)와 같이 희곡과 노래 선집의 인쇄본으로 가장 잘 알려진 몇몇 서방들 역시 유가 경서를 출간하였다. 그러므로, 〈표 3.3〉은 경서와 사서에 관한 서적이 난징의 방각본에서 작은 비중(6.8%)을 차지한다는 사실을 보여주기는 하지만, 그럼에도 불구하고 유가 경전은 이들 출판업자들에게 안정적인 시장을 제공하였다는 것을 알 수 있다. 이들 유명출판업자들은 난징의 군소 서방이나 젠양

---

53 『시귀(詩歸)』(1617년 서문)의 인기에 대해서는 낸시 노튼 토마스코Nancy Norton Tomasko의 「중싱(鍾惺; 1574-1625년), 중국 명대 만력 시기(1573-1620년)의 명사Chung Hsing(1574-1625), a Literary Name in the Wan-li Era(1573-1620) of Ming China」(Ph.D. dissertation, Princeton University, 1995), 306쪽과 그 이하를 볼 것. 나와 개인적으로 나눈 대화에서 낸시는 중싱 자신의 작품은 난징에서 처음 출판되었지만, 그 당시의 다른 유명한 작가들과 마찬가지로, 그의 이름이 자신과 실제적인 관련이 없는 많은 다른 작품에(작가, 편집자 그리고/또는 주석자로서) 덧붙여졌다고 믿는다고 말했다.

54 호감이 가는 관료나 문인의 이름을 인쇄본에 박아넣어야 독자들을 유인할 수 있었다는 점을 제외하면, 난징의 상업적 출판업자들이 그러한 이름을 선택한 별다른 이유는 없는 듯하다. 예를 들면 명말의 출판인들이 특정한 정치적인 당파를 다른 것보다 선호한다는 것을 알아챌 수 있는 특별한 표지는 없었다. 아마도 그것은 어떤 경우에든 너무 위험했기 때문일 것이다. 이처럼 난징의 출판인들은 젠양에 있는 그들의 경쟁자들만큼이나 실용주의적이었는데, 젠양의 경우 자신들의 인쇄본의 판매를 위해 푸젠 출신으로 만력 연간 말기의 위대한 내각수보(內閣首輔)였던 예상가오(葉尙高)와 리팅지(李廷機, ?-1616, 1583년 진사)의 이름을 자주 이용했다.

의 경쟁자들에게 이 시장을 온전히 내놓으려고 하지 않았던 것이다.

사서(史書)와 역사 저작

상업적으로 출판된 난징의 경서 관련 서적들 사이에서 눈에 띄는 몇 가지 패턴은 역사 관련 저작에서도 뚜렷하게 드러난다. 이런 점에서 상업적 출판인들은 일반적으로 관방 출판물과 중복을 피하려고 하는 경향이 있었다. 이를테면 난징 국자감이 이십일사를 모두 내놓았기 때문에 그들은 정사를 거의 인쇄하지 않았다.[55] 여기에는 네 가지 예외가 있는데, 『삼국지』와 『진서(晋書)』 두 종은 역사 저작의 선본을 전문적으로 펴낸 듯한 우관(吳琯)의 시솽당(西爽堂)에서 출판되었고, 다른 하나는 우몐쉐(吳勉學)가 펴낸 『사기』다. 나머지 하나는 1639년 나온 인쇄 상태가 그다지 좋지 않은 『진서(晋書)』로, 장 씨(姜氏) 집안의 가숙(家塾)에서 나온 것으로 알려져 있으며 주석은 중싱(鍾惺)이 쓰고, 교정은 천지루(陳繼儒)가 본 것으로 되어있다.

사실 많은 역사 관련 저작들이 난징과 어떠한 연관이 있는 유명한 학자와 관리가 쓰거나 주석을 달았다(고 추정된다). 이미 살펴본 대로, 푸젠의 내각수보인 예샹가오(葉向高)는 스더탕의 『자치통감강목』을 재교정한 것으로 이름이 올라 있다. 젠양과 난징의 예구이(葉貴)에 의해 인쇄된 간략한 열전인 『계양장원편차황명인물고(鍥兩狀元編次皇明人物考)』(1595년)는 제목에서 언급하고 있는 두 "장원"인 자오훙(焦竑) 혹은 장푸(張復, 1546-약 1631년)의 작품이 아닌 것이 거의 확실하다. 1592년에 출판된 『전국책』의 방각본은 중싱과 천런시(陳仁錫, 1579-1634년)가 함께 주석을 달았다고 주장했다.[56] 두 사람 가운데 특히 천런시는 당시 사론(史論)으로 유명했지만 그들이 『전국책』에 주석을 달았는지는 불분명하다.

이미 밝혀진 대로 『전국책』은 난징의 상업적 출판인 사이에서 매우 인기 있는 작품이었는데 이들은 명말에 적어도 네 가지 판본을 출간하였다.[57] 인쇄된 다른 역사서들을 고려해 본다면, 이 저작은 아마도 그 자체의 역사적, 학문적 가치만큼이나 그것의 일화적 가치로 인해 평가받았던 듯하다. 예를 들어 조정에서 있었던 황제와 신하 사이의 대화를 읽기 쉬운 형식으로 기록한 위지덩(余繼登, 1544-1600년)의 『황명전고기문(皇命典故紀文)』이 아마도 만력 연간으로 추정되는 시기에 탕 씨(唐氏) 스더탕에서 출판된 바 있다.[58]

---

55 난징에 위치한 다양한 중추적인 정부 기관의 출판 실례에 대해서는 두신푸의 『명대판각종록』, 3.30a-31b를 볼 것. 이십일사는 난징 국자감에서 명초부터 만력 시기까지 재판되었다.

56 이 판본의 사본 한 부가 후베이시립도서관(湖北市立圖書館)에 있다. 천런시에 대해서는 『명대인명사전』, 1권, 161-163쪽을 볼 것.

57 젠양의 네 판본도 명대에 출간되었다.

58 『중국선본서목(中國善本書目)』 사부(史部), 1권의 2736조를 볼 것. 위지덩의 전은 『명사』(北京: 中華書局), 216권(원래 판본), 19권(현

이야기 체의 성격이 조금 덜한 간략한 인물 열전도 난징과 젠양의 출판인들 사이에서 인기 있던 유형이었다. 그 중 하나가 중국 역사를 통틀어 훌륭한 장군들의 삶과 업적을 재조명한 『백장전(百將傳)』으로 이 책은 가끔씩 군사 전략에 관한 짧은 글과 조합되기도 하면서 다양한 판본으로 출간되었다. 만력과 천계 연간(1621-1628년)에는 구치위안(顧起元, 1565-1628년)이 출판한 개인적인 판본말고도 난징에서만 다섯 개의 방각본이 나왔다.

비록 각각 남아있는 판본이 비교적 적기는 하지만, 도덕적 교훈을 주는 역사적 명사에 대한 풍부한 삽화가 들어간 전(傳) 역시 주목할 만하다. 이를테면 왕팅나(汪廷訥)가 1599년에 쓰고 출판한 『인경양추(人鏡陽秋)』에는 (각공 가운데 후이저우 출신인) 황잉쭈(黃應組)가 새긴 정판식(整版式) 삽화와 효와 충, 검약과 정절의 도덕적 사례를 보여주는 전이 포함되어 있다. 『제감도설(帝鑑圖說)』과 『양정도해(養正圖解)』는 훨씬 더 호화스러운 개론서인데, 처음에는 황실의 후원으로 편찬되었고 나중에 난징과 다른 곳에서 재판되었다. 본서의 제11장에서 줄리아 머레이(Julia Murray)는 이 두 텍스트 모두에 대해 논하고 있다. 『제감도설』은 역사 속 황제들의 행위에 대해 포폄이 가해진 이야기로 구성되어 있는데, 원래는 만력 황제가 어렸을 때 교훈으로 삼게 하기 위해 펴냈던 것으로, 최소한 한번은 난징에서 상업적 출판인 후셴(胡賢)에 의해 재판되었다.[59] 만력 황제의 후계자를 위해 쟈오훙이 쓴 『양정도해』 또한 여러 차례 재출간되었다. 후이저우(徽州) 사람들인 완후쉬안(玩虎軒)의 왕윈펑(汪雲鵬)과 쿠이비거(奎壁閣)의 정쓰밍(鄭思鳴)이 출간한 두 종의 유명한 상업적 재판본이 가장 잘 알려진 현존 판본인데, 두 종 모두 아마도 난징에서 활동했을 후이저우 출신의 황 씨 각공들이 판각한 듯하다.[60] 이러한 저작들은 그들 출판인들 혹은 구매자들이 갈망했던 기호와 부, 그리고 사회적 지위를 과시하는 데에 이용되었다.

대 판본), 5701-5702쪽에 있다.

59 저우우(周蕪), 『진링 고판화(金陵古版畫)』(南京: 江蘇美術出版社, 1993년), 306-307쪽에서는 "장링 정 씨(江陵鄭氏)"의 판본에서 나온 정판식 삽화를 보여주는데, 그는 아마도 이것을 난징에서 출판하였을 것이다(소장 도서관은 책에 언급되어 있지 않다). 후셴의 판본은 타이베이의 국립중앙도서관에서 찾을 수 있다.

60 두 판본은 모두 16세기의 마지막 10년 사이에 출판된 것으로 보인다. 황린(黃鏻)은 완후쉬안(玩虎軒) 판본의 각공으로, 황치(黃奇)는 쿠이비거(奎壁閣) 판본의 각공으로 이름이 올라 있다. 황린의 판본 가운데 한 페이지는 제시카 로슨Jessica Rawson이 엮은 『영국박물관 소장 중국 예술서The British Museum Book of Chinese Art』(London: British Museum Press, 1992)에 실린 앤 패러Anne Farrer의 「관직 생활을 위한 서예와 회화Calligraphy and Painting for Official Life」, 123쪽에 실려 있다. 두 가지 모두 삽화와 함께 화가 딩윈펑(丁雲鵬, 활동 기간은 1584-1618년)의 이름이 적혀있지만, 이것은 쿠이비거 판본과 분명히 다르다. 개인적으로 나눈 대화에서 줄리아 머레이 자신은 쿠이비거 판본은 황치가 새긴 원 판본을 모사하여 다시 새긴 것으로 믿는다고 말하였다. 어쨌든 쿠이비거 판본은 난징에서 출판된 것이 거의 확실하지만, 완후쉬안 편집본은 후이저우(徽州)의 슈닝(休寧) 지방에서 출판되었을 가능성이 있는데, 딩윈펑이 난징 뿐 아니라 거기서도 활동했었기 때문이다.

유서(類書)

유서에는 주제별 배열을 주요 공통분모로 하는, 혼란스러울 정도로 다양한 저작들이 포함된다.[61] 결과적으로 이 유서에 속하는 저작의 수는 상당히 많은 것(〈표 3.3〉에 포함된 난징 인쇄본의 6% 이상)으로 나타난다. 이렇게 높은 수치를 상당히 부자연스럽게 느낄 수도 있겠지만, 난징에서 출판된 서로 다른 유형의 유서를 살펴보는 것은 유용한 일이 될 터인데, 그것은 유서가 출판인들의 선호도를 드러내 보여주기 때문이다. 유서는 일반적으로 다음과 같은 유형이나 때로 복합 유형으로 구성되기도 하는데, 곧 일반적인 백과전서, 작문 지침서나 문학 명구집, (특별한 상황에서 써먹을 수 있는 시구를 포함한) 작시법 안내서, 이야기 선집, 그리고 일용 유서 등이다. 특히 앞의 두 유형의 유서 가운데는 과문(科文)으로 분류될 수도 있는 서적들이 많이 있다. 이들 유형의 서적 가운데 명대에 새로 나온 것은 없으나, 이전 시대보다는 명대에 훨씬 많이 편찬되고 출판되었다. 젠양에서 출판된 유서들이 전체의 1/4이 이야기 선집이고 그 나머지는 다른 유형들로 거의 비슷하게 배분되는 것과는 대조적으로, 난징의 유서는 일반적인 백과전서가 우위를 차지한다. 내가 조사한 바로는 일용 유서가 거의 전무하다는 것도 난징 유서의 특징이다. 〈표 3.3〉에 열거된 유서들의 명세는 다음과 같다.[62] 곧 일반적인 백과전서가 26종, 작문 지침서가 8종, 작시법 안내서가 4종, 이야기 선집이 9종, 그리고 일용 유서가 1종이다.

일반적인 백과전서는 기본적으로 발췌문의 선집으로, 어떤 것은 상당히 짧아 불과 몇 글자에서 몇 줄밖에 되지 않는다. 그 범위는 경서나 사서, 과거의 유명한 산문이나 운문 작품에 걸쳐 있으며, 간혹 간략한 주석이 달려있기도 하다. 이들 가운데 일부는 용어나 사물의 기원을 설명하거나 과거시험에 유용한 내용들에 초점을 맞추는 것과 같은 특정한 목적을 염두에 두고 편찬되었지만, 유서는 원문에 대한 보유(補遺)를 각 주제 말미에 수록하기도 했는데, 이러한 보유는 출판인에게 고용된 작가나 (가탁된) 유명 작가가 썼다. 이러한 일반 백과전서 가운데 약 4종은 유명한 송대 유서를 모방한 것이고, 그것이 과거시험에 유용하다는 점이 명백히 언급되어 있다. 그러나 출판인들은 난징에서 출판된 대부분의 이런 서적들을 문장을 지을 때의 일반적인 참고자료와 보조 자료로 여겼던 것으로 보인다. 기존의 백과전서들에서 상당 부분을 그대로 베낀 것을 보면, 이런 서적들 대부분은 대체로 기존의 백과전서를

---

61 최근에 나온 유서에 관한 두 가지 개설서로는 후다오징(胡道靜)의 『중국 고대의 유서(中國古代的類書)』(北京: 中華書局, 1982년))와 다이커위(戴克瑜)와 탕젠화(唐建華)가 펴낸 『유서의 연혁(類書的沿革)』(成都: 四川省中心圖書館學會, 1981년)이 있다. 유서의 분류에 대해서는 후다오징의 『중국 고대의 유서』, 특히 8-14쪽, 텅쑤위(Teng Ssu-yu)와 나이트 비거스태프(Knight Biggerstaff)가 펴낸 『주석 판 중국 참고서 선집 목록(An annotated Bibliography of Selected Chinese Reference Works)』 제3판(Cambridge, Mass.: Harvard University Press, 1971), 82-128쪽에서의 분류, 그리고 엔디미언 윌킨슨(Endymion Wilkinson)의 『중국사 편람(Chinese History: A Manual)』 개정판(Cambridge, Mass.: Harvard University Asia Center, 2000) 601-609쪽을 볼 것. 젠양의 유서에 대해서는 루씰 쟈의 『영리를 목적으로 한 출판』, 134-139쪽, 234-239쪽을 볼 것.

62 내가 검토하지 않은 몇몇 서적은 그 제목을 근거로 하여 분류하였다. 나는 <표 3.3>(4행)에 있는 52개 중의 네 개에 대해서는 범주를 결정할 수 있을 만큼 충분한 정보를 얻지 못하다.

재편집한 것이 분명하다. 게다가 기존의 백과전서들은 많은 본초학(本草學) 서적들과는 달리 삽화가 들어있지 않았기 때문에, 상업적 출판인들은 수많은 유서를 다량으로 재판할 수가 있었다.[63]

8종의 작문 지침서 대부분은 명대의 산문을 주제별로 배열하여 구성하였는데, 그 가운데 4종은 그 제목에서 과거시험과의 연관성을 명백하게 드러내고 있고, 나머지는 당시의 유명한 학자들이 유형별로 글을 모은 선집들이다. 주목할 만한 점은 1613년에 상업적 출판인인 우더쥐(吳德聚)가 이런 인쇄본들 가운데 적어도 하나, 곧 사료에 대한 구치위안(顧起元)의 찰기로 구성되어 있는 『설략(說略)』을 출판했다는 사실에 주목할 만한데, 이는 두 사람이 업무상 연계를 맺었다는 것을 암시한다.[64]

나는 나머지 유서의 유형들에 대해서는 매우 간략히 언급하고자 하는데, 그것은 내가 이들 가운데 겨우 몇 종만을 검토했기 때문이다. 첫째, 난징과 젠양의 작품에는 주목할 만한 차이가 있다. 예를 들면 '작시법 안내서' 유형에 속하는 대련(對聯) 선집 중 난징에서 나온 것은 젠양에서 나온 것보다 문학적 가치가 더 높은 것으로 보인다.[65] 둘째, 난징의 출판인들이 펴낸 이야기(종종 고사(故事)라고 불리는) 선집은 종종 주석과 평점을 가한 고전 자료의 긴 발췌문들로 이루어졌는데, 이것들은 또 과거시험을 준비하는 데 유용했을 것이다. 이와는 반대로 젠양에서 나온 대부분의 서적들은 상도하문(上圖下文. 각 페이지의 위쪽 1/3에는 관련된 그림이 있고 아래쪽에 텍스트가 있는)의 형식으로 되어 있고, 매우 평이한 언어로 쓰였으며, 글자의 의미와 발음에 대해 역시 평이한 주석이 달린 이야기책이었다. 셋째, 난징의 상업적 출판인들의 인쇄본 가운데 일용 유서가 없다는 사실은 몇 가지 추측을 가능하게 해준다. 난징에 그처럼 유용한 서적의 구매자가 없었을 리가 만무하며, 그러한 수요는 아마도 젠양과 다른 출판 중심지, 또는 심지어 우리가 이름조차 알 수 없는 난징 주변의 인쇄업자들에 의해 충족되었을 것이다.

의서(醫書)

〈표 3.3〉에서 보이듯이 의서는 난징과 젠양 양쪽 모두에 있었던 상업적 출판업의 중요한 산물을 구성하고 있었다. 과연 난징의 상업 출판사는 사서(史書)로 분류되는 것들을 합친 만큼, 그리고 경서와 그보다 하위 항목인 유서보다는 약간 더 많은 의서들을 출판하였다. 문학 선집과 희곡 작품만이 의서의

63 규모가 큰 난징의 문학 총서에는 『당유함(唐類函)』 200권과 『신편고금사문유취(新編古今事文類聚)』 236권이 포함된다.

64 우리는 그의 많은 작품이 구치위안 자신 그리고/또는 그의 동생인 구치펑(顧起鳳. 1610년 진사)에 의해 출판되었다는 사실을 알고 있다. 그러므로 우더쥐와 그들의 관계에 대해 더 자세히 알아보는 것은 흥미로운 일이 될 것이다. 중국국가도서관에는 구치펑이 출판자로 기록되어 있는 1613년 판본(no. 3122) 30권과 나중에 나온 60권 본(no. 9977)이 소장되어 있다.

65 이러한 대련들은 특정한 선집뿐만 아니라 젠양에서 나온 모든 가정 백과전서(日用類書)에서도 찾아볼 수 있다. 그것들은 대부분 문학적 수준이 같다.

숫자를 넘어섰다. 의서의 중요성을 설명하기 위해 우리는 그것을 출판한 사람들을 확인하고 그들이 어떠한 텍스트를 어떻게 생산하였는지에 대해 논의해야 한다.

많은 인기 있는 작품들이 여러 차례 재판되었다. 그리하여 80여 종에 달하는 난징의 의서 가운데 16종 정도는 각각 두 종 또는 가끔은 세 종의 판본이 있다. 난징과 젠양의 출판인들 사이에는 출판물의 선택에서 차이점이 발견된다. 난징의 출판인들은 젠양의 출판인들에 비해 더욱 보수적인 경향이 있어서, 앞선 시기의 잘 알려진 의서를 인쇄하는 것을 선호했는데, 여기에는 명대 이전의 고전 의서에 대한 여덟 종의 개요서를 포함한다. 그들이 새롭고 편폭이 긴 저작의 출판이라는 도전에 맞설 만한 더 많은 재정과 노동 자원을 가지고 있었을 것이라는 점을 고려해본다면, 이것은 뜻밖의 일로 보인다. 우멘쉐(吳勉學)와 후정옌(胡正言)처럼 새로운 의서를 출간한 극소수의 난징 출판인들은 아마도 그들 자신이 의학에 대한 지식을 얼마간 가지고 있었을 것이다.[66]

난징에서 인쇄된 본초학 저작은 출판업의 복잡한 내막, 특히 난징과 젠양 사이의 연계에 대해 어느 정도 설명해줄 것이다. 예를 들면 『중수정화경사류증비용본초(重修政和經史類證備用本草)』[67]는 젠양 판본이 나온 지 2년 후인 1581년에 난징의 상업적 출판사 가운데 최소한 한 군데에서 인쇄되었는데, 그곳은 탕 씨(唐氏) 푸춘탕(富春堂)이었다. 비록 젠양과 난징의 판본은 각기 다른 목판에 판각되었지만 푸춘탕 본은 젠양 본과 매우 유사한 삽화를 포함하고 있다. 이 두 가지 텍스트에 들어있는 삽화는 젠양에서 나온 원대의 판본에 있는 삽화와 흡사하다. 이렇게 삽화가 비슷했다는 사실은 오래된 판본을 잘못된 것까지 충실하게 베끼는 것이 출판인이 생산 비용을 절감하는 방법 가운데 하나였다는 사실을 보여준다.[68]

또 다른 거작인 『본초몽전(本草蒙筌)』은 그것이 씌어진 직후인 1565년에 (아마도 후이저우에서) 출판되었으며, 1628년까지 최소한 다섯 번은 재판되었다.[69] 실제로 첫 번째(삽화가 들어가지 않은) 젠양 본은 원 판

---

66 첸춘쉰의 『종이와 인쇄술(Paper and Printing)』, 283쪽에는 후정옌(胡正言)이 의사였다고 나와 있지만, 의사였던 것은 그의 친척이었던 후정신(胡正心)이라고 보는 편이 더 나을 듯하다. 그는 스주자이(十竹齋) 의서 가운데 최소한 두 종에서 저자로 이름이 올라 있다.

67 이 저작에 대한 간단한 논의로는 폴. U. 운슐트(Paul U. Unschuld), 『중국의 의학: 본초학의 역사(The Medicine of China: A History of Pharmaceutics)』(Berkeley: University of California Press, 1986), 81-82쪽을 볼 것. 1249년의 판본은 1116년 경 휘종(1100-1126 재위)의 칙령에 따라 편찬되었던 원래의 저작을 수정 증보한 것이다. 많은 판본들이 오카니시 다메토(岡西爲人)의 『송 이전 의적 고(宋以前醫籍考)』, 4권(臺灣: 古亭書屋, 1970년), 1244-1276쪽에 설명되어 있다.

68 푸춘탕 본의 사본들은 일본 국립국회도서관(toku 1-975)과 컬럼비아대학교의 C. V. 스타C. V. Starr도서관(RLIN ID NYCP94-B16294)에 있다. 또 다른 판본에서 나온 두 권은 옥스퍼드 보들리언Bodleian도서관(Shelfmark Sinica 18a, 18b)에 있다. 일본 국립국회도서관(toku 1-928, toku 7-270, toku 7-271, toku7-272)과 중국국가도서관에는 모두 1579년 젠양 양셴춘(楊先春) 구이런탕(歸仁堂) 판본의 사본이 소장되어 있으며 세이카도 문고(靜嘉堂文庫)에는 원대 판본의 사본이 소장되어 있다.
목판에 인쇄된 본초학 삽화의 예술적인 수준과 실제 주제를 충실하게 반영하고 있는지 여부는 심지어 하나의 인쇄본 안에서조차도 매우 다르므로, 삽화는 각기 다른 판본들을 대조하는 통상적인 기준이 못된다. 그러나 각기 다른 두 판본에서 그림의 표제가 똑같이 잘못 달렸다면 이는 하나가 다른 하나를 베꼈거나 혹은 둘 다 제3의 판본에서 나왔을지도 모른다는 사실을 강력하게 암시한다.

69 이 저작에 대한 일반론으로는 폴. U. 운슐트의 『중국의 의학: 본초학의 역사』, 241-248쪽을 볼 것. 원래 판본은 작가 천쟈모(陳嘉謨)의

본이 출판된 바로 그 해에 나왔고 난징 판본으로 알려진 최초의 것은 1573년에 저우 씨(周氏) 런서우탕(仁壽堂)에서 나왔다.[70] 난징본 역시 삽화가 들어가 있지 않았을 뿐만 아니라 각 행에 들어가 있는 글자의 수 또한 젠양의 판본과 같았고 젠양의 트레이데마크였던 연잎 모양의 패기 형식이 들어 있었다. 이 모든 것은 난징본이 젠양본의 사본이라는 점을 거듭 시사해 준다. 1628년에는 이 작품의 삽화본인 『도상본초몽전(圖像本草蒙筌)』이 류쿵둔(劉孔敦)의 보유(補遺)와 함께 난징에 있는 저우루취안(周如泉)의 완쥔러우와 젠양의 류 씨(劉氏)의 손에 의해 출간되었다. 이는 목판을 공유한 두 개의 서방이 공동으로 기획한 것이었음이 분명하다.[71] 게다가 두 출판인들은 젠양의 슝씨(熊氏) 중더탕(種德堂)과도 어느 정도 합작했을 것으로 여겨지는데, 『도상본초몽전』에 보충된 내용(본문의 앞에 달린) 가운데 하나가 명의들에 대한 간략한 열전으로 슝쭝리(熊宗立)가 출판한 15세기 삽화본 『역대명의도성씨(歷代名醫圖姓氏)』의 상당 부분을 구성하고 있기 때문이다(이 부분의 삽화 또한 1467년에 재판된 본래 텍스트와 매우 유사하다).[72]

마지막으로 리스전(李時珍, 1518-1593년)의 『본초강목』에 대한 초기 출판의 역사는 상업적 출판인들이 많은 삽화가 들어가는 새로운 거대 작업에 비용과 노동을 투자할 때에는 그것이 유명하면서도 영향력 있는 학자의 지원을 받고 있으며 잠재적으로 거대 시장을 갖는다 할지라도 매우 신중하게 행동하였다는 사실을 보여준다. 리스전은 난징에 있는 중앙태의원(中央太醫院)의 원판(院判)이라는 낮은 신분의 관리로 일했던 짧은 시간동안 왕스전(王世貞)을 포함한 몇몇 저명한 문인과 알고 지냈다. 그럼에도 불구하고 리스전이 자신의 저작을 마무리하고 난징에 다시 가서 출판인으로 하여금 그것을 출판하도록 설득하는 데 10여 년이나 걸렸다. 그렇게 했음에도 그의 사후인 1596년에 난징의 후청룽(胡承龍)이 출판한 최초의 판본은 유사한 저작에서 베껴온 것이기도 한 질이 낮은 삽화로 인해 많은 학자들의 비판을 받았다. 그것은 각각의 식물에 단 하나의 그림만을 넣었으며 지역적 다양성은 무시한 것이다. 명대 판본으로 남아있는 것 가운데 새로운 판본(1603년)은 단지 하나 더 있을 뿐이며, 이것과 다른 판본 다섯

제자가 출판했다. 이들은 모두 후이저우(徽州) 출신이었으므로 저작은 아마도 그곳에서 출판되었을 것이다. 중국중의연구원도서관(中國中醫研究院圖書館)에서 펴낸 『전국중의도서연합목록(全國中醫圖書聯合目錄)』(北京: 中醫古籍出版社, 1991년), 일련번호 02665, 163쪽에 따르면 류 씨(劉氏) 번청탕(本誠堂)에서 나온 젠양의 가장 이른 판본은 1565년에 나온 것으로 되어있다. 내가 검토한 사본에서는 이러한 연도에 대한 증거를 찾지 못했지만, 원본의 형식을 거의 그대로 따랐고 1573년의 난징 본보다 빠른 것으로 보인다.

70 일본 국립국회도서관(no. 197-240, toku 7-512, toku 7-513)과 베이징대학도서관에는 젠양 류 씨 번청탕본의 사본들이 있다. 나이카쿠분코(304/no.295)에는 런서우탕(仁壽堂) 본의 완전한 사본이, 옥스퍼드 보들리언도서관(Shelfmark Sinica 16)에는 2권만 남아있다.

71 완쥔러우의 표지가 있는 사본이 일본 국립국회도서관(toku 386)에 소장되어 있고 중국국가도서관에는 류쿵둔(劉孔敦)이 출판인으로 기록되어 있는 사본이 두 개(번호는 16403, 16614) 소장되어 있다. 류쿵둔은 젠양의 차오산탕(喬山堂)에서 활동하면서 많은 서적을 펴냈던 류다이(劉大易, 1560-1625년)의 아들이었다. 류쿵둔은 푸젠에서 활동했던 만큼이나 난징에서도 활동했던 것이 분명하다. 이전에 언급했던 각공 류쑤밍(劉素明)은 이들의 먼 사촌이었다. 루실 쟈, 『영리를 목적으로 한 출판』, 83쪽과 166쪽, 173-174쪽을 볼 것.

72 1467년 슝쭝리의 판본으로는 나이카쿠분코 302/no. 9를 볼 것. 나는 이것을 1628년도 작품과 나란히 놓고 비교할 기회가 없었지만, 사진 복사본을 비교해보면 그것이 같은 목판을 사용했거나 혹은 나중의 작품이 번각한 부분에 근거하였다는 것이 드러날 것이다. 슝쭝리에 대해서는 루실 쟈, 『영리를 목적으로 한 출판』, 163쪽과 167-168쪽, 170쪽, 217쪽, 231-233쪽, 252쪽을 볼 것.

개는 1596년이나 1603년 판본을 다시 찍은 것이다.[73]

그렇다면 어째서 난징의 출판인들이 출간한 의서들이 그렇게 많았던 것일까? 부분적으로는 직업적인 의사(世醫)[74]나 학자 의사(儒醫)는 물론, 의학에 대한 어느 정도의 이해를 학자의 지식의 중요한 부분으로 간주하였던 비전문인들이나 의학 참고서가 필요했던 가정(家庭) 역시 이러한 서적을 끊임없이 필요로 하였다는 사실과 관계가 있다. 이러한 시장은 난징에서조차 과문(科文)과 희곡 작품에 대한 시장과 비슷하거나 혹은 그것보다 컸을 수 있는데, 거대한 도심지 외곽에서는 더했을 것이다. 이와 동시에 삽화가 들어있는 본초학 저작은 인기가 있었지만 생산하는데 비교적 돈이 많이 들었기 때문에 각기 다른 지방의 출판인들이 서로 합작하거나 베끼려고 했던 경향이 분명하게 나타난다.

희곡과 그 관련 서적

명대에 나온 난징의 모든 방각본 가운데 4분의 1 정도를 차지하는 희곡과 희곡 선집 삽화본에 관한, 출판인들은 아주 물 만난 고기처럼 활동이 왕성했다. 장슈민(張秀民)은 난징에서 2백 내지 3백 종의 작품이 출판되었다고 추정하였으므로,[75] 〈표 3.3〉의 181이라는 숫자는 산실된 일부 작품을 감안하더라도 낮게 잡은 수치일 것이다.[76] 게다가 표에 포함된 몇몇 서적은 완정한 희곡 판본이 아니라 인기 있

73 리스전과 『본초강목』에 대해서는 폴. U. 운슐트의 『중국의 의학: 본초학의 역사』, 145-163쪽을 볼 것. 운슐트가 기술한 것처럼 1596년의 판본에 있는 삽화가 『중수정화경사류증비용본초(重修政和經史類證備用本草)』의 다양한 판본들에 있는 삽화들과 유사한 것은 사실이지만 그런 저작들 거의 대부분에 있는 삽화들은 서로 유사하다. 게다가 1628년의 난징-젠양 판본과 같은 『중수정화경사류증비용본초』의 몇몇 판본에서 그림들은 많은 식물과 동물에 대한 지역적인 다양성을 위해 제공된 것이었다.
도서관의 많은 장서 목록들과 서지자료들이 출판 시기를 1590년(왕스전(王世貞)의 서문이 쓰인 시기)으로 기록하고 있지만, 『본초강목』의 난징본은 1596년에 후청룽이 출판한 것으로 보인다. 그 작품이 만력 연간에 나왔음을 보여주는 리스전의 아들인 리젠위안(李建元), 그리고 난징 판본의 삽화를 그린 사람의 기록이 있다. 이 기록은 최초의 판본에서는 빠졌는데, 장시에서 출판된 1603년의 판본에서는 보인다. 왕중민(王重民), 『중국선본서제요(中國善本書提要)』(上海: 上海古籍出版社, 1983년), 258-259쪽을 볼 것.

74 【옮긴이 주】 영어로는 'professional physician'으로 번역이 되었으나, 글자 그대로의 의미는 대대로 의업에 종사하는 집안의 한의를 가리킨다.

75 장슈민, 『중국인쇄사』, 349쪽.

76 나는 앞서 인용한 서지 자료들 외에도 필수적인 자료인 좡이푸(莊一拂) 편 『중국고전희곡존목휘고(中國古典戲曲存目彙考)』 3권(上海: 上海古籍出版社, 1982년)도 이용하였다. 좡이푸는 각각의 작품의 서로 다른 판본을 목록화하는 데 철저하지는 못했다(그는 철저하다고 주장하지도 않았다). 그러나 한 판본의 여러 곳에, 또는 같은 목판으로 찍은 서로 다른 사본에 각기 다른 출판인의 이름이 기록되어 있을 경우, 실제로는 한 판본임에도 그는 마치 다른 판본이 있는 것처럼 기술하는 경우가 종종 있었다. 예를 들어 탕 씨의 몇몇 인쇄본의 경우, 때때로 동일한 작품의 다른 부분이 푸춘탕과 스더탕에 둘 다 기록되어 있다. 이런 경우 좡이푸는 두 개의 서로 다른 판본으로 가정한 것으로 보인다.
간혹 영인된 판본이 '원본' 그대로인지 아니면 후대의 번각본인지를 구별하는 것이 어렵긴 하지만, 방대한 시리즈인 『고본희곡총간(古本戲曲叢刊)』(上海: 商務印書館, 1954-1964년) 또한 매우 유용하다.

는 희곡이나 산곡(散曲)에서 추린 곡들의 선집이었다. 이 표에는 희곡 창작을 위한 안내서인 선징(沈璟, 1553-1610년)의 『증정남구궁곡보(增定南九宮曲譜)』의 한 판본도 포함되어 있다.[77]

우리는 이런 작품에 대해서 무엇을 말할 수 있는가? 첫째, 그것들 거의 대부분은 명말, 곧 만력 연간이나 그 이후에 출판되었다. 둘째, 규모가 크고 잘 알려진 몇몇 서방(書坊)들이 시장을 좌우하였다. 천방타이(陳邦泰)의 지즈자이(繼志齋, 약 29종), 탕 씨(唐氏)의 푸춘탕(富春堂, 약 45종), 스더탕(世德堂, 약 15종), 원린거(文林閣, 약 27종), 광칭탕(廣慶堂, 약 8종), 왕팅나(汪廷訥)의 환추이탕(環翠堂, 약 20종),[78] 왕윈펑(汪雲鵬)의 완후쉬안(玩虎軒, 약 6종), 샤오텅훙(蕭騰鴻)의 스젠탕(師儉堂, 약 8종)[79] 등이 대표적인 예이다.

셋째, 완정한 희곡 판본에는 페이지 전체(整版) 또는 페이지의 반(半版)을 차지하는 삽화들이 실려 있었는데, 이들 삽화는 편자들이 본문에 앞서 작품의 서두에 모아 놓았거나 텍스트 여기저기에 삽입해 놓았다. 페이지 전체를 차지하는 삽화는 거의 항상 이어지는 두 쪽의 마주보는 면에 각각 배치되었다. 이러한 삽화들은 종종 뛰어난 한정판 문인 화첩 출판물에는 미치지 못했지만,[80] 난징에서 출판되었든 다른 곳에서 출판되었든 상도하문의 형식으로 이루어진 대부분의 서적에 실린 삽화들보다는 훨씬 높은 예술적 수준을 보인다. 사실 난징 출판인들이 이 반판의 형식을 쓰고 때로는 상도하문 형식으로 되어있는 젠양 작품을 번각하기도 했던 데 반해, 젠양의 인쇄본에서는 정판 또는 반판식 삽화가 훨씬 드물게 나타나는 점은 주목할 만하다. 이는 수준 높은 정판 및 반판 삽화를 만드는 더욱 숙련된 많은 삽화가와 각공이 반드시 난징 출신이 아니었음에도 난징에서 활동했다는 사실을 암시해준다. 또 상당히 비싼 이러한 서적들은 처음부터 지역 시장을 위해 출판된 것이었고, 그 출판인들이 원거리 서적 거래를 발전시키는 데 들인 노력은 젠양에 있는 동종 업계 종사자들에는 훨씬 못 미쳤던 것으로 보인다.

그리 안전한 방법이 아닐지는 모르지만, 각각의 서로 다른 판본의 숫자로 서로 다른 작품의 상대적인 인기를 평가하는 것은 솔깃해 보인다. 그럼에도 불구하고 우리는 두 개나 그 이상의 방각본을 가진

---

77 또한 나는 작가 자신 또는 그들의 지인 가운데 한 사람이 개인적으로 출판한 희곡은 그 출판인이 그밖에 아무것도 출판하지 않은 것으로 나타날 경우 <표 3.3>에 포함시키지 않았다.

78 낸시 베를리너(Nancy Berliner)는「왕팅나와 후이저우의 삽화본 출판(Wang Tingna and Illustrated Book Publishing in Huizhou)」 73쪽에서 왕팅나가 난징과 후이저우 슈닝(休寧)에 있는 그의 사유지 양쪽에서 모두 출판을 하였으나, (뒤에서도 언급하겠지만) [그가 출판한] 희곡은 전부는 아니더라도 적어도 일부는 난징에서 출간된 것이라는 사실을 지적했다.

79 나는 스젠탕의 작품들을 젠양보다는 난징의 인쇄본으로 수록하는 편을 택하였다. 왜냐하면 스젠탕 본의 전반적인 품질이(전형적인 젠양 인쇄본에 더 가까워 보이는) 스젠탕의 다른 인쇄본보다 높을 뿐 아니라, 희곡 판본들에 편집자나 교정자, 각공으로 이름이 올라 있는 많은 사람들(예를 들면 안후이의 황 씨 각공)이 젠양이 아닌 난징에서 활동한 것으로 알려져 있기 때문이다.

80 「왕팅나와 후이저우의 삽화본 출판」, 73쪽에서 베를리너는 『인경양추(人鏡陽秋)』나 『환추이탕원경도(環翠堂園景圖)』 같은 작품들이 왕팅나 서방(書坊)의 수준 높은 인쇄본을 대표하는 데 비해, 삽화본 희곡은 질이 낮은 인쇄본을 대표한다고 지적하였다. 사실 그녀는 왕팅나의 희곡 인쇄본이 "대중을 위한 일반적인 판본이었으며…그것들이 종이 값을 올렸다고 일컬어질 만큼 매우 인기가 있었다"는 구치위안의 견해를 인용한 것이다.

작품들을 수록한 〈표 3.4〉의 정보를 근거로 조심스럽게 추측을 해볼 수 있다.[81] 상위 세 작품은 우리가 그 인기에 대해 이미 알고 있는 바와 완전히 일치하여 놀라울 것이 없다. 『서상기(西廂記)』를 제외하고 목록에 있는 다른 작품들은 모두 남곡에 속하는 것들이다. 14세기 말에 나온 『배월정(拜月亭)』, 『형차기(荊釵記)』와 같은 몇몇 초기 전기(傳奇)가 들어있다는 것은[82] 그것들의 지속적인 인기를 보여준다.[83] 15세기의 몇몇 희곡 작가들 역시 명말까지 성공을 거두었다. 여기에는 『금인기(金印記)』의 작가 쑤푸즈(蘇復之), 『투필기(投筆記)』의 작가 츄쥔(邱濬), 그리고 『오륜전비기(五倫全備記)』의 익명의 작가가 포함되며, 이 작품들은 모두 스더탕에서 출판되었다. 난징 출신의 작가들이 이런 세계적인 도시에서 다른 지방 출신의 작가들보다 유리했다고 주장하기는 어려울 것이다. 그러나 지전룬(紀振倫)은 그의 알려진 세 희곡 작품 가운데 『삼계기(三桂記)』와 『절계기(折桂記)』 두 작품으로 〈표 3.4〉에 두 번 올라 있으며, 세 번째 작품인 『칠승기(七勝記)』 역시 난징의 방각본이 적어도 하나 있다. 이와는 대조적으로 훨씬 더 유명한 탕셴쭈(湯顯祖)는 표에 겨우 세 번 등장할 뿐이다.[84]

<표 3.4> 난징의 상업적 희곡 판본

	난징의 상업적 판본	『가림습취 (歌林拾翠)』에의 선록 여부
서상기(西廂記)	8-9	×
비파기(琵琶記)	7	×
모란정(牡丹亭)	6	
홍불기(紅拂記)	5	×

81 내가 이미 언급한 것처럼 상업적 출판과 문인 출판 사이의 구별은 종종 다소 자의적이긴 하지만, 나는 다양한 선집들에 수록되어 있는 작품들을 포함시켰으나 '문인' 판본은 제외하였다. 표 아랫부분의 단 하나의 판본만 있는 작품들의 목록은 난징에서 출판된 판본들의 완전한 목록은 아니지만, 그것들 역시 『수상가림습취(繡像歌林拾翠)』에 인용되어 있기 때문에 나는 이들 작품을 포함시켰다.

82 나는 중국 희곡에 관련된 용어들을 번역함에 있어서 주로 윌트 이데마(Wilt L. Idema)와 로이드 햅트(Lloyd Haft)가 『중국 문학 입문(A Guide to Chinese Literature)』 (Ann Arbor: Center for Chinese Studies, University of Michigan, 1997)에서 쓴 용어를 따랐다.

83 명말 잡극(雜劇) 가운데 난징의 방각본이 확실히 없다는 점은 지적할 만하다. 예를 들어 유명한 잡극 작가인 쉬웨이(徐渭. 1521-1593년)는 『서상기(西廂記)』의 한 방각본의 평점가로서만 나타난다.

84 탕셴쭈의 '사몽(四夢)' 중 네 번째인 『한단기(邯鄲記)』의 유일한 난징 판본은 짱마오쉰(臧懋循)의 『위밍탕 사종전기(玉茗堂四種傳奇)』 판본이다. 나는 탕셴쭈 희곡의 난징 판본이 각각 어떤 개작본들을 낳았는지에 대한 문제들을 자세히 고찰해보지는 않았지만, 싸이 싱융(Sai-shing Yung)의 『한단기에 대한 비판적 고찰(A Critical Study of the Han-tan chi)』 제2부, 제2장을 근거로 할 때, 이들 판본은 탕셴쭈의 원본을 크게 변형시켜서 엄밀히 말하자면 더 이상 이황(宜黃) 스타일의 지방극으로 간주할 수 없을 것으로 보인다. 난징의 인쇄본 가운데는 수많은 곤곡(崑曲) 작품들이 포함되어 있지만, 비슷한 이유로 나는 그것들을 자동적으로 그렇게 명명하는 것이 머뭇거려진다.

【옮긴이 주】 이황희(宜黃戲)는 쟝시江西의 오래된 극 가운데 하나이다. 이황 현에서 기원하여 현재까지 근 4백여 년의 역사를 갖고 있는데, 중심지는 쟝시의 이황과 난청(南城), 난펑(南豊), 광창(廣昌) 등의 현이다. 멀리는 쟝시의 동북(贛東北)과 쟝시의 남쪽(贛南), 푸젠의 서쪽(閩西) 일대까지 세력을 뻗쳤다. 이황희반(宜黃戲班)은 명대에 이름을 날렸는데, 걸출한 희곡 작가인 탕셴쭈가 지은 『린촨 사몽(臨川四夢)』은 최초로 이황 극단이 연출하여 이로부터 "이령(宜伶)"이니 "이황자제(宜黃子弟)"니 하는 설이 나오게 되었다.

	난징의 상업적 판본	『가림습취 (歌林拾翠)』 에의 선록 여부
옥잠기(玉簪記)	4	×
배월정(拜月亭)	3	×
옥합기(玉合記)	3	
축발기(祝髮記)	3	
환대기(還帶記)	2	
형차기(荊釵記)	2	
금전기(錦箋記)	2	
금인기(金印記)	2	×
삼계기(三桂記)	2	
남가기(南柯記)	2	
파요기(破窯記)	2	×
천금기(千金記)	2	×
투도기(偸桃記)	2	
투필기(投筆記)	2	
향낭기(香囊記)	2	
수유기(繡襦記)	2	×
절계기(折桂記)	2	
자차기(紫釵記)	2	
백토기(白兔記)	1	×
분향기(焚香記)	1	×
고성기(古城記)	1	×
홍매기(紅梅記)	1	×
금초기(金貂記)	1	×
규화기(葵花記)	1	×
목련기(目連記) 또는 목련구모권선기(目連救母勸善記)	1	×
삼원기(三元記)	1	×
수호기(水滸記)	1	×
의협기(義俠記)	1	×
백화기(百花記)(淸)	0	×
금쇄기(金瑣記)	1	×
연환기(連環記)	0	×
[소무(蘇武)] 목양기(牧羊記)	0	×
도화기(桃花記)	0	×

우리는 모두 합쳐서 대략 102개의 서로 다른 저작들을 알고 있는데 몇 가지 판본 가운데 일부는 난징의 상업적 출판인들이 펴낸 것이다. 하지만 온전한 길이의 작품보다는 절자희(장면과 모음 곡, 독창 곡)가 다양한 행사에서 빈번하게 공연되었기 때문에, 완정한 희곡이 얼마나 자주 인쇄되었는지가 다양한 청중들에 대한 인기를 충분히 나타내주지 않는 듯하다. 그러므로 같은 기간 동안에 나온 완정한 작품의 인쇄본을 요약본 형태의 작품의 인쇄본과 비교하는 편이 유용할 것이다. 〈표 3.4〉의 세 번째 칸은 17세기 말 난징에서 쿠이비자이(奎壁齋)와 바오성러우(寶聖樓)의 정위안메이(鄭元美)가 출판한 『수상가림습취(繡像歌林拾翠)』에 선록되었는지 여부를 보여주고 있다.[85] 네 작품(이 가운데 둘은 연대가 청대로 되어 있다)을 제외하고, 이 선집에는 난징에서 전체가 출간된 적이 있는 희곡의 일부분이 인쇄되어 있는데, 이것은 지방의 상업적 출판인들이 완정본으로 펴낼 때 당시 가장 인기 있었던 희곡들을 선택했다는 사실을 암시하고 있다. 그렇지 않다면, 그들은 아마도 자신들의 작가와 합작하여 특정한 작품들의 판매를 촉진하기 위해서, 좀 더 값싼 절자희 요약본을 사용했을 것이다.

물론 우리가 명말 난징의 희곡 출판에 대한 문학적, 사회적 맥락에 대해 이런 추측 가운데 어느 것 하나를 확증하거나 어떤 일반적인 결론을 끌어내기 전에 이런 선집들 가운데 여타의 것들도 많이 검토해야 한다. 난징 또는 강남의 다른 서적 중심지에서뿐만 아니라 중국 남부나 중부의 다른 지역에서도 출판된 유사한 희곡 선집들을 연구하는 것도 유익할 것이다. 장시(江西), 안후이(安徽), 푸젠(福建), 또는 광둥(廣東)과 같은 지방에서 나온 인쇄본을 고려한다면 훨씬 더 많은 지방희의 사례를 찾아볼 수 있지만, 그렇지 않더라도 우리는 '원본'이나 공연을 염두에 둔 개작본에서든, 그렇지 않으면 또 다른 방언으로 된 작품들에서든, 어떤 희곡 작품들이 상대적으로 인기를 얻었는지에 대해 몇 가지 아이디어를 얻을 수도 있다.[86]

또한 완정한 희곡의 수준 높은 삽화본과 쿠이비자이 선집과 같은 모음집들을 위한 시장은 때로 겹치기도 하지만, 그 차이를 조심스럽게 구분해야 한다. 간편한 딱지본 크기(전체적인 치수, 가로 11.5cm × 세로 15.9cm)에 딱지본의 품질을 가지고 있었던 『수상가림습취(繡像歌林拾翠)』는 아마도 삽화본 희곡의 방각본보다 훨씬 대량으로 출간되었고 훨씬 넓게 유통되었을 인쇄본의 유형을 대표한다. 이것은 또 칼리츠(Carlitz)가 명말 희곡 작가 겸 출판자에 대해 쓴 이 책의 일곱 번째 글에서 다루고 있는 뛰어난 삽화를 포함하고 있는 개인적인 한정판 인쇄물보다 넓게 유통되었다. 사실 쿠이비자이와 바오성러우가 번갈아 그들의 이름을 『가림습취』에 올린 것은 품질 낮은 상품에 자신의 "이름"을 단독으로 수록하는

85 '습취(拾翠)'란 선집의 열 가지 부분을 가리키는데 내가 검토한 복사본(Harvard-Yenching T5659/1451)에는 우연하게도 삽화가 없었다. '기해(己亥)'와 '을축(乙丑)'이라는 두 개의 모호한 연대가 주어져 있는데, 이는 아마도 각각 1659년과 1685년에 해당하는 듯하다. 적어도 이 작품들 중 두 개가 청대의 것이고(<표 3.4>을 볼 것), 작품의 물리적 외양(인쇄, 종이)이 청초라는 것을 암시하기 때문이다.

86 사실 민난(閩南) 방언의 공연에서 쓰인 상연작의 젠양 재판본 경우와 마찬가지로, 지방희는 그 방언이 쓰이는 지역을 뛰어넘는 인기를 얻을 수 있었다. 피에트 판 데어 룬Piet van der Loon, 『남부 푸젠의 고전극과 산곡: 세 권의 명대 선집에 대한 연구The Classical Theatre and Art Song of South Fukien: A Study of Three Ming Anthologies(Taipei: SMC, 1992), 1-58쪽의 「서론introduction」을 볼 것.

데에 욕심을 부리기보다는, 출판의 이익을 함께 누리기를 열망했다는 사실을 보여준다. 만약 조금 더 비싼 판본이었다면 기꺼이 단독으로 이름을 올리려 했을 것이다. 요약하자면 명말 이래로 희곡과 관련된 인쇄본이 풍부하게 나온 것은 우리가 헤겔이 이 책의 여섯 번째 글에서 중국 인쇄본의 "틈새시장"이라고 정의한 것을 고찰하는 데 있어 다양한 시각을 제공해 줄 수 있을 것이다.

결론

실현하기는 쉽지 않겠지만, 향후 연구의 많은 주제가 단계적으로 분명해졌다. 우선 난징의 서적 유통에 관한 어떠한 정보를 끌어낼 수 있을 것인가를 중점적으로 고려하면서, 훨씬 많은 인쇄본을 검토해야 한다. 둘째, 상업적 출판인들과 판매상들이 어떻게 활동했는지에 대한 아이디어를 얻기 위해서는, 가능한 한 난징과 적어도 중국의 중부와 남부의 다른 출판 중심지들 사이의 연계를 추적하여야 한다. 셋째, 난징의 출판업에서 독특한 것은 무엇이며, 다른 출판 중심지와 공유하고 있던 것은 무엇인지를 판단하기 위해 이들 여타의 도서 중심지들과 비교를 진행해야 한다.

이런 주제 모두에 대한 훨씬 많은 정보는 난징 서적 유통의 구조가 어떠하였는지, 또 이것이 명말 서적 문화에서 어떤 역할을 했는지에 대해 상세한 결론을 내리는 데 필수적이다. 나는 이 글에서 다룬 많은 주제들 가운데 몇 개를 묶어 두 가지 질문을 가려 뽑는 것으로 이 글을 마무리하려 한다. 첫째, 명말 난징 (과 강남의 다른 대도시들)에서 출판 붐을 일으켰던 환경은 무엇이었는가? 결국 이러한 출판 붐은 명초의(대부분 상업적 출판이 아니었던) 몇몇 제한된 관방 위주의 출판과 종교적 출판이라는 상황을 벗어나 급속도로 진진하였다. 둘째, 청대에 느리지만 매우 명백한 출판의 쇠퇴가 어째서 이들 도시에서 일어났는가? 이러한 질문에 답하기 위해서 일반적인 정치적, 사회 경제적 조건을 고려하는 일은 필수적이긴 하지만 충분하지는 않다. 나는 여기서 이러한 '외부적' 조건이 명대 출판계에 준 영향에 대한 기존의 연구를 논평하지는 않겠다. 그보다는 이러한 질문들 각각을 출판계와 서적 문화 안에서 바라보는 새로운 방법을 제시할 것이다.

명말 출판 붐의 원인을 규명하려면, 높은 수준의 교육을 받은 이 시기의 관리 겸 학자 엘리트들이 왜 그 이전 또는 이후 시기에 비해 그들의 공적·사적인 사고와 문학적·예술적인 시도들을 전달하는 매개체로 인쇄물을 선호했는지를 이해하는 것이 필요하다. 엘리트 문인의 일반적인 저술뿐만 아니라 인쇄본 그 자체, 특히 서발과 평점, 그리고 주석 역시 그것을 이해하는 데 우리가 원하는 만큼의 필요한 정보를 제공해 준다. 그러나 문인들은(인쇄된 작품을 예술과 예술작품으로서는 빈번하게 논했지만) 매개체로서의 인쇄물에 대한 그들의 태도를 직접적으로 언급하는 경우가 거의 없었기 때문에, 이러한 질문에 대답하기 위해서는 여전히 행간에 대한 많은 상상적 읽기가 요구된다. 그러나 이러한 문제들을 풀지 않고서는 중국 명대 서적과 인쇄물의 효용에 대해 많은 것을 이해할 수 없기 때문에, 이러한 자료들을 힘들여 뒤지는 노력은 가치가 있다.

명말의 주요 출판지들이 청대에 쇠퇴한 것을 어떻게 설명할 것인가라는 두 번째 문제 또한 난징과 젠양의 출판인들의 간행물들을 비교하고, 두 시장의 전반적인 형태에 대한 일정한 고찰을 함으로써 도움을 얻을 수 있을 것이다. 우리는 난징에서 출판하지 않은 것을 살펴보는 것으로부터 시작할 수 있을 것이다. 왜냐하면 명말 난징에서 만들어진 방각본이 풍부하고 다양했던 것에 비해, 어떤 종류의 저작들은 아예 나오지도 않았거나 극소수만 펴냈다는 것이 특징적이기 때문이다. 그것은 곧 일용 유서나 딱지본 같이 질이 낮은 이야기 선집, 소설들, 그리고 (과거시험과 관련된 주제를 다룬 다른 종류의 글들과 상대되는 것으로서) 과거 시험 모범 답안집 등이었다. 하지만 젠양의 출판인들은 이러한 서적들을 다량으로 출판하였다. 난징과 젠양 출판인들의 간행물에서 드러나는 이러한 차이 때문에 난징이 고급 도서 시장에 이바지한 데 비해 젠양은 저급 도서 시장을 위해 기능했다고 주장하고 싶어진다. 그러나 그렇게 주장하기 위해서는 어느 정도 엄밀한 검증이 요구된다. 우리는 값싸고 조악하게 출간된 난징의 인쇄본에 대해서는 거의 알고 있지 못하지만, 현존하는 극소수의 간행물과 일화성 증거를 바탕으로, 내가 강하게 받은 인상으로는, 난징의 출판인들이 (아마도 그들의 총 간행물에 대한 비율이 젠양의 출판인들과 같지는 않겠지만) 서적 시장의 모든 영역에 걸쳐 출간했던 것이 확실해 보인다. 값싼 책들이 난징에서 책을 사는 각기 다른 유형의 많은 독자들 사이에서 수요를 찾을 수 없었다든가, 혹은 난징의 출판인들이 지역 시장을 보호하기 위해 다른 지역에서 온 책들을 들이지 않았을 가능성은 거의 없다.[87] 무엇보다 그들이 가문과 사업에 있어서 젠양과 후이저우, 그리고 다른 출판 중심지들과 밀접하게 관련되어 있다는 사실을 고려할 때, 그들 가운데 상당수는 전혀 '지역적'이지 않았다.

그러나 만약 명말의 난징에 값싸고 질이 낮은 책들을 위한 활발한 시장이 있었다면, 오늘날 그런 책들은 어디에 있는 것일까? 우리는 그러한 인쇄본들이 너덜너덜 해질 때까지 읽혀서 남아 있지 못할 뿐이라고 주장할 수는 없다. 젠양에서 나온 많은 현존하는 예들이 있으므로, 난징 인쇄업자들이 그러한 책들을 아주 많이 출판하지는 않았다 하더라도 그 일부는 수백 년 뒤에도 남아 있어야 마땅하다. 따라서 우리가 난징에서 나온 것으로 확인할 수 있는 인쇄본은 사실 출판인들이 자신의 인쇄본이라고 인정하기를 꺼렸던 질 낮은 인쇄본을 포함하는 훨씬 거대한 도서 시장의 상층부만을 대표하는 것일 가능성이 높다. 결국 과문 인쇄업자들을 출판 시장에서 몰아내야 한다는 허량쥔(何良俊, 1506-1573년) 같은 사람들의 격한 주장은 젠양의 관청보다는 난징의 관청에 의해 실행되었을 가능성이 더 크다. 어떤 경우든 우리가 난징 도서 시장의 커다란, 아마도 가장 커다란 부분을 놓치고 있는지도 모른다.

더욱이 명말 난징과 젠양의 출판업은 더 넓은 역사적 관점에서 보자면, ([우리가 가지고 있는 자료에 근거할

87 조금 다른 결론으로는 이 책의 두 번 째 글인 맥더모트의 글을 볼 것.

때] 출판업이 조직되는 방식, 출판인들이 중국의 중부와 남부의 다른 지역에 있는 경쟁자들과 가졌던 연계, 그들의 유통망, 그리고 마지막으로 그들의 출판목록에서조차) 차이점보다는 유사한 점이 더 많다. 이들 명말의 상업적 출판인들은 서적 생산과 판매에 있어서 청대 이후 분명하게 드러나는 출판 중심지의 매우 다른 경향에 비해 낡은 방식을 보여준다. 따라서 나는 여기서 논의한 난징 출판업의 알려진 부분이 청대에 다양한 원인으로 쇠퇴한 반면, 내가 앞서 가정한 나머지 '숨겨진' 부분이 청대에 들어 번영하고 심지어 팽창하였을 것이라고 추측한다. 만약 나의 가설이 맞는다면, 우리가 17세기 이후 강남 대도시 도서 시장의 쇠퇴에 대해 이야기할 때 우리는 전체 시장의 단지 한 부분(일반적으로 상층의 시장을 위해 간행된 인쇄본)만을 언급하고 있는 셈이다. 나는 시장의 다른 부분, 즉 시장의 하층을 위한 인쇄본은 명말 젠양의 출판인들뿐 아니라 난징의 출판인들도 간행했다(그리고 신시아 브로카우가 이 책의 첫 번째 글과 다섯 번째 글에서 서술한 바와 같이, 청대에는 중국 여기저기에 생겨난 소규모 인쇄 중심지에서 점차 더 많이 간행되었다)고 생각한다. 이와 같은 시장의 '하층'부(그러나 '상층'부보다 훨씬 거대한)가 존재했다는 것은 명말에 이미 적어도 중국의 중부와 남부에 비교적 '균일한' 인쇄 문화가 형성되었음을 암시해준다. 향후 발전과 영향에 대한 진지한 연구를 전제로 할 때, 이러한 균질화 과정은 청대를 거쳐 민국 시기까지 계속되고 가속화되었다.

명말 새로운 독자층의 형성

앤 E. 매클라렌(Ann E. MacLaren)

16세기 중엽에 이르러 중국 출판 문화사에서 최초로 백화본 텍스트의 작자와 출판업자들은 자신들의 독자층이 더 이상 교육 받은 계층에 한정되지 않는다는 사실을 깨달았던 듯하다. 이 시기의 서문과 평점들은 이러한 텍스트들의 이질적인 독자층에 대한 인식이 출현하고 있음을 보여주고 있다. 17세기에 접어들면서 더욱 확대되고 강화된 이 텍스트들의 잠재적인 독자층에 관한 인식에는 관료, 문인, 새로운 부유층 출신의 수집가들, 속인들과 범인들, 교육을 받지 못한 사람, 그리고 "나라 안의 모든 사람들(天下之人)"이나 "네 부류의 사람들(四民)"과 같이 포괄적인 개념까지 들어 있었다.

독자층의 구성에 대한 생각이 역사적으로 변한 것은 이에 선행하는 필사 문화와 인쇄 기술, 그리고 명대 중기부터 증대된 경제의 상업화가 충돌한 결과였다. 가장 이른 백화체 서사는 필사 문화와 관련이 있다. 백화 텍스트는 손에서 손으로 다시 베껴지고 전해지는 동안 아무런 거리낌 없이 텍스트를 변화시켰던 문인과 애호가들 사이에서 필사본의 형태로 수십 년 동안 유포되었다. 그러나 텍스트를 상업적으로 출판하는 것이 하나의 추세가 되어감에 따라(그리고 목판에 그것을 새기는 비용을 회수해야 할 필요성이 생김에 따라) 편집자와 출판업자들은 일반적인 문인과 애호가 집단보다는 좀 더 넓은 독자층을 대상으로 자신들의 텍스트를 마케팅하는 전략을 고안하게 되었다. 마케팅 과정에서는 본질적으로 출판업을 합리화하고 표적 독자층을 설정하려는 새로운 담론이 출현하게 된다.

이 연구에서 나의 목적은 15세기 말에서 17세기 중반에 나온 소설과 희곡 텍스트의 서문과 평점 자료들을 활용해 이 시기에 나타난 다음의 세 가지 경향을 추적하는 것이다. 그것은 곧 1) 독자와 작가, 그리고 편집자 구성의 변화, 2) 이 시기 독서 행위의 확대, 3) 백화체 인쇄물에 대한 옹호의 출현이다.[1]

---

1 나는 '백화'라는 용어의 사용에 약간 유보적인 입장을 취하고 있다. 『삼국지통속연의』처럼 이 글에서 논의되는 몇몇 역사 소설들은 쉬운 문언으로 되어 있다. 『수호전』과 같은 다른 소설에서는 문체의 범위가 문언에서 백화까지 걸쳐 있다는 것을 발견할 수 있다. 전통시기에 많은 역사적 통속물들이 줄곧 쉬운 문언체에 의존하였다(윌트 이데마Wilt Idema는 이것을 '딱지본(chapbooks)'이라고 지칭하였다). 반면에 문인 작자는 일련의 쓰임에서 더욱 '독창적인' 백화체를 점차 발전시켰다(윌트 이데마[Wilt L. Idema], 『중국백화소설: 형

이 시기, 특히 1570년 무렵 이후의 특징은 상업적 출판업자들이 출간한 책들이 급격하게 증가하고, 통속적 또는 실용적 성격을 가진 책들이 쏟아져 나왔으며, 교육 수준이 낮은 계층으로까지 독자층이 확대되었다는 점이 뚜렷하게 나타났다는 것이다.[2] 여기서 나의 관심은 주로 "독자층reading public"에 있는데, 나탈리 지몬 데이비스(Natalie Zemon Davis)의 예에 따라 나는 이를 "청중audience" 또는 실제의 역사적인 독자와는 거리가 있는, 작가 또는 출판업자에 의해 내세워진 표적 독자층target public으로 정의한다.[3] 개념적인 독자와 그들의 독서 행위에 대한 이 연구는 우리에게 실제 독자와 그들의 작품 이해에 대한 직접적인 증거를 제공하지는 않지만, 명대(1368-1644년)에 급격하게 변화한 독자층의 개념이 가지는 역사적 특징에 대해서는 확실하게 논증하고 있으며, 게다가 상업적인 작가들과 출판업자들이 어떤 방법으로 특별한 문해력과 문화적 역량을 가진 독자층을 적극적으로 창조하고자 했는지에 대한 통찰을 제공한다. 무엇보다도 이 연구는 메킨지(D. F. McKenzie)의 말을 빌리자면, "텍스트 생산, 전파, 소비의 모든 단계에 텍스트와 관련된 인간적 동기와 상호작용", 곧 "인간적 동인human agency"이라는 개념을 포함시키는 일이 텍스트 연구에 있어 얼마나 중요한지를 우리에게 상기시켜준다.[4]

나는 먼저 성리학자인 주시(朱熹, 1130-1200년)가 수립한 기준에서 시작하여 독자, 작가 그리고 독서 행위라는 개념 아래 놓인 패러다임에 대해 논의하고자 한다. 이 시기 텍스트 저술과 독해에 쓰였던 어휘가 확장되었던 것이 당시 백화체 인쇄를 합리화하려는 일련의 전제들, 즉 유교 경전의(남성 엘리트) 독자라는 주시의 독자 구성을 급진적으로 확대했던 전제들에 기반하고 있다는 것이 나의 주장이다. 경서는 고대의 것이고 이해할 수 없지만, 백화 텍스트는 유가 경전의 핵심적인 도덕적 교훈을 사람들이 받아들이기 쉬운 형태로 전할 수 있다는 일종의 우상 파괴적 관념이 특정 출판업자들에 의해 제기된 것이 16세기 초에서부터였다. 다음으로 나는 문인 집단에서 그보다 더 넓은 여러 사회 집단들로 표적 독자층이 확대되었던 16세기와 17세기에 이 새로운 독자들을 위해 쓰였던 어휘들을 추적하고자 한다. 독자라는 개념은 작가의 형성과 떨어져 논의될 수 없으므로, '호사가(아마추어 수집가, 애호가)'라고 알려진, 텍스트를 읽고, 수집하고, 창작하거나 편집했던 이 모호한 집단에 특별히 초점을 맞추면서 작

성기(Chinese Vernacular Fiction: The Formative Period)』(Leiden: E. J. Brill, 1974, pp.xi-xii, pp.lii-lvii 참고할 것). 이른바 백화체 텍스트에서 문언과 백화의 "상호 침투"에 대해서는 패트릭 해넌(Patrick Hanan)의 『중국 백화소설(The Chinese Vernacular Story)』(Cambridge, Mass.: Harvard University Press, 1981. 우리말 번역본은 패트릭 해넌(김진곤 옮김), 『중국 백화소설』, 차이나하우스, 2007년), 14쪽을 볼 것.

2 오오키 야스시(大木康), 「명말 강남의 출판문화(明末江南における出版文化の研究)」(『廣島大學文學部紀要』 50, 특별호, 우리말 번역본은 오오키 야스시(노경희 옮김), 『명말 강남의 출판문화』, 소명출판, 2007) 1쪽, 3-5쪽, 15-16쪽. 이 시기 동안의 경제와 책 출간의 상업화를 자극시킨 경제적 요인에 대해서는 티모시 브룩의 『쾌락의 혼돈』, 129-133쪽과 167-180쪽을 볼 것.

3 나탈리 지몬 데이비스(Natalie Zemon Davis), 「출판과 민중(Printing and the People)」(Society and Culture in Early Modern France, rpt. Stanford: Stanford University Press, [1965]1985), 192-193쪽.

4 메킨지(D. F. McKenzie), 『전기와 텍스트의 사회학: 파니찌 강좌(Bibliography and the Sociology of Texts: The Panizzi Lectures)』(London: The British Library, 1986), 6-7쪽.

가, 편집자, 출판업자와 관련된 용어들을 논의하는 일 또한 필요하다. 출판업자와 작가는 그들의 잠재적인 독자층을 의식하면서 자신들의 다양한 독서 행위에 어울리는 텍스트들을 생산해냈다. 예를 들어 쉽게 외울 수 있도록 운문이 들어간 텍스트, 낭송하거나 노래할 수 있도록 고안된 텍스트, 읽기를 돕는 그림, 독서를 용이하게 하는 인쇄상의 특징, 그리고 교육 수준이 낮은 사람들을 가르칠 수 있도록 평점과 주석을 가진 텍스트 등이 그것이다. 나는 위샹더우(余象斗, 1560년-1637년경 이후)의 편집 행위에 초점을 맞추고자 하는데, 그는 아마도 교육 수준과 문해력이 낮은 독자들을 특별히 겨냥하여 평점을 쓴 최초의 사람일 것이다.

교육받지 못한 사람을 위한 경전

백화체 텍스트의 서문들에는 백화체 사용을 합리화하는 전제들이 기술되어 있는데, 이 전제들은 곧 허구적인 글쓰기에 대한 옹호로 발전하였다. 이러한 서문은 궁극적으로는 고대에서 기원한 문학의 기능이라는 관점에 기초하고 있지만, 16세기에 서문을 쓴 이들은 이러한 오래된 개념을 아주 새로운 방식으로 확장하였다. 중국 문명에서 문학에 대한 가장 오래된 생각 가운데 하나인 '문학이 도를 전해야 한다[文以載道]'라는,[5] 즉 문학이 도덕적 가르침의 수단이라는 생각은 허구적인 백화체 텍스트까지도 근본적으로 정당화했다.

『삼국지통속연의』 1494년의 서문에 있는 융위쯔[庸愚子, 장다치(蔣大器)의 필명]의 말은 이러한 원칙을 대표한다. "고인의 충성을 읽게 되면 자신이 충성스러운지 아닌지를 생각하고, 효성을 읽게 되면 자신이 효성스러운지 아닌지를 생각한다. …… 만약 읽어 넘기기만 하고 몸으로 힘써 실천하지 않으면 이는 책을 읽는 것이 아니다."[6] 이것과 대를 이루는 것이 어떤 독자들은 부정적인 사례들로 인해 선행을 배우는 대신 묘사된 악행들을 따르게 될 것이라는 생각이다. 장주포(張竹坡, 1670년-1698년)는 유명한 염정 소설인 『금병매』에 붙인 자신의 서문에서 듣는 청중으로서의 여성에게 끼칠 영향에 대해 특히 우려했다.

『금병매』는 절대 아녀자들에게 읽게 해서는 안 된다. 세상에는 금빛 휘장 아래에서 술을 마시고 노

---

5 제임스 류(James J. Y. Liu, 劉若愚), 『중국 문학 이론(Theories of Literature)』 (Chicago: University of Chicago Press, 1975), 114쪽, 128쪽.

6 황린(黃霖)·한퉁원(韓同文), 『중국역대소설논저선(中國歷代小說論著選)』 (江西人民出版社, 1982년), 상권, 105쪽.
【옮긴이 주】 원문은 다음과 같다. "若讀到古人忠處, 便思自己忠與不忠, 孝處, 便思自己孝與不孝.…若只讀過而不身體力行, 又未爲讀書也."

래하면서 처첩들에게 이 이야기를 읽어주는 사람이 많다. 그들은 남자 중에서도 이 이야기에 담긴 권계와 함의를 제대로 이해하는 자가 드문 것을 모른다. …… 만약 몇 명의 사람들이라도 이 이야기를 따라한다면 어찌하겠는가, 어찌하겠는가?[7]

여기서 명대의 유명한 사대기서(四大奇書)를 "제대로 읽는 것[善讀]"의 중요성에 대해 주목한 청대(1644년-1911년)의 평점가 류팅지(劉廷璣, 활동기간은 1712년)의 관점을 보도록 하자. "『수호전』을 제대로 읽지 못한 이들은 탐욕스럽고 반역하려는 마음이 생긴다. 『삼국연의』를 제대로 읽지 못한 이들은 꾀를 부리고 속이려는 마음이 생긴다. 『서유기』를 제대로 읽지 못한 이들은 엉뚱하고 허황된 마음이 생긴다."[8] 『금병매』의 경우, "이 책을 읽고 따라 하고자 하는 이들은 금수이다."[9]

서문들을 보면 볼수록 경서가 심지어는 문인 계층의 몇몇 사람들조차 이해하기 어렵다는 점과 관찬 사서에는 분명한 도덕적 메시지가 부족하다는 사실을 인식하고 있는 부분이 많이 발견된다. 이러한 인식은 중국의 인쇄 출판 초기에 이미 분명하게 드러난다.[10] 예를 들어 유명한 성리학자인 주시(朱熹)는 「독서법(讀書法)」이라는 글에서 경서가 본래부터 난해하다는 사실에 대해 우려를 나타냈고, 이러한 난해함을 극복하기 위해 여러 가지 독서 방법을 추천하였다. 주시의 주석을 단 경서는 중국 전통 시기 마지막까지 교육과 과거 제도의 지배적인 커리큘럼을 구성하였으며, 교육과 독서에 대한 그의 생각은 천 년 동안 중국의 교육자들에게 영향을 주었다. 그러므로 명청 시기 동안 (엘리트) 독서 방법에 대한 성리학적 관념의 기준으로서 (문인 계층에 들어가고자 하는 이들을 명백하게 겨냥한) 독서에 대한 주시의 생각을 간단히 검토하는 일은 도움이 될 것이다. 내가 설명하는 것처럼 이러한 관념은 3,4세기 후에 백화체 인쇄물 출판업자들의 광범위한 편집 행위 내에서 급격하게 바뀌게 된다.

주시는 내적인 의미를 완전하게 이해하기 위해 경서를 반복적으로 철저히 읽을 것을 요구하였다. 『맹자』를 읽던 초기에는 그조차도 어려움이 있었다고 인정한 다음의 대목에서 우리는 최고 교육을 받

---

7 데이비드 로이(David T. Roy) 역, 「『금병매』 장주포 독법(Chang Chu-p'o on How to Read Chin P'ing Mei)」 (David Rolston eds., How to Read the Chinese Novel, Princeton: Princeton University Press, 1990), 236쪽.
【옮긴이 주】 원문은 다음과 같다. "金瓶梅切不可令婦女看見. 世有銷金帳低, 淺斟低唱之下, 念一回於妻妾聽者, 多多矣. 不知男子中尙少知勸戒觀感之人, … 少有效法, 奈何奈何!"

8 【옮긴이 주】 원문은 다음과 같다. "不善讀水滸者, 狼戾悖逆之心生矣. 不善讀三國者, 權謀狙詐之心生矣. 不善讀西游者, 詭怪幻妄之心生矣."

9 황린·한퉁원, 『중국역대소설논저선』 (江西人民出版社, 1982년), 상권, 383쪽.
【옮긴이 주】 원문은 다음과 같다. "讀此書而生效法心者, 禽獸也."

10 경서에 대한 중국의 평점 전통은 1세기에 시작되었으므로 이 초기 단계에서부터 이미 경서가 난해하다는 인식이 있었다고 추정할 수 있다. 존 헨더슨(John B. Henderson), 『경전, 정전, 그리고 주석: 유가와 서구의 주해 비교(Scripture, Canon, and Commentary: A Comparison of Confucian and Western Exegesis)』 (Princeton: Princeton University Press, 1991), 43쪽 이후를 참고할 것. 주시가 살았던 시기는 세계 최초로 인쇄 문화가 출현했던 때였다. 인쇄라는 새로운 기술에 의해 텍스트가 광범위하게 유포될 수 있게 됨에 따라, 이 시기에는 경전의 고어(古語)들을 어떻게 읽고 해석할 것인가에 관한 논쟁이 심화되었다.

은 이들에게조차 그러한 고문(古文)을 읽고 이해하는 데에는 절대적인 노력이 요구되었다는 것을 알 수 있다.

> 그래서 그는 책을 읽는 방법에 관하여 말하였다. "먼저 십 수 차례 읽으면 문장의 의미를 십분의 사, 오 정도 이해하게 될 것이다. 그러고 나서 주석을 보면 또 십분의 이, 삼 정도 이해할 수 있을 것이다. 그리고 다시 본문을 읽으면 또 십분의 일, 이 정도 이해할 수 있을 것이다. 예전에 『맹자(孟子)』를 이해하지 못한 것은 그것이 길기 때문이었다. 그러나 이와 같은 방법으로 읽었더니 비록 본래 길었던 그 문장도 의미를 처음부터 끝까지 꿰뚫어볼 수 있었다."[11]

때로 주시는 고전이 가진 관념적인 명료함에 주목하기도 했지만["성현의 말은 해와 달처럼 분명하다(聖賢之言, 明如日月)"][12] 학생들이 고대의 텍스트에 반영되어 있는 내재적인 도덕 원리를 이해하는 데 실패할 위험성이 상존하고 있다는 사실에 대해서도 무척 잘 알고 있었다. "성인의 수많은 말들은 당연한 이치를 말하고 있을 뿐이다. 사람들이 그것을 이해하지 못할까봐 염려하여 다시 책에 적어둔 것이다. …… 그러나 사람들이 주의 깊게 읽지 않는 것이 걱정스러울 뿐이다. 성인의 말이 무엇을 말하고 있는지, 그것을 어디에 적용할 수 있는지를 생각해야 한다."[13] 다른 곳에서 그는 경서를 읽기 위해서는 "진심으로 힘써 노력해야 한다"라는 사실을 강조했다.[14]

주시(朱熹)가 사용한 은유는 경전에 숙달하기 위해 요구되는 절대적인 물리적 노력을 반복적으로 강조하고 있다. 텍스트의 피부 아래까지 간파하고,[15] 텍스트를 꿰뚫어 보기 위해 마치 토기에 있는 것과

---

11 대니얼 가드너(Daniel K. Gardner), 『성인이 되기 위한 배움: 주제별로 정리된 『주자어류』 선집(Learning to Be a Sage: Selections from *the Conversations of Master Chu*, Arranged Topically)』 (Berkeley: University of California Press, 1990), 154쪽(5.47). 나는 가드너의 책 『성인이 되기 위한 배움』에 들어있는 주시의 "독서법"에 대한 그의 명쾌한 선역을 인용하였으나, 비유적인 용어들의 사용을 강조하기 위해서 때때로 달리 해석하기도 하였다.
【옮긴이 주】 원문은 다음과 같다. "因言讀法, 曰: "且先讀十數過, 已得文義四五分. 然後看解, 又得三二分. 又却讀正文, 又得一二分. 向時不理會得孟子, 以其章長故也. 因如此讀, 元來他章雖長, 意味却自首末相貫."

12 가드너, 『성인이 되기 위한 배움』 151쪽(5.38). 헨더슨은 중국의 주석자들이 유가 경전의 잘 알려진 "질서와 일관성"에 대해 특별한 관심을 갖고 있었다는 사실에 주목하였다. 『경전, 정전, 그리고 주석: 유가와 서구의 주해 비교』, 113쪽을 볼 것. 그는 유가 평점에서 언급되는 경서가 "평이하지만 은미(隱微)하다"라는 "명백한 모순"에 대해 상술하였다(134쪽).

13 『주자어류(朱子語類)』, 11.10a, 297쪽. 아래의 모든 인용문은 1권의 "독서법"에 있다. 이 인용문에 대해서는 11.10a, 297쪽을 참고할 것.
【옮긴이 주】 원문은 다음과 같다. "聖人千言萬語, 只是說个當然之理. 恐人不曉, 又筆之於書. …… 但患人不子細求索之耳. 須要思量聖人之言是說甚么, 要將何用."

14 Lit. 「맹시공부리회(猛施工夫理會)」. 번역문은 가드너의 『성인이 되기 위한 배움』, 132(4.23)쪽에 있다. 『주자어류』, 10.4b, 262쪽.
【옮긴이 주】 원문은 다음과 같다. "讀書, 小作課程, 大施功力如會讀得二百字, 只讀得一百字, 於百字中猛施工夫, 理會子細, 讀誦教熟."

15 "피부만을 읽는다면 오류가 생길 것이다(若只要皮膚, 便有差錯)"(『주자어류』, 10.2a, 257쪽). 가드너가 좀 더 추상적으로 번역한 것은 "만약 표면에 나타난 것만을 읽게 되면 오해하게 된다"이다(『성인이 되기 위한 배움』, 129쪽).

같은 "틈(縫罅)"을 찾고,[16] 군사적 포위 공격을 통해 대규모의 습격을 감행하듯이 텍스트에서 의미를 힘써 얻어내고(須大殺一番),[17] 혹독한 옥리가 죄수를 다루듯이(酷吏治獄)[18] 또는 도적을 잡듯이 텍스트를 캐물어야 할(看文字如捉賊)[19] 필요가 있다. 책을 읽을 때에는 마치 누군가의 몸을 깎아내듯이 해야 한다. "한 겹을 걷어내면 또 한 겹이 드러난다. 피부를 걷어내면 살이 드러난다. 살을 걷어내면 뼈가 드러난다. 뼈를 걷어내면 골수가 드러난다. 산만한 태도로 읽으면 결코 이런 경지에 도달할 수 없다."[20] 읽는 동안에는 허리를 곧게 펴고 앉아야 하며[21] 눈이 지칠 때까지 읽어야 한다.[22] 읽는다는 것은 고대인들의 경우처럼[23] 주시에게도 암송을 의미했다. "무릇 독서라는 것은 읽을 때 속으로 생각해서만은 안 되고 입으로 소리내어 읽어야 한다. …… 배우는 이의 독서는 반드시 몸을 바로 하고 정좌하여 천천히 읽으면서 나지막하게 읊조려야 한다."[24] 독자는 무엇보다도 인쇄된 글을 살아있는 것으로 만드는 기민하고도 활동적인 실천가이다. "인쇄되어 있기만 한 말들은 살아있지 않은 것과 같다. 살아있지 않기 때문에 그것은 써먹을 수 없다. 반드시 여러 차례 깊이 새겨 익숙해진 다음에야 비로소 살아난다."[25] 독자는 성인의 말에 대한 공동 저자가 되도록 고무되기도 한다. "책을 볼 때에는 대체로 먼저 숙독하여 그 말이 자신의 입에서 나오는 것처럼 되게 하라."[26]

독서에 대한 주시의 이론은 텍스트의 암송과 "소유"를 강조하면서 다양한 방법으로 필사본 문화에서 필수적인 독서와 학습 관습을 영속화하려 했던 것으로 보인다. 근대 연구자에게 그의 "독서법"은

16 『주자어류』, 10.2a, 257쪽. 『성인이 되기 위한 배움』에서 "틈(縫罅)"을 가드너가 "구멍(opening)"으로 번역한 것을 참조할 것.

17 『주자어류』, 10.2b, 258쪽.

18 『주자어류』, 10.3a, 259쪽.

19 『주자어류』, 10.3a, 259쪽.

20 『주자어류』, 10.10a, 273쪽.
【옮긴이 주】 원문은 다음과 같다. "又去了一重, 又見得一重. 去盡皮, 方見肉. 去盡肉, 方見骨. 去盡骨, 方見髓. 使粗心, 大氣不得."

21 「허리를 곧추세울 것(樹起筋骨)」, 『주자어류』, 10.2b, 258쪽을 볼 것. 가드너는 『성인이 되기 위한 배움』, 130쪽(4.13)에서는 "너의 몸을 깨어 있게 하라"라고 번역하였다.

22 『주자어류』, 10.2a, 257쪽.

23 주시는 "여러 차례 낭송하여 이로써 꿰뚫는다(誦數以貫之)"라는, 『순자(荀子)』에 나오는 독서에 관한 구절을 인용하였다. 가드너, 『성인이 되기 위한 배움』, 136쪽(4.37).

24 가드너, 『성인이 되기 위한 배움』, 147쪽(5.16). 『주자어류』, 11.3a, 283쪽.
【옮긴이 주】 원문은 다음과 같다. "大凡讀書, 且要讀, 不可只管思, 口中讀. … 學者讀書, 須要斂身正坐, 緩視微吟."

25 『주자어류』, 11.2b, 282쪽.
【옮긴이 주】 원문은 다음과 같다. "又只是在印板上面說, 相似都不活. 不活則受用不得. 須是玩味反覆, 到得熟後, 方始會活."

26 『주자어류』, 10.6b, 266쪽. 가드너, 『성인이 되기 위한 배움』, 135쪽, "먼저 텍스트에 친숙해져야만, 그 말이 우리 자신의 입에서 나오는 것처럼 된다."를 참고할 것.
【옮긴이 주】 원문은 다음과 같다. "大抵觀書先須熟讀, 使其言皆若出於吾之口."

"인쇄 지향적인 그 당시의 학생들을 인쇄 문화 이전의 전통으로 돌려보내려는 복고적인 시도"[27]로 보인다. 그러나 살아 있을 당시 오히려 그는 독서 전통으로부터 이탈했다는 이유로 공격을 당했다. 예를 들면, 주시와 동시대 사람인 루샹산(陸象山, 1139-1193년)은 주시가 인쇄된 텍스트나 도표를 교육에 이용했다는 사실을 비판했다.[28] 어쨌거나 주시의 이상화된 모델이 송대(960-1279년) 혹은 어떤 다른 시대의 실제적인 독서 행위를 대표한다고 할 수는 없다. 주시 모델이 실현 불가능하다는 사실은 명청 시기에 성리학적 정독의 통속적 해석을 전파했던 가정교육 지침서들에서 암암리에 받아들여지고 있었다. 주로 "부지런히 읽기(勤讀)"의 예들이 씌어 있는 이 책에서 독서의 목표는 성인들과 소통하는 것이라기보다는 오히려 과거 시험에 급제해 관리가 되는 것과 같이 좀 더 평범한 것이었다.[29]

간략화·통속화의 유사한 과정이 주시의 사후 몇 세기 동안 교육에 대한 그의 프로그램을 제도화하였다. 원대(1279-1368년)에는 그의 빡빡한 커리큘럼 모델을 축소한 형태가 공식적으로 장려되었다. 윌리엄 시어도어 드 베리(William Theodore de Bary)는 주시가 주석을 단 사서(四書)에 기초하여 "불필요한 것들을 모두 제거한" 커리큘럼이 어떻게 교육받은 몽골인들의 "가장 낮은 평범한 수준"을 겨냥하였는지를 보여준다.[30] 농민 출신인 명의 첫 번째 통치자 태조(1368년-1398년 재위)는 더욱 간략화된 성리학 커리큘럼을 제정하여 그것을 제국 전체에 확장시키고자 하였다.[31] 그러나 매우 축약된 형태로도 이 프로그램은 여전히 지나치게 어려웠다. 경서는 난해한 상태로 남아 있었고, 유가 경전을 통한 보편적인 도덕 교육이라는 태조의 목표는 실현되지 못했다.

명대에 서문을 쓰는 사람들은 그들 자신의 소설 사업을 합리화하기 위해, 경서와 사서(史書)가 난해하다는 잘 알려진 사실(이 때쯤 되면 이는 이미 친숙해진 수사였다)을 동원했다. 예를 들면 초기의 『삼국연의』 서문(1522년)을 쓴 어떤 이(슈란쯔(修髯子)【옮긴이】)는 관찬 사서의 난해함을 다음과 같이 지적하였다.

> 한 손님이 나에게 물었다.
>
> "……역사책(『삼국지』)이 이미 그 전말을 기록하여 세상에 전한 지가 오래되었는데 또 『삼국지통속연

---

27 수전 체르니악, 「중국 송대의 도서문화와 텍스트의 보급」, 50쪽.

28 로버트 마호니(Robert J. Mahoney)에 따르면 루샹산(陸象山)은 주시가 가르침에 있어서 "사적인 구두 소통을 무시하고" 인쇄된 말들에 지나치게 의존한다고 비난하였다. 「루샹산과 유가 교육에서 구두 의사소통의 중요성(Lu Hsiang-shan and the Importance of Oral Communication in Confucian Education)」 (Ph.D. Dissertation, Columbia University, 1986), 8쪽을 참고할 것.

29 명말의 예로는 저명한 장서가인 치청한(祁承㸁, 1565-1628년)이 그의 아들에게 주는 가르침인 『독서훈(讀書訓)』과 우잉치(吳應箕, 1594-1645년)의 저서인 『독서지관록(讀書止觀錄)』을 참고할 것. 이 둘은 왕위광(王余光) 외 편, 『독서사관(讀書四觀)』 (武漢: 辭書出版社, 1997년)에서 청대의 다른 두 가지 예와 함께 쉽게 참고할 수 있다.

30 윌리엄 시어도어 드 베이(Wm. Theodore de Bary), 『성리학적 정통성과 이심전심의 학습(Neo-Confucian Orthodoxy and the Learning of the Mind-and-Heart)』 (New York: Columbia University Press, 1981), 49쪽.

31 드 베리의 『성리학적 정통성』, 62쪽. 명대에는 심지어 오경에 대한 과거 시험 문제들도 사라졌다.

의』가 있는 것은 군더더기에 가깝지 않은가?"

나는 말했다.

"그렇지 않네. 역사서(『삼국지』)에 기록되어 있는 것은 사건이 상세하고 문장이 고문으로 되어 있을 뿐만 아니라, 의미가 숨어있고 그 뜻이 심오하여, 박식하고 부지런한 학자가 아니고서는 책을 펼치고 [읽다가] 내용이 어려워서 잠들지 않는 자가 드물 것이야. 이 때문에 호사가들이 친숙한 말로 개작하여 책을 펴 내었으니(檃括成編)[32], 이는 천하의 모든 사람들이 이야기를 듣고 그 사실에 통달하게 하고자 함이지."[33]

유명한 명대 사상가 위안훙다오(袁宏道, 1568년-1610년)는 경서를 읽는 일의 지루함을 『수호전』과 같은 허구화된 소설을 읽을 때 느끼는 수월함과의 대비를 통해 설명하였다. 그는 책을 좋아하는 이와 질문자 사이의 대화를 지어내어 이 관점을 구체적으로 제시했다. "사람들이 『수호전』이 기이하다고 말하는데, 과연 기이하다. 나는 십삼경 또는 이십일사를 볼 때마다 책을 펼치면 어느덧 졸음이 왔다."[34] 그는 한대의 영웅들에 관한 이야기는 교육받은 이들과 글자를 모르는 이들 모두("의관을 갖춘 관리에서 시골의 사내와 아녀자까지(自衣冠以至村哥里婦)")에게 전해졌다고 덧붙였다. 그러나 관찬 사서인 『한서』를 이해시키기 위해서는 끝없는 설명이 필요했다. 이러한 까닭에 '연의(演義)' 본이 출판된 것이었다. "(경서는) 문장의 뜻이 통하지 않지만 통속적인 글은 뜻이 통하기 때문에 '통속연의'라고 이름 붙였다."[35] 넓은 범위의 사람들, 즉 "책 읽기를 좋아하는 천하의 모든 사람들(天下之好讀書)"이 독자층으로 상정되었던 것이다.[36]

훨씬 더 대담한 생각, 즉 허구적인 글쓰기는 경서보다 읽기가 더 쉬울 뿐만 아니라 또한 경서에 대한 대체물로서 그것과 동일한 핵심적인 도덕적 지혜들을 전해줄 수 있다는 생각이 널리 퍼진 것은 명대였다. 나는 이러한 생각을 교육가와 관리로서 높은 지위를 다양하게 거친 취유(瞿祐, 1341년-1427년)가 쓴, 문언으로 된 이야기들의 모음집 『전등신화(剪燈新話)』에서 최초로 발견하였다.[37] 1378년에 쓴 서문에서 취유는 자신의 작품이 "음란함을 가르치는 것에 가까워(近于誨淫)" 감히 작품을 유포시킬 수 없었

32 여기에서의 비유적인 용어는 건축 기술에서 온 것이다. '은괄(檃括)'은 각도자로, 각도를 측정하여 그 목재 틀이 정방형인지 확인하는 데에 사용되는 도구이다. 문학비평에서 이 용어는 텍스트를 자르고 편집하고 개작하는 일을 가리킨다.

33 드 베리, 『성리학적 정통성』, 111쪽.
【옮긴이 주】 원문은 다음과 같다. "客問于余曰, … 史已志其顚末, 傳世久矣. 復有所謂三國志通俗演義者, 不幾近于贅乎? 余曰, 否, 史氏所志, 事詳而文古, 義微而旨深, 非通儒夙學, 展卷間, 鮮不便思困睡. 故好事者以俗近語, 檃括成編, 欲天下之人, 入耳而通其事."

34 【옮긴이 주】 원문은 다음과 같다. "人言水滸奇, 果奇. 予每檢十三經或二十一史, 一展卷, 卽忽忽欲睡去."

35 【옮긴이 주】 원문은 다음과 같다. "文不能通而俗可通, 則又通俗演義之所由名也."

36 「동서한통속연의서(東西漢通俗演義序)」, 황린·한퉁원, 『중국역대소설논저선』, 상권, 176쪽.

37 캐링턴 굿리치(L. Carrington Goodrich)·차오잉 팡(Chaoying Fang) 편, 『명대 인명사전(Dictionary of Ming Biography)』 (New York: Columbia University Press, 1976), 2권, 405-407쪽.

기 때문에 원고를 책 상자 안에 보관하였다고 말했다. 그러나 많은 손님들이 그것을 구하러 왔고 그는 그들을 모두 거절할 수 없었다. 그러자 취유는 경서 자체에도 "부도덕함(淫)"과 "기이한 사건(怪)"의 영향을 받은 일들이 포함되어 있다고 주장했다. 예를 들어 『시경』에는 연인과의 도피나 색정적인 사랑을 그린 시가 포함되어 있으며 『춘추』에는 혼란과 강탈의 시대가 기록되어 있다. 그는 이런 방법으로 허구적인 이야기일지라도 경전과 유사한 교훈적 기능을 가지고 있다고 말할 수 있다고 주장했다.[38]

융위쯔(庸愚子)는 현존하는 가장 이른 시기의 『삼국연의』 서문(1494년)에서 동일한 생각을 구체화하였다. 그는 "역사서의 문장은 이치가 은미하며 뜻이 심오하다(然史之文, 理微義奧)"라고 기술하였다. 그럼에도 불구하고 역사는 독자층이 넓지 않았다. "많은 사람들이 그것을 볼 때에 어려움을 겪게 되니 종종 그것을 버려두고 다시 보지 않는 것은 이것이 많은 사람들에게 이해되지 않기 때문이다. 그리하여 역대의 일들이 시간이 지날수록 더욱 전해지지 않게 되었다."[39] 그러나 『삼국지』에 대한 뤄관중(羅貫中)의 '연의'본은 "문장이 너무 심오하지도 않고 언어가 너무 속되지도 않으며 실제의 일을 기록하기로는 역사와 거의 같아서 이를 독송한다면 누구나 그 내용을 알 수 있다."[40]

50년 후에 위안펑쯔(元峰子)는 『삼국지전(三國志傳)』(삼국지에 대한 다른 형식의 텍스트)에 붙인 1548년의 서문에서 이 유명한 소설이 "역사와 동등할" 뿐만 아니라 유가의 주요 경전에 대한 대체물이 된다고까지 선언함으로써 융위쯔(庸愚子)보다 한 걸음 더 나아갔다. 즉 이 작품에는 『역경』에서의 길흉에 대한 전조, 『서경』에서의 통치술, 『시경』에 표현된 인간의 감정, 『춘추』에서의 포폄의 판단, 『예기』에서 발견되는 예절에 대한 면밀한 관찰이 포함되어 있다는 것이다. 위안펑쯔에 따르면 작가로 추정되는 뤄관중(羅貫中, 약 1330년-1400년)은 관찬 사서가 모호하게 기술되어 "평범한 능력(庸常)"을 가진 사람들이 이해하

38 황린, 한퉁원, 『중국역대소설논저선』, 상권, 99쪽.
【옮긴이 주】 해당 내용의 원문과 번역문은 다음과 같다.
"내가 고금의 괴이하고도 신기한 일을 편집하여 『전등록(剪燈錄)』이라고 하였는데, 모두 사십 권이다.……책이 이미 만들어졌으나, 내 자신이 생각하기로는 그 내용이 괴이한 것을 다루고 있고, 음탕한 것을 가르치는 것이나 진배없어, 책장에 보관하고, 밖에 내보내지 않으려 하였다. 하지만 손님들 가운데 그 소식을 듣고 보고자 하는 이가 많아, 그러한 청을 모두 물리치지는 못하여, 내 스스로 다음과 같이 해석하였다. "『시詩』, 『서書』, 『역易』, 『춘추春秋』는 모두 성현이 지은 것으로, 만세의 경전과 법도 노릇을 하였다. 그러나 『역』에서는 '용이 들에서 싸운 것'을 말하였고, 『서』에서는 '꿩이 울면서 정鼎 위로 날아간' 사실이 실려 있으며, 『국풍』에는 음탕한 시가 들어 있고, 『춘추』에는 나라를 어지럽힌 도적들의 일이 기록되어 있으니, 이것은 또한 하나의 논리만 고집할 수는 없는 것이다. 이제 내가 편찬한 이 책이 비록 세상에 올바른 도리를 가르치는 데에 도움이 되는 바는 없다 하더라도, 선을 권하고 악을 징계하며, 곤궁함을 슬피 여기고 핍박받는 이들을 위해 마음 아파해 주는 바는 있을 터이니, 아마도 말한 자는 죄가 없고 들은 자도 족히 경계로 삼을 만할 것이다."(余旣編輯古今怪奇之事, 以爲『剪燈錄』, 凡四十矣.……旣成, 又自以爲涉于語怪, 近于誨淫,藏之書笥, 不欲傳出. 客聞而求觀者衆, 不能盡却之, 則又自解曰:『詩』,『書』,『易』,『春秋』, 皆聖筆之所述作, 以爲萬世大經大法者也;然而『易』言 "龍戰于野", 『書』載 "雉雊于鼎", 『國風』取淫奔之詩, 『春秋』紀亂賊之事, 是又不可執一論也. 今余此編, 雖于世教民彝, 莫之或朴, 而勸善懲惡, 哀窮悼屈, 其亦庶乎言者無罪, 聞者足以戒之一義云爾.)

39 【옮긴이 주】 원문은 다음과 같다. "其于衆人觀之, 亦嘗病焉, 故往往舍而不之顧者, 由其不通乎衆人. 而歷代之事, 愈久愈失其傳."

40 황린·한퉁원, 『중국역대소설논저선』, 1권, 104.쪽.
【옮긴이 주】 원문은 다음과 같다. "文不甚深, 言不甚俗, 事紀其實, 亦庶幾乎史, 盖欲讀誦者, 人人得而知之."

기 어려운 것을 염려했다고 한다. 이제 이 작품이 삽화를 곁들여 출판되었으니, "천하의 모든 사람들"이 이해할 수 있을 것이었다.[41] 몇 세대 이후에 이러한 생각은 보편적인 것이 되었다.[42]

중국 문명의 성스러운 텍스트들을 좀 더 이해하기 쉬운 것으로 만들려는 노력이 있긴 했지만, 서구의 경우와는 대조적으로 그런 텍스트들은 백화로 번역되지는 않았다.[43] 여기에서 이끌어낼 수 있는 유일하게 유사한 예는 아마도 좀 더 광범위한 독자층을 위해 사람들에게 잘 알려져 있는 유가 경전의 정수를 활용해서 백화체 서사를 편집하고 출간한 명청 시기(약 1550년 이후) 문인들의 행위일 것이다.[44] 중국의 경우 루터의 독일어 성서 출판에 필적할 만한 백화로 된 인쇄본이 나왔던 적은 없지만, 그럼에도 불구하고 문인들 사이에서는 백화체 소설이 교육받지 못한 사람들에게 경서의 역할을 할 수 있다는 생각이 점차 퍼져나갔고, 그리하여 백화로 된 인쇄본에 대한 옹호라고 부를 수 있는 논리가 전개되었다. 이와 동시에 독자층에 대한 새로운 어휘들이 성리학적 정독 모델에서 제시된 것보다 훨씬 폭넓은 독서 행위의 범위와 함께 나타났다.

독자의 구성

수많은 유명한 백화체 소설과 희곡은 먼저 필사본의 형태로 애호가들의 작은 동호회에서 유통되었다.[45] 이는 취유(瞿佑)의 『전등신화』와 같이 문언으로 된 소설 작품의 경우도 마찬가지였다. 이러한 동호회 성격의 독자층은 항상 문인 계층의 일원 또는 아마추어 수집가 겸 애호가(好事者)로 불린다. 예를 들어 1494년의 서문에서 융위쯔는 『삼국연의』를 필사본 형태로 다투어 베껴 쓴 이들을 "문인 수집가

---

41 『삼국지전』, 에스코리얼 미술관(Escorial Museum) 소장, 하버드-옌칭 도서관(Harvard-Yenching Library) 마이크로필름, 서문 1b. 경서가 보편적 도덕, 역사, 정신적 질서와 통한다는 생각은 이 시기 훨씬 이전에 상식이 되었다. 특히 그보다 조금 나중에 나온 위안펑쯔(元峰子)의 서문과 흥미로운 유사성을 지니고 있는 왕양밍(王陽明)의 관점을 참고할 것(헨더슨, 『경전, 정전, 그리고 주석: 유가와 서구의 주해 비교』, 48쪽).

42 데이비드 롤스톤(David Rolston)은 대부분 17세기와 그 이후에 나온 몇 가지 사례를 제시했다. 그의 『중국 고전소설과 소설 평점: 행간 읽기와 쓰기(Traditional Chinese Fiction and Fiction Commentary: Reading and Writing between the Lines)』(Stanford: Stanford University Press, 1997), 108-109쪽과 제5장을 참고할 것.

43 앤 매클라렌(Anne E. McLaren), 『중국의 대중문화와 명대의 샹떼파블(Chinese Popular Culture and Ming Chantefables)』(Leiden: E. J. Brill, 1998), 4-8쪽에 논의되어 있다.

44 17세기까지 같은 원리가 윤리서에도 적용되었다. 신시아 브로카우(Cynthia J. Brokaw), 『손익 계산: 명청 시기의 사회 변화와 도덕 질서(The Ledgers of Merit and Demerit: Social Change and Moral Order in Late Imperial China)』(Princeton: Princeton University Press, 1991), 168-169쪽을 볼 것.

45 인쇄기술 발명 이후에도 한참 동안 지속된 서적 필사의 중요성에 대해서는 오오키 야스시(大木康), 「명말 강남의 출판문화 연구(明末江南における出版文化の研究)」, 8-10쪽을 볼 것. 소설과 희곡의 필사본 유포에 대해서는 로버트 헤겔(Robert Hegel), 『삽화본 소설』, 158-161쪽을 볼 것. 그는 어떤 필사본은 수집가들의 귀중한 품목이 되었다고 적고 있다.

들(士君子之好事者)"이라고 지칭하였다.[46] '무롄(目連)'에 대한 통속적인 종교 이야기에 바탕을 둔 희곡도 처음에는 필사본의 형태로 "아마추어 수집가들" 사이에 유통되었고, 그러고 나서 (1582년에 쓴 서문에 따르면) 이 책에 대한 커다란 수요를 충족시키기 위해 출판된 것이다.[47] 명대의 위대한 장편소설 중에서도 『금병매』는 초기에 감식안을 가진 문인 독자 동호회에서 필사본의 형태로 돌려봤기 때문에 복잡한 판본사를 가지고 있는 것으로 알려져 있다.[48] 서문의 작자들은 종종 출판업자와 문인 독자 사이의 대화를 지어내었는데, 이 대화에서 문인 독자는 필사본을 보고 작품에 감탄하여 출판을 종용하는 인물로 되어 있다. 예를 들어 슈란쯔[修髯子, 장상더(張尙德)의 필명]는 1522년에 쓴 그의 서문에서 『삼국연의』가 수월하게 읽힌다는 것을 칭찬하면서, "손님(客)"의 입을 통해 아마도 이 작품의 첫 번째 인쇄본이라 할 만한 것에 대해 언급한다. "손님은 하늘을 바라보고 한숨을 지으며 말하였다. 그렇소, 당신은 나를 오해하지 마시오. [『삼국연의』는] 믿을 만한 역사서를 보완하면서도 사실에 어긋나지 않는다고 말할 수 있소. 책은 아주 많지만 좋은 책은 또 매우 찾기 어려우니 판목에 새겨 오래 살아남도록 하여 사방에 드러내어 줄 것을 청하니, 할 수 있겠소?"[49]

백화체 소설에 대한 감식안을 가진 문인 독자는 '사자(士子, 문인)', '군자(君子, 신사)', '소객(騷客, 시인)', '진신(縉紳, 관리)', '상음자(賞音者)' 또는 '지음자(知音者, 감식안을 가진 이)', '아사(雅士, 교양인)' 등등과 같은 용어로 지칭된다. 장슝페이(張雄飛, 활동 기간은 1522년-1566년)는 둥졔위안(董解元, 활동 기간은 1190-1208년)이 쓴 원대의 설창체 서사 『서상기제궁조(西廂記諸宮調)』의 개정판에 붙인 1557년 그의 서문에서 표적 독자층을 감식안을 가진 이(知音者)와 관리(縉紳先生)로 언급하고 있다.[50] 학자이자 장서가인 후잉린(胡應麟, 1551-1602년)은 『수호전』을 애독했던 사람들 가운데서 관리와 교육받은 이들(縉紳文士)이 발견된다는 사실에 주목하였다.[51]

15세기 말에 이르러 서문의 작자들은 자신의 독자들이 수준이 떨어지는 다른 작품 대신에 해당 텍

46 황린·한퉁원, 『중국역대소설논저선』(江西人民出版社, 1982년), 상권, 104쪽에서 인용.
【옮긴이 주】 원문과 번역문은 다음과 같다. "책이 완성되자 문인 수집가들이 다투어 서로 베껴 읽었다(書成, 士君子之好事者, 爭相謄錄, 以便觀覽.)."

47 차이이(蔡毅) 편, 『중국고전희곡서발휘편(中國古典戲曲序跋彙編)』 전4권(濟南: 齊魯書社, 1989년), 2권, 620쪽.

48 자세한 내용에 대해서는 앤드루 플락스(Andrew H. Plaks), 『사대기서(The Four Masterworks of the Ming Novel)』 (Princeton: Princeton University Press, 1987), 55-72쪽을 볼 것.

49 황린·한퉁원, 『중국역대소설논저선』(江西人民出版社, 1982년), 상권, 111쪽.
【옮긴이 주】 원문은 다음과 같다. "客仰而大噓曰, 有是哉, 子之不我誣也, 是可謂羽翼信史而不違者矣. 簡帙浩瀚, 善本甚艱, 請壽諸梓, 公之四方, 可乎?"

50 차이이 편, 『중국고전희곡서발휘편』, 2권, 572쪽.

51 황린·한퉁원, 『중국역대소설논저선』(江西人民出版社, 1982년), 상권, 152쪽.
【옮긴이 주】 원문과 번역문은 다음과 같다. "요즘 세상 사람들은 『수호전』을 좋아하여 관리나 문인들 사이에서도 간혹 이를 좋아하는 사람들이 있다. 하지만 이 책 속에 담긴 의미는 창졸 간에 엿볼 수 있는 것이 아니어서 세상 사람들은 단지 그 묘사의 곡진함만을 알 뿐이다(今世人耽嗜『水滸傳』, 至縉紳文士, 亦間有好之者. 第此書中間用意, 非倉卒可窺, 世但知其形容曲盡而已.)."

스트를 선택했다고 칭찬하면서, 그들이 보는 눈이 있다고 추켜세웠다. 예를 들면 1589년에 쓴 『수호전』의 서문에서 톈두와이천(天都外臣, 왕다오쿤(汪道昆, 1525년-1593년)의 필명으로 여겨짐)은 『수호전』이 주는 즐거움, 즉 백과사전적인 시야와 현란한 플롯에 감탄하며 다음과 같이 말했다. "이는 고아한 선비에게만 이야기 할 수 있지 세속적인 선비에게는 이야기할 수 없다(此可與雅士道, 不可與俗士談)." 그는 『삼국연의』에는 사실과 허구가 어지럽게 섞여 있어 "무지의 어둠 속에 앉아있을 뿐인(坐暗無識耳)" 보통 사람이 읽기에나 적당하다고 비난하였다. 반면에 고아한 선비는 『수호전』을 또 다른 『사기』로 읽을 것이었다.[52] 이와 유사하게 셰자오저(謝肇淛, 1567년-1624년)는 많은 허구 작품들을 칭찬하면서도 『삼국연의』와 다른 역사 이야기들은 역사적인 사실에 너무 근접했기 때문에 지루하다고 여겼다. 곧 그러한 텍스트들은 항간의 아이들은 즐겁게 할 수 있지만 문인들(士君子)은 즐겁게 할 수 없다는 것이다.[53] 서문의 작자들은 이러한 구분을 동일한 작품의 다른 판본에도 적용한 것으로 보인다. 그것은 명대의 장편소설은(문장은) 단순하지만 더 많은 이야기 소재를 가진 판본(文簡事繁本; 簡本)과 그렇지 않은 판본(文繁事簡本; 繁本)이라는 두 가지 텍스트 전통으로 유포되었기 때문이다. 장펑이(張鳳翼, 1527-1613년)가 1588-1589년 경에 쓴 『수호전』의 서문에서 지적한 대로, 감식가(賞音者)는 궈쉰(郭勛, 1475-1542년)이 펴낸 권위 있는 텍스트[54]와 왕칭(王慶)과 톈후(田虎)에 대한 추가된 이야기가 있는 상업적 출간물[55]을 구분했을 것이다.[56]

또 모호하거나 낮은 사회적 지위를 가진 사회적 집단을 가리키는 언급도 많이 찾아볼 수 있다. 그 가운데 한 집단은 아마추어 수집가로서, 이들에 대해서는 작자와 편집자에 관해 서술한 다음 절에서 논의하도록 하겠다. "선인(善人)"이라고 불리는 평민과 혈족 용어(형제자매 등등)로 지칭되는 사람들은 샹떼파블(彈詞)과 종교적인 "보권(寶卷)" 서사의 표적 독자층이었다.[57] 또 다른 그룹들은 "천하의 사람들(天下之人)"(1548년, 『삼국지전』 에스코리얼(Escorial) 소장본), "온 세상의 사람들(四方之人)"(슈란쯔(修髯子), 1522년, 『삼국

---

52 황린·한퉁원, 『중국역대소설논저선』(江西人民出版社, 1982년), 상권, 125쪽.
【옮긴이 주】 원문과 번역문은 다음과 같다. "그러나 속된 사람들이 그것을 일방적으로 칭찬하고 있으니 참으로 무식할 따름이다. 우아한 선비들 가운데 이 책(『수호전』)을 칭찬하는 자들은 심지어는 태사공 사마천의 연의라고 생각한다(而俗士偏賞之, 坐暗無識耳. 雅士之賞此書者, 甚以爲太史公演義.)."

53 황린·한퉁원, 『중국역대소설논저선』(江西人民出版社, 1982년), 상권, 166쪽.
【옮긴이 주】 원문과 번역문은 다음과 같다. "이는 사건이 지나치게 사실적이라 그 내용이 진부하여 동네 골목의 어린 아이들을 즐겁게 할 수는 있으나, 사군자의 도가 되기에는 부족하다(事太實則近腐, 可以悅里巷小兒, 而不足爲士君子道也.)."

54 【옮긴이 주】 '문장의 수식은 번다하지만 사건은 간략한 것(文繁事簡)', 줄여서 '번본(繁本)이라 부른다.

55 【옮긴이 주】 '간본'과 반대로 '문장의 수식은 간략하지만 사건은 번다한 것(文簡事繁)', 곧 '간본(簡本)'이라 부른다.

56 주이쉬안(朱一玄)·류위천(劉毓忱), 『수호전자료회편(水滸傳資料匯編)』(天津:百花文藝出版社, 1981년), 190쪽. 궈쉰(郭勛)이 지은 것으로 여겨지는, 현존하지 않는 초기의 판본에 대해서는 플락스, 『사대기서』, 283-285쪽을 볼 것.

57 예를 들어 가족 구성원을 차례대로 부르는 탄사 「신간전상설창개종의부귀효의전(新刊全相說唱開宗義富貴孝義傳)」의 결말을 볼 것. 매클라렌, 『중국의 대중 문화』, 125쪽.

연의』 서문), "네 부류의 사람들(四民, 즉 士·農·工·商)" 등이다. 윤리서와 이와 유사한 텍스트들의 독자층은 네 부류의 사람들(四民)과 "보통 사람들(凡人)"로 인식되었다.[58] 진성탄(金聖嘆)이 쓴 것으로 되어있는(아마도 가탁일 것이다) 1644년의 서문은 "교육을 받은 사람(學士)"과 "교육을 받지 못한 사람(不學之人)", "영웅호걸(英雄豪傑)"과 "범인과 속인(凡夫俗子)" 모두가 독자층이라고 주장했다.[59] 아마도 독자는 스스로 이러한 범주 가운데 하나에 자리 매김 할 것을 권유받았을 것이다.

명대에 독자를 가리키는 용어로 가장 흥미로운 것 가운데 하나는 "어리석은(곧, 교육받지 못한) 남자와 여자(愚夫愚婦)"이다. 고대에 이 상투구는 일반 백성들을 긍휼히 여겨야 하는 통치자의 의무를 지칭하였다.[60] 선도적인 명대 사상가인 왕양밍(王陽明, 1472년-1529년)은 이전의 유가적 사고에서는 전례가 없는 방법으로 "우부우부(愚夫愚婦)"의 잠재력을 고양시켰다. "우부우부와 같이 하는 것을 '정통'이라 하고, 우부우부와 달리하는 것을 '이단'이라 한다."[61] 아마도 "우부우부"라는 말이 백화체 텍스트에서 가장 먼저 사용된 것은 린한(林瀚, 1434년-1519년)이 1508년에 쓴 『수당지전통속연의(隋唐志傳通俗演義)』의 서문일 것이다. "이 작품이 『삼국지』와 함께 세상에 전해져, 우부우부라도 두 왕조의 일을 한 번 보고서 그 대강을 이해할 수 있기를 바랄 따름이다."[62] 그럼에도 불구하고 이 텍스트는 실제로는 관찬 사서에 대한 보충물로서 "이후의 군자들(後之君子)"을 위해 기획된 것이었다.[63] 여기서 "우부우부"라는 말은(관찬 사서의 심오함과 반대되는) 대중화된 텍스트가 상대적으로 이해하기 쉽다는 것을 나타내기 위해 서문 담론에 쓰인 수사로 간주되어야 한다. 그러나 무롄(目蓮) 이야기를 기초로 한 정즈전(鄭之珍, 16세기 말 활동)의 희곡 『권선기(勸善記)』에서와 같이 다른 인쇄본에서 이 용어는 특수한 독자층을 가리킨다. 1582년에 쓴 서문에서는 "우부우부(愚夫愚婦)"를 감동시키고 그렇게 해서 도덕적 교화라는 목적을 달성하기 위해 이 희곡을 썼다고 되어 있다.[64]

---

58 사카이 다다오(酒井忠夫), 「유교와 통속적 교육 작품들(Confucianism and Popular Educational Works)」 (Wm. Theodore de Bary eds., *Self and Society in Ming Thought*, New York: Columbia University Press, 1970), 335쪽, 346쪽.

59 황린·한퉁원, 『중국역대소설논저선』 (江西人民出版社, 1982년), 상권, 331쪽.
【옮긴이 주】 원문은 다음과 같다. "今覽此書之奇, 足以使學士讀之而快, 委巷不學之人讀之而亦快; 英雄豪杰讀之而快, 凡夫俗子讀之而亦快也."

60 『서경』에서 다음의 노래는 당시의 황제에 대해 불평하는 노래로 나온다. "이는 선조의 유훈이니/ 백성은 친하게 가까이 해야지/ 멸시하여서는 안 된다.… 내가 천하를 보건대/ 어리석은 남자와 여자라도/ 나보다 나을 수가 있다(祖有訓, 民可近, 不可下. … 予視天下, 愚夫愚婦, 一能勝予)." 제임스 레게(James Legge) 역, 『중국의 경전(The Chinese Classics) 3권: 서경(The Shoo King)』 (臺北: 文史哲出版社, 1971년 재판), 158쪽.

61 사카이, 「유교와 통속적 교육 작품들」, 339쪽.
【옮긴이 주】 원문은 다음과 같다. "與愚夫愚婦同的, 是謂同德. 與愚夫愚婦異的, 是謂異端."

62 황린·한퉁원, 『중국역대소설논저선』 (江西人民出版社, 1982년), 상권, 109쪽.
【옮긴이 주】 원문은 다음과 같다. "蓋欲與三國志並傳于世, 使兩朝事實愚夫愚婦一覽可概見耳."

63 황린·한퉁원, 『중국역대소설논저선』 (江西人民出版社, 1982년), 상권, 109쪽.

64 차이이 편, 『중국고전희곡서발휘편』, 2권, 615쪽.

이와 관련이 있는 용어는 "속인(俗人)"이다. 리다녠(李大年)은 1553년에 쓴 『당서연의(唐書演義)』의 서문에서 속인과 시인(俗人騷客) 모두 이 작품을 읽으면 이득을 보게 될 것이라고 적고 있다.[65] 다른 경우로 슝다무(熊大木, 16세기 중반 활동)는 자신이 송대 영웅 웨페이(岳飛, 1103년-1141년)의 전기를 배우지 못한 사람도 이해할 수 있는 것으로 바꾸었다고 언명했다. 출판업자이기도 한 슝다무의 인척은 그에게 "어리석은 남자와 여자라도 그 의미의 열에 하나 둘은 이해하게 될 것이다"[66]라고 하면서 이 텍스트를 사화본(詞話本, 시와 산문이 섞인 형태)으로 다시 쓸 것을 종용하였다.[67] 1522년에 등장한 이 개작된 텍스트는 『대송연의중흥 - 영렬전(大宋演義中興 - 英烈傳)』이라고 불렸다. 항저우(杭州)에서 나온 『삼국지전』의 17세기 판본에는 서문에 다음과 같은 주장이 포함되어 있다. "뤄관중은 『삼국지』와 『통감』을 엮어서 통속연의를 짓고 그것을 간단하고 알기 쉽게 만들어, 어리석은 사람과 속된 선비들이라도 읽은 바를 거의 이해할 수 있다."[68]

이른바 어리석은 남자와 여자들 가운데 얼마나 많은 사람들이 실제로 역사 소설을 읽었는지는 말하기 어렵다. 그러나 읽고 쓸 줄 알게 된 젊은이들(그 가운데 몇몇은 미천한 출신의 사람들이었다)이 백화체 소설, 특히 간략한 방각본들을 읽었던 것은 분명해 보인다. 예를 들면 우청언(吳承恩, 약 1506년-1582년)[69]은 비단 가게 점원의 아들이었음에도 어렸을 때 아버지 몰래 비정통적인 역사들을 읽었다고 고백했다. 예순 여덟의 나이에 마침내 진사가 된 천지타이(陳際泰, 1567년-1641년)는 푸젠(福建) 우핑(武平)의 가난한 집안 출신이었다. 그는 자신의 찰기에서 어렸을 때 그의 삼촌에게서 『삼국연의』를 한 권 빌려서는 어머니가 저녁 먹으라고 부르는 것도 잊을 정도로 흠뻑 빠져들었던 적이 있었다고 기술했다. 그는 특히 페이지마다 이야기의 내용을 묘사한 텍스트 상단의 삽화에 매료되었다.[70] 그가 읽은 텍스트는 분명 푸젠 젠양(建陽)에서 출판된 상도하문(上圖下文) 형식의 삽화본이었을 것이다. 『수호전』의 축약본을 만든 것으로 유명한 진성탄은 어렸을 때 느낀 사서(四書) 공부의 지루함을 기술하였다. 열한 살이 되자 그는 『수호전』의 "통속적인" 판본(俗本)을 즐기기 시작했다.[71]

---

65 황린·한퉁원, 『중국역대소설논저선』(江西人民出版社, 1982년), 상권, 120쪽.

66 【옮긴이 주】 원문은 다음과 같다. "庶使愚夫愚婦亦識其意思之一二."

67 황린·한퉁원, 『중국역대소설논저선』(江西人民出版社, 1982년), 상권, 117쪽.

68 주이쉬안(朱一玄)·류위천(劉毓忱), 『삼국연의자료회편(三國演義資料匯編)』(天津: 百花文藝出版社, 1983년), 284쪽.
【옮긴이 주】 원문은 다음과 같다. "羅貫中氏又編爲通俗演義, 使之明白易曉, 而愚夫俗士, 亦庶幾知所講讀焉."

69 그는 『서유기』의 작가로 여겨진다. 황린·한퉁원, 『중국역대소설논저선』(江西人民出版社, 1982년), 상권, 122쪽에 있는 그의 『우정지(禹鼎志)』 서문을 참고할 것.

70 앤 이 매클라렌(Anne E. McLaren), 「샹떼파블과 『삼국지연의』의 판본 상의 진화(Chantefables and the Textual Evolution of the San-kuo-chih yen-i)」(*T'oungPao* 71, 1985), 187쪽.

71 1641년에 쓴 이 서문은 진성탄의 세 번째 서문이자 그의 어린 아들에게 쓴 것이다. 황린·한퉁원, 『중국역대소설논저선』(江西人民出版社, 1982년), 상권, 277쪽을 참고할 것.

"우부우부"를 제외하고는 내가 아는 한 이 시기 희곡과 소설 작품의 서문에서 여성이 이런 식으로 언급되지는 않았다. 하지만 그럼에도 불구하고 여성들은 확실히 백화체 작품의 신생 독자층을 형성했다.[72] 예성(葉盛, 1420년-1474년)은 이 문제와 관련하여 자주 인용된다. 그는 서상들이 차이보제(蔡伯喈)와 다른 사람들에 관한 이야기들(아마도 희곡 판본에 기초하고 있는), 즉 농부, 장인, 상인, 장사꾼(農工商販)과 같은 일반 백성들이 베껴 써서 소장하기를 좋아한 이야기들을 선전하며 파는 것에 대해 주의 깊게 기록했다. 그는 "멍청하고 어리석은 여자들이 특히 그러한 것들에 빠져들었다(癡騃女婦, 尤所酷好)"고 기록했다.[73] 여성에 대한 대부분의 언급들은 그들을 탄사나 설화(storytelling)를 듣는 청중의 일원으로 자리 매김하고 있다.[74] 여성 독자에 대한 언급은 종종 청각적 독서(무엇인가를 스스로에게 혹은 청중에게 소리 내어 읽어 주기)와 관련된다. 이와 같은 청중의 흥미를 끌기 위해서 텍스트들은 청각적 특징을 가지도록 고안되어야 했다. 아래서 논의하겠지만 편집자들은 백화체 인쇄물의 가장 초기 단계에서부터 이러한 사실을 알고 있었다. 청대 중엽에 이르게 되면, 독서 행위의 계층 분화가 이루어지는 분명한 징후가 나타나게 된다. 18세기 말 장쯔린(張紫琳)은 여성들이 설화인의 통속적인 이야기를 보는 것[看]을 좋아는 하지만 "책을 읽어도(讀書) (귀를) 꿰뚫지는 못 한다"고 적고 있다.[75] 평점가들은 이제 교육받지 못한 이들이 "볼(看)" 수 있도록 청각적 특징들을 구비하고 있는 구전 예술에 바탕한 것들과, 학습하고 통달하기 위해 상당한 노력이 요구되는 "독서(讀書)"라는 성리학적 의미의 경전적 텍스트들을 구분하였다. 교육받지 못한 집단 가운데서 새로 등장한 읽고 쓸 줄 아는 이들이 '여성'으로 묘사되는 반면, 문인 독자들은 은연중에 '남성'으로 남아 있었다.[76]

여성 독자라는 문제는 여성 문학의 성립과 읽고 쓰는 능력, 붓·벼루·먹·종이와 같은 중국의 필기 기술에 대한 비유적 연상이라는 측면에서도 탐구할 수 있다. 앞서 보았듯이 주시(朱熹)는 유가적 계몽을 이루려고 끊임없이 노력하는 남성 독자의 이미지를 수립하기 위해서 남성의 생물학적이고 직업적인 역할에 근거한 일련의 비유를 더러 사용했다. 그는 이 문제와 관련하여 유별나게 독특한 사람은 아니었다. 문인들이 붓으로 글 쓰는 것을 가리켜 종종 "붓 농사(筆耕)"라고 한 것에서도 알 수 있듯이, 이는 농부가 쟁기를 가지고 노동하는 것과 마찬가지로(남성) 작가가 붓을 가지고 노동한다는 생각을 담고 있다.[77]

---

72 탄사와 이와 유사한 작품들에서 나오는 여성에 대한 언급은 예외이다. 17세기의 여성이 서신 모범사례집과 같은 다양한 실용적 텍스트들을 읽거나 사용했다는 몇몇 증거가 있다. 엘런 위드머(Ellen Widmer), 「항저우와 쑤저우의 환두자이(還讀齋): 17세기 출판 연구(The Huanduzhai of Hangzhou and Suzhou: A Study in Seventeenth-Century Publishing)」(Harvard Journal of Asiatic Studies 56.1, 1996, pp.77-122)를 참고할 것.

73 예성(葉盛), 『수동일기(水東日記)』 21권, 214쪽.

74 매클라렌, 『중국의 대중 문화』, 72-76쪽에 논의되어 있다.

75 매클라렌, 『중국의 대중 문화』, 73-74쪽.

76 매클라렌, 『중국의 대중 문화』, 74쪽.

77 앤 E. 매클라렌(Anne E. McLaren), 「독서, 집필, 그리고 젠더: 중국의 텍스트에서의 비유적 네트워크(Reading, Writing and Gender:

붓은 중국의 춘화에서도 등장하는데, 이때는 남근을 상징하고 있다. 예를 들어 명대의 춘화집에는 아름다운 여인이 바라보고 있는 동안 붓을 벼루에 적시는 남자를 그린 그림이 포함되어 있다.[78] 외설적인 시, 희곡, 소설에서 남성과 여성의 읽고 쓰는 능력은 고도로 젠더화된(gendered) 방식으로 언급되고 있다. 예를 들어 연애편지를 쓰는 여성에게는 편지를 "스케치하고(素描)" "마름질하고(裁)" "수놓는다거나(繡)", 바느질하고 화장하는 것과 같은 여성적인 일에서 가져온 용어들이 사용된다. 이러한 용어들 역시 외설적인 함의가 담겨 있다. 예를 들어 "수놓다(繡)"는 성교 중인 여성을 가리킬 수 있으며, 이와 유사하게 "쓰다(書)"는 성적 행위에서 남성의 역할을 가리킨다.[79] 문인들은 실제의 기생, 허구적 기생, 그리고 사랑 이야기의 여주인공을 구성하면서, 남성과 여성의 문학적 기교를 복합적인 성애 예술에서의 차별적인 추구로서 상정한 은유적인 네트워크를 모두 안배하였다.[80]

젠더화된 읽기(와 쓰기)에 대한 문제는 여기서 다 다루기에 너무 복잡하다. 그러나 [당시] 여성들의 다양한 독서 행위 유형을 관찰하면, 여성들이 각기 다른 범위의 읽고 쓰기 능력을 갖고 있었다는 사실을 분명히 알 수 있다. 그 범위는 공연 스타일의 텍스트를 읽을 수 있었던 반 문맹 여성들의 "청각적 문해력"과 고급 계층 기생들의 좀 더 정교한 "기녀의 문해력"(〈그림 2〉를 볼 것), 좋은 집안의 규수들로 여겨지는 이들의 소략한 유가적인 문해력이 그것이다. 그리고 때로는 남성 문인의 수준에 도달하여 심지어 "여학사(女學士)"[81]로 간주되는 예외적인 여성의 교양에 대해 경탄했던 문인 계층의 사람을 발견할 수도 있다. 그러나 비록 많은 여성들이 읽을 수 있었고 또 읽었다 해도 15세기와 16세기의 여성들이 희곡과 백화체 소설의 편집자와 출판업자들에 의해 표적 독자층으로 언급되는 일은 거의 나타나지 않았다.

<그림 2> 남경의 기루에 있는 책들. 앞부분에는 한 여성이 책들을 가지고 기루에 도착한다. 2층에서는 여선생이 책을 펼쳐놓고 두 여성을 가르치고 있다. 『녹창여사(綠窓女史)』, 14권, 친화이위커(秦淮寓客)가 쓴 것으로 여겨지며 진링(金陵)의 신위안탕(心遠堂)에서 출판되었고 숭정 연간에 나온 것이 분명하다. 진페이린(金沛霖) 편, 『고본소설판화도록(古本小說版畵圖錄)』(北京: 線裝書局, 1996년), 이함(二函) 10책(十冊), 649번 그림의 영인본.

Metaphorical Networks in Chinese Texts)」(미출간)에 논의되어 있다.

78 로베르 판 훌릭(Robert H. van Gulik), 『고대 중국의 성 생활(Sexual Life in Ancient China)』(1961; Leiden: E. J. Brill, 1974. 우리말 역본은 장원철 역, 『중국성풍속사』, 까치, 1993년), 318쪽.

79 판 훌릭, 『고대 중국의 성 생활』, 318쪽.

80 이에 관한 보다 완전한 논의를 위해서는 매클라렌, 『독서, 집필, 그리고 젠더』를 볼 것.

81 이 말은 시인 양웨이전(楊維禎, 1296년-1379년)이 역사 이야기와 높은 학식으로 유명했던 설화인 주구이잉(朱桂英)에게 한 말로 추정된다. 후스잉(胡士瑩), 『화본소설개론(話本小說概論)』(北京: 中華書局, 1980년), 상권, 284쪽을 볼 것.

백화체 텍스트 쓰기와 편집하기

명대 초기부터 중기까지의 많은 백화체(혹은 반-백화체) 텍스트들은 오직 필명으로만 알려져 있는 무명씨나 역사적으로 분명치 않은 사람이 지은 것으로 되어 있다. 이는 특히 명대 사대기서인 『삼국연의』나 『수호전』, 『서유기』, 『금병매』의 경우에도 그러하다. [뤄관중(羅貫中)과 같은] 앞선 시기의 조금 알려진 인물은 일련의 희곡과 소설에 대한 가상의 작가로 간주되었다. 책의 앞머리에서 "작가"로 추정되는 이들은 종종 자신들을 단순히 이전 재료의 편찬자, 편집자 또는 개작자로 자처하였다. 특정한 텍스트를 그것을 "소유한" 특정한 작가의 것으로 추정하는 것이 불가능하다는 사실은 텍스트들이 중요한 의미에서 "작가가 없으며" 그러므로 또 다른 사람들에 의해 "창작되도록" 열려져 있었다는 사실을 의미했다. 데이비드 롤스톤이 지적하듯이 작자가 명확하지 않았던 것은 독자들에게는 독서라는 행위의 개념과 관련된 문제였다. 왜냐하면 독서의 전통적인 목적은 작가의 사람됨과 의도를 이해하는 것이었기 때문이다. 더 나아가 롤스톤은 명 중기에서 말기 사이 "문인 소설"의 발전과 더불어, 문인 편집자들이 독자가 "이야기를 건넬 수 있는(commune)" "내포 작가"를 창조하기 위해서 평점에 의존했다고 주장하였다.[82] 이것과 유사하게 로버트 헤겔은 서양에서와 반대로 중국에서의 작자 문제가 "소설이 대중적인 문학 형식이 된 이후에나 의미가 있었다"라고 기술했다.[83]

백화체 소설과 희곡 텍스트의 가장 초기 출간자들은 그들 자신을 개별화된 "작가"로 간주하지 않았다. 명대의 서문에 가장 보편적으로 등장하는 용어 가운데 하나인 호사가는 정확한 정의를 내릴 수 없지만 텍스트를 읽고 출간하고 수집했던 다양한 부류의 사람들을 두루 가리킨다. 고대에 호사가는 소문내기와 참견하기를 좋아하는 한량이었다. 예를 들어 멍쯔(孟子)는 쿵쯔(孔子)의 삶에 대한 헛소문을 듣고서는 이런 것들은 (호사가)보다 "나을 것이 없는 사람들에 의해 거짓으로 지어진 이야기"라고 대꾸했다.[84] 미술에서 이 용어는 비싼 예술품의 가치를 알아보는 데 필수적인 교양을 갖추지 않았음에도 이를 모으는 벼락부자를 가리킬 때 사용되었다. 미페이(米芾[85], 1052년-1107년)는 예술 작품 수집가를 감상가(鑑賞家)와 호사가로 구분하였다.[86] 그에게 감상가는 취미로 뛰어난 수준의 예술품을 모으는 사람들을 의미했다. 그러나 당시의 호사가는(부와 재산은 가지고 있으나 교양은 거의 없는 단순한 애호가로) 그들이 자신들의 고상한 취향을 드러내기 위해 비싼 품목들을 모으는 사람들이라며 비통해하였다. 호사가는 겉

---

82 롤스톤, 『중국 고전소설과 소설 평점』, 114-124쪽. 특히 116쪽. 또한 6-7쪽도 참고할 것.

83 헤겔, 『삽화본 소설』, 39쪽.

84 라우(D. C. Lau), 『맹자(Mencius)』 (Harmondsworth: Penguin Books, 1970), 147쪽.

85 【옮긴이 주】 미푸(Mi Fu)로도 읽는다.

86 양신(楊新), 「상품 경제: 당시 기풍과 서화 위조(商品經濟: 世風與書畫作僞)」 (『文物』 10, 1989년), 90쪽.

만 번지르르하게 드러내는 것을 좋아할 뿐 진정한 풍취나 감각은 가지고 있지 않았던 것이다.[87]

호사가라는 말은 그것이 가진 폄하적인 함의를 떨쳐버리지는 못했을지라도, 명대에 이르게 되면 어느 정도 체통을 세울 수가 있었다. 선춘쩌(沈春澤, 1573년-1620년 활동)는 원전헝(文震亨, 1585년-1645년)의 『장물지(長物志)』에 붙인 서문에서 확실히 그것을 비판적인 호칭으로 보았다. "최근에 몇몇 부자들은 그들의 천박하고 둔감한 동료들과 함께 자신들의 감식안(好事)을 자랑스러워한다. 그들은 감상할(賞鑑) 때마다 속된 말을 내뱉으며, 손에 들어오는 것을 거칠게 다루었다."[88] 그러나 그 시대의 몇몇 다른 글들에서 이 용어는 아마추어적인 애호가나 수집가를 가리킬 때, 중립적이거나 심지어 긍정적인 의미로도 쓰였다. 희곡과 소설의 서문에서 호사가는 중요한 표적 독자층을 구성하는 애호가로 여겨졌다. 명 태조의 열여섯 번째 아들인 주취안(朱權, 1378년-1448년)은 희곡 창작에 관한 자신의 책 『태화정음보(太和正音譜)』의 서문에서 자신의 의도가 "호사가들에게 유용하고 배우는 이들을 조금이라도 도울 수 있도록(庶幾便於好事, 以助學者萬一耳)" 악부(樂府) 창작의 기준을 설정하려는 데 있다고 주장했다.[89] 호사가는 또한 필사본의 형태로 남아있는 자료들의 수집가이기도 했다. 취유(瞿祐)는 그의 『전등신화(剪燈新話)』 서문에서 당시의 사건이나 막 지나간 일들에 관한 이야기를 찾는 호사가의 행동에 대해 언급하였다. 그리고서 취유는 이것들을 취합하여 출판하였다.

호사가는 회화 수집 애호가를 지칭하는 용어에서 비롯된 것이 분명하지만, 중국 희곡에서 노래(唱)를 부르고 작곡하기를 즐기는 사람들과 자신들의 즐거움을 위해 노래의 소재들을 수집하는 사람들을 지칭하는 데에 쓰인 것이다. 그리고 이것은 소설의 소재와 일화를 모으는 사람들을 지칭하는 데에 쓰였으며, 15세기 말에 이르러서는 『삼국연의』와 같은 반-백화체의 소설을 옹호하는 사람을 가리키는 데에 쓰였다. 1494년 융위쯔는 이 소설을 베끼려고 몰려드는 이들을 "문인 중의 수집가들(士君子之好事者)"이라고 지칭하였다. 한 세대 뒤에 슈란쯔(修髯子)는 1522년에 쓴 그의 서문에서 이 작품을 교정하고 편집한 이들을 긍정적인 의미에서 호사가라고 지칭하였다. 여기서 "문인(士君子)"이라는 통칭은 여기서 사라지는데, 이는 아마도 이 용어가 이제는 제 스스로 설 수 있을 만큼 품격이 높아졌기 때문일 것이다.

호사가는 텍스트의 특정한 판본을 수집하기 위해 수고를 아끼지 않을 만큼의 자금과 여가를 가진

---

87 양신에 따르면 이 언급은 남송 시기 신흥 부자의 발흥을 반영하는데, 이 계층에는 관리, 재산가, 상인, 사업가 등이 포함된다. 양신, 「상품경제」, 90쪽.

88 와이이 리(Wai-yee Li), 「수집가, 감식가, 그리고 명말의 감수성(The Collector, the Connoisseur, and Late-Ming Sensibility)」(*T'oungPao* 81.4-5, 1985), 279-280쪽.

89 차이이 편, 『중국고전희곡서발휘편』, 1권, 27쪽.
【옮긴이 주】 "近來富貴家兒與一二庸奴鈍漢, 沾沾以好事自命, 每經賞鑑, 出口便俗, 入手便粗."

사람이었다. 1528년 장루(張祿, 1522년-1566년 활동)는 악부 선집인 『사림적염(詞林摘豔)』의 서문에서 그것의 원본이 두 가지 주요한 방식으로 유포되었다고 기록하고 있다. 몇몇은 대중을 위해 인쇄되었고(公諸梓行), 나머지는 필사본의 형태로 개인적으로 유포되었다(秘諸謄寫). 그러므로 한 벌을 온전하게 얻기 어려웠다. 겨우 몇몇의 수집가(好事者)들만이 그것들을 모두 모을 수 있었다.[90] 호사가는 아마도 과거시험을 치르기 위해 여행을 한 사람들이었을 것이다. 같은 텍스트에 쓴 1539년의 서문에 다음과 같이 암시되어있다. "사방에서 온 시인과 학자들은 고향을 떠나 그곳을 그리워하여 바람과 달을 대하고서는 노래를 읊고 술을 권하면서 이로써 여행의 회포를 풀었다. 어찌 도움이 되지 않았겠는가!"[91]

열광적인 수집가들은 텍스트에 대한 수요뿐만 아니라 그것의 출간까지도 자극하였다. 후톈루(胡天祿)는 1582년에 쓴 『권선기(勸善記)』의 서문에서 작가가 이전에 존재하던 무롄(目蓮)에 대한 이야기를 가지고서 그것을 교훈적인 희곡으로 "개작하였다(括成)"고 적고 있다. "호사가는 천 리를 마다하지 않고 그 원고를 구하였으나 여럿이 베끼도록 줄 수 없었으니 이에 목판에 새겨 구하는 이들에게 제공하였다."[92] 호사가는 텍스트 구성 과정에 직접적으로 간여할 수 있었다. 즉 그들은 텍스트를 편집하고 교정하고 출간할 수 있었다. 톈두와이천(天都外臣)은 정평 있는 『수호전』의 초기 판본을 되살린 공이 호사가에게 있다고 보았다. 그는 호사가의 작품이 "시골 학자(村學究)"라고 경멸하며 이름 붙인 다른 집단의 편집 행위에 비해 훨씬 낫다고 보았다.[93] 호사가는 또한 희곡 『비파기』의 전파에 개입하였다. 1498년의 서문에서 "바이윈싼셴(白雲散仙)"이라는 필명으로만 알려진 작가는 한 호사가가 대본의 일부분을 적었다고 주장하였다. 중간 부분이 유실되었기 때문에 그는 내용을 완전하게 만들기 위해서 과감하게 내용들을 덧붙였지만 몇몇 잘못들이 남아있었던 것이다.[94] 보수적인 평점가들은 호사가가 백화체 텍스트의 위상 증가에 기여하고 있다는 사실에 대해 경각심을 가졌다. 예를 들어 예성(葉盛)은 여성들이 즐겼던 대중적인 이야기를 "여통감(女通鑑)"과 같은 것으로 간주한 호사가들을 신랄하게 비판했다.[95]

호사가보다 훨씬 아래에 있는 사회적 계급은 "시골 선생(鄉塾)", "시골 학자", "시골 유생(里儒)", "시골 노인(野老)" 등등으로 다양하게 알려져 있는 집단이다. 후잉린(胡應麟)에 따르면 후대의 소설들은 시골 유생과 시골 노인의 저작으로, 이들은 더욱 화려한 문체의 소설을 썼던 당대(唐代) 이전의 문인이나 재

---

90 차이이 편, 『중국고전희곡서발휘편』, 4권, 2690쪽.

91 차이이 편, 『중국고전희곡서발휘편』, 4권, 2691쪽.
【옮긴이 주】 "與四方騷人墨士, 去國思鄉, 於臨風對月之際, 咏歌侑觴, 以釋旅懷, 豈不便哉!"

92 차이이 편, 『중국고전희곡서발휘편』, 2권, 621쪽.
【옮긴이 주】 "好事者不憚千里求其稿, 贍寫不給, 逎繡之梓, 以應求者."

93 황린·한퉁원, 『중국역대소설논저선』 (江西人民出版社, 1982년), 상권, 124쪽.

94 차이이 편, 『중국고전희곡서발휘편』, 2권, 592쪽.

95 예성(葉盛), 『수동일기(水東日記)』 21권, 214쪽. 왕리치(王利器), 『원명청삼대금훼소설희곡사료(元明清三代禁燬小說戲曲史料)』 (上海: 上海古籍出版社, 1981년), 서문("前言"), 35쪽.

사들과는 구분된다.[96] 그는 더 나아가 『삼국연의』와 같은 서사에 허구적인 이야기들이 섞여있는 것에 주목하였는데, 그는 그것이 "시골 유생과 노인들(里儒野老)"의 영향 때문이라고 믿었다.[97] 호사가와 마찬가지로, 아마도 교육 수준이 낮았던 듯한 이러한 독자들도 텍스트의 전파 과정에 적극적으로 개입하고자 하였다. 허비(何璧, 1600년대 초 활동)는 1616년에 쓴 서문에서 『서상기』의 오래된 판본들에는 잘못된 음운론적 주석들이 포함되어 있다고 했다. 그는 "아마도 이는 시골의 학자들이 훈고한 것 같다. 지금은 모두 새기지 않았다"[98]라고 언급하였다. 톈두와이천(天都外臣)도 『수호전』에서 앞부분을 삭제하고 톈후(田虎)와 왕칭(王慶)에 관한 이야기를 덧붙인 "시골의 학자들"을 비난하였다. "화려한 글을 지우고 불필요한 이야기들을 덧붙이니 이보다 나쁜 횡액이 어디 있겠는가!"[99] 이른바 호사가와 시골 유생 혹은 시골 노인의 행동은 너무 유사해서, 어떤 이는 그들을 배웠다고까지는 하지 않더라도 읽고 쓸 줄 아는 사람들이라는 의미에서 같은 부류로 간주하려 하였다. 명칭의 선택은 분명히 주관적인 문제이다. 한 서문에서 "애호가"의 지위를 높여주려는 노력은 나중에 "시골 학자들"의 터무니없는 간섭으로 분류될 수 있을 것이다.

독서 행위와 백화체 텍스트의 디자인

출판업자들과 편집자들(그들이 "애호가 수집가"든 "시골 학자"든)은 텍스트의 필사본이 전파되는 과정에서와 마찬가지로 인쇄본이 유포되는 과정에도 적극적으로 개입하였다. 하지만 인쇄 기술과 급격히 성장한 출판 시장은 편집 과정에서 선택할 수 있는 것들의 범위를 상당히 넓혔다. 특히 출판업자와 편집자들은 다양한 관습화된 독서 행위를 감안하여 텍스트를 디자인했다. 독자들은 이러한 관습들 중 몇몇의 경우 필사본 문화에서 가져왔다. 예를 들면 설창 혹은 희곡 예술에 기반을 둔 텍스트를 읽고 읊조리고 노래하는 것과 같이 말이다. 다른 경우에 편집자는 인쇄된 종이가 갖고 있는 잠재력을 활용했는데, 문해력이 떨어지는 독자들이 "그림을 읽을 수 있도록" 서사에서 각 단계를 묘사하는 삽화를 제공하거나, 읽기 편하도록 넓은 레이아웃과 활자를 사용하는 것 등이 여기에 속했다.[100] 평점의 사용과 같

96 황린·한퉁원, 『중국역대소설논저선』(江西人民出版社, 1982년), 상권, 147쪽에서 인용.

97 황린·한퉁원, 『중국역대소설논저선』(江西人民出版社, 1982년), 상권, 147쪽.

98 차이이 편, 『중국고전희곡서발휘편』, 2권, 642쪽.
【옮긴이 주】 원문은 다음과 같다. "殆似鄉塾訓詁者, 今皆不刻."

99 황린·한퉁원, 『중국역대소설논저선』(江西人民出版社, 1982년), 상권, 151쪽.
【옮긴이 주】 원문은 다음과 같다. "豬豹之文, 而畵蛇之足, 豈非此書之再厄乎！"

100 이러한 시각에 대한 도전으로는 이 책의 첫 번째 글 브로카우(Brokaw)의 「중국의 서적사」 주 110)을 참고할 것.

은 다른 특징은 엘리트 문화에서 빌려왔으나 교육 수준이 낮은 독자들의 요구에 맞게 변형되었다.

가장 널리 사랑받았던 독서 행위 가운데 하나는 스스로 소리 내어 읽거나 혹은 청중에게 읽어주는 것이었다. 소리 내어 읽는 것을 지칭하는 어휘 목록에는 송독(誦讀, 또는 讀誦), 강독(講讀) 그리고 풍송(諷誦)이 포함된다.[101] 소리 내어 읽는 것은 중국 전통의 학습 방법에서 온 것이다. 암기, 읊조리기 그리고 소리 내어 읽기는 기초적인 학문을 습득하고, 나중에는 경전에 통달하기 위한 통상적인 방법이었다. 초급 단계의 교재들은 일정 정도는 더 쉽게 소리 내어 읽고 기억할 수 있도록 운문으로 구성되었다. 심지어 정규 교육이 시작되기 이전부터 부모들은 고전 시가들을 암송하도록 아이들을 가르쳤다.[102] 명말과 청대에는 변려문 또는 운문으로 쓰인 간략한 역사가 통용되었다.[103] 점원이나 장인, 상인이 될 학생들은 그들의 특정한 직업과 관련된 제한된 수의 글자로 된 운문들을 읽고 읊도록 배웠다.[104] 정규 교육은 『삼자경(三字經)』, 『백가성(百家姓)』처럼 사서(四書)에 들어가기 전에 배우는 초심자들의 암기 입문서로 시작하였다.[105] 그 텍스트들에는 어떤 이론적인 설명이랄 것도 없었다. 그 커리큘럼은 경전의 내용들(그것들의 대부분은 운율을 가지고 있다)을 암기하고 암송하며 리듬 있는 대구(對句)에 맞추는 능력을 강조하였다. 구이유광(歸有光, 1507년-1571년)은 지방 학교들이 도덕 교육을 소홀히 한 채 "텍스트를 암송하고 운을 맞추는 데에" 지나치게 초점을 맞추고 있다고 문제를 제기했다. "요즘 사람들은 학생들에게 암송하고 운을 맞추는 것만을 가르친다. 학생이 잘 암송하고 운을 맞추면 그들은 똑똑하다고 여겨진다. 그러나 선생들은 그들 학생의 천성과 감정도, 그들의 성격도 모르고 그들이 가족과 동료들에게 어떻게 하는지도 모른다."[106] 주시(朱熹)는 독자가 이러한 과정에서 그의 마음을 능동적으로 참여시키도록 촉구함으로써 이 맹목적인 읊조림을 의미 있는 것으로 만들고자 하였다. "그 말이 자신의 입에서 나오는 것처럼 될 때까지 읊조려라."[107]

텍스트를 소리 내어 읽거나 읊도록 가르치는 유가 교육의 필수적인 전제는 일반적인 텍스트의 독

---

101 이 용어들은 모두 소리 내어 읽거나 암송하는 것을 지칭한다. 일반적인 독서에서 소리 내어 읽기가 널리 유행하였던 것에 대해서는 왕위광(王余光) 외 편, 『독서사관(讀書四觀)』, 109쪽을 볼 것.

102 왕얼민(王爾敏), 「중국 전통 기송학과 시운 구결(中國傳統記誦之學與詩韻口訣)」(『中央研究院近代史研究所集刊』 23, 1994년), 36쪽.

103 왕얼민은 「중국전통 기송학」, 39-41쪽에서 『용문편영(龍文鞭影)』와 『유학경림(幼學瓊林)』에 대해서 논의한 바 있다.

104 예를 들어 사언(四言)으로 일상 사물을 나열한 『사언잡자(四言雜字)』(王爾敏, 「中國傳統記誦」, 37쪽)를 볼 것. 왕얼민에 따르면 농부들은 기후, 기본적인 천문학, 그리고 계절에 관한 노래를 배웠다고 한다(50쪽). 그는 또 생선 장수들의 "물고기 이름에 관한 칠언으로 된 운문"(55쪽)을 재현하기도 했다.

105 왕얼민, 「중국 전통 기송학」, 37쪽.

106 왕리치, 『원명청삼대금훼소설희곡사료』, 90쪽.
【옮긴이 주】 원문은 다음과 같다. "今人空教子弟念書對對, 念得對得, 固是子弟聰明, 但不知子弟性情何如? 氣質何如? 事親何如? 交友何如?"

107 주 26)을 볼 것.
【옮긴이 주】 원문은 다음과 같다. "使其言皆若出於吾之口."

서 행위에도 적용되었다. 예를 들어 장주포(張竹坡)는 「『금병매』 독법」에서 천천히 읽어서 글자 하나하나를 음미하라고 배웠다고 적고 있다. "나는 곤곡을 하듯이 한 글자 한 글자를 길게 끌었다."[108] 앞서 논의했듯이 여성의 읽고 쓰는 관습은 소리 내어 읽는 것과 특히 관련이 있다. 슈란쯔(修髯子)의 판본을 포함하여 『삼국연의』의 초기 판본들에는 텍스트 본문 앞에 간단한 운문이 포함되어 있다. 이야기의 주요 사건을 요약하는 이러한 운문으로 된 서두는 샹떼파블 텍스트에서 일반적으로 발견되며 이를 읊조리는 독자에게는 유용한 기억술이다.

텍스트를 의미 있는 단위로 분절하여(破句) 소리 내어 읽을 수 있는 능력은 교육받은 사람의 표지였다.[109] 좋아하는 텍스트를 외우고 암송하는 일은 20세기까지 계속되었다. 무협 소설을 쓰는 홍콩의 인기 작가 루이스 차(Louis Cha; 진융[金庸], 1924-2018년)는 그의 어머니와 이모들이 『홍루몽』 읽기를 얼마나 좋아했는가를 다음과 같이 묘사했다. "모두들 텍스트 안에 있는 각 회의 제목과 시를 암송하는 것을 겨루었다. 이긴 사람이 사탕을 얻었다. 나는 옆에서 듣곤 했다. 나는 그것이 계집애들 일 같고 지루하다고 느꼈지만 어머니가 사탕을 나의 손에 쥐어주자 갑자기 흥미를 느꼈다."[110] 이러한 예는 끝도 없이 늘어놓을 수 있다. 소리 내어 읽기와 외우기라는 일반적인 관습, 특히 운문에 있어서 이와 같은 관습은 중국 백화체 서사에 많은 운문적 재료가 포함되어 있는 까닭을 설명해 줄 수 있을 것인데, 이는 운문 부분을 불필요한 것으로 치부하려는 경향이 있는 서양의 주석가들을 오랫동안 당혹스럽게 만들었던 특징이기도 하다.[111]

중국의 가장 초기 백화체 텍스트들은 특정 지역의 구어에 기초하고 있는 다양한 설창과 공연 장르를 그 모델로 취하였다. 백화체 인쇄물이 등장하기 전에 중국에는(구술 공연 또는 종교 의례적인 공연을 기록하거나, 이러한 장르를 본뜬) "공연 텍스트"라고 부를 수도 있는 장르의 유구한 전통을 가지고 있었다(희곡과 샹떼파블 또는 강창(講唱)과 같은). 공연 텍스트가 출간되었을 때 그것의 선율 또는 노래의 곡조뿐만 아니라 기록될 구어를 선택하는 것이 필수적이었다. 시장에서 성공하기 위해서 출판업자들은 이제 그들의 표적 독자층이 가진 언어적 배경, 교육적 수준, 그리고 그들이 행했을 법한 독서 행위에 대해 결정해야만

---

108 데이비드 롤스톤(David Rolston) 편, 『중국 소설 독법(How to Read the Chinese Novel)』, 234쪽에 있는 데이비드 로이(David T. Roy)의 번역.

【옮긴이 주】 본문의 해당 부분에 대한 원문과 번역문은 다음과 같다. "어려서 서당에서 책을 읽을 때 선생님께서는 내 급우를 회초리로 때리시며 다음과 같이 말씀하셨다. "글을 읽을 때에는 한 자씩 생각하며 읽으라고 가르쳤지 한꺼번에 뭉뚱그려서 삼키라고 했더냐?" 나는 그 때 아직 어렸으나 곁에서 이 말씀을 듣고서 깊이 마음 속에 되새기고는 글을 읽을 때 한 글자 한 글자를 마치 곤극을 하듯 긴 소리로 늘어뜨리고 어조를 바꿔가며 수 차례 거듭 읽었고 반드시 스스로 그 글자를 응용할 수 있겠다는 생각이 들 때까지 읽고 나서야 이를 멈추었다(幼時在舖中讀文, 見窓友爲先生夏楚云: 我教你字字想來, 不曾教你囫圇吞. 予時尙幼, 旁聽此言, 卽深自儆省, 于念文時, 卽一字一字作崑腔曲, 拖長聲, 調轉數四念之, 而心中必將此一字, 念到是我用出的一字方罷)."

109 『독서사관』, 85쪽의 우잉지(吳應箕)의 『독서지관록(讀書止觀錄)』에 따른다.

110 쑨리추안(孫立川), 「중국 연의: 중국 고전소설의 전범(中國演義: 中國古典小說的典範)」(『明報』 386.2, 1998년), 52쪽.

111 매클라렌, 『중국의 대중 문화』, 283-284쪽에 논의되어 있다.

했다. 유럽에서 읽고 쓸 수 있는 독자층의 출현은 표준어(Hochsprache)와 같은 것이 된 새로운 방언의 발전이나 일반적으로 교육받은 독자층에 의해 쓰였던 언어의 발전과 분리할 수 없다.[112] 우리는 이와 관련하여 중국 편집자들의 선택에 대해 여전히 거의 아는 것이 없지만, 그들의 지역 언어(方言) 사용을 지향했던 것과, 주로 북방의 발화에 기초한 표준화된 방언인 관화(官話, 문자 그대로 "관료적 언어")를 지향했던 것, 이 두 가지의 모순되는 흐름을 지적할 수는 있다.[113]

몇몇 희곡과 샹떼파블-유형 장르의 출판업자들은 때때로 방언을 사용하여 창작하거나 특정한 지역의 음운체계에 운율을 맞추었다 (아마도). 베이징에 기반을 두고 있었을 출판업자들이 북부 우(吳) 방언의 음운체계로 『화관색(花關索)』이라는 샹떼파블의 운을 맞추겠다고 결정한 것은 의아한 일이다.[114] 다른 예로는 쑤저우 말로 되어있는 탄사(lute ballad), 우 방언 대화로 이루어진 희곡, 지방 음악과 방언 양식에 기반한 노래가 포함된 민난(閩南)의 희곡 등이 있다.[115] 그러나 강남과 푸젠의 많은 시장을 겨누고 있는 몇몇 작품들 또는 공연자들을 위해 고안된 몇몇 작품들과 달리, 대부분의 작가들은 그들 자신이 전국적인 시장 또는 적어도 그들의 인접 지역을 넘어서는 시장을 위해 출판한다고 여긴 것이 분명하다.

유럽 국가에서 교육받은 집단들이 공유했던 구어에 대응되는 중국의 구어는 아마도 북방의 "독서음(讀書音)"일 것이다. "독서음"은 7세기부터 이미 정규 교육에서 가르쳐진 암송 양식이었다.[116] 북방 발음의 우세를 확립하는 데에 있어서 핵심적인 역할을 한 작품은 사(詞)와 곡(曲)을 작곡하는 사람들을 위해 고안된 음운학과 음률학의 교본인 『중원음운(中原音韻)』(1324년)이었다. 남방 사람이었던 명의 첫 번째 황제는 노래를 작곡하는 데 필요한 기준을 제시하기 위해 북방의 독서음에 기초한 음운서의 편찬을 명했는데, 이것이 1375년에 나온 『홍무정운(洪武正韻)』이다.[117]

---

112 에리히 아우얼바하(Erich Auerbach), 『고대 후기와 중세의 문언과 그 독자층(Literary Language and Its Public in Late Antiquity and in the Middle Ages)』 (Ralph Manheim trans. Princeton: Princeton University Press, 1993), 248쪽.

113 이 부분에 대한 일반적인 논의로는 브로카우, 『손익 계산: 명청 시기의 사회 변화와 도덕 질서』 제1장, 11-14쪽을 볼 것.

114 이노우에 타이잔(井上泰山), 오오키 야스시(大木康), 김문경(金文京), 히카미 타다시(氷上正), 후루야 아키히로(古屋昭弘)의 『화관색전의 연구(花關索傳の硏究)』 (東京: 汲古書院, 1989년), 326-346쪽에 있는 음운론에 대한 후루야 아키히로의 글을 주목할 것. 이 텍스트는 텍스트에 씌어진 방언과 관련 있는 지역의 어느 곳에서 발견되었지만 베이징에서 멀리 떨어진 곳에서 출간된 것이 분명하다. 매클라렌, 『중국의 대중 문화』, 19쪽을 볼 것.

115 방언을 포함하고 있는 희곡과 소설에 대한 개괄적인 연구로는 저우전허(周振鶴), 유루제(游汝杰)의 『방언과 중국문화(方言與中國文化)』 (上海: 人民文學出版社, 1986년)를 볼 것.

116 학생들이 텍스트를 읽고 학자들이 문학적 작품을 짓는 것을 돕기 위해 최초로 지어졌다고 알려진 음운론 저작은 루파옌(陸法言, 대략 601년)의 『절운(切韻)』이다. 자오청(趙誠), 『중국고대운서(中國古代韻書)』 (北京: 中華書局, 1991년), 18쪽을 볼 것. 독서음(讀書音)을 기초로 형성된 지역의 언어는 몇 세기에 걸쳐 변하였다. 독서음에 대해서는 자오청, 『중국고대운서』, 25-27쪽을 볼 것.

117 혹람 찬(Hok-lam Chan)은 대부분의 편찬자들이 남방 출신이기 때문에 북방의 발음에는 비교적 친숙하지 않았다고 했다. 『명대 인명사전』, 2권, 1642쪽을 볼 것. 자오청은 『중원음운(中原音韻)』이 북방에서 일어난 실제적인 말의 변화를 반영한 반면 황실의 음운학은 더 이른 시기의 "공식적인" 음운론을 고수하였기 때문에, 『홍무정운(洪武正韻)』이 『중원음운』보다 영향력이 적었다고 주장한다. 『중국고

비록 남곡(南曲)의 작곡을 돕는 교본 또한 출판되었지만 북쪽의 작품들은 남방에서도 영향력을 가진 채로 남아 있었다. 예를 들어 양자강 남쪽의 사오싱(紹興) 출신인 왕지더(王驥德, 대략 1560-1625년)는 『서상기』 판본(1614년)의 서문에서 다음과 같이 적고 있다. "창과 곡을 기록한 글은 경서, 사서를 읽는 것과는 다르다. 그렇기 때문에 중원음을 기록했는데, 모두 『중원음운』을 따른 것이다."[118] 마찬가지로 사오싱 사람인 그의 스승 쉬웨이(徐渭, 1521년-1593년)는 남곡에 있어서 중요한 작품을 썼으나 "노래하는 데에 있어서 지역적인 억양은 다른 어느 것보다도 피해야 한다"라는 사실을 천명했다.[119] 쉬웨이가 선호하였던 발음의 표준은 아마도 『중원음운』이 아니라 더 앞선 시기의 음운이었을 것이다.[120] 편집자들은 구어적인 표현을 많이 포함하고 있는 공연 예술에 기초한 텍스트들이 그 다음 세기가 되면 의미가 불분명해진다는 사실을 인식하였다. 예를 들어 쉬웨이는 자신이 주석을 붙인 『서상기』 판본에서 자기 방법이 고전에서 인용한 것을 설명해주는 것이 아니라 방언이나 욕설, 배우와 출판업자의 은어, 탁백도자(拆白道字)[121]에서 가져온 예들, 천박하고 세련된 어법 등등에 집중한다고 설명하였다.[122]

똑같은 기본 텍스트가 다양한 독자층의 언어적, 공연적, 그리고 문학적 취향을 만족시키기 위해 각기 다른 판본으로 출판되었던 듯하다. 예를 들어 스궈치(施國祁, 청대)는 그가 가지고 있는 『서상기제궁조』 판본이 "독서를 위해 유포된 판본(流傳讀本)"이라는 사실을 발견하였다. 이는 기생들이 읽었던, 같은 이야기의 노래 책(院家唱本)과는 구분된다. "독본(讀本)"에는 다량의 산곡과 약간의 산문, 몇몇 방언 용례가 포함되어 있는데, 음악 악보는 들어 있지 않다.[123] 이와 유사하게 링멍추(淩濛初, 1580년-1644년)는 자신이 편집한 『서상기』가 "정말로 넓은 교양을 쌓는 데에 도움이 되므로 문학 작품으로 바라보아야지 희곡으로 간주하여서는 안 된다"라고 주장하였다.[124] 허비(何璧)에 따르면 이 유명한 희곡은 세 가지 유형의 판본으로 전파되었다고 한다. 공연되었던 장소의 이름을 따른 것이었을 "시각본(市刻本)"에는 음악 악보가 포함되었으며 공연자들이 사용하기 위해 고안되었다. "방각본(坊刻本)"에는 구두점과 평점이 들어갔다. 아마 이런 텍스트들은 상업적 출판업자들이 이 유명한 희곡을 좋아하는 이들을 위해서

대운서』, 81과 83쪽을 볼 것.

118 차이이 편, 『중국고전희곡서발휘편』, 2권, 661쪽.
【옮긴이 주】 원문은 다음과 같다. "唱曲字面, 與讀經史不同. 故記中字音, 悉從中原音韻."

119 케이 씨 륭(K. C. Leung), 『희곡 비평가 쉬웨이-『남사서록』 역주(Hsu Wei as Drama Critic: An Annotated Translation of the Nan-tz'u hsü-lu)』 (*Asian Studies Program Publication No.7*, Eugene: University of Oregon, 1988), 76쪽.

120 케이 씨 륭, 『희곡 비평가 쉬웨이』, 169쪽, 주 163).

121 【옮긴이 주】 문자 유희의 일종이다.

122 차이이 편, 『중국고전희곡서발휘편』, 2권, 648쪽.

123 차이이 편, 『중국고전희곡서발휘편』, 2권, 575쪽.

124 차이이 편, 『중국고전희곡서발휘편』, 2권, 678쪽.
【옮긴이 주】 원문은 다음과 같다. "是刻實供博雅之助, 當作文章觀, 不當作戲曲相也."

펴냈을 것이다. "오래된 판본(舊本)"에는 "시골의 학자(村學究)"가 잘못 달아놓은 음운론적 주석이 포함되어 있다. 그는 최근 들어 오래된 판본은 더 이상 재판(再版)되지 않는다고 기록했다.[125] 명대 사대기서는 두 가지 텍스트 전통으로 전파되었다. 하나는 삽화가 있는 좀 더 간단한 판본이고 다른 하나는 좀 더 문학적인 텍스트로, 아마도 서로 다른 청중을 위한 것이었을 것이다.[126]

목판 인쇄는 끊임없는 흑백 이미지의 복제를 가능하게 만들었으며 같거나 비슷한 그림들이 수많은 텍스트들에 퍼지는 것을 가능하게 만들었다. 백화물 출판업자들은 상도하문(上圖下文, 각 페이지의 위 1/3은 그림이고 아래는 텍스트), 정판식(整版式, 책을 펼쳤을 때 한 페이지는 그림이 되고 다른 한 페이지는 글이 되는), 쌍면연식(雙面連式, 두 페이지가 하나의 큰 그림으로 이어지는) 등의 일련의 삽화 양식을 사용하였다.[127] 명말에 이르러 삽화는 텍스트 여기저기에 산재해있지 않고 작품의 서두나, 심지어는 독립적인 분책에 모아졌다.[128] 서문을 쓴 이들은 삽화가 독자들을 매혹시킬 뿐만 아니라 텍스트에 대한 그들의 이해를 돕는다고 믿었다. 예를 들면 베이징의 웨 씨 서사(岳家)는 텍스트가 오류로 가득하고 그림이 이야기의 전개와 어울리지 않으며 읽기에 쉽지 않다는 이유로 『서상기』의 "시각본"을 비난하였다. 이와는 대조적으로 그들은 자신들이 낸 판본(1498년)이 이해하기 쉽도록 커다란 활자체와 희곡의 매 단계에 어울리는 그림을 가지고 있다고 주장하였다. "이제 노래들과 그림들이 서로 어울려서, 여관에서 머물거나 뱃길로 여행하는 사람들은 그들이 즐거움을 찾아 어슬렁거리든 조금 떨어져 앉아있든 간에 이 텍스트를 한 부 얻어 훑어보고서 처음부터 끝까지 올바르게 노래하면 그들의 마음을 상쾌하게 할 수 있다."[129] 그림들은 교육 수준이 낮은 독자들을 도울 뿐만 아니라 작품의 도덕적 교훈을 전달해주는 것으로 여겨졌다. 위안펑쯔(元峰子)는 에스코리알(Escorial) 소장본 『삼국지전(三國志傳)』의 1548년 서문에서 삽화(畵)가 원래의 텍스트에 덧붙여졌다고 기록했다. "삽화는 이야기(傳)를 구체화하고 이야기는 역사 기록(志)을 이해시켜, 선을 권하고 악을 경계하게 한다."[130]

그러나 웨 씨 서사는 『서상기』의 시각본에 대한 자기 변호적인 공격에서 "딱지본" 유형의 문학 작품

---

125 차이이 편, 『중국고전희곡서발휘편』, 2권, 642쪽.

126 『삼국연의』의 두 가지 텍스트 흐름의 청중에 대해서는 앤 매클라렌, 「명대의 독자와 백화의 해석학: 『삼국연의』의 여러 가지 사용법(Ming Audience and Vernacular Hermeneutics: The Uses of The Romance of the Three Kingdoms)」(*T'oungPao* 81.1-3, 1995), 51-80쪽.

127 매클라렌, 『중국의 속 문화』, 59-63쪽. 헤겔, 『삽화본 소설』, 164-289쪽.

128 헤겔, 『삽화본 소설』, 198쪽. 또한 헤겔은 16세기까지 삽화가 텍스트의 거의 "모든 곳에 있었던 것"이나 다름없다고 주장한다(6쪽).

129 스티븐 웨스트(Stephen H. West), 윌트 이데마(Wilt L. Idema) 편역, 『서상기(The Story of the Western Wing)』 (1991; Berkeley: University of California Press, 1995), 287쪽의 번역. 제1장의 주 117)과 이 글의 주 99)를 볼 것.

130 『삼국지전(三國志傳)』, 에스코리얼(Escorial) 소장, 하바드-옌칭 도서관 마이크로필름, 서문, 1ab.
【옮긴이 주】 원문은 다음과 같다. "因像以詳傳, 因傳以通志, 而以勸以戒."

에 실린 삽화가 항상 이해를 돕는 것은 아니라는 사실을 지적하였다.[131] 고급 텍스트에서 텍스트와 삽화가 분리되어 있는 것은 문제가 되지 않았는데, 이는 삽화가 대개 미학적인 목적으로 사용되었기 때문이었다. 헤겔이 지적한대로 목판인쇄의 삽화 예술은 문인 회화에서 많은 기술과 관습을 빌려왔다. 그리고 매우 뛰어난 각공들은 그들의 작품으로 인해 어느 정도의 명성을 얻었다. 명말의 몇몇 수준 있는 판본들에서 정교한 삽화들은 저명한 각공들의 작품이다.[132]

그럼에도 불구하고 삽화 예술에 필수적인 재현적 특성은 종종 천하고 장식적이기만 한 것(문인의 개인적이고 자기 지시적인 예술과 상반되는 모방의 예술)으로 여겨졌다.[133] 이는 몇몇 문인 출판업자가 자신들의 편집본에 삽화를 포함시키는 것에 대해서 느꼈던 이중성을 설명해준다. 예를 들어 링멍추(凌濛初)는 삽화를 시장에 들어가기 위한 필수적 요건으로 보았다. 그러나 (상연을 위한 것이 아닌) 문학 작품으로서의 『서상기』 판본에서 그는 "삽화(圖畫)가 반드시 있어야 할 필요는 없지만 세상 사람들은 화장을 중요하게 여기고는 도리어 그림(像)이 없는 것을 뭔가 빠진 듯 하다고 여기고 싫어한다. 그래서 나는 매 권마다 네 구로 된 제목(正名)을 붙이고 구마다 그림을 한 폭 그려 넣었으나 또한 시속을 따른 것일 뿐이다"라고 주장하였다.[134] 이와 같은 이중성은 바라보는 행위와 관련된 어휘 목록에도 반영되어 있다. 크레이그 클루나스(Craig Clunas)는 '간(看)'이 모방적인 묘사에 대한 교육받지 못한 이들의 응시를 반영하는 반면 '관(觀)'은 높은 수준의 예술 대상을 바라보는 미학적 감상을 반영한다는 가설을 세웠다.[135]

평점 또한 독자들을 유인하기 위해 사용되었다.[136] 위샹더우(余象斗)는 자신의 편집본을 "평점본(批評 또는 評林)"이라고 부르면서 자신의 주석을 판매 전략으로 삼은 최초의 사람들 가운데 하나이다. 많은 작품을 출간한 출판업자인 그는 과거시험 모범 답안집, 경전 주석서 선집, 유서, 상업적 안내서, 달력, 운서(韻書), 그리고 대개는 삽화본으로 된 소설 작품 등의 출판으로 알려져 있다. 그는 『삼국연의』의 각기 다른 세 가지 판본과 『수호전』 판본 하나를 펴냈다. 비록 그의 작품은 비평가들의 비난을 받았지만, 그는 특히 교육 수준이 낮은 독자들을 만족시킨 최초의 사람들 가운데 하나였다. 마유위안(馬幼垣, Y. W.

131 같은 장면이 다른 텍스트로 옮겨질 수 있었다. 매클라렌, 『중국의 대중 문화』, 64쪽을 볼 것.

132 헤겔, 『삽화본 소설』, 96쪽, 142쪽, 151쪽, 193쪽, 290쪽.

133 크레이그 클루나스(Craig Clunas), 『근대 중국 초기의 그림과 시각성(Pictures and Visuality in Early Modern China)』 (Princeton: Princeton University Press, 1977), 14-18쪽.

134 차이이 편, 『중국고전희곡서발휘편』, 2권, 678쪽에 인용되어 있다.
【옮긴이 주】 원문은 다음과 같다. "自可不必圖畫, 但世人重脂粉, 恐反有嫌無像之爲缺事者, 故以每本題目正名四句, 句繪一幅, 亦獵較之意云爾."

135 크레이그 클루나스, 『근대 중국 초기의 그림과 시각성』, 120쪽.

136 "문인" 소설의 평점에 대한 자세한 연구로는 롤스톤의 『중국 고전소설과 소설 평점』을 볼 것. 그는 명대 서사의 평점본의 발전을 세 단계로 나누어 개괄하였다. 가장 초기 단계(16세기 말)의 평점은 "초보적"이었고 상업적인 동기에 의해 시작되었다(위에서 언급한 바 있는). 위샹더우(余象斗)의 작품이 이 단계에 속한다. 두 번째 단계는 리즈(李贄)의 평점에 대한 모방이 지배적이었으며, 세 번째 단계는 편집자가 텍스트에 대한 그들의 수정본에서 거의 작가의 역할을 한 더욱 창의적인 평점이 지배적이었다(2-4쪽).

Ma)에 따르면 "펑멍룽(馮夢龍, 1574년-1646년)을 제외하고는, 일반적으로 말하자면 통속 문화, 특정해서 말한다면 백화체 문학을 옹호하려고 노력한 명대의 다른 사람들의 이름을 드는 것은 어렵다."[137]

백화체 서사에 대한 위상더우의 평점은 지명과 특이한 음운론적 주석에 집중했던 초기의 평점 전통과도 사뭇 구분되며, 텍스트의 미학적인 가치를 강조하려고 했던 이후의 평점과도 구분된다. 위샹더우의 『비평삼국지전(批評三國志傳)』에 관한 연구에서 나는 위상더우가 이 서사를 복잡한 역사적 사건, 책략을 다루는 잠언, 간단한 교훈적 가르침을 "희석한" 판본을 제공하는 전략서로 취급했다고 주장한 바 있다.[138] 위상더우의 평점은 세 종류로 나누어질 수 있다. 그것은 곧 (독자의 감정에 이입하여 그들이 영웅과 악당, 승자와 패자와 동일시하도록 고무하는) 감성적인 지점을 만드는 것, (책략에 대한 도덕적인 평가를 제공하는) 행동에 대해 판단을 내리는 것, 그리고 어떤 사회적인 현상을 지적하는 것이다. 그의 평점은 상호 모순적인 해설을 제공하며, 후기의 문인들이 미학적인 소설에 달았던 평점과 달리 일관되게 유가적인 관점에 따르는 패턴을 드러내려 하지 않는다. 그것은 내용을 일상생활에 전략적으로 적용시키는 데에 관심을 가진 독자들의 선택적이고 비연속적인 읽기를 위해 고안된 것이었다.[139]

이번엔 제목을 약간 바꾼 또 다른 판본 『삼국지평림(三國志評林)』(와세다 대학교 소장)에서 위상더우는 그의 독자층을 유인하기 위해 다른 책략을 시도하였다. 비평본 이후에 출간된 것으로 보이는 이 판본에서 위상더우는 그의 평점의 범주를 넓혀서 '평(評)'뿐만 아니라, '석의(釋義)', '보유(補遺)', '고증(考證)', 그리고 '음석(音釋)'과 같은 다른 유형들의 평점을 포함시켰다. 평점 유형의 이러한 확장은 『삼국연의』 판본에 대해 경쟁이 매우 심했던 시장 상황이 가했던 압박의 결과임이 거의 확실하다. 위상더우가 빌려 보았던 것으로 여겨지는 난징의 판본에는 위에서 언급한 평점의 범주들이 포함되어 있었는데, 이들은 경서의 전통적인 장치를 모방한 것이었다. 그러나 이와 같은 "풍부한 평점"의 인상적인 등장에도 불구하고, 위상더우의 평점은 본질적으로 종종 매우 기초적이었으며 읽고 쓰기의 기초적인 단계에 있는 독자층을 분명하게 겨냥하고 있었다. 그 책에서 평점의 가장 첫줄은 '환관(宦官)'이라는 용어에 대한 "궁중에서 일어나는 일을 처리하는 관리"라는 설명이다(1a). 또 군사 전략가인 쑨쯔(孫子)와 같이 유명한 역사적 인물을 풀이해주고, '진(秦)'과 '샹(項)'은 각각 '진시황(秦始皇)'과 '샹위(項羽)'라는 사실을 설명해준다. 심지어는 '처(妻)'라는 글자를 '부(婦)'라는 말로 바꾸어 설명한 것도 발견된다(13:5b). 비평 판본에서와 같이 평림(評林) 판본에는 사건과 책략에 대한 간략한 해설이 포함되어 있다.

명대 기간 내내 교육 수준이 낮은 독자들을 위한 시장에서 지배적이었던 것은 간단한 평점과 해석 체제를 갖춘 삽화본이었다. 위상더우와 같은 편집가의 삽화본이 그러했다. 비록 위상더우는 교육받지

137 마유위안(Y. W. Ma), 「서론(Introduction)」 (p.3, Hartmut Walravens ed., *Two Recently Discovered Fragments of the Chinese Novels San-kuo-chih yen-i and Shui-hu chuan*, Hamburg: C. Bell Verlag, 1982).

138 매클라렌, 「명대의 독자와 백화의 해석학」, 64-80쪽.

139 매클라렌, 「명대의 독자와 백화의 해석학」, 67-76쪽.

못한 독자들과 읽고 쓰는 능력을 습득하는 과정 중에 있는 사람들을 위한 판본을 출간하였지만, 그의 표적 독자층을 "문인(士子)"이라고 높여 부르며 그들의 기분을 좋게 만들려고 애썼고,[140] 경전에서 발견되는 것과 유사한 비평 장치로 그들에게 깊은 인상을 남겼다. 같은 현상은 명말에 "문화 자본"을 얻고자 했던 신흥 부자들의 골동품, 고물, 미술품의 수집에서도 드러난다.[141]

결론

중국 백화체 인쇄물의 초기 단계에서 독자, 작가, 출판업자, 그리고 독서 행위가 어떤 식으로 구축되는지에 대한 이 연구는 예비적인 것일 수밖에 없다. 내가 아는 한 이와 관련된 문제들을 건드린 연구가 많았음에도 불구하고, 독자층에 대한 중국의 어휘, 단일 계층에서나 젠더화된 맥락에서 읽기와 쓰기라는 근원적인 패러다임들에 대한 분석은 여태 시도된 적이 없었다.[142] 여기서는 지면의 제한으로 인해 내가 선택한 시기인 15세기 말에서 17세기 중반에 나온 현재 남아 있는 서문과 평점 담론의 작은 부분만을 다루었다. 여기서 다루어진 문제는 독서의 역사와 독서 행위, 그리고 텍스트의 사회학에 관한 연구에 속한다. 이는 서양에서 많이 연구된 분야이기도 하다. 이와 같은 맥락으로는 로저 샤르티에(Roger Chartier), 메켄지(D. F. McKenzie), 울라드 고드찌히(Wlad Godzich)의 저작을 언급할 수 있는데[143]

140 앞에서 언급한 위샹더우의 평점 판본 서문에서 그는 이전에 나왔던 판본들을 비판적으로 지칭하는 광고 내용을 약간 추가했다. 그가 인정한 텍스트는 푸젠(福建)의 류 씨(劉氏) 출판사에서 나온 것이다. 그들의 판본은 "오류가 없어서 문인(士子)들이 즐겁게 읽었다"고들 하지만 불행히도 목판이 닳아버렸기 때문에 그 판본은 계속하여 인쇄될 수 없었다(「서」, 2a). 위샹더우는 그의 판본이 현존하는 판본들 가운데 가장 뛰어나다고 공언했기 때문에 그는 여기서 은근히 자신의 표적 독자층이 문인이었다고 내비치면서 자랑스러워했던 것이다.

141 명대 골동품과 미술품에 관한 인쇄본 안내서의 출간에 대해서는 티모시 브룩, 『쾌락의 혼돈』, 78-79쪽을 볼 것.

142 엘런 위드머, 「항저우와 쑤저우의 환두자이(還讀齋): 17세기 출판 연구」를 주목할 것. 이 논문은 환두자이의 텍스트를 읽을 것으로 상정한 독자에 대한 정보가 많이 포함되어 있는데, 이것은 서문에서 추출한 것들이다. 17세기에 환두자이는 모범 서간문과 의서와 같이 실용적인 특징을 가진 텍스트를 주로 출판하였다. 표적 독자층의 하나는 "여자와 아이들"이었다(102-103쪽). 다른 작품에서는 표적 독자층을 굳이 상정하지 않은 "분화되지 않는 시각"을 발견할 수 있다(109쪽). 이에 대응하는 중국의 시각 예술에 대한 연구로는 바라보는 행위에 관한 어휘 목록에 대한 크레이그 클루나스의 연구가 있다. '간(看)'('보다', 일반사람이 보는 것과 관련됨)'과 '관(觀)'('응시하다', 문인들의 감상과 관련됨)에 대한 그의 구분을 주목할 것. 『근대 중국 초기의 그림과 시각성』, 111-133쪽을 볼 것.

143 샤르티에(Chartier), 『형식과 의미: 코덱스에서 컴퓨터까지의 텍스트와 공연, 그리고 청중(Forms and Meanings: Texts, Performances, and Audiences from Codex to Computer』 (Philadelphia: University of Pennsylvania Press, 1987), 샤르티에(Chartier), 리디아 코크레인(Lydia G. Cochrane) 역, 『책의 질서: 14세기와 18세기 사이의 유럽의 독자, 작자와 도서관(The Order of Books: Readers, Authors, and Libraries in Europe between the Fourteenth and Eighteenth Centuries)』 (Stanford: Stanford University Press, 1994), 린 헌트(Lynn Hunt) 편, 『새로운 문화사(The New Cultural History)』 (Berkeley: University of California Press, 1989), 154-175쪽에 있는 샤르티에(Chartier)의 「텍스트, 인쇄, 독서(Texts, Printing, Readings)」, 구글리엘모 까발로(Guglielmo Cavallo)· 로저 샤르티에(Roger Chartier), 리디아 코클레인(Lydia G. Cochrane) 역, 『서구 독서의 역사(A History of Reading in West)』 (Amherst: University of Massachusetts Press, 1999), 울라드 고드찌히(Wlad Godzich), 『문해력의 문화(The Culture of Literacy)』 (Cambridge, Mass.: Harvard

나는 이들의 저작에서 영감을 얻었다. 또한 나는 최근의 페미니스트들의 연구로부터도 영감을 받았는데, 이들은 르네상스 시기의 영국과 고대 그리스에서의 문자 해독력, 읽기, 쓰기의 개념이 가지는 매우 젠더화된, 사실은 성애화된(sexualized) 성격을 천명하였다.[144]

내가 서문, 평점, 그리고 교육 담론에서 독자가 어떻게 구성(구축)되는지를 보여준다고 했던 중국의 "읽기에 관한 수사"는 송대의 중요한 성리학자인 주시(朱熹)의 12세기 관점으로 대변되는 중국의 인쇄 문화의 초기 단계부터 16세기 중반 이후 백화체 인쇄물의 성장까지 급격하게 변하였다. 기본적으로 주된 변화는 불가해한, 때로는 모호하기까지한 경서를 철저히 읽는 방식에서 실제적이거나 교훈적인 분명한 메시지를 가지고 있는 접근하기 쉽고 매혹적인 텍스트를 광범위하고 비연속적으로 읽는 방식으로 옮겨가는 것이었다. 경서에 정통하기 위해(讀書) 요구되는 "치열한 노력"은 텍스트를 "보거나(看)" 그것의 삽화를 "살펴보는(覽)" 쉬운 일로 변하였다. 텍스트를 "꿰뚫어 봄으로써(penetrate)" 인지된 보편적 원리에 대한 개인적인 이해 또는 심지어 영적인 깨달음을 얻으려던 능동적인 성리학 독자는, 백화체 텍스트의 청각적 특징에 의해 귀가 "뚫리고(penetrated)" 간단한 설명과 해설적인 평점의 안내를 받는 수동적인 독자가 되었다. 서재에 틀어박혀 등을 곧추 세우고 텍스트를 흥얼거리던 야심 많은 학자는, 그 또는 그녀가 암송한 내용 또는 이해한 내용을 인접한 사회적 환경의 다른 사람들과 공유하는 읊조리고 소리 내어 읽는 독자가 되었다. 텍스트에 몰입하고 그것을 웅얼거림으로써 경서의 '공동 저자'였던 학생 역시 이야기꾼, 암송하는 사람, 그리고 대중 "공연자"로서의 독자가 되었다.

읽기와 관련된 수사에서 일어난 이러한 변화에 따라 독자층을 지시하는 데에 사용되었던 계층 용어에도 변화가 일어났다. 출판 관련 수사 면에서 야심 많은 학자나 과거시험 응시자, 그리고 문인 계층은 복잡한 절충을 통해 구축된 좀 더 폭넓은 범위의 독자층에 자리를 내주었다. 수사는 부분적으로는 백화체 텍스트를 통속화하려는 시도와 대립하는 입장을 반영하기에 모순적이다. 몇몇 작품은 그것들이 천박한 군중들과 거리를 가진 고아한 선비(雅士)를 위하여 고안되었기 때문에 갈채를 받았으나, 다른 작품들은 바로 그것들이 일반적인 독자층(俗士)을 겨냥하고 있기 때문에 갈채를 받기도 했다. 몇몇은 "사민(四民)", "세상 사람들(天下之人)", 또는 "책을 사랑하는 천하의 모든 사람" 모두를 겨냥해 서문을 썼지만, 다른 이들은 동일한 텍스트에 대해 교육받은 사람과 교육받지 못한 사람, 문인과 평민이라고 명확하게 청중을 양분화하여 언급했다. 몇몇 텍스트는 문인 계층을 위해 의도적으로 고안되었지

University Press, 1968), 메켄지(D. F. McKenzie), 『문헌학과 텍스트의 사회학(Bibliography and the Sociology of Texts)』 (Cambridge: Cambridge University Press, 1966)을 볼 것.

144 예를 들면 파게 두 보이스(Page du Bois), 『육체의 창도자: 심리분석과 고대의 여성 재현(Sowing the Body: Psychoanalysis and Ancient Representations of Women)』 (Chicago: University of Chicago Press, 1988), 예스페르 스벤브로(Jesper Svenbro), 제닛 로이드(Janet Lloyd) 역, 『고대 그리스 독서에 관한 고고학(An Anthropology of Reading in Ancient Greece)』 (Ithaca: Cornell University Press, 1993), 웬디 홀(Wendy Hall), 『젠더의 각인: 영국 르네상스 시기의 저작과 출판(The Imprint of Gender: Authorship and Publication in the English Renaissance)』 (Ithaca: Cornell University Press, 1993)을 볼 것.

만, 그럼에도 불구하고 "어리석은(곧, 교육받지 못한) 남자와 여자(愚夫愚婦)"라도 그것들을 이해할 수 있다고 강조하면서 그들의 "통속성"을 자랑하였다. 통속적 텍스트(그리고 암시적으로, 덜 교육받은 독자층)를 새롭게 자리매김한 것은 명대에 교육 수준이 낮은 사람들을 겨냥했던 과학과 의학 지식 안내서가 유행한 것에서도 몇몇 유사성을 발견할 수 있었다. 티모시 브룩(Timothy Brook)은 지식의 부족이 그 이전 시기에는 일반적으로 도덕적 결점과 같은 것으로 여겨진 반면, 명대에 이르러는 대중의 무지몽매한 관습이 고질적인 것이라기보다는 지식에 대한 접근 가능성 부족 때문에 나타난 것이라는 사실을 부분적으로 자각하였다는 점에 주목하였다.[145] 독자층을 나타내는 용어의 혼란은 또한 "사람들 사이의 네 가지 위계(四民)"를 구분 지었던 고대의 경계가 점진적으로 흐릿해지는 것을 반영하는데, 이러한 흐름은 당시 사람들을 근심스럽게 하였다.[146]

어떤 이는 표적 독자층에 대한 복잡한 주장에서 몇몇 경우 '통속'이라는 말이 기본적으로 거의 지시대상(referentiality)이 없는 수사 어구일 것이라고 의심한다. 문인 독자들은 비록 "비정통적"이고 "투박하기는" 하지만 그럼에도 불구하고 경서에 서술된 보편적 원리의 핵심적인 내용을 알려진 대로 평이하게 포착하고 있기에 읽을 만한 가치가 있는 텍스트를 읽도록 권유받았다. 이것은 서구 출판에서의 주제(topos)였던 평이함을 떠올리게 하는데, 곧 예수 그리스도가 가르친 어부 출신 사도들의 성스러운 평이함과 유사한 것을 그들의 텍스트에 간직하고 있는, 이단들이 제시한 개념이다.[147] 백화체 텍스트의 수사에서는 신성한 경서가 가진 지나친 난해함과, 통속화된 텍스트와 암시적으로는 그들의 표적 독자층이 지닌 현자 같은 평이함 사이에 상반된 담론이 비슷하게 발견된다. 그러나 중국의 경우, 이단으로서의 독자는 침묵한 채로 있거나 대개는 존재하지 않았다.

이렇게 수사적으로 논쟁을 벌인 과정은(문아함과 통속적인 것, 문인과 일반 백성 사이에 놓인 대립) 사회적 계층과 구분을 변화시키는 데 어떤 의미가 있는가? 백화체 텍스트가 강하게 내세운 통속성은 문인 독자를 상대로 한 백화체 인쇄물의 눈가림, 곧 정당화로 간주해야하는가? 아니면 그 대신 위상더우의 표현대로 교육받지 못한 독자, 즉 자신의 독서에 가장 기본적인 지도가 필요했던 이들이, 자신의 기본적인 성격을 경전적인 역사 기록의 부속물로 조심스럽게 위장한 텍스트를 읽음으로써 수사적으로 문인(士子) 계급에 흡수되었다고 해야 하는가? 그러나 두 견해 중 하나만을 택하는 것 자체가 오산일 것이다. 이 두 과정들 모두가 이 시기에 작용하고 있던 것으로 보인다.

적어도 출판에 대한 수사에 있어서 이러한 변화들은 언제 일어났으며, 실제의 독서 행위를 어느 정

---

145 티모시 브룩, 『쾌락의 혼돈』, 133쪽.

146 티모시 브룩, 『쾌락의 혼돈』, 142-145쪽.

147 피터 빌러(Peter Biller)·앤 허드슨(Anne Hudson) 편, 『이단과 문해력, 1000년-1530년(Heresy and Literacy, 1000-1530)』(Cambridge: Cambridge University Press, 1994), 3-11쪽에 있는 피터 빌러의 「이단과 문해력: 이 주제를 다룬 초기의 역사(Heresy and Literacy: Earlier History of the Theme)」.

도 반영하고 있는가? 이 연구는 많은 소설과 희곡의 경우, 문인 애호가들의 작은 모임에서 돌았던 필사본 텍스트가 인쇄된 책으로 변화한 시점이 더 넓어진 표적 독자층으로 옮아간 중요한 시점이었다고 주장한다. 각기 다른 필사본들이 각기 다른 시기에 이 시점에 도달하였다. 가장 잘 알려진 백화체 소설의 경우 16세기 동안 이 과정이 여러 번 일어났다. 출판하는 시점은 편집자가 텍스트의 체재와 표적 독자층에 대해 긴 시간 고민해 왔던 것을 결정 내리는 바로 그 순간이다. 또 다른 결정적인 요인은 편집자 또는 편집자 겸 출판업자의 사회적 계층과 교육 수준이다. 명대 중엽에 이르러 많은 문인 명사들은 통속성을 띤 상업적 작품의 출판에 자신의 이름을 빌려주거나 또는 실제로 관여했다.[148] 그러나 우리가 보았듯이 그들이 반드시 그들 자신의 사회적 계층에 속한 사람들만을 위해서 글을 쓴 것은 아니다.

서구에서와 마찬가지로 중국의 경험에서 중요한 점은 "같은" 텍스트를 다양한 형태의 판본(증보하고, 축약하고, 삽화가 있고, 다양한 유형의 평점과 내용이 덧붙여진 등등)으로 펴낸 것이다. 수사적일 뿐만 아니라 경험적이기도 한 증거가 각기 다른 실제 청중이 사실 각기 다른 유형의 판본을 읽었음을 보여준다. 이는 "백화체 책"에 대한 우리의 이해에 중요한 함의를 가지고 있는데, 내가 다른 데서 언급하였듯이 이들 백화체 책은 몇몇 경우 다중적인 텍스트로 간주되어야 한다.[149] 텍스트의 디자인에 대한 연구는 또한 편집자와 출판업자가 그들의 표적 독자층이 가지고 있을 만한 독서 행위를 정확하게 파악하고서 이를 염두에 두고 텍스트를 생산하였다는 사실을 보여준다. 다른 상업적 고려로는 언어 스타일과 음운론(북방의 표준어와 방언)의 선택이 있었다. 오늘날까지 존재하는 대부분의 텍스트는 전국적인 시장 또는 적어도 베이징, 강남, 푸젠(福建)을 포괄하는 지역을 넘나드는 커다란 시장을 겨냥했음이 분명하다. 거의 연구되지 않은 몇몇 예외가 남아있지만, 계속 연구를 진행한다면 당시 떠오르고 있던 지역 시장에 대한 출판 전략 연구에 도움이 될 수 있을 것이다.

텍스트의 어떤 본질적인 특징으로 인해 "다중 텍스트"가 만들어지고 또 각기 다른 독서 청중에 의해 전유되는가? 경서를 주요한 백화체 텍스트와 연관시키는 16세기의 관념은 우리가 이 물음에 대답할 수 있도록 도와줄 수 있을 것이다. 경서에 내재해 있다고 여겨지는 보편 원리가 인접 장르들을 포섭하는 중국의 주석학에서 명백하게 드러나는 총체화(totalizing) 과정은 백화체 인쇄물을 적절하게 정당화시켰을 뿐 아니라 "다중 텍스트"의 선택에도 유용한 척도를 제공했다. 출판업자들이 선택했던 텍스트의 범위는 운수의 변화(『역경』에서처럼)와 도덕적 판단(『춘추』에서처럼), 다스림의 방법(『서경』에서처럼), 그리고

---

148 티모시 브룩에 따르면, 출판업자들은 시장을 위한 작품을 쓰는 학자적인 작가를 찾았다. 그는 명 중기 학자들 사이에서 일어난 학자적 출판에서 상업적 출판으로의 이동에 주목하였다. 『쾌락의 혼돈』, 170쪽을 볼 것. 더 간략한 『삼국연의』 삽화본의 출판에 관료와 문인까지도 관여한 일에 대해서는 매클라렌, 「『삼국연의』의 통속화(Popularizing the Romance of the Three Kingdoms)」, 175-176쪽을 볼 것. 심지어 교육을 담당했던 대신은 통속 판본에 그의 이름을 빌려주기도 했다.

149 "다중 서사"에 대해서는 매클라렌, 「명대의 독자와 백화의 해석학」, 52쪽을 볼 것.

인간의 감정(『시경』에서처럼)과 같은 키워드를 포함하고 있다고 여겨지는 것들이었다. 이는 일반적인 독자들이 수사적으로 유사-문인의 지위까지 올라가는 것을 허락한다. 결국 그들은 경서의 정수를 읽는 셈이 된다. 위상더우는 이러한 방법으로 그의 독자를 추켜세우는 데에 특히 뛰어난 수완을 발휘했다. 인물들과 허구적 사건이 뒤섞여 있는 와중에 만약 개인 독자가 이러한 경전적인 속성에 대한 그들 나름의 관점을 잃게 되면, 그때는 서문, 평점, 그리고 해설적 장치가 그들의 해석을 안내해주며 잠재적으로는 그것을 통제하게 된다. 그리고 만약 독자가 "적절하게 읽는" 데에 실패하여 류팅지(劉廷璣)의 말처럼 술수, 반란, 음란함의 영향 하에 놓이게 된다면, 그때는 적어도 서구에서 그랬던 것처럼 "이단"으로 간주되지 않고 다만 천박한 무리가 "오독"한 것으로 간주될 것이다.

19세기의 베스트셀러 읽기: 쓰바오(四堡)의 상업 출판

신시아 J. 브로카우(Cynthia J. Brokaw)

17세기 말에서 20세기 초까지 중요한 지역 출판의 중심지로 활기를 띠었던 쓰바오(四堡)의 사례는 청대 출판업 확산의 특별한 특성을 보여준다. 베이징(北京)이나 강남(江南) 지역의 도시들 같은 주요 출판 중심지에 접근하기 어려운 푸젠(福建) 서쪽의 산지에 고립되어 있던 쓰바오 지역에서는 쩌우(鄒) 씨와 마(馬) 씨라는 두 주요 가문이 주도했던 가족 단위의 출판업이 발달했다.[1] 쩌우 씨와 마 씨의 출판사들은 2백 년 이상 민시(閩西)뿐 아니라 장시(江西) 동부, 광둥(廣東) 북부 및 광시(廣西)의 다른 오지에까지 서적을 공급하였다. 쓰바오의 출판업자들은 이 책의 첫 번째 글에서 논한 청대 출판업의 상호 관련된 두 가지 경향, 곧 출판지가 중국 남부의 오지까지 확대되고 중요한 출판업체가 지방행정 체계의 말단 지역단위에서 발전하였다는 점에 대한 사례 연구를 제공해준다.

쓰바오의 서적 거래는 이제까지 서적시장에 완전히 흡수되지 못했던 계층에까지 영향을 미쳤다는 점에서 청대 상업 출판의 사회적 확산을 상징적으로 보여준다. 쓰바오의 상인들은 광저우와 같은 주요 중심지를 앞질러 18세기 초에는 변경 지역이었고 19세기에도 여전히 성이나 지역의 경제에 제대로 통합되지 못했던 중국의 남부 지역 도처에 유통 경로를 개발하고 때로는 서점의 지점을 설립하기도 했다. 그들 스스로가 객가(客家)였던 쓰바오의 서적상들은 특히 장시 동부와 광둥 북부 및 광시의 오지에 있는 객가촌에서 책을 파는 데 관심이 있었다. 그리하여 쓰바오는 주로 이미 정착한 오지의 주

---

* 이 글은 국가 인문학 기금과 미중 학술교류위원회, 그리고 오리건대학의 지원으로 이루어진 연구조사를 바탕으로 한다. 나는 나의 연구에 도움을 준 샤먼(夏門)대학의 류융화(Liu Yonghua)와 롄청(連城)의 쩌우르성(Zou Risheng), 쓰바오 사람들에게 감사를 표하고 싶다. 마지막으로 나는 이 글에 대해 논평과 제언을 해준 루실 쟈(Lucille Chia), 브라이나 굿맨(Bryna Goodman), 조셉 프라치아(Joseph Fracchia), 다니엘 가드너(Daniel Gardner), '명청 시기 출판과 도서 문화' 학술발표회의 참석자들, 그리고 캘리포니아 대학 출판사에서 이 책이 출판될 때 이 글을 읽어준 독자들 모두에게 감사드린다.

1 쓰바오는 향(鄕)으로, 창팅(長汀), 닝화(寧化), 칭류(淸流), 롄청(連城) 등 4개 현에 속하는 마을들을 포함하고 있다. 우거(霧閣)와 마우(馬屋) 두 마을은 가장 큰 출판사를 발전시켰던 곳이다. 이러한 출판업의 구조에 관한 더 상세한 정보는 신시아 브로카우의 「명청 시기 중국의 상업 출판: 푸젠 쓰바오의 쩌우(鄒)씨와 마(馬)씨 가문의 사업(Commercial Publishing in Late Imperial China: The Zou and Ma Family Businesses of Sibao, Fujian)」(*Late Imperial China* 17.1, 1996) 59-71쪽을 볼 것.

민들뿐 아니라 상대적으로 새로운 정착민들, 즉 18세기의 인구 압박으로 링난(嶺南) 지역의 고지로 옮겨온 이주민의 시장 모두의 수요를 충족시켰다. 지리적인 고립으로 말미암아(쓰바오의 서적상 자신들뿐 아니라) 이들 정착민들은 주요 서적시장과 주류 문화생활에 접근하는 데 제한을 받았다.

이러한 요인들, 곧 쓰바오가 고립된 곳이고 그들의 시장이 객가촌이었으며 대체로 오지 시장이었다는 점은 쓰바오 출판업자들이 출판물을 선택하는 데 영향을 미쳤다. 그들은 수가 많기는 하지만 꼭 매우 부유하지만은 않은, 또는 심지어 꼭 높은 식견을 가진 것만도 아닌 독자층의 수요를 충족시킬 수 있는 자신들의 능력에 의존하여, 그들이 팔릴 것으로 확신했던 책들을 펴냈다. 그들의 인쇄본 목록은 중국 남부의 서적 시장 전체에 걸쳐 꾸준한 수요가 있었던 필수 서적 군(群)(당시의 '베스트셀러')으로 구성되어 있다.

쓰바오의 인쇄본에 대해 완벽하게 기술하는 것은 불가능하다. 쓰바오 자체는 여전히 쓰바오 본과 목판을 수집하기에 가장 좋은 곳이며, 여기에는 200종이 훨씬 넘는 책들이 판목이나 인쇄본의 형태로 남아 있다. 그러나 그런 자료들은 주로 20세기를 거치면서 그보다 많은 것들이 소실되거나 파손되었기에, 특정 시기 쓰바오 인쇄본의 완정한 목록이나 장기간에 걸쳐 쓰바오의 인쇄본에서 일어났던 변화에 대한 포괄적인 기록을 접할 수 없다는 것은 분명하다. 하지만 다행히도 현존하는 인쇄본과 판목들은 물론이고 그와 관련된 기타 자료들(재산권 분할 서류나 족보, 단식 회계 장부, 구술 사료)을 종합한 근거를 통해 19세기 쓰바오 인쇄본의 특징을 기술할 수 있다.[2]

19세기 쓰바오 인쇄본의 특징을 개괄한 뒤 나는 그 실례로서 쓰바오 출판업의 주요 상품이었던 두 부류의 텍스트 – 경서와 기초적인 교육서 – 에 대해 기술할 것이다. 우선 나는 쓰바오 인쇄본의 전형적인 특징을 설명하고자 하는데, 이 특징은 이 글에서 기술되는 텍스트들에 거의 예외 없이 상당히 공통적으로 드러난다. 곧 텍스트의 장르와 특정한 제목들로 볼 때, 이것들이 청대의 다른 지역 출판지(이를테면, 장시(江西)의 쉬완(滸灣)과 쓰촨(四川)의 웨츠(岳池))에서 출판한 책들과 매우 유사하다는 것이다.[3] 다음으로 나는 그럼에도 불구하고 이와 같은 공통적인 인쇄본에 존재하는 다양성도 제시하고자 하는데, 사서(四書)와 같은 어떤 '고정된' 텍스트가 서로 다른 유형의 평점과 주석으로 말미암아 특정한 모습을 갖추게 되는 방식, 혹은 쓰바오의 일부 기초 교재에 내재된 교육에 대한 서로 다른 접근법을 살펴보는 것이 그 방법이다. [이 책의 네 번째 글인] 앤 매클라렌(Anne E. McLaren)의 「명말 새로운 독자층의 형성(Constructing New Reading Publics in Late Ming China)」에서는 명말 소설을 위해 고안된 '개념상의 독자

---

2 이 글을 다 쓴 뒤에 나는 쓰바오 인쇄본에 대한 또 다른 자료 하나를 접하게 되었는데, 그것은 각각의 텍스트 한 부를 인쇄하는 데 필요한 종이의 양을 기록해놓은 서목이었다. 이 목록은 아마도 인쇄업자들이 종이의 구매량을 계산하기 위해 사용했던 것으로 보인다. 19세기 말의 것인 이 자료 속의 상세한 증거를 이 글에 반영할 수는 없었지만, 이 목록은 쓰바오의 인쇄본 가운데 경서와 교육서가 다른 모든 범주의 인쇄본을 압도했다는 특징을 확고하게 뒷받침해준다.

3 이들 지역에서의 출판에 관해서는 이소베 아키라(磯部彰) 편 『동아시아 출판문화 연구(東アジア出版文化研究)』(東京: 二玄社, 2004년)에 실린 신시아 브로카우의 「중국 청대의 목판인쇄와 인쇄 보급(Woodblock Publishing and the Diffusion of Print in Qing China)」, 176-178쪽을 참조할 것.

(notional reader)'의 다양성을 분석했는데, 나는 여기서 그와 다소 유사하게 쓰바오 텍스트들에 나타나는 '개념상의 독서 행위(notional reading practices)'의 범위를 밝히는 연구에 초점을 맞추었다. 나는 특히 이러한 관습들이 어떻게(작자와 편자, 서문의 작자 그리고 출판업자들에 의해) 의미상으로(텍스트의 의미가 어떻게 서로 다른 유형의 평점과 주석, 구두(句讀), 언어, 또는 다른 텍스트와의 병치에 의해 형성될 수 있었는지) 그리고 물리적으로(의미가 어떻게 페이지의 배치, 크기, 그리고 인쇄본의 품질을 통해 형성될 수 있었는지) 구성되었는지에 관심을 두었다.[4]

쓰바오의 베스트셀러: 일반적인 특징

17세기 말에 쓰바오에서 출판업이 막 시작되었을 때, 쓰바오의 텍스트는 교육제도의 요구와 밀접하게 그리고 거의 전적으로 연관되어 있었다. 쓰바오에서 출판업에 종사했던 두 성씨 가운데 더 두드러졌던 쩌우 씨 가문의 한 족보에서는 자신들의 인쇄본이 곧 과거급제로 이어졌던 것을 자랑스럽게 강조하면서, 쓰바오의 출판이 "천하의 문인들이 장군이나 재상이 되도록 도와주었다"라고 주장했다.[5] 이러한 주장을 액면 그대로 받아들이지는 않는다 하더라도, 쓰바오의 출판업자들이 분명히 당시 가장 수요가 많은 인쇄본이었을 독서 입문서와 경서, 곧 당시 교육 제도에서 중심 역할을 했던 텍스트들을 펴내는 것으로 자신들의 사업을 시작했을 것이라는 점은 의심의 여지가 없다.

이는 경서와 독서 입문서를 간행하는 데 있어 가장 성공한 쓰바오 출판사들 가운데 하나였던 원췌이러우(文萃樓)를 세운 마취안헝(馬權亨, 1651-1710년)과 마딩방(馬定邦, 1672-1743년) 부자(父子)의 사례를 보면 분명히 알 수 있다. 『사서집성(四書集成)』, 『사서비요(四書備要)』, 『사서(四書)』, 『시경주(詩經註)』 그리고 『유학(幼學)』, 『증광현문(增廣賢文)』 등이 그들이 처음 낸 책들이었다. 1707년에 마딩방이 『사서주대전(四書注大全)』을 출판했을 때, 그 가족의 부는 이미 보장된 것이었다. 그의 자서전에는 다음과 같이 기록되어 있었다. "이 책은 대단히 인기가 있었다." "그래서 가족의 생활형편이 좀 더 넉넉하게 되었으며, 일용품을 얻기 위해 발버둥치지 않아도 되었다."[6]

독서 입문서와 경서의 판본들은 쓰바오의 출판 역사 내내 주요한 상품이었다. 그러나 18세기와 19세기에 이르러 성공을 거둔 몇몇 출판사들의 경우 좀 더 모험적인 출판 목록을 확장하고 개발할 수 있

---

4 이러한 물리적 요소들에 대한 좀 더 면밀한 연구로는 이 책의 여섯 번째 글인 로버트 헤겔의 「명청 시기 소설의 틈새시장」을 볼 것.

5 『(판양)쩌우 씨족보((范陽)鄒氏族譜)』(敦本堂, 1947년), 수권(首卷), 4b.

6 『(창팅 쓰바오 리)마 씨족보((長汀四堡里)馬氏族譜)』(孝思堂, 1945년), 7집, 1.60b-61a. 『유학(幼學)』은 아마도 『유학고사경림(幼學故事瓊林)』의 줄임말일 것이다. 『사서주대전(四書注大全)』은 사서에 대한 주시(朱熹) 주석의 대중적인 요약본인 『사서대전(四書大全)』의 한 판본을 지칭하는 것일 터이다. 이 텍스트는 제목이 『사서왕대전(四書汪大全)』이라고 되어 있는데, 이 텍스트가 '왕(汪)'씨 성을 가진 편집자가 펴낸 『사서대전(四書大全)』의 한 판본일 가능성도 있지만, 나는 '왕(汪)'자가 '주(注)'의 오자라고 생각한다.

는 여유를 가질 수 있게 되었다. 확실히 쓰바오의 인쇄본 범위의 폭은 특히 그들이 중요한 서적시장과 문화 중심지로부터 동떨어져 있었다는 점에서 매우 인상적이다. 쩌우 씨와 마 씨 출판업자들은 경서와 독서 입문서뿐 아니라 다음과 같은 다양한 분야의 서적을 출판하였다. 『패문운부(佩文韻府)』나 『강희자전(康熙字典)』과 같은 대규모 사업을 포함한 사전류, 경서 학습을 위한 참고서와 공구서, 집안이나 공동체 내에서의 올바른 의례 형식과 적절한 행동을 설명하기 위해 고안된 일용 유서(日用類書), 서간문 및 대련(對聯) 지침서, 풍수·『역경』을 이용한 점술·천문 관측, 관상학에서부터 부적 사용법이나 적선·기도·택일에 이르기까지 유행하는 거의 모든 방법을 아우르는 점복에 대한 수많은 지침서들, 『어찬의종금감(御纂醫宗金鑒)』과 같은 유명한 의학 텍스트에서 민간 의학 및 본초학 안내서에 이르는 의학 지침서, 서예 교본, 세련된 문인 소설과 통속적인 군담소설이나 애정소설을 포함한 백화소설과 문언소설, 『량산보와 주잉타이(梁山伯祝英台)』 같은 전설의 창본(唱本), 시작법을 배우고 싶어 하는 이들을 위한 시가선집(대체로 당시 선집)과 '시화(詩話)' 등등. 요컨대, 그들은 영향력 있는 도시 지역의 규모가 더 크고 더 수준 높은 출판사들이 펴냈던 거의 모든 범위의 책들을 출판했던 것이다.[7]

19세기에 쓰바오에서 무엇을 출판하느냐의 선택은 (아마도 시장에서 조사되었을) 눈에 보이지 않는 어떤 힘이나 수요에 대한 예상에 의해 좌우되었던 것으로 보인다. 우선 과거(科擧) 문화가 어느 정도 쩌우와 마 씨 출판업자들의 인쇄본, 그리고 아마도 독자들의 수요를 결정했을 것이라는 점은 틀림없다. 쓰바오는 초심자의 입문서인 『삼자경(三字經)』, 『백가성(百家姓)』, 『천자문(千字文)』과 『유학고사경림(幼學故事瓊林)』과 같은 중국 문화에 관한 기초적인 편람, 그리고 팔고문 작문을 위한 지침과 모범 답안뿐 아니라 (정통의 평점이 들어 있는) 경서와 그것을 이해하는 데 필요한 참고서를 출판하였다. 모든 입문서에서 공부와 과거시험 급제의 중요성을 끊임없이 강조한 것은 이미 탄탄하게 구축되어 있던 이러한 텍스트의 시장이 오랫동안 지속되는 데 도움이 되었다. 그리고 청대에는 과거제도의 개방성으로 인하여 대다수의 남성들이 성공과 눈부신 부에 대한 희망을 가질 수 있게 됨으로써 –물론 희박하고 믿을 수 없는 것이긴 했지만–, 이러한 서적들이 가난한 사람들이 구입할 수 있을 정도로 조악하게 만들어진 판본으로 광범위하게 판매될 수 있었다.

그렇다고 해서 쓰바오 본 사서를 구입하는 것이 과거시험 공부를 할 의도가 있다는 것을 의미하는 것은 아니다. 그런 판본들이 어쨌든 많은 도움이 되었으리라는 것도 분명하지 않다. 쓰바오 주민들의

---

7 그러나 쓰바오의 출판 범위에는 분명 한계가 있었다. 쓰바오의 출판업자들은 과거시험 준비에 유용한 책의 범위를 넘어서는 시문 선집은 거의 출판하지 않았고 희곡도 많이 출판하지 않았다. 그들은 도교 관련 텍스트는 단 몇 종만 출판하고 불교 관련 텍스트는 전혀 출판하지 않은 것으로 보이는데, 그것은 아마도 종교 관련 기관들이 그런 책들의 출판을 독점했기 때문일 것이다. 건륭 연간(1736-1796년)의 전성기에는 역사와 법률, 철학 관련 서적을 일부 출간했다는 증거들이 있기는 하지만, 그러한 텍스트들은 아마도 좀 더 실용적이고 재미있는 서적들처럼 판매를 보장해주지 못했기 때문에 19세기에는 포기된 듯하다. 쓰바오가 무엇을 출간하고 무엇을 출간하지 않았는지에 대한 좀 더 포괄적인 기술과 분석은 쓰바오의 출판업에 대한 좀 더 완전한 연구인 「문화의 상업성: 1663년-1947년 사이의 푸젠 쓰바오의 서적 거래(Commerce in Culture: The Book Trade of Sibao, Fujian, 1663-1947)」에 잘 제시되어 있다.

경험을 하나의 지표로 삼을 수 있다면, 사실 쓰바오의 인쇄본들은 과거 급제에 그다지 유용한 도움이 되지 못한 것으로 보인다. 쩌우 씨나 마 씨 집안은 16세기 이후 과거시험에서 진사 급제자를 한 사람도 배출하지 못했고, 그 집안의 급제자 대부분은 생원보다 높은 지위를 얻지 못했다.[8] 그럼에도 불구하고 이런 저작들은 중요한 것이었는데, 이는 단지 당시에 과거시험용 텍스트(사서나 오경, 당시(唐詩)의 대표작 등)에 대한 지식이 어떤 사람이 교육을 받았는지의 여부, 나아가 위대한 문화적·지적 전통에 발을 담그고 있는지의 여부를 의미했기 때문이다. 엘리트 또는 문인 문화에 다가갈 수 있는 텍스트라면 아무리 조잡하게 만들어지고 평점이 이해하기 어렵더라도 독자층이 보장되었던 듯하다. 그런 텍스트를 구매한 이들이 반드시 그것을 이해한 것은 아닐 것이며 심지어는 읽지도 않았을 수도 있다. 단순히 그것을 소유하거나 진열해놓는 것만으로도 현실적으로는 결국 도달할 수 없는 어떤 문화와 사회적 지위에 대한 주장을 의미하는 것일 수 있었던 것이다.

이런 식으로 우리는 『당시삼백수(唐詩三百首)』나 『당시합선상해(唐詩合選詳解)』와 같은 선집들, 그리고 시작법이나 비평에 관한 책들이 [당시 사람들에게] 호소력이 있었다는 사실 역시 설명할 수 있다. 곧 이러한 책들은 독자들에게 (다양한 수준의 독서 능력과 이해력에 맞게) 엘리트 문화의 미적 즐거움을 공유할 수 있는 기회뿐 아니라 과거시험 준비에 필요한 정보를 제공했던 것이다. 참고서들, 즉 상투적인 문구와 비유가 열거되어 있는, 경서에 관한 읽기·쓰기 지침서인 『문료대성(文料大成)』과 같은 일부 참고서들은 아마도 이들 독자들에게 판에 박힌 표현이나 말하기와 글쓰기에 필요한 상투어를 제공해줌으로써, 그들로 하여금 지적이고 미적인 정통성에 다가갈 수 있게 해주었을 것이다. 그리하여 19세기에 쓰바오의 인쇄본은 엘리트 문인 문화의 이상과 관념이라는 내용뿐 아니라(아마도 다른 무엇보다) 언어적 모델과 관습이라는 형식을 좀 더 광범위한 독자에게 전파하는 데 이바지하였다.

두 번째로, 쓰바오의 출판업자는 실용서가 절실히 요구되었던 상황에 고무되어 일상생활에서 직면하게 되는 문제들을 위한 실용적인 안내서들을 출판했다. 일용 유서(日用類書), 서신 및 대련 안내서, 의학 및 본초학 안내서, 그리고 점복에 대한 지침서 등 모두가 개인과 가족의 윤택한 생활에 실제적인 도움이 되기를 바라는 높은 수요가 있었다는 사실을 보여준다. 이런 텍스트들은 읽혀지기보다는 (교재나 참고도서로) 사용되도록 기획되었다. 그리하여 이런 책을 소유한 이들이 개인의 경우에는 가족 내에서 나름의 온당한 위치에 설 수 있도록, 가족의 경우에는 지역 사회에서 온당한 위치(나 그들이 바라는 위치)에 설 수 있도록 해주는 의례나 사회적 예법을 지도해주었다. 또 건강과 육체적 조화를 유지할 수 있도록 해주는 치료요법이나 처치법, 하늘과 신들을 감화시켜 좋은 운세를 받을 수 있게 해주는 방법도 알려주었다. 이런 실용적인 텍스트들은 가장 최신의 안내서이자 누구나 쉽게 다가갈 수 있는 대중서라는 식으로 끊임없이 스스로를 선전했다. 그리하여 이를테면, 일용 유서(日用類書)인 『휘찬가례첩식

---

8 신시아 브로카우의 「명청 시기 중국의 상업 출판: 푸젠 쓰바오의 쩌우(鄒)씨와 마(馬)씨 가문의 사업」, 62-63쪽. 천즈핑(陳支平)과 정전만(鄭振滿)의 「청대 민시 쓰바오 족상 연구(清代閩西四堡族商研究)」(『中國經濟史研究』 2, 1988년), 104쪽.

집요(彙纂家禮帖式集要)』에서는 그 내용에 최신의 대중적 관습들이 반영되어 있다고 자랑하고 있다(「서」, 1ab)[9]. 본초학 지침서인 『험방신편(驗方新編)』에서는 다음과 같이 '확실한' 처방들로 일반 독자들에게 호소했다. "(이 책에는) 모든 병에 대한 처방전과 모든 처방을 위한 약이 나와 있다. 더욱이 이런 처방들은 심지어 한 푼도 들지 않는데도 기적과 같은 효험이 있다. 배나 말을 거의 볼 수 없을 정도로 외진 시골에 살고 있다 하더라도 마찬가지로 필요한 약을 구할 수 있을 것이다(「서」, 1b)." 쓰바오에서는 또 불운의 원인을 진단하고 구원받는 데 상당한 관심을 보이는 독자들을 위해 이해하기 쉽고 오랫동안 유행해온 일련의 풍수 안내서와 점복 지침서를 펴냈다. 여기에는 예를 들어 명대 우왕강(吳望崗)의 『나경해(羅經解)』[10]와 18세기 초 왕웨이더(王維德)의 『복서정종(卜筮正宗)』과 같은 책들이 포함되어 있다.[11]

세 번째로, 쓰바오의 출판사들은 오락에 대한 높은 수요로 인해 소설이나 창본(唱本) 그리고 약간의 시집을 펴내게 되었던 것으로 보인다. 만약 우리가 쓰바오의 인쇄본이 대체로 시장의 수요에 의해 특징지어졌다고 가정할 수 있다면, 쓰바오의 고객들은 동시대의 다른 지역 독자들과 마찬가지로 역사군담소설과 애정소설, 그리고 기이한 이야기를 더 선호한 듯하다. 확실히 쓰바오에서는 『홍루몽(紅樓夢)』과 『서유기(西遊記)』(비록 『서유기(西遊記)』는 『삼국지연의(三國志演義)』나 『수호전(水滸傳)』처럼 역사군담소설의 범주에도 잘 부합될 수 있겠지만)와 같은 '문인 소설'도 출판했다. 그러나 쓰바오에서 펴낸 소설 인쇄본 대부분은 고문과 문인 전통에 있어서 제한된 교육을 받은 독자들이 좀 더 쉽게 접근할 수 있게 해주는 스타일로 씌어진 '딱지본(chapbook)' 소설이었다.[12] '군담소설'의 범주에 속하는 작품의 제목 몇 개를 들어본다면, 『오호평서(五虎平西)』와 『오호평남(五虎平南)』, 『만화루양포적연의(萬花樓楊包狄演義)』, 『용도공안(龍圖公案)』, 『설당연의전전(說唐演義全傳)』 등이 있다. 기록에 의하면 창본(唱本) 역시 상당한 인기가 있었는데, 그런 정보를 제공해준 이는 "수백 종의" 이러한 싸구려 책들이 종종 지역 판매를 위해 출판되었다고 주장했다. 이러한 진술은 어린 시절의 오락이라고 해봐야 주로 『량산보와 주잉타이(梁山伯祝英台)』나 『멍장뉘 곡장성(孟姜女哭長城)』과 같은 작품의 공연에 집중되어 있었던 많은 촌로들의 향수어린 회고담이 뒷받침해준다. 이러한 텍스트들의 낮은 잔존율은 그것들이 어떻게 읽히고 이용되었는지에 대한 어떤 암시를 제공해줄 수도 있다. 곧 가정용 백과사전과 의학 지침서처럼 항상 유용하고 실용적인 도서라든지, 경서와 같이 윤리적·철학적으로 비중 있는 서적들의 경우와는 반대로, 이런 책들은 오락물로서 유통되고 공유되다가 아마도 실전되어 버린 것이 아닌가 하는 것이다.

---

9 (우거나 마우에서 접할 수 있는) 쓰바오 본에 대한 모든 인용은 해당 텍스트의 본문에 근거한 것이다.

10 이 책의 판본으로는 명대 신안(新安)의 우톈훙(吳天洪) 비점(批點) 『양공조명라경해(楊公造命羅經解)』 1책 3권이 있다.

11 리처드 스미스(Richard Smith), 『점술가와 철학자: 중국 전통 사회의 점복(Fortune-tellers and Philosophers: Divination in Traditional Chinese Society)』 (Boulder, Colo.: Westview Press, 1991), 118쪽, 136쪽. 『복서정종』은 1709년에 처음 출판되었다.

12 문인소설과 '딱지본(chapbook)' 소설 사이의 구분에 대해서는 윌트 이데마(Wilt L. Idema)의 『중국 백화소설: 형성기(Chinese vernacular Fiction: The Formative Period)』 (Leiden: E.J. Brill, 1974), x-xii, lx-lxiv를 참고하였다.

쓰바오의 인쇄본은 19세기의 다른 출판 중심지의 인쇄본들과 어떻게 비교되는가? 쓰바오의 출판업자들의 인쇄본 선택은 특별한 집단인 객가가 주도한 특별한 오지 시장을 더 선호했다는 것을 보여준다는 점에서 이례적이었는가? 이에 대한 잠정적인 대답은 '아니오'인 듯하다.[13] 적어도 중국의 남부지역을 통틀어 19세기의 '베스트셀러'들 사이에는 고도의 동질성이 있는 것으로 보인다. 루실 쟈는 젠양(建陽)의 거대한 출판중심지에 대한 연구에서 그러한 동질성이 일찍이 명말에 이미 존재했으며, 당시 주요한 출판 중심지였던 젠양과 난징, 쑤저우, 항저우와 같은 곳에서는 거의 똑같은 유형의 텍스트들을 펴내고 있었다고 지적하였다.[14] 청두(成都), 웨츠(岳池), 쉬완(滸彎)에 있는 출판지에서 수행한 예비 조사를 통해 18세기나 19세기에 대부분의 상업적 출판지에서도 재간행되었던 (쓰바오에서 출판한 서명들과 매우 유사한) 필수 서적군, 심지어 공통의 서명이 있었다는 사실을 알 수 있었다. 이것이 모든 사람이 모든 지역에서 똑같은 텍스트를 읽었다는 것을 의미하지는 않는다. 서로 다른 출판업자들은 이와 같은 핵심 서적을 넘어서는 광범위한 기타 텍스트들을 펴내 틈새시장에 제공하거나 지역의 특별한 수요를 만족시켰을 것이다. 마찬가지로 나는 공통된 핵심 서적의 존재를 상정하기는 하지만 그것의 영향이 일률적이었다고 말하려는 것도 아니다. 다시 말해 서로 다른 독자들이 반드시 똑같은 방식으로 동일한 텍스트를 읽지는 않았을 것이라는 것이다. 중요한 것은 단지 중국 남부 지방에 두루 공통적으로 접할 수 있는 일군의 텍스트와 심지어 특정의 책들이 있었다는 사실이다.[15]

사업적인 관점에서 보자면, 꾸준한 베스트셀러 가운데서도 확실한 핵심 서적을 출판하는 데 초점을 맞춘 것은 특히 쓰바오 출판업자들에게는 현명한 일이었다. 그들은 푸젠 서부의 산지에 고립되어 있었기에 서적 거래의 동향에 관한 새로운 소식에 즉각적으로 또는 신속하게 접근하지 못했다. 쓰바오는 검증되지 않은 텍스트의 출판에 운을 걸 만한 처지가 못 되었기에, 그곳에서 출판한 소설이 이미

13 쓰바오에서도 쓰바오 객가의 하위방언에 대해 적어도 두 권의 책을 펴낸 것은 사실이다. 이것은 분명 제한된 지역에서의 판매와 이용을 위해 기획된 것이었다. 그러나 이런 텍스트는 현전하는 책들 가운데 극히 일부분이다. 또 그것들은 쓰바오의 쇠퇴기에 나온 인쇄본이며, 이는 이러한 책들이 쇠락해가는 시장에 대한 하나의 반응으로서 출판되었다는 것을 설명해 준다.

14 루실 쟈(Lucille Chia), 『영리를 목적으로 한 출판: 푸젠 성 젠양(建陽)의 상업적 출판인들(11세기-17세기)(Printing for Profit: The Commercial Publishers of Jianyang, Fujian(Song-Ming/11th-17th Century))』(Ph.D. dissertation, Columbia University, 1996), 260쪽.

15 이러한 공통된 핵심 서적과 그것이 명청 시기 도서 문화에서 차지하는 위치에 대한 좀 더 충분한 논의로는 신시아 브로카우의 「중국 청대의 목판인쇄와 인쇄 보급(Woodblock Publishing and the Diffusion of Print in Qing China)」, 180쪽-183쪽을 참고할 것. 제임스 헤이즈(James Hayes)가 20세기초 홍콩 지역의 서면 자료에 관한 연구에서 소개한 일련의 촌락 텍스트들과 현존하는 쓰바오의 인쇄본이 눈에 띄게 유사하다는 점은 아마 우연이 아닐 것이다. 데이비드 존슨(David Johnson), 앤드류 네이선(Andrew H. Nathan), 이블린 로스키(Evelyn S. Rawski)가 엮은 『명청 시기 중국의 대중문화(Popular Culture in Late Imperial China)』(Berkeley: University of California Press, 1985) 가운데 제임스 헤이즈의 「촌락 세계의 전문가와 서면 자료(Specialists and Written Materials in the Village World)」 78-92쪽을 참고할 것. 또 제임스 헤이즈의 「청말과 20세기 초 중국의 대중문화: 수집을 통해 만들어진 홍콩의 도서목록(Popular Culture of Late Ch'ing and Early Twentieth Century China: Book Lists Prepared from Collecting in Hong Kong)」(*Journal of the Hong Kong Branch of the Royal Asiatic Society* 20, 1980), 168-181쪽과 「중국 청말의 대중문화: 홍콩지역의 인쇄본과 필사본(Popular Culture in Late Ch'ing China: Printed Books and Manuscripts from the Hong Kong Region)」(*Journal of the Hong Kong Library Association* 7, 1983), 57-72쪽을 볼 것.

대중성이 입증된 것들이었다는 점은 놀라울 것이 없다. 쓰바오가 주요한 문화 중심지의 바깥에 위치했다는 것을 감안한다면, 그들이 까다로운 장서가들의 눈길을 끌 만한 선본을 펴내거나 루실 자(Lucille Chia)와 로버트 헤겔(Robert E. Hegel), 캐서린 칼리츠(Katherine Carlitz)가 이 책에서 쓴 글에 기술한 바 있는 희곡과 소설에 관한 판본으로 유명했던 난징 출판업자들처럼 틈새시장을 위해 출판하는 것은 그다지 유리한 일이 아니었다. 오히려 그들의 성공은 일관되면서도 비싸지 않고 믿음직한 베스트셀러에 대한 다양하지만 주로 시골 오지에 살고 있는 독자들의 요구를 만족시키는 그들의 능력에 달려있었다. 쓰바오에 있는 가족을 부양해야 했기에, 출판업자들은 그들의 박한 이문을 고려하면, 주요 도서 중심지의 문인 출판인들이나 대형 상업 출판사에서나 할 수 있었던 그런 방식으로 위험을 감수하거나 전문화할 여력이 없었다.

앞으로의 조사에서 19세기에 가장 잘 팔렸던 책들 가운데 공통된 핵심 서적들이 존재했다는 주장이 확인된다면, 우리는 상업적 출판, 특히 쓰바오와 같은 곳에서 조직된 것과 같은 상업적 출판이 명청 시기의 문화적 통합을 촉진하는 데 있어서 수행했을지도 모르는 역할에 관하여 좀 더 확신을 갖고 이야기할 수 있을 것이다. 물론 쓰바오 출판업자들은 그들이 판매가 보장된 일련의 책들을 펴냄으로써 수익을 얻는 데 있어서, 처음에는 기존의 통합 정도에 의존하고 있었다. 하지만 그들의 노력은 확실히 그러한 책들의 대중성을 강화하는 데 기여했다. 쓰바오를 모델로 하면서 (그리고 위에서 제기한 경제적인, 그리고 지리적인 논의를 가져오면서), 우리가 출판지들의 위계를 위에서 아래로 훑어나갔을 때 이렇듯 공유된 책들 또는 텍스트 유형 가운데 핵심으로 가정되는 것들이 출판업 인쇄본의 대다수를 차지한다고 추정할 수 있을지도 모른다. 곧 (베이징이나 강남의 도시들에 있는 출판사와 같이) 좀 더 크고, 좀 더 중심지에 가까운 출판사에서는 주변적인 책들을 많이 찍어내면서도 이러한 필독서를 찍어내거나 (난징의 출판업자 리광밍(李光明)이 그랬던 것처럼) 핵심 가운데 일부, 이를테면 희곡이나 초급 독본, 의서를 전문적으로 펴내는 데 심혈을 기울였을 것이다.[16] 위계의 아래로 내려가면, 출판사들이 좀 더 넓은 시장을 겨냥한 대중적인 책들을 펴내는 데 의지해야 하는 만큼, 이렇게 '별도로' 펴내는 책들의 숫자는 줄어들고, 공통된 핵심 서적에 점점 더 분명하게 초점이 맞춰지게 될 것이라고 예상할 수 있다. 18세기와 19세기에는 쓰바오와 같이 생존을 위해 이러한 핵심 서적들에 의존했던, 주변 지역에 위치한 좀 더 낮은 수준의 출판지가 부상함에 따라, 일종의 수요와 공급 사이의 변증법 속에서, 판매를 위해 제공된 도서들의 동질성이 강화되었다. 이러한 [수요와 공급의] 변증법은 쓰바오가 사업을 벌였던 시장에서는 특별한 힘을 가졌을 텐데, 이러한 곳에서는 공급의 제한이 수요를 특징지었기 때문이다.

지금 손쉽게 확인할 수 있는 증거를 바탕으로 한다면, 이러한 핵심 장르와 서적에 관해 또 다른 사항을 지적하는 것이 가능하다. 그것은 곧 핵심 장르와 서적들이 오랫동안 비교적 안정적으로 남아있

---

16 장슈민(張秀民), 『중국인쇄사(中國印刷史)』(上海: 上海人民出版社, 1989년), 558쪽.

었다는 것이다. 쓰바오에서 확인되는 증거들은 18세기말과 19세기말 사이에 간행된 도서의 유형에 중대한 변화가 거의 없었다는 사실과 특정한 서적이 비교적 높은 연속성을 가지고 출간되었다는 점을 시사해준다. 이러한 안정성에는 합당한 사업적인 이유가 있었다. 곧 (서적 출판에서 가장 비용이 많이 드는 단계에서) 일단 쓰바오의 출판업자들이 한 권의 책에 대한 목판을 소유하게 되면, 그들이 계속해서 그 책을 찍어내고 판매하는 것이 더 현실적이었던 것이다. 사실 한 분야의 새로운 책을 출판하게 되면, 그것을 찍어내는 데 필요한 자본의 투자는 차치하고라도, 같은 분야의 이전에 출간된 책의 판매를 떨어뜨리는 쪽으로 작용하게 될 뿐 아니라, 실제로 그 책을 출판하기 위해 투자한 자본의 일부를 낭비하게 된다. 그리하여 목판 인쇄 기술과 (출판업자가 새로운 흐름을 자각하는 것을 지체시켰던) 쓰바오의 고립이라는 두 요소 모두 혁신에 방해가 되었다. 물론 19세기와 20세기에 그들의 출판 목록에 새로운 서명이 몇 개 더해지긴 했지만,[17] 그 핵심에는 17세기와 18세기 이래 전통적으로 선호되었던 상당히 안정적인 컬렉션들이 남아 있었다. 이를테면 원하이러우(文海樓)의 『사서정문(四書正文)』과 같은 사서 판본, 『삼자경(三字經)』이나 『증광현문(增廣賢文)』과 같은 초급 독본, 『당시삼백수주석(唐詩三百首註釋)』과 같은 당시 선집, 『휘찬가례첩식집요(彙纂家禮帖式集要)』와 『수세금낭(酬世錦囊)』과 같은 일용 유서(日用類書), 『험방신편(驗方新編)』과 같은 본초학 지침서, 『나경해(羅經解)』와 『복서정종(卜筮正宗)』같이 잘 알려진 풍수 입문서와 점복 지침서 등이 그것이다.

쓰바오 텍스트의 표본 추출

상당히 오랜 시간 동안 이러한 공통된 핵심 서적들이 존재했다는 사실은 "중국 문화유산의 통일성과 그 서면적 토대가 얼마나 높이 평가되고, 얼마나 광범위하게 유포되었으며, 또 얼마나 깊이 침투했는지"에 대한 증거로 해석되었다.[18] 하지만 쓰바오에서 나온 인쇄본 가운데 현재까지 남아 있는 것으로 볼 때, 우리는 이런 식으로 가정한 통일성에서 이끌어낼 결론에 대해 신중해야 하는데, 그것은 최소한 다음의 두 가지 이유 때문이다. 첫째, 쓰바오에서 나온 자료는 그런 식의 획일적인 주장에 대해 이의를 제기할 만큼 그 자체로 매우 다양하고 다방면에 걸쳐 있다. 경서와 초급 독본, 사전, 명문선집, 공구서, 일용 유서(日用類書), 대련 선집, 의학 소책자, 본초학 지침서, 소설, 점술서 등과 같은 쓰바오의 인쇄본들은 서로 다른 관심과 취향을 가진 다양한 독자들의 눈길을 끌기에 충분했다. 가령 쉬완이나

---

17 그럼에도 불구하고 이러한 책들은 대부분 전통적으로 쓰바오 출판업자들이 출판한 것과 같은 범주의 책이었다. 즉 20세기 초 쓰바오의 출판업자들은 약간의 새로운 군담소설을 펴냈지만, 새로운 유형의 책들(5·4시기의 현대소설 또는 새로운 교육 체제 하의 교과서)은 결코 쓰바오 인쇄본의 일부가 아니었다는 것이다.

18 제임스 헤이즈의 「촌락 세계의 전문가와 서면 자료」, 110쪽을 볼 것.

웨츠와 같은 청대 다른 출판지에서 나온 인쇄본에 대한 예비적 조사를 해보면 공유되는 텍스트적 전통 안에 가지각색의 다양성이 있다는 이러한 인상이 더 확고해진다.

둘째, 문화유산의 통일성에 대한 강조는 불가피하게 영향의 획일성이라는 사고를 낳아, 같은 텍스트를 접하는 것이 같은 사고방식의 발전을 의미하는 것이라고 가정하게 만들 위험이 크다. 학자들은 이미 그 같은 위험성을 지적한 바 있다. 곧 한 텍스트의 영향이 그 내용으로부터 추론될 수 있으며 모든 독자들이 단일한 텍스트에 대해 예측 가능하면서 비교적 통일된 방식으로 반응할 것이라고 가정한다든지, 또 어떤 사회 집단이 하나의 텍스트에 대해 통일된 반응을 보인다고 여김으로써 특정한 사회 경제적 계층의 모든 구성원이 어떤 텍스트를 동일한 방식으로 이용하게 되고 이에 따라 그 텍스트가 특정 집단의 정신구조, 곧 망탈리떼(mentalite)를 대표하는 것으로 간주될 수 있다고 가정할 위험이 있다는 것이다. 따라서 독서관습과 어떤 서적의 영향에 대해 명확한 결론을 내리기 전에 특정한 독자들이 특정한 텍스트에 어떻게 반응하는지를 알 필요가 있다.[19]

하지만 쓰바오의 경우 우리는 실제 독자들이 어떤 하나의 텍스트를 어떻게 이해했고, 어떻게 이용했는지에 대해 거의 아무 것도 알지 못한다. 그러므로 여타 자료라든지 텍스트나 그림들 가운데 당시 사람들이 읽기와 쓰기 행위에 관해 기술해 놓은 것, 그리고 (여기에서 내가 할 일이 되겠지만) 읽기와 해석의 보조 장치, 체제, 그리고 물리적인 품질에 함축되어 있는 것과 같은 "가장 최소한의 역량을 가진 독자가 갖추었을 능력이나 기대치를 보여주는 것"으로 눈을 돌릴 필요가 있다.[20] 텍스트의 레이아웃, 특히 유사한 텍스트의 레이아웃과 텍스트에 덧붙여진 평점의 종류, 그리고 정보를 전달하기 위해 이용된 다양한 수사적 방법들을 조사해보면, 그러한 텍스트에 함축되어 있거나 경우에 따라서는 명백하게 장려되는 독서 반응의 범위를 제시할 수 있을 것이다.

요컨대 나는 쓰바오 인쇄본의 일부인 경서와 교육 입문서를 선택했는데, 그것은 첫째, 인쇄본들의 동질성에 포함되어 있을 수 있는 어떤 다양성을 제시하기 위해서이고, 둘째, 이러한 텍스트들에 함축되어 있는 다양한 독서 기대치와 접근법에 대한 분석을 통해 '문화유산의 통일성'이라 할 인쇄본의 동질성이 어떻게 이런 텍스트들에 대한 다양한 독서 경험과 상이한 '전유'로 귀결될 수 있는가 하는 것을 보여주기 위해서이다.[21]

---

19 이러한 주장에 대한 요약으로는 로저 샤르티에(Roger Chartier)의 『근대 초기 프랑스에서의 출판의 문화적 효용(The Cultural Uses of Print in Early Modern France)』(Lydia G. Cochlane trans., Princeton: Princeton University Press, 1987), 3-12쪽을 참고할 것. 이 문제에 대한 좀 더 명백한 논증으로는 카를로 긴즈버그(Carlo Ginzburg)의 『치즈와 구더기: 16세기 방앗간 주인의 우주(The Cheese and the Worms: The Cosmos of a Sixteenth-Century Miller)』(John Tedeschi and Anne Tedeschi trans., Baltimore: Johns Hopkins University Press, 1980)를 볼 것.

20 로저 샤르티에(Roger Chartier), 『형식과 의미: 코덱스에서 컴퓨터까지의 텍스트와 공연, 그리고 청중(Forms and Meanings: Texts, Performances, and Audiences from Codex to Computer)』(Philadelphia: University of Pennsylvania Press, 1995), 93-94쪽.

21 전유(appropriation)의 개념에 대해서는 로저 샤르티에의 『출판의 문화적 효용』, 3-12쪽을 볼 것.

경서

쓰바오의 출판 역사 내내 경서는 쓰바오 인쇄본의 중심이었다. 다른 쓰바오의 출판사(書坊)들이 막 쇠퇴하기 시작할 때인 19세기 말에 최고의 번영을 누렸던 출판사인 원하이러우(文海樓)의 회계 장부는 원하이러우의 총 서적 거래량 가운데 대략 22퍼센트가 경서류였다는 사실을 말해주고 있다. 다시 말해서 그들이 팔았던 전체 텍스트(8,440)의 22퍼센트가 경서였다는 것이다. 이 가운데 52퍼센트가 사서(四書) 판본들이다. 회계 장부에서 경서류의 나머지를 차지했던 것은 오경이었다. 물론 『시경』이 319종, 『서경』이 316종으로 인기 면에서 『역경(易經)』(121종)과 『예기(禮記)』(42종) 그리고 『춘추좌씨전(春秋左氏傳)』(25종)을 훨씬 능가했다는 차이점은 있다.[22]

13경 전체에서 사서가 상대적으로 중요한 위치를 차지한다는 것은 예상할 수 있는 일이다. 사서는 청대 내내 조기 교육과 과거시험 준비에 있어 중심 텍스트였기에, 그것이 인기가 있었던 점이나 쓰바오 출판 목록에서 지배적인 위치에 있었다는 사실은 놀라운 일이 아니다.[23] 쓰바오는 적어도 20종의 서로 다른 판본의 사서를 출판했다. 그 중 일부 서명을 열거해보면 단순히 원문만을 수록한 『사서(四書)』 이외에도 『사서정문(四書正文)』[광서 연간, 1875-1909], 『사서제해(四書題解)』[1839], 『사서합강(四書合講)』[1839], 『사서장구집주(四書章句集注)』(1841), 『사서보주비지제결회참(四書補注備旨題訣匯參)』, 『사서비지제규(四書備旨題窺)』, 『신증사서비지령제해(新增四書備旨靈提解)』(1886), 『사서집주비지(四書集注備旨)』, 『사서백문(四書白文)』[1839], 『사서체경(四書體鏡)』, 『사서역주(四書繹注)』, 『사서척여(四書摭餘)』(1839) 등이 있다.[24] 실제 텍스트가 대부분 남아있지 않기 때문에, 이 텍스트들의 내용이 얼마나 달랐는지는 알기 어렵다. 현존하는 텍스트를 통해 제목에서의 변형, 특히 좀 더 사소한 변형들은 실제로는 똑같지만 제목만 달리하여 한 군데 이상의 서방에서 출판되도록 허용되었거나, 판매를 위해 새롭게 증보된 판본이라는 인상을 주려고 했던 것임을 알 수 있다.[25] 이를테면 『신정사서보주비지(新訂四書補注備旨)』와 『사서보주비지

---

22 일반적으로 쓰바오 본 경서는 쓰바오의 가장 훌륭한 인쇄본들 가운데 하나였다. 이 텍스트들은 약 27cm×16cm로, 다른 유형의 텍스트들보다 큰 판형이었던 듯하다('전형적인' 쓰바오 본은 대략 16cm×10cm 정도로 아주 작다). 게다가 이 텍스트들은 종종 더 훌륭하게 판각되었고, 종이는 값이 더 저렴했을 다른 텍스트들의 특색을 이루는 거칠고 누런 종이보다 하얗고 질이 좋았다.

23 앨런 바(Allan Barr)의 「네 명의 선생: 리하이관(李海觀)의 『기로등(岐路燈)』에 나타난 교육 문제(Four Schoolmasters: Educational Issues in Li Hai-kuan's Lamp at the Crossroads)」(Benjamin A. Elman, Alexander Woodside eds., *Education and Society in Late Imperial China*, Berkeley: University of California Press, 1994), 55-57쪽.

24 꺾쇠 [ ]로 묶은 연도는 해당 책들이 기록되어 있는 문서의 연도를 가리킨다. [1839]는 짜이쯔탕(在玆堂)[마우(馬屋)]의 소유권을 분할한 바로 그 해의 문서를 가리키며, [광서(光緖) 연간]은 이징탕(翼經堂)의 소유권 분할 문서를 가리킨다. 둥근 괄호 안에 씌어 있는 연도는 책에 인쇄되어 있는 대로의 출판 연도이다. 곧 텍스트의 목판이 새겨진 연도이며 반드시 인쇄된 연도인 것은 아니다. 많은 경우 텍스트의 연대를 정확히 확정짓는 것이 불가능하다.

25 쓰바오 출판업자들은 경쟁으로 인한 출혈을 줄이기 위해, 대부분의 책을 서로 다른 출판사들이 나누어 펴내는 데 동의했다. 그래서 어떤 출판사도 다른 출판사의 판매를 잠식하지 않았다. 비슷한 텍스트를 다른 제목으로 펴낸 것은 이러한 규칙을 교묘하게 비껴가기 위한 수단이었을 것이다. 이런 규칙이 단지 사서에만 적용되지 않았을 가능성도 있다. 또 『삼자경』과 『백가성』 같은 몇몇 보증된 베스

제규회참(四書補注備旨提竅匯參)』의 경우, 모두 홍무(洪武, 1368-1399년) 연간의 관리였던 덩린(鄧林)의 이름으로 가탁되어 있고 실제로 동일한 내용으로 이루어져 있으며, 똑같은 크기와 체제를 갖추고 있다. 단지 편집상의 간격이나 몇몇 장절의 제목, 그리고 학술적으로 기여한 사람들의 명단이 약간 달라 두 판본이 구별될 따름이다.[26]

쓰바오 본 사서 몇 종을 자세히 살펴보면 쓰바오 인쇄본의 주석이나 평점의 종류 및 그 체제의 전반적인 양상에 대한 이해를 가질 수 있는데, 이를 통해 같은 텍스트가 어떤 식으로 다르게 받아들여질 수 있는지를 엿볼 수 있다. 아마도 가장 기본적인 해석 방식은 19세기말에 쓰바오에서 출판된 『사서역주(四書繹註)』에 가장 잘 나타나 있는 듯하다(〈그림 3〉). 여기에서는 경서의 의미를 해석하는 데 도움을 주는(좀 더 작은 글씨로 되어 있는) 별도의 글자들을 원문에 덧붙임으로써, 달리 말하자면 경서의 원문 사이에 끼워 넣는 방식으로 텍스트의 내용을 해석, 또는 (그 제목을 인용하자면) '풀이'한다. 그리하여 쿵쯔(孔子)의 제자 지루(季路)가 귀신을 섬기는 것에 대해 묻는 유명한 구절은 다음과 같은 방식으로 기술된다.

> 季路問事鬼神其所以感通之道何如子曰神人一理也若未能盡事人之道焉能盡事鬼之道予唯先求所以事人焉可矣.[27]

여기에는 별도의 주석이나 평어는 없다. 텍스트의 기본 의미는 뜻을 분명히 해주는 추가적인(밑줄 친) 글자들로 원전의 간명한 고문에 살을 붙임으로써 경서를 '다시 쓰는' 기법을 통해 전달된다.

우쥐포(巫鞠坡)가 대조하고 라이펑첸(賴鳳謙)이 편집했으며 옌마오유(顏茂猷, 17세기 2,30년대에 활동)가 교정한 1868년 원하이러우 본 『사서정문』(전체 제목은 『원하이러우교정감운분장분절사서정문(文海樓較正監韻分章分節四書正文)』)은 의미와 관련된 주석을 다루는 데 있어서 인색하리만큼 매우 신중한 하나의 표본이 되고

트셀러들은 너무나 인기가 있었기에 이런 제한을 받지 않았을 수 있다. 신시아 브로카우(Cynthia J. Brokaw), 「명청 시기 중국의 상업 출판: 푸젠 쓰바오의 쩌우(鄒)씨와 마(馬)씨 가문의 사업(Commercial Publishing in Late Imperial China: The Zou and Ma Family Businesses)」, 73-74쪽.

26 『신정사서보주비지(新訂四書補注備旨)』에는 덩린의 손자 덩위야오(鄧煜耀)가 편찬자로 올라 있고, 바오안(寶安)의 치원유(祁文友)는 편집자로, 장닝(江寧)의 두딩지(杜定基)는 개정 및 증보자로 올라 있다. 『사서보주비지제요(四書補注備旨提要)』에는 덩린의 손자 이름이 생략되고 장청위(張成遇)가 편집자로 올라 있으며, 인위안진(尹源進)이 조수로 추가되었다. 이러한 외견상의 노력은 이것들이 실제로는 같은 텍스트라는 사실을 감추기 위한 것이었다. 그래서 『사서보주비지제규회참(四書補注備旨題竅匯參)』의 "고자장지(告子章旨)"와 "고자절지(告子節旨)"는 그 내용이 동일함에도 불구하고 『신정사서보주비지(新訂四書補注備旨)』에서는 각각 "기류장지(杞柳章旨)"와 "기류절지(杞柳節旨)"라고 제목을 붙이고 있다. 장절 사이의 간격 또한 이들이 서로 다른 텍스트라는 느낌을 주기 위해 바꾼 것이다.

27 "지루가 물었다. '귀신을 섬기는 데 그들과 서로 느끼면서 통하는 방법은 어떤 것이 있습니까?' 공자는 이렇게 대답하였다. '귀신과 사람의 이치는 하나이다. 만약 네가 아직 다른 사람을 섬기는 도리를 완전히 깨닫지 못했다면 어찌 능히 귀신을 섬기는 도리를 완전히 깨달을 수 있겠는가. 바라건대 너는 먼저 사람들을 섬기는 도를 구해야 할 것이다.'" 『사서역주(四書繹註)』하, 2b.(여기서 밑줄을 친 부분은 대체로 『논어』의 원문에 해당한다.)

있다. 전체 제목이 가리키는 것처럼, 이 책의 목적은 사서의 장절 구분과 발음을 표준화하는 데 있는 듯하다(〈그림 4〉). 이 텍스트는 두 부분으로 나누어져 있는데, 아랫난(12.8cm)은 드문드문한 주석과 함께 크고 명확한 글씨로 된(반엽 당 10행×16자) 경서의 본문을 담고 있으며, 협소한 윗난(2.3cm)은 오로지 주석을 위해 할애되었다. 본문 부분에는 구두표기가 없고, 각 장은 첫 머리에 ○를 하나 넣어 구분 지었으며, 각 장 내에서의 관습적인 분단은 첫 글자를 위로 올려 적어 구분하였다. 아랫난에 있는 짧은 주석은 발음과 그에 따른 의미를 일러준다. 『맹자(孟子)』 4.1을 예로 들면, 원문의 처음 몇 줄에 대해서는 '인문(仁聞)'의 '문'은 거성(去聲)으로 읽어야 한다고 하여 그것이 '명성'이라는 뜻임을 지적하는 주석 하나만 달려 있다(밑줄 친 부분이 주석이다).

孟子曰离婁之明公輸子之巧不以規矩不能成方員師曠之聰不以六律不能正五音堯舜之道不以仁政不能平治天下

今有仁心仁聞而民不被其澤不可法於后世者不行先王之道也聞去聲(2.1a).[28]

윗난(페이지 당 20행×5자)에 모여 있는 좀 더 다방면의 내용을 담은 주석은 아랫난의 본문에 나타나는 발음이나 의미에 대해 자세히 설명하고 있는데, 발음에 관해서는 『맹자』의 본문 내용을 읽을 때 꼭 필요한 것보다 더 많은 정보를 제공하고 있지만, 확인이 요구되는 내용이나 의미에 관해서는 필요한 것만큼의 정보가 제공되지 못하고 있다. 그래서 '婁'라는 글자에 대해서는 여러 가지 발음과 의미가 제공되고 있지만('婁'는 樓lou 로 발음되거나 '아끼느라 그 옷을 입지도 않고(弗曳弗婁fu yi fu lü)'라는 『시경(詩經)』의 한 구절에서처럼 廬lü로 발음될 수도 있으며, 사람의 이름이나 성, 또는 동물이나 별자리 이름이 될 수도 있다), 정작 멍쯔가 말하는 특별한 시력을 가진 전설상의 인물인 리러우(離婁)에 대해서는 아무런 설명이 없다. 이 밖에 이 본문 구절에서 또 중요하게 거론되는 궁수(公輸)와 쾅(曠)은 주석에서 전혀 언급되지 않고 있다. 그리하여 윗난에서 되풀이하고 있는 주석(聞去聲)에 대한 확장된 설명에서도 '聞'이 가진 두 가지 가능한 발음과 의미를 다음과 같이 열거하고 있다. "聞은 거성이다. 聞은 汶(wèn)이라고 발음된다. 명성(글자 그대로 '멀리까

28 제임스 레게(James Legge)는 이 대목(4.1)을 다음과 같이 번역하였다. "멍쯔는 이렇게 말했다. '리러우의 밝은 시력과 궁수의 손재주라도 컴퍼스나 자가 없이는 네모와 원을 만들지 못한다. 악사(樂師)인 쾅의 예민한 청각으로도 육율을 쓰지 않으면 오음을 정확히 측정하지 못한다. 야오 임금과 순 임금의 도를 가지고도 어진 정치를 하지 않으면 나라의 질서를 안정되게 지킬 수 없다.'" 리러우는 황디(黃帝) 때 사람인데, 백 걸음 떨어진 곳에 있는 머리카락 한 올도 볼 수 있을 만큼 예리한 시력을 가지고 있었다고 한다. 궁수는 목수의 수호신이 된 루반(魯班)으로 더 잘 알려져 있다. 쾅은 진(晉)나라의 음악가이자 변론가였다. 『중국 경서(The Chinese Classics)』 (James Legge, trans., 再版. 臺北: 文史哲出版社, 1970, vol.1), 288쪽.
【옮긴이 주】 아랫줄의 해석은 다음과 같다. "이제 어진 마음과 어질다는 명성이 있는데도 백성들이 그 은택을 입지 못하고 후세에 본보기가 되지 못하는 것은 선왕의 도를 실천하지 않기 때문이다. 문은 거성이다."

지 알려진 이름')이라는 뜻이다. 聞이 文과 함께 압운될 때 聞은 文(wén)으로 발음되며, 듣는다(글자 그대로 '귀가 소리를 받아들이다')는 의미다."(2.1a)

이것이 핵심이다. 이 책에는 이런 개개의 글자들이 어떻게 전체적인 원문 구절과 조화를 이루는지에 관한 논의나, 실제로 그 원문 구절의 철학적 의미에 대한 논의는 없다. 이 텍스트는 처음부터 끝까지 음운론과 어휘에 대한 흥미가 주석의 내용을 결정하고 있으며, 텍스트의 대의와 관련 있든지 없든지 간에 독자들에게 낱글자를 읽는 가능한 방법들을 제공한다. 이 텍스트는 그 주요 용도가 새로운 글자와 그 글자를 읽는 법에 대한 소개인 것처럼, 『맹자』의 한 판본으로서보다는 사전으로서 더 효과적인 기능을 했을 것으로 보인다. 경서의 표준화된 본문은 단순히 페이지 윗난에 제시되는 표제어들을 위한 원자료로 제공되고 있기 때문이다. 물론 이 텍스트에서 음운론을 강조하고 있는 것이 실제로 이 책이 인기가 있었던 원인이었을 가능성은 충분하다. 곧 이러한 텍스트가 사투리가 많기로 유명한 중국 남부지방에서 특히 유용했을 것이라는 말이다 (객가어를 쓰는 푸젠, 장시, 광둥, 광시 사람들을 포함한). 대중은 글자의 '정확한'(즉 북방의) 발음을 익히기 위해 『사서정문』에서 제공하는 바로 그러한 지침들을 필요로 했을 것이다.

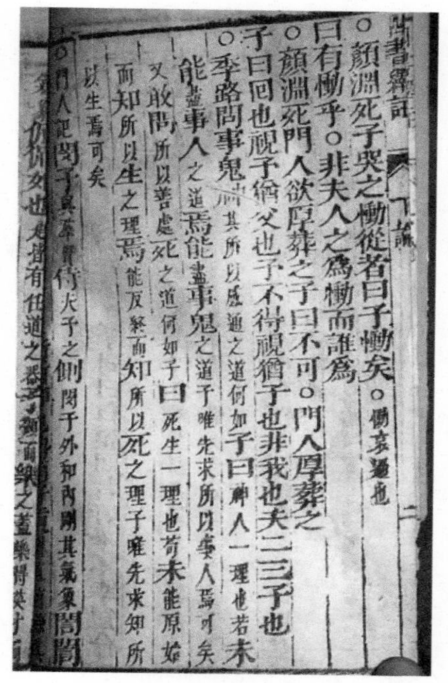
<그림 3> 19세기 말 우거(霧閣) 본 『사서역주』의 한 페이지. 여기서는 『논어』의 뜻을 더욱 분명하게 설명하기 위해 경서의 원문에 살을 붙이는 방식을 쓰고 있다. 사진은 필자가 푸젠 성 쓰바오 향 우거의 쩌우 씨 가문의 한 사람이 개인적으로 소장하고 있는 한 판본을 찍은 것이다.

다른 쓰바오 본 사서는 텍스트의 의미에 대해 좀 더 자세한 주석과 해설을 제공하고 있다. 1883년 판 『원본이론계유인단(原本二論啓幼引端)』(『이륜관문비지(二論串文備旨)』로도 출판되었다. 판목크기: 17.1×25㎝)을 예로 들어보자. 허난(河南)성 퉁바이(桐柏)의 류진허우(劉藎候)가 편집했고 그의 후학인 류마오(劉懋)와 류둬전이 1776년에 출간한 이 텍스트는 8, 9세 되는 학동들을 교육하기 위해 고안되었던 게 분명하다. 서문에서는 이 책이 경서의 틀에 박힌 조기교육 방법인 '암송(背書)'(곧 본문 내용의 의미에 대한 설명 없이 학동들에게 경서의 일부분을 구술을 통해 외우도록 훈련시키는 것)에 대해 이의를 제기하는 형식이라고 말하고 있다(실력 향상에 대한 테스트 방식은 학생들이 선생님 앞에 서서 책을 등 뒤로 들고 해당 본문 구절을 암송하는 것이다). 그 자신이 선생이었던 류진허우는 아이들을 가르치는 이런 접근 방식이 실망스러웠다. 한편으로 경서를 읽고 그것의 "넓고 심오한" 의미를 이해하기에 그들은 너무 어리고 무지했으며, 다른 한편으로 "공연한 말"을 하

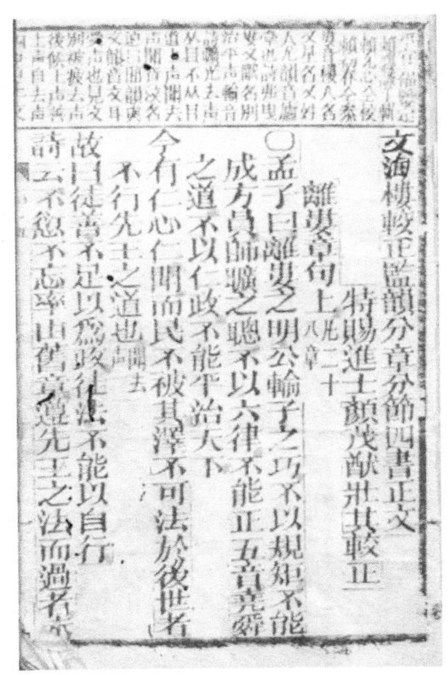
文海樓較正監韻分章分節四書正文
特賜進士顏茂猷卅其較正
離婁章句上 凡二十八章
○孟子曰離婁之明公輸子之巧不以規矩不能成方員師曠之聰不以六律不能正五音堯舜之道不以仁政不能平治天下
今有仁心仁聞而民不被其澤不可法於後世者不行先王之道也
故曰徒善不足以爲政徒法不能以自行
詩云不愆不忘率由舊章遵先王之法而過者

<그림 4> 1868년 우거 원하이러우에서 출판된 『원하이러우 교정감운분장분절사서정문(文海樓較正監韻分章分節四書正文)』(판목크기: 14.6×23.5cm)의 『맹자』 '이루(離婁)'장 첫 페이지. 윗난의 주석은 발음과 기본적인 의미(그리고 아랫난의 경서 본문 가운데 선별된 글자의 또 다른 발음이나 의미)를 제공하고 있다. 사진은 필자가 푸젠 성 쓰바오 향 우거의 쩌우 씨 가문의 한 사람이 개인적으로 소장하고 있는 한 판본을 찍은 것이다.

는 것처럼 본문을 송독하는 것은 그들에게 문어적인 면에서 확실한 도움을 주지 못했다(그리고 아마도 이렇게 말하는 것이 더 적절할 듯한데, 송독하는 구절이 너무 길 경우 학생들은 종종 갈피를 잡지 못했다). 본문을 본문으로써만 설명하려는 기존의 노력은 의미를 왜곡해서 어린 학습자들의 "중요한 학습 능력을 해칠" 우려가 있었다. 아니면 "어떤 때는 본문을 따라가다가도 또 어떤 때는 끊는" 식으로 경서를 조각내어 학습자들을 혼란스럽게 만들었다.

그러나 학생들에게 "올바름을 양성하는" 방법으로 도덕적인 가르침을 제공하는 것은 이런 중요한 연령대에는 필수적인 것이었다. 그래서 류진허우는 『대학』과 『논어』(주시朱熹에 의하면 사서 가운데서 이 두 책은 유가 교육 과정의 기본 텍스트로서 우선적으로 읽어야 한다)에 대한 간단한 해석 작업에 착수했다. 서문의 작자가 "간단함과 복잡함, 평이함과 정밀함, 정확함과 충실함, 원문의 의미에 대한 접근도 등의 정도가 딱 적당하다(「강서이론서(講書二論序)」, 1ab)"라고 찬탄한 것으로 봐서 그 결과는 이상적이었다.

류진허우는 어떻게 이러한 결과를 이루어냈을까? 우선, 그의 텍스트에 대한 해석은 매우 쉬운 구어체 중국어로 씌어졌고, 정통 해석(곧 주시의 『사서집주』에 제시된 해석)의 기본적인 의미를 제시해 줌으로써 혹시라도 헷갈리게 할 만한 존재론에 관한 복잡한 설명을 없애버렸다. 두 번째로 이 책은 학습자가 그것을 매우 천천히 통독하게 하는 방식으로 구성되어 있고, 자구에 대한 (종종 반복적인) 수많은 주석들을 제공하고 있다. 류진허우는 관습적인 행간 논평 구조를 따랐다. 하지만 그는 페이지를 두 부분으로 나누었는데, 윗난은 글자들의 의미를 설명하기 위해 고안했고 아랫난은 텍스트에 대한 설명을 구체적으로 서술하기 위해 고안한 것이다. 서문에서 "글자들과 구절들은 상호간에 서로를 분명하게 해준다."(「강서이론서」, 1b)라고 말하고 있는 것처럼, 이 두 부분은 상호 보완적 역할을 할 수 있을 것으로 여겨졌다. 윗난에서 단락들은 비록 비평에 의해 종종 끊기거나 낱글자들로 분해되기는 하지만 경서에 나오는 하나의 문장 전체 또는 하나의 완결된 사상을 보충해주는 글자나 구절들로 이루어져 있다. 아랫난에서는 단락들이 본문의 구절들을 중심으로 밀집해 있는데, 이 부분은 이어질 내용에 대한 서론적 개요나 경서의 한 구절, 그리고 그 구절에 대한 구어체 해석으로 이루어져 있다.

여기서 그 한 예로서 『논어』의 첫 구절인 "子曰學而時習之不亦說乎"가 텍스트의 아랫난과 윗난에서 다뤄지는 방식을 제시해 본다(○들은 텍스트와 평점으로 된 각각의 단락을 나누고 있다).

> 子는 '선생님'을 의미한다. 그의 성은 쿵(孔)이고, 이름은 츄(丘)이며, 자는 중니(仲尼)이다. 그는 노(魯)나라의 현인이었다. 曰은 '말하다'의 뜻이다. 子曰은 선생님의 말씀을 뜻한다. 學은 선인들의 방식을 모방하는 것이다. 내가 모르는 바를 그것을 아는 사람들로부터 배우고, 내가 하지 못하는 바를 그것을 할 수 있는 사람에게서 배우는 것이다. 전적들을 해석하는 것과 일을 처리하는 것은 둘 다 공부이다. 무릇 고대인들은 인자하고 의롭고 충성스럽고 믿음직스러웠으며, 지칠 줄 모르고 덕행을 좋아하였다. 時는 '때'를 뜻한다. 習은 '익히다'라는 의미이다. 時習之는 '배운 것을 공부하고 꾸준히 그것을 익히는 것'을 의미한다. 說은 '기쁘다'라는 의미이다. 不亦說乎 마음이 어찌 즐겁지 않을 수 있겠는가. ○ 이 절은 스스로 공부하는 것의 이로움을 설명하고 있다. ○ 이 장은 공자께서 공부의 유익함을 이용하여 사람들에게 공부하도록 촉구하고, 그들로 하여금 공부를 즐길 수 있도록 고무하셨음을 보여준다. 당연히 공부를 즐길 수 있는 사람은 군자가 될 것이다. 子曰 공자께서 말씀하시기를 ○ 누구나 쉽게 공부를 통해서 훌륭해질 수 있다. 學而時習之 내가 모르는 바를 그것을 아는 사람들로부터 배우는 것이다. 내가 하지 못하는 바를 그것을 할 수 있는 사람에게서 배우는 것이다. 내가 학습을 마쳤을 때, 나는 끊임없이 내가 학습한 것을 익힌다. ○ 不亦說乎 그 마음이 자연히 흡족해진다. 이것이 공부를 훨씬 즐겁게 하지 않겠는가? ○ 나는 배우는 것을 즐긴다(1a).

간략화된 형식과 구어체적인 언어를 쓰기는 했지만, 이러한 다소 억지스런 해석은 우리가 중국 경서에 담긴 주시의 정통 해석 가운데 실질적으로 유용한 부분이라고 말할 수 있는 것을 재생산한다. 가령 여기서는 (책을 통해 배우는 것으로서 '공부하다'라고 보았던 허옌[何晏]의 해석 대신) 학(學)을 '흉내내다(效)'라는 뜻으로 본 주시의 해석을 채택하고 있다. 또 여기서는 배우는 사람이 (가져야 할 태도뿐 아니라) 취해야 할 행위의 실제적인 과정을 강조하고 있다. 즉 덕행이 더 뛰어난 사람들의 행위를 본받고 그러한 행위를 끊임없이 실천하거나 익히며, 그 모든 과정이 즐거운 것임을 깨달아야 한다는 것이다. 여기서는 주시가 [청이(程頤)와 셰량쭤(謝良佐)의] 자료들을 인용한 것과 ("習은 새가 날 때 날개가 반복적으로 빠르게 움직이는 것이다"와 같은) 그의 더 풍부한 정의, 그리고 결정적으로 이 구절을 사람이 공부로부터 얻는 즐거움에 대한 그의 존재론적 해석과 연관시키려 했던 주시의 노력은 생략하였다. 즉 인간의 본성이 선천적으로 선하며, 따라서 사람은 선량한 사람들을 따라 배움으로써 선을 이해할 수 있게 되며, 행복하게 자신의 원래의 본성으로 되돌아가게 된다는 주장은 생략되었다는 것이다.[29]

---

29 『사서집주』, 『사부비요』 판, 『논어』 1a. 번역문은 다니엘 가드너(Daniel K. Gardner)의 『주시의 『논어』 읽기: 경전, 비평, 그리고 고전의 전통(Zhu Xi's Reading of the Analects: Cannon, Commentary, and the Classical Tradition)』 (New York: Columbia University Press, 2003), 31쪽에서 인용.

이처럼 류진허우는 결국 실제적인 윤리적 메시지와는 아무 관련이 없는 심오한 의미를 언급하여 학습자들을 좌절시키지 않으면서도 그의 젊은 학습자들에게 텍스트에 관한 적절한 해석을 제공한다는 목표를 달성했다고 할 수 있다. 여기서 류진허우의 목표 가운데 하나가 도덕적인 것이었음은 분명하다. 가령 『이론계유인단(二論啓幼引端)』이라는 그의 책 제목은 그가 자신의 텍스트를 그의 학습자들에게서 '덕행의 싹을 이끌어내는(引端)' 하나의 수단으로 간주했다는 것을 보여준다(「강서이론서」 2a).

하지만 그는 젊은 학습자들을 위해 텍스트를 언어적, 그리고 의미론적으로 알기 쉽게 만들겠다는 그의 또 다른 목표에서도 성공을 거두었다. 텍스트의 윗난에서는 경서의 본문을 '子, 曰, 學, 時, 習, 說'과 같이 낱낱의 단위로 쪼개었다. 각각의 단위는(쿵쯔에 대한 약간의 전기적 정보와 함께) 각기 정의되었다. 그러나 더 풍부하게 해석하는 부분에서는 어김없이 본문 구절의 대의로 되돌아왔다. 아랫난에서는 (주시의 비평에서 사용된 완전한 문장 단위보다는 훨씬 짧으면서도) 더 통일성 있는 구절들로 텍스트를 소개하였다. 또 본문 구절의 도덕적 의미가 먼저 각 단락에 대한 서두의 간단한 구어체 개요를 통해 강조되고, 이어서 경서로부터 따온 구절에 뒤따르는 역시 쉽고 종종 반복적인 구어체 해석을 통해 강조된다. 비록 단순하고 부수적인 문제이기는 하지만, 여기서 『논어』에 대한 정통의 해석을 명확히 이해하는 데 있어 유일한 걸림돌은 텍스트의 매우 열악한 제작의 질이었고, 빽빽하게 쓰인 희미한 글자들은 쉬운 백화체 해석을 해독하기 힘들게 만들었다.

쓰바오는 사서에 대한 더 정교한 비평서도 간행하였다. 『사서보주비지제결회참(四書補註備旨題訣匯參)』(〈그림 5〉)을 예로 들면, 각 페이지마다 세 개의 매우 조밀하게 인쇄된 텍스트의 난들로 이루어져 있는데, 다소 중복적이기는 해도 서로 다른 주석과 설명들을 배치함으로써 본문에 대한 상세한 지침을 제공해 준다. 당시 일반적이었던 것처럼, 경서 본문은 가장 넓은 아래쪽 공간(15.3cm)에 가장 큰 글자로 인쇄되어 있다. 경서의 한 두 구절과 네 개의 서로 다른 유형의 주석들로 이루어진 본문의 단락들은 ○들에 의해 구분되어 있다. 경서의 각 문장은 구절들로 나뉘어졌고, 각각의 구절들 다음에는 그에 대한 정의 또는 (문언으로 쓰인) 간단한 해석들이 작은 글자들로 제시되어 있다. 한 문장 전체에 대한 주석이 끝나면, 주(注)라고 제목이 달린 한 단락이 주시의 『사서집주』로부터 한 글자 한 글자 그대로 충실하게 옮겨 적은 정통 주시의 비평(그것에 정통하는 것은 과거시험의 성공에 필수적이었다)을 제시한다. 그 다음에 강(講)이라고 씌어 진 부분에서 해당 본문을 더 풍부하게 설명하면서 그 함의에 대해 상술한다. 그리하여 가령 멍쯔(孟子)와 가오쯔(告子)의 논쟁에 관한 첫 구절(告子曰性猶杞柳也義猶本桮棬也以人性爲仁義猶以杞柳爲桮棬)의 경우, 먼저 주석이 제시되고 이어서 주시의 비평을 따른 주해가 서술되며, 그 다음으로 다음과 같이 '상술'된다.

【옮긴이 주】 이 부분과 관련된 주시 집주의 원문은 다음과 같다. "學之爲言, 效也. 人性皆善, 而覺有先後, 後覺者, 必效先覺之所爲, 乃可以明善而復其初也."

과거에 가오쯔는 사람의 본성이 악하다고 여겨 인성과 인의(仁義)를 둘로 나누었다. 그리고 그는 멍쯔에게 이렇게 말했다. "오늘날 사람의 본성에 대해 말하는 사람들은 한결같이 사람의 본성이 선하다고 여기고, 인의를 말하는 사람은 모두 인의가 사람의 본성에서 나온다고 여깁니다. 내 관점에서 보자면, 사람은 태어나면서부터 인성을 지닙니다. 그의 인식과 행위는 마치 버드나무(杞柳)가 무정한 것처럼 무정한 것입니다. 인의의 도의는 나의 본성이 원래 가지고 있는 그런 것이 아닙니다. 마치 부엌세간이나 잔, 그릇 등이 원래부터 버드나무 안에서 그 형태가 정해진 것이 아닌 것처럼 말입니다. 그러므로 인간의 본성은 그것이 강제되고 구부려진 이후에야 비로소 인의가 되는 것입니다. 마치 버드나무가 힘이 가해지고 구부려진 뒤라야 잔이나 그릇이 되는 것처럼 말입니다." 이는 가오쯔가 인의를 인성의 외부적인 것으로 여겼음을 보여준다. 그는 인의가 버드나무의 본성임을 알지 못했던 것이다(『맹자』 하, 4.1a).

이러한 설명은 해석으로서는 거의 추가된 것이 없으며, 이는 단순히 주시가 설명한 것처럼 텍스트의 의미를 부연한 것에 불과하다. 마지막으로 보(補)라고 적힌 짧은 부분에 부가적인 주석들을 담고 있으며, 종종 주(注) 부분에서 언급된 글자들을 정의하거나 명확히 해준다. 이 경우에는 주시가 버드나무로 잔이나 그릇을 만들기 위해 필요한 작용으로 설명했던 글자들을 정의하고 있다. 즉 교(矯)를 '강제하다'로, 그리고 유(揉)를 '구부리다'로 정의하고 있다. 일반적으로 그러하듯이 페이지의 아랫난에서는 주석의 다양한 부분들은 두 줄로 나뉜 세로줄 안에 더 작은 글자들로 인쇄되어 경서의 본문과 분리되어 있지만, 본문의 내용은 연속적으로 이어져 있다.

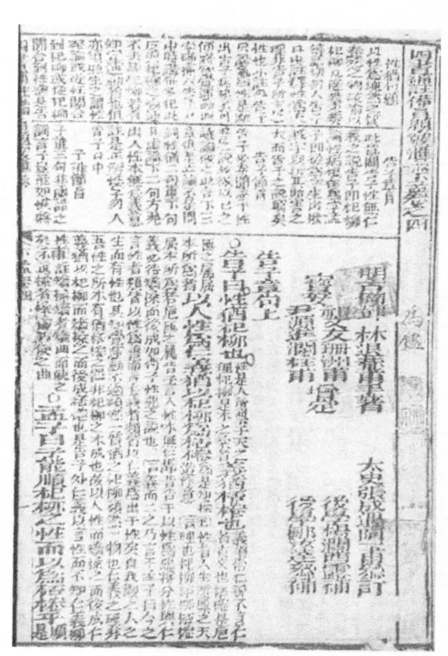

<그림 5> 19세기에 마우(馬屋)에서 출판된 『사서보주비지제결회참』(판목크기: 22.6×31cm)의 한 판본 중의 『맹자』 '고자' 장 첫 페이지. 과거시험 준비용으로 간행된 것이기에, 이 책은 아랫난에서는 (글자에 대한 일부 주석들과 더불어) 경서 원문과 주시의 비평을 제공하고, 위쪽의 두 난에서는 해당 부분의 적절한 해석에 대한 다양한 비평을 싣고 있다. 이 책의 '납작한 글자(扁字)'들은 새기거나 읽기는 어렵지만, 출판업자가 페이지 당 가능한 한 많은 내용을 빽빽이 채워 넣을 수 있도록 해 준다. 사진은 필자가 푸젠 성 쓰바오 향 마우 촌의 마 씨 가문의 한 사람이 개인적으로 소장하고 있는 한 판본을 찍은 것이다.

페이지의 두 번째 난(4.7cm)에서는 해석되는 장(章)과 절(節)을 밝히고 있다. 그리하여 『맹자』 「고자」 장에서의 두 번째 난은 「고자장지(告子章旨)」라는 소절 제목으로 시작되는데, 이 부분에서는 해당 원문의 요지(즉, 인간의 본성에는 인의가 결핍되어 있다는 가오쯔의 견해에 대한 멍쯔의 공박)를 설명한다. 이 부분에서는 가오쯔의 오류의 근원도 지적하고 있다. 즉 그가 '위(爲)'자를 버드나무가 잔이나 그릇의 모양이 되려면 만들

어지거나 힘이 가해져야 하듯이 인간의 본성이 어질고 정의롭게 '만들어져'야 한다고 주장하기 위해 쓰고 있다는 것이다. 멍쯔는 '위'자를 이렇게 사용하는 것은 사실상 인간 본성을 해치는 것을 의미한다고 이의를 제기하면서, 인의는 본래 본성에 내재되어 있는 것이기 때문에 그것을 강제할 필요가 없다고 주장하였다. 이러한 분석으로 가오쯔의 '성악설'을 무너뜨린다.

이러한 논평은 「고자절지(告子節旨)」라는 제목의 또 다른 짧은 글로 이어지는데, 여기서는 다음과 같이 해당 본문에 대한 자못 단막극 같은 과장된 분석이라 불릴 법한 것을 제시한다. "가오쯔는 인간의 본성이 선하다는 멍쯔의 이론을 자주 들었던 것이 분명하고, 그래서 그는 자신의 이론으로 그것을 제압하고자 했다. 이 세 구절은 문제제기를 하고 있다기보다는 본질적으로 모두 그의 이론을 확인시켜 주고 있다." 그 구절들은 쉽게 이해될 수 있도록 의미론적 단위들로 나뉘어져 있다. 그리고 비평은 다소 구어적으로 설명되어 있다. 가령 "성(性)이라는 글자는 가오쯔의 입에 들어가질 않는다고 적절하게 설명하고 있다"는 식인데, 여기서 이 말은 가오쯔가 인간의 본성이 무엇인지를 진정으로 이해하지 못하고 있다는 뜻이다(『맹자』, 하, 4.1a).

가장 공간이 좁은(2.6cm) 윗난은 종종 상당히 긴 편폭으로 해당 본문 중의 글자로 이름 붙여진 특정한 주제("性猶句題")를 다루고 있다. 여기서 우리는 다시 한 번 국가적으로 공인된 주시 학설의 영향을 볼 수 있다. 여기서 논증하고 있는 것은 인성에 관한 가오쯔의 견해가 잘못되었다는 것이지만, 텍스트는 더 나아가 가오쯔의 관점에 무엇이 잘못되었는지를 설명하고 있다. 곧 가오쯔가 "버드나무(杞)를 인성과 같은 것으로만 인정했기" 때문에 잘못이라는 것이다(『맹자』, 하, 4. 1a-3a). 비록 이 점이 아주 충분하게 구체화되지는 않았지만, 정통적인 인성관의 존재론적 토대에 대해 처음으로 언급하면서 주시 해석의 근저에 놓여 있는 폭넓은 사상을 독자들에게 소개해주고 있다. 이와 같은 여러 주석들은 물리적으로 잘 들어맞지 않아서, 윗난의 주석은 종종 본문보다 앞서 나가며 한 두 페이지 떨어진 본문 구절들에 관해 언급한다. 빽빽하게 인쇄된 텍스트를 좀 더 읽기 쉽게 해주는 구두점은 달려 있지 않다.

이 텍스트는 분명 『이론계유인단』이 목표로 삼았던 것보다 높은 수준의 학습자들과 과거시험의 길에 들어서 있지만 여전히 숙련되지 않았거나 식견을 가지지도 못한 학습자들을 위해 고안된 것이다. 『사서보주비지제결회참』 중 '고자' 장은 『사서집주』에서 한 글자 한 글자 그대로 가져와 정통 해석을 제공해주고 있다. 이러한 해석은 텍스트를 읽는 올바른 방법으로 제시되고 있다. 따라서 (아마도 단순히 모든 독자가 이미 주시가 평어의 작가라는 사실을 알고 있을 것이라고 가정되었기 때문에 주시의 이름이 거론되지 않았을 것이라 하더라도) 독자는 주시라는 이름 때문에 고민하지도 않고, 물론 논쟁적인 견해들이 존재할 수 있다는 어떤 암시로 인해 걱정하지도 않는다. 한 간략한 하위 논평에서는 가오쯔가 '강제하다'와 '구부리다'의 의미로 사용한 '위(爲)'자에 대한 멍쯔의 비판을 분명히 해주는 주시 평어 중의 결정적인 두 글자(矯와 揉)에 대한 주석이 제공되고 있다. 그리고 나서 편집자는 정통 관념을 구체화하는 것과 가오쯔는 그르고 멍쯔가 옳다는 점을 납득시키는 데 상당한 지면을 할애한다. 아마도 이러한 원전들에 좀 더 익숙한 독자라면 여기서처럼 그런 지적을 자주 반복할 필요가 없었을 것이다. 결국 주(注), 강(講), 보(補), 장지(章旨), 절지(節旨), 구제(句題) 등 심사숙고해서 만든 장치들은 모두 텍스트에 생소한 독자, 곧 불확실함의 그늘을 넘어 "시험에 무엇이 나올 지"를 알고 싶어 하는 학습자들을 위해 본문에 대한 정주(程朱)의 정통 해석을 설명해주는 기능을 하고 있는 것이다.

사서에서 오경으로 관심을 돌려보면, 우리는 쓰바오 본 오경이 일반적으로 공통된 형식과 주석의 모델을 따르고 있다는 점을 발견할 수 있다. 이들 텍스트에 포함되어 있는 해석 자료들은 오히려 간단한 편인데, 간간이 경서의 본문 사이에 삽입되는 세로의 두 줄로 이루어진 일반적인 행간 형식의 논평으로 이루어져 있다. 그러나 몇몇 텍스트들은 이런 전형적인 형식뿐 아니라 일부 글자의 오른편에 적는 주석(旁訓)도 포함하고 있는데, 그런 구절들은 보통 어떤 문제의 도덕적 혹은 정치적인 의의를 강조하고 있다. 이러한 텍스트들은 또 부가적인 주석을 담은 짤막한 윗난을 포함하는 경우도 있다. 이러한 텍스트들의 대부분은 구절이 끊김을 가리키거나 중요한 구절을 강조하는 부호들(안이 비어있거나 까맣게 채워져 있는 ○ 또는 、)로 구두 표기가 되어 있다.

아주 초보적인 수준의 이런 구두법은 독자들에게 텍스트를 어떻게 이해해야 하는지 가르쳐주며, 또한 텍스트의 중요한 부분이 무엇인지를 알려준다.[30] 구두점의 존재는 학생들이 텍스트를 처음 읽는 동안 그들을 지도하고자 하는 교과서로서의 성격을 드러내고 있는 것으로 보인다. 문학에 정통한 학자들은 구두점이 찍힌 텍스트를 필요로 하지 않았을 것이기 때문이다(그리고 실제로 구두점이 필요할 것이라는 생각 자체가 그들에게는 모욕적인 것으로 느껴졌을 것이다). 그러나 이런 점에서 볼 때, 오경을 시작하기 전에 학생들이 읽었을 위에서 언급한 모든 쓰바오 본 사서에 구두점이 달려 있지 않다는 점은 흥미롭다. 이것은 교육과정에서 차지하는 사서의 지위와 관련이 있을 것이다. 곧 사서는 학생들이 배우게 되는 최초의 경서였기에, 그들은 적어도 처음에는 경서가 가지는 의미에 유념하지 않고 기계적으로 외웠던 것이다(그러나). 학습자가 마침내 사서를 책으로 대면하게 되었을 때에는 암기 과정에서 적절하게 구절을 끊을 줄 알게 되어 어떤 구두점도 필요 없었을 것이다.

쓰바오 본 오경의 두 가지 간단한 예는 이들 텍스트의 구성에 대한 약간의 이해를 제공하는 데 도움이 될 것이다. 1819년 본 『서경정화(書經精華)』의 넓은 아랫난에는 작은 글자의 평어가 두 줄로 인쇄된 행들과 큰 글자의 경서 원문이 인쇄된 행들이 엇갈려 배치되어 있다. 각각의 글자의 뜻이나 발음에 대한 지침은 그 글자의 바로 뒤에 나오지만(이를테면, 曰 뒤에는 粵通[31]이라고 씌어 있다), 본문의 의미에 대한 더욱 충실한 설명은 평어를 위해 마련된 두 줄로 인쇄되는 행들에 한정되어 있다. 윗난은 각 원문 구절의 대의를 설명하고 있는데, 이를테면 '능히 큰 덕을 밝히다(克明俊德)'는 "자기를 수양하는 일"이라고

---

30 구두표기의 역사는 좀 더 연구가 필요한 과제이다. 장슈민(張秀民)은 『중국인쇄사』 (510-512쪽)에서 일반적으로 사용된 기호들에 대한 유용한 도표를 제시하면서도 사용상에 상당한 변동이 있음을 강조하고 있다.

31 【옮긴이 주】 '曰'은 '粵'과 발음이 통한다는 뜻

설명되어 있고, '온 친족을 화목하게 하다(以親九族)'는 "가정을 다스리는 일"이라고 설명되어 있다(『요전(堯典)』, 1a). 이 책의 구두 표기는 경서의 본문과 평어를 ○들을 써서 구절과 문장 단위로 구분하는 간단한 방식으로 이루어져 있다.

『춘추좌전두림회참(春秋左傳杜林匯參)』은 좀 더 일반적인 형식을 따르고 있다. 곧 큰 글자로 된 경서 원문과 쭤츄밍(左丘明)의 해석 및 두 줄로 된 행간 논평을 담은 아랫난과, 본문 내용에 대한 좀 더 자유로운 해석을 담은 윗난의 두 부분으로 이루어져 있다(〈그림 6〉). 그러나 이 텍스트는 또 원문 구절의 의미를 분명히 하기 위해 행과 행 사이에 방훈을 더하기도 하였다. 가령 정(鄭)나라에 대한 초(楚)나라의 잘못된 정책에 대한 태재(太宰) 스춰(石臭)의 비판에 "그것은 (초나라) 자신들에게 어떤 이익도 주지 못하는 전략이다" 라는 간단한 해석을 덧붙이고 있는데, 이는 스춰의 길면서도 완곡한 화법을 따르는 데 어려움이 있는 이들을 위한 것이었다(15.15a). 이 텍스트는 경서 원문에 구두점이 찍혀 있다. ○로 원문 구절을 구분하고 연속된 ○ 또는 、으로 중요한 원문구절을 강조한다. 이것은 독자들에게 도움이 되는 다양한 유형의 평어를 제공하는데, (행간, 측면, 그리고 윗난의) 이들 세 가지 유형의 평어들은 배치나 글자 크기의 차이, 그리고 (구절을 끊어주고 강조하는) 두 가지 구두점을 통해 본문과 분명하게 구분되어 있다.

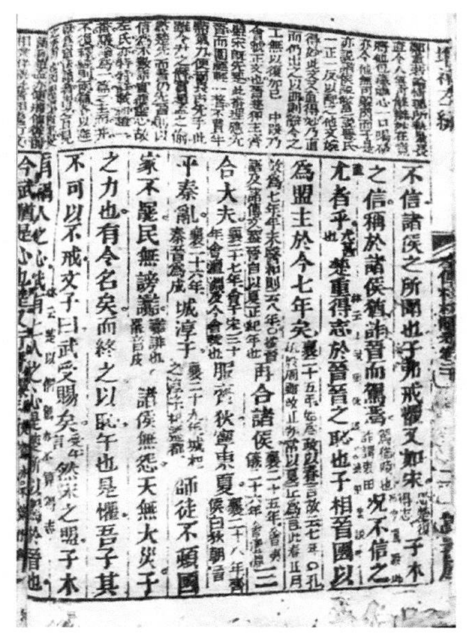

<그림 6> 쓰바오 본 『춘추좌전두림회참』의 한 페이지(판목크기: 16.2×51cm). 과도할 정도로 많은 주석과 해설에 주목할 것. 여기에는 경서 본문 사이에 산재해 있는 행간 비평과 간간이 보이는 방훈(旁訓), 그리고 윗부분의 추가적인 주석이 있다. 사진은 필자가 푸젠 성 쓰바오 향 마우 촌의 마 씨 가문의 한 사람이 개인적으로 소장하고 있는 한 판본을 찍은 것이다.

그래서 일반적으로 쓰바오 본 경서는 지적으로 자극이 될 만한 게 전혀 없다. 해석을 제시하는 데 있어서도 그들은 있는 그대로의 정통 해석을 제공하였다. 이런 지적 경향은 정통 정주(程朱) 이학의 오랜 거점이었던 푸젠(福建) 성 서부의 보수적인 태도를 잘 반영하고 있는 듯하다.[32] 그러나 이것은 또 쓰바오 출판업자들의 뛰어난 사업적 감각을 보여주는 것일 수도 있다. 그들이 출판한 일반적인 경서 판본은 과거시험 공부를 시작하는 단계에 필요한 평어를 제공하는 수준이었고, 그 때문에 더 폭넓은 독자들이 접근하기 쉽고 호감을 가질 수 있게끔 만들었다. 좀 더 독창적이고 복잡하거나 색다른 해석이 소수 전문적인 학자들의 주의를 끌었을지도 모른다. 하지만 상업적인 출판업자들은 책을 파는 것에 우선적인 관심을 두었기에, 마 씨와 저우 씨 출판사 주인들은 실용적인 차원에서 더 많은 독자층의 마음을 끌 수

32 쉬샤오왕(徐曉望), 『푸젠사상문화사강(福建思想文化史綱)』(福州: 福建教育出版社, 1996년), 208-247쪽.

있는 것을 선택했다.

어떤 놀랄 정도로(아니면 조금이라도) 새롭거나 상이한 해석이 없었음에도 불구하고, 4종의 쓰바오 본 사서에 관한 이상의 분석과 같이, 거기에는 동일한 텍스트가 논평과 주석, 그리고 체제를 통해서 나타나는 방식들, 그리고 그에 따라 텍스트가 받아들여질 수 있는 방식들에 있어서 적잖은 다양성이 존재한다. 여기서 특히 서로 다른 논평의 유형은 서로 다른 독서 수준과 경향을 말해준다. 가령 간단한 의미에 대한 기본적인 이해는 『사서역주(四書繹註)』의 '번역'을 통해서 얻을 수 있고, 표준본의 발음과 의미에 관한 전문지식은 좀 더 학문 지향적인 『사서정문(四書正文)』에서 볼 수 있다. 또 『이론계유인단(二論啓幼引端)』은 쉽고 교훈적인 설명의 가르침을, 『사서보주비지제결회참(四書補注備旨題訣匯參)』은 여러 층위의 평어로 정통의 철학적 의미에 대한 충분한 설명을 제시하고 있다. 사실 이 같은 주석의 스타일과 해설 수준의 다양성은 쓰바오 출판업자들만 가지고 있는 것은 아니었다. 명말 이래로(만약 더 이른 시기가 아니라면) 상업적인 출판업자들은 자신들의 고객에게 비슷한 선택의 기회를 제공해왔다. 여기서 주목할 만한 것은 이러한 선택의 기회가 이제 쩌우 씨와 마 씨에 의해 개발된 내륙 지역의 네트워크를 통해서 이전까지는 도서 시장으로 충분히 흡수되지 못했던 독자들에게 제공될 수 있게 되었다는 점이다.

기본적인 교육서

교육을 위한 텍스트의 범주는 경서와 더불어 쓰바오에서 출판이 시작된 이래로 출판업의 중추를 이루었다. 이러한 텍스트의 대부분(특히 초심자의 입문서인 『삼자경(三字經)』, 『백가성(百家姓)』, 『천자문(千字文)』)은 쓰바오 출판업자들이 동일한 텍스트를 여러 출판사가 경쟁적으로 출판하는 데 반대하는 통상적인 관례를 깨고 모든 출판사가 출판하는 것을 묵인할 만큼 보증된 베스트셀러들이었다. 그러나 쓰바오의 교육서들은 학습의 다양한 수준에 걸쳐 있어, 초급 독자들을 위한 교육뿐 아니라 중간 수준의 학습자와 과거 시험에 합격하기 위해 팔고문을 어떻게 쓰는지를 배우고자 하는 진지한 시험 준비생들을 위한 지침도 제공하고 있다.

초급 교육 수준에 있어서, 쓰바오는 어디에서나 볼 수 있는 기초 입문서인 『삼자경』, 『백가성』, 『천자문』 3종뿐 아니라, 『증광현문(增廣賢文)』, 『증광정문(增廣正文)』, 『제자규(弟子規)』, 『유학계몽제경(幼學啓蒙提經)』, 『인가일용(人家日用)』, 『일년사용잡자(一年使用雜字)』와 같은 다른 기본적인 독서물도 출판했다. 『삼자경』과 『백가성』, 『천자문』은 따로 설명할 필요가 없을 정도로 잘 알려져 있는 책들이다.[33] 『삼

33 이블린 러스키(Evelyn S. Rawski), 『청대의 교육과 대중 문해력(Education and Popular Literacy in Ch'ing China)』 (Ann Arbor: University of Michigan Press, 1979), 47-52, 136-138쪽, 장즈궁(張志公), 『전통어문교육교재론(부록: 기초교육 서목과 사진)(傳統語文

자경』과 『천자문』은 초학자들에게 간단한 유가의 경구 형식으로 기본 글자들(전자는 새 글자가 약 500자, 후자는 1,000자이다)을 소개할 뿐 아니라, 삼라만상과 중국의 역사에 대한 기초 지식도 소개하고 있다. 예를 들면, 『삼자경』은 "사람은 처음 태어날 때 타고난 성품이 본래 선량하다. 사람의 이런 본성은 대체로 같으나 그 성정은 후천적으로 많이 달라지게 되니, 만약 어리석게도 가르치지 않으면 그 본성은 나쁘게 변하고 만다"[34]라는 유명한 구절로 시작하는데, 이것은 국가가 지지하는 성리학의 도덕철학의 핵심인 인성에 관한 정통 학설의 요지를 정연하게 요약하고 있다. 『백가성』은 중국의 가장 일반적인 400여 개의 성씨를 수록하고 있다. 이 책들은 도합 2천 자 정도의 글자에 대한 '속성 교육과정'을 제공하며, 또한 적절한 행동을 위한 기본적인 도덕적 교훈과 규율을 가르치는 형식으로 이루어져있다.[35]

기본서들에는 주석이 추가되기도 했다. 남아 있는 쓰바오 목판과 인쇄본의 제목들을 통해 이러한 단순한 텍스트들에도 부연을 하거나 주석을 달고자 노력했음을 볼 수 있다. 이를테면 『증주삼자경(增註三字經)』(1868년), 『신각증보삼자경(新刻增補三字經)』, 『삼자경주해비지(三字經註解備旨)』, 『신각증보백가성(新刻增補百家姓)』 등이 그 예이다. 이 가운데 『증주삼자경(增註三字經)』(〈그림 7〉)만이 온전히 남아있는데, 실제로 이 책은 대구를 이루는 원문을 담은 아래쪽 두 개의 난 위에 1/3 크기의 '주석' 난을 포함하고 있다. 첫 페이지에는 이 제일 위쪽 난에 책과 필기구들이 쌓여 있는 책상 옆에 앉은 선생님과 선생님 앞에서 글을 읽고 있는 것이 분명한 학생이 있는 교실 모습을 그린 조잡한 그림이 있고, 양 옆에는 본문 내용에 근거하여 "젊은이들은 열심히 공부해야 한다", "문장은 입신의 길이다"라는 글귀가 씌어 있다(1a).

이어지는 다음 페이지의 주석들은 본문의 압운을 설명하기 위한 예증을 제공하고 있는 것으로 보인다. 윗부분에 있는 멍쯔에 대한 간단한 설명("멍쯔의 이름은 커(軻)이고 자는 쯔위(子輿)이며 전국시대 사람이다. 그는 도덕과 인의에 관하여 7편의 글을 썼다."(2a))은 아마도 글을 쓰는 것이 입신을 위한 좋은 방법이라는 것을 증명하기 위해 제공된 듯하며, 동시에 멍쯔의 일생에 관한 몇 가지 사실을 소개하고 있다.

크기가 작고(16.3×12cm) 거칠고 누런 종이에 조악하게 인쇄된 이 텍스트의 물리적인 외양은 쓰바오 출판업자들이 이러한 텍스트들을 양적으로는 많지만 품질은 조악하게 출판하는 텍스트로 간주했음을 말해준다. 원하이러우의 1880년대 회계장부에 따르면, 『삼자경』 105권과 『천자문』 75권이 각각 도매로 겨우 0.05전(錢)에 팔렸다. 대략 비슷한 시기에, 난징의 교과서 출판업자였던 리광밍(李光明)이 출판

敎育敎材論-暨蒙學書目和書影)』(上海: 上海敎育出版社, 1992년), 16-30쪽을 볼 것.

34 허버트 자일스(Herbert A. Giles)가 번역한 『삼자경: 중국어 입문(San Tzu Ching: Elementary Chinese)』(재판. New York: Frederick Ungar, 1963), 2-4쪽에서 인용.
【옮긴이 주】 원문은 다음과 같다. "人之初, 性本善. 性相近, 習相遠. 苟不敎, 性乃遷."

35 이블린 러스키(Evelyn S. Rawski), 『청대의 교육과 대중 문해력(Education and Popular Literacy in Ch'ing China)』 47쪽.

한 『삼자경도고(三字經圖考)』 한 권은 소매로 10배 가격인 0.5전(錢)에 팔리고 있었다(확실히 리광밍 본은 훨씬 좋게 출판된 텍스트였다).[36] 비록 우리가 도매와 소매 가격 사이의 차이를 감안해야 한다 할지라도, 쓰바오 텍스트는 분명 덜 부유한 독자들이 좀 더 쉽게 살 수 있는 값싼 판본이었다.

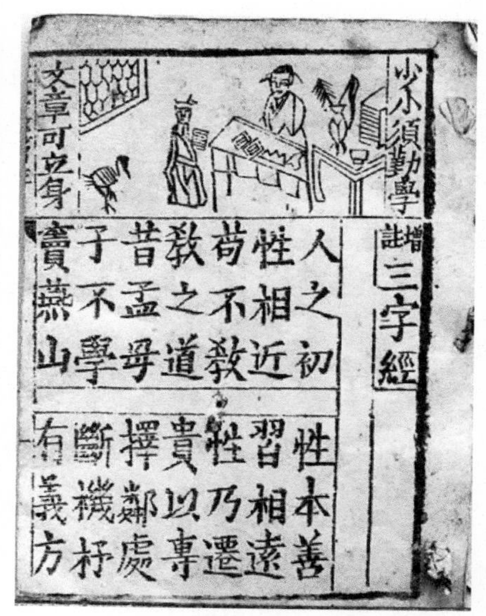

<그림 7> 팸플릿 같은 쓰바오 본 『증주삼자경』(판목 크기: 8.9×31cm)의 첫 페이지. 여기서 글자는 뚜렷하게 새겨진 반면, 삽화는 매우 조악하게 판각되어 있다. 사진은 필자가 푸젠 성 쓰바오 향 우거의 쩌우 씨 가문의 한 사람이 개인적으로 소장하고 있는 한 판본을 찍은 것이다.

다른 입문서들 가운데 일부는 독자들에게 일상생활에 유용한 기본 어휘들을 소개하는 간단한 용어사전들이었다. 이러한 용어사전들 가운데 『인가일용(人家日用)』과 『일년사용잡자(一年使用雜字)』 두 종은 분명 지역 판매를 위해 기획된 것이었다. 왜냐하면 그 어휘들이 객가어, 특히 쓰바오 객가의 하위 방언에 속하는 것들이기 때문이다. 예를 들면, 『신증인가일용(新增人家日用)』(1922년)은 촛대, 대바구니, 나무 그릇에 대한 지역 용어를 제시하고 있고, 텍스트의 윗부분에 모두 삽화가 그려져 있다(8b,12b-13a). 좀 더 복잡한 수준의 『유학계몽제경(幼學啓蒙提經)』은 7언 대구로 씌어져 있는데, 24개의 주제를 정의하거나 혹은 그와 관련된 단어와 문구들을 담고 있다. 24개의 주제는 곧 '초학(初學)', '직종', '농사', '제가(齊家)', '의복', '인간', '천문', '지리', '세시', '조수(鳥獸)', '어류', '화목(花木)', '기용(器用)', '관아', '신체', '음식', '혼인과 생일', '극기', '군부(君父)', '형제', '부부', '친구(朋友)', '고통과 죽음', '화법' 등이다. 예를 들어, '직종' 아래에는 점술과 예언, 의학, 풍수, 관상학, 떠돌이 예인, 출가(出家), 피장(皮匠) 또는 철공(鐵工), 백정, 상업교역 등(2a-4a, 페이지 번호 없음)과 같은 다양한 직업들이 나열되어 있다. 대부분의 주제는 논리적인 연속성에 따라 배열된 온전한 문장들을 포함하고 있다. 그 한 예로, '초학'에서는 6, 7세부터 시작되는 읽기 공부에서부터 사서오경에 정통하고 과거시험에 합격하여 관료가 되기까지의 전형적인 학습자의 교육과정을 서술하고 있다(1a-2a).

게다가 주제들과 그것에 속해 있는 항목들은(현대 독자들로서는 그 논리가 늘 곧바로 납득이 가는 것은 아니지만) 학습자들에게 중국의 문화적 관습에 단단히 뿌리박혀 있는 범주들을 소개하고 있다. 특히 인간관계에 관한 주제들에서 이 점이 가장 잘 드러나고 있음을 주목할 만하다. 결국 『유학계몽제경』이란 텍스트는 원래 학생들에게 문구를 소개하고, 단순한 어휘뿐 아니라 도덕적, 사회적으로 중요한 어휘들을 가르치기 위해 고안되었던 것으로 보인다. 이러한 텍스트들은 기억하고 외우기 편하도록 운율이 있는

36 위안이(袁逸), 「청대의 서적 교역 및 서적 가격에 대한 고찰(清代的書籍交易及書價考)」, 『四川圖書館學報』 1(1992년), 74쪽.

(그리고 종종 압운을 사용하는) 대구에 의존하고 있으며, 그것들은 또 종종 효와 응보, 공부의 효용 등에 관한 간단한 도덕적 가르침과 결합되었다. 때문에 읽고 암송하는 과정에서 학습자는 그(그리고 어쩌면 그녀)가 어떻게 행동해야 하는지도 배우게 되었다.

강희 연간(1661-1722년)에 학생들을 가르쳤던 리위슈(李毓秀)가 쓴 『제자규(弟子規)』는 좀 더 분명하게 독서는 물론 도덕을 가르치기 위한 교과서로 고안되었다.[37] 청대 후기에 대단히 인기 있었던 이 텍스트는 『논어』(1.6)에 나오는 "제자들은 들어와서는 효도하고 나가서는 공손하며, 신중하고 미더워야 한다. 널리 사람들을 사랑하되 어진 자를 가까이 해야 할 것이며, 이러한 것들을 실천하고도 여력이 있거든 글을 배울 것이다(弟子入則孝, 出則弟, 謹而信, 泛愛衆而親仁, 行有餘力則以學文)."[38]라는 말처럼 자신의 제자들을 가르쳤던 쿵쯔의 가르침을 중심으로 구성되어있다. 이 입문서는 이 구절과 아주 유사한 다음과 같은 구절로 시작된다. "『제자규』는 성인의 가르침이다. 우선 부모님께 효도하고 형에게 공경해야 한다. 다음으로 힘써 진실함을 기르고, 사람들에게 넘치는 사랑을 베풀며 어진 사람을 가까이 한다. 그런 다음에 남은 힘이 있다면 글공부를 하라"[39](1a, 페이지수가 없고 제본되지 않음). 이 텍스트는 또 『논어』의 원문 중의 구절들로 제목을 단 단락으로 나뉘어 있고, 각 단락은 간단한 자구(그 대부분은 『논어』에서 볼 수 있는 것들이다)로 해당 구절의 의미를 설명하고 있다. 한 예로, '謹而信'과 연관된 단락은 다음과 같이 시작된다. "덕이 있는 사람을 보면 그를 닮을 것을 생각하라. 쫓아가기에 너무 멀리 있다 하더라도 점차 따라잡기 위해 일어설 일이다. 악한 사람을 보면 자신을 되돌아보라. 만약 자신에게서 나쁜 점을 발견하면 바로잡아서 더 이상 경계함이 없게 해야 할 것이다(見人善, 卽<u>思齊</u>, 縱去遠, 以漸躋; 見人惡, 卽<u>內省</u>, 有則改, 無加警)."(4b)[40] 원문 구절 가운데(밑줄이 그어진) 두 부분은 『논어』에서 가져온 것이며, 그것은 분명 사람이 어떻게 다른 사람의 선과 악으로부터 배워야 하는지에 대한 쿵쯔 자신의 설명과 관련되어 있다(『논어』 4.17을 볼 것).

이 텍스트로 초심자들은 적어도 다음의 네 가지를 습득하게 된다. 우선 글자(반복되는 글자들을 포함하여 모두 1,080자)를 배우고 복습할 수 있다.[41] 다음으로, 학습자는 공부의 가치를 되새기는 동안 가족과 공동체 사회에서 그의 행동을 이끌어줄 기본적인 도덕적 가르침을 받아들이게 된다. 학습자는 또 『논어』의 교훈은 말할 것도 없고 약간의 어휘도 배울 수 있다. 그리고 마지막으로 (세 글자씩으로 이루어진 네 부분

---

37 왕쉐메이(王雪梅) 편, 『몽학: 계몽 교본(蒙學: 啓蒙的課本)』(北京: 中央民族大學出版社, 1996년) 41쪽과 장즈궁(張志公)의 『전통어문교육교재론(傳統語文敎育敎材論)』 51-52쪽을 볼 것.

38 "젊은이들은 집에서는 효도하고, 밖에서는 연장자에게 공손해야 한다. 삼가고 신의로우며, 널리 대중을 사랑하되 어진 사람과 우정을 쌓아야 한다. 이러한 것들을 행하고 난 후 시간과 기회가 주어진다면, 학문에 힘써야 한다." 번역은 제임스 레게(James Legge)의 『중국경서(The Chinese Classics)』 1권, 140쪽에서 인용하여 약간의 수정을 가하였다.

39 【옮긴이 주】 원문은 다음과 같다. "弟子規, 聖人訓, 首孝悌, 次謹信, 泛愛衆, 而親仁, 有餘力, 則學文."

40 이 텍스트에 관한 논의로는 장즈궁(張志公)의 『전통어문교육교재론(傳統語文敎育敎材論)』 51-52쪽을 볼 것.

41 장즈궁의 『전통어문교육교재론』 51-52쪽.

으로 나뉘어 있어) 쉽게 기억할 수 있는 열 두 자로 된 구절을 암기하면서 대구와 언어의 운율을 배우게 된다.

이러한 텍스트들은 단순한 읽기를 넘어서는 여러 가지 기술을 가르치는 방식이 인상적이다. 청대에 널리 인기가 있었던 교과서 『증광현문(增廣賢文)』은 화법을 가르치는 수단으로 널리 알려졌다. 그리하여 "『증광현문』을 읽고 말하는 법을 배우라"는 말이 유행하기까지 했다.[42] 이 책은 첫 줄에서부터 그 교육 철학을 다음과 같이 설파하고 있다. "옛 성현들의 훌륭한 글들로 그대에게 언변을 가르치니, 그대들은 진실하고 정확하게 말할 수 있게 될 것이다. 훌륭한 구절과 시구를 모아 꾸준히 당신의 지식창고를 늘여나가면 그대들은 견문을 넓힐 수 있을 것이다. 현재를 알려면 마땅히 과거를 살펴야 할 것이니, 과거가 없었다면 현재도 있을 수 없느니라."(1ab)[43] 텍스트의 나머지 부분은 오로지 독자들에게 선인들의 도덕적 메시지를 전달하는 일련의 대구들로 이루어져 있다. 이를테면 "생사는 운명 지어져 있고, 부귀는 하늘에 달려있다."[44]라든지 "훌륭한 가정은 자손에게 예와 의를 가르치고, 나쁜 가정은 무자비함과 악을 가르친다." 등이 그것이다. 여기서 학습자는 읽는 방법과 말하는 방법(즉 관습적으로 쓰이는 구절이나 속담을 적당하게 사용하는 방법)을 배우는 동시에, 자신의 행동을 이끌어 줄 기본적인 도덕 원칙도 배우게 된다.

학습자는 또 자신이 후에 글을 쓸 때 익혀야 하는 기본구조도 배우게 된다. 일정한 자수(字數)로 된 구절의 운율, 압운, 대구 그리고 특정한 글자들의 조합 또는 '상투어구', 특별한 상황이나 일, 심리상태와 관련한 속담(『유학계몽제경』에서처럼) 등이 그것이다. 벤자민 엘먼(Benjamin A. Elman)이 지적했듯이, 글쓰기 패턴을 가르치는 것에 대해 일찍부터 관심을 갖는 것은 중국 교육서의 한 두드러진 특징이다. 세련된 작문 기술은 과거에 급제하고 관원이 되기 위한 선행조건이었다. 그래서 중국에서는 읽기를 우선적으로 강조했던 유럽의 교과과정과는 대조적으로 기본적인 교육 텍스트조차 학생들이 글쓰기를 배우는 데 유용한 일부 패턴들을 아우르게 된 듯하다.[45]

그 자체의 텍스트의 역사에 있어서 쓰바오와 가장 밀접한 연관을 가진 텍스트인 『유학수지(幼學須知)』(또 다른 제목인 『유학고사경림(幼學故事瓊林)』으로 더 잘 알려져 있다)는 좀 더 고급 수준이기는 하지만 읽기와 쓰기에 대한 동일한 복합적 관심을 반영하고 있다. 원래 경태(景泰) 연간(1450-1457년)의 진사였던 명대 학자 청덩지(程登吉)가 엮은 이 텍스트는 나중에 쓰바오에서 가장 유명한 학자 쩌우성마이(鄒聖脈, 1691-

42 마오수이칭(毛水清), 량양(梁揚) 등 편, 『중국전통몽학대전(中國傳統蒙學大典)』(南寧: 廣西人民出版社, 1993년), 155쪽.

43 【옮긴이 주】 원문은 다음과 같다. "昔時賢文, 誨汝諄諄. 集韻增文, 多見多聞. 觀今宜鑒古, 無古不成今."

44 【옮긴이 주】 원문은 다음과 같다. "死生有命, 富貴在天."

45 벤자민 엘먼(Benjamin A. Elman), 『명청 시기 중국의 과거문화사(A Cultural History of Civil Examinations in Late Imperial China)』(Berkeley: University of California Press, 2000), 276-177쪽.

1761년)에 의해 증보, 개정되었다.[46] 이 책은 매우 인기 있는 어린이용 백과사전이 되었는데, 앞에서 인용한 유행어가 주장하는 것처럼 만약 『증광현문』이 아이들에게 말하는 방법을 가르쳤다고 한다면, (그 유행어의 뒷말에서 이어지듯이) "『유학경림(幼學瓊林)』을 읽은 후에는 공부하는 법을 알 수 있었다."[47] 주제에 따라 구성된 이 책은 다음과 같은 광범위한 내용을 4권에 담고 있다. 즉 천문(天文), 지리[地輿], 세시(歲時), 조정(朝廷), 문신(文臣), 무직(武職), 조손부자(祖孫父子), 형제(兄弟), 부부(夫婦), 숙질(叔侄), 사생(師生), 친구와 빈주[朋友賓主], 혼인(婚姻), 부녀(婦女), 외척(外戚), 노인과 젊은이[老幼壽誕], 신체(身体), 궁실(宮室), 기용(器用), 화목(花木), 조수(鳥獸), 의복(衣服), 음식(飮食), 보배[珍宝], 제작(制作), 문사(文事), 과제(科第), 불도와 귀신[釋道鬼神], 기예(技藝), 소송사건[訟獄], 빈부(貧富), 인사(人事), 질병과 죽음[疾病死喪]이 그것이다. 이러한 주제들은 『유학계몽제경』에서와 같이 학습자들에게 세상을 이해할 수 있는 중요한 문화적 범주들을 재차 제시해 주면서, 지식의 구성에 관한 당시 현존하는 경구들을 보충하고 보존하였다.

각각의 주제 아래에는 본문과 평어가 있다. 본문에서는 해당 주제에 상응하는 구절과 성어(成語)를 제시하고, 이를 다시 두 줄의 좀 더 작은 행간의 글자들로 설명하고 있다. 평어는 종종 경서와 『설문해자(說文解字)』, 『회남자(淮南子)』, 각 조대의 역사, 『통전(通典)』과 같은 중요한 텍스트들을 인용하면서 독자들에게 중국의 역사와 문학, 사회 관습에 관련된 많은 중요한 참고자료뿐 아니라, 전통적인 주요 텍스트들을 간략하게 소개하고 있다. 『유학경림』은 장구한 문어적 전통과 인용과 인유에 대한 기호를 향유해온 문화에서 필수적이었던, 앞서 열거한 광범위한 주제에 관한 정보나 중요한 인용문의 요람(要覽)으로 이용되었다. 변문으로 씌어진 이 책은 일상생활에서 왕래할 때 자주 사용되는 많은 세련된 구절과 표현들을 섞어 쓰고 있다. 이 책은 학생들에게 중국의 역사와 문화, 사회에 관한 내용들을 가르쳐주고 있듯이, 적절한 언행에 대한 지침도 제공해 준다. 『증광현문』처럼 이 책은 학생들에게 '말하는 법'을 가르쳐 준다. 대구와 성어(인유와 인용문의 모음은 말할 것도 없다)를 강조하는 것 역시 과거시험에 유용한 작문법의 모델을 제공하기 위해서였을 것이다. 텍스트를 암송하는 것은 학생들의 마음속에 변문의 운율을 주지시키는 데 도움이 되었을 것이고, 동시에 주제별로 배열된 인용문은 작가가 글을 쓸 때 가져다 쓸 수 있는 매우 귀중한 비유의 목록을 제공해 주었다.[48]

그러나 산문을 쓰는 것이 과거급제를 희망하는 학생들이 직면한 유일한 난제는 아니었다. 시작(詩作) 능력이 1756년에 과거시험의 필수조건으로 재도입되면서 19세기에 이르러서는 확실히 시를 쓰는 것이 더 이상 단순히 품위 있는 교양이나 교양인이라는 표지가 아니라, 어떤 단계의 과거시험을 치르기를 희망하는 누구에게나 필수적인 것이 되었다. 쓰바오는 학생들을 위해 기본적인 시가 선집 두 종

---

46 이 책은 그 다른 제목들 가운데 하나인 '성어고(成語考)'라고 이름이 붙여져 있으며, 또 츄쥔(邱濬)이 지은 것으로 되어있다. 장즈궁의 『전통어문교육교재론』, 64쪽을 볼 것.

47 왕마오허(汪茂和) 편, 『백화몽학정선(白話蒙學精選)』(北京: 知識出版社, 1991년), 399쪽.

48 장즈궁의 『전통어문교육교재론』, 64-66쪽을 볼 것.

과 일련의 운서를 포함한 시가 관련 텍스트 몇 종을 출판했다. 시를 배우는 이들을 위한 기본 텍스트이자 "율시를 배우기 위해 학생들과 수험생들이 참고하는 중요한 선집 중의 하나"[49]인 『천가시(千家詩)』는 쓰바오의 일반적인 인쇄본이었고, 대개는 비교적 싼 값으로 출판되었다. 중싱(鐘惺, 자는 보징[伯敬], 1574-1624년)이 펴낸 것으로 가탁한 19세기말 완셴탕(萬賢堂) 본 『중보징선생정보천가시도주(鍾伯敬先生訂補千家詩圖註)』는 상도하문 형식에 조악한 삽화와 아래쪽에 '중싱'의 평어가 달린 시를 수록하고 있다(〈그림 8〉). 19세기말의 린란탕(林蘭堂) 본은 넓은 아랫난에는 평어와 주석이 없는 『신각천가시(新刻千家詩)』를, 윗난에는 초보 시인들을 위해 "다양한 길이의 자구를 맞추는 연습"을 제공하는 또 다른 텍스트인 『신각성률계몽대류(新刻聲律啓蒙對類)』를 결합해 놓았다(〈그림 9〉).[50]

좀 더 고급 수준의 것으로는 어디서나 볼 수 있는 시 입문서 『당시삼백수(唐詩三百首)』의 값싼(0.3전) 쓰바오 본인 『당시삼백수주소(唐詩三百首註疏)』가 있다. 장쑤(江蘇)성의 학자 쑨주(孫洙)가 (당대 율시에 대한 지식이 과거시험의 필수조건의 하나로 도입된 직후인) 1763년 또는 1764년에 편찬한 것을 기초로 한 이 책은 가장 인기 있는 당시 선집이 되었다. 쑨주 스스로 서문에서 밝히고 있듯이, 그는 당시 가운데 가장 유명한 작품들뿐 아니라 가장 이해하고 기억하기 쉬운 것들도 골라 수록하였다.[51] 시를 짓는 학습자를 위해서 쓰바오는 많은 운서와 가장 유명한 위안메이(袁枚)의 『수원시화(隨園詩話)』를 포함한 '시화' 선집도 출판했다.

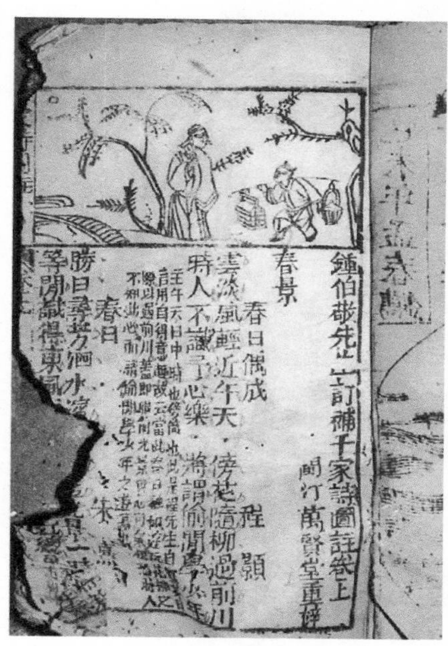

<그림 8> 『중보징선생정보천가시도주』의 한 페이지. 훌륭하게 인쇄된 것은 아니지만, 이 텍스트는 <그림 9>의 『천가시』와는 달리 삽화와 주석(중보징이 쓴 것으로 가탁되어 있다)이 포함되어 있고 구두 표기가 되어 있지 않다. 사진은 푸젠 성 쓰바오 향 마우촌의 마씨 가문의 한 사람이 개인적으로 소장하고 있는 한 텍스트를 찍은 것이다.

이상에서 언급한 텍스트들은 모두 일반적인 학습 독자들을 위해서 출판되었다. 곧 이러한 텍스트들은 기본적인 독서(그리고 약간의 글쓰기) 기술과 일반적인 문화 지식을 가르치는 책이었다. 대부분은 기본적인 도덕 원칙 또한 주입시킨다. 이러한 텍스트들이 제공한 교육적인 도움으로 좀 더

49 벤자민 엘먼(Benjamin A. Elman), 『명청 시기 중국의 과거문화사(A Cultural History of Civil Examinations in Late Imperial China)』, 551쪽. 장즈궁(張志公)의 『전통어문교육교재론(傳統語文教育教材論)』, 90-92쪽도 참고할 것.

50 벤자민 엘먼(Benjamin A. Elman), 『명청 시기 중국의 과거문화사(A Cultural History of Civil Examinations in Late Imperial China)』 549쪽.

51 윌리암 닌하우저 주니어(William H. Nienhauser Jr.) 편, 『인디애나 중국 전통문학 지침서(The Indiana Companion to Traditional Chinese Literature)』 (Bloomington: Indiana University Press, 1986) 1권, 755쪽. 제임스 헤이즈(James Hayes)의 「촌락 세계의 전문가와 서면 자료(Specialists and Written Materials in the Village World)」 89쪽도 볼 것.

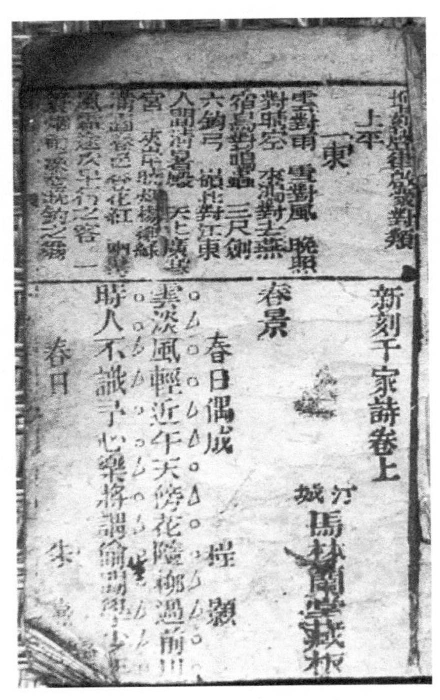

<그림 9> 팅청(汀城, 長汀)에 있는 마 씨 가문의 린란탕 분점에서 출판된 『신각천가시』(판목크기: 16.8×24.2cm)의 한 페이지. <그림 10>에서 보는 것과 마찬가지로, 여기서는 윗부분에는 『증각성률계몽대류』를, 아랫부분에는 타이틀 텍스트인 『신각천가시』를 배치하여 한 권의 책 속에 두 종의 텍스트를 결합해 놓았다. 사진은 필자가 푸젠 성 쓰바오 향 마우촌의 마 씨 가문의 한 사람이 개인적으로 소장하고 있는 한 판본을 찍은 것이다.

특별해진 또 다른 텍스트들이 있다. 예를 들면, 주판 사용법 입문서인 쓰바오의 『산법촬요(算法撮要)』(1896년)는 비록 육예(六藝) 가운데 하나를 습득하기를 원하는 독자층을 겨냥한 것이 분명하지만(서, 1a), 사실은 상인이나 장인이 되려고 하는 사람들에게 가장 유용할 만한 텍스트였다. 이와는 대조적으로 탄위안뱌오(譚元標)와 리춘산(李春山)이 쓴 『자변신찰(字辨信札)』(서문은 1876년에 씌어졌고 19세기말에 출판되었다)은 제한된 전문 독자에게 그 사용가치를 의식적으로 선전하고 있었다. 부분적으로는 비슷한 글자를 구별하는 법을 배우려는 학생들을 돕기 위해서 고안되었고, 또 부분적으로는 편지 쓰는 법을 가르치기 위해 고안된 이 텍스트는 특히 행상들, 쩌우 씨와 마 씨 서적상들 자신과 매우 비슷한 처지에 있는 사람들에게 유용할 것이라고 공공연히 소개되었다. 신원을 알 수 없는 서문의 작가는 18살 때 자신의 아버지가 그에게 "상인으로 장거리 여행을 다니도록" 하기 위해 학문을 포기하도록 했다고 말한다. 그러고 나서 그는 교육을 제대로 받지 못한 결과에 대해 다음과 같이 몹시 후회한다. "나는 무엇인가를 써야 할 때마다 서로 다른 글자의 모양을 분명히 구분할 수가 없다. 나는 맞는 글자를 생각해내느라 매우 많은 시간과 정력을 소모하면서 당혹스러움에 머리를 긁적인다." 그는 가족들을 만나러 집에 돌아왔을 때, 5년 동안 공부를 해왔던 그의 아들이 똑같은 문제를 가지고 있음을 알고 놀랐다. 그의 아들은 簿(bu)와 薄(bo), 微(wei)와 徵(zheng)을 구별하지 못했던 것이다. 아버지의 노여움과 실망에 부끄러워진 아들은 『자변신찰』 한 권을 구해 겨우 한 달을 공부한 후 수십 개의 유사한 글자들을 정확하게 읽는 능력을 평가하는 철저한 시험을 통과할 수 있었다. "단지 한 달 동안의 학습이 5년 동안의 공부를 보충하기에 충분하다니, 이것은 실로 놀랄 만한 일이로다!" 장한 자식을 두어 자랑스러워진 아버지는 이렇게 감탄하면서 계속해서 그 책의 명료성에 대해 칭찬을 늘어놓는다(서, 1ab).

서문의 상업적인 문맥은 텍스트의 서두에서부터 곧바로 입증된다. 곧 아랫부분에 있는 "직업에 종사하기 위한 열 가지 주요 원칙" 가운데 첫 번째에서는 다음과 같이 말한다. "읽는 법을 알고 주판 사용법을 알며 은의 등급을 구별하는 법을 아는 것은 가장 중요한 기술이다. 만약 당신이 상인과 같이 이런 기술들을 가진다면 당신은 성공할 것이고, 그렇지 못하다면 실패할 것이다. 당신은 어릴 때 우선 이런 기술들을 완벽하게 배워야 한다. 그런 다음 당신이 일단 한 직업에 종사하기만 하면, 당신은 사람들 사이에서 자신의 자리를 차지할 수 있게 될 것이다."(1a) 『자변신찰』은 앞서 소개한 다른 텍스트들처럼 학생들이 헛갈리는 글자나 적절한 편지 쓰기 형식을 쉽게 배우는 데 도움이 되는 보조물로 이용될 수 있었지만, 그것은 야심 찬 상인들에게 특히 유용한 텍스트로서 판매되었다.

실용성이라는 면에서 주목할 만한 또 다른 입문서는 19세기말 원하이러우 인쇄소에서 출판된 기초 교육 자료들을 담은 휴대용 백과사전, 정확히 말해서 입문서 모음집이다. 『주석삼백천증광합각(註釋三百千增廣合刻)』(〈그림 10〉)은 텍스트들의 실용적인 전과식 개론을 제공하고 있어, 아이들의 조기 교육에 필요한 모든 것을 충족시켜주기 위해 고안된 것으로 보인다. 빽빽하게 인쇄된 한 권의 책 속에 주석이 달린 가장 인기 있는 독서 입문서 4종(『삼자경』, 『백가성』, 『천자문』, 『증광현문』)을 합쳐 놓았을 뿐 아니라, 놀랍게도 표지에서 선전하고 있지는 않지만 매우 짧은 잡다한 텍스트들을 담은 상단의 난까지 덧붙여 놓고 있다. 이 상단의 난에서 소개되는 것으로는 서예 지침서(『집필도세(執筆圖勢)』, 『임지해법(臨池楷法)』, 『초결백운(草訣百韻)』, 『고서전문(古書篆文)』, 『예서법첩(隸書法帖)』), 『산법요결(算法要訣)』이라는 제목의 주산 입문서, 점술에 대한 설명(『점등화길흉(占燈花吉凶)』, 『육임시과(六壬時課)』), 도덕적 훈계(『권세문(勸世文)』, 『경세전문(警世傳文)』, 『이십사효(二十四孝)』) 등이 있다. 넓은 아랫난(10.3cm)에 있는 4종의 주 텍스트에는 빽빽하게 주석이 달려 있다. 『삼자경』과 『백가성』, 『천자문』, 『증광현문』의 값싼 판본과는 달리, 이 책에는 주텍스트 본문 사이사이에 겹줄의 작은 글씨로 새겨진, 쉬운 문언으로 씌어진 구두점 없는 평어가 달려 있다.

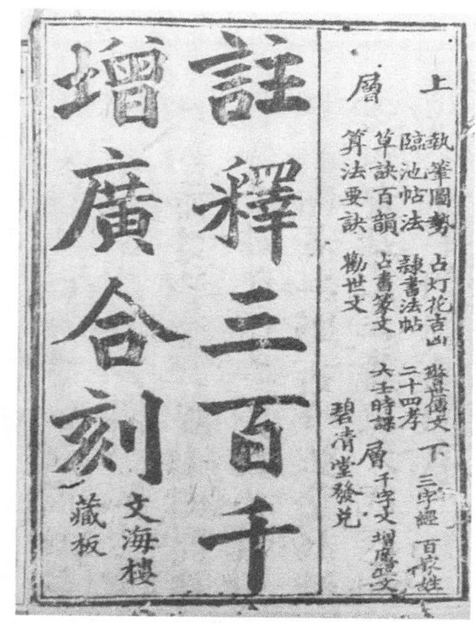

<그림 10> 『주석삼백천증광합각』의 표지(오른쪽)(판목크기: 18.7×29.6cm). 사진은 필자가 푸젠 성 쓰바오 향 우거의 쩌우 씨 가문의 한 사람이 개인적으로 소장하고 있는 한 판본을 찍은 것이다.

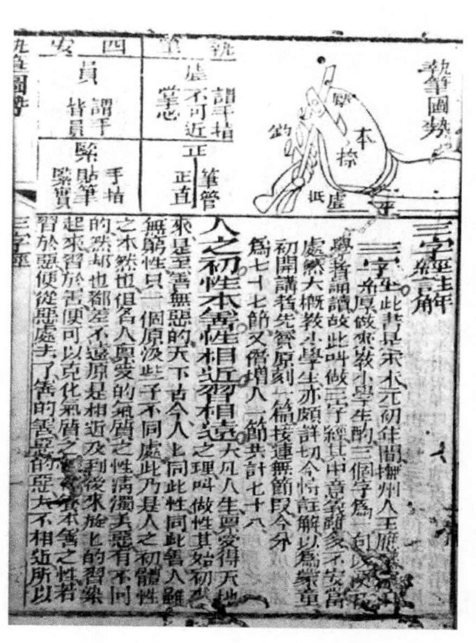

<그림 11> 『주석삼백천증광합각』의 첫 페이지. 별개의 두 가지 텍스트에 주목할 만하다. 곧 윗난은 『집필도세』, 아랫난은 『삼자경주해(三字經註解)』이다. 사진은 필자가 푸젠 성 쓰바오 향 우거의 쩌우 씨 가문의 한 사람이 개인적으로 소장하고 있는 한 판본을 찍은 것이다.

위쪽 난(4.3cm)에는 평어나 주석은 없지만 조잡하긴 해도 종종 삽화와 함께 다양한 텍스트들이 소개되고 있다. 그 한 예로, 『집필도세』는 올바른 방법으로 붓을 잡고 있는 손 모양의 삽화를 적절하게 담고 있다(〈그림 11〉을 볼 것). 또 『이십사효』에는 해당 이야기들을 작고 거칠게 그린 그림이 들어있다. 이 어린이용 문헌 요람은 아랫부분에는 충분하게 설명되어 있는 기초적인 교육 입문서를, 윗부분에는 정선된 여러 다양한 교육적인 자료들을 갖춤으로써 초학자들을 위해 값싸고 편리한 지침서로 제공되었다. 실제로 이 텍스트의 관심은 그것이 보여주고 있는 기본적인 교육에 관한 광범위한 기획에서 찾을 수 있다. 곧 어린 학습자가 독서의 기본 원리와 글쓰기 기법, 중국 문화의 기초적인 도덕적 교훈뿐 아니라, 주산 그리고 아마도 하나의 지침으로서 학습자들이 앞으로 살아가는 동안 모든 면에서의 의사결정에 필수적인 운명을 점치는 약간의 기본 기술도 배워야 한다고 보았던 것이다.

동질성의 의미

위에서 쓰바오 출판업자들이 출판한 기본적인 교육서에 대해 개괄적으로 살펴보았는데, 이상에서 본 것들은 이 범주에 속하는 쓰바오 전체 인쇄본의 일부에 불과하다. 쓰바오 출판업자들은 더 높은 수준의 교재와 참고서도 많이 출판하였다. 이를테면 사전이나 경서 지침서, 모범 문장 선집, 자전과 운서, 과문 선집, 시가 비평 등이 그것이다. 그러나 그럼에도 불구하고 이상의 개관은 쓰바오의 경서 인쇄본에 관해 거칠게 살펴본 것과 더불어 쩌우 씨와 마 씨 출판업자들이 출간한 책들의 범위에 관한 무언가를 제시해준다. 앞서 강조한 것처럼 쓰바오가 출간한 교육서들은 특별하거나 인상적인 것이 없다. 그것들은 장시(江西)의 쉬완(許灣)과 심지어 19세기의 난징(南京), 청두(成都) 같은 더 큰 중심지에서 출판한 것들과 유사하며 많은 경우 동일하다. 쓰바오는 그들에게 주어진 환경과 시장에 맞게 사서오경, 『삼자경』, 『백가성』, 『천자문』, 『유학수지』, 『당시삼백수』와 같이 수요가 많은 텍스트를 출판하는 현명한 선택을 한 것으로 보인다.

그러나 동일하게 선택된 텍스트들을 좀 더 자세히 살펴보면, 사실상 텍스트의 제목 또는 유형에 들어있는 매우 유사한 글자를 통해 내용상의 범위를 알 수 있다. 가령 쓰바오가 출판한 교과서의 다양성(『인가일용』같이 실용적인 일용 어휘 사전에서부터 대중적인 독서 입문서 3종인 『삼자경』, 『백가성』, 『천자문』, 어린이 백과사전 『유학수지』, 『주석삼백천증광합각』에 포함되어 있는 점술서, 『자변신찰』과 같은 전문적인 교육 문제에 관한 텍스트, 『천가시』와 같은 시가 입문서, 경서 지침서, 과거시험 작문용 모범문장에 이르기까지)은 배움과 가르침에 관한 풍부한 선택이 있었음을 시사해준다. 이 텍스트군은 읽기, 말하기, 쓰기 교육, 지식의 체계를 중국 역사 및 중요한 관습에 관한 도덕적 가르침과 정보에까지 연결시키며, 이 텍스트군의 단일한 책들 안에서 기능들이 다가적(多價的)으로 결합됨으로써 텍스트의 동질성 내에서 가능할 수 있는 의미와 쓰임의 범위를 한층 더 확장해

준다. 그리고 이러한 텍스트들이 쓰바오의 전체 인쇄본 가운데서 표본 추출한 것일 뿐이라는 점까지 고려한다면, 우리는 쩌우 씨와 마 씨 출판업자들이 만족시킬 수 있었던 관심과 기호의 다양성에 놀라지 않을 수 없다.

공유되는 텍스트들 내에서의 이러한 범위와 다양성은 동질성의 의미, 그리고 텍스트의 수용과 문화적 통합에 대한 동질성의 함의를 복잡하게 만든다.[52] 동일한 기본 텍스트의 다양한 판본 내에서조차 필연적으로 서로 다른 읽기가 수반되었을 것이기 때문이다. 예를 들어, 우리는 쓰바오 본 사서를 분석하면서 동일한 기본 텍스트의 서로 다른 평어와 평어의 유형들이 어떻게 서로 다른 읽기를 유도할 수 있는지를 살펴보았다. 그러나 이러한 읽기가 독자층에 대한 정확한 정의나 추측을 반드시 허용하는 것만은 아니다. 예를 들어 『이론계유인단』은 자신의 첫 번째 혹은 두 번째 경서와 씨름하는 어린 학습자들을 위해(혹은 어린 학습자들에게 그들의 첫 번째 또는 두 번째 경서를 가르치는 선생들을 위해) 만들어진 것이 분명하지만, 이 책은 연령에 관계없이 모든 초학자들이 텍스트 읽는 법을 배우는 데 도움이 될 수 있었다.

그러나 그 텍스트(『이론계유인단』)가 전달하는 정보(곧 그것이 유도하는 읽기)는 『사서보주비지제규회참』에서 제시하는 『맹자』의 독법과는 분명 그 유형이 상당히 다르다. 전자는 『논어』에 대한 간략하면서도 매우 도덕적인 독법을 제시하는 반면, 후자는 『맹자』에 대한 가장 중요한 정통 해석뿐 아니라 경서에 담긴 논의에 대한 각 구절별 분석까지 제공하고 있다. 물론 그것은 과거시험에 필수적인 것들을 독자들에게 가르치고 있는 것이다. 그러나 그것은 또 예증을 통해서 독자들에게 멍쯔의 논증에서 핵심적인 논점, 곧 가오쯔가 '爲'자를 오용한 데 대한 그의 비판으로 독자들을 이끌어준다는 점에서(비록 『맹자』의 정통 해석에 대한 무조건적인 믿음을 바탕으로 하는 것임에도 불구하고) 비판적이고 분석적인 사고도 가르치고 있다. 『사서정문(四書正文)』에 함축된 읽기는 각기 나름대로 경서의 의미를 조명해 보고자 한 이 두 텍스트와는 뚜렷한 대조를 보인다. 『사서정문』은 단지 개별 글자들의 의미에만 관심을 가지고 있고, 때로는 그 글자들의 경서 내에서의 기능에 대한 언급조차 하지 않는다. 이 텍스트는 발음과 다양한 의미에 관한 일종의 사전으로 읽혔을 것이며, 그 안에서 경서 자체는 편집자가 정의하고 분석할 글자를 선택하는 데이터베이스로 기능하고 있다.

하지만 이러한 차이들이 지적인 논쟁을 자극하거나 문화적 충돌을 야기할 수도 있는 사서에 대한 매우 상이하거나 상치되는 철학적 해석들로 반드시 귀결되지는 않았을 것임은 분명하다. 앞서 언급한 것처럼, 사실 쓰바오는 정통적인 청주(程朱) 해석에 분명히 반대되는 해석을 지지하는 텍스트는 출판하지 않았다. 쓰바오 인쇄본에는 왕양밍(王陽明)이나 다이전(戴震) 본 사서가 없다. 해석상의 차이가 있

---

52 문화적 통합 문제에 관한 비슷한 논의로 데이비드 존슨(David Johnson), 앤드류 네이선(Andrew H. Nathan), 이블린 러스키(Evelyn S. Rawski)가 엮은 『명청 시기 중국의 대중문화(Popular Culture in Late Imperial China)』(Berkeley: University of California Press, 1985) 가운데 이블린 러스키의 「명청 시기 문화의 사회경제적 기초(Economic and Social Foundation of Late Imperial Culture)」(32-33쪽)가 있다.

기는 하지만(예를 들면, 어느 누구도 『이론계유인단』에 보이는 해석이 『사서보주비지제규회참(四書補注備旨題竅匯參)』 중의 해석과 정확하게 같다고 주장할 수는 없을 것이다), 그럼에도 불구하고 각각의 텍스트는 경서의 의미에 관한 동일한 가정 안에서 작용하고 있다. 이 텍스트들의 중요한 차이점은 오히려(그것이 시험 준비이든 도덕적 가르침이든 조기 독서 교육 또는 음성학적 학습이든, 혹은 이러한 용도들의 어떠한 조합이든지간에) 경서들의 용도에 대한 서로 다른 이해와 그에 따른 독자와 경서 텍스트들 사이의 서로 다른 관계를 조장한다.

지금까지 우리는 서문과 평어에 초점을 맞추어 텍스트의 의도된 용도에 가장 직접적인 표지라 할 수 있는 것에 대해 살펴보았다. 텍스트의 작가나 편집자는 그런 방식들을 통해 독자들에게 자신의 텍스트를 읽는 법, 그리고 텍스트의 용도에 관해 생각하는 법을 명확하게 지적해 줄 수가 있다. 그러나 덜 직접적이기는 해도 독자가 텍스트에 대해 생각하는 방식, 그리고 독자가 텍스트를 읽는 방식을 구체화하는 데 영향을 주는 요인들은 굉장히 많다. 예를 들면, 한 작품 선집에 들어 있는 어떤 텍스트의 컨텍스트는 그 텍스트의 용도와 의미에 대한 독자의 인식을 좌우한다. 앞에서 소개한 입문서 모음집 『주석삼백천증광합각』과 거기에 보이는 기초 교육용 그림을 잘 생각해 보라. 무엇보다도 『주석삼백천증광합각』은 『삼자경』과 제목에 열거되어 있는 다른 텍스트들에 대한 행간 논평으로 인해서, 더 간단하고 조잡하며 아주 드문드문 주석이 달린 『증주삼자경(增註三字經)』이나 『증보백가성(增補百家姓)』 등에 보이는 것보다 진지한 해석을 담고 있다.

그러나 여기서 더 중요한 것은, 광범위한 여타 입문서, 특히 점술과 초자연적인 응보에 관한 내용의 개요를 수록했다는 것이 기초 교육의 목표에 대한 폭넓은 식견, 즉 과거시험 공부 이외의 다른 길들을 꾀하는 식견을 시사하고 있다는 점이다. 『주석삼백천증광합각』은 고전 학습이나 공무와 같은 단순한 목적을 위해 독자들을 지도하기보다는 실용적이고 기본적인 기술(읽기, 쓰기, 계산하기, 점술)에 관한 다방면의 가르침을 망라하고 있다. 이 책은 또 이 모음집 속의 두 권의 점술 안내서인 『점등화길흉(占燈花吉凶)』, 『육임시과(六壬時課)』와 같은 텍스트를 '전통적인' 훌륭한 입문서인 『삼자경』과 『백가성』, 『천자문』, 『증광현문』과 같은 페이지에 함께 인쇄함으로써, 이들 텍스트에 그것들 자체로는 가질 수 없을 어린이용 교과서로서의 정당성을 제공해주고 있다 (쓰바오의 많은 일용 유서(日用類書)나 의학 개론서들과 같은). 개론서들은 하나의 텍스트로 모든 요구들을 만족시켜준다는(그리고 초기 학습을 위한 다방면의 접근법을 제시해준다는) 약속을 암묵적으로 담고 있다. 이 모음집을 특징짓고 그것을 관련된 모든 텍스트들의 독립된 책들과 근본적으로 구분지어 주는 것은 이 모음집 속의 어떤 단일한 텍스트의 내용이 아니라 하나의 인쇄본 안에 이들을 수록함으로써 생겨나는 모든 텍스트들 사이의 함축된 관계인 것이다.

또 하나 중요한 것은, 독서라는 물리적 행위에 영향을 주는 텍스트의 품질이다. 레이아웃이나 체재, 크기, 구두점의 사용(또는 비사용), 언어의 선택, 물리적인 외양과 책의 품질 등에서의 차이 또한 독서 과정에 영향을 준다. 이러한 요인들은 중국의 문학과 독서에 대한 분석에서 거의 다루어지지 않고 있다.[53] 그러나 그것들은 독서를 이해하는 데 필수적이다. 이것은 여기서 세부적으로 다루기에는 너무 광범위한 주제이므로, 나는 단지 책의 레이아웃과 외양이 어떻게 독서 행위에 영향을 미치고 그로 인해 해석상의 차이를 만들어내는지에 관해 쓰바오에서 뽑은 몇 가지 예를 제시하고자 한다.

우선 텍스트의 형태나 체재가 독서 과정에 영향을 준다. 단순히 서로 다른 평어(『사서역주』, 『사서정문』, 『이론계유인단』, 『사서보주비지제규회참』의 경우처럼) 로 인해서 사서를 서로 다르게 읽게 되는 것이 아니다. 평어가 있다는 것과 (행간이나 측선, 또는 별도의 난에 기록된 평어와 같이) 평어의 형식들이 다르다는 것은 독서법도 다르고 이해방식도 다르다는 것을 의미한다.[54] 실제로 본문 텍스트에 반복적으로 끼어드는 평어인 행간 논평은 본문과 연속적으로 상호작용을 하면서, 독자가 텍스트의 전체를 이해하는 데 어떤 영향을 주는 것일까? 그것은 최소한 텍스트의 중요성을 나타내고, 일반적으로 경서에 하듯 한 줄 한 줄에 대한 주의를 기울일 만하다는 것을 보여주는 듯하다. 그래서 입문서 모음집인 『주석삼백천증광합각』은 제목에 열거된 각 텍스트에 행간 비평을 달아 놓음으로써, 이들 각각의 특정한 판본을 어울리지 않게 제목을 단 『신각증보삼자경(新刻增補三字經)』과 같이 단지 윗난에만 평어가 있는 판본보다 높은 수준으로 끌어올렸다.

다양한 수준의 평어와 다양한 내용들의 텍스트가 병렬되어 있는 것 또한 문제다. 『자변신찰』이나 『주석삼백천증광합각』과 같은 몇몇 책들은 독립적이고 상호 관련이 없는 텍스트가 같은 페이지에 인쇄되어 있다. 가령 후자(『주석삼백천증광합각』)의 경우 아랫난의 『삼자경』 내용과 윗난의 『집필도세』 사이에 아무런 관련이 없다. 따라서 학습자는 각 텍스트를 분명히 따로 따로 읽었을 것이다. 그러나 서로 다른 텍스트들 사이에 내용적 관련이 있는 것이 더 보편적이다. 이 점은 『이론계유인단』의 경우 매우 분명하다. 서문의 설명이 뒷받침해주는 이 텍스트의 논리에 따르면 텍스트의 상하 두 난 사이에는 일

---

53 최근 몇몇 중국 서적사학자는 종종 서양서에 관한 학문을 원용하며 이러한 문제들을 다루기 시작했다. 책(또는 모든 서면 자료)의 물리적 외양과 독서 사이의 관계 분석에 관련된 문제들에 대한 전반적인 고찰에 관해서는 쥬디트 짜이틀린(Judith T. Zeitlin)과 리디아 류(Lydia H. Liu)가 펴낸 『중국의 글쓰기와 물질성: 패트릭 해넌 헌정 논문집(Writing and Materiality in China: Essays in Honor of Patrick Hanan)』 (Cambridge: Harvard University Asia Center, 2003) 가운데 리디아 류와 쥬디트 짜이틀린의 '도론' 1-28쪽을 볼 것. 같은 책에 실려 있는 우훙(Wu Hong)의 「탁본에 관하여: 그 물성과 역사(On Rubbings: Their Materiality and History)」 29-72쪽과 쥬디트 짜이틀린의 「사라져가는 시: 벽제시(壁題詩)와 소멸에 대한 불안(Disappearing Verses: Writing on Walls and Anxieties of Loss)」 71-132쪽도 볼 것. 그리고 이 책 제1장의 주석 31-34, 36에 인용된 자료를 참고할 것.

54 평어가 의미에 영향을 주는 방식에 관해서는 다니엘 가드너(Daniel K. Gardner)의 「유가의 평점과 중국학술사(Confucian Commentary and Chinese Intellectual History)」 (*Journal of Asian Studies*, 57.2, May, 1998) 397-422쪽, 앤 매클라렌(Anne E. McLaren)의 「명대의 독자와 백화의 해석학: 『삼국연의』의 여러 가지 사용법(Ming Audiences and Vernacular Hermeneutics: The Uses of The Romance of the Three Kingdoms)」 (*T'oungPao* 81.103, 1995) 51-80쪽, 앤 매클라렌의 「『삼국연의』의 통속화: 두 개의 초기 판본 연구(Popularizing The Romance of the Three Kingdoms: A Study of Two Early Editions)」 (*Journal of Oriental Studies* 33.2, 1995) 165-185쪽, 데이비드 롤스톤(David Rolston) 편 『중국소설 독법(How to Read the Chinese Novel)』 (Princeton: Princeton University Press, 1990)과 『중국 고전소설과 소설 평점: 행간 읽기와 쓰기(Traditional Chinese Fiction and Fiction Commentary: Reading and Writing between the Lines)』 (Stanford: Stanford University Press, 1997)를 볼 것.

종의 변증법적인 관계가 있다. 곧 학생들은 선생님의 지도 아래, 윗난에서 개별 자구의 의미를 배워 그것을 아랫난에 있는 텍스트의 전체 구문의 의미에 대한 일반적인 해석에 적용하는 식으로 양자 사이를 왔다 갔다 하며 공부하게 된다는 것이다. 윗난에 아랫난의 본문 이해를 위한 도구 역할을 하는 좀 더 상세하고 전문적인 평어를 배치하는 이런 패턴은 별개의 텍스트를 두 개의 난으로 나누어 담은 책에서 종종 나타난다. 예를 들어 『신각천가시』(〈그림 9〉를 볼 것)의 경우, 큰 아랫난은 표제 텍스트를 위해 할애하고 있고, 좁은 윗난에 『증각성률계몽대류(增刻聲律啓蒙對類)』(아랫난의 시를 분석하는 데 도움을 주기 위해 제공된 음운 입문서)를 수록하고 있다.

그러나 좀 더 복잡한 텍스트에서는 이러한 관계가 반드시 유지되는 것은 아니다. 예를 들어 『사서보주비지제규회참』은 평어가 세 부분으로 나뉘는데, 그 가운데 둘은 두 가지 유형의 하위 평어를 제공한다. 이처럼 많은 평어는 경서의 중요성(그리고 '주석', '해석', '증보', '장지', '절지', '구제(句題)'라는 모든 요소를 다 갖춘 본문들의 결정적인 중요성)을 보여주고 경서를 철저하게 설명해줄 것을 약속하는 데 이바지하고 있다. 그러나 여기서 읽기의 순서는 아래쪽에서 위쪽으로 진행되는 것으로 보인다. 곧 학습자는 먼저 경서의 원문 구절의 의미와 정통 평어를 이해하고, 그런 다음 위쪽으로 옮겨가서 원문 구절에 대해 문학적으로 해석하는 방법에서 벗어나 맹자의 논쟁의 진의를 분석하는 좀 더 난해한 읽기로 나아간다(두 번째 난). 그리고 마지막으로 가장 난해하고도 역사적으로 거리가 먼 단계로서 원문 구절을 동시대의 정통 형이상학과 연결시킨다(세 번째 난).

두 번째로, 구두점의 사용은 독서 행위에 영향을 준다. 표준적인 구두점 형식이 없는 상황이었기에 구두점은 종종 이해하기가 어렵다. 작가와 편집자, 출판업자는 본문의 단락 구분, 구절 또는 문장 표시, 강조를 위해 원문 구절을 눈에 띄게 하기, 시가의 운율 표시 등을 위해 여러 가지 다른 기호들을 사용했다. 그 예로 쓰바오 본 『천가시』 두 종에 보이는 서로 다른 구두법을 살펴볼 수 있다. 『신각천가시』(〈그림 9〉를 볼 것)는 매 편의 시에 원과 삼각형을 연속해서 표시하고 있는데, 이는 아마도 독자에게 행 나누기는 완전히 무시한 채 운율에 대해 설명한 것으로 보인다. 『중보징선생정보천가시도주(鍾伯敬先生訂補千家詩圖註)』(〈그림 8〉을 볼 것)는 단순히 시의 행만 나누어(시의에 대한 해석이 구두표기가 없는 주석들을 통해 제시되고 있기는 하지만) 시에 대한 기술적인 특징 분석은 독자들 몫으로 남기고 있다. 하지만 아무리 잘 계획되었다 하더라도, 과다하게 많은 구두점이 독자들에게 얼마나 도움이 되었을지는 종종 분명치가 않다. 가령 쓰바오 본 『춘추좌전두림회참(春秋左傳杜林匯參)』(〈그림 6〉을 볼 것)에서 방비와 섞여 있는 ○와 、(아마도 중요한 원문 구절을 표시하기 위해 고안되었을 것이다)의 혼용으로 야기되었을 혼란을 생각해보라. 실제로 어떤 경우에는 출판업자에게 장점 하나를 더 부가하기 위해 구두점을 거의 임의대로 덧붙인 것이 아닌가 하고 추측하게 만든다.

그러나 구두표기를 해석하는 데 있어서의 난점은 차치하고, 바로 그 구두표기의 존재(또는 부재)만이 일정한 독서법을 텍스트에 표시해주는 역할을 했을 것이다. 앞에서도 지적했듯이, 학식이 높은 학자들에게 구두점은 물론 필요한 것이 아니었고 오히려 일종의 모욕이었을 것이다. 이런 상황에서 『서경정화(書經精華)』나 『춘추좌전두림회참』과 같은 쓰바오 본 오경에서 공통적으로 발견되는 것처럼, 구절 구분 기호이든 강조 표시든 구두점의 존재는 어디서 끊어 읽어야 하고 무엇이 중요한지 알려주기를 원하는 학습자와 독자들을 위한 작업임을 시사한다. 그러나 우리는 또 중세 유럽의 묵독(默讀)에 관한 폴 생어(Paul Saenger)의 연구[55]를 바탕으로 추정하여, 일반적으로 처음에는 귀로 듣는 기계적인 암기를 통해 배우는 텍스트에서는 학생들에게조차 구두점이 필요하지 않았으리라고 주장할 수도 있을 것이다. 이렇게 생각해 본다면, 청각에 의지해 『논어』를 외우고 또 종종 그것을 입으로 암송하는 독자는 어떤 텍스트를 읽는 데 지침이 될 구두법이 필요 없었을 것이며, 어디서 끊어 읽어야 하는지를 자연히 알았을 것이다. 이미 언급한 것처럼 이것은 더 어려운 쓰바오 본 오경의 대부분은 구두표기가 되어 있는 반면에 여기서 다룬 쓰바오 본 사서 중에 어느 판본도, 심지어 기본적인 『이론계유인단』과 소수의 독서 입문서(물론 이것들은 암기를 통해 기억되었을 것이다)까지도 구두표기가 되어 있지 않은 이유를 설명해 줄 수 있을 것이다. 그렇다면 인쇄된 구두점은 어떤 텍스트가 배우는 독자들을 위한 것인가라는 점을 잘 보여주는 것일 수 있다. 하지만 구두표기의 부재가 반드시 수준 높고 학식이 많은 독자를 위한 것임을 말해주는 것은 아니다. 여기서 구두표기 또는 그것의 부재의 중요성을 평가하기에 앞서 텍스트의 내용과 텍스트가 사용되는 방식이 고려 대상이 되어야 한다.

세 번째로, 한 텍스트의 언어, 곧 언어의 종류(곧 문언, 백화, 방언들 가운데 위치하는)와 난이도, 특성은 텍스트로부터 서로 다른 독서 행위를 추론하는 데 있어서 고려되어야 할 점이다. 이것은 구두표기와 마찬가지로 어려운 문제다. 『이론계유인단』에 쓰인 쉬운 구어체 언어는 (서문에 언급되어 있듯이) 나이 어린 초급 독자들을 위해 의도된 것이 분명한 듯하다. 그러나 『사서보주비지제규회참』의 다소 어색한 반 구어체적 문언은 해석하기가 더 어렵다. 많은 학자들은 백화체의 사용이 한 텍스트가 대중 독자층을 위한 것임을 보여주는 표지라고 주장한다. 여기에는 이러한 견해를 뒷받침해 주는 확실한 증거가 있다. 이를테면 『이론계유인단』의 매우 간단하면서도 반복되는 평어가 초급 독자들이 쉽게 접근할 수 있도록 해주었다는 것을 부인할 사람은 없을 것이다. 그러나 명말과 청대의 문인 소설 속의 고전적인 문구와 비유들로 가득한 더 복잡하고 정교한 백화체 언어는 어떤가? 몇몇 학자들은 단지 몇 년간 교육을 받은 반문맹의 독자들에게는 쉬운 고전 산문이 아마도 『서유기』나 『홍루몽』 같이 화려한 백화체 산문보다 이해하기 더 쉬웠을 것이라고 주장한 바 있다.[56] 만약 그렇다면, 쉬운 문언체로 씌어진 군담소설(소설류 가운데 쓰바오 인쇄본의 대부분을 차지하는 작품들)이 인기 있었다는 사실은 쓰바오가 부분적으로나마 학식을 갖춘 상당수의 독자들을 포함한 대중의 도서 수요를 채워주었음을 암시하는 것일 터이다. 그러

55 폴 쌩어(Paul Saenger), 「묵독: 중세 말 필사본과 사회에 대한 영향(Silent Reading: Its Impact on Late Medieval Script and Society)」(Viator 13, 1982) 366-414쪽.

56 윌트 이데마(Wilt L. Idema), 『중국의 백화 소설: 형성기(Chinese vernacular Fiction: The Formative Period)』, x-xii.

나 반 구어체 문언이나 백화를 사용함에 있어서 의도된 독자에 관해 아무것도 명시할 필요가 없었다. 가령 대중 독자층을 위해 고안된 텍스트라고 할 수 없는 주시의 『어류(語類)』는 '어록' 양식의 텍스트에 어울리는 구어체와 문언체가 혼합된 언어로 되어 있다. 따라서 텍스트의 언어는 (여기서 언급하는 대부분의 기준들처럼) 양식, 내용, 그리고 텍스트에 담긴 이해를 위한 보조장치(평어, 구두점 등)를 포함한 여러 다른 요소들의 컨텍스트 속에서 이해되어야 한다.[57]

텍스트의 물리적인 외양과 생산 품질도 물론 독서에 영향을 끼친다. 값싸고 삽화가 없으며 거칠게 인쇄된(오류와 간화자 투성이인) 쓰바오 본 『유학수지(幼學須知)』에 의존하는 것은 베이징이나 강남의 대형 출판사 또는 심지어 난징의 교과서 출판업자인 리광밍(李光明)이 펴낸 고가이고 삽화가 많으며 정성스럽게 인쇄된 판본을 사용하는 것과는 상당히 다른 경험이었을 것이다. 비록 쓰바오 인쇄업자가 이따금 깨끗하고 쉽게 읽을 수 있는 텍스트를 펴내고, 또 드물기는 해도 꽤 훌륭한 판본을 출판하기도 했지만, 쓰바오 인쇄본의 대부분은 품질이 높지 않았다. 쓰바오 텍스트들은 일반적으로 페이지마다 최대한 많은 글자들을 빽빽하게 채워 넣음으로써 비용을 대폭 줄였다. 『사서보주비지제규회참』의 한 페이지만 얼핏 보더라도(〈그림 5〉를 볼 것) 그런 텍스트들이 얼마나 읽기 어려웠을지 알 수 있다. 이 텍스트뿐 아니라 쓰바오의 다른 경서 판본들은, 이것들을 제대로 만드는 것이 과거시험 공부의 핵심이었을 만큼 중요한 텍스트들이었음에도, 오탈자나 간화자의 비율이 상당히 높았다.[58] 쓰바오 판본에서 삽화는 매우 드물며, 삽화가 있는 경우라도 보통은 다소 조악하다. 예를 들어 『삼자경』(〈그림 7〉)과 『천가시』(〈그림 8〉)의 삽화, 또는 쓰바오의 책력인 『옥갑기(玉匣記)』(〈그림 12〉)에 그려진 신들의 모습을 보라. 종이 질은 일반적으로 좋지 않은데, 쓰바오 인쇄본은 종종 더 싸고 거칠며 빨리 누렇게 변하는 모죽(毛竹)[59]으로 만든 모변지(毛邊紙, 당지[唐紙])로 인쇄되었다.

쉬완(許彎)에서 나온 동시대의 텍스트와 간단히 비교해 보면 분명한 차이가 드러난다. 예를 들면, 쉬완본 의학 입문서인 『의학삼자경(醫學三字經)』과 본초학 안내서 『신농본초경독(神農本草經讀)』은 결코 특출 나게 세련되지는 않지만, 쓰바오 본보다 크고 깨끗하며 훨씬 더 읽기 쉽다(〈그림 13, 14〉). 쓰바오 인쇄본의 더 작고 빽빽한 글자들과 높은 오자율은 독서 과정에 분명히 영향을 미쳤을 것이다. 그리하여 잘해 봐야 독자가 텍스트를 끝까지 읽는 과정을 느리게 하고, 최악의 경우에는 텍스트의 의미를 왜곡하고 독자를 오도했을 것이다. 향후 연구과제로 남는 것은 기타 물리적인 요소들(종이의 질, 텍스트의 크기, 서

---

57 이 문제들에 대한 더 충분한 논의는 이 책의 첫 번째 글을 참조할 것.

58 『사서보주비지제규회참』을 예로 들면, 단 한 줄의 평어에 몇 개의 오탈자가 있는 경우도 있다. 가령 4.1a의 두 번째 난에서는 本이 木으로 되어 있고, 性이란 글자는 아예 누락되어있다. 또 『사서정문(四書正文)』의 평어에서는 『시경』에서 인용한 구절에서 글자 하나를 빠뜨려 弗曳弗婁가 弗曳婁로 되어있다.

59 【옮긴이 주】 죽순대를 가리킨다.

체, 간화자의 사용, 삽화('화畵'이든 '도圖'이든)[60]의 존재와 특징 및 배치,[61] 페이지 공간의 레이아웃)이 텍스트에 대한 독자들의 반응에 어떤 영향을 주는가와 그것이 갖는 문학적 전통 안에서의 의의에 대한 것이다. 앤 버커스-채슨(Anne Burkus-Chasson)은 이 책의 10번 째 글에서 그러한 요소들, 특히 장정 스타일 및 삽화와 텍스트의 레이아웃의 선택이 어떻게 텍스트에 대한 일정한 읽기를 조장하는지에 관해 자세히 살피면서 설득력 있는 시도를 하고 있다.

이상에서 살펴본 것들은 텍스트 자체로부터 독서 행위를 분석해보고자 하는 모든 시도에 있어서 인쇄본에 적용될 수 있는 몇몇 기준들이다. 이러한 접근법을 전제로 한 가정은 텍스트의 의미가 그것의 물리적인 형태(인쇄본의 품질 뿐 아니라 체제, 페이지의 배치, 그리고 텍스트 내의 서로 다른 부분들(삽화, 부 텍스트, 평어 등) 사이의 관계)와 불가분하게 연관되어 있다는 것이다. 사실 내용의 전달매체나 물리적 대상으로서의 개별 텍스트에 대한 분석을 훨씬 넘어서는 다른 광범위한 문제들 또한 고려되어야 한다. 책이 사용된 방식 또는 가정에서의 책이나 책들의 위상 또한 독서 행위를 좌우했을 것이다. 가령 수집가의 소장품이나 고급 서적, 교육과 오락을 위한 평범한 자료, 동떨어진 엘리트 문화와의 매우 값진 관련성(경제적 측면에서는 값이 싸다 하더라도)과 같은 서적의 위상 말이다. 더 분명한 것은, (사적이고 개별적인 독서, 학교에서의 교육, 구연, 또는 학식 있는 전문가가 교육을 받지 못한 청중에게 전달해주는 방법[62] 등을 통해) 텍스트가 흡수되는 방식이 동일한 텍스트가 가질 수 있는 서로 다른 독자들에 대한 영향의 종류를 결정한다는 점이다. 마지막으로, 개별 텍스트가 해당 장르 안에서 차지하는 위치가 큰 의의를 가진다. 예를 들면, 우리는 평어의 내용과 형식, 레이아웃, 구두점, 생산 품질, 교육과정에서의 역할이라는 측면에서 이 글에서 분석한 서로 다른 4종의 쓰바오 본 사서의 관계와 19세기에 유통된 모든 사서 판본들에서 그것들이 차지하는 위치에 대해

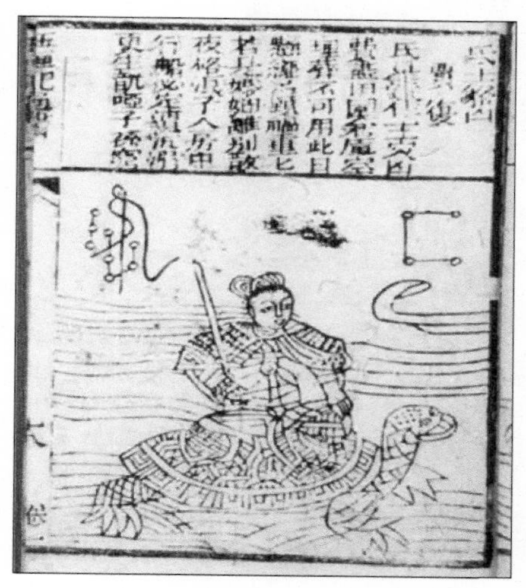

<그림 12> 우거(18a)에서 출판된 대중적인 책력인 『옥갑기(玉匣記)』 가운데 저성신(氐星神)인 자푸(賈復)의 형상을 그린 그림(판목크기: 11.5×23cm). 사진은 필자가 푸젠 성 쓰바오 향 우거의 쩌우 씨 가문의 한 사람이 개인적으로 소장하고 있는 한 판본을 찍은 것이다.

60 【옮긴이 주】 '화(畵)'는 예술로서의 그림이고, '도(圖)'는 도안을 가리킨다.

61 크레이그 클루나스(Craig Clunas), 『근대 초기 중국에서의 그림과 시각성(Pictures and Visuality in Early Modern China)』 (Princeton: Princeton University Press, 1997), 104-111쪽. 독서에 대한 삽화의 영향에 관해서는 로버트 헤겔(Robert Hegel)의 『삽화본 소설』, 291-326쪽을 볼 것.

62 촌락에서 행해지는 '독서'에 있어서 전문가들의 역할에 관한 논의로는 제임스 헤이즈(James Hayes)의 「촌락 세계의 전문가와 서면 자료(Specialists and Written Materials in the Village World)」, 92-111쪽을 볼 것.

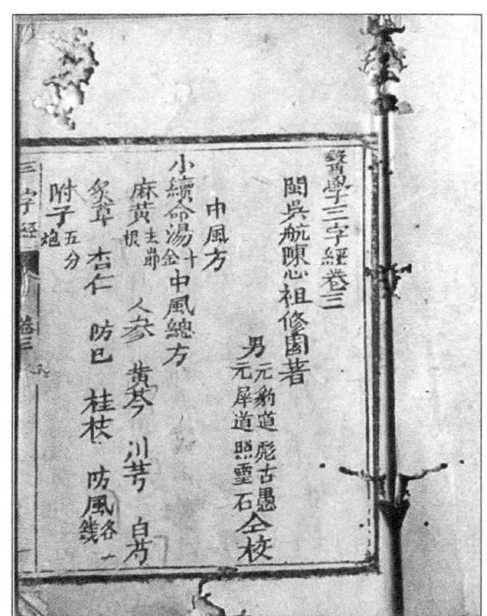

醫學三字經卷三

閩吳航陳念祖修園著

男 元豹道彪古愚 元犀道照靈石 全校

中風方

小續命湯 金十 中風總方

麻黃去節根 人參 黃芩 川芎 白芍

炙草 杏仁 防己 桂枝 防風各一錢

附子炮五分

<그림 13> 천녠쭈(陳念祖, 자는 슈위안修園)의 쓰바오 본 『의학삼자경』(판목크기: 18×11.6cm)의 일부(3.1b-2a). 이 텍스트의 조잡한 판각과 작은 글자들은 다음 쪽의 쉬완 본(<그림 14>)의 상대적으로 깨끗한 판각 및 큰 글자들과 비교가 된다. 사진은 필자가 푸젠성 쓰바오 향 우거의 쩌우 씨 가문의 한 사람이 개인적으로 소장하고 있는 한 판본을 찍은 것이다.

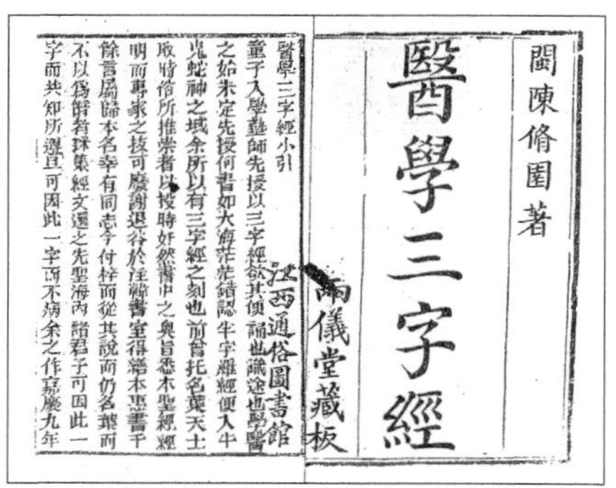

閩陳修園著

醫學三字經

兩儀堂藏板

江西通俗圖書館

醫學三字經小引

<그림 14> 천녠쭈의 『의학삼자경』(쉬완 : 량이탕(兩儀堂), 날짜 없음. 판목크기: 20.2×16.1cm) 표지와 '소인(小引)'의 첫 페이지. 이 판본을 <그림 13>의 판본과 비교해 볼 것. 사진은 장시성도서관(江西省圖書館)에 있는 한 판본을 찍은 것이다.

좀 더 깊은 이해가 필요하다.

이러한 모든 요소들로 인해 생겨날 수 있는 독서 경험의 (또는 로저 샤르티에의 말을 빌자면, 독자들이 텍스트를 전유하는 방식에 있어서의) 차이는 서로 다른 출판지나 서적의 일반적인 이용도, 서로 다른 사회적 수준에 적합한 텍스트의 유형, 그리고 중국의 독서 방식과 환경에 관해 좀 더 조사가 이루어질 수 있을 때까지는 접근하기가 어렵다. 그러나 그것들은 이 글에서 쓰바오에서 나온 증거를 기초로 가정한 인쇄본의 동질성과 핵심 서적들의 오랜 수명이 균일한 영향과 반응을 의미하는 것은 아니며 반드시 고도의 진정한 문화적 통합을 의미하는 것도 아님을 보여준다. 분명히 공유된 자료들인 텍스트의 주요 부분으로 인해 서로 다른 수많은 경험과 해석이 감춰진다는 점을 고려해 본다면, 사실 장기간 지속된 인쇄본의 이러한 동질성은 그 영향에 있어서는 오히려 표면적인 것이었을 수 있다.

제3부

특정한 독자를 위한 출판

명청 시기 소설의 틈새시장

로버트 헤겔(Robert Hegel)

문제의 제기

최근 중국과 일본, 북미 학자들의 연구는 명청 시기 중국의 인쇄 문화에 대한 연구에 새로운 길을 열어 주었다. 그들은 특정 분야의 책과 그것들의 유통에 관련된 특별한 서상(書商)들이나 지역 출판인들을 전문화하는 것과 같은 문제들을 탐구함으로써 출판의 복잡한 정황을 드러내주었다. 그들의 발견은 특정 유형의 책들이 다양한 사회계층으로 구성된 특정한 도서 구입자 집단을 위해 생산되었다는 점을 드러내었고, 이에 따라 판매 전략의 문제가 더욱 부각되었다.[1] 이 책에 수록된 신시아 브로카우(Cynthia J. Brokaw), 조셉 맥더모트(Joseph McDermott), 앤 매클라렌(Ann E. McLaren), 그리고 다른 저자들은 이 문제에 대해 더 많은 정보와 새로운 관점들을 제시하고 있다.

여기서 나는 명대(1368-1644년) 후기와 청대(1644-1911년)의 소설 작품들의 틈새시장 공략에 대한 개략적인 상황을 제시하고자 하는데, 이는 일반적으로 연구가 덜 된 도서 분야이기도 하다. 출판된 장편소설과 단편소설집들에 대해 얻을 수 있는 정보를 우리가 알고 있는 출판인 및 서상들에 대한 정보와

---

1 이와 관련된 주요 연구로 라이신샤(來新夏)의 『중국고대도서사업사(中國古代圖書事業史)』(上海: 上海人民出版社, 1990년), 저우우(周蕪)의 『후이파판화사론집(徽派版畵史論集)』(合肥: 安徽人民出版社, 1983년), 한시둬(韓錫鐸)·왕칭위안(王清原)의 『소설서방록(小說書坊錄)』(沈陽: 春風文藝出版社, 1987년), 오오키 야스시(大木康), 「명말 강남의 출판문화 연구(明末江南における出版文化の研究)」(『廣島大學文學部紀要』 50 특별호, 1991, 1-176쪽), 오오츠카 히데다카(大塚秀高)의 『증보중국통속소설서목(增補中國通俗小說書目)』(東京: 汲古書院, 1987년) 등을 참조할 것. 영어로 된 연구들과 이 책에 담긴 그들의 논문에 대해서는 『영리를 목적으로 한 출판: 푸젠 성 젠양(建陽)의 상업적 출판인들(11세기-17세기)(Printing for Profit: The Commercial Publishers of Jianyang, Fujian[11th~17th Century]) (Cambridge, Mass.: Harvard University Asia Center, 2002)와 신시아 브로카우(Cynthia J. Brokaw), 「명청 시기 중국의 상업 출판: 푸젠 쓰바오의 쩌우(鄒)씨와 마(馬)씨 가문의 사업(Commercial Publishing in Late Imperial China: The Zou and Ma Family Businesses of Sibao, Fujian)」(*Late Imperial China* 17.1, 1996, 49-92쪽)을 참조할 것. 또 엘런 위드머(Ellen Widmer), 「항저우와 쑤저우의 환두자이(還讀齋): 17세기 출판 연구(The Huanduzhai of Hangzhou and Suzhou: A Study in Seventeenth-Century Publishing)」(*Harvard Journal of Asiatic Studies* 56.1, 1996, 77-122쪽)를 참조할 것

상호 연관시켜보면 인쇄된 백화 서사물들이 겨냥하고 있는 독자층에 대한 몇 가지 추론을 이끌어낼 수 있을 것이다. 더욱이 이런 자료들은 이런 책들의 '표적 독자층(target public)'(매클라렌의 용어. 네 번째 논문 참조)이나 몇몇 잠재적인 구매자 계층들을 제시해준다. 만약 현재 남아있는 사료들이 명대 후기의 인쇄 활동 전반을 대표하는 것이라는 사실을 믿어야만 한다면, 우리는 17세기 소설 구매자들 가운데 상대적으로 부유한 독자들, 아마 과거 시험을 준비한 이들이 포함된다고 결론지을 수 있을 것이다. 이런 결론은 특히 진링(金陵: 지금의 난징[南京], 난징의 출판계에 대한 더 자세한 정보는 루실 쟈(Lucille Chia)가 쓴 이 책의 세 번째 논문을 참조할 것)과 같은 강남의 도시들에서 출판된 많은 명대 후기의 소설 판본들이 상대적으로 세련된 것이라는 인식을 기반으로 한다. 그런 책들은 화려한 삽화를 갖추고 본문 인쇄가 깔끔하게 되어 있어서 철학이나 역사, 그리고 문집과 같은 다른 분야의 책들보다 훌륭하다. 청대, 특히 건륭 연간(1736-1796년) 이후로 확장된 소설 구매층에는 사회 하층민들까지 포함되는데, 목판으로 엉성하고 단순하게 인쇄된 삽화가 실려 있는 더 작은 판형의 장편소설과 단편소설의 수량이 증가한 점을 그 증거로 들 수 있다. 비록 현재 접할 수 있는 자료들이 불충분하기 때문에 이러한 시장변화의 결정적인 요소들이 어떤 것인지, 또 새로운 시장 창출에서 인쇄업자들이 맡은 역할이 무엇인지를 더욱 정확하게 규명하기는 어렵지만, 현재 손에 넣을 수 있는 데이터들은 좀 더 흥미로운 몇 가지 문제에 대한 일반적인 답안을 제시해준다. 그 문제들은 바로 누가 무엇을 읽었으며, 명청시기 중국에서 인쇄업자와 서상들이 어떻게 독자층의 기대에 부응할 수 있었는가 하는 것이다.

소설 독자?

잠재적인 독자들을 정의하기 위해서는 명청 시기 중국에서 식자층의 범위와 구성에 대해 어느 정도 이해하고 있어야 한다. 우리가 이용할 수 있는 정보는 한정되어 있기 때문에, 학자들은 이론적인 측면에서 문제를 제기할 수밖에 없었다.[2] 카이윙 초우(Kai-wing Chow)는 17세기 초기에 과거준비생, 일

2 나는 이블린 러스키(Evelyn Rawski)의 『중국 청대의 교육과 대중의 식자율(Education and Popular Literacy in Ch'ing China)』(Ann Arbor: University of Michigan Press, 1979)과 데이비드 존슨(David Johnson)의 「명청 시기 중국에서의 소통, 계층, 의식(Communication, Class, and Consciousness in Late Imperial China)」(David Johnson, Andrew J. Nathan, and Evelyn S. Rawski, eds., *Popular Culture in Late Imperial China*, Berkeley: University Of California Press, 1985. 34-72쪽)과 같은 중요한 연구들을 인용했다. 여성 독자들에 대한 심도 있는 연구로는 엘런 위드머(Ellen Widmer)와 캉-이 쑨 창(Kang-i Sun Chang)의 『명청 시기 중국의 여성에 대한 글쓰기(Writing Women in Late Imperial China)』(Stanford: Stanford University Press, 1997)와 수전 만(Susan Mann)의 『소중한 기록들 : 기나긴 18세기의 여성(Precious Records: Women in China's Long Eighteenth Century)』(Stanford: Stanford University Press, 1997)을 참고했다. 독자의 정체성을 밝힌 카이윙 초우의 글은 데이비드 존슨의 글만큼이나 이론적이다. 카이윙 초우(Kai-wing Chow)의 『성공을 위한 글쓰기: 명청 시기 중국에서의 인쇄, 과거시험, 그리고 지적인 변화(Writing for Success: Printing, Examinations, and Intellectual Change in Late Ming China)』(*Late Imperial China*, 17-1, 1996.6, 120-157쪽)를 볼 것. 나는 또 「명

반적인 도시민, 여성 등이 서로 중첩되기도 하면서 여러 독자층을 형성했다는 의견을 제시했다. 과거 시험을 위한 책들(경서, 팔고문 선집)의 수량으로 판단컨대, 그 중 과거준비생 집단이 상당히 큰, 아마도 가장 큰 규모였을 것이다. 동시대에 나온 소설 및 희곡 작품의 등장인물들 가운데는 과거 준비생들의 수요를 충족시켜주는 서상들이 등장한다. 그런 책들은 비교적 가격이 저렴한 것들이 대부분이었다.[3] 한편 상업 지침서와 지명(地名) 사전, 의서(醫書), 역서(曆書) 등은 전문가들과 이런 독자층 구분에 포함되지 않는 다른 사회 집단을 위해 출판된 듯하다. 게다가 여성들이 소설 독자층의 중요한 부분을 구성했다는 주장이 종종 제기되곤 했으나, 브로카우가 이 책의 서론에서(그리고 매클라렌이 이 책에 실린 논문에서) 여성들 사이의 문자 습득과 글쓰기 문제에 대해 논의했기 때문에 여기서는 다루지 않겠다. 그 대신 소설 독자층의 구매 습관에 대한 대략적인 윤곽을 그려보려고 노력했는데, 이 독자들은 아마 카이윙 초우가 '일반적인 도시 독자들'이라고 규정한 집단과 어느 정도 중첩될 것이다.

물론 이런 모든 접근법을 통해서 재구성할 수 있는 독자들은 어디까지나 가설적이다. 개별적인 구매자는 경우에 따라 다양한 범주와 폭넓은 가격대의 책을 구입했을 수도 있기 때문이다. 이런 접근에 내재된 어쩔 수 없는 한계를 염두에 두고, 책의 상업적인 가치에 초점을 맞추고자 한다. 여기서 말하는 책의 상업적 가치란 여기서 나는 우선 책을 편찬하는데 상대적으로 얼마 정도의 노력과 비용이 들었는지를 따진 것이다. 어쨌든 나는 책의 내용과 그 책만이 갖고 있는 고유한 예술수준을 활용해서 대상 그 자체에서 도출해낼 수 있는 결론을 확정할 수 있을 뿐이다. 그리고 비교적 객관적인 정보를 통해서 잠재적인 구매자들을 하나의 전체로서 다룰 것이다.

꼼꼼하게 따져보지 않더라도 부유한 도서 구매자들은 당연하게도 자신들이 원하는 어떤 책이라도 살 만한 여유가 있었다. 그와 반대로 책과 같이 필수품이 아닌 물건을 살 수 만큼 사정이 좋지 않은 사람들은 조금 싼 판본들(아니면 가격에 상관없이 아주 적은 수의 책만)을 사려고 했을 것이다. 그래서 비교적 부유한 도서 구매자들은 그들의 관심을 끄는 어떤 판본에 대해서도 실제적인 고객이 될 수 있었을 것이며, 출판된 모든 책에 대한 이론적인 구매자와 독자층에 포함될 수 있었을 것이다. 그러나 재정적으로 위축된 독자들은 책을 살 여유가 있더라도 대개 더 싼 판본들을 살 수밖에 없을 것이다. 가난한 도서 구매자들은 전체 도서 구매자 집단의 일부를 구성한다. 그들은 책을 소비하긴 했지만 책 그 자체의 가치만을 보고 수집했을 가능성은 거의 없다. 이 책의 다섯 번째 논문에서 브로카우가 보여주듯이, 덜 부유하고 교육의 정도도 낮은 이 독자들은 비교적 궁벽한, 그리고 경제적으로도 덜 발전된 지역에서

청 백화문학 독자 수준의 구분(Distinguishing Levels of Audiences for Ming-Ch'ing Vernacular Literature)」(Johnson, Nathan, and Rawski, eds., Popular Culture in Late Imperial China, Berkeley: University Of California Press, 1985. 112-142쪽)에서도 독자에 대해 논한 바 있다.

3 카이윙 초우(Kai-wing Chow), 「성공을 위한 글쓰기(Writing for Success)」, 124-126쪽. 청대 후기의 출판 상황을 잘 보여주는 자료로는 이 책의 다섯 번째 논문에 수록된 신시아 브로카우의 글을 읽어보기 바란다.

발견된다. 빈부를 기준으로 한 이런 구분이 좀 엉성하긴 하지만, 그것은 책을 사는 독자층의 개념을 어느 정도 분명하게 만들어줄 것이다.

소설 구매자

이전의 연구에서 나는 종이의 크기와 품질, 인쇄의 농도와 선명도, 그리고 삽화들의 복잡성과 예술적 세련도의 변화에 따라 명대 후기부터 청대까지 소설 인쇄의 품질에 나타난 일련의 쇠퇴 과정을 추적한 바 있다. 여기에는 명대 후잉린(胡應麟: 1551-1602년)이 책값을 정하기 위해 정한 몇 가지 기준이 포함된다. 명대 중엽에서 청대 후기까지의 소설 판본들을 비교해보면, 물리적인 판형과 책의 외관에 나타난 이러한 품질 저하는 균질적이지도 않았고 지속적이지도 않았다.

청대의 인쇄업자들이 더 작은 종이에 더 많은 글자를 인쇄하는 경우가 많기는 했지만, 판형이 큰 옛날 판본을 다시 인쇄하는 경우도 잦았다. 이를테면 건륭 연간에는 이러한 재인쇄가 일반적이었던 것으로 보인다. 비록 많은 인쇄물들의 출간 연도를 규정하기가 곤란하기는 하지만, 그런 책들의 숫자는 특히 청대에 백화소설 작품을 위한 커다란 규모의 활발한 시장이 있었음을 말해준다. 예를 들어서 오오츠카 히데다카(大塚秀高)의 매우 유용한 저작인 『증보중국통속소설서목(增補中國通俗小說書目)』과 한시뒤(韓錫鐸), 왕칭위안(王淸原)의 『소설서방록(小說書坊錄)』에 수록된 목록을 슬쩍 훑어보기만 해도 백화소설이 얼마나 왕성하게 팔렸는지를 생생하게 알 수 있다.[4]

책 자체의 외양을 통해서 명청시기 중국 소설의 판매 전략에 대해 다음과 같은 결론을 끌어낼 수 있다.

1. 대중적인 상업출판의 초기 단계에서 나타나는 서상들의 전문화는 지역적 또는 개인적인 차원에 국한되지만, 기술자들, 판화예술가, 판목 등이 출판업체들, 심지어 여러 도시들을 옮겨 다니게 되면서 이런 차이들이 누그러졌다. 명대 후기와 청대 초기에 인쇄 문자와 페이지 윤곽, 삽화의 표준화가 점증함에 따라 특색 있는 인쇄소가 줄어들고 심지어 지방색 짙은 인쇄 양식 등이 점차 제거되었다. 시장 경쟁의 결과로, 여러 분야에서 어느 정도 구색을 맞추어 책을 출판해야 한다는 것이 적어도 상

---

4 나의 『명청 시기 중국의 삽화본 소설 읽기(Reading Illustrated Fiction in Late Imperial China)』 (Stanford: Stanford University Press, 1998.)에는 소설 인쇄에 대한 많은 결론들이 제시되어 있다. 이 논문의 많은 부분들은 그 책의 제3장을 요약한 것이다. 특히 위의 책, 90-95쪽의 [표 3.6]과 오오츠카의 『증보중국통속소설서목(增補中國通俗小說書目)』을 참조할 것. 한시뒤·왕칭위안에 대해서는 위의 각주 1)을 참조할 것.

업적 출판업자들 사이에서는 불문율이 되었다.

2. 책 자체의 예술적 질이라는 측면에서 17세기는 아마 소설 출판의 절정기였을 것이다. 명말의 몇 십 년과 청초의 십년 동안 큰 판형(페이지의 크기가 대략 15×25㎝)과 호화본 소설 작품이 그 이전이나 이후에 비해 많이 출판되었다. 실력 있는 기능공에게 소요되는 임금은 책값이 더 높아짐을 의미하며, 이에 따라 소설 작품에 대해 비교적 후한 값을 지불할 수 있는 도서 구매자 계층이 존재했음을 알 수 있다. 그러나 만력 연간(1573-1620년)에도 일반적인 표준과는 확연히 다르게 판각된 소설과 희곡 작품들이 출판되었다. 이렇게 된 것은 상업화에 그 이유가 있었을 것이다. 출판물의 인쇄품질이라는 관점에서 볼 때, 이미 1600년대에 출판인들이 의식적으로 소비자의 경제적 수준에 따라 도서 구매자 계층을 상정했다는 사실이 드러난다.

3. 청대의 출판인들은 소설을 많은 돈을 들여서 크고 세련된 품질의 판형으로 출판할 만한 가치가 있는 것이라고 생각하지 않았다. 청대에 나온 큰 판형의 소설들은(옛날의 목판을 이용하여) 다시 인쇄된 것이거나(옛날의 인쇄본을 다시 판각하여) 다시 간행한 것일 가능성이 높다. 1800년 무렵 이후에 새로 판각된 소설 판본들은 대부분 페이지 크기가 작고(예를 들어서 13×18㎝ 또는 그보다 작은 것), 루실 쟈의 표현대로 '딱지본(chapbook)'이어서 브로카우가 검토한 바 있는 푸젠(福建) 지역의 값싼 책들의 목록에 비견되는 것들이었다. 청대에 문인 독자층이 대대적으로 증가했다는 것은 의심의 여지가 없다. 소설 인쇄의 품질 변화는 아마 문화 엘리트들보다는 덜 부유한 이들을 포함하도록 구매층을 확장하려는 소망을 반영한 것으로 보인다.[5]

소설 인쇄 활동의 변화는 다양한 다른 역사적 요소들과 연관되어 있는 것 듯이 보인다. 정치적인 측면에서 명 왕조의 몰락은 많은 도시에서 상업적 투자의 붕괴를 초래했다. 출판업은 이런 현상과 무관하지 않았으며, 청대 초기의 몇 십 년 동안 느린 속도로 회복되었다. 그와 마찬가지로 보수적인 유가(儒家) 학자들은 명대 후기에 상인들과 고위 관료 모두에 의해 예술을 포함한 상품들의 소비가 현저하게 나타나는 데에 대해 부정적인 반응을 보였다. 확실히 청대 초기에 보수적인 경향이 널리 퍼짐에 따라, '가치가 없음에도(frivolous)' 가격만 비싼 책들은 마찬가지로 거부되었을 것이다. 문화적인 측면에서 볼 때, 특정 엘리트 집단 사이에서 백화소설에 대한 이런 경멸은 눈에 띄게 증가했는데, 19세기 말에는 유난히도 요란했던 공적인 멸시를 낳을 정도였다.[6] 동시에 식자층이 확산됨에 따라 독서를 통해 미적 혹

---

5 헤겔(Hegel)의 『삽화본 소설』 제3장, 특히 155쪽을 참조할 것. 루실 쟈의 이 용어에 대해서는 이 책의 세 번째 논문을 참조할 것.

6 이렇게 일반화한다고 해도 명·청대의 사상이나 문화의 변화에 내재된 복잡성을 다 설명하기에는 부족하다. 자세한 연구로는 티모시 브룩(Timothy Brook)의 『쾌락의 혼돈』; 존 핸더슨(John B. Henderson)의 『중국 우주론의 발달과 쇠퇴(The Development and Decline of Chinese Cosmology)』(New York: Columbia University Press, 1984); 카이윙 초우(Kai-wing Chou)의 『명청 시기 중국의 유교 의례의 흥기(The Rise of Confucian Ritualism in Late Imperial China)』(Stanford: Stanford University Press, 1994); 스티븐 로디(Stephen J. Roddy)의 『명청 시기 중국의 지식인의 정체성과 그 소설적 재현(Literati Identity and Its Fictional Representations in Late Imperial

은 교육적인 성과를 얻기보다는 유희적인 즐거움을 추구하는 '일반적인' 비학자 계층 부류의 독자층이 급속도로 증가했다. 이것은 명대에는 일반적이었던 큰 판형의 세련된, 그래서 비싼 값의 한정판들이 나올 수 있는 추진력이 청대에는 줄어들었음을 의미한다. 그래서 청대에는 더 싼 값에 팔릴 수 있도록 작은 판형에 많은 내용을 담은 거칠고 조야한 판본들이 양산될 만한 많은 이유가 있었다. 나는 청말 시기에 소설 인쇄의 질이 떨어진 데에는 리처드 존 루프라노(Richard John Lufrano)가 정의한 "18세기에 시작된 균질화(homogenization) 추세의 확장" 즉, 가격이 싸진 대신 예술적 수준은 낮아진 문화 상품에 대한 상업적 요구의 증가와도 관련이 있다고 생각한다. 청대에 나온 값싼 상인 지침서의 독자층을 형성했던 중등급 상인들은 오락을 위해서도 그와 마찬가지로 비싸지 않은 소설 작품을 찾았을 것이다.[7]

소설과 경제 발전

마찬가지로 일반적인 경제 변화가 소설 인쇄 품질의 일반적인 쇠퇴와 관련되어 있는 듯하다. 12세기부터 19세기 초에 이르는 동안 '강남 지역'은 점차 상업적으로 발전하여 번영하게 되었다. 도시문화가 뚜렷해짐에 따라 그 지역에서는 여가 예술이 번성했고, 이것이 점점 더 강남의 도시들로 옮겨 들어오는 문인들과 부유한 지주들, 그리고 고용 기회를 찾아 갈수록 많이 모여드는 기능공들의 마음을 끌었다는 것은 놀랄 만한 것이 아니다. 명대에 쑤저우는 이런 문화적 경제적 발전의 중심지였으며, 대운하에 연결된 주요 항구가 되었다. 그곳에서 상인들의 삶은 생생하고 다양했다. 세련된 판본의 도서를 인쇄하는 많은 주요 출판인들이 쑤저우에 자리를 잡았다. 그러나 명대 말엽의 몇 십 년 동안 지속된 경기침체로 인해 그들을 이어주던 수로, 즉 대운하를 유지하는 일이 침체되었다. 19세기 말엽에야 경제가 회복되면서 식품과 다른 상품들의 지역 간의 교역이 되살아났으며, 이에 따라 강남지역 도시들의 재정도 회복되었다. 청 왕조의 시작부터 1785년까지, 신대륙으로부터 은의 공급이 늘어났다. 농촌에서 토지 임대료를 낼 때조차도 은이 쓰일 만큼 은은 광범위한 교역의 매개물이 되었다. 확실히 은의 유통은 주요 문화 중심지에서 상업 발전에 기여했다. 이 금속 화폐의 가격 변동은 점점 더 많은 농민

China)』(Stanford: Stanford University Press, 1998), 특히 제1부의 1장에서 3장까지; 리차드 존 루프라노(Richard John Lufrano)의 『유상(儒商): 명청 시기 중국의 상인과 자아수양(Honorable Merchants: Commerce and Self-Cultivation in Late Imperial China)』(Honolulu: University of Hawai'i Press, 1997); 그리고 문화의 변화(commodification)와 예술품 거래의 상업화에 대한 어느 문인의 조롱에 대해서는 케네스 해몬드(Kenneth J. Hammond)의 "퇴폐적 성배 : 명말 정치 문화 비평(The Decadent Chalice: A Critique of Late Ming Political Culture)", *Ming Studies* 39(spring, 1998), 특히 41-43쪽을 참조할 것. 해몬드의 주제인 왕스전(王世貞: 1526-1590년)은 상인들이 문인 문화를 주제넘게 향유하는 것에 대해 비판적이었던 만큼이나 중앙 정부가 예술품의 사용에 호의적으로 대했던 데에 비판적이었다.

7 루프라노(Lufrano)『유상(Honorable Merchants)』183쪽 및 31-34쪽. 신시아 브로카우는 이 책의 첫 번째 논문에서 독자층의 증가와 그들의 지역적 분포에 대한 정보를 요약해 놓았다.

들로 하여금 시장경제 속으로 들어가도록 강요했으며, 이것은 도시의 성장을 가속화하고 어쩌면 그곳의 독자층을 늘려주었던 듯하다.[8]

그러나 초기의 이러한 번영은 얼마가지 않았다. 18세기 후기의 경제 위기는 점점 더 도시로 몰려드는 대지주에게 토지와 수리(水利)에 대한 권리가 집중됨으로써 이미 예견된 것이었다. 그와 마찬가지로 일련의 자연재해들도 수상운송체계가 쇠퇴하는 이유가 되었다. 대외 교역 개입에 따른 은화의 가치변동 역시 도시와 도시 문화에서 중요한 역할을 했다. 역직기(力織機)를 사용한 영국의 섬유생산량이 대대적으로 늘어남에 따라, 그리고 그 가격도 중국에서 수입된 직물에 비해 절반밖에 되지 않음에 따라, 1826년에서 1835년까지 상하이에서 난징(南京)의 목면(木棉) 수출이 극적으로 쇠퇴한 것도 부분적인 경제위기의 원인이 되었다. 마찬가지로 1834년에 중국 무역에 대한 영국 동인도회사(東印度會社)의 독점이 끝나고 중국에서 활동하고 있는 미국인들이 자신들의 면직물을 수입할 수 있게 됨에 따라, 한 때 번성했던 강남의 산업은 더욱 약화되었다. 뒤이어 일어난 영국과의 아편전쟁과 19세기 중반에 일어난 태평천국(太平天國)의 봉기는 상하이를 주요 항구로 건설하는 동안에도 강남지역 경제에 치명적인 타격을 주었다. 그러므로 청대의 마지막 몇 십 년 동안 외국에서 들어온 석판인쇄술이 급격하게 늘어나는 인구를 위한 값싼 인쇄가 가능하게 해 줌에 따라, 그곳에서 백화소설의 간행이 성황을 이루었던 것은 놀라운 일이 아니다.[9] 이런 경제적인 요소들이 장편소설 및 단편소설집의 인쇄 품질 저하의 중심적이고 중요한 요인이 되었던 것일까? 이 질문은 현재의 연구 범위를 훨씬 넘어서는 것이다. 그 대신 지금 내 관심은 소설 출판으로 전문화된 몇몇 인쇄소의 인쇄물들에 대한 검토를 통해 명대 후기와 청대의 소설 판매 상황을 보여주는 것이다.

---

8 린다 존슨(Linda G. Johnson)의 『명청 시기 중국 강남의 도시들(Cities of Jiangnan in Late Imperial China)』 (Albany: State University of New York Press, 1993)에 실린 다음의 논문들을 볼 것. 윌리암 로위(William T. Rowe) 「서론 : 강남의 도시와 지방(Introduction: City and Region in the Lower Yangzi)」, 3-15쪽, 마이클 마르메(Michael Marmé)의 「지상의 천국: 쑤저우의 흥성 1127-1550년(Heaven on Earth: The Rise of Suzhou), 43-44쪽, 파올로 산탄젤로(Paolo Santangelo), 「명청 시기 쑤저우의 도시사회(Urban Society in Late Imperial Suzhou)」, 82-84쪽. 피에르 에띠엔느 윌(Pierre-Etienne Will), 『18세기 중국의 관료주의와 기근(Bureaucracy and Famine in Eighteenth-Century China)』 (Trans. Elborg Forest, Stanford: Stanford University Press, 1990, 1-3, 14, 43쪽), 제임스 스(James C. Shih), 『과도기의 중국 지방사회 : 타이후 지역의 사례연구 1368-1800년(Chinese Rural Society in Transition: A Case Study of the Lake Tai Area 1368-1800)』 (Berkeley: Institute of East Asian Studies, University of California, 1992) 165, 168, 89쪽, 케서린 베른하르트(Kathryn Bernhardt), 『지대, 조세 및 농민 저항: 강남지역 1840-1950년(Rent, Taxes, and Peasant Resistant: The Lower Yangzi Region 1840-1950)(Stanford: Stanford University Press, 1992) 7쪽. 상업화는 이 금속 화폐의 상대적 가치 변동에 따라 농업 분야의 불안정성을 증대시키고 농민들을 더 취약하게 만들었다. 은은 명대 중엽부터 도시에서 가장 주요한 교역 수단이었다. 명대에 그 환전률은 은 한 냥(兩)에 동전 1,000 전(錢)의 비율이었는데, 나중에 600전이 되었다가, 명말의 마지막 몇 해에는 2,400전으로 변동했다.

9 산탄젤로(Santangelo), 「도시 사회(Urban Society)」, 84쪽, 윌(Will), 『관료주의와 기근(Bureaucracy and Famine)』, 312쪽, 수전 네이퀸(Susan Naquin)과 이블린 러스키(Evelyn S. Rawski), 『18세기 중국사회(Chinese Society in the Eighteenth Century)』 (New Haven: Yale University Press, 1987; 【옮긴이 주】 이 책의 우리말 번역본은 정철웅 옮김, 『18세기 중국사회』, 신서원, 1998.), 104-105쪽과 222-223쪽에서는 강희 연간의 은의 위기에 대해 논하고 있다. 또한 린다 쿡 존슨(Linda Cooke Johnson), 「상하이: 떠오르는 강남의 항구 1683-1840년(Shanghai: An Emerging Jiangnan Port 1683-1840)」, 『강남의 도시들(Cities of Jiangnan)』 178-181쪽을 참조할 것.

도서의 검토

소설 작품의 소매가에 대한 믿을 만한 정보가 대부분 결여된 상태인지라, 우리는 그저 상대적으로 비싼 판본과 비교적 값싼 판본으로 구분할 수밖에 없다. 이를 통해 나는 인쇄된 글자의 크기·세부적인 면에서의 정밀도·정확도·양식, 삽화의 수·위치·양식적 복잡성·판각의 선명도, 그리고 종이의 크기·색상·마무리 등과 같은 품질을 검토했다(인쇄물의 일반적인 명료함(clarity)도 중요하다. 닳아빠진 목판 틀로 찍어낸 인쇄물들은 안목 있는 도서 구매자들의 시선을 끌지 못했거나 혹은 매우 낮은 가격에 팔렸을 것이다). 종이의 품질이 인쇄의 품질과 비례한다는 것은 그다지 놀라운 사실이 아니다. 작은 판형의 목판본들은 대부분 인쇄할 때 주의를 덜 기울였다. 문학으로서 소설의 예술적 수준과 인쇄된 텍스트로서 그것의 가격 사이에 단지 일반적인 수준의 연관성만 있다고 본다면 그것은 좀 의심할 만하다. 16세기에는 재미없는 역사소설들 가운데 어떤 것에는 세련된 삽화가 들어 있기도 한 반면, 앞으로 보게 되듯이 청대의 훌륭한 소설들 가운데 어떤 것은 조잡한 솜씨로 인쇄되기도 했다. 인쇄물의 품질 평가에서 주관성을 제한하기 위해 나는 나의 정보를 책의 물리적인 측면들과 페이지 당 글자 수로 한정한다. 이것들은 어떤 판본의 품질을 평가하는 데 있어 그 자체로 조야한 도구일 뿐이다. 그래도 그것들이 비록 명청 시기 중국의 도서 시장에서 독서 행위나 독자층 또는 틈새(niche)까지는 아닐지라도, 확인 가능한 구매 활동 정도는 시사해 줄 것이다.

1600년대 이전 푸젠(福建) 출판인들이 세운 표준

명대 중엽에는 푸젠의 젠양(建陽) 지역에 사설 인쇄업이 정착됨으로써 이곳이 도서 교역을 지배하게 되었다. 이 인쇄업자들은 모든 유형의 도서들에 대해 내용과 인쇄재료, 형식의 표준을 정했다. 푸젠 판본 또는 민판(閩版)의 유서(類書)들과 경서(經書)의 주석본(註釋本)들, 그리고 심지어 백화소설들은 도서 시장을 장악했다. 민판의 물리적 특징 가운데 하나는 인쇄면을 몇 개의 영역으로 나누는 것이었다. 그것은 지금까지 발견된 장편 백화소설 가운데 시기가 가장 이른 원대(元代)의 평화(平話)에서처럼, 인쇄면의 위쪽에 삽화를 얹고 그 아래 본문을 싣는 것(上圖下文)이었다.

그러나 명대 내내 푸젠 판본들은 종종 솜씨가 조잡하다고 알려져 있었다. 의문스러운 사업 활동의 산물인 많은 민판 도서들의 낮은 품질은 이미 원대(1279-1368년)의 인쇄본에서도 찾아볼 수 있다. 〈그림 15〉는 1321-1323년 사이에 간행된 이야기는 단순하지만 삽화그림은 풍부한 잘 알려진 전상평화(全相平話) 가운데 하나로서, 나비 날개 모양으로 접어 제본(蝴蝶裝)한 『삼국지평화(三國志平話)』의 두 면이다. 여기서는 통상적으로 약자(略字)가 쓰이고 있고, 판형은 아주 작았다(8.0×13.8㎝). 그렇지만 판각의 품질이 높았기 때문에, 잘 제작된 삽화와 자행(字行-20자 20행)은 읽기 쉽게 되어 있었다.[10] 이것은 비싼 판본이었을까? 동시대의 역사서 판본에 비하면 다른 건 몰라도 그 적절한 길이 때문에라도 그것은 틀림없이 비용이 덜 들었을 것이다. 그렇긴 해도 삽화는 신중하고 능숙하게 조각되었다. 이 삽화들에 들었을 별도의 생산 비용을 고려하면, 이 책은 비교적 고가(高價)였고, 그러므로 틀림없이 상대적으로 부유한 독서 구매자들을 겨냥했을 것이다.

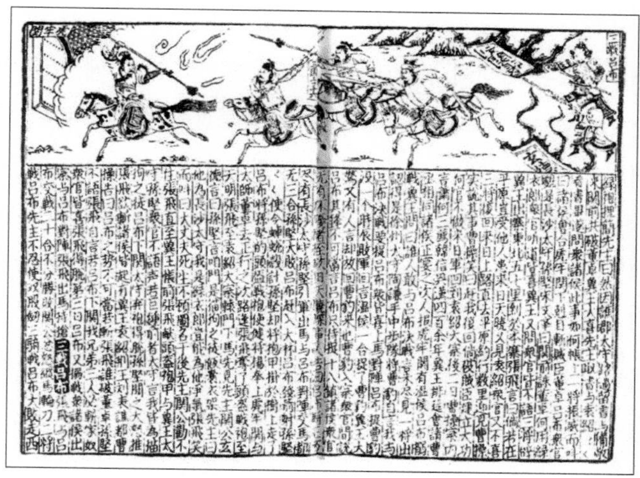

<그림 15>: 『삼국지평화』. 원대 푸젠 판본의 상하이(上海) 한펀러우(涵芬樓) 영인본(1930년경). 저자가 소장한 복사본에서 뽑은 것임.

<그림 16>: 『삼분사략』, 1354년. 텐리 중앙도서관(일본 텐리 대학교)의 복사본에서 뽑은 것임. 사진은 제임스 크럼프 주니어(James I. Crump Jr.)가 제공.

〈그림 16〉은 『삼분사략』이라는 표제(表題)가 붙은 『삼국지평화』의 값싼 푸젠 번각본이다. 이것은 확실히 우리를 헷갈리게 하는 의문의 텍스트이다. 『삼국지평화』의 몇몇 오자(誤字)들이 『삼분사략』에서는 제대로 되어있다는 사실로 인해, 후자가 원래의 판본이며, 표준적인 '평화'는 본문을 희생한 대가로

---

10 『삼국지평화』는 1926년에 시오노야 온(鹽谷溫)에 의해 복인(復印)되었다. 2년 후 일단의 중국학자 대표단이 나머지 평화 소장본을 포함한 희귀본 도서를 촬영하기 위해 일본에 갔다. 이 책들은 1929-1930년에 중국에서 복인되고 있었는데, 그때 일본에 대한 적대감이 방해가 되었다. 그 때문에 『삼국지평화』의 아주 일부 사본(寫本)만이 출간되었고, 나머지는 일본인들의 폭격이 진행되는 동안 없어졌다. 뒤이어 도쿄에서 네 종의 '평화'가 원래 크기와 나비 날개 모양으로 접어 제본(蝴蝶裝)되어서 간행되었는데, 모두 석판본이었다. 이 판본의 사본은 찾기 힘든데, 1950년대에 제임스 크럼프 주니어(James I. Crump Jr.)가 도쿄에서 이 가운데 하나를 입수했다. 이 삽화와 다음에 제시된 『삼분사략(三分史略)』 삽화는 모두 크럼프 교수가 제공해준 것이다. 그는 1955년에 [일본의] 덴리(天理) 도서관에서 『삼분사략』의 사진을 찍었다. 또한 '평화'의 복인에 대한 더 자세한 정보는 중자오화(鍾兆華) 편(編), 『원간전상평화오종교주(元刊全相平話五種校注)』(成都: 巴蜀書社, 1989년), 전언(前言), 1쪽을 참조할 것. 최근의 평화 복인은 일반적으로 다시 제본하기 위하여 원래 의도와는 반대로 페이지를 나눈다. 즉 하나의 목판에 두 페이지가 함께 판각될 때에는 하나의 삽화가 두 페이지에 걸쳐 있다. 그리고 그렇게 인쇄된 것들은 인쇄 면이 안쪽으로 향하도록 제본될 때에만 삽화를 전체적으로 감상할 수 있다.

삽화를 보완한 후대의 판본이라고 여겨져 왔다. 『삼분사략』을 재간행할 때 사용한 기술과 함께 여기에 적힌 갑오(甲午)라는 연대는(그것은 1294년으로 받아들여져 왔으나, 1354년이 마땅하다) 이런 주장을 반박하고 있다. '평화'의 어떤 사본은 비슷한 크기의 목판 틀을 판각하기 위한 모델로 이용되었던 것이 명백하다. 이것은 두 판본의 삽화와 본문을 모두 비교해보면 쉽게 판별될 것이다. 원래 곡선으로 되어 있거나 복잡하게 얽혀 있었던 선들이 『삼분사략』에서는 마치 덜 숙련된 각공(刻工)이 조각한 것처럼 단순화되어 있다. 결과적으로 『삼분사략』 텍스트는 보기가 더 어렵고 읽기도 훨씬 불편하며, 삽화들은 상대적으로 조잡하고 보기 흉하다(이전의 삽화에서 평지에 난 식물들이 여기서는 어울리지 않게 작은 산들로 변해 있는 것에 주목할 것).[11] 이 두 판본 사이의 차이들은 우리의 가정에 도움이 된다. 기술적으로 두 번째 판본이 첫 번째 판본과 실질적으로 똑같지 않았을 이유는 없다. 그러나 『삼분사략』의 출판인은 덜 숙련된 기능공을 고용함으로써, 그리고 아마도 비교적 훌륭했던 원본을 조악하게 베낄 정도로 그들의 작업을 독촉함으로써 비용을 줄이는 길을 택한 것이 확실하다. 첫 번째 판본이 겨냥했던 구매자들과는 무관하게 다시 간행된 번각본은 더 싼 책이었다. 『삼분사략』의 출판인은 그런 종류의 역사소설을 위해 돈을 덜 쓰고 싶어 하는 구매자들을 겨냥하고 있었다. 같은 맥락에서 명대 젠양의 몇몇 출판인들은 나중에는 비용을 절감하기 위해 본문을 잘라 줄이기까지 했다. 같은 목적에서 또 다른 이들은 페이지 위에 더 작은 크기의 더 많은 글자들을 억지로 집어넣기도 했다.[12]

만력 연간 무렵에 젠양의 위상더우(余象斗: 대략 1560-1637년 이후)가 출판한 책들은 일반적인 독자들을 위한 책 판형의 표준이 되었다. 인물 및 다른 형상의 두터운 윤곽선과 같은 독특한 양식적 요소를 가진 그의 인쇄본의 좁은 가로 형태의 삽화들(上圖下文)은 도서 삽화에서 '젠양파'의 특징이 되었다. 이 표준화된 양식은 아마 판매고를 높이기 위해 의도되었을 것이다. 젠양의 다른 출판인들에 의해 출판된 책의 제목을 그가 그대로 가져다 쓴 것도 마찬가지였다.[13]

비록 『삼분사략』보다는 덜했지만, 명대 중엽과 말엽에 푸젠에서 인쇄된 소설들은 매력이 없었다. 푸시화(傅惜華)의 『중국고전문학판화선집(中國古典文學版畵選集)』은 이런 책들에서 뽑은 흥미로운 페이지들을 보여주고 있는데, 모두 상도하문(上圖下文)의 형식이다. 거기에는 싼화이탕(三槐堂, 장쯔성(江子升)이

---

11 처음 판본이 어떻게 둘째 판본의 모델이 되는지를 밝히는 것에 대해서 나는 쇠렌 에드그렌(Sören Edgren)에게 신세를 졌다. 아마도 『삼분사략』은 그 시기에 다시 간행된 이전 시기의 '평화' 시리즈 가운데 유일한 것인 듯하다. 그것은 류스더(劉世德)·천칭하오(陳慶浩)·스창위(石昌渝) 편(編), 『고본소설총간(古本小說叢刊)』(北京: 中華書局, 1987-1991년), 제7집의 1권으로 다시 간행되었다. 도서 삽화의 예술적 공과에 대한 나의 판단이 어느 정도 주관적이라는 것은 알고 있다. 그러나 나는 대부분 삽화를 판각하는 데에 필요한 기술적 난이도를 토대로 판단했는데, 이것은 학자이자 목판 판각 예술가인 고(故) 저우우(周蕪) 선생(1990년 사망)의 가르침 덕분이다.

12 푸젠 출판인들에 대한 간략한 언급으로 헤겔(Hegel)의 『삽화본 소설』, 135-137쪽을 참조할 것. 그곳에서 인쇄 표준의 쇠퇴에 대한 더 자세한 정보는 샤오둥파(蕭東發), 「젠양 위 씨 각서고략(建陽余氏刻書考略)」, 『문헌(文獻)』 21(1984.6), 241-243쪽과 특히 루실 쟈(Lucille Chia), 『영리를 목적으로 한 출판』, 80-93쪽을 참조할 것.

13 예를 들어서 헤겔(Hegel)의 『삽화본 소설』, 139-140쪽을 참조할 것.

경영)에서 간행한 삽화(揷圖) 시선집(詩選集)인 『당시고취(唐詩鼓吹)』와 1594년에 위상더우의 솽펑탕(雙峰堂)에서 주석을 대량으로 붙여서 간행한 영웅전기인 『수호지전평림(水滸志傳評林)』, 그리고 슝다무(雄大木: 활동 기간은 1550-1560; 〈그림 17〉 참조)가 간행한 만력 연간의 종교 소설 『천비출신전(天妃出身傳)』이 포함되어 있다.[14] 이 인쇄물들은 모두 같은 판형을 사용했는데, 상대적으로 읽기 쉽지만, 마지막 것은 푸젠에서 출판된 다른 소설들의 크기와 더 비슷하다(10행 16자). 어쩌면 물리적으로 유사하기 때문에, 그것들은 모두 구매력에 한계가 있는 동일한 계층의 도서 구매자들을 위해 출판되었을 수도 있다.

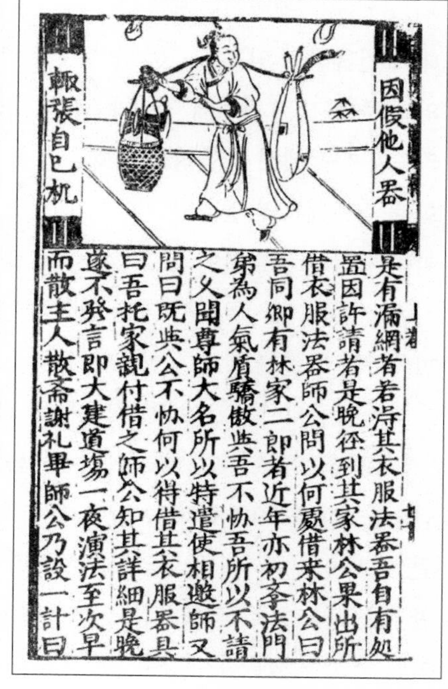

<그림 17>: 『천비출신전(天妃出身傳)』, 만력 연간 슝다무 출판본. 푸시화(傅昔華), 『중국고전문학판화선집(中國古典文學版畫選集)』, 68쪽의 삽화 재인용. 출판인의 허락을 받고 게재함.

특정한 출판사의 인쇄물들을 검토해보면 이런 독자층을 끌려는 의도를 가진 더 많은 책들이 발견된다. 젠양의 칭바이탕(淸白堂)은 양셴춘(楊先春)이 운영했다. 만력 연간 후반기에 활동한 이 출판사에서 간행한 소설들은 다음과 같다. 만력 16년(1588년)의 『경본통속연의안감전한지전(京本通俗演義按鑒全漢志傳)』 12권, 만력 32년(1604년)의 『신각전상이십사존득도나한전(新刻全像二十四尊得道羅漢傳)』 6권, 그리고 연대가 밝혀지지 않은 『달마출신전등전(達摩出身傳燈傳)』과 『정계경본전상서유기(鼎鍥京本全像西遊記)』. 이 책들은 모두 페이지 상단에 삽화를 넣어 인쇄되었으며, 인쇄 밀도는 15행 27자(『서유기』)에서 14행 22자(역사소설), 10행 17자(종교 소설)로 다양화되어 있다. 이 소설들의 제목은 만력 연간에 푸젠에서 간행된 다른 소설들에도 일반적으로 발견되는 요소들—예를 들어서 '경본'과 같은—을 사용했으며, 당시에 인기 있는 주제였던 역사적, 종교적, 혹은 환상적 인물들과 관련이 있다.[15] 더욱이 가정 31년(1552년)의 다른 역사소설인 『대송중흥통속연의(大宋中興通俗演

---

14 푸시화(傅惜華) 편(編), 『중국고전문학판화선집(中國古典文學版畫選集)』(上海: 上海人民美術, 1981년) 1권, 58-63쪽, 64-67쪽, 68쪽. 마지막 것은 이 논문의 <그림 19>에 전재되어 있음.

15 출간 상황에 대한 기록을 놓고 볼 때 백화소설의 다양한 장르들이 유행했거나 유행하기 않았다는 것을 보여주는 자료로는 헤겔(Hegel)의 『삽화본 소설』, 21-51쪽, 특히 48-51쪽에 개략적으로 정리되어 있다. 종교적 인물들에 대한 주석에 대해서는 오오츠카 히데다카(大塚秀高)의 『증보중국통속소설서목(增補中國通俗小說書目)』, 131-139쪽을 참조할 것. 이 목록의 22003-22017번까지 수록된 소설들은 모두 원래 푸젠에서 '상도하문(上圖下文)'의 형태로 간행되었다. 오오츠카 히데다카(大塚秀高)의 『서목(書目)』에서는 『달마출신전등전』이 칭바이탕에서 간행되었다고 밝히고 있다(133쪽). 다른 제목들에 대해서는 두신푸(杜信孚), 『명대판각종록(明代板刻綜錄)』(揚州: 江蘇廣陵刻印社, 1983년), 4.30b를 참조할 것.

義)』 8권에는 칭바이탕에서 간행된 것으로 표기되어 있다. 이 작품의 내부에서는 위샹더우와 슝다무에 대해 언급하고 있는데, 그렇게 함으로써 이 작품들이 푸젠 출판인들에 의해 출간된 저렴한 통속 소설의 범주와 같은 자리에 놓이게 됐다. 그러므로 우리는 그들이 선택한 책들을 통해 양씨 가문의 작업의 의도가 독서에서 대중적인 기호를 충족시키려는 데 있었다고 결론지을 수 있을 것이다. 이 책들의 삽화를 검토해보면 질적인 면에서 대단히 큰 유사성, 곧 이들이 저급한 품질이라는 사실이 드러나는데, 이것은 다시 감식안이 없고 상대적으로 덜 부유한 독자층의 존재를 드러내 보여준다. 이것은 같은 시기에 강남의 도시들에서 나온 언어적으로 훨씬 복잡한 '전기(傳奇)'(남방의 희곡)의 출간에 적용된 세련된 인쇄와는 뚜렷한 대조를 이룬다.[16]

칭바이탕에서는 또 어떤 작품들을 간행했는가? 반드시 믿을 만한 것은 아니지만, 두신푸(杜信孚)의 『명대판각종록(明代板刻綜錄)』에는 다음과 같은 것들이 수록되어 있다: 만력 16년(1588년)의 『신계평림담추동고(新鍥評林餤甀洞稿)』 26권, 만력 연간에 천위쟈오(陳與郊: 1544-1611년)가 편찬한 『기린계(麒麟罽)』 2권, 천계 4년(1624년)에 덩즈모(鄧志謨)가 편찬한 『차주쟁기(茶酒爭奇)』 2권[17]과 같은 해에 덩즈모가 편찬한 『산수쟁기(山水爭奇)』 3권, 숭정 4년(1631년)에 둥광성(董光昇)이 편찬한 『독역사기(讀易私記)』 10권. 왜 이런 책들을 냈을까? 『담추동고』는 우궈룬(吳國倫: 1524-1593: 담추동은 그가 은퇴한 후 개인 정원 안에 바위들로 장식해서 만든 작은 동굴이다)의 문집이다. 1562년에 우궈룬은 푸젠의 젠닝 부사(建寧副使)에 임명되었다. 그는 유능하게 직무를 수행했기 때문에, 이후로 이 지역에서 그의 이름이 상당히 알려졌을 것이다.[18] 천위쟈오(陳與郊, 1544-1611년)는 살인죄로 감옥에 갇힌 아들을 석방시키려던 시도가 실패한 후 좌절에 빠져 죽은 하급 관리이다. 이것은 그의 네 가지 '전기' 작품들 가운데 하나로서, 그가 예전에 필명으로 썼던 작품을 개작한 것이다. 천위쟈오는 아마 『고명가잡극(古名家雜劇)』과 다른 통속 희곡의 편찬에 관여한 듯하며, 이 때문에 그의 작품이 이 출판사에서 다시 간행되었던 듯하다.[19] 푸젠의 통속 도서 출판인들이

---

16 『이십사존득도나한전』은 『명청선본소설총간(明清善本小說叢刊)』(臺北: 天一出版社, 1985년)에 포함되어 다시 출간되었다. 『전한지전』의 한 면은 『중국 명청의 삽화본(中國明清の繪本)』(大阪: 大阪市立美術館, 1987년), 23쪽, <그림 43>에, 이 『서유기』 판본의 한 면은 35쪽, <그림 65>에 수록되어 있다. 이 책의 다섯 번째 논문에서 브로카우는 주변(marginal) 독자들을 위해 고안된 많은 책들에 공유된 특징들을 연구했다.

17 덩즈모(鄧志謨)의 생애에 대한 정보는 좡이푸(莊一拂) 편(編), 『중국희곡존목휘고(古典戲曲存目彙考)』(上海: 上海古籍出版社, 1982년), 1060-1061쪽을 참조할 것. 또한 현존하는 그의 많은 '전기' 작품들에 대해서는 같은 책, 1061-1062쪽을 참조할 것.

18 『명대 인명 사전(Dictionary of Ming Biography)』(Vol. 2, L. Carrington Goodrich and Chaoying Fang, eds., New York: Columbia University Press, 1976. p. 1490)에 이 제목이 수록되어 있다. 그의 시문(詩文)들은 54권에 수록되어 있다. 왕중민(王重民), 『중국선본서제요(中國善本書提要)』(上海: 上海古籍出版社, 1983년), 630쪽에는 만력 연간의 판본이 수록되어 있는데, 그것은 상대적으로 판형이 크다(인쇄 면적은 13.9×19.7㎝, 10행 20자). 칭바이탕 판본은 아마 불완전한 것이었을 것이다. 흥미롭게도 우궈룬이 그 자신이 적어도 하나의 책을 빼버리는 데에 관련되어 있으며(왕중민, 622쪽 참조), 나중에 양씨 가문의 출판사—아마도 칭바이탕—에서 간행된 의서(醫書)를 편찬하기도 했다(왕중민, 264쪽 참조. 참고로 두신푸(杜信孚)의 『명대판각종록(明代板刻綜錄)』, 5.42b-43a에 인용된 패기(牌記)를 보라).

19 천위쟈오(陳與郊)의 희곡은 『고본희곡총간(古本戲曲叢刊)』 2집에 수록되어 있는데, 이에 대해서는 『명대 인명 사전(Dictionary of

덩즈모의 작품을 간행할 수 있었던 것은 전혀 놀라운 일이 아니다. 왜냐하면 그는 출판인인 위(余) 씨 가문에서 설립한 학교에서 선생으로 일했기 때문에, 결과적으로 그의 많은 저작들이 푸젠에서, 특히 위(余) 씨 가문의 출판사에서 간행되거나 중간(重刊)되었다. 통속소설 외에 칭바이탕에서는 지역적으로 관심을 끌 만한 책들이 출간되고 있었는데, 그것들은 전체 도서시장에서 또 하나의 틈새시장을 이룬 것으로 보인다.

<그림 18> 룽위탕 본(容與堂本) 『충의수호전(忠義水滸傳)』. 『명 룽위탕 각수호전도(明容與堂刻水滸傳圖)』의 제38회 삽화 재인용.

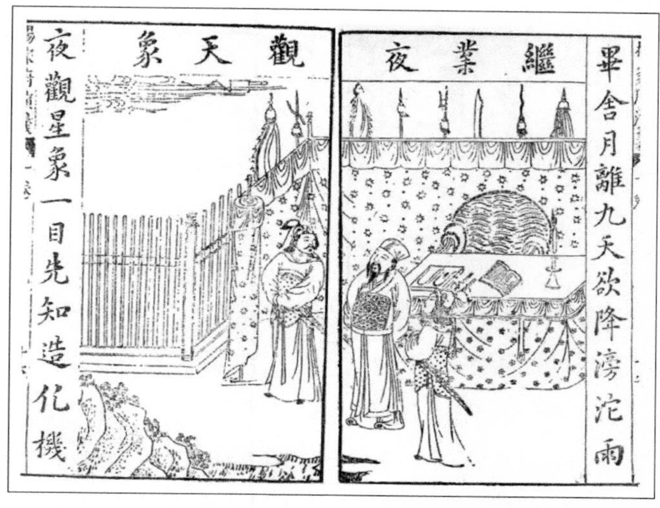

<그림 19> 만력 연간 쑤저우에서 간행된 『양가부연의(楊家府演義)』. 푸시화(傅惜華) 『중국고전문학판화선집(中國古典文學版畫選集)』, 176-177쪽의 삽화 재인용. 출판인의 허락을 받고 게재함.

그러나 명대 후기에 소설이 값싸고 매력 없는 판본으로만 출판된 것이 아니었다는 사실은 잘 알려져 있다. 푸젠 출판인들의 인쇄본들이 무엇보다도 덜 부유한 독자들을 위한 것이었던 데에 비해, 항저우와 쑤저우의 출판인들은 매우 세련된 판본들을 출간하고 있었다. 세련되고 넓은 판형으로 다시 제작된 삽화들로 유명한 룽위탕 본(容與堂本) 『충의수호전(忠義水滸傳)』(〈그림 18〉 참조)은 항저우의 희곡 출판인이 간행한 것이다. 다른 강남의 소설 인쇄본들과 마찬가지로 이 대형 판본(15.5×26㎝)은 고가의 희곡 작품들(약 16×25.5㎝) 못지않은 시각적인 미감을 준다. 몇몇 판본에서는 유명한 판각공들의 이름을 발견할 수 있는데, 후이저우(徽州) 황(黃) 씨와 류(劉) 씨 가문의 일원이다.[20] 가장 정성스럽게 인쇄된 많

Ming Biography)』 1권, 189쪽을 참조할 것. 그의 희곡 작품에 대한 주석은 『중국희곡존목회고(古典戲曲存目彙考)』 439-442쪽과 858-860쪽을 참조할 것. 이 희곡의 내용 요약은 『중국희곡존목회고(古典戲曲存目彙考)』 859쪽을 참조할 것.

20 두신푸(杜信孚), 『명대판각종록(明代板刻綜錄)』, 4.2a; 『고전희곡존목회고(古典戲曲存目彙考)』, 830-839쪽; 푸시화(傅惜華), 『중국고전문학판화선집(中國古典文學版畫選集)』 1권, 372-411쪽. 모든 룽위탕 판본의 평점(評點)은 이단아 리즈(李贄: 1527-1602년)의 이름으로 되어 있다. 최근에 중간된 『명룽위탕각수호전도』(上海: 中華書局, 1965년)의 머리말을 참조할 것. 『중국 명청의 삽화본(中國明清の繪本)』에는 한 희곡의 룽위탕 본 삽화가 수록되어 있는데(11쪽, <그림 21>), 이 작품에 대한 주석은 111쪽을 참조할 것.

은 소설들은 문인 출판인들에 의해 개인적으로 출판된 것들이다. 이 삽화본들 가운데 대다수는 주석도 달려 있다. 예를 들면, 『수양제연의(隋煬帝演義)』(1631년, 15.5×24.0㎝)와 『양가부연의(楊家府演義)』(인쇄면은 13.6×21.2㎝, 〈그림 19〉 참조)의 초판본이 그러한데, 이것들은 모두 쑤저우에서 간행된 것들이다. 그들이 겨냥한 독자들은 상대적으로 부유하고 안목 있는 도서 구매자들이었을 것이다. 그들은 바로 명대 후기에 많은 강남의 출판인들이 간행한 산수화와 화조도(花鳥圖) 도록(圖錄)을 구매했던 이들과 같은 집단이었을 것이다.[21]

강남 출판인 사이의 전문화와 판매 전략

난징 싼산제(三山街)의 도서시장은 저명한 탕푸춘(唐福春)이 포함된 서상(書商) 가문인 탕 씨 집안이 소유한 푸춘탕(富春堂)과 스더탕(世德堂)의 주 무대였다. 전자는 적절한 삽화가 들어 있는 희곡 작품들을 출판한 것으로 유명한데, 그 가운데 몇몇은 그 가문의 다른 출판사에서 판각된 목판으로 중간된 흔적이 있다. 여기서는 또한 여러 고전소설과 의서, 시집들이 출판되기도 했다. 그러나 희곡의 경우, 종이 크기나 페이지 당 텍스트의 밀도, 삽화들이 모두 비슷했다. 그러므로 우리는 이것들이 모두 경제적으로 중간 정도의 독자들을 겨냥한 것이었다고 추정할 수 있다. 푸춘탕에서 간행된 『금초기(金貂記)』(16.0×25.4㎝, 〈그림 20〉 참조)가 바로 이런 예 가운데 하나이다.

난징의 또 다른 서방(書坊)으로서 탕리야오(唐鯉耀)가 운영한 원린거(文林閣) 역시 희곡 분야로 전문화된 일련의 책들을 출간했다. 그러나 이 탕 씨 판본들은 훨씬 더 매력적이다. 푸춘탕 판본의 삽화와 비교해보면, 원린거의 삽화들에는 길고 유연한 곡선을 그리는 가는 선과 장막 안에 장식된 별들과 같이 더욱 장식적 효과가 뛰어난 세부 묘사들이 담겨있고, 바위의 결과 인물들의 우아한 옷 주름을 통해 장면 전체가 성공적으로 재현되고 있다. 분명히 더욱 노동 집약적인 이 삽화들은 같은 내용을 인쇄한 푸춘탕 판본들보다 비쌌을 것이며, 그렇기 때문에 더 고소득층의 구매자들을 겨냥했을 것이다(〈그림 21〉 참조. 『연지기(胭脂記)』: 약 15.7×24.7㎝). 원린거에서는 또 대규모의 송대 문집과 비파(琵琶) 교본(敎本; 저급한 품질의 푸춘탕 판본을 개정한 것), 양얼쩡(楊爾曾: 활동 기간은 대략 1600-1620년)이 편찬한 화가들을 위한 모사 화보집인 『도회종이(圖繪宗彝)』(1607년)를 출간했다. 이것들 역시 더 부유한 도서 구매자들의 주목을 끌기 위

---

21 그 자신 또한 목판 판각가인 저우우는 서 현(歙縣)의 판각에 대해 더욱 해박한 저술을 남겼다(저우우[周蕪], 『후이파 판화사론집[徽派版畫史論集]』, 특히 1-9쪽 참조). 또한 소설 삽화와 그것들이 화집(畵集) 및 여타의 상업적 예술과 맺는 연관성에 대한 상세한 논의는 왕보민(王伯敏), 『중국판화사(中國版畫史)』(上海: 上海人民美術出版社, 1961년), 74-85쪽, 왕중민(王重民), 『중국선본화제요(中國善本書提要)』, 351쪽, 400-402쪽 등과 헤겔(Hegel)의 『삽화본 소설』 제4장 등을 참조할 것. 비록 같은 판본이라도 잘린 종이 크기가 판본마다 다르긴 하지만, 인쇄 영역은 변화가 없다. 대개 인쇄업자들은 위아래 여백의 3-4㎝을 남겨두었으며, 선장(線裝) 제본을 위해 목판의 끝부분에 다시 2㎝ 정도의 공간을 남겨두었다..

해 기획된 듯하다.[22]

참고할 수 있는 사본들을 통해 판단컨대, 명대 후기에 강남에서 나온 소설 판본들은 대개 인쇄본의 형태를 다양화했던 출판인들에 의해 간행되었다. 이것은 소설 출판인들이 고급스러운 희곡의 유통업자들이 그랬던 것보다 더 광범위한 도서 구매자들의 관심을 끌려고 했다는 것을 보여준다. 예를 들어서 판본 상황이 복잡한 『서유기』의 가장 초기 판본은 푸춘탕 출판사의 소유자가 운영하는 난징 출판사 스더탕에서 간행되었다. 그러나 두 서방은 경쟁관계가 아니었던 듯하다. 동일한 책을 두 출판사가 모두 간행했던 적은 거의 없었기 때문이다. 스더탕에서는 비교적 적은 수의 희곡과 두 편의 제자서인 『충허지덕진경(沖虛至德眞經)』(『열자(列子)』)과 『순자(荀子)』를 간행했다.[23] 그러나 스더탕에서는 푸젠의 출판인 위샹더우에게서 입수했을지도 모르는 몇몇 초기 역사소설들의 평점본도 출간했다. 『당서지전통속연의제평(唐書志傳通俗演義題評)』(1593년)은 1553년에 칭장탕(清江堂)에서 처음으로 간행되었다. 그러나 이 난징 판본을 위해 그 본문이 다시 번각되었다. 본문 가운데 일부와 『남북양송지전제평(南北兩宋志傳題評)』의 몇몇 삽화들에는 상위안(上元: 난징) 왕사오화이(王少淮)의 서명이 들어 있다. 다예탕(大業堂) 본 『동서양진지전제평(東西兩晉志傳題評)』에도 왕사오화이가 그린 삽화가 들어 있는데, 이 또한 출간 연도가 1593년으로 되어 있다. 이 두 소설의 외양이 동일하기 때문에, 아마도 다예탕 판본을 스더탕에서 중간한 듯하다. 마찬가지로 다예탕에서도 스더탕에서 판각한 목판을 이용했을 것이다.[24] 우리는 탕푸춘이 이

<그림 20> 푸춘탕본(富春堂本) 『금초기(金貂記)』. 저우우(周蕪) 편, 『진링고판화(金陵古版畵)』, 32쪽(베이징대학도서관 [北京大學圖書館] 사본 재인용). 허락에 의해 게재함.

---

22 원린거의 인쇄물에 대한 논의로는 헤겔(Hegel)의 『삽화본 소설』, 144-145쪽을 참조할 것. 푸시화(傅昔華) 편(編), 『중국고전문학판화선집(中國古典文學版畵選集)』 1권, 156-171쪽과 저우우(周蕪), 『진링고판화(金陵古版畵)』 (南京: 江蘇美術, 1993년), 101-127쪽에는 원린거본 희곡의 삽화들이 수록되어 있다. 이 삽화들은 명백히 푸춘탕 판본들에 실려 있는 삽화들에 비해 질적으로 우수한데, 이에 대해서는 저우우(周蕪), 『진링고판화(金陵古版畵)』, 12-66쪽을 참조하기 바란다. 양얼쩡은 적어도 한 작품, 곧 종교적 인물인 한샹쯔(韓湘子)를 다룬 소설의 작자이기도 했다

23 스더탕 본에 대해서는 헤겔(Hegel)의 『삽화본 소설』, 146-148쪽을 참조할 것. 간략하게 『충허진경』이라고도 알려져 있는 『충허지덕진경』은 『열자』에 대한 이칭인데, 이것은 송대 이후부터 쓰이기 시작했다. 왕중민(王重民)의 『중국선본서제요(中國善本書提要)』에는 스더탕 본 『순자』가 실려 있는데(220쪽), 그는 이것을 엔교(延享) 2년(1745년)의 날짜로 일본에서 중간한 바로 그 판본에서만 보았다고 했다. 그러나 물리적인 특징들로 보면, 그것은 다른 스더탕 판본들과 일치한다..

24 이 소설의 스더탕 본은 『고본소설총간(古本小說叢刊)』 28집(輯)에 다시 수록되었다. 이 책의 세 번째 논문에서 루실 쟈는 탕 씨 가문의 출판사에 대해 좀 더 상세하게 서술해놓았다

세 역사소설들을 하나의 셋트로 만들어서, 푸춘탕이나 좀 더 고가의 상품을 내놓는 경쟁자들이 셋트로 간행한 희곡 작품들을 사는, 상대적으로 차별화된(안목이 있는) 구매자들의 흥미를 끌려 했을 것으로 추측할 수 있다.[25]

<그림 21> 원린거본(文林閣本)『연지기(胭脂記)』. 저우우(周蕪) 편,『진링고판화(金陵古版畵)』, 122-123쪽(중국국가도서관(中國國家圖書館): 전 베이징도서관(北京圖書館) 사본 재인용).

후기 강남의 다른 소설 출판인들도 그와 마찬가지로 다양한 형태의 책을 간행하였다. 난징의 서상인 저우웨쟈오(周日校)는 의서와 '유서(類書)'를 출판했다.[26] 그는 또 공안(公案) 소설집(『신전전상포효숙공백가공안연의(新鐫全像包孝肅公百家公案演義)』와 『해강봉선생거관공안전(海剛峰先生居官公案傳)』)과 신마(神魔) 소설(『신전소매돈륜동도기(新鐫掃魅敦倫東渡記)』), 그리고 한(漢), 삼국(三國), 진(晉), 당(唐)과 관련된 역사소설들—스더탕 본과 유사한 양식의(〈그림 22〉,『삼국지전통속연의(三國志傳通俗演義)』[인쇄 영역 13.9×22.4㎝] 참조)—을 간행했다. 이 책들 가운데 일부는 처음에 난징의 다른 출판인이 간행한 책을 중간한 것이거나 혹은 저

25 이런 소설들은 모두 12행 24자 형식으로 인쇄되어, 상대적으로 보기 좋고 읽기 좋게 만들었다. 스더탕 본 철학적 고전들은 좀 더 작은 용지를 채택했지만, 페이지 당 글자 수를 더 적게 인쇄함으로써 소설들과 마찬가지로 고품질의 판본으로 만들었다. 결과적으로 이것들도 나중에 중간되었다. 왕중민(王重民)의『중국선본서제요(中國善本書提要)』, 220쪽(일본 중각본), 238쪽 참조.

26 인쇄업자인 저우웨쟈오에 대해서는 두신푸(杜信孚)의『명대판각총록(明代板刻叢錄)』, 3.18a-19a; 나가사와 기쿠야(長澤規矩也)의「현존하는 명대소설서 간행자표 초고(現存明代小說書刊行者表初稿)」,『서지학(書誌學)』3(1934년),『나가사와 기쿠야 저작집(長澤規矩也著作集)』5권(東京: 汲古書院, 1985년), 226쪽; 왕중민(王重民),『중국선본서제요(中國善本書提要)』, 363-364쪽에는 저우웨쟈오의 가장 큰 기획으로서 1591년에 간행된『한원신서(翰苑新書)』에 대한 언급이 있다. 그리고 이 책의 세 번째 논문에 수록된 루실 자의 글을 참조할 것.

우웨자오가(스더탕에서 간행한) 책들의 판형을 모방하고 똑같은 삽화가를 고용함으로써 스더탕이 성공한 것처럼 이익을 얻고자 했던 것이었다.[27] 공안소설 및 신마소설의 일부가 처음에는 푸젠에서 비교적 저급한 품질의 판본으로 간행되었다는 사실을 감안하면, 저우웨자오는 소설을 일반적으로 더 부유한 난징의 도서 구매자들에게 소개하려 했다고 할 수 있다.

<그림 22> 1591년의 서문이 수록된 저우웨쟈오 본(周曰校本), 『삼국지전통속연의(三國志傳通俗演義)』. 타이완(臺灣) 타이베이(臺北) 국립고궁박물원도서관(國立古宮博物院圖書館) 허락에 의해 재인용.

이렇게 진링의 출판인 가운데 몇 군데만을 간략하게 훑어보는 것만으로도 우리는 명대 후기의 서상들이 어떻게 전문화되었는지를 일별할 수 있다(더 자세한 내용은 이 책의 세 번째 논문을 참조할 것). 그들 사이에는 경쟁뿐만 아니라 협력 관계가 존재했던 것이 분명하다. 소설 텍스트들은 푸젠에서 난징으로 진출했고, 목판 틀은 아마 희곡이건 소설이건 일반적으로 같은 시장을 공유하는 출판인들 사이에서 돌아다녔던 듯하다. 우리는 또한 출판인 탕 씨 집안에서 판매 전략을 의식하게 되면서부터 전문화라는 문제가 전면에 대두되었던 것으로 추측할 수 있다. 원린거는 상대적으로 비싼 선본(善本)들을 간행했

27 오오츠카 히데다카(大塚秀高)는 나가사와 기쿠야(長澤規矩也)의 서목에 포함된 『삼국연의』 판본 외에 세 가지 역사소설들을 언급하고 있다. 오오츠카 히데다카(大塚秀高)의 『증보중국통속소설서목(增補中國通俗小說書目)』, 192쪽, 197쪽, 204쪽 참조. 삽화 양식으로 볼 때 이 판본은 스더탕 본들과 매우 유사하다. 이에 대해서는 저우우(周蕪), 『진링고판화(金陵古版畵)』, 268-273쪽 참조. 『당서지전통속연의』 판본에는 스더탕의 명칭이 몇 군데에 나타나며, 판각가 왕사오후이의 이름은 삽화 하나에 들어 있다. 이에 대해서는 어우양젠(歐陽健) 등 편(編), 『중국통속소설총목제요(中國通俗小說總目提要)』 (北京: 中國文聯, 1990년), 58쪽 참조. 이것이 우연인 것 같지는 않다. 스더탕 본의 삽화 선집에 대해서는 저우우(周蕪), 『진링고판화(金陵古版畵)』, 67-100쪽을 참조할 것. 그 가운데 『서유기』의 삽화는 96-99쪽에 수록되어 있다.

고, 그래서 비교적 부유한 이들의 관심을 끌었다. 그에 비해 푸춘탕 판본들은 덜 비쌌던 듯하고, 스더탕에서도 비슷한 품질의 통속소설을 간행했다. 달리 말해서 탕 씨 가문은 몇 개의 다른 도서 틈새시장의 요구에 맞춰 나갔던 것이다.

같은 시기에 난징의 환추이탕(環翠堂)이 도서시장의 고급품 시장을 주도했던 것은 명백해 보인다. 환추이탕의 작가이자 경영자인 왕팅나(汪廷訥: 대략 1569-1628년)는 거기서 출간된 모든 책들에 대해 직접적으로 관여했다(왕팅나에 대해서는 이 책의 제7장에서 더 전면적으로 다루어짐). 그의 문집인 『좌은선생전집[座隱先生全集]』(1609년)에는 자신의 원림(園林)을 그린 세련된 삽화가 들어 있는데, 같은 해의 얼마 뒤에 이 권(卷)은 『환추이탕원경도(環翠堂園景圖)』라는 제목이 달린 지금은 희귀한 긴 두루마리로 별도로 인쇄되었다. 이것은 목판인쇄에서 주목할 만한 성과였다. 왕팅나의 필명은 다른 모든 환추이탕의 간행물들, 명대 개별 작가의 시집들, 그리고 그 자신의 희곡 작품들에서도 두루 나타난다. 아마도 그의 개인적인 명성이 도서 구매자들을 끌어들였거나, 아니면 그런 방식을 통해 장서가(藏書家)들에게 자신의 간행물들을 광고하려 했을 것이다. 난징의 출판인 탕푸춘의 경우와 마찬가지로, 왕팅나의 모든 인쇄본들 역시 저자와 내용과는 상관없이 물리적으로는 유사했다. 이 환추이탕 판본들의 삽화들은 모두 최고급이었고, 도서 전문가들의 관심을 끌만한 것들이었다.[28] 삽화들에서 주목할 만한 것은 세부 묘사의 정도이다. 예를 들어서 〈그림 23〉은 『의열기(義烈記)』의 삽화 가운데 하나로, 여기서는 삽화를 그릴 수 있는 공간이 깔끔한 선들로 다 채워져 있는데, 그 선이 대부분 곡선이었기 때문에 더 공들여 새겼을 것이다. 이런 삽화를 제작하는 데에 관여한 숙련된 노동자들을 감안하면, 이 책들은 오직 한정된 구매자 계층을 위해 제작된 매우 비싼 판본임을 알 수 있다.

---

28 환추이탕 판본들에 관한 정보에 대해서는 『고전희곡존목회고(古典戲曲存目彙考)』, 832쪽과 두신푸(杜信孚)의 『명대판각총록(明代板刻叢錄)』, 7.11ab를 참조할 것. 왕팅나의 희곡 두 편에 담긴 삽화들은 푸시화(傅惜華) 편(編), 『중국고전문학판화선집(中國古典文學版畫選集)』 1권, 300-307쪽에 다시 수록되어 있다. 환추이탕 판본들은 저우우(周蕪)의 『후이파판화사론집(徽派版畫史論集)』, 68-76쪽, <그림 191-203>에도 사진이 수록되어 있다. 이 책의 16-17쪽에서 저우우는 난징에 있는 자신의 출판사와 인쇄본들에 대해 논의했다. 이 인쇄본들의 모습을 가장 잘 보여주는 것은 필립 후(Philip K. Hu) 선편, 『확인 가능한 흔적들: 중국국가도서관에서의 희귀본과 특별 수집품(Visible Traces: Rare Books and Special Collections from the National Library of China)』 (New York: Queens Borough Public Library; Beijing: National Library of China, 2000), 44-51쪽에 수록된 『좌은선생정정첩경혁보(座隱先生精訂捷徑奕譜)』 (1609, 약 25×28㎝)이다. 왕팅나는 극작가 탕셴쭈(湯顯祖: 1550-1616년)의 친구인데, 그의 간략한 전기에 대해서는 『고전희곡존목회고(古典戲曲存目彙考)』, 1집, 453쪽을 참조할 것. 쫭이푸(莊一拂)은 왕팅나의 희곡 작품에 대한 정보를 제시해주고 있다(454-456쪽). 더 자세한 연구로 낸시 베를리너(Nancy Berliner)의 「후이저우의 왕팅나와 삽화서적 출판(Wnag Tingna and Illustrated Book Publishing in Huizhou)」 (*Orientations* 25.1(1994), 67-75쪽)를 참조할 것. 나는 『삽화본 소설』, 145-146쪽에서 환추이탕이 안후이(安徽)의 서 현(歙縣)에 있는 것으로 잘못 설명한 바 있다. 저우우는 『진링고판화(金陵古版畫)』에서 왕팅나의 저택을 그린 긴 화첩 가운데 일부를 게재해 놓았으며(248-255쪽), 이 책에는 다른 환추이탕 판본들의 삽화들도 수록되어 있다(220-266쪽)

<그림 23> 『환추이탕악부(環翠堂樂府)』에 수록된 환추이탕본(環翠堂本) 『의열기(義烈記)』. 저우우(周蕪), 『진링고판화(金陵古版畵)』, 230-231쪽 재인용(중국국가도서관 본).

청대 소설 시장의 변화

명말은 목판 인쇄의 예술성이 절정에 도달했던 시기였다. 만력 연간과 그 이후에는 인쇄본의 수량이 증대되고 삽화 인쇄의 기술이 발전했다. 17세기에는 아직(다양한 색으로 채색된) 그림들이 최초에는 도록이나 낱장 인쇄에만 나타나긴 했지만, 그 시기 동안 채색 인쇄의 수준은 거의 완벽한 단계에까지 이르러 있었다. 가혹한 정치 경제적 격변을 거쳐 청대로 접어들자, 출판업에서는 여러 계층을 동시에 공략하던 이전의 시장 환경에 변화가 생겼다. 소설 분야에서 청대의 출판인들은 아주 다른 두 개의 독자층과 도서 구매자들을 겨냥했던 듯하다. 하나는 값싼(그래서 상대적으로 저급한) 판본만을 살 수 있었던 대다수의 제한된 경제력을 가진 소비자들이었고, 다른 하나는 인쇄물과 텍스트의 무분별한 유통을 경멸했던 고급 문인 애호가들이었는데, 이들은 같은 생각을 가진 상류층 독자들에게 배포하기 위한 필사본을 만들어 냈다.

청대 상업 출판의 특징은 일반적인 구매자들을 차별화한 것이라 할 수 있는데, 이를테면 중간 계층의 도서 구매자라 할 수 있는 생원(生員, 생원들의 도서 문화와 그것의 명대의 문학 작품 생산에 대한 영향에 대해서는 조셉 맥더모트(Joseph McDermott)가 쓴 이 책의 두 번째 논문을 참조할 것)을 위해 제공되었던 중급 인쇄물의 양을 줄여 나갔다. 물론 출판된 서적의 양만 놓고 본다면 청대는 명대를 훨씬 초과했다.[29] 그러나 명말에는 모든 분야의 서적에 그림들이 포함되어 있었던 데에 비해, 청대의 인쇄본들 가운데 상당수에는 삽화가 들어 있지 않았다. 이미 살펴본 것처럼 청대에는 소설 삽화의 예술적 수준이 급격하게 떨어지긴 했지만, 이런 상황은 오직 소설 분야에서만큼은 예외였다. 마찬가지로 저급한 종이에 본문을 빽빽하게 집어넣고, 대량의 조잡한 삽화를 그려 넣어 대충 판각한 소설 판본들이 예전보다 자주 나타났는데, 이것들은 명백하게 소득이 낮은 도서 구매자들을 위해 출간된 것들이었다. 청대에 들어서면서 점차 늘어나고 있는 독자들과 도서 구매자들을 위해 새로운 통속 연애소설들이 지어졌는데, 명대의 '사대기서'와 같은 '고전'들을 포함한 이전 소설들은 이 통속 연애소설들과 동급으로 다루어졌다. 이것들은 모두 텍스트 자체의 예술성과는 무관한 값싸고 저급한 판본이었다.

그러나 그와 동시에 청대에는 내면적 성찰을 다룬 새로운 문인 소설들과 문인 전기(傳奇)들이 수십 년 동안, 때로는 한 세기나 그 이상의 기간 동안 필사본의 형태로만 유통되었다. 이와 같이 자신의 작품들이 통제할 수 없이 값싼 인쇄물로 나도는 것을 미리 방지하기 위해 어떤 문인 소설가나 그에게 동조하는 친구들은 그의 작품이 오직 필사본의 형태로만 유통되도록 했던 듯하다. 이 때문에 이런 작품들은 텍스트의 예술적 깊이를 진정으로 이해할 수 있는 폐쇄된 애호가 집단 안에서만 제한적으로 유통되었다. 이런 범주의 작품들 가운데는 『유림외사(儒林外史)』(1750년 경)와 『홍루몽(紅樓夢)』 또는 『석두기(石頭記)』(1760년대-1790년대), 『야수폭언(野叟曝言)』, 『기로등(岐路燈)』(1785년 경) 등이 포함된다. 그와 마찬가지로 청대에는 많은 문인 전기들도 제한된 독자층 안에서 필사본으로 유통되었다.[30]

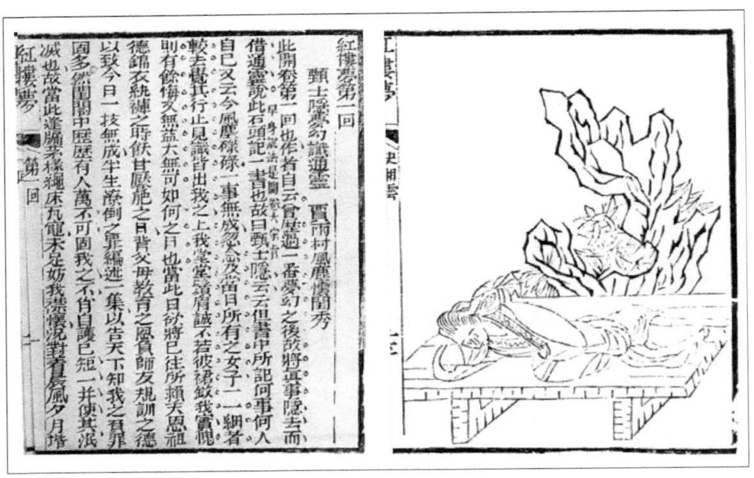

紅樓夢第一回

甄士隱夢幻識通靈　賈雨村風塵懷閨秀

此開卷第一回也作者自云曾歷過一番夢幻之後故將真事隱去而借通靈說此石頭記一書也故曰甄士隱云云但書中所記何事何人自己又云今風塵碌碌一事無成忽念及當日所有之女子一一細考較去覺其行止見識皆出我之上我堂堂鬚眉誠不若彼裙釵我實愧則有餘悔又無益大無可如何之日也當此日欲將已往所賴天恩祖德錦衣紈袴之時飫甘饜肥之日背父母教育之恩負師友規訓之德以致今日一技無成半生潦倒之罪編述一集以告天下知我之負罪固多然閨閣中歷歷有人萬不可因我之不肖自護己短一并使其泯滅也故當此蓬牖茅椽繩床瓦竈未足妨我襟懷況對著晨風夕月階

紅樓夢　第一回

<그림 24> 우윈러우(五雲樓)-광화탕(光華堂) 본 『수상홍루몽(繡像紅樓夢)』(1859년). 세인트루이스의 워싱턴대학교 동아시아도서관 소장본. 허락을 얻어 재인용함.

---

29 명대와 청대의 인쇄 활동에 나타난 차이에 대해서는 첸춘쉰(錢存訓)의 『종이와 인쇄술(Paper and Printing)』(vol.5. pt.1)(조셉 니덤[Joseph Needham] 편, 『중국의 과학과 문명(Science and Civilization in China)』(Cambridge: Cambridge University Press, 1985) 269쪽)을 참조할 것. 첸춘쉰(錢存訓)은 출판된 책의 수에 대한 190쪽의 각주에서 "한대에서 1930년대까지 여러 역사서와 전기 자료에 253,435권의 책제목이 수록되어 있는데, 그 가운데 청대에 나온 것만 126,649권이다"라고 하였다.

30 필사본에 대해서는 헤겔(Hegel)의 『삽화본 소설』, 153-154쪽을 참조할 것. 좡이푸(莊一拂)는 청 황실의 연극을 관장하던 부서인 승평서(升平署)에서 수집한 많은 필사본 전기 작품들의 목록을 제시했다.

사실 청대의 저급한 소설 판본들의 예는 중국의 모든 장서 목록에서도 발견된다. 명대의 뛰어난 인쇄물에서 발견되는, 건물과 배경을 포함한 정교한 장면 구성 대신에, 같은 내용을 표현한 청대의 판본들은 그저 몇몇 주요 등장인물의 초상만을 거칠게 그려놓은 것이 특징적이다. 일반적으로 이런 등장인물들은 모든 배경이 삭제된 채로 책의 첫머리에 한꺼번에 실려 있다. 〈그림 24〉에 나타난 예는 1859년에 우원러우(五雲樓) 또는 광화당(光華堂)에서 간행한 『홍루몽』이다. 여기서는 텍스트 자체의 인쇄 또한 저급하다는 것을 알 수 있다. 이 책의 다섯 번째 논문에서 브로카우가 논의하고 있는, 쓰바오(四堡) 출판인들이 간행한 많은 책들처럼 이 판본들은 실력이 떨어지는 각공(刻工)들이 만들었다(내가 생각하기엔 아마도 그들도 또한 가능한 한 빠른 속도로 작업했을 것이다). 각각의 사본들은 분명 상대적으로 값이 쌌을 것이며, 그렇기 때문에 그것들은 책의 외양에 거의 신경을 쓰지 않고 장서에도 전혀 관심이 없는 구매자들을 위해 준비되었을 것이다.[31]

청대에도 상대적으로 세련된 소설 판본들이 지속적으로 출간되었지만, 대부분은 이전 판본들을 단순히 중간(重刊)한 것들이었다. 다시 말해서 창고에 있던 훌륭하게 판각된 목판을 꺼내 인쇄하거나 이전 판본을 모델로 다시 판각한 목판 틀을 써서 인쇄한 것들이라는 뜻이다. 두 경우 모두 인쇄의 품질은 원본보다 낮았는데, 그 이유는 오래된 목판 틀이 닳았기 때문이거나 다시 판각하는 과정에서 원판을 재현한 정확도가 떨어졌기 때문이다.[32]

그러나 청대에는 몇몇 예외적인 소설 인쇄본들이 나타났다. 17세기 후기에는 가끔 추런훠(褚人獲: 1630년 경-1705년 경)와 같은 문인 인쇄업자에 의해 만력 연간의 세련된 책들에 쏟아 부은 것만큼 많은 공을 들여서 만든 소설들이 간행되고 있었다. 추런훠의 『수당연의(隋唐演義)』(1695년)는 그 당시 뿐 아니라 그 이후에도 출판업계의 예술적 수준을 보여주는 한 예로 알려졌다. 그가 사치스러운 판본을 사기 위해 돈을 쓸 수 있는, 그리고 백화소설의 열렬한 애호가인 고급문화의 도서 구매자들을 겨냥했다는 것은 의심의 여지가 없다. 어떤 문인 출판인들은 또한 좀 더 격식을 갖춘 저작들을 세련된 판본으로

---

31 이 삽화를 1879년에 가이치(改琦)가 그린 『홍루몽도영(紅樓夢圖詠)』(杭州: 浙江文藝, 1996 영인본)에 들어 있는 스상윈(史湘雲)의 초상화와 비교해 볼 것(헤겔(Hegel)의 『삽화본 소설』, 242쪽에도 인용됨). 광화탕에서 출간된 것들 가운데는 『호구전(好逑傳)』(1860년), 『경부신서(警富新書)』(1729년), 그리고 아마도 『금고기관(今古奇觀)』(이 목판본은 1868년에 칭윈러우(青雲樓)에서 인쇄하여 광화탕에서 간행한 판본을 '중간'한 것이다)이 포함되는데, 이에 대해서는 오오츠카 히데다카(大塚秀高)의 『증보중국통속소설서목(增補中國通俗小說書目)』, 81쪽, 169쪽, 18쪽을 참조할 것. 『경부신서(警富新書)』에 대한 개략적인 설명은 어우양젠(歐陽健) 등이 편(編)한 『중국통속소설총목제요(中國通俗小說總目提要)』, 614-615쪽을 참조할 것. 이 책은 여섯 개의 삽화를 담은 11행 21자의 작은 판본이다. 『금고기관(今古奇觀)』 역시 11행 25자의 소형 판본이며, 20개의 삽화가 들어 있다. 이 출판사의 위치는 아직 확인되지 않았다. 『홍루몽(紅樓夢)』의 표지에는 우원러우에서 목판 틀을 소장한 것(藏板)으로 밝혀져 있지만, 이 책의 출간(發兌)은 광화탕에서 주관했다. 광화탕은 분명 푸젠 쓰바오(四堡)의 출판인을 가리키는 것일 터인데, 이들은 재정적 여유가 풍족하지 않고 미적 기대도 낮은 고객을 겨냥한 책을 만들어내고 있었다. 쓰바오(四堡)의 출판인들이 간행한 책들의 책값에 대해서는 본서 다섯 번째 논문에 수록된 신시아 브로카우(Cynthia J. Brokaw)의 글을 참조하기 바란다.

32 헤겔(Hegel)의 『삽화본 소설』, 97-110쪽에서는 인쇄 과정에 대해 사진을 곁들여 설명해놓았다.

출간하기도 했으나, 추런훠 자신의 필기집(筆記集)은 자신의 소설 인쇄에 사용된 것보다 크기가 더 작고 품질도 떨어지는 종이에 인쇄되었다.[33]

청대 중엽의 상대적으로 활동적인 소설 출판인들을 검토해보면, 비교적 큰 판형의 책들에서도 인쇄 품질의 일반적인 저하가 드러난다. 현존하는 서목들을 통해 보건대, 수예탕(書業堂)은 수십 년 동안 쑤저우에서 성업한 인쇄소였다. 그들이 출간했을지도 모르는 다른 유형의 책들에 대해 달리 알 수 있는 길은 없지만, 1775년부터 1820년대 초까지 수예탕의 마크가 찍힌 소설 작품이 적어도 14종이 출간되었다(대략 1830년 이후로 이 출판사의 명칭이 찍힌 판본들은 타이웬(太原)과 베이징(北京)을 포함한 다른 도시들에 있는 또 다른 출판사들에서 간행되었던 듯하다). 간편한 비교를 위해, 나는 쑤저우(蘇州)에서 간행된 그 14종의 인쇄본들을 〈표 6.1〉에 제시했다.[34]

<표 6.1> 진창 (金閶, 쑤저우) 수예탕 (書業堂) 간행 소설 작품

* 약호 설명: 동양=도쿄대학교 동양문화연구소 (東洋文化研究所); CU=콜럼비아대학 (Columbia University)

제 목	페이지 당 행렬	삽화	종이크기 (㎝)	소장지
용도신단공안 (龍圖神斷公案), 1775	9 × 20	5		국가도서관, CU
제전대사취보리전전 (濟顚大師醉菩提全傳), 1777-1780	9 × 20			동양
수호전전 (水滸全傳), 1779	9 × 18	10		국가도서관, CU
두붕한화 (豆棚閑話), 1781	10 × 25		15.0×19.5	난징도서관, 국립도서관
후서유기 (後西遊記), 1783	11 × 24	16	15.7×24.5	동양
금고기관 (今古奇觀), 1785				중국사회과학원
이설반당연의 (異說反唐演義), 1803	11 × 24			중국사회과학원
영운몽전 (永雲夢傳), 1805	11 × 22		14.7×23.6	난징도서관, 동양
양가부세대충용연의지전 (楊家府世代忠勇演義志傳), 1809	10 × 22			
삼수평요전 (三遂平妖傳), 1812	10 × 22		15.3×23.7	의회도서관(미국)
박안경기 (拍案驚奇), 1812	12 × 24			중국사회과학원
원본해공대홍포전 (原本海公大紅袍傳), 1822	9 × 19			국가도서관
동한/서한연의전 (東漢/西漢演義傳), 연대 미상	10 × 22	16	15.8×24.7	동양
운합기종 (雲合奇蹤), 연대 미상	11 × 24		16.0×25.5	난징도서관

33 추런훠의 생애에 대해서는 로버트 헤겔(Robert E. Hegel)의 『17세기 중국의 소설(The Novel in Seventeenth-Century China)』 (New York: Columbia University Press, 1981) 46쪽, 206-208쪽, 그리고 268쪽의 각주 28)을 참조할 것. 추런훠의 『수당연의(隋唐演義)』 초판본에 들어 있는 삽화 가운데 하나는 헤겔의 『17세기 중국의 소설』 218쪽과 역시 헤겔(Hegel)의 『삽화본 소설』, 231쪽에 실려 있다. 그는 또 매우 세련된 판본의 『봉신연의(封神演義)』 (1695년)를 출간했는데, 그것은 후세의 표준 판본이 되었다. 이 판본의 삽화의 한 예에 대해서는 『중국 명청의 삽화본(中國明清の繪本)』 38쪽을 참조할 것.

34 내가 개인적으로 검토해본 사본들 외에는 한시둬(韓錫鐸), 왕칭위안(王清原)의 『소설서방록(小說書坊錄)』, 35-36쪽과 그와 관련된 오오츠카 히데다카(大塚秀高)의 『증보중국통속소설서목(增補中國通俗小說書目)』의 목록에 의거했다.

이 표에서 보면 수예탕에서 간행한 많은 책들이 큰 판형임을 알 수 있다. 『후서유기』와 『삼수평요전』은 모두 15.5×24㎝이고, 『영운몽전』은 14.7×23.6㎝(인쇄면은 12.8×19.5㎝)이다. 『운합기종』은 16.0×25.5㎝이다. 이 책들은 모두 청대의 세련된 소설 인쇄본의 표준이 되었던 『수당연의』의 크기인 17.0×24.5㎝에 거의 근접해 있다. 그렇기는 하지만 청대 중엽에는 판각 기술의 수준이 상당히 낮아졌다. 1695년에 나온 추런훠의 『수당연의』 초판본(〈그림 25〉)과 1812년에 나온 『삼수평요전』의 판본(〈그림 26〉)의 삽화를 비교해보면 그 차이는 명확하다. 두 판본에서 본문 판각의 수준 차이 역시 매우 크다.

왕중민(王重民)은 이 출판사에서 나온 비 소설(non-fiction) 인쇄본들의 목록을 정리했는데, 간략히 살펴볼 만하다. 수예탕에서 간행한 『개자원화전(芥子園畵傳)』은 1782년 봄에 출간되었는데, 이것은 대략 『두붕한화』와 『후서유기』가 간행된 연도와 비슷하다. 이 책은 이전에 나온 수예탕본 소설 판본들과 마찬가지로 9행 20자로 되어 있다. 이 책의 인쇄면은 14.0×22.3㎝이며, 종이는 소설 텍스트보다 겨우 조금 큰 정도이다.[35] 그러나 이것은 이 출판사에서 간행한 소설 작품들에 비하면 세련된 판본에 속한다. 그러므로 우리는 다음과 같은 결론을 내릴 수 있다. 이 인쇄물들은 『홍루몽』(〈그림 24〉)과 같은 값싼 판본들보다는 훨씬 매력적이었지만, 수예탕은 경제적으로 상층부에 있는 이들만을 위해 봉사하기보다는 좀 더 넓은 독자층을 위해 장편소설들과 단편소설집들을 간행하고 있었다. 그 출판사는 분명히 마음만 먹으면 세련된 판본을 출간할 수 있었으나, 거기서 간행된 소설들의 품질은 그런 수준까지 이르지 못했다. 그러니 그런 소

<그림 25> 쓰쉐차오탕 본(四雪草堂本) 『수당연의(隋唐演義)』(1695년). 로버트 헤겔(Robert E. Hegel)의 『17세기 중국의 소설(The Novel in Seventeenth-Century China)』(New York: Columbia University Press, 1981)에서 재인용. 출판사의 허락을 얻어 재인용함.

<그림 26> 수예탕 본(書業堂本) 『삼수평요전(三遂平妖傳)』(1812년). 미국 의회도서관 본에서 재인용. 허락을 얻어 재인용함.

---

35 본서에 적용된 판광(版框), 즉 인쇄면의 크기는 왕중민(王重民)의 『중국선본서제요(中國善本書提要)』에서 표준적인 서지학적 방식으로 측정한 수치를 따른 것이다(296쪽). 나는 일반적으로 책의 전체적인 크기에 대해 실감하기 위해 일반적인 방법으로 인쇄면을 재어보았다. 당시의 다른 책들을 통해 보건대, '판광', 곧 인쇄면의 크기를 재기 위해서는 가로로 2㎝와 세로로 4㎝를 더해야만, 화가의 화보에 대한 여백을 설명할 수 있다. 『고본소설판서도록(古本小說版畵圖錄)』에서는 다른 두 종의 수예탕 판본에 수록된 삽화를 볼 수 있는데, <그림 1080-1081>은 『후서유기』의 삽화이고 <그림 1113-114>는 『수호전전』의 삽화이다

설들은 아마 화보를 간행하는 것보다 비용이 훨씬 적게 들었을 것이다.

서적 생산 및 소설 출간의 변화, 그리고 문화적 변화

19세기의 기술적 변화는 도서 출판 산업을 혁신시켰다. 다른 분야의 책들에서뿐만 아니라 소설 인쇄에도 활자 인쇄가 사용되었지만, 석판인쇄(石印)는 출판인들로 하여금 가독성을 유지하면서 좀 더 작은 글자체를 이용해서 한 페이지 당 더 많은 글자를 집어넣을 수 있게 해주었다. 예를 들어서 상하이서국(上海書局)은 이 새로운 장비와 기술을 이용하여 1875년-1930년 사이에 130종의 소설을 간행했고, 광이서국(廣益書局)은 이 방법으로 1879년-1925년 사이에 35종의 소설을 간행했다. 매우 값싸고 고산성(高酸性)의 종이를 이용한 이 소형 판형의 판본들은 광범위하게, 그리고 적당히 낮은 가격에 팔렸다. 이 새로운 기술이 명대부터 시작된 경향을 단순하게 증폭시킨 것은 지갑 사정에 맞게 기획된 판본으로 특별한 도서 구매 계층을 겨냥하기 위해서였다. 그와 마찬가지로 청말의 소설에서는 아주 작은 글씨로 인쇄할 수 있도록 종이 크기가 줄어든 만큼 페이지 당 글자 수도 늘어났다. 그러므로 20세기로 접어들 무렵에 나온, 어떤 것들은 돋보기를 써서 읽어야 했을 만큼 극단적으로 작은 크기의 석판본들은 청대라는 시대를 관통해서 감지되는 어떤 한 과정의 논리적 귀결이었다.[36] 확신컨대 우리는 청대에 매체의 크기 감소와 페이지 당 인쇄된 글자 수의 증가가 지속적으로 통속적인 독서물의 가격이 내려가는 데에 영향을 주었다고 결론지을 수 있다. 이와 마찬가지로 사회적 과정들 역시 이러한 변화와 궤를 같이 했다. 백화소설은 사회적으로 더욱 다양한 독자들의 관심을 점점 더 많이 끌고 있었다. 그리고 그것이 더욱 대중화될수록 사회적 엘리트들에 의해 정의된 소설의 문화적 위상도 내려갔다. 소설은 일반적인 도시민들이 전례 없이 쉽게 접근할 수 있게 될수록 점점 더 많은 중국 지배계층의 보수적인 성원들로부터 광범위하게 조롱받았다.

이런 결론들에 내포된 몇 가지 더 넓은 의미들을 생각해보자. 이전의 저작 『명청 시기 중국의 삽화본 소설 읽기』에서 나는 출판인들이 비록 내용물에 따라 특정 유형의 도서를 특화시킨다 할지라도 각 출판인들이 상대적으로 짧은 시간, 10년 혹은 20년에 걸쳐 출판할 수 있는 책의 영역이 있었음을 보여주었다. 그러나 이 출판인들 역시 다양한 판형과 양식을 채용했다. 즉 탕 씨 가문의 푸춘탕이 외양은 다르지만 매우 유사한 일련의 희곡 작품들을 광범위하게 출간하면서도 다양한 상업적 이유에서 완

---

36 헤겔(Hegel)의 『삽화본 소설』, 106쪽 전후, 특히 154쪽에서 157쪽을 참조할 것. 중국에서 석판인쇄의 발전과 몇 가지 예에 대해서는 첸춘쉰(錢存訓)의 『종이와 인쇄(Paper and Printing)』, 192쪽을 참조할 것. 돈 콘(Don J. Cohn) 편, 『중국의 삽화 : 19세기 말 상하이의 석판인쇄(Vignettes from the Chinese: Lithographs from Shanghai in Late Nineteenth Century)』 (Hong Kong: Research Center for Translation, Chinese University of Hong Kong, 1987)는 청말의 석판인쇄에 대한 훌륭한 관찰 자료를 제공한다.

전히 다른 판형의 책들도 출간할 수 있었다는 것이다. 그게 아니라면 별도의 독자층, 혹은 달리 말하자면 차별화된 틈새시장을 겨냥했을 것으로 생각된다. 나의 이런 결론은 명대 후기 출판인들이 내놓은 인쇄본들의 질적 유사성에 근거를 두고 있다. 그것은 바로 상대적으로 세련된 삽화들의 품질과 그 수, 그리고 본문 자체의 판각의 정확성이다. 도서 판매 전략과 인쇄 기술의 발전으로 19세기 후기에는 인쇄업이 성장한 만큼 좀 더 확실한 소설 시장을 창출할 수 있었다. 그러나 나는 석판본 소설에 대한 연구는 다른 누군가의 몫으로 남겨두었다. 그것은 여기서의 나의 관심이 목판본 소설의 생산에 나타난 중요한 경향을 관찰하는 데에 있었기 때문이다.

그렇다면 백화소설의 틈새시장은 존재했는가? 어떤 소설집의 본문과 삽화를 검토해보면, 틈새시장의 글쓰기를 깔끔하게 일반화할 때 곧바로 나타날 법한 문제들이 틈새시장의 판매 전략에 대해서는 그만큼 분명하게 나타나지는 않을 것이다. 물리적인 대상으로 서적을 통해 판단해보면 의심의 여지가 거의 없다. 시간이 지나면서 출판사들 사이에서 인쇄물들의 품질이 다양해진 것은 분명하다. 실제 책값에 대한 다양한 정보가 결여된 상태에서, 이러한 품질상의 차이들이 상대적으로 가격에 반영되었다고 해석될 수 있다. 그리고 상대적인 책값이 잠재적인 도서 구매자들의 범위를 제한하는 만큼, 도서의 생산비용은 타겟으로 삼았던 구매자 계층을 구별하기 위한 기초 자료로 널리 이용될 수 있다. 여기에서뿐만 아니라 이전 연구에서도 나는 청대에는 장편소설과 단편소설집의 인쇄 품질이 저하되었음을 밝힌 바 있다. 그러므로 우리는 책값 역시 급속하게 떨어졌다고 추측할 수 있다. 아마도 가장 의미 있는 것은 중국에서 식자층이 점점 더 늘어나고, 그럼으로써 손쉽게 손에 넣을 수 있는 도서들에 대한 잠재적인 구매자들이 더욱 더 늘어남에 따라 이러한 변화들이 나타났다는 사실일 것이다. 명대 중엽부터 청말까지 대중적인 출판문화의 영역에서, 특히 거기에 참여한 사람들의 수와 사회적 위상의 측면에서 의미 있는 변화가 일어났다. 이러한 변화가 가장 분명하게 반영된 부분은 백화소설의 출판이었다.

연행으로서의 출판 – 명대 후기의 문인 극작가 겸 출판인

캐서린 칼리츠(Katherine Carlitz)

1630년대 또는 1640년대에 우리에게 젠스주런(繭室主人)이라고만 알려진 누군가가 세련된 삽화가 들어 있는 희곡 작품인 『상당연(想當然)』을 출간했다.[1] 표지의 광고에 따르면 그 책은 16세기의 괴짜 루난(盧柟)의 작품이며, 17세기 초엽의 시인 탄위안춘(譚元春: 1637년 사망)의 평점(評點)이 달려 있다고 했는데, 당시 사람들도 믿지 않았다. 판본 감식가인 치뱌오자(祁彪佳: 1602-1645년)는 거기에 담긴 노래들이 최근에 만들어진 것처럼 보인다는 점 때문에 루난의 작품이 아니고, 탄위안춘에 대해서도 일반적으로 평점본에서는 평점가의 이름을 가탁하는 것이 상례였다고 했다.[2] 서문의 내용을 보더라도 표지에 적힌 내용이 의심스러운 것이라는 사실이 드러난다. 탄위안춘의 이름으로 된 서문은 루난이 실제 작가가 아닐 수도 있다는 점을 인정하고 있으며, 루난의 이름으로 된 서문에는 시간적으로 불가능한 연대가 제시되어 있다.[3] '젠스주런'의 정체는 완전히 모호하다. 명대(1368-1644년)의 어느 서목에도 '견실'에서 간행된 다른 판본이 수록되어 있지 않으며, 사실 '견실'은 아직까지도 송대(960-1279년)의 시인 왕챠오(王樵)의 서재 이름으로 잘 알려져 있다.[4]

---

* 나는 킴벌리 베시오(Kimberly Besio), 로버트 헤겔(Robert Hegel), 윌트 이데마(Wilt Idema), 린 리장(Lin Li-chiang), 케스린 로우리(Kathryn Lowry), 마 멍징(Ma Meng-ching), 데이비드 로이(David Roy), 패트리샤 시버(Patricia Sieber), 캐서린 스와텍(Catherine Swatek), 그리고 캘리포니아 대학교 출판부의 이름 모를 두 독자에게 감사한다. 이들은 내게 무척 도움이 되는 비평을 해주었다.

1 이 연대는 17세기 초기와 중엽의 알려진 삽화 양식과 비교해서, 그리고 1630년대 이후에야 탄위안춘(譚元春)의 명성이 알려졌다는 사실을 토대로 추정한 것이다. 『명대 인명 사전(Dictionary of Ming Biography)』 제2권(L. Carrington Goodrich and Chaoying Fang, eds., New York: Columbia University Press, 1976.), 1246-1248쪽을 참고할 것. 이것은 『상당연』의 현존하는 유일한 판본이다. 이것은 『고본희곡총간(古本戲曲叢刊)』, 제1집에 실려 있다.

2 『원산당곡품(遠山堂曲品)』 (『중국고전희곡논저집성(中國古典戲曲論著集成)』 6권, 14쪽.)

3 루난의 서문에는 '가정 병자(嘉靖 丙子)'라는 연대가 적혀 있지만, 60년을 단위로 순환되는 중국의 연대표기 체제(甲子紀年)에 따르면 가정 연간에는 병자년이 없다. 숭정 연간(1628-1645년)에는 병자년(1636년)이 포함되어 있는데, 궈잉더(郭英德)는 이를 근거로 이 책의 실제 출간 연도를 1636년으로 제시했다(郭英德, 『明清傳奇綜錄』, 河北: 河北教育出版社, 1997. 450쪽 참고할 것).

4 『상당연』의 작자에 대한 현대 학자들의 의견은 제각각이다. 좡이푸(莊一拂)는 루난의 작품임을 인정하고 있는 데 비해(『고전희곡존목

그가 누구였던 간에 젠스주런은 왜 루난과 탄위안춘에 그토록 많은 공을 들였던 것일까? 우리는 명대 출판의 걸작 가운데 하나인 명대 후기의 또 다른 희곡 작품을 살펴봄으로써 그에 대한 답을 어렵지 않게 찾을 수 있다. 『상당연』이 나타나기 10년 정도 이전에, 저명한 문장가 링멍추(凌蒙初: 1580-1644년)가 원대(1279-1368년) 후기의 잡극 『비파기(琵琶記)』의 주묵(朱墨) 평점본을 간행했는데, 여기에는 판본에 따른 본문의 차이와 원대 후기 희곡계에서 『비파기』의 위상에 대한 면밀한 평가가 포함되어 있다. 여러 가지 서문과 평점, 세련된 삽화, 그리고 악보 표기[點板]와 같은 본문 이외의 부대적인 요소까지 갖춘 이 『비파기』 판본은 독자들에게 권위가 있었고 판본 감식가들에게도 더할 나위 없이 훌륭한 감상의 대상이었다.[5] 부친이 진사(進士) 출신이고 그의 가문에서 학술서적을 수집하여 정기적으로 사비를 들여 출판하기도 했던 링멍추는 대표적인 고급 문인 희곡 평론가의 전범이었기 때문에,[6] 젠스주런은 틀림없이 그의 명성에 편승하고자 했을 것이다.

실제로 우리에게 『상당연』이 일종의 위작(僞作)이라는 사실은 매우 중요하다. 왜냐하면 젠스주런의 의식적인 선택들은 우리에게 명대 후기의 희곡 출판과 관련된 여러 가지 가정과 예상을 엿볼 수 있게 해주는 창을 제공해주기 때문이다. 희곡은 문인 학자들이 쓸 만한 가치가 있는 것으로 간주되었기 때문에, 젠스주런은 이 판본 안에 여러 서문들과 평점, 그리고 그 자신의 『성서잡기(成書雜記)』를 포함하는데, 연극과 곡(曲)의 역사에 대한 전형화된 견해를 드러내 보여주고 있다. 명대 후기의 희곡 판본들에는 대부분 삽화가 포함되어 있었으며, 이러한 전례를 따르기 위해 젠스주런은 상당한 비용을 치를 준비가 되어 있었다(『상당연』의 삽화는 빼어난 판각공이 조각한 것이 분명한데, 17세기 초기에 그런 판각공들은 높은 대가를 요구했다.). 젠스주런은 자신의 실제 신분에 대해 아무 단서도 제공하지 않았는데, 그 점에 대해서는 링멍추 역시 마찬가지였다. 두 사람 모두 자신의 글에 필명으로 서명했는데, 이것은 당시 고급 문인들의 세계에서는 일반적인 일이었다(링멍추의 필명은 지쿵관주런(卽空觀主人)이다).

젠스주런 역시 어쩌면 단순히 금전적인 동기로 이 책을 간행했던 것인지도 모른다. 개인뿐만 아니라 상업적인 출판인들도 호화로운 희곡 판본을 출간했으며, '견실'은 『상당연』으로 상업적인 모험을 시도했을 수도 있다. 아내를 찾는 선비의 이야기를 다룬 이 희곡의 작자로 루난을 선택함으로써 젠스주런은 기인을 신비화했던 사회적 분위기를 이용해 한 몫 보고자 했는지도 모른다. 실제 삶에서 살인

회고(古典戲曲存目彙考)』, 2권, 829쪽 참고할 것), 궈잉더(郭英德)는 저우량궁(周亮工: 1612-1672년)의 학생인 왕광루(王光魯)의 작품이라고 간주하는 청대 초기의 견해를 받아들이고 있다(『명청전기(明淸傳奇)』, 448-451쪽). 청대 초기의 작품이라는 설은 팡자오잉(房兆楹)이 제기한 것이다(『명대 인명 사전(Dictionary of Ming Biography)』, 2권, 1247쪽). 그러나 치뱌오자(祁彪佳)가 1645년에 죽었고, 왕광루에 대한 다른 어떤 정보도 없다는 점을 감안하면, 왕광루는 그 시기에 이 작품을 지었다고 하기에는 너무 어린 나이였던 것으로 보인다. 어쨌든 작자를 왕광루라고 하더라도 '젠스주런'이나 이 정교한 작품의 구성에 대해서는 아무 것도 시사해주는 바가 없다.

5 뉴욕공립도서관의 스펜서 콜렉션(Spencer Collection)에는 링멍추 판본의 사본 하나가 포함되어 있다(분류번호는 'Chinese 1498').

6 【옮긴이 주】 링멍추에 대해서는 패트릭 해넌(Patrick Hannan)의 『중국 백화단편소설(The Chinese Vernacular Story)』 (Cambridge, Mass.: Harvard University Press, 1981), 140-164쪽을 참고할 것.
패트릭 해넌(김진곤 옮김), 『중국백화소설』, 차이나하우스, 2007.

죄로 수감되었다가 동료 시인들의 도움으로 석방된 후 지나친 음주로 사망한 루난은 나중에 문인들에게 매우 매력적인 인물이 되어서, 『상당연』이 출간되기 전에 이미 백화 단편소설의 주인공으로 등장하기도 했다.[7] 젠스주런은 출판된 소설의 힘에 의지하여 이익을 추구했을 수도 있다.

그러나 우리는 문인 링멍추와 무명의 젠스주런 사이를 지나치게 대조적인 관계로 파악할 필요는 없다. 링멍추 자체도 한두 세기 뒤에 지식인 사회를 지배하게 될 진지한 고증학자와 같은 부류는 아니었다는 사실에 주목해야 하기 때문이다. 링멍추는 자신의 『비파기』 판본을 내게 된 유래를 다음과 같은 환상적인 이야기를 통해 설명하고 있다. 링멍추가 인용한 1498년에 씌어졌다는 서문에서는 편자와 작가 가오밍(高明: 약 1307-약 1371년)의 영혼이 꿈속에 만난 적이 있다고 기술하고 있는데, 그 꿈속에서 가오밍은 편자에게 저승에서 자신의 소송을 도와달라고 호소했다고 한다.[8] 사실 『비파기』의 1498년 판본에 대해서는 입증된 바가 없으며, 링멍추가 기술한 꿈은 『상당연』의 루난만큼이나 허구적인 것임이 분명하다.

그러므로 명대 후기의 희곡 출판은 우리가 겨우 이해하기 시작한 상업적 이익과 사적인 이익과 연관이 있었다. 희곡 출판을 명대 후기의 출판 붐으로부터 별개의 분야로서 분리시켜 연구할 만한 실제적인 이유들이 있다. 희곡의 구조와 운율은 전문화된 출판의 관례를 탄생시켰으며, 희곡은 기술적인 측면과 일화적인(anecdotal)[9] 측면에서 모두 고유한 전승체계를 갖고 있었다. 그러므로 혁신적인 것과 관례적인 것을 구분하는 법을 배우려면 오직 희곡 판본 자체에 대해 자세히 연구해보는 수밖에 없다. 그러나 이 기술적인 문제들은 고립적으로 연구되어서는 안 된다. 왜 이 장르로 자원들이 집중되어서 명대의 모든 인쇄된 판본들 가운데 가장 훌륭한 판본이 만들어졌는지를 알기 위해서는 명대 희곡 출판의 사회적인 측면으로 시선을 돌려야 한다. 희곡 판본의 기획이 그 자체로 표현 행위였다는 것은 분명하다. 개인들은 자신들의 감식안과 영민함, 혹은 과감성을 선전하기 위한 방도로 희곡을 출판했으며, 상업적 출판인들은 대중을 매혹시켰던 느슨한 하위문화를 형성하고 있던 문인 극작가들의 매력을 이용했다. 무대에 올려진 희곡은 공연되는 그 순간의 관객을 위한 공연이었지만, 종이에 인쇄된 전기는 수많은 다양한 독자들이 다양한 방식으로 접근할 수 있게 눈높이를 조정할 수 있는 공연이었다.

---

7 【옮긴이 주】 펑멍룽(馮夢龍), 랑셴(浪仙), 『성세항언(醒世恒言)』 제29권, "루난(盧柟)"(패트릭 해넌의 앞의 책, 122쪽을 참고할 것). 제29권의 원래 제목은 「루 태학이 시와 술로 공후들에게 으스대다(盧太學詩酒傲公侯)」이다.

8 『비파기』의 주인공 차이보제(蔡伯喈)는 극적 전통에서 보면 불효자이자 신의 없는 남편이었다. 꿈속에서 『비파기』의 작자는 자신이 희곡에서 묘사한 인물은 전혀 다른 인물이었는데, 그 인물이 나중에 차이보제와 혼동되었다고 항변했다. 그러나 차이보제는 저승 법정에서 그에게 소송을 제기했다.

9 【옮긴이 주】 여기에서 말하는 '일화적인' 측면은 중국 고대의 이야기들이 전혀 새로운 것이 아니라 이전 시대의 이야기소들이 끊임없이 재생산되어 온 '상호텍스트성(intertextuality, 중국어로는 互文性)'을 갖고 있다는 것을 말한다. 이를테면 당대의 전기 작품인 『앵앵전』이 원대의 잡극이나 명대의 희곡 작품으로 끝없이 재등장하는 것이 그것이다.

장면 설정

젠스주런은 『상당연』 서문에서 강남지역의 한 상인이 예전의 조잡한 판본을 후광(湖廣) 지역으로 가져오자, 탄위안춘이 그곳에서 그 판본을 읽고 평점을 썼다고 주장했다. 그 이야기는 아마 거짓일 테지만, 그것은 티모시 브룩(Timothy Brook)과 마틴 헤이지드라(Martin Heijdra)가 모두 명 왕조의 사회경제적 지평의 변환이라고 묘사한 바 있는 상업과 통신의 혁명을 가리킨다.[10] 상품과 여행자들이 점점 더 쉽게 이동할 수 있었다는 사실로 인해 전국적 규모의 유행이 나타날 수 있었다. 존 다디스(John Dardess)에 따르면, 장시(江西) 지방의 문인들은 한 때 자기 지역에서 만든 가마를 타고 등산했으나, 명대 중엽에는 쑤저우 양식의 교자(轎子: 의자가 달린 가마)를 타고 등산했다고 한다.[11]

이렇게 그물처럼 갈라진 상업과 통신망은 문인 들이 희곡 창작에 다양한 측면으로 참여하는 데 영향을 주었다. 전국적으로 고르지는 않았지만 화폐경제의 확산은 인쇄된 책에 대한 수요를 증가시켰고, 우리는 충분히 이것이 더 많은 희곡 작품의 창작과 출간을 부추겼을 것이라고 추정할 수 있다. 지방희 양식은 전국적인 유행의 일부가 되어서, 남방의 배우들이 베이징과 같은 먼 북방 지역에서도 필요했다. 판각공들은 부유한 고객을 따르거나 도시 중심에 모여서 출판 가능성의 연속체를 창출하고 있었는데, 이에 대해서는 뒤에서 논의하게 될 것이다. 그리고 남동부의 상업화된 도시들, 특히 난징과 쑤저우는 전기와 사곡(詞曲)에 헌신하는 문인들의 공동체를 지원하기에 충분한 부를 창출했다. 이들은 공동으로 자신들의 삶에 대해 매력적으로 묘사한 작품들을 창작해냈다. 이를테면 『금릉쇄사(金陵瑣事)』는 16세기와 17세기 초 난징 문인들의 생활에 대한 멋진 기록이고, 그들이 열었던 시회(詩會)의 연대기였으며, 명대 후기 '정(情)'의 숭배에 대한 그들의 헌신이기도 했고, 그들이 서로 오락으로 삼았던 희곡과 사곡 작품들, 그리고 리바이(李白: 705?-762년)가 그들에게 나타나는 꿈 등이 담겨 있었다.[12] 그와 동시에 지방 상인들의 집합소인 회관(會館)들은 준 공공적인 연극의 주요 공연장이었으며, 행상(行商)들은 여행 도중에 가지고 다닐 수 있는 값싼 희곡 판본들의 주요 고객이었을 것이다. 그리하여 문인과 상인들의 사회생활로 인해 새로운 연극에 대한 수요가 점차 증가했다.

그러나 문인 극작가들과 출판인들은 연극계에서 특별한 지위를 갖고 있었고, 연극은 명대 문인의 정체성을 구성하는 데에 특별한 역할을 수행했다. 연극의 모티프와 음악들은 지속적으로 중국의 일반

---

10 티모시 브룩(Timothy Brook), 『쾌락의 혼돈』; 마틴 헤이지드라(Martin Heijdra), 「명대 농촌의 사회 경제적 발전(The Socio-Economic Development of Rural China during the Ming)」, (Denis Twitchett & Frederick W. Mote eds., The Cambridge History of China, vol.8: The Ming Dynasty, 1368-1644, pt.2,. Cambridge: Cambridge University Press, 1998. pp.417-578)을 참고할 것.

11 존 다디스(John W. Dardess), 『명대 사회: 14세기에서 17세기 사이의 장시 성 타이허 현(A Ming Society: T'ai-ho County, Kiangsi, Fourteenth to Seventeenth Centuries)』(Berkeley: University of California Press, 1996), 39쪽을 참고할 것.

12 저우후이(周暉), 『금릉쇄사(金陵瑣事)』 2권, 1610년(北京: 文學古籍刊行社, 1955 영인).

대중들로부터 나왔지만, 모든 증거들로 볼 때 흥행 가능성이 가장 큰 연극을 제공한 이들은 바로 문인들(즉, 명대 사회를 계층화했던 과거 시험에 최소한 참여했던 적이 있는 이들)이었다는 사실이 드러난다.

명대 후기의 『육십종곡(六十種曲)』에 수록된 작품과 작가들의 출판 빈도에 따라 순위를 매긴 〈표 7.1〉은 명대 후기 연극계에서 문인들의 중심적 지위를 엿볼 수 있게 해주는 양적 증거를 제공하고 있다. 비록 『육십종곡』의 작자 38명 가운데 19명은 이름만 남아있지만, 그들 대부분은 기록이 남아 있을 정도로 두드러진 지위를 갖고 있지 않았던 게 분명한데, 7명은 가장 높은 진사 계층이고, 다른 12명은 과거에 응시하여 어느 정도 지위를 획득했고/했거나 저명한 문인 극작가와 다양한 연관이 있는 사람들이다.[13] 〈표 7.1〉은 가장 널리 출판된 작품의 작자가 진사 지위이거나 진사에 급제를 못했어도 어떤 강력한 문학적 연계를 갖고 있던 사람들이었다는 사실을 보여주고 있다. 『육십종곡』의 극작가들 가운데 이 두 집단에 속한 이들이(상업적 출판이건 개인적 출판이건 상관없이) 3종-10종으로 출판된 15편의 전기 작품 가운데 12편을 창작했다(이 12편 가운데 오직 하나만을 제외한, 그리고 열 명의 작가들의 작품이 모두 상업적으로 출판되었다). 이 목록을 거칠게 두 부류로 구분하자면, (더 많이 출판된) 상반부는(더 적게 출판된) 하반부보다 학위 소지자가 대략 두 배 정도 많다는 사실을 발견할 수 있다.

<표 7.1> 마오진 (毛晉)의 『육십종곡』에 수록된 전기 (傳奇) 판본과 작자 정보

『육십종곡』을 포함한 명대 판본

숫자	제 목	작 자	경 력
>20	비파기(琵琶記)	가오밍(高明)	진사
>20	북서상기(北西廂記)	왕스푸(王實甫)	
10	환혼기(還魂記)1	탕쉬안쭈(湯顯祖)	진사
8	홍불기(紅拂記)	장펑이(張鳳翼)	거인(擧人)
8	옥잠기(玉簪記)	가오롄(高濂)	미상
7	남가기(南柯記)	탕쉬안쭈	
6	수욕기(繡襦記)	쉐진춘(薛近椿)2	진사
6	한단기(邯鄲記)	탕쉬안쭈	
6	유규기(幽閨記)	미상(원대)	
6	완사기(浣紗記)	량천위(梁辰魚)	문인 극작가와 연관됨
5	금전기(金箋記)	저우리징(周履靖)	문인 극작가와 연관됨
5	자차기(紫釵記)	탕쉬안쭈	
5	의협기(義俠記)	선징(沈璟)	진사
5	옥합기(玉合記)	메이딩쭈(梅鼎祚)	관료 가문

13 이것은 쉬숴팡(徐朔方)의 권위 있는 『명말희곡가년보(晩明戲曲家年譜)』(杭州: 浙江古籍出版社, 1993년)를 근거로 정리한 것이다.

숫자	제 목	작 자	경 력
5	남서상기(南西廂記)	리르화(李日華)	문인 극작가와 연관됨
4	천금기(千金記)	선차이(沈采)	미상
4	향낭기(香囊記)	사오찬(邵燦)	미상
3	수호기(水滸記)	쉬쯔창(許自昌)	생원生員
3	홍리기(紅梨記)	쉬푸쭈(徐復祚)	생원
3	분향기(焚香記)	왕위펑(王玉峰)	미상
3	담화기(曇花記)	투룽(屠隆)	진사
3	자소기(紫簫記)	탕쉬안쭈	
3	명주기(明珠記)	루차이(陸采)	관료 가문
3	백토기(白兎記)	미상(원대)	
3	명봉기(鳴鳳記)	미상(명대)[3]	
3	형차기(荊釵記)	미상(원대)	
3	옥환기(玉環記)	미상(명대)	
2	옥결기(玉玦記)	정뤄융(鄭若庸)	생원
2	관원기(灌園記)	장펑이	
2	서루기(西樓記)	위안위링(袁于令)	하급 관료
2	정충기(精忠記)	야오마오량(姚茂良)	미상
2	종옥기(種玉記)	왕팅나(汪廷訥)	연납(捐納)
2	사후기(獅吼記)	왕팅나	
2	심친기(尋親記)	왕링(王錂)	미상
2	금심기(琴心記)	쑨유(孫柚)	미상
2	동곽기(東郭記)	쑨중링(孫鍾齡)	문인 극작가와 연관됨
2	청삼기(青衫記)	가오다뎬(高大典)	진사
2	초파기(焦帕記)	찬번(單本)	
2	금련기(金蓮記)	천루위안(陳汝元)	관직 경력 있음
2	하전기(霞箋記)	미상	
2	금작기(金雀記)	미상	

『육십종곡』에만 수록된 판본

제 목	작 자	경 력
절협기(節俠記)	쉬싼제(許三階)	미상
옥경기(玉鏡記)	주딩(朱鼎)	1850년대 활동
쌍렬기(雙烈記)	장쓰웨이(張四維)	문인 극작가와 연관됨

제　목	작　자	경　력
비환기(飛丸記)	미상	
난비기(鸞鎞記)	예센쭈(葉憲祖)	진사
용고기(龍膏記)	양팅(楊珽)	만력 연간
팔의기(八義記)	쉬위안(徐元)	만력 연간
살구기(殺狗記)	미상(원대)	
투릉기(投梭記)	쉬푸쭈	
사희기(四喜記)	셰당(謝讜)	진사
춘무기(春蕪記)	왕링	
채호기(采毫記)	투룽	
삼원기(三元記)	선서우셴(沈受先)	성화(成化) 연간
쌍주기(雙珠記)	선징(沈鯨)4	미상
회향기(懷香記)	루차이	
증서기(贈書記)	미상	
운벽기(運甓記)	미상	
사현기(四賢記)	미상	
환혼기(還魂記)5	미상	

* 자료 출처: 판본 정보는 좡이푸(莊一拂)의 『고전희곡존목회고(古典戲曲存目彙考)』에 의거함.

작자의 경력과 관료 계급 사이의 연관은 좡이푸의 위 책과 쉬숴팡(徐朔方)의 『명말희곡가연보(晚明戲曲家年譜)』, 진멍화(金夢華)의 『지구거 육십종곡서록(汲古閣六十種曲敍錄)』을 참조함.

1. 『모란정(牧丹亭)』이라고도 하며, 마오진(毛晉)에 의해 약간 개작됨.
2. 이 작자 명칭은 불확실함.
3. 17세기 이후로는 왕스전(王世貞)의 작품으로 알려졌는데, 이것은 전기가 고급 문인에 의해 지어졌다는 문화적 가정을 반영하고 있다.
4. 저명한 음운학자이자 극작가인 선징(沈璟: 1553-1610년)과는 다른 사람이다.
5. 원제는 『환혼기석원개본(還魂記碩園改本)』이다. 현존하는 탕쉬안쭈 전기의 개작본으로서 『육십종곡』에 포함된 모진의 개작본(역시 제목은 『환혼기』이다)과는 다른 것이다.

창작과 출판, 그리고 희곡의 아마추어적인 공연조차도 대개 수용할 만한 문인 활동이었는데, 왜냐하면 그런 행위들이 지적 전통을 요구하는 것으로 간주되었기 때문이다. 『상당연』은 명대 후반기에 꽃을 피워 흥성한 장편의 희곡 형식인 전기(傳奇) 작품이다. 20세기 이전의 중국 희곡이 대부분 그러하듯이 전기는 대사[白]와 노래[唱]가 결합되어 있다. 곡(曲)은 음악적 형식 안에서 나름대로 유형적으로 묶여지는 곡조들(사실은 음조(音調))에 맞춰서 지어진다. 그러므로 하나의 곡은 새로운 음악에 맞춰진 새로운 가사의 경우가 아니다. 그보다는 곡의 작자는 미리 존재하는 곡조에 가사를 '채워 넣는[塡]' 사람이며, 여러 개의 노래들이 연결될 때에는 박자와 운율의 진행에 관한 정해진 규칙을 따랐다. 산곡(散曲) 역시 같은 규칙에 따라 가사를 채워 넣었고, 같은 진행 규칙을 따르는 배열들끼리 묶여서 분류되었다. 중국의 시인과 극작가들은 전대인 원대(1279-1368년) 동안에 곡을 쓰는 이와 같은 기술을 세련되게 다듬었고, 바로 그때에 산곡과 짧고 긴밀하게 구성된 잡극(雜劇)이라고 하는 4절(折)의 연극이 북방 음악의 곡조와 양식에 맞춰 지어졌다. 그 사이에 장편의 전기는 남방의 곡조를 이용하면서 발전해가고 있었다. 명대 초기의 극작가들도 여전히 원대 양식의 잡극을 썼지만, 남방 음악의 운율이 점점 더 엄격하게 규정되어감에 따라 남방 음악의 명성이 점차적으로 올라갔고, 남방의 노래가 명대를 대표하는 장르가 되었다. 명대 후기의 극작가들도 그들 자신이 잡극이라 불렀던 것을 쓰기는 했지만, 이 때에 그것은 북방 음악과 남방 음악이 뒤섞인 짧은 연극에 불과했다(그리고 그것은 아마 4절 이상의 분량이었을 것이다). 쟝시 문인들이 선호했던 교자처럼, 16세기 초에 남방 음악은 전국적으로 유행하게 되었다. 남방의 시인들은 물론이거니와 북방의 시인들도 이 전국적인 유행을 만들어내는 데 기여했다. 산시(陝西) 출신의 캉하이(康海: 1475-1540년)와 왕쥬쓰(王九思: 1468-1551년)는 1520년대에 북방 음악과 남방 음악의 대가들의 작품 선집을 펴냈다.[14] 그 결과로 산곡과 잡극이라는, 문인 생활에 깊이 융합된 두 장르로 이루어진 풍부한 문화가 탄생하였다. 희곡의 노들은 본래의 맥락에 한정되지 않았다. 곧 오락은 개인의 저택이나 궁정, 명승지 등의 모임에서 유행하는 항목이었으며, 그곳에서 공연되는 노래들은 산곡이나 극적인 곡 둘 중 하나였을 것이다. 그러므로 난징의 지식인들 중에서 남과 어울리기 좋아하는 어떤 사람은 똑같은 노래를 연극의 일부로 듣거나 연회의 배경음악으로 들었을 것이며, 만약에 그가 진정한 애호가였다면 저녁 내내 동료들과 친숙한 곡조에 새로운 가사를 즉흥적으로 지어 넣는 시합을 했을지도 모른다. 이런 환경으로 인해 희곡 창작은 점차 매력적인 것으로 여겨졌으며, 1570년대부터 1630년대까지는 전기 창작의 황금기였다.

전기 창작의 이 황금기는 명대 출판의 황금기와 일치한다. 이 책에서 루실 쟈가 제시한 정보들은 1570년대부터 1630년대까지 도서들이 이전의 그 어떤 시기보다 다양한 주제로 출간되어서 더 많은 독자들에게 제공되었음을 보여준다(이 책의 세 번째 글 참고할 것). 출판된 책들은 소장 가치가 있었을 것이기 때문에, 이 시기는 명대 장서루 건립의 황금기이기도 했다. 현존하는 인쇄본(희곡 판본을 포함해서)에서 볼 수 있는 인장(印章)들은 그러한 책들이 도장을 찍어서 소장할 만한 가치가 있었다는 것을 보여준

14 캉하이(康海)의 『반동악부(沜東樂府)』 (上海: 上海古籍出版社, 1986년)와 왕쥬쓰(王九思)의 『벽산악부(碧山樂府)』, 『미피집(渼陂集)』 3권(臺北: 偉文圖書出版社, 1976년)을 참고할 것.

다.[15]

희곡 작품은 명대 후기의 도서 시장을 깊숙이 관통하고 있었다. 루실 쟈의 통계에 따르면, 희곡 작품과 노래들은 난징의 방각본 전체의 거의 사분의 일을 차지하고 있었다. 이런 대중성은 사회적 위상을 획득해야 할 필요성과 관련이 있었을지도 모른다. 공연되거나 인쇄되거나에 상관없이 희곡 작품들은 고급문화의 전통을 흡수하는 가장 유쾌한 방법이었기 때문이다. 예를 들어서 가정 연간(1522-1567년)의 무관(武官) 가오루(高儒: 1522-1567년)는 그의 개인적인 도서목록의 '사부(史部)'에 정식 역사서뿐만 아니라 역사적 내용의 희곡 작품들까지 수록했다.[16]

희곡 작품들은 두 가지 형태 즉, 완전한 판본과 저명한 작품의 유명한 장면을 발췌하여 모은 선집의 형태로 출판되었다(이 선집들에는 두 가지 유형이 있다. 하나는 여행자나 일반 독자들을 위해 유용한 정보를 드문드문 끼워 넣어 만든 노골적으로 상업적인 선집들이고, 다른 하나는 종종 서로 간에 공연을 보여주기 위해 모이는 교양 있는 애호가들을 겨냥하여 문인들이 편찬한 사곡(詞曲) 선집이다).[17] 온전한 전기 작품을 출간하려면 많은 투자가 필요했다. 왜냐하면 전기는 분량이 40-50착(齣)이나 되며, 인쇄된 전기 작품에는 점점 삽화가 필요하다고 여겨지고 있었기 때문이다. 그렇긴 해도 그것들은 인기가 있었기 때문에, 본서에서 루실 쟈와 로버트 헤겔이 서술하고 있는 방각본에서부터 문인의 '당(堂)'이나 '각(閣)'에서 간행한 단행본(이런 이름으로 간행된 것들은 겨우 한두 개 판본에 지나지 않긴 하지만)[18]에 이르기까지 어느 정도 선택의 범위를 보장받을 수 있었다.

명대 희곡의 지속적인 출간과 그것을 통해 조장된 사회적 관계들은 목판 인쇄술의 성격 때문에 가능했다. 고급의 책을 출판하기 위해서는 서예가와 디자이너, 그리고 판각공 등 다양한 기능을 가진 수많은 기능공들의 협력이 필요했다. 이런 기능공들과 자원들은 상업적 체제 속에서 조직될 수 있었지만, 방대한 규모의 다양한 책을 출간하기 위해서는 분명히 협력을 통한 능률과 규모의 경제가 필요했다. 거기에 관련된 모든 인원과 재료들은 이동과 휴대가 가능했기 때문에 거의 어느 곳에서나 임시 작업장이 세워질 수 있었다. 1570년대에 현령 장루(張鹵)는 『황명제서(皇明制書)』의 출간을 지시하며 이

---

15 티모시 브룩(Timothy Brook)의 『쾌락의 혼돈』, 169-170쪽과 크레이그 클루나스(Craig Clunas)의 『근대 중국 초기의 그림과 시각성(Pictures and Visuality in Early Modern China)』 (Princeton: Princeton University Press, 1977) 169-170쪽을 참고할 것.

16 가오루(高儒)의 『백천서지(百川書志)』 (上海: 上海古籍出版社, 1995년), 7-11권과 크레이그 클루나스의 앞의 책, 35-36쪽을 참고할 것.

17 이 선집들에 대한 케스린 로우리(Kathryn Lowry)의 개척적인 연구에서는 이 선집들이 아마도 상인이었을 남성 여행자들을 위한 것이었음을 가리켜 보여주는 삽화들을 사용했다. 루실 쟈(Lucille Chia)는 희곡 선집들이 명대 푸젠 젠양의 저가 도서 출판인들이 간행한 도서 목록 가운데 주요 항목이었음을 보여준다. 케스린 앤 로우리(Kathryn Anne Lowry), 『명말의 대중 가요의 전파(The Transmission of Popular Song in the Late Ming)』 (Harvard University 박사논문, 1996), 266-276쪽과 루실 쟈(Lucille Chia)의 『영리를 목적으로 한 출판: 푸젠 성 젠양(建陽)의 상업적 출판인들(11세기-17세기)(Printing for Profit: The Commercial Publishers of Jianyang, Fujian(11th-17th Century)(Harvard-Yenching Institute Monograph Series 56, Cambridge, Mass.: Harvard University Asia Center, 2002), 241-242쪽을 참고할 것

18 물론 상업적 출판인들도 자신들의 작업실에 그런 이름들—당(堂), 각(閣), 재(齋) 등등—을 사용하곤 했다. 그러므로 실질적으로 출판자의 이름만 가지고 어떤 책이 문인 개인에 의해 간행되었는지 아니면 사업체로 출간되었는지를 구별하기는 어렵다.

렇게 썼다: "이런 목적을 달성하기 위해 나는 현의 담당 관리들에게 지시하여……남은 은자(銀子)를 써서 필요한 목판을 사고, 훌륭한 서예가와 판각공들을 불러 모으게 했다."[19] 또 후이저우(徽州)에서 뤼쿤(呂坤)의 『규범(閨範)』을 간행할 준비를 하도록 지시하는 다음 글도 주목할 만하다. "나는 같은 마음으로 출자할 친구들을 얻어, 옛날 책의 양식으로 된 각판(刻板)을 갖고 있다.……판각공들은 편찬자의 노력에 부응하여 일을 시작하려 했다." 그런데 최초의 후원자가 갑작스럽게 죽는 바람에 그 사업을 떠맡게 된 그중의 한 친구는 비통한 어조로 이렇게 진술했다. "기능공들이 막 모였을 때(鳩工) 그가 죽었다."[20] 우리가 '사각본(私刻本)' 또는 '문인 판본'이라고 부르는 것들은 이런 방식으로 개인의 '당'이나 '각'에서 출간되었을 것이다. 그게 아니면 편찬자들은 자신들이 기획한 것을 정평있는 판각공들이 운영하는 작업장으로 보냈을 것이다.

사각본을 간행한 데에는 우정, 가족, 사제관계, 어떤 유명한 작품과 관련을 맺고 싶은 열망, 혹은 어떤 희귀한 판본이 일실되지 않기를 바라는 열망과 같은 여러 가지 가능한 동기들이 있었을 것이다(이런 식의 서적 애호가에 의한 구제—『상당연』의 간행 목적도 그런 예 가운데 하나인데—는 극작가가 아닌 많은 사람들에게 극장의 매력과 관련을 맺을 수 있는 길을 제공해주었다). 그리고 결국 많은 문인 극작가들이 자기 작품의 출판을 관장했다.

그러나 실제로 명대 후기의 사업적 출판과 개인 출판의 영역은 밀접한 관련이 있었다. 왜냐하면 사적인 출판의 열기는 난징과 같은 주요 중심지에 상업적 출판인들이 집결됨으로써 형성된 대규모 판각공 집단에 의지했기 때문이다.[21] 이 판각공들은 충분한 재력이 있는 어떤 후원자라면 누구나 부릴 수 있는, 빼어난 기술을 갖춘 프리랜서들이었다. 인기 있는 전기 작품들은 상업적 출판인들과 개인적인 출판인들 모두에게서 출판되었으나, 별로 눈에 띄지 않는 작품들은 한두 개의 사각본만으로 간행되던 게 상례였다. 또 그런 경우 출판인들은 인쇄 사업 자체를 스스로 조직해야 했다.[22] 후이저우(徽州)의 부유한 극작가로서 우리가 아래에서 다시 만나보게 될 왕팅나(王廷訥: 약 1569-약 1618년)는 방각본과 사각본을 구별하는 것이 얼마나 어려운지를 잘 보여준다. 그는 자기 재산으로 상당히 큰 규모의 출판사인 환추이탕(環翠堂)을 꾸리고 있었고, 그것을 거의 전적으로 자신의 작품들을 출판하는 데에만 이용했지만, 그러고 나서 자신의 희곡 작품을 대중에게도 팔았다.[23] 그보다 훨씬 더 유명한 펑멍룽(馮夢龍: 1574-

19 『황명제서(皇明制書)』(上海: 上海古籍出版社, 1995년) 서문.

20 뤼쿤(呂坤), 『규범(閨範)』, 1617년 후이저우 판본. 하바드-옌칭(Harvard-Yenching) 도서관에는 이 판본의 중각본이 있는데, 제목은 『영인명각규범사권(影印明刻閨範四卷)』이다(발행지 미상, 장닝(江寧) 尉氏, 1927년).

21 전기의 상업적 출판은 만력 연간(1573-1620년)에 절정을 이루었고, 사각본은 숭정 연간(1628-1644년)에 유사한 절정을 이루었다.

22 사실상 상업 출판 규모가 출판에서 상업적인 면모를 더 보여주긴 하지만, 실제로는 상업적인 판본보다는 사각본의 출판이 훨씬 많았다.

23 낸시 베를리너(Nancy Berliner), 「왕팅나와 후이저우에서의 삽화본 출판(Wang Tingna and Illustrated Book Publishing in Huizhou)」(Orientations 25 · 1, 1994)를 참고할 것. 이 예는(그리고 아래에 제시된 펑멍룽(馮夢龍)은) 이 책의 1장에서 논의한 바와 같이 상업적 출판과 문인 출판이 겹치고 있다는 점을 설명한 바 있다

1646년)은 많은 책을 선집하거나 편찬하고, 중간(重刊)해서 우리에게 명대 후기의 백화문학에 대해 많은 것을 알게 해준 사람이다. 그런데 그 또한 자신이 창작한(또는 개작한) 전기 작품들을 판매했으며, 쑤저우에 있는 그의 출판사인 묵감재(墨憨齋)에서 출판했다.

이렇게 출간된 희곡 작품들은 공연과 복잡한 관계를 맺고 있는데, 이에 대해서는 뒤에서 논의될 것이다. 명대 말엽에는 대중을 위한 상업적인 극장이 거의 없었다.[24] 오히려 공연들은 배우들과 관중들이 특별한 사회적·의례적 목적을 위해 모인 장소에서 거행되었다. 희곡의 공연은 사회적 행사를 위해서, 또는 가족이나 가문의 제례 의식을 빛내기 위해서 개인의 저택에서 공연되었다. 그리고 그것들은 종종 문인과 기녀들이 공연장에 모였을 때에 무대에 올려졌다. 배우들은 상업성을 기대할 수 있는 시장과 지방의 수호신들을 기리는 사묘의 제례에 쓰이는 공연을 위해 고용되었다. 희곡은 상인들의 회관(會館)에서도 공연되었다. 그런데 이곳은 희곡계 전체를 위해 가장 중요한 경제적 원조를 제공했던 장소였고, 문자 그대로 상업의 전당 또는 뭐가 됐든 간에 재물신을 위한 사원이었다. 공공 극장이 없었고 사각본을 출간하는 것이 상대적으로 쉬웠다는 것은 극작가들이 그들의 작품을 극장 소유주나 출판 전문가들에게 자동적으로 넘길 필요가 없었다는 것을 의미한다. 극장 소유주나 출판 전문가들은 그 작품을 자신들의 것으로 만들어버리곤 했는데, 이제 그런 위험이 없어진 것이다. 아마추어 가수들은 대중적인 연극을 끊임없이 고쳤지만, 극작가들이나 그들의 친구들은 자신들의 사적인 판본을 마음대로 내놓을 수 있었기에, 그런 작품들을 자기표현의 수단으로 삼았다.

명대 희곡 판본의 혁신

명대 중엽에서 후기까지 희곡과 희곡 출판의 동시적인 번영은 어떤 의미에서 새로운 매체를 통한 새로운 장르의 출현이었다고 할 수 있다. 물론 목판 인쇄는 여러 세기의 역사를 가지고 있었기 때문에, 명대에 이르러는 인쇄된 책이라는 것은 전혀 신기한 것이 아니었다(이에 대해서는 조셉 맥더모트(Joseph McDermott)가 쓴 이 책의 두 번째 글을 참고할 것). 그리고 로버트 헤겔이 보여주었듯이, 11-15세기에는 삽화본 소설이나 교훈적인 문학의 출판에서 큰 진전이 이루어졌다.[25] 그리고 희곡은 중국에서는 목판인쇄만큼 오래되지는 않았지만, 1570년대 이전의 3세기 정도의 시간 동안 북방에서 성숙했고, 원·명 교체기

24 싸이싱 융(Sai-shing Yung)의 「한단기에 대한 비판적 고찰(A Critical Study of Han-tan ji)」(Princeton University 박사논문, 1992), 122쪽에서는 탕셴쭈(湯顯祖)의 『모란정(牡丹亭)』을 상업적으로 공연한 예가 있었을지도 모른다는 견해를 피력했다. 이 점을 주목하게 해준 캐서린 스와텍(Catherine Swatek)에게 감사한다. 대중을 위한 희곡과 노래 공연은 쑤저우의 후츄(虎丘)에서도 있었다. 후츄에서 공연된 부스천(卜世臣)의 전기 작품 『동청기(冬青記)』에 대해서는 『고전희곡존목회고(古典戲曲存目彙考)』, 2권, 876쪽을 참고할 것.

25 로버트 헤겔(Robert Hegel)의 『삽화본 소설』, 164-191쪽을 참고할 것.

에는 남희(南戲)의 몇몇 주옥같은 작품들이 창작되어 출간되었다. 현존하는 판본들을 보면 15세기 초에 성행한 잡극 창작의 분위기가 잡극 출판의 작은 절정으로 이어졌음을 알 수 있다.[26] 그러나 인쇄된 희곡 작품의 총량이 이보다 많았던 적이 없고, 15세기에는 도서 출판이 일반적으로 하락 추세에 있었기 때문에, 1550년경 이후로 시작된 출판 열기가 많은 이들에게 피부에 와 닿을 정도로 유행했던 것은 틀림없는 사실이다. 로버트 헤겔이 지적한 것처럼 만력 연간(1573-1620년)에는 새로운 제본 양식과 삽화의 새로운 유행, 그리고 인쇄 문자의 표준화가 이루어짐으로써 책들은 더 읽기 쉬워지고 구매자들에게도 더 매력적인 상품이 되었다.[27] 이와 같이 삽화가 들어 있는 희곡 작품들은 명대의 독자들에게 새롭고 매력적인 형태로 포장되었다. 그리고 음악과 언어적인 면에서 이전 시기의 남곡(南曲)에 뿌리를 두고 있었음에도 전기(傳奇) 자체는 새로운 것으로 여겨졌다. 만력 연간의 전기 작가들은 여전히 그 장르의 규칙을 체계화하는 곡률서(曲律書)들을 만들어내고 있었다.

비록 명대 후기가 되기 전까지는 어느 시기에도 전체 인쇄본의 수량에서 두드러진 위치를 차지한 적이 없지만, 삽화본 희곡 작품들은 만력 연간 이전부터 출판되고 있었다. 16세기 중엽 이전에 희곡 출판인들은 여전히 소설과 불경, 『열녀전(列女傳)』과 같은 전형적인 전기(傳記)를 위해 개발된 형식들을 시험하고 있었다. 『잡극교홍기(雜劇嬌紅記)』의 선덕 연간(1426-1436년) 판본에는 본문의 한 페이지마다 맞은편에 페이지 전체를 차지하는 삽화를 끼워 넣었으며, 원대 후기에 나온 『백토기(白兎記)』의 조잡한 삽화가 들어 있는 1470년대 판본에도 각 장면마다 한 페이지 전체를 차지하는 삽화가 삽입되어 있다. 원대 왕스푸(王實甫)가 지은 『서상기(西廂記)』의 유명한 베이징 판본(1498년)에서는 오랫동안 역사소설의 출판에서는 이미 널리 상용화되어 있던 상도하문(上圖下文)의 형식이 사용되었다. 1498년의 『서상기』는 16세기 이전에 인쇄된 희곡 작품의 절정이었다. 곧 그 판본은 매우 읽기 좋아서, 야오다쥔(姚大鈞)은 이 판본의 '상도하문'으로 된 삽화형식이 무대에 올려진 연극을 훨씬 뛰어넘는 지속성과 사실적인 힘을 가졌다고 지적했다.[28] 그러나 본래부터 '삽화' 형식은 연속적인 서사보다는 척(齣) 단위로 구성된 전기 형식에 더 적합한 형식이었기 때문에, 결국 다른 형식들이 좀 더 오래 지속되었다.

그리고 삽화가 이제 크게 새로울 것 없는 형식으로 정착되었을 때, 그와 동시에 일어난 부 텍스트(paratext)에 있어서의 혁신은 희곡 작품을 극작가들과 출판인들로 이루어진 공동체를 유지시켜주는 일

---

26 중국국가도서관과 타이완 중앙연구원 푸쓰녠 도서관(傅斯年圖書館)의 서목에 나열된 선덕(宣德) 연간(1426-1436년)의 목판본 잡극 목록을 참고할 것(이 판본들에는 삽화가 없다).

27 로버트 헤겔(Robert Hegel)의 『삽화본 소설』, 97-127쪽을 참고할 것

28 야오다쥔(Yao Dajuin), 「희곡 읽기의 즐거움: 『서상기』 홍치 판본의 삽화들(The Pleasure of Reading Drama: Illustrations to the Hongzhi Edition of The Story of the Western Wing)」(Stephen H. West & Wilt L. Idema, eds. and trans., *The Moon and the Zither*, Berkeley: University of California Press, 1991), 437-468쪽을 참고할 것.

종의 수단으로 바꾸어 놓았다. 연극의 장면들을 그린 것 이외에도 작가와 독자, 출판인 사이의 복잡한 관계를 만들어낸 각종 서문과 평점, 발문(跋文)과 같은 본문 이외의 구성요소들이 발전되었다. 리카이셴(李開先: 1501-1568년)이 지은 『보검기(寶劍記)』의 1547년 판본은 특징적인 명대 후기의 희곡 판본을 논의하는 출발점이 될 수 있을 것이다. 이 『보검기』는 삽화가 없지만, 이런 종류의 판본이 명대가 끝날 때까지 고품격 희곡 인쇄본을 특징짓는 광범위한 조건을 정착시켰다..

이 판본의 서문에서는 『보검기』가 심지어 당시에 가장 유명한 전기 작품인 『비파기(琵琶記)』보다 뛰어난 작품이라고 추켜세우고 있다. 그 서문의 저자는 리카이셴의 재능을 의심하는 이들을 철저히 매도했다. 그리고 그렇게 뛰어난 인물이 왜 벼슬살이를 하지 못했느냐는 어느 가상적인 인물의 질문에 대답하면서(리카이셴은 가정 연간에 조정에서 벌어진 어떤 사건으로 인해 파직되었다), 그 서문의 저자는 전기와 사곡(詞曲)이 회재불우(懷才不遇)한 문인에게 부조리에 대한 인식을 토로할 수 있는 완벽한 수단이라고 설명했다.

두 개의 발문에서는 진정한 지음자(知音者)가 알아야 할 것을 제시함으로써 리카이셴의 재능을 구체적으로 칭송한다. 그것은 바로 개별적인 곡과 조곡을 어떻게 구성할 것이며, 남곡과 북곡의 강(腔) 및 모든 운율과 언어의 세세한 항목들을 어떻게 다뤄야 하는가이다. 첫 번째 발문은 리카이셴이 스승으로 모신 바 있는 유명한 곡(曲) 작가인 캉하이(康海)와 왕쥬쓰(王九思)의 말을 인용하여, 리카이셴의 주장이 전문가의 의견과도 일치한다는 점을 입증했다. 두 번째 발문은 왕쥬쓰가 쓴 것인데, 여기서 그는 자신과 캉하이, 리카이셴이 모두 서로의 곡집(曲集)을 출판했다고 말하고 있다.

우리가 리카이셴의 희곡 앞 뒤 서와 발에서 보게 되는 것은 첫 번째로 잘 알려진 권위자의 집단에 속해 있다는 의식이고(이 집단은 부분적으로 그들이 서로의 작품을 출판해주는 방식으로 구성되었다), 두 번째는 그런 권위를 가능하게 만들어준 일련의 기교들이며, 세 번째는 곡을 쓴다는 것이 문인들에게 걸맞은 행위라는 사실을 이해하는 것이고, 네 번째는 출판된 희곡을 스스로를 광고하는 수단으로 이용했다는 것이다. 리카이셴은 가반(家班)을 운영하면서 어디를 가든 자신의 『보검기』를 상연했지만, 그가 그렇게 많은 찬사를 받고, 또 그것을 널리 알렸던 것은 종이에 먹을 묻힘(즉 상연으로써가 아니라 희곡집을 써 냄)으로 써였다.

하지만 이렇게 이른 시기에 지면 상의 희곡은 만력 후기에 이르러 성취하게 될 예상 가능하고 상대적으로 통일된 외양을 갖고 있지 않았다. 인쇄된 희곡에 대한 만력 연간의 관습으로는 글자 크기를 달리해서 대사(白)와 노래(唱)를 구분하고, 각각의 행의 머리 부분에 곡조의 제목을 올려두었는데, 이러한 방식은 이미 15세기 초의 수많은 잡극 판본에서 시행된 것이었다. 그러나 선덕(宣德) 연간의 잡극 『교홍기(嬌紅記)』 삽화본에서는 그렇지 않았다. 이러한 관습은 1498년의 우아한 『서상기』 판본에서는 따랐지만, 1547년 『보검기(寶劍記)』에서는 무시되었다. 1547년의 『보검기』에서는 지면 상의 위치나 글자

크기, 그 어느 것도 곡조의 제목이나 노래 또는 대사를 구분하지 않았다.[29] 그리고 『보검기』의 1547년 출판자는 나중에 표준적으로 통용될 어떤 것에 대해 확신을 갖지 못하고 있었는데, 그것은 행서(行書)로 새겨지게 함으로써 본문의 나머지 부분으로부터 서문을 분리한 것이었다. 이러한 가정 중엽의 판본에서 출판자는 양해를 구하고 서문을 해서로 다시 인쇄하는 것으로 혹시라도 있을지 모를 비난에 대비했다. 이 출판인이 누구였는지는 불확실한데, 서문에서는 산둥(山東)에 있는 리카이셴(李開先)의 고향 마을의 현령이었을 것이라는 사실을 암시하고 있다. 그는 단순히 그 지역의 판각공들을 끌어모아 자신의 아문(衙門)에서 일을 시켰을 것이다.

만력 연간까지 인쇄된 희곡의 물리적인 외양은 리카이셴이 의도했던 정교함에 들어맞을 정도로 발달했다. 인쇄 관습의 표준화는 희곡을 외양 면에서 예측 가능하게 해, 이로 인해 읽기 쉽게 만들었으며, 엘리트 계층의 개인 출판인들은 이러한 관습들에 대해 숨김없이 의견을 교환함으로써 자신들의 전문가적 식견을 드러내 보였다. 명말의 몇몇 개인 출판인들은(그들 가운데 링멍추는 자신의 『비파기』 판본에서) 독자들에게 곡 이외의 단어와 구절(襯字)이 세서(細書, 더 작고 더 정묘한 글자들)로 인쇄됨으로써 원래의 곡과 구분될 것이라고 조언했다.[30] 이미 산실된 가정 연간에 인쇄된 『비파기』의 획기적인(그리고 아마도 가짜였을) 17세기 초 필사본의 "재구"는 우리에게 명의 감식가들이 인쇄된 희곡의 외양에 대해 얼마나 예민하게 굴었는지를 보여주고 있다. 그 필사본의 제작자인 루이뎬(陸貽典)은 자신의 서에서 그가 본 적이 있다고 주장한 원대 판본에서 대사와 노래, 곡조의 제목이 지면상에 얼마나 정확하게 위치해 있었는지에 대해 언급했다.[31]

만력 연간 47년 동안의 그림과 서문과 평점의 발달은 어떤 식으로든 리카이셴이 문인을 우선순위에 놓아야 한다고 주장했던 것이 방각본이든 사각본이든 명말의 희곡 판본에서 표준으로 자리잡아가고 있었다는 것을 보여준다. 샤오리링(蕭麗玲)은 명대 희곡 삽화에서 가장 중요한 변화는 만력 연간의 발달이었다는 사실을 지적했는데, 그것은 대부분의 그림 공간을 채우는 주인공으로 공연을 환기시키는 그림(〈그림 27〉을 볼 것)으로부터 산수화 스타일의 삽화로의 변화였다. 후자의 경우 더 커진 원경 속에 있는 주인공들을 보여주기 위해 카메라 렌즈가 뒤로 물러서고 있는데(〈그림 28〉을 볼 것), 이렇게 함으로써 무대의 단일한 순간을 모방한 것 이면에 있는 희곡의 의미를 관조하게 만든다. 좀 더 이른 시기의 커다란 인물의 삽화들은 일반적으로 희곡의 텍스트 전체에 중간 중간 삽입되어 있지만, 조금 뒤에 나온 산수화 스타일의 삽화들은 문인의 화첩 풍으로 책 앞쪽에 모아져 있는 것이 상례였다.[32]

---

29 (명대 말기까지, 최소한 몇 개의 필사본이 인쇄된 희곡의 관습을 흉내내고 있었지만) 이것이 대부분의 명대 희곡 필사본의 모습이다.

30 『고본희곡총간』 2집에 실려 있는 왕지더(王驥德)의 『제홍기(題紅記)』 (『고전희곡존목회고(古典戲曲存目彙考)』 2권 890-891쪽)와 부스천(卜世臣)의 『동청기』 (『고전희곡존목회고』 2권 875-876쪽)의 서문 등을 볼 것.

31 『비파기』 (『고전희곡총간』, 제1집). 『고전희곡존목회고(古典戲曲存目彙考)』 1권 13쪽을 볼 것.

32 샤오리링의 「판화와 극장—스더탕간본 『비파기』로 본 만력 초기 판화의 특색(版畵與劇場—從世德堂刊本『琵琶記』看萬曆初期版畵之

<그림 27> 『환혼기(還魂記)』 제 10척(1.20a)의 공연을 재현하는 삽화의 예. <그림 28>에 나오는 후대의 산수화식 삽화와 비교해 볼 것. 뉴욕 공립 도서관(New York Public Library)의 스펜서 컬렉션(Spencer Collection).

<그림 28> 『비파기(琵琶記)』(6.a)에 있는 산수화식 삽화의 예. 링멍추(凌濛初)의 천계(天啓) 연간(1621-1628) 판본. 뉴욕 공립 도서관(New York Public Library)의 스펜서 컬렉션(Spencer Collection).

샤오리링은 이렇게 문인 풍으로 발달한 것이 전기의 문화적인 지위가 상승한 것, 곧 곡을 만드는 것이 문인의 정당한 활동이었다는 생각이 점차 증가했던 것과 일치한다고 주장하고 있다. 산수화 풍의 삽화로 옮아간 것은 만력 연간 마지막 15년 동안 상당히 유행했으며, 이것은 개인적인 문인 판본들에서 주목할 만한 움직임이 일어났던 것과 궤를 같이 한다. 하지만 샤오가 주장한 대로, 스타일상의 변화는 이를테면 만력 연간 룽위탕 본 『비파기』에서와 같이 고품격의 상업적 희곡의 출판에서 가장 먼저 나타난다.[33] 그리고 만력 연간 초기에 나온 사각본들은 여전히 인물을 크게 그렸는데, 본질적으로 공연 장면을 모방해 중간 중간에 삽입된 삽화들은 만력 초기 방각본의 특징이었다. 역설적으로 문인의 화첩과 동일시되는 하나의 스타일로의 발달은 문인이라는 지위를 이용하려 혈안이 된 상업적인 부문에 의해 이끌어졌을 수도 있다. 어느 경우든 위에서 지적한 대로, 세부묘사가 훌륭하고 우아하게 조각된 만력 후기와 숭정(1628-1645년) 연간의 삽화 스타일은 삽화가와 판각공이 갖고 있는 기능의 지위 상승을 가능케 했을 경제 조건을 탄생시켰던 상업 출판의 흥기에 많은 빚을 지고 있다.

1600년대 초에 이르러 고급화된 스타일은 원숙한 경지에 달하게 되는데, 이러한 스타일은 문인들이 자신을 표현하는 표준적인 스타일 중에서 서문이나 평점, 예술에 대한 선호와 같은 형식적 특징

特色)」(『藝術學』 5, 1991.), 133-184쪽.

33 이런 삽화들은 화첩 형식으로 되어 있지는 않지만, 산수화 스타일로 그려져 있었다.

들을 이끌어낸 것이었다. 그 이후로 현재 남아 있는 문인 희곡은 상당히 일관된 외양을 드러내 보이게 된다. 왕팅나의 1608년 『삼축기(三祝記)』에는 여전히 커다란 인물과 무대를 모방한 삽화들이 텍스트 전체에 걸쳐 군데군데 삽입되어 있지만,[34] 우리는 새로운 스타일의 전형적인 예를 관리에서 극작가로 돌아선 천위쟈오(陳與郊; 1544-1611년)가 펴내고 출판한 『앵도몽(櫻桃夢)』에서 볼 수 있다.[35] 천위쟈오의 1604년 판 『앵도몽』에 들어간 삽화는 화첩 풍으로 판본 맨 앞쪽에 모아져 있는 산수화 스타일 인쇄의 우아한 예이며, 반 세기 앞선 시기의 『보검기』의 출판자가 자신 없어 했던 것과 달리, 천위쟈오는 행서 체의 서문을 매우 편안하게 받아들였다. 그의 판본은 두 개가 있는데, 첫 번째 것의 서문은 문인 출판인이자 극작가들의 친구인 천지루(陳繼儒, 1558-1639년)에 의한 것이고, 두 번째 것은 천위쟈오 자신에 의한 것인데, 자신의 필명을 쓰는 한 인물로 가장하여 글을 쓰면서 자신의 또 다른 필명을 쓰는 인물을 방문하는 상황을 묘사하고 있다. 그 어떤 서문도 천위쟈오의 이름을 확실하게 거명하고 있지 않은데, 당시 문인의 서문은 종종 작자가 독자와 즐기는 정교한 게임이곤 했다.[36]

하지만 문인이 항상 선도해 나갔던 것은 아니었다. 삽화의 스타일에서와 마찬가지로, 상업 부문에서 구두와 점판(點板) 표기에 관해 규범을 세우고, 문인들은 그들 자신의 전문 지식을 강조하는 방식으로 그런 규범에 따랐을 지도 모른다. 명대에 인쇄된 희곡 판본들에는 곡조가 표기되어 있지 않지만, 종종 박자나 휴지와 같은 점판 시스템을 표기하고 있다.[37] 점판 표기는 확실히 상업적인 고려에서 나온 것이었다. 만력 연간에 나온 수많은 상업 판본들에는 표지에 "점판과 삽화를 넣어 새롭게 인쇄했음"이라는 광고가 있었다.[38] 왕지더(王驥德; 약 1560-1625년)의 『제홍기(題紅記)』와 부스천(卜世臣; 약 1611년 경에 활동)의 『동청기(冬青記)』는 점판 표기가 추가되었을 뿐만 아니라, 서문이나 발문에서 이에 대해 논의하기도 했던 사각본의 예이다. 여기에서 두 사람은 점판을 사용함으로써 그들 스스로를 전기 작법의 필요조건에 대해 무지했던 "시골 선비(村學究)"들과 구분짓고 있다고 주장했다. 이와 비슷하게 대부분

34 왕팅나의 환추이탕 판본의 경우 이것은 모두 사실이다.

35 『고본희곡총간』 제2집. 천위쟈오에 대해서는 쉬쉬팡의 『만명곡가년보(晩明曲家年譜)』 2권, 395-440쪽을 볼 것.

36 이 희곡의 작자 문제는 의심의 여지가 없다. 천위쟈오는 이것을 스스로 출판한 자신의 네 가지 전기 작품에 포함시켰다. 『명대 인명 사전(Dictionary of Ming Biography)』 1권, 189쪽.

37 명대 점판 표기에 대해서는 좀 더 연구가 필요하다. 선징의 곤곡 곡률서(아래에서 논의된)와 왕지더의 『곡률(曲律)』에서는 모두 점판(點板)/판안(板眼)의 위치와 용어에 대해 논의하고 있다. 리차드 스트라스버그(Richard Strassberg)는 「곤곡의 창법과 음악적 표기」(*Chinoperl Papers* 6, 1976. 45-81쪽)에서 곤곡의 표기에 대한 현대의 논문을 번역했는데, 여기에서 다룬 판안 시스템에 관한 논의는 명대의 용법을 해명하는 데 유용할 것이다. 명대에 출판된 희곡에서의 점판 표기는 전형적으로 다음의 네 가지 기호, 곧 경(輕)과 중(重)의 가로 표식과 눈물 방울 모양의 표식, 그리고 "L" 자 모양의 표식만 사용했다.

38 명대의 점판 표기의 명백한 대중성은 독자 반응과 인쇄된 희곡의 문화적 기능이라는 측면에서 전반적으로 분석될 필요가 있다. 점판 표기는 독자가 희곡을 읽을 때 음악을 "듣는 데" 도움이 되었는가? 상업적 출판인들이 점판 표기를 포함시킴으로써 어떤 집단의 독자들을 타겟으로 삼았나? 문인 출신의 저자 겸 출판인이 점판에 매혹되었으리라는 것은 이해하기 쉽다. 왜냐하면 그런 곡률서들은 점판을 자신들의 표준화된 전문지식의 한 부분으로 삼았기 때문이다.

의 만력 연간 상업 출판인들은 대사(白)와 노래(唱) 모두에 작은 권점(圈點)으로 구두했는데, 부스천은 자신이 권점을 사용한 것은 각각의 문장의 종지를 표시하기 위한 것이었다고 부언했다.[39]

이러한 고급화된 판본들이 모두 절대적으로 비슷한 것은 아니었고, 우리가 볼 때는 사소해 보일 수도 있는 형식적인 특징들이 서로 다른 지향점을 보여줄 수도 있었다. 17세기 초까지만 해도, 점판 표기를 포함시킬 것인가 하는 문제는 약간은 논란거리가 되었다. 링멍추의 1620년대의 "주묵"본 『비파기』에는 붉은 먹으로 구두와 강조를 표시하고 검은 먹으로는 점판 표기를 나타냈다(〈그림 29〉를 볼 것). 하지만 어떤 희곡 선집들은 특별히 '청창(淸唱)'을 위한 것이었고, (이러한 청창으로) 실력 있는 아마추어들은 소품이나 의상이 없이 서로를 위해 공연했는데, 그런 보조도구들은 전문가들에 대한 모욕으로 여겨져서 멸시되었다. 더구나 매클라렌이 이 책의 네 번째 글에서 지적한 바와 같이, 모든 문인 출판인들이 삽화가 판본을 더 세련되게 만든다는 사실에 동의했던 것도 아니었다. 셰훙이(謝弘儀)의 숭정 연간 희곡인 『호접몽(蝴蝶夢』의 출판자에게 삽화는 그저 이익을 증대시키기 위한 서상들의 묘책에 불과했으며, 그는 "속된 것"을 피하기 위해 이것들을 생략했다.[40]

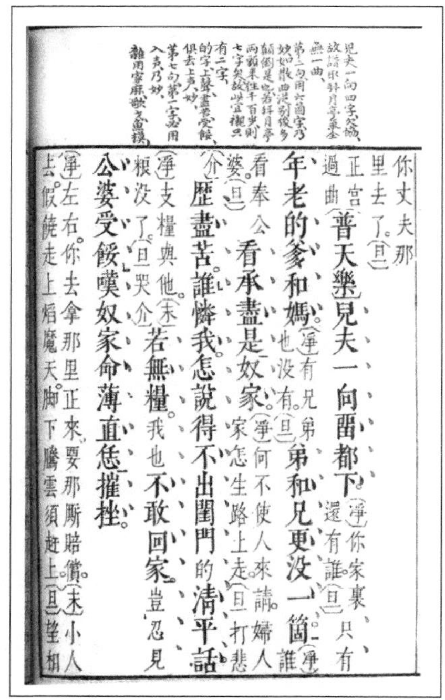

<그림 29> 링멍추의 천계 연간(1621-1628) 판본 『비파기』의 한 페이지. 구두와 강조는 붉은 먹으로 인쇄되었고, 점판 표기는 검은 먹으로 인쇄되었다. 뉴욕 공립 도서관(New York Public Library)의 스펜서 컬렉션(Spencer Collection).

그래도 차이점보다는 유사성이 더 많았고, 짧았던 태창, 천계(天啓, 1620-1628년) 연간과 명대 마지막 숭정 연간에 고품격 스타일은 최고조에 이르게 된다. 그러한 희곡의 형식이 얼마나 표준이 되었는가 하는 점은 숭정 연간 『상당연(想當然)』에서 명백하게 나타나는데, 이 책의 서문과 평점에서는 기술적으로나 도의적인 면에서 우위에 있었다고 주장했으며, "편자의 말"에서는 그들이 그때 당시 필수적으로 원대의 극작법을 참조했다고 했다. 젠스주런(繭室主人)은 삽화를 포함시킨 것에 대한 이유를 기술할 때, 자신의 고상한 수양(정신 수양)을 강조하는 동시에 당시 유행을 따랐던 데 대해 변명을 늘어놓으면서 [어떻게든] 양다리를 걸치고 있다. 그는 조금 더 이른 판본에는 삽화가 없었다고 말하면서, 당초에는 저작의 원래 의도를 존중하는 쪽으로 계획을 세웠다고 했다. 하지만 그는 우아한 작품과 속된 작품은 서로 구별되

39 부스천의 「범례」 3조, 『동청기』(『고본희곡총간』 제2집), 여기에서 그는 희곡의 운율이 맞춰져 있지 않은 부분을 구두할 것(노래 안에서 각운은 자동적으로 한 구절의 끝을 표시한다)이라 말하고 있다.

40 셰훙이(謝弘儀)의 『호접몽』 「범례」(『고본희곡총간』 제3집)를 볼 것.

어야 할 필요가 있으며, 그런 의미에서 희곡의 *시작 부분에* 몇 개의 그림이 제공되어야 한다고 생각했다. 하지만 이런 삽화들은 단순히 텍스트를 재생산하는 정도가 되어서는 안 될 것이었고, 오히려 장인은 단순한 언어를 넘어서는 '신정(神情)'을 불러일으킬 것을 요구받았다.

희곡의 출판은 다른 오락물의 인쇄와 함께 발달했다. 명말의 산곡 책들은 삽화를 포함하고 있으며, 희곡을 인쇄하는 데 동원되었던 똑같은 예술가와 장인에 의해 판각되었고, 이렇게 장르를 넘나드는 노력에는 우리가 이미 만난 적이 있는 몇 명의 사람들이 관련되어 있었다.[41] 이를테면, 왕팅나의 동료인 천쒀원(陳所聞)은 산곡을 희곡 작가인 장쓰웨이(張四維)와 교환했는데, 장쓰웨이의 희곡인 『쌍렬기(雙烈記)』는 나중에 천위쟈오에 의해 『기린기(麒麟記)』로 개작되었다.[42] 링멍추는(자신의 희곡과 소설을 포함하고 있는) 삽화본 소설과 희곡, 산곡집을 출판했고, 영향력 있던 펑멍룽은 이 세 가지 장르의 독창적인 작품들을 만들어냈다. 나아가 세 가지 장르가 서로를 살찌우는 상황은 명말 고품격의 인쇄된 희곡을 문인들의 산물로 만들었다. 수많은 희곡의 서문에서 스스로 문화적으로 첨단을 걷고 있다고 생각했던 문인들을 위한 최상급의 읽을거리였던 백화 단편소설 작품들을 언급했다.[43] 희곡은 인쇄된 오락물을 위한 시장에서 대단히 큰 시장 점유율을 차지하고 있었지만, 우리는 명말의 장서가와 작가, 출판인의 관점에서 볼 때, 소설과 희곡, 산곡이 얼마나 상호 유기적으로 연결되어 있었는가 하는 점을 상기할 필요가 있다.

명말 희곡 출판의 사회적 정황

위에서 개괄적으로 살펴본 발전 과정은 우리에게 다음과 같은 상황을 설명해 주고 있다. 여기에는 (리카이셴(李開先)의 1547년 『보검기』를 희곡 단체의 일원이 아닌 외부의 누군가가 인쇄했던 것처럼) 상대적으로 고립적인 행위로서 전기(傳奇)를 인쇄한 것으로부터(상업적인 출판사나 문인 극작가들, 그리고 그들 자신이나 서로 간에 이루어졌을 것으로 추정되는 동료들에 의한 것과 같은) 공동체적이면서 관습적인 행위로서의 전기 출판까지가 포함된다. 공연도 중요한 위치를 차지했고, 희곡 역시 여전히 필사본으로 유통되고 있었다는 사실을 감안할 때, 인쇄는 희곡이 알려지는 유일하게 중요한 경로는 아니었다. 그러나 천위쟈오(陳與郊)는 『앵도몽』의

---

41 가요집 삽화의 예는 우시셴(吳希賢)의 『내가 본 중국고대소설희곡판본도록(所見中國古代小說戲曲版本圖錄)』(北京: 中華全國圖書館文獻縮微復制中心, 1995년) 4권에 포함되어 있다.

42 『고전희곡존목회고(古典戲曲存目彙考)』 2권, 836쪽과 859쪽을 볼 것.

43 『고본희곡총간』 판본 『단계기(丹桂記)』 (무명씨, 제1집, 『고전희곡존목회고(古典戲曲存目彙考)』 3권, 1545쪽)의 서를 볼 것. 셰훙이, 『호접몽』 (제3집, 『고전희곡존목회고』 2권 949쪽), 주쿠이신(朱葵心), 『회춘기(回春記)』 (제3집, 『고전희곡존목회고』 2권 946쪽), 그리고 루디(路迪)의 『원앙조(鴛鴦絲條)』 (『고전희곡존목회고』 제2집, 1036쪽.)

서문에서 자신의 존재를 장난스럽게 숨기면서 인쇄를 채택했는데, 거기에 드는 비용을 아끼지 않았던 것은 분명해 보인다. 천위자오와 같은 이에게 인쇄는 왜 중요했던 것일까?

인쇄와 필사본

우리는 명말 희곡의 인쇄본과 현존하는 필사본을 비교해 봄으로써 그 해답을 얻을 수 있다. 현재 전기의 경우, 가장 쉽게 접근할 수 있는 필사본은 청초부터(1644-1911년) 시작되기 때문에, 우리가 명확한 규정을 내리기에 앞서, 현재 남아 있는 명대 전기 필사본을 찾아내고 조사하는 별도의 노력이 요구될 것이다.[44] 그러나 중국국가도서관에서 소장하고 있는 마이왕관(脈望館) 총서에는 242편의 잡극이 포함되어 있는데, (모두 필사본으로 이루어진) 명초의 궁정본으로부터, 개인의 필사본과 인쇄본이 모두 망라되어 있다.[45] 이와 같이 많은 양의 명대 잡극 필사본에서 분명하게 드러나는 경향은 우리가 청초의 전기 필사본에서 보는 것과 유사하다.

필사본은 원래는 실용적인 것이었으며, 보관 또는 공연을 목적으로 제공되어졌다는 사실을 추측할 수 있다. 명대에 나온 훌륭한 잡극 필사본 가운데 일부는 초기 궁정 필사본이었다. 마찬가지로 현존하는 전기 필사본의 일부는 청대 궁정을 위해 준비된 것이었다. 또 다른 필사본은 무대 연출과 음악 기호를 간단하게 기록한 공연 대본으로 보인다. 그러나 이런 필사본에서 현저히 두드러지는 점은 서문이나 평어가 없다는 것이다. 요컨대 독자와의 대화를 유도하거나, 저자 혹은 출판인의 페르소나로 독자들에게 감명을 주는 그 어떤 것도 결여되어 있었다. 이런 필사본들은 일반 대중과의 소통보다는 소유자의 편의를 위해 만들어진 것으로 보인다.

이와는 대조적으로 인쇄본은 "루난"과 "탄위안춘"의 서문, 링멍추가 지옥의 법정에서 만들어낸 소송, 천위자오의 페르소나들(가상의 인물) 사이의 대화 등 고도의 기교를 보여주는 연기(performances)라고 할 수 있다. 자기표현을 드러내는 방식으로써 인쇄를 선택한 문인작가들로 구성된 단체의 또 다른 회원들에게, 인쇄는 천위자오가 자신이 속한 공동체의 다른 구성원들 즉 용인된 자기표현 방식으로서 인쇄를 선택한 문인 희곡작가들에게 자신의 존재와 자질을 알리는 데 도움을 주었다. 일단 고품격의 희곡의 서문(序文)·평어(評語)·범례(凡例)와 같은 독서 장치가 표준화되자, 이것은 자동적으로 특별한 종류의 문인 계층을 상기시켰으며 독특한 모습으로 효율적으로 사용될 수 있었다.

---

44 현존하는 전기 필사본의 많은 예는 『고본희곡총간』 제 2,3집을 참고할 것.

45 자오치메이(趙琦美)(1523-1624년)가 원래부터 소유하고 있던 것으로 선집의 핵심 부분을 구성했기 때문에, 이 선집(『마이왕관초교고금잡극(脈望館鈔校古今雜劇)』)에 그의 서재 이름을 붙인 것이다. 이 선집은 후에 자오의 동료 첸쩡(錢曾)(1629- 1699년 이후)에 의해 증보되었다. 정첸(鄭騫)의 『경오총편(景午叢編)』(臺北: 中華書局 , 1972년), 424-425쪽을 볼 것.

(다음에 토론하게 될 상업적인 잠재력과 더불어) 표현상의 잠재력이 인쇄를 매우 대중적인 것으로 만들어서 명말 인쇄 관습은 심지어 필사본에까지 영향을 주었다. 청초의 수많은 필사본들은 인쇄를 위해 확립된 명말의 전통을 따랐다(이를테면, 대사(白)와 창(昌)을 구분짓고, 1547년 『보검기』에서 한 것처럼 대사 뒤에 그대로 이어지게 하기 보다는 독립된 행의 맨 위에 새로운 창이 시작되게 했다). 사실 그것은 손으로 쓴 평어 미비(眉批)를 인쇄된 텍스트의 위쪽 여백에 인쇄할 때, 또는 행서로 직접 손으로 서문을 씀으로써 독자에게 개인적인 메시지를 전달할 때처럼, 서체의 친근함과 같은 시각적으로 대비되는 효과를 내기 위해 인쇄를 채택한 것이었다.

심지어 전기보다 잡극이 필사본으로 더 많이 남아 있다는 사실은 명말 인쇄가 더 위세를 떨치고 있었던 상황과 관fus이 있을 수 있다. 잡극은 단순히 이것이 "과거의 것(pastness)"이라는 점에서 호고(好古)적인 취향을 불러일으켰기 때문에, 필사본으로 수집되는 것이 선호되었다. 그러나 동시대의 전기를 오히려 세련되고 한정된 인쇄본으로 만든 경우에만 희소성의 가치가 있는 소장품의 지위로 상승될 수 있었다. 그런 까닭에 마오진(毛晉; 1599-1659, 자세한 것은 아래를 볼 것)은 희소한 전기 필사본을 열심히 수집했다. 하지만 그는 그것들을 출판하기 위해 수집했는데, 그렇게 함으로써 자신의 페르소나를 확립하기 위한 방편으로 삼았던 것이다.

그리고 인쇄로 인해 저자 또는 출판인들의 페르소나가 강화될 수 있었던 만큼이나 독자층 역시 확장되고 계층화될 수 있었다. 인쇄된 것은 어떤 것이든 익명의 독자층을 창출해냈는데, 저자 겸 출판인은 그들이 모르는 독자들에 의해 읽혀질 수 있다는 것뿐 아니라, 독자들의 안목의 수준 역시 다양할 것이라는 것을 알고 있었다. 과연 작가들은 종종 그들의 서문에서 인쇄 문화의 이런 측면을 이용했는데, 가상의 무차별적인 독자군 가운데 극히 소수의 분별력 있는 이들을 겨냥해서 그들 자신을 드러내 보였다. 이것이 천위쟈오의 유희적인 서문의 목표였던 게 분명하다. 그것을 이해하는 독자는 그렇지 못한 익명의 독자들과 구분되었고, 그러한 사실을 감지하지 못한 독자들의 존재가 함의하는 것은 농담을 이해한 이들이 스스로를 고도의 감식안을 가진 이로 인식했다는 사실을 확증한 것이었다. 이후에 서술될 내용을 통해 우리는 이렇게 감식안을 가진 이들이 누구였으며, 어떤 텍스트 상의 개인적인 차원의 활동들이 그들을 결속시켰으며, 어떻게 그들이 자신들의 출판에 대한 노력을 공연에 대한 흥미와 합치시켰고, 또 어떻게 출판을 이용해 자신들의 공동체 내에서의 지위를 위해 경쟁을 했는지에 대해 보게 될 것이다.

문인 희곡 공동체

이 공동체는 문인 집단(그리고 아마도 몇몇은 문인 지망생)으로 느슨하게 조직되었으며, 쑤저우(蘇州)에 중심지를 두었고, 그들이 희곡 분야에서 연관을 맺고 있다는 이유로 결집되었다. 이런 연관성은 다양한 형식을 취했다. 여기에서 논의되는 대부분의 사람들, 이를테면 링멍추(凌濛初)나 부스천(卜世臣), 쉬쯔창(許自昌)(1623년 사망), 천위쟈오(陳與郊), 천루위안(陳汝元; 약 1600년 경에 활동), 왕헝(王衡; 1561-1609년) 등과 같은 사람들은 저마다 두드러졌던 분야가 다르기는 하지만, (공통적으로) 모두 극작가들이었다. 또 이를테면, 선징(沈璟; 1553-1610년), 구다뎬(顧大典; 1541-1596년), 그리고 투룽(屠隆; 1542-1605년) 등과 같은 극작가들 역시 대부분 희곡을 상연하고, 자신의 극단을 조직하며, 공연을 감독하는 등의 과정에서 "관련을 맺고 참여했다." 이들 가운데 선충쑤이(沈寵綏; 약 1600년 경 활동), 왕지더(王驥德), 왕스전(王世貞; 1526-1590년), 짱마오쉰(臧懋循; 1550-1620년), 치뱌오쟈(祁彪佳), 마오진(毛晉) 등과 같은 몇몇 사람들 역시 다음과 같은 점에서 두드러졌다. 그것은 희곡에 대한 학문적인 연구와 희곡을 수집하고 보존하려는 노력, 그리고 희곡을 분류하고 평가하기 위한 법칙과 표준(비평적 장치 일체)을 발전시킨 것이었다. 또 어떤 사람들은 상업적인 배경과 이해관계로 인해 이러한 문인 공동체의 구성원이 되고자 하는 요구가 크지 않았고, 그러므로 상대적으로 모호한 자리를 차지하고 있었다. 여기에는 천다라이(陳大來; 약 1600년 경 활동), 그리고 약간 범위를 넓히면 왕팅나(汪廷訥)가 이 그룹에 속한다. 그리고 왕시줴(王錫爵; 1534-1610년)와 같은 몇몇 사람들은 단순히 희곡 작가들의 후원자로 남아 있었다. 말할 필요도 없이 이런 역할들은 상당히 중첩되어 있었다.

정력적이었던 선징(沈璟)[46]의 삶과 작업이 그 당대를 보여주는 전형적인 것이었다고 보기는 어렵지만, 그럼에도 여기에서 논의되고 있는 명말 희곡계의 거의 모든 측면들을 설명해줄 수 있을 것이다. 스물 두 살의 나이에 진사가 된 그는 만력 연간에 이미 궁정에서의 사건에 휘말린 바 있는데, 그로 인해 좌천되었고, 1589년에는 은퇴하게 된다. 그래서 관직을 떠난 수많은 명대 희곡 작가들이 그랬던 것처럼, 그의 나이 서른일곱에 희곡 작가로서의 두 번째 삶을 시작한다. 그는 17편의 희곡들을 상업적인 판본으로, 또는 희곡 선집이나 자신의 서재 이름을 딴 『속옥당전기(屬玉堂傳奇)』와 같은 개인적인 합집과 같이 다양한 형태로 출판했다. 이것들 가운데 일부는 청초의 필사본으로 보존되기도 했다. 헌신적인 법칙과 전범 창안자였던 그는 광범위하게 영향을 끼쳤던 『남구궁십삼조곡보(南九宮十三調曲譜)』를 출판하여 남곡 작법을 위한 법칙, 곧 그가 위대한 동시대인인 탕셴쭈(湯顯祖; 1550-1616년)의 작품을 고

---

46 【옮긴이 주】 선징(沈璟, 1533-1610)의 자는 보잉(伯英)인데 나중에 단허(聃和)로 고쳤으며, 호는 닝안(寧庵)과 츠인(詞隱)이다. 우장(吳江), 즉 지금의 장쑤 성(江蘇省) 사람이다. 여러 관직을 역임했으나 1589년(만력 17년)에 벼슬을 그만두고 향리에 은거하면서, 사(詞)와 곡(曲)을 짓고 희곡의 성률 연구와 전기의 창작에 전념했다. 시문에 능했고, 행서와 초서를 잘 썼다. 음률에 정통하여 특히 남곡(南曲)에 뛰어났으며 당시 곡을 짓는 사람들로부터 거장으로 존경을 받았고, 격률파(格律派)의 대표가 되었다. 그러나 선징의 작품은 격률을 지나치게 강조함으로써 내용이 빈약할 수밖에 없었다. 희곡 줄거리가 평범했으며 곡백(曲白) 역시 전형적인 화려함의 한계를 벗어나지 못해 대가의 대열에 들지 못했다. 저서로는 남곡 음률연구에 기여한 『남구궁십삼조곡보(南九宮十三調曲譜)』가 있으며, 산곡집 『정치침어(情痴寱語)』, 『츠인신사(詞隱新詞)』등이 있다.

정했을 때 적용했던 규칙들을 확정했다.[47] 그러나 그는 이론적인 작업에 천착했던 만큼이나 공연에도 참여했고 희곡 작가인 구다뎬(顧大典)과 함께 극단을 운영하기도 했다. 그가 젊은 희곡 작가들의 스승이라는 그의 역할, 구다뎬과의 동업적 관계, 그리고 쑤저우와 그 인근에 기반을 두었던 오강파(吳江派) 희곡 작가들 사이에 정평이 나 있었던 그의 지도자적 권위를 보면 공동 작업으로서의 희곡에 그가 어떻게 참여했는지를 알 수 있다.[48] 그의 작품이 신속하게 출판되었다는 사실로 대중들이 희곡의 출판을 열망하고 있었다는 것을 알 수 있다. 1593년 그가 "두 번째 직업"으로 전향한지 4년 만에 그의 첫 번째 희곡 세 편 가운데 일부 장면들이 이미 선집인 『군음류선(群音類選)』으로 출판되었다.[49]

선징(沈璟)과 그의 친구들은 그들 스스로를 문인 세계의 특별한 존재로 이해했다. 과거 시험을 위해 교육을 받았던 다른 이들처럼, 그들은 전통적인 의미에서의 글공부에 전념했는데, 표준적인 학자 겸 신사 계층 지식인의 모습으로 나아갔을 뿐만 아니라, 그들 나름의 전통을 갖고 있었다. 곧 문인 희곡은 원명교체기 이래로 강한 자각의 분위기에서 발달했는데, 그 시기는 최초의 주요한 경전적인 저작들인 『중원음운(中原音韻)』(1324년)과 『녹귀부(錄鬼簿)』(1330년), 『태화정음보(太和正音譜)』(1398년)가 북쪽의 곡조와 운율 및 검증된 희곡들을 체계화했던 때였다.

남방 음악의 흥기에도 불구하고 여전히 전기 형식에 스며들어 있던 북방 스타일의 곡조를 위한 중요한 곡률서였던 『현색변와(絃索辨訛)』의 작가 선총쑤이(沈寵綏)가 그랬던 것처럼, 선징 역시 후대의 수많은 희곡 작가들 사이에서 우상이 되었다. 이런 곡률서들로 말미암아 희곡 작가들과 출판인들은 난해한 지식을 마스터했다고 주장할 수 있었고, 이런 곡률서들은 이미 인정받고 있던 명작들, 곧 원대의 잡극와 명대 초기의 남희(특히 『비파기』)와 함께 흔히 언급되었는데, 아마도 이들 작품 속에서는 곡률서의 원칙들이 실현되었던 듯하다. 이런 참고 자료들에도 불구하고, 선징의 곡률서는 실제로는 당시 그 자신이 속했던 지역의 용례, 곧 곤곡(崑曲)이라 알려지게 된 음악 스타일을 정형화한 것으로 널리 받아들여졌다.[50] 링밍추는 자신의 『비파기』 판본의 평점에서, 그리고 왕지더는 그의 전기 『제홍기(題紅記)』 「범례」에서, 또 부스천은 『동청기(冬青記)』의 발문에서, 모두 이런 곡률서들과 초기의 희곡들을 후대의

47 저우웨이페이(周維培)는 『곡보연구(曲譜研究)』(南京: 江蘇古籍出版社, 1997년), 109-127쪽에서 선징의 곡률서와 이것의 선구자 격인 책들에 대해 논의하면서, 명말에는 선징의 곡률서를 여러 가지의 다른 이름으로 지칭하기도 했다는 사실에 주목했다.

48 하지만 난징의 출판인인 천다라이에 대해 다음에서 논의할 내용을 통해 우리는 선징의 주장이 쑤저우의 극작가들에게만 한정되지 않았다는 사실을 알 수 있다.

49 쉬숴팡(徐朔方)의 『만명곡가년보(晩明曲家年譜)』 1권, 287-320쪽. 이 선집에 관한 자세한 논의는 로우리(Lowry)의 「속곡(俗曲, Popular Song)」, 273쪽을 볼 것.

50 이 문제에 대한 볼 만한 논의로는 캐서린 스와텍(Catherine Swatek)의 『펑멍룽의 낭만적 꿈(Feng Menglong's Romantic Dream)』 (Ph. D. dissertation, Columbia University, 1990), 그리고 『무대 위의 모란정: 중국 희곡의 삶 속에서의 사백 년(Peony Pavilion Onstage: Four Centuries in the Life of a Chinese Drama)』 (Ann Arbor: University of Michigan Center for Chinese Studies, 2002)이 있다. 곤곡의 스타일이 점차적으로 확대되어 우세를 점하게 된 상황에 대해서는 루어팅(陸蛾庭)의 『곤극연출사고(崑劇演出史稿)』 (上海: 上海文藝出版社, 1980년)를 볼 것.

희곡 작가들을 위한 적절한 표준으로 언급되었다(이런 특별한 주장들은 어느 곳에서 박자를 치고 쉬어야 하는지를 잊어버렸다고 링멍추나 왕지더, 부스천이 모두 비난했던 청창 아마추어들에 대한 적의를 어느 정도 보여준다).

왕지더는 진실로 세련된(大雅) 극작가가 되려면 희곡의 전통 안에서 제대로 읽어야(讀) 한다고 강변했으며, 희곡 작가가 되기를 열망하는 이가 중국 시가의 고전들을 섭렵하고 앞선 시기의 희곡 형식의 유산 속에 빠질 수 있게 해줄 이상적인 독서 목록을 작성했다.[51] 『곡품(曲品)』을 편찬할 때, 왕지더는 희곡의 학문적 연구를 위한 풍격을 수립했다. 곧 그는 "통속적인" 대중적 희곡은 등급을 매기지 않은 채 방기했지만 "좀 더 심도 있는 연구에 도움이 되기 위해(以備查考)" 이런 작품들을 기록해 수록하는 것을 허용했다.[52] 저명한 학자이자 관료였던 왕스전은 그런 연구가 얼마나 흥미진진한 것이었는지를 보여주었다. 원대 잡극 본 『서상기』의 작자 문제를 명확히 하려는 시도에서 그는 공구서인 『태화정음보(太和正音譜)』를 참조했고, 관한칭(關漢卿; 약 1220-약 1300년)과 왕스푸(王實甫; 13세기 말)의 창들을 언어학적으로 비교했다.[53] 그리고 『태화정음보(太和正音譜)』는 만력 연간 후기가 되어서야 인쇄물로서 널리 유통되었기에, 그의 작업이 몇 배로 힘들 수밖에 없었다. 그는 그가 소유하지 않았다면 베꼈어야 했을 필사본을 통해 작업했을 지도 모른다.[54] 이처럼 제한된 범위에서만 손에 넣을 수 있었던 표준적인 공구서들은 그 책들에 접근할 수 있는 특별한 집단에 속한 이들 사이의 소속감을 훨씬 더 강화시켜주었을 것이다.

이러한 전문성은 제대로 알지 못했던 기존 작가들을 바로잡기 위해 이전 희곡들을 개정하는 것으로 증명되었다. 평멍룽, 선징과 짱마오쉰은 탕셴쭈의 대작 『모란정(牧丹亭)』을 개정하였다.[55] 『육십종곡』 중의 『유규기(幽閨記)』와 『살구기(殺狗記)』는 역사적으로 유명한 희문(戲文)의 명대 중기 개정판이다. 쉬쯔창의 전기 『절협기(節俠記)』는 그 보다 이른 쉬싼제(許三階, 서로 친척관계일 지도 모른다)의 동명 희곡을 개정한 것이다. 쉬쯔창과 천위쟈오의 전기 작품은 각각 네 작품에 달하는데, 그 중 세 작품은 개정판이거나 개작, 또는 어떤 식으로든 기존 작품에 대해 반응을 보인 것이다. 천루위안은 좀 더 이해하기 쉬운 언어를 요구하는 풍조에 부응하기 위해서, 희곡 창작에 있어서 존경받는 작가였던 자신의 스승 쉬웨이(徐渭, 1521-1593년)의 잡극 한 편을 개정하기도 하였다.[56] 또 후대의 비평가들 중 어느 누구도

---

51 왕지더(王驥德), 『곡률(曲律)』(『中國古典戲曲論著集成』, 北京:中國戲劇出版社, 1959년), 제4권, 121쪽.

52 『중국고전희곡논저집성(中國古典戲曲論著集成)』, 제4권, 172-173쪽.

53 왕스전(王世貞), 『곡조(曲藻)』(『中國古典戲曲論著集成』, 제4권, 31쪽.)

54 『중국고전희곡논저집성(中國古典戲曲論著集成)』, 제4권, 4-9쪽까지의 인쇄본에 관한 정보를 볼 것.

55 짱마오쉰은 탕셴쭈의 희곡 작품 4개를 개정하여 『옥명신사(玉茗新詞)』(탕셴쭈의 『위밍탕사몽(玉茗堂四夢)』에 근거함)으로 출판하였다. 한편 펑멍룽은 많은 명대의 희곡을 그의 작법 개념에 따라 개정하려고 계획했던 것이 분명하다. 스와텍, 같은 책, 서론과 제1장, 1-93쪽과 쉬쉬팡의 『명말곡가연보』 제2권, 443쪽을 볼 것.

56 쉬쯔창에 관해서는 『고본희곡존목회고』 제2권, 924쪽을 볼 것. 천루위안에 대해서는 쉬쉬팡의 『명말곡가연보』 제3권, 519-524쪽을 볼 것.

리카이셴이 전기 작품 『보검기』를 쓸 때 남곡에 가사를 어떻게 붙여야 하는지를 알았다고 느끼지 못했던 듯하다. 선더푸(沈德符, 1578-1642년)는 리카이셴이 남방 말에 입성(入聲)이 있다는 것조차 알지 못한 것 같다고 말하였고, 치뱌오자의 경우 리카이셴이 문장 구조를 이해하지 못했다고 말했다. 그리하여 천위쟈오는 『보검기』를 개정하여 전기 『영보도(靈寶刀)』를 쓸 때, 자신이 심각한 오류들을 수정하고 있다는 것을 알고 있었다. 천위쟈오는 플롯을 다르게 고쳐 썼으며 리카이셴이 부조리에 대한 격분을 주도적인 분위기로 삼았던 것을 페이소스(연민)로 대체시켜 버렸다. 더욱 중요한 것은 그가 모든 입성이 적절히 배치되었다는 점을 확인하고 이 점을 미비(眉批)를 통해 독자들에게 지적해 주었다는 점이다. 요컨대 이러한 개정자와 비평가는 자신들이 하는 일에 문인성과 텍스트 중심성, 그리고 정전화라는 성격을 부여하였다.

이러한 집단을 공통된 관심을 바탕으로 한 느슨한 연합체 이상의 무엇으로 여기는 것은 적절치 못할 것이다. 성원들은 아마도 그들 자신의 시단(詩壇)이나 화단(畵壇)에 속해 있었을 것이다. 또 그들이 전술한 연극 공연이라는 사회적인 문화활동에 참여하기는 했지만, 난징, 쑤저우 및 기타 희곡 또는 출판활동 중심지의 수많은 비(非)극작가들 역시 그러하였다. 그러나 여기서 다루는 사람들은 텍스트적 실천과 특별한 유대관계를 형성해준 사적인 관계들에 의해 연결되었다. 인쇄본을 통해 볼 수 있듯이, 그들은 상호간에 인용을 하고 서로 서문을 써주었으며, (리카이셴의 『보검기』 서문들에서 본 것처럼) 서로 상대방의 작품을 출판하였다. 이 자기지시적인 집단은 희곡과 다양한 관련성을 지닌 사람들이 참여할 수 있는 여지가 있었다. 천위쟈오는 왕시줴와 그 무리들 중 한 사람이었다. 왕시줴는 만력제 수하의 수보(首輔)였고 극작가들의 후원자였으며, 잡극 작가 왕헝의 아버지였다. 선징과 왕지더 같은 사람들은 극작가 겸 비평가이자 글방선생이었다. 그리고 모든 명대의 희곡은 치뱌오쟈와 왕스전과 같은 학식 높은 판본 감식가들에 의해 끊임없이 분류되고 평가되었다.[57] 이 집단의 텍스트적 실천은 천위쟈오가 왕헝의 잡극 『몰내하(沒奈何)』에 실린 곡들을 자신의 잡극 『위엔씨의견(袁氏義犬)』에 원용함으로써 왕헝에게 경의를 표했던 것처럼 기존의 개인적 유대감을 더 깊게 만들었을 것이다.[58] 또 탕셴쭈가 관직이 높은 작가 정즈원(鄭之文)이 쓴 전기에 서문을 써주었던 것처럼 사회적 관계를 강화시키기도 했을 것이다.[59]

한 집단이 문학적 관심으로 매우 밀접하게 결합되면서 개인 또는 가문 간의 결속까지 강화시켰다는 것은 놀라운 일이 아니다. 쉬쯔창은 큰 영향력을 지닌 비평가이자 서지학자이며 명사들의 지우였던 천지루의 가문과 사돈 관계를 맺었다. 장펑이(張鳳翼, 1527-1613년)는 쉬푸줘(徐復祚, 1560-1630년 이후)의 처삼촌이었고, 쉬푸줘는 장펑이에게서 곡 창작을 배웠다. 자신의 희곡 『금전기(金箋記)』를 상업적으로

57 전통적으로 왕스전이 쓴 것으로 여겨왔던 전기 작품 『명봉기(鳴鳳記)』는 그의 작품이 아니라는 견해가 일반적이다.

58 쉬쉬팡, 『명말곡가연보』, 제2권, 396쪽과 『고본희곡존목회고』 제1권, 441-442쪽을 볼 것.

59 『기정기(旗亭記)』, 『고본희곡총간』, 2집(『고본희곡존목회고』, 877-878쪽).

널리 출판했던 저우뤼징(周履靖, 활동기간: 1582-1596년)의 경우, 마오진의 『육십종곡』에 수록된 『남서상기(南西廂記)』의 작가 리르화(李日華, 1565-1635년)의 삼촌이었다. 저우뤼징과 리르화는 종종 함께 여행을 하였다. 천위쟈오는 선징의 모친을 위해 묘비명을 써 주었고(천위쟈오와 선징은 1574년에 함께 진사에 급제하였다), 투룽은 왕헝 부모의 장례에 참석한 바 있다. 펑멍룽과 다른 많은 사람들이 선징에게 수학하였는데, 이는 쑤저우라는 지역을 특징지은 한 부분이었다. 쑤저우의 회화와 시, 그리고 희곡 분야의 중심인물이었던 쉬웨이가 천루위안을 자신의 문하생으로 데리고 있을 때, 그 역시 천루위안의 서재 이름을 대신 지어주었다. 또 장펑이가 자신의 두 번째 희곡 『호부기(虎符記)』를 자기 모친의 80세 생신연에 상연했을 때처럼, 희곡 창작은 아마도 문인의 삶의 의례적인 부분을 풍부하게 하기도 했었던 듯하다.[60]

이 집단과 도서 시장의 관계는 확증하기 어렵다. 이 문제는 그 공동체를 면밀히 분석해야만 접근이 가능하다. 왜냐하면 자신의 지배계층으로서의 지위에 안락함을 느끼는 사람들이 어떤 상업적인 활동에 있어서도 느긋할 수 있었던 데 반해, 주변적 문인의 지위에 있는 사람들은 상업적인 것을 완전히 초월하는 태도를 취하는 것이 필요하다고 느꼈던 것으로 보이기 때문이다. 그럼에도 불구하고 우리는 쉬쯔창이나 왕팅나와 같은 상인 집안 출신의 몇몇 희곡 작가들이 상업적인 면에서 적극적이었다는 것을 알고 있다. 쉬쯔창은 송대의 희귀 작품들을 재 출판함으로써 처음으로 문인들의 관심을 끌게 되었고,[61] 왕팅나의 희곡 작품들은 "종이 값을 올려놓을 정도"로 잘 팔렸다.[62]

그러나 왕팅나는 '유림(儒林)' 가운데 자신의 행적을 남기고자 하는 분명한 의도를 가지고 있었기에, 자신의 공적인 페르소나를 이러한 상업적 활동으로부터 분리시키고자 하였다. 왕팅나는 자신의 희곡 작품의 매력적인 판본들을 출판하였지만, 자신과 관련된 더할 나위 없이 훌륭한 한정판을 위해 최고의 노력을 기울였다. 그 책에서 그는 서문들을 날조하여 자신을 희곡계의 가장 탁월한 성원들과 연결시켰고, 또 명대 후기의 가장 훌륭한 도서 삽화에서 자신을 은사(隱士)의 전형으로 그렸다.[63] 이러한 전략은 어떤 면에서는 역효과를 낳았다. 곧 그의 동료 천쒀원이 왕팅나가 썼다고 주장한 모든 전기 작품의 실제 저자라는 소문이 났고, 천위쟈오가 왕헝을 인용한 것에 대해서는 반론이 일지 않았던 듯한 것과는 달리, 왕팅나가 잡극 『광릉월(廣陵月)』에서 선징이 쓴 곡들을 인용한 것은 표절이라는 비난을 불러일으켰다.[64]

이와는 대조적으로 쉬쯔창은 자신의 부와 문학적 수양을 적절히 활용하여 문인 희곡계에서 확고한

60 이상의 내용은 모두 쉬숴팡의 『명말곡가연보』를 참고함.

61 쉬숴팡, 『명말곡가연보』, 제1권, 453-482쪽.

62 베를리너, 같은 글, 73쪽.

63 그것은 그의 『기보(棋譜)』이며, 중국국가도서관과 난징도서관에 만력(萬曆) 연간 판본이 소장되어 있다. 베를리너의 같은 글 73쪽에 언급되어 있다.

64 쉬숴팡, 『명말곡가연보』, 제3권, 544-545쪽.

지위를 얻을 수 있었고, 평멍룽은 아무런 명성을 실추시키지 않고 출판 사업을 통해 동시대의 다른 극작가 겸 출판인들을 왜소하게 만들었다.[65] 평멍룽은 결국 1634년에 지현(知縣) 자리에 오르게 해줄 과거 급제를 기다리며 보냈던 오랜 시간동안 명백히 상업적인 작품들을 출판함으로써 스스로의 생계를 꾸렸다. 그러나 평멍룽은 백화 문학을 주창함으로써 왕팅나가 필적할 수 없는 방식들로 주요 도시인 쑤저우 문화생활의 핵심인물이자 명대 후기 문인 정체성의 새로운 변화의 중추가 되었다.

상업에 대한 문인들의 반감은 명대 마지막 수십 연간 상당히 누그러졌다. 또한 문인의 서재에서 출판된 일부 책들은 주요 상업적 출판인들의 출판 경향과 너무나 잘 부합하여 돈을 벌기 위해 의도된 것이었다고 추정하게 만든다. 천위자오는 두푸(杜甫) 시에 대한 해설판[66]과 육조시기의 유명한 문학선집인 『문선(文選)』뿐 아니라 수사학 입문서[67]를 출판하기도 하였다. 또 천루위안이 쉬웨이의 글이 담긴 서예 지침서[68]를 출판함으로써 자신의 스승 쉬웨이에 대한 경모의 마음을 드러냈을 때, 그가 쉬웨이의 이름이 책 판매에 도움이 될 것이라는 사실을 염두에 두지 않았을 것이라고 상상하기는 어렵다. 그러나 많은 명대 전기 작품의 유일한 판본을 제공해주고 있는 희곡선집 『육십종곡』의 편찬자 마오진은 상업적인 것에 물들지 않았다는 것을 스스로 드러낼 필요를 느끼고 있었던 듯하다. 아마도 명대 후기 출판인들 가운데 가장 교양 있는 사람이었을 마오진은 희곡뿐 아니라 역사, 판본 감식에 이르는 다양한 서적들의 세련된 판본들을 간행한 출판 사업을 관장하였다(마오진은 과거시험의 길에 들어선 바 있으며, 시인 쳰첸이[錢謙益, 1582-1664]에게서 가르침을 받았다. 그리고 그 스스로 정통 문인 장르들의 글을 남겼다).[69] 마오진은 산실되기 쉬운 서적들을 보존하고 보기 어려운 책들을 쉽게 구입할 수 있게 만들기 위해 자신의 방대한 출판 사업을 펼쳤다. 서적들을 구하는 것은 사실상 그의 '벽(癖)'(곧 명대 후기와 청대 초기의 순전히 문인적인 병적 집착)이 되었다.[70] 마오진은 이 문인 출판인 집단에서 유일한 실제 사업가였다. 그러나 그의 공적인 페르소나는 상업과는 얼마간의 거리를 유지하였다.

문인 세계에 편입되고자 하는 좀 더 순진한 소망이 존재했었다는 것은 분명한 사실이며, 그것이 문인 작가와 상업적 출판인 사이의 관계를 설명해 주는 유일한 근거일 것이다. 지즈자이(繼志齋) 주인 천다라이는 자신의 서문이 수록된 선징의 희곡 『의협기(義俠記)』와 저우뤼징의 『금전기』를 다른 서문이나 발문 없이 출판하였다. 천다라이는 저우뤼징의 희곡에 쓴 자신의 1607년 서문에서 문인 친구인양

---

65 쉬쉬팡, 『명말곡가연보』, 제1권, 394쪽.

66 【옮긴이 주】『두율주평(杜律注評)』 2권을 가리킨다.

67 【옮긴이 주】『광수사지남(廣修辭指南)』 12권을 가리킨다.

68 【옮긴이 주】『서학대성육종(書學大成六種)』 11권을 가리키며, 그 안에 쉬웨이가 지은 『현초유적(玄抄類摘)』 6권이 천루위안의 보주(補注)와 함께 수록되어 있다.

69 『명대 인물 사전(Dictionary of Ming Biography)』, 제1권, 565-566쪽.

70 마오진의 총서 『진체비서(津逮秘書)』에 대한 후전형(胡震亨)의 서문을 볼 것(명대 숭정(崇禎) 연간 판본, 발행지 미상. 臺灣: 藝文印書館, 1966, 영인본).

작자의 의도를 해설하였다. 그는 선징의 작품에 쓴 서문에서 자신이 선징의 서재에 자주 가곤 했으며, 그로 인해 원고를 빌려 베낄 수 있었다고 말하였다. 이러한 진술이 우리에게 출판 행위에 관한 유용한 정보를 제공해 줄 수도 있을 것이다. 그러나 천다라이의 다음의 진술은 전혀 다른 모습을 보여준다. 즉 천다라이는 선징이 자기가 『의협기』 판본을 출판하려 한다는 말을 듣고 그 작품의 결함 때문에 처음에는 반대했다가 다시 자기에게 작품의 많은 오류들을 수정해달라고 요구했다고 말한다.[71] 그러나 지즈자이의 또 다른 판본은 천다라이와 그가 출판한 판본의 작자를 갈라놓는 깊은 골이 있었음을 보여준다. 곧 지즈자이에서 출판한 왕지더의 희곡 『제홍기(題紅記)』의 서문은 출판자인 천다라이가 아닌 왕지더의 친구이자 동료 희곡작가인 투룽이 썼는데, 여기에는 천다라이의 서문에서 볼 수 없었던 일반적인 문인의 박식함이 잘 나타나 있다.

더욱이 천다라이가 아무리 선징과 가까운 관계라고 주장했을지라도, 상업적 출판자들은 인쇄본을 간행하는 데 일차적인 관심이 있었다. 이와는 대조적으로 문인 작가 겸 출판인들은 종종 자신의 극단과 함께 여행하거나 자신의 희곡을 상연하였다. 출판된 판본들은 희곡을 읽을 뿐 아니라 그 공연을 보기도 하였을 판본 감식가 공동체 내에서 어떻게 기능하였을까?

출판과 공연

우리는 대부분의 사람들에게 있어서 '전기 작품을 읽는 것'이 희곡을 온전히 경험하는 유일한 길이었을 것이라는 점을 기억해야 한다. 명대 후기의 소설과 기록들을 보면 전기 작품 전체가 간혹 여러 날에 걸쳐 공연되기도 했지만 선별된 장면들을 공연하는 것이 더욱 일반적인 관례였음을 알 수 있다. 따라서 작가들은 자신의 희곡이 읽혀지기를 바랐다. 왜냐하면 독자들만이 희곡 작품에 대한 해석의 길잡이 역할을 할 수 있는 서문들과 평점, 그리고 '범례'를 접하게 되기 때문이었다. 그리고 작가들은 그런 정도의 지배력을 갖기를 원했다. 그것은 예인들이 실제 연기에 대한 자신의 생각에 맞게 작품을 개작했고, 또 희곡 선집들에도 종종 이러한 예인들의 수정판이 실려 출판되기 때문이었다.[72] 명대 후기

---

71 『의협기(義俠記)』, 『고본희곡총간』 1집(『고전희곡존목회고』, 제2권, 847쪽). 『금전기(金箋記)』, 『고본희곡총간』 2집(『고전희곡존목회고』, 제2권, 869쪽). 쉬쉬팡은 『의협기』가 1607년에 출판되었으나, 천다라이에 대한 아무런 언급이 없다고 지적하였다(『명말곡가연보』 제1권, 315쪽). 후에 덧붙여진 판본 감식가 뤼톈청(呂天成)의 서문에서는 출판자의 호를 반예주런(半野主人)으로 명기하고 있는데, 이는 천다라이가 자신을 지칭했던 이름이 아니었다. 하지만 천다라이는 난징의 전형적인 상업 출판인과 자신의 작품 또는 자신의 친구의 작품을 출판했던 문인들 사이의 중간적인 유형을 대표하는 듯하다. 천다라이의 지즈자이는 희곡 외에는 거의 아무것도 출판하지 않았고, 그는 확실히 여기서 서술한 문인의 기호를 반영했다. 그는 명대 후기 소설 및 희곡 비평의 영웅이자 우상파괴자 리즈(李贄, 1527-1602년)뿐 아니라 선징의 수많은 희곡작품들을 출판하였다.

72 쉬쉬팡은 그것이 선징의 첫 세 희곡 작품이 선집 『군음유선(群音類選)』에 수록되어 출판되었을 때 일어난 것이라는 사실을 지적했다. 『명말곡가연보』, 제1권, 311쪽을 볼 것.

출판의 급속한 발전은 최초로 이러한 독자들 중에서 꽤 많은 독자층을 가정할 수 있었다는 것을 의미했다. 곧 설사 한두 곡이 출판된 곡보(曲譜)에 수록됨으로써 공연에 쓰이기는 했어도, 많은 희곡 작품이 단지 독본으로만 읽혀졌다고 해도 과언이 아니기 때문이다.

그러나 작가들이 독자들을 필요로 했다고는 하더라도, 작가들은 자신이 배우들을 다룰 수 있다는 것을 증명할 수 있어야 했다. 공연적인 특성이 깊이 삼투되어 있는 이러한 문화 속에서 진정으로 뛰어난 희곡작가들은 앞서 서술한 텍스트적 전통에 정통해야 했을 뿐 아니라, 공연 전문가(當行)로서 무대에서 어떤 것이 효과가 있고 효과가 없을지에 대해서도 잘 알아야 했다. 이 같은 요구를 고려해 보면 명실상부하게 독본으로 디자인된 판본인 링멍추 편 『비파기』에 수록된 대부분의 협비(夾批)가 왜 실제로는 공연 지향적이었는지를 알 수 있다. 공연의 문제들은 희곡작가에게 매우 중요한 것이었기에, 그것이 플롯의 구성요소로 등장하기 시작했다. 예를 들어 쑨중링(孫鐘齡)의 『동곽기(東郭記)』에서는 눈먼 거지가 노래를 가르치는 장면이 나오고, 왕팅나의 『광릉월』에서는 노래를 정확히 부름으로써 나라를 구하는 내용이 나온다. 공연의 담론은 심지어 전혀 무대에 올려진 적이 없었던 희곡작품에까지 확장되었다. 예를 들어, 캐서린 스와텍은 다음과 같은 사실을 지적하였다. 곧 명대 후기 탕셴쭈의 『모란정』 개정판들은 전혀 공연되지 않았고 또 개정자의 실제 목적이 탕셴쭈의 욕망에 대한 묘사를 누그러뜨리기 위한 것이었음에도 불구하고, 원본보다 좀 더 노래하기 좋고 공연에 적합하다는 이유 때문에 일반적으로 정당화되었다는 것이다.[73] 물론 이렇게 공연적인 것에 전념했다고 해서 그들의 사회적 지위가 배우와 같은 사회적 지위로 하락한 것은 아니다. 예를 들어, 멍칭순(孟稱舜, 활동연대:1629-1649년)은 출판된 자신의 잡극선집(아래 내용을 볼 것) 서문에서 그가 못마땅하게 여기는 작사자들을 "배우들이나 노래 선생들보다 나을 게 없다"고 비난하였다.[74] 하지만 그 목적은 배우들과 노래 선생들을 가르치기 위한 것이었다(또 어쩌면 비평가가 자신의 극단을 가질 만큼 충분히 부유하다는 것을 암시적으로 보여주기 위한 것이었을 터이다).

명말 비평가들과 극작가들은 훌륭한 공연이 갖추어야 할 것을 지면 위에 풀어낼 수 있다고 확신했다. 왕지더와 웨이량푸(魏良輔: 활동기간은 약 16세기 중반), 선총쑤이는 곡 안에서 알맞은 발음 만들기와 박자 안배 등을 위한 세심한 지침들을 자세히 적어놓았다.[75] 그러나 이러한 전문적인 지식이 항상 인쇄물로 간행된 것은 아니었다. 오히려 극작가나 비평가가 만들고자 하는 바와 그들이 다가가고자 하는 관중들에 따라 공연과 인쇄본, 필사본이 유동적으로 혼재되어 나타났다. 선징은 자신의 희곡들을 출

73 캐서린 스와텍, 같은 글.

74 그러한 하락은 이들 문인 희곡작가들에게는 전혀 불가능한 일이었을 것이다. 모든 배우들은 법적으로 양인들의 지위보다 낮은 '천인(賤人)'에 속했다.

75 왕지더, 『곡률』, 『중국고전희곡논저집성』 4권, 43-192쪽. 웨이량푸(魏良輔), 『곡률』, 『중국고전희곡논저집성』 5권, 1-14쪽. 선총쑤이, 『현색변와(絃索辨訛)』, 『중국고전희곡논저집성』 5권, 15-182쪽.

판하였지만 자신의 유명한 곡률서 전부를 인쇄(출판)하지는 않았다.[76] 치뱌오쟈의 기념비적인 명대 희곡 목록은 그의 생전에는 출판되지 않았다. 이와 대조적으로 선총쑤이는 북곡과 남곡을 위한 자신의 곡률서 뿐만 아니라 운율법칙을 기억하기 위해 발성 및 운의 체계에 관해 속속들이 논한 전문서적까지 출판했다.[77]

곡률서와 목록서들이 인쇄되지 않았다면, 그것은 아마도 그것이 상업적으로 실용적이지 않았기 때문이었을 것이다. 그러나 여기에서도 우리는 인쇄와 필사가 다르게 기능했음을 기억할 필요가 있다. 상대적으로 접하기 어렵다는 점으로 인해 필사본은 남들과 구분 짓는 경계를 그었는데, 문인 극작가들은 그 경계 안에 자기 자신들을 두었다. 인쇄본은 잠재적으로 무한한 독자들을 상정하면서 반대의 효과를 낳았다. 명말 희곡 판본의 표준 형식은 정통한(當行) 전문지식을 펼쳐 보이고 다른 권위자들과 대화할 공간을 만들어주었다. 짱마오쉰은 출판된 서문에서 탕셴쭈가 배우(가수)들의 목소리를 무리하게 긴장시킨다고 비난하였고, 판원뤄(范文若)는 자신의 출판된 희곡 『화연잠(花筵賺)』의 '범례'에서 배우(가수)에게 음의 높이를 지시하는 데 사용할 독특한 표시를 설명한다.[78] 명말 희곡 판본의 문인적 아우라는 이러한 전문지식에 권위를 부여했다. 그러나 인쇄물은 모두에게 열려있었기 때문에, 표준적인 판본 형식은 묘하게도 역설적으로 그러한 권위를 주장하기 위한 지침을 제공했다. 누군가의 요구가 받아들여지게 하는 데는 장벽들이 존재했지만, 누구든지 시도는 할 수 있었다.

투룽(屠隆)은 자신의 희곡 『담화기(曇花記)』에서 유, 불, 도 삼교의 융합을 설교하며 인쇄본과 공연 사이의 관계를 보여주는 예증을 풍부히 제공했다.[79] 『담화기』의 남자 주인공은(투룽이 그랬던 것처럼) 높은 관직에 오르지만 신령한 존재가 그에게 나타난 뒤에 속세를 떠난다. 그는 사라지기 전에 안마당에 우담화를 심고는 언젠가 그가 진정으로 도를 이루게 되면 이 식물에서 꽃이 피어날 것이라고 예언한다.[80] 그리고 극 안에서 그의 전 가족이 득도한다. 우리의 남자 주인공은 수많은 우여곡절을 겪고, 그의 아내와 어머니는 더할 나위 없이 사이가 좋고, 그의 아들들은 나라를 안정시키는 군공을 세우고 - 그리고 우담화가 핀다.

이 희곡의 훌륭한 판본은 그것이 완성된 지 1년 안에 출판되었다. 그리고 투룽의 생애에 관한 쉬숴팡의 설명은 우리에게 책과 공연이 한데 어우러져 희곡의 명성을 확립했던 방식을 보여준다.[81] 『담화기』는 일찌감치 독자들에게 깊은 영향을 주었다. 천위쟈오는(『담화기』) 한 부가 필요하다는 편지를 썼

76 왕지더, 『곡률』, 『중국고전희곡논저집성』 4권, 61쪽.

77 『중국고전희곡논저집성』 5권, 243-246쪽.

78 『고본희곡총간』 2집(『고전희곡존목회고』, 989쪽)

79 『고본희곡총간』 1집(『고전희곡존목회고』, 838쪽)

80 불교에서 전승되는 이야기에 우담화는 천 년에 단 한 번 꽃을 피운다.- 그래서 참된 부처가 매우 드물게 나타남을 상징하게 되었다.

81 쉬숴팡, 『만명곡가년보(晚明曲家年譜)』 2권, 309-394쪽.

고, 천지루는 투룽에게 그것을 읽고 깨달음을 얻었다는 편지를 썼다.[82] 동시에 쉬숴팡의 설명은 투룽이 항저우, 푸젠, 쟈싱(저장)과 안후이를 지치지 않고 여행하며 친구들의 집이나 사원 또는 경치 좋은 곳에서 자신의 극단(가반)의 『담화기』 공연을 감독했음을 보여준다. 회고록 집필자 선더푸(沈德符)는 이러한 공연 중 하나를 보고 투룽이 특히 자부심을 갖는 장면에서 자신의 배우들을 지휘한 것을 묘사했다.[83] 그러나 투룽은 공연에만 그치지 않았다. 그가 죄 값을 치르려고 한 것이었든(『담화기』는 로맨틱한 탈선행위에 대한 참회의 제스춰였다는 소문이 있다)아니면 단순히 장난스럽게 적고 있었든지 간에, 투룽은 인쇄된 판본의 서와 범례 등과 같은 것을 이용해서 배우들 뿐 아니라 독자들에 대한 권위를 주장했다. 그는 '범례'에서 『담화기』가 상연되는 날에는 어떤 부정한 행위도 하지 못하도록 했다. 그리고 서문에서는 만약 한 집안의 가족들과 배우들, 관객들 모두 희곡이 공연되는 동안 술과 음식을 절제한다면 얻게 되는 큰 공덕에 대해 말했다. 『담화기』를 단지 '희곡'으로서만 치부한다거나 이 작품을 기루에서 공연하는 것은 죄업을 짓는 것이다. 바로 여기 인쇄된 판본에서 독자들은 과장된 금욕을 통해 장면을 실행하고 완성하라는 가르침을 받았다. 오직 인쇄물만이 잠재적으로 무한한 독자들에게 불변의 가르침을 주면서 공연이 끝나도 영원히 영향력을 행사할 수 있다는 근거 없는 생각을 투룽에게 불러일으킬 수 있었다.

경쟁적인 출판

1615-1616년 사이의 주요한 출판 성과는 인쇄물의 힘을 좀 더 잘 드러내 보여주었다. 짱마오쉰이 출판한 『원곡선(元曲選)』은 원 잡극의 보존뿐만 아니라 명 잡극의 보존까지 심지어 아래에서 주장하듯이 명 전기의 보존을 이끌 추진력이 되었다.[84] 비평가, 장서가이자 가끔 희곡을 쓰기도 했던 짱마오쉰은 1580년 진사에 급제했고, 그가 살던 당시의 주요 극작가들 대부분과 친숙한 사이였던 것 같다. 『원곡선』은 희곡 감식의 권위자로서 그의 지위를 확고히 했다. 그는 1620년에 세상을 떠났지만, 과거 작품들에 대한 뛰어난 전문성을 확실하게 보여줌으로써 『원곡선』에 드러난 [그의] 비평과 박식함에 반응해서 온갖 서와 선집들이 계속 나타났다.[85]

짱마오쉰은 이미 돌아가고 있는 경향들을 잘 이용할 줄 알았다. 1500년대 중반 이후 원 잡극과 산

82 그들이 인쇄된 책을 읽고 있었을까 아니면 필사본을 읽고 있었을까? 둘 중 어느 누구도 필사본을 빌린 사람들이 일반적으로 그랬던 것처럼 희곡을 손으로 직접 베껴 쓴다고 하지는 않고 있다.

83 선더푸, 『고곡잡언(顧曲雜言)』, 『중국고전희곡논저집성』 4권, 209쪽.

84 짱마오쉰 편, 『원곡선(元曲選)』, 1615-1616(영인본, 上海: 商務印書館, 1918년)

85 쉬숴팡, 『만명곡가년보』 2권, 441-486쪽을 볼 것.

곡의 보존과 출판의 유행이 뚜렷이 나타난다. 리카이셴은 작품 모음집 하나를 출판했었고[86] 또 수록된 희곡들 중 하나가 1588년으로 날짜가 적혀 있는 또 하나의 작품집 『고명가잡극(古名家雜劇)』의 뒤를 이어,[87] 1598년에는 편찬자가 '시지쯔(息機子)'라는 필명으로만 알려진 『고금잡극선(古今雜劇選)』이 출판되었다.[88] 아름다운 삽화로 장식된 『원인잡극선(元人雜劇選)』은 간혹 왕지더가 편집한 것이라고 하지만 가능성이 희박하다. 그러나 그 작품집은 아마도 짱마오쉰에게 훌륭한 모델을 제공했을 것이다.[89] 상업적인 전기 출판인들 중에 천다라이는 원명 잡극을 출판했으며 그 중 네 작품이 현재까지 남아있다.[90] 하지만 이러한 작품집들 가운데 그 어떤 것도 고스란히 남아 있지 않고 또한 이전 시기의 편자들 중 어떤 이의 이름도 사람들의 입에 오르내리지 못했다.

『원곡선』은 독자와 학자들 모두의 흥미를 끌도록 기획되었다. 그것은 링멍추의 『비파기』와 같이 그대로 기록한 판본(기록본)이 아니었다. 짱마오쉰은 출판을 위해 선택한 희곡들의 현존하는 이본(異本)들은 인정하지 않겠다고 결정했다. 그러나 『원곡선』은 읽을 만했다. 즉 다시 말하면 궁정본과 더 이른 시기의 잡극집들에는 현존하는 단편적인 원대 판본들에 빠져있는 대화와 무대지시로 이미 가득 차 있었다. 그리고 짱마오쉰의 희곡들은 표준적인 만력 연간의 공연 관습에 의해 체재를 갖춘 창(唱)들과 두 행이 아니라 한 행으로 된 백(白:대화)이 함께 깨끗하게 인쇄되었다. 최고 수준의 질을 갖춘 삽화가 책의 서와 범례 다음에 [본격적으로] 희곡 작품이 시작되기에 앞서 화첩 식으로 모아져있었다. 텍스트는 구두점이 없었지만 위에서 지적한대로 이는 학식있는 독자들에 대한 존경의 표시로서 기능할 수 있었다. 그리고 짱마오쉰은 그러한 독자들을 만족시킬 판본을 준비한 것으로 유명했다. 작품집의 학문적 성격은 링멍추가 그의 『비파기』에 가한 자세한 평점 같은 것에서가 아니라 원곡에 관한 전문적인 논평 모음, 특히 14세기 말의 곡률서 『태화정음보』로부터 광범위하게 정선한 글을 실은 서문 같은 것에서 명백하게 드러난다.

그리고 이것은 중립적 성격의 학식이 아니었다. 짱마오쉰의 서문들로 인해 그의 작품집은 명대 논쟁의 한복판에 정면으로 – 그리고 전투적으로 – 던져졌다. 남희가 전국을 휩쓸었는데, 모두들 그것이 이전의 북쪽 잡극보다 얼마나 많이 열등한 지 눈치 채지 못했던 것 같다고 그는 주장했다. 남희 전반을 비난하는 데 만족하지 않고 짱마오쉰은 나아가 그와 의견이 맞지 않는 사람들과 언쟁을 벌였다. 쉬

86 『개정원현전기(改訂元賢傳奇)』, 쉬쉬팡, 『만명곡가년보』 2권, 442쪽을 볼 것.

87 이 선집은 예로부터 천위자오의 것으로 여겨져 왔지만 정첸(鄭騫)은 대신 왕지더와 관련된 증거를 제시한다. 『경오총편(景午叢編)』(臺北: 中華書局, 1972년), 426-427쪽을 볼 것. 이 책을 내게 일러준 윌트 이데마(Wilt Idema)에게 감사한다.

88 정첸의 『경오총편』 425-426쪽을 볼 것. 위에서 논한 마이왕관(脈望館) 선집에 『고명가잡극』과 『고금잡극선』의 일부가 보존되어 있다.

89 이 선집을 왕지더와 연결시킬 설득력 있는 증거가 없다. 왕중민(王重民)의 『중국선본서제요(中國善本書提要)』(上海: 上海古籍出版社, 1982년)에서는 그것이 명대에 출판되었다고만 설명하고 있다. 이러한 자료를 나에게 지적해 준 데이비드 로이(David Roy)에게 감사한다. 만력 초기와 말기의 희곡 삽화본을 비교하면서, 나는 이 선집이 나온 시기가 만력 중기일 것이라고 제시했다.

90 두신푸(杜信孚)의 『명대판각종록(明代版刻綜錄)』(揚州: 江蘇廣陵刻印社, 1983년), 8.3b와 정첸의 『경오총편』 428쪽을 볼 것.

웨이는 거의 무난한 북쪽 스타일의 잡극을 지어 칭찬받았지만 어울리지 않는 지역 방언을 끼워 넣었다. 투룽의 『담화기』는 백이 터무니 없이 길게 이어졌다. 곧 어떤 장면에서는 곡이 전혀 없었다(그럼에도 불구하고 짱마오쉰은 수고를 아끼지 않고 『담화기』의 '주묵(朱墨)' 비평본을 출판했다).[91] 그리고, 선징과 그의 동료들의 공인된 비판에 따르면, 탕셴쭈는 대사들을 음악과 조화시키지 못했다고 한다. 명말의 것들은 정말 어떠한 것도 과거의 영광에 미치지 못했다.[92]

짱마오쉰의 감식안과 출판에 있어서의 통찰력은 희곡 선집을 위한 새로운 기준을 만들었다. 왕지더는 짱마오쉰이 서문에서 보인 견해에 분개했지만, 『원곡선』이 이전의 어떤 작품집보다 훨씬 뛰어나다고 말했다.[93] 1629년 천루위안과 그보다 좀 더 나중에 유명해지는 치뱌오쟈는 『원곡선』의 명성을 이용하여 짱마오쉰이 빠뜨렸던 원대 희곡들을 모아 출판하고자 했다. 결국 자본이 부족하여 계획을 성공시키지는 못했지만 치뱌오쟈가 얼마나 적극적으로 희귀한 판본을 끌어모으고자 했는지 쉬숴팡은 그의 편지와 일기를 인용하여 보여준다.[94] 그러나 1633년에 가장 실제적인 반응이 일어났는데, 이 해에 극작가 멍청순이 삽화를 넣고 우아하게 인쇄한 『고금명극합선(古今名劇合選)』을 출판 한 것이다.[95]

멍청순의 『고금명극합선』은 짱마오쉰의 작품집에 바치는 경쟁적인 오마주로서 간주될 수 있다(그는 서문의 첫 문장을 시작하면서 거듭 짱마오쉰을 언급한다). 짱마오쉰은 탕셴쭈를 비판했지만, 멍청순은 짱마오쉰의 위대한 친구인 곡률가 선징을 "가창 선생보다 나을 게 없다"고 하면서 탕셴쭈를 그보다 윗자리에 두었다. 짱마오쉰은 『태화정음보』에서 골라 인쇄했지만, 멍청순은 더 오래된 전문서 『녹귀부』에서 골랐다. 『고금명극합선』의 원 잡극 36편 가운데 34편은 이미 짱마오쉰이 출판했던 것이었지만 멍청순은 이본(異本)을 인쇄하는 데 있어 적극적이었다. 이 두 작품집에서 마즈위안의 『한궁추』를 인쇄한 방식을 비교해 보면, 멍청순은 자신의 입장을 고수하고 있다. 짱마오쉰은 원 잡극이 대사와 노래가 조화를 이루고 있다고 칭찬하며 제1절 혼강용(混江龍)에서 주인공이 창 하는 부분을 그에 따라서 인쇄하였고, 멍청순은 창 부분이 더 긴 판본을 그대로 유지하며 '미비(眉批)'를 이용하여 짱마오쉰의 편집을 비난했다. 멍청순은 종종 짱마오쉰이 수정한 부분을 받아들였지만, 언제나 짱마오쉰의 판본과 '오리지날' 텍스트 사이에서 자신이 선택할 권리를 주장했다. 그리고 짱마오쉰의 접근법을 근본적으로 받아들이지 않

---

91 『고전희곡존목회고(古典戲曲存目彙考)』 2권, 838쪽.

92 짱마오쉰은 자신의 서문들에서 오직 원잡극에 관해서만 말하고 있지만, 사실 명초 작가 자중밍(賈仲名)이 지은 희곡 두 편을 포함시키고 있다.

93 『중국고전희곡논저집성』 4권, 170, 260쪽.

94 쉬숴팡, 『만명곡가년보』 2권, 523-524쪽.

95 『고금명극합선』에서 멍청순은 두 선집 즉 로맨틱한 주제들로 이루어진 『류지집(柳枝集)』과 영웅적인 주제로 이루어진 『뢰강집(酹江集)』을 합쳐 놓았다. 『명대인명사전(Dictionary of Ming Biography)』 2권, 1064-1065쪽을 볼 것. 멍청순의 생평과 작업에 대해서는 쉬숴팡의 『만명곡가년보』 2권, 539-572쪽을 볼 것(멍청순이 두 선집의 이름을 설명해 놓은 것에 대해서는 쉬숴팡의 『만명곡가년보』 2권, 539-572쪽을 볼 것).

는 면으로 보면, 멍청순은 북곡이 본질적으로 남곡보다 우월하다는 주장에 반대했다. 멍청순은 북곡과 남곡 둘 다 그들의 장점을 가지고 있다고 단언하였고, 그리하여 그는 그 자신의 작품 네 편을 포함하여 명대 잡극 18편을 다시 찍어내기로 결정했다.

멍청순은 자신의 반론을 효과적으로 만들기 위해 짱마오쉰과 동일한 체재로 『고금명극합선』을 출판했다. 즉, 행서로 필사한 서문과 사론(史論), 목록, 질적인 면에서 짱마오쉰의 것에 필적할만한 삽화, 그리고 희곡들로 이루어져 있었다.[96] 그러나 짱마오쉰이 모든 구두점과 강조 부호를 생략하고 평점을 달아놓지 않았던 것에 반해 멍청순은 구두점과 강조 부호, 그리고 그가 짱마오쉰과 대등한 지위를 주장하고 짱마오쉰의 잘못을 지적하기 위해 다량의 평점들을 인쇄하면서 명말의 편집 관행들을 충분히 사용했다.

『원곡선』에 대한 반응으로 오직 명대 희곡에만 전념한 작품선집들도 나왔다. 어떤 현대 학자는 16세기 중반까지 거의 500여 개에 달하는 명 잡극이 있었음이 분명하며 여러 작품선집들이 명말까지 유통되고 있었다고 주장했다.[97] 그러나 『원곡선』의 경우와 마찬가지로, 작품 선집 하나가 탁월한 성과를 이루었는데 바로 선타이(沈泰)의 『성명잡극(盛明雜劇)』이다. 『성명잡극』은 몇 차례에 걸쳐 출판되었던 듯하다. 그 중 16명의 희곡작가의 희곡 작품 30편이 수록된 첫 번째 선집이 1630년까지 인쇄되었다. 첫 번째 출판된 것의 서문들은 짱마오쉰의 비판을 완전히 뒤집어 놓고 있다. 선타이와 그의 친구들은, 의심할 여지없이 〈원곡선〉의 강한 영향력에 대한 반응으로, 지금 '모든 사람들'이 원 잡극에 몰두하고 있으며, 이 때문에 선타이의 친구인 위안위링(袁于令)이 사람들에게 "아름다움이 모두 과거에만 있는 것은 아니"라는 것을 일깨워주어야만 한다는 사실을 애석하게 여겼다.[98]

선타이의 선집은 짱마오쉰의 『원곡선』이나 멍청순의 『고금명극합선』과 같은 지적 겉치레가 전혀 없다. 선타이의 선집에서는 어떤 사론(史論)도 다시 찍어내지 않았고, 동료 극작가들이나 그들의 선집에 대해 비판적인 경향을 나타내지도 않았으며, 희곡의 문인(文士) 작가들을 달빛이나 꽃, 그리고 아름다운 여자들에게 몰두했던 사람들로 묘사했다. 그러나 선명하고 잘 정리된 인쇄와 세련된 화첩식 삽화가 있는 그 작품은 짱마오쉰이나 멍청순의 선집들만큼 야심적인 것이었다.[99] 짱마오쉰이 촉발시켰던 선집편찬에 대한 열망을 연상시키는, 또 티모시 브룩과 마틴 헤이지드라가 우리에게 기술한 바 있는 교통통신의 혁명을 상기시키는 그런 제스처로, 선타이는 "범례"에서 명 잡극 필사본을 소유한 사람

96 멍청순은 『고금명극합선』을 구성하는 두 선집 각각의 첫 부분에 삽화들을 모아놓았다.

97 『성명잡극』(臺北: 文光出版社, 1963년), 발행지 미상, 위안쥔의 서.

98 『성명잡극』, 쉬밍야의 서(발행지 미상).

99 『성명잡극』의 현대 판본은 작품마다 하나씩 삽화를 인쇄하곤 했지만, 미 국회도서관에 마이크로필름으로 보존되어 있는 1630년 판본은 전형적인 숭정 연간의 화첩식으로 인쇄했다.

들에게 "1,000리를 무시하고" 우편으로 그것을 그 자신에게 보낼 것을 요구했다.[100]

명대 전기 선집들 가운데 오직 숭정 연간 후기 마오진의 『육십종곡』만이 온전한 상태로 남아 있다.[101] 여기에서도 우리는 『원곡선』의 간접적인 영향을 볼 수 있을지도 모른다. 마오진은 이전에 출판된 전기를 광범위하게 밑바탕으로 삼았다. 다시 말하면, 1590년대부터 시작하여 희곡을 전문으로 다루는 난징 출판인들은 삽화본 전기를 연속물 형태로 출판했다. 그러나 이 연속물들에는 위에서 언급한 삽화본 잡극 선집들과는 다르게 단일한 방침(가이드라인)이 보이지 않는다. 개별적인 희곡 작품들은 일반적으로 서문이 없고(상업적인 출판인이 쓴 서문으로 내가 발견한 것은 천다라이의 것이 유일하다) 나는 이것들이 연속물임을 나타내는 그 어떤 서문도 보지 못했다. 이는 아마도 그것을 선집이라기보다는 일 계열의 작품들로 간주하는 것이 더 정확할 것이다. 각각의 출판사들은 그 나름의 예술가들과 각공들을 데리고 있었는데 각각의 "일 계열의 작품들"에 맞춰 특성화했다. 주요한 문인 희곡작가들은 상업적 연속물들의 주요 원천이었다.[102]

이와는 대조적으로, 『육십종곡』은 단일한 감각으로 조직된 진정한 선집이다. 『육십종곡』은 서문, 구두, 편집 부호나 삽화가 없는 절대적으로 통일된 체재로 깔끔하게 인쇄되었다. 이러한 체재로 전기를 다시 출판함으로써 마오진은 개성을 대부분 없애면서 근본적으로 변화시켰다. 마오진의 작품 60편 중 세 번째 작품인 『동곽기(東郭記)』가 그 적절한 예이다. 『동곽기(東郭記)』의 현존하는 판본 가운데 『육십종곡』을 제외한 다른 판본의 서문에는 "바이쉐러우주런(白雪樓主人)"이라고만 서명되어 있다. 바이쉐러우주런은 인장(印章)에 대한 연구를 통해서 쑨중링(孫鍾齡)이라는 사람과 연결되었는데, 그에 관해서는 『취향기(醉鄉記)』라는 또 다른 전기의 저자라는 것 외에는 알려진 바가 거의 없다.[103] 『동곽기』의 바이쉐러우 본은 개성이 넘치는 풍자극이다. 서문에서는 희곡의 주요 모티프로 쓰인 『맹자』의 한 대목을 의도적으로 틀리게 해석했다(제나라 사람의 아내는 동곽에 있는 묘지에서 음식을 구걸하고 있는 남편을 발견하고 충격 받는다). 쑨중링이 제삼자로 가장하여 쓴 미비(眉批)에는 희곡의 착상을 작가가 얼마나 교묘하게 전개시켰는지를 적어 놓았다. 이 바이쉐러우 본에서는 서문 뒤에 『맹자』의 해당되는 대목이 있고, 재치 있는 협비가 중간 중간에 섞여 있으며, 희곡 작품에는 운을 맞춘 발문이 있다. 『육십종곡』 본은 이런 평점

---

100 17세기 초 상업적 우편 서비스에 대한 설명으로는 티모시 브룩의 『쾌락의 혼돈』, 185-190쪽을 참고할 것.

101 『육십종곡』(北京: 文學古籍刊行社, 1955년).

102 문인 작가와 상업적 출판인들 사이의 관계에 대해서는 충분히 연구되어 있지 않다. 표 7.1에 나열된 가장 많이 출판된 17편 희곡 작품 가운데 5편은 이전 시대의 고전들이지만, 명말 작자들에 의해 씌어진 12편의 희곡 중 11편은 진사의 지위를 가진 사람이나 그들의 영역 안으로 편입된 문인들에 의한 것이다. 11편 모두 상업 판본으로 출판되었는데, 그 중 널리 인기를 끌었던 『모란정』과 마찬가지로 하나에서 여덟 개의 판본이 나오기도 했다.

103 쑨중링이 작가라는 사실을 확증한 것에 대해서는 진멍화(金夢華)의 『지구거 육십종곡서록(汲古閣六十種曲叙錄)』(臺北:嘉新水泥公司文化基金會, 1969년), 18쪽을 볼 것. 쑨중링의 희곡 두 편은 『고전희곡존목회고』 제 2권, 965-966쪽에서 논하고 있다. 진명화는 쑨중링이 "쑨런루(孫仁儒), 자(字)는 알려져 있지 않다"고 했지만, 『고전희곡존목회고』에서는 "쑨중링, 자는 런루"라고 바로 잡았다.

과 앞 뒤 서와 발을 모두 생략했다. 쑨중링의 판본이 독자와 대화를 나누기 위해 기획된 것으로 보인다면, 마오진은 그 대화를 효과적으로 차단하고 있다. 그 결과 자아표현이 아닌 자료로서의 희곡이 되었다.

이렇게 해서 마오진은 위에서 논의한 희곡－출판 경향으로부터 완전히 벗어났는가? 그 대답은 마오진이 원래부터 희곡 출판인이 아니었고, 희곡은 단지 그의 사업 가운데 하나의 작은 일부분일 뿐이었다는 것이다. 그의 인쇄소인 지구거(汲古閣)는 교양 있는 독자들을 위한 역사서와 선집을 주로 출판했고, 다양한 장르에서 현존하는 지구거 판본은 『육십종곡』의 체재와 "활자"가 그의 다른 인쇄본들과 매우 흡사하다는 것을 보여준다. 그는 자신의 권위를 우아하고 통일되게 인쇄된 작품을 출판함으로써 확립하였는데, 그의 인쇄본은 그의 사업과 은연중에 여늬 개인적인 전기 작가(『육십종곡』에 이름이나 필명이 없다)가 아닌 장르의 권위자로서의 자신에게 관심을 끌도록 만들었다.

그러나 마오진이 일련의 희곡 작품들을 자신의 지구거 계열에 포함시키게 한 것은 짱마오쉰과 멍청순의 선집이 인기를 끌었기 때문이었다. 마오진은 그의 잡극 선집이 그의 교양 있는 고객층에게 먹혀들었다는 사실에 주목했다. 그리고 마오진은 자기만의 학술적 전략을 가지고 있었다. 그는 우선 송대 희귀 판본들 중 훌륭한 복제본(複刻)을 출판하면서 이름을 날리게 되었고, 『육십종곡』은 감식안을 가졌다는 사실을 드러내 보여준다. 마오진의 희곡 작품 60편 가운데 19편은 다른 어떤 인쇄본이나 필사본에도 남아 있지 않는데, 마오진은 아마도 의식적으로 없어져 갈 위기에 처해 있던 것을 구해내려 했던 것 같다. 선징, 펑멍룽과 짱마오쉰과 마찬가지로 마오진은 그의 편집자적 수완을 탕셴쭈의 유명한 희곡 『모란정』에 쏟아 부었다.[104] 신중한 방법으로 그는 또 희곡 출판으로 그 자신을 전문적인 지식을 가진 문인으로서 자리매김했으며, 그 결과 없어서는 안 될 공헌을 남겼다.

결론: 공연으로서의 출판

자아표현은 거의 자아에만 의존하지 않는다. 이들 명말 희곡 판본에서 표현된 "자아"는 문화적 엘리트의 일부로 상정된 문인 학자와 선타이의 선집인 『성명잡극』의 서문에서 상정된 것과 같은 문사(文士)다. 하지만 이제까지 살펴본 대로 이 자아는 교통통신의 개선, 화폐 경제, 상인 네트워크, 그리고 상업적 출판의 급증 등과 같은 것이 실현되어야만 존재할 수 있었다. 이것은 비정통적인 문인 작가나 출판인들을 비난하는 것인가? 아니다. 그들이 스스로 자부심을 가졌던(출판을 통해 형성된) 집단 정체성을 경험했다는 사실이, 그들이 살고 있는 세계를 구체적으로 만들어내게 했기 때문이다. 출판은 어떻게

104 캐서린 스와텍의 『풍몽룡의 낭만적인 꿈』, 1쪽, 23쪽 주1을 볼 것.

집단 정체성을 강화했는가?

우리는 이미 표준적인 문인 판본－지면상에 서문과 평점이 있는 체재－의 출현이 문인 독자에게 자신이 받은 교육이 사회적 위신을 의미한다는 것을 상기시키면서 틀림없이 일종의 거울과 같은 작용을 했을 것이라는 사실을 보았다. 전형적인 만력 후기와 숭정 시기의 삽화들은 그와 같은 역할을 더 많이 수행했을 것이다. 삽화가 한때 공연 무대를 재현했다면, 만력 말기에 이르게 되면 삽화는 무대가 아니라 문인 자신들을 재현하는데 쓰인다. 삽화에 그려져 있는 남성과 여성은 남성 독자들의 기호에 영합했는데, 그 남자들은 지면 위에서 학자의 의관을 하고 있는 그 자신을 볼 수 있었으며, 그는 항상 고급 기녀나 사랑에 번민하는 상류층 여인 또는 그의 팔에 기대어 있거나 창가에서 그를 그리워하고 있는 순종적인 아내 등과 함께 있었다(이들 삽화는 정형화되어가면서 점점 정교해졌다). 곡보에 들어 있는 삽화들은 그림이 좀 더 드러내놓고 실제 인물과 부합할 것을 장려했는데, 그것은 노래가 곧잘 문사와 고급 기녀들의 특정한 모임을 기념하기 위해 쓰였기 때문이다. 『상당연』의 삽화에 스며들어 있는 "영적으로 전달된 감동"은 바로 청대 남성들이 바랐던 감정적인 경험이었고, 출판된 희곡의 단골 독자들은 그렇게 상상한 것을 그 자신이 이해하고 있는 세계에서의 "처세"와 결부시켰다. 끝없는 변증법적 과정을 통해서 출판은 희곡을 쓴 자아를 생산해냈다.

그러나 출판은 작가들이 원했을 지적 소유권을 영원히 지배하도록 내버려두지 않았다. 우리는 희곡이 어게 멋대로 수정되어 이미 출판된 선집이나 『육십종곡』과 같이 원 저자 겸 출판인의 개성이 가려질 수 있는 "권위 있는" 선집 속으로 편입되는지에 대해 보았다. 이런 식으로 출판을 통해 기대했던 것은 결국 실현되지 못했다. 다시 말해, 출판인이 기대했던 잠재적으로 무제한적인 독자는 원본이 희소해져 감에 따라 사실상 제한되었다. 하지만 불교적인 이치로 이런 원본들은 비록 짧은 기간 유행했는데, 영원하지는 않지만, 가시적으로 느낄만한 효과를 낳았다. 근본적으로 사적인 것과 상업적인 것 사이의 경계가 희미해진 움직임 속에서, (다양한 작품의) 출판은 모두에게 원칙적으로 문인의 형상에 대한 생각을 갖게 했다. 여기에서 언급된 문인 판본이 판매를 위해 출판되었는지 아니면 사적인 교환을 위해 출판되었는지 간에(우리는 이 문제에 대한 어떠한 명확한 답도 얻을 수 없다), 그것은 명말 시기 시각 문화의 한 부분이 되었다. 희곡과 노래(인쇄된 삽화뿐만 아니라 인쇄된 텍스트도)가 함께 어우러진 이미지들은, 자아를 상정하는 새로운 방법을 일반화하도록 도왔고, 수세대에 걸쳐 문인들에게 지속적으로 영향을 줄 이상들을 창조해냈다.

청대의 비 한어(非漢語) 출판

이블린 S. 러스키(Evelyn S. Rawski)

비 한어 민족들이 중국의 문화와 중국이라는 나라의 발전에서 수행했던 중요한 역할을 고려한다면, 중국에서의 책의 역사에는 중국어 이외의 언어로 씌어지고 출판된 책들에 대한 평가가 포함되어야 한다. 그런 평가로 인해 다른 여타의 지역에서 책의 문화를 위해 제기되었던 것과 똑같은 주제들이 제기된다 (내용이라는 측면에서). 어떤 종류의 서물(書物)이 비 한어 언어로 출판되었는가? 작자나 출판자는 누구이며 이들 저작들은 어떤 형식으로 유통되었는가? 이런 저작들을 소비했던 독서 계층은 어디에 있었으며, 어떤 이들이 그 구성원이었는가? 인쇄가 비 한어 언어 문화에 어떤 충격을 가했는가? 인쇄가 문화적인 통합, 곧 비록 어쩔 수 없이 다양성을 피할 수는 없지만 하나의 공통의 문화를 창조하는 것을 가능케 했는가?

청 왕조(1644-1911년)는 중국에서의 비 한어 출판에 대해 검토하기에 특별하달 만큼 적절한 시기다.[1] 청의 지배자들은 자신들을 1121년에서 1234년까지 중국의 북부 지역을 통치했던 금(金) 왕조와 동일시했던 아시아 북동부의 민족이었다. 그들보다 앞선 10세기에서 14세기 동안 한어를 구사하는 세계의 일부를 통치했던 비 한어 정복 왕조와 마찬가지로 만주족들은 자신들의 독립된 정체성을 유지하기 위해 고안된 문화 정책들을 채택했다. 그들은 자신들만의 문어를 창조했고, 이 언어, 곧 만주어를 청 왕조의 두 개의 공식 언어 가운데 하나로 채택했으며, 만주어로 기인(旗人) 자제들을 교육시키고 훈련시키는 학교를 설립했다.[2] 만주어로 권좌에 있는 이들과 소통하기 위해서는 기인 관리들이 필요했고,

---

1 위구르어로 인쇄된 문헌 자료들이 청대에 나오긴 했지만, 이 글에서는 다루지 않을 것이다. 여기서는 주요한 세 가지 비 한어, 곧 만주어와 몽골어, 티벳어로 된 저작에만 초점을 맞추었다.

2 만주어 글쓰기 시스템의 초기 발전에 대해서는 다음의 글들을 볼 것. 황룬화(黃潤華), 「청문관각도서술략(清文官刻圖書述略)」(『文獻』 4[1996]), 178-179쪽; 파멜라 카일 크로슬리(Pamela Kyle Crossely), 『만주 사람들(The Manchus)』 (Oxford: Blackwell, 1996), 37-38쪽; 파멜라 카일 크로슬리(Pamela Kyle Crossely)와 이블린 S. 러스키(Evelyn S. Rawski), 「청대 역사에서 만주어 개요(A Profile of the Manchu-Language in Ch'ing History)」 (*Harvard Journal of Asiatic Studies* 53.1[1993. 10]), 63-102쪽. 학교에 대해서는 파멜라 카일 크로슬리(Pamela Kyle Crossely), 「만주어 교육(Manchu Education)」 (Benjamin A. Elman, Alexander Woodside eds., *Education*

황가(皇家)나 기인과 연관된 일들 그리고 내륙 아시아(Inner Asia)의 군사(軍事)와 연관된 문서들은 종종 만주어로만 씌어졌다. 비록 만주어로 씌어진 1백 5십 5만 건의 공문들이 이 글의 범위에서 벗어나 있지만, 이것들은 청 왕조의 초반부 동안 어째서 만주어의 문해력이 확산되었는지를 밝히는 데 중요한 의미를 갖는다.[3]

청의 정책들은 만주어뿐 아니라 몽골어 문해력에도 자극을 주었다. 청에 의해서 몽골에 도입된 기인 행정 단위인 자사그(jasagh)[4]마다에, 그리고 베이징과 우르가(Urga)[5], 울리아수타이(Ulianutai)[6], 콥도(Kobdo)[7]에 학교가 세워졌다. 거기서는 학생들이 몽골어와 만주어를 읽고 배웠다.[8] 팔기에 편입된 몽골족과 다른 민족들은 만주어와 몽골어로 된 특별 시험(別試)을 치를 수 있었는데, 몽골어는 1730년에 추가되었다. 비록 직위를 얻는 몽골인의 숫자가 별 볼 일 없는 수준이긴 했지만(어떤 학자는 청대 내내 154명의 몽골인들만이 진사가 되었다고 추정했다), 과거시험은 그들의 상층부들에게 열려있는 세습직과 관직에 접근할 수 없었던 몽골인들이 신분 상승으로 나아갈 수 있게 해주는 길을 제공해 주었다.[9]

몽골족은 티벳의 불교 사원에서 공부하는 동안 티벳어도 배웠다. 16세기 후반에는 몽골에서 부흥했던 티벳 불교에 대한 청 조정의 후원으로 인해 새로운 제작자가 만들어지고 종교적인 텍스트를 위한 독자층이 확장될 수 있었다.[10] 건륭제(재위 기간은 1736-1796년) 초기에 이르게 되면 몽골에 2천 개에 가까운 승원(monasteries)과 절(temples)이 있었고, 지금의 칭하이와 신장 성에는 티벳과 몽골인들을 위한 수백 개의 불교 사원들이 있었다.[11] 20세기 초까지만 해도 모든 남자의 3분의 1 가량이 승원에서 기

---

and Society in Late Imperial China, 1600-1900, Berkeley: University of California Press, 1994), 349-352쪽을 볼 것.

3 한족 기인들의 '만주화(Manchuization)'에 대해서는 텅사오전(滕紹箴), 『청대팔기자제(清代八旗子弟)』(北京: 華僑出版社, 1989) 2장을 볼 것.

4 【옮긴이 주】 자사그는 몽골 기인의 우두머리를 가리키는데, '집정관'이라는 의미를 갖고 있으며, 대부분 칭기즈칸의 후예들이다. 청대에는 몽골족의 거주지를 몇 개의 기(旗)로 나누고 여기에 자사그 한 사람을 책봉했다. 이런 봉지 내의 모든 것은 자사그의 관할에 두었으며, 조정에 대해 일체의 요역이나 세금도 부담하지 않았다.

5 【옮긴이 주】 '우르가'는 몽골의 수도인 '울란바타르(Ulaanbaatar)'의 별칭이며, '울란바타르'는 '붉은 영웅'을 의미한다.

6 【옮긴이 주】 '울리아수타이'는 몽골에 있는 도시 이름으로, 서부 지역에 위치하고 있으며, 수도인 울란바타르에서 1,115킬로미터 떨어져 있는 자브칸(Zavkhan) 주의 수도이다.

7 【옮긴이 주】 '콥도'는 몽골의 코브드(Khovd) 주의 수도로 몽골 알타이산맥 자락에 위치해 있다.

8 장융장(張永江), 「청대팔기몽고관학(清代八旗蒙古官學)」(『民族研究』 6[1990]), 96-102쪽; 싱리(邢莉), 「역사상의 몽골족 교육(歷史上的蒙古族教育)」(『民族教育研究』 4[1994]), 80쪽; Y. 린첸(Y. Rinchen), 「(몽골의 문화사로 본) 서적과 전통(Books and Traditions(From the History of Mongol culture))」(trans. Stanley Frye, in *Analecta Mongolica, Dedicated to the Seventieth Birthday of Professor Owen Lattimore,* Bloomington: The Mongolia Society, 1972), 68-70쪽.

9 파멜라 카일 크로슬리(Pamela Kyle Crossely), 「만주어 교육」; 장융장(張永江), 「팔기몽고과거초탐(八旗蒙古科擧初探)」(『內蒙古社會科學』 4[1989]), 75-79쪽.

10 이블린 러스키(Evelyn S. Rawski), 『마지막 황제들, 청대 황실 기관의 사회사(*The Last Emperrors: A Social History of Qing Imperial Institutions*)』(Berkeley: University of California Press, 1998), 7장.

11 쉬샤오광(徐曉光)과 저우젠(周健), 「청조 정부의 라마교 입법에 대한 초탐(清朝政府對喇嘛教立法初探)」(『內蒙古社會科學』 1[1988]),

거함에 따라 몽골인들의 문해력은 새롭게 정점에 이르렀다. 티벳어는 몽골의 승원에서는 배움을 자처하는 모든 라마승들이 배웠던 위세 있는 언어였다.[12]

만주어와 몽골어, 티벳어로 된 문학 작품의 창작은 직접적으로나 간접적으로나 청의 통치자들에 의해 고무되었다. 동북아시아[곧 만주 지역]와 몽골, 티벳 그리고 타림분지가 17세기에서 18세기 초에 이르는 시기에 청 제국에 편입되었을 때, 내륙의 아시아인들뿐 아니라 청의 관리들이나 이런 시장에 진출했던 한족 상인들 사이에서 행정과 교역에 유용한 정보에 대한 수요가 일었다. 청의 통치는 몽골이나 티벳과 같이 예전에는 멀게 느껴졌던 지역을 좀 더 가깝게 통합했고, 몽골족 사이에서 티벳 불교가 확산됨에 따라 자연스럽게 종교적인 저작들에 대한 수요가 일기도 했다.

조정에서 번역과 사전 편찬 사업을 후원했던 것은 비 한어 서적 문화의 발전에서 직접적이면서 주도적인 역할을 수행했으며, 만주족 황제들이 옹호했던 다문화 정책들에 있어서도 필수적이었다. 강희제(재위기간은 1661-1722년)와 옹정제(재위기간은 1723-1736년)는 그들 자신의 언어로 거대한 제국을 통치하는 데 유용한 지식을 전파하는 지속적인 노력들의 일환으로 번역과 사전 편찬 사업을 추진했다. 티벳 불교에 대한 후원을 통해 몽골족들의 환심을 샀던 것은 결과적으로 통치자들이 티벳 대장경의 방대한 번역 사업을 추진하는 것으로 이어졌다. 제국이 성장해 감에 따라 번역에 공을 들이는 노력의 범위가 확장되었다. 건륭제는 그 자신을 다섯 민족, 곧 만주와 몽골, 티벳, 위구르(투르크 어를 말하는 무슬림들)와 한족의 통치자로 선포하는 보편 군주(universal monarchy)라는 미사여구를 동원함으로써 타림분지와 동투르키스탄 정복 사업의 성격을 규정했다. 그는 통치자로서의 그 자신의 비전이 다양한 다문화로 이루어진 제국의 핵심적인 중점이 된다는 사실을 반영한 다중어로 된 수많은 선집 편찬을 추진했다.[13]

여기서 나는 먼저 아시아와 미국, 유럽 그리고 러시아에 있는 장서들의 목록에 의지해 만주어와 몽골어, 티벳어로 된 청대 출판물을 개관할 것이다. 두 번째로 나는 손에 넣을 수 있는 한어로 된 그 당시 출판물의 유형과의 비교를 통해 청대에 비 한어로 출판된 저작들의 성격을 분석할 것이다. 결론에서는 청대의 출판이 청 제국과 그 주변 세계에 가했던 충격을 평가할 것이다.

59쪽; 로버트 J. 밀러(Robert J. Miller), 『내몽골의 사원과 문화 변화(Monasteries and Culture Change in Inner Mongolia)』 (Wiesbaden: Harrassowitz), 27쪽.

12 C. R. 보든(C. R. Bawden), 『몽골 현대사(The Modern History of Mongolia)』 (London: Kegan Paul, 1989. 87쪽); 헨리 G. 슈워츠(Henry G. Schwarz), 「도론(Introduction)」 x(*Mongolian Short Stories*, Bellingham: Program in East Asian Studies, Western Washington State College, 1974.)

13 건륭의 이데올로기는 제임스 A. 밀워드(James A. Millward)의 『관문을 넘어서: 청대 중앙 아시아의 경제와 인종, 제국, 1759-1864년(Beyond the Pass: Economy, Ethnicity, and Empire in Qing Central Asia, 1759-1864)』 (Stanford: Stanford University Press, 1998), 197-203쪽에 상세히 설명되어 있다. 파멜라 크로슬리(Pamela Crossley)의 『반투명한 거울: 청의 제국 이데올로기의 역사와 정체성(*A Translucent Mirror : History and Identity in Qing Imperial Ideology*)』 (Berkeley : University of California Press, 1999), 3부도 볼 것.

비 한어 저작들의 출판

만주어 저작들

만주어로 된 저작들의 총수는 적어도 기존에 1천 종 미만으로 추정했던 것을 넘어선 듯이 보인다.[14] 만주어로 된 저작들의 유형을 일반화하려는 시도들은 중국에 있는 기관들과 독일의 장서들, 파리의 국립도서관, 도쿄의 도요분코(東洋文庫), 런던대학 SOAS(the School of Oriental and African Studies), 영국도서관, 인도사무부도서관(印度事務部圖書館, the India Office Library), 공문서관(the Public Record Office), 런던의 영국성서공회(the British and Foreign Bible Society), 왕립아시아학회, 왕립지리학회, 그리고 미국의 도서관들에 소장된 2,746권의 만주어 저작들에 대한 조사에 바탕한 것이다.[15] 이하의 정보는 이들 장서의 목록에서 선별되어 저작의 제목이나 저작의 형태(즉 필사된 수고본인지 목판으로 인쇄한 것인지),[16] 텍스트의 언어, 해당 저작을 만든 장소, 출판되거나[17] 만들어진 날짜 등과 같은 전자화된 데이터베이스로 기록되었다. 중복된 것은 제외했는데, 조사된 2,700종 이상의 저작 가운데 2,143종은 유일한 것이거나 어떤 저작의 유일본이다. 그리하여 이 글에 인용된 "만주 데이터베이스"는 2,100종 이상의 만주어 저작들로 이루어졌다.

목록에 열거된 책 제목들은 그 내용과 범위에서 천차만별이다. 비록 대부분의 공문서가 생략되긴

---

14 J. D. 피어슨(J. D. Pearson)의 『유럽과 북미에 있는 동양의 필사본(Oriental Manuscripts in Europe and North America)』(Zug: Interdocumentation Company of Switzerland, 1971), 431쪽에는 유럽과 일본, 미국 그리고 옛 소련의 도서관에 산재해 있는 약 705종의 만주어 저작들이 인용되어 있다.

15 'QMM'(黃潤華, 『全國滿文圖書資料聯合目錄』, 書目文獻出版社, 1991)과 'CUM'(Walter Fuchs, comp., Chinesische und Mandjurische handschriften und seltene Drucke nebst einer Standortliste der Sonstigen Mandjurica(그 밖의 만주 지명 목록이 포함된 한어 및 만주어 필사본과 희귀 인쇄본), Wiesbaden: Franz Steiner Verlag, 1966), '파리'(Jeanne-Marie Puyraimond et al., eds., *Catalogue du Fonds Mandchou*(만주문고의 목록), Paris: Bibliothèeque Nationale, 1979), '도쿄'(Nicholas Poppe, Leon Hurvitz, and Hidehiro Okada, *Catalogue of the Manchu-Mongol Selection of the Toyo Bunko*, Tokyo: Toyo Bunko, 1964), '런던'(W. Simon and Howard G. H. Nelson, *Manchu Books in London: A Union Catalogue*, London: British Library Board, 1977)과 '미국'(H. Walravens, "Vorläufige Titelliste der Mandjurica in Bibliotheken der USA(미국의 도서관에 있는 만주의 임시 명칭 목록)," *Zentralasiatische Studien* 10[1976]: 551-613). 이 글에서는 베이징의 중국제일역사당안관(中國第一歷史檔案館)과 타이완(臺灣) 타이베이(臺北)에 남아 있는 광범위한 만주어 공문서들은 다루지 않을 것이다. 좀 더 많은 기록보관소의 정보에 대해서는 크로슬리와 러스키의 「청대 역사에서 만주어 개요」를 볼 것.

【옮긴이 주】 위에서 'QMM', 'CUM', '파리', '도쿄', '런던', '미국'이라 약칭한 자료들은 이후로는 모두 상세한 정보 대신 약칭으로 대신한다.

16 비록 대부분의 만주어 서물(書物)들이 목판으로 만들어졌지만, 19세기 후반부에 만들어진 소수의 것들은 실제로는 서구에서 수입된 새로운 기술을 사용해 인쇄되었다. 후자에 대한 상세한 내용은 뒤에 나오는 청대 출판에 대한 논의에 나온다.

17 여기서 '출판'이란 용어는 인쇄된 저작들에 관해 사용된 것이다.

했지만, 만주 데이터베이스에는 황제의 "유서(遺書)"나 공식적인 책력과 일식이나 월식의 도표와 같은 비 도서도 포함되어 있다. 단일한 "항목"을 구성하고 있는 것 역시 다양한데, 이것은 낱장으로 인쇄된 종이로부터 티벳 칸쥬르[18](또는 깡규르Kanjur, 甘殊爾)[19]나 티벳 대장경과 같이 하나의 제목 아래 수백 종의 불교 경전이 한데 합쳐진 것까지 모두 포함하고 있다. 만주 데이터베이스 내의 대부분의(51.7퍼센트에 이르는) 항목들[20]은 필사본의 형태를 취하고 있다. 몇몇 필사본들은 아마도 원래 황실에서 추진하여 나중에 인쇄된 저작들의 초고인 듯하다. 건륭 시기에 편찬된(내가 아래에서 논의하게 될) 5가지 언어로 된 사전과 같은 나머지 것들은 인쇄된 적이 없다. 인쇄된 책을 손으로 베껴 쓴 것들도 많이 있다.

청대에 나온 만주어 자료들은 다중 언어로 되어 있는 경향이 있다. 곧 저작들의 39.6퍼센트만이 만주어로만 되어 있을 뿐, 48.2퍼센트가 만주어와 한어로 되어 있고, 그 나머지는 청 왕조의 범세계적인 성격을 반영하는 다양한 언어들로 이루어져 있다. 예수회 선교사들은 만주어와 라틴어로 된 기독교 서적들을 번역해 펴냈고, 티벳어 불경은 만주어와 티벳어, 산스크리트어와 몽골어로 다시 만들어졌다. 황실의 지리서들은 위구르어와 토도(Todo)어가 추가되었는데, 후자의 경우는 몽골어를 오이라트(Oirat, Ölöt)나 몽골 서부방언을 표기하기 위해 몽골 문자를 변형해서 만든 것이다. 만주어 문법서는 한어와 몽골어뿐만 아니라 한국이나 러시아, 프랑스, 일본인 화자(話者)를 위한 주석본으로 출판되었다.

출판자들에 대한 정보는 만주어 출판에서 황가의 리더십을 분명히 보여주고 있다. 실제로 데이터베이스 내 767종의 목판 인쇄물 가운데 44.1퍼센트만이 출판 주체를 확인할 수 있는데, 그들은 저작을 인쇄한 사람이거나 혹은 목판의 소유주였다.[21] 96개의 조정의 기관과 상업적 인쇄소의 이름이 출판업자의 목록에 등장하지만, 대부분(57퍼센트 이상)은 단지 하나의 저작에만 이름을 올렸고, 상위 5곳의 인쇄소를 제외한 나머지는 5종이나 그보다 적은 수의 책을 출판한 것으로 나와 있다(〈표 8.1〉을 볼 것). 청대에 가장 책을 많이 찍어낸 5곳의 출판자 가운데 셋[황실과 내무부(內務府), 그리고 번역종학(飜譯宗學)]은 조정의 기관들이었다. 만주어 책들의 출판을 황실에서 주도했다는 사실은 도표에서 황실 본이 대다수를 차지하고 있는 것으로도 알 수 있다.

---

18 【옮긴이 주】 흔히 '불설부(佛說部)'라고도 하며, '논소부(論疏部)'에 해당하는 탄주르(땐규르Tanjur, 丹殊爾)와 함께 티벳 불교의 주요한 경전이다.

19 이것은 'QMM' 내의 0139조이다.

20 목판으로 인쇄된 서물(書物)들은 데이터베이스의 40.4퍼센트를 차지한다. 나머지 8.5퍼센트는 19세기 말과 20세기에 서구로부터 들여온 인쇄 기술을 사용해 다시 만들어졌다.

21 출판자들에 대한 논의에서는 미국의 도서관에 소장된 239종의 유일본들은 배제했다. 그것은 이 자료가 거의 예외 없이 미국에서는 제공되지 않기 때문이다.

<표 8.1> 만주어로 된 책을 가장 많이 펴낸 청대의 출판업자들

출판자	출판한 책의 수
우잉뎬(武英殿)	112
싼화이탕(三槐堂)(베이징)	21
쥐전탕(聚珍堂)(베이징)	16
내무부(內務府)	11
번역종학(飜譯宗學) [징저우 주방(荊州駐防)]	9

출처: 만주어 데이터베이스

몽골어 저작들

몽골어 저작들은 처음에는 청 왕조 시기 동안 의미 있는 수량의 인쇄본 형태로 나타났다.[22] 추정치는 몽골어(와 티벳어) 저작들이 전 세계에 걸쳐 있는 장서들에 만주어 저작들만큼이나 많이 남아 있다는 것을 보여준다.[23] 아래의 몽골어 저작들에 관한 일반화는 앞으로 '몽골 조사'라 부르게 될, 독일과 쌩 뻬쩨르부르그, 코펜하겐, 도쿄와 워싱턴 D.C.의 의회도서관에 있는 주요 장서들 안에 소장된 약 1,700종의 자료들에 대한 조사에 의거했다.[24] 저작들 가운데 58.3퍼센트가 필사본인데, 39.8퍼센트는 목판

22 발터 하이씨히(Walther Heissig), 『잃어버린 문명: 재발견된 몽골 사람들(The Lost Civilization: The Mongols Rediscovered)』 (New York: Basic Books, 1966), 252-253쪽.

23 발터 하이씨히는 코펜하겐에서 약 1,400종의 몽골어 저작들이 몽골과 소련(xx) 외부에 있는 문고들에 소장되어 있다고 추정했다. A. N. 포드즈네프(A. N. Podzneev)가 수집한 400종과 B. Ia. 블라디미르초프(B. Ia. Vladimirtsov)가 수집한 129종은 과학원 아시아 민족연구소의 레닌그라드 분소 도서관 내 필사본실에 있으며, N. P. 샤스티나(N. P. Shastina)의 「몽골어 필사본과 목판 인쇄본(Mongolian Manuscripts and Xylographs)」 (A. S. Tveritinova comp., *Selected from the Holdings in Oriental Studies in the Great Libraries of the Soviet Union*, trans. Ruth N. Denney, Honolulu: East-West Center, 1967), 17쪽에 인용되어 있다. 블라디미르 L. 우스펜스키(Vladimir L. Uspensky)의 「쌩 뻬쩨르부르크의 도서관들에 소장된 고대 티벳어와 몽골어 장서(Old Tibetan and Mongolian Collections in the Libraries of St. Petersburg)」 (*Asian Research Trends: A Humanities and Social Science Review* 6[1996]), 176쪽에서는 몽골어 장서의 수량을 7,300종(중복된 것도 포함하여)으로 추정했고, 쌩 뻬쩨르부르그 분관(St. Petersburg branch)의 동양연구소(the Institute of Oriental Studies)에 있는 티벳어 장서는 약 2만 권(중복된 것도 포함하여)에 달하는 "세계 최대 규모 가운데 하나"라고 추정했다(174쪽). 티벳어 서물(書物)의 통계는 티벳 불교 칸주르를 하나의 책으로 칠지 그렇지 않으면 별개의 저작들로 다시 나눌지에 따라 변할 수 있다. 장서들이 어떻게 만들어졌는지에 대한 설명은 M. 와실리에프(M. Wassiliev)의 「쌩 뻬쩨르부르그 대학 도서관 소장 동아시아 언어 저작 목록 안내(Notice sur les ouvrages en langue de l'Asie orientale, qui se trouvent dans la bibliothèque de l'Université de Saint-Pétersbourg)」 (『쌩 뻬쩨르부르그 제정 과학원의 역사-문헌학 회보에서 뽑은 아시아 관련 논문집(*Mélanges asiatiques tirés du Bulletin historico-philologique de l'Académie Impériale des sciences de St. Pétersbourg)*⊠ 11, 6e livraison [1856]), 562-607쪽을 볼 것.

24 소장품에 대한 정보는 '독일'(Walther Heissig, Mongolische Handschriften, Blockdruke, Landkarten, Weisbaden: Franz Steiner Verlag, 1961), '코펜하겐'(Walther Heissig, Catalogue of Mongol Books, Ms. and Xylographs, Copenhagen: The Royal Library, 1971), '도쿄', '아지앗스키'(B. Ia. Vladimirtsov, 'Mongol'skie rukopisi i ksilografy, postupvshie z Aziatskii Muzei Rossiiskoi Akademii Nauk ot Prof. A. D. Rudneva," *Isvestiia Rossiiskoi Nauk* n.s. 2[1918]: 1549-1568)와 'DLC'(David M. Farquhar, "A Description of the Mongolian Manuscripts and Xylographs in Washington, D.C.", *Central Asiatic Journal* 1.3[1995], 161-219)에서

본이다. 대부분의 몽골어 장서(83퍼센트)는 몽골어로만 되어 있지만, 상당수의 저작들(16.9퍼센트)는 두 개나 그 이상의 언어로 되어 있다.

몽골어 문학은 장르와 언어에 따라 둘로 나뉜다. 조사된 몽골 장서 가운데 61퍼센트 이상이 티벳 불교의 주제들을 다루고 있다. 몽골어와 티벳어로 된 학술과 서적 인쇄는 밀접하게 연관되어 있다. 그들의 종교로 말미암아 신앙심이 강한 몽골인들은 청 조정에 대한 정치적인 지향과는 사뭇 다르게 문화적으로는 티벳에 경도되어 있었다. 몽골의 승려들은 수많은 티벳어 텍스트를 번역했고, 종교적으로 중요한 인물들이나 사원의 연대기, 그리고 철학적인 논문들을 티벳어로 집필했다. "티벳어에서 번역되거나 티벳 또는 불교의 영향 하에 씌어진 저작들" 가운데[25] 많은 것들이 몽골어나 몽골어와 티벳어, 산스크리트어로 씌어졌다. 어떤 학자는 티벳어와 몽골어로 된 티벳 불교에 대한 책들은 "티벳 불교의 분리할 수 없는 문헌"으로 보아야 한다고 주장한 바 있다.[26]

흥미로운 것은 번역 작업에서 한적 텍스트를 이용했음에도,[27] 티벳 불교 텍스트의 번역 어디에도 한어가 포함되어 있지 않다는 사실이다. 티벳어-몽골어나 티벳어-몽골어-산스크리트어 텍스트의 수량(7.6퍼센트)이 한어-몽골어나 몽골어-만주어 텍스트의 수(3.6퍼센트)보다 두 배 이상 많다. 이와는 대조적으로 세속적인 몽골어 저작들, 곧 상업이나 행정, 언어 등을 다룬 것들의 경우에는 몽골어-한어와 몽골어-만주어-한어 텍스트가 많이 있다. 이런 책들을 물리적으로 제작하는 데에도 이런 문화적인 분리가 나타난다. 종교적인 텍스트는 언제나 티벳 식의 종려나무 잎 모양의 책(貝葉經), 곧 포티(pothi)의 형태로 장정하는 데 반해, 세속적인 책들은 중국 스타일로 인쇄하고 장정한 경향이 있다.[28] 몽골어 책들 내에 이러한 언어적인 조합과 내용뿐 아니라 형태상의 차이에서 두 가지 대조적인 유형이 공존하고 있었다는 사실은 몽골 문화의 문화적인 이중성을 명확하게 반영하고 있다.

티벳어 저작들

청대에 출판된 티벳어 서적들은 세 가지 서로 다른 출처를 통해 제작되었다. 그것은 청 조정과 몽

가져왔다.

【옮긴이 주】 위에서 '독일', '코펜하겐', '아지앗스키', 'DLC'라 약칭한 자료들은 앞서 소개한 'QMM', 'CUM', '파리', '도쿄', '런던', '미국'의 경우와 마찬가지로 이후로는 모두 상세한 정보 대신 약칭으로 대신한다.

25 '도쿄', 9-188쪽.

26 우스펜스키, 「고대 티벳어와 몽골어 장서」, 173쪽.

27 이를테면 '도쿄', 16쪽 12번에 있는 편자의 말을 볼 것, "현재의 저작에 아무 근거 없이 붙어 있는 산스크리트어 제목들은 말도 안 되는 것이다. 산스크리트어는 어쨌든 잘못 짚은 것이다. 왜냐하면……원작은 한어(Chinese)를 번역한 것이기 때문이다."

28 '코펜하겐', ⅹⅹⅴ-ⅹⅹⅶ.

골인들(티벳 불교에 대한 그들의 헌신적 태도를 고려할 때 별로 놀라울 게 없는), 그리고 물론 티벳인 그 자신들이다.[29] 대부분의 이런 텍스트들은 내용적으로 종교적인 것들이다. 1411년 중국에서 최초로 인쇄되기 이전인 13세기와 14세기 초반에 편찬된 티벳 불교의 경전(칸주르나 카규르 'Bka' 'gyur')[30]은 단지 두 질의 수고본만이 남아 있다. 18세기까지 티벳 승려들은 주로 필사본으로 된 경전에 의지했는데, 당시 규모가 큰 몇몇 사원에서는 경전에 대한 그들 자신의 판본을 인쇄했다. 18세기에 들어서 티벳어 책들의 인쇄가 상당한 양으로 증가했다. 데르게(Derge, sDe dge)[31]의 사스캬 파(Saskya pa) 사원에서는 다른 종류의 수많은 저작들뿐 아니라 불경에 대한 주석 총서인 칸주르와 탄주르(bstan 'gyur)의 인쇄본을 만들어냈다. 불경의 다른 판본들은 초니(Choni)와 나르탕(Narthang)에서 인쇄되었다.[32] 티벳 외부의 티벳어 텍스트 소장지들은 베이징, 그리고 몽골의 사원들, 제정 러시아 시대의 부리아트 몽골의 사원들 역시 티벳어 저작들의 중요한 인쇄 중심지였다는 사실을 나타내 보여주고 있다.[33]

조정의 인쇄

이전 왕조와 마찬가지로 청 조정에서도 책을 편찬하고 인쇄하여 반포했다. 이렇게 만들어진 한어 도서들은 잘 알려져 있으며, 그 가운데 가장 중요한 것들은 아주 철저하게 연구되었다. 그러나 조정이 주관한 비 한어 텍스트의 출판에 주의를 기울인 학자들은 극소수이다. 그런 까닭에 여기서는 청 조정의 후원 아래 생산된 비 한어 텍스트의 출판 과정과 그 텍스트들의 속성에 대해서 간략하게 논의할 필요가 있다.

비 한어 저작들은 통상적으로 거기에 연관된 언어와 민족에 따라 조정에서 서로 다른 기관들을 통

29 만주어 데이터베이스 안에 있는 저작들 가운데 약 2.7퍼센트 역시 티벳어로 되어 있다. 청 조정 역시 티벳어로만 되어 있는 종교 저작들을 출판했다.

30 【옮긴이 주】 티벳 불교 대장경은 정통적인 경전들로 구성된 '카규르'(Bka-'gyur : 말씀의 번역)이라고 불리는 부분과, 인도의 위대한 학자들의 주석 문헌으로 구성된 '텐규르'(Bstan-'gyur : 교설들의 번역)이라고 불리는 부분으로 크게 양분된다.

31 【옮긴이 주】 현재 중국 쓰촨 성 '더거 현(德格縣)'에 속해 있으며, 중국 최대의 인경원(印經院)이 있다. 이곳에서는 현재도 수많은 티벳 불경들을 찍어내고 있다.

32 데이비드 스넬그로브(David Snellgrove)와 휴 리차드슨(Hugh Richardson), 『티벳 문화사(A Cultural History of Tibet)』 (New York: Praeger, 1968.), 160쪽. 저자들은 139쪽에서 명대 칸주르 이전에는 티벳어 목판본 책이 있었다는 증거가 없다는 사실을 지적하고 있다. 또 쑹샤오지(宋曉嵇)의 「티벳 고대 인쇄와 인경원을 간략히 논함(略談西藏古代印刷和印經院)」(『中央民族學院學報』 1[1987])과 루이스 랭카스터(Lewis Langcaster)의 「경전(Canonic Texts)」 (Patricia Berger and Terese Tse Bartholomew, eds., *Mongolia: The Legacy of Chinggis Khan*, San Francisco: Asian Art Museum, 1995), 186-187쪽도 볼 것.

33 우스펜스키, 「고대 티벳어와 몽골어 장서」, 175쪽.

해 나왔다. 파멜라 크로슬리는 비록 청 왕조가 사역관(四譯館)[34]을 지속적으로 운영해 오긴 했지만, 왕조 내내 다른 몇 개의 관청에서 번역 업무를 나누어 관장했다는 사실에 주목했다. 몽골아문과 그 후속 기관인 이번원(理藩院)[35]에서는 할하(Khalkha)[36]와 서부 몽골 부족들, 중앙아시아의 투르크어를 하는 무슬림들, 그리고 티벳을 관장했다.[37] 강희제 재위 기간 중에는 조정 내의 수많은 하부 기관들에서 아시아 내륙 지역과의 관계를 관장했고, 옹정제 재위 기간에는 러시아와 몽골의 중가르 부족 간의 일들을 내무부(內務府, inner deputy)가 관장했다.[38] 좀 더 뒤에 황제들은 다중 언어 사전과 번역 사업을 추진하면서 황실의 왕자들과 고관들을 주요 편찬자로 임명했는데, 이들은 실제적인 업무를 맡아 할 일군의 학자들을 감독했다. 그리하여 비 한어로 된 장편의 저작들을 대량으로 만들어내는 사업이 그때 그때의 필요에 따라 완료되었다. 왕조 내내 그런 편찬물들을 책임지는 단일하면서도 집중된 관청은 존재하지 않았다. 오히려 여러 서로 다른 관청이나 관리들이 그런 필요가 생겼을 때마다 출판 업무를 떠맡았던 듯하다.

학자들은 서로 다른 조정의 기관들이 펴낸 인쇄본들을 몇 가지 부류로 나누었다. 한어와 몽골어로

---

34 【옮긴이 주】 일반적으로는 '쓰이관四夷館'을 가리킨다. 명 영락 5년에 설치된 변방의 소수민족과 인근 국가의 언어 문자를 전문적으로 번역하던 기관이다. 처음에는 한림원翰林院에 속해 있었으나 나중에는 태상시소경太常寺少卿이 업무를 관장했다. 여기에는 몽골蒙古과 여직女直(여진女真), 서번西番(티벳西藏), 서천西天(인도印度), 회회回回, 백이百夷(다이 족傣族), 고창高昌(위구르), 버마(缅甸)의 여덟 관이 있었고, 뒤에 팔백八百, 섬라暹罗(태국泰国) 2관이 증설되었다.

35 【옮긴이 주】 청대에 몽골과 위구르, 티벳 등과 같은 소수민족을 다스리기 위해 설치한 관청으로 나중에는 러시아와의 외무 관계도 여기서 관장했다.

36 【옮긴이 주】 몽골 전역에 분포하는 종족으로 북아시아에 거주하는 대표적인 몽골종족이다. 대제국을 건설한 호전적인 유목민의 후손으로서 주로 목축업에 종사한다. 2004년 현재 몽골 총인구의 79%를 차지하는 195만여 명이 거주하고 있다. 15세기 무렵에 할하 강 유역에 정착하였으며 1688년 청(清)나라에 복속된 뒤 거주지가 4부(部) 86기(旗)로 세분되어 '외몽골'로 불렸다. 1911년 중국에서 신해혁명이 일어나자 러시아의 도움을 받아 자치를 인정받았으며, 1924년 독립을 쟁취하여 몽골 인민공화국을 수립하였다. 이후 소련과 긴밀한 관계를 유지하며 사회주의 정책을 펼쳤으며 1992년부터는 대통령 중심제의 중립 비동맹국가로 전환하였다.
언어는 위구르문자(Uighuric script)를 모체로 한 할하어를 비롯하여 카자흐어(Kazakh language) 등이 사용되며 종교는 라마교, 불교, 이슬람교 등을 믿는다. 주요 산업은 목축업으로 양, 소, 말과 돼지, 닭, 염소 등을 기른다. 농사는 대규모로 행해지는데, 대부분 국영농장에서 기계화된 농법으로 경작한다. 주요 작물은 밀·보리·콩 등의 곡류와 감자·토마토·오이 등의 야채, 과일 등이다. 이밖에 식품공업, 축산가공, 피혁가공, 직물제조 등의 공업도 발달되어 있다.
주거형태는 이동천막 '게르'가 대표적인데, 농촌의 초원지대는 물론이고 수도 울란바토르에서도 게르에 사는 사람이 많다. 음식은 양고기를 좋아하며 마유(馬乳)나 몽골주 등을 즐긴다. 대표적인 명절로는 우리나라의 설날과 같은 차간사르(Tsagaan Sar, 음력 1.1-1.3)와 혁명을 기념하는 나담축제(7.11-13)가 있으며 축제기간에는 씨름, 말 타기, 활 쏘기 등이 행해져 관광객들이 모여든다(네이버 검색 참조).

37 파멜라 카일 크로슬리(Pamela Kyle Crossely), 「명청대 사역관(四譯館)의 역할에서의 구조와 상징(Structure and Symbol in the Role of the Ming-Qing Foreign Translation Bureaux(ssu-i kuan)」(*Central and Inner Asian Studies* 5[1990]), 38-70쪽.

38 강희제 치세 하의 경전 번역원(the Sutra Translation Office)의 역할에 대해서는 왕쟈펑(王家鵬)의 「중정전과 청 궁정 장전 불교(中正殿與清宮藏傳佛教)」(『故宮博物院院刊』 3[1991]), 58-71쪽과 베아트리체 S. 바틀렛(Beatrice S. Bartlett)의 『군주와 대신들: 중국 청 중엽의 조정, 1723-1820년(Monarchs and Ministers: The Grand Council in Mid-Ch'ing China, 1723-1820)』(Berkeley: University of California Press, 1991), 128쪽과 130-131쪽, 그리고 자오즈창(趙志强)의 「청대 황실 내 번역원에 대하여 논함(論清代的內翻書房)」(『清史研究』 2[1992]), 22-28, 38쪽을 볼 것.

된 저작의 편린들인 최초의 인쇄본은 1644년 이전으로 거슬러 올라간다. 순치제의 재위 기간(1644-1661년) 동안 '내각(內刻)'이라 알려진 많은 저작들이 궁내부(宮內府)에 의해 인쇄되었다. 궁내부의 하부 기관인 우잉뎬(武英殿) 수서처(修書處)는 1680년까지는 세워지지 않았다. 이곳에서 나온 '전각(殿刻)'이라 알려진 인쇄본들은 그 높은 품질로 인해 장서가들로부터 칭송을 받았다. 우잉뎬에서 인쇄된 책들의 추정치는 제각각이다. 타이완과 중화인민공화국에 소장된 우잉뎬 본에 대한 최근의 연구에 의하면 그 총량은 600종을 넘지 않는다. 그밖에 "내부각서"의 간기가 있는 서적들도 600여 종 있다.[39] (이들 연구에서 열거된 인쇄본들 가운데 비 한어 문헌은 거의 없는데, 112개의 황실 본 만주어 저작들을 추가하면 황실 본의 총 숫자는 증가할 것이다.)

중앙 정부의 부서들 역시 도서들을 인쇄했고, 지방 정부 역시 그렇게 했으며, 제국 내에 산재해 있는 기인 부대(旗人營)의 지휘관들 역시 그렇게 했다. 1798년에서 1878년 사이에 나온 것으로 보이는 사전들에는 팔기관학(八旗官學)의 인쇄본이 포함되어 있고, 징저우 주방(荊州駐防) 소속의 번역원에서도 많은 책을 찍어냈다.[40] 19세기 후반까지 이 모든 정부 출판 기관에서는 책을 찍어낼 때 목판 인쇄를 사용했다. 1859년부터 '관서국(官書局)'이 각 지역의 성도에 세워져 상당히 많은 수량의 복제본들을 만들어내기 시작했다. 이런 인쇄본들 가운데 몇몇은 활판 인쇄나 석인을 이용하기 시작했는데 '국본(局本)'으로 알려진 이 책들은 주로 한어 저작들에 대해서만 중요한 의미를 갖고 있기에 여기서는 내 연구의 범위를 벗어나 있다.[41]

개인적인 인쇄

많은 저작들이 베이징과 성징(盛京, Mukden)[42], 그리고 좀 더 큰 팔기영에 위치한 상업적인 서방에서 만들어졌다. 목판들은 한 출판업자에게서 다른 출판업자에게로, 심지어는 한 곳에서 다른 곳으로 유

---

39 주싸이훙(朱賽虹), 「우잉뎬 각서 수량의 문헌 조사와 변석(武英殿刻書數量的文獻調查及辨析)」(『故宮博物院院刊』 3[1997]), 25-32쪽.

40 기인 관료 학교에서 인쇄된 책들에 대해서는 'BZM'(Walter Fuchs, comp., *Beiträge zur mandjurischen Bibliographie und Literatur*, Tokyo: Deutsche Gesellschaft für Natur und Völkerkunde Ostasiens, 1936), 11, 19, 30, 32쪽을 볼 것. 징저우 주방(荊州駐防)의 번역종학(飜譯宗學)에서 인쇄된 책들에 대해서는 14, 19, 73, 106쪽을 볼 것. 'QMM' 내의 0437, 0440, 0289 조는 이곳에서 인쇄된 만주어 책들이다.

【옮긴이 주】 위에서 'BZM'이라 약칭한 자료는 앞서 소개한 'QMM', 'CUM', '파리', '도쿄', '런던', '미국', '코펜하겐', '아지앗스키', 'DLC'의 경우와 마찬가지로 이후로는 모두 상세한 정보 대신 약칭으로 대신한다.

41 쿵이(孔毅)의 「청대 관서국 각서 술략(清代官書局刻書述略)」(『文獻』 1[1992]), 231-245쪽, 메이셴화(梅憲華), 「만청관서국대사기략(晚清官書局大事記略)」(『文獻』 1[1992]), 247-258쪽.

42 【옮긴이 주】 선양(沈陽, Mukden)의 옛 명칭의 하나로 1625년 청의 누루하치가 랴오양(遼陽)에서 선양(沈陽)으로 천도하면서 개칭하였다.

통되었다.[43] 하지만 베이징은 청의 신민들이 황제와의 관계를 새롭게 정립하게 되었던 행정부 소재지로서의 역할을 부여받았던 만큼, 그곳에서는 비 한어 출판물이 압도적이었다.

만주어 저작들의 출판자들에 대한 정보는 출판 중심지로서의 베이징의 중요성을 확고히 해주고 있다. 〈표 8.1〉에 열거된 가장 왕성하게 활동했던 출판업자들 가운데 마지막 하나[【옮긴이】징저우 주방(荊州駐防)]를 제외한 나머지 모두가 베이징에 있었다. 서방의 위치에 대한 정보를 포함하고 있는 목판 인쇄본 가운데 82.8퍼센트가 베이징에서 인쇄되었으며, 이곳들 가운데 41.7퍼센트는 수도에 위치했는데, 곧 정복자인 기인(旗人)들을 위해 마련된 '내성(內城)'과 1648년 이후 한인들이 이주한 '외성(外城)'에 있는 몇 곳이 그것이다. 만주어 책들은 황성에 있는 쑹주쓰(嵩祝寺)[44] 인근의 가게들과 몽골 동부 티벳 불교의 최고위 성직자인 짱꺄 쿠투쿠(lCang skya khutukhtu)[45]의 거주지 인근의 서방들, 그리고 내성의 동쪽 구역인 룽푸쓰(隆福寺)[46] 인근의 서방들에서 팔렸다. 그리고 만주어 책의 출판업자들은 내성과 외성을 나누는 해자에 연해 있는 동서의 두 가로[다모창(打磨廠)과 시허옌(西河沿)]에 늘어서 있었다. 끝내는 만주인 출판업자들 역시 중국 장서가들에게 가장 유명한 구역인 류리창(琉璃廠)에 자리를 잡았다.

비록 몽골어 책들이 돌로노르(Dolonor)의 사라 쉬메(Shara Süme)에 있는 짱꺄 쿠투쿠의 집무실과 할

---

43 세릴 보에쳐(Cheryl Boettcher), 「만주어 참고문헌 조사(In Search of Manchu Bibliography)」 (M.A. thesis, University of Illinois at Urbana-Champaign, 1989), 21쪽.

44 【옮긴이 주】 쑹주쓰(嵩祝寺)는 베이징 시 베이허옌다제(北河沿大街) 25호에 위치해 있으며 그 서쪽에 있는 즈주쓰(智珠寺)와 함께 베이징 시 문물보호단위로 지정되었다. 본래 이곳은 짱꺄 쿠투쿠(lCang skya khutukhtu)의 거처로 쓰였으며, 동쪽에 있는 싼창(三廠)에는 명대에 설치된 번경창(翻經廠)과 한경창(漢經廠), 도경창(道經廠)이 있었다.

「아주경제」 2013년 01월 30일 자 기사. "중국 베이징(北京) 유명 고찰이 최근 고급 요릿집으로 운영되고 있는 것으로 드러나 중국 문화재 관리 허술함이 또 한 번 문제로 떠올랐다. 중국 신징바오(新京報) 등 현지 매체는 수백 년의 역사를 가진 중국 베이징 고찰인 즈주사(智珠寺)와 쑹주사(嵩祝寺)가 각각 양식과 광둥(廣東)요리 전문 고급 레스토랑으로 운영되고 있다고 29일 보도했다. 보도에 따르면 이들 고찰의 입구에는 버젓이 베이징시 문물보호단위"라는 간판이 내걸려 있지만 아무런 문물 보호 제한 조치 없이 식사를 하려는 손님들이 드나들고 있는 것으로 나타났다. 즈주사는 '템플레스토랑'이라는 이름으로 오히려 이곳이 600년의 역사를 이어온 고찰임을 강조하며 이곳에선 고풍스러운 분위기 속에 서양식 음식을 먹을 수 있다고 홍보하고 있다. 특히 이들 '사찰 레스토랑'의 경우 최고급 요릿집인 만큼 식사 하루 이틀 전 반드시 예약해야 하며 사전에 예약을 하지 않는 손님은 받지 않는다고 신문은 전했다. 식사 가격도 주류나 음료를 제외한 1인당 한 끼 비용이 500~1000위안 이상에 달하는 것으로 알려졌다. 이 같은 사실이 온라인을 통해 폭로되면서 중국 베이징시 문물국은 28일 즉각 해명에 나섰다. 시 문물국은 "조사 결과 즈주사와 쑹주사 2곳이 음식점으로 사용되고 있는 사실을 확인했다"며 "고찰 내 불을 사용하지는 않았다"고 해명했다. 그러나 문물국은 이번 고찰 내 레스토랑 운영이 위법인지 여부와 향후 처리방안에 대해선 언급을 피했다. 그 동안 중국 내에선 문화재를 사유화해 상업용으로 이용하고 있다는 논란이 줄곧 제기돼 왔다. 지난 2011년엔 중국을 대표하는 문화재인 베이징 쯔진청(紫禁城) 안에 초호화 사교클럽이 운영되고 있다는 사실이 폭로돼 논란이 일었다. 또한 과거 황실 별장이었던 허베이(河北) 성 청더(承德)의 피서산장 경내에도 부자 전용 사교클럽 건설 운영 계획이 폭로돼 논란이 일어 결국 무산된 바 있다."(배인선 기자)

45 【옮긴이 주】 짱꺄 쿠투쿠(lCang skya khutukhtu, 章嘉呼圖克圖)는 청대 내몽골에 있었던 티벳 불교의 겔룩파 지도자이다.

46 【옮긴이 주】 룽푸쓰(隆福寺)는 둥쓰베이다제(東四北大街) 서쪽에 위치해 있으며 명 경태 3년(1425)에 창건되어 청 옹정 9년 중수(重修)했다. 룽푸쓰는 명대에 경성(京城) 유일의 '번(番, 喇嘛)'과 선(禪, 和尙)이 동시에 주재하는 사원이었다. 동성(東城)에 위치하여 서쪽의 후궈쓰(護國寺)와 마주해 속칭 '동묘(東廟)'라 불렸다.

하 몽골족의 최고위 성직자인 제브춘담바 쿠투쿠(Jebtsundamba khutukhtu)[47]의 총본부인 우르가에서도 만들어졌지만, 베이징은 몽골어 출판의 중심지였다. 발터 하이씨히(Walther Heissig)[48]는 청대 베이징에서 몽골어 저작 221권이 출판되었다는 사실을 밝혀내었는데, '몽골 조사' 내 548종의 목판본 가운데 425종은 베이징 본이었다. 18세기 초 판본 4종의 경우는 "안딩먼(安定門) 밖에서 살았던" 푸 달라이[Fu Dalai, 푸하이(傅海)]가 각공이었다는 사실이 확인되었다.[49] 18세기 중반 이래로 베이징 동부에 있는 마하칼라 묘(Mahakala廟)[50]에서는 몽골어로 된 종교 텍스트를 인쇄했고, 북쪽에 있는 쑹주쓰에서는 몽골어와 티벳어로 된 종교 텍스트를 찍어내고 판매했다. 간기에는 19세기에 나온 몇 가지 책들의 판목들이 "쑹주쓰 승원 옆에 있는" 톈칭 서포(天淸書鋪)에 보관되어 있었다는 사실이 언급되어 있다.[51] 1873년에 나온 것으로 되어 있는 의서의 간기에서는 판목들이 내성의 동쪽 사분면에 위치한 룽푸쓰와 서쪽 사분면에 위치한 후궈쓰(護國寺)에서 매 달 7일에서 10일 사이에 "새로 나오거나 오래된 만주어와 몽골어, 한어로 된 책들을 팔았던" "샤오라는 성을 가진 사람에게 일임되었다"는 사실이 언급되어 있다. 이곳은 만주어 불경이 만들어지고 팔렸던 곳과 같은 지역이었다.[52]

---

47 【옮긴이 주】 제브춘담바 쿠투쿠(Jebtsundamba khutukhtu)는 글자 그대로의 뜻은 '성스럽고 덕망 있는 성자(Holy Venerable Lord)'이다. 몽골 내의 티벳 불교 겔룩파의 영적인 지도자들로 몽골 최고위 라마승이다.

48 【옮긴이 주】 발터 하이씨히(Walther Heissig, 1913-2005)는 오스트리아의 몽골학자로 비엔나에서 태어났다. 일찍이 베를린과 비엔나에서 역사지리와 중국학, 몽골학을 공부하고 1941년 비엔나에서 박사 학위를 받았다. 뒤에 중국으로 건너가 베이징 푸런대학(輔仁大學)에서 근무하기도 했으며, 1945년과 1946년 내몽골 지역을 방문한 적이 있다.

49 '도쿄', 27, 28, 36, 44조와 1708년에서 1721년까지의 목판본들. 발터 하이씨히는 푸 달라이가 1707년에서 1721년 사이에 나온 판본들의 판목을 새겼다고 말했다('PLB' 4쪽).

【옮긴이 주】 위에서 'PLB'는 'Walther Heissig, *Die Pekinger Lamaisticshen Blockdrucke in Mongolischer sprache: Materialen zur Mongolischen Literaturgeschichte*, Wiesbaden: Harrassowitz, 1954'의 약칭으로 앞서 소개한 'QMM', 'CUM', '파리', '도쿄', '런던', '미국', '코펜하겐', '아지앗스키', 'DLC'의 경우와 마찬가지로 이후로는 모두 상세한 정보 대신 약칭으로 대신한다.

50 【옮긴이 주】 산스크리트어 마하칼라(Mahakala)는 힌두교 사원에서는 '시바(Shiva) 신의 이름으로 불린다. 비슈누나 브라마(범천)와 함께 힌두교의 주신 가운데 하나이다. 『리그 베다』의 루드라와 동일시되며, 하라(Hara), 샴카라(samkara), 마하데바(Mahadeva, 대천), 마헤슈바라(Mahesvara) 등의 별명을 가진다. 그는 또한 세계를 구하기 위해서 태고의 「유해교반」 시에 세계를 궤멸시키려는 맹독을 삼켜, 목이 검푸르기 때문에 닐라칸타(Nilakantha, 청경(靑頸))라고 불린다. 천상에서 강하한 간가(갠지스)강을 머리에 이고, 그 머리에 신월을 이고, 삼지창을 손에 쥐고, 숫소 난딘(Nandin)을 탄다. 항상 히말라야 산중에서 고행하였는데, 고행의 방해를 기도한 사랑의 신 카마를 이마에 있는 제3의 눈에서 발사한 화염으로 태워 죽였다고 한다. 또한 무용의 창시자라고 하며, 나타라자(Nataraja, 춤의 왕)로 불린다. 브라마가 세계창조신, 비슈누가 세계를 유지하는 신인 데 반해서, 시바는 세계파괴신이다. 세계를 파괴할 때에 무서운 검은 모습으로 나타나기 때문에 마하카라(Mahakala, 대흑)라고 한다. 그 외의 경우도 파괴신으로서의 이미지가 강하며, 금·은·철로 된 악마의 3개 도시를 화살로 관통해서 태웠기 때문에 「삼도파괴자」라고 한다. 그는 또한 아내 사티의 죽음을 슬퍼해서 그녀의 아버지 다쿠샤의 제식을 파괴했다. 히말라야의 딸 파르바티Pārvati)는 사티가 다시 탄생한 것으로, 고행 끝에 그의 아내가 되었으며 그 사이에 태어난 아들이 군신 스칸다이다. 코끼리 얼굴의 가네샤(Ganesha, 성천)도 두 사람의 아들이라고 한다.

51 '도쿄', 140b, 82a, 83, 131, 132, 133, 134와 'PLB' 4쪽.

52 '도쿄', 120, 81과 'PLB' 5쪽. 밀러의 『내몽골의 사원과 문화 변화』, 81, 78쪽. 세릴 보에쳐, 「만주어 참고문헌 조사」, 53-54쪽에서는 푹스(Fuchs)를 인용했는데, 그는 1930년대에 이 지역을 방문한 바 있고, 여전히 영업을 하고 있던 몇 개의 인쇄소를 발견했다.

출판 날짜

데이터베이스의 분석을 통해 청대 동안의 만주어의 역사를 일반화하는 것에 제동이 걸렸다. 핸슨 체이스(Hanson Chase)에 의하면, 기인(旗人)들 사이에서 구어가 서서히 쇠퇴해갔다는 증거는 이르면 강희제 치세 후기 수십 년 전부터 발견된다. 18세기 동안 그런 추세를 억지하려는 건륭제의 노력에도 불구하고, 만주어는 우세한 한어 사용자 인구에 장기간 노출되었던 탓에 점차 변형되고 "한화(sinicization)"되었다. 19세기 무렵에는 만주어가 언어학적인 유물이 되어버렸다.[53]

그러나 만주어 텍스트 출판의 날짜들에 대한 정보(〈표 8.2〉를 볼 것)는 만주어 식자율에 대한 조금 다른 궤적을 보여주고 있다. 한어로 된 경전과 법률에 관한 책들을 만주어로 번역했던 홍타이지(재위기간은 1627-1644년)의 노력에도 불구하고, (1683년까지 이어졌던) 정복 기간은 만주어 출판으로 보아서는 사실상 그리 생산적인 시기가 아니었다. 실제로 둘 다 [60년이라는] 기간이 같았던 강희제와 건륭제의 치세를 비교하면 17세기가 아니라 18세기가 만주어 책[출판]의 절정이었다는 점이 드러난다. 〈표 8.2〉는 출판이 19세기 내내 계속되었을 뿐 아니라 광서(1875-1909년) 연간 동안 또 다른 급등을 경험했다는 사실을 보여주고 있다. 그리하여 만주어로 된 서물들은 청대 내내 출판되었다.

하이씨히가 제공한 정보(〈표 8.3〉을 볼 것)는 몽골어 출판에서도 비슷한 역사적 경향이 나타난다는 사실을 보여주고 있는데, 몽골어 출판 역시 건륭제의 치세인 18세기에 정점에 이르렀다. 비록 19세기 말에 붐을 이루지는 못했지만, 만주어 출판이 그랬던 것과 마찬가지로, 몽골어로 된 책들 역시 19세기 내내 계속 출판되었다.

<표 8.2> 만주어로 된 저작들 (통치 기간 별)

통치 기간	날짜가 있는 모든 저작들(993종)의 비율
1644년 이전	0.3
순치 연간(1644-1661년)	5.0
강희 연간(1661-1722년)	11.5
옹정 연간(1723-1736년)	7.6
건륭 연간(1736-1796년)	30.6
가경 연간(1796-1820년)	6.6
도광 연간(1821-1851년)	11.1
함풍 연간(1851-1862년)	3.8
동치 연간(1862-1875년)	3.9
광서 연간(1875-1909년)	14.9
선통 연간(1909-1912년)	2.3
1912년 이후	2.3

출처: 만주어 데이터베이스

53 핸슨 체이스(Hanson Chase), 『청 초기 만주어의 위상(The Status of the Manchu Language in the Early Ch'ing)』 (Ph.D. dissertation, University of Washington, 1979); 자오제(趙杰), 「만주어의 변화(滿語的變化)」(『中央民族學院學報』 4[1987]), 78-82쪽.

<표 8.3> 몽골어 베이징 인쇄본들 (시기별)

1650-1717년	1717-1735년	1736-1795년	1795-1911년	총계
45	41	99	36	221

비 한어 문헌의 분류

비 한어로 제작된 저작들의 유형은 같은 시기에 한어로 된 문헌과 어떻게 다른가? 아주 일반화해서 말하자면, 티벳어로 된 책들은 본질적으로 불교에 관한 것들이 압도적으로 많았다. 티벳의 지리적인 위치는 중국의 문화만큼이나 인도 문화의 영향을 받았다는 사실을 말해준다.[54] 만주어와 몽골어 문헌의 비교는 이 두 언어로 다루어진 주제들에 어떤 중요한 구조적 차이가 있다는 것을 보여준다(〈표 8.4〉를 볼 것). 아마도 가장 극적인 대조는 한어로 된 교육 관련 텍스트의 지위에 관한 것이다. 이 책에 수록된 쓰바오와 난징에 대한 신시아 브로카우와 루실 쟈의 연구에서 한어 출판의 주요한 부문을 이루는 것으로 두드러지게 다루어졌던 유가의 경전들과 그 입문서들은 만주어 저작들에서도 중요한 위치를 점하고 있었다. 몽골족들은 만주어-몽골어로 된 다중 언어 판으로 된 이들 한어 텍스트들을 읽을 수 있긴 했어도,[55] 유가의 원리를 해석하거나 설명하는 것인 경우 몽골어로만 출판된 것은 매우 드물었다. 몽골어 텍스트는 그것이 종교적인 것이든, 윤리학이나 지리, 심지어 의학에 관한 것이든 티벳 불교에 맞춰 씌어진 것이 압도적으로 많았다. 유가의 저작들이 없었다는 사실은 바로 이 중국 고유의 사상이 개인적으로 인쇄된 몽골어 서적의 생산 영역에서 영향력을 발휘하는 데 실패했다는 사실을 시사해 준다.

---

54 베스 뉴먼(Beth Newman), 「티벳 소설과 그 내원(The Tibetan Novel and Its Sources)」(José Ignacio Cabezán and Roger R. Jackson, eds., *Tibetan Literature: Studies in Genre*, Ithaca: Snow Lion, 1960), 411-412쪽. 로셀 린천(Losel Rinchen, 仁眞洛色), 「티벳족 문화 발전 개설(藏族文化發展槪說)」(『中國藏學』 4[1992]), 125-138쪽.

55 이 저작들은 몽골 조사에서 배제되었다.

<표8.4> 만주어 저작들 (분류별)

분류	만주어 저작의 비율	비고
철학	6.8	
윤리학	9.9	
종교	10.4	
법률	0.8	
군사	2.0	
언어와 작문	26.5	
문학	8.9	
예술	1.4	
역사	24.3	칙령과 정부의 기념사 포함
지리	1.5	지도 포함
수학	0.3	
천문학	5.3	황실의 달력 포함
의학	0.7	
축산업	0.1	
수리	0.1	
일반 저작들	0.8	

경전들

황실에서 추진한 한어 저작들의 만주어 번역본들은 유가 경전에 체현된 사상을 소개하는 하나의 도구였다.[56] 강희제 치세까지는 대부분의 주요 유가 경전들이 만주어나 몽골어 판으로 인쇄되지 않았다. 일반적으로 '사서(四書)'라 알려져 있는 『맹자』나 『논어』, 『대학』과 『중용』은 1677년에야 만주어로 번역되었지만, 이 가운데 현재까지 발견된 최초의 인쇄본은 1691년에 위수탕(玉樹堂)에서, 그리고 뒤이어 1733년 홍위안탕(鴻遠堂)에서 출판한 『신각만한자사서(新刻滿漢字四書, ice foloho manju nikan hergen-i se šu)』이다.[57] 두 만주어 버전에 더해, 『사서(duin bithe)』가 왕조 내내 15종의 만주어-한어 버전과 3종의 만주어-한어-몽골어 버전으로 나왔다. 최초로 나온 세 언어 버전은 1755년에 출판되었는데, 몽골어로만 되어 있는 1892년 판도 있다. 주시(朱熹)의 주석이 붙어 있는 『사서집주(四書集注, sy šu ji ju, The Four Books with collected commentaries)』는 세 개의 다른 출판사에서 출판되었으며, 선치량(沈啓亮)의 『사서요람(四書要覽 se šu oyonggo tuwara bithe, Essentials of the Four Books)』과 『일강사서해의(日講四書解義, inenggidari

56 핸슨 체이스(Hanson Chase), 『청 초기 만주어의 위상』

57 1691년 판은 '파리'의 11조이다. 아마도 같은 판임에 틀림없어 보이는 것이 『사서(duin bithe)』라는 제목 하에 'QMM' 0012조에 나온다. 1733년 판은 '도쿄'의 251조이다.

giyangnaha se šu-i jurgan be suhe bithe, Daily lectures on the Four Books)』와 같은 책 역시 마찬가지다.[58] '사서'는 각각이 분리된 채로 출판되기도 했지만, 현재 남아 있는 이들 저작 대부분은 18세기와 19세기에 나온 것들이다.[59]

'오경' 역시 모두 만주어로 번역되었지만 몽골어로는 번역되지 않았다.[60] 『시경』은 1655년에 만주어와 만주어-한어 버전으로 인쇄되었다. 이 책의 궁정 본은 한 세기 이상 뒤인 1768년에 나왔다.[61] 『역경』은 1684년에 『일강역경해의(日講易經解義, inenggidari giyangnaha i ging ni jurgan be suhe bithe, Book explaining the meaning of the Classic of Changes in daily lectures)』라는 제목으로 처음 출판되었던 듯하다. 『역경(jijungge nomun, Lines classic)』은 1765년에 궁정 본으로 나왔다. 『예기』의 번역은 순치제 때 이루어졌다고 하는데, 『어제번역예기(御制翻譯禮記, Han-i araha ubaliyambuha Dorolon-i nomun)』는 1783년에야 궁정 본으로 인쇄되었다. 『서경』의 가장 이른 판본은 1733년의 『정지경서(政之經書, Dasan-i nomun i bithe)』이고, 궁정 본[62]은 1760년에 나왔다. 이 책의 판본 7종이 동 시대의 장서들에서 발견되었는데, 가장 마지막 것은 1896년에 징저우 주방(荊州駐防)의 번역종학(飜譯宗學)에서 만들어졌다. 『춘추(Šajingga nomun)』의 가장 이른 판본은 1784년의 궁정 본이다. 비록 오경 가운데 하나는 아니지만 청의 통치자들로부터 높이 평가받았던 텍스트인 『효경(hiyooxungga nomun)』의 만주어 번역은 1708년에야 완수되었다. 이것은 왕조 내내 최소한 6차례 인쇄되었는데, 1856년에 궁정 본이 마지막으로 나왔다.[63]

---

58 『사서(duin bithe)』는 'QMM'의 0012조, 『사서집주('sy šu ji ju)』는 0006조, 그리고 『일강사서해의(日講四書解義, inenggidari giyangnaha se šu-i jurgan be suhe bithe, Daily lectures on the Four Books)』는 0009조에 있다. 『신각만한자사서(新刻滿漢字四書, ice foloho manju nikan hergen-i se šu)』는 '파리'의 11조이고, 『사서요람(四書要覽 se šu oyonggo tuwara bithe, Essentials of the Four Books)』은 '파리'의 18조이다. 또 다른 판본이 '도쿄'의 251조에 수록되어 있다.

59 'QMM'에서 『맹자』는 0007조에 『논어』는 0006조에, 『대학』은 0001조에 그리고 『대학·중용』은 0003조에 있다. '코펜하겐'에서는 3개 언어 본 『대학』이 몽(Mong.) 96 필사본으로, 여기에는 『중용』의 몽골어 필사본 몽(Mong.) 14도 소장되어 있다.

60 비록 '코펜하겐' 104쪽의 몽(Mong.) 38이 "'오경(五經)' 텍스트의 역사를 설명해주는" 저작의 1906년 필사본이긴 하지만.

61 'QMM'의 0543 조는 『시경(Irgebun-i nomun)』이라는 제목이 붙은 만주어 본으로, 『시경(ši ging ni bithe)』이라는 제목이 붙어 있는 '파리'의 6조와 같은 책인 듯하다. 이 두 책은 1655년에 나온 것으로 되어 있다. '도쿄' 238조는 『어제번역시경(御制翻譯詩經, Han-i araha ubaliyambuha Irgebun-i nomun)』이라는 다른 제목이 붙어있지만 앞서의 것과 똑같은 것이다.

62 【옮긴이 주】『어제번역서경(御制翻譯書經, Han-i araha ubaliyambuha Dasan-i nomun)』

63 번역 사업에 대한 개괄적인 설명은 체이스의 「만주어의 위상」 2장과 황룬화(黃潤華), 「청문관각도서술략」, 186-187쪽. 『역경』의 만주어 본에 대해서는 'QMM' 0023조, '도쿄' 231-133조, '런던' Ⅱ.47A-D와 '파리' 1조를 볼 것. 『서경』은 'QMM' 0658조, '도쿄' 234-237조, '런던' Ⅱ. 45A-C와 '파리' 3조를 볼 것 『예기』는 'QMM' 0940조, '도쿄' 242-243조와 '런던' '런던' Ⅱ.47A-D를 볼 것. 『춘추』에 대해서는 'QMM' 0662조, '도쿄' 244-245조, '런던' Ⅱ.48A-C와 '파리' 8-9조를 볼 것. 『효경』에 대해서는 'QMM' 0099조, '도쿄' 257조와 444조, '런던' Ⅱ.54와 55A-B와 '파리' 10조를 볼 것.

어학 보조 교재들

만주어 문화에서 높은 비율(24.7%)을 차지하고 있는 것은 어학 교재들이다. 만주족 정복자들은 어떤 학자가 형용한 대로 "한어 사용의 바다"[64]에 있는 극소수일 뿐이었다. 행정상의 필요에 의해 만주어 문법, 회화 책과 사전들에 대한 수요가 일었다. 최초로 나온 대규모의 만주어-한어 사전인 『대청전서(大淸全書, daicing gurun-i yooni bithe)』는 개인적인 차원에서 선치량(沈啓亮)이 편찬했고, 뒤이어 황실에서 추진한 사전인 『어제청문감(御制淸文鑒, Han-i araha Manju gisun-i buleku bithe)』[65]이 1708년에 나왔다. 1772년에 다시 개정된 사전인 『어제증정청문감(御制增訂淸文鑒, Han-i araha nonggime toktobuha Manju gisun-i buleku bithe)』은 기인(旗人)들의 학교에서 유명한 교재가 되었다.[66]

18세기, 특히 건륭제 치세 동안 다중 언어 사전의 출현은 적어도 부분적으로는 건륭제 홍리(弘曆)의 다중언어 정책의 결과였다. 크로슬리는 "조정이 보편주의에 대한 공식적인 주장을 노골화함에 따라, 통치 권력을 두 개 또는 그 이상의 언어로 '동시에(*kamciba, ho-pi*[合璧])' 표현하는 것이 제국의 문화에서 기본적으로 상징적 역할을 수행했다"라고 기술했다.[67] 황제는 간곡한 마음으로 다음과 같이 강조했다. "표현의 수단으로서 신민(臣民)들의 언어가 구조상 제아무리 다양할지라도, 다양한 민족들 간의 문화적인 수준에는 아무런 차이가 없고, 청의 지배에도 부자연스러울 것이 없다."[68] 황제의 서문(imperial preface)에는 만주어에 대한 황제의 입장과 한어에 대한 만주어의 우위가 명백히 드러나 있다. "12개의 기본 기호 안에 우리의 왕조는 모든 것을 포용하는 문학의 도구를 갖고 있다. 이것은 정확성이든 완정성이든 그 무엇이 됐든, 한어가 낼 수 없는 어떤 소리도 표현할 수 있다. 그것이 음표를 조합하여 나타낼 수 없는 소리는 없다. 이것이 언어적 보편성의 궁극이라는 사실은 분명하다."[69]

다중 언어 번역과 편찬 사업을 하기 위해서는 새로운 보조 도구들을 만들어낼 필요가 있었다. 황제가 티벳어 탕규르를 몽골어로 번역하라고 명했을 때, 학자들은 제일 먼저 불교 용어들의 번역을 표준화해야 했다. 곧 종교 용어의 티벳-몽골어 사전을 편찬해야 했던 것이다.[70] 1755년 중가르 정벌의 역

64 자오제, 「만주어의 변화」, 78쪽.

65 【옮긴이 주】 원서에 'Han-i araha toktobuha manju gisun-i buleku bithe'으로 나온 것은 러스키의 오류인 것으로 보인다.

66 지융하이(季永海), 「『대청전서』연구(大淸全書硏究)」(『滿語硏究』 2[1990]), 42-50쪽. 크로슬리와 러스키의 「청대 역사에서 만주어 개요」, 83-87쪽도 볼 것.

67 크로슬리, 「만주어 교육」, 347쪽.

68 에노키 카즈오(榎一雄), 「건륭제 시기 하의 중국령 투르키스탄 연구 - 『서역동문지(西域同文志)』에 대한 특별한 참고자료와 더불어(Research in Chinese Turkestan during the Ch'ien-lung Period, with Special Reference to the Hsi yü t'ung-wen chih)」(Memoirs of the Research Department of the Toyo Bunko 14[1955]), 22쪽.

69 에노키 카즈오(榎一雄), 「건륭제 시기 하의 중국령 투르키스탄 연구」, 19쪽.

70 이 저작은 'PLB' 86-87쪽에 기술되어 있다. '도쿄' 123조를 볼 것.

사를 편찬하기 위해(『평정중가르방략(平定準噶爾方略)』), 학자들은 우선 당대(唐代)에 나온 『서역도지(西域圖志)』를 모델로 한 지형도에서 새로운 서쪽 강역의 관련 지역과 사람들의 이름을 힘써 수집했다. 1782년에 완성된 『서역동문지(西域同文志)』에는 중가리아와 중국 령 투르키스탄, 칭하이, 티벳의 북부와 남부 순환로가 포함되었고, 고유명사를 표준화한 만주어와 한어의 전사(轉寫)가 나타나 있는데, 여기에는 그들의 원어로 단어를 표기하고 아울러 몽골어, 티벳어와 위구르어로 그 음을 표기했다.[71]

『서역동문지』는 이러한 목적을 위해 특별히 설립된 관청에서 편찬되었다. 이 편찬 사업에 참여했던 사람들은 『평정중가르방략』 편찬 사업에도 관여했는데, 그들이 갖고 있는 전문 지식을 고려할 때 다섯 가지 언어로 된 『어제오체청문감(御製五體清文鑑, Han-i araha sunja hacin i hergen kamciha Manju gisun-i buleku bithe)』 작업에도 참여했을 것이며, 이것은 건륭 치세가 끝나기 전에 완성되었다.

다섯 가지 언어로 된 『청문감(清文鑑)』은 황실에서 후원한 사전 가운데 가장 야심작이었는데, 위에서 인용한 사전들 말고도 1717년에 나온 만주어-한어 사전인 『어제만몽합벽청문감(御制滿蒙合璧清文鑒, Han-i araha Manju Monggo gisun-i buleku bithe)』과 1771년에 출판된 세 가지 언어로 된 사전 『어제만주몽고한자삼합절음청문감(御制滿洲蒙古漢字三合切音清文鑒, Han-i araha Manju Monggo Nikan hergen ilan hacin-i mudan acaha buleku bithe)』, 그리고 건륭 시대에 나온 네 가지 언어로 된 사전 『어제사체청문감(御製四體清文鑑, Han-i araha duin hacin-i hergen kamciha Manju gisun-i buleku bithe)』도 포함된다.[72] 이것들 가운데 만주어 및 두 개의 언어, 네 가지 언어 사전은 궁정 본으로 나왔고, 세 가지 언어 사전은 사가(私家) 인쇄본으로 나왔으며, 다섯 가지 언어 사전은 인쇄된 적이 없다. 세 가지 언어 사전을 제외하고, 황실에서 추진한 다른 저작들은 다시 인쇄된 적이 없다.[73]

황룬화(黃潤華)의 『전국만문도서자료연합목록(全國滿文圖書資料聯合目錄)』[74]에는 145종의 사전이 실려 있는데, 단 6종만이 궁정 본으로 인쇄되었다. 57퍼센트에 달하는 대부분의 것들은 필사본의 형태로 이루어져 있다. 선치량(沈啓亮)의 『대청전서(大清全書, daicing gurun-i yooni bithe)』는 인쇄본과 필사본의 형태로 남아 있다. 1683년으로 거슬러 올라가는 이 사전의 최초본은 베이징에 위치한 위안위자이(宛羽

---

71 에노키 카즈오(榎一雄), 「건륭제 시기 하의 중국령 투르키스탄 연구」. 사전에는 서부 몽골(오이라트) 방언에 맞게 조정한 토도 문자(Todo script)로 된 지명의 발음도 제공하고 있다(307쪽을 볼 것).
【옮긴이 주】 토도 문자는 'Clear script' 또는 'Oirat clear script', 'Todo bicig', 그렇지 않으면 아예 간단하게 'Todo'라고도 쓰는 몽골의 문자로, 1648년에 오이라트 부의 승려인 자야 판디타(Zaya Pandita)가 만들었다고 전한다. 이 문자는 전통적인 후둠 몽골 문자(Hudum Mongolian alphabet)를 바탕으로 몽골 구어의 모든 소리를 변별할 뿐만 아니라 티벳어와 산스크리트어를 좀 더 쉽게 전사하기 위해 만들어졌다.

72 허시거(和希格), 「오체 『청문감』과 그 편찬의 오류(五體清文鑑及其編纂紕繆)」(『滿語研究』 2[1993]), 85-90쪽; 이마니시 순주(今西春秋), 「오체 청문감 해제(五體清文鑑解題)」 [다무라 지쯔조(田村實造) 편, 『오체 『청문감』 역해(五體清文鑑譯解)』, 京都: 京都大學文學部, 1966], 17-29쪽.

73 'QMM' 0406, 0427, 0428, 0460, 0466조.

74 【옮긴이 주】 서목문헌출판사(書目文獻出版社), 1991년.

齋)라는 개인 출판사에서 인쇄되었다. 이것은 『청서지남(淸書指南)』이라는 다른 저작에 통합되어 1713년 싼이탕(三易堂)에서 재판되었다.[75] 리옌지(李延基, ?-?)의 『청문회서(淸文滙書, manju isabuha bithe[76])』 같은 또 다른 유명한 사전들의 경우 18세기와 19세기 초반에 걸쳐 재판되었는데, 이를테면, 1751년에 이 사전은 베이징에 있는 서로 다른 세 군데 서방의 허락 하에 나왔다.[77] 다중 언어 사전은 청 왕조 마지막 10년까지도 계속 편찬되었는데, 이때는 석인본과 목판본이 동시에 만들어졌던 듯하다.[78]

편람과 사전들이 주요 몽골어 컬렉션에서 발견되는데, 조사된 저작들의 6퍼센트에 달한다. 그 안에는 몽골어로 된 몽골어 문법과 작문 가이드, 한어 초급독본인 『삼자경(三字經)』의 만주어-몽골어 번역과 몽골어-만주어, 몽골어-한어, 몽골어-티벳어, 몽골어-티벳어-산스크리트어, 그리고 몽골어-만주어-한어 사전들 및 4종 혹은 5종 언어의 서로 상응하는 단어들이 수록된 사전들이 포함되어 있다.

이런 입문서들의 사용자가 모두 비 한어 민족이었던 것은 아니다. 1794년에 나온 몽골어-한어 편람인 『초학지남(初學指南)』의 서문에는 한어로 다음과 같은 내용이 실려 있다. "대부분이 구어로 전해지는 몽골어는 내지(內地)[79]에서는 제대로 된 선생을 구하기가 특히 어렵다. 이에 따라 나는 입문하는 학생들의 편의를 위해 이 책을 편찬했다." 이 책에 실려 있는 몽골어는 만주어 구어와 한어 구어로 전사되었는데, 이것은 잠재적인 구매자들이 어떤 민족이었는지를 암시해준다.[80] 1801년의 『신출대상몽고잡자(新出對像蒙古雜字)』와 같은 몇 권의 책은 각각의 다른 언어 그룹을 겨냥한 것이었는데, 만주어로 전사(轉寫)된 한어와 한어의 음운적 전사(轉寫)가 달려 있는 몽골어로 주석을 가한 일용품에 대한 도해가 수록되어 있다. 하이씨히는 이것을 "몽골인들과 거래하는 한족 상인들뿐 아니라 베이징에서 장보러 가는 몽골인들을 위한 언어-가이드북"[81]이라 불렀다. 도광 연간(1821-1851년)에는 몽골어 관용구들을 만주어로 전사(轉寫)하고 거기에 해당하는 만주어와 한어로 된 표현을 가르쳐 주는 편람이 몽골어 통역사가 되려고 공부하는 학생들을 위해 씌어졌다. 이것은 몽골어-만주어-한어 사전과 마찬가지로 1811년에 나왔는데, 만주어 음순으로 되어 있다.[82]

소비뿐 아니라 생산의 측면에서 서물(書物)들이 하향적으로 삼투해 나간 것은 위에서 기술한 저작들이 실용적이면서도 실제적인 지향성을 보이고 있는 사실을 설명해 준다. 인쇄되어 제공되는 것들

---

75 'QMM' 89-121, 0354조도 볼 것.

76 【옮긴이 주】 본래 제목은 "manju gisun isabuha bithe"임.

77 'QMM' 0425조.

78 이를테면, 만주어-몽골어-한어 교재, 1908년의 서문이 달려 있는 '도쿄' 169조를 볼 것.

79 【옮긴이 주】 중국 본토를 가리킴.

80 '도쿄' 161조.

81 '코펜하겐', 111-112쪽, 몽(Mong.) 57a, 57b. 이 두 사본은 하이씨히가 1944년 베이징에서 구입한 것이다. '미국' 244조는 같은 책의 1890년 판본인 듯하다.

82 '도쿄', 166, 163, 164, 165조.

의 품질이 점차 다양해진 것 역시 이제 막 문자문화에 입문한 인구의 확대를 암시해 준다. 이를테면, 1838년에 인쇄된 『이름과 의미를 분명하게 해주는 밝은 달빛이라 불리는 용어 사전(ming gi rgya mtsho'i rgyab gnon dag yi ge chen po skad kyi rgya mtsho'am skad rigs gsal byed nyi ma chen po zhes bya ba bzhugs so)』으로 번역되는 제목을 가진 몽골어-티벳어 사전에는 저명한 학자에 의하면 "한 몽골인이 상당히 서툴게 몽골어를 번역한 것으로 보이는" 간기가 있는데, 이것은 몽골의 사원에서 티벳어 교육이 점차 정착되고 있었다는 것을 시사해 준다.[83] 그러나 동시에 18세기는 새로운 티벳어 사전이 많이 만들어졌던 시기였다.[84]

역사

이 카테고리에는(출판된 황제의 칙령이나 왕조의 규정들, 기인(旗人)들의 관리에 관한 문서들, 속국들과의 연락 등과 같은) 청 왕조 자체의 문서와 기록들이 포함되기 때문에 여기에는 단연코 가장 방대한 만주어 저작의 목록이 들어 있다. 여기에 천문학에서 절대 다수를 차지하는 황실의 책력들이 포함되어야 한다고 주장할 수도 있는데, 이렇게 할 경우 "역사"라는 카테고리는 데이터베이스에 있는 모든 저작의 30퍼센트 가량을 차지하게 될 것이다.

그러나 이 카테고리에는 만주족과 청의 통치자가 추진해 편찬된 과거 비 한족 통치자들과 왕조의 수많은 역사 또한 포함된다. 홍타이지는 요(遼)와 금(金), 그리고 원(元) 왕조 통치자들의 전기를 번역할 것을 명하고 금의 다섯 번째 황제인 세종(世宗, 재위기간은 1161-1189년)의 전기 한 대목을 도열한 관리들 앞에서 큰 소리로 읽었다.[85] 1647년에 인쇄된 만주어로 번역된 요와 금, 원대 역사서들은 청이 베이징에 들어온 뒤 최초로 만들어진 인쇄본이었다. 청의 통치자들은 새로운 정책들을 입안할 때 종종 이들 역사서를 언급했다.

역사는 몽골어 작가들에게도 중요한 주제가 되었다. 많은 전문가들이 17세기 몽골인들에게 민족의식이 결여되어 있었다는 사실에 주목했다. 곧 그들의 내부 경쟁은 만주족이 몽골족을 이길 수 있었던 주요인이었다.[86] 그러나 18세기 동안에는 티벳 불교에 대한 공부를 통해 표출된 몽골의 역사와 문화의

83 '도쿄', 131, 128-130.

84 인웨이셴(尹偉先), 「장어문사서편찬간사(藏語文詞書編纂簡史)」(『中國藏學』 1[1995]), 122-123쪽.

85 체이스의 「만주어의 위상」 2장과 황룬화(黃潤華), 「청문관각도서술략」, 179쪽, 파멜라 카일 크로슬리(Pamela Kyle Crossely), 「만주어 교육」, 345-346쪽.

86 오웬 라티모어(Owen Lattimore), 『만주의 몽골인들: 그들의 부족 분열과 지리적 분포, 만주족과 한족과의 역사적 관계, 그리고 현재의 정치적 문제들(The Mongols of Manchuria: Their Tribal Divisions, Geographical Distribution, Historical Relations with Manchus and Chinese and Present Political Problems)』(New York: John Day Company, 1934), 57쪽.

새로운 감각이 발전했던 듯하다. 새로운 역사 저작들이 티벳어와 한어로 된 자료에 의거해 티벳어와 때로는 몽골어로 씌어졌다. 몽골족 작가들은 티벳 불교 고위 성직자들의 전기와 티벳에서 점진적으로 발전해 몽골로 확산된 불교의 역사서를 만들어냈다. 베이징에 있는 티벳어 학교의 책임자로 봉직했던 다중 언어 사용자였던 곰보잡(Gombojab, 약 1680-1750년)은 『중국에서의 불교의 역사(Ja-nag choin-jun, 1736)』를 저술해 중국의 주요 자료들을 티벳 독자들에게 소개했다. 그는 또 칭기시드(Chinggisid)[87]의 적통 계보를 추적한 몽골어로 된 영향력 있는 저작의 저자이기도 했다.[88]

종교 문헌

명의 통치자들과 마찬가지로 청의 황제들은 티벳어 불경인 칸주르를 티벳어로 재판하는 데 적어도 17세기와 18세기 동안 다섯 차례 정도 자금을 지원했다.[89] 그러나 이러한 재판 작업에 대한 청 황실의 후원은 아마도 티벳 불교 경전의 대규모 번역 사업을 일으키고 이 번역에 필요한 어휘 표준화의 기초를 닦는 데 가장 중요했을 것이다. 동시에 많은 종교 텍스트들이 독실한 몽골족 왕자와 그 부인들에 의해서 개인적으로 인쇄되었다.[90] 왕조 내내 대략 255종의 티벳 불교 저작들이 만주와 몽골인들의 엄청난 후원 하에 몽골어로 번역되었다.[91]

가장 큰 규모의 번역 사업이 조정에 의해 추진되었다는 사실은 그리 놀랄 만한 것이 못된다. 그런 사업을 최초로 시작했던 청의 통치자인 강희제는 리그단 칸(Ligdan Khan, 1634년 사망)의 휘하에서 편찬된 몽골어 칸주르의 개정을 후원했는데, 모두 기인(旗人) 가운데서 선발된 학자들을 채용했다. "몽골어 문자를 능란하게 구사할 수 있었던" 필경사들은 1718년 여름에는 돌로노르(Dolonor)로 소집되었고, "황실의 홍색" 판은 1720년에 108권으로 간행되었다. 건륭제 치세 동안 티벳 대장경이 만주어뿐 아니

---

87 【옮긴이 주】 칭기즈 칸의 후손이나 그의 가계 가운데 하나를 가리킴.

88 Sh. 비라(Sh. Bira), 『티벳어로 씌어진 17-19세기의 몽골의 역사 문헌(Mongolian Historical Literature of the XVII-XIX Centuries Written in Tibetan)』 (trans. Stanley N. Frye, Bloomington: The Mongolia Society, the Tibet Society, 1970), 32-40쪽. 인웨이셴(尹偉先), 「장어문사서편찬간사」, 122쪽. 발터 하이씨히(Walther Heissig), 「몽골어 문헌(Mongolische Literatur)」 (*Handbuch der Orientalistik, Erste Abteilung Nahe und der Mittlere Osten: Funfter Band, Altaistik: Zweiter Abschnitt, Mongolistik),* Leiden: E. J. Brill, 1964), 266쪽.

89 영락제 치세(1403-1424년)에 새겨진 원래의 목판들이 청대 인쇄본의 기반이다. 폴 해리슨(Paul Harrison)의 「티벳어 카규르의 간략한 역사(A Brief History of the Tibetan bKa"gyur)」 (Cabezán and Jackson eds., *Tibetan Literature*), 81쪽.

90 하이씨히의 『잃어버린 문명(A Lost Civilization)』, 158-160쪽에서는 1713년 할하 몽골 왕자의 아들이 9천 페이지 이상 되는 저작을 인쇄하는 데 지불했던 2천 냥의 은에 대한 정보를 제시하고 있다.

91 두드러진 예로 블라디미르 L. 우스펜스키의 『왕자 윈리(1697-1738), 만주의 정치가와 티벳 승려(Prince Yunli(1697-1738), Manchu Statesman and Tibetan Buddhist)』 (Tokyo: Institute of the Study of Languages and Cultures of Asia and Africa, 1997)

라 몽골어로 재차 번역되었는데, 건륭제는 만주어 판이 결코 만들어지지 않았다는 사실에 당혹감을 느꼈다.[92]

종교적인 출판의 후원은 그것이 공적이든 사적이든 그들 종교의 텍스트를 확산시키고자 하는 단순한 욕망 이상의 것에 의해 추동되었던 듯하다. 그런 텍스트들을 인쇄하는 것은 불교에서는 종교적으로 공덕으로 여겨졌다. 어떤 사람이 돈을 대서 종교적인 텍스트를 필사하든 인쇄하든 상관없이 그런 공덕을 쌓았다. 물론 "그런 자원들을 좀 더 아낌없이 베풀수록 그 판본의 후원자에게 쌓이는 공덕이 더 커진 것"[93]은 당연한 사실이었다. 더구나 폴 해리슨(Paul Harrison)이 주목한 대로 "완벽한 정체(整體)로서, 카규르('Bka' 'gyur')는 강력하고 변화시키는 힘이 있는 것으로 여겨졌고, 이지적으로 이해가 되든 말든 보여지거나 만져질 때는 물리적인 대상으로서, 발화되거나 들려질 때는 소리로서……하나의 텍스트가 힘을 가질 수 있다면, 완질의 텍스트와 경전 전체는 대단히 중요한 힘의 원천 전체를 대표한다."[94] [그러니] 황제나 칸이나 달라이라마나 몽골의 귀족들 모두가 경전의 인쇄를 후원했던 것은 놀랄 일이 아니다.

소설과 희곡

청의 통치자들은 대중적인 중국의 희곡과 소설의 번역을 금지하려고 했다. 나아가 비록 필사본의 형태로 유통되고 읽혀지는 것은 어쩔 수 없었지만, 대부분의 작품들이 인쇄되는 것을 막는 데 성공했다. 최근의 연구에 의하면, 세 편의 중국 소설만이 만주어로 번역되어 인쇄본의 형태로 현재까지 남아 있다. 그것은 『금병매』 판본 하나와 『요재지이』 선집, 그리고 『삼국지』의 내용을 허구화해서 재창작한 『삼국연의』 판본 2종이다. 이 가운데 마지막 작품은 군사 전략과의 연관성 때문에 기인(旗人) 관료들 사이에서 특별히 유명했다. 이것은 1630년대에 최초로 만주어로 번역되었고, 두 번째 판본은 1640년대에 순치제의 섭정인 도르곤(1612-1650년)에 의해 간행이 추진되었는데, 결국 1651년이 되어서야 나왔다.[95] 황룬화(黃潤華)는 또 유명한 희곡인 『서상기』의 만주어-한어 판본이 1710년에 인쇄되었다고 기

92 뤼밍후이(盧明輝), 「청대 북방의 각 민족과 중원 한족의 문화 교류 및 그 공헌(淸代北方各民族與中原漢族的文化交流及其貢獻)」(『淸史研究』 6[1988]), 130-11쪽. 발터 하이씨히(Walther Heissig), 『몽골의 종교들(The Religions of Mongolia)』(trans. Geoffrey Samuel, Berkeley: University of California Press, 1970), 33쪽. 'PLB'. 리즈탄(李之檀)의 「현재 고궁에 남아 있는 티벳어 만주어 판 대장경(大藏經藏滿文版現存故宮)」(『文獻』 4[1991]), 286-287쪽에서는 불경의 만주어 판본이 1950년에 발견된 상황을 기술하고 있다.

93 폴 해리슨(Paul Harrison)의 「티벳어 카규르의 간략한 역사」, 86쪽.

94 폴 해리슨(Paul Harrison)의 「티벳어 카규르의 간략한 역사」, 85쪽.

95 황룬화(黃潤華), 「청문관각도서술략」, 181-182쪽.

록했다.[96]

중국 소설을 만주어로 번역한 인쇄본의 수량이 적었음에도, 17·18·19세기 동안 부도덕하고 음란한 문학 작품들에 대한 지속적인 금령이 내려졌던 것을 보면, 중국 소설들이 원래의 한어 판본뿐 아니라 필사본 형태의 번역이 광범위하게 유통되었던 것이 분명하다. 심지어 이 필사본들 가운데 몇몇은 한어 텍스트를 만주어 문자로 전사했다는 특징을 갖고 있었기에, 한어를 읽을 수는 없지만 구어는 알아들을 수 있었던 기인(旗人)들에게 큰 소리로 낭독될 수 있었다.[97] 다양한 중국 소설 작품들이 만주어(혹은 몽골어)로 많이 전사되고 번역되었다는 사실은 그 작품들에 대한 청중이 많이 있었다는 것을 암시해 준다. [상대적으로] 목판본이 거의 없었다는 사실은 한어로 된 유명한 문학 작품들이 대부분 공식적인 정책에 의해 금지되었다는 것으로 설명될 수 있다.

한어 문학이 몽골족에게 소개될 때, 처음에는 번역으로 소개되었는데, 그 번역은 18세기에 이루어지기 시작되었고, 만주어 판본과 마찬가지로 대개 필사본의 형태로 유통되었다.[98] 어떤 학자는 청 왕조 말기까지 80종 이상의 한어 작품들이 몽골어로 번역되었다고 추정했다.[99] 그러나 몽골어 장서들에 있는 작품들을 좀 더 면밀하게 조사하면 중국 문학의 걸작들 가운데 상대적으로 극소수만이 보일 뿐이다. 곧 코펜하겐에 있는 왕실 장서들에는 56종이라는 이례적으로 많은 수량의 소설 작품이 포함되어 있는데, 이 가운데 걸작으로는 『서유기』와 『삼국연의』가 대표적일 따름이다. 소장본들 가운데 절반 정도는 강희제 때 봉직했던 "스 씨 성의 현명한 관리(Shi mergen noyan)"의 모험을 묘사한 소설[100]의 단편들이고, 나머지 것들은 순치제와 가경제가 보위에서 물러나 평민 사회에서 살면서 겪는 모험에 대한 허구적인 이야기들이다.[101]

---

96 마틴 김(Martin Gimm), 「중국의 장편소설과 단편소설의 만주어 번역 - 목록화의 시도(Manchu Translations of Chinese Novels and Short Stories: An Attempt at an Inventory)」(*Asia Major*, 3d ser., 1.1[1988]), 79쪽. 김은 이 연구에서 제시된 정보를 수집하기 위해 전 세계에 퍼져 있는 60 곳의 만주어 장서들을 조사했다. 'QMM' 0583. 황룬화는 『서상기(si siyang gi bithe)』의 서로 다른 두 판본을 열거했는데, 첫 번째 것은 인쇄한 사람의 이름으로 확인되는 데 반해 두 번째 것은 인쇄한 사람의 이름이 없다.

97 마틴 김은 「중국의 장편소설과 단편소설의 만주어 번역 - 목록화의 시도」, 80쪽 주 7)에서 『홍루몽』의 음성적 전사(轉寫)를 인용했고, 다른 곳(81쪽)에서는 이 중국 소설들의 번역 필사본들의 "존재가 순전히 운에 맡겨진 것"이라고 주장했다.

98 장서들 안에는 현대의 금속 활자 판본도 몇 개 있다.

99 윈펑(雲峰), 『몽한문화교류측면관-몽고족한문창작사(蒙漢文化交流側面觀-蒙古族漢文創作史)』(河北: 天津古籍出版社, 1992), 194쪽.

100 【옮긴이 주】 이것은 이른바 『시공안』을 가리킨다. "도광(道光) 18년(1838)에 『시공안(施公案)』 8권 97회가 있었는데, 일명 『백단기관(百斷奇觀)』이라고도 하였으며, 강희(康熙) 연간에 스스룬(施仕綸)[스룬(世綸)이라고 해야 옳음]이 태주(泰州)의 지주(知州)가 되고 조운총독(漕運總督)에 부임하기까지의 사적이 기록되어 있는데, 문장과 내용이 모두 졸렬하여 명대의 『포공안(包公案)』과 비슷하다. 그러나 약간의 곡절이 첨가되어 한 사건이 수 회에 걸쳐 있기도 하다. 그리고 재판하는 것 이외에 모험도 있으니 이미 협의소설의 선도(先導)가 되고 있다."[루쉰(조관희 역주), 『중국소설사』(소명, 2004), 703쪽]

101 '코펜하겐', 93-103조. 비교에 의하면, 소설 가운데 다섯 개 항목만이 '독일'의 몽골어 장서, 88-92조에 나온다. '도쿄'에서는 그 어떤 소설도 발견되지 않는다. 나는 "스 씨 성의 현명한 관리(Shi mergen noyan)"의 번역에 도움을 준 데 대해 크리스토퍼 앳우드(Christopher Atwood 교수에게 감사드린다.

그러나 중국 소설이 몽골어 창작에 영향을 끼친 것은 분명한 사실이다. 18세기와 19세기 동안 몽골의 작가들은 그들 자신의 구어 문학 작품들을 기록하기 시작했는데, 당연하게도 그 과정 속에서 이것들을 개작했다. 그리하여 이렇게 만들어진 작품들은 유명한 중국 소설의 관습과 주제들 가운데 몇몇을 빌려왔다.[102]

한어와 비 한어 문화에 대한 인쇄의 영향

비 한어 출판이 서로 다른 민족적 근원의 다양성으로부터 나온 텍스트와 생각, 그리고 종교적 믿음을 통합한 것으로서 공통의 "청" 문화의 탄생을 가능케 했는가? 비 한어 텍스트, 특히 한어 저작들을 비 한어로 번역한 텍스트의 인쇄가 청의 지배하에 한족과 만주족, 몽골족, 그리고 티벳족을 다민족 문화의 연합체로 나아가게 하는 데 기여했는가?

이런 문제들에 대한 해답은 상당한 정도로 현재 논의 중인 비 한어 출판의 시기와 그 특별한 유형에 달려 있다. 만약 티벳의 경우를 조사한다면, 티벳어 출판이 이러한 통합을 고취하지 않았거나 아마도 그렇게 의도되지 않았다는 사실이 분명하게 드러날 것이다. 청 조정은 티벳 귀족과 관리들을 통해 티벳을 간접적으로 통치했다. 대부분의 티벳인들은 한족들과의 지속적인 접촉에 노출되지 않았고, 중국인들이나 기타 다른 민족 집단과의 언어적, 문화적 교류가 권장되지도 않았다. 티벳어 이외의 언어를 가르치는 기인(旗人)들의 학교는 티벳에 존재하지 않았다. 한어 텍스트는 통상적으로 티벳어로 번역되지 않았고, 마찬가지로 티벳어 저작들 역시 한어로 번역되지 않았다. 중국 문화의 영향은 상대적으로 제한적이었는데, 어찌 되었든 연결이 되었고, 어느 정도까지는 인도로부터 받은 영향에 의해 도전을 받았다.[103] 사원에 대한 청의 후원(과 티벳 불경의 출판)은 티벳 불교에 대한 사회적 관심을 강화하는 데만 기여했다. 불경에 대한 접근성이 좀 더 증대되었던 것과 동시에 청대에 나온 인쇄본 덕분에 불교의 역사, 신학, 철학 방면의 저작들이 흥성했다.[104] 사실 조정에서 후원한 티벳 불교 텍스트들이 티벳 불교 연구를 고취함으로써 티벳의 독립성과 차별성 의식을 강화시키는 데 기여했다고 주장할 수도 있다. 20세기 초에 접어들 때까지도 티벳의 문화는 중국 문화와 상당한 정도로 독립된 채(청 제국 내에서 아주 독

---

102 하이씨히, 「몽골어 문학」, 236-237쪽, 262-263쪽. 니콜라스 포페(Nicholas Poppe), 『할하 몽골의 영웅 서사시(The Heroic epic of the Khalkha Mongols)』 (trans. J. Krueger, D. Montgomery, and M. Walter, Bloomington: The Mongolia Society, 1979), 8쪽, 26쪽, 54-62쪽. 슈워츠, 「도론」, ix.

103 베스 뉴먼(Beth Newman), 「티벳 소설과 그 내원」, 로셀 린천(Losel Rinchen, 仁貞洛色), 「티벳족 문화 발전 개설」

104 수샤마 로히아(Sushama Lohia), 『1746년 몽골어 판본에서의 32명의 목인(木人)에 대한 몽골 이야기(Tučin Qoyar Mdun Kümün-ü Ülger, The Mongol Tales of the 32 Wooden Men in Their Mongol Version of 1746)』 (Translated and Annotated, Wiesbaden: Harrassowitz, 1968); 조세프 콜마스(Josef Kolmaš), 「티벳의 내원(Tibetan Sources)」 (in Donald L. Leslie, Colin Mackerras, and Wang Gungwu, eds., *Essays on the Sources for Chinese History*, Columbia: Univertiry of south Carolina Press, 1973), 135-136쪽,

특한 구성 부분으로) 남아 있었다.

만주인들의 경우는 좀 더 복잡한데, 그것은 만주족과 한족을 통합시키려는 노력이 좀 더 강했기 때문이다. 한어 텍스트의 번역은 비록 소수이긴 했지만, 일찍부터 만주족이 정치권력으로서 부상하는 데 일정한 역할을 했다. 청의 통치자들은 이중 언어 텍스트의 출판을 후원했고, 상업적인 출판사들은 이중 언어(때로는 3중 언어) 사전의 판매를 통해 이익을 얻었다. 말할 필요도 없이, 이러한 노력들은 한어 글쓰기에 거의 영향을 주지 못했고, 만주족들의 "한화"를 재촉하는 데 기여했다.[105] 번역된 것이든 전사된 것이든 간에 중국 소설은 현재 남아 있는 필사본의 수량으로 보건대, 상당히 대중적이었다. 거듭된 황실의 노력에도 불구하고, 대부분의 만주인들은 왕조 말기에 이르러 그들 자신의 언어를 잃어버렸고, 그 대신 한어로 말했다. 만주인들은 한어로 시와 소설을 쓰기도 했다.[106] 만주어로 된 비교적 편폭이 작은 원작들은 비록 국가의 후원을 받은 것이긴 하지만, 자랑스러운 문화 의식의 몇 가지 실례를 제공해 주고 있는데, 건륭제의 『어제성경부(御制盛京賦, Han-i araha Mukden-i fujurun bithe)』[107]는 두드러진 예이다. 그러나 이러한 저작들이 만주인의 의식에 즉각적이고도 의미 있는 영향을 주었다거나 이것들이 만주인들이 중국 문화에 동화되어 가는 명백한 과정을 완화시켰다는 증거는 거의 찾아볼 수 없다.

그럼에도 불구하고 크로슬리가 자못 웅변조로 주장한 대로, 동화가 외부로 드러난 표지들은 18세기와 19세기에도 오해의 소지가 있었다. 만주어 출판이 비록 아마도 정확하게 그 당시이거나 황제가 마음 속에 그렸던 방식으로는 아니었을지 모르지만, 건륭제의 만주 민족성의 "창조"에 도움을 준 것이 확실하다고 주장될 수 있다.[108] 건륭제가 만주어로 글 쓰는 것을 장려했던 것이 18세기에는 최소한 표

---

105 이 용어에 대한 비평에 대해서는 크로슬리(Pamela Crossley)의 『반투명한 거울』, 13-14쪽을 볼 것.

106 만주인들이 쓴 한어 저작들에 대해서는 마오싱(毛星) 편, 『중국소수민족문학(中國少數民族文學)』(長沙: 湖南人民出版社, 1983), 237-262쪽과 톈지저우(田繼周) 편, 『소수민족과 중화 문화(少數民族與中華文化)』(上海: 上海人民出版社, 1996), 470-545쪽, 장자성(張佳生), 「만주족 소설의 탄생과 청대 중기의 원인(滿族小說產生與淸代中期的原因)」(『滿族硏究』 1[1993]) 57-64쪽을 볼 것. 수전 만(Susan Mann), 『소중한 기록들 : 기나긴 18세기의 여성』(Stanford : Stanford University Press, 1997), 94-125쪽과 214-225쪽에서는 한군(漢軍) 여인인 완옌윈주(完顏惲珠)의 시 총집에 대해 초점을 맞추고 있다. 몽골족 작가들에 대해서는 윈펑(雲峰)의 『몽한문화교류측면관』, 100-186쪽을 볼 것.

107 【옮긴이 주】 이 작품은 건륭제가 1743년(건륭8년) 조상의 능묘에 참배하기 위해 성징(盛京)으로 순행을 가서 지은 시이다. 이 시는 단독 작품이 아니고, 만주어와 한문 두 언어로 쓰인 『성징 부(盛京賦, han i araha mukden i fujurun bithe)』의 일부이다. 시의 제목은 따로 없고, 건륭제가 조상의 공덕을 찬양했다는 의미로 단순히 「송(頌, tukiyecun)」이라고만 표제되어 있다. 이 시는 내용별로 총 7단으로 구성되어 있다. 각 단은 14구로 구성되어 전체 시는 총 98구로 이루어진다. 그 내용을 보면 1단은 성징(盛京)의 환경, 2단은 청조 발상지에 대한 예찬, 3단은 강희제의 동순 예찬, 4단은 건륭제 자신의 동순 행렬, 5단은 건륭제가 성경에 도착한 정경, 6단은 순박한 유풍과 조상의 창업, 7단은 연회와 황도(皇都)에 대한 축복을 묘사하고 있다(이훈, 「만주어 시 한 수」. 『웹진 민연』, 2012년 5월 통권 13호. 자세한 내용은 아래의 사이트에 소개되어 있다).
http://rikszine.korea.ac.kr/front/article/humanList.minyeon?selectArticle_id=234&selectCategory_id=35

108 파멜라 카일 크로슬리(Pamela Kyle Crossely), 『고아 전사, 만주족 3세대와 청 세계의 종말(Orphan Warriors: Three Manchu Generations and the End of the Qing World)』(Princeton: Princeton University Press, 1989), 다니엘 케인(Daniel Kane), 「언어의 죽음과 언어의 부흥, 만주어의 경우(Language Death and Language Revicalism: The Case of Manchu)」(*Central Asiatic Journal*

면적으로는 아무런 영향도 주지 못했던 것으로 보일지라도, 20세기에 만주족만의 독특한 정체성이 발전하는 데 도움이 된 것은 확실하다. 건륭제가 이러한 현대의 발전을 위해 기본이 되는 텍스트들을 부지불식간에 확립했다고 주장할 수도 있다.

가장 흥미로운 것은 몽골어의 경우인데, 그것은 몽골어 출판과 문학이 민족과 국가적 정체성의 창조에서 수행했던 역할을 설명해 주는 방식 때문이다. 19세기 말에 이르면 기인들의 관료화는 몽골 부족들 사이에서의 분열을 [완전히] 없애지는 못했지만 약화시켰다. 현재는 많은 몽골인들이 한족 정착민과 상인들에 의해서 그들의 유목 경제에 야기된 위협이 증가되고 있다는 사실에 사로잡혀 있다. 힘이 약해진 청 조정은 한족 상인들을 몽골에서 몰아낼 수 없었고, 몽골의 지도자들은 그렇게 해서 높아진 부채율에 불안해 했다. 한족 정착민들은 내몽골의 가장 비옥한 몇몇 지역으로 이주해 몽골인들의 분노를 샀다.[109]

이런 경향에 대한 반작용은 인잔나시(Injannasi, 1836-1892년)[110]의 역사 소설 『푸른 연대기(Köke sudur, The blue chronicle)』[111]에서 볼 수 있다. 인잔나시의 가계는 칭기스(Chinggis)의 넷째 아들로 거슬러 올라간다. 현재 내몽골에 있는 주수투(Jusutu, 卓索圖) 맹(盟) 투메드(Tümed, 土默特) 우기(右旗)의 두 번째로 높은 기인 관리였던 그의 아버지는 학문에 취미가 있는 학자였다. 인잔나시는 일곱 번째 아들이었기에 그의 형들이 그랬던 것처럼 관직에 나아가라는 압력을 받지는 않았는데, 그 이전의 이력에 대해서는 거의 알려진 것이 없는 듯하다. 1870년대에 그는 소설을 쓰기 시작했다. 그의 서문에 의하면, 『푸른 연대기』의 앞부분 8개 장은 아편전쟁이 시작되기 전에 그의 아버지가 쓴 것이다. 칭기스 칸의 "영광스러운 이야기"인 이 작품은 중국 소설에서 차용한 기법(여기서 중국 소설의 몽골어 번역의 영향이 부분적으로 드러난다)으로 칭기스와 다른 몽골 영웅들을 재창조했는데, (인잔나시가 보기에) 비참한 현재와 대조를 이루는 몽골족의 영광스러운 과거를 묘사했다. 학자들은 그가 몽골 쇠망의 원인으로 티벳 불교를 비판한 것에서 유가적 관점을 암시하기도 하지만, 인잔나시는 친 중국적인 입장을 취하지 않았다. 그 대신 그는 드러내놓고 몽골의 정복에 대해 글을 쓴 중국의 역사학자들의 잘난 체 하는 말투를 공격하기 시작했다. 그는 『푸른 연대기』를 "표준 역사"와 편향된 중국 쪽 이야기들을 바로잡는 도구로 내세웠고, 몽골의 독자들이 그들 자신의 운명을 책임지기 위해 그들의 역사 유산에 의해 고무되기를 기대했다.

41.2[1997]), 231-249쪽. 만주족 아이덴티티의 생성에 관한 논의로는 크로슬리의 『반투명한 거울』, 이곳 저곳을 볼 것.

109 M. 산즈도르즈(M. Sanjdorj), 『몽골 북부에서의 만주족과 한족의 식민 통치(Manchu Chinese Colonial Rule in Northern Mongolia)』(trans. Urgunge Onon, New York: St. Martin's Press, 1980).

110 그의 이름은 다양하게 표기되는데, 이를테면 '인차나시(Inchanashi)', '인자나시(Injanashi)', '인잔나시(Injannashi)' 등이 그러하다. 존 곰보잡 항긴(John Gombojab Hangin)의 『푸른 연대기: 인잔나시의 최초의 몽골어 역사 소설 연구[Köke sudur(The blue chronicle): A Study of the First Mongolian Historical Novel by Injannasi)』(Wiesbaden: Harrassowitz, 1973)을 볼 것.
【옮긴이 주】 인잔나시의 중국어 명칭은 인잔나시(尹湛納希)이다.

111 【옮긴이 주】 중국어 명칭은 『청사연의(青史演義)』.

알마즈 칸(Almaz Khan)은 칭기스 칸을 조상 숭배의 대상에서 몽골 민족의 상징으로 변형시켜놓은 몽골의 민족 의식이 20세기에야 비로소 생겨날 수 있었다고 주장했다.[112] 사실 인잔나시의 소설은 청 왕조 동안에는 필사본으로만 유통되었다. 그래서 당시에는 독자가 제한적일 수밖에 없었다. 그러나 그 단편들이 베이징에서 출판되었던 1930년대에 몽골의 민족주의를 위한 문서로서 이것이 갖고 있는 잠재력이 인지되었는데, (불완전하긴 하지만) 그보다 조금 더 확장된 소설이 1940년과 1957년에 출판되었다(어느 정도는 내가 논의하고 있는 텍스트의 번역과 교환의 산물인). 이 소설은 몽골의 민족주의에 "엄청나게 큰 영향"을 주었다.[113] 몽골의 문화에서 이것이 점진적으로 발전해나가면서 일으킨 작용은 청대 서적 문화 유산의 다민족적이고 다언어적인 복잡성을 전형적으로 보여주고 있다.

결론

청대에 베이징은 만주어와 몽골어, 티벳어로 된 문학 작품의 주요한 인쇄 중심지가 되었다. 청 황실의 후원과 경제적인 번영은 몽골과 티벳어 문학의 유례없는 흥성을 추동했다. 필사본과 인쇄본의 형태로 남아 있는 번역과 원 저작물들은 청의 문화유산의 일부인 비 한어 문화가 확장되었던 넓이와 깊이를 증명해 준다.

만주어와 몽골어 그리고 티벳어 문학 작품 내 주제의 분포에 대한 통계는 이 글의 서두에서 제기된 문제, 곧 인쇄는 다양한 한족 인구뿐 아니라 청의 지배권 내에 있는 비 한어 민족들에 의해 공유된 공통의 문화를 만들어 나가는 것을 가능케 했는지에 대해 말해준다. 많은 몽골인과 티벳인들은 청 왕조 동안 조정의 기관과 상업적 출판사에 의해 출판된 다중 언어 만주어 판본을 통해 한어 텍스트에 접근할 수 있었다. 익숙함은 공통의 문화를 만들어 나가는 데 기본적인 전제 조건이었기에, 이런 청의 출판물들이 한족과 아시아 내륙 지역 백성들 간의 문화적 통합을 위한 기초를 놓는 데 도움이 되었다고 주장할 지도 모른다. 그럼에도 불구하고 거대한 몸통을 이루고 있는(중국 문화의 영향을 거의 받지 않았거나 [오히려] 인도 문화의 영향을 반영하고 있는) 몽골어와 티벳어로 된 저작들로 인해 "한화(sinicization)"나 기타 다른 청대의 문화적 발전을 지나치게 단순하게 일반화한 가정들이 도전을 받고 있다. 그리고 현대 만주족과 몽골족의 아이덴티티 형성에서(비록 이 책들이 나왔을 때는 특별한 영향력을 갖고 있지 않았지만) 『어제성경부(御制盛京賦, Han-i araha Mukden-i fujurun bithe)』나 『푸른 연대기(Köke sudur, The blue chronicle』와 같

---

112 알마즈 칸(Almaz Khan), 『칭기스 칸, 황제의 조상에서 민족의 영웅으로(Chinggis Khan: From Imperial ancestor to Ethnic Hero)』 (in Stevan Harrell, ed., *Cultural Encounters on China's Ethnic Frontiers*, Seattle: University of Washington Press, 1994), 248-277쪽.

113 존 곰보잡 항긴(John Gombojab Hangin)의 『푸른 연대기(Köke sudur)』, 1-2쪽에서는 필사본과 다른 판본의 역사에 대해 기술하고 있다. 그의 민족주의자의 의미에 대한 논의에 대해서는 45-46쪽을 볼 것.

은 만주어, 몽골어 텍스트가 수행했던 역할은 비 한어 저작들의 출판이 결국에는 민족 간의 통합에 역행하는 효과를 낳았다는 사실을 말해주고 있다.

아마도 청대 비 한어 출판의 가장 충격적인 효과는 청 주변부의 책 문화가 만들어졌다는 사실일 것이다. 만주와 몽골 기인들, 팔기의 외부로부터 선발된 몽골인 집단이 이런 결과물에서 가장 적극적으로 활동했던 이들이었던 듯하다. 이들 학자들은 그들이 기술한 대로(그들 자신의 것을 포함한) 몇 가지 뚜렷이 구별되는 문화 자원에 의존하고 있다. 비록 조정의 프로젝트가 비 한어 문화의 생산에서 큰 역할을 했지만, 특히 만주어 저작들의 상업적 출판 역시 중요한 발전을 이루어냈다. 잠재적인 고객에게 접근할 수 있다는 점(몽골 귀족들은 정기적인 순환에 의해 조정에 출석해야만 했다)과 중앙 정부의 존재로 말미암아 베이징은 중국 상업 출판의 주요 지역이었던 강남 대신 비 한어 출판의 중심이 되었다. 종교 문학에 대한 몽골과 티벳의 강조 역시 사원과 승원들이 이런 장르의 책을 만드는 중요한 중심지가 되게 했다.

만주어, 티벳어 그리고 몽골어로 된 서적 문화의 개화를(보편 군주가 그의 백성들 각각을 위해 문화 발전을 후원한다는) 건륭 황제가 갖고 있던 비전의 실현으로 볼 수도 있다. 동시에 청대 몽골과 티벳의 문화적 만개는 교육받은 티벳인과 몽골인들이 그들 자신의 언어로 된 이전보다 확장된 문헌을 갖추고 청의 지배에서 벗어났던 20세기에 역사적인 중요성을 띠고 있다. 이들 문헌은 청 왕조 몰락 이후에 나타난 민족주의의 토대를 마련해 주었다. 이러한 주장을 뒷받침하는 데 있어서 1911년 신해혁명의 언저리에 엘리트들이 취했던 행위들을 지적하는 것만으로도 충분하다. 곧 청의 관리들과 군대를 티벳에서 축출하고, 몽골에서 독립 국가를 건설하며, 내몽골을 중화민국으로부터 분리 독립하려던 시도가 그것이다.

비 한어 서적 생산의 또 다른 측면은 이 책의 다른 저자들이 다루고 있는 주제들을 이야기해 준다. 신시아 브로카우와 조셉 맥더모트가 중국에서 필사본과 수고본 텍스트가 지속적으로 중요성을 갖고 있었다는 점에 대해 언급한 것은 몽골과 만주, 그리고 티벳어 텍스트에 대해서도 똑같은 정도로 적용될 수 있는데, 이들 지역의 독자는 훨씬 더 흩어져 있고 훨씬 덜 도시적이었다. 왕조 내내 만들어졌던 만주어와 티벳어, 몽골어 문학 작품 가운데 대다수가 필사본의 형태였다. 브로카우가 기술한(이 책의 첫 번째 글을 볼 것) 한어 필사본 텍스트의 경우와 마찬가지로 비 한어 수고본은 항상 출판의 기초 작업으로 만들어졌던 황실 조정의 산물로부터 형편없는 질의 수고본까지 전 영역에 걸쳐 있었다. 수고본과 인쇄본은 서로 간에 상호작용을 일으켰다. 곧 때로는 인쇄본이 수고본이 되기도 하고, 다른 경우에는 수고본이 인쇄본의 기본 틀을 이루기도 했다. 청 왕조 동안 만들어진 모든 비 한어 서물(書物)의 주요 장서들 가운데 수고본의 강한 존재감은 티벳과 몽골, 그리고 만주족 고향의 동북방 인민들의 문화사에 있어서 이 시기의 형태적 특성을 뒷받침해준다.

만주어와 몽골어 문학에 대한 통계적 비교 역시 서적 문화의 확산에서 만주어가 수행한 특별히 중요한 역할을 강조해 준다. 몽골 조사에서 저작들의 83퍼센트가 단일한 언어(몽골어)였던 데 반해, 만주어 데이터베이스 내의 항목들 가운데 40퍼센트 미만이 만주어로만 되어 있으며, 따라서 60퍼센트 이

상이 만주어와 하나 또는 그 이상의 언어로 되어 있다. 이러한 비교는 "교량 역할을 하는 언어"로서, 곧 몽골족과 다른 비 한어 백성들이 한어 저작들에 접근하기 위해 사용할 수 있는 언어로서 만주어가 갖는 중요성을 강조해주고 있다. 몽골과 만주의 서사(書寫) 체계가 역사적으로 밀접하게 연관되어 있어서 몽골인들은 만주어를 쉽게 배웠고, 이를 통해 몽골인들이 중국문화에 간접적으로 접근할 수 있었다. 사실 청 조정에서는 몇몇 몽골부족과 중국인 사이의 접촉을 제한하는 데 주의를 기울였기 때문에 몽골인들이 중국문화에 접근하는 것이 쉽지 않은 상황이었다. 청은 할하 몽골의 맹(盟)이 베이징과 한어로 소통하는 것을 금지했고,[114] 그들이 한어를 배우지 못하게 했다. 할하를 중국의 직접적인 영향으로부터 차단하려는 노력은 결국 효과를 보지 못했지만, 이러한 노력들은 그 나름대로 독특하면서 몽골어 문맹인 개인들에게는 닫혀 있던(곧 중국인들이 몽골 문학에 접근하는 것을 제한했던) 서적 문화가 만들어지는 데 중요한 역할을 했던 듯하다. 이런 상황에서 만주어는 이들 몽골인들이 중국 문화에 접근할 수 있게 해주었다.

이 책의 첫 번째 글에서 브로카우는 유약한 중앙 정부가 효과적으로 중국의 상업 출판을 통제하는 데 실패했다는 사실을 주목하긴 했지만, 몽골어와 만주어로 인쇄된 문학 작품 가운데 주요한 중국 문학의 걸작들이 사실상 없었다는 사실은 이러한 관점이 수정되어야 한다는 사실을 시사해 주고 있다. 조정이 서적 문화라는 특별한 무대에서 좀 더 효과적으로 공식적인 존재감을 유지할 수 있었던 것은 틀림없는 사실로 보인다. 만주족 통치자들은 매우 큰 열의를 갖고 여성과 가족에 관한 유가의 이상을 실행했는데, 과부의 수절을 고취하고 성과 육체적 쾌락을 찬양했던 명말의 도시 문화를 억제했다.[115] 그들이 중국 소설의 인쇄를 금한 것은 이러한 정책의 한 측면이다. 그러나 비록 국가적인 차원에서는 출판사들을 제지할 수 있었지만, 개인들은 번역된 희곡과 소설의 필사본을 만들어내고 유통시킬 수 있었다. 만주인과 몽골인들은 이런 금서들을 읽고 자신들이 새로운 작품을 창작하는 데 있어 영감을 받았다. 여기서(위에서 주목한 몇 가지 다른 경우에서와 같이) 중국의 서적 문화 관련 지식은 통합을 고무하였고 20세기에 한족과 구별되는 만주와 몽골족의 정체성 발전을 위한 토대를 마련했으며, 그리하여 궁극적으로는 문화적 통합의 힘을 약화시켰다.

114 C. R. 보든(C. R. Bawden), 『몽골 현대사』, 86쪽.

115 만(Mann)의 『소중한 기록』, 23-26쪽.

종족의 결속을 유지시키는 것: 청과 민국 시기 장쑤-저장 지역의 족보 제작 전문가들과 족보 간행

쉬 샤오만(徐小蠻)

학자들은 일반적으로 명대(1368-1644년) 말기 중국 남부 지역 사회에서 족보가 급증한 것을 두고 가문의 중요성이 증대된 것을 보여주는 표지라고 해석한다. 그들은 가문이 다양한 기능을 했다고 여긴다. 이들 가문은 국가에 신사층의 이익을 대변하는 집단이었으며 신사층의 상업 투자를 가능하게 한 경제적 단위 역할을 했다. 또한 엘리트 계층의 네트워크와 이들의 가족 외적인 유대관계를 강화시킨 연합체이자 지역 사회를 조직하도록 돕고 심지어 그 구성원들에게 복지 서비스를 제공하는 기관이었으며, (국가의 관점에서 볼 때 더욱 중요한) 세금 징수를 위한 기구가 되었다.

서면으로 가문을 규정짓고 있는 것으로서의 족보[1]는 아마도 이와 유사한 여러 가지 다른 기능들을 수행했을 것이다. 확실히, 족보가 어떻게 만들어졌는가를 설명하고 있는 족보 안의 글을 보면, 대개 가족의 역사를 서술하고 이로써 가족의 화합을 구축하고자 한다는 목표를 강조했다. 서문에서는 보통 "한 가족에 있어서 족보는 한 나라에 있어서 역사와 같다(家之有譜, 猶國之有史也)"라든지 "한 가족의 족보는 한 나라의 역사와 한 주(州)의 지(志)만큼 중요하다(家之有譜, 固與國有史, 州有志而並重也)"와 같은 진부한 말을 반복했다. 또는 루원차오(盧文弨: 1717-1796년)가 지적했던 것처럼, 족보는 가문을 규정지음으로써 그 가문을 확실히 유지시켰다고 하는 것이 좀 더 호소력을 지닌다. "족보가 있어야만 자손들이 그 조상을 알고 자신들의 가문을 분별할 수 있으며 나뉘어 널리 퍼진 지파들이 자신과 같은 동족인지 혼동되어 분별하기 어려움을 피할 수 있다.…… 종손을 혈통의 근원으로 따지던 옛 전통이 지금은 더 이상 남아 있지 않지만 사람들은 모두 종족의 결속을 유지하고자 노력해야 하는데, 족보야말로 그러한

---

* 이 장은 '명청대 인쇄와 서적 문화'에 관한 학술회의(Timberline Lodge, Oregon, June 1-5, 1998)에서 발표한 논문을 수정 보완한 것이며, 「청대 상하이 및 저장 지역 족보 간행 연구(清代上海及浙江地區家譜的刊行研究)」[『중화문사논총(中華文史論叢)』 59, 1999. 9, 217-244쪽]로 게재되었다. 원고 수정에 책임을 지고 있는 신시아 브로카우(Cynthia Brokaw)는 주석 확인을 도와준 푸단대학(復旦大學)의 왕량과 웨이에게 감사를 표하는 바이다.

1 '족보(Genealogy)'는 중국어로 '족보(族譜)', '종보(宗譜)', '가보(家譜)', '가승(家乘)' '보첩(譜牒)', '가첩(家牒)', '과질보(瓜帙譜)', '통보(統譜)', '합보(合譜)', '전보(全譜)', '대동보(大同譜)' 등의 다양한 제목으로 번역된다.

노력의 근거이다."[2] 족보의 출판은 더 나아가 문명과 문화, 특히 권세 있는 가문과 연결된 도덕적 가치를 나타내는 것이 되었다. 그래서 청말 학자 중치(鍾琦)는 『황조쇄설록(皇朝瑣屑錄)』에서 족보 제작에 있어 뒤떨어진 것으로 악명 높은 지역과 '모든 마을'에서 족보가 발견되는 지역을 명확히 구분하고 있다. "간쑤(甘肅), 쓰촨(四川), 윈난(雲南), 구이저우(貴州) 지역 사람들은 자신들의 계보를 알지 못하며, 친족과 비 친족을 혼동한다." 그는 또 이렇게 설명한다. "이것은 정말 부주의하고 저속한 것이다. 장쑤(江蘇), 장시(江西), 안후이(安徽), 저장(浙江), 후난(湖南), 후베이(湖北) 지역의 마을들은 모두 흩어진 동족들을 통합시키기 위해서뿐만 아니라 인정과 순수함을 유지하기 위해서 족보를 편찬하였다."[3]

그러나 최근 연구에서 보여주었듯이, 족보는 또한 더욱 실용적인 즉 사회적, 정치적, 경제적 측면에서 유용한 방식으로 기능했다. 하나의 족보는 한 가문의(따라서 당연히 한 개인의) 혈통과 사회적 지위를 확립시켜 주었으며,[4] 그 집단을 위에서 언급한 문명화된 가치들과 연결시켰다. 엘리트 집안의 일원들에게 족보는 경제적 목표를 이루거나 또는 정계에서 개인적 이득을 강화하는 기능, 다시 말해 유용한 관계망을 만들거나 관직을 공고히 하는 기능을 할 수 있었다.[5] 가문 밖에서 관리나 학자로 성공한 이들에게 족보의 서문을 요청하는 것은 송대 이래로 비교적 흔한 관행이었는데, 이러한 행위는 가문과 중요한 지역의 -아마도 전국적일 수도 있는- 주요인사들 사이의 사회적인(그리고 잠재적으로 정치적이고 경제적인) 관계를 구축하도록 도왔다. 예를 들어, 1801년 쟈딩(嘉定)의 왕 씨(王氏) 집안 족보에는 저명한 학자이자 고위 관리였던 쳰다신(錢大昕: 1728-1804년)의 찬사를 담은 서문이 수록되어 있다. "이 글을 읽어보면 화려한 치장이 없고 억지스러운 설명이 없다. [집안을] 칭찬하는 중에 옛 조상들이 정직했다는 사실을 배우게 했다. 이와 같은 가문의 법도로부터 우리는 그 가문 사람들의 인품을 파악할 수 있으며, 이로써 왕 씨 조상의 은덕이 영원하리라는 것을 예상할 수 있다."[6] 쳰다신이 상습적으로 지인들의

---

2 루원차오(盧文弨), 「루씨보서(盧氏譜序)」, 『[융둥]루씨종보고([甬東]盧氏宗譜稿)』, 징무탕(敬睦堂) 간행 목판본, 1860. 【옮긴이 주】 원문은 다음과 같다. "有譜然後子孫能識其祖, 辨其宗, 而支分派衍, 凡爲我之同族, 亦不至混淆而難辨…古宗子法雖不行於今, 而收族之道, 人人皆所當勉, 則有譜以爲之依據也."

3 중치(鍾琦), 『황조쇄설록(皇朝瑣屑錄)』(『近代中國史料叢刊』 54, 1897; 臺北: 文海出版社, 1970), 3권, 38.6b.

4 페트리샤 버클리 에브레이(Patricia Bucklye Ebrey), 「종족 집단 조직 발전의 초기 단계(The Early Stages in the Development of Descent Group Organization)」(Patricia Bucklye Ebrey and James L. Watson, eds, *Kinship Organization in Late Imperial China, 1000-1940*, Berkeley: University of California Press, 1986), 45쪽; 가문 형성에 있어서 족보의 역할에 관한 일반적인 논의에 대해서는 35-39쪽과 44-50쪽을 볼 것.

5 제임스 왓슨(James L. Watson), 「인류학적 개괄: 중국 종족 집단의 발전(Anthropological Overview: The Development of Chinese Descent Groups)」(Patricia Bucklye Ebrey and James L. Watson, eds, *Kinship Organization in Late Imperial China, 1000-1940*, Berkeley: University of California Press, 1986), 286쪽. 이 현상에 대한 좀 더 자세한 논의로는 케이트 해즐턴(Keith Hazelton), 「부계 친족과 지역 가문의 발전: 1528년까지 후이저우(徽州) 슈닝(休寧) 현의 우(吳) 씨 가문(Patrilines and the Development of Localized Lineages: The Wu of Hsiu-ning City, Huichou, to 1528)」, 같은 책, 147-151쪽을 볼 것.

6 『[쟈딩]왕 씨중수지보([嘉定]王氏重修支譜)』[1911년 목활자본]. 쳰다신의 서문은 1책(冊)에 수록되어 있으며 「왕 씨지보원서(王氏支譜原序)」 아래 두 번째 서문이다(2a). 【옮긴이 주】 원문은 다음과 같다. "讀其文, 無溢美, 無傅會, 於表揚之中寓古人勿欺之學. 其家法如

족보에 서문을 써주었다는 사실은 이 특별한 찬사의 가치를 다소 떨어뜨리기는 하지만 여전히 그 가문을 이 대단한 인물과 연결시켜 주고 있다. 그리고 로버트 하임스(Robert Hymes)가 지적하였듯이 족보 그 자체를 통해서가 아니더라도 이 대단한 인물의 문집 속에 그들의 관계가 확실히 남아있게 된다.[7]

족보는 또한 친족 동맹을 구축하는 데 관심이 있는 서로 다른 가문들 사이의 친족 유대를 입증하게 만드는 기록문서로서, 종종 그 집안의 더 명망 있는 일족과 연줄을 맺어 그들의 지위를 상승시키는 수단으로서 지체 높은 가문의 형성을 위한 근거를 제공할지도 모른다.[8] 그렇지만 족보는 또 종족집단을 분리시키고 한정시키는 결과를 가져올 수도 있다. 데이비드 포레(David Faure)는 족보들이 한 가문의 일원임을 입증하는 문서 즉 계약서로서 기능했다고 주장했다. 그래서 각각의 사당(祠堂)을 확인하고 그 위치를 나타내고자 했으며, 세대별 가계도를 그려 후손 '구성원'의 명부를 작성하는 한편 분묘의 그림을 그리고 정확하게 묘사하고자 했고, 또한 가문이 소유한 재산과 가문 구성원들 사이에서 맺어진 계약 협정들을 기록하고자 했다는 것이다. 이와 같이 족보는 공동 재산이나 집안의 네트워크들, 그리고 가문의 혜택으로 인한 이익에 접근할 수 있는 정당한 자격을 가진 사람인지 여부를 가릴 수 있는 증거물이 될 수도 있다.[9] 이러한 점에서 족보의 편찬이라는 것은 [족보 안의] 글에서 자주 주장했듯이 가족 공동체나 화합을 위한 매커니즘 즉 포함의 행위이지만, 다른 한편으로는 어떤 친족을 가문의 문제에 참여하지 못하게 하거나 공동 재산을 함께 나누지 못하게 하는 배제의 행위인 것이다.

어떤 경우 족보는 낯선 침입자가 가문에 속한 사람들을 속여 이득을 취하는 것을 막을 수도 있을 것이다. 동치(同治) 7년(1868) 목활자본 『[충밍]중수 두 씨 종보([崇明]重修杜氏宗譜)』의 서문에서는 가문의 일원임을 확인시켜 주는 계약서로서 족보가 집안과 공적인 측면에서 두루 유용하다는 점을 드러내고 있다.

> 우리 두 씨 가문의 두완위(杜完宇) 공께서 충밍(崇明)으로 집을 옮긴 지 이미 여러 해 되었다. 그러나 족보 편찬을 위해 모든 자료들을 샅샅이 면밀하게 조사하는 것 또한 어려운 일이다. 지난 도광(道光) 연간(1821-1851년)에 족보를 다시 개정하였는데, 두위안(杜元)이 교열을 보았고 아주 세심한 수정을 거쳐 훌륭하게 증보 출판했다. 불행히도 이후 화재로 인해 원래 판목들이 모두 훼손되었다. 본래는

此, 其立品可知, 予以是卜王氏之世澤方未有艾也."

7 로버트 하임스(Robert P. Hymes), 「송원대 푸저우에서의 혼인, 종족집단과 지방주의 전략(Marriage, Descent Groups, and the Localist Strategy in Sung and Yuan Fu-chou)」(Ebrey and Watson, eds., *Kinship Prganization in Late Imperial China*), 117-123쪽.

8 페트리샤 버클리 엡레이(Patricia Bucklye Ebrey), 「종족 집단 조직 발전의 초기 단계(The Early Stages in the Development of Descent Group Organization)」, 앞의 책, 49쪽; 키쓰 해즐턴(Keith Hazelton), 「부계친족과 지역 가문의 발전: 1528년까지 후이저우(徽州) 슈닝(休寧) 현의 우(吳) 씨 가문(Patrilines and the Development of Localized Lineages: The Wu of Hsiu-ning City, Huichou, to 1528)」, 앞의 책, 165쪽.

9 데이비드 포레(David Faure), 「문자로 된 것과 구두로 된 것: 서면화된 족보의 정치적 아젠다(The Written and the Unwritten: The Political Agenda of the Written Genealogy)」(中央硏究院 近代史硏究所 編, 『近世家族與政治比較歷史論文集』, 臺北: 中央硏究院 近代史硏究所; 역사 분과, University of California, Davis; 蔣經國國際學術交流財團, 1992), 259-296쪽.

각 지파에 의거하여 자료들을 조사·편찬하고자 했지만 그 일을 주도할 인물이 없었다. 근래에 하이징(海境) 류옌 진(六堰鎭) 동북쪽에 사는 루리강(陸立剛)이라는 사람이 옛 족보를 얻었다고 속여 두 씨 성을 사칭하고는 하이징에서 충밍까지 마을을 돌아다니면서 가는 곳마다 족보 개정을 한다고 사기를 치며 노잣돈을 요구한다는 소식을 들었다. 그래서 나와 두시저우(杜錫周) 등은 더 이상 손 놓고 앉아서 볼 수가 없었다.[10]

여기에서 누군가 두 씨인 척하며 족보를 이용해 집안 구성원들을 속였기 때문에 두 씨 가문 족보의 개정이 시급히 필요했음을 알 수 있다. 진짜 족보 편집자인 두시저우는 심지어 장쑤(江蘇) 하이먼(海門)의 지방 장관[知府]이 두 씨의 명분을 지지해 주기 위해 작성해 준 고시(告示)를 덧붙였다.

감생(監生) 두루이위(杜瑞玉)와 평민 두시저우(杜錫周)·두잉취안(杜應泉)의 보고는 다음과 같다.

"『두 씨 종보』는 이전 도광 연간에 작은 할아버지 두쑹위안(杜松元)에 의해 다시 편찬되었습니다. 후에 화재를 당해 원래 판목들이 모두 불에 타 훼손되어 없어졌는데 지금까지 이십 여 년이 지났습니다. 가문 사람들은 충밍으로 옮겨가 살면서 충밍 전역에 흩어졌기 때문에 그들이 어디 사는지 다 알 길이 없습니다. 또한 루리강이라는 두 씨 성을 사칭하는 자가 마을을 돌아다니며(족보를) 작성한다고 속여 돈을 갈취하는 일이 발생했습니다. 생(生) 등이 생각건대, 나무의 뿌리·강의 근원과 같은 족보는 오랫동안 방치되어서는 안 되므로 두시저우를 보내 족보 제작인 리팅화(李廷華)를 도와 족보를 간행하고자 계획하고 있습니다. 다만 가문의 계보가 너무 복잡하여 두루 다 알기가 어렵습니다. 무뢰배들이 이러한 가운데 일을 사칭하여 속일 수 있으니 이 같은 사정을 적은 진술서와 승인을 위한 공시(公示)를 부(府)에 제출하는 바입니다."

이에 부는 이 공시를 승인할 뿐만 아니라 게시하여 알려야 마땅하다. 공시의 게시를 통해 두 씨 후손들이 모두 이 사실을 알게 될 것이다. 이제 두 씨 족보는 두루이위 등의 준비 계획과 두시저우의 협력, 족보 제작 전문가 리팅화의 작업을 거쳐 다시 개정될 것이다. 그대들은 [족보를 담당하는] 보국(譜局)으로 가서 [두 씨 집안 일원에 관한 정보를] 기록해야 하며 이로써 후손들의 계보를 정확히 밝힐 수 있을 것이다. 질이 나쁜 무뢰배들이 이러한 가운데 사기를 치며 이익을 얻는다면 즉시 그 이름을 밝히고 잘못을 물을 것이다. 모두들 각별히 주의하여 위반하지 않도록 하라. 동치 7년 8월 12일 고시(告示)[11]

---

10 「예백(預白)」1a, 『[충밍]중수 두 씨 종보([崇明]重修杜氏宗譜)』 [1868년 목활자본(木活字本)], 1책(冊)(텍스트의 이 부분은 페이지가 매겨져 있지 않다. 이 인용문은 1권 첫째 페이지에 있다.) 【옮긴이 주】 원문은 다음과 같다. "吾杜氏完宇公遷崇以來, 已歷有年矣. 而家譜資修輯亦難盡澈. 前於道光年間續, 蒙杜元公閱, 經倍細校正, 放刻周致, 不幸後遭回祿, 原板盡毀. 本欲按支查修, 無人領袖. 近聞有海境六堰鎭東北之陸立剛, 誘得舊譜, 冒稱杜姓, 自海及崇沿鄉修寫, 各處撞騙, 希圖灑資路費, 是以余·錫周等不能袖手坐視."

11 「예백(預白)」, 1a, 『[충밍]중수 두 씨 종보([崇明]重修杜氏宗譜)』 [1868년 목활자본], 1책(冊). 【옮긴이 주】 원문은 다음과 같다. "據監生杜瑞玉·民人杜錫周·杜應泉呈稱: 『杜氏宗譜』 前於道光年間經叔祖松元重修, 後遭回祿, 原板盡毀無存, 迄今二十餘年, 族人遷居通崇,

이 예는 또한 청대(1644-1911) 족보의 또 다른 특성을 보여준다. 정부는 가문의 발전을 지원해 주면서[12] 그 연계선상에서 그들의 족보 편찬 사업을 드러내놓고 격려했다. 강희제(재위 1661-1722년)는 1670년 '성유십육조(聖諭十六條)'에서 족보를 친족 공동체를 진흥하기 위한 수단으로 간주하여 "[족보 편찬은] 화합을 보여줌으로써 친족 구성원들을 더 돈독하게 만들 수 있다"[13]고 여겼다. 강희제를 계승한 옹정제(재위 1723-1735년)도 "한 집안이 촌수가 먼 친척들을 결속시킬 수 있도록"[14] 족보 편찬을 장려하였다. 가끔은 위의 경우에서와 마찬가지로 족보 그 자체가 족보 편찬에 대한 정부의 분명하고도 특정한 지원을 보여주고 있다. 이러한 점은 일반적 의미의 족보뿐만 아니라 족보에 특별한 글이 수록되었다는 점을 통해서도 알 수 있다. 1908년에 개정(重修)되고 1913년에 연인본(鉛印本)으로 출판된 『[난후이]푸 씨 가보([南匯]傅氏家譜)』에는 1870년 8월 20일 날짜로 '장쑤(江蘇) 쑹장 부(松江府) 난후이 현(南匯縣) 정당(正堂)'에서 발행한 고시(告示)가 포함되어 있으며, 푸이캉(傅以康)이 푸 씨 가문 5대 지파 모두의 족보를 개정하고자 한다고 되어 있다. 이 고시에서는 모든 푸 씨 친척들이 [그들 집안의] 모든 지파와 분파의 명단을 하나도 빠짐없이 작성하여 푸이캉에게 그 정보를 건네줄 것을 요구하고 있다.[15] 하지만 이런 경우는 좀 드물었다. 대개 정부는 지원한다는 의례적인 말만 늘어놓는 데 그쳤기 때문이다. 확실히, 정부가 족보 편찬에 도움을 요청하는 고시를 발부하는 것은 흔치 않은 일이었다.

이 글에서 나의 목표는 족보의 집필동기에 대해 장황하게 분석하는 것이 아니다. 그러한 작업은 가문의 형성에 관한 풍부한 연구에서 이미 진행되었기 때문이다.[16] 그보다는 족보 편찬의 실제 과정 즉

星散無稽, 更遭陸立剛冒頂杜姓, 沿鄉書寫誆騙錢文. 生等思, 維宗譜木本水源, 未便久曠, 是以籌派杜錫周協同譜司李廷華經理. 惟宗支繁甚, 恐難周知, 倘有棍徒頂冒從中騙詐情事, 呈叩諭示等情到府, 據此. 除批示外, 合行出示曉諭. 爲此示, 仰杜氏後裔人等知悉. 現今該氏宗譜經杜瑞玉等籌議, 杜錫周協同, 譜司李廷華經理重修, 爾等務各赴局書寫, 以昭世系, 倘有不肖棍徒假冒誆騙從中漁利, 許卽指名稟究, 各懍毋違, 特示. 同治七年八月十二日示"

12 가문에 대한 명청대 정부의 정책을 논의한 것으로는 벤저민 엘먼(Benjamin A. Elman), 『경학, 정치, 그리고 친족: 명청대 금문경학에서의 창저우학파(常州學派)(Classicism, Politics, and Kinship: The Ch'ang-chou School of New Text Confucianism in Late Imperial China)』(Berkeley: University of California Press, 1990), 25-35쪽을 볼 것.

13 『성유광훈(聖諭廣訓)』, 『영인문연각사고전서(影印文淵閣四庫全書)』(번각본, 上海: 上海古籍出版社, 1987), 자부(子部), 717, 593번. 【옮긴이 주】 원문은 다음과 같다. "笃宗族以昭雍睦."

14 『성유광훈(聖諭廣訓)』, 『영인문연각사고전서(影印文淵閣四庫全書)』(번각본, 上海: 上海古籍出版社, 1987), 자부(子部), 717, 594번.

15 『[난후이]푸 씨 가보([南匯]傅氏家譜)』[1908년 중수(重修), 1913년 납 활자본(鉛活字本)], 1책, 21b(권으로 나뉘어 있지 않음). 1866년에 작성된 이와 비슷한 고시(告示)가 1878년 친예탕(勤業堂)에서 인쇄한 목판본 『[충밍]야오 씨 종보([崇明]姚氏宗譜)』에도 보인다. 2책, 「고시(告示)」, 1ab를 볼 것.

16 이 주제에 관한 영어로 된 문헌들은 상당히 많다. 사실 너무 많아서 여기에 다 열거할 수가 없기 때문에 여기에서는 그저 약간의 대표 급 연구서들만 언급해 보겠다. 휴 베이커(Hugh Baker)의 『중국의 집성촌: 상수이(上水)(A Chinese Lineage Village: Sheung Shui(Stanford: Stanford University Press, 1968)와 『중국의 가족과 사회(Chinese Family and Society)』(New York: Columbia University Press, 1979); 힐러리 비티(Hilary J. Beattie), 『중국에서의 토지와 가문: 명청대 안후이 퉁청 현(桐城縣) 연구(Land and Lineage in China: A Study of T'ung-ch'eng County, Anhui, in the Ming and ch'ing Dynasties)』(Cambridge: Cambridge University Press, 1979); 마이론 코헨(Myron Cohen), 『합가와 분가: 타이완의 중국 가정(House United, House Divided: The Chinese Family in Taiwan)』(New York: Columbia University Press, 1976); 모리스 프리드만(Maurice Freedman), 『중국 동남부의 종족 조직(Lineage

족보가 어떻게 그리고 얼마나 자주 편찬되었는지, 누가 필요한 정보를 수집하고 텍스트들을 편집했는지, 어떻게 기금이 마련되었는지, 또 족보들이 어떻게 인쇄되고 배포되었는지에 대해 살펴보고자 한다. 지금까지 학자들은 족보 편찬을 위한 기금 마련과 조사, 편집, 인쇄, 배포에 사용된 다양한 방법들에 대한 지식을 간과해 왔다. 그러나 사실 이러한 지식은 가문의 건립과 발전에 있어서 족보의 중요성과 기능을 이해하는 데 도움이 될 것이다.

나는 청대 상하이와 그 도시를 에워싼 장쑤-저장 지역에서 간행된 족보들을 이 연구의 중심으로 선택했다. 상하이의 핵심 인구를 형성한 이주민들 대부분이 장쑤 성과 저장 성에서 왔으며 이런 이유로 이 두 성(省)에 기반을 둔 이주 가족들과 가문 사이에 밀접한 관계가 형성되었기 때문이다.

족보 편찬: 청대의 족보 제작 전문가(譜師), 족보 제작소(譜局) 및 족보 출판의 직업화

누가 집안의 족보를 편찬하는 실제 작업에 참여했을까? 우리는 당연히 가문과 연관된 사람이 족보를 편찬했을 것이라고 쉽게 추정할 수도 있다. 실제로 이러한 경우가 대부분이었다. 예를 들어, 『(충밍)우 씨 종보(崇明吳氏宗譜)』[1900년 목활자본]의 표지 왼편에 "십 육세 손 [우]부가오 중수, 펑밍 교정(十六世孫步高重修 鳳鳴校正)", 오른편에 "십 오세 손 [우]뤼전 수정(十五世孫履貞參訂)"이라고 인쇄된 글자들이 있다.[17] 이들은 모두 분명히 가문의 일원들이었다. 이와 마찬가지로 『[쟈딩]왕 씨 중수지보([嘉定]王氏重修支譜)』[1901년 목활자본]에 있는 편찬자 명단에는 족보 개정자(重修者) 9인과 증보자(增訂者) 10인, 교정자(校錄者) 6인이 포함되어 있는데 이들은 모두 왕 씨 가문 사람들이다.[18] 그리고 주치펑(朱綺峰), 주쿤(朱坤)과 다섯 명의 다른 형제들은 "부친의 요청에 따라" 1789년 그들의 종사(宗祠) 왕윈거(望雲閣)에서 『[상하이]주 씨

Organization in Southeastern China)』 (London: Athlone Press, 1958)과 『중국 종족과 사회: 푸젠과 광둥(Chinese Lineage and Society: Fukien and Kwangtung)』 (London: Athlone Press, 1966); 모리스 프리드만(Maurice Freedman) 편, 『중국 사회의 가족과 친족(Family and Kinship in Chinese Society)』 (Stanford: Stanford University Press, 1970); 버튼 패스터낙(Burton Pasternak), 『두 중국 마을의 친족과 공동체(Kinship and Community in Two Chinese Villages)』 (Stanford: Stanford University Press, 1972); 러비 왓슨(Rubie Watson), 『형제간의 불평등: 중국 남부 지역의 계층과 친족(Inequality among Brothers: Class and Kinship in South China)』 (Cambridge: Cambridge University Press, 1981); 정전만(鄭振滿)(trans. Michael Szonyi), 『명청대 푸젠의 종족 조직과 사회 변화(Family Lineage Organization and Social Change in Ming and Qing Fujian)』 (Honolulu: University of Hawai'i Press, 2001). 또 각주 4-9와 12에 인용된 저서들을 볼 것.

17 또한 1886년에 쓴 마지막 서문도 십 육세 손인 우부가오가 쓴 것이다. 「중수신서(重修新序)」 (『[충밍]우 씨 종보』, 목활자본, 1900년)를 볼 것.

18 「중수지보명적(重修支譜名籍)」, 1b-2a, 『[쟈딩]왕 씨 중수지보([嘉定]王氏重修支譜)』 1책. 『상하이도서관관장가보제요(上海圖書館館藏家譜提要)』 (上海: 上海古籍出版社, 2000)에는 이 책이 목판본이라고 잘못 적혀있다(46쪽). 부록 3을 참고할 것. 왕 씨의 족보에 간행 비용으로 목활자를 새기는 비용을 열거하고 있는 것을 확인할 수 있다.

족보([上海]朱氏族譜)』[1839년 목판본]를 편찬하기 시작했다.[19]

그러나 청대에는 족보 편찬이 점점 직업화 되었다는 증거가 있다. 각 집안들이 족보를 편찬하기 위하여 자신의 가문에 속하지 않는 전문가들을 고용하는 것이 꽤 보편화되었으며, 종종 별다른 생계 수단이 없는 문인들을 채용했다. 이러한 사실을 감추려고 한 족보들도 있었지만,[20] 대부분은 그 편집인들이 가문 외 사람들이라는 것을 공개적으로 인정했다. 예를 들어, 『[룬저우 주팡 진]유 씨 족보([潤州朱方鎭]尤氏族譜)』[1802년 목활자본]와 『[전쟝 징커우]딩 씨 족보([鎭江京口]丁氏族譜)』[1808년 쑹밍탕(松銘堂) 간행 목활자본]는 각각 이 족보의 편찬자가 쟝웨이린(江爲霖)이라는 것을 확인시켜 준다.[21] 비록 족보 안에서 "보사(譜師)"라는 용어를 사용하지도 않았고 쟝웨이린의 역할을 분명하게 밝히지도 않았지만 그는 아마도 족보 제작 전문가인 "보사"였을 것이다. 『[충밍]장 씨 종보([崇明]張氏宗譜)』[광서 연간(1875-1909) 목판본]에서는 족보 편찬을 위해 함께 작업했다고 서술하면서 다음과 같이 더욱 솔직하게 밝히고 있다. 1895년 "보사 츄 쥬청이 원고를 편집하고 족보를 번각하는 데 초빙되었다(延請譜師邱九成理稿重鐫)." 즉(장 씨 가문 이십 일 세손이 이미 작성해 놓은) 족보 원고를 편집하고 완성된 필사본을 출판하는 데 족보 제작 전문가[譜師]가 고용되었다는 것을 알 수 있다.[22] 위에서 언급한 『중수 두 씨 종보』의 '고시(告示)'에는 리팅화(李廷華, 리사오산(李少山)이라는 이름으로도 알려진)라는 족보 제작 전문가의 이름이 포함되어 있으며, 그가 쓴 서(序)도 수록되어 있다.[23]

족보의 서문을 보면 보통 족보 제작 전문가의 역할과 특별한 지위에 관해 많은 것을 알 수 있다. 사실상 족보 제작 전문가에게 주어진 책임의 종류와 정도는 매우 다양했던 것 같다. 적어도 '보사(譜師)'라는 용어에는 상당히 많은 의미가 담겨있다. 예를 들어, 두 씨 가문은 그들의 보사에게 족보 편찬의 거의 전부를 통제할 수 있는 권한을 부여하고 그의 작업을 위해 특정한 장소 즉 [족보 제작소인] "보국(譜局)"을 정했던 것 같다. 1869년 두윈캉(杜韞康)과 두시퉁(杜錫同)은 서문에서 이렇게 밝혔다. "그래서 성실한 보사 리사오산을 초빙하여 족보를 제작했다. 그는 사전에 스스로 비용을 들여 [자료들을 구하기 위해] 수고를 마다하지 않고 돌아다녔다. …… 그는 방문하고 조사하기 위해 멀리까지 갔다."[24] 이렇게 리사

---

19 "중수족보자술(重修族譜自述)", 「자서(自敍)」 2a, 『[상하이]주 씨 족보([上海]朱氏族譜)』 권수(卷首). 『([상하이 난후이 저우푸)주 씨 가보([上海南匯周浦]朱氏家譜)』 [1926년 납활자본]도 주 씨 가문 각대의 자손들이 편찬했다.

20 어떤 족보들은 그 서문에 외부인이 적극적으로 참여했다는 사실이 드러남에도 불구하고 여전히 집안사람들을 편집인 명단에 포함시켰다. 예를 들면, 『[난후이]푸 씨 가보』 [1909년에 완성되었지만 1913년에야 연활자본으로 출판됨]에 편집인으로 나와 있는 사람들은 모두 푸 씨 집안사람들이다. 그러나 1911년 16세손 푸루빙(傅汝炳)이 쓴 서문에서는 "공생(貢生)인 리티윈을 초빙하여 족보에 있는 세대 간 계보와 전기(傳)를 교정했다(遂敦請李梯雲明經將譜中的序傳重加釐訂)"고 밝혔다. 「서」 가운데 「모연각종보서募捐刻宗譜序)」, 『[난후이]푸 씨 가보([南匯]傅氏家譜)』, 1책을 볼 것.

21 다가 아키고로(多贺秋五郎), 『종보의 연구(宗谱の研究)』 (東京: 東洋文庫, 1960), 29쪽.

22 「서」, 『장 씨 종보(張氏宗譜)』, 1책.

23 「고시(告示)」, 1ab, 『중수 두 씨 종보(重修杜氏宗譜)』, 1책; 리팅화의 서문은 「다자이(Dazhai) 서」라고 되어 있다. 1책 1a-3a.

24 두윈캉·두시퉁, 「서」, 『중수 두 씨 종보(重修杜氏宗譜)』, 1책. 【옮긴이 주】 원문은 다음과 같다. "是以請誠實譜師李少山墊資創修不惜

오산은 자료수집부터 책 전체를 완성하는 것까지 모든 것을 담당했다. 족보의 "예백(預白)"과 "고시(告示)"에 "보국은 쥬룽 진(九龍鎭) 서북쪽에 있는 두윈캉의 집에 위치하고 있었으며" 어떤 작업들은 "두시저우와 보사 리팅화가 맡아 처리했다"고[25] 되어있는 것으로 보아 가문의 일원인 두시저우의 협조 하에 리팅화(사오산)가 이 보국을 관리하였다는 것을 추론할 수 있다.

위에 언급한 『[충밍]장 씨 종보』의 경우처럼 어떤 족보들은 보사가 텍스트 편집에 있어 능동적인 역할을 거의 하지 않았으며 텍스트의 총 편집인이라기보다는 작성된 필사 원고의 편집자로서 작업을 하였을 수도 있음을 알려주고 있다. 그래서 민국 초기 『캉 씨 족보(康氏族譜)』의 교정자는 다음과 같이 설명한다. "나는 나의 나이와 건강을 무시하고 눈을 혹사시키며 예전에 수집해 놓은 몹시 낡은 오래된 족보들을 손으로 어렵게 베껴 적었다. 며칠 안에 한 질(帙)을 만들어 그것을 보사에게 주었다. 이윽고 한 달 여 후에 족보가 완성되었다."[26] 여기에서는 족보 편찬의 많은 부분이 가문 내 사람들에 의해 이루어졌으며, 보사는 텍스트를 정리·편집하고 인쇄 과정을 감독하는 일을 요청받았던 것으로 보인다.

그리고 어떤 경우에는 '보사'가 단순히 족보를 인쇄하기 위해 고용된 장인이었을 수도 있다. 장슈민(張秀民)은 『중국인쇄사(中國印刷史)』에서 사오싱(紹興) 지역에 족보 인쇄를 전문으로 하는 장인들이 있었으며, 그들을 '보장(譜匠)' 또는 '보사'로 불렀다고 설명하고 있다. 청대 말기 성 현(嵊縣) 한 곳에만 백 명 이상의 보사가 있었다. 가을 추수가 끝난 후 그들은 목활자가 든 보따리를 짊어지고 사오싱과 닝보(寧波) 일대 마을을 돌아다니며 족보를 인쇄하곤 했다. 그들이 가진 많은 목활자(木子)는 '목인(木印)'이라고도 불렀는데, 겨우 2만 여 자 정도에 불과했으며 모두 배나무로 만들어진 것이었다. 이 글자들은 크기가 큰 것(大)과 작은 것(小) 두 종류로 되어 있었고 모두 '송체(宋體)'로 새겨져 있었다. 글자가 조합되는 조판 틀은 삼나무(杉木)로 만들었으며 대나무를 가늘게 쪼갠 대오리로 빈틈을 메꿔 고르게 만들었다. 각 그룹의 인쇄공 인원은 보통 대여섯 명에서 열 명 이상으로 다양했다. 그들은 한 그룹으로 일을 했지만 작업이 분업화되어 있었다. 즉 글자 새기기, 그림 그리기, 조판하기는 각각의 장인들에게 맡겨진 별개의 일이었다. 총괄 책임자가 모든 인쇄 과정을 감독했다. 가문의 규모와 인쇄될 자료의 양에 따라 작업 기간은 한 달에서 세 달까지 다양하게 걸렸다. 이러한 떠돌이 보사들은 보통 한 가문에 고용되어 그 가문의 사당이나 의장(義莊)에서 족보를 인쇄했다.[27]

跋涉之勞, …… 大江南北遠稽近訪."

25 「예백(預白)」와 「고시(告示)」, 『중수 두 씨 종보(重修杜氏宗譜)』, 1책. 【옮긴이 주】 원문은 다음과 같다. "局設九龍鎭西北杜韡康本宅便是", "杜錫周協同譜師李廷華經理重修."

26 「캉 씨 원류중수보서(康氏源流重修譜序)」, 『캉 씨 족보(康氏族譜)』(1913). 이 족보의 다음 판본(1939)도 보사가 편집했다. 【옮긴이 주】 원문은 다음과 같다. "於是不辭衰邁, 窮目力之勞, 盡彊筆之苦, 將前所錄糜爛舊譜, 重經手抄, 數日之間, 遂成一帙, 爰授之譜師, 未經月餘而告竣."

27 장슈민(張秀民), 『중국인쇄사(中國印刷史)』(上海: 上海人民出版社, 1989), 712쪽. 족보에 쓰인 목활자 글자체의 지역적 특성을 확인함으로써 보사들이 이동한 경로와 일한 지역의 지도를 그릴 수 있을 것이며, 이로써 이 직업의 조직과 범위에 관한 더 확실한 그림을 얻을

장슈민의 말에 의하면, 보사들은 활자를 만들고 삽화를 위한 목판을 새기고 인쇄를 하는 족보 복제 작업에 확실히 전문적이었다. 다가 아키고로(多贺秋五郎)도 보사들을 족보 복제 기법들을 다루는 기술자나 노동자로 인식하고 있다. "보사들은 전문적으로 족보를 인쇄했던 장인들이다."[28] 그러나 츄쥬청과 리사오산은 확실히 훨씬 광범위하고 중요한 일들을 했다. 그들은 족보를 쓰고 편집하는 일도 했다. 그들의 작업은 이미 족보 인쇄의 감독이라는 단순한 일을 넘어서서 전문적인 조사, 저술, 편집에까지 이르렀다.

대개 족보 편찬에 도움을 주었던 공동 작업의 복잡한 관계를 – 특히 보사의 역할을 – 명확히 하기 위해 『[둥팅]왕 씨 가보([洞庭]王氏家譜)』[1911년 목활자본]에 열거된 족보 편찬자의 명단을 분석해보도록 하겠다. 〈표 9.1〉에 명단이 분야별로 정리되어 있으며, 각 분야는 족보 출판 기획의 시작부터 끝까지 각 개인이나 그룹이 수행한 기여의 성질을 규정한다.[29]

<표 9.1>『[둥팅] 왕 씨 가보 ([洞庭] 王氏家譜)』(1911년 목활자본)의 편찬인들

편찬 계획 (議修)
이십세손(二十世孫) 중젠(仲鑒), 자(字) 쯔팡(子芳)　이십세손(二十世孫) 중푸(仲復), 자 웨옌(月巖) 이십세손(二十世孫) 중츠(仲持), 자 사오청(紹成)　이십일세손(二十一世孫) 시청(熙宬), 자 징자이(敬齋) 이십삼세손(二十三世孫) 쑹웨이(頌蔚), 자 푸칭(紱卿)
계획 착수(創修)
이십일세손(二十一世孫) 시구이(熙桂), 자 이즈(一枝)　이십이세손(二十二世孫) 런중(仁鍾), 자 웨이쉬안(慰萱) 이십이세손(二十二世孫) 런바오(仁寶), 자 진량(晉良)　이십이세손(二十二世孫) 런쥔(仁俊), 자 한정(扞鄭) 이십이세손(二十二世孫) 런룽(仁榮), 자 멍메이(夢梅)
자료 수집(采訪)
이십일세손(二十一世孫) 시구이(熙桂), 자 이즈(一枝)　이십이세손(二十二世孫) 런린(仁麟), 자 쭈페이(祖培) 이십삼세손(二十三世孫) 수판(叔蕃), 자 샤오펑(曉峰)　이십사세손(二十四世孫) 지즈(季植), 자 페이친(培勤) 이십삼세손(二十三世孫) 수쉬안(叔烜), 자 야오팅(耀庭)
족보 기술(撰述)
우현(吳縣) 예야오위안(葉耀元), 자 쯔청(子誠)　이십이세손(二十二世孫) 런쥔(仁俊), 자 한정(扞鄭) 창저우(長洲) 청치펑(程起鵬), 자 완리(萬里)
편집(編纂)
우현(吳縣) 예야오위안(葉耀元), 자 쯔청(子誠)
교감(校勘)
편집소 우현(吳縣) 예야오위안(葉耀元), 자 쯔청(子誠) 타이핑(太平) 후위안(胡員), 자 샤오선(斅莘)

수 있을 것이다.

28 다가 아키고로(多贺秋五郎), 『중국 종보의 연구(中國宗谱の研究)』(東京: 日本學術振興會, 1981), 1권, 328쪽.

29 「선통신해수보인원록(宣統辛亥修譜人員錄)」, 『(둥팅)왕 씨가보([洞庭]王氏家譜)』 권수(卷首), 34a-35b.

세로선 표기(掛線)[1]
우현(吳縣) 예야오위안(葉耀元), 자 쯔청(子誠)
필사(鈔寫): 4인(인명 생략)
인쇄를 위한 정서(繕清): 2인(인명 생략)
전체적인 교정(總校)
인쇄소 우현(吳縣) 예야오위안(葉耀元), 자 쯔청(子誠)
표지 교정(封帛校)
인쇄소 2인(인명 생략)
인쇄 감독(監印)
우현(吳縣) 예야오위안(葉耀元), 자 쯔청(子誠) 이십이세손(二十二世孫) 런루(仁露), 자 인차(吟咤) 이십삼세손(二十三世孫) 수춘(叔釧), 자 바오쑨(葆蓀) 이십사세손(二十四世孫) 지즈(季植), 자 페이친(培勤) 이십삼세손(二十三世孫) 수룽(叔榮), 자 유싼(友三)
인쇄(印刷): 쑤청(蘇城) 쉬위안푸(徐元圃) 인쇄소(印店) 쉬즈푸(徐稚圃)[2]

1. 세로선 표기(掛線)는 [사각형으로 된] 판광(版框)의 좌우 세로선을 이중으로 표기한 것 즉 '좌우쌍란(左右雙欄)' 또는 '좌우쌍선(左右雙線)'을 가리키는 듯하다.
2. 「선통신해수보인원록(宣統辛亥修譜人員錄)」, 『(둥팅)왕 씨가보』 권수, 34a-35b

위의 표를 보면, 왕 씨 가문 사람들은 이 프로젝트의 착수 단계-확실히 족보 편찬을 계획하고 시작하는 단계에서 중요한 역할을 담당했을 뿐만 아니라 집안사람들에게 필요한 정보를 수집하는 과정에서도 그러했다. 수집 단계를 지나서 그들은 상대적으로 부수적인 역할을 맡았다. 비록 텍스트의 인쇄를 감독하는 과정에서는 가문 내 여러 사람이 도왔지만, 족보의 내용을 구성하고 집필하는 과정에서는 가문 내 단 한 명만이 도왔을 뿐이다. 일단 조사 작업이 완료되자 이 프로젝트를 주도한 사람은 오히려 외부인이었던 예야오위안(葉耀元, 자는 쯔청子誠)이었으며 그는 이 명단에 최소한 여섯 차례나 등장하고 있다. 그는 필사된 원고의 구성과 대조 작업, 인쇄 감독에 큰 책임이 있었으며 편집과 교정에서는 단독으로 책임을 지고 있었던 것 같다. 그는 족보 편찬에 있어 부담은 더 많이 되고 재량권은 거의 없는 단계를 인계받아 작업하도록 왕 씨 집안에 고용된 독립적인 보사였을 가능성이 있다. 또한 예야오위안(과 함께 교감 작업을 한 후위안)은 쑤저우의 쉬위안푸 인쇄소와 연계되어 있었을 가능성도 있다. 즉 그가 족보 편찬과 인쇄의 전 과정을 담당한 인쇄소(印店)에서 일하는 보사였을 수 있다는 것이다. 여하간 예야오위안은 분명히 전문적인 편집-출판인의 일을 하고 있었다.

족보의 편찬과 출판이 청대에 더욱 전문화되고 어느 정도 직업화되었다는 또 다른 표지는 족보 편찬을 조직하고 인쇄를 감독하기 위해 보국(譜局)을 설립하는 가문의 관행인데, 이것은 꽤 흔한 현상이었다.[30] 몇몇 족보의 경우, 표지의 책 제목 아래 붙어있는 쪽지(簽條) 위에 관련 있는 보국의 이름과 위치가 기록되어 있다. 그래서 『[충밍]장 씨 종보』에 붙어 있는 쪽지에는 다음과 같은 말이 적혀있다. "위슈탕에 소장된 목판을 인쇄한 것으로 보국은 충밍 볜수허 진 두이난 싼자에 위치해 있다(局設崇明卞暨河鎮對南三甲毓秀堂藏板)." 또 『[충밍]스 씨 종보([崇明]施氏宗譜)』[청말 바오인탕(豹隱堂) 간행 목판본]의 표지 쪽지에는 다음과 같이 되어 있다. "보국은 하이먼 ××진 동북쪽에 위치해 있으며 ××탕에 소장된 목판으로 다시 간행했다(局設海門××鎮東北重修××堂藏板)."

이렇게 간결하게만 언급되어 있기 때문에 이 보국들의 규모와 복잡한 특성에 관한 자세한 정보는 거의 알 수가 없다. 그러나 『[우중]예 씨 족보([吳中]葉氏族譜)』[1911년 예마오류(葉懋鎏) 등이 증보 편찬한 목활자본]의 「수보징신록(修譜徵信錄)」에서는 그것들이 집안의 재산과 이상에 따라 공을 들여 만들어진 기구였을 수 있다는 점을 시사하고 있다.

1. 상하이 사무소 및 출장 비용(822위안)
2. 상하이 보국 집세(719위안)
3. 보국 사무용품(162위안)
4. 보국 고용 인원 임금(3,252위안)[31]

분명한 것은 예 씨 가문은 자신들의 보국을 설립하고 일하는 사람을 채용하고 필요한 것을 공급하는 데 있어 비용을 아끼지 않았다는 사실이다.[32]

족보 간행, 유통, 그리고 관리

족보들이 없어지지 않고 살아남는 비율이 낮고 보존 상태도 매우 들쭉날쭉하기 때문에 그것들이 얼마나 자주 개정(重修)되었는지 알기가 어렵다. 족보는 30년마다 한 번씩 개정되어야 한다는 것 혹은 '삼세일수(三世一修: 여기서 三世도 30년이다)'해야 한다는 것이 일반적인 생각이었다. 그러나 어떤 가족들은 20년에 한 번, 10년에 한 번, 심지어 더 짧은 간격으로 개정하기를 원했다. 가족의 내규 또는 족보의 지시 조목 안에 간혹 [개정에 대한] 지침이 포함되기도 하였다. 예를 들어, 『[상하이 시청]장 씨 종보([上海西城]張氏

30 '보국(譜局)'은 족보를 편찬하고 연구하기 위해 세워진 관청의 한 부서를 가리키기도 하지만(『한어대사전(漢語大辭典)』 [1993], 11권, 427쪽), 여기에서 이 용어는 분명히 한 가문이 자신들의 족보를 만들기 위해 임시로 설립한 사적인 기구를 가리킨다.

31 「수보징신록(修譜徵信錄)」, 『[우중]예씨족보([吳中]葉氏族譜)』, 부록으로 덧붙여진 책(冊)의 첫 면에 있다.

32 보국에 꽤 많은 비용을 기꺼이 지원한 가문의 또 다른 예로는 아래의 『[단투]야오 씨 족보([丹徒]姚氏族譜)』에 대한 논의를 볼 것.

宗譜)』[1928년 쥬루탕(九如堂)에서 인쇄한 목활자본]의 '가법(家法)'을 보면 "족보는 30년에 한 번 개정해야 한다"고 했다.[33] 『[시산 동리]허우 씨 팔수종보([錫山東里]侯氏八修宗譜)』[1919년 목활자본]에 수록된 1603년도 서문에서 허우셴춘(侯先春)은 다음과 같이 말했다. "지금부터 [족보가] 30년에 한 번 편집될 수 있기를 바라며 또한 나의 후손들이 [이러한] 조상의 뜻을 지켜주길 희망한다."[34] 심지어 민국 시기 말엽 족보에는 자주 개정하라는 지침까지 들어있었다. 『[위야오 다오탕]차오 씨 속보([餘姚道塘]曹氏續譜)』의 「수보조리(修譜條理)」에서는 "10년마다 한 번 소규모의 개정(小修), 20년마다 한 번 전면적인 개정(大修)"을 지시하고 있다.[35]

그러나, 번번이 이러한 개정 일정은 지켜지지 못했던 것이 분명하다. 평화롭고 번창했던 시절에는 이러한 개정들이 이루어졌을지도 모른다. 그러나 전쟁이나 자연 재해에 처했을 때 또는 앞의 논의에서도 알 수 있듯이 그저 좀 더 공을 들이고 비용을 들일 확실한 사회적, 정치적, 경제적 필요성이 없을 때 그러한 일정은 지켜지기가 어려웠다.[36] 70-80대가 된 가족의 연장자이자 족보의 서문을 쓴 저자들은 주어진 시간 내에 족보를 편찬하거나 개정하지 못한 데 대해 조상들에게 부끄럽다고 과장되게 표현하며 거듭 사과의 미사여구를 늘어놓는다. 또 다른 서문들에서는 마침내 족보 편찬을 완수한 것이 얼마나 큰 대업을 이룬 것인지를 강조한다.

거의 모든 족보들의 인쇄 수량을 일반화시키는 것도 마찬가지로 어려운 일이다. - 간행된 인쇄본의 양은 결코 일정치 않았다. 그러나 보통 인쇄 수량의 범위는 몇 십 부에서 백 여 부 정도까지로 꽤 제한적이었다. 예를 들어, 『[진산]위 씨 종보([金山]俞氏宗譜)』[1901년 목활자본]의 총 인쇄량은 겨우 20부였다.[37] 『[쟈딩]왕 씨 중수지보([嘉定]王氏重修支譜)』는 40부,[38] 『[구룬]우 씨 중수종보([古潤]吳氏重修宗譜)』[1886년 목판본]는 50부, 『[쟈싱]천 씨 세보([嘉興]陳氏世譜)』[1891년 상하이 주이탕서국(著易堂書局) 연인본(鉛印本)]는 80부, 『[우현]우 씨 지보([吳縣]吳氏支譜)』[1882년 목판본]는 80부,[39] 『[전쟝 단투]야오 씨 족보([鎮江丹徒]姚氏族譜)』[1911년 목활자본]는 100부, 『[푸닝]구 씨 가보([阜寧]顧氏家譜)』는 110부였다. 확실히 인쇄 규모는 각 가문의 특정한 수요에 따라 결정되었다.

족보는 오직 가문의 구성원들만 그것도 대개는 가문 내 제한된 친족만이 가질 수 있었다. 『[진산]위 씨 종보』에서는 그 선정 기준이 다음과 같아야 한다고 말한다. "족보는 유능하고 신중하고 원칙을 잘

---

33 「가법」, 『[상하이 시청]장 씨 종보([上海西城]張氏宗譜)』, 2책, 2.20b. 이 책은 『[상하이]장쥬루탕종보([上海]張九如堂宗譜)』라는 제목으로 되어있기도 하다.

34 「서」, 2b, 『[시산 동리]허우 씨 팔수종보([錫山東里]侯氏八修宗譜)』, 1책.

35 「수보조리(修譜條理)」, 『[위야오 다오탕]차오 씨 속보([餘姚道塘]曹氏續譜)』 [1948년 칭선탕(清慎堂)에서 출판한 목판본].

36 다가 아키고로(多贺秋五郎), 『중국 종보의 연구(中國宗谱の研究)』 (東京: 日本學術振興會, 1981), 1권, 325쪽.

37 족보 인쇄본의 수량과 분배는 『[진산]위씨종보』 1책 1권 「범례(凡例)」 뒤의 '부차(部次)'라는 부분에 기록되었다. 별도로 기록된 것이 없는 한, 이 문단에 제시된 인쇄 수량은 족보에 인쇄된 그 족보 인쇄본을 받은 가문 구성원의 명단에서 산출한 것이다.

38 『[쟈딩]왕 씨 중수지보』 1冊에 수록된 '장서명수(藏書名數)', 1a와 '계개(計開: 내역)', 1b를 볼 것.

39 『[우 현]우 씨 지보』 12권 끝에 있는 '각인공료세장(刻印工料細賬)'을 볼 것.

지키는 종족의 일원이 보관하여야 한다. 그래서 그것이 더럽혀지지 않고 훼손되지 않게 해야 한다."[40] 그러나 또 다른 가문들은 족보의 배포에 더 엄격한 계획을 세웠다. 예를 들어 펑셴(奉賢)의 장 씨(張氏) 가족들은 1877년 족보에서 다음과 같이 구체적으로 지시했다.

> 11세손 [다중(大冢)] 부터는 각 지파의 명칭(名號)과 연장자를 차례로 나열하여 지파마다 한 부씩 보내기로 한다. [11세손 가운데] 어떤 사람이 아직 혼인하지 않았다면 같은 방식으로 10세손부터 시작하며, 쓸데없이 더 보낼 필요가 없다. 만약 12세손이 혼인하여 본가에서 분가를 한다면 적절한 명칭을 부여하여 그에게 추가로 한 부를 주도록 한다. [11세손 가운데] 어떤 사람이 혼인하였으나 후사가 없이 죽었거나 그의 아들들이 아직 혼인을 하지 않았다면 적절한 명칭으로 준비해 잠시 의장(義莊)에 보관한다. 그 아들들이 장성하여 혼인을 하게 되면 가문의 어른이 검사한 후 그 족보를 그들에게 준다. 원래 족보를 받았던 가정이 후사가 귀해져서 끝내 계승할 사람이 없게 되면 동지 제사에 가문 사람들이 함께 모일 때 그 가정의 족보를 확인한 후 의장에 보내 보관한다.[41]

다른 규칙들도 족보의 이용과 보존에 대해 엄하게 규정했으며 또 제한했다. 이러한 여러 규정들은 족보가 절대 많이 사용되면 안 되었다는 것을 말해준다. 만약 누군가가 어쩌다 그것을 읽는다 하더라도 그는 그것을 소리 없이 조용히 읽어야 했는데, 이는 조상에 대한 존경(그리고 소리 내어 읽다가 자칫 잘못하면 외부인이나 심지어 족보를 가까이 할 수 없는 친족에게 오용될 가능성이 있는 귀한 정보가 새어나갈 수도 있다는 두려움)에서였다. 그래서 『[상하이]구 씨 가승([上海]顧氏家乘)』[1745년 간행]의 「보첩당중(譜牒當重)」이라는 가문의 규정을 수록한 부분에서는 다음과 같이 경고하고 있다.

> 족보에 기록된 것은 모두 함부로 불러서는 안 되는 종족 조상들의 이름이다. 효성스런 자손들은 자신의 눈으로 [조상들의 이름을] 조용히 읽을 수는 있어도 입으로 크게 읽을 수는 없다. [족보의] 보관은 은밀하게, 보존은 영원하게 해야 한다. 청명절 제사 때마다 [각 가계는] 자신들의 족보 원본을 가지고 사당으로 가서 함께 한 번 읽어야 하며, 제사가 끝나면 각기 [족보를] 가지고 돌아가 보관해야 한다.[42]

---

40 『[진산]위 씨 종보』 1책 1권 「범례」의 마지막 조목을 볼 것. 【옮긴이 주】 원문은 다음과 같다. "譜須擇族內賢明謹恪崇綱飭紀人執掌而寶藏之, 毋憤汚穢損壞."

41 『[펑셴]장 씨 가보』, 2책, 1.41ab. 【옮긴이 주】 원문은 다음과 같다. "定以十一世孫大冢爲始, 謹列各房名號長次爲序, 挨號送給, 每房一部. 其中或有未完婚者, 仍照第十世分給, 何須贅送. 或有十二世孫成婚而分析者, 任依某號添設補給. 或有成婚而孀居無嗣者, 或有後未婚者, 挨號備存義莊, 俟承嗣成婚之後, 憑經人族長檢查給付. 或本給族譜, 後有乏嗣而終無承嗣者, 當於冬至祭期族人會敍之時, 即將其譜查明收回繳存義莊."

42 「종규(宗規)」, 『구 씨 가승』 [1745년 목판본] 1책. 【옮긴이 주】 원문은 다음과 같다. "譜牒所載, 皆宗族祖父名諱, 孝子順孫目可得睹, 口不可得言. 收藏貴密, 保守貴久. 每當淸明祭祖時宜各帶所編發字號原本, 到宗祠會看一遍. 祭畢, 仍各帶回收藏."

여기에서 청명절 제사는 일반인이 공공연하게 족보를 읽을 수 있는 유일한 기회이다. 진산(金山)의 위 씨(俞氏) 집안은 또한 족보를 가문의 사건 기록으로서 사용하는 것을 허용했다. 족보를 빈번하게 사용하는 것보다 한곳에 보관하는 것이 중요하다고 매우 역설했지만, 아마도 분쟁을 해결하는 데 유용했을 것이기에 다음과 같이 말했다. "가문에 사건이 생겨 족보를 꺼내와 참조해야 한다면 일이 끝난 후 즉시 안전하게 다시 보관해야 한다. 함부로 빌려주거나 가볍게 넘겨주어서 잘못되는 일이 발생하게 해서는 안 된다." 그리고 족보가 개정되어야 했을 때, 남아 있는 판본들은 모두 사당으로 돌려보내야 했다.[43]

족보 배포를 조절하고 그것을 비밀스럽고 안전하게 보관할(그리고 가능한 적게 사용되어야 할) 필요성이 강조되었기에, 가문들은 보통 정확한 배포 기록을 남김으로써 그들의 족보를 세심하게 관리했다. 종종 일련번호와 문자들이 어느 족보가 어느 가족에 속하는지 확인하는 데 사용되었다. 어떤 족보는 일련번호와 문자들을 상서로운 문구로 표현했다. 예를 들면, 진산의 위 씨 가문은 다음과 같은 말에서 쓰인 20개의 글자를 1901년 족보 사본들 각각에 대한 순번 명칭으로 삼았다. "과질동근체, 분헌연경장, 자손천만엽, 인수축번창(瓜瓞同根蒂, 分軒衍慶長, 子孫千萬葉, 人壽祝蕃昌: 참외의 작은 열매들이 같은 뿌리와 꼭지에서 나와 가지를 치고 감탄할 만한 길이로 뻗어나가듯, 수백만의 자손들이 퍼져나가고 장수하여 번창하길 기원하네)."[44] 또한 쥐룽(句容) 리 씨(李氏) 집안의 족보를 식별하기 위한 상서로운 글자는 다음과 같은 30자였다. "조덕이모원, 종공연익심, 시서면갑제, 충효진가성, 돈목전의훈, 승평경영녕(祖德詒謀遠, 宗功燕翼深, 詩書綿甲第, 忠孝振家聲, 敦睦傳懿訓, 升平慶永寧: 조상의 은덕은 자손 대대로 이어질 것이며, 가문의 공덕은 자손들을 보호하리라. 시서 공부는 과거급제로 이어지고, 충과 효는 가문의 이름을 빛내리라. 성실함과 화목함은 도덕적으로 훌륭한 가르침으로서 전해질 것이며, 화합은 영원한 평화로 보상되리라)."[45]

어떤 족보들은 실제로 "족보 수령 번호(領譜編號)"나 "족보 수령인 이름(領譜人名)"을 인쇄하여 각 지파의 족보 명칭과 족보를 받은 사람의 이름을 기록했다. 그래서 『리 씨 가승(李氏家乘)』의 끝에는 "족보 수령인 이름(領譜人名)"이라고 제목이 붙은 부분이 있으며 거기에는 "궁(公)이 조(祖)라는 명칭의 족보를 받음(祖字號 公領)", "위안이(元意)가 덕(德)이라는 명칭의 족보를 받음(德字號 元意領)", "자오룽(兆龍)이 이(詒)라는 명칭의 족보를 받음(詒字號 兆龍領)" 등등이 적혀있다. 일반적으로 족보의 표지에는 "제__책을____가 소장함(第_冊___珍藏)"이라는 형식이 포함되어 있곤 하였는데, 우선은 족보 번호와 수령인 이름을 빈 칸으로 남긴 채 인쇄했다가 배포할 때 그 칸에 [구체적인 번호와 이름을] 기입해 넣었다. 예를 들어, 『[쟈딩]왕 씨 중수지보』의 표지에 있는 이 글자들 사이의 빈 칸에는 '십사(十四)'와 '라이야오(來耀)'

---

43 『[진산]위 씨 종보』 1책 1권 「범례」의 마지막 페이지를 볼 것. 【옮긴이 주】 원문은 다음과 같다. "至遇公事須當出視查考, 即時收藏, 不得妄借輕與, 以滋弊端."

44 『[진산]위 씨 종보』 1책 1권의 '부차(部次)'를 볼 것.

45 『[쥐룽]리 씨 종보』 [1921년 연활자본] 1권, 서문 격의 내용 뒤.

라는 글자가 적혀 있다. 이것은 곧 열네 번째 인쇄본을 라이야오가 소장한다는 뜻이다.[46] 또 어떤 경우는 "각 지파에 분배한 내역을 계산하고 기록한 번호(計開分送各房細號)"라는 구절 뒤에 "제__호를____에게 보관하도록 줌(第　號給___收藏)"이라고 되어 있다. 따라서 『[평셴]장씨가보』[1877년 목판본]의 한 인쇄본에 '삼십오(三十五)', '십일세 손 유춘(十一世孫友椿)'이라고 적혀있는 것은 곧 11세 손 장유춘이 제35호를 받아갔다는 것을 의미한다.[47] 가문 내에서 족보의 분배를 이렇게 세세하게 감독했다는 것은 적어도 이 몇몇 텍스트들이 배타성을 지녔음을 보여준다. 즉 많은 가문들은 자신의 족보에 접근하는 것을 제한하고 통제하는 것이 중요하다고 여겼던 것이다.

족보 소유에 관한 그런 기록들은 족보 관리를 위한 규범을 강화하고 족보 판매를 금지시키는 데 도움을 줄 수도 있었다. 『구 씨 가승(顧氏家乘)』은 이러한 관련성을 분명하게 보이고 있다.

> 쥐가 갉아 먹거나 기름얼룩이 지거나 글자가 닳아 훼손된 경우는 족장과 종족의 모든 일원들이 조상님 앞에서 엄중한 처벌을 받게 될 것이다. 만약 이러한 일이 발생한다면, 같은 지파에 속한 또 다른 능력 있는 자손을 택하여 [그 족보를] 맡길 것이며, 조사하기 편하도록 [그 보관자의] 이름을 명부에 기록할 것이다. 만약 불초한 자손이 족보를 팔아넘기거나 원본을 베껴 사람들 몰래 이익을 구하여 가짜로써 진짜를 어지럽히고 가문의 지파를 혼란스럽게 만든다면, 이는 친척들에게 죄를 짓는 것뿐만 아니라 조상들에게도 죄를 짓는 것이다. 그러므로 그러한 자들은 가문에서 모두 쫓겨날 것이며 사당에 출입하는 것이 금지될 것이다. 또한 가문에서 관청에 청원서를 올려 소송을 제기하고 위조된 족보들을 모두 찾아내어 그 죄를 다스릴 것이다.[48]

그리고 『[창저우]마 씨 종보([常州]馬氏宗譜)』[1919년 즈청탕(志誠堂) 간행 연활자본]에서는 훨씬 더 엄격한 처벌을 열거해 놓고 있다.

> 만약 보관상의 부주의로 인해 족보를 더럽히거나 [뭔가 묻거나 닳아서] 글자가 지워지게 하거나 해충의 피해를 입게 하거나 쥐가 갉아먹게 하였다면 심각하게 그 처벌을 논할 것이다. 이렇게 된 데에 책임이 있는 자는 자신이 [훼손된 족보를] 직접 다시 편찬하거나 대신 곤장 20대를 맞아야 한다. 만약 이웃에서 번진 화재로 인해 족보가 불타버렸거나 도둑맞아 잃어버렸다면 그 진실을 살펴 향 하나가 다

---

46 『[자딩]왕 씨 중수지보』 1책에 수록된 '장서명수(藏書名數)', 1a와 '계개(計開: 내역)', 1b를 볼 것.

47 『[평셴]장 씨 가보』 2책에 수록된 '계개분송각방세호(計開分送各房細號)' 42b-44b를 볼 것.

48 이 인용문은 또 『[상하이]구 씨 가승』 1책에 수록된 「종규(宗規)」 중 「보첩당중(譜牒當重)」 부분 아래에 적혀있다. 【옮긴이 주】 원문은 다음과 같다. "如有鼠侵油汚磨壞字跡者, 族長同族衆卽在祖宗前重加懲誡, 另擇本房賢能子孫收管, 登名於簿, 以便稽查. 或有不肖輩鬻譜賣宗或膳寫原本瞞衆人覓利, 致使以贗亂眞, 紊亂支派者, 不惟得罪衆人, 抑且得罪祖宗. 衆共黜之, 不許入祠, 仍會衆呈官, 追譜治罪."

> 탈 때까지 꿇어 앉아 있는 벌을 받는다. 족보를 몰래 팔아먹고는 잃어버렸다고 보고하는 자가 있다면 그의 거짓을 밝힌 후 자격을 박탈하고 영원히 조상의 사당에 들어오지 못하게 한다.[49]

진산의 위 씨 집안의 경우, 족보를 분실하는 것은 어떤 이유든 간에 가문의 기록에서 [족보] 소유자의 이름을 제거할 만한 일이고 그가 속한 지파의 모든 구성원들을 엄중하게 처벌할 만한 일이었다.[50]

위에서 개괄한 규율과 규제들은 대다수의 족보에서 나타나는 분배와 이용에 대한 태도를 보여준다. 그러나 모든 가문들이 이렇게 융통성 없이 가문 내에서 자신들의 족보에 접근하는 것을 제한하지는 않았다. 구룬(古潤)의 우 씨(吳氏) 가문은 가문의 일원들에게 족보의 인쇄본을 구매하는 것을 확실히 허락했다. 또한 1886년 개정본에는 인쇄본을 사는 데 관심 있는 일원들을 위해 그 가격을 기록해 놓았다. "……족보 50부를 만드는 데 모두 합쳐서 290여 위안이 들었다. 1부 당 가격은 약 6위안이다. 이제 그 반값인 3위안으로 하고자 하니 추가 수령을 원하는 자들은 더 내지도 더 깎지도 말라……"[51] 그러나 이렇게 기꺼이 – 그것도 할인된 가격에 – 족보를 팔려고 하게 된 것은 아마도 족보 편찬과 인쇄의 비용으로 쓸 기금을 마련하기 위해서였을 것이다.

민국 시기에는 특히 규모가 더 큰 종족 집단 내에서 족보 분배에 대한 제한들이 더 적었던 것 같다. 예를 들어, 상하이 칭푸(青浦)의 『[간산]허 씨 가보(簳山何氏家譜)』 편집인 허후이수(何繪書)는 서문에서 그저 이렇게 기록하고 있다. "비록 나는 가난하지만 가문의 계통이 잊혀 사라질까 두려웠다. 그래서 아우 선수·시쉰과 함께 [분담하여] 정보를 확인하고 자료들을 편집하여 이 족보를 만들었다. 우리는 이것을 인쇄하여 우리 가문의 모든 친족들에게 나누어 주어 이후에 집안사람들이 사방으로 흩어지더라도 그들 자신이 어디 출신인지를 알 수 있게 할 것이다."[52] 우 씨와 허 씨 가문의 지위와 경제적 상황에 관한 더 자세한 정보가 없는 상태에서 우리는 그들이 족보 분배에 있어서 좀 더 관대한 방침을 가졌던 이유에 대해 다만 이렇게 추측해 볼 수 있을 뿐이다. 첫 번째 경우, 그러한 방침이 족보 출판의 자금을 조달하는 불가피한 수단이었을지도 모른다. 두 번째 경우, (만약 허후이수가 자신의 가난에 대해 진술한 것을 진지하게 받아들인다면) 공동 재산의 부재로 인해 가문 구성원의 자격과 그에 따른 족보 소유권을 제한하는 것이 불필요하게 되었을 수도 있다.

---

49 「범례」 4b, 『[창저우]마 씨 종보』 [1919년 즈청탕(志誠堂) 간행 연활자본] 1권. 【옮긴이 주】 원문은 다음과 같다. "珍藏不愼, 致有汚穢、塗抹、蟲傷、鼠咬議罰, 獨自重修, 或責二十板以代. 或因火廢以及鄰里延燒、被盜遺失, 察係情眞, 議罰跪香一炷. 有盜賣宗譜希詞遺失, 察出斥革, 永不許入祠."

50 「범례」의 마지막 페이지, 1권, 『[진산]위씨종보』, 1책.

51 「계개(計開)」 『[구룬]우 씨 중수종보([古潤]吳氏重修宗譜)』 [1886년 목판본], 1책. 【옮긴이 주】 원문은 다음과 같다. "……共計洋二百九十餘元, 成譜五十部, 每部價約六元, 今酌定半價三元, 願增領者, 不加不減……"

52 「서」, 『[간산]허 씨 가보([簳山]何氏家譜)』 [민국 시기 연활자본]. 【옮긴이 주】 원문은 다음과 같다. : "繪書雖貧, 惟世系湮沒有懼, 因與弟紳書·錫勛分任徵輯纘纂是篇, 付之剞劂, 分貼本支各房, 俾後之人散處四方者得以知所本焉."

제작 기술 : 필사, 목판, 목활자

청대와 민국시기에는 텍스트를 제작하는 데 쓰이는, 당시 중국에 알려진 거의 모든 방식, 즉 필사·목판·목활자·연활자, 그리고 최종적으로 석판·유인(油印)까지 모두 족보 제작에 활용되었다. 〈표 9.2〉와 〈표 9.3〉은 청대와 민국시기에 상하이에서 제작된 219종의 족보를 연구하여 작성한 것으로, 어떤 방식들이 대중적이었는지를 통계적으로 요약하고 있다.[53]

<표 9.2> 인쇄 방식으로 본 청대와 민국시기의 족보

연호	필사본	목판본	목활자본	연활자본	석판본	유인본	합계
청대	6						6
순치(順治)							
강희(康熙)	4	1					5
옹정(雍正)							
건륭(乾隆)	4	4	3				11
가경(嘉慶)		8					8
도광(道光)	7	6	1				14
함풍(咸豊)	1	3					4
동치(同治)	2	6	3				11
광서(光緖)	10	23	6	2			41
선통(宣統)	2		1	3			6
민국(民國)	15	11	13	52	9	6	106
미상(未詳)	6		1				7
합계	57	62	28	57	9	6	219

53 곰팡이나 벌레와 같은 좀 더 일상적인 문제들은 말할 것도 없고, 전쟁의 유린, 정치적 격변, 자연재해 때문에 수 세기를 견뎌낸 족보들은 거의 없다. 현전하는 상하이 지역 족보들은 매우 드문데, 대개는 청대 또는 민국시대에 제작되었다. 명대의 족보들은 극히 드물다. 종종 족보들의 제목에 관한 기록들로 학자들은 그런 텍스트가 존재했었단 사실을 안다. 그러나 사본이 존재하지 않는다면 그 내용을 분석할 방법이 없다. 이 글을 쓰면서 나는 아래와 같은 여러 자료를 통해 족보들을 조사했다. 베이징 소재의 중국국가도서관, 광저우 소재의 중산도서관, 타이위엔(太原) 소재의 산시(山西) 도서관에 소장된 족보 목록들, 일본·미국·중국의 국가 기관이 보유한 중국 족보의 각종 서지목록을 수록한 다가 아키고로(多賀秋五郞)의 『종보의 연구(宗譜の硏究)』(東京: 東洋文庫, 1969)와 『중국종보연구(中國宗譜硏究)』(東京: 日本學術振興會, 1981), 『미국족보학회중국족보목록(美國家譜學會中國族譜目錄)』(臺北:成文出版社, 1983), 『중국족보목록(中國家譜目錄)』(山西人民出版社, 1992). 최근의 『중국족보종합목록(中國家譜綜合目錄)』(北京: 中華書局, 1997)과 왕허밍(王鶴鳴) 주편의 『상하이도서관관장족보제요(上海圖書館館藏家譜提要)』(2000)는 위의 족보들에 관하여 지금까지보다 광범위한 목록 수집을 가능하게 했다.

<표 9.3> 인쇄 방식별 비율

인쇄 방식	청대		민국	
	수	비율(%)	수	비율(%)
필사본	36	34	15	14
목판본	51	48	11	10.4
목활자본	14	13.3	13	12.3
연활자본	5	4.7	52	49.1
석판본			9	8.5
유인본			6	5.7
합계	106	100	106	100

이들 통계표에서 아주 놀랄 만한 사실을 알 수 있다. 즉 20세기 초 내내 다른 기술들을 이용할 수 있었음에도 불필요한 고생을 사서 하는 것처럼 보이는 방식, 즉 필사본을 고수했다는 점이다. 텍스트 복사와 유통에 있어서 가장 이른 시기의 방식이었던 필사는 이 시기에 결코 드문 방식이 아니었다. 실제로 청대에 제작된 족보 가운데 전체의 34퍼센트인 36종을 차지하고, 또 민국시기에는 전체의 14퍼센트인 5종을 차지했다. 좀 더 효율적인 수많은 인쇄 방식이 이미 오래전부터 사용되었고 또 새롭고도 더 능률적인 방식들이 근자에 도입되었던 시기에 왜 이렇게 놀랄 만큼 필사본이 많이 제작된 것일까?

족보의 인쇄량으로 볼 때 족보들이 특히 소규모 가문 안에서 유통되었다면 사본의 수는 상당히 적었다. 그러나 족보 인쇄의 경우 정작 필요한 사본이 상대적으로 적었기에 상당히 비쌌을 것이다. 그래서 때때로 족보를 손으로 필사하는 것이 훨씬 더 저렴했다. 가족과 가문의 규모가 점점 더 커져가고 필요한 사본의 수가 증가할 정도가 되어서야 필사하는 것이 더 이상 경제적이지 않게 되었다.

일부 필사본들은 족보용으로 특별히 인쇄 제작한 종이를 사용했다. 예를 들어 『[쑹장]장 씨 족보([松江]張氏家譜)』는 종이가 접히는 복판 부분인 중봉(中縫)에 특별히 녹색으로 "장 씨 족보"라고 적힌 종이에 필사한 것이다. 『[상하이]탕 씨 세보(唐氏世譜)』 역시 사전에 인쇄된 종이에 필사했다. 각 페이지 가운데 접히는 곳마다 "상하이 탕 씨 족보, 선통(宣統) 3년(1911년) 10세손 탕시루이(唐錫瑞)가 네 번째로 인쇄하다(上海唐氏族譜, 宣統三年十世裔孫錫瑞四次印刷)"라고 새겨져 있다.[54]

현전하는 상하이 지역 족보의 대부분, 즉 전체 48퍼센트인 총 41종은 목판본이다. 이 방식은 청

54 『상하이도서관 관장 족보 제요』(554쪽)에서 이 책(冊)은 필사본[초본(抄本)]으로 분류되어 광서 연간(1875-1909년)으로 명기된 자료들을 포함하고 있다. 그러나 내 생각에는 이는 오히려 제작을 위해 인쇄자들에게 제공되었던 저본(底本)이었다(즉 판각하기 위해 목판에 붙이려고 텍스트화한 것이다). 탕 씨 가문 족보의 다른 판본인 『[상하이]탕 씨 족보』 또한 탕시루이가 편집했고 1918년 8책으로 인쇄되었다. 이것이 제5판이다.

대 전반에 걸쳐 가장 일반적인 인쇄 기술이었기 때문에 놀라운 일이 아니다. 이 인쇄본의 질은 천차만별이었다. 어떤 것은 꽤 정교하게 제작되었고 크기도 크고 양질의 죽지(竹紙)에 선명하게 인쇄되었다. 예를 들어 1877년에 인쇄된 목판본인 『[푸둥]선 씨 지보([浦東]沈氏支譜)』는 가로와 세로가 265mm×167mm, 판광(版框:혹은 광곽匡郭)[55]이 191mm×140mm이다. 또 고급의 흰 연사지(連史紙)로 인쇄했다. 『[효의정문]선 씨 북지십삼방 상하이 지족보([孝義旌門]沈氏北支十三房上海支族譜)』는 1859년에 목활자로 인쇄했다. 이 또한 가로 세로 264mm×162mm, 판광 187mm×135mm로 크기가 꽤 큰 편이고 지면 배치가 알아보기 쉽고 보기 좋게 이뤄져 있다. 또 이 인쇄본은 페이지 표시를 책의 바깥쪽 혹은 펼쳐진 쪽보다는 안쪽의 철한 부분에 적어넣었다는 점에서 획기적이다. 내가 본 것 가운데 크기가 가장 컸던 족보는 『[충밍]왕 씨 지보([崇明]王氏支譜)』였다. 1864년에 흰 연사지에 목판본으로 출간했다. 크기는 가로 세로 303mm×182mm이고, 판광은 235mm×165mm이다.[56]

지금까지 확보한 상하이의 족보에 관한 자료들은 상하이 각 지역에서 제작된 족보를 연구하기에 부족한 면이 있다. 그럼에도 초보적인 연구에서 우리는 질 낮은 목판본(이 점에서 대해서는 질 낮은 목활자본도 마찬가지이다)의 대부분이 충밍 지역에서 생산된 것임을 알 수 있었다. 1864년에 바이화좡(白華莊)에 위치한 산이탕(三易堂)에서 인쇄한 목판본 『[충밍]선 씨 종보([崇明]沈氏宗譜)』와 1909년 신카이허 진(新開河鎭)의 둔무탕(敦睦堂)에서 인쇄한 목활자본 『[충밍]궈 씨 종보([崇明]郭氏宗譜)』를 예로 들 수 있다. 목판과 목활자의 판각술과 글자·활자의 배치는 질적으로 수준이 떨어졌고 인쇄지 역시 질이 낮았다. 표지와 안쪽에 모두 아주 얇은 황마지를 사용했고, 일부 표지들은 안쪽에서 사용한 것과 같은 얇은 종이를 사용했다. 게다가 이 인쇄본은 전자가 가로 세로 255mm×162mm, 판광 224mm×140mm, 후자가 가로 세로 248mm×145mm, 판광 205mm×145mm로 여느 책만한 작은 크기인데, 이렇게 크기가 작다는 점에서도 책의 저급함을 알 수 있다. 일부 충밍 가문들은 지방의 각공들의 결함을 감추려 애썼다. 1898년에 45책(冊)으로 목판된 『[충밍]니 씨 가승([崇明]倪氏家乘)』과 1900년에 40책으로 인쇄된 목활자본인 『우 씨 종보(吳氏宗譜)』는 겉으로 봐서는 굉장히 정교한 듯하다. 적어도 이 두 족보는 격식을 꽤나 갖춘 빳빳하면서 매끈한 속표지에 인쇄 일자와 각공들의 이름을 인쇄했다. 그러나 전자의 경우 표지에 적힌 서방(書坊)의 이름조차 알아 볼 수 없고, 또 후자에는 글자가 닳아 없어진 페이지들이 많다.

경우에 따라서는 확실히 제한된 재원이 완성을 지연시키고 어쩌면 인쇄된 족보들의 품질에까지 영향을 미쳤을 것이다. 『[상하이]남장세보(南張世譜)』는 1885년에 출간되었다고 적혀있지만, 각 권말에는 이와 다른 일련의 간행 연대들, 즉 '1880년 중간(重刊)', '1882년 중간', '1883년 중간', '1885년 중간'이

---

55 "판광(frame)"이란 말은 페이지에서 인쇄된 부분을 가리킨다.

56 장슈민은 목판으로 인쇄된 족보들은 "보통 세로 30cm, 가로 20cm이다. 그러나 사오싱(紹興) 또는 닝보(寧波)의 일부 판본은 세로 46cm, 가로 37cm이다"라고 지적한 바 있는데(『중국인쇄사』, 714쪽), 나는 상하이 지역에서 세로가 46cm에 달하는 판본을 본 적이 없다. 나는 세심하게 인쇄된 고품질 족보의 또 다른 예로 1877년 목각된 『[펑셴]장 씨 족보』를 꼽는다.

라고 적혀있다. "범례"에 다음과 같은 말이 있다. "나 정(政)은(나 홀로) 세보를 제작하는 데 힘에 부치고 병이 들었기에 다른 이들이 목각을 돕기 위해 기부를 했다. 기부를 받아 판각하고 간행된 부분마다 [족보 편찬에] 뜻을 같이한 자가 있음을 드러내기 위해 기부자의 이름을 명시한다."[57] 그리하여 상이한 사람들이 상이한 시기에 판각 비용을 기부했기 때문에 여러 개의 다른 "간행" 혹은 판각 연대가 있게 되었다. 세보는 마침내 이 모든 목판이 합해지고 나서야 인쇄되었다. 이런 방식으로 족보를 인쇄하는 것은 가문 일가로부터 충분치 않은 재원과 제한된 지원을 받는 가문이 취할 수밖에 없던 선택이었음을 암시한다.

세 번째로 족보 인쇄 제작의 일반적인 방법은 목활자 인쇄였다. 목활자본은 목판 인쇄나 필사 방식만큼은 일반적이지는 않았으나 청대에는 족보의 13.1퍼센트, 민국시기에는 12.3퍼센트나 사용된 것을 보면 고려할 만한 가치가 있다. 그리고 이 인쇄 제작 기술은 사실상 이 시기에 강남 일부 지역에서 가장 인기 있었다는 증거가 있다. 일본에 소장된 중국 족보에 대한 연구를 보면 장쑤와 저장 지역은 목활자본 족보 제작이 차지하는 비율이 압도적으로 높았다. 다시 말해 청대와 민국시기에 인쇄된 785종 가운데 483종, 즉 61.5퍼센트를 차지했다(인쇄 제작 방식이 밝혀진 것만을 대상으로 함. 〈표 9.4〉를 볼 것).[58] 이 지역에서 목활자를 선호하는 경향은 도광 연간에 이미 뚜렷했다. 그리고 광서 연간에는 전체 족보의 72.8퍼센트가 목활자본이었다.

이 두 성(省)에서 사오싱 부(紹興府)와 창저우 부(常州府)는 목활자 족보 인쇄의 진정한 중심지로 부상했다. 위에서 '보장(譜匠)'과 '보사(譜師)'에 대해서 논의하는 과정에서 나는 사오싱의 떠돌이 족보 인쇄업자들, 즉 이 마을에서 저 마을로 활자가 구비된 자신들의 가게를 이동시키며 각 가문의 특정한 요구를 만족시키기 위해 새롭게 새긴 글자들을 보충했던 장인들에 대해 설명했다. 창저우는 또한 목활자본 인쇄로 유명했다. 실제로 청말까지는 사오싱 이상으로 이와 관련된 수공업의 중심지였다. 당대의 학자 바오스천(包世臣)은 창저우 각공들이 제작한 활자의 품질에 대해 격찬하면서 자신의 저술을 출판하는 데 관심이 있는 문인의 주의를 끌 정도로 훌륭하다고 설명했다. "활자의 크기 차이가 가장 뚜렷하고 목활자가 깔끔하고 똑떨어진다. 이 활자는 처음에 족보만을 인쇄하는 데 사용되다가 후에는 문인의 문집이나 시집을 인쇄하는 데 종종 쓰였다. 최근 『무비지(武備志)』 인쇄에 사용된 것이 의미있는 사건이다. 획의 재현과 행/열의 배치에서 완벽하지 않은 것이 없다."[59] 또 다른 연구에서 설명한 바와

57 "범례", 『남장세보(南張世譜)』, 책1. 【옮긴이 주】 원문은 다음과 같다. "政刊世譜因力寡病疲, 凡刊刻文章內有捐資助刻者, 除政外必注明某人刻板, 以見同志者尙有也."

58 일본 소장의 족보들에는 이들 지역의 족보들이 압도적이다. 다가 아키고로, 『중국종보연구』, 1:404-408쪽; 『종보의 연구』, 31쪽을 볼 것. 이 자료에 따르면 이들 지역의 족보는 일본이 소장한 1,228종의 모든 족보들 가운데 811종, 즉 66퍼센트에 해당한다.

59 바오스천(包世臣)(청), 『니판시인초편서(泥版試印初編序)』, 자이진성(翟金生)(청)의 『니판시인초편(泥版試印初編)』(1844)에 수록. 【옮긴이 주】 "常州活板字體差大, 而工最整潔, 始惟以供修譜, 間及士人詩文小集, 近且排《武備志》成巨觀, 而講求字畫, 編擺行格, 無不精密."

같이 "창저우 장인의 뛰어난 인쇄 기술은 너무 훌륭하여 많은 다른 지역 사람들이(자신들의 족보를 인쇄하기 위해) 왔다. 쓰촨 사람들조차 자신들의 족보를 창저우로 보내 인쇄토록 했다(창저우 일꾼들은). 『[뤄저우 남문]가오 씨 족보([瀘州南門]高氏族譜)』를 45일 만에 인쇄했다고 한다."[60]

<표 9.4> 청대와 민국시기 인쇄방식에 따른 저장-장쑤 지역의 족보

연호	필사본		목판본		목활자본		연활자본		석판본		유인본	
	장쑤	저장	장쑤	저장	장쑤	저장	장쑤	저장	장쑤	저장	장쑤	저장
순치		1										
강희	3	3	3	2								
옹정			1									
건륭		7	10	11	3	3						
가경	2	2	9	5	10	12						
도광	2	7	14	9	22	24						
함풍	1	3	6	1	12	6						
동치	3	4	11	3	24	19						
광서	6	11	30	34	131	96	1	1	2			
선통		1	2		16	5	2			1		
민국	1	3	14	10	46	54	23	21	10	4	1	1
미상(未詳)	3	2	4		1							
합계	21	44	104	75	265	219	26	22	12	5	1	1

창저우의 수준 높은 목활자 인쇄를 고려해볼 때, 일부 목활자본 족보들이 인상 깊을 만큼 높은 수준이었다는 점은 놀랄 일이 아니다. 예를 들어 1747년 연사지에 인쇄된 『[진산 펑린]후 씨 종보([金山鳳林]胡氏宗譜)』는 배치도 명확하고 활자체도 또렷한, 잘 만들어진 족보이다. 이는 또 가로 세로가 365mm×250mm, 판광이 302mm×220mm이나 되는 비교적 큰 판형이다. 실제로 장슈민이 지적한 바와 같이 사오싱이나 창저우에서 제작된 활자본 족보는 다른 지역에서 제작된 것보다 일반적으로 컸다. 평균치가 30×20cm인 데 반해 이곳의 족보는 세로 46cm, 가로 37cm였다.[61] 분명 둥양(東陽)의 위 씨(兪氏) 가문은 이 기술에 매우 만족해서 대규모의 족보 개정판[중수(重修)]을 1878년, 1901년, 1926년에 계속해서 목활자로 인쇄했다. 나중에 개정된 판본의 서첨(書籤)은 이전 것을 그대로 베끼기까지 했다.[62] 그러

60 뤄수바오, 『중국고대인쇄사』 (北京: 印刷工業出版社), 1993), 425-426쪽.

61 장슈민, 『중국인쇄사』, 714쪽.

62 『상하이도서관 관장 족보 제요』 (422쪽)에 수록된 『[진산]위씨종보』에 대한 다른 세 항목을 볼 것.

나 어떤 가문들은 서서히 목활자본으로 옮겨갔다. 즉 『[상하이]주 씨 족보(朱氏族譜)』는 1802년, 1827년, 1839년에 목판본으로 개정했고, 1928년에만 목활자로 바꿨다.

목활자 인쇄가 최소한 강남의 일부 지역에서 족보 인쇄 제작 방식으로 각광받았던 것과 아울러, 우리는 또 다른 인쇄 기술, 즉 연활자로 옮겨가려 했던 기미를 감지할 수 있다. 이 새로운 방식은 서양인들에 의해 중국에 도입되었고, 영국 선교사 모리슨(Dr. Robert Morrison)이 1807년 한자를 인쇄하기 위해 처음 사용했다. 1834년 미국에 있는 어떤 교회에서 한자 목활자 셋트를 구해 중국에서 사용할 금속활자로 주조하고자 다시 보스턴으로 보냈다. 파리 황실인쇄국(The Royal Printing Bureau) 또한 1838년에 한자 셋트를 주조했다. 이들 납 금속활자들은 중국의 목활자로 주조했고, 처음에는 외국의 선교 출판물이나 잡지에 주로 이용되다가 점차 중국의 인쇄물에 쓰이게 되었다.[63] 〈표 9.2〉와 〈표 9.3〉에서와 같이 바로 청말의 광서와 선통 연간에 우리가 표본으로 삼은 다섯 종의 청대 족보가 연활자로 인쇄되었다. 모두 진산(金山), 상하이 또는 쑹장(松江)의 화팅(華亭)에서 제작한 것이다.

금속 활자의 서체는 또렷하고 모서리가 각이 졌기 때문에 이 방식을 사용하면 목판본이나 목활자본보다 글자를 더 또렷하게 찍어낼 수 있고 좀 더 꽉 찬 지면에 좀 더 선명하게 인쇄할 수 있다. 곧 페이지 당 더 많은 글자를 담을 수 있었다. 예를 들어 1891년에 납 활자로 인쇄된 『천 씨 세보(陳氏世譜)』는 반 페이지 당 9행과 한 행 당 큰 글자는 28자, 작은 글자는 56자를 담고 있다. 금속 활자 인쇄에 사용된 '송체(宋體)'는 매우 또렷해서 읽기가 쉬웠다. 이 인쇄본은 상하이 소재의 주이탕(著易堂)에서 인쇄했다. 이곳은 처음에는 난스(南市)에 있다가 후에 치판제(棋盤街)로 옮겨간 서방인데, 유가 경전·사서·문집과 인기 있는 소설들을 출판했다. 실제로 『천 씨 세보』를 출판했던 바로 그 해에 이 업체는 왕시치(王錫棋)의 유명한 지리서 『소방호여지총초(小方壺輿地叢鈔)』도 출간했다. 이 업체가 족보를 인쇄했다는 사실은 다소 드문 경우다.

민국 시기에 장쑤-저장 지역에서 인쇄된 족보들은 납 활자 인쇄가 증가했다. 청대의 마지막 30년 동안에는 4종만이 납 활자로 인쇄되었으나, 민국 시기에 열배나 증가해 44종에 이른다. 그러나 상하이만큼 두드러지게 새 인쇄 방식으로 전환된 지역은 없었다. 이곳에서는 민국 통치 하에 52종의 족보들이 연활자로 인쇄되었다. 이렇게 신기술로 급속하게 옮겨간 것은 분명 상하이의 근대 인쇄 산업의 발전과 관련이 있었다.

그러나 연활자 인쇄가 발달함에 따라 낡은 인쇄 방식이 사라졌을 것이라고 가정하는 것은 오산이다. 민국 시기 동안 다른 종류의 문헌은 말할 것도 없고[64] 다량의 족보들이 여전히 목판 또는 목활자

---

63 판무한(范慕韓) 집편, 『중국인쇄근대사초고』(北京: 印刷工業出版社, 1995), 66-175쪽, 서양으로부터 연활자와 석판인쇄를 도입하고 전파한 일에 대해 자세히 설명하고 있다.

64 실제로 근대의 금속 활자 인쇄가 중국에 도입된 후에도 한참 동안 전통적인 목판-목각 방식이 계속해서 사용되었다. 민국시기 저명한 장서가였던 장쥔헝(張鈞衡), 장루짜오(蔣汝藻), 류청간(劉承干)은 고품질의 목판본을 제작했다. 예를 들어 『택시거총서(擇是居叢書)』,

로 인쇄되었다. 그리고 다른 면에서 낡은 방식들의 영향력이 여전히 지속되었다. 즉 활자 주조 방식이 다른 글자체를 발전시킬 수 있는 상황이었음에도 송체가 여전히 일상적으로 사용되었다. 그리고 금속 활자의 사용으로 페이지 당 더욱 많은 글자들을 찍어 넣어 책의 크기를 줄일 수 있었음에도 크기가 큰 족보들을 여전히 선호했다. 예를 들어 1925년 금속활자로 인쇄한 『속 왕 씨 세보(續王氏世譜)』는 305mm×175mm일 정도로 상당히 크다. 이와 같이 새로운 인쇄 기술은 재현된 글자의 질은 향상시킨 반면 족보의 틀과 스타일을 바꾸진 않았다.

족보 간행의 재원(財源)과 비용 지출

족보 제작에 관해 지금까지 제기했던 모든 쟁점, 즉 누가 족보 간행 사업을 이끄는가에 대한 가문의 선택들, 인쇄 부수와 분배 및 인쇄 방식, 심지어 족보 제작의 최초 계획에 관한 결정들은 어느 정도 가문이 사용할 수 있는 재원에 따라 이뤄졌다. 불행하게도 이 문제를 상세히 다룬 족보들은 거의 없거나 전혀 다루지 않았기 때문에 족보 제작비용에 관한 정보는 수집하기가 어렵다. 그럼에도 불구하고 내가 여기서 다뤘던 족보들 전체에 산재해 있는, 일반적이지만 꽤 특별한 언급들로부터 족보 기금의 출처와 제작비용의 변화에 대해 잠정적인 결론을 도출하는 것이 가능하다.

일반적으로 족보 간행 기금은 대략 가문의 공금과/또는 가문 내 집안이나 개인의 기부로 조성되었다. 『[시청]장 씨 종보([西城]張氏宗譜)』는 "가훈(家訓)"에서 다음과 같이 말하고 있다. "족보 간행의 경비는 공금, 예를 들어 가문의 공동 기금에서 충당한다. 반면에 부족분은 모든 집안이 나눠 부담한다."[65] 공금이 없는 가문은 전적으로 소속 집안의 기부에, 특히 좀 더 부유하거나 인심이 좀 더 후한 집안의 기부에 의존할 수밖에 없었다. 이를테면 『[쟈딩]왕 씨 중수지보(嘉定]王氏重修支譜)』에 수록된 "중수지보약(重修支譜約)"에 다음의 내용이 있다. "족보를 개정하려는 시도가 가문의 재원 부족으로 몇 차례 중단되었다. 종사(宗祠)가 완공된 지금, 족보 제작을 더 이상 미룰 수 없다. 여력이 있고 뜻이 있어 기부를 하는 자는 (기부금이) 많고 적음을 떠나 그 이름을 족보에 남길 것이다. 나머지 자금은 29대 손 왕웨이청(王惟成)이 기부할 것이다."[66] 여기서는 분명히 족보 인쇄에 필요한 자금 대부분을 단 한 명의 가문 성원이 대고

『가업당총서(嘉業堂叢書)』 (상하이에서 인쇄), 『오흥총서(吳興叢書)』가 그 예이다. 또 런허(仁和)의 우창서우(吳昌綬)는 『쌍조루사(雙照樓詞)』 (40책)을 새기고 인쇄했는데, 이 책은 여전히 진가를 인정받고 있다. 구이츠(貴池)의 류스헝(劉世珩)과 난닝(南寧)의 쉬나이창(徐乃昌)은 모두 청말과 민국 초기에 난닝과 상하이에서 수많은 목판본을 인쇄했다. 런지위(任繼愈)의 『중국장서루(中國臧書樓)』 (沈陽: 遼寧人民出版社, 2001), 권3, 1568-1817쪽을 볼 것. 특히 위에 언급한 수치는 권3, 1697-1700쪽, 1721-1724쪽, 1759-1771쪽을 참조할 것.

65 『장씨종보』, j.2.20b, "가법" 제8장 제66조. 【옮긴이 주】 "經費由公款撥, 不够, 各房分擔"

66 『[쟈딩]왕 씨 중수지보([嘉定]王氏重修支譜)』, 1책, 2a의 "중수지보약(重修支譜約)___". 【옮긴이 주】 "因族中無力捐修, 故是譜欲修而

집안들의 성금을 보탰다.[67]

족보의 인쇄 제작비는 대략 권수와 필요한 부수, 인쇄 방식 및 당시의 물가에 따라 결정되었다. 부록에서 4종의 족보, 즉 『[펑셴]장 씨 족보([奉賢]張氏家譜)』(1877년 목판본, 충번탕(崇本堂) 간행, 50부, 2책/부), 『[우셴]우 씨 지보([吳縣]吳氏支譜)』(1882년 목판본, 80부, 6책/부), 『[자딩]왕 씨 지보([嘉定]王氏支譜)』(1901년 목활자본, 40부, 4책/부), 『[단투]야오 씨 족보([丹徒]姚氏族譜)』(1911년 목활자본, 100부, 8책/부)를 대상으로 단계별 비용을 표로 작성했다. 네 종의 족보들은 1877년에서 1911년까지 총 34년에 걸쳐 제작되어 각 인쇄 시기가 평균적으로 약 8년의 격차가 난다. 이 표본은 너무도 수가 적어 족보의 지출에 관해 결정적이거나 정확한 정보는 제공할 순 없지만, 그럼에도 불구하고 이 이상 완전한 통계가 없기 때문에 분석해볼 만한 가치가 있다. 〈표 9.5〉는 대략적인 명세와 가문별 비용을 비교한 것이다.

<표 9.5> 족보 4종의 제작비 비교

족보 명	장 씨 족보	우 씨 지보	왕 씨 지보	야오 씨 족보
년도	1877	1882	1902	1911
인쇄 방식	목판	목판	목활자	목활자
인쇄 부수(部數)	50부	80부	40부	100부
책(冊) 수	2책	6책	4책	8책
총비용	125원	450.27원	81.9원	2066.9원
부(部) 당 비용	2.5원	5.63원	2.05원	20.7원
간행 비용	제시 안됨	제시 안됨	8원 (전체의 9.8%)	1156.6원 (전체의 56%)
판각/조판 비용	80.8원(전체의 64.6%)	359.27원(전체의 79.8%)	27.2원(전체의 33.2%)	172.6원(전체의 8.4%, 간행 비용을 제외한 전체의 19%)
인쇄지 비용	11.2원 (전체의 8.9%)	32원 (전체의 40%)	12.6원 (전체의 15.4%)	320.3원 (전체의 15.5%, 간행비용을 제외한 전체의 35.2%)
인쇄와/또는 장정(裝訂) 비용	18.3원 (전체의 14.6%)	27원 (전체의 6%) 인쇄-14.2원, 전체의 3.2% 장정-12.8원, 전체의 2.8%)	2원(장정) (전체의 2.4%)	20원(장정)* (전체의 1%, 간행비용을 제외한 전체의 2.2%)
기타 자재	6.4원(전체의 5.1%)	18원(전체의 4%)	10.9원(전체의 13.3%)	63원(전체의 3%, 간행 비용 제외한 전체의 6.9%)
기타 비용	8.3원(전체의 6.6%)	14원(전체의 3.1%)	21.2원(전체의 25.9원)	334.40원(전체의 16.2%, 간행 비용 제외한 전체의 36.7%)

中止者數次. 現因宗祠落成, 支譜萬難再緩, 於族中有力而願出資者不拘多寡, 各隨其便, 皆載於左譜, 其餘刻資一切悉由二十九世孫惟成捐辦."

67 이런 재정상의 합의를 담은 또 다른 예는 『난장세보』(1885)를 볼 것.

참고 : 원(文)과 위안(元)의 환산 비율은 1200원:1위안으로 『중국화폐사(中國貨幣史)』(上海人民出版社, 1988), 843쪽에 근거함.

* 『야오 씨 족보』는 목판/조판과 인쇄비용을 표시하지 않았다. 이 모든 작업의 총비용은 172.6원이라 했는데 여기서는 "목판/조판" 항목 아래 둔다. 왜냐하면 목판과 조판 비용은 인쇄비용보다 훨씬 비쌌기 때문이다. 재원과 비용에 관한 완전한 목록은 부록을 참조할 것.

우선 화폐 가치와 가격이 변동할 수 있었으므로 4종의 족보에 대한 지출을 상세히 비교하는 것이 어렵긴 하지만, 그럼에도 불구하고 전체 지출의 변화가 두드러진다. 즉 『[쟈딩]왕 씨 중수지보』의 최저 81.9위안(1901년)에서 『야오 씨 족보』의 경이로운 최고치 2,066.9위안(1911년)까지 10연간 21배가 증가했다. 또는 한 부(部) 당 원가를 계산해 보면 최저 2.05위안에서 최고 20.7위안까지 대략 10배가 증가했다. 이는 야오 가문이 전체 비용의 약 56%라는 대단한 액수를 족보 조사에 사용한 것으로 보이기 때문에 다소 억지스러운 비교이다. 다른 족보 가운데 유일하게 그러한 지출을 언급한 『[쟈딩]왕 씨 중수지보』는 단돈 8위안만을 기록했다. 이는 전체 비용의 10퍼센트에 지나지 않는다. 야오 일가는 분명히 조사와 데이터 수집에 막대한 기금을 쏟아부었다. 추측건대 덜 부유한 가문들은 대가없이 이 사업에 기꺼이 헌신하려 하는 가문 성원들에게 조사와 데이터 수집, 족보의 편집에 대한 책임을 배분함으로써 비용을 절감한 것으로 보인다.

판각은 상당한 비용이 들었다. 그러나 적어도 강남 지역에서는 목활자 인쇄가 목판 인쇄보다 저렴했다. 장 씨와 우 씨 가문은 대략 기금의 2/3와 4/5를 각각 판각하는 데 사용했다. 반면 왕 씨와 야오 씨는 그와 대조적으로 1/3과 1/10 이하만을 각각 자신들의 족보를 인쇄하는 데 필요한 목활자 제작에 소비했다(야오 씨 일가가 조사에 들였던 막대한 비용을 논외로 한다면 거의 1/5이 될 것임). 이런 차이가 발생하는 이유는 족보들의 특수성과 밀접한 관련이 있다. 족보들은 특정한 표준 형식을 사용하고, 부분적으로 세대별로 공통된 글자를 사용하기 때문에 유달리 자주(같은) 글자를 되풀이한다. 활자를 사용하면 족보들은 다량의 활자가 필요 없다. 그러나 목판을 새기게 되면 모든 글자들은 반복되든 아니든 새겨 넣어야만 한다. 그러므로 활자 인쇄 방식이 더 저렴하다. 나는 바로 이 점 때문에 [활자 인쇄 방식이] 청대에 인기가 상승했다고 생각한다.

각 족보에 드는 비용을 범주화한 것은 판각 사업에서 비교적 고도의 전문화가 이뤄졌음을 의미한다. 두 목판본은 판각하는 일을 정확히 크고 작은 글자들(부록 1번과 2번의 경우 부 텍스트용(paratextual) 글자들, 세대표용 글자들), 여백과 삽화들로 나누고, 각 작업에 특정 비율을 할애했다. 추측건대 이러한 비율상의 차이들은 각 작업에 필요한 기술과 시간의 차이와 관련이 있다. 서문 또는 후기는 상당히 큰 글자나 예술적인 서체로 이뤄지므로, 족보의 본문에 쓰이는 작은 크기의 장체(匠體) 혹은 송체 글자보다 판각하는 데 더 많은 기술과 시간이 필요했다. 그리고 삽화와 지도도 확실히 텍스트가 없는 여백을 비교적 단순하게 파내는 것이 좀 더 많은 기술과 노력이 필요했다. 『우씨지보』에는 또한 글자를 수정하는 항목이 추가되었다. 바로 틀린 글자들을 도려내고 바른 글자를 새긴 목활자들로 교체해야 하기 때문이다. 활자로 인쇄된 족보들이 텍스트 일부에 목판들을 사용해야 했던 것도 분명하다. 왕 씨와 야오 씨의 경우, 삽화, 지도, 표지들과 서첨들은 목판으로 새겼다. 그렇게 하는 것이 아마도 더 쉽고 비용 대비 효율이 좀 더 높았기 때문이었을 것이다.

목활자본인 『[쟈딩]왕 씨 중수족보』만이 유일하게 활자 조판에 사용되는, 즉 최종원고 작성 또는 정서본(淨書本) 제작에 드는 비용을 열거했다. 이는 총 19.2위안, 전체 비용의 23.4퍼센트로 지출이 상당히 많다. 그리고 『야오씨족보』는 유일하게 교정 비용을 열거했는데, 334.4위안 또는 전체 비용의 16.2퍼센트(간행비용을 제외하면 36.7퍼센트)로 역시 상당히 큰 부분을 차지했다. 아마도 이렇게 돈이 많이 드는 일은 다른 족보들의 경우였다면 비용 절감 차원에서 가문 성원들이 수행했을 것이다.

기타 다른 제작비용에 대해 말하자면 종이는 어떤 품질의 것을 얼마나 사용하느냐에 따라 상당한 비용이 들 수 있었다. 우 씨 가문은 비율 면에서 보자면, 480책(80부, 6책/부)을 제작하기 위해 종이에 전체 비용의 40퍼센트라는 가장 많은 돈을 소비한 것으로 보인다. 야오 씨 가문은 전반적으로 가장 많은 돈을 지출한 자들로, 종이에 총 제작 비용의 1/3 이상을 투입했다(여기서도 그들이 조사에 사용했던 거금은 제외시켰다). 그러나 그들은 800책(100부, 8책/부)이라는 엄청난 양을 인쇄했다. 다른 두 가문은 좀 더 적은 양의 부수를 인쇄했고 아마도 좀 더 저렴한 종이를 사용했기 때문인지, 종이에 전체 비용의 8.9(100책 인쇄)퍼센트와 15.4(160책 인쇄)퍼센트를 소비했다. 기타 비용에는 그리 많은 돈을 쓰진 않았던 것으로 보인다. 족보들과 관련된 먹물, 제본용 실, 표지(모서리에 쓸 비단), 족보를 넣을 끈이 달린 목판들은 가장 흔히 열거된 물품들이다. 그리고 이것들은 함께 계산하여 보통 전체 비용의 6퍼센트를 넘지 않았다.

텍스트의 실제 인쇄는 주요 지출로 보이지 않는다. 장정(裝訂) 역시 그러했다. 이 비용들은 종종 다른 지출과 합산했기 때문에 따로 산출하는 것이 어렵지만 두 항목을 합쳐도 전체의 15퍼센트를 초과한 것으로는 보이지 않는다. 인쇄와 장정이 따로 계산된 경우에 인쇄비용은 겨우 3.2퍼센트이고, 장정비용도 2.8퍼센트에 불과했다. 인쇄와 장정이 책의 제작 과정에서 낮은 기술을 요하는 일이므로, 이것들이 전체 비용에서 차지하는 비율이 낮다는 점은 놀랍지 않다. 노동력 가운데 가장 싼 부문인 여성(인쇄의 경우 어린 아이도 역시)에게 이 일들을 맡겼던 사실 또한 비용을 낮추게 되었다.

인쇄 부수가 매우 소량이었기 때문에 족보 출판의 서적 단위당 비용이 다른 책들보다 매우 높았다. 예를 들어 1889년의 경우 『강희자전』 40책의 가격은 고작 3위안에서 15위안 사이였다.[68] 그리고 1901년에(24책이라는) 방대한 분량의 『황조경세문편(皇朝經世文編)』 한 질 가격은 겨우 2.4위안이었다.[69] 그러

68 『북화첩보(北華捷報)』, 1889년 5월 25일자의 「상하이 석판 출판업의 발전(上海石印書業之發展)」을 볼 것.

69 잉롄즈(英斂之)(1867-1926년), 『잉롄즈 일기 유고(英斂之日記遺稿)』, 팡하오(方豪), 『근대중국사료총간속편(近代中國史料叢刊續編)』(臺北: 文海出版社, 3집[1974]), 1901년 10월 4일(vol.1, 359쪽) 일기.

나 같은 해 『[쟈딩]왕 씨 중수지보』는 단 4책으로 구성되어 4종의 족보들 가운데 가장 쌌음에도 그 비용은 2.05위안이었다.

결론 : 족보 제작의 직업화

출판 양식이라는 측면에서 볼 때 족보는 다른 텍스트들과 구분되는 요소들이 많다. 가문의 기록이라는 그 본래적인 특성 때문에, 족보는 지속적인 개정과 재간행이 필요하다. 즉 족보는 항상 기간이 지난 것이기 십상이다. 족보의 독자와 배포는 일반적으로 매우 제한되어 있다. 왜냐하면 족보를 인쇄하거나 어떤 식으로든 다시 만들어 내는 목적은 그 내용을 광범위하게 배포하는 것이 아니라 매우 한정된 그룹(심지어 가문의 모든 친족들을 모두 포함한 것이 아닌 어떤 그룹) 내에서 가문의 정의를 확정하는 것이기 때문이었다. 실제로 족보는 그다지 많이 활용될 것이라고 추정되지 않았다. 곧 족보는 조상 제례의 일부로 꺼내서 읽거나 중요한 가문 내의 사건들과 분규에 대한 참고 자료 정도로만 쓰였다. 그러나 대부분 족보는 오염이나 외부인들의 호기심(과 정보 누출의 위험성)으로부터 안전하게 지켜야 했다. 그래서 족보를 출판한다는 것은 민감한 문제였다. 즉 어느 한 가문이 족보를 제작하는 것은 단일 가문의 역사와 구성원을 밝혀준다는 차원에서 중요한 일이었다. 그리고 반대의 경우 어느 한 가문이 족보의 유통을 단호하고도 조심스럽게 제한하는 것 역시 중요했는데, 그것은 광범위하게 배포함으로써 가문의 구성원이라는 사실에서 비롯되는 경제적, 사회적 이득이 위협받고, 그리하여 그 출판의 원래 목적이 훼손될 수도 있었기 때문이었다.

제례를 위한 텍스트이자 규약으로서 족보가 갖는 이중적인 성격은 텍스트의 특정한 형식을 결정하는 데 기여했다. 족보가 단순히 가문의 역사로만 기능한다면, 결국 세대 표나 선영의 위치, 가문 내의 규약, 재산을 텍스트에 포함시킬 이유가 전혀 없다. 그렇지만 가문을 구성하는 데 제의적이고 규약적인 필요성이 있다는 것은 대부분의 족보들에 이에 대한 정보가 포함되어 있다는 사실을 의미한다. 최소한 텍스트를 극히 드문드문 만든 경우에도 세대 표는 포함하고 있다. 이는 족보들이 [내용을 첨가하여] 확장된 형태를 취할 수도 있었지만, 어느 정도는 예상을 크게 벗어나지 않는 형식을 따랐다는 것을 의미한다.

그리고 명말과 청대의 지역 사회에서 가문이 더욱 강력한 세력이 됨에 따라, 이렇게 고도로 정형화된 텍스트를 조사하고 간행하고 인쇄하는 전문가 그룹이 발달했던 것은 놀랄만한 일이 아니었다. 우리가 본 바와 같이 이러한 경향은 18세기 말 이래로 특히 두드러지게 나타나는데, 이때부터 가문들이 직업화된 족보 간행업자 또는 인쇄업자들에 의지하는 게 보편화되었던 듯하다. 이들 직업인들 가운데 좀 더 제대로 된 문해력을 갖춘 이들은 독자적으로 일을 하거나 또는 인쇄소나 각자점(刻字店)의 직원으로 일하면서, 가문의 "보국(譜局)"의 책임자로서 족보 본문의 기술과 편집은 물론이고 족보 제작을 위한 자료 수집에 나섰던 듯하다. 과거 시험의 경쟁이 치열해지자 낙방한 응시자인 상당수의 식자층이 이런 일자리를 찾아 나섰고, 이에 따라 그런 서비스의 증가하는 수요를 충족시킨 것이 분명하다.

보사(譜師)는 또 간행의 기술적인 측면, 즉 목판 혹은 목활자 새기기, 교정 보기와 텍스트의 인쇄를 감독했다. 그렇지 않으면 "보장(譜匠)"으로서 그들은 단순히 활자를 새기고 텍스트를 인쇄하는 일을 담당했던 듯하다(그리고 몇몇 족보들에 포함되어 있는 지출 목록에서 보이는 것처럼, 활자를 새기는 일도 상당히 전문화되었다). 보사를 둘 여유가 없는 가문은 자신들 가문의 일원에게 자료 조사나 글쓰기, 교열과 같은 가장 고된 작업을 맡겨야 했다. 그러나 여기에 제시된 증거로 볼 때, 장쑤-저장 지역의 가문들은 상당히 정기적으로 그들을 보조해 줄 전문적인 보사를 고용할 수 있었다. 그리고 목활자 인쇄를 하는 떠돌이 업자가 족보 인쇄로 생계를 꾸려갈 수 있었다는 사실은 적어도 이 지역에서는 청말까지 족보 제작의 분업화와 직업화가 잘 이뤄졌다는 것을 의미한다.

부록 : 네 가문의 가보 제작비용

원(文)과 위안(元)의 화폐 가치는 『중국화폐사』(上海: 上海人民出版社, 1988)의 843쪽에 의거하면 1200원: 1위안이다. 어떤 경우에는 다음 표의 항목들을 비용 유형에 따라 묶을 수 있도록 순서를 조정했다.

1. 『[평셴]장 씨 족보』

1877년 목판본(50부, 2책/부)

판각비는 텍스트의 유형과 글자 크기에 따라 세 가지 유형으로 나뉜다. 서문의 경우(추측건대 매우 큰 글자로 쓰거나 다른 것과 구분되는 서체로 썼기에 표준 서체인 장체자(匠體字)보다 판각하기가 더 어렵다), 큰 글자 100개에 400원, 작은 글자 100개에 300원이었다. 세대 표는 좀 더 작은 표준 글씨체로 새기는데, 작은 글자 100개에 160원이었다.

비용 유형	기술 내용/수량	비용
판각	테두리 여백 종사와 산소의 그림, 수고비 큰 글자 : 약 10,000개* 작은 글자 : 약 22,000개* 종사 묘사도와 여백 판각*	7,000원 10,000원 80,000원
인쇄와 장정	50부, 2책/부, 240위안/부 인쇄공과 장정 인부의 식비	12,000원 10,000원
인쇄와 장정 재료	면료지(棉料紙) 24도(刀) 먹 3근, 흰 명주실 1량 표지 종이(薄面紙)와 표구	13,440원 3,700원 4,000원
여비	쑹장(松江) 왕래 여비	10,000원
총액		150,140원=125위안

*원본 텍스트는 이 세 항목에 대해 명세하지 않았다. 문헌 앞머리에 밝힌 판각비를 활용함으로써 큰 글자를 판각한 총비용이 대략 40,000원이었고, 작은 글자의 경우 대략 35,200원, 그리고 종사 그림과 그 주위의 빈칸은 대략 4,800원임을 추론할 수 있었다.

2. 『[우센]우 씨 지보』

1882년, 목판본(80부, 6책/부)

비용 유형	기술 내용/수량	비용
판각	큰 글자, 작은 글자, 빈칸과 여백 : 239,872글자, 100글자당 160원	383,795원
	괘선, 목차, 범례, 발문 : 9,852글자, 100글자당 320원	31,526원
	[수정된 글자] 박아 넣기(控嵌)와 고침 : 건당 240원, 총 60건	14,400원
	표지와 방첨(方籤)	1,400원
인쇄와 장정	견본 인쇄 : 3부, 6책/부	3위안
	80부의 인쇄와 먹, 0.14위안/부	11.2위안
	80부의 장정, 모서리에 비단 두르기, 0.16위안/부	12.8위안
재료	(인쇄용)5칸짜리 선반 두 개	5위안
	선반 칠하기	1위안
	80부용 새련지(賽連紙), 0.4위안/부	32위안
	80부용 은행나무 표지 덮개 협판(줄 포함), 0.15위안/부	12위안
기타	수고비, 완성 잔치	8위안
	임시 잡부의 수고비	6위안
총액		91위안+ 431,121원(450.27위안 상당)

3. 『[쟈딩]왕 씨 중수지보』

1901년 목활자본(40부, 4책/부)

이 텍스트와 다음의 『야오 씨 족보』는 모두 목활자본이지만, 아래 목록에는 삽화, 표지, 서첨을 위한 목각 비용이 포함되어 있다. 삽화와 지도들을 새기고 인쇄하는 데는 목활자보다 목판이 더 쉬웠다. 그리고 표지와 서첨에 등장하는 글자도 역시 목판에 새기는 것이 비용면에서 효과적이었다.

비용 유형	기술 내용/수량	비용
간행과/또는 편집	보국(譜局) 종사자 임금	6위안
	착수와 1차 초안 작성	2위안
판각과 활자 조판	목판 판각의 재료와 공임	1.5위안
	활자 조판과 나머지 활자 판각 공임	16위안
	16장 목판 삽화의 공임	4.7위안
	1,700개의 활자 새기기	4위안
	안과 밖의 서첨 새기기	1위안
초안 작성	초안 베끼기	16위안
	16장 삽화 그리기	3.2위안
재료	초안용 종이	1.5위안
	인쇄용 연사지	12.6위안
	표지와 표지 모서리용 비단	1.2위안
	삽화용 목판 10개	0.7위안
	조판 주형틀 2개	1위안
	나무 표지 덮개판 40셋트(줄 포함)	5.5위안
	종려모솔, 석탄	1위안
장정	장정, 표지 모서리 두르기	2위안
기타	완성 잔치	2위안
총액		81.9위안

4.『[단투]야오 씨 족보』

1911년 목활자본(100부, 8책/부)

비용 유형	기술 내용/수량	비용
간행과/또는 편집	신문 광고 2회	18.6위안
	채용/독촉의 공지를 위한 목각의 공임	4.5위안
	채용/독촉의 공지문 종이(1500장), 인쇄 비용	13.5위안
	채용/독촉의 공지문을 발송하는 일꾼의 임금과 식비, 우편료	55.4위안
	5년간의 조사에 쓰인 여행 경비와 일꾼의 임금	1064.6위안

비용 유형	기술 내용/수량	비용
재료	족보 인쇄용지	320.3위안
	족보 인쇄용 먹	12.8위안
	인쇄용 솔을 만들 종려모	7.2위안
	장정용 비단실	6위안
	족보 덮개판 200개(2개/부)	35위안
	덮개판용 무명끈	2위안
활자 조판, 인쇄, 목각	활자 조판과 인쇄 0.2위안/쪽	171.2위안
	표지용 라벨의 목각	1.4위안
장정	800부 장정 공임	20위안
교열	교열자의 식비, 잡비(5개월)	334.4위안
총액		2066.9위안

제4부

시각적인 매개체로서의 책

시각적 해석학과 책장 넘기기: 류위안(劉源)의 링옌거(凌煙閣) 계보

앤 버커스-채슨(Anne Burkus-Chasson)

중국 책의 역사에서 인쇄본은 다양한 형태로 나타났다. 그중에서 용린장(龍鱗裝)이라고도 불리는 선풍장(旋風裝)은 책장을 한 페이지씩 겹쳐 붙여 물고기 비늘처럼 펼쳐지게 만든 장정을 의미한다. 접장(摺裝) 혹은 절장(折裝)은 주로 불경에 자주 보이기 때문에 경접장(經摺裝) 또는 범협장(梵夾裝)이라는 이름으로 알려져 있다. 호접장(蝴蝶裝)은 책을 펼칠 때 나비처럼 펄럭이는 종이의 모습에서 붙여진 이름이다. 선장(線裝)은 접은 종이들을 한 권의 책으로 꿰매어 묶는 비단실이나 무명실에서 비롯된 기술적인 명칭이다(책의 제작 형태에 대한 도해는 〈그림 30〉을 참고할 것).

이처럼 다양한 책의 형태가 어떻게, 그리고 언제부터 발달했는지에 대해 서적사를 연구하는 학자들은 상반된 견해를 보이고 있다. 여전히 논란이 되는 것은 두루마리 형태의 책자[卷軸裝]와 낱장을 묶어 만든 책 사이의 관계, 그리고 하나의 물리적인 책의 형태가 다른 것과 어디까지 실험적으로 뒤섞일 수 있는지에 대한 물음, 책의 형태와 내용 및 예상되는 독자들 사이의 상호작용의 특성에 대한 논의 등이다. 이런 물음에도 불구하고 하나의 텍스트의 물리적인 형태는 그 텍스트가 어떻게 읽혔는지를 분석하는 데 있어 대단히 중요하다. 책의 물질성을 다루는 서지학의 쟁점들 가운데서 나는 "의미, 더 자세히 말해 어떤 텍스트의 역사적으로 그리고 사회적으로 분명한 의미 작용은, 그것이 무엇이든, 독자가 텍스트에 접근할 수 있게끔 하는 물리적 조건과 책의 형태와 불가분의 관계에 있다"[1]고 말한 로저 샤

---

* 이 장을 완성하기 위해 많은 분들의 아낌없는 도움을 받았고 그들에게 깊은 감사를 표한다. 특히 논문을 세심하게 읽고 깊이 있는 논평을 해준 신시아 브로카우(Cynthia J. Brokaw)와 티모시 채슨(Timothy Chasson), 마샤 위드킨(Marcia Yudkin), 그리고 캘리포니아대학 출판부의 익명의 독자 두 분에게 감사를 전한다.

1 로저 샤르티에, 『형태와 의미: 텍스트, 공연, 그리고 코덱스부터 컴퓨터까지의 독자들(*Forms and Meanings: Texts, Performances, and Audiences from Codex to Computer*)』(Philadelphia: University of Pennsylvania Press, 1995), 22쪽. 책의 물리적 형태에 관한 분석적 서지학의 기술은 샤르티에가 지속적으로 관심을 갖고 있는 주제이며, 리디아 커크레인(Lydia G. Cochrane)이 번역한 샤르티에의 『책의 질서: 14세기와 18세기 사이의 유럽의 독자, 작자와 도서관(*The Order of Books: Readers, Authors, and Libraries in Europe between the Fourteenth and Eighteenth Centuries*)』(Stanford: Stanford University Press, 1994, viii-ix, 9-11)에서도 그것을 전형적으로 보여준다.

르티에의 견해를 따르려고 한다.

인쇄된 책의 각기 다른 형태는 그 형태 특유의 경험을 독자들에게 가져다주는 것이 분명하다. 이어지는 논의에서 나는 책을 읽는 행위에 영향을 미치는 서책의 물리적인 요소 중 하나인 책장의 구성에 주목하려 한다. 결국 이것은 책이 어떻게 펼쳐지고 또 다음 페이지로 어떻게 넘어가는지를 대체적으로 결정하는 책의 낱장의 형태를 말한다. 나는 "책장(leaf)"이라는 단어로 서지학 용어인 "엽(葉)"을 번역했는데 이것은 식물의 잎사귀를 의미하기도 한다. 예더후이(葉德輝, 1864-1927년)에 따르면 "엽(葉)"이라는 글자는 어원학적으로 얇은 나무 조각을 의미하는 글자 "엽(枼)"에서 비롯된 것이다.[2] 나뭇잎처럼 얇은 대나무조각[竹簡]과 나무조각[木牘] 위에다 세로로 글씨를 썼는데, 한대(기원전206-기원후220년)부터 이것을 이용해 최초의 필사본이라 부를 만한 것을 제작했다. 그러므로 텍스트를 인쇄한 종이를 가리키는 데 "엽(葉)"이라는 글자를 선택한 것은 중국 서책 최초의 이미지를 후대의 낱장 책자 형태 속에 끼워 넣는 것이라고 할 수 있다.

<그림 30> 서적 장정 도해 : 선풍장 (旋風裝), 접장 (摺裝), 호접장 (蝴蝶裝), 선장 (線裝)

책장의 구성은 책이 장정된 방식과 직접적으로 연관된다.[3] 예를 들어 8세기에서 10세기에 이르는

---

2 예더후이, 『서림청화(書林淸話)』(부록 『서림여화(書林餘話)』), (北京: 中華書局, 1957, 1920-28년판의 재판본), 16-17쪽. 예더후이는 당(唐)대부터 "엽(葉)"이라는 용어가 선풍장(旋風裝)의 종이 낱장들을 가리키는데 쓰이고 있었음을 지적했다(15쪽). 그러므로 "엽(葉)"이라는 용어는 낱장으로 이루어진 책의 발달과 밀접한 관계가 있었던 것으로 보인다. 이러한 점을 입증하기 위해 리즈중(李致忠)의 『중국고대서적사(中國古代書籍史)』(北京: 文物出版社, 1985, 164-165쪽)에서는 당대 운서(韻書)의 "엽자(葉子)"에 대한 어우양슈(歐陽脩, 1007-1072년)의 말을 인용하고 있다. 오늘날에는 원래는 사람의 머리를 뜻하는 "혈(頁)"이라는 글자가 "엽(葉)"의 동음이의어로 책의 페이지를 가리키는데 쓰인다. 그렇지만 전통적인 중국 서책에서 "페이지"라고 말하는 것은 정확하지 않은데, 보통은 접혀있는 책의 낱장은 텍스트를 접힌 바깥 면에만 인쇄하고 있기 때문이다. 데이비드 헬리웰(David Helliwell)의 「(서양인 사서를 위해 번역 개정한) 중국 고적의 수복과 장정(The Repair and Binding of Old Chinese Books, Translated and Adapted for Western Conservators)」(*East Asian Library Journal* 8.1[spring 1998], 43)을 볼 것. 이 자료를 일러준 브리짓 예(M. Brigitte Yeh)에게 감사를 표한다.

3 전통적인 중국 책 장정의 역사에 대해서는 다음 자료들을 참고했다. 모니크 코헨(Monique Cohen), 나탈리 모넷(Nathalie Monnet), 『중국의 인쇄(*Impressions de Chine*)』(*Paris: Bibliothèque Nationale*, 1992), 장 피에르 드레주(Jean-Pierre Drège), 『두루마리 필사본에서 인쇄본으로(Du rouleau manuscrit au livre imprimé)』(*Le texte et son inscription*, comp. Roger Laufer, Paris: Centre National de la Recherche Dcientifique, 1989, 43-48). 헬리웰(Helliwell), "중국 고적의 수복과 장정(Repair and Biding of Old Chinese Books)", 27-149쪽, 리즈중, 『중국고대서적사』. 에드워드 마르티니크(Edward Martinique), 『전통적인 중국 책 장정: 발달과 기술에 대한 연구(*Chinese Traditional Bookbinding: A Study of Its Evolution and Techniques*)』(Taipei: Chinese Materials Center, 1983).

짧은 기간 동안 사용되었던 선풍장(旋風裝)은 두루마리 형식의 책자와 낱장 형식의 책자 두 가지 모두의 특징을 독특하게 보여주고 있다. 이 장정의 제작 방식에 대해서는 논란이 있지만[4], 선풍장의 구성에 포함된 종이로 된 뒤판은 두루마리 책자를 만들 때 필요한 각각의 종이 한 장 한 장이 한꺼번에 길게 연결된 뒤판과 비슷하다. 각각의 종이는 앞면과 뒷면 모두에 텍스트를 싣고 있고 종이 두루마리의 짧은 부분을 따라 오른쪽 가장자리부터 줄줄이 붙어있다. 한 장이 다른 한 장에 겹쳐 있고 연이은 면들은 종이 뒤판의 길이만큼 쭉 펼쳐져 계속 이어지는 텍스트를 보여준다. 그리고 종이 한 장 한 장은 그 자체로 텍스트 각각의 부분들을 구성하여 책 속의 정확한 위치에 놓이게 된다.

선풍장은 물론 독자들이 기존 방식의 두루마리 책자를 펼치는 수고를 덜게 해준다. 하지만 독서 행위에서 더욱 중요해지는 것은 이 장정이 가능케 하는 텍스트의 분할이다. 그러므로 리즈중(李致忠)이 지적했듯이 선풍장은 특히 시인들에게 유용한 운서나 백과사전 같은 참고서 방식에 적합하다. 페이지를 계속 넘겨가며 처음부터 끝까지 다 읽을 필요 없이 띄엄띄엄 펼쳐볼 수 있는 것이다.[5] 장 피에르 드레주(Jean-Pierre Drège)는 이런 책들이 당대(618-907년)에 새롭게 확산된 과거시험을 준비하는데 도움이 되었을 것이라고 말한다. 그는 선풍장이 텍스트를 띄엄띄엄 펼쳐보도록 쪼갬으로써 독서에서 낭독의 중요성을 약화시키는, 순수하게 시각적인 읽기 습관을 촉진했을 것이라는 결론을 내린다.[6]

마찬가지로 8세기에 등장한 접장(摺裝) 역시도 인쇄된 텍스트를 띄엄띄엄 펼쳐보는 독서 행위를 촉진시켰다. 여전히 지배적이었던 두루마리 책자의 또 다른 변형인 접장에서는 낱장의 종이들을 끝에서 끝으로 붙여 연속적인 텍스트로 만드는 두루마리의 기술이 유지되고 있었다. 그렇지만 인쇄된 종이들을 둘둘 마는 대신 조립에 앞서 똑같은 간격으로 대개 네 번씩 한 장 한 장 정확하게 접었다. 접히는 부분의 종이를 보호하기 위해 아코디언처럼 생긴 형태의 끝부분에 이어지는 두 페이지 가운데 어느 한 쪽에다 두꺼운 판지를 붙였다. 분할되어 접힌 책장은 독자가 숙독하고자 하는 특정한 부분을 곧바로 펼칠 수 있게 했다.[7] 접장의 평평한 책장 구성은 인도의 패엽경(貝葉經)에서 착안된 것으로 보이며, 책을 더욱 다루기 쉽게 했다.[8]

---

4 선풍장의 다양한 제작 방식을 보려면 리즈중의 『중국고대서적사』 160-169쪽을 참고할 것. 나는 리즈중의 결론을 따르고 있다.

5 리즈중, 『중국고대서적사』, 164-165쪽, 168-169쪽.

6 장 피에르 드레주, 「중국에서의 읽기와 쓰기, 그리고 목판술(La lecture et l'écriture en Chine et la xylographie)」 (*Études chinoises* 10.1-2, 1991), 90-91.

7 드레주는 "중국에서의 읽기와 쓰기, 그리고 목판술" 91-92쪽에서도 불교의 특별한 낭송 습관이 특정한 페이지를 곧바로 펼쳐볼 수 있게 하는 접장본 덕분임을 언급한다.

8 에드워드 셰이퍼(Edward H. Schafer)의 『사마르칸트의 황금 복숭아: 당나라의 이국정취 연구(*The Golden Peaches of Samarkand: A Study of T'ang Exotics*)』 (Berkeley: University of California Press, 1963) 270-271쪽에 패엽경에 관한 논의가 있다. 그는 이런 책들을 가리키는 산스크리트어로 "잎"을 의미하는 pattra라는 단어가 당나라 때의 중국어에서 일반적으로 패다(貝多)라는 한자로 번역되고 있는 것은 잘못된 어원설에 기인하고 있음을 지적한다. [【옮긴이 주】 우리말 번역본은 에드워드 셰이퍼(이호영 옮김), 『사마르칸트의 황금 복숭아: 대당제국의 이국적 수입 문화』, 글항아리, 2021년]

선풍장에서의 펼친 책장의 앞면과 뒷면 모두에 인쇄를 하는 방식과 접장에서의 책장을 접는 방식은 이른바 호접장이라 불리는 새로운 장정 형태의 출현을 가져왔다. 이 장정은 9세기까지 사용되면서 송대(960-1279년) 출판업자들에게 인기를 끌었다. 결국은 출판업자의 목판이 새로운 형식의 구성에 결정적인 역할을 했다. 종이 한 장 한 장은 하나의 목판에서 한 면만이 인쇄되었고, 인쇄된 면이 서로 마주보도록 절반으로 접혔다. 그리고 이 접힌 책장들을 한 묶음씩 모아서 접힌 부분을 풀로 붙여 제본한 다음, 마지막으로 빳빳한 종이 겉장 안에 이 한데 묶은 책장들을 붙였다. 새로운 제작 방식이 적용되었는데 그것은 이른바 "서뇌(書腦)"라 불리는, 책장들이 함께 묶이는 부분에 접은 종이를 집어넣는 것이었다. 그렇지만 책을 펼쳤을 때 독자는 빈 종이를 보게 되는데 그것은 두 장의 이어지는 접힌 책장의 바깥쪽 면이다. 책의 순서가 개별적인 책장들의 연속을 바탕으로 하기 때문에 텍스트의 구성단위들은 분리되어 있고 서로 끊어져 있었지만, 책의 움직이는 페이지들 속에서는 그 내용이 어디에 있는지 찾아보기 어려웠다. 송대 독자들은 호접장(蝴蝶裝)의 책장을 재빠르게 휙휙 넘겨보는 것 때문에 핀잔을 듣곤 했는데 책을 읽는다기보다는 겉만 훑어보는 식의 이런 행위는 책의 장정 방식이 부추기는 것이었다.[9] 호접장 방식은 결국 버려졌지만 17세기에 와서 고급스러운 삽화본에 다시 사용되기 시작했다. 그 중 가장 대표적인 것이 1619년과 1633년 사이에 주제별로 따로따로 발간되었던 이른바 『십죽재서화보(十竹齋書畫譜)』로 알려진 화집의 첫 판본이다. 회화 이미지를 온전히 재현하고자 하는 갈망이 책장 페이지 전체를 다 쓸 수 있게 고안된 이 오래된 장정 방식을 되살리는 역할을 한 것으로 보인다.

낱장을 묶어 만든 서책의 최종 형태로 여겨지는 선장(線裝)은 만력(萬曆) 연간(1583-1620년)에 널리 유행했다. 호접장과 마찬가지로 선장 역시 반으로 접은 종이를 사용했다. 그러나 호접장에서 책장의 인쇄면을 펼치기 어려웠던 점을 해결하기 위해 선장본은 인쇄된 면을 접을 때 텍스트를 접힌 안쪽에 숨기지 않고 바깥쪽으로 오게 하여 눈에 바로 보이게 만들었다. 접힌 책장들의 열려진 쪽을 따라 구멍을 뚫고 종이를 꼬아 만든 노끈을 꿰어 책장들을 묶었다. 그 다음엔 부드러운 종이 겉장이 책의 몸체에 가급적이면 비단실로, 아니면 무명실로 덧붙여졌다. 실은 "서뇌(書腦)" 부분에 대개는 사침(四針)법으로 꿰맸다. 이런 방법으로 각각의 책장이 접힌 부분은 책의 바깥쪽을 향한 "서구(書口)"가 되었다. 책을 펼치면 이어지는 책장들의 인쇄된 면이 보였다.

책장의 오른쪽 면과 왼쪽 면, 혹은 앞면과 뒷면이 함께 보이는 이 새로운 낱장 구성으로 인하여 독서의 방식이 크게 달라졌고, 삽화본의 경우가 특히 그러했다. 접힌 책장은 구조적으로, 동시에 의미상으로 하나의 묶음이 되었고 그것은 곧 책장을 한 면에서 다음 면으로 넘기는 행위 자체를 의미했다. 이러한 현상은 너무나 복잡해서 간략하거나 짤막한 분석을 거의 불가능하게 만든다. 예를 들어 명말

---

9 수전 체르니악(Susan Cherniack), 「중국 송대의 도서문화와 문헌 전승(Book Culture and Textual Transmission in Sung China)」(*Harvard Journal of Asiatic Studies* 54.1[1994.6]) 39-40쪽, 특히 각주 76-79를 참고할 것.

의 소설 출판업자들은 이미지들을 책 페이지 안에, 그리고 책 속에 다양하게 위치시켰다. 이미지가 줄줄이 이어지는 이른바 상도하문 형식의 삽화는 모든 책장의 상단에 들어갔다. 이미지가 페이지의 한 면을 차지하거나, 마주보는 두 면이 이어져 하나의 화면을 이루는 삽화는 텍스트 페이지 사이에 삽입되곤 했다. 이와 대조적으로, 삽화 페이지를 한꺼번에 모은 것은 대개 책의 첫머리에 함께 묶여서 들어갔고 문자 텍스트와는 분리되었다.

그래서 선장본 형식의 삽화본을 펼칠 때, 책장을 펼치는 행위는 예상치 못한 것을 보게 만들었다. 텍스트 페이지는 새로운 내러티브를 이끌어내는데 이미지는 갑작스럽게 텍스트 읽기를 중단시켰을 것이다. 특히나 읽기에 지장을 주는 것은 두 장의 마주보는 접힌 페이지에 인쇄된 삽화, 즉 절반은 앞쪽에 있는 책장의 뒷면에 인쇄되고 나머지는 이어지는 책장의 앞면에 인쇄되는 경우다. 삽화를 텍스트 상의 관련되는 본문 바로 다음 장에 넣는 방식으로도 독서가 중단되는 일은 거의 줄어들지 않았다. 더구나 삽화가 들어간 페이지는 때때로 그 자체로 독립적인 단위로 구상되었고 그 중에서도 특히 삽화를 책 앞머리에 전부 모아놓은 책들에서 더욱 그러했다. 그리고 이러한 삽화 페이지가 하나의 통일된 기호학적 단위로 고안된 것도 아니었다. 시각 이미지와 문자 텍스트는 책장의 앞면과 뒷면에서 결합했을 것이다. 아니면, 그것이 딸린 원문의 이야기 속 어느 한 사건을 나타내기 위해 상세하게 묘사된 서사 삽화는 책장의 오른쪽 면에 그려지고 그 왼쪽 면에는 텍스트 상의 이야기의 모티브를 도식화한, 이야기 자체의 흐름과는 다소 거리가 있는 상징적 이미지가 그려졌을 것이다. 접힌 책장이 가진 잠재력이 한껏 활용된 것은 바로 이 선장본 서책의 구성에서였다.

선장본 형식의 삽화본에 수반되는 "예측 불가능"이라는 요소는 그러므로 시각적 이미지와 문자 텍스트 사이의 기호학적 차이에 주의를 기울이게 만든다.[10] 최근에는 책장을 넘기기 쉬운 선장본 형식이 빠른 독서를 촉진시켰다는 주장이 나왔다.[11] 그러나 책장을 넘기는 행위 속에 내재된 그 숨겨진 왼쪽

---

10 로버트 헤겔(Robert E. Hegel)은 선장본 책 페이지에서 이미지와 텍스트 사이에 나타나는 불연속성이 "독자들을 텍스트 속으로 더 깊게 데려가기 위한 것"이라고 말한다. "인쇄된 면의 시적인 논평을 감상하기 위해서는 페이지를 넘겨야 하는데 그러면 시가 아니라 그 다음 삽화가 눈에 들어오게 되고 그것이 계속 이어진다"는 것이다(『명청 시기 삽화본 소설 읽기(*Reading Illustrated Fiction in Late Imperial China*)』 [Stanford: Stanford University Press, 1998], 204). 헤겔은 이러한 효과를 "일종의 긴장감"으로 묘사하며, 이는 백화소설에서 그 다음에 일어날 사건을 계속 이어서 알기를 재촉하는 각 장의 정형화된 마무리가 독자들에게 주는 긴장감과 다르지 않다고 말한다(204쪽). 그러므로 헤겔의 주장에 따르자면 독자들이 갈망하는 것은 인쇄된 문자이며, 시각 이미지는 만족감을 주지 못한다는 것이다. 그려진 이미지에 대한 기본적인 입장에서, 선장 삽화본의 책장을 넘기는 행위에 대한 헤겔의 요점은 나의 관점과 비슷한 점이 있기는 하지만 근본적으로는 다르다.

11 헤겔, 『명청 시기 삽화본 소설 읽기』, 6쪽, 73쪽, 102쪽, 103쪽. 그러나 앞서 주석 9에서 인용한 체르니악의 호접장에 대한 주목과는 달리, 헤겔의 주장은 동시대 만력 연간의 독자들의 기록된 의견에 의거하고 있지는 않다. 반면에 샹웨이(商偉)는 만력 초기 다층 란으로 인쇄된 일용유서(日用類書)와 문집들이 "범독(泛讀)할 때의 이른바 마구잡이식, 비선형적 독서" 습관을 독려했으리라 추정한다("『금병매』와 명말 인쇄 문화(Jin Ping Mei and Late Ming Print Culture)", 쥬디트 짜이틀린(Judith T. Zeitlin), 리디아 류(Lydia H. Liu) 편, 『중국의 글쓰기와 물질성: 패트릭 해넌 헌정 논문집(*Writing and Materiality in China: Essays in Honor of Patrick Hannan*)』 (Harverd-Yenching Institute Monograph Series 58 [Cambridge, Mass.: Harvard University Asia Center, 2003]), 218-219). 샹웨이는 그의 의견을 뒷받침하기 위해 당시 독서 습관에 관한 흔치 않은 기록을 인용하고 있다.

면에 대한 "예측 불가능"의 요소는 정반대의 효과를 냈을 것이다. 수수께끼는 해독하는데 시간이 걸리기 때문이다.

이 의견을 입증하기 위해 나는 1660년대 중반 류위안(劉源, 17세기 중반에 활동)에 의해 제작된 희귀하고 특이한 삽화본에 주목하고자 한다. 중국 북방 출신의 잘 알려지지 않은 화가인 류위안은 쑤저우(蘇州)에서 얼마 동안 활동하다가 강희제(康熙帝, 1661-1722 재위)의 궁정에서 명성을 얻게 된다. 『류위안 경회 링옌거(劉源敬绘淩煙閣)』[12]라는 제목의 이 책(아래에서부터는 『링옌거』로 통칭)은 쑤저우에서 영향력 있는 관리직을 맡고 있던 청대 관료 퉁펑녠(佟彭年, 1651년 진사)의 후원으로 만들어졌다. 퉁펑녠이 이 책을 자기 관청의 업무에서 왕조의 변천을 축하하고 만주족의 왕조 찬탈을 정당화하는데 사용했을 수도 있다. 이 책의 제목에 있는 링옌거는 당대(唐代) 초기의 공신 24명의 초상화를 걸어놓기 위해 세운 역사적인 건축물로, 이들은 모두 당나라 왕조의 설립과 강화에 큰 역할을 한 자들이었다. 이 초상화들은 643년 당 태종(太宗)으로 더 잘 알려진 당나라의 두 번째 황제 리스민(李世民, 627-649 재위)의 주문으로 만들어졌다. 초상화들은 7세기 중반에 모두 사라졌지만 공신도가 전시되었던 링옌거의 의미는 퇴색되지 않았다. 그곳은 통치자에 대한 신료들의 충성을 함축하는 정치적 공간이었다. 그러므로 충성에 대한 이 전형적인 기념비의 복원인 『링옌거』 인쇄본의 제작으로, 퉁펑녠은 화가 류위안과 함께 동시대 정치에서 가장 논란이 되던 쟁점 중 하나에 관여하게 되었다. 그것은 명조(明朝, 1368-1644)의 몰락 이후 혼란에 빠진 중국 백성들과 새롭게 확립된 만주족 통치권 사이의 조화였다. 이 책의 주제는 정치적인 충성의 본질을 탐구하는 동시에 바로 그 충성심이라는 것 자체의 의미와 중요성을 재평가하는데 있었다.

이어지는 장들에서 더 나아가 나는 읽는 습관, 특히 선장본 도서의 앞장-뒷장 페이지 구성이 가져오는 독서 방식이 류위안에 의해 이 역사적인 초상화들의 회랑 속에서 긴장감을 자아내도록 교묘하게 다뤄지고 있음을 주장하고자 한다. 링옌거 초상화와 반대로, 류위안의 삽화본은 불순하게도 이 충신들의 복잡한 역사에 특히 천착해서, 그들이 황제에게 바쳤던 충성이 사실은 완벽하지는 않았음을 보여준다. 이 아이러니는 류위안의 책에서 책장의 앞장에 인쇄된 시각 이미지와 뒷장에 인쇄된 문자 텍스트 사이의 대립에서 드러난다. 선장본 방식의 구조는 그러므로 그의 정치적인 주장을 보여주는데 결정적인 역할을 한다.

그리고 방법론적인 요지를 강조하기 위해 나는 전반적으로 삽화가 책 속에서 부수적인 기능 이상

---

12 베이징의 중국국가도서관에 『링옌거』 선장본 판본 세 개가 있다. 나는 마이크로필름으로만 확인했지만 네 번째 판본은 베이징 대학 도서관에 소장되어 있다. 1999년 3월 31일 쇠렌 에드그렌(Sören Edgren)과의 개인적인 대화를 통해 이 판본의 존재를 알게 되었다. 왕보민(王伯民)은 『중국판화사(中國版畫史)』(上海: 上海人民美術出版社, 1961, 148쪽)에서 저장(浙江) 도서관에 또 다른 판본이 소장되어 있음을 기록한다. 궈웨이취(郭味蕖)의 『중국판화사략(中國版畫史略)』(北京: 朝花美術出版社, 1962, 153쪽)도 이 책의 희소성에 대해 언급하고 있다. 타오샹(陶湘, 1871-1940년)이 『링옌거』를 망가진 두 판본에서 재조합하여 『희영헌총서(喜咏軒叢書)』(1926-1931년) 제9권에서 사진석판 기술로 다시 발행했다는 것이 확인된다. 손쉽게 이용할 수 있는 『링옌거』 복제본은 정전둬(鄭振鐸)의 수집품이었다가 지금은 중국국가도서관에 소장된 가장 전형적인 판본을 영인한 것이며 정전둬의 『중국고대판화총간(中國古代版畫叢刊)』(上海, 1958; 上海: 上海古籍出版社, 1988년 재판) 제4권, j.29에 들어있다.

의 역할을 해왔다는 전제로 논의를 시작하고자 한다. 명말 출판업자들이 삽화를 선호했던 것은 일반적으로 발견되는 사실이지만, 인쇄본 속의 회화적 요소들은 17세기의 편집자들이나 현대 역사가들에게 자주 무시되곤 했다. 흔히 삽화는 인쇄된 문자를 좀 더 멋져보이게 하거나 수준이 떨어지는 독자들에게 텍스트의 의미를 설명하기 위한 수단 정도로 취급되었다.[13] 그러나 『링옌거』는 책 속에 들어간 그림의 중요성을 강력하게 입증한다. 책 속에서 류위안이 제기하는 정치적 주장은 전적으로 초상화 기법의 회화적 관습을 교묘하게 비트는 것에 달려 있고 그것은 책 전체에서 계속 나타나는 시각적 이미지와 문자 텍스트 사이의 대화를 통해 더욱 강화된다. 나는 『링옌거』의 삽화가 단순히 책을 넘기는 행위에 수반되는 반전을 위한 중요한 자리만은 아니라고 주장하고 싶다. 이미지들은 또한 시각적 해석학의 형태를 이루며, 이미지의 의사전달의 힘은 도서 일반을 특징짓는 풍부한 언어적 해석의 힘에 필적하게 되었다.

마지막으로 인쇄된 선장본은 물론 인쇄된 그림을 붙인 화첩과 그림 두루마리까지를 모두 포함하는 『링옌거』 판본의 계보는 류위안이 원래 고안했던 책장을 넘기는 행위의 중요성을 명확하게 보여준다. 특히 접이식 화첩은 선장본 삽화의 표현과 흥미로운 대조를 이룬다. 화첩 형식의 발달 과정과 그 구조를 간단히 살펴보면 이 점이 더 분명해질 것이다. 북송 말기(960-1126)에 처음 사용되기 시작한 화첩은 상태가 나쁜 그림이나 탁본의 조각을 보존하는데 주로 쓰였다.[14] 11세기에는 간단한 자연물 습작용 소책자로 쓰이기도 한 것으로 보이지만 16세기 전까지 화첩은 화가들에게 그리 널리 사용되지는 않았다.[15] 접이식 화첩이 유행한 시점은 선장본 형식의 삽화본이 널리 생산되는 시기와 일치한다. 회화와 서예를 싣는 접이식 화첩의 책 같은 모습이 낱장 형식의 인쇄본에서 영감을 얻었을 거라 추정하는 것도 무리는 아니다. 게다가 원래 목간 형태의 원시적인 서책을 가리키는데 쓰였던 "책(冊)"이라는 서지학 용어가 접이식 화첩을 지칭하는데 쓰이기 시작했다.

---

13 실제 사례를 보려면 스칼렛 장(Scarlett Jang)의 「형태, 내용, 그리고 청중: 명대 회화와 목판 인쇄본의 공통적인 주제(Form, Content, and Audience: A Common Theme in Painting and Woodblock-Printed Books of the Ming Dynasty)」(*Ars Orientalis* 27[1997]: 8, 18, 19, 21)를 참고하라. 스칼렛 장은 독자들이 삽화를 별로 기대하지 않았다고 주장한다. 서적 삽화를 경멸하는 17세기 저자들의 수많은 언급들 속에서, 1620년 초반에 출판된 『서상기(西廂記)』 판본 서문의 다음 구절만큼이나 비난조인 것도 없었다. "그러나 오늘날 사람들은 붉은 연지와 분칠에만 가치를 둔다. 삽화가 없으면 그 책에는 결함이 있을 거라고 생각하는 자들이 있을까 겁난다." 차이이(蔡毅) 편, 『중국고전희곡서발회편(中國古典戲曲序跋匯編)』(濟南: 齊魯書社), 1989, 제2권, 678쪽.

14 화첩에 탁본을 붙여놓는 습관에 대해서는 반 훌릭(R. H. van Gulik), 『감정가가 본 중국 회화 예술(*Chinese Pictorial Art as Viewed by the Connoisseur*)』(Rome: Instituto Italiano per il Medio ed Estremo Oriente, 1958), 94-99쪽을 참고할 것.

15 존 헤이(John Hay), 「중국 부채 회화(Chinese Fan Painting)」(*Chinese Painting and the Decorative Style*, ed. Margaret Medley, Colloquies on Art and Archaeology in Asia no.5 [London: University of London, Percival David Foundation of Chinese Art, 1975], 104-105쪽.

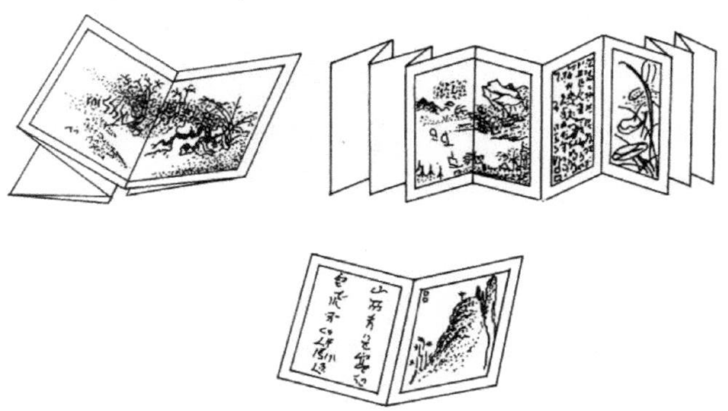

<그림 31> 접이식 화첩 도해 : 왼쪽 위 그림은 접이식 화첩에 한 장의 그림을 실은 것이다. 오른쪽 위 그림은 두 가지 방식의 조합을 보여주고 있다. 아래 그림은 낱장들이 서로 마주보는 식인데 하나는 그림이고 다른 하나는 서예를 쓴 것으로 접이식 화첩에 실려 있다. 제롬 실버겔드 (Jerome Silbergeld), 『중국 회화 양식 : 매체, 방법, 그리고 형태의 원칙들 (Chinese Painting Style: Media, Methods, and Principles of Form)』, 그림 1. i-k 참고.

명명법 하나만으로도 현대 학자들이 어째서 접이식 화첩을 낱장본 서책, 특히 호접장 방식과 연결시키는지 설명할 수 있을 것이다.[16] 그렇지만 사실 이 둘의 제작 방법은 아무런 상관이 없다. 화첩은 끝에서 끝으로 이어서 아코디언 모양으로 접은 빳빳한 종이들 위에 회화나 서예 작품을 붙여 만든다(〈그림 31〉). 호접장의 접힌 책장들과 달리, 화첩의 책장은 항상 접혀 있는 것도 아니고 한데 묶여 겉표지에 붙어 있지도 않다. 또한 접장본의 접힌 종이와 다르게, 화첩의 책장들은 연속적으로 보이도록 함께 붙어 있지도 않다. 그렇더라도 화첩은 탁자에 펼쳐 놓고 가까이에서 볼 수 있는 친숙한 형태이다. 화첩을 펼치면 회화나 문자로 구성된 두 개의 별개의 공간이 나란히 보인다. 그렇지 않으면 종이나 비단 한 장이 받치는 종이 위에 붙어 아코디언 모양으로 접혀 있을 수도 있다. 호접장과 접이식 화첩 사이의 표면적인 유사성은 그러므로 다음과 같이 명확해지는데, 페이지를 펼치면 한 작품의 두 부분이 동시적이고 끊어지지 않게 보인다는 점이다. 선장본에서 책장을 분리해내서(다만 보존의 수단으로) 접이식 화첩에 붙이면 이 책장의 왼쪽과 오른쪽 면이 한꺼번에 보일 것이고, 선장본의 접힌 책장을 넘기는 행위에 내재된 놀라움은 사라질 것이다.

『링옌거』의 계보는 또한 인쇄된 이미지가 회화 이미지와 어떻게 구별되는지를 보여준다. 더 나아가 이것은 『링옌거』의 회화 작품이 어째서 인쇄물로 새겨지고 출판되었는지에 대한 의문을 불러일으킨다. 『링옌거』의 후원자가 그의 서문에서 인쇄가 이 책의 광범위한 유통을 가능하게 할 것이라고 말

16 접장이 호접장이라는 주장을 하는 제롬 실버겔드(Jerome Silbergeld)의 복잡한 논의를 참고하려면 『중국 회화 양식 : 매체, 방법, 그리고 형태의 원칙들(*Chinese Painting Style: Media, Methods, and Principles of Form*)』(Seattle: University of Washington Press, 1982), 13-14쪽을 볼 것.

하고는 있지만 『링옌거』의 판본이 그렇게 많이 만들어지지는 않았던 것으로 보인다.[17] 이 시기에 흔히 있었던 인쇄본과 필사본, 그리고 인쇄된 이미지와 회화 이미지 사이의 상호작용에도 불구하고 인쇄된 책이 사물의 서열에서 차지하는 양면적인 위치는 명확하다. 앤 매클라렌(Anne E. McLaren)이 4장에서 설명하는 것처럼 "출판 붐"의 조짐은 15세기부터 등장하기 시작했고 여성과 교육 수준이 낮은 독자들을 포함하는 다양한 사회 계층을 위한 책들이 점점 더 많이 출판되었다.[18] 그러므로 그렇게 흔했던 인쇄된 이미지가 17세기의 풍부한 예술사 속 어디에서도 제대로 분석되거나 목록으로 만들어지지 않은 것은 그리 놀라운 일이 아니다. 당시의 예술사 저자들은 그 대신 서예와 회화에만 집중했다.

『링옌거』의 책장들 속에서 인쇄와 회화 사이의 긴장감은 사라지지 않는다. 선장본의 구조는 류위안에게 독특한 회화적 연속성을 표현할 수 있는 방법을 주었고, 이것은 한 장의 그림을 그리는 화가에게는 불가능한 것이었다. 인쇄물로서 『링옌거』가 지녔던 정치적 주장은 동시대의 소설 인쇄본의 서사구조와 유사한 관계로 끌려 들어오게 된다. 인쇄는 단순한 전파기술이라기 보다는 의미의 전달수단이 되었다. 책장들 속에 류위안은 목판에 밑그림으로 그리는 회화 스케치가 갖는 일시적인 특성을 여전히 유지했고 그것이 그대로 목판에 새겨지는 것으로 이어졌다. 이러한 흔적은 책의 제목에 있는 동사 "회(繪)"라는 글자에서도 명백하게 드러난다. 그것은 인쇄면 레이아웃의 일반적인 특징인 테두리 광곽(匡郭), 행 사이의 계선(界線), 책 페이지 숫자 같은 표식이 생략된 것에서도 분명히 드러난다.[19] 류위안이 고안한 것은 목판의 형태로부터 자유로운, 줄이 쳐지지 않은 종이 위에 나타난다. 『링옌거』의 이러한 특징은 이 선장본이 훗날 다른 장소에서 다른 식의 회화적 표현으로 변용될 수 있게 했을 것이다. 실제로 『링옌거』가 인식되던 방식으로서 동일시가 접이식 화첩이나 문자 없는 그림이 되면서, 샤르티에가 지적했듯이, 텍스트의 재현에 있어서의 변형들이 어떻게 새로운 독자(讀者)적 전유를 허용하고, 그로써 하나의 텍스트에 대한 새로운 대중과 효용을 창출하는지가 부각된다.[20]

계보는 연속적이라기보다는 단절적으로 나타난다. 류위안은 선장본 양식을 회화 표현에서의 전복적인 요소를 강조하는데 사용했다. 『링옌거』는 작가가 검열을 부추기는 정치적으로 불온한 서적이었다. 접이식 화첩으로 다시 만들어지면서 이 책은 순서가 재배치되었고 책장 앞면과 뒷면 사이의 대화도 달라졌다. 그림에만 치중하여 문자 텍스트를 삭제하면서 그것은 처음 선장본의 접힌 페이지들로

---

17 퉁펑녠, 『링옌거』 서문, 4a, 2-3행.

18 앤 매크라렌(Anne E. McLaren) 역시 이 책의 제4장에서 "출판 붐" 현상에 대해 논의하고 있다. 앤 매크라렌, 『중국의 대중문화와 명대의 샹떼파블(Chinese Popular Culture and Ming Chantefables)』 (Leiden: E. J. Brill, 1998), 67-76쪽과 284-85쪽을 참고할 것.

19 선장본의 인쇄된 페이지에 들어가는 그래픽 표시는 일반적으로 계선을 포함하는데, 이것은 한 줄이나 겹쳐진 두 줄로 새겨지며, 각각의 페이지에 인쇄된 문자나 삽화를 에워싸고 있다. 책을 인쇄하는 목판의 가운데 부분, 즉 판심(版心)에는 좁은 세로 칸이 있고 여기에서 책장이 반으로 접힌다. 출판업소의 이름이나 출판업자, 책 페이지 수가 새겨지는 곳도 여기다. 목판 인쇄본의 페이지 형태에 대한 도해를 보려면 쇠렌 에드그렌(Sören Edgren)의 『미국 소장 중국 선본(*Chinese Rare Books in American Collections*)』 (New York: China Institute in America, 1984) 서문 15쪽을 참고할 것.

20 샤르티에, 『책의 질서』, 14-16쪽.

나타났을 때 가졌던 의미의 구조와는 아무 상관없는 심미적인 범주에 맞춰지게 되었다. 류위안이 선장본의 형태로 강조했던 전복적인 역설은 그것이 다시 표현된 회화적 형태에 의해 약화되거나 억제되었다. 인쇄된 책이야말로 텍스트와 이미지 사이의 계층적 관계를 느슨하게 하고 접힌 책장의 감춰진 비밀을 쥐고 있었다.

회화의 단계를 허용하다

류위안의 『링옌거』는 처음에는 그림과 다양한 텍스트를 갖춘 두껍지 않은 45장 목판 선장본의 형태를 갖고 있었다. 이 책은 익숙한 체계로 시작된다. 제목과 출판업소가 인쇄된 봉면엽(封面葉)이라 불리는 표지 페이지가 있고 여섯 편의 서문과 목차가 그 뒤를 잇는다.[21] 즉 이 책이 더 친숙한 회화물이 되게 하기 위해 읽기의 절차를 먼저 규정해놓는 것이다. 더욱이 서문의 작가가 보내는 권고는 이 책의 시각적인 측면이 설명, 심지어는 정당화를 필요로 하고 있다는 점을 분명하게 한다. 그러므로 이 책의 전문(前文)은 중립적인 영역이라고 하기 힘들다. 나는 이것을 제라르 주네트가 고안한 개념인 "부 텍스트(paratext)"로 간주하려고 한다. 그의 말을 따르면 부 텍스트는 "책을 존재하게끔 만든다." 그것은 독자가 그것을 거쳐 앞뒤로 옮겨 다닐 수 있는 세포막처럼 기능한다. 그것은 텍스트와 독자 사이의 거래가 이루어지는 장이다.[22]

『링옌거』의 봉면엽은 여러 부분들로 이루어져 있는데 접힌 책장 반절 위에 각각 세로로 나란한 이 배치는 미묘한 서지학적 체계를 보여준다(〈그림 32〉). 주가 되는 것은 책장의 위쪽에 굵은 글씨로 새겨진 제목인 『류위안 경회 링옌거(劉源敬绘淩煙閣)』이다. 그것은 가지런하지 않은 두 개의 세로줄로 나뉘어져 각각 저자의 이름("류위안")과 책의 주제("링옌거")로 첫 머리를 시작하고 있다. "링옌거" 글자는 따로 떨어져 있는데 저자의 이름보다 더 높은 곳에 새겨진 이 글자는 지위가 높음을 나타내는 인쇄상의 표식으로 그것의 중요성을 더욱 강조한다.

그러나 이 제목은 그 기호학적인 특징 때문에 더욱 주목할 만하다. 그것은 마치 그림 위에 서명한 것처럼 표현되어 있다. "류위안 경회 링옌거"라는 문구는 그것이 봉면엽에 나왔음에도 불구하고 일반적인 책 제목의 지시적 기능을 따르지는 않는다. 이 문장을 분석하면, 화가의 이름이 동사 "그리다[繪]"의 주체이며 "그리다"는 동사는 부사 "삼가[敬]"에 의해 수식되고 동작의 목적어는 "링옌거"이다. 하지

---

21 봉면엽(封面葉)이라는 용어에 대해서는 1998년 6월 1일부터 5일까지 "명청 시기 중국의 인쇄와 도서문화 학술대회"에서 발표된 쇠렌 에드그렌(Sören Edgren)의 『중국 서적사 자료로서의 중국의 서적(The Chinese Book as a Source for the History of the Book in China)』을 참고할 것.

22 제라르 주네트(Gérard Genette), 『부 텍스트(*Seuils*)』(Paris: Éditions du Seuil, 1987), 7-8쪽.

만 17세기 삽화본의 제목은 대개 출판업소의 상업적인 전략을 전달하는 "새로 출판된[新刊]", "삽화가 들어간[出相]", "새롭게 편찬한[新編]"과 같은 문구들을 포함하는데[23], "삼가 그리다[敬繪]"라는 문구는 이 맥락에서 특이하게 눈에 띈다. 이것은 『링옌거』를 독자들의 구매를 유도하는 제목을 달고 동시대에 유통되던 책들과 구별 지으며, 대신 류위안의 책이 상정하는 독자층과 관련한 또 다른 쟁점의 분석으로 이어지게 한다. "삼가 그리다"라는 표현은 이것이 선물로 제작된 것임을 넌지시 나타낸다. 그럼 류위안이 누구에게 이 책을 바쳤을까? 그 대답은 확실치 않다. 그러므로 제목의 애매모호함은 그것이 예상 밖인 만큼 당혹스럽다. 현대 역사가들은 제목/서명(署名)으로 이 책을 규정하는 것을 삼가고 있다. 대신 이 책을 "링옌거 공신도(凌煙閣功臣圖)"라고 부르는 것이 관례적인데[24], 이런 식으로 마치 서명인 것처럼 써진 제목의 이상한 부분을 없애버리는 것은 표지면 글자가 실제로도 낯설다는 것을 증명한다.

제목/서명(署名)의 기이한 미끄러짐은 "류위안이 링옌거를 삼가 그리다"라는 글귀가 단순히 이 책의 내용만을 가리키는 것이 아니라는 점을 시사한다. 그보다는 이 책에서 링옌거라는 역사적 주제가 예술가에 의해 다시 재현되었다는 것을 암시한다. 예술가는 과거를 되풀이한다. 그는 전설적인 초상화의 전시관을 복원했다. 그렇지만 복원의 행위는 결코 완성되지 않는다. 반복은 결국 논점, 혹은 쓰임새의 변화를 수반한다. 류위안이 책 속에 비추어낸 링옌거는 항상 일시적일 뿐이다. 초상화 전시관을 되돌리고 재건하는 권위 있는 저자의 존재는 봉면엽에 찍힌 "류위안지인(劉源之印)"이라는 거대한 인장에 의해 강조된다. 이 인장은 제목과 서명의 두 번째 세로줄 아래쪽에 있다. 인쇄본에 직접 찍은 것이 아니라 목판에 함께 새긴 이 인장 역시 모조품이다. 기교가 기교 위에 겹쳐진다.

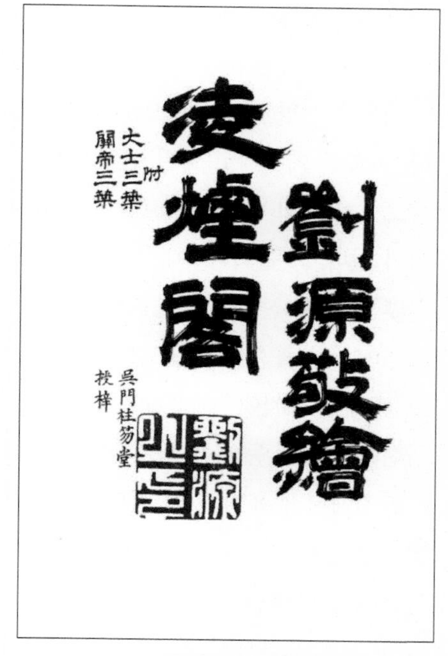

<그림 32> 류위안(劉源, 17세기 중반에 활동), 『류위안 경회 링옌거(劉源敬绘淩煙閣)』의 봉면엽. 쑤저우(蘇州): 주후탕(柱笏堂), 1669년. 화책, 45장, 종이에 목판 인쇄, 25×14.8 센티미터. 일본국립공문서관(日本國立公文書館), 도쿄.

마지막으로 회화로서 이 책의 모습은 텍스트를 시각화하는 판각의 역할을 부정한다. 판각된 인쇄물의 느낌이 나는 것은 문제가 된다. 회화와 비슷한 효과를 내려는 노력은 이

23 에드그렌, 『중국 서적사 자료로서의 중국의 서적』을 볼 것.

24 필립 후(Philip K. Hu) 선편, 『확인 가능한 흔적들: 중국국가도서관에서의 희귀본과 특별 수집품(*Visible Traces: Rare Books and Special Collections from the National Library of China*)』(New York: Queens Borough Public Library; Beijing: National Library of China, 2000), 69쪽, 리즈중, 『중국 고대 서적사』, 146쪽, 왕보민, 『중국판화사』, 148쪽.

인쇄물을 출판시장에서 넘쳐나던 다른 책들과 구별 짓기 위한 단순한 상업적 전략일 뿐이었을까? 인쇄된 복제품의 애매함을 제대로 알아보는 특정한 독자층을 확보하기 위한 수단이었을까? 아니면 인쇄된 이미지와 회화의 이미지가 어떤 경쟁적인 담론을 구성하고 있었던 것은 아닐까?

회화로 보이려는 것은 제목/서명(署名)에서만 나타나지 않는다. 『링옌거』 목판을 판각한 주구이(朱圭, 17세기 중반에 활동)는 조각도로 화가나 서예가가 붓을 다루는 듯한 효과를 냈다. 예를 들어 제목과 서명을 구성하는 글자들은 고풍스러운 글자체인 예서(隸書)를 모방하고 있는데 능숙한 서예가가 동물 털로 된 붓의 탄력성을 보여주는 것처럼 디자인 되었다. 믿기 어려운 정밀함으로 판각공의 단단한 칼날은 붓이 그려내는 구불구불한 곡선과 리드미컬하고 가늘게 뽑아지는 효과를 그대로 따라가며, 붓놀림을 멈출 때 서서히 들어 올리는 붓끝에 남는 먹물의 거친 자취까지 착시로 만들어낸다. 이 시기에는 책의 봉면엽에 손으로 쓴 글씨를 수고롭게 복제함으로써 이전에는 필사된 유일본만이 갖고 있었던 신뢰성을 인쇄본에도 부여해주고 있었다. 이 책의 경우, 원본 같은 착시는 또한 이 책을 선물로 제작했다는 화가 류위안의 존재를 상기시킨다.

제목과 서명(署名) 다음으로, 글자 "링옌"과 거의 닿을 것 같은 위치에 또 다른 텍스트의 장이 나타난다. 비슷한 예서체로 새겨져 있지만 이 글자들은 훨씬 가늘고 아주 작다. 여기서 가장 두드러지는 두 줄로 똑바르게 나란한 세로줄에 "덧붙이다[附]"라는 글자를 보충하여 내용을 소개한다. 그것은 이렇게 씌어 있다. "덧붙이다 : 대사삼엽, 관제삼엽(附大士三葉關帝三葉)." 이렇게 여섯 개의 신상들이 『링옌거』를 끝맺는다. 이 신상들은 관음보살(Avalokiteśvara, 중국어로는 관음으로 알려져 있지만 대사(大士)라고도 불리는데, 이것은 "위대한 존재"를 의미하는 산스크리트어의 마하사티바(mahāsattva)를 번역한 것이다.)의 세 가지 각기 다른 현현, 그리고 17세기 초기에 "제(帝)"라는 황제의 직함을 허락받은 관위(關羽)의 전설적인 역사 장면과 군신으로 현현하는 장면 등의 세 가지 모습들이다.

표지에서 공표되는 이 책의 결말부는 전혀 뜻밖의 것이다. 류위안이 말하는 초상화들의 전시관에 이런 신상이 포함되지는 않았기 때문이다. 역사적으로 링옌거는 창안(長安)에 있던 당나라 황궁 안에 있었다. 그곳에는 643년 당나라의 두 번째 황제 리스민의 명으로 개국 공신 24명의 초상화가 전시되었다. 궁정 생활의 기록화로 칭송받았던 화가 옌리번(閻立本, 673년 사망)이 그 초상화들을 그렸다.[25] 비록 이 그림들은 더 이상 남아있지 않지만, 옌리번이 그린 초상화로 만들어진 돌 조각을 탁본했다는 것이 북송 시기 이래로 전해오고 있다.[26]

---

25 옌리번(閻立本)의 전기는 장옌위안(張彦遠)의 『역대명화기(歷代名畵記)』(847, 위안란(于安蘭) 편, 『화사총서(畵史叢書)』, 上海: 1963; 臺北: 文史哲出版社, 1974년 중판) 제1권, j.9, 103-6쪽에 실려 있다. 링옌거 초상화에 대한 논의는 나가히로 토시오(長廣敏雄)의 「옌리더(閻立德)와 옌리번에 관하여(閻立德と閻立本について)」(『東方學報』 29, 1959), 33-36쪽을 참고할 것.

26 중국 중앙미술원(中央美術院)에 보관된 이 탁본들은 진웨이눠(金維諾)의 「'보련도(步輦圖)'와 '링옌거 공신도'」(『文物』, 10, 1962년, 13-16쪽)에서 논의되고 있다. 24폭의 초상화 중 4폭만이 1090년에 새겨졌다는 돌 비석을 찍은 탁본으로 남았고, 같은 시기에 다시 책으로 묶여 나왔다.

리스민은 통치자의 과업, 특히 나라를 위해 일할 사람들을 선발하는 것에 관한 통치자의 임무를 규정하는 일에 관심이 있었다. 링옌거는 더 큰 정치적 시도의 일부일 뿐이었다. 초상화의 전시관을 지으라는 칙령에서 황제는 링옌거를 교훈적이고 기념비적인 예술이라는 익숙한 장르 속에 위치시켰다. 그는 먼 옛날 유능한 신료들의 이름이 청동기 속에 주조되었던 것을 기억해냈다. 그보다 더 가깝게는 한대 통치자들의 명으로 자격 있는 공신들의 화상(畵像)이 치린거(麒麟閣, 기원전 51년)와 윈타이(雲臺, 58-69년경)라는 초상화 전시관에 걸리기도 했다. 황제의 말에 따르면 링옌거에 초상화를 전시할 24명의 공신을 고른 기준은 그들이 나라를 관리하는데 기여한 경영이나 윤리, 무예 등 기량의 평가에 기초했다. 한편 완성된 초상화는 비록 그것이 이상을 보여주기 위한 정치적 목적 때문일지라도, 군주와 신료 사이를 묶어주는 친밀감을 기념비적으로 보여주는 역할을 하기도 했다. 링옌거의 중수(重修)에 대해 서술한 후대의 기록에 따르면 각각의 초상화는 모두 북쪽을 향해 있었는데 마치 군주를 영원히 알현하고 있는 것과 같았다고 한다.[27] 그러므로 링옌거는 충근(忠勤)을 함축하는 정치적인 공간이었다. 링옌거를 복원한 류위안의 인쇄본에 의아하게도 신상들이 덧붙여진 것은 이것이 과거에 대해 의문을 제기하기 시작했음을 의미한다.

마지막으로 『링옌거』의 봉면엽으로 다시 돌아가면 부가적인 설명 아래에 또 다른 안내문이 보인다. 책장의 아래를 향해 있고 저자의 커다란 인장 옆을 두르고 있는 이 문구는 "우먼(吳門) 주후탕(柱笏堂)에서 판각하다"라고 씌어 있다. 평범한 해서로 씌어져 제목과 그것의 보충문구와는 구별되는 이 문구는 책의 출판업소를 밝히고 있다. 쇠렌 에드그렌(Sören Edgren)이 지적하듯이 명청대에 개인 출판업자와 상업 출판업자 모두에게 널리 사용된 봉면엽은 책을 광고하는 기능을 했고 출판업소의 중요한 정보를 제공하곤 했다.[28] 이 봉면엽을 보면 『링옌거』가 17세기 쑤저우, 즉 우먼의 인쇄본 출판과 수집으로 이름 높았던 주후탕이라는 출판업소에서 나왔음을 알 수 있다.

이 안내문으로 인해서 『링옌거』는 청대 초기의 가장 유명하고 정치적으로도 강한 권력을 갖고 있었던 가문 중 하나와 연결된다. 주후탕(柱笏堂)은 청나라 정람기(正藍旗)의 일원이자 지위 높은 지방관이었던 퉁펑녠(佟彭年)의 쑤저우 지역에 있는 건축물이었다.[29](그의 거처 이름에 특별히 포함된 홀(笏)은 관직의 높고 낮음을 표시하는 상징이다.) 퉁펑녠은 중국 북부의 여러 지역에서 지방관으로 지내다 1662년 초 강남(江南)

---

27 리스민의 칙령은 여러 문헌에 기록되어 있는데 류쉬(刘昫) 등이 편찬한 『구당서(舊唐書)』 (945년)(北京: 中華書局, 1975년 재판, 65권, 2451-2452쪽), 왕푸(王溥)가 편찬한 『당회요(唐會要)』 (961년)(臺北: 世界書局, 1960년 재판, 제2권, 45권, 801쪽) 등을 포함한다. 이 초상화들에 대한 황제의 감상은 『구당서』 58권 2308쪽과 69권 2514쪽의 두 링옌거 공신 전기에서 묘사되고 있다. 링옌거의 위치와 구조는 쉐쥐정(薛居正) 등이 편찬한 『구오대사(舊五代史)』 (974)(臺北: 商務印書館, 1957), 45.6b에 묘사되고 있다.

28 에드그렌, "중국 서적사 자료로서의 중국의 서적"을 볼 것.

29 주후탕의 위치는 퉁펑녠의 『링옌거』 서문 2a, 4행에서 확인된다. 주후탕은 류위안이 제작한 또 다른 책의 제목에도 나타나는데 『주후탕희묵(柱笏堂戲墨)』이 그것이다. 푸시화(傅惜華)의 『중국판화연구중요서목(中國版畫研究重要書目)』에 이 책이 포함되어 있다. 딩푸바오(丁福保), 쥬윈칭(周雲青) 편, 『사부총록예술편(四部總錄藝術編)』 (上海: 商務印書館, 1957), 제4권, 2b.

지역의 우포정사(右布政司)라는 그의 생애에서 가장 높은 직위를 맡게 되었는데 이것은 중앙정부와 이 정정(政情)이 불안정하기로 악명 높은 중국 남동부 사이의 의사소통을 책임지는 자리였다.[30] 퉁펑녠은 상황이 바뀌어 지방 정부가 그의 권한을 안후이(安徽) 지역으로 축소시키는 1667년까지 이 자리에 있었다. 그리고 그는 다시 1669년까지 안후이에서의 새로운 직위를 지켰다.

퉁펑녠의 관료 생애는 그의 문중 구성원들의 내력을 반영하고 있다. 랴오둥(遼東) 반도의 명대 주둔지 마을과 역사적으로 연관이 있었던 퉁 씨 가문은 대부분이 일찍부터 만주족 연합을 지지하여 동맹을 맺었고 한족 팔기군의 지위를 받아들였다. 청대 초기 퉁 씨 가문처럼 신뢰받던 한족 팔기군들이 지방 정부의 요직 대부분에 임명되었다. 마침내 1688년, 어머니가 퉁 씨였던 강희제는 퉁 씨 가문의 혈통을 만주 팔기군 수준으로 승격시켜주게 된다.[31]

아마도 퉁펑녠, 그의 가문, 그리고 강희제의 조정 사이의 이 밀접한 관계가 몇몇 학자들로 하여금 『링옌거』가 황실 출판기구에서 나왔다는 결론을 내리게 하는 것 같다.[32] 또 다른 이유는 각공 주구이의 신분에 있는데, 그는 말년에 강희제의 조정에서 일을 했다. 그렇지만 봉면엽의 증거는 너무나 분명하다. 쑤저우의 주후탕은 출판업소로 확인되었다. 『링옌거』의 대부분의 판본에서 류위안의 서문 마지막 장에 보이는 주구이가 적은 글도 그가 류위안에게서 이 판목을 새겨달라는 의뢰를 받았다는 사실을 언급하고 있다. 주구이는 또한 자신이 우먼[쑤저우] 출신이라고 이 글에 서명을 남기고 있다.[33] 그러므로 의심할 바 없이 『링옌거』의 출판은 우포정사의 직위에 있던 퉁펑녠이 착수하고 후원한 개인적인 작업이었던 것으로 보인다.

봉면엽 다음에는 여섯 개의 서문이 나오는데 각각 그 작가의 필적을 모방하여 판각되었다. 서명이 된 서문을 준비하여 그것을 모델로 판목을 새기는 관습은 『링옌거』의 출판업자가 사용하고 있는 당

---

30 퉁펑녠의 초기 관직 경력에 대한 기록은 『봉천통지(奉天通志)』(1934), 155.22b에 보인다. 그가 우포정사에 임명된 기록은 『대청성조인황제실록(大清聖祖仁皇帝實錄)』(1937), 7.24a에 나온다. 퉁펑녠의 관직 생애에 대한 요약은 첸스푸(錢實甫)가 편찬한 『청대직관연표(清代職官年表)』(北京: 中華書局, 1980), 제3권, 1775-1780쪽과 제4권, 3154쪽에 보인다.

31 퉁씨 가문의 전반적인 역사와 그들의 민족 정체성의 애매모호함에 대해서는 파멜라 카일 크로슬리(Pamela Kyle Crossley), "두 세계의 퉁 씨 일족: 13-17세기 랴오동과 누르간에서의 문화적 정체성(The Tong in Two Worlds: Cultural Identities in Liaodong and Nurgan during the 13th-17th Centuries)"(『청사문제清史問題』4.9, 1983.6), 21-46쪽과 파멜라 카일 크로슬리, 「한족 팔기군[漢軍]에 대한 건륭제의 회고(The Qianlong Retrospect on the Chinese Martial(*hanjun*) Banners)」(『Late Imperial China』10.1, 1989.6), 63-107쪽을 참고할 것. 퉁 씨 가문 일족이 명나라와 청나라 조정 모두를 섬기며 지속될 수 있었던 결과에 대해서는 특히 글쓰기에 대한 그들의 검열에 있어서 오카모토 사에(岡本さえ)의 「청대 금서에 대한 연구(清代禁書の研究)」가 많은 참고가 되었다. 이 주제에 관한 나의 관심에 본인의 연구를 보내준 오카모토 교수에게 감사를 표한다.

32 『링옌거』를 황실 판본, 즉 전본(殿本)이라고 주장하는 학자들로는 『중국의 판화: 당대부터 청대까지(中国の版画:唐から清まで)』(東京: 東信堂, 1995, 130쪽)의 고바야시 히로미츠(小林宏光)와 『중국판화사(中國版畵史)』(148쪽)의 왕보민(王伯民) 등이 있다.

33 주구이의 생애에 관한 기록을 보려면 『쑤저우 부지(蘇州府志)』(1883), 110.21a를 참고할 것. 강희제 조정에서 주구이의 활동을 보려면 왕보민의 『중국판화사』143-147쪽을 참고할 것.

시 서책에서 유행하던 또 다른 특징이다.[34] 서문들은 새로운 만주족의 정치 체계 속에서 각자 너무나 다른 위치를 차지하는 사람들에 의해 씌어졌다. 두 명은 청 황실의 고위 관료였는데 이 책의 후원자인 퉁펑넨이 포함된다. 세 명은 평민으로 그 중 한 명은 몰락한 명 왕실에 충성스러운 지지를 보내는 작가이자 화가인 선바이(沈白, 17세기 중반에 활동)였다. 마지막 한 명은 이름이 밝혀지지 않았다. 이 책의 제작이 1662년이 조금 지난 후부터 시작되었으며 3년의 시간이 걸렸다는 사실은 서문에도 분명히 드러나 있다. 책의 판각은 1668년에 시작되었고 그 다음해인 1669년 가을, 연대가 명기된 서문 중 가장 마지막 것이 완성되었다.

서문의 작가들은 모두 이 책이 단순한 눈요깃감이 아니라고 주장한다. 시각적 즐거움은 더 큰 계획의 부수적인 것이 되어야만 하며, 그림을 읽는 방식은 반복적으로 설명된다. 다시 말해 이 그림들은 그저 시각적 여흥거리로 여겨지지는 않았다. 예를 들어 선바이는 "일부러 그 의도를 스스로 기탁하지 않더라도 이 그림을 본 이들이 점차로 알게 될 것이니, 다만 이것을 화상(畫像)으로만 여긴다면 어찌 류위안의 뜻을 저버리는 것이 아니겠는가?"[35]라고 강조했다. 관료 샤오전(萧震, 1652년 진사)은 살아 있는 듯한 초상화의 착시에 감탄하면서도 "지금 이 그림들의 기법을 보니 도(道)에 가깝다"고 주장했다.[36] 텍스트와 거기 딸린 그림의 가치를 평가하면서, 서문의 작가들은 이 책을 어떻게 읽어야 하는지에 대해 다양하게 조언하고 또 경고했다.

일련의 서문들은 1668년 류위안이 자기 자신과 이 책을 소개하기 위해 쓴 "자서(自序)"로 끝을 맺는다. 이 책에 관해 그는 두 가지를 강조한다. 첫째로 그는 후원자의 소장품 중에 있던 천훙서우(陳洪綬, 1598-1652)의 그림에서 영감을 얻었음을 인정한다. 그것은 대중적이지만 논란도 많은 소설 『수호전(水滸傳)』의 인물들을 묘사한 그림이다.[37] 퉁펑넨은 그의 서문에서 이 점을 다시 확인해준다. 자신의 집에 있는 화가가 낡은 회화 양식을 작품 속에 되는대로 가져다 쓰는 것을 비판하면서 퉁펑넨은 류위안이 천훙서우의 작품, 특히 양산박의 호걸들을 묘사한 그림을 검토하기 전까지는 그의 그림이 "귀신같은 솜씨[神]"는 아니었다고 말한다.[38]

둘째로 류위안은 『링옌거』를 후퇴와 발전의 여정으로 정의한다. 대부분의 서문 작가들은 그림이 엄

34 프레드릭 모트(Fredrick W. Mote), 훙람 추(Hung-lam Chu), 『서예와 동아시아의 책(Calligraphy and the East Asian Book)』 (*Gest Library Journal*, Special Issue, 2.2[spring 1988]) 169-202쪽을 참조할 것.

35 선바이, 『링옌거』 서문, 2a, 3-2b행, 1행. 【옮긴이 주】 원문은 다음과 같다. "不特自寄其嚮往, 將令閱斯圖者之漸次證入也, 若祇作畫像觀, 不幾負劉子也哉?"

36 샤오전, 『링옌거』 서문, 2a, 4행. 【옮긴이 주】 원문은 다음과 같다. "今閱此圖技也, 進乎道矣."

37 수호전 인물을 그린 천훙서우의 두루마리 그림이나 괘축(掛軸) 그림은 남아있지 않다. 그러나 벌주놀이를 위해 고안된 양산박 도적들이 인쇄된 주패(酒牌)가 17세기에 널리 유행했다고 전해진다. 저우량궁(周亮工), 『독화록(讀畵錄)』 (1673, 『화사총서(畫史叢書)』 중판), 제4권, j.1, 11쪽. 이 주패의 여러 판본이 지금도 남아있다. 리이망(李一氓)이 편집 후기를 쓴 『명대 천훙서우 수호엽자(明陳洪綬水滸葉子)』 (上海: 上海人民美術出版社, 1980)는 이 판본들 중 하나를 전부 영인해 실었다.

38 퉁펑넨, 『링옌거』 서문, 3b, 2-3행.

격하리만큼 순서가 매겨졌음을 강조하는데, 이것은 링옌거의 공신들로 시작해서 관우 신상을 거쳐 마지막은 관음보살의 이미지로 끝을 맺는다.[39] 이 점진적인 순서를 복잡하게 만들면서 류위안은 독자들에게 먼저 그가 "녹림호객(綠林豪客)"이라 부르는 수호전의 반항적인 인물들과 동질감을 가질 것을 요구한다. 그렇지만 왕조의 교체에 따른 전쟁과 대대적인 파괴 직후였던 1660년대에 『수호전』의 혼란스러운 반란 이야기가 무심하게 읽힐 수는 없었다. 당시 『수호전』은 선동적인 내용을 수정하기 위해 주를 달거나 내용을 요약하곤 했다. 천훙서우가 그려낸 놀라운 디자인과 고풍스러운 화법에 감탄하면서도 류위안 역시 이 도적 이미지를 바꾸어 그려야 했다.

추녀가 서시의 찌푸린 눈썹을 흉내 내듯이, 나는 『링옌거』 공신들의 화첩을 별도로 제작했다……나는 『수호전』에서 벗어나 『링옌거』로 나아갔고, 『링옌거』에서 성현들로, 그리고 관음보살로 발전해 나갔다. 이 그림을 보는 사람들은 숲처럼 늘어선 장군들과 재상들 사이에 있다가 지혜의 거울로부터 깨달음을 얻게 될 것이다.[40]

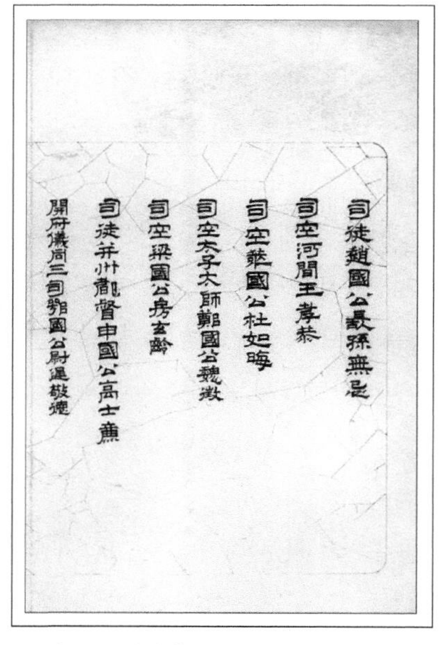
司徒趙國公長孫無忌
司空河間王孝恭
司空萊國公杜如晦
司空太子太師鄭國公魏徵
司空梁國公房玄齡
司徒并州都督申國公高士廉
開府儀同三司鄂國公尉遲敬德

<그림 33> 류위안, 『링옌거』 목차의 페이지 앞면.

길게 늘어선 회랑과 영혼 정화에 대한 메타포는 류위안의 서문에서 가장 두드러진 특징이다. 그리고 그것은 실제 역사 속 링옌거에는 존재하지 않았던 종교적 이미지를 신료의 초상화와 예기치 않게 조합하는 것을 정당화했다.

대부분의 서문에서 강조되는 관료에서 신적 이미지까지의 연속성은 서문 뒤에 나오는 목차에서 다시 한 번 강조된다(〈그림 33〉). 여기에는 당나라 초기의 개국공신과 군사 전략가 24명의 이름이 나열되어 있다. 각각의 글자는 따로 떨어져있고 굵은데, 비대칭적이고 고풍스러운 예서체가 두드러진다. 이 글자들은 서로를 제자리에서 밀어내려는 듯 보이면서 글자 아래 인쇄된 "빙열(氷裂)" 무늬 위에 흩어져 있다. 그렇지만 목차에 보이는

---

39 신상들의 순서는 고정되어 있지 않으며, 특히 어떤 이미지들의 조합이 책을 끝맺을 것인가에 대해서는 더욱 그러하다. 서문의 작가들은 그들 스스로의 말을 반박하고, 내용의 목록은 서문과 모순된다. 이 무질서가 갖는 의미는 여기서는 잠시 다루지 않겠다. 나는 이 주제를 하버드대학 아시아 센터(Harvard University Asia Center)에서 곧 출간될 『링옌거』에 관한 책에서 자세히 고찰하고자 한다.
【옮긴이 주】『Through a Forest of Chancellors: Fugitive Histories in Liu Yuan's Lingyan ge, an Illustrated Book from Seventeenth-Century Suzhou』, Harvard University Asia Center, 2010.

40 류위안, 『링옌거』 서문, 1b, 3-2a행, 1행. 【옮긴이 주】 원문은 다음과 같다. "不揣效顰, 別爲凌煙功臣一冊……退水滸而進凌煙, 更由凌煙而進之聖賢, 進之菩薩, 觀是圖者, 置身將相之林, 印證菩提之鏡."

이름들의 반복적인 나열은 텍스트의 읽기를 규정하는데, 즉 뒤이어 질서정연한 회랑이 나올 것이라는 점을 미리 알려준다.

재구축된 초상화 전시관

그리고 나서 이 책은 상상으로 그려진 초상화의 시리즈들로 이어진다. 링옌거의 공신 스물 네 명은 연이은 책장들의 앞면에 한 명씩 그려진다. 몇몇은 갑옷을 입은 호전적인 모습을 하고 있고, 또 다른 몇몇은 궁정의 관복 차림으로 똑바로 서 있다. 정치가이자 서예가였던 위스난(虞世南, 558-638년)의 모습은 초상화 삽화의 일반적인 구성에 따라 그려진 것이라고 볼 수 있다(〈그림 34〉). 비어있는 화면에 단독 도상으로 그려진 모습은 초상화를 포함한 다양한 장르의 전통적인 회화와 유사했을 것이다. 인물의 오른편에는 문자 텍스트가 나타나는데, 그 첫머리에는 관직명과 봉토, 그리고 그려진 인물의 이름이 씌어 있다. 여기에서 이 문자 텍스트의 첫머리는 예서체로 "예부상서 영흥군공 위스난(禮部尚書永興郡公虞世南)"이라고 새겨져 있다. 좀 더 가늘고 덜 화려한 해서체의 짤막한 인물 전기가 그 뒤를 잇는다. 이 간략한 설명은 당나라의 정사에 기록된 이야기에 기초하여 그림에 그려진 인물의 조정 신료로서의 업적과 전쟁에서의 공훈을 좀 더 자세히 설명한다. 마지막으로 화가의 서명과 인장이 각각의 초상화마다 인물의 왼쪽 아래나 오른쪽 아래 부분에 새겨진다.

<그림 34> 류위안, 위스난의 초상화, 『링옌거』.

양식적으로 위스난을 묘사한 방식은 『링옌거』에서 관료를 그리는 네 가지 관습적인 묘사 중 하나라고 볼 수 있다. 책장의 종이 화면 한가운데 고정된 움직이지 않는 신체에는 생기를 불어넣는 어떠한 표정이나 몸짓의 표현도 더해지지 않는다. 자세, 의복, 그리고 상징적인 도구들만이 그림 속 자아를 규정짓는다. 위스난은 "농건(籠巾)"이라 불리는 초선관(貂蟬冠)을 쓰고 있는데, 관의 앞쪽을 장식하는 붓같이 생긴 비단술이 차분하게 늘어져 있다. 뻣뻣한 틀에 옻칠한 철망을 얹어 만든 네모난 농건은 궁정의 대신들 중에서도 탁월한 관료만이 쓸 수 있었다. 화려하게 장식된 관복에는 구불구불한 용 그림이 선명하게 새겨져 있고 넓은 소매가 달려 있는데 이 역시 사회적인 지위를 알려준다.[41] 위스난이 양손

41 중국의 전통 복식에 관해서는 저우시바오(周錫保)의 『중국고대복식사(中國古代服飾史)』(北京: 中國戲曲出版社, 1984)를 참고하라.

<그림 35> 왕치(王圻, 1565-1614년 경에 활동), 왕쓰이(王思義) 편집, 두커밍(杜克明)의 초상, 『삼재도회(三才圖會)』, 『인물(人物)』, j.6, 4a, 1607-1609년. 선장본, 종이에 목판 인쇄, 25.4×14.7cm. 예일대학교 바이네케 희귀본 도서관(Beinecke Rare Book and Manuscript Library, Yale University).

<그림 36> 류위안, 탕젠의 초상화, 『링옌거』.

으로 받쳐 든 세발솥은 하늘이 허락한 통치권을 나타내는 상서로운 상징물이다.

이러한 공식적인 초상화의 상징 언어는 회화에서 오랜 전통을 갖고 있었고 이 전통은 인쇄된 책, 특히 삽화가 들어간 전기나 백과사전에서 지속적으로 나타났다. 예를 들어 1609년 완성된 백과사전 『삼재도회(三才圖會)』에 들어있는 링옌거 공신들의 몇몇 초상화는 류위안의 그림과 비슷한 중요한 특징들을 갖고 있다(〈그림 35〉). 상반신만 그린 이 초상화들에서 머리에 쓴 관과 손에 든 명판은 인물의 지위를 정의하는 역할을 한다. 지극히 평범한 얼굴 표현은 약간의 예외를 제외하면 책장의 윗부분에 인쇄된 이름으로 주로 구분된다. 형상을 재현하는 이 장르의 관습적인 성격을 고려해 볼 때, 『링옌거』 초상화 삽화의 인물 성격을 묘사하는 꼬리표들은 무시할 수 없다. 류위안이 그린 공신들은 누가 누구인지를 알아볼 수 있는 얼굴의 특징이 전혀 없다. 그들의 정체성은 전적으로 그들의 형상을 가까이에서 둘러싸고 있는 책장 속 문자에 의존하고 있다. 링옌거 초상화 전시관에서 찬사 받는 일원들과의 유사성은 색인 역할을 하는 문자 설명이 상기시켜주는 환상일 뿐이다.

그러나 류위안이 항상 재현의 전통적인 규범을 따랐던 것만은 아니다. 류위안의 초상화 전시관에서 공신들 대부분은 예절을 과장스럽게 무시하는 모습으로 그려진다. 무인 탕젠(唐儉, 약 579-656년)은 의복을 다 갖춰 입지도 않은 상태로 그려졌다. 그는 몸을 앞으로 숙이고 허리띠의 딱딱한 거죽을 잡아당겨 머리 뒤로 넘기려 하는 중이다. 한편 탕젠의 복장은 문인 관료로서 그의 위치를 적절히 암시하는데, 꼿꼿하고 길게 쭉 뻗은 각(角)이 달린 어두운 색의 비단 관모와 수놓은 흉배로 앞섶을 장식한 관복이 특히 그러하다.

형상을 구별 짓는 탕젠의 이 기이한 신체 언어는 위스난 같은 근엄한 형상과 충돌한다. 탕젠의 과장된 연극조의 초상화는 기이하다는 평판을 얻기 위해 애썼던 천홍서우의 작품을 의도적으로 암시한다. 이미 지적했듯이, 류위안과 그의 후원자는 그들의 서문에서 이 암시의 중요성을 인정한다. 이러한 지시는 이 책의 독자에게 부담을 지운다. 이에 류위안은 그가 상정한 독자들을 이른바 "방(倣)"으로 알려진, 17세기에 유행했던 감식안의 게임으로 끌어들인다.[42] 이 게임의 규칙을 충실히 지키면서 류위안은 원자료를 그대로 모방하지는 않았다. 그럼에도 암시는 이 초상화의 전시관을 재구축하는데 있어 기획 의도와 함께 양식적인 타당성도 지니고 있다.

<그림 37> 류위안, 두루후이의 초상화, 『링옌거』.

관료 두루후이(杜如晦, 585-630년)의 묘사는 류위안이 천홍서우의 작품을 어떻게 그대로 옮겨오는지를 가장 분명하게 보여준다(〈그림 37〉). 이 그림은 주패라는 놀이 카드에서 천홍서우가 소설 속 인물 우융(吳用)을 묘사한 것과 놀랍도록 유사하다(〈그림 38〉). 소설 『수호전』의 중요한 인물인 우융은 양산박의 전략가인데 그가 세운 책략을 보여주기 전에 늘 손가락 두 개를 겹쳐 내미는 동작을 취한다. 우융과 두루후이의 복장은 모두 매우 섬세한 윤곽선으로 그려지며 그 빳빳하게 주름 잡힌 형상은 연결된 형태들의 배열로 넓게 퍼진다. 이러한 기하학적 구조는 천홍서우의 의고적인 그림을 1630년대의 그림들과 구별되게 한다. 정부 관료와 산중의 도적 모두 보는 이에게 등을 돌린 실루엣으로 그려지고 있다. 그림 속 텅 빈 공간에 드러나는 그들의 손은 기질을 묘사하기 위해 더해진 상징으로 추측할 수 있다. 아니면 순간적인 동작일 수도 있다. 소매에서 풀려나 이 손들은 생생한 동작을 취한다. 그렇지만 두루후이의 동작은 애매모호하다. 기지 넘치는 우융처럼 손가락 두 개를 겹치는 것일까? 아니면 보이지 않는 대화상대를 향한 알 수 없는 제스처일까?

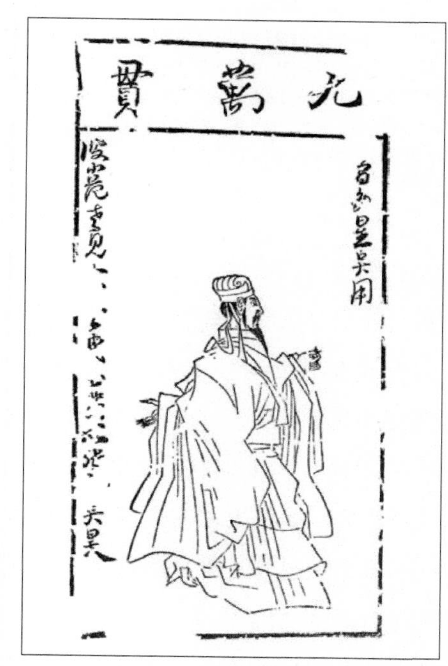

<그림 38> 천홍서우(1598-1652년), "우융(吳用)", 『수호엽자(水滸葉子)』 20엽. 1630년대 초반. 선장본, 종이에 목판 인쇄, 18×9.4cm. 『명대 천홍서우 수호엽자(明陳洪綬水滸葉子)』, 출판물 발행지명 없음.

42 "방(倣)"의 관습에 대한 자세한 설명을 위해서는 제임스 캐힐(James Cahill), 『기세감인(氣勢撼人): 17세기 중국 회화의 자연과 풍격(The Compelling Images: Nature and Style on Seventeenth-Century Chinese Painting)』 (Cambridge, Mass.: Harvard University Press, 1982), 39-44쪽을 참고할 것.

<그림 39> 천훙서우, “맹상군”, 『박고엽자(博古葉子)』 17엽. 항저우(?), 1651-1653년. 54엽 화첩, 종이에 목판 인쇄, 21×12.4cm. 완고 웡 컬렉션(Mr. and Mrs. Wango H. C. Weng Collection), 라임(Lyme), 뉴햄프셔(New Hampshire).

비슷한 종류의 모호함이 천훙서우의 구성 전략을 특징짓는데 그의 후기 작품에서 더욱 그러하다. 『박고엽자(博古葉子)』라는 제목이 붙은 꽤 유명한 화집은 1651년에 완성되어 천훙서우 사후에 출판되었는데, 이 그림이 쓰인 주패에서 이러한 특성의 전형적인 예를 찾아볼 수 있다(〈그림 39〉). 『박고엽자』 17엽에 천훙서우는 맹상군(孟嘗君)으로 잘 알려진 제나라 재상 톈원(田文, 기원전 4세기에 활동)의 생애에서 한 장면을 상상해 그렸다. 맹상군은 수천 명에 이르는 식객을 융숭하게 대접했던 것으로 유명했기 때문에 천훙서우는 연회 장면을 묘사했다. 그러나 건배 제의를 하며 술잔을 든 하객들이 마주보고 있는 것은 안 보이는 상대방이다. 그림을 보는 이에게 등을 돌린 한 사람만이 반대편 자리에 앉아있다. 알아볼 수 있는 것은 그저 이 사람이 화면의 왼쪽 하단에 그려진 소나무의 밑둥 쪽에 있다는 것이다.

단순한 모방은 자제하면서도 천훙서우의 이러한 독특한 화면 구성으로부터 영감을 받은 것이 분명한 류위안은 내면으로 침잠하고 숨는 인물들의 동작을 더욱 자세히 그려냈다. 그가 그린 초상화들 중 많은 것들은 수수께끼와 환상으로 가득 차 있다. 무사 류정후이(劉政會, 6세기 후반에서 7세기 초반에 활동)는 천에 싼 무기로 보이는 것을 들고 등을 보이고 걸어가고 있다(〈그림 40〉). 위에 두른 덧옷이 발걸음에 따라 펄럭이고 관복의 갈라진 주름은 바스락거리는 것처럼 보인다. 그렇지만 누구에게로, 그리고 무슨 목적으로 그는 뒤돌아 가는 것일까? 다른 삽화에서 장량(張亮, 646년경 사망)은 한 손으로는 홀을 들고 다른 한 손으로는 소매로 그것을 부드럽게 감싸고 있다(〈그림 41〉). 그의 과장된 동작이 환희나 숭배를 나타내는 것인지, 아니면 놀이인지는 확실하지 않다. 그의 얼굴은 관복 소매에 가려져 아무 것도 드러내 보이지 않는다. 더욱이 그의 행동은 홀이 갖고 있는 충성 맹세라는 의례적 기능을 전복시키겠다는 위협이다. 이들의 동작은 일반적이지 않고 개인적이다. 그것은 궁정의 의례 절차를 따르는 행위자에게 기대되는 행동에 걸맞지 않는다. 구경꾼은 그들로부터 정해진 거리 밖에 서있다. 모범이 되는 역사적 인물 형상의 존재를 떠올리게 하려는 초상화의 바로 그 목적은 약화된다. 이 형상들이 무엇인지 우리가 알 수 있을까? 그들에게 붙여진 이름표를 믿을 수 있을까?

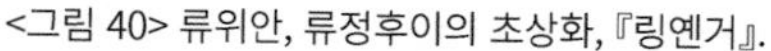
<그림 40> 류위안, 류정후이의 초상화, 『링옌거』.

<그림 41> 류위안, 장량의 초상화, 『링옌거』.

또 다른 질문도 대답되어야 한다. 류위안이 천훙서우의 예술가적 기교를 암시하고 있다는 것은 부인할 수 없는 사실이겠지만, 그 불손한 무법자들의 겉모습을 빌려 링옌거의 공신들을 그림으로써 그는 대체 무엇을 얻은 것일까? 류위안의 예술적 결정은 그의 서문에 비춰보면 특히 더 곤혹스러운데 서문에서 그는 수호전의 노상강도들을 힐난하고 그들을 그림으로 묘사한 천훙서우를 비판하고 있기 때문이다.

나는 링옌거 공신들의 이 예상치 못했던 위장이 그들의 정체성을 모호하게 하거나 오인 받게 하지는 않는다고 말하고 싶다. 도리어 그것은 그들의 역사에 잊혀졌거나 잘못 기억되었던 또 다른 측면이 있다는 것을 보여준다.

『링옌거』의 분석에서 황제의 초상화 전시관에 처음 그려졌던 사람들 중 대다수가 처음부터 당 황조에 충성스러운 신료는 아니었다는 사실을 상기할 필요가 있다. 링옌거 공신들 중 많은 수는 리스민이 610년대 중반 돌궐족과 연합하여 반란을 일으켰을 때 그 적대세력에 속해 있었다. 나머지는 수나라(586~618년) 궁정의 관료들이었고 리스민의 반란군과 격렬한 전투를 벌였다. 초상화의 전통적인 교훈적 읽기 방식을 버리는 대신에 나는 역사적 초점의 이동을 제시하고자 한다. 다시 말해, 공신들이 이미 수립된 국가에 안락하게 자리를 잡고 국가의 적법성을 만들어내기 이전, 수에서 당으로 통치권이 넘어가는 혼란스럽고 불확실한 시기의 불안한 시작에 주목하고자 하는 것이다. 그러므로 조정의 가치관에 저항해 반란을 일으킨 양산박 도적들과 위대한 공신들 사이의 유사성은 묘하게도 피할 수 없는 것이 되었다. 링옌거 전시관의 벽에 초상화가 걸린 고결한 이들은 하나의 왕조에 대한 충성심이라는 덕목을 확실하게 나타내는 것이 아니었다. 사실상 그들은 많은 경우 마지못해서, 그리고 마지막에야 당나라 황실에 충성을 바쳤고 대부분은 수나라 황실에 대한 충성을 배신하면서였다.

류위안은 이러한 사실을 그들의 행동에 대한 어떠한 비난도 없이 확인시켜준다. 그의 관점은 역사가의 그것과 같아 보인다. 그의 관심은 이 끊임없이 변화하는 광경에 있는 듯 하며, 중국 전통에서 이것은 계절의 자연스러운 순환에 비유되었다. 수와 당의 역사를 다시 쓴 동시대 소설가들에 의해서도 비슷한 의견이 제시되었다.[43] 역사적 기록에는 반란과 정복이 불길한 연속성으로 나타난다. 그리고 중국 북부 평원 출신인 류위안은 명청 왕조의 교체 과정에서 17세기 중반 나라를 황폐하게 만든 최악의 반란들을 목격했을 것이다.

이에 링옌거 초상화 전시관을 재구축하는데 류위안이 사용한 "방(倣)"의 방식은 역사적인 논평이 되었다. 그것은 시각적으로 표현되는 해석학의 형태를 띄고 있었다. 당나라 역사의 드라마에 명나라 황실의 몰락과 만주 정부의 점진적인 지배라는 17세기 중반에 일어난 최근의 일이 더해졌다. 도적과 공신의 합성은 미술사적 암시를 통해 완성되었고 하나의 정치적 관점이 되었다. 천홍서우에 대한 참조 역시 이 책을 강희연간 초기에 씌어진 명나라의 역사에서 영웅의 위치로 승격된 유민(遺民)의 기억으로 가득 채웠다. 명나라 충신으로서 천홍서우의 명성은 류위안과 같은 시대를 살았던 전기 작가들에 의해 만들어진 것이기도 했다.[44] 당나라의 위대한 공신들이 섬세하고 정교하게 묘사된 명대의 복장을 한 모습으로 그려진 것도 화면 무대를 명대 역사의 광경으로 전환시키고 있다. 사실 『링옌거』 공신들 중 어느 누구도 당나라의 복식을 입은 모습으로 그려지지 않는다. 이것을 시대착오적인 결함으로 이해할 필요는 없다. 이러한 전환은 역사를 그 위에 또 다른 역사들이 계속해서 다시 쓰일 수 있는 텍스트로 읽게 하는 것을 가능하게 한다. 그렇지만 다시 한 번, 시각적 요소들이 역사적 논쟁을 만들어낸다.

마크 트웨인(Mark Twain)은 "참고로 훌륭하고 또렷한 이름표라는 것은 역사적 그림 속에서 아주 많은 의미심장한 태도와 표현으로서의 가치가 있다"라고 말한 적이 있다.[45] 그러나 『링옌거』의 이름표들은 그려진 인물을 구별지어주는 유용함에도 불구하고 이 초상화들의 모순적인 의미를 거의 통제하고 있지는 못하다.

---

43 로버트 헤겔(Robert E. Hegel), 『17세기 중국의 소설(*The Novel in Seventeenth-Century China*)』 (New York: Columbia University Press, 1981), 189-208쪽.

44 강희연간 초기에 천홍서우의 전기를 쓴 세 명의 작가 주이쭌(朱彝尊, 1629-1709년), 마오치링(毛奇齡, 1623-1716년), 멍위안(孟遠, 17세기 후반에 활동)은 명대 황제들에 대한 천홍서우의 충성을 지나치게 과장하고 있다. 남아있는 그의 저작들로 판단하면 천홍서우의 정치적 입장은 훨씬 더 복잡했다. 이 전기 작품들에 대한 논의에 대해서는 앤 게일 버커스(Anne Gail Burkus)의 『천홍서우 바오룬탕집(寶綸堂集)의 전기(傳記)적 가공물(The Artefacts of Biography in Ch'en Hung-shou's Pao-lun-t'ang chi)』 (Ph.D. dissertation, University of California, Berkeley, 1987), 8-55쪽을 참고할 것.

45 마크 트웨인(Mark Twain), 『미시시피강의 추억(Life on the Mississippi)』 (1883; rpt. New York: Viking Penguin, 1984), 316쪽. 힐리스 밀러(J. Hillis Miller)는 『일러스트레이션(Illustration)』 (Cambridge, Mass.: Harvard University Press, 1992), 61-65쪽에서 시각적 형상화에 대한 마크 트웨인의 입장을 논의하는데 이 문장을 인용하고 있다.

페이지 넘기기

류위안은 인물 화첩의 뒷면에 인쇄된 5언의 대구를 통해 링옌거 공신들의 역사에 대한 또 다른 시각을 제공했다. 이들 페이지의 일반적인 구조는 무사 류훙지(劉弘基, 582-650년)의 초상을 넘길 때 나타나는 것으로 설명될 수도 있다(〈그림 42〉). 페이지 중앙에 위치한 대구는 17세기에도 여전히 추앙되었던 중야오(種繇, 약 165-230년)의 작품을 모델로 삼은 뚜렷한 해서체로 새겨졌다.[46] 류위안은 자신의 『링옌거』 서문에서 이 책을 위해 선정된 시들을 옮겨 적을 때 다양한 역사적 서예 모델들을 모방하려 했다는 사실을 언급했다. 그리하여 류위안은 그가 화첩에서 처음으로 시도한 '모방'이라는 게임을 계속하면서, 중야오의 작은 해서체의 특성들, 곧 개별적인 필획의 드라마틱한 처리와 불균형뿐 아니라 특히 글자들의 특이한 공간 배치와 땅딸막한 형태를 과장했다. 류위안의 중야오에 대한 헌사는 대구의 왼쪽에 "중 태부를 모방하다(倣種太傅)"라는 말로 나온다. 이 구절 바로 위에 "중야오(種繇)"라는 이름은 벌레 먹은 삐뚤빼뚤한 구멍을 통해 음각으로 나타나는데 마치 종이 뒤에서 희미하게 비쳐 보이는 것 같다. 혹시 어쩌면 이것은 아마도 법첩(法帖)으로 제공되었을 지도 모르는 오래된 탁본에서 뽑은 글씨를 류위안 식으로 표현한 것일까? 눈속임이기도 한 이 이미지는 류위안이 책 도처에서 재치 있게 다루고 있는 책의 물질성을 활용하고 있다.

<그림 42> 류위안, 『링옌거』의 류훙지의 초상 뒷면

낙관은 "중 태부를 모방하다(倣種太傅)"라는 구절 왼쪽에 보인다. 그 형태와 위치는 저자임을 나타내기 위해 중국의 서예와 회화 작품에 찍혀 있는 것들을 흉내 냈다. 그러나 류위안이 화첩의 뒷면을 위해 고안한 낙관들은 이름이 아닌 다른 내용으로 새겨졌다. 대신에 이런 의외의 보완적인 낙관들은 사회와 정치 세계에서 어떻게 처신해야 하는지에 대한 설득력 있는 가르침, 곧 유가의 고전에 바탕한 교훈을 수반하고 있다. 여기서는 낙관 자리에 "헌유(獻猷)"라고 씌어 있다.

마지막으로 시구들은 상징물의 장식에 의해 둘러싸여 있

46 도라 C. Y. 징(Dara C. Y. Ching)은 「17세기 서예에서의 이례적이고 기이한 것의 미학(The Aesthetics of the Unusual and the Strange in Seventeenth-Century Calligraphy)」(Robert E. Harrist Jr. and Wen C. Fong, eds., The Embodied Image: Chinese Calligraphy from the John B. Elliott Collection, Princeton: The Art Museum, Princeton University, 1999), 348-349쪽에서 중야오의 서법에 대한 해석을 분석한 바 있다.

는데, 그 각각은 정교하고 세밀하게 묘사되어 있다. 복을 빌고 상서로운 이 도안들은 날아가는 박쥐나 타오르는 진주, 그리고 끊임없이 이어진 고리들이다. 이런 상징물들은 보통 의복에 수놓아지거나 가구의 일부로 새겨지고, 도자기의 표면에 그려지거나 벼루의 표면에 아로새겨졌다. 여기서는 동전을 토해내는 다리가 세 개 달린 '전섬(錢蟾)'[47]이 페이지 주위를 둘러싸고 네 번이나 반복해서 그려지며, 꽃이 피어 있는 계수나무 가지들이 네 귀퉁이를 장식하고 있다. 두꺼비가 부에 대한 소망을 의미한다면, 계수나무 가지는 조정에서의 지위 상승을 암시한다. 그러나 류위안이 『링옌거』에서 드러내고 있는 폭력으로 가득 차 되풀이되는 역사를 비추어보면 이런 통상적인 상징물들은 놀랍고도 뜻밖의 것으로 여겨진다. 이것들은 이 책을 또 다른 시각에서 읽도록 부추기는 듯하다. 불가피한 역사의 전복과 과거의 덧없는 사건들을 직면한 가운데, 경하해야 하는 것은 새로운 정치 질서의 수립을 목도했던 오늘날인가?

무언가를 소망하는 가장자리의 부조화는 특히 이것들이 감싸고 있는 대구에 비추어 볼 때 명백하게 드러난다. 류위안은 자신의 서문에서 책 속에 판각하기 위해 선택한 구절들의 작자가 시인 두푸(杜甫, 712-770년)라는 사실을 밝히고 있다. 이러한 선택은 그저 되는 대로 한 게 아니었다. 두푸는 8세기 중엽에서 말엽에 이르는 시기의 정치적인 사건들에 대해 상당한 양의 시를 썼는데, 여기에는 755년에 일어난 안루산(安祿山, 757년 사망)의 난 이후에 일어난 당 제국 말기의 혼란스러운 세월들이 포함되어 있다. 내륙 지역은 전쟁 중에 철저히 파괴되었지만, 훨씬 더 위협적이었던 것은 이웃하고 있는 적대국으로부터의 침공들이었다. 링옌거의 대구들은 대부분 두푸의 후기 시에서 가져온 것들인데, 전쟁과 재난으로부터의 피난에 천착하는 내용들이었다. 결국 이런 시 구절들은 『수호전』의 호한들을 가장한 링옌거 공신들의 전복적 이미지의 제시를 강화하고 있다. 이 구절들은 당 제국이 궁극적으로 몰락의 길로 나아갔다는 사실을 인정하는 역사적 시각에서 볼 때 그들이 이룬 공적을 빛바래게 만들고 있기도 하다.

그리하여 『링옌거』의 책장들을 넘기는 바로 그러한 행위는 시각적인 이미지와 언어 텍스트 사이에서의 변형적이고 아이러닉한 상호교섭을 촉발하는 것이다. 링옌거 공신들이 힘이 빠진 수나라로부터 떠오르는 당 왕조로 충성의 대상을 바꾸었던 것과 마찬가지로 그들의 안위에 대한 보장 역시 영속적인 것은 아니었다. 내란과 외침으로 국력이 소모되어 당 제국이 파괴된 것을 환기시키는 이야기들이 간헐적으로 등장한다. 이 때문에 제국의 영광스럽고 전설적인 시작에 대한 기억들을 만들어냈던 유명한 신료들과 장군들에 대한 초상들의 지위가 흔들리기 시작했다.

『링옌거』에 인용된 대구에서 나온 두 가지 사례가 신료의 초상화에 부여했던 톤을 나타내고 있다.

---

47 【옮긴이 주】 '전섬'은 정식 명칭이 '교전섬서(咬钱蟾蜍)' 또는 '삼각섬서(三脚蟾蜍)'라고 한다. 중국의 민간전설에서는 이것이 입으로 금전을 토해낸다고 하여 재물을 불러들이는 귀물로 여겼다. 다리는 세 개이고, 등에 북두칠성을 지고 있고, 주둥이에 동전을 꿰고 있으며, 정수리에는 태극 양의兩儀[음양을 가리킴]가 있다.

신중하지 못했던 장량(張亮)의 초상화 뒷면에 보이는 대구는 [두푸의] 잘 알려진 「전출새(前出塞)」 9수 중 세 번째 시에서 가져온 것이다.

> 공명이 기린각에 걸리기를 바라며,
> 전장의 뼈들은 빨리도 썩어간다.[48]

이 인용된 대구가 실려 있는 일련의 시들은 아마도 750년대 초에 지어진 것으로 여겨지는데, 이 시들은 징집되어 멀리 북서쪽 변방에 배치되었던 당나라 군사들의 운명을 묘사하고 있다. 이 국경 지대에서 전투는 거의 끊임없이 계속되었으며 그곳에서 중국의 군대들은 적군인 티벳인들을 상대로 싸웠다. 이 연작시의 세 번째 시에서 인용된 대구는 들판에서 오도 가도 못하는 부상당한 한 군사를 묘사하고 있다. 공신들을 기리기 위해 한나라 왕실이 주문했던 치린거(麒麟閣)와 같은 초상화 전시관에 자신의 초상이 보존될 것이라면 그의 죽음이 보여주는 끔찍함은 희석될 수도 있었을 것이다. 그럼에도 남는 것은 그의 "전장의 뼈" 뿐이겠지만 말이다. 링옌거 건설에 모델이 된 역사 속 초상화 전시관에 대한 암시는 분명히 페이지 앞면에 나왔던 조정 신료의 초상화에 전쟁의 유령을 덧씌우고 있다.

링옌거 공신 중 또 다른 인물인 리샤오궁(李孝恭: 591-640)은 당나라 황족의 일원이었다. 그의 모습을 상상하여 그린 초상화 뒷면에 나오는 대구는 「애왕손(哀王孫)」이라는 제목의 시에서 가져온 것이다. 이 시는 황제가 쓰촨으로 도망간 후 역적 록산(Rohkshan: '밝음'이라는 뜻, 중국어로 안루산)이 당나라 수도에서 사로잡은 황족 일원들의 처형을 명했던 756년 여름에 지어졌다. 이 대구는 다음과 같다.

> 고제의 자손은 모두 오뚝 솟은 콧대,
> 용의 씨(왕의 자손)는 태생적으로 평민들과 다르다네.[49]

두푸가 묘사한 도망치는 왕자는 오뚝한 코로써 그가 속한 가문을 은연중에 드러낸다. 오뚝한 코는 한나라 황실 창건자의 용안을 구별 짓는 특징으로 알려져 있었기 때문이다. 여기에서 성왕–즉 보통은 매우 귀하게 여겨졌던–과의 관계는 그 왕자를 반란의 폭력 속에서 대단히 취약하게 만든다. 초상화와 대구를 나란히 놓음으로써 리샤오궁의 뒤를 이은 당나라 황실 일원들의 운명은 의문에 부쳐진다.

---

48 두푸, 「전출새(前出塞)」9수, 『두시상주(杜詩詳注)』 (1713년판 영인본. 北京: 中華書局, 1979) 1책, 2권, 120쪽. 【옮긴이 주】 원문은 다음과 같다. "功名圖騏驎, 戰骨當速朽."

49 두푸(杜甫), 「애왕손(哀王孫)」, 『두시상주(杜詩詳註)』 1권, *j.4*, 311쪽. 【옮긴이 주】 원문은 다음과 같다. "高帝子孫盡隆准, 龍種自與常人殊."

『링옌거』를 접한 17세기 소설 독자들은 시를 아이러니하거나 대화적인 해설로 사용하는 것에 놀라지 않았을 것이다. 또한 삽화와 나란히 놓는 것에 대해서도 놀라지 않았을 것이다. 현대 학자들은 예를 들어 소설 『금병매』에 묘사된 사건들과 대조되는 것으로 또 그 사건들에 관한 해설적 비평으로 시가 어떻게 사용되고 있는지 분석했다.[50] 명말의 출판인들은 이미 이야기 본문 바깥에 시를 삽입하는 실험을 시작했으며, 이와 함께 시는 이제 본문에 제공된, 본문과 잘 어울리는 삽화들과 엮이게 되었다.

소설 『수양제염사(隋揚帝艷史)』를 위해 고안된 80장의 삽화가 있는 원본 중 하나는 1631년에 쓴 서문들과 함께 출판되었는데 이것을 예로 들 만하다. 앞면에는 설명이 붙은 그림이 있고, 뒷면에는 장식된 테두리로 둘러싸인 대구의 시가 있는 다음 삽화는 '수 양제가 그림을 보며 옛 여행을 생각하다(隋炀帝观图思舊遊)'[51]라는 제목의 제17회 후반부를 따른 것이다. 삽화가 그려진 앞면(〈그림 43〉)에는 황후와 많은 궁녀들에 둘러싸인 황제가 어느 풍경 그림에 열중한 모습이 보인다. 황제는 마치 자신이 안고 있는 황후를 가르치는 것처럼 힘차게 커다란 족자를 가리키고 있다. 음식을 차려 놓은 탁자는 방치되어 있고 시종들은 그저 구경하고 있다. 황제의 의자는 밀쳐져 있다.

<그림 43> 미상, '수 양제가 그림을 보며 옛 여행을 생각하다(隋煬帝觀圖思舊遊)', 미상, 『수양제염사(隋揚帝艷史)』 제17회, 페이지 34a. 런루이탕(人瑞堂), 1631년. 종이에 인쇄된 목판 선장본, 23.7×14.5㎝. 콜롬비아 대학교 스타 동아시아 도서관(C.V. Starr East Asian Library)

전반적으로 이 삽화는 제17회 후반부에 일어난 사건을 재현한다. 이야기 본문을 보면, 궁전 여기저기를 돌아다니던 술 취한 황제가 문득 벽에 걸려 있는 한 풍경 그림에 사로잡혀 멈춰 선다. 자신이 그림의 예술성에 무관심하다는 것을 왕비에게 강조하며 그는 "보면 볼수록" 그가 여행했던 곳 특히 장쑤(江蘇)의 남동 지역을 지칭하는 광링(廣陵)의 기

50 『금병매 제1권(The Plum in the Golden Vase or, Chin P'ing Mei: Vol. 1, The Gathering)』, 데이비드 토드 로이(David Tod Roy) 번역(Princeton: Princeton University Press, 1993), xlv-xlvi. 인디라 수 사티엔드라(Indira Suh Satyendra)는 그녀가 이해한 『금병매』 각 회의 서두를 시작하고 있는 시들과 뒤에 이어지는 서사 텍스트 사이의 대화적 관계가 어떤 것인지 그 특성에 관해 『중국 소설 시학을 향하여: 「금병매사화(金瓶梅詞話)」에 나오는 서문 격의 시에 관한 연구(Toward a Poetics of the Chinese Novel: A Study of the Prefatory Poems in the Chin P'ing Mei Tz'u-hua)』(Ph.D. dissertation, University of Chicago, 1989)에서 검토하고 있다.

51 『수양제염사』는 19세기 말에 금서로 지정되었기 때문에 원본을 찾아보기 어렵다. 필자도 하버드-옌칭 도서관(Harvard-Yenching Library)에 소장되어 있는 일부 텍스트를 가지고 연구했다. 이 판본에는 단지 서문 격의 자료들과 40장의 삽화들만 포함되어 있다. 헤겔(Hegel)은 『17세기 중국의 소설(The Novel in Seventeenth-Century China)』(242쪽)에서 이 분책(分冊)이 원본 목판으로 인쇄된 것이라고 명시하고 있다. 그밖에도 이 연구를 위하여 필자는 현대에 세 권으로 출판한 영인본 『수양제염사』에 의지했다. 이 책은 『고본소설총간(古本小說叢刊)』(劉世德.陳慶浩.石昌俞 編, 北京: 中華書局, 1987-1991) 18권에도 수록되어 있다.

억이 "더 되살아난다"고 주장한다.[52] 그 다음에 황후가 그와 함께 그림에 대해 세심하게 분석하며, 이러한 분석은 광릉의 풍광과 그곳에 화려한 건축물들을 많이 세우고 싶어 하는 황제의 욕망에 관한 대화로 이어진다. 마침내 황후는 양제가 갈망하는 곳으로 여행을 용이하게 하는 수로의 건설을 고려하도록 부추긴다. 그래서 그 그림은 황제의 대운하 건설을 조장하며, 이 대운하는 소설에서 그의 죽음의 시작으로 묘사된다.[53]

삽화의 뒷면(〈그림 44〉)은 본문과 그림에서 묘사된 이야기를 보완하기 위해 신중하게 구성되었다. 대구로 이루어진 시는 우아하게 행을 조절하여 글자를 판각하였는데, 페이지 한 면의 가운데에 초점을 맞추어 배치되어 직사각형 테두리 안에 들어가 있다. 윌리엄 닌하우저(William H. Nienhauser)는 『수양제염사』의 삽화 뒷면에 보이는 대구들이 앞면에 묘사된 그림 서사를 그림 이상으로 고양시킴으로써, 또한 상응하는 역사적 사건에 대한 암시로 본문을 풍부하게 함으로써 "새로운 의미의 차원들을 창조했다"고 말했다.[54] 삽화의 뒷면에 새겨진 대구의 시는 리멍양(李夢陽: 1475-1529)의 장편시에서 가져온 것으로 역시 예외가 아니다. 대구의 두 번째 행은 "그림을 바라보니 마치 내가 한 번 가본 곳 같네(看圖彷佛曾遊處)"[55]라고 되어 있다. 이런 식으로 시는 그가 전 해에 가본 곳에 대한 장황한 서술을 끝맺으며 소설 속 수 양제의 경험을 분명하게 환기시키고 있다.

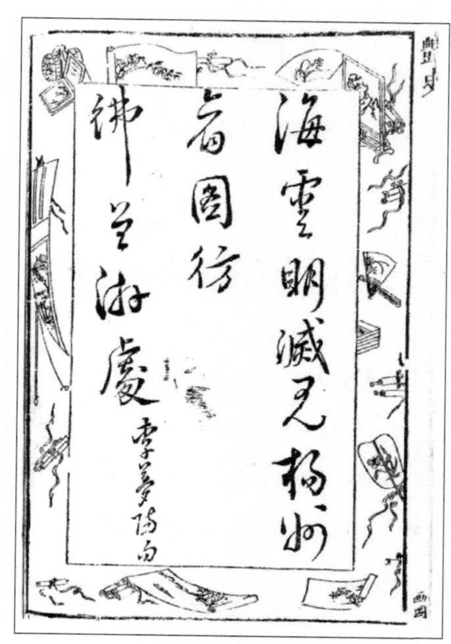

<그림 44> 장식된 테두리로 둘러싸인 대구의 시(<그림 43>의 뒷면), 미상, 『수양제염사(隋揚帝艷史)』 제17회, 페이지 34b.

네모난 테두리가 시 구절을 둘러싸고 그 테두리에는 다양한 형식들의 그림, 즉 펼쳐있거나 접혀있는 부채들, 입지식(立地式) 병풍(standing screen)과 경절장(經折裝) 형태의 서책, 또 돌돌 말려있거나 펼쳐져 있는 축화(軸畵)와 권화(卷畵)들이 흩어져 있다. 테두리 장식은 그림이 보여지는 상이한 방식들로 이목을 끈다. 어쨌든 수양제가 운하를 개발하게 된 것은 한 편

52 『수양제염사(隋煬帝艷史)』(1631, 영인본, 『古本小說叢刊』), 2권, 1792쪽.

53 로버트 헤겔(Rovert E. Hegel), 『17세기 중국의 소설(The Novel in Seventeenth-Century China)』(New York: Columbia University Press, 1981), 90쪽.

54 윌리엄 닌하우저(William H. Nienhauser Jr.), 「『수양제염사』 삽화본에 나타난 시 해설 독법(A Reading of the Poetic Captions in an Illustrated Version of the 'Sui yang-ti Yen-shih')」 [『한학연구(漢學硏究)』 6.1(1988. 6)], 26쪽.

55 리멍양(李夢陽), 「제화소필성시(題畫掃筆成詩)」, 『쿵퉁 선생집(空同先生集)』(1522-1567, 영인본. 臺北: 偉文圖書出版社, 1976), 2권, 475쪽. 대구 첫 번째 행의 출처는 여전히 찾을 수가 없다.

의 그림을 감상한 데서 비롯되었기에, 족자 그림을 보는 행위는 이후 이야기의 발단이 된다. 그리하여 테두리 장식은 본문의 이야기를 강화하는 측면에서 효과적으로 시각적 이미지와 "연결되고 조화된다[關合]."[56] 시각 이미지와 그와 관련한 말로 된 본문이 얼마나 맞아떨어지느냐에 대한 계산된 거미망은 『수양제염사』[57]의 첫머리에 놓은 범례(凡例)에서 강조된다. 편찬자는 "실로 이것은 이 나라의 서책 가운데 아무도 하지 않았던 것이다"[58]라고 주장했다. 이러한 과장된 언급은 상업적인 계산으로 보인다. 왜냐하면 이 시기에 생산된 많은 인쇄 서적들의 삽화 뒷면에서 시 구절과 테두리 장식을 볼 수 있기 때문이다. 그러나 형식이나 테두리의 내용이 진부하긴 하지만, 『수양제염사』의 편찬자는 사전의 철저한 기획에 알맞게 그 의미의 범위를 규정하고 한계를 정하는데 특별히 노력했다. 이러한 억제 전략으로 인해 이 소설은 많은 것들을 고의로 애매모호하게 만들거나 모순되게 한 『링옌거』 같은 책들과 구분된다.

그럼에도 불구하고 『수양제염사』, 즉 『링옌거』에 등장하는 이들과 시대적으로 그리 떨어지지 않은 사건을 다룬 역사 소설이 『링옌거』의 출판과 많은 부분을 공유한다는 점은 충분히 언급할 만한 가치가 있다. 류위안은 시(詩)를 해석의 확장이라는 수단보다는 역설적인 비평이라는 형식으로 활용했다. 『수양제염사』 삽화 뒷면의 배치는 류위안 초상화 화첩의 뒷면과 유사하다. 두 사례에서 시 구절은 책장에 그려진 상징적인 이미지들에 둘러싸여있다. 류위안이 그 소설을 잘 알고 있었는지는 모른다. 다만 이 같은 유사성을 통해 책장을 넘기는 것과 연관된 독서 습관과 기대를 알 수 있으며, 류위안은 당연히 자신의 상상의 독자들을 상정했을 것이다.

『링옌거』에서 초상화 화첩의 마지막 장을 넘기게 되면 삽화 전체에서 가장 예상치 못한 광경을 보게 된다. 신료 초상화의 뒤를 이어, 관음보살의 세 번의 현현과 전쟁신 관위(關羽)의 신분상승과 신령으로서 현현한 세 단계를 포함한 신상이 등장한다. 두푸의 작품에서 가져온 시 구절은 각 신상의 뒷면에 그려진다. 그러나 이 구절들은 그 앞면에 인쇄된 이미지가 갖고 있던 정체성을 전복하기보다는 향상시킨다.

예를 들어 관음의 세 신상 가운데 첫 번째는 바위 위에 앉아 포효하는 사자를 내려다보고 있다(〈그림 45〉). 머리의 보관(寶冠)은 옆의 버드나무 가지와 함께 명상하는 부처의 이미지를 드러내면서 덥수룩한 수염을 한 인물의 정체를 뒷받침한다. 신상 뒷페이지의 구성은 그곳에 드러난 시 구절의 내용만큼 새롭다. 즉 초상화의 시 구절을 둘러쌌던 방주는 사물들로 대체되고 그 사물의 표면 위에 시 구절

---

56 『수양제염사(隋煬帝艶史)』, 1권, 1069쪽.

57 『수양제염사(隋煬帝艶史)』, 1권, 1063-1071쪽. 예를 들어 편집자는 삽화에 붙여진 시들은 모두 묘사된 사건들에 부합하여 그것들을 증언하고 있음을 시사했다. 또 공단 비단 같은 테두리들을 도안하여 이를 둘러싸고 있는 삽화와 연결시켰다.

58 『수양제염사(隋煬帝艶史)』, 1권, 1069쪽. 【옮긴이 주】 원문은 다음과 같다. "誠海內諸書所未有也."

이 나타난다. 또 네 글자의 표제가 무엇을 그렸는지 알려준다. 이 경우에는 신상의 왼쪽 페이지의 시 구절이 해진 나뭇잎 표면 위에 적혀있고 그 나뭇잎의 말린 어두운 밑면이 글자를 가릴 듯하다(아니면 류위안이 책 자체에 책장을 넘기는 느낌을 표현한 것인가?). 글씨가 새겨진 잎은 다섯 장 가운데 하나인데 이 다섯은 서로 포개어져 있고 마치 책장 위에 떠있는 소용돌이치는 구름 위를 떠다니는 것처럼 보인다. 표제는 뒷면 오른쪽 구석에 예서로 "오운패다(五雲貝多)"라고 이미지의 정체를 알려주고 있다. 오색구름은 부처의 상서로운 현현을 가리킨다. '패다'는 나뭇잎에 대한 산스크리트어 파트라(pattra)를 가리키는 말로, 성스러운 불경 문구를 담았던 고대 인도의 종려잎 서책을 의미한다.[59] 이 화가는 종려잎 표면에 새긴 글자를 통해 필사라는 경건한 행위를 암시한다. 그러나 여기서 글자는 다음과 같은 경건한 시의 파편들을 실어 나른다.

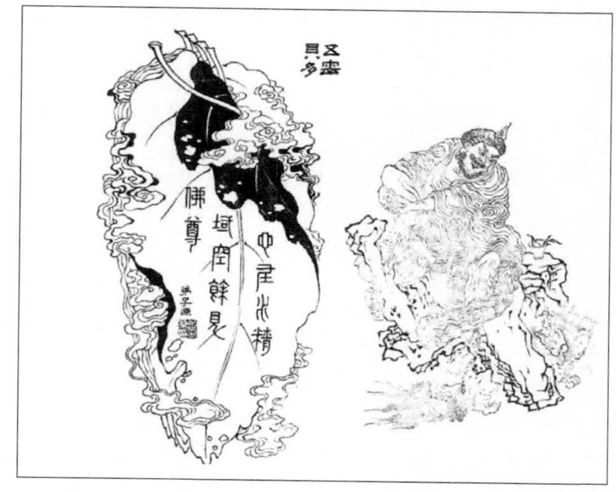

<그림 45> 류위안, 『링옌거』의 관음 신상의 앞 뒷면

마음이 수정 세계에 자리하고(心在水精域)
마음 비워 불세존 현현하시네(空餘見佛尊)[60]

서로 다른 시에서 따온 것이긴 하나 두 구절 모두 모든 현상의 공허함에 대한 인식은 물론, 개명지심(開明之心), 특히 그것의 명징함과 속세로부터 멀리 떠나 있음을 묘사한다.

『링옌거』의 끝에 자리한 초자연적 존재들이 제안하는 도피가 색다르고 독특하긴 하지만 둘 다 역사의 암흑으로부터 벗어날 것을 제안한다. 류위안은 그의 서문에서 다음과 같이 설명한다. "마하사티바(mahāsattva)의 자비와 신령 제군의 충정과 열정을 가지고 서문을 썼다."[61] 그리하여 화가는 독자를 이른바 "장상(將相)의 숲"이라 불렀던 곳에서 내세의 영역으로 이끈다. 독자는 그 영역으로부터 인류 역사에서의 지위를 초탈하고 정치적 변혁이라는 덧없는 싸움에서 깨어나게 될 것이다. 책의 앞부분을 예

59 인도의 종려잎 책에 대해서는 위 주석 8)을 참조할 것

60 앞 행은 두푸의 「대운사찬공방사수(大雲寺贊公房四首)」에서 가져왔다. 『두시상주(杜詩詳註)』 1권, j.4, 333쪽에 보인다. 뒷 행은 두푸의 「망도솔사(望兜率寺)」에서 가져왔다. 『두시상주(杜詩詳註)』 3권, j.12, 993쪽에도 보인다.

61 류위안, 『링옌거』 「서」, 1b, 4행. 【옮긴이 주】 원문은 다음과 같다. "而以大士之慈悲、帝君之忠烈, 冠於簡端."

측할 수 없는 여정으로 만드는 아이러니한 논평을 제거함으로써 역사의 무대를 해체한다. 신료 초상화의 뒷면에 슬픈 시 구절을 담았던 기복적인 테두리 장식 그림처럼, 『링옌거』를 끝맺는 신상들은 다양한 독법을 의도한다. 그러나 부처의 명경(明鏡)과 같은 지혜를 따를 것인지 아니며 관위의 언월도를 따를 것인지는 독자의 선택이다.

『링옌거』의 계보

목판으로 새겨져 인쇄물로 그려진 이미지로 시작되었던 『링옌거』는 이후로도 끊임없이 변형되었다. 『링옌거』가 선장본 이후에 어떻게 명맥을 유지하였는지를 살펴보면, 이 책과 그 표적독자층의 역사적 특수성을 설명해줄 뿐만 아니라 그것이 처음 대중적으로 공개될 때 인쇄가 얼마나 결정적으로 중요했는지를 보여준다. 아무튼 『링옌거』가 처음 출판된 이후 이 책에 가해진 가장 충격적인 변화는 그 구성 방식과 관련이 있는데, 이제 나는 이 점에 초점을 맞추고자 한다.

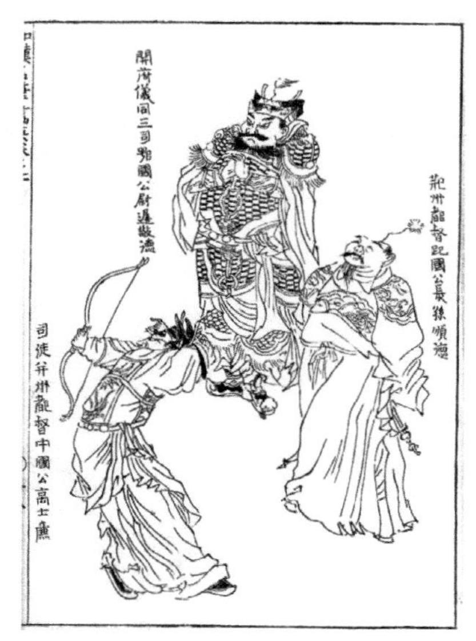

<그림 46> 요시무라 슈잔(吉村周山, 1700-1773년?), 「관인이 활을 쏘는 그림(官人射弓之圖)」, 『와칸메이히츠가에이(和漢名筆畵英)』 권1, 18a. 오사카(大阪): 시부카와 세이우에이몬(澁川淸右衛門), 1750. 선장본, 종이에 인쇄한 목판본, 27.0×18.0cm. 시카고 미술협회 [the Art Institute of Chicago] 의 허가를 받아 촬영하였음.

『링옌거』는 에도시기(1615-1868) 중기 일본에 전래되었다. 18세기에 인쇄본 화보 편집자들은 이 책에 나오는 인물들을 개별적으로 혹은 다양한 묶음집 형태로 출간했다. 주목할 만한 예의 하나로 정교하게 판각된 『와칸메이히츠가에이(和漢名筆畵英)』를 들 수 있는데, 이 책은 요시무라 슈잔(吉村周山, 1700-1773년?)이 여러 그림을 모아 오사카(大阪)에서 1750년에 선장본으로 출판하였다.[62] 뒷면에는 활짝 핀 동백꽃이 그려져 있고 앞면에는 조정 신료 세 명이 삼각구도로 배치되어 있는 이 그림은 화가 장루(張路, 약1490 – 약1563년)가 그렸다고 하는 어부도(漁夫圖)의 화법을 따르고 있다(〈그림 46〉). 이 작품은 목차에 「관인이 활을 쏘는 그림(官人射弓之圖)」이라는 제목이 붙어있다. 비록 이 대신들에게 이름표가 붙어있긴 하지만, 류위안이 그들의 역사를 재현할 때 의미

62 고바야시 히로미츠(小林宏光), 『17세기 중국 인쇄본의 인물구성과 그것이 에도시기 일본 화보에 미친 영향(Figure Compositions in Seventeenth Century Chinese Prints and Their Influences on Edo Period Japanese Painting Manuals)』 (Ph.D. Dissertation, University of California, Berkeley, 1987), 110-119쪽 참조.

있는 역할을 했던 시 구절 제사(題詞)는 사라지고 없다. 원본에서 분리된 초상들은 단지 형태적 묘사의 모델로 제공된다. 이 초상들이 류위안의 도안을 비슷하게 따라하고 있긴 하지만, 슈잔은 그 그림의 출처를 밝히지 않고 있다(〈그림 46〉과 〈그림 48〉을 비교해 볼 것.).

이후에 훨씬 더 대규모로 인쇄된 『링옌거』 소장본 판본의 경우, 다시 말해 1804년에 다니 분초(谷文晁, 1763-1840년)가 선장본의 형태로 출간했고 지금은 영국 도서관(British Library)에 소장된 판본의 경우에는 천훙서우가 그림을 그렸다고 한다. 이 책의 발문에서 분초는 천훙서우가 옛 작품을 모방해 스물 네 명의 신료들을 그린 것을 두고 칭찬을 아끼지 않았다. 천훙서우야말로 당대의 걸출한 초상화가라는 것이었다. 이 책의 모본이자 자신의 화집에 실린 원본 그림에 대한 관지에서, 분초는 이 그림들의 저자로 천훙서우를 지목했던 선난핀(沈南蘋, 18세기 중반에 활동)의 권위를 빌리고 있다. 이러한 주장들에도 불구하고, 또 인물 구상에 있어 극적인 효과를 축소하는 쪽으로 수정되었음에도 불구하고, 대신들의 초상화가 『링옌거』에 기반하고 있음은 분명하다. 예컨대 각공은 두루후이(杜如晦)를 묘사하면서 원본에 있던 인상적이고도 모호한 손짓을 없앴는데, 이로써 그림 속의 인물은 소설에나 나올 법한 범법자와 비슷해졌다(〈그림 37〉과 〈그림 47〉을 비교해 볼 것). 분초는 자신의 인쇄가 기반하고 있는 『링옌거』의 신하들 그림과 그가 누군가의 소장품에서 보았던, 천훙서우 작(作)으로 되어있는 『수호전』 인물 그림을 비교한다. 여기서 그는 스타일, 계보, 작품의 진위 여부를 평가하는 일정한 비평적 글쓰기의 형식을 따른다. 류위안과 『링옌거』 서문의 저자가 다루었던 것과 같은 역사적 문제에 관한 논평은 이 텍스트에서 전혀 보이지 않는다. 그러고 보면 분초의 출판에서 이목을 끄는 표지뿐만 아니라 시로 된 헌사나 성상(聖像)이 빠진 것도 놀랄 만한 일은 아니다.

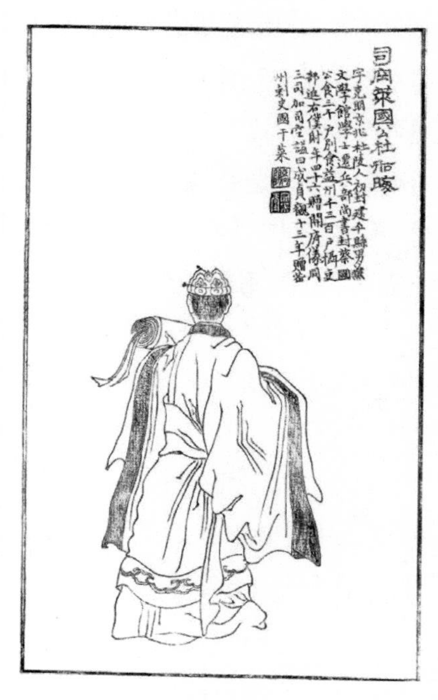

<그림 47> 작자미상, 「두루후이의 초상」, 『료엔코신가조(凌煙功臣畵像)』 12a엽. 1804년 타니 분쵸(谷文晁, 1763-1840) 간행. 선장본, 종이에 인쇄한 목판본, 26×18.1cm. 영국도서관 [the British Library] 의 허락을 받았음(소장번호: 16088.d.8.).

『링옌거』의 인쇄본이 18세기 일본에서 알려져 있었던 것이 분명함에도 불구하고, 이 책의 선장본 가운데 지금까지 남아 일본에 소장되어 있는 것이 전혀 없다는 것은 기이한 일이다. 잘 보존된 『링옌거』의 사본 하나가 국립고문서관(國立古文書館; 또는 나이가쿠분코[內閣文庫])에 소장되어 있기는 하지만, 이마저도 언제인지 모르는 어느 시점에 낱장들로 분해되어 화첩의 빳빳한 종이 위에 나눠서 끼워 넣은 것이다. 이것이 희귀한 『링옌거』 원본이라는 것은 의심할 여지가 없지만, 책을 이처럼 새롭게 구성한 것은 독자의 독서 경험을 상당한 정도로까지 바꾸기 마련이다. 즉, 이렇게 하면 화첩을 펼 때 인쇄된

면의 앞 뒷장이 한꺼번에 눈에 들어오게 되는 것이다(<그림 48>). 가오스롄(高士廉, 577-647)을 그린 초상화는 2행으로 된 시구절과 나란히 놓이면서 책장을 넘기는 행위에 수반되는 놀라움을 상실해 버렸다. 선장본의 접힌 형식에 내재되었던 아이러니가 흐트러지게 된 것이다.[63]

일본 수집가들의 습관이었던 것으로 보이는 이러한 식의 선장본 재구성은 『링옌거』를 활용했던 새 독자층의 새로운 방식을 보여주고 있다. 왕조 교체기의 정치적 드라마도 자연적으로 일어나는 역사적 변혁과 같은 것들도 에도 후기 『링옌거』 독자들의 관심을 끄는 주제들은 아니었다. 의심할 여지없이 지적으로 수준 높은 미적 경험을 제공했을 인쇄면들은 이제 순전히 예술적인 관조의 대상으로 바뀌었다. 류위안의 특권적인 고급 감식안이 대상으로 삼았던 바로 그 아름다움과 난해함으로 인해 그것의 최초 독자들이 접힌 책장들이 재현한 광경으로부터 거리를 두었다고 주장할 수 있을지도 모른다. 그러나 이후의 일본 독자들, 즉 1660년대 후반의 정치로부터 완전히 떨어져 있었던 독자들은 인물을 재현하는 독특한 방식과 그것이 천훙서우의 예술적 재능을 전형적으로 보여주리라는 점에서 이 책을 읽었다.

그림과 긴밀하게 연관된 형식으로 책장을 펼쳐 보이는 것은 인쇄된 이미지를 지각하는 방식 또한 새롭게 바꾸어 놓았다. 화첩에서 책장을 펼쳐 보이는 행위는 그것을 보는 사람으로 하여금 『링옌거』를 인쇄된 그림의 연속으로 지각하도록 유도했던 것이다. 물론 인쇄된 면들은 그것들이 책의 형태

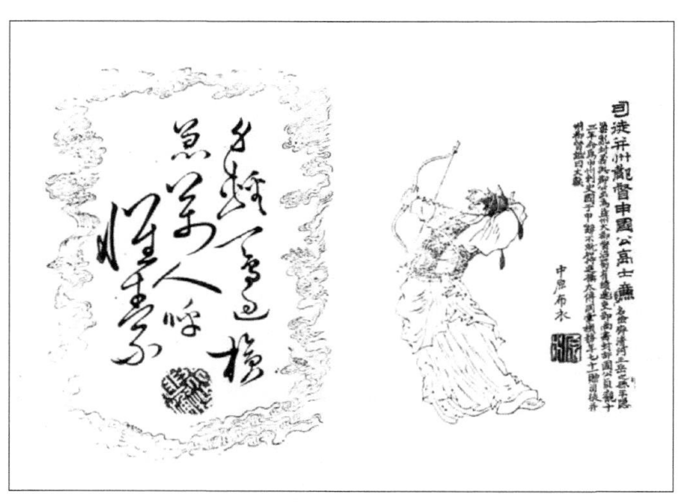

<그림 48> 류위안, 『링옌거』에 실린 가오스롄 초상화의 오른쪽 면과 왼쪽 면.

---

63 이와 비슷한 방식으로 재편집된 『링옌거』 판본이 현재 영국 도서관에 소장되어 있는데, 이 판본은 중국 예술품의 열렬한 수집가였던 도미오카 뎃사이(富岡鉄斎, 1836-1924)가 한 때 소유했던 것이다. 위잉 브라운(Yu-yiing Brown)은 「중국 도서에서의 도안 인쇄: 17세기의 세 가지 예를 중심으로(Pictorial printing in Chinese books: three examples from the seventeenth century)」(British Library Journal 4.2[autumn 1978]), 193-194쪽에서 뎃사이가 소유했던 이 재조합된 『링옌거』 판본을 소개한 적이 있다. 책의 인쇄된 면을 화첩 속에 다시 붙여 넣는 과정에서, 앞면 중의 많은 것들이 뒷면으로 잘못 들어가게 되었다.

로 선장되어 있든지 그렇지 않든지 간에 관계없이 언제나 그림으로 된 도안을 판각한 것이었다. 그리고 『링옌거』에서 그림 속의 형상들은 항상 그 독특한 제목/서명(署名)과 함께 놓여 있었다. 그러나 선장본이 화첩의 형태로 재구성됨에 따라 원본 그림의 부재가 보다 직접적으로 상기되었다. 인쇄된 것도 여전히 수집할 만한 가치가 있는 진귀한 물건이기는 했지만, 그럼에도 불구하고 그것은 이제 상실되었거나 다가갈 수 없게 된 그림의 복제품이 되었다. 화첩의 형태는 그것이 미지의 원본이 가지고 있는 신비한 힘—천훙서우가 바로 그 원본을 그렸다고 하는 것은 이것을 더욱 매력적인 것으로 만들었다—을 포획하려는 시도였다는 사실을 은연중에 드러내고 있다. 그러므로 인쇄된 『링옌거』의 책장들은 『링옌거』가 사라진 다음에야(비록 착각에 불과하기는 하지만) 일종의 그려진 이미지로 받아들여졌던 것 같다.

18세기 무명의 중국 화가가 인쇄된 면 안쪽에 그림을 감추는 형태로 『링옌거』를 변형시킨 일이 있기는 있었다. 거칠게 짠 비단으로 된 긴 두루마리는 나라의 신료들을 연속으로 펼쳐 보인다(이 두루마리는 현재 볼티모어[Baltimore]의 월터 미술관[Walters Art Museum]에 소장되어 있다). 각각의 인물들은 철저히 류위안의 도안을 따라 정교하게 먹으로 그려져 있다(〈그림 49〉). 황색 물감의 염료들은 황금색의 터치와 어우러져 의복과 상징적인 장신구들을 부각시키고 있다. 인물들은 여백을 둔 채 각각 사이를 두고 떨어져 있다. 그들이 누구인지를 알게 해 주는 표식이나 전기적인 설명은 전혀 나타나 있지 않다. 인물들의 초상을 칭송하는 시구(詩句)도 없다. 이렇게 잇따라 제시되는 인물들은 비록 각 인물들이 떨어져 있어서 그 외의 다른 의미를 거의 생산하지 않지만 인물을 재현하는 하나의 혁신적인 양식을 예시하고 있다. 인물들이 다 나온 다음에 『링옌거』에 등장하는 성상들이 전혀 따라 나오지 않는다는 것도 끝으로 지적되어야 할 것이다. 다시 말해 류위안이 의도적으로 빽빽하게 채워 넣은 문구는 그림에서 지워지고 그의 정치적 주장도 지금 이 후대의 모사품에서 감춰졌다. 류위안의 초상화집에 등장하는 체제 전복적인 인물들, 즉 소설에나 나올 법한 범법자 차림을 하고 있는 이 인물들은 이제 역사적인 차원을 떠나 일종의 기발한 시각적 모사품으로 감상되고 있는 것이다.

<그림 49> 작자 미상. 『24공신』. 18세기 초. 탕젠(唐儉)과 친수바오(秦叔宝)의 초상이 있는 두루마리의 마지막 부분. 비단에 담묵과 금으로 채색. 26.3×421.1cm. 볼티모어(Baltimore) 월터 미술관(Walters Art Museum).

류위안의 『링옌거』를 잇는 계보는 연속적이라기보다 산발적이다. 이것은 선장본의 형태와 결부된 변화들이 그 형태상의 변화들과 함께 최초의 인쇄본이 가졌던 소재와 의미화까지도 바꾸어 놓았다는 사실을 입증한다. 인쇄된 책과 그려진 두루마리를 포함하는 계보는 질적인 차이를 보여주지는 않는다. 그것은 서로 다른 독자들이 같은 책을 얼마나 다르게 읽었는가를 보여주는 것이다. 류위안이 경의를 담아 그린 『링옌거』 초상은 명조의 몰락으로 여전히 고통을 겪고 있는 1660년대 말의 독자들에게 시대적인 동일시라든가 도덕적 권위라고 하는 것들을 줄 수는 없었다. 대신에 그는 정치적인 진퇴를 관찰하고 결정할 수 있는 계기는 물론 사회·정치적인 질서의 작동을 관찰할 수 있는 장(場)을 제공했다. 『링옌거』의 책장을 넘긴다는 것은 바로 그러한 관찰로 들어가는 일이었다. 반면에 『링옌거』와 그것이 다루는 역사적 순간으로부터 어느 정도 거리가 있었던 화집은 미적 분석의 대상, 명백히 비정치적인 대상이 되었다.

인쇄본 속의 교화적 삽화

줄리아 K. 머레이(Julia K. Murray)

그동안 중국서적 연구에서는 명말청초에 "중국" 문화를 널리 보급된 일반적인 것으로 발전시키는 데에 그림이 맡은 역할에 대해 그리 주목하지 않았다. 신시아 브로카우가 이 책의 제1장에서 설명한 바와 같이, 16, 17세기에 목판인쇄본의 보급이 널리 확산되었던 데는 여러 가지 원인이 있었다. 원래 정부기관이나 개인이 사적으로 발행한 책을 상업적 출판업자들이 다시 출판하면서 문화지식은 사회의 또 다른 영역으로 이동해 들어갔다. 목판으로 인쇄된 삽화 중에는 글이 담고 있는 생각을 눈에 보이는 형식으로 제공하면서 아울러 다양한 독자층의 관심을 끌기 위한 경우도 있었다. 그런데 그림이 어떤 인쇄본의 맥락에서 또 다른 맥락으로 옮겨갈 때 그 의미나 의의가 변하는 것도 당연하다. 이렇듯 삽화의 광범위한 유통의 또 다른 효과는 상류층의 시각적이고 물리적인 문화의 여러 양상을 보통사람들도 잘 알 수 있게 했다는 점이다. 앤 매클라렌이 제4장에서 논의한 것과 같이 명백하게 대중적인 작품들이 "새로운 독자층의 형성"에 도움을 준 것과 매우 유사한 상황이다. 더욱이 삽화본의 역사를 여타 시각문화의 매체나 사회적 소통의 도구와 연관시켜 연구하는 것은 타당하다. 만약 동일한 그림에 색깔을 입히거나 비석에 새기는 방식으로 변형을 가하면, 변형된 그림은 그 매체를 지배하는 특정한 기대와 관습에 종속하게 되고 더 큰 시각문화 연속체 속에서 새로운 위치를 부여받게 된다.[1] 각 매체의 전사(前史)와 기능, 켜켜이 쌓인 함축의미 등 모든 것이 어떤 그림의 수용과 "메시지"에 영향을 준다.

오래 전부터 그림은 사고력이 저급하거나 글을 배우기에 불충분한 사람들을 교육하는 데에 효과적이라고 여겨졌다. 그림은 "우둔한 남녀[愚夫愚婦]"가 이해할 수 있는 형식으로 가르침을 주기 때문에 그들을 교화하기에 유용하다는 말은 뻔한 소리였다.[2] 하지만 그림의 도움을 받을 수 있는 것은 글을 모

---

1 다양한 시각매체 사이의 연관성을 훌륭하게 소개하고 있는 입문서로는 크레그 클루나스(Craig Clunas), 『중국 근대 초기의 그림과 시각성(Pictures and Visuality in Early Modern China)』(Princeton: Princeton University Press, 1997)이 있다.

2 문맹인 혹은 반문맹인이 글의 내용을 이해하는 데에 그림이 도움을 줄 수 있다는 널리 퍼진 신념에 대한 도전에 관해서는 이 책의 제1장 각주 117을 볼 것.

르는 사람들만이 아니었다. 또한 그림이 글로 표현하기 힘든 정보, 특히 사물의 시각적 외형과 관련된 정보를 전달할 수 있다는 주장은 꾸준히 제기되었다.[3] 기원후 초기 수 세기에 나온 유가경전에서는 전부는 아니지만 대부분의 경우 해설적인 요소[圖]가 들어있었다. 도(圖)는 영어로 표현하자면 도식(diagram), 표(chart), 지도(map), 회화적 재현(pictorial representation) 등을 포괄한다.[4] 한대부터 시작하여 도덕적 모범인물들의 교훈적인 이야기나 전기적 일사(逸事) 역시 지속적으로 그림과 연계되었다. 류샹(劉向, 약 기원전 79-기원전 6년)이 편집한 『효자전』과 『열녀전』을 그림으로 그린 것이 대표적인 예이다.[5] 그뿐 아니라, 특히 조정에서 황제나 재상의 주도하에 역사의 기록도 그림으로 표현되었다. 이러한 그림들은 목판으로 재생산되었는데, 확실한 기록으로 남아있는 최초의 사례는 송(宋) 인종(仁宗, 1022)이 송나라 초기의 100가지 역사적 사건들을 그림으로 그리고 인쇄하여 대신들과 황족들에게 하사한 경우였다.[6] 하지만 이 역사도록이 조정 외부에서 유통되었다거나 남송이 멸망한 1279년 이후에도 존재했음을 보여주는 증거는 없다.

이와는 대조적으로 명대 말기가 되면 조정에서 만들어낸 교화적 이야기의 그림책이 빠르게 시중에 풀렸다. 게다가 특정한 주제에 관한 여러 판본들이 각기 다른 목판에 인쇄되어 동시에 유통되었다. 어떤 평자들은 그림 속에 담긴 정보들은 글로 전달되는 것보다 덜 중요하다고 주장했지만, 언어로는 표현할 수 없는 그 무엇을 그림을 통해 전달할 수 있다는 바로 그 관념은 사회적 신분의 고하를 막론하고 사람들이 그림을 보는 데에 정당성을 부여해주었다.[7] 또한, 그리 일반적인 생각은 아니었지만, 어떤 작가들은 그림을 보는 그 자체가 즐거움을 준다고 생각했다. 어찌 되었든, 책 속에 담긴 삽화는 그림이 아니라면 쉽게 접근할 수 없었던 인물과 장소를 "보고자" 하는 명말 사람들의 욕망을 증폭시켰을 뿐만 아니라, 역사와 문화에 대한 문인계층의 관점을 전 계층에 걸쳐 확산하고 공유하도록 만들었다.

---

3 이 주제에 관한 고전적인 설명은 장옌위안(張彦遠)의 「그림의 원류를 논함(論畫之源流)」, 『역대명화기(歷代名畫記)』(847년), 현대의 표점본으로 위안란(于安瀾) 편 『화사총서(畫史叢書)』 제1권(臺北: 文史哲出版社, 1974년, 영인본), 1.1-3, 5-7쪽을 볼 것. 수잔 부시(Susan Bush)와 쉐옌 스(Hsio-yen Shih, 时学颜) 편, 『고대 중국 화론(Early Chinese Text on Panting)』(Cambridge, Mass.: Harvard University Press, 1985), 50쪽-52쪽에 부분적인 번역이 있다. 도(圖)와 서(書)가 서로 다른 종류의 정보를 전달하는 상호보완적 성격을 집중적으로 논의한 글로는 왕잉린(王應麟)의 『옥해(玉海)』(上海: 上海古籍出版社, 上海書店, 1987) 56.31b-32a(1072-1073쪽)을 참조. 또한 클루나스의 『그림과 시각성』 제1장을 볼 것.

4 "도(圖)"의 의미론적 범위와 관련된 논의로는 클루나스의 『그림과 시각성』, 104-109쪽을 참조. 또한 마이클 닐런(Michael Nylan), "서예, 신성한 텍스트, 문화의 측정(Calligraphy, the Sacred Text and Test of Culture)", Cary Y. Liu, Dora C. Y. Ching, and Judith G. Smith, eds. 『*Character and Context in Chinese Calligraphy*』(Princeton: The Art Museum, Princeton University, 1999), 16쪽-77쪽; 도날드 하퍼(Donald Harper), 우훙(Wu Hung), 유진 웨진 왕(Eugene Yuejin Wang), 마이클 레크너(Michael Lackner)가 1998년 연합중국학회(Association for Asian Studies) 학술발표회 "중국 전통문화에서 도(圖)의 위상" 분과에서 발표한 논문들을 참조.

5 우훙(巫鴻), 『우량츠(武粱祠): 고대 중국의 회화예술의 이데올로기(The Wu Liang Shrine: The Ideology of Early Chinese Pictorial Art)』(Stanford: Stanford University Press, 1989), 특히 170-186쪽, 272-275쪽.

6 이 그림은 『삼조훈감도(三朝訓鑑圖)』로서 궈뤄쉬(郭若虛)의 『도화견문지(圖畫見聞志)』(1070년대 후기)에 나온다. 현대의 표점본으로 위안란(于安瀾) 편 『화사총서(畫史叢書)』 제1권(臺北: 文史哲出版社, 1974년, 영인본), 6.85(231쪽) 참조.

7 이 점은 이 책의 10번째 논문인 앤 버커스-채슨의 글에서도 논의되었다.

이 글의 초점은 고대의 유명인들에 관한 이야기 삽화본 3종 『제감도설(帝鑑圖說)』, 『양정도해(養正圖解)』, 『성적도(聖蹟圖)』의 구상과 진화과정을 탐색하는 것이다. 앞의 두 책은 각각 만력제(1572-1620년 재위)와 그의 아들[朱常洛, 1582-1620년]을 위해 왕실의 개인교사들이 만들어낸 것으로서, 선대의 황제, 여러 왕들, 재상들의 교훈적인 일화를 담고 있다. 세 번째 책은 그림으로 그린 공자의 전기인데, 조정에서 기획과 유통을 주도하여 시중에 널리 퍼졌다. 이 세 가지는 모두 목판으로 인쇄된 책 혹은 도록으로서, 내용과 제작품질이 서로 다른 다양한 판본이 존재한다. 삽화 역시 여러 가지 방식으로 배열되는데, 그림의 상하좌우에 관련된 글이 새롭게 덧붙여지기도 하며 판을 거듭하면서 근본적으로 다시 고안되기도 한다. 이러한 변형의 양상을 통해 교훈에 대한 다양한 취향, 흥미, 필요성을 갖는 것으로 상정되는 표적독자 혹은 내포독자의 범주를 구분해 낼 수 있다. 표면적으로는 동일한 작품이 다양한 형태로 출판되었다는 점을 고려하면, 그림이 목판 인쇄출판의 영역의 어떤 맥락에서 또 다른 맥락으로 옮겨갈 때 발생하는 의미의 변화를 분석할 수 있을 것이다.

이 세 가지 책은 그림에 채색을 하고 손글씨를 덧붙인 권자본이나 화첩의 형태로 나타나기도 하고, 탁본을 만들 수 있도록 석판에 새겨지기도 한다. 이렇게 매체가 변화한다는 점은 이러한 삽화들이 특정한 맥락과 목적을 갖는다는 것을 암시한다. 그러한 맥락과 목적을 위해서는 목판으로 인쇄하는 것보다 돌에 새겨지거나 채색되거나 손글씨로 쓰는 것이 더 적합했던 것이다. 동일한 주제가 서로 다른 매체에 묘사된 것을 통해서 의미를 생성하는 요소로서 매체 자체가 갖는 기능을 탐색하는 기회로 활용할 수 있다. 각 매체가 갖는 기술적 제약 자체가 한 작품의 물리적 속성에 영향을 주고 감상자의 경험을 좌우하지만, 해당 매체를 이용하는 기존의 방식, 그것을 접할 때의 관습적 행위, 그것이 내포하는 의미와 연상작용 역시 감상자의 해석을 형성한다. 얽혀있는 세 가지 시각적 재현 양식에 따라 어떤 함축의미와 결과를 만들어내는지를 분석해보면, 명말 그림을 전달하는 매체들의 전체적인 구조 속에서 인쇄가 갖는 상대적 위치가 더욱 명확해질 것이다.

『제감도설(帝鑑圖說)』

역대 제왕들에 관한 117가지 일화를 삽화로 그려 모아놓은 『제감도설』은 아홉 살의 나이로 막 즉위한 만력제를 위해 1572년에서 1573년에 제작되었다.[8] 이 작품은 어린 황제가 자신의 막중한 책임을

8 나는 집중적인 1차 조사와 그림 대조를 바탕으로 『제감도설』의 진화과정에 대해 훨씬 더 긴 편폭의 논문을 쓴 바 있다. 「교과서에서 기념물로: 중국과 일본의 『제감도설』」 [Ars Orientalis 31(2001)] 65-101쪽을 참조할 것. 내가 재구성한 『제감도설』의 진화과정은 다른 학자들과는 근본적으로 다르다. 여러 학자들의 연구에는 오류가 적지 않다. 예를 들면 최근에 출판된 『제감도설평주(帝鑑圖說評注)』 (鄭州: 中州古籍出版社, 1996)의 쟈나이첸(賈乃謙)의 전언(前言); 고바야시 히로미츠(小林宏光)의 「규라주 병풍에 보이는 『제감도설』의 변화(宮楽図屏風にみる帝鑑図説の転成)」 (『國華』 1131, 1990), 11-13쪽; 사카키바라 사토루(榊原悟) 「『제감도설』 소해(『帝鑑図說』 小

감당하는 준비를 돕도록 당시 강력한 권세를 지녔던 내각수보(內閣首輔) 장쥐정(張居正, 1525년-1582년)이 기획한 것으로서, 본질적으로 통치술에 관한 삽화본 입문서였다. 이 책은 크게 본받아야 할 모범과 피해야 할 사례라는 두 부분으로 구성되었으며, 각각은 시간 순서로 배열되어 있다. 본받을 만한 81가지 행적은 전설상의 군주 요임금부터 송나라 철종(哲宗, 1085년-1100년 재위)까지 모범적인 통치자들과 관련되어 있으며, 경계할 만한 36가지 악행의 이야기는 전설 속 하(夏) 왕조의 태강(太康)부터 시작하여 북송의 마지막 황제 휘종(徽宗, 1100년-1126년 재위)으로 끝을 맺는다.

내각의 관료들은 장쥐정의 감수 아래 역사서에서 교훈적인 이야기를 수집하여 구두점을 찍고 간단한 고문으로 풀이하였으며 인명이나 어려운 용어를 해설하는 주를 달았다. 다음으로 각각의 일화를 채색도로 표현하였으며, 장쥐정 본인은 두 부분에 대해서 각각 도덕론을 설파하는 개론[說]을 작성하고 있다.[9] 장쥐정은 「진제감도설소(進帝鑑圖說疏)」를 황제에게 올리며 이 책의 제목의 의미에 대해서는 설명하고 있지만, 삽화를 그린 화가의 이름은 거론하지 않고 있다. 이는 그림을 어떤 예술적인 생산물이 아니라 단순히 이해의 보조수단으로 취급했기 때문이다. 아마도 객관적인 회화적 재현을 문인 평자들이 점점 더 저속한 것으로 여겼기 때문에, 장쥐정은 사실 그림이 성인들의 숭고한 가치를 저하시키지 않는다는 점을 황제에게 납득시키려고 애를 썼다.[10] 장쥐정 상소문의 말미에 달린 주석은 만력제가 "화첩(畵帖)"을 사관(史館)에 보내어 관료들이 볼 수 있게끔 했다는 사실을 알려주고 있다.

장쥐정의 상소문을 검토해보면 『제감도설』이 처음에는 손으로 글씨를 쓴 2책의 채색 도첩이었음을 확실히 알 수 있다. 이 원본 화첩은 이미 전하지 않는 듯하지만, 그 주된 특징들은 목판으로 인쇄된 복제본을 통해 재구성할 수 있다(아래에서 논의함). 손으로 직접 채색을 하고 글씨를 쓴 이 도첩은 좋은 선례와 나쁜 선례를 나누어 두 책(冊)에 담고 있으며, 각 책의 제목은 "성철방규(聖哲芳規, 성현들의 훌륭한 행적)"와 "광우복철(狂愚覆轍, 아둔하고 광포한 자들이 패망한 자취)"로서 크고 굵은 행서체로 쓰고 있다. 낱장은 크고 거의 정사각형이었으며, 마주보는 양쪽 페이지의 왼쪽에는 삽화를, 오른쪽에는 그에 대응하는 글을 배치하였다. 각각의 그림 안쪽 오른편 상단에는 해당 이야기의 제목을 대부분 네 글자로 나타내고

解)」[町田市立国際版画美術館編集, 『近世日本絵画と画譜·絵手本展』 II(東京: 町田市立国際版画美術館, 1990)], 124-37쪽; 고노 모토아키(河野元昭), 「탐유(探幽)와 나고야 성의 칸에이도전(探幽と名古屋城寛永度造営御殿)」(『美術史論叢』 4, 1988) 참조.

9 이 글의 표점주석본은 장순후이(張舜徽) 주편 『장쥐정집(張居正集)』(武漢: 荊楚書舍, 1987) 제3권 107-114쪽 참조. 유가철학과 국가운영에 관한 장쥐정의 관점을 개략적으로 살펴보려면, 로버트 크로포드(Robert Crawford), 「장쥐정의 유가적 법치주의(Chang Chu-cheng's Confucian Legalism)」, Wm. Theodore de Bary, ed., *Self and Society in Ming Thought*(New York: Columbia University Press, 1970), 367-413쪽 참조.

10 나는 이 주제를 「공묘와 성적도(The Temple of Confucius and Pictorial Biographies of the Sage)」, *Journal of Asiatic Studies* 55.2(May 1996)에서 논의한 바 있다. 또한 크레그 클루나스(Craig Clunas), 『중국 근대 초기의 그림과 시각성(Pictures and Visuality in Early Modern China)』(Princeton: Princeton University Press, 1997), 특히 제2장을 참조할 것. 미술 비평가들에게 혹평을 받은 것 이외에도, 세속적인 그림들은 인쇄본에서도 하찮게 취급될 수 있었다. 이 점은 앤 맥클라렌이 4장에서 논의하고 있다. 재미있게도 청대 황실의 목록가들은 『제감도설』을 통속서로 분류하였다. 거기에 사용된 언어가 어린 아이들도 쉽게 알 수 있을 만큼 너무 단순했기 때문이다. 기윤(紀昀) 등, 『사고전서총목제요(四庫全書總目提要)』 권90, 사부(史部) 46, 「사평존목(史評存目)」2 참조.

있다. 그림 속에서는 황제나 여타 중요한 인물들의 이름을 표시하고 있다. 그림의 기술은 꼼꼼하고 세부적인 부분도 매우 정교하며, 배치된 건물도 특별히 호화롭다. 각각의 그림에 상응하는 글은 관련 사료에서 발췌한 문구를 옮겨 적은 것으로 고문으로 씌어졌으며, 그 뒤로 사건의 기록을 간략하게 소개하고 그 의의를 설명하는 내용을 한줄 들여 쓴 단락으로 덧붙이고 있다(이러한 단락은 "해(解)"라는 글자로 시작한다).

황제에게 이 책을 진상했던 바로 그 해에 두 종의 매우 상이한 목판인쇄 복제본이 만들어진다. 화첩을 제작하자마자 장쥐정은 곧바로 인쇄본을 생산하도록 하여 수도의 관료들에게 배포하는데, 그 출판 수량이 상당히 많아 현재까지 남아있는 실물도 다수이다(그림50). 장쥐정의 인쇄본은 원래의 도첩보다는 크기가 꽤 작고 몇 권의 선장본으로 분책된 형태였기 때문에 휴대하여 읽기가 편했다. 또 하나의 초기 목판인쇄 복제본은 1573년이 저물어 가던 때에 장쑤(江蘇) 성 화이안(淮安)의 조운총독부(漕運總督府) 관원인 판윈돤(潘允端, 1526년-1601년)이 출간하였다. 판윈돤의 아버지인 판언(潘恩, 1496년-1582년)이 우선 사관(史館)에서 원본 도첩을 구했고, 그것을 다시 판윈돤에게 건네준 것이었다. 판윈돤의 인쇄본은 평평한 탁자에 올려놓고 봐야 할 만큼 큰데, 아마도 원본 도첩과 같은 크기로 제작된 듯하다. 그리고 각 장의 바깥쪽은 아코디언 모양으로 서로 연결되어 있다(그림51). 이 판본은 장인의 손길도 뛰어나고 사용한 자재도 훌륭하여서인지, 판각이 섬세하며 고급 용지에 정성스럽게 인쇄되었다. 장쥐정의 판본 역시 좋기는 하지만 이만큼 최상의 품질은 아니었다. 더군다나 현재까지 전하는 실물이 일본 궁내청(宮內廳)에 잔권으로만 남아 있는 점을 고려하면,[11] 판윈돤의 복제본은 더 널리 배포하기 위해서라기보다 개인적인 향유를 위해서 제작된 것으로 보인다.

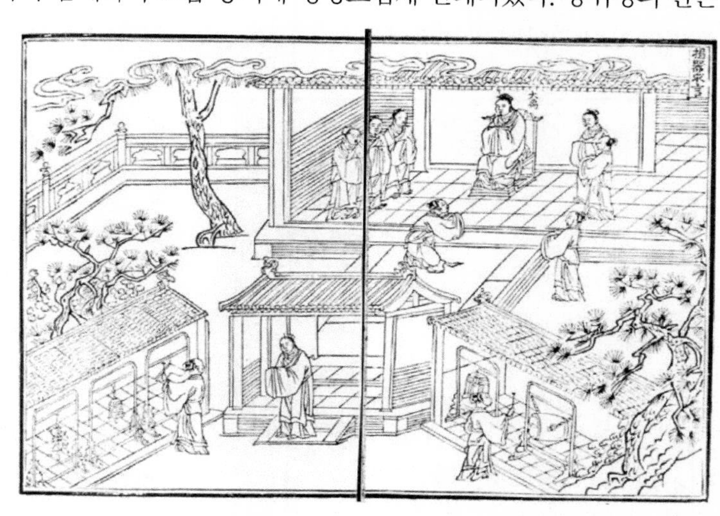

<그림 50> 장쥐정 판본 『제감도설』(1573년, 베이징). 네 번째 이야기 "게기구언(揭器求言, 악기를 걸어놓고 간언을 구하다)의 삽화. 목판인쇄본 9a-b쪽. 광곽은 대략 20×28cm. 타이완 국립중앙도서관, 희귀본 no. 05239. 이 그림은 판심에 의해 두 부분으로 나뉘어져 한눈에 전체를 다 볼 수 없다. 모범적인 천자 하(夏)나라 우왕(禹王)은 악기를 걸어놓고 사람들로 하여금 끊임없이 간언을 하도록 하였다. 궁궐의 건물과 가구는 상고시대의 것이라기보다는 명청시대의 특징을 보이고 있다.

원래의 도첩은 목판이라는 매체를 이용한 복제를 통해 어린 황제를 위한 호화로운 교과서에서 다른 기획을 위한 수단으로 변형되었다. 장쥐정은 표적독자들인 관료들에게 그가 만든 인쇄

11 1-39번째 이야기와 82-117번째 이야기 등 현존하는 삽화는 축소된 형태로 『일본 근세 회화와 화보(近世日本繪畫と畫譜)』 vol.2, cat. no. 21에 수록되어 있다.

본을 더욱 효과적으로 각인시키기 위해서 그들에게 익숙한 언어를 사용하여 그들이 고심하는 바를 다루는 글을 덧붙이는 방식으로 논점을 집중시키고 있는데, 여기에는 숭고한 전례와 변치 않는 가치에 대한 암시가 가득 차있다. 그는 루수성(陸樹聲, 1509년-1605년)에게 서문을, 왕시례(王希烈, 1553년 진사급제)에게 후서(後序)를 따로 간청하였다. 이 둘은 모두 고관이자 한림원(翰林院) 학사였다. 루수성은『제감도설』의 도첩이 어떻게 편집되어 황제에게 진상되었는지, 또 최종적으로 어떻게 목판 인쇄본으로 재생산되었는지를 자세히 설명한다. 아울러 이 모범적 인물들에 대한 개설서가 어떻게 어린 황제에게 훌륭한 통치의 방법을 가르쳐줄 수 있는지도 해설하고 있다. 교훈적인 이야기들을 편집하여 제공함으로써 자신들의 통치자들을 더욱 효과적으로 일깨웠던 당송시기의 관료들과 장쥐정을 우호적으로 비교하면서, 루수성은 장쥐정과 그의 엄청난 노고를 추켜세웠다. 왕시례의 후서에서는 관료들이 자신의 책무를 올바르게 짊어질 것을 독려하기 위해서 장쥐정이 이 작품을 더욱 널리 배포하기 원했다는 점을 강조한다. 이를 통해 통치자가 성인이 되어 제국을 평화롭게 잘 다스릴 수 있는 환경을 조성할 수 있게 된다는 것이다. 마지막으로 이 판본에는 장쥐정 자신이 원래의 도첩을 진상할 때 함께 올렸던 상소문을 수록하면서 이 책을 보고 황제가 나타낸 열렬한 반응에 대한 언급을 첨부하고 있다. 작품의 핵심적 부분에 점착된 이러한 부록들을 통해 장쥐정의 인쇄본은 젊은 황제와 장쥐정 사이의 모범적인 관계를 나타내는 기념비로서 위상이 재조정되고, 관료들 사이에서 장쥐정의 권위를 더욱 상승시켰다. 원래의 도첩에 있는 네 인물이 함께 그려진 권두삽화의 경우 장쥐정 인쇄본의 작은 판형에 맞추기 위해 크기가 축소되고 한 쪽에 한 인물로 다시 그려지며, 크게 두 부분으로 나누어 각각의 앞부분에 목차를 덧붙여 검색을 용이하게 만들었다. 이 목차는 81가지 본받을 만한 이야기와 36가지 경계할 만한 이야기의 제목을 제공하는 기능 이외에도, 각각의 기록에서 등장하는 황제의 특징을 요약하는 역할을 한다.

<그림 51> 판원돤 판본『제감도설』(1573년, 화이난). 네 번째 이야기 "게기구언"의 삽화. 목판인쇄 도첩, 4a쪽. 광곽은 약 40×38cm. 일본 궁내청, acc. no. 500-564. 그림이 한 쪽에 다 들어가 있어, 궁문 앞에 설치되어 있던 악기를 묘사한 것을 맞쪽의 설명과 함께 전체적으로 볼 수 있다. 이 판본은 원래의 채색도첩을 가장 충실하게 반영하고 있다.

삽화의 크기가 크고 거의 정사각형(윤곽은 약 40×38cm)인 원래의『제감도설』을 복제한 판원돤의 목판 인쇄본과 대조적으로, 장쥐정 판본의 형태는 확실히 직사각형이며 훨씬 작은데(윤곽의 크기는 약 20×28cm), 아마도 너무 큰 것을 요구하기보다는 "일반적인" 규모의 판형에 판각할 수 있게끔 한 듯하다. 따라서 후자의 삽화는 상하로 길쭉하기보다 좌우로 널찍하지

만, 반으로 접히게 되어 감상자들이 한눈에 삽화를 보는 데 방해가 된다. 마찬가지로 삽화에 대응하는 글 역시 가로로 확대되어 어느 때는 몇 쪽에 걸쳐 있기도 하여, 장쥐정 판본을 읽는 독자들은 그림과 그에 대한 설명을 대조하려면 반드시 책장을 넘겨가며 읽어야 한다. 원본을 복제한 판윈돤의 판본은 이와는 달리 그림과 글을 맞쪽에 배치하고 있다. 루수성과 왕시례 모두 장쥐정의 판본이 황제에게 채색도첩을 진상한 후 남겨두었던 부본(副本), 즉 복제본에 기반하고 있다고 언급하고 있다. 장쥐정 판본의 그림은 판윈돤 판본에 나오는 장면에 비해 한결같이 등장인물의 수가 적고 세부묘사가 복잡하지 않다. 이를 통해 부본이 호화로운 도첩의 내용을 최종적으로 확정하기 전 장쥐정의 결재를 받기 위해 만든 어느 정도 개략적인 초고였다는 것을 알 수 있다.

장쥐정 『제감도설』 판본의 후쇄본(後刷本)과 재각본(再刻本)은 다양한 정부기관과 상업출판업자들의 후원을 받아 출간되었다. 장쥐정의 판본이 등장한 지 몇 달 지나지 않은 1573년 겨울에 난징의 상업출판업자였던 후셴(胡賢)은 더욱 광범위한 독자들에게 판매하기 위하여 이 책의 재편집본을 선보인다(그림52).[12] 가장 중요한 점은 후셴이 쪽수 체계를 단순화하여 독자가 쉽게 알아볼 수 있도록 쪽표시를 그림의 안쪽으로 옮겼다는 점이다. 나무의 종류를 묘사할 때와 같은 몇 가지 소소한 변형에도 불구하고, 후셴의 재각본은 장쥐정 판본의 원형에 충실하여 글과 그림을 모두 동일하게 수록하고 있다. 하지만 후셴 판본의 그림에 등장하는 사물의 윤곽선이 또렷하기보다는 그 안쪽 부분이 먹으로 채워져 있는 경우(이렇게 하면 판각이 조금 더 쉬워진다)가 많고 장식적인 문양도 차이가 있다는 점에서, 감상자는 처음 이 판본을 보았을 때 조금 색다른 인상을 받게 된다. 눈에 잘 띄는 등록 표식이라 할 수 있는 흑구(黑口)는 그림의 중심을 관통하는 판심(版心)의 상단과 하단에 마주보고 있는데, 이러한 점을 보면 이 책을 위해 따로 판목을 준비했다기보다 기존 문자 판각용 판목을 일률적으로 사용했다는 사실을 알 수 있다. 아마도 후셴은 이러한 판목을 사전에 비축해두고 있었으며, 여기에 그림을 판각할 때 눈에 거슬릴 수 있는 그런 표식을 제거할 필요가 없다고 생각한 듯하다. 후셴이 시장의 요구가 그리 깐깐하지 않다고 여

<그림 52> 후셴 판본 『제감도설』(1573년, 난징). 네 번째 이야기 "게기구언" 삽화의 좌반부. 목판인쇄본, 9b쪽. 반곽 20.6×14.1cm. 타이완 국립중앙도서관, 희귀본 no.05240. 우왕의 이야기와 궁전 밖에 설치한 악기를 그린 삽화가 두 쪽에 걸쳐 있으며, 그 중 왼쪽 페이지에 쪽수가 선명하게 보인다. <그림 50> 좌반부와 달리 사물의 안쪽 부분이 검정색으로 채워져 있고 나무도 단순하게 그렸으며 세 가지 악기도 하나로 줄어 있다.

---

12 마지막 장에 있는 후셴의 간기에는 "만력 원년 겨울 어느 상서로운 날 아침(萬曆元年冬月吉旦)"이라고 명기하고 있으며, 또한 자신을 책을 판각한 상업출판업자("金陵書坊胡賢繡梓")라고 소개하고 있다. 이 책의 제3장 루실 쟈의 글에서도 후셴을 언급하고 있다.

기고 있다는 또 다른 증거로는 글에 오자(誤字)가 보이거나 뒤로 갈수록 그림 판각의 품질이 급격히 떨어지는 현상 등을 들 수 있다.

1575년에는 구이저우(貴州) 순무(巡撫) 궈팅우(郭庭梧, 1565년 진사)가 고품질의 관부본(官府本)을 윈난(雲南)에서 출간한다. 궈팅우의 판본은 기본적으로는 장쥐정의 목판인쇄본을 저본으로 삼고 있지만, 이 재편집본의 거의 모든 판목에는 각공의 이름이 각각 명기되어 있다. 여기에 나오는 각공들은 모두 스물 댓 명에 이르며 그 중 어떤 이들은 지역의 하층민이었다. 이를 통해 작업을 신속하게 마치기 위해서 많은 각공들을 동원했다는 사실을 알 수 있다. 궈팅우는 서문에서 자신이 1574년 이 지역에 부임하면서 장쥐정의 책을 가져왔던 과정, 또 그것을 지방의 관원들에게 보여주니 다들 이렇게 궁벽한 지역에 사는 주민들을 교화시키기 위해서 이 책의 재출간을 강력하게 요청했던 사실을 설명하고 있다.[13] 궈팅우의 서문은 많은 부분 이전 시기 어린 황제의 교육을 일별하고 있으며, 마지막으로 장쥐정이 이야기를 편정하고 통찰력으로 가득 찬 설명을 덧붙인 것은 주공(周公)이 성왕(成王)을 교육했던 성과에 필적할 만 하다는 언급으로 끝을 맺는다. 궈팅우의 『제감도설』 판본은 중심의 전통적인 문화를 변경지역에 건네주는 동시에 당시 권력의 최정점에 있었던 장쥐정에게 아부하는 수단으로 기능한다.[14]

하지만 장쥐정이 1582년에 사망한 직후부터 만력제는 장쥐정에게 등을 돌려 그의 관작(官爵)을 추탈(追奪)하고 그 가족들을 처벌했다. 천계제(天啓帝, 1620년-1627년 재위)가 1622년 장쥐정의 관작을 회복시키기 전까지 『제감도설』과 장쥐정의 연계성은 이 작품의 도덕적 효용을 보장하고 그 영향력이 확대되기를 원했던 출판업자들에게 문제를 던져주었다. 이 시기의 편집자들은 장쥐정의 상소문, 루수성의 서문, 왕시례의 후서를 모두 빼버렸다. 여기에서는 장쥐정과 이제는 그 근거를 박탈당한 이 책의 편찬사업을 너무 직접적으로 언급하고 있었기 때문이다.[15] 이러한 삭제는 이 작품에 더욱 광범위한 이용과 해석의 가능성을 열어주었다. 문인관료였던 진롄(金濂)은 1604년에 완전히 새로운 『제감도설』을 출간하여 정밀 목판인쇄 감정가들의 마음을 움직였다(그림53). 이 책은 비록 장쥐정 판본의 한 가지 실물을 저본으로 삼기는 했지만, 117편의 그림을 전적으로 새롭게 설계하여 저명한 각공 집안인 황(黃) 씨 일가에게 섬세하게 판각하도록 맡겼다.[16] 예전처럼 그림이 오른쪽 페이지와 왼쪽 페이지로 분리될 경

13 궈팅우의 서문은 『국립중앙도서관선본서발집록(國立中央圖書館善本序跋集錄)』, 『사부(史部)』 권4(臺北: 國立中央圖書館, 1993), 400-401쪽에 수록되어 있다.

14 궈팅우의 다음 부임지가 베이징이었고 1580년대에 두 곳의 수도 혹은 가까운 곳에서 근무했던 것을 보면, 아마도 그의 아부가 충분히 보상받았던 듯하다.

15 쟈나이첸(賈乃謙), 『제감도설평주(帝鑑圖說評注)』 전언(前言), 9쪽-10족. 장쥐정의 상소문과 언설을 삭제한 마지막 판본은 아마도 1622년에 출간된 『제감도설』일 것이다. 이 판본에는 여덟 명의 환관의 서명이 있는 서문이 있는데, 그 중에는 악명 높은 웨이중셴(魏忠賢)도 있다.

16 황쥔[黃鋑, 다른 이름으로 쥔페이(君佩) 혹은 슈예(秀野), 1553-1620년]과 그의 아들 황잉샤오[黃應孝, 중춘(仲純), 1582-1662년]의 서명이 이 작품에 보인다. 황 씨 부자도 다른 안후이 장인들과 마찬가지로 진롄이 관직에 있었던 난징에서 활동했을 것이다. 저우우(周蕪)

우 독자들이 전체적인 구성을 파악하려고 할 때 앞뒤로 책장을 넘겨가며 보아야 했기 때문에, 황씨 집안의 장인들은 한편의 완정한 그림이 펼쳐진 두 쪽에 나타날 수 있도록 지면 배치를 다시 구성하였다. 이렇게 하려면 그림을 반쪽씩 나누어 각각 독립된 목판에 판각해야 했다. 이 판본은 글자책과 비슷했던 원래의 형태에서 벗어나, 각 삽화의 주요인물을 표시하던 꼬리표를 지웠으며 장면 제목도 눈에 거슬리지 않는 위치로 옮겨 그림의 오른쪽 외곽선 바깥에 배치하였다. 그뿐만 아니라, 장쥐정의 인쇄본의 구도가 대부분 사선으로 정렬된 궁정 안에 인물들을 조그맣게 그려 넣은 것과 같이 단조롭게 통일되어 있었지만, 1604년 진롄의 판본은 훨씬 더 다양하고 창조적이며 풍경화법도 여러 장면에서 보인다.

<그림 53> 진롄 판본 『제감도설』(1604년, 난징). 21번째 이야기 "노대석비(露臺惜費, 관람대를 축조하는 비용을 안타까워하다)"의 삽화. 목판인쇄본 권2(任集), 4b-5a쪽. 반곽 약 21.4×12.8cm. 이 삽화들은 황쥔(黃鋑)과 황잉샤오(黃應孝)가 판각하였고, 어쩌면 설계까지 맡았던 듯하다. 베이징 국가도서관, 희귀본 no. 14125. 장난의 경관이 전경으로 펼쳐져 있는 이 삽화는 한나라 문제(文帝, 기원전 180-157년 재위)가 비용이 많이 들자 관람대를 축조할 계획을 포기한 이야기이다. 그림의 좌우측 양쪽을 각각 별도의 목판에 새긴 후 나중에 맞추는 방식으로 설계되어, 독자들은 책장을 넘겨보지 않아도 전체적인 구도를 볼 수 있다.

진롄의 『제감도설』에 들어있는 그림에서 서사에 대한 강조가 줄어들었다는 점은, 이 판본의 화가들이 그림을 더욱 다양하고 재미있게 만드는 데에 열중하여 그 이야기를 제대로 알지 못했거나 혹은 고의로 무시했다는 사실을 나타낸다. 책장을 넘기며 이 책을 감상하는 사람은 매우 다채로운 시점과 당

는 이들을 각각 황씨 집안의 25대손, 26대손으로 비정하고, 그들이 판각한 여러 출판물을 밝히고 있다. 『후이파 판화사논집(徽派版畫史論集)』(合肥: 安徽人民出版社, 1983년), 39쪽, 42쪽.

대의 감각적인 문화에 대한 다양한 연상을 음미하였다. 그렇지만 진롄과 리웨이전(李維楨, 1547-1616년)이 쓴 두 편의 서문에서는 이 작품이 당시 점점 커지고 있던 정치적·도덕적 혼란에 대한 해독제가 될 수 있을 것이라 말했다. 우아한 예술적 기교와 개혁가 정신이 이렇게 조합된 것은, 이 책의 표적독자가 출사의 욕망이 좌절된 문인들이나 붕당정치가 점점 격화되는 환경 속에서 관직생활이 위험하고 모멸적이라는 것을 깨달은 관료들이었다는 사실을 암시한다. 이들은 교양과 의식을 갖추고 있었기 때문에 진롄의 책이 갖는 예술적 세련미의 진가를 알아볼 수 있었으며 동시에 그 도덕적 본질을 상찬할 수 있었다.[17] 진롄은 『제감도설』이 천자부터 촌부까지 모든 사람들에게 유익할 것이라 말하고 있지만, 장쥐정의 1573년 판본과 대조적으로 이 판본은 널리 유통되지도, 재판이 나오지도 않았다. 어찌 되었든, 이 책의 교훈이 사회의 모든 계층 사람들에게 유익하다는 진롄의 주장은 이후에 나오는 판본들의 서문에서 자주 인용할 만큼 일반적인 생각이 되었다.

장쥐정이 공식적으로 사면을 받아 관작을 회복한 이후 청대에 그의 『제감도설』 판본은 몇 차례 재인본(再印本)과 중각본(重刻本)이 출간된다. 만주족 통치 이전과 이후 모두 만주어로 번역을 수록하고 있는 판본이 나타나는데, 이를 통해 만주족 정복자들은 통치에 관한 가르침이나 조정의 의전에 접근할 수 있었다. 청대 한어 판본 중 하나로 1819년에 장쥐정의 잘 알려지지 않은 자손 장이진(張亦縉)이 출간한 것이 있는데, 그는 이를 통해 유명한 선조와 자신을 연계시킴으로써 명망을 얻으려고 했다. 한림학사 청더카이(程德楷, 1805년 진사)의 서문에 따르면, 장이진은 일곱 편의 글이 없으며 그림도 전혀 수록하지 않은 어떤 필사본을 소장하고 있었다. 청더카이는 장이진의 요청에 따라 삽화본을 참고하여 없는 부분을 채워 넣은 후 도성에서 이 책을 출판할 때 제반업무를 관장하였다. 이 판본은 삽화가 없다는 점이 눈에 띄는데, 새롭게 재구성한 이 판본 속 각각의 이야기에는 그림이 없어졌다는 언급을 덧붙여 놓았다. 어찌 되었든, 정뤄황(鄭若璜)의 서문에서는 이 책이 조정에서 가르칠 때도 적합할 뿐만 아니라 일반 백성들에게도 유익하다고 주장한다. 일반 백성들도 이 책을 즐기면서 자신과 가족을 지키는 방법을 배울 수 있다는 것이다. 청더카이와 정뤄황은 이야기 자체를 쉽게 이해할 수 있기 때문에 그림이 없어도 『제감도설』이 교화에 도움을 주는 것으로 생각했다. 최근 조셉 맥더모트가 논의한 어떤 흐름과도 일맥상통하는데, 그림은 명대 후기에 이르면 자신에게 부여되었던 역할을 잃었던 것이다.[18]

---

17 로버트 헤겔(Robert E. Hegel)은 명말 서적문화에 관련하여 사람들의 사회적 배경과 취향에 관한 유용한 논의를 제공하고 있다. 『명말 중국의 삽화본 소설 읽기』, 특히 제1장을 참조할 것.

18 맥더모트의 "이미지의 문제"라는 글에서 이러한 추세를 논급하고 있다. 이 글은 1999년 12월 캠브리지 대학 세인트 존 칼리지에서 개최된 학술발표회 "중국문화 속의 텍스트와 이미지"에서 발표되었다.

『양정도해(養正圖解)』

장쥐정(張居正)이 만력제에게 『제감도설(帝鑑圖說)』을 헌상했던 때로부터 대략 한 세대가 지난 1594년과 1597년 사이의 어느 즈음, 한림원(翰林院) 관리 자오훙(焦竑, 1541-1620년)은 또 하나의 삽화본 선집을 편찬했다. 과거의 모범적인 군주들에 관한 60편의 이야기를 삽화와 함께 엮은 이 책에는 '양정도해'라는 제목이 붙여졌다(〈그림 54〉)[19]. 연대순으로 배열된 이 이야기들은 주(周, 기원전 약 1025-256년)의 건국 직전에서부터 북송(960-1126년) 초기 사이에 출현했던 황제들과 태자들, 그리고 나라가 잘 다스려질 수 있도록 조언하고 활동했던 현명한 정치가들을 다루고 있다. 비록 몇몇 이야기들에서 어떤 조언자들은 군주를 위해 현명치 못한 계획이나 그릇된 행동들을 지적하고 있기는 하지만, 『제감도설』의 2부가 주로 다루고 있는 타락한 군주들에 비하면 반면교사라 할 만한 것은 등장하지 않는다. 앞선 편찬에서와 마찬가지로, 각각의 에피소드는 네 글자의 표제가 달린 그림으로 소개된다. 그리고 이는 사료(史料)를 가공하여 표점을 찍은 본문에서 다시 상술되고, 또 여기에 그 일차적인 기술보다 행을 더 들여 쓴, 더욱 구어적인 해설이 따른다. 『제감도설』의 삽화들에 익명의 화가들이 동원되었던 것과는 대조적으로, 『양정도해』의 삽화들은 안후이와 난징-쑹장 지역에서 활동하고 있었던, 상당한 명성을 가진 화가 딩윈펑(丁雲鵬, 1547-1621년경)이 그린 것이었다.[20] 목판은 안후이 황 씨 가문 공방의 일원이었던 황치(黃奇, 1568-1614년 이후)가 새겼는데, 그 또한 난징에서 활동하면서 최상급의 작품을 생산했던 각공이었다.[21] 삽화들은 작은 크기로 많은 인물들을 담은 파노라마식의 장면보다는 상대적으로 크게 그린 몇몇 인물들 간의 상호작용에 초점을 맞춘 근거리 시점으로 구성되어 있고, 화면 틀 안에는 문자로 된 어떠한 설명도 들어 있지 않다.

미래의 군주를 위한 황실의 표준 교과과정이었던 사서오경의 가르침을 보완하기 위해, 자오훙은 장쥐정이 했던 것과 같이 자신의 이야기 모음집을 삽화를 곁들인 교본 형태로 만들었다. 1594년 초에 자오는 만력제의 장남인 주창뤄(朱常洛, 1582-1620년)의 강관(講官)에 임명되었다. 이 때 황제는 대신들의 압력에 응해 주창뤄의 정규 교육을 시작하게 하는 것까지는 동의했지만 그를 태자로 지목하지는 않고

---

19 후대 일본 회화에 대한 중요성 때문에 학문적인 관심을 끌어왔던 『제감도설(帝鑑圖說)』(각주 8번 참고)과 달리, 『양정도해』는 연구된 바가 거의 없다. 도식적으로 기술된 정보들만이 다양한 전시회 카탈로그나 인쇄본 전집에서 반복되었는데, 그마저도 많은 경우는 오류 투성이이다. 지금 나는 『양정도해』에 관한 별도의 연구를 준비하고 있는데, 여기서의 논의는 이로부터 가져온 것이다.

20 딩윈펑에 관해서는 씨월 오어틀링 II(Sewall J. Oertling, II), 「딩윈펑: 명 말의 중국인 예술가(Ting Yun-p'eng: a Chinese Artist of the Late Ming Dynasty)」(Ph.D. dissertation, University of Michigan, 1980)를 참고할 것. 딩윈펑에 관해서는 이 책의 3장에서 루실 자가 언급한 바 있다.

21 황더치(黃德起)라 불리기도 했고, 자(字)가 웨이정(惟正)이었던 황치는 황 씨 가문의 26대손이었다. 그는 1589년에서 1614년 사이에 출판된 책들을 판각했다. 저우우(周蕪)의 『후이파 판화사논집(徽派版畫史論集)』(合肥: 安徽人民出版社, 1983.) 28-30, 40, 55쪽(pls.22-23에 대한 주석) 참조.

<그림 54> 쟈오훙 판본 『양정도해』(1597년경, 난징)의 영인본. 제 55회 이야기 「궁녀들을 흩어 내보내다 [散遣宮人] 」의 삽화. 딩윈펑이 고안하고 황치가 판각한 그림. 목판 인쇄본, p.109a. 판형은 약 23.5×16 cm. 타이완 국립 중앙도서관, 희귀도서 no.05656. 장면은 송 태조(太祖)가 최근에 있었던 홍수의 원인이라 믿었던 음기를 줄이기 위해 궁녀들을 해산하는 것을 묘사하고 있다. 그의 시종들과 궁녀들은 선물을 주고받을 때의 예절에 합당한 몸가짐을 보이고 있다.

있었다. 주스루(祝世祿, 1539-1610년)가 『양정도해』의 서문에서 완곡하게 암시하는 바에 따르면, 황제는 사실 태자 책봉에 착수하기 전에 먼저 자신의 후계자를 교육하는 데 있어서 예로부터의 전례를 따르고 있었던 것이다.[22] 또 쟈오훙은 서문에서 명 태조의 사례가 자신이 주창뤄를 위해 『양정도해』를 편찬하는 데 영감을 주었다고 주장했다. 명 태조(1368-1398년 재위)는 강관으로 하여금 자신의 아들들에게 현명한 군주들과 어진 재상들, 효자들과 충신들에 대해 가르칠 것과 또 그들에게 농경생활의 고충과 옛날 효행의 모범들을 자세히 묘사하는 그림을 보여주도록 명했다. 이러한 방식으로 황자(皇子)들을 위한 교육이 "근본에서 말단까지 다 이루어졌다[本末具擧]."라고 쟈오는 주장했다.[23]

주창뤄에게 사서오경을 1년 정도 가르치고도 쟈오훙은 황자가 거기에 나오는 추상적인 원리들을 완전히 이해하지 못했다는 점이 여전히 염려가 되어 그의 이해를 자극할 보다 구체적인 무언가를 필요로 했다. 역사적 사건에 대한 그림들은 그 원리들을 실제적으로 보여주기 때문에 황자에게 도움이 될 수도 있었다. 정규교육에서 삽화가 들어간 초급 독본을 사용하기에는 황자의 나이가 이미 많았지만, 쟈오는 그가 여가에라도 『양정도해』를 정독할 수 있지 않을까 생각했다. 주스루도 쟈오의 생각에 동의하여, 훈계를 위해서뿐만 아니라 추상적인 개념들을 설명하기 위해 삽화를 사용하는 것을 진심으로 지지했다. 주스루는 『양정도해』의 예술성이 매우 높다는 점을 환기시키며 책을 만드는 데 기여한 사람들 – 화가 딩윈펑, 판각공 황치, 해설의 저자 우지쉬(吳繼序), 판각과 인쇄에 드는 비용을 지불한 우화이랑(吳懷讓) – 을 호명하면서 서문을 마친다.[24]

---

22 만력제의 태자 지명을 둘러싼 논쟁에 관한 설명으로는 레이 황(Ray Huang), 『1587년, 아무 일도 없었던 해: 쇠퇴하는 명 왕조(1587, a Year of No Significance: The Ming Dynasty in Decline)』(New Haven: Yale University Press, 1981), 1-41쪽을 참고할 것. [【옮긴이 주】 우리말 번역본은 레이 황(박상이, 이순희 옮김), 『1587 아무 일도 없었던 해』, 가지 않은 길, 1997년] 주스루 서문에 표점을 찍은 필사본에 관해서는 『국립중앙도서관선본서발집록(國立中央圖書館善本序跋集錄)』(臺北: 國立中央圖書館, 1993.)의 「집부(集部)」, 1권, 197-198쪽을 참고할 것.

23 『양정도해』에 대한 쟈오의 서문은 『초씨담원집(焦氏澹園集)』(臺北: 偉文圖書出版社, 1977. 1606년 본의 영인본), 15.1a-2a(541-543쪽)에 실려 있다. 표점을 찍은 필사본은 『국립중앙도서관선본서발집록(國立中央圖書館善本序跋集錄)』(臺北: 國立中央圖書館, 1993.)의 「집부(集部)」, 1권, 197쪽에서 볼 수 있다.

24 선더푸 또한 딩윈펑과 황치의 참여에 관해 언급했고, 목판을 만드는 데 값 비싼 단단한 목재를 쓴 것에 주목했다. 이에 대해서는 『만력

『양정도해』에 실린 몇몇 이야기들은 그 이야기들의 교훈이 쟈오훙 자신의 기획과 공명하기 때문에 선택되었던 것으로 보인다. 한 가지 예는 왕쩡(王曾, 978-1038년)이 송 인종(仁宗)에게 고대 성현들과 옛 위인들의 행적에 관한 60편의 삽화가 그려진 고사를 담은 두루마리[手卷]를 헌상했던 사건에 관한 마지막 이야기이다. 이어지는 해설에 따르면, 인종은 그 교훈적인 고사 모음집을 기쁘게 받아들이고는 대신들에게 사본을 하사하기 위해 그것을 목판본으로 찍어 내도록 했다. 여기에서 삽화가 그려진 이야기의 수가 『양정도해』에 실린 60개와 일치한다는 사실은 쟈오훙이 자신의 선집이 받아들여질 가능성을 높이기 위해 왕쩡과 인종의 선례를 들어 책을 마무리했음을 시사한다. 어쩌면 그것은 또한 쟈오훙 자신의 희망사항, 즉 만력제가 그의 저작을 받아들일 때 송 인종이 왕쩡의 저작에 대해 흔쾌히 유교적으로 반응했던 것처럼 반응했으면 하는 것을 드러내고 있는 것인지도 모른다. 불행히도 다른 강관들의 반대에 부딪혀 1597년이 될 때까지 쟈오훙은 그 책을 황제에게 바치지 못했고, 책은 황자를 가르치는 데 단 한 번도 쓰이지 않았다.[25]

조정에서 채택되지는 못했지만 예술적으로 뛰어난 작품으로 인식되었던 『양정도해』는 곧 다양한 번각과 재판을 거쳐 더 널리 퍼지게 되었다. 황치가 판각하고 우화이랑이 출판한 원본은 몇 번이나 번각되었지만(〈그림 54〉 참고), 단지 매우 가벼운 수정만이 이루어졌다. 그럼에도 불구하고 대체로 원본은 그 사소한 수정을 거치면서 더욱 다양한 독자층에 맞게 개작한 형태가 되었다. 예를 들어, 1597년이나 그 직후 즈음에 나온 어떤 판본에는 다이웨이샤오(戴惟孝)가 판각한 목차가 덧붙여져 있는데,[26] 독자들은 이 목차 덕분에 책이 다루고 있는 내용 전체를 한 번에 훑어볼 수 있었고 따라서 특정 이야기를 빠르고 손쉽게 고를 수 있게 되었다. 또 다른 초기의 판본은 60개의 이야기를 한 권에 30개씩 두 권으로 나누고, 이와 함께 각 권에 들어가는 목차도 나누어 싣고 있다. 황린(黃鏻, 1565-1617년 이후)이 판각한 새 목판으로 완후쉬안(玩虎軒) 서사(書肆)에서 왕윈펑(汪雲鵬)이 출판한 후자의 판본은 크기가 원본(24×

야획편(萬曆野獲編)』(1619년, 北京: 中華書局, 1955년에 영인됨) 25권 636쪽 참조. 저우우는 우지쉬와 우화이랑을 안후이 성 서 현(歙縣)의 사람들로 지목했다. 그러나 1593년 완후쉬안(玩虎軒)에서 출간한 『양정도해』의 첫 번째 판본이 판각된 것도 거기라고 말한 것은 잘못이다. 『후이파 판화사논집(徽派版畫史論集)』(合肥: 安徽人民出版社, 1983.) 55쪽의 pl.23에 대한 주석 참고. 우지쉬와 우화이랑은 부유한 상인이자 예술품 수집가였다. 조셉 맥더모트(Joseph P. McDermott), 「'황산'이라는 어느 중국 산의 형성: 중국 미술에서의 정치와 부(The Making of a Chinese Mountain, Huangshan: Politics and Wealth in Chinese Art)」(*Asian Cultural Studies* 17(1989.3.)를 볼 것. 크레그 클루나스(Craig Clunas)는 이전의 익명 전통에서와는 다르게 명 말에 접어들면서부터 각공의 이름이 출현하는 현상이 갖는 의의를 논의했다[『중국의 미술(Art in China)』(Oxford: Oxford University Press, 1997) 5장을 참고할 것].
[【옮긴이 주】 우리말 번역본은 크레그 클루나스(임영애, 김병준, 김현정, 김나연 옮김), 『새롭게 읽는 중국의 미술』, 시공사, 2007년]

25 1597년 10월에 쟈오훙이 이 책을 헌상했다는 것을 기록한 후기는 이 책의 여러 판본들의 전문(前文)에 반복해서 실려 있고, 『초씨담원집(焦氏澹園集)』 3.6a-7a(187-189쪽)에도 실려 있다. 그의 동료들은 그가 혼자 이 선집을 입안하는 동기를 의심했다가 이 책이 황제에게 헌상되었을 때에는 몹시 분노했다. 초기의 진술로는 주궈전(朱國禎), 『용동소품(湧幢小品)』(1622; 北京: 中華書局, 1959년에 영인됨) 10권의 216쪽과 선더푸, 『만력야획편(萬曆野獲編)』 4권의 102-103쪽, 25권의 636-637쪽을 참고할 것.

26 목차는 쟈오훙의 1597년 후기가 실린 판본에서 처음으로 나타났다. 나는 국가도서관(國家圖書館)에 있는 하나의 예(희귀도서 no.05656)를 연구한 적이 있다. 이것은 틀림없이 원판(예를 들어 희귀도서 no.05654)과 같은 목판으로 인쇄된 것이지만, 훨씬 더 질이 낮은 어두운 종이에 인쇄되어 있다.

16cm)에 비해 약간 작다(22.4×14.6cm).[27] 그림들은 얼굴 표정이나 자세, 확대된 화면과 화면 윤곽의 작은 변화들 같은 아주 사소한 디테일을 제외하고는 대체로 원본과 유사하지만, 이러한 작은 변화들이 고급스럽고 특권적인 분위기를 더욱 뚜렷하게 하고 있다. 더욱이 황린과 왕원평의 그림들에는 넉 자로 된 제목이 없고, 그림에 따르는 본문의 서체 또한 원본의 붓글씨체[寫刻體]로부터 인쇄체[匠體]로 바뀌어 있다. 이러한 변화들로 인해 이 책은 더 값이 싸고, 판매되는 다른 책들과 더 비슷한 형태가 되었다. 청대에는 만주어로 된 판본과 1985년에 우잉뎬(武英殿)에서 광서제(光緖帝, 1875-1908년 재위)를 위해 만든, 황치와 우화이랑 판본의 충실한 번각본, 그리고 여기에 다시 60개의 이야기 각각을 보완하는 건륭제(乾隆帝, 1736-1796년 재위)의 많은 시들과 가경제(嘉慶, 1796-1820년 재위)의 찬사(讚辭)들로 내용이 더욱 증대된 판본을 포함하여 적어도 세 가지의 새로운 판본이 있었다.

딩윈펑은 『양정도해』에 실릴 그의 삽화들을 필묵으로 그렸지만, 황제에게 바쳐진 것은 화집이라기보다는 삽도본에 가까운 것이었다. 최초의 판본에서조차 그림은 장정된 책의 한 면만을 차지하고 있었는데, 그것은 항상 앞면이어서 종종 마주보는 페이지를 공백으로 남겨두는 낭비를 해야 하기도 했다. 아마도 『양정도해』가 처음부터 읽기에 편리한 소책자로 기획되었기 때문에, 그것의 일반적인 판형이 이후의 판본들에서도 이렇다 할 변화 없이 그대로 남아 있을 수가 있었던 것으로 보인다. 이와는 대조적으로 『제감도설』은 처음부터 대형 화첩 형식으로 만들어졌기 때문에, 훨씬 더 작은 책으로 출판하기 위해서는 기존의 판형을 바꾸어야만 했다(이렇게 되면 한 번에 볼 수 있는 것은 그림의 반쪽뿐이었다).

따라서 『양정도해』 출판본의 혁신은 『제감도설』에서보다 더 제한될 수밖에 없었고, 사례들도 훨씬 적게 남아 있다.[28] 그러나 이 작품은 회화와 서예와 같은 매체들에서 다른 활력을 얻었다. 명말 청초의 몇몇 두루마리들은 이 책으로부터 발췌한 여덟 편 혹은 아홉 편의 삽화를 포함하고 있는데, 이 삽화들은 확실히 목판으로 인쇄되었던 원작들에 바탕을 두고 있다(〈그림 55〉 참고). 손으로 그려지지 않았더라면 인쇄되었던 작품들과 아주 비슷했을지도 모르는 이 그림들은(만력제에게 헌상되었던 『제감도설』의 화첩과 마찬가지로) 핵심적인 요소들을 그리는 것 이상으로 공을 들이는 경향을 보여준다. 각각의 이야기들에 나오는 배경이 더욱 상세하게 묘사되었고, 중심인물을 보조하는 주변 인물들 또한 늘어났다. 반대로 그림에 수반되는 본문은 인쇄된 판본에서보다 많이 축소되어 일반적으로 개별 사건에 대해 가장 필수적

---

27 영국 박물관에 소장된 판본의 한 페이지(OA 1992. 1-7)가 제시카 로슨(Jessica Rawson)이 편집한 『중국 예술에 관한 영국 박물관지(The British Museum Book of Chinese Art)』 (London: The British Museum, 1992) 123쪽에 실려 있다. "완후쉬안"이라는 이름은 모든 페이지의 하단에 보인다. 루실 쟈는 왕원펑이 서 현(歙縣) 출신(그는 난징에서도 활동적이었다)의 왕성한 출판가이자 서적상이었음을 증명했다(이 책의 3장을 참고할 것). 쟈오훙의 후기를 필사하고 그가 남긴 서명은 그가 국자감의 학생이었다는 것만 확인시켜 준다. 황린(자는 뤄위[若愚])은 황 씨 가문의 25대손 가운데 한 사람으로, 『북서상기(北西廂記)』, 『정씨묵원(程氏墨苑)』과 같은 다른 완후쉬안 판본들을 판각했다. 저우우(周蕪)의 『후이파 판화사논집(徽派版畫史論集)』 29, 31, 38쪽과 pl.23을 참고할 것.

28 『양정도해』가 『제감도설』보다 더 폭넓게 유통되지 못했던 또 다른 이유는 아마도 이 책에 실린 이야기들이 너무나 고상해서, 『제감도설』이 불량한 제왕들의 선정적인 이야기들로 그렇게 했던 것만큼 다양한 청중들을 즐겁게 할 만한 잠재력을 제공하지 않았기 때문이었을 것이다.

인 정보만을 제공하고 있다. 본문은 더 적은 공간을 차지하고 있을 뿐만 아니라, (종종 밝은 색상으로) 채색되어 있기까지 한 그림에 비해 눈에 잘 들어오지도 않는다. 게다가 적어도 한 사례에서는 그림은 비단에 그려진 반면에 본문은 그림에 덧댄 종이에 씌어 있다. 이러한 예는 더 있을 것으로 보인다.[29] 각 에피소드의 제목 또한 보다 구어적인 표현으로 풀어져 있을 뿐만 아니라 주인공의 이름을 포함하기까지 하고 있어서, 주어진 이야기가 누구의, 무엇에 대한 이야기인지를 이해하기가 쉽다. 의미심장하게도, 이 두루마리들에는 '양정도해'가 아닌, 단순히 '양정도(養正圖)'라는 제목이 붙어 있다.

엄청나게 많은 양의 인쇄된 삽화들 가운데 그림으로 그리기 위해 선택된 이 에피소드들은 『양정도해』가 대상으로 삼은 역사의 거의 전 시기를 다루고 있으며, 책의 주요한 교훈적인 주제들을 재현하고 있다. 이렇게 해서 그림으로 그려진 이야기들은 책 전체의 요약판으로 기능했다. 전집으로부터 일군의 선택된 그림들만 실은 것은 아마도 실용성과 편의, 그리고 인쇄된 책을 읽을 때와는 다른, 두루마리 그림을 보는 데 작용하는 사회적 조건(이것은 뒤에 나오는 〈그림 56〉과 〈그림 61〉에 생생하게 묘사되어 있다)을 고려했기 때문이었던 것 같다.[30] 비록 가끔은 굉장히 많은 그림들로 이루어지기는 했지만, 대개는 화집 형태에서 그러했고, 그려진 것들은 보통 훨씬 적은 부분을 실었다. 회화에서와는 달리 목판 인쇄에서는 그러한 관습이 없었고, 인쇄된 책에는 많은 삽화들이 실리게 되는 수도 있었다. 『양정도해』로부터 적은 수의 그림들만이 선택되고, 또 그림에 수반되는 본문이 시각적인 부속물 정도로 축소됨에 따라, 그림의 주제 또한 넓게는 회화 일반에서의 관습에 맞게, 좁게는 두루마리 형식에서의 관습에 맞게 수정되었다.

<그림 55> 『양정도』. 왕전펑(王振鹏; 1280년경-1329년경)이 그린 것으로 허위 기록되어 있지만, 사실상 17세기 중후반에 나온 것으로 추정됨. 「궁녀들을 흩어 내보내다」의 삽화. 두루마리, 비단에 수묵 담채, 제10폭(幅). 그림 크기는 약 33.2×39cm. 스미스소니언 협회(Smithsonian Institution) 소속 프리어 미술관(Freer Gallery of Art; 워싱턴 D.C. 소재), acc.no.F1911.514. 송 태조가 궁녀들을 내보냈다는 이야기에 대한 채색화의 전형을 보여주는 이 장면은 호화로운 황궁의 배경을 강조하기 위해 뒤로 물러난 건축물의 구조와 부가적인 인물들까지도 담아내고 있다. 이에 반해 그림에 수반되는 본문은 매우 축소되었다. 원대 궁정화가 왕전펑의 이름으로 날조된 낙관이 그림의 왼쪽 상단부에 나타나 있고, 본문은 1454년에 명대 한림학사 상루(商輅, 1414-1486년)가 쓴 것으로 되어 있다.

이렇게 직접 손으로 그리거나 글씨를 쓴 두루마리들은 사회적으로 성공하고자 하는 야심은 있지만 그다지 많은 교양을

29 남송대 궁정 화가 류쑹녠의 이름으로 위조된 낙관이 찍혀 있는 프리어 미술관(Freer Gallery of Art)의 acc.no.F1909.221. 다른 예들에서는 본문과 그림이 모두 비단에 그려지거나 씌어 있다.

30 화첩들은 보통 짝수의 그림들을 실었는데, 그 중에서도 여덟 편, 열 편, 또는 열 두 편이 가장 일반적이었다. 두루마리에서 전형적으로 나타나는 별개의 삽화들은 그 수에 있어서 좀더 다양했지만 대개는 열두 편을 넘지 않았다.

갖추지는 않은 수집가들을 겨냥하고 있었던 것으로 보인다. 왜냐하면 그림들이 보기에는 인상적이지만 알고 보면 유명인이 직접 그리거나 썼다는 식으로 기록을 날조하고 있는 경우가 대부분이었기 때문이다. 알려진 예들 가운데 세 작품은 남송대 궁정 화가 류쑹녠(劉松年, 12세기 후반에 활동)의 이름으로 날조된 낙관이 찍혀 있고,[31] 다른 한 작품은 원대의 걸출한 화가 왕전펑(王振鵬, 1280-1329년경)이 그린 것으로 되어 있다(〈그림 55〉 참고). 그러한 두루마리들에 덧붙여진 관지(款識) 또한 유명 인물의 이름을 거짓으로 싣고 있고 있는데, 조정의 고관이자 문인이면서 또한 미술품 애호가였던 우콴(吳寬, 1436–1504), 저명한 정주학자 사오바오(邵寶, 1460-1527), 쑤저우의 이름난 문인 화가이자 서예가 원정밍(文徵明, 1470–1559), 그리고 문인 서예가이면서 미술품 애호가였던 천지루(陈继儒, 1558-1639) 등의 이름이 여기에 보인다. 관지를 이루는 기록들은 다양한 방식으로 삽화들이 갖는 교훈적인 가치를 주장하거나 또는 그것들을 진정한 예술 작품으로 옹호한다. 어떤 관지들은 작품을 황실에서 나온 또 다른 고상한 주제(예컨대 『경직도(耕織圖)』와 같은)의 맥락으로 가져다 놓고 있다.[32] 또 다른 관지들은 각각의 관지들이 화가라고 주장하는 사람의 전기적인 사실과 그의 작품 세계에 논의의 초점을 맞추고 있는데, 이는 그러한 주제들이 어떤 그림을 "예술"로 인정하는 감식 담론의 일부를 이루고 있었기 때문이다. 이러한 언급들은 이들 두루마리의 명성을 높이는 것을 목적으로 삼고 있었다.[33] 숙련된 감식가들이라면 관지들에서 이러한 유명 인물들이 작가로 지목되어 있는 것이 거짓임을 바로 알아차릴 수 있었을 테지만, 대부분의 사람들은 말할 것도 없고 학식 있는 사람들조차도 그것을 알아차릴 만한 전문적인 지식과 기술을 축적할 기회를 얻기란 쉽지 않았다. 그러므로 두루마리 그림들이 예술 작품인 것처럼 자신을 위장하는 것은 그것들의 고상한 주제들만큼이나 감상자와 구매자들을 끌어들이는 데 있어서 쓸모가 있었다. 교훈성과 유희성을 결합한 주제는 호소력이 있었고, 또 거기에 유명 인물의 이름이 붙게 되면서, 두루마리는 장차 그 주인을 심미안이 있는 사람으로 만들어줄 매력적인 문화적 가공품이 되었다.

『성적도(聖蹟圖)』

명말의 시각 문화에서 상당히 유행했던 또 다른 종류의 도덕적이고 교훈적인 그림 선집은 다른 모

---

31 프리어 미술관에 있는 두 작품(acc. nos. F1909.221, F1914.60-61)과 타이완 국립 고궁박물원에 있는 한 작품이 그러하다. 『고궁서화도록(故宮書畫圖錄)』 16권(臺北: 國立故宮博物院, 1997), 255-260쪽을 참고할 것.

32 『경직도』는 그림과 시라는 관련된 두 장르들의 결합으로 이루어져 있다. 이것들은 유교적 이데올로기가 남자와 여자에게 각각 배정한 작업의 매 단계를 목록화한다. 구체적으로 보면 21개의 장면이 쌀 재배를, 그리고 24개의 장면이 명주 생산을 다루고 있다. 송 고종(高宗; 1127-1162년 재위)을 위해 만들어진 이 주제는 원대와 청대의 황실에서도 그림으로 그려졌고 청대에는 인쇄되기도 했다.

33 클루나스(Clunas)는 엘리트 비평가들이 가치를 부여했던 그림의 유형과 그 그림에 어울리는 담론의 형태에 관해 통찰력 있는 논의를 제공한다. 크레그 클루나스(Craig Clunas), 『그림과 시각성(Pictures and Visuality)』, 그 중에서도 1장을 참고할 것.

든 성인들 가운데 으뜸인 쿵쯔(孔子)라는 단 한 명의 모범적인 인물의 생애에 있었던 사건들을 그린 삽화이다(뒤에 나오는 〈그림 56〉에서 〈그림 61〉까지 참고). 흔히 '성적도' 또는 이와 비슷한 이름으로 일컬어졌던, 삽화와 함께 쿵쯔의 생애를 구성한 이야기는 책이나 화첩으로 인쇄되거나, 비석에 새겨진 형태로(여기에 탁본을 뜨기도 했다), 아니면 화첩과 두루마리에 그린 그림의 형태로 만들어졌다.[34] 다른 매체들에서 나타나는 것은 말할 것도 없고, 목판본만 해도 여러 가지 판본으로 같은 주제가 나타나는 현상으로부터 우리는 생산과 수용의 여러 상이한 맥락들이 낳은 효과를 비교해 볼 수 있다. 『성적도』는 그것이 놓이는 특정한 맥락에 따라, 논증과 교육의 수단, 또는 강력한 확신을 가능하게 하는 근거, 심지어 오락거리로까지 기능할 수 있었다.

쿵쯔의 생애에 대한 그림으로 된 최초의 진술은 장카이(張楷, 1398-1460년)에 의해서 이루어졌다. 그는 쓰마쳰(司馬遷)의 『사기』에 나오는 「공자세가(孔子世家)」에서 서른 개의 고사를 추려 내어[35] 고사들에 대한 찬(贊)을 짓고, 또 익명의 화가를 시켜 그것들을 그림으로 그리게 했다. 장카이는 쿵쯔를 덕성과 고결함을 겸비한 사람으로 제시했는데, 그에 따르면 쿵쯔는 섬길 만한 군주를 만나지 못해 저술과 강학에 정력을 쏟는 한편, 문인-관료들이 내세웠던 도덕적 이상을 따라 살았던 사람이었다. 이 책에 대한 간기를 쓰면서 그는 그림을 이용한 이 전기가 "인(仁)을 품고 올바른 길을 따라가게 함으로써 이단과 사도(邪道)의 미혹에 빠지지 않도록"[36] 할 것이라 주장했다. 이 사업이 끝난 1444년에서 그가 죽은 1460년 사이에, 그는 여기에 들어간 모든 그림과 글을 비석에 새겨, 쓰밍(四明, 현재의 닝보[寧波])[37]에 있는 그의 집 정원에 세워두게 했다. 이 삽화 양식의 전기를 탁본한 것들이 문인들 사이에 퍼졌고, 이것은 마침내는 목판으로 인쇄된 몇 안 되는 화첩 가운데에서도 최초의 것, 즉 후난(湖南) 헝양(衡陽) 태수(太守)였던 허팅루이(何廷瑞, 15세기 후반에 활동)의 주도로 1497년에 출판된 화첩의 기초가 되었다. 장카이의 진술에서 빠졌다고 생각되는 것을 집어넣어 그것을 바로잡고 싶었던 허팅루이는 목판이라는 매체를 선택했다. 이렇게 함으로써 초자연적 현상이나 특별한 능력과 관련된 부가적인 고사들까지도 포함해서 쿵쯔의 생애가 이전의 것에서보다 더 성인의 언행록에 나올만한 것 같다는 생각을 심어줄 수 있었

---

34 이하의 진술은 『성적도』의 내용, 계통, 목적에 관하여 기존에 발표된 나의 연구에서 가져온 것이다. 「공묘(孔廟)와 그림으로 본 성인의 일대기(The Temple of Confucius and Pictorial Biographies of the Sage)」, *Journal of Asian Studies* 55.2[1996.5], 269-300쪽, 「쿵쯔의 생애를 그린 삽화: 명말 그 변화와 기능과 의의(Illustrations of the Life of Confucius: Their Evolution, Functions, and Significance in Late Ming China)」, *Artibus Asiae* 57.1-2[1997년], 73-134쪽, 토마스 윌슨(Thomas A. Wilson) 편, 『신성한 토대: 문화, 사회, 정치, 그리고 쿵쯔 숭배의 형성(On Sacred Grounds: Culture, Society, Politics, and the Formation of the Cult of Confucius)』 (Cambridge, Mass.: Harvard University Asia Center, 2002) 222-264쪽에 실린 「성인에 대한 다양한 관점들: 쿵쯔의 생애에 대한 삽도본 이야기들(Varied Views of the Sage: Illustrated Narratives of the Life of Confucius)」 참고.

35 쓰마쳰, 『사기』 (北京: 中華書局, 1962) 47권, 1905-1947쪽.

36 원문은 다음과 같다. "以居廣居遵正路, 不爲異端他岐之惑."

37 장서우융(張壽鏞) 편, 『쓰밍(四明) 총서』 (1940; 臺北: 新文豐出版社, 1988년에 영인됨) 7부에 있는 양서우천(楊守陳), 『양문의공문집(楊文懿公文集)』 7권, 609쪽.

다.[38] 16세기에서 17세기 초에 이르는 기간에 걸쳐 허팅루이가 덧붙인 이 『성적도』를 번각하거나 아니면 아예 새롭게 만든 많은 판본들이 출현했다. 명대의 두 황자들은 각각 1056년경과 1548년에 1497년의 것에 기초한 새로운 판본을 출판했고(〈그림 56〉),[39] 이것은 다시 상업출판인들이 좀 더 낮은 품질의 번각본으로 출간하거나 또는 더 작은 판형으로 다시 판각할 때 작업의 기초가 되었다. 16세기 후반에 이르기까지 당시에 유통되고 있던 몇몇 『성적도』 판본들에는 더 많은 삽화들이 덧붙여졌고, 판본들이 경쟁을 하는 과정에서 새로 삽입된 장면들은 판본마다 상당한 차이가 있었다.

<그림 56> 심왕(沈王) 주인이(朱胤移) 본 『성적도』(1548년, 산시(山西) 루저우루저우(瀘州, 창즈[長治]). 제자들과 함께 있는 쿵쯔를 그린 제34회 삽화(제목 없음). 목판 화첩, p.38a. 판틀은 약 25×56 cm. 중국 국가 도서관, 희귀 도서 no.16646(정전둬(鄭振鐸) 편, 『고대판화총간(古代版畫叢刊)』에 의거함). 이 장면에 등장하는 제자들과 그들의 스승은 명대 학교와 서원의 분위기를 반영하는 것으로 보인다. 어떤 제자들은 두루마리를 들고 있는 데 반해, 몇몇 제자들은(쿵쯔 시대에 맞지 않는) 선장본을 읽고 있다.

명말의 상업적 출판인들은 삽화 형식의 쿵쯔 전기를 좀 더 넓은 수용자 층에서 사용될 수 있을 만한 것으로 만들었다. 삽화로 된 쿵쯔의 전기는 '성적도'라는 원래의 제목으로뿐만 아니라, 다른 다양한 출판물들에 붙어 그것들을 돋보이게 하는 형식으로서도 더욱 넓은 독자들에게 다가갔다. '성적도'와는

38 덧붙여진 고사들 가운데 대부분은 쿵 씨 가문의 구전에서 가져온 것이다. 이 고사들은 처음에는 구전되어 오다가 이후에 쿵쯔의 자손들에 의해 책에 실리게 되었다. 쿵촨(孔傳)의 『동가잡기(東家雜記)』(1134년)와 쿵위안춰(孔元措)의 『쿵 씨 조정광기(孔氏祖庭廣記)』(1227년)가 그러한 예이다. 리오넬 젠슨(Lionel Jensen)은 윌슨 편, 『신성한 토대(On Sacred Grounds)』 175-221쪽에 실린 「고대 서사에서 쿵쯔의 발생: 역사적인 만큼 상징적인(The Genesis of Kongzi in Ancient Narrative: The Figurative as Historical)」에서 그 가운데 몇 개의 이야기들을 논의하고 있다.

39 고간왕(吉簡王) 주졘쥔(朱見浚, 1455년경-1512년경)이 후난 성의 창사에서 출판한 것과 심왕(瀋王) 주인이(朱胤移, 1549년 사망)가 루저우(瀘州, 현재의 산시 성 창즈[長治])에서 출판한 것이다. 현존하는 판본들은 베이징의 중국국가도서관(中國國家圖書館)에 소장된 희귀 도서 nos. 14385와 16646에 있다. 이와 관련된 논의에 대해서는 나의 「쿵쯔의 생애를 그린 삽화(Illustrations of the Life of Confucius)」 88-90쪽과 부록 A-1에서 A-6까지, 그리고 A-8과 A-9를 볼 것.

조금 다른 제목을 단 이 후자의 책들은 그 내용과 의도하는 독자층에 있어 학식이 있는 사람들로부터 비교적 지식수준이 낮은 사람들에 이르기까지 다양한 범위에 걸쳐 있다. 1589년에 나온 『공성가어도(孔聖家語圖)』는 그 중에서도 좀 더 학문적인 저작들 가운데 하나인데, 여기에서 40개 장면의 삽화로 된 쿵쯔의 전기는 『공자가어(孔子家語)』 송대 판본의 어느 한 사본에 대한 서론 격으로 들어가 있다.[40] 출세에 뜻을 둔 학자 우쟈모(吳嘉謨, 1607년 진사가 됨)가 항저우(抗州)에서 개인적으로 출판한 이 책의 원본은 높은 예술 수준을 가지고 있었다. 그러나 상업출판인들은 곧 이 책을 베껴서 품질이 천차만별인 몇 개의 판본으로 널리 유통시켰다.[41]

1599년에 나온 안멍쑹(安夢松)의 『공성전서(孔聖全書)』는 좀 더 광범위한 관심을 끈 작품이었던 것으로 보인다. 유가의 학문을 집대성한 이 책은 비엘리트 계층을 겨냥하고 있었는데, 그들은 교육을 통해 혹시라도 얻을 수 있는 더 높은 지위를 갈망했던 사람들이었다.[42] 젠양(建陽)의 상업출판인 정스하오(鄭世豪)의 쭝원 서사(宗文書舍)에서 출판한 이 책은 19개의 전기적인 그림 선집으로 시작되고 있는데, 그림에는 넉 자로 된 제목을 제외하고는 본문이 전혀 들어가 있지 않다. 로버트 헤겔(Robert Hegel)이 주장했던 대로 책머리의 삽화 모음은 화첩을 보는 것에 익숙했던 문인들의 취향에 호소하기도 했지만,[43] 연속되는 그림 형식은 유용한 마케팅 수단이 될 만큼 중간층 독자들에게도 매력적이었던 것 같다.

쿵쯔의 생애를 그린 그림들은 순전히 오락을 위해서 출판되기까지 했던 듯 하다. 환위셴성궁(寰宇顯聖公)이라는 필명의 어느 작가가 쓴 전기(傳奇) 『신편공부자주유열국대성기린기(新編孔夫子周遊列國大成麒麟記)』가 바로 그 예이다.[44] 넉 자로 된 제목을 가진 19편의 그림들(〈그림 58〉)은 이 책에서 희곡보다 앞에 놓여 있다(이 희곡에서 서술, 대화[白], 노래[唱]는 모두 이해하기 쉬운 언어로 되어 있다). 만력제 후기의 난징에서 출판되었을 것으로 추정되는 이 저작에는 젠양의 각공이지만 난징에서 작업을 하기도 했던 류쑤밍(劉素明)의 이름이 들어가 있다.[45] 그림들은 쿵쯔 시대의 것이라기보다는 명말의 물질문명을 이루었던 건축, 가구, 의복을 환기하고 있으며, 그의 생애에 대한 전통적인 문헌들에서 진술되어 왔던 것과는 모순되

---

40 나의 「쿵쯔의 생애를 그린 삽화(Illustrations of the Life of Confucius)」 95-96쪽, 그림 19와 부록 D-1과 D-2를 볼 것. 첫 번째 그림의 낙관에 나타나 있는 것과 같이, 이 삽화들은 신두(新都; 成都)의 청치룽(程起龍; 자는 보양[伯陽])이 도안을 그리고, 서 현(歙縣) 황 씨 가문 공방의 황쭈(黃組)가 판각한 것이다.

41 나의 「쿵쯔의 생애를 그린 삽화(Illustrations of the Life of Confucius)」에 실린 부록 D-3에서부터 D-9까지를 참고할 것.

42 나의 「쿵쯔의 생애를 그린 삽화(Illustrations of the Life of Confucius)」에 실린 부록 E-1에서부터 E-3까지를 참고할 것. 나는 그 중 한 페이지를 「공묘(孔廟)와 그림으로 본 성인의 일대기(The Temple of Confucius and Pictorial Biographies of the Sage)」의 그림 11에 다시 실었다.

43 헤겔(Hegel), 『명청 시기 삽화본 소설 읽기(Reading Illustrated Fiction in Late Imperial China)』, 198-201쪽, 314쪽.

44 아마도 취푸에 있는 쿵 씨 가문의 한 사람이었을 것으로 보이는 이 저자의 필명은 쿵 씨 후손들 각 세대의 원로 인사에게 주어졌던 호칭인 옌성공(衍聖公)을 빗댄 것이다. 이 작품은 『중국희극연구자료(中國戲劇研究資料)』(臺北: 天一出版社, 1983)의 『전명전기(全明傳奇)』 시리즈에 다시 실렸다. 나의 「쿵쯔의 생애를 그린 삽화(Illustrations of the Life of Confucius)」 96, 109-110쪽, 그리고 부록 F-1도 함께 볼 것.

45 이 책의 3장에 실린 루실 쟈의 논문은 류쑤밍에 관한 간략한 논의를 포함하고 있다.

게도 생각보다 많은 수의 그림들이 쿵쯔를 가족적인 환경에서 묘사하고 있다. 이 모든 특징들은 책의 주제가 이러한 장면에 친숙한 넓은 독자층에게 호소할 수 있도록 맞추어져 있었다는 것을 암시한다.

<그림 57> 1589년 항저우(抗州)에서 출간된 우쟈모(吳嘉謨) 판본의 『공성가어도(孔聖家語圖)』. 제5화의 삽화 「천악문부(天樂文符)」. 목판 인쇄본 1권, p.5b. 반곽은 약 20.8×13.8cm. 청치룽(程起龍)이 도안을 그리고, 황쭈(黃組)가 판각한 그림. 타이완 국립중앙도서관, 희귀도서 no.05326. 쿵쯔가 태어날 때 가슴에 어떤 예지가 불가사의하게 씌어 있었다는 믿음을 재현한, 쿵쯔의 탄생에 관한 이 그림은 통속적으로 알려진 신들이나 신선들의 출생 장면과 아주 흡사하다. 쿵쯔 모친의 시녀들이 아기를 목욕시키는 동안 악단의 전형으로 그려진 한 무리가 곱게 장식된 그녀의 방 위에서 구름을 타고 하늘을 떠다니고 있다.

<그림 58> 17세기 초 전후에 난징(南京)에서 살았을 것으로 추정되는 환위셴성궁(寰宇顯聖公)의 『신편공부자주유열국대성기린기(新編孔夫子周遊列國大成麒麟記)』. 제 19번 그림 「성인으로 삼아 큰 봉토를 하사하는 법령 [大封聖典]」. 이 그림은 젠양(建陽)의 류쑤밍(劉素明)이 판각하고 아마도 그가 도안을 그리기까지 했던 것으로 보인다. 목판 인쇄본 수권(首卷), p.10b. 광곽은 약 21.9×13.6cm. 타이완 국립 고궁박물원, 희귀 도서 no.02761. 쿵쯔의 생애를 다룬 희곡 작품의 맨 마지막 삽화인 이 그림에서 하늘로부터 내려온 사절은 육경(六經)을 편찬한 것에 대한 상으로 가족 전체에게 칭호를 수여하는 포고문을 읽는다. 쿵쯔와 그의 아내, (쿵쯔가 어렸을 때 세상을 떠난) 부모, 쿵쯔의 아들, 그리고 며느리는 황제에게 칭찬을 들을 만큼 운이 좋았던 명말 강남의 부유한 가족으로 묘사되어 있다.

쿵쯔의 생애에 대한 이해와, 삽화로 된 그의 전기가 갖는 쓰임새가 점점 다양해지는 가운데, 일군의 후원자들은 말 대로 자신들의 해석을 "돌에 새겨 넣음(set in stone)"[46]으로써 그것을 권위적인 것으로 만들고자 했다. 산둥 성(山東省) 취푸(曲阜)에 머물고 있던 관리들과 그 지역의 엘리트들(쿵쯔의 후손들을 포함하여)로 이루어진 한 문인 결사는 1592년에 모두 112개로 이루어진 쿵쯔 그림 전기의 기념비적 판본을 후원했다. 네 편의 보조적인 글과 함께 120개의 직사각형에 새겨진 그림들은(〈그림 59〉) 쿵먀오(孔廟)

46 【역자 주】 영어에서 "돌에 새겨진(set in stone)"이라는 표현은 관용적으로 '확정된', '영구적인' 등의 의미를 갖는다.

의 중심축 맨 끝에 있는 성지뎬(聖跡殿)이라는 새로운 사당에 모셔졌다.[47] 비석을 세울 곳으로 성지뎬을 선택한 것은 매우 의미가 있었다. 왜냐하면 취푸의 사당이야말로 한대(B.C. 206년-A.D. 220년) 이전으로까지 거슬러 올라가는 기원을 가진 곳이고, 나라의 제례가 거행되는 가장 오래된 사당이라는 대단한 위세를 누리고 있었기 때문이다. 이 사업을 이끌었던 안찰부사(按察副使) 장잉덩(張應鄧, 1583년에 진사가 됨)이 지적한 대로, 쿵쯔의 생애에 대한 이러한 정식 기술을 항구적으로 전시해 두는 것은 여러 면에서 유용했다. 그는 자신이 쓴 제사(題詞)에서 이 그림들이 그림을 보는 이들에게 쿵쯔의 덕에 대한 강렬한 인상을 심어주어 그들로 하여금 쿵쯔의 본을 따르도록 고무할 것이라고 공언했다.[48] 다른 사람들은 탁본으로 뜬 그림들만 어쩌다 마주치겠지만, 이곳을 찾아온 방문객들은 전기를 새긴 비석 덕분에 몸소 성인을 알현할 수 있을 것이었다. 그는 사당 복도에 흩어져 있어 툭하면 없어지는 이런저런 목판들과는 달리, 석판에 새긴 그림들은 대대로 "전에 진열되어 엄숙히 받들어질 것[殿列而嚴奉]"이라는 사실을 강조했다. 목판으로 인쇄된 그림들이 상대적으로 불안정했던 반면에, 석판은 탁본의 형태로 텍스트가 더 널리 유통될 기회를 제공함과 동시에 항구성과 내구성까지도 보장하는 매체였다.

<그림 59>『성적지도(聖跡之圖)』(1592, 취푸). 제 49화 삽화 「다섯 가지 인간 관계에 관하여 논하시다 [論人五儀] 」 양저우(揚州)의 양즈(楊芝)가 도안을 그리고 우 군(吳郡)의 장차오(章艸)가 새긴 그림. 취푸 쿵먀오의 성지뎬에 설치된 비석의 탁본. 틀은 약 28.8×55.3cm. 시카고(Chicago)에 있는 필드 자연사박물관(Field Museum of Natural History), acc.no.244658.49. 쿵쯔를 그린 거대한 전기에 실린 112개 삽화 중 하나인 이 장면은 쿵쯔가 핵심적인 원칙들에 대하여 담론함으로써 제자나 손님의 질문에 대답하는 많은 장면들을 대표하고 있다. 이 그림에 나오는 단순한 실외 배경은 고대의 소박한 느낌을 전달하는데, 이는 목판으로 인쇄된 삽화들에서 쿵쯔의 생애를 묘사할 때의 배경과 대조를 이룬다.

---

47 나는 「공묘(孔廟)와 그림으로 본 성인의 일대기(The Temple of Confucius and Pictorial Biographies of the Sage)」에서 이 사업의 기획에 관하여 상세히 분석한 바 있다.

48 장잉덩, 『성도전기(聖圖殿記)』. 이 글은 바바 하루키치(馬場春吉)의 『공씨 성적지(孔子聖跡志)』(東京: 大東文化協會, 1934) 173-174쪽에 실려 있다.

성지뎬의 비석에 있는 그림들은 그 원형인 이전의 목판 그림들을 단순히 복제한 것이 아니라, 그것들을 좀더 명확하게 함과 동시에 그것의 교훈적인 효과를 더 두드러지게 하기 위해 재구성된 것이었다. 구성이 훨씬 간소해지고 공간은 더 넓어져, 쿵쯔의 모습은 보는 사람의 주의를 금방 끌었다. 인식과 기억을 더 쉽게 하기 위해서 글과 그림을 시각적으로 분리해 두기보다 석판에서 그림이 들어갈 자리에 본문과 넉 자로 된 제목을 포함시켰다. 본문의 내용은 경전 원문보다 다소 단순화되었고, 장카이의 찬(贊)도 빠졌다. 취푸 쿵먀오의 석판들은 기념비적 공간 안의 기념비적 사물이 되면서 쿵쯔의 생애와 가르침에 대한 권위적이고 지속적인 진술로서 자리를 굳혔지만, 그렇다고 해서 제기되는 모든 필요들을 다 충족시키는 것은 아니었다. 우선 첫째는, 1687년에 한 방문객이 지적한 것처럼, 탁본으로 인해 석판이 매우 닳아서 거기에 있는 세세한 부분들이 곧 알아보기 어렵게 되었다는 것이다.[49] 또한 탁본을 뜨는 과정이 매우 고되기 때문에 대량으로 배포하기가 쉽지 않았다. 이러한 문제들 때문에 강희제(1661-1722) 때에는 성지뎬의 비석에 있는 일곱 개의 그림을 제외한 모든 그림을 새로운 목판본 형태로 다시 만들어, 구성의 세세한 면들을 보존하고 그림의 지속적인 유통을 더 용이하게 했다(〈그림 60〉).[50] 목판으로 복제된 비석의 그림들은 청대와 민국 시기 동안에 그 내용이 거의 수정되지 않은 채로 여러 번 재판되거나 번각되었다. 이 후대의 판본들은 비석의 그림들과 같은 그림들을 대다수 포함하

<그림 60> 1592년에 비석의 그림을 복제한 『성적지도(聖跡之圖)』(17세기 후반, 취푸). 제11회 삽화 「태묘에서 예를 묻다(太廟問禮)」. 목판으로 인쇄된 화첩, p.12. 판틀은 약 28.5×51.5cm. 하버드-옌칭 도서관(Harvard-Yenching Library), 희귀 도서 no.T1786.2/1346. 비석에 새길 것을 염두에 두고 고안한 그림에 바탕을 두고 있기 때문에, 쿵쯔가 주나라의 태묘에 참배하러 가는 장면은 세밀하게 묘사되어 있지 않다. 종이에 좀 먹은 구멍이 많은 것으로 보아 책 주인이 책을 잘 간수하지 않았던 것 같다.

---

49 위자오후이(兪兆會), 「성묘통기(聖廟通記)」. 이 글은 쿵지펀(孔繼汾)이 편찬한 『궐리문헌고(闕裏文獻考)』(1762; 臺北: 中國文獻出版社, 1966년에 영인됨) 34.32a-b(891-892쪽)에 수록되어 있다.

50 나의 「쿵쯔의 생애를 그린 삽화(Illustrations of the Life of Confucius)」 114-115쪽과 부록 C-2에서 C-5까지를 참고할 것. 이 판본을 인쇄하는 데 쓰였던 판목은 취푸시 문화유산 관리위원회(曲阜市文化遺產管理委員會)가 보존하고 있다.

고 있었다. 그러나 각각의 판본들이 가진 성격을 틀 짓는 서문과 간기에서 쿵쯔의 가르침이 중화 문명의 정수로 지정되면서, 이 회화적 전기는 그를 대중화하고 국가화하는 수단으로 새롭게 자리매김해 갔다.[51]

쿵쯔의 전기 삽화를 따라 그린 몇 편의 회화 작품도 나왔다. 비단에 수묵담채라는 전형적인 형식으로 된 이 작품들은 인쇄된 그림들을 원본으로 삼고 있어서 위에서 논의한 『양정도해』에서 파생된 여러 그림들과 마찬가지로 원본의 위작성을 그대로 안고 있을지도 모른다. 실제로 왕전펑이 그린 것으로 날조되어 있는 명말청초의 어떤 화첩은 두루마리 형식의 『양정도』와 아주 유사한데, 양쪽에서 모두 동일한 화가의 이름이 거론되고 있다는 점에서 뿐 아니라, 이 작품 또한 더 큰 화집으로부터 발췌한 열 개의 장면으로 이루어져 있다는 사실에서도 그러하다.[52] 화가가 밝혀지지 않은 보다 이른 시기(명대 중엽에서 말기 사이)의 36쪽 짜리 화첩은 허팅루이가 1497년에 출판한 비슷한 크기의 목판본에 기초하고 있는 것으로 보인다(〈그림 61〉).[53] 두 화첩에서는 모두 그림에 대한 글로 된 설명이 화면에 바로 씌어져 있고, 왕전펑이 그렸다고 하는 이들 그림 역시 넉 자로 된 제목을 포함하고 있다. 명말에 나온 세 번째 회화 작품 또한 36편의 그림을 갖고 있기는 하지만 이것은 (화첩이 아닌) 두루마리로 되어 있고,

<그림 61> 16세기 중반에서 후반 사이에 무명의 화가가 그린 회화 『성적도』. 제31회 삽화 「제자들과 함께 있는 쿵쯔」. 화첩, 비단에 수묵담채, 쪽수 없음. 그림 크기는 약 33×59cm. 취푸의 문물관리위원회(文物管理委員會),(『성적지도』 다음의 그림, pl.31). <그림 56>에서와 마찬가지로 제자들이 작은 무리를 지어 두루마리나 선장본을 읽고 있고, 쿵쯔는 다른 몇 명의 제자들을 가르치고 있다.

51 나는 「쿵쯔에 대한 다양한 관점들(Varied Views of the Sage)」 247-252쪽에서 이러한 발전에 대해 논하였다.

52 나의 「쿵쯔의 생애를 그린 삽화(Illustrations of the Life of Confucius)」 117-118쪽과 부록 A-18을 참고할 것. 화첩의 현재 상태에 대해서는 알려져 있지 않다.

53 취푸시 문화유산 관리위원회(曲阜市文化遺産管理委員會)가 보관하고 있는 이 화첩은 가지 노부유키(加地伸行)의 『공자화전(孔子畫傳)』(東京: 集英社, 1991)과 『성적지도(聖跡之圖)』(濟南: 山東友誼書社, 1989)에 전체가 실려 있다. 나의 「쿵쯔의 생애를 그린 삽화(Illustrations of the Life of Confucius)」 118-119쪽과 부록 A-17도 함께 볼 것.

1629년경에 출판된 목판본과 아주 흡사하다.[54] 이 두루마리에서 글은 뒤따라오는 일련의 그림들보다 앞쪽에 놓여 있고 '-도(圖)'로 끝나는 커다란 제목으로 시작되는데, 이는 모두 보는 이가 쉽게 알아볼 수 있게 하기 위한 것이었다. 곧 따라 나올 쿵쯔의 초상화에 대한 짤막한 찬을 담고 있는 첫 번째 절을 제외하면, 그림의 각 부분에 대해 쓴 글은 그려진 사건들을 그저 간단한 산문으로 설명한 것일 뿐이다. 『양정도』 두루마리에서와 마찬가지로 크기가 축소되고 내용도 간결해진 글로 된 설명은 그림의 맞짝이라기보다는 그림에 덧붙인 것에 불과하게 되었다.

결론

위에서 논의된 사례들은 도덕적 교훈을 주제화하는 그림들을 다루고 있다. 이 때 어떤 매체를 선택해서 이들 그림을 제시할 것인가 하는 것은 각각의 목표와 의의에 달려 있는데, 이상의 사례들은 바로 이 목표와 의의들에 관한 몇 가지 통찰을 제공한다. 여기서 다루었던 이 세 가지 매체들, 즉 목판 인쇄, 비석, 회화 사이에 몇 가지 기본적인 구분선이 그어질 수 있다. 목판 인쇄는 그림을 짧은 기간 안에 널리 전파하기에 가장 적절한 매체였던 것으로 보인다 (이 책에 실린 캐서린 칼리츠(Katherine Carlitz)와 앤 버커스-채슨(Anne Burkus-Chasson)의 논문이 고찰하고 있는 사례들에서처럼). 목판 삽화에도 어떤 예술적 열망이 투사될 수 있었지만, 회화야말로 원래의 교훈적인 범주로부터 미적인 영역으로 옮겨가고자 할 때 선택된 매체였다. 돌에 이미지를 새기는 것은 어떤 주제를 기념비화 함으로써 그것이 갖는 중요성과 위상을 주장하는 가장 확실한 방법인 동시에 수 세대에 걸쳐 그림을 보존하는 가장 적절한 방법이었다.

『제감도설』과 『양정도해』가 나오기 이전 목판 인쇄의 역사는 이들 그림이 있던 사회적인 맥락의 일부를 구성하고 있었는데, 이들 그림이 처음에 그 역할을 수행하고 또 이후에도 이어서 발전해 갔던 것은 바로 이런 맥락 안에서였다. 목판 인쇄라는 매체는 명대 초기부터 이미 황실본으로 제작된 중요한 문건들을 보급하는 데 사용되어 왔기 때문에, 궁정이나 중앙 정부에서 간행한 이후의 저작들에는 이러한 공식적인 권위가 (최소한 그 흔적이라도) 녹아 있는 것으로 인식되었다. 인쇄는 또한 불교적 맥락에서 오랫동안 사용되어 오면서, 그림과 글의 복제를 통해 덕을 쌓는 수단이라는 긍정적인 의미를 갖고 있기도 했다. 그렇지만 명대에 인쇄는 광범위한 비공식적 저작들을 퍼뜨리는데 사용되었고, 또한 이전의 인쇄물들에 담겼던 고매한 교훈적인 주제들에도 그만큼 고상하지는 않은 역할들이 부여되었다. 인쇄가 지배 엘리트 아래 사회 집단들에 속한 독자들을 끌어들였던 것은 이러한 상황들과 궤를 같이하

54 나의 「쿵쯔의 생애를 그린 삽화(Illustrations of the Life of Confucius)」 120-121쪽과 부록 A-19(그림), A-15(책)을 참고할 것. 도쿄의 이데미츠 미술관(出光美術館)에 소장되어 있는 이 두루마리는 도다 데이즈케(戶田禎佑), 오가와 히로미츠(小川裕充) 편, 『중국회화총합도록(中國繪畫總合圖錄)』 속편(續編)(東京: 東京大學出版會, 1999), 3권 JM18-041쪽에 작은 크기로 전체가 실려 있다.

고 있다. 소년 황제와 어린 황자가 각각 『제감도설』과 『양정도해』를 쉽게 이해할 수 있었던 바로 그 특징들 때문에 이 책들은 학식이 그리 많지 않은 사람들에게까지 잠재적으로 호소력을 가질 수 있었다. 사실 이 독자들은 좋은 통치자가 되는 법을 배우기보다 황궁이라는 비일상적 공간을 훔쳐보는 데 더 많은 관심이 있었는지도 모른다. 게다가 두 책의 삽화들이 표면상으로는 고상한 주제들을 다루고 있다고는 해도 사실상 아름다운 여인을 그린 그림들이나 희곡·소설의 삽화들과 공통된 시각적 특성을 내재하고 있었기 때문에 단순한 오락물로도 곧잘 사용되었다.

그러나 『제감도설』과 『양정도해』 중 어느 것도 비석 – 비석은 고대에서부터 줄곧 영속성을 부여하고 권위를 주장하는 매체였다 – 에서만큼은 나타난 적이 없었는데, 이것은 자못 의미가 있어 보인다. 시황제가 자신이 방문했던 신령한 산들마다 기념비를 세웠던 진대(秦代, 기원전 221-206년) 초기까지만 해도 중요한 사물이나 장소들은 비석의 형태로 기념되었다. 게다가 명대 이전의 중앙 정부들은 태학(太學)에 보관된 석경(石經)에서 탁본 뜬 것을 경서의 공식적 판본으로 퍼뜨리기도 했다.[55] 이처럼 비석이라는 매체는 공식적 권위와 항구적인 중요성이라는 암시를 전달했다. 그렇지만 비석의 형태로 고정되는 경우는 그림보다는 글이 훨씬 더 많았고, 여기서 논의된 세 가지 주제들 중에서도 오직 그림으로 된 쿵쯔의 전기(『성적도』)만이 비석으로 확언되는 그러한 지속적인 중요성을 주장할 수 있었다.

성인 쿵쯔의 삶은 통치에 뜻을 둔 사람에게는 대대로 하나의 모델로 간주되었고, 그림으로 된 그의 전기는 적어도 세 가지 서로 다른 맥락들 속에서 비석에 새겨졌다. 첫째, 장카이는 원래의 그림과 글을 그의 집에 세운 비석에 옮겨 놓았는데, 이는 그것들을 보존하고, 동료들과 후손들이 탁본의 형태로 사용할 수 있게 하기 위해서였다. 이후에 장잉덩과 또 그가 속했던 결사의 사람들은 그림으로 그려진 쿵쯔의 전기를 비석에 새기고 이를 국가의 사당에 있는 특별한 건물에 세워 공식적인 기념비로 만들었는데, 이로써 쿵쯔의 전기가 확정적이고 권위적인 것으로 확립되었다. 셋째로 돌에 새겨진 그림들은, 쿵쯔는 간 적도 없었던 곳이지만 사람들이 쿵쯔가 있었었다고 주장했던 쑹장(松江) 취푸(曲阜)의 쿵자이(孔宅)에 사당을 만드는 데 있어서 중요한 역할을 했다.[56] 1610년에 이 유적의 후원자들은 그림 전기가 새겨진 비석을 세웠는데, 여기에 새겨진 전기는 장카이에 있던 원본을 복제한 것이라고 알려져 있다. 쿵자이의 사당과 여기에 세운 그의 전기는 둘 다 쿵쯔가 여전히 영향력이 있다는 항구적인 이미지를 확립했다. 이 때문에 후손들이 쿵쯔의 옷과 모자를 거기에 묻어 두었다는 그 지방의 믿음은 지지를 얻었고, 또 유가적 순례의 목적지로서 쿵자이가 가진 매력 또한 높아지게 되었다.

여기서 논의되었던 세 가지 교훈적인 작품들이 발전해 나가는 데 있어서 회화가 했던 역할은 상대

---

55 예를 들면, 송 인종(仁宗)은 1054년에서 1055년에 걸쳐 볜량(汴梁)에 석경을 세웠고, 금(金)의 침입으로 이것이 파괴된 이후에는 송 고종(高宗)이 1143년과 1146년 사이에 린안(臨安)에다 다시 새로운 비석들을 세웠다.

56 나는 「쿵쯔의 생애를 그린 삽화(Illustrations of the Life of Confucius)」 115-116쪽과 미 출간된 몇 편의 논문에서 이 사당에 관해 논한 적이 있다. 이것은 곧 발표할 논문의 주제이기도 하다.

적으로 미미했다. 실제적 필요를 위해 이들 세 주제의 삽화들은 처음에는 회화로 그려졌고 그 뒤에 이어질 복제를 위한 원형으로 기능했다. 이후에 이 주제들은 회화로는 거의 그려지지 않았고, 간혹 그려진 것이 있었다 하더라도 후대의 그림들은 대개 인쇄된 판본을 꽤 비슷할 정도로 따르는 경우가 많았다. 두루마리로 된 『양정도』가 그러했던 것처럼 후대의 회화가 변화나 장식을 도입했을 때조차도 이때의 수정은 이후에 간행되는 인쇄본들에서는 이루어지지 않았다. 이 그림들은 대량으로 생산된 작품의 일부가 아닌, 유일한 작품이라고 이야기할 만한 것을 원했던 사람들에 의해 수집되었다. 그러나 『양정도해』의 고사들이나 쿵쯔의 생애를 그린 회화판을 샀던 사람들은 초보적인 수집가들이었기 때문에 거창한 이름이 들어 있거나 위조된 작품에도 쉽게 속았다. 게다가 명말이 되면 엘리트 감정가들은 이야기를 바탕으로 한 그림들을 더 이상 중요하게 생각하지 않았고, 그 그림들을 소유하고 있다는 것도 이렇다 할 위신을 가져다주지 않았던 것 같다. 대상을 있는 그대로 재현하는 방식은 목판 인쇄에서 절정에 다다랐지만, 절정에 오른 바로 그 때부터 그것은 최고급 화단들에서 평판을 잃어갔다. 일본의 경우에는 『제감도설』의 인쇄본 삽화에 바탕을 둔 그림들이 쇼군(將軍)의 집에 세워진 대형 병풍이나 미닫이 식 그림들을 장식하는 경우도 있었지만,[57] 이와는 대조적으로 중국에서 『제감도설』의 주제를 다룬 회화는 원래 만력제에게 바쳐졌던, 직접 손으로 그리고 글씨를 쓴 화첩들에서만 나타날 뿐이다.[58] 일단 목판 인쇄본으로 재빠르게 변신하고 난 다음부터 『제감도설』은 전적으로 목판 인쇄라는 하나의 매체 안에서만 발전해갔다.

『제감도설』과 『양정도해』의 기원을 다시 숙고해 보면 인쇄된 책의 지위에 있어서 확실히 괄목할 만한 관념적인 변화를 읽을 수 있다. 장쥐정은 그의 제자였던 어린 황제에게 곱게 마감된 회화들과 손으로 쓴 서예를 담은 화첩을 헌상하기로 했고, 그것을 널리 배포하기 위해 목판 인쇄본의 형태로 복제한 것은 그 이후의 일이었다. 회화에서 인쇄로 넘어가는 이러한 움직임은 아무리 짧게 잡아도 11세기 중반 이후부터 있어 왔던 이 두 매체 사이의 전통적인 관계와 일치한다. 11세기 중반은 바로 송 인종이 송대 초기에 있었던 역사적 사건에 관한 백 편의 회화와 글을 모은 것을 목판으로 다시 만들도록 명했

---

57 『제감도설』은 17세기 초반에 일본에 전해져, 1606년에는 도요토미 히데요리(豊臣秀頼; 1593-1615년)를 위한 일본어 판본이 만들어졌다. 이 판본의 그림들은 『근세 일본 회화와 화보(近世日本繪畫と畫譜)』 1권의 22번 목록에 전부 실려 있고, 그림들에 관한 논의는 이 목록에 대한 사카키바라(榊原)의 글 128쪽에 나와 있다. 고노(河野), 「탄유와 나고야성(探幽と那古野城)」 143-144쪽, 고바야시(小林), 「궁악도 병풍으로 본 『제감도설』의 변화(宮樂圖屛風にみゐ帝鑒圖說の轉成)」 21쪽도 함께 볼 것. 가노 탄유(狩野探幽) 화실의 화가들이 그린 병풍에 관해서는 사카키바라(129-33쪽), 고바야시(25-28쪽)와 캐런 게어하트(Karen M. Gerhart)의 「도쿠가와 막부와 중국의 모본: 나고야 성의 제감도설 벽화」 (*Monumenta Nipponica* 52.1[1997년 봄]) 1-34쪽, 그리고 게어하트, 『권력의 눈(The Eyes of Power)』 (Honolulu: University of Hawai'i Press, 1999)에 논의되어 있다.

58 가능한 예외는 일본의 미확인 개인 소장품 목록에 올라 있는 네 개의 족자이다. 『제감도설』에 나오는 이야기들을 그린 것으로 보이는 이 족자들은 츄스룬(丘仕倫)이라는 어떤 사람의 작품인 것으로 최근에야 알려졌다. 『중국회화총합도록(中國繪畫總合圖錄)』 속편(續編) 3권, JP12-516쪽을 참고할 것. 그는 명대 화가로 감정되기는 했지만, 중국의 인명 정보와 관련된 자료들에서는 나타나지 않고, 한국인일 가능성도 있다. 게다가 그의 그림들이 일본에 있는 것으로 보아서는, 명 왕조가 몰락한 이후에 일본으로 건너와 이 그림들을 그렸을 가능성도 있다.

던 때이다.[59] 장쥐정이 어전에 『제감도설』을 헌상했던 때로부터 한 세대가 지난 뒤에 쟈오훙은 『양정도해』를 편찬했는데, 이는 주제와 배치, 그리고 교육적인 목적에 있어서 『제감도설』과 아주 유사한 저작이었다. 그러나 이 때 그것의 물리적 형식은 최상급으로 인쇄된 책이었지 화첩이나 두루마리 모음이 아니었다. 쟈오훙은 뛰어난 화가를 고용했고, 이렇게 그가 그린 그림에 서예를 넣어 황제에게 바칠 수도 있었지만, 대신에 그는 자신이 고용한 화가가 그린 도안을 걸출한 각공에게 맡겨질 좋은 견목(堅木, 활엽수로 만든 단단한 목재)에 새기도록 하고, 그런 다음 그것을 인쇄하는 방식을 택했다. 물론 여기에는 단순히 회화만 제작할 때에 비하면 상당한 비용이 더 들어갔다.[60] 해당 세기(16세기)가 끝날 때가 되면, 교훈적인 모습을 담은 그림은 황제에게 바칠 수 없을 정도로 정말로 너무나 천박한 것이 되어 버렸을 수도 있지만, 그럼에도 불구하고 이 장르는 목판 인쇄본이라는 급속히 진화하는 매체 속에서 자신만의 생명력을 가지고 번성해 나갔다.

그렇지만 상당한 수의 문인들은 그림이 배움과 수양을 진척시키는 데 사용될 수 있거나 또는 사용되어야만 한다는 것에 동의하지 않았다. 이들의 관점에 따르면 도(道)는 너무나도 미묘한 것이어서 그림으로는 전달될 수 없는 것이었고, 그림은 단지 피상적인 이해만 조장하거나 보는 이가 그림의 시각적 호소력에만 주의를 돌리게 하기 십상이었다. 사오이런(邵以仁, 1580년에 진사가 됨)은 1592년에 성지뎬 비석에 쓴, 자신의 깊은 생각이 담긴 관지에서 도덕적 수양을 진척시키기 위해 그림을 사용하는 것의 장점과 단점을 간결하게 열거하였다.[61] 그는 한편으로는 여전히 영향력을 발휘하는 쿵쯔의 이미지를 경건하게 응시하는 방문객들이 자신들의 덕을 기르는 데 새롭게 전념하고자 하는 자극을 받을 수 있다는 장잉덩의 생각에 동의했다. 또 다른 한편으로 그는 경전들의 본문 자체가 그림보다 더욱 믿을 만하며, 그림은 단지 본보기가 되는 성인의 마음으로 가는 길잡이일 뿐이라고 믿었다. "이 그림을 보는 사람들이 혹시라도 그 자취만 보고 그것이 무엇에 대한 자취인지를 생각하지 않을까 염려스럽다."[62]

명말의 도학자들 중에 어떤 이들은 목판으로 인쇄된 이야기 삽화본이 삽화가 들어간 희곡, 소설, 그리고 다른 단명한 출판물들과 같은 풍속화[63]에 아주 가깝다고 생각했을지도 모른다.[64] 이것들은 보는

---

59 각주 6번을 볼 것.

60 그의 간기는 간략한 요약의 형태로 『궐리문헌고(闕裏文獻考)』 889-890쪽에 필사되어 있으며, 바바 하루키치(馬場春吉), 『공씨 성적지(孔子聖跡志)』 171-173쪽에는 전문이 필사되어 있다.

61 주궈전(朱國禎)은 암시하는 바에 따르면, 『양정도해』는 처음에(인쇄본이 아닌) 육필 서화였고, 다른 강관들이 황자 교육에 그것을 사용하는 것을 반대한 이후에 쟈오훙의 아들이 지인들에게 사적으로 배포하기 위해 난징으로 가져가 인쇄했으며, 쟈오훙은 한 한관이 그것을 만력제에게 보여준 다음에야 그가 1597년에 쓴 후기를 황제에게 바쳤다. 『용동소품(湧幢小品)』 10권의 216쪽을 참고할 것.

62 "餘慮夫睹斯圖者, 執其跡而不思其所以跡也."

63 【역자 주】 원문은 '우키요에(浮世絵; floating world)'. 우키요에는 에도(江戶) 시대에 유행한, 주로 목판으로 된 풍속화이다. 여기에서는 중국에서의 맥락에 맞게 풍속화로 옮겼다.

64 재현된 이미지(특히 성적인 이미지)가 갖는 힘에 대한 부정적인 견해는 클루나스(Clunas), 『그림과 시각성(Pictures and Visuality)』, 그 중에서도 6장의 논의를 참고할 것.

이들의 저급하고 때로는 민망하기까지 한 욕구를 충족시키는 그림들을 싣고 있었기 때문이다. 광범위한 삽화본을 생산했던 동일한 도안가(designer), 각공, 출판인들에게 있어 교훈적인 이미지들을 관음증적인 이미지로 바꾸는 것은 너무나 쉬운 일이었다.[65] 교훈적인 그림들이 과연 유용한가에 대한 논쟁은 결국 군자를 만들어내기 위한 방법으로 텍스트에 의존할 것을 옹호하는 이들의 입장으로 귀착되고 있는 것처럼 보이기도 한다. 그러나 『제감도설』, 『양정도해』, 『성적도』의 번각본들과 이후 판본들이 급격하게 증가했다는 사실은 그림들이 바람직한 행동 양식을 가르치고 장려한다는 점에 대한 여전히 계속되는 믿음을 보여주는 것일 수도 있다. 하지만 청대에 들어서면서부터 이 그림들을 볼 것으로 예상되는 사람들은 문인-관료들이 아닌 평민들이었는데, 이들에게 그림들은 도덕적 훈계만이 아닌, 사회 지배층들의 몸가짐과 물리적 환경에 대한 가르침까지도 제공하는 것이었다.

---

65 교훈적인 이미지를 관음증적 이미지로 연결짓는 것은 캐서린 칼리츠(Katherine Carlitz), 「명말본 『열녀전』에서 부덕(婦德)의 사회적 효용(The Social Uses of Female Virtue in Late Ming Editions of Lienü Zhuan)」(*Late Imperial China* 12.2[1991년], 117-148쪽)에 논의되어 있다.

부록

항저우와 쑤저우의 환두자이(還讀齋)
17세기 중국의 출판 연구

엘런 위드머 (Ellen Widmer)

환두자이(還讀齋)는 1620년대부터 1690년대 사이에 처음에는 항저우(杭州)에 있다가 나중에는 쑤저우(蘇州)에서 운영된 출판사인데, 환두자이라는 간기가 찍혀 있는 책은 현재 30여 권이 넘게 남아 있다.[1] 현재는 더 이상 남아 있지 않은 인쇄본들의 흔적들을 포함해서 이 책들은 거의 상호 연관이 없는 별도의 두 시기[2]에 활동했던 이 출판사의 모습을 그려내는 데 이용될 수 있을 것이다. 첫 번째 시기 동안 환두자이는 항저우에 있었다. 항저우 태생의 왕치(汪淇)라는 인물이 이 출판사업을 주도했는데, 1600년경에 태어나 그에 대해 분명하게 말할 수 있는 무언가가 남아 있는 마지막 해인 1668년에 은퇴했다. 왕치는 의서(醫書)뿐 아니라 시와 소설을 쓰기도 했지만 그는 주로 편집자로서 능력을 발휘하는 것으로 환두자이에 기여했다. 그는 『서유증도서(西遊證道書)』라는 제목의 『서유기』 주요 판본[3]과 중요한 "노정서(路程書, route book)"인 『사상요람(士商要覽)』[4]을 펴냈다. 또 쉬스쥔(徐士俊), 황저우싱(黃周星) 등과 함께 세 권으로 이루어진 서간집인 『척독[5]신어(尺牘新語)』(1663년, 1667년, 1668년)를 펴냈으며, 의서와 다양한 분야의 기타 실용서도 펴냈다.

---

1 이들 책의 제목은 이 글 말미에 있는 부록을 볼 것. 별도의 표시가 없는 한, 왕치(汪淇)와 왕앙(汪昂)의 책은 원본에서 인용되었다. 이것들의 위치 역시 부록에 명기되어 있다.

2 1684년 왕치가 편자로 되어 있는 것은 아마도 가탁으로 보이는데, 이에 대해서는 이 글의 주 54)를 볼 것.

3 데이비드 롤스톤(David Rolston)의 『중국소설 독법(How to Read the Chinese Novel)』(Princeton: Princeton University Press, 1990), 452쪽과 기타 여러 곳을 볼 것.

4 『사상요람』에 대해서는 티모시 브룩(Timothy Brook)의 『명청사의 지리적 자료들(Geographical Sources of Ming-Qing History)』(Ann Arbor: Center for Chinese Studies, University of Michigan, 1988), 41쪽을 볼 것.
【역자 주】 티모시 브룩의 또 다른 책인 『쾌락의 혼돈』에 의하면 명대에는 상업이 발달함에 따라 상인들이 끊임없이 왕래하게 되었고, 이에 가고자 하는 목적지까지 어떤 교통수단을 이용할지, 그리고 여행길에 이용할 수 있는 시설물은 어떤 것이 있는지를 알려주는 '노정서'가 출현했다고 한다(우리말 번역본, 237-238쪽).

5 【역자 주】 원래 척독(尺牘)은 길이가 한 자 가량 되는, 글을 적은 널빤지를 가리킨다. 하지만 대개 '척독'은 긴 편지글인 '서(書)'와 구분해 요즘으로 말하면 엽서 쯤에 해당하는 짤막한 편지를 가리킨다. 곧 편지의 편차를 제대로 갖추면서 비교적 길게 쓰는 편지를 '서'라고 한다면, 의례적인 인사나 복잡한 내용과는 별도로 간단한 연락이나 감회를 적은 짧은 편지를 '척독'이라고 할 수 있다.

두 번째 시기 동안, 환두자이는 쑤저우에 본부를 두고 있었으며, 왕치의 친척 가운데 한 사람인 왕앙(汪昂)이 주도적인 역할을 했다. 역시 후이저우(徽州) 출신이었던 왕앙은 왕치와 관련이 있긴 했지만, 정확하게 어떤 관계인지에 대해서는 밝혀진 것이 없다. 왕치보다 열다섯 살 정도 어렸던 왕앙은 1615년에 태어나 1694년에 팔순의 생일을 축하 받을 때까지 살았다. 마지막으로 알려진 그의 출판 활동은 팔순 생일과 사망 사이에 이루어졌는데, 그는 1699년에 사망한 것으로 추정된다.[6] 왕앙은 청대에 의학 지식을 주도적으로 보급한 사람이었다.[7] 왕치와 달리 왕앙은 생계를 위해 출판을 하지는 않았는데 – 그는 노년에야 이 일에 종사했다 – 두 사람 사이에는 이러 저러한 대조적인 측면이 많이 존재하지만, 다양한 수법으로 독자에게 다가갔다는 점에서는 서로 비슷했다.

그들의 작업은 이제까지 중국학 연구에서 각각 주목받지 않았던 틈새 분야에 속해왔기 때문에, 그들을 연결시킬 만한 아무런 동기도 존재하지 않았다. 더구나 때로 환두자이를 매개로 한 양자의 연결 고리는 추적하기가 그리 쉽지 않다. 왕치에게 환두자이는 그가 출판에 종사했던 유일한 출판사가 아니었고 잘 알려진 그의 저작들 가운데 몇몇은 환두자이와의 연관이 공개적으로 드러나 있지 않다. 왕앙으로 말하자면, 환두자이의 구실은 간기에서만 명백하게 나타나 있는데, 이것은 그의 저작의 초기 판본에만 손으로 찍혀 있을 뿐, 후기 판본에서는 더 이상 찍혀 있지 않다. 하지만 두 왕 씨를 연결해주는 게 환두자이인 것만은 분명하다.

두 번째 연결 고리는 왕환(汪桓)이라는 인물에서 발견되는데, 그는 왕치의 아들이거나 조카인 듯하며, 왕앙의 동생이나 조카였을 것이다.[8] 왕환은 왕치의 인쇄본 가운데 몇몇에 관여했으며, 왕치의 은퇴와 왕앙의 부상(浮上) 사이의 짧은 과도기 동안 환두자이의 이름을 빌어 병서들을 펴냈다. 그는 계속해서 의학 서적을 펴내는 일에서 왕앙의 주요 편자와 조력자로서 일을 해나갔는데, 20년이 넘는 시간 동안 수많은 책들을 만들어냈으며, 그 대부분이 매우 성공적이었고 재판을 자주 찍어냈다. 그밖에는 왕

6 왕앙의 죽음에 대해서는 리윈(李雲)이 엮은 『중국인명사전』 (北京: 國際文化出版公司, 1988년) 408쪽에 인용된 거인춘(葛蔭春)의 『고금명의언행록(古今名醫言行錄)』 (1927년)을 볼 것.

7 리윈(李雲)이 엮은 『중국인명사전』 (北京: 國際文化出版公司, 1988년) 408쪽. 폴. 운슐트(Paul U. Unschuld), 『중국의 의학: 본초학의 역사(The Medicine of China: A History of Pharmaceutics)』 (Berkeley: University of California Press, 1986), 170쪽.

8 왕앙의 의서들에서는 줄곧 왕환을 "동생(弟)"으로 지칭하고 있으며, 한번은 왕환이 왕앙을 "형(兄)"으로 부른 적도 있다. 하지만 왕앙과 그의 형제들에 대한 행적은 자오지스(趙吉士)의 『임와요집(林臥遙集)』 (1697년) 하권 57-58쪽에 인용되어 있다. 이 책은 베이징(北京) 사회과학원 도서관에 소장되어 있다. 왕환의 이름은 형제들 가운데 보이지 않는다. 왕앙과 왕치의 관계에 대한 의문에 관해서 왕앙의 의서에서는 항상 편집을 도와준 이들 가운데서 왕앙의 조카인 왕웨이총(汪惟寵)을 언급하고 있다. 왕치에게는 왕웨이천(汪惟宸)이라는 손자가 있었는데, 그에 대해서는 『척독신어』 (臺北: 廣文書局) 2:23.9(421쪽)을 볼 것. 이 두 이름의 유사성은 왕치가 왕앙보다 한 세대 앞선다는 가정을 가능케 하고 있다. 하지만 이들의 나이가 15년 차이가 나는 것을 고려해 볼 때, 왕치와 왕앙이 부자 관계였을 것 같지는 않다. 『척독신어』의 두 번째 권의 경우 나는 타이베이 광문서국에서 1971년에 영인한 것을 사용했다. 이 책에서는 페이지를 서구와 중국식으로 매기고 있기 때문에 나는 두 가지 방식 모두 인용했다. 두 번째 권의 정식 명칭은 『척독신어 이편(尺牘新語 二編)』이다. 첫 번째 권인 『분류척독신어(分類尺牘新語)』는 번각본이긴 하지만 초기에 나온 것인 일본의 나이가쿠문고 본을 참고했다. 세 번째 권인 『척독신어광편(尺牘新語廣編)』은 난징도서관(南京圖書館)에 있는 원본을 참고했다.

환에 대해서 거의 알려진 게 없지만, 이 베일에 가려진 인물이 환두자이의 출판 사업에 계속 참여했다는 사실이 환두자이가 오랜 동안 특정 분야의 인쇄본을 지속적으로 펴냈던 데 대한 주된 이유가 되었는지 모른다. 왜냐하면 왕치와 왕앙의 전성기 사이의 많은 차이점에도 불구하고 환두자이의 책들은 일관된 경향을 보여주고 있기 때문이다. 이 경향이 이 글의 주제라 할 수 있는데, 곧 세 명의 왕 씨의 입장에서 독자들의 수요와 기호를 감지하여 점차 출판 사업에 적용시켜 나간 과정이 그것이다.

이 주제는 중국과 여타 지역에서의 서적사에 대한 연구들을 어느 정도 보완해 줄 것이다.[9] "출판 문화"에 주목하되 강조점은 상층 지식인들의 학문이 아니라(일반 대중들의) "보편 지식(common knowledge)"에 둘 것이다.[10] 이를 통해 세 명의 왕 씨의 다양한 독자들을 그려낼 것이지만, 그것은 서문에 있는 편자의 평어와 환두자이의 이름으로 출간된 책들이 물리적으로 외양을 바꾸어나간 것으로부터 각각의 독자들의 성격을 추론할 수 있는 한에서만 그러할 따름이다. 그런 증거로부터 나는 이런 독자층이 어떻게 책에 다가갔는지에 대해 무언가를 알아냈지만 그들의 삶의 여타의 측면에 대해서는 그렇지 못하다. 이를테면, 이런 독자들이 명 유민들인지 여부를 알아내는 데 도움을 줄지도 모르지만, 환두자이의 두 주요 편자들은 이러한 질문에 명확한 의견을 표출하지 않았기 때문에 나는 이런 인쇄본들이 명에 충성하는 입장을 취할 때 독자들이 어떻게 반응했는지를 알아낼 방법이 없다(명 왕조에 대한). 왕치의 충성심은 그 자신의 책에 농후하게 나타나 있는데, 대부분 세 권으로 이루어진 『척독신어』에 현저하게 드러나 있으며, 이것들은 결국 검열에 걸렸다.[11] 겨우 남아 있는 왕앙의 삶에 대한 간략한 소개로 그 역

9 로저 샤르티에(Roger Chartier)와 다른 연구자들의 프랑스에서의 책과 독서의 역사에 대한 연구를 동아시아로 확장했던 예에 대해서는 헨리 D. 스미스 2세(Henry D. Smith II)의 「에도와 파리의 서적사(The History of the Book in Edo and Paris)」(Edo and Paris: Urban Life and the State in the Early Modern Era, ed. James L. McClain, John M. Merriman, and Ugawa Kaoru, Ithaca: Cornell University Press, 1994.) 332-52쪽을 볼 것.

10 "출판문화"라는 용어의 출전은 엘리자벳 L. 에이젠스타인(Elisabeth L. Einsenstein)의 『변화의 동인으로서의 출판사(The Printing Press As an Agent of Change)』(Cambridge: Cambridge University Press, 1979)이다. 수전 체르니악(Susan Cherniack)의 「송대의 책 문화와 텍스트상의 전이(Book Culture and Textual Transmission)」(*HJAS* 54.1, 1994. pp.5-125). 여타의 주제들 가운데 체르니악은 "인쇄 문화"와 송대에 인쇄가 흥성하기 시작할 무렵 부분적으로 나름의 역할을 맡고 있던 "필사 문화" 사이의 대조에 초점을 맞추었다. 에이젠스타인의 인쇄와 과학 혁명 사이의 관계에 대한 연구를 보완해주는 것으로 윌리엄 이먼(William Eamon)은 이탈리아에서 "비밀의 책들(Books of Secrets)"의 인쇄본들이 어떻게 그곳에서 "보편 지식(Common Knowledge)"으로 확장되었는지를 보여주고 있다. 그의 『과학과 자연의 비밀들: 중세와 근대 초기 문화에서의 비밀의 책들(Science and the Secrets of Nature: Books of Secrets in Medieval and Early Modern Culture)』(Princeton: Princeton University Press, 1994)을 볼 것. 나는 이런 자료들을 알려준 로리 누스도르퍼(Laurie Nussdorfer)에게 고마움을 표한다.

【역자 주】 지암바티스타 델라 포르타(Giambattista Della Porta)의 『자연의 마술(Natural Magic)』(1559년)에서 다루고 있는 여러 색깔의 말을 낳고, 껍질 없는 견과류를 만들고, 달걀을 사람 머리 만하게 만드는 방법과 같은 것들은 윌리엄 이먼에 따르면 현대 과학의 뿌리를 이루는 중세의 연금술사나 마술사, 장인들에 의해 씌어진 "공구서(how-to books)"에 실린 것들이다. 이렇듯 풍부하긴 하지만 잘 알려지지 않은 문학의 원천들을 꼼꼼히 조사함으로써 이먼은 인쇄술과 대중 문화가 전통적인 학문 도야가 초기의 근대 과학에 가했던 것만큼이나 큰 충격을 가했다는 사실을 드러내 보여주었다.

11 이 텍스트에 대한 검열에 대해서는 우저푸(吳哲夫)의 『청대금훼서목연구(淸代禁燬書目研究)』(臺北: 國立政治大學, 1969년) 161쪽을 볼 것.

시 명 유민들에 동조했다는 사실이 설핏 드러나 있지만, 그러한 사실이 그 자신의 저작물에서는 명확하게 드러나 있지 않으며 이들 저작물에서는 대체로 정치적인 입장을 피하고자 했다. 『본초비요(本草備要)』(1683년) 개정판에 대한 왕앙의 서에는 이런 식으로 기술되어 있다. "정부와 징벌에 대해 걱정할 필요가 없다면, [약학을 통해] 삶에 도움을 주는 데 크게 이로울 것이다."

나란히 놓고 본다면, 왕치와 왕앙은 명말 출판의 저항적인 성격으로부터 꾸준히 물러섰다. 명말 출판계의 경향은 대중들의 의견을 좀 더 점잖은 형태로 표출했을 뿐 아니라 비방과 가십으로 점철되기도 했는데, 이 점은 오오키 야스시(大木康)의 최근 연구에서 분석된 바 있다.[12] 이렇게 물러선 것은 환두자이가 의서만을 전문적으로 펴내기 위해 다양한 방면의 출판을 포기하게 된 이유와 어느 정도 연관이 있다. 하지만 나의 흥미를 좀 더 끌었던 것은 독자들에게 호소하기 위해 환두자이가 취했던 실제적인 방법들이었는데, 그것은 구두(句讀)와 평점, 색인에서의 조정을 통해서 이루어졌으며, 이런 조정 작업들은 검열이 진행되는 동안에도 계속 진행되었다. 왕앙의 책들은 왕치의 책에 비해 독자의 편의성을 좀 더 잘 보여주고 있는데, 이러한 편의성이 왕치가 선도적으로 진행했던 것에 기반한 것이었음은 의심할 여지가 없다. 이런 의미에서 환두자이의 역사를 통해 비록 사적으로 정치적인 목적을 위해 사용될 수는 없었지만, 독서 대중의 어떤 성향을 좀 더 성공적으로 받아들였던 점은 선구적이라 할 만하다. 이들 독서 대중은 명말부터 도서의 생산에 점차 영향력을 증대시켜나갔던 교육 정도가 낮은 독자 무리가 등장하고 있었다는 사실과 동떨어져서 이해될 수 없다. 청 왕조가 통치 기반을 확립하고 나서 출판을 통해 표출된 정치적인 저항들을 성공적으로 진압했음에도 불구하고, 환두자이의 역사를 통해 이러한 독자층이 지속적으로 생명력을 얻어나갔다는 사실이 드러나게 된 것은 움직일 수 없을 정도로 명백하다.

세 권의 『척독신어』로부터 얻을 수 있는 폭넓은 영역의 자료 덕분에 환두자이의 운영에 대해서는 후기보다는 전기에 대한 기록이 좀 더 풍부하게 남아 있다. 이런 이유로 말미암아, 그리고 왕치가 떠나고 항저우에서 쑤저우로 이사온 뒤로 얼마나 사업이 지속되었는지 불분명하기 때문에, 환두자이와 여타의 서사(書肆)들 사이의 비교는 주로 초기에 바탕하고 있다. 이 글의 전반부에서는 환두자이에 대해 기술하고, 다른 출판인들의 운영과 비교할 것이다. 두 번째 부분에서는 왕치가 자신의 독자들을 분명하게 설정하고 그들에 맞추어 책을 펴냈던 방식이 정치적으로 안전한 분야에서의 글쓰기로 전이되었을 수 있다는 사실을 주장하고 있다. 왕앙의 의학에 관한 책들이 왕치가 펴낸 것으로부터 내용을 끌어왔는지 여부는 불분명하지만 왕치가 학문의 모든 영역에서 좀 더 열등한 독자들에게 손을 뻗었던 것은 왕앙이 의서를 보급하기 위한 초석을 닦아준 셈이었다.

---

12 「명말 강남의 출판 문화 연구(明末江南における出版文化の研究)」(『廣島大學文學部紀要』 50: 特刊 1.)
【역자주】 오오키 야스시, 노경희 옮김, 『명말 강남의 출판문화』, 소명출판, 2007.

환두자이와 후이저우의 왕 씨 가문

환두자이는 왕치와 분명히 연결될 수 있는 환두자이의 인쇄본들 가운데 가장 이른 연대인 1636년 이전에도 15년간 출판사로 존재했었다.[13] 그러나 나는 왕치, 왕환 그리고 왕앙 등 왕 씨 일가와의 관련성을 통해 환두자이의 역사를 더듬어보기로 마음먹었다.

왕치

왕치(본명은 샹쉬(象旭), 자는 유쯔(右子) 또는 단이쯔(憺漪子), 호는 찬멍쥐스(殘夢居士))의 생애는 『척독신어』 중의 자전적 또는 전기적 논평과 그의 인쇄본의 서문, 그리고 친구들이 쓴 몇몇 시들을 통해 추적해 볼 수 있다. 1668년에 "65세가 넘었다"고 했던 그 자신의 진술[14]은 그가 17세기로 넘어가던 즈음에 출생했다고 보는 근거가 된다. 어려서 병약했던 그는 형과 동생의 보살핌을 받았는데, 그들은 왕치가 공부하여 과거시험에 합격할 수 있도록 격려해 주었다. 그러나 그는 이러한 노력에도 불구하고 성공하지 못한 듯한데,[15] 그것은 아마도 1644년에 명조가 붕괴되면서 그의 학업이 중단되었기 때문일 것이다. 유년시절 이후 병약함은 문제가 되지 않았다. 왜냐하면 그는 젊은 시절에 자객이었던 것으로 알려져 있고, 망해 가는 명나라를 지키기 위해 싸웠기 때문이다.[16] 나중에 건강해진 것에 대해서, 왕치는 그의 훗날의 건강이 그의 형제들의 도움 뿐 아니라 그가 극도로 아팠을 때 꿈에서 보았고 그래서 그가 자신을 기적적으로 치유했다고 믿었던 도교의 신선 뤼둥빈(呂洞賓)에 대한 기도 때문이라고 여겼다. 왕치는 『여조전전』에 뤼둥빈을 찬양하는 허구화된 일화들을 모아 놓았고, 이 신선을 그의 출판 인생 내내 특별히 숭배하였다.

왕치는 후이저우에서 태어났지만 그의 집은 왕조 교체기에 군인들에게 빼앗겼고,[17] 그가 항저우에

---

13 그 사실은 『선성재의학광필기(先醒齋醫學廣筆記)』라는 책의 다른 제목으로 목록에 실려있는 『환두자이의방회편(還讀齋醫方匯編)』을 통해 알 수 있다. 마타 핸슨(Marta Hanson)은 친절하게도 나를 위해 이 책을 보고 환두자이라는 이름이 1622년에 간행된 한 판본에 보인다고 알려주었다. 그 책은 쉐칭루(薛清錄)의 『전국중의도서연합목록(全國中醫圖書聯合目錄)』(北京: 中醫古籍出版社, 1991년) 325쪽에 실려 있다.

14 『척독신어』 3: 「범례(凡例)」와 22.10a.

15 왕치가 쓴 일화집으로 1662년에 간행된 『여조전전(呂祖全傳)』의 서문에는 이 서문을 쓰기 직전에 일어난 한 중요한 개인적 성공이 언급되어 있다. 이것은 문맥상 그가 과거시험에 대해 언급하고 있는 것처럼 보인다. 그러나 지방지에 그가 과거시험에 합격했다는 기록은 없다. 별도로 지적하지 않는 한 왕치에 관한 모든 전기적 정보는 이 자료에 근거한 것이다.

16 『척독신어』 1:13.7a.

17 『여조전전』 서문.

정착하여 성인 시절의 대부분을 보내기 전까지 몇 차례 이사를 하였다.[18] 항저우에 살던 다른 많은 후이저우 출신들 가운데에는 1630년대에 업무상 정착했던 삼촌 왕루첸(汪汝謙)이 있었다. 염상(鹽商)이었던 왕루첸은 항저우 사회에서 명망을 얻기 위해 꾸준히 노력했다.[19] 그 자신 학자로서 두드러지지 못했던 왕치는 도처에서 온 친척들과의 접촉을 유지하는 것을 중시했고, 또 그의 많은 조카들 – 적어도 6명의 – 이 진사(進士) 또는 거인(擧人) 자격 획득을 이루었다는 사실에 매우 기뻐했다. 한번은 그가 당시 우창(武昌)에 살았던 성공한 조카들과 그 친구들의 과문(科文)을 출판하기도 하였다.[20] 1650년대까지 그는 줄곧 항저우에 살았다. 늦어도 1663년 이전의 한 편지에는 그가 10년이 넘도록 신안(新安, 즉 후이저우)에 돌아간 적이 없다고 씌어 있다.[21]

그의 많은 친척들과는 달리, 왕치는 개업의(開業醫)가 아니었다.[22] 그러나 그는 의학 영역 주변에서 그가 할 일을 분명히 알고 있었고, 항저우의 장즈충(張志聰) 같은 뛰어난 의원들과 협력하였다.[23] 의학에 관한 그의 관심은 1620년대까지 거슬러 올라간다.[24] 이 10년 동안, 그는 박식한 친구들의 작품 선집 몇 권을 출판하였는데, 그 대부분은 돈을 벌기 위해 펴낸 것이 아니었다.[25] 연대를 알 수 있는 그의 최초의 방각본은 1636년과 1637에 항저우에서 출판된 과거시험 준비자를 위한 병서(兵書)들이다.[26] 이들 둘은 모두 재판이며, 후자는 원래 리즈(李贄)가 편찬한 것으로, 환두자이의 간기가 찍혀 있다. 다음

18 1658년에 환두자이에서 출판된 쉬스쩡(徐師曾)의 『시체명변(詩體明辨)』 재판은 왕치가 당시까지 항저우에 거주하고 있었음을 입증하고 있다.

19 왕루첸이 왕치의 삼촌인 것에 대해서는 『척독신어』 1:10.20b를 볼 것. 그가 염상이라는 점에 대해서는 리웨이(李衛)가 엮은 『양절염법지(兩浙鹽法志)』 (1792, 臺北, 學生書局 영인본, 1966년) 1793쪽을 볼 것. 조애나 핸들린 스미스(Joanna Handlin Smith)는 고맙게도 이 자료를 나에게 소개해주었다. 왕루첸에 대해 더 상세한 것은 『춘성당시집(春星堂詩集)』 중의 자신의 시들과 『총목왕 씨유서(叢睦汪氏遺書)』 (1886년) 서문을 볼 것.

20 왕카이추(汪開楚)라는 조카는 1657년에 거인이 되었다. 왕두이(汪錞)라는 다른 조카는 1672년에 진사가 되었다. 왕치의 조카들 가운데서 이 두 사람은 특별히 가까웠고 또 종종 편집 작업을 도왔다. 조카들과 다른 사람들의 과문 출판에 관해서는 『척독신어』 2:7.8(176쪽)을 볼 것.

21 『척독신어』 2:5.8(110쪽).

22 자왕(査望)의 『제음강목(濟陰綱目)』 서문에는 왕치가 도사였지 의원은 아니었다고 기록되어 있다.

23 장즈충에 관해서는 리징웨이(李經緯)의 『중의인물사전(中醫人物詞典)』 (上海: 辭書出版社, 1988년) 358-359쪽을 볼 것. 왕치의 외손자는 항저우의 장쑤이천(張遂辰)에게서 의학을 공부했다. 장수이천은 장즈충의 부친이다. 『척독신어』 3:22.10a를 볼 것.

24 경젠팅(耿鑑庭)은 왕치의 『보생쇄사(保生碎事)』가 1621년판 『제음강목』에 부록으로 들어갔다고 언급하였다. 『중국도서연합목록(中國圖書聯合目錄)』 (北京: 北京圖書館, 1961년) 325쪽을 볼 것.

25 왕치가 1620년대에 출판한 책들 중에는 장밍비(張明弼)가 쓴 『형지집(螢芝集)』과 『두단집(肚單集)』 두 책이 포함되어 있다. 쑨뎬치(孫殿起)에 따르면, 전자는 1625년에 나왔다. 『판서우기(販書偶記)』 (上海: 上海古籍, 1982년) 325쪽을 볼 것. 다른 하나는 왕치가 1668년에 40년 먼저 나온 것으로 언급한 쑹완(宋琬)의 가족사이다. 『척독신어』 2:12.15(249쪽)과 3:18.15b를 볼 것.

26 제목은 각각 『무서대전(武書大全)』과 『무경칠서참동(武經七書參同)』이다. 나는 첫 번째 책의 제목을 전적으로 이소베 아키라(磯部彰)의 도움으로 알게 되었다.

수십 년 동안, 왕치는 다양한 영역의 상업적인, 그리고 비상업적인 책들을 펴냈다.[27] 병서들과 마찬가지로 그 중 상당수가 이미 어느 정도 명성을 얻은 책들의 재판이었다. 예를 들어 명말(明末)에 환두자이의 명의로 나온 펑멍룽(馮夢龍)의 『지낭(智囊)』,[28] 쉬스쩡의 원저에 쳰쳰이(錢謙益)가 새롭게 서문을 쓴 『시체명변』(1658년), 그리고 1661년에 나온, 보기 좋게 재판한 또 다른 병서 등이 그것이다.[29] 이 마지막 책으로 인해서 환두자이는 몇 년 간 더 지속될 출판 사업의 황금기에 접어들었다.[30]

1661년까지 왕치는 그의 출판사 구내에 살고 있었다.[31] 그가 거처하는 곳은 외부세계로 개방된 상업적 공간과 개인 서재인 댜오지러우(雕技樓)로 이루어져 있었다. 그곳에서 그는 자신의 개인 생활을 해나가며 다양한 편집 사업을 수행하고 방문자들을 맞이하였다. 『척독신어』 출판을 위한 그의 절친한 협력자들이었던 황저우싱과 쉬스쥔이 쓴 시들은 왕치가 그곳에 친구들을 초대했었다는 인상을 준다. 쉬스쥔의 한 시에 의하면, 왕치는 "종종 문밖의 말들의 소리와 수레 방울소리에 방해를 받았다(漫勞門外馬聲車鐸)". 이 시는 또 진귀한 서책이 수천 권에 달하는 방대한 장서에 대해서도 언급하는데, 그 책들은 그곳에 소장되어 있었고, 아마도 일부는 서점에 공급되었을 것이다.[32] 다른 친구들은 댜오지러우(雕技樓)에서 왕치의 인쇄본을 본 것에 관해 말한 바 있다.[33] 이 같은 언급들을 통해 왕치가 무미건조한 세상으로부터 탈출을 갈망하는 교양있는 은둔자로서 기억되기를 좋아했던 점을 엿볼 수 있다.

댜오지러우(雕技樓)는 비단 독서의 공간이었을 뿐 아니라 종교적 명상의 장소이기도 했다. 그곳에서 왕치는 몇몇 친구들과 도교에 대한 그의 깊은 관심을 나누었다. 도교에 대한 깊은 관심은 그가 뤼둥빈의 꿈을 꾼 것에서 시작되었고, 그것은 1660년대 초반에 완전한 개종으로 귀결되었다.[34] 왕치가 과거 제도를 신봉했던 것은 확실해 보인다. 그러나 다른 유민 친구들과 함께 그는 종교를 청조에 대한 반대

---

27 덜 상업적인 인쇄본 중 하나는 1650년에 나온 환두자이의 『서냉십자시선(西冷十子詩選)』이다. 이 책은 소위 '서냉십자'라고 하는 작자들 대부분이 그의 친구들이었다는 점을 제외한다면, 왕치와 별다른 관련성을 보이지 않는다.

28 나는 이 자료를 찾는 데 도움을 준 마타 핸슨에게 감사한다.

29 1661년에 나온 책은 제목이 『표제무경칠서전문직해(標題武經七書全文直解)』이며, 『무서대전』의 서문에 따르면, 그것은 무과(武科)와 관련성이 있다. 왕치의 출판 속도에 관한 한 단서가 1664년 2월에 나온 『역조첩록(歷朝捷錄)』에서 발견된다. 그 '범례'에서는 역사에 관한 또 다른 신서가 다가오는 가을이나 겨울까지 나올 것을 약속하고 있다.

30 1660년대 초까지도 왕치의 일부 인쇄본은 환두자이가 아닌 다른 사람의 후원 하에 나왔다. 예를 들어, 그가 편집한 『척독모야집(尺牘謨野集)』은 량밍자이(亮明齋)의 명의로 나왔다.

31 환두자이에서 출판된 1661년판 『표제무경칠서』에서는 왕치가 항저우에서 살고 있었다는 사실을 확증하고 있다.

32 쉬스쥔의 『안루집(雁樓集)』 13.7a-8b와 6.16ab를 볼 것. 또 황저우싱의 『포암시집(圃庵詩集)』 1:6a를 볼 것. 쉬스쥔 작품의 간행 정보에 대해서는 부록을 볼 것. 황저우싱의 시집은 세이카도 문고(靜嘉堂文庫)에 보인다. 자왕의 『제음강목』 서문에서는 재판을 준비하는 데 쓴 그 원문이 왕치가 제공한 것이고, 그것이 왕치 자신의 소장품이었을 항저우의 한 자료를 출처로 하고 있음을 입증되어 있다.

33 친구들이 댜오지러우(雕技樓)에서 책을 찾는 예에 관해서는 셰장링(謝欞齡 2편 132쪽)의 『척독신어이편』 서문(『척독신어이편』의 모든 서문들은 베이징 대학 도서관의 원본을 이용하였다)을 볼 것. 황저우싱이 보낸 한 편지에서는 왕치의 환두자이에서 점술에 관한 책을 본 것에 관해 언급하고 있다. 『척독신어』 3:22.8b를 볼 것.

34 『여조전전』 서문.

를 표현하는 은밀한 방식으로 이용하였다. 도교와 명에 대한 충성심의 관계는 왕치와 황저우싱과의 서신에서 어렴풋이 나타난다. 황저우싱은 명대의 진사였으며, 그는 나중에 결국 지나간 왕조를 옹호하며 자살하게 된다. 몇몇 서신에서 황저우싱은 많은 신선들 가운데서 뤼둥빈에 대한 그들의 공통된 관심 때문에 왕치에게 이끌렸다고 말하였다. 그리고 그들이 감내하기 어려운 시대상황으로부터의 탈출의 한 방편으로 도교의 낙원으로 상상의 나래를 펼치는 것을 즐겼다고 했다.[35]

그러나 황저우싱과 왕치가 탈출에 대해 얼마만큼이나 진지했는지는 모르겠지만, 그들의 상상의 나래는 소설과 희곡에 관한 그들의 공통된 관심과 그들의 많은 연회들에서처럼 종종 유희의 형태를 띠었다. 이러한 연회들은 정치적인 함의를 가지고 있었고, 또 그들은 도가의 원리에 따라 장생을 주장했지만, 그들은 연극관람, 술, 여자, 그리고 노래 등으로 흥청망청 살았다. 비록 그의 현존하는 인쇄본들 가운데 단지 선성(沈嵊)의 『관춘원(綰春園)』만이 희곡에 속하지만, 『척독신어』를 통해 볼 때 희곡이 왕치의 친구들 사이에서 주요한 관심사였다는 것은 거의 의문의 여지가 없다. 주의 깊게 살피지 않는다면 이렇게 충성심과 종교를 유희로 뒤바군 것은 아마도 위선적인 것으로 보일지도 모른다. 그러나 왕치와 황저우싱, 그리고 그 친구들은 그러한 상황을 달리 보았던 것이 분명하다. 1680년에 스스로 물에 빠져 죽음으로써, 그리고 다른 비통함의 표현들을 통해서, 황저우싱은 그러한 '즐거움'이 단지 명조가 멸망한 이후에 암담한 시대를 견뎌나가는 방식이었음을 분명히 하였다.[36]

그럼에도 불구하고 그 연회들은 기념할만한 인상을 남겼다. 왕치는 서로 활기찬 마음이 생기게 하는 것을 즐겼던 훌륭한 주인이었는데, 그것은 그가 유민 친구이자 이후 함께 일하게 될 황저우싱과 쉬스쥔 두 사람을 소개했을 때도 마찬가지였다. 사업과 즐거움을 결합시킴으로써, 왕치는 그런 기회를 이용해 황저우싱이 그를 도와 『서유증도서』(1663년)에 비평을 해주기로 한 약속을 확고한 것으로 만들었다. 왕치가 황저우싱을 초대하는 편지에서 다음과 같이 말한 것은 그것을 잘 보여준다.

> 내가 인형과 알게 된 지 20년이나 되었지만, 인형을 [저녁식사에] 초대해본 일이 없소……내일 내가 몇 사람을 초대하는데……나는 인형仁兄이 [우리와 함께할 것을] 거절하지 않길 바라오.……『서유기』 문제에 대해서, 나는 인형이 비평을 하고 교정해 주기로 승낙한 것을 영광으로 여기고 있소. 사람들은 이것을 대단히 훌륭하고 매우 인정 넘치는 일이라고 말할 것이오. 나는 인형이 나와 함께 있으면서 그

---

35 『척독신어』 1:13.8ab와 1:21.2a-3a에 그 예가 보인다. 쉬스쥔은 그러한 편지 중의 하나에 대해 언급하면서, 이들 두 사람의 우정이 도(道)에 대한 그들의 공통된 신앙으로 인해 생긴 것이라는 사실을 지적하고 있다. 왕치와 마찬가지로 황저우싱 역시 뤼둥빈에 관해 자주 썼고, 때때로 그 이름을 가탁하여 쓰기도 하였다. 예를 들어 황저우싱의 작품집 『하위당별집(夏爲堂別集)』 (원본은 베이징도서관에 있다) 중의 희곡 『인천락(人天樂)』 서문을 볼 것.

36 둥웨(董說)는 황저우싱의 산문 「울단월송(鬱單越頌)」을 위해 쓴 서문에서, 많은 사람들이 이 작품을 그것이 실제로는 슬픈데도 유희적인 것으로 읽을 것이라고 말하였다. 『하위당별집』을 볼 것. 둥웨와 황저우싱은 화답시에서 유희적 글쓰기로 정치적 울분을 발산하는 것에 대해 종종 말하였다. 둥웨는 명조 멸망 이후 불가에 귀의한 것으로 유명하다.

비평 작업을 완성해주기를 간절히 바라오. 그것은 마치 삼장법사(三藏法師)가 서역을 여행할 때 하루가 1년처럼 느껴졌던 것과 같다오. 나는 오래 기다릴 수가 없소. 만약 오지 않으면 나는[쑨우쿵(孫悟空)을] 근두운(筋斗雲)에 태워 보내 인형을 데려와야만 할 거요. 하하![37]

이러한 언급은 황저우싱이 『서유증도서』 제100회 회말평(回末評)에서 다음과 같이 말한 것으로 입증된다. "나 샤오창쯔(笑蒼子, 즉 황저우싱)는 단이쯔(왕치)와 다년간 친구였다. 그러나 우리는 아무것도 함께 저술한 일이 없다. [1663년] 여름에 왕치가 처음으로 나를 댜오지러우(雕技樓)에 초대했고, 게다가 그는 다뤠탕(大略堂)에서 나온 『서유기』의 오래된 판본을 꺼내 내게 그것을 비평하고 교정해달라고 부탁했다." 이 판본의 제9회의 진위 여부는 최근 수십 연간 학자들에 의해 많이 논의되었는데, 그것은 이 부분이 초기 판본들에서는 보이지 않기 때문이었다.[38] 아마도 이것은 왕치와 황저우싱이 꾸며낸 것일 터이다. 어쨌든 아마도 그들의 판본이 근거로 삼았을 '다뤠탕 『서유기』'는 분명 왕치의 다른 친한 친구 자왕의 작업장인 다뤠탕의 이름을 따서 명명되었을 것이다.[39] 앞서 언급한 연회 관련 편지들에 대한 자왕의 주석은 관련된 인물들과 사건에 대해 그가 잘 알고 있었다는 것을 증명해 준다.[40]

황저우싱이 『서유증도서』 편찬에 기여했다는 사실은, 왕치가 유민 친구들과의 복잡한 유대 관계를 맺을 때 경제적인 궁핍을 어떻게 계산적으로 이용했는지를 보여주는 좋은 예이다. 박식한 사람들과의 협력이 왕치의 출판 기획의 주요한 부분이었기 때문에, 이러한 인재 집단이 없었다면 환두자이의 사정은 매우 달라졌을 것이다. 왕치는 동료 편집자들의 뛰어난 재능을 자랑스러워하면서도, 그 중 상당수가 왕조 교체기에 자신의 생계를 잃고 극도로 곤궁해졌다는 사실 또한 잘 알고 있었다. 황저우싱을 가정교사 자리에 추천하는 편지를 쓴 후, 왕치는 비교적 낮은 지위에 있는 자신이 명조의 진사를 위해 생계 수단을 제공할 수 있다는 역설에 대해 곰곰이 생각했다.[41] 좀 더 대중적인 몇몇 책들을 출판하면서 왕치는 보조 편집자나 교정자, 저자로 고용함으로써 그러한 사람들에게 일자리를 주었다. 항저우는 그 같은 섭외를 위한 완벽한 곳이었다. 왜냐하면 그곳은 오랫동안 유민 활동의 중심이었고, 각지의 소외된 지식인들이 모여들었기 때문이다. 그들이 왕치의 출판사에서 원고 작업을 할 때, 황저우싱

---

37 『척독신어』 1:17.7b-8a.

38 예를 들어 글렌 더드브리지(Glen Dudbridge)의 「100회본 서유기와 그 초기 판본(The Hundred-Chapter Hsi-yu and Its Early Version)」, (AM, new series xiv. 2, 1969), 191쪽을 볼 것. 또 이소베 아키라의 「원본 서유기를 둘러싼 문제(元本西遊記をめぐる問題)」, (『文化』 42. 3-4[1979년]), 60-75쪽과 오오타 다츠오(太田辰夫)의 「서유증도서고(西遊證道書考)」, (『神戸外大論集』 21:5[1970년]) 1-17쪽을 볼 것.

39 자왕의 서재 이름에 관해서는 이를테면 『척독신어』 1:3.18a를 볼 것.

40 이를테면 왕치가 황저우싱에게 보낸 초대의 편지에 대한 자왕의 주석을 볼 것. 자왕이 왕치의 출판 사업에 참여한 것 가운데는 자왕이 『척독신어』 제1집에 쓴 서문도 포함된다. 또 그는 왕치의 가장 중요한 의서인 우즈왕(武之望)의 『제음강목』 주석본을 편집하였다.

41 『척독신어』 1:8.12b-13b.

같은 사람은 그 구내, 댜오지러우(雕技樓)나 왕환의 서재인 샤오유탕(孝友堂)에 거주하였다. 유명한 명의 유민 뤼류량(呂留良)이 황저우싱에게 써준 시에서 "난 그대가 최근 가벼운 읽을거리를 만들고 있다고 들었소. 저술업의 매상은 어떻소(文章賣買價何如)?"라고 묻는 대목은 황저우싱이 왕치를 위해 일했던 시기를 거의 확실히 가리키고 있다. 이 시에는 황저우싱이 당시 항저우에 있으면서 한 서적상을 위해 대중서(패관[稗官]) 작업을 하고 있었다는 뤼류량의 주해가 포함되어 있다.[42] 만약 이 시가 황저우싱의 이름과 관련지을 수 있는, 유일하게 상업적으로 유포되었던 '패관'인 『서유증도서』를 가리킨 것이라면, 그것은 1663년에 씌어졌을 것이다.[43] 같은 해에 쉬스진 역시 항저우에 살면서 『척독신어』에 관련된 작업을 하고 있었다. 그리고 결국 황저우싱 역시 이 작업에 영입되었다. 뤼류량이 황저우싱의 작업에 대해 익히 알고 있었던 것은, 그가 많은 관련을 맺고 있던 『척독신어』 편집자로부터 자세히 들었기 때문일 것이다. 또 뤼류량 자신 역시 『척독신어』 제3집의 보조 편집자가 된다.[44]

왕치의 자선에 대한 충동은 동료 편집자뿐 아니라 독자들에게까지 확대되었다. 한 권의 책이 인기를 얻었을 때 한 가지 행복한 결론은 그 책이 읽기 쉬운 형태로 '도'를 전파함으로써 사람들에게 봉사했다는 것이었다. 이 점은 명목상으로는 불교적인 『서유증도서』와 다양한 측면을 지닌 『척독신어』 모두에 있어서 사실이었다.[45] 한 열렬한 애호가는 왕치에게 보낸 편지에서 다음과 같이 토로했다.

> 저는 [우시(無錫)]에 있는 집에서 교육을 받았고, 이후 좀 더 공부를 하고 도를 배웠습니다. 저는 속세에서 살아오는 동안 아무도 제 재능을 알아주지 않아 완전히 혼자였습니다. 저는 부귀공명에는 아무런 욕심이 없었고 친구들과 지인들과의 연락도 끊겼습니다.……그 때……저는 『서유증도서』와 『척독신어』라는 대인의 책들을 보게 되었습니다. 저는 처음으로 문학의 위대함을 알게 되었습니다. 저는 대인과 함께 공부하기를 간절히 바랍니다. 그리고 대인의 영적 친구가 되었으면 좋겠습니다. 운은 하늘이 정해 주는 것입니다. 다행히도 제 스승의 가르침은 경제적으로 감당할 만한 것이었습니다. 저는 이런 도교적 감화를 제 인생에서 너무 늦게 받게 된 것이 유감입니다.[46]

---

42 이 시는 후스(胡適)의 「수호속집양종서(水滸續集兩種序)」, 『중국장회소설고증(中國章回小說考證)』(上海: 上海書店, 1980년), 161쪽에 인용되어 있다. 그 시구는 다음과 같다. "聞道新修諧俗書, 文章賣買價何如." 뤼류량의 주해는 다음과 같다. "時在杭爲坊人著稗官書."

43 또 왕치의 사위가 황저우싱에게 보낸 편지를 볼 것. 이 편지에서는 "우리가 댜오지러우(雕技樓)에서 함께 살았던 때로부터 몇 년이 지났군요. 그 때 대인과 제 장인이 『증도서』 비평 작업을 하셨었지요."라고 말하고 있다. 『척독신어』 3:20.14a를 볼 것. 이 편지는 1668년에 출판되었다.

44 예를 들어, 그는 『척독신어』 2.6의 부분 편집자였다. 또 이 선집에는 뤼류량의 서신이 많이 수록되어 있다. 뤼류량과 왕치는 모두 황저우싱과 같이 능력을 가진 사람이 왕치 같은 사람을 위해 일하는 것이 부적절하다고 말한 바 있다.

45 『서유증도서』가 잘 팔렸다는 사실에 대해서는 『척독신어』 3:18.9b-10a를 볼 것. 『척독신어』가 잘 팔렸다는 점에 대해서는 주 47)을 볼 것.

46 『척독신어』 3:21.10b. 이 편지의 작자명은 쉬쟈양(徐佳陽)이며, 그에 대해서는 더 이상 알려진 것이 없다.

왕치는 또 '도'를 전문 주제로 삼은 책들을 종교적인 '도'를 전파하는 수단으로 여기기도 했다. 그는 다음과 같이 말했다.

> 옛날에 포정(庖丁)은 문혜왕(文惠王)에게 이렇게 말했다. "신이 좋아하는 것은 도로써 재주를 앞서는 것입니다. 그것을 좀 더 체득하시면 재주를 가지시게 될 겁니다." 이로써 도와 재주가 동전의 양면과 같은 것이라는 점을 알 수 있다. 요즘 사람들은 재주를 도라고 여기고, 도를 재주라고 생각하고, 옛날 사람들도 도를 재주로 보고, 재주를 도라고 보았다. 그러나 양자가 서로에게 미치지 못한 것이 어찌 괴이하지 아니한가? 기술의 갈래는 셀 수 없을 정도로 아주 많다. 나는 단지 [의학, 관상학, 점성학, 그리고 풍수]처럼 세상에 도움이 되는 것들을 선택하였다.[47]

이 같은 언급을 통해 왕치는 그의 전문 기술서들과 그의 마음속에서 일어난 종교적인 전환의 관계를 분명히 하였다. 비록 그가 이윤을 염두에 두고 있었던 것은 확실하지만, 그의 개인적인 편지에서 일관되게 나타나는 자선의 표현들을 보면, 이러한 것들이 단순히 성취욕을 적당히 눈가림한 것이라고 결론짓기는 어렵다.

이윤에 대한 왕치의 관심은 "올챙이 같던 서재를 황소만한 건물로 탈바꿈시킬"만큼 『척독신어』가 잘 팔린 데 대해 그가 의기양양해 하는 것에서 잘 나타난다.[48] 『척독신어』는 확실히 많은 지역에서 구할 수 있었고, 적어도 한 번의 재판이 나왔다.[49] 한 기록에서는 이 책이 "고전을 번역하면서 저술로 생계를 삼는" 모든 사람들에게 알려졌다고 주장하였다.[50] 그것은 환두자이뿐 아니라 큰 시장에서도 판매되었던 것으로 보인다. 출판인 장차오(張潮)는 황저우싱에게 써준 시에서 자신이 이 책을 구매한 것에 대해 상세히 언급하고 있다. "저는 전에 서시(書市)에서 대인의 척독집을 샀던 것을 기억합니다. 신편(1667년판)과 광편(1668년판) 둘 다 구할 수 있었습니다." 이 시는 1668년판이 처음 나온 후 12년 이내, 즉 1680년에 황저우싱이 죽기 전에 씌어졌을 것이다.[51]

1660년대 말 무렵, 왕치는 다리를 절고 눈이 보이지 않는 것을 한탄하며 은퇴를 결심하였다. 전형

---

47 『척독신어』 2:22 서문.

48 『척독신어』가 크게 성공한 것에 대해 왕치가 기뻐한 사실에 관해서는 『척독신어』 3:18.1ab를 볼 것. 그의 "올챙이 같은 서재"에 대해서는 『척독신어』 3:18.8a를 볼 것.

49 『척독신어』는 최소한 두 종의 판본이 있고, 어쩌면 더 있을 수도 있다. 예를 들어, 제1집과 제2집의 판본들이 나이가쿠문고內閣文庫에 소장되어 있는데, 이들은 동시에 출간된 것으로 보이며 제1집과 제2집의 원본인 것 같지는 않다. 제2집의 이 판본에는 베이징대학 도서관 소장의 원본에 보이는 셰장링의 서문이 누락되어 있다. 또 원본에는 있는 손으로 찍은 붉은색 장서인도 없다.

50 주 60)을 볼 것.

51 「황구연 선배에게(贈黃九煙先輩)」는 강희(康熙) 연간 후기에 출판된 시집인 『심재시집(心齋詩集)』에 보인다. 이 시집은 베이징 도서관에 소장되어 있다. 황저우싱은 『척독신어』 제3편의 공편자였다. 장차오(張潮)는 1650년에 태어났고, 황저우싱보다 대략 마흔 살 아래였다. 인용된 시구의 원문은 다음과 같다. "憶昔書林買尺牘, 新編廣編若干軸."

적인 휘상(徽商)으로서, 그는 자신의 출신지에서 생을 마칠 것을 계획하였고, 1667년 여름 자신의 책들을 그곳으로 옮기기 시작했다.[52] 아마도 쇠약해지는 건강뿐 아니라 그의 운수의 쇠락 또한 이러한 이전을 재촉했을 것이다. 『척독신어』의 처음 두 선집에서 그가 독자들에게 다음 선집에 수록할 수 있도록 자신의 편지를 환두자이로 가져오도록 부탁할 때, 그는 사교적이고 개방적인 사람으로 보였다. 하지만 마지막이 된 제3집에서 왕치의 태도는 달라졌다. 그는 더 이상의 선집은 나오지 않을 것이며, 그래서 그는 더 이상 편지를 받지 않을 것이라고 선언했다. "이 선집이 완성되면 나는 작가들 따위와는 아무것도 관계하고 싶지 않다. 애호가들과 지인들, 그리고 척독 작가들은 폐를 끼치면 안 되니까 나의 옛 친구들을 통해 나를 방문해서는 안 된다." 은퇴하기 이전 왕치의 만년 인생길에 실제로 그늘이 드리워졌다 하더라도, 그의 많은 책들은 그가 후이저우로 떠난 뒤로도 오랫동안 그 성가를 유지하였다.[53]

왕환 (汪桓)

왕환[자(字)는 뎬우(殿武)]의 일생은 더욱 모호하다. 그에 대해 알려진 것은 『척독신어(尺牘新語)』에 있는 몇몇 서신과 언급이 전부이다. 그 자신의 서한(書翰)을 제외하면 그가 작업한 남아있는 텍스트는 단지 의학과 군사 분야에 국한된다. 왕환은 부모에게 극진했다. 또한 교우관계에 신중하였으나 진정한 벗이라고 할 수 있는 이는 많지 않았는데 그 중 한 사람이 왕치(汪淇)의 가까운 조력자였던 쉬스쥔(徐士俊)이었다.[54] 한편 후이저우 출신의 작가이자 출판인이었던 자오지스(趙吉士)는 왕환이 자신을 과거에 급제하지 못한 실패자로 여겼다고 적고 있다.[55] 왕앙(汪昻)의 80세 생일이었던 1694년에 출판된 일련의 왕앙의 저작 개정판에 그가 쓴 서문이 있는 것으로 보아 그가 그 때까지도 생존하였다는 사실을 알 수 있다.

---

52 우원칭(吳雯淸)의 『척독신어』 제3집 서문을 볼 것.

53 『서유증도서』와 『제음강목』 외에 왕치가 편집한 점술에 관한 한 책도 현대의 영인본이 있다. 연대를 알 수 없는 이 책은 수이중룽(水中龍)의 『성평회해(星平會海)』이다. 영국도서관(British Library)에 소장되어 있는 것에는 출판사가 환두자이라고 적혀 있다. 현대의 영인본에는 주석자가 왕훙(汪洪)이라고 명기되어 있다(台灣 新竹: 竹林書店, 1963년). 리위(李漁)와 왕치가 펴냈다고 적혀 있고 베이징대학 도서관에 소장되어 있는 『척독초징이편(尺牘初徵二編)』이라는 제목의 한 판본은 그 연대가 1684년으로 되어 있다. 이것은 리위와 왕치의 이름 모두를 가탁한 것으로 보인다. 왕치 작품의 후대의 재판은 모두 환두자이가 아닌 다른 출판자의 명의로 나왔다.

54 『척독신어』 1:23. 14a.

55 자오지스와 왕환, 왕치의 관계에 대한 내용은 『척독신어』 2:7.8-9 142-143쪽과 3. 5ab.를 볼 것.

왕앙 (汪昻)

왕앙의 삶에 대한 기록은 빈약하고 문제점 투성이이다. 그의 전(傳)에서는 왕앙(호는 런안[訒庵])이 젊어서 유가의 가르침을 추구하였고 명 말기 수재에 급제하였다고 판에 박힌 듯 언급하고 있다. 그러나 여러 지방지에서 이러한 급제 사실을 확인할 수는 없다. 아마도 이러한 이유로 몇몇 자료에서는 왕앙이 그의 진짜 이름이 아니며 실제로는 왕환을 지칭하는 것이라고 주장하기도 하였다. 그러나 이러한 주장은 확실히 잘못된 것이다. 여러 지방지에 왕앙의 이름이 1684년 수재에 급제한 그의 아들 왕돤(汪端)과 함께 거론되었기 때문이다.[56]

왕앙의 공식적인 이력 가운데 확실하다고 알려진 것은 그가 서른 살 무렵에 공직을 그만두었다는 것이다. 1615년에 출생하였으니 1644년경에는 관직에서 물러난 셈이다. 이러한 역산을 통해 그가 청의 지배에 대한 반발로 관직을 그만두었다는, 학술적으로 통용되는 가정이 성립된다. 더 나아가 그의 의서 출판에 대한 관심이 1663년에 시작되었고 이는 왕조교체의 격동기에도 그 집안의 피해가 없었던 것에 대한 감사하는 마음에서 시작되었다고 주장하는 자료도 있다.[57]

또한 왕앙 스스로 '개같이 벌었다(濁富)'[58]고 주장하고 있으나 그가 어떻게 돈을 벌었는지에 대해서는 알려진 바가 없기에 이것은 불확실하다고 할 수 있다. 어떤 자료에 따르면 그는 상인이라고도 하고 또 다른 진술에 따르면 그가 재산을 상속받았다고도 한다. 그러나 더 이상 자세한 내용을 알 수는 없다.

왕앙이 스스로를 문사(文士)라고 자처한 것은 우리가 알고 있는 그의 이력과 다소 상충되는 듯하다. 하지만 그의 저작에서는 정당한 것이든 정당하지 않은 것이든 그런 사실들을 미화하려는 그 어떤 흔적도 발견되지 않았다. 그의 유가로서의 페르소나는 청대 초기 민감한 정치적 상황으로부터 그 자신을 보호할 수 있었을 지도 모른다. 어찌되었건 마지막 공직생활에서 의서의 저자로 등장하기까지의 기간 동안 그는 종종 은사(隱士)와 관계된 시작(詩作)을 하며 안락하게 지냈다[59]. 이즈음 그는 다양한 장르의 책을 읽었다. 그의 돈과 시간으로 다른 이들에게 좀 더 유익한 무언가를 하려 했던 것은 그 이후의 일이다. 지방지에 그가 썼다고 전하지만 지금은 유실된 『인암집(訒庵集)』이라고 명명된 그의 문집을 그가 썼는지는 알 수 없다.[60]

---

56 팡충딩(方崇鼎)과 허잉쑹(何應松)의 『휴녕현지(休寧縣志)』 (1823년) 10. 13a

57 거인유의 견해에 따른다. 리윈의 『중의인명사전』에서 인용, 408쪽.

58 판싱쥔 201쪽.

59 거인춘, 『고금명의』, 리윈의 『중의인명사전』에서 인용, 408쪽.

60 왕앙의 전기는 다음과 같은 자료에서 찾아볼 수 있다. 차이관뤄(蔡冠洛)가 편집한 『청대칠백명인전』 (北京: 中國書店, 1985년) 1715-1766쪽. 리윈의 『중의인명사전』, 408쪽, 리융춘(李永春)이 편집한 『중의대사전(中醫大辭典)』 (北京: 人民衛生出版社, 1981년), 리징웨이의 『중의인물사전』, 판싱준(范行準) 『중국의학사략(中國醫學史略)』 (北京: 中醫古籍出版社, 1986년), 201쪽. 판스(范適, 판싱쥔),

다른 강남 출판사와의 관계 속의 환두자이

왕환과 왕앙에 관한 자료는 전체적인 모습을 그리기에는 너무 빈틈이 많다. 출판계에서의 환두자이의 위치를 좀 더 광범위하게 규정하는 데에는 오히려 왕치의 이력이 도움이 된다. 왕치는 다른 강남의 출판인처럼 그의 상회(商會)의 영역을 젠양(建陽)의 더 오래된 출판 체계와 차별화하였다. 이러한 사실에도 불구하고 적어도 그의 책들 가운데 한 권은 젠양의 출판사에서 출판되었고 몇몇 환두자이의 책 역시 푸젠(福建)지역에서 유통되었다.[61] 왕치의 투고자들 가운데 한 사람은 자신의 독자들이 어떤 책을 구해보고자 할 때 젠양에서만 구해볼 수 있는 책은 반드시(품질 때문에) 재간행되거나(내용상) 수정되어야 한다고 생각했다.[62] 젠양의 출판계는 왕치가 활동했던 시기에는 쇠퇴일로에 있어서 그 인쇄본 역시 조악하였다.[63] 그러나 왕치는 동시대의 다른 이들과는 달리 그 출판인들을 무시하는 어떠한 모습도 보이지 않았다. 대부분의 경우 그의 책들은 선전된 내용처럼 지식현상에 기여하고, 인쇄에 오류가 없으며, 좋은 품질의 먹과 종이를 사용한다는 약속을 지켰다. 그럼에도 불구하고 왕치는 그 자신을 출판계의 선두주자라고 여기지는 않았다. 그는 확실히 마오진(毛晉)의 유명한 지구거(汲古閣)에 존경의 마음을 가지고 있었다. 지구거의 인쇄본은 환두자이의 것보다 고전적인 경향이 있었고 수집가들에게 더 높이 평가되었다.[64] 왕치가 기획한 방대한 서적들은 대부분 실용적인 것이었고 그의 텍스트는 삶에 유용한 쉬운 설명으로 지구거의 독자들보다 광범위한 독자층을 형성하였다.

지구거는 창수(常熟) 시의 외곽에 자리 잡고 있었다.[65] 입지조건의 유형과 인쇄본 목록의 유형이 필

『명계서양전입지의학(明季西洋傳入之醫學)』(中華衣食協會, 1943년), 1.26b; 우진세(武進謝), 『중국의학대사전(中國醫學大辭典)』(上海: 上海印書館, 1921년), 1288쪽. 또 팡충딩과 허잉쑹의 『슈닝 현지休寧縣志』, 19. 57b. 참고로 양팅푸(楊廷福), 양퉁푸(楊同福)가 편집한 『청인실명별칭자호색인(清人室名別稱字號索引)』(上海: 古籍出版社, 1988년), 1049쪽. 여기에서는 왕앙의 진짜 이름이 왕환이라고 하였다. 대부분의 전기들은 1694년 그의 80세 생일에 출간된 『본초비요』 개정판 서문에 나오는 왕앙의 자전적 언급에 많이 의존하고 있다. 『인암집』에 대해서는 팡충딩과 허잉쑹의 『슈닝 현지』 19. 57b를 볼 것.

61 『척독신어』의 제2권 서문에서 우원칭(吳雯清)은 초판본이 유통되었던 외곽 지역의 긴 목록을 적고 있다. 여기에는 푸젠 민(閩)도 포함된다. “그곳이 연(燕), 진(秦), 민(閩), 촉(蜀), 초(楚), 예(預), 전(滇), 검(黔) 지역이든 황량한 산악지대나 강 건너 궁벽한 지역이든 경전을 번역하고 저작으로 생계를 유지하는 사람이면 누구든 『척독』을 알고 있었다.” 이 서문은 오로지 두 번째 선집의 초판에만 보인다. 베이징대학 도서관에 소장되어 있다. 『사상요람』의 본래 출처는 『삼태만용정종불구인전편(三臺萬用正宗不求人全編)』으로 1607년 위샹더우(余象斗)가 간행하였다. 이에 관하여는 샤오둥파(蕭東發)의 「젠양 위 씨 각서고략(建陽余氏刻書考略) 중」, 문헌 22(1984.12), 205쪽과 마사키 미즈노(正明水野)의 「신안원판사상류요(新安原板士商類要)에 대하여」, 『동양학』 60(1980.7), 99-103쪽을 볼 것.

62 『척독신어』 2:18.9(p.347). 아직 출판되지 않은 논문에서 신시아 브로카우는 다음과 같이 주장했다. 위(余) 씨 가문의 사업이 쇠퇴한 후 푸젠의 출판업은 쓰바오(四堡)의 자오 씨와 마 씨 가문이 주도하였다. 푸젠 성 서적시장에 모인 서상(書商)들은 후난과 광둥, 광시, 그리고 장시에서 왔고 강남에서는 오지 않았다. 「쓰바오(四堡)에서의 출판업: 청대의 문화산업」을 볼 것. 이 논문은 버클리대학의 콜로키움 시리즈(The Center for Chinese Studies, 1995. 3. 17, 12)에 보인다. 이러한 정보는 푸젠과 강남의 출판체계가 19세기까지 비교적 독립적으로 유지되어 있었다는 견해를 뒷받침한다.

63 샤오둥파, 「젠양 위 씨 각서고략 하(下)」, 『문헌』 23(1985, 1), 241쪽.

64 『척독신어』 3:21.13a.

65 오오키 야스시, 49쪽.

연적인 연관관계를 맺고 있든 그렇지 않든 분명하진 않지만 환두자이의 경우 도회적 환경이 출판의 몇몇 방식을 결정지었다. 일자리가 없는 문인들의 안식처가 되어주는 것 말고도 항저우는 명 유민들을 끌어당기는 무언가가 있었기에 이곳은 새로운 출판 구상의 메카가 될 수 있었다. 이를테면 쉬스쥔과 왕치가 만나 『척독신어』를 기획한 것도,[66] 왕치와 자왕이 만나 『주해본 제음강목』이 잉태된 곳도 항저우였다.[67] 항저우가 갖는 구심력으로 인해 서신 또한 쉽게 모을 수 있었다. 자신의 저작을 이러한 선집으로 간행하기를 원하는 독자들은 선집이 쟈싱이나 다른 곳에서 내기로 하였을지라도 그것을 항저우에 있는 환두자이에 보내달라는 요청을 받았다.[68] 게다가 도시라는 조건으로 인해 서적의 유통도 용이하였다. 왕치는 다른 출판인들처럼 새로 출간된 책의 사본을 성문에 걸어놓아 독자들의 눈길을 사로잡았다.[69]

다양한 간행목록과 도시적 환경으로 환두자이는 문학작품에 등장하는 어떤 도시의 서사(書肆)와도 견줄 수 있었다. 마치 쿵상런(孔尙任)의 1699년 희곡 『도화선』 제29착에 등장하는 난징에 자리한 차이이쒀(蔡益所)의 책방과 우징쯔(吳敬梓)의 1750년경 작품 『유림외사』 제14회에 나오는 원하이러우(文海樓)처럼 말이다.[70] 환두자이처럼 이런 소설 속의 서사(書肆)들은 이러한 도회적 환경을 잘 이용하였다. 그들은 주위 도시환경 공동체의 역량과 편집 재능을 끌어내었고 책방 정문에 신간의 표지를 붙여 독자들의 눈길을 끌었다.[71]

왕치의 따뜻한 인간성과 지인의 범위로 볼 때 『도화선』에서의 차이이쑤어의 책방을 묘사한 방식으로 환두자이를 그려보는 것은 쉬운 일이다. 『척독신어』의 서신들이 그곳에 모인 사람의 일면을 보여주는 것이라면, 왕치의 서사는 차이이쑤어의 책방처럼 방문하고 싶은 매력이 있는 곳이었을 것이다. 심지어 독서에 별반 취미가 없는 사람들에게도 환두자이는 새로운 소식과 풍문을 얻기 위해 가야

---

66 『척독신어』 첫 번째 선집 쉬스쥔의 서문을 볼 것.

67 이 선집의 자왕의 서문을 볼 것.

68 독자들에게 출판을 위해서 그들의 서신을 보내줄 것을 부탁하는 언급은 『척독』 첫 번째 선집과 두 번째 선집의 목차(index page)에서 발견된다. 세 번째 선집에는 이러한 언급이 있기는 하나 서신을 보내지 말라는 것이었다. 이 글의 13-14쪽을 볼 것. 왕치가 왕츠덩(王穉登)의 서신을 편집한 1662년 『척독모야집』이라는 제목의 책자에도 독자들이 쓴 것들을 보내줄 것을 권하고 있다. 이것은 아마도 『척독』 기획의 예비 작업인 듯하다. 쟈싱이 『척독』을 위한 서신 수집의 여러 지역 가운데 한 지역이었다는 사실은 『척독』 2:18.12(350쪽)의 서신에 대한 왕치의 언급으로 입증된다.

69 성문에 걸어놓았다는 것에 대해서는 『척독신어』와 『역조절록(歷朝節錄)』의 범례를 볼 것.

70 1907년 간행된 『난설당도화선(蘭雪堂桃花扇)』을 볼 것, 또 천스샹 등이 번역한 것도 있다. 『도화선(The Peach Blossom Fan)』(Berkeley: University of California Press, 1976.) 『유림외사』 (香港; 太平書局), 1969. (그리고 양셴이와 글레디스 양이 번역한 것도 있다. 『유림외사(The Scholars)』 (北京, 外文出版社), 1964.) 프랑스에서 도서 유통에 도시 환경이 미치는 중요성에 관해 논한 것으로 로저 샤르티에, 『초기 현대 프랑스에서의 출판의 문화적 효용(The Cultural Uses of Print in Early Modern France』 (Lydia G. Cochlane trans., Princeton: Princeton University Press, 1987), 175-178쪽.

71 참고로 브로카우는 쓰바오(四堡)에서 제목이 적힌 페이지를 일반 가정집 대문에 붙인 것은 선전의 목적이 아니라 판권을 주장하기 위해서였다고 주장하고 있다. 「쓰바오에서의 출판 산업」, 33쪽.

할 좋은 장소였음이 틀림없었을 것이다. 왜냐하면 왕치 측근의 많은 전문가적인 조력자들은 명의 유민 집단에서도 잘 알려진 인사들이었고, 환두자이는 청대 초기 정치적 저항의 정보센터 역할을 했다는 점에서 차이이쒀의 책방과 많이 닮아 있었기 때문이다. 왕치로 하여금 은퇴를 서두르게 했던 이유가 반 유민세력에 대한 검열과 관계있다면 이런 측면에서도 왕치의 삶은 허구 속의 차이이쒀와 비견된다. 『유림외사』의 원하이러우는 환두자이가 갖고 있는 기능의 또 다른 일면을 그리고 있다. 소설 속에 그려진 항조우의 책방처럼 환두자이는 하나 이상의 도시에서 동시에 작업을 진행하였고, 적어도 하나의 작품을 항저우와 쑤저우 두 도시에서 간행하였다. 그러나 이것이 환두자이가 진정한 의미에서의 분점을 갖고 있었는지 그렇지 않으면 다른 가게와 단순한 협력관계를 맺고 있었는지, 이 가운데 어느 것을 의미하는지는 분명하지 않다.[72]

왕앙이 왕치와 비슷한 경력을 갖고 있었다는 사실을 주목해야만, 좀 더 큰 틀에서 그를 이해할 수 있다. 몇몇 경우에 있어 그에 대한 자료는 두 사람의 경력이 일치할 때에만 도드라져 보인다. 예를 들면, 출판인으로써 수입을 보장해 주고 동업조직을 엮어주는 역할을 했다는 게 두 사람의 공통적인 사업방식이다. 왕앙이 1633년에 의학 연구로 돌아섰음을 보여주는 자료는 그가 개업의들을 청하여 자신이 거주하던 곳에 살게 하면서 의학에 관련된 책을 출판했다는 것을 지속적으로 말해주고 있다. 환두자이의 간기가 있고(연대가) 1670년대라고 되어 있는 두 권의 의서는 아마도 왕앙의 주도 하에 나온 것으로 보인다.[73] 이들 의사들도 연회에 참가했는지, 또는 다른 분야의 문인에 의해서 참여했는지는 알 길이 없지만, 왕앙 자신이 상업적인 판로를 책임지고 관장하지 않았던 것은 거의 확실하다. 이런 불확실성들과 차이점들에도 불구하고, 사교와 지적 중심지로서의 책방의 역할은 왕치가 환두자이에서 주도적인 역할을 했던 시기와 일치한다. 왕치 스스로 명 유민이라 자처한 사실은 왕앙이 청에 반대하였을 것이라는 정황을 더 강력히 뒷받침한다.

반대로, 왕치 삶의 어떤 면은 왕앙의 삶에 대응되기 때문에 더 중요하게 받아들여진다. 앞에서 지적한 바와 같이, 왕앙이 의학에 초점을 맞춘 것은 왕치가 평생 이 분야에 전념했음을 잘 보여준다. 게다가 왕앙처럼 왕치도 굳이 의학 분야가 아닌 서학에 관심을 가지고 있었다. 왕치의 관심사는 『척독신어』에 잘 나타나 있는데, 『척독신어』에는 안경이나 다른 종류의 렌즈 같은 서양 발명품에 관한 몇몇 서간들과 예수회와 밀접하다고 알려진 인물들과 주고받은 서간들이 들어있다. 이들 가운데 후이저우(徽州) 출신의 명 유민인 진성(金聲, 1598-1645년)은 왕앙이 의학 지식을 인용할 때 가장 자주 거론되는 사

72 예루이바오(葉瑞寶)의 『쑤저우 서방각서고(蘇州書坊刻書考)』, 『장쑤 출판시지(江蘇出版市志)』 3, 1992: 44-149. 이는 마타 핸슨이 알려준 것이다.

73 1670년대에 환두자이에서 출판된 초기의 의학 서적 두 권으로는 원본이 1676년이라고 되어 있는 주번중(朱本中)의 『사종수지(四種須知)』와 처음에는 명 유민 위탄(虞摶)이 썼지만 673년 항저우 출신 쉬카이센(徐開先), 청린(程林) 등에 의해 개정된 『창생사명(蒼生司命)』이 있다. 내가 후자에 주목하게 된 것은 이소베 아키라(磯部彰)의 도움이 컸다. 이들 중 어떤 자료도 왕앙을 언급하지 않았다. 대부분의 작가들은 왕앙의 초기 인쇄본이 『의방집해(醫方集解)(1682년)』의 초판본이었다고 생각한다.

람이라고 일컬어진다. 기독교도이며 역법가이자 걸출한 군사 영웅이었던 진성은 『척독신어』에서 편지의 수신인이자 작가로 잘 드러나 있다.[74] 왕앙은 『본초비요』에서 특별히 진성을 신체에 대한 서구의 개념을 전달해주는 존재로 언급했는데, 그 개념은 뇌(腦)가 기억을 저장하는 부분을 구성한다는 것이었다. 이러한 사실은 진성의 개념이 기억은 심장 속에 자리 잡고 있는 것이라는 전통적인 지식에 위배된 것이라 할지라도 왕앙이 이것을 긍정적으로 받아들였다는 사실을 드러내 보여준다. 『본초비요』가 출판되었을 때 진성은 죽은 지 이미 40년이나 되었다. 그럼에도 불구하고 이 주제에 대한 그의 언급은 서양 의학의 견해를 최초로 중국에서 대중화시킨 사례 가운데 하나로 인용된다.[75]

왕앙이 이것을 어떤 식으로 알게 되었든, 왕앙이 서구의 의학지식에 대해 낯설어하지 않았던 것은 왕치가 서양의 광학과 진성의 편지에 대한 관심을 보였던 것에 주목했기 때문이다. 왕치와 왕앙의 삶의 궤적에서 출판이 그들의 인생에서 행하는 역할과 차이를 고려해 보는 것은 환두자이가 가지는 두 가지 대조적인 측면을 아우르는 또 다른 방법일 수 있다. 왕치는 약 20세에서 65세까지 주로 영리를 목적으로 출판했다. 왕앙은 은퇴한 후에 자선을 베풀기 위해 책을 출판했는데, 그의 첫 번째 인쇄본은 그가 대략 70세 정도의 나이였던 1682년이 되어서야 나왔다. 왕앙에게 출판이란 생계유지를 위한 수단이 아니라 그가 부적절한 방법으로 또는 과도하게 얻었다고 생각하는 이득을 보상하는 방법의 하나였다.[76] 이것이 바로 그가 그의 책들을 무료로 재출판할 것을 서적상에게 제의한 이유이다.

출판 동기에서 보이는 이러한 차이는 왕치의 책이 상대적으로 더 넓은 주제를 다루고 있다는 것과도 연관이 있다. 만약 그 역시 은퇴한 후에 혹은 자선을 베풀고자 출판을 했다면 그의 출판 목록은 그렇게까지 광범위하지 못했을 것이다. 비록 『척독신어』, 『서유증도서』, 『사상요람』과 같은 책들은 부분적으로는 인도주의적 동기에서 비롯되었다거나 인류에게 유리하다고 표방했지만, 자선적인 사업으로는 거의 의미가 없다. 흥미롭게도 상업적인 서사(書肆)를 경영하는 왕치의 동료들 대부분이 잡다하게 출판하였는데 이는 아마 다양성이 재정적인 이익을 가져온다는 사실을 인지했기 때문일 것이다. 그렇기 때문에 푸젠의 위샹더우(余象斗)는 최소한 왕치만큼이나 많은 분야의 책을 출판했으며 리위(李漁)는 소설, 희곡뿐 아니라 과문(科文)과 서간들에 해당하는 책들을 출판했다. 다양성은 왕치 전시대 사람들도 공통적으로 가지고 있었다. 문학 분야에 탁월한 업적을 남겼던 중싱(鍾惺)은 풍수에 관련된 책을 출판하였고, 왕치와 같은 후이저우 출신 우멘쉐(吳勉學)는 의학, 역사, 천문에 관련된 책을 출판했다.[77] 그

---

74 예를 들면, 『척독신어』 1:2.2b를 볼 것. 서양의 렌즈에 관한 편지는 『척독신어』 1:22.7b를 볼 것.

75 『본초비요』 본부(木部) 14a를 볼 것. 또 판스(範適, 판싱쥔) 9.5a-7a를 볼 것.

76 거인춘 『고금명의언행록』. 리원이 엮은 『중국인명사전』 408쪽에 인용되어 있다.

77 천문에 관련된 우멘쉐의 책과 풍수에 관한 중싱의 책의 예는 왕충민(王重民) 『중국선본서제요(中國善本書提要)』 (上海: 古籍出版社, 1983년) 267, 286쪽을 볼 것. 또 장하이펑(張海鵬)과 왕팅위안(王廷元)이 편집한 『명청휘상자료선편(明淸徽商資料選編)』 (河北:黃山書社, 1985년) 205쪽을 볼 것. 이 자료들을 제공해 준 미추웬(Mi Chu Wiens)에게 감사를 전한다.

러나 청초 후에는 이런 양상이 바뀌기 시작했다.[78] 정변(政變)이 왕앙의 관심을 협소하게 만든 주요 원인이긴 하나, 경제적인 근심으로부터 벗어났다는 사실은 그가 의학 분야에만 전념할 수 있게 해준 힘이 되었다.

우멘쉐에 관한 한 일화는 다년간에 걸친 의학 서적 출판과 자선적 성격의 일들과의 연결고리를 설명해 준다.

> 서 현(歙縣)의 우멘쉐는 꿈에 자신의 이름이 저승사자의 명부에 적혀 있는 것을 발견하였다. 우멘쉐가 머리를 조아리며(叩頭) 살려줄 것을 청하자, 한쪽에 서 있던 저승 판관이 그가 아직 정해진 수명이 다하지 않았다는 말을 해준다. 우멘쉐는 계속 머리를 조아리며 "저는 선행을 하고 싶습니다."라고 하자, 판관이 "어떤 좋은 일을 하고 싶은가?"라고 물었다. 우멘쉐는 "제가 보았던 대부분의 의서(醫書)들에는 잘못된 부분들이 많았습니다. 저는 그것들을 편집하고 개정해서 다시 펴낼 것입니다."라고 대답하였다. 그러자 판관이 "그럼 얼마나 출판하려고 하는가?"라고 물었다. 우멘쉐는 "저는 제가 가지고 있는 모든 것을 출판할 것입니다."라고 대답하였다. 판관이 다시 묻기를 "얼마나 많은 양을 가지고 있는가?"라고 하자, 우멘쉐는 "3만 권입니다."라고 대답하였고, 서기관은 그의 청을 들어주어 방면해 주었다.
>
> 우멘쉐는 꿈에서 깨어나, 많은 의학 서적들을 출판하게 되었고, 그것으로 인해 돈도 벌게 되었다. 그는 그 후에도 고서(古書)든 신서(新書)든 가리지 않고 더 많은 책들을 모아 출판했다. 그는 이 일을 하는데 모두 10만의 비용을 썼다.[79]

생각컨대, 그들 가족의 친구인 자오지스(趙吉士)에 의해 재 간행된 이 일화가 왕 씨들에게 알려진 듯한데, 심지어는 왕앙이 지어낸 것일 수도 있다.[80] 어쨌든 이 일화는 출판의 주된 동기가 부를 얻고자 하는데 있지 않고, 그것에 대한 보상의 차원에서 한 사람의 내면세계를 보여준다. 우멘쉐가 자선의 차원

---

78 샤오둥파(蕭東發)의 주장에 따르면, 위샹더우의 싼타이관(三臺館)에서도 청대 초기 출판 분야를 줄인 적이 한 번 있었다고 한다. 「젠양 위 씨 각서고략(建陽余氏刻書考略) 중(中)」, 『文獻』 22(1984년 12월), 195-219쪽을 볼 것. 하지만 브로카우(Brokaw)에 의하면, 다양성은 18세기 쓰바오 출판에서 찾을 수 있다. 『쓰바오의 출판업(The Publishing Industry of Sibao)』 3쪽을 볼 것. 나의 논의는 환두자이 또는 그 후계자들이 17세기 말에 한동안 재정 절감을 한 후 더 다양하게 출판하기 시작했을지도 모른다는 가능성을 배제하지 않는다.

79 자오지스의 『기원기소기(寄園寄所寄)』 서문(1698년), 11.52b. 왕팅위안의 책 206쪽에서 일부 인용하였다.

80 지방지와 다른 자료들을 통해서도 왕앙과 그가 집필한 것이라 추측되는 다른 저작들과의 연결고리를 찾을 수가 없다. 제목이 『인암우필(訒庵偶筆)』이라 되어 있는 책은 기괴하고 주목할 만한(이상하거나 특이한) 사건들에 관한 일화들을 모아 놓은 것이다. 『인암우필(訒庵偶筆)』가운데 23개의 이야기가 후이저우 출신인 왕앙의 동료 자오지스가 편집한 문집 『기원기소기(寄園寄所寄)』에 포함되어 있다. 자오지스가 왕앙과 직접적인 연관이 없다고 하더라도 그는 분명 왕치와는 아는 사이였고 왕환의 절친한 친구였다. 『인암우필(訒庵偶筆)』의 이야기들은 그 중 한 이야기(『멸촉기(滅燭寄)』, 뇌(雷), 71a)가 발생했던 1673년까지 완성되었음이 틀림없다. 왜냐하면 여기에 실린 이야기 중 하나가 후에 장차오의 『우초신지(虞初新志)(서문 1683, 간기[刊記] 1700년)』에 수록되었는데, 이는 1700년 이전에 완성되었기 때문이다. 이 시기는 왕앙이 작가로 활동했을 것이라 추정되는 시기와 일치한다.

에서 출판했던 것 같이, 자신이 펴낸 책들을 마음대로 찍어도 좋다는 왕앙의 계획은 열렬한 환영을 받았는데, 그럼으로 인해 그 책들의 가치가 다른 출판인들에게도 알려졌고, 출판인들은 기꺼이 이(암묵적인) 제안을 받아들여 그 책들을 마음껏 펴냈다. 환두자이의 이름은 각각의 알려져 있는 각 책들의 초판에 나타나지만, 그 서사(書肆)가 왕앙의 작품들을 통해 금전적인 이득을 얻었는지 아니면 대중에게 무료로 책을 공급함으로써 단순히 무형적인 이득을 취했는지는 알려진 바가 없다.

왕앙의 책이 왕치의 책보다 좀더 전문적이었다는 사실은 주석과 글쓰기에서 보이는 차이점으로 더 자세히 드러난다. 왕앙이 의서로 관심을 돌리게 된 이유를 설명한 것은 그가 사람들에게 유익한 분야를 찾고 있었다는 사실을 보여준다. 점술은 그가 다른 것들에 비해 제일 유용하다고 여겼지만 자신은 이 분야를 집필할 만한 자격이 없다고 느꼈다. 그 다음으로 가장 유용한 경영서는 그가 부족하다고 느꼈던, 일종의 전문지식을 필요로 하였다. 정치는 그 위험성 때문에 멀리하였으니, 그에게 유일하게 만족스러운 분야는 바로 "사람들의 고통을 덜어주고, 그들의 영적인 지식을 증가시키고, 약한 것을 강하게 하고, 좌절을 경감시키는" 학문 영역인 의학이었다.[81] 하지만 의학은 그럴 만한 자격을 갖춘 사람이 쓰지 않는다면 사람들에게 도움이 되지 않는다. 그렇게 생각했음에도 불구하고 왕앙은 대략 1663년부터 최소한 1694년 자신의 80세 생일날까지 의학서적을 집필하는데 온 힘을 기울였다. 그렇다고 그가 의학 분야 이외의 서적들을 등한히 했다는 의미는 아니다. 그는 『본초비요』가 장기에 관련된 책의 영향을 받았다고 스스로 이야기하였고[82], 때때로 문학에 비유하기도 하였다. 그러나 말년의 몇 년 동안 그의 관심사가 넓어지긴 했지만 그래도 의학을 엄격히 우선으로 삼았다.[83]

왕치와 왕앙은 그들이 편찬하고자 했던 책에 서로 다른 가치를 부여했다는 점에서, 두드러진 차이를 보였다. 왕치의 공헌은(자주 그 자신보다 훌륭한 전문가와 정밀한 협력 하에 수행 된) 그의 주석서들과, 높은 수준의 인쇄본에 있다. 이 두 가지 공헌으로 인해 그의 개정판이 원본보다 유용하게 만들어질 수 있었다[84]. 반면에, 왕앙은 본질적으로 자기 자신이 새로운 책을 썼지만, 지식의 새로운 영역을 확장하는 것은 추구하지 않았다. 그의 인용문들은 그의 저작들이 리스전의 저작과 같은 원래의 자료들을 요약하고 정리하는 것이라는 점을 명백히 했다. 오히려 왕앙이 보여주겠다고 주장한 바는 종합과 명징한 글쓰기 스타일에 대한 그의 재능이었다.[85] 그가 스스로를 의사가 아니라 유학자라고 빈번하게 밝힌 것은 그의 글이 본질적으로 문학적이었다는 사실과, 이런 기여가 바탕하고 있는 선한 의도를 더 한층 부각

---

81 1694년에 개정된 『본초비요』 서문.

82 개정판 『본초비요』의 「범례(凡例)」를 볼 것.

83 개정된 『본초비요』의 서문에서는 단지 화려하기만 한 문학을 비판하고 사람을 도와주는 분야로서의 의학을 찬미하고 있다.

84 『제음강목』 (上海: 科學技術出版社, 1958년)의 현대판에서는 이 책의 판본이 얼마나 가치 있는지 강조하고 있는데, 그것은 임상실험으로부터 나온 이 책의 주석 때문이었다.

85 우진세는 학자들이 왕앙 출판업(책)의 명료함과 접근성을 칭찬한 것에 대해 언급하였다. 『중국 의학 대사전』 1288쪽을 볼 것.

시켰다. 17세기 동안의 "삼교(유·불·선)" 합일의 관점에서 보자면, 유교를 내세운 왕앙과 도교 신자를 자처한 왕치의 차이는 실제보다 분명하게 드러날지 모른다[86]. 하지만 유교의 이미지는 왕앙의 집필 배후에 깔린 자선적인 충동과 그것이 만들어낸 기여의 유형과 일치한다.

환두자이와 독자층 : 왕치에서 왕앙에 이르기까지

왕치가 출판한 책들을 대략적으로 분류한다면 두 가지로 나눌 수 있다. 그가 친구들의 글을 선집한 판본의 속표지에는 그 책의 특별한 특징이 드러나 있지 않았다. 이런 사실은 그런 책들이 광고되지 않았거나, 광범위한 유통을 기대하지 않았던 것을 의미한다. 반면, 폭넓은 독자층을 위해 그가 편찬했던 책에는 속표지에 독자의 관심을 끌기 위한 책의 요지가 적혀 있다. 왕치는 그 책에서 푸젠의 위샹더우(余象斗)가 했던 것처럼 그 자신의 그림을 출판하지 않았다.[87] 그러나 왕성하고 개인화된 판매 전략은 그가 그의 책들을 시장에 내놓는 상술의 한 부분이었다. 위샹더우의 글자 그대로의 자화상과 마찬가지로, 왕치의 광고는 병서·시·의학·역사·점술 등 다양한 분야의 책에 그 자신이나 환두자이의 도장을 찍는 것이었다. 이러한 책들은 왕치, 환두자이와 연관시키지 않았더라면 거의 공통성이 없었다.

왕치의 광고 전략의 한 예를 『제음강목』의 표지에서 명확히 볼 수 있다. 책의 상단에 있는 가로로 된 홍보문구에는 아마도 황색이나 붉은색이었을 채색 먹으로 "수많은 여성 의학 서적 중 최고의 책"이라고 언급되어 있다. 그 표지의 나머지 부분은 모두 검정색으로 인쇄되었다. 오른쪽 가장자리 여백에는 저자의 이름을 적고, 페이지 중간에는 세로로 제목을 넣었다. 왼쪽에는 아래와 같은 글이 적혀있다.

> 의사들은 여성들을 치료하는 것이 가장 어렵다는 사실을 알게 되었다. 『제음강목』은 이 분야에서 가장 높게 평가받고 있는 책이다. 이론들은 정곡을 찌르고 있을 뿐 아니라, 다양한 임상에 대한 논의들은 찬사를 받기에도 충분하다. 증상에 대한 치료법은 명백하다. 천하의 의사들은 치료법을 철저히 연구할 필요가 있다. 또한 일반 사람들은 당장 이용할 수 있는 곳에 책을 두어야 하고, 규범 있는 집의 귀중한 보물로서 책을 보관해둘 필요가 있다. 댜오지러우 주인(調技樓主人)의 서.[88]

---

86 반면, 왕치는 『척독신어』 3:3. 19b에 보이듯이 이따금씩 그 자신을 유학자로서 언급할 때도 있었다.

87 도쿄대학 도서관에 있는 위샹더우의 『삼대만용정종불구인전편(三臺萬用正宗不求人全編)』 판본—이 판본은 프린스턴 대학에 마이크로필름으로 보관되어 있다—은 그의 목판 초상화라는 특색이 있다.

88 『여조전전』 표지는 많은 부분 흔적이 없어졌다. 그러나 이 판본에는 "오랫동안 남을 삽화본 소설"이라고 페이지의 윗부분에 붉은색으로 씌어진 가로의 홍보 문건이 있다. 왼쪽의 짧은 광고에는 "비록 의미는 일반적이지만, 생각은 사람들을 함께 끌어 모은다." 그리고 "『태상감응편(太上感應篇)』보다 뒤떨어지지 않는다"와 같은 구절이 있다.

광고의 또 다른 예는 『척독신어』의 표지에서 찾을 수 있다. 여기에서 왕치는 쉬스퀀을 공동 편집자로 언급을 하고 있을 정도로 그 명성을 공유하는데 있어 좀 더 관대했다. 그러나 홍보문구에서는 다시 왕치의 이름을 전면에 내세웠다. 『척독신어』 세 권 모두에는 "시렁(西冷)의 왕단이·쉬예퀀(쉬스퀀) 평(評)"이라는 문구가 오른쪽에 세로로 실려 있다. 중앙의 두 번째 행에 제목을 쓰고, 왼편에는 홍보문구가 들어갔다. 이 세 권의 책에는 '만약 당신이 이 책을 구입한다면, 글쓰기 실력이 향상될 것이다'라는 동일한 기획 취지가 반복적으로 실려 있다. 두 번째 책의 표지에는 다음과 같은 글이 실려 있다.

> 당신이(이 문집을) 펼쳤을 때, 글의 가치는 단순히 [새로움, 신선함과 묵향]을 넘어설 것이다. 서간들이 아름다워서, 많이 모아 놓은 것을 싫증내지 않는 것이 당연하다. 이전에 발행했던 선집은 많은(독자들의) 기호를 만족시켰다. 이 서간들은 온 천하로 배포될 것이다. 만일 당신이 약간의 돈을 지불하면, 자신이 쓴 서간들이 새로운 광채를 띠게 될 수 있다. 당신 주변은 그것(서간)들로 인해 관계가 좋아질 것이며, 당신의 특별한 친구와의 정감도 깊어질 것이다. 24권(卷)으로 나뉘어 있는데, 많은 서간들이 그 안에 포함되어 있다. 한 페이지에 만 명의 현인들의 정수가 담겨져 있으며, 그 지혜는 수많은 이치를 일깨워준다. 우리는 단지 새로운 글들을 찾았으며, 옛 것은 포함시키지 않았다.

두 번째 책의 속표지는 특별히 잘 보존되어 있다. 가로의 붉은색 표제에는 "청조(清朝) 문학의 새로운 소리(新聲)"라고 적혀있다. 첫 번째와 세 번째 책의 원본에도 아마 붉은 표제가 있었을 것이다.[89]

이것으로 왕치의 "상업서(商業書 :상업적인 목적으로 펴낸 책들)"의 책마다 겉표지에 그렇게 지나친 광고가 있었다고 말하는 것은 아니다. 왜냐하면 현존하는 『서유증도서』초판에는 어느 것에도 속표지가 없기 때문에 그 책들이 어떠했는지, 또는 그 원본에 그런 페이지가 있었는지조차 확신할 수는 없다. 하지만 이 책의 광범위한 유통을 어느 정도 의도했던 것은 확실해 보인다. 다른 서적들에는 위에서 인용한 세 가지 예보다 그 어조가 좀 더 순화된 속표지가 있다. 『시체명변』의 표지에는 다소 덜 과장된 문구로 책을 "팔고 있다"고 했고, 오른쪽 여백에 저자의 이름을 적고 중간에는 굵은 글씨로 문집의 제목을 두었다. 왼쪽에 있는 홍보 문구를 보면 다음과 같다.

> 쉬보루(徐伯魯)[쉬스쩡(徐師曾),【옮긴이】] 선생의 『시체명변』은 오랫동안 요즘 세대의 경향에 맞추었다. 이 책은 시작(詩作)를 배우는 이들을 위한 교과서라고 할 수 있다. 이 서사(書肆)에서는 5언과 7언시들, 고체시와 근체시 절구(絶句), 그리고 잡다한 형식의 시들을 출판했으며, –여기에는 평(評)이 조심스럽게 추가되었다. 게다가 다른 형식인 악부(樂府)와 사(詞)까지도 포함시켰다. 결과적으로는 시

89 난징도서관에 보관되어 있는 세 번째 책의 표제 색은 좀 바래져 버렸지만, 아마도 붉은색이었을 수도 있고, 더 옅은 황색이었을 수도 있다. 나는 첫 번째 책의 원본을 보지 못했다. 대부분의 원판에는 표지 위에 환두자이의 붉은 도장이 찍혀 있다.

작(詩作)을 위한 표준과 법칙이 실린 훌륭하고 가치 있는 책이다. 이 문집을 알고 있는 사람들은 그 가치를 알아 볼 것이다. 시령(西冷)의 환두자이 주인의 서.

그들 출판인들이 열심히 판매에 종사했다는 인상을 주는 것 외에도, 환두자이에서 또는 왕치의 감독 아래 출판되는 책들에서는 이 책들이 목표로 삼고 있는 독자유형이 드러나 있었다. 의학서적들은 주로 전문가들을 대상으로 삼았지만, 『제음강독』 표지에서는 다음과 같이 주장하고 있다. "일반 사람들은 당장 이용할 수 있는 곳에 책을 두어야 하고, 규범 있는 집의 귀중한 보물로서 책을 보관해야 한다." 『역조첩록(歷朝捷錄)』에서는 "초보자를 위한 교량"이라고 주장한다. 하지만 그것은 또한 다른 유형의 독자들을 위해 어떤 실용성을 자랑하기도 하고, 그리고 "총론(總論)" 장(章) 끝부분에서는 전문가를 위해 다음에 나올 책, 즉 『자치통감』에 주(注)를 단 판본을 예고하고 있다. 환두자이에서 출판된 몇 개의 병서 중의 한 권은 무과시험에 대해 언급한 것이고, 무과시험을 치를 수험생을 독자층으로 삼은 것이다. 하지만 이런 범주의 책들에서는 문인들이 무과에 대해 좀 더 많이 배워야 한다고 고무하는 말을 하고 있다.[90] 중요한 노정서(路程書)인 『사상요람(士商要覽)』은 주로 상인을 대상으로 삼은 책이지만, 『석점두(石點頭)』의 이야기를 통해 입증된 것처럼 다른 유형의 여행자들의 관심을 끌 수 있었고, 실제로 관심을 끌었다[91]. 마지막으로 교육수준이 낮은 독자를 대상으로 삼았던 『서유증도서』와 『척독모야집』(왕즈덩, 1662년)과 같은 책들은 교양이 있는 독자들 역시 끌어들였다.[92] 『척독모야집』의 "범례(凡例)"에는 한편으로는 미숙한 독자들을 위해 주석과 구두점 같은 편의를 제공했다는 기록이 있고, 다른 한편으로는 교육수준이 높은 "모든 지역의 유명하고 훌륭한 인물들"에게 다음 문집을 위해 그들의 서간과 다른 글들을 보내줄 것을 요청했다.

그 대상으로 삼은 독자층을 규정하는데 있어서 『척독모야집』은 2년 더 이른 1660년에 출판된 리위(李漁)의 『척독초징(尺牘初徵)』이 "위로는 높은 정부 관리로부터 아래로는 여성과 아이들에 이르기까지" 폭넓은 독자층을 대상으로 삼았다는 것을 떠올리게 한다.[93] 그와 친분이 있던 항저우의 동향사람 리위(李漁) 와 마찬가지로, 왕치는 단순히 읽는데 필요한 편의를 제공했다는 이유로 학식 있는 독자들을 제

90 『무서대전(武書大全)』(1636) 서문을 볼 것. 이소베 아키라는 나아가 『표제무경칠서전문직해(標題武經七書全文直解)』가 무과시험 수험생을 위해 마련된 것이라고 확신하고 있다. 그의 저서 「대성사번구장한적의 연구(大聖寺藩舊藏漢籍の研究)」(도야마(富山): 도야마대학 인문학부, 1985년), 328쪽을 볼 것.

91 상인들이 『사상요람』을 의도적으로 사용한 것에 관해서는 왕치의 발문(跋文)을 참조할 것. 이 노정서의 인기 있는 사용에 관한 예는 문집 『석점두』(上海: 中國文學珍本, 1935년) 77쪽의 세 번째 이야기를 참조하면 되는데, 거기서 영웅은 그의 아버지를 찾기 위해 『천하노정도(天下路程圖)』라는 제목의 책을 사용한다. 오오츠카 히데타카(大塚秀高)의 『증보중국통속소설목록(增補中國通俗小說目錄)』 22쪽에 따르면 『석점두』의 년도는 숭정(崇禎) 연간(1636-1643년)이다. 티모시 브룩은 1637년 상인이 아니고 여행가였던 쉬샤커(徐霞客)에 의해 이 노정서가 사용된 또 다른 예를 제공해 주었다. 『명청사의 지리적 자료들』 32쪽을 볼 것.

92 『서유증도서』는 왕치의 가장 두드러진 인쇄본의 하나라고 그것을 인용한 『척독신어』의 작가들이 언급했다.

93 『척독초징』은 베이징에 있는 중국사회과학원 도서관에 보관되어 있다.

외시킬 생각은 아니었다.[94] 게다가 많은 "여성과 아이들"은 그들 자신이 책을 구입하지는 않을 것이다. 아마도 이런 책들이 다양하게 어필하기 위해선 집에 처박혀 있는 독자들이 책을 구입하도록 식자층과 하급관리들 모두의 마음을 사로잡을 필요가 있었다.

『척독모야집』은 특히 독자가 이 책을 사용하는 방법을 구체적으로 제시하고 있다는 점에 있어서 흥미롭다. 이 책의 범례에서는 여행자가 이 책을 그들의 짐 보따리에 넣고 언제든 그들이 아이디어를 글로 적어둘 필요가 있을 때, 들춰보도록 권하고 있다. 나아가 그런 환경 하에서 여행객들은 새로운 편지를 작성하기 위해 몇 통의 편지를 골라 뽑아 짜깁기하기를 원할 수도 있을 것인데, 누군가를 시켜 베끼게 할 수도 있을 것이라고 덧붙여 말했다. 왕치는 이 서간집을 간편하면서도 손색없고 고급 독자와 초급 독자 모두를 아우를 수 있는 책이라고 선전하고 있다. 그러나 명사나 고관대작들이 어떤 다른 이들의 편지 한 부분을 한데 엮어 자신의 편지로 만들었을 것 같지는 않다. 아마도 고관대작 정도가 가볍게 읽었을 이 책은 '여성과 아이들'은 거의 접근할 수 없는 것이었을 것이고, 그래야만 그들 나름대로 편지를 만들어내는 실용적인 목적 정도만 수행할 수 있었다. 『도화선』의 리샹쥔(李香君)이란 인물은 글을 읽고 쓸 줄은 알지만, 편지는 잘 못 쓰는 여인의 좋은 예를 제공해주고 있다. 그녀는 "비록 나의 생각과 감정은 한이 없으나, 나는 글로 이것들을 표현하는 훈련을 받은 적이 없다"라고 밝힌 바와 같이,[95] 화가 양원충에게 그의 친구 허우팡위(侯方域)에게 보내고자 하는 편지를 부채에 써 줄 것을 부탁한다. 『척독모야집』과 같이 간결한 산문체, 구두점 찍힌 문장, 어휘 그리고 다른 독서 보조 장치가 제공되는 저작은 특히 이런 유형의 사람들의 관심을 끌었을 것이다. 또(『도화선』을 언급한 김에 덧붙여 말하자면), 공교롭게도 리샹쥔의 편지 수신자 허우팡위는 『척독신어』에 편지가 실려 있는 이미 고인이 된 명 유민 가운데 한 사람이었다.[96]

환두자이 인쇄본에서 보이는 이러한 사례는 환두자이의 출판인(왕치)이 독자를 늘리는 데 두 가지 방법이 있었음을 알 수 있다. 첫째는 일반 독자층이 즐길 수 있는 전문가를 위한 책을 쓰는 것이며, 둘째는 미숙한 독자와 작가가 이 책이 아니었다면 너무 어렵게만 느껴졌을 일반 서적에 접근할 수 있도록 도움을 제공하는 것이었다. 왕치의 저작에 나타난 두 가지 접근 방식의 사례는 공부를 계속하고 싶었지만 과거에 급제하지 못했던 문인들에 의해 명말 출판 시장의 발전이 추동된 것이라는 오오키 야스시(大木康)의 주장을 충분히 뒷받침해주고 있다. 이러한 출판 전략들은 오오키 야스시의 주장을 두 가지 면에서 더욱 뒷받침해 주고 있다.

첫 번째는 전문서적을 일반 독자 대중으로 하여금 쉽게 접근할 수 있게 해준 것과 관련이 있다. 왕

---

94 왕치가 리위와 알고 지냈다는 사실은 『척독신어』의 1:10,12a에서 보이는 예처럼 그들 사이에 오갔던 여러 서간들에 기록되어 있다.

95 천과 액튼, 버취가 번역한 『도화선』 (Chen Shih-Hsiang and Harold Acton, Cyril Birch, The Peach Blossom Fan, Cheng & Tsui Company, 2001) 174쪽을 인용함. 우아한 공주는 리샹쥔(李香君)이라는 이름을 쓰고 있다.

96 이를테면 『척독신어』 1:10, 6a-b의 허우팡위와 주고 받은 여러 편지의 하나를 볼 것.

치의 의학 서적과 같이 그의 병법 관련 책들도 대개 예전에는 비밀로 감추어졌었던 내용이 공개될 것이라는 사실을 판매 전략으로 공표했다. 왕치의 몇몇 다른 책에서의 이런 노력들에 대한 언급은 전문지식에 대한 태도가 바뀌고 있다는 사실을 은연중에 암시하고 있다. 하나의 관점은 의술이 불사에 대한 마법에 가까운 것이라는 것으로, 이것은 내부 사람들을 제외하고는 비밀로 유지되어야 하고, 적어도 이를 다룰 줄 모르는 사람들 사이에서는 유포되어서는 안 된다는 의미를 함축하고 있다. 또 다른 관점에서는 만약 책으로 출판된 정보가 병을 치료하는 데 될 수 있다면 이것이 더 넓게 유포될수록 좋다는 것이다.

왕치는 그의 의학서적 가운데 하나인 『만병회춘(萬病回春)』(1662년)의 사은품 격으로 끼워준 편지에서 두 관점을 검토하고 있는데, 그의 생각은 후자 쪽에 기울고 있다.[97] 게다가 비밀을 알려주겠다는 약속은 효과적인 광고수단이 되었다. 출판은 지적인 이유든 상업적인 이유에서든 모두 명말 시대부터 그래왔던 것처럼 비밀스런 의학 지식의 금제에 도전하고 있었다. 왕치의 출판만을 가지고 다시 추측해본다면, 비슷한 변화는 병법에서도 일어났는데, 그것의 비밀들이 한때는 기록으로 남길 수 없을 정도로 비밀스러운 것으로 간주된 적이 있었다.[98]

오오키의 주장에 대한 두 번째 부연은 미숙한 독자에게 어휘에 대한 설명이나 간단한 주석을 제공하여 도움을 주는 시도와 관련되어 있다. 확실히 출판인은 그들이 독서 보조 장치를 너무 많이 제공하면 엘리트 독자들을 놓치게 될 것을 우려했다. 『척독모야집』에서 『척독신어』로 넘어가는 사이의 발전은 더 이상 남아있지 않는 텍스트를 통해 그런 복잡성을 어렴풋이 볼 수 있다. 이러한 변화는 이 선집이 어떻게 구성되었는가를 보면 가장 잘 드러난다.[99]

『척독모야집』의 구성은 원저자인 왕즈덩의 것을 따랐다. 그러나 범례에서 왕치는 그의 과거의 업적, 즉 주제별로 분류된 명시 선집 제1권과 2권(『사륙전서류편(四六全書類編)』)을 언급하고, 출판되지 않았던 그 속편(『사륙전서이편(四六全書二編)』) 가운데 하나를 따랐다고 말하고 있다. 후에 결혼, 약혼, 경축, 선물 증정과 같은 주제로 정리된 모든 절기의 의례에 관한 책이 될 것이었다. 기고는 유명 인사에게 의뢰되었을 터였다. 명시 선집들은 전혀 남아 있지 않지만, 기획되었던 범주들은 왕치에게 영향을 주었던 선집인 리위(李漁)의 『척독초징』에 사용된 것들과 일치하거나 유사한 것으로 드러났다.

리위의 『척독초징』은 33부분으로 나뉘어졌는데, 무엇보다도 결혼, 약혼, 경축, 그리고 선물 증정과 같은 표제 테마들은 서간을 연상시킨다. 이 책은 또 복잡한 색인을 제공하고 있다. 이 색인은 저자 별

---

97 『척독신어』 1:19, 10a-b. 『소문영추류찬약주(素問靈樞類纂約注)』의 범례에서 왕앙은 그의 선례를 명초까지 거슬러 밝히고 있다. 그리하여 대중이 의학적인 비밀에 접근할 수 있는 변화가 일어난 것은 왕 씨 집안사람들보다 몇 세기 정도 앞서는 것으로 알려졌다.

98 『무경칠서참동(武經七書參同)』 (1637년)을 볼 것. 이 책의 서문은 병법과 선불교 사이의 유사점에 대해 논의하는 것으로 시작한다. 여기에서는 경전을 기록하는 행위가 경전이 담고 있는 진실을 망칠 수 있다고 했다.

99 『척독신어』 제1집은 제2집, 3집과 달리 목록의 출처를 편지에서 가져왔다. 대부분 리위의 『척독초징』에서 가져왔다.

로 구성되어 있다. 각 저자의 이름 다음에는 그 저자의 편지 제목이 열거되어 있고, 각 제목 아래에는 편지에 배정된 주제에 관해 언급하고 있다. 리위는 『척독초징』 범례에서 주제 색인은 배움이 적은 이들을 위한 것인데, 독자가 그들이 가장 필요로 하는 부분으로 바로 찾아갈 수 있게 하기 위한 것이라고 밝히고 있다. 반면에 학식을 지닌 사람들은 색인이 필요 하지 않을 것이다. 그들은 그들 자신이 쓸 서간의 좋은 모델을 찾기 위해서가 아니라, 유명 인사의 좋은 문체의 문장을 즐기기 위해서 선집을 읽었을 것이다.

왕치가 유명인의 작품을 모으는 것을 통해 『척독모야집』에서 기대했던 것은 특별히 서간집에 국한되었던 것이 아니라, 『척독신어』로 발전하게 되는 계기를 제공하기까지 했던 듯하다. 『척독모야집』의 범례는 1662년 여름에 씌어졌다. 쉬스쥔(徐士俊)은 1663년에 선집된 『척독신어』 제1권 서문에서 그와 왕치가 1662년 봄 서간집 출판에 대해 이야기를 나누었으며, 그 선집은 24개 주제로 할 것을 이미 합의했다고 진술하고 있다. 여기에서 더 나아가 쉬스쥔은 24개 주제를 묶은 이유는 24가 장쑤(江蘇)의 24개의 다리, 24가지 꽃, 24절기, 그리고 24효(孝)와 같이 연속 간행물에서 흔히 사용되는 수라고 말하고 있다. 이처럼 24는 서간집에서도 분류를 위한 익숙한 숫자였다.

『척독신어』에 사용된 범주들 가운데 몇몇이 엘리트 독자를 염두에 두고 만들어진 것이라는 표지가 있다. 리위의 『척독초징』과 비교해 보면, 『척독신어』는 편지 형식에 기초를 둔 분류 항목의 수를 줄이고, 은둔자, 전문가, 여성과 같은 인물 유형이나 성리학이나 예술과 같은 지적인 주제에 근거한 항목을 늘였다. 주제의 새로운 배치가 실리에 주안점을 두지 않았기 때문에, 이렇게 조정함으로써 독서 수단으로서의 책의 가치를 감소시켰고, 경험 있는 독자에게는 매력을 증가시켰다. 두 선집 간의 또 다른 점은 왕치가 성리학을 맨 처음에 두고 여성을 가장 마지막에 두는 것과 같이 중요도에 따라 주제를 배치했다는 것이다. 이러한 변화는 제한된 능력 때문에 작품의 전반적인 구조적 얼개를 파악하기보다는 저작의 지엽적인 부분에 집중할 수밖에 없었던 열등한 독자들을 돕는 것과는 아무런 관계가 없었다. 『척독신어』는 적어도 한 사람의 엘리트 독자를 흡족하게 하고 있었는데, 저서의 뛰어난 구성을 칭찬했던 장차오(張潮)가 바로 그였다.[100] 그러나 일반적으로 교육을 잘 받지 못한 이들에게 필요한 것은 분류하는 것과 색인을 붙이는 것보다 단어나 주석을 제공하는 것이었다.

『척독신어』에 색인이 달려 있지 않다는 것은 선집이 엘리트나 열등한 독자들을 목표로 했다는 표지가 된다. 전체적으로 섹션의 시작과 선집의 시작에서의 편지 목록은 단순히 목차일 뿐 색인이 아니며, 편지가 나열되는 순서를 보여주는 것이다. 또한 『척독신어』는 주석이나 구두점, 또는 다른 읽기 보조 장치가 없다. 『척독신어』에는 이처럼 『척독모야집』에서 발견되는 지식 보충 장치의 수위가 낮아진 반면에, 학식이 낮은 독자가 가장 원하는 제목으로 바로 찾아갈 수 있도록 하는 주제 분류를 지니고 있

---

100 장차오(張潮)의 『우초신지』 범례를 보면, 이러한 시작은 또 다른 유명한 시간집인 저우량궁(周亮工)의 『척독신초尺牘新鈔』(1662년)의 편집에서서도 잘 언급되어 있다.

다. 쉬스쥔은 그의 책 서문에서 스타일의 혼합에 약간의 놀라움을 표시했지만, 왕치는 그 계획에 기뻐했다.

두 문집의 또 다른 차이는 평점과 관련 있다. 『척독신어』에 있는 주석은 좀 더 비전문적이라고 생각되는 독자에게 자세한 설명을 하기 보다는 대조적인 요소를 쓰는 방식을 사용했다. 평점의 내용은 『척독신어』의 저술자들을 비판하거나 그들의 생각에 동감하기도 하고, 또는 평점자만의 경험을 살려 서간의 내용을 보완하기도 한다. 평점의 어조가 매우 밝건 비관적이건 간에 평점자는 "자세한 설명을 제공하는 입문적인(How-to)" 표현은 기피한다. 이는 대부분의 왕치의 이름으로 출판된 다른 평점들에서 보이는 특징이라고 할 수 있는 입문서적인 스타일을 피해서 출판되었다는 것을 말해준다. 그래서 평점은 비전문적인 독자들이 『척독신어』를 이해할 수 있는 수준으로 끌어내리기보다는 내용을 더욱 난해하게 만드는 경우가 많았다. 또한 실용적인 주제로 출판된 왕치의 책이 기술적인 문제에 대한 독자들의 호기심을 충족해주고자 했던 약속과는 다르게 『척독신어』는 가십에 가까운 내용을 선전하고 있다. 비록 살아있는 작가들이 쓴 편지들이 자진해서 이야기를 제공하고 있는 것 같지만, 실제로는 다루기 힘든 숫자의 편지들이 첫 번째 선집이 나왔을 때 나왔었다.[101] 가장 최근의 소식을 전한다는 약속 하에, 그 당시 소식에 목말라 있던 대중들의 뜨거운 기대를 받은 두 개의 『사륙전서』 가운데 첫 번째 것에서 성공적으로 증명되었던 추세를 지속해 나갔다.[102]

마지막으로 환두자이 출판에서 이 선집은 『척독모야집』보다 좀 더 매력적으로 인쇄되었다.[103] 이는 서적의 가격이 소수의 독자들에게는 높은 가격을 의미하는 것이었을지 모른다. 그럼에도 불구하고, 전문적인 지식을 지닌 독자처럼 전체 유형을 읽지는 않지 않았다고 하더라도, 여성들도 『척독신어』를 사서 보았다는 것을 말해준다.[104] 이처럼 광범위한 독자층을 포용하는 문집의 형식을 조정함으로써 왕치는 자신이 그토록 열망했던 출판 붐을 불러 일으켰다.[105]

왕치의 이러한 시행착오는 다른 출판 분야에도 성공을 가져왔다. 별다른 주목을 받지도 않았고, 재판이 나오지도 않았다는 것을 통해 판단컨대 제대로 된 평가를 얻지 못했던 『만병회춘』(1662년)으로 인해 『제음강목』(1665년)이 나오게 되었다. 전문화된 주제에 좀 더 자세한 설명을 덧붙인 후편(『제음강목』)

101 그 예로는 『척독신어』 3:16.14a를 볼 것

102 두 번째 선집은 표지에서 첫 권 선전 문구에 대한 사람들의 반응을 설명하기 위해 "회자(膾炙)" 라는 용어를 사용하고 있는데, 이 용어는 왕앙의 저서에서도 보인다. 그 예로는 『의방집해』 1682년 판 서문을 볼 것.

103 편지 몇 통에서는 문집의 고상함을 이야기하고 있는데, 이는 아마도 문집의 가격이 싸지 않았다는 것을 의미할 것이다. 『척독신어』 3:21.10a의 예를 볼 것.

104 여성들이 문집을 읽었을 가능성은 여성에 관한 장절(章節)(세 번째 문집에서, 대부분의 편지들이 실질적으로 여성들에 의해 씌어졌다)과 한 여인의 남편이 자신의 아내에게 보내는 편지를 설명하는 주석을 근거로 추측할 수 있다. 그것들이 세 번째 선집에 포함될 수 있다고 설명하는 주석이 있다. 그 예로는 『척독신어』 3: 부록3a를 볼 것.

105 왕치가 출판의 센세이션을 갈망했다는 증거에 대해서는 『척독모야집』과 쉬스쥔이 첫 번째 『척독신어』에서 소개한 "범례"를 볼 것.

은 전편보다 성공적이었고,[106] 근대까지도 계속 재판되고 있다. 유사한 경우로, [그 주제에 관한] 일화를 모아 편집한 왕치의 『여조전전』(1662년)으로 인해 픽션의 합성물의 개정판인 『서유증도서』(1663년)가 나오게 되었다. 두 저서 모두 같은 삽화가가 멋진 삽화를 넣었지만[107] 『서유증도서』는 인기 고전의 개정판이라서 『여조전전』과 같이 왕치의 소설작가로서의 독특한 재능에 때문에 그랬던 것이었다. 또한 왕치의 평점은 사실상 대개 황저우싱의 작업이었다. 당연히 이런 이유로 『여조전전』은 거의 주목을 받지 못한 반면, 추가된 이야기와 새롭게 발견된 "확실한" 번역문만큼이나 왕치의 『서유기』는 판본이라는 이유뿐만 아니라 가장 광범위하게 전파되고 재판된 번역본이 되었다.[108]

환두자이에서 명맥을 유지한 인쇄본은 전형적인 형태와는 거리가 먼 다른 유형의 실험에 대한 증거를 제공해 준다. 그 예로 병서에서 횡선의 배치(평점과 본문을 분리)는 정성들여 만든 평점과 더불어 텍스트마다 들어있거나 페이지 중간 아랫부분에 나타나기도 한다. 또한, 소설이나 의서에서처럼 행간(협비)이나 각 장의 말미에 평점(회말평)을 다는 것을 병서에서는 피했는데, 이는 왕치가 당시의 일정한 문체적인 관습을 고수했다는 것을 알 수 있다. 물론 왕치의 혁신적 기법이 다 인기를 얻은 것은 아니다. 그가 『만병회춘』에서 각 절의 표제로 충효와 같은 유가의 덕 사상을 왕치가 인용했던 것을 이후 출판에서는 사용하지 않았다.[109] 그리고 『서유증도서』에서 유달리 음양오행설을 강조한 평점은 중국 소설작품에 대한 유명한 평점들의 주류에서 바깥에 서 있는 이유일 것이다.[110] 하지만, 『척독신어』 본문에서 사용된 일화 형태로 의학, 군사, 점성술 서적에 적절한 설명 문구를 집어넣은 것처럼 왕치는 자신의 혁신적인 기법을 장르의 목적에 맞게 능수능란하게 잘 적용시켰다.

왕치는 그 자신처럼 독자들도 다양한 분야의 지식을 충분히 읽을 수 있을 것이라 생각했다. 영유아에 관한 의학서적인 『보생쇄사』에서 『서유증도서』에 실린 평점을 풍수 및 다양한 영역으로 가져와 언급하고 있다. 그것은 『서유증도서』가 의학 및 다른 영역을 언급하는 것과 같다. 마찬가지로 『척독신어』 는 『만병회춘』과 『서유증도서』까지 주목한다. 그러나 위와 같은 교차 평점은 부차적인 것으로 독

106 필자는 『만병회춘』의 경우 왕치가 편집한 재판본에 대해서는 아는 바가 없다. 의학서적의 범주로 파악하기가 곤란하기는 하지만, 이 책은 재판본이 기초하고 있는 편집본을 일일이 명시하지는 않고 있다. 『제음강목』의 36개 재판본은 경젠팅(耿鑑庭)의 『중의도서연합목록』에 실려 있는데, 몇 가지는 우즈왕의 편집 원본보다는 왕치의 번역을 따른다. 이 가운데 한 판본이 베이징사회과학원 도서관에 소장되어 있는 영인본으로 1728년판 편집본을 예로 들 수 있다. 그러나 이 편집판의 출판자인 톈더탕(天德堂)은 이 분류에 수록된 1728년 판본과는 다르다. 톈더탕의 편집자인 왕카이추(汪開楚)와 왕두이(汪錞)에 관해서는 주20)을 볼 것.

107 『십이루(十二樓)』처럼 리위의 몇몇 작품의 삽화 작업을 한 후녠이(胡念翌).

108 『척독신어』에서 몇 개의 편지는 뤼둥빈을 언급하고 있다. 하나가 비록 왕치가 『여조전전』의 서문에서 서술한 꿈을 언급하고 있지만, 제목에서는 왕치의 "소설"에 대해서는 전혀 언급이 없다. 『척독신어』 1:13.11b-12a 참조. 『서유증도도서』의 교정 편집판은 『서유증도기서』로 다시 제목을 바꾸었고, 18세기에 세상에 나왔다. 롤스톤의 저서 453쪽을 볼 것. 영인본은 프랑스 국립박물관(Bibliothèque Nationale)에 소장되어 있다.

109 『만병회춘』 재판본(北京: 人民衛生出版社, 1984년)에는 왕치의 주석이나 분류 유형에 대한 언급이 전혀 없다.

110 롤스톤의 저서 116쪽을 볼 것.

자는 언급된 분야의 지식에 관해서 심오한 지식을 필요로 하지 않았다. 만일 이와 같은 평점의 내용이 광고로서 의미를 가지는 것이었다면 모든 독자층을 포함했을 것이다.[111] 게다가 『척독신어』의 충성적인 어조에 왕치의 독자들이 다양한 반응을 보였겠지만 왕치는 뚜렷하게 명 유민을 배제할 수 있는 견해를 보이지 않았다. 이러한 양면적인 성향에서 왕치는 독자를 획일적으로 바라본다.[112] 독자의 관심분야와 독서의 수준, 소속 집단의 분류가 아무리 다양해도 왕치의 시각에서는 이것들이 각각의 관심 집단으로 분할하지 않았다.

왕치와 왕앙 시대 사이에 환두자이는 거의 출간을 하지 않았다. 그 중 현존하는 것은 왕치의 자료인(하나는 왕환이 편집하였고, 항조우에서 출판함) 병서 두 권과 왕앙이 후원했던 의서 두 권이다.[113]

작가로서 왕앙이 유일하게 공헌한 것은 1682년부터다. 왕앙은 그 해에 출간된 자신의 저서에서 의사와 약의 처방에 의지하지 않고 병에 걸리지 않는 방법에 대해 독자들에게 조언하였다. 그러나 왕앙은 이와는 상반되게 약 처방 영역에서 더 잘 알려져 있는데, 특히 1682년에 나온 『의방회편』과 1683년에 나온 『본초비요』(서문1682년)가 유명하다.[114] 다양한 의학 목록과 함께 1689년에 출판된 천연두에 관한 서적과 출판 시기는 추측할 수 없으나 음식과 여러 주제들에 관한 저서를 언급할 수 있다. 1689년에 편집된 『소문영추유찬약주(素問靈樞類纂約注)』는 또 다른 뛰어난 업적으로 꼽히지만, 두 권의 새로운 의학문답서적과 함께 1694년에 왕앙의 팔순 생일에 출간되어 그의 가장 큰 업적으로 여기고 있는 것은 『의방회편』과 『본초비요』의 개정판 셋트이다. 왕환의 서문이 전 권을 포괄하고는 있으나 각 책의 소제목은 왕앙이 머리말을 따로 구성하였다. 왕앙이 구성한 서문은 우리가 가지는 관심과 흥미에 대한 기초들이다.

환두자이의 두 시기로부터 나온 텍스트들을 비교하는 데 있어 눈길을 끄는 첫 번째 점은 왕앙의 시대에 나온 저작들이 좀 더 점잖게 자기선전을 하였다는 것이다. 『척독신어』나 『제음강목』과는 달리

---

111 그러한 점에서 『서유증도서』에 나타난 참조는 간추린 표제를 사용하고 있고, "범례"의 마지막에 나와 있다. 또한 보존되지 않는 점술에 대한 내용을 서술한 『지리쇄사(地理碎事)』를 언급하고 있다. 이 구절에서 왕치의 핵심은 사람들에게 도움을 줄 수 있는 내용을 담은 수많은 저서를 편찬하는 것이었다.

112 참고: 더 근대적이고 차별된 시각을 가진 독자층에 관해 논의된 것으로 예를 들면, 제프리 북스(Jeffrey Books)가 "근대화" 전야의 러시아에 관해 쓴 『러시아가 독서를 배웠을 때—교양과 대중성, 1861-1917년(When Russia Learned to Read: Literacy and Popular, 1861-1917)』(Princeton: Princeton University Press, 1985)를 참고할 것.

113 군사 서적은 왕환이 주석 작업을 한 『무경충지강의신종대전(武經衷旨講意新宗大全)』(1670년)과 『무경찬서설약대전(武經纂書說約大全)』(1671년)이 있다. 의학서적은 주 72)를 볼 것.

114 천연두 관련 서적은 『두과보경전서(痘科寶鏡全書)』이다. 이 책은 쉐칭루(薛清錄)의 [『전국중의도서연합목록』] 506쪽에 수록되어 있다. 음식을 이용한 의술을 설명한 왕앙의 『일식채물(日食菜物)』은 주번홍의 『음식수지(飮食須知)』(1689년)와 함께 출판되었을 것이다. 『음식수지』(1689년)는 주번홍의 4권으로 이루어진 한 부분이고, 환두자이에서 출판하였다. 롱보젠(龍伯堅)의 『현존본초서록(現存本草書錄)』(北京: 人民衛生出版社, 1957년)의 68-69쪽을 볼 것. 『중국총서총록(中國叢書總錄)』(上海: 國際出版社, 1986년)는 왕앙이 추가적으로 작업한 『빈호이십칠신가(瀕湖二十七脈歌)』를 언급하고 있으나, 필자는 아직 본 적이 없다.

『본초비요』의 가장 이른 판본에는 속표지에 선전이 조금도 없으며,[115] 그의 다른 저작의 판본들은 이른 것이든 늦은 것이든 광고가 거의 없다. 왕앙은 뛰어난 인쇄와 유용한 구두점, 명확한 글쓰기와 같은 이들 텍스트에 관한 판매 포인트를 중요하게 생각했는데, 이것은 그가 '범례'에서 그러한 것들을 언급했기 때문이다. 그러나 왕치와 달리 왕앙은 원판본의 표지에서 이러한 특징들을 강조하지 않았다. 그리고 왕앙 저작의 표지들에 칼라 잉크가 사용되기는 하였으나(이것도) 환두자이의 이름을 새긴 붉은 도장을 일일이 손으로 찍은 것에서만 보인다.

이렇게 조정을 한 이유는 왕앙의 텍스트들이 배포된 방식에 있는 듯하다. 직접 그의 책들을 판매하는 대신 왕앙은 환두자이와 더 큰 서적 시장을 통해 그의 텍스트들을 서상(書商)들에게 기증했다.[116] 그래서 책 표지에 선전을 할 필요가 없었던 것이다. 왕앙의 의도는 20세기 전기 작가 거인춘(葛蔭春)의 평어에서 언급되지만 그러나 그 의도들은 또한 그 텍스트 자체 내의 평어에서도 암시되고 있다. 텍스트들은 서상들에게 그들의 이득을 퍼뜨리기 위하여 이 책들을 마음대로 다시 찍어내도 좋다고 권하고 있다. 『본초비요』와 『의방집해』 두 저작의 초기 판본은 그것들이 넓은 지역에 흩어져 있는 출판업의 후원 하에 거의 동시에 출판되었는데, 이것은 이 책들이 왕앙에 의해 배포된 텍스트들의 번각본들이라는 표지가 된다.[117]

왕앙의 책들의 톤이 자기주장이 그다지 강하지 않은 또 다른 이유는 개인적인 스타일과 관련이 있는 듯 하다. 왕치는 서문에서 아주 포괄적인 말로 텍스트를 선전하는 경향이 있었지만, 왕앙의 서문들 특히 초기 판본들의 서문들에서는 자기를 드러내지 않고, 환자들과 그의 제한된 지식과 경험 부족을 이야기하고 있다. 왕치보다 일관되게 왕앙은 그의 사고에 영향을 미친 저자와 책의 이름들을 인용하는 것을 중시했다. 『소문영구류찬약주(素問靈樞類纂約注)』의 경우, 서와 개별적인 평어에서 모두 1670년 장즈총(張志聰)이 편한 같은 책의 도움을 받았음을 인정하였다. 반면에 왕치의 『제음강목』은 의학 분야에서의 장즈총의 광대한 전문지식에 주목하지 않고 단지 장즈총을 책의 첫 부분을 맡은 부편집인으로서 열거했다. 『유림외사』와 『도화선』의 예는 왕치의 허장성세가 서상에게 있어 보편적이었음을 알려주는 증거이다. 『도화선』에서 차이이쒀(蔡益所)가 자신의 서사(書肆) 앞에 서서 언젠가는 그에게 부와 명성을 가져다 줄 자신의 방대한 장서와 많은 장르의 아름다운 판본들을 선전할 때 했던 발언은 항저우에서 난징으로의 이전이 없었다면 거의 왕치의 선전물들의 콜라쥬가 될 수 있었다.[118] 왕앙이 서상

---

115 나이가쿠문고에 소장된 1684년 판 『본초비요』는 예외인데, 이것의 책표지에는 큰 표제와 선전문구가 있다. 그러나 황실도서관에 있는 사본의 경우 이러한 것들이 빠지고 없다. 아마도 정제된 판본은 첫 번째 판본이었을 것이다. 나에게 황실도서관 텍스트의 사본을 제공해 준 이소베 아키라에게 감사한다.

116 1694년 본 『본초비요』 '범례'.

117 쉐칭루(薛清錄)은 세 개의 1694년 판 『본초비요』와 세 개의 1682년 판 『의방집해』를 열거하고 있다.

118 차이이쒀의 자기 소개에 관해서는 천(Chen), 액튼(Acton), 버춰(Birch)의 번역본 212-213쪽을 볼 것.

이 아니었기 때문에 점잖은 것이 더 적절하였을 것이다.[119] 동시에 왕앙이 자신의 저작을 통해 왕치만큼 개인적인 명성을 얻는 데 관심이 있었다는 것은 분명하다. 그가 서상들에게 자신의 저작들을 공짜로 다시 찍어내도록 이끈 것은 서상들의 바로 그 차용 행위가 그의 명성을 높이는 것이었음을 말해준다.[120]

그들이 저자를 어떻게 생각했든 왕앙의 저작들은 조금 다르긴 하지만 왕치의 저작으로 되돌아가는 독자층을 상정하고 있다. 앞에서 언급했듯이, 실용적인 주제에 관한 왕치의 많은 책들은 전문적인 독자와 비전문적인 독자들 모두를 유인한다. 이와 비슷하게 왕앙의 책들도 보다 엄밀하게는 의사들을 대상으로 하지만 다른 사람들도 기꺼이 받아들인다는 사실을 밝히고 있다. 이렇게 연합적인 호소는 『의방집해』 1694년 판본에서도 볼 수 있는데, 그 '범례'에서 이 책의 구성이 광범위한 독서가 어려운 의사들과 빈틈없는 구성과 명료한 산문을 음미하는 문인들 모두에게 도움이 될 것임을 내세우고 있다. 그러나 왕앙의 책들은 누가 그 텍스트를 읽어야 할 것인가 보다는 텍스트가 어떻게 이용되어야 하는지에 더 초점을 맞추고 있다. 『본초비요』 초판본에서 언급했듯이 "이 책은 의사들이 아니라 아픈 사람들을 위한 것이다." 그래서 그 책에서는 호기심 많은 독자보다는 응급 상황에 불러온 의사가 사용할 수 있도록 평범한 사람들의 집에도 이 책을 한 권 놓아두라고 조언한다.[121] (『본초비요』의 주요 원전 중 하나였던) 1592년에 나온 리스전(李時珍)의 대작 『본초강목』과는 달리, 『본초비요』와 그와 동반하는 네 개의 텍스트들이 집안 내의 좁은 공간에 적합하거나 상자에 잘 담길 수 있으며 배나 수레에 보관할 수 있었다는 사실이 중시된다.[122] 여기에서 왕앙은 『사상요람』이 크기 면에서 편리하며, 『척독모야집』이 그 아담함 때문에 얼마간 기행 편지 작가에게 적합하다고 광고했던 왕치에게로 다시 돌아온다. 심지어 『척독신어』는 분량이 상당했음에도 판매 시 강조점으로서 휴대성을 주장했다. 즉 첫째 권의 표지에서 그것들이 소매에 넣기에 적합하다고 하거나, 또는 셋째 권의 표지에서 휴대용 대나무 상자에 넣기에 적합하다는 것을 강조했다.

왕치가 풋내기 독자를 위해 주해와 다른 도움장치들을 제공했던 것처럼, 왕앙은 의료업에 종사하는 사람들이 전체를 모두 읽을 필요 없이 필요한 정보를 찾는 데 도움이 되도록 자신의 책을 구성했다. 그의 책들이 주해와 구두점이 부족함에도 불구하고 그 목차들과 명료한 인쇄, 빈틈없는 구성은 모두 이러한 목적을 만족시켰다.[123] 『척독모야집』과 같은 저작 역시 광범위한 영역에 걸친 독자들을 대상으로 하는 것일 수도 있지만, 수준이 높은 독자들은 다른 것들을 아주 쉽게 찾을 수 있는 반면 수준이

119 왕앙의 자기 묘사에 관한 것은 판싱준(范行準)의 『중국의학사략』 201쪽을 볼 것.

120 예컨대, 1694년 판 『본초비요』의 '범례'를 볼 것.

121 1694년 판 『본초비요』의 서문을 볼 것.

122 『소문영추류찬약주』 서문을 볼 것. 또 텍스트가 상자(篋笥)에 보관되어야 함을 권고한 1684년 판 『본초비요』의 '범례'를 볼 것.

123 이러한 점은 『본초비요』와 『의방집해』, 특히 이들의 초기 판본들의 서론과 '범례'에서 발전된다.

낮은 독자들은 단지 몇몇 문장들만 읽을 수 있을 뿐이라는 것을 암시했다. 이와 대조적으로 왕앙의 책들은 같은 저작으로 두 가지 유형의 독자들을 모두 만족시키려고 했다. 박학한 유학자들은 상세한 고찰을 통해 『본초비요』가 가장 최신의 의학서를 광범위하게 독서한 후 이루어졌으며 그 처방들이 조심스럽게 검증되었음을 알았을 것이다. 하나의 원전을 두고 더 낮은 독자층에 여자와 어린이들이 포함되어 있을 것임을 염두에 두고 있었다.[124] 게다가 이러한 작업은 단순히 옛 의학 지식을 획득하기 보다는 모든 점을 분명하게 드러내고 그 처방한 것을 조심스럽게 검증하는 쪽으로 수행되었다.[125] 심지어 왕앙은 자신의 80세 생일 행사로 『소문영추류찬약주』, 『본초비요』, 『의방집해』의 개정판 셋트를 출간하게 되었을 때, 그는 단순히 이전 용어들을 반복하는 데 만족하지 않았다. 왜냐하면 이들 텍스트들이 처음 나온 이래로 그에게 교정과 새로운 기법에 대한 생각이 떠나지 않았기 때문이다.[126] 마찬가지로 그가 제쯔위안(介子園)이라는 새로운 출판사의 편집 하에 또 다른 『본초비요』를 내놓았을 때, 그는 삽화들을 덧붙였다. 요컨대 이는 80세 이후에도 그가 여전히 제시된 목표를 더 잘 실현하기 위해 그의 작품들을 세련되게 만들고자 여전히 노력했음을 보여주는 것이다.[127]

왕앙은 의학 지식이란 모든 사람들이 접근하기 쉬워야 한다는 생각에 몰두했다. 이것은 그가 대중의 시선으로부터 그 비밀을 지켜야 한다고 생각한 풍수와는 달랐다.[128] 그는 의학 지식이 통일성 없이 제시된다면 백해무익하다고 믿었기 때문에 지식의 분류에 특별한 관심을 쏟았으며 그의 분류체계의 특징은 한 가지 중요한 방면에서 『척독신어』에서 사용된 것과 뚜렷한 대조를 이루고 있다. 왕치가 편지 판매의 방식으로 성공하기는 하였으나 그가 분류한 24개의 범주는 편지와 편지 저자 둘 다 포함시켰다는 점에서 상식과는 다른 기준에 기반을 두고 있었다. 범주들 사이의 순서는 논리적이었지만 스물넷이라는 총수는 그 범주 자체의 논리와 아무런 관련이 없었다. 그래서 왕치가 『척독신어』를 체계화하기 위해 리위(李漁)의 33개 범주를 24개로 줄이기는 했지만 주요한 인식론상의 진전에 대해서는 딱히 이야기할 수가 없다. 대조적으로, 왕앙이 『의방집해』에서 700개의 처방을 21단계의 체계로 재구성한 것은 '당시 중국 의학의 가장 근본적인 체계 개념'의 하나로 불려왔다. 그리고 그것은 후대 인쇄본들에 널리 본보기가 되었다. 비록 엄격함에 있어서 좀 느슨한 점이 있었지만, 왕앙의 분류는 분명 과거의 어떤 체계보다 엄격했다. 그의 텍스트를 더 접근하기 쉽게 하기를 원했기 때문에 왕앙은 자기

---

124 리윈(李雲)의 『중의인명사전』 408쪽에 인용된 꺼인춘의 『고금명의』를 볼 것.

125 이러한 효능을 주장하는 것은 리스전의 시대 이래로 계속되었으며, 우멘쉐(吳勉學)의 의학서들은 이와 유사한 원칙에 기반을 두었다.

126 개정판 『본초비요』 '범례' 3a-4a.

127 프랑스 국립도서관(Bibliothèque Nationale)에 소장된 제쯔위안(芥子園) 판 『본초비요』에는 그의 저작에 새로이 들어간 삽화에 관해 논평하고 있는 왕앙의 서문이 실려 있다. 만약 왕앙이 정말 1699년에 죽었다면, 틀림없이 그 죽은 해와 1694년(10월) 판본이 나온 때 사이의 어느 시점에 이 서문을 썼을 것이다.

128 왕앙이 의학과 풍수를 대조시키는 것은 1684년 판 『본초비요』 서문에 보인다.

시대의 지식을 어떻게든 발전시켰다.[129]

이것과 연관해서 왕앙의 저작의 또 다른 특징인, 고전들을 세심하게 변별해서 공들여 완성한 뒤 완성된 것들 가운데 다시 가려 뽑은 판본들에 대해 주목해야 한다. 왕치는 오래된 것이 판매의 포인트가 되는(이를테면 점술과 같은) 장르들과 새로움이 키포인트가 되는(이를테면 편지와 같은) 장르들을 엄격히 구분했다.[130] 하지만 왕앙의 저작에서는 고전과 당대의 관심사들이 좀 더 조화롭게 서로 어우러졌다. 그의 생일 기념 출판집에서는 특히 이 점이 분명하게 드러난다. 왕앙의 『소문영추류찬약주』에 대한 관점은 의학 지식의 정수였으며, 결코 시대에 뒤떨어지지 않는 것이었지만, 그 원리들은 실행에 옮기기 어려운 것이었다. 이러한 고전에 대한 그의 판본은 불필요하게 추가된 주석을 제거하고 텍스트를 가능한 이해하기 쉽게 만드는 것을 추구했지만, 그는 그것을 아픈 사람들을 치료한다는 본래의 목적을 위해 실제로 쓰일 수 있는 저작들과 구분하기도 했다. 후자의 경우에는 시간이 지나면서 정보가 축적됨에 따라 정확도가 증가했다. 비록 기본적이긴 했지만, 왕의 저작에서 『소문영추류찬약주』는 『본초비요』, 『의방집해』보다 평어가 덜 달려 있었다. 게다가 그는 『본초비요』, 『의방집해』, 이 두 권의 텍스트를 조심스럽게 연결시켰는데, 전자는 의술의 유형에 따라 조직되었지만 그것들을 적용시키는 방법을 제안하는 노트가 딸려 있었고, 후자는 처방 용어로 설명되었지만 처방을 이루는 다양한 의술에 따라 분류되었다. 어떤 사람이 처음에 어떤 텍스트로 시작하는가 하는 것은 그가 질병을 치료하는 데 관심이 있는지 그렇지 않으면 약을 이해하는 데 관심이 있는지에 따라 달라졌다. 왕의 저작에도 읽을 시간이 없을 때 해야 할 것을 요약해놓은 『의방집해』에 대한 부록의 형태로 되어 있는 응급상황을 다루는 두 개의 특별한 장이 있다. 『탕두가괄(湯頭歌括)』과 『경락가결(經絡歌訣)』이라는 제목의 책들은 의술을 처음 행하는 사람도 쉽게 기억할 수 있는 칠언절구로 이루어져 있었다. 왕앙은 왕치와 마찬가지로 독서의 편리함을 추구했지만, 왕앙은 왕치보다 이익을 내는 데 덜 관심이 있었다는 사실을 재차 천명했다. 왕앙은 자신의 기여가 말로 전파될 지도 모른다는 가능성을 염두에 두었기 때문에 도서 판매상에게 즉각적인 이득을 주지는 않았다.

왕앙의 책들은 상업적인 고려를 떠나 지적인 차원에서 서로 연결되어 있었기 때문에, 왕앙은 왕치에 비해 한 권의 텍스트를 읽은 독자들이 자신의 다른 책들도 읽었을 것이라는 생각을 덜 했다. 심지어 이익을 추구했다 하더라도 그가 상정한 독서층의 표지는 현대적인 의미에서 이해관계가 걸려 있는 집단과 아무런 의미도 없었다. 왕치와 마찬가지로 왕앙도 독자들에게서 이익을 추구했다 하더라도 그로 인해 독자들을 다른 사람들과 구분하지는 않았다. 그는 모든 사람들이 편리한 형태로 믿을 만한 의

129 네이썬 시빈(Nathan Sivin)이 편집한 『현대 중국에서의 전통의학(Traditional Medicine in Contemporary China)』 (Ann Arbor: University of Michigan, Center for Chinese Studies, 1987) 197쪽을 볼 것. 시빈(Sivin)은 또한 왕앙의 시스템에 분류학상의 엄격함이 결핍되어 있음에 주목한다(분류의). 구성과 접근 간의 연결은 『의방집해』 초판본의 '범례', 특히 4b와 5a에 보인다.

130 『척독모야』의 「범례」를 볼 것.

학 정보를 소유함으로써 혜택을 받을 수 있다고 생각했다.

결론 : 환두자이의 책과 그들이 마음속으로 그리고 있던 독자들

『척독신어』와 『의방집해』는 각각의 환두자이의 두 국면을 요약해 보여주는 데 이용될 수 있다. 왕치 자신의 설명에 의하면, 『척독신어』는 그의 가장 성공적인 인쇄본이었고 가장 자부심을 느꼈던 것 가운데 하나였다. 이 책은 그의 다른 저작에 비하면 쓸모가 덜하기는 했지만, 사람들이 편지를 쓰는 데 있어서는 그래도 어느 정도의 쓸모가 있었다. 왕앙의 책들이 하나의 셋트로 묶어졌던 것과 달리 왕치가 출판한 책들은 한 셋트로 묶어지지 않았지만, 『척독신어』는 어떤 일관된 방식으로 그의 다른 인쇄본들과 연관되어 있다. 『척독신어』의 몇몇 장절들은 직접적으로 그의 다른 부류의 출판에 영향을 주었는데, 이런 인쇄본 모두는 왕앙의 지적인 관심사가 얼마나 넓었는지를 보여주고 있다. 그런 인쇄본들의 참신성 또한 주목할 만하다. 이러한 참신성은 당시 모든 유명 인사들로부터 나온 편지들을 제시하기 위한 것이었다.

『의방집해』는 그 나름대로는 『척독신어』만큼이나 참신했다. 그것은 이 책이 최상의 의학 정보를 추출해 독자가 손쉽게 얻을 수 있도록 했기 때문이다. 『의방집해』는 『황제내경』에 대해 합당한 정도의 경의를 표하긴 했지만, 그때그때 실행에 옮겨질 수 있는지를 강조했으며, 주로 고전 시대 이후에 쓰인 텍스트들로부터 나온 것이었다. 하지만 그때그때 적용될 수 있는지 여부는 독자들이 실제적인 문제에 봉착했을 때 도움이 될 수 있는 능력에서 비롯된 것이었고, 『척독신어』의 명성의 새로움과 독자들의 관심사에도 불구하고 『척독신어』로부터 어떤 계발을 받지는 않았다. 휴대성과 정확한 인쇄는 『의방집해』가 『척독신어』로 회귀하는 다른 방법들이었다. 그리고 분류하고 큰 덩어리의 내용을 찾아보기 쉬운 단위로 쪼개려는 『의방집해』의 노력은 『척독신어』와 다르지 않다. 하지만 『의방집해』의 경우 전반적인 강조점은 사람들의 이해관계가 아니라 지식과 지식의 제시에 두어졌다. 분류화 자체는 지식에 대한 중요한 기여이며, 그렇게 제시된 자료는 전반적으로 왕앙의 저작에 불가결한 것이었다.

왕치와 왕앙이 상정했던 독자들에서도 차이가 드러난다. 왕치는 독자들이(규모가 있는 시장에서든 왕치 자신의 가게에서든) 상업적으로 책을 구입할 것이고, 소맷자락이나 휴대용 상자에 보관하고, 그 책들을 책의 종류와 주변 여건, 그리고 개인의 독서 수준에 따라 다양하게 이용할 것이라 생각했다. 왕앙의 경우에는 독자들이 책을 싼 가격에 또는 무료로 받아보았는데, 그들은 책을(집에서건 여행 중에서건) 가까이 두었으며, 통독을 하는 경우는 거의 없었다. 왕앙은 다른 형태의 공적인 사용을 염두에 둔 적은 없었지만, 그럼에도 독자들이 자신들의 책을 왕진 온 의원들에게 빌려주는 것을 허락했다.[131] 왕치와 마찬

131 유럽에서의 공적인 독서에 대해서는 로저 샤르티에(Roger Chartier)의 「서적사에서의 프랑스적인 것: 출판의 역사로부터 독서의 역

가지로 왕앙도 사적인 소유자의 관점에서 생각했다. 여행 중이었을 때를 제외하면, 그의 책은(가풍이 있는) 규모 있는 집 안에 모셔져 있어야 했다.[132]

두 시기 사이의 그런 연속성과 차이들이 환두자이의 베스트셀러 책들의 특징인 실용성, 휴대성 그리고 시장의 수요에 대한 대응과 같은 것들을 분명하게 드러내 보여준다. 그리고 『척독신어』 대신에 의서를 대입시킨다면, 두 출판 시기는 훨씬 더 가까운 듯 보일 것이다. 왕치의 1665년의 『제음강목』은 임상에 바탕한 전문적인 주석들로 칭송받았다. 반면에 1662년의 『만병회춘』은 훨씬 적은 독자들에게 유포되긴 했지만, 왕앙이 평이한 언어로 된 정확한 의학 정보를 제공할 것이라 주장할 것이라는 사실을 예견케 했다. 『만병회춘』이 이미 세상에 나왔을 때 왕앙이 자신의 방대한 의학 프로젝트에 많은 시간을 할애한 것은 왕앙 자신이 요구했던 모든 것을 왕치가 성공적으로 이루어냈는지에 대해 왕앙이 의문을 표시했다는 것을 암시한다. 하지만 1662년의 왕치의 의도와 1682년에 왕앙에 의해 좀 더 제대로 실현된 것들 사이의 근접성은 환두자이의 인쇄본이 시간을 넘어서 강하게 연속성을 유지하고 있었다는 사실을 설명해 준다. 그리고 우리가 왕환의 기여를 잊지 않고 있다면, 그가 왕앙의 이름으로 나온 모든 알려져 있는 의서들뿐 아니라, 왕치가 『제음강목』과 『만병회춘』을 펴내는 데 도움을 줬다는 사실이 이러한 연속성에 대한 두 번째 이유가 될 것이다.[133]

인도주의뿐 아니라 서구 의학과 임상 실험에 대한 왕앙의 흥미는 왕치의 생각과 저작들의 선구가 되고 있다. 차이점이라면 왕앙이 이런 관심사들을 어떻게 실현했는가 하는 데 있다. 의학에 대한 왕앙의 한결같은 헌신은 그의 저작들이 명성을 얻게 된 주요한 근거들인 그의 꾸준하고 특화된 독서와 전문 분야에 대한 폭넓은 헌신에서 나온 것이었다.[134] 대략적으로 최소한 왕앙이 공공연한 명에 대한 충성으로부터 의학으로 돌아선 것은 실용적인 학문과 청대 초기 동안 다른 명 유민들의 에너지를 빨아들였던 정치적 수완에 대한 새로운 헌신과 합치된다. 하지만 왕앙의 저작은 대중적인 호소력에서나 모두가 인정하듯 비주류적인 성격에 있어 구옌우(顧炎武)와 같은 좀 더 주류에 속하는 실용주의 학파

사로(Frenchness in the History of the Book: From the History of Publiching to the History of Reading)」(American Antiquarian Society Proceedings 97.2[1987]), 323쪽. 또 스미스(Smith)의 「에도와 빠리의 서적사(The History of the Book in Edo and Paris)」, 348-349쪽도 참고할 것.

132 왕앙과 왕치 두 사람이 자신들의 책을 보관하기 위해 염두에 둔 가구의 종류들은 휴대 가능한 것이었다. 이 글의 각주 121번에서 언급된 '상자(篋笥)' 대신 세 번째 판 『척독신어』의 표지에서 언급된 '상자(篋)'를 볼 것. 유럽에서 책을 보관하기 위한 수단으로서 휴대 가능한 가구의 역할에 대해서는 샤르티에의 『출판의 문화적 효용(The Cultural Uses of Print)』, 198-200쪽을 볼 것.

133 왕환의 기여를 요약해 보여주는 것으로는 왕치가 왕환의 작업실인 샤오유탕(孝友堂)에서 편집한 『제음강목』서와 『만병회춘』의 「범례」가 있다. 왕치의 은퇴와 왕앙의 첫 번째 책 사이의 중간 기간에 왕환은 병서인 『표제무경충지강의신종대전(標題武經衷旨講意新宗大全)』를 펴냈다. 왕환은 『척독신어』의 평어와 편지들에 대해서도 기여한 바가 있다. 왕앙의 모든 저작들에서 왕환이 편자로 올려져 있다. 왕환은 『탕두가괄(湯頭歌括)』의 서두에 있는 "환두자이" 명의로 된 짧은 언급의 저자인 듯하다. 그가 왕앙이 펴낸 책들의 생일 기념 셋트에 대한 서문을 쓴 것은 확실해 보인다.

134 『본초비요』의 두 번째 판 「범례」에서는 왕앙이 자신의 저작들의 근거로 삼기 위해 5백여 권의 책을 읽고 정리했다는 사실이 언급되어 있다.

와 차이점을 보였다.

『도화선』에서는 유민들의 충성이 청대 초기 출판의 몇 가지 문제적 특성 가운데 하나였을 따름이었다. '썩어빠진(腐爛)'이란 용어를 통상적으로 과거시험 문장을 의미하는 '시문(時文)'에 갖다 붙임으로써 『도화선』에서 널리 주장하는 바가 때로 예상 못한 방향으로 나아갈 수도 있었다는 사실을 암시하고 있다.[135] 『척독신어』 자체는 어떻게 이런 일이 벌어질 수 있는지에 대해 좀 더 상세하게 묘사하고 있다. 왕치에게 보낸 한 편지는 다음과 같이 시작된다.

> 시문(時文)을 출판할 때 가장 큰 잘못이 무엇인가? 시문은 종종 기세가 있고, 기이하며, 더럽고, 부패한 것이었다. 이것들이 기세가 있고 기이한 것일 때 어떤 사람은 이것들을 목판에 새기고 성문에 걸어놓는다. 그러면 사람들은 이것을 손에 넣으려고 수레를 몰고 배를 타고 몰려든다. 이것은 괜찮다. 그러나 [일단] 이것들이 악명 높고 부패한 것이 되어버리면, 세 마을의 훈장들은 이것들을 쓸 데 없는 것인 양 내치고 휴지 조각이라 부른다.……[심지어는 불살라버리기까지 한다.][136]

편지는 계속해서 이런 사건들에 대한 왕치의 반응을 논의하고 있다. 왕치의 주장에 의하면, (작은 글자에 대한 반대로서) 큰 글자로, 그리고(표점이 된 것에 대한 반대로서) 표점이 되지 않은 백문본과(낱장이 아니라) 묶여진 책으로 인쇄된 시문(時文)은 덜 공격받았다. 그리고 이러한 특징들은 교육을 못 받은 독자들보다는 학식이 있는 독자들을 겨냥한 것이었다.[137]

이 편지에서는 왕치가 가독성에 대한 강력한 요구와 타협한 것에 대해 새롭게 조명을 하고, 『척독신어』가 어떻게 훌륭한 인쇄와 처방 항목으로 대중의 바람에 영합한 것으로 보여질 수 있었는지와 민심을 뒤흔들어 놓았던 문학에 대한 공식적인 금제에 반영된 관심[138]이 명료하게 드러난다. 왕치의 시대에 이미, 아니 좀 더 뒤늦은 시기에 의서의 출판은 명성을 얻는 좀 더 확실한 길이었다.

18세기 중반과 『유림외사』에 이르면 시문(時文)이라는 용어는 여전히 문인들을 화나게 하는 것일 수도 있었지만, 현실적으로 쓸모없다는 함의를 띠고 있었다.[139] 소설에 나타난 시문(時文)의 형상은 따분

---

135 천와 액튼, 버취가 번역한 『도화선』 (The Peach Blossom Fan, Cheng & Tsui Company, 2001) 212-213쪽에 있는 차이이쒀(蔡益所)의 자서를 볼 것.

136 【역자 주】 원문은 다음과 같다. "刻時文第一過, 何則. 時文者, 驟神驟奇驟臭驟腐之物. 當其神奇也. 勒之梨棗, 懸之國門. 人爭輗軏舳艫以致之. 無何. 忽變而爲臭腐. 卽三家村學究亦棄之, 如遺於是號之曰廢紙.…今忽有燒時文者出矣."

137 '시문(時文)'에 관한 편지는 『척독신어』 2:10.2-3(196쪽-197쪽)에 있다. 이 편지를 쓴 이는 왕치의 친구로, 『척독신어』에 자주 기고했던 청광인(程光禋)이다.

138 출판을 통해 민심을 뒤흔들어 놓은 것에 대한 금제에 대해서는 왕리치(王利器)의 『원명청삼대금훼소설희곡사료(元明淸三代禁毁小說戲曲史料)』 (上海: 古籍出版社, 1981년) 24쪽을 볼 것.

139 오오키의 연구에 따르면, 명말 이래로 '시문(時文)'을 통박하는 글이 떠돌고 있었다. 이런 통박은 시문의 "부패"보다는 학식이 없는 사람들이 쉽게 외우고 가볍게 변형시켜 과거시험에 급제하는 것에 초점이 맞추어져 있었다. 오오키가 인용한 구옌우(顧炎武)의 이 주제

한 학자들의 소산이었고, 적자의 조롱을 불러올 만큼 무미건조한 것이었다. 반면에 의서의 집필은 훨씬 더 긍정적으로 보여졌다. 『유림외사』 제31회에는 책에서 배우는 것의 가치를 뒤늦게 발견함으로써 변모하는 임상을 전문으로 하는 의사 장쥔민(張俊民)이 등장하고,[140] 46회에서는 자신의 아들이 의서를 읽는 게 먹고사는 데 확실하게 도움이 될 수 있다는 생각에 기뻐하는 유학자 위유다(余有達)가 묘사되고 있다.[141] 이 소설이 소설에 묘사된 대로 명대를 지칭하는 것이든, 그렇지 않으면 실제로 쓰어졌던 18세기를 지칭하는 것이든, 이와 같은 일화들은 일찌감치 시문(時文)이 "썩어빠진" 호소력을 잃어버린 뒤, 의서를 쓰는 것이 진짜 돈이 되는 것이라는 사실을 드러내 보여주고 있다. 왕앙과 같이 야심 있고 고매한 출판인에게 의서를 쓴다는 것은 시장의 압력과 타협해 안전한 판매망을 확보하면서도 고상한 품격을 유지할 수 있는 것이었는데, 그 시장의 압력은 조금 더 이른 시기에 왕치 자신의 기술 저작들의 목표로 삼았던 것이었다.

가장 이타적인 순간에도, 환두자이의 출판은 수요가 전혀 줄어들지 않았다. 하지만 왕앙의 저작들은 여가를 위해 심심 파적으로 책을 읽는 독자들에게 충격을 주었을 수도 있는데, 그 책들의 세련된 문학성과 학술적인 접근이 위유다(위 박사의 잘못, 【역자】)와 같은 유학자로 하여금 자신의 아들을 위한 호구수단으로써 의술을 호의적으로 바라보도록 고무했을 수도 있다. 비슷하게 20년 동안의 임상 실습은 자신의 텍스트들을 실제로 시술하는 사람들을 위한 교본으로까지 나아가도록 했을 것이며, 그러한 텍스트가 좀 더 손쉽게 손에 들어옴으로 해서 장쥔민(張俊民)과 같은 기능적으로 읽고 쓸 줄 알았던 의사들이 이 책들을 유용한 도구로 바라볼 수 있었는지도 모른다. 왕앙의 자선은 왕치가 이윤을 추구했던 것과 대조를 이루지만, 그의 책들은 그만큼 독서계에 많이 퍼져나갔다.

명대와 청대의 출판을 나누고, 왕치와 왕앙의 텍스트에 대한 접근방식을 나누며, 상품성과 실용성을 나누는 차이점들은 중요하면서도 통상적인 공통분모들을 가리고 있는데, 여기서 말하는 공통분모들은 환두자이가 왕치나 왕앙 모두가 스스로 자각하고 있었던 공적인 이익과 타협하는 것이었다. 환두자이는 그러한 공적인 이익을 원했고, 또는 그 이상을 원하는 것으로 만들어졌다. 왕치의 상업주의와 왕앙의 이타주의 양자는 이러한 가능성을 드러내 보여줬으며, 그들의 다양한 성공 속에서 새로운

에 대한 글은 다음과 같다. "최근 서상들은 그들이 '시문'이라 부르는 것을 펴내고 있다. 사람들은 성현들의 경전을 거부하고 초기 유학자들의 주석과 평점을 무시하고, 이른바 '시문'을 공부하기 위해 이전 세대의 역사들을 읽으려 하지 않는다. 새로운 시문이 각각의 과거시험 뒤에 나온다. [단순한 젊은이들은] 몇십개의 시문을 암송할 수 있을 뿐, 몇 개의 문장을 가볍게 재배치하는 것으로 명성을 얻는다. 반면에 [그렇게 하지 않는] 아둔한 이들은 자신의 전 생애에 걸쳐 성공을 못한다." 시문에 대해 더 많은 것을 알려면 83쪽의 각주들을 볼 것. 오오키는 대중적인 출판과 가벼운 이야기거리 사이의 연관에 대해서도 언급했다. 특히 107쪽 각주들을 볼 것.

140 【역자 주】 "장쥔민(張俊民)이 말했다. 왕수허[王叔和, 위진 때의 명의로 『경백』, 『상한잡병론』등의 의서를 저술했다]의 의서를 숙독하는 것이 병을 많이 보는 것보다 못하다고 합니다. 숨김없이 말해서 저는 강호에서 떠돌아다니다 보니 의서는 읽어보지 못했습니다만 그러나 병은 많이 봤습니다. 근래에 도련님의 가르침을 받고 나서야 글을 읽어야 한다는 걸 깨달았습니다." 『유림외사』 제31회)

141 【역자 주】 "자식들 일은 나도 상관하지 않으려우. 지금 아이들은 글읽기를 하는 짬짬이 나는 그 놈들에게 의서를 배우게 하고 있는데, 어떻게든 입에 풀칠이야 하지 않겠소."(『유림외사』 제46회) 이렇게 말하는 사람은 위유다(余有達)가 아니라, 위 박사(虞博士)다. 위드머가 잘못 인용을 한 것으로 사료된다.

독자들을 끌어내고 예전 독자들에게는 새로운 방법들을 가르쳤다. 왕치와 왕앙의 동기는 고상한 경향을 띠고 있었기 때문에, 그들은 대단히 고상한 용어 사용에 자신들의 노력을 쏟아 부었다. 과연 그들은 독자들에게 독자들의 혜택을 넓히는 것이 인류에 혜택을 주는 것이라는 사실을 제시해 보여줬다.[142] 하지만 그들이 생각했던 초점은 추상적이고 인간적인 목표보다는 독서 행위에 좀 더 맞춰졌다. 왕치와 왕앙은 시간적으로, 목적이나 장르, 그리고 문학적 수준에서 서로 달랐지만, 그들이 출판 활동을 했던 두 시기로부터 나온 책들은 그들이 상정했던 독자들에게 경이로울 정도로 딱 들어맞았는데, 그들은 독자들의 강점과 약점, 근심과 갈망, 거주지와 여행 유형 등을 주의 깊게 심사숙고했다. 그들은 모두 환두자이와 주요 기여자들이 독서계를 향해 공언했던 에너지와 정확성을 입증했다.

142 독자들이 혜택을 넓히는 것에 대해서는 이 논문의 각주 115번에 인용된 『도화선』의 차이이쒀(蔡益所)의 서도 볼 것. 여기에서 차이이쒀는 "인류의 가장 고귀한 생각들을 순환시키는 것"에 대해 말하고 있다. 그리고 『유림외사』 제48회에서는 왕위후이(王玉輝)가 좋은 책을 출판하는 것을 문명화의 임무로 말하고 있다. 【역자 주】 원문은 다음과 같다. "사실을 말씀드리면 저는 평소에 한 가지 뜻한 바가 있었습니다. 그것은 세 부의 책을 편찬하여 후세에 도움을 주려 하는 것입니다[不瞞世叔說, 我生平立的有個志向, 要纂三部書嘉惠來學]."

찾아보기

찾아보기

기호

번호

한국어

ㄱ

ㄴ

ㅁ

ㅂ

ㅅ

ㅇ

ㅈ

ㅊ

ㅋ

ㅌ

ㅍ

ㅎ

지은이 소개

신시아 브로카우(Cynthia J. Brokaw)

브라운 대학교(Brown University) 역사학과 교수

카이윙 초우(Kai-wing Chow)

일리노이 대학교 어바나 샴페인(University of Illinois Urbana-Champaign) 역사학과 명예교수

옮긴이 소개

조관희(상명대 중국어지역학 전공 교수)

연세대 박사. 한국중국소설학회 회장 역임. 저서로 『조관희 교수의 중국사』(청아), 『조관희 교수의 중국현대사』(청아), 『소설로 읽는 중국사 1, 2』(돌베개) 등이 있고, 루쉰(魯迅)의 『중국소설사(中國小說史)』(소명출판)와 데이비드 롤스톤(David Rolston)의 『중국 고대소설과 소설 평점』(소명출판)을 비롯한 몇 권의 역서가 있으며, 다수의 연구 논문이 있다. 상세한 정보는 홈페이지(www.amormundi.net)로 가면 얻을 수 있다.

김효민(고려대 세종캠퍼스 중국학 전공 교수)

중국 베이징대 박사. 역서로 『중국 과거 문화사』(동아시아), 『팔고문이란 무엇인가』(글항아리), 『중국 명청시대 과거제도와 능력주의 사회』(소명출판) 등이 있고, 「조선독본 서상기(西廂記)의 이본 실태 및 유통 양상」, 「명말 일용유서 및 삼재도회(三才圖會)」에 재현된 '고려국', 그리고 중화관 등 다수의 논문이 있다.

박계화(인천대 중국학술원 중국·화교문화연구소 연구교수)

연세대 박사. 저서로 『명청대 출판문화』(공저), 『곤충인문학서설-동아시아편』(공저)가 있고, 역서로 『역사에서 허구로-중국의 서사학』(공역), 『우초신지』(공역), 『당음비사』(공역) 『강남은 어디인가』(공역)등이 있으며, 「소송사회의 필요악 訟師 - 明清代 文言小說 속에 나타난 訟師의 형상과 법률문화」, 「明末 福建 建陽지역의 公案小說集 출판과 법률문화 - 余象斗의 공안소설집 출판을 중심으로」 등의 논문이 있다.

김광일(서울시립대 중국어문화학과 교수)

중국 푸단대학(復旦大學) 박사. 현재 '중국 고대 문헌의 형성과 전승'이라는 관점에서 중국문화를 연구하고 있다. 「군서치요 연구」, 「사라진 중국책, 중국에서 살아남다」, 「"도광양회" 이데올로기의 출생과 성장」, 「제환공은 왜 조말을 살려두었나」, 「송양공을 위한 변명」 등의 논문이 있으며, 『대학연의(하)』 등을 번역하였다.

김수현(고려대 중국학연구소 연구교수)

중국 베이징대학 박사. 저서로 『동아시아 문학 속 상인 형상』(공저), 『중화미각』(공저), 『중화명승』(공저)이 있으며, 역서로 『중국문학 속 상인 세계』(공역) 등이 있다. 「명말청초 중단편 白話소설 삽도의 博古器物 도안 연구」, 「明末 동성애소설 『宜春香質』·『弁而釵』 삽화의 서사 재현과 玩物로서의 특징 연구」 등의 논문을 썼다.

김진수(서울대 중어중문학과 강사)

서울대학교 영어영문학과 및 중어중문학과를 졸업하고 미국 오리건대학교(University of Oregon)에서 박사학위를 받았다. 중국의 17~18세기 소설에 나타나는 사상사적 담론을 재구성하는 작업을 주로 하고 있다. 이러한 관심을 반영한 논문으로 "The Material Reconstruction of Rituality in 'Jiang Xingge Reencounters His Pearl Shirt'", "Beheaded Meanings and Anonymous Signifiers: Forms of Truth and Conditions for Its Emergence in Late Ming Court Case Fiction"(근간) 등이 있다.

명청 시기 중국의 출판과 책 문화

초판 인쇄 2024년 9월 26일
초판 발행 2024년 10월 15일

지 은 이 | 신시아 브로카우(Cynthia J. Brokaw), 카이윙 초우(Kai-wing Chow)
옮 긴 이 | 조관희·김효민·박계화·김광일·김수현·김진수
펴 낸 이 | 하 운 근
펴 낸 곳 | 學古房

주 소 | 경기도 고양시 덕양구 통일로 140 삼송테크노밸리 A동 B224
전 화 | (02)353-9908 편집부(02)356-9903
팩 스 | (02)6959-8234
홈페이지 | www.hakgobang.co.kr
전자우편 | www.hakgobang@naver.com
등록번호 | 제311-1994-000001호

ISBN 979-11-6995-510-2 93820

값 47,000원